W0094812

Oscar Wilde
Das Bildnis des Dorian Gray
und Märchen, Erzählungen, Essays

OSCAR WILDE

DAS BILDNIS DES DORIAN GRAY UND MÄRCHEN, ERZÄHLUNGEN, ESSAYS

Artemis & Winkler

Herausgegeben von Friedmar Apel.
Aus dem Englischen übertragen von Siegfried Schmitz
(Dorian Gray), Josef Thanner (Märchen und Erzählungen),
Christine Hoeppener und Paul Wertheimer (Essays),
aus dem Französischen übertragen von Wolfhart Klee
(Gedichte in Prosa).
Mit Kommentaren, Zeittafel, Literaturverweisen und einem
Nachwort von Friedmar Apel

Bibliografische Information der Deutschen Nationalbibliothek
Die Deutsche Nationalbibliothek verzeichnet diese Publikation
in der Deutschen Nationalbibliografie;
detaillierte bibliografische Daten sind im Internet
über http://dnb.d-nb.de abrufbar.

3. Auflage 2013
© der Übersetzung von Christine Hoeppener: Insel-Verlag
Anton Kippenberg, Leipzig 1976
© Bibliographisches Institut GmbH, Bouchéstr. 12,
12435 Berlin
Artemis & Winkler Verlag, Berlin
Alle Rechte vorbehalten.
Umschlagmotiv: © Dover Publications 1989
Umschlaggestaltung: Büroecco, Augsburg
Druckerei: Pustet Grafischer Großbetrieb, Gutenbergstraße 8,
93051 Regensburg
Printed in Germany
ISBN 978-3-411-16026-6
www.artemisundwinkler.de

DAS BILDNIS DES DORIAN GRAY

Die Vorrede

Der Künstler ist der Schöpfer schöner Dinge.

Kunst zu offenbaren und den Künstler zu verbergen ist das Ziel der Kunst.

Kritiker ist, wer seinen Eindruck von schönen Dingen in einen anderen Stil oder in ein neues Material übertragen kann.

Die höchste wie die niedrigste Form der Kritik ist eine Art Autobiographie.

Wer häßliche Absichten in schönen Dingen entdeckt, ist verdorben, ohne liebenswürdig zu sein. Das ist ein Fehler.

Wer schöne Absichten in schönen Dingen entdeckt, ist kultiviert. Für ihn besteht Hoffnung.

Das sind die Auserwählten, für die schöne Dinge nichts als Schönheit bedeuten.

So etwas wie ein moralisches oder ein unmoralisches Buch gibt es nicht. Bücher sind entweder gut oder schlecht geschrieben. Das ist alles.

Die Abneigung des neunzehnten Jahrhunderts gegen den Realismus ist die Wut Calibans, der sein Gesicht in einem Spiegel erblickt.

Die Abneigung des neunzehnten Jahrhunderts gegen die Romantik ist die Wut Calibans, der sein Gesicht nicht im Spiegel erblickt.

Das moralische Leben des Menschen gehört zum Thema des Künstlers, doch die Moral der Kunst besteht im vollkommenen Gebrauch eines unvollkommenen Mittels.

Kein Künstler hat den Wunsch, irgend etwas zu beweisen. Selbst Wahres kann bewiesen werden.

Kein Künstler hat ethische Neigungen. Eine ethische Neigung ist bei einem Künstler eine unverzeihliche Stilmanier.

Kein Künstler ist jemals morbid. Der Künstler kann alles ausdrücken.

Denken und Sprache sind für den Künstler Werkzeuge einer Kunst.

Laster und Tugend sind für den Künstler Materialien einer Kunst.

Unter dem Gesichtspunkt der Form ist die Kunst des Musikers der Typus aller Künste. Unter dem Gesichtspunkt des Gefühls ist die Schauspielkunst der Typus.

Alle Kunst ist zugleich Oberfläche und Symbol.

Wer unter die Oberfläche dringt, tut es auf eigene Gefahr.

Wer das Symbol entschlüsselt, tut es auf eigene Gefahr.

In Wirklichkeit spiegelt die Kunst den Betrachter und nicht das Leben.

Meinungsverschiedenheiten über ein Kunstwerk beweisen, daß das Werk neu, komplex und lebensnotwendig ist.

Wenn die Kritiker uneins sind, befindet sich der Künstler im Einklang mit sich selber.

Wir können einem Menschen verzeihen, daß er etwas Nützliches schafft, solange er es nicht bewundert. Die einzige Entschuldigung für die Schaffung eines unnützen Werkes besteht darin, daß man es unendlich bewundert.

Alle Kunst ist völlig unnütz.

                                                    Oscar Wilde

Das Atelier war erfüllt vom üppigen Duft der Rosen, und wenn der leichte Sommerwind durch die Bäume des Gartens fuhr, drang durch die offene Tür der schwere Geruch des Flieders oder der zartere Hauch des rosig blühenden Dornstrauches.

Von der Ecke aus konnte Lord Henry Wotton, der auf dem mit einer persischen Satteltaschendecke bezogenen Diwan lag und wie gewöhnlich unzählige Zigaretten rauchte, gerade noch die honigsüßen und honigfarbenen Blüten eines Goldregens erkennen, dessen zitternde Zweige kaum fähig zu sein schienen, eine so flammengleiche Schönheit zu tragen; und hin und wieder huschten die phantastischen Schatten vorbeifliegender Vögel über die langen Vorhänge aus Tussahseide, die vor das riesige Fenster gezogen waren, wodurch im Augenblick so etwas wie eine japanische Wirkung entstand und er sich an jene bleichen, jadegesichtigen Maler in Tokio erinnert fühlte, welche durch das Mittel einer Kunst, die notgedrungen unbeweglich ist, das Gefühl der Schnelligkeit und Bewegung zu erwecken versuchen. Das dumpfe Summen der Bienen, die sich einen Weg durch das hohe, ungemähte Gras bahnten oder mit monotoner Beharrlichkeit um die bestäubten goldenen Trichter des wuchernden Geißblatts kreisten, ließ die Stille noch bedrückender erscheinen. Das undeutliche Brausen Londons glich dem Bordunton einer fernen Orgel.

In der Mitte des Raumes stand, an einer aufrechten Staffelei befestigt, das lebensgroße Porträt eines jungen Mannes von ungewöhnlicher Schönheit, und davor saß, ein wenig abgerückt, der Maler selber, Basil Hallward, dessen plötzliches Verschwinden vor einigen Jahren soviel Aufsehen in der Öffentlichkeit erregt und zu so vielen merkwürdigen Mutmaßungen Anlaß gegeben hat.

Während der Maler die anmutige und hübsche Gestalt betrachtete, die seine Kunst so treffend wiedergegeben hatte, glitt ein heiteres Lächeln über sein Gesicht und schien dort zu verweilen. Doch plötzlich fuhr er auf, und indem er die Augen schloß, legte er die Finger auf die Lider, als ob er einen seltsamen Traum, aus dem er zu erwachen fürchtete, in seinem Gehirn einsperren wollte.

„Das ist Ihr bestes Werk, Basil, das Beste, was Sie je gemacht haben", sagte Lord Henry müde. „Sie müssen es im nächsten Jahr unbedingt in die Grosvenor-Galerie schicken. Die Akademie ist zu groß und zu vulgär. Jedesmal wenn ich hinging, waren entweder so viele Leute da, daß ich die Bilder nicht sehen konnte, was gräßlich, oder so viele Bilder, daß ich die Leute nicht sehen konnte, was noch schlimmer war. Es kommt tatsächlich nur die Grosvenor in Frage."

„Ich glaube nicht, daß ich es überhaupt irgendwo ausstellen werde", erwiderte der andere und warf den Kopf auf jene komische Weise zurück, über die schon seine Freunde in Oxford gelacht hatten. „Nein: ich werde es nirgendwo ausstellen."

Lord Henry zog die Brauen hoch und blickte ihn durch die feinen blauen Rauchkringel, die in so phantasievollen Windungen von seiner starken, opiumhaltigen Zigarette aufstiegen, verwundert an. „Nirgendwo ausstellen? Aber wieso denn nicht, mein Bester? Haben Sie dafür irgendeinen Grund? Was für komische Leute ihr Maler doch seid! Ihr setzt alles daran, euch einen Namen zu machen. Sobald ihr ihn dann habt, wollt ihr ihn wieder wegwerfen. Das ist töricht von euch, denn in der Welt ist nur eines schlimmer, als in aller Mund zu sein, nämlich dies: nicht in aller Mund zu sein. Ein Porträt wie das da würde Sie hoch über alle jungen Leute in England hinausheben und die alten ganz neidisch machen, sofern alte Leute überhaupt noch einer Empfindung fähig sind."

„Ich weiß, Sie werden mich auslachen", entgegnete er, „aber ich kann es wirklich nicht ausstellen. Ich habe zuviel von mir selber hineingelegt."

Lord Henry streckte sich auf dem Diwan aus und lachte.

„Das habe ich ja gewußt; aber es ist dennoch wahr."

„Zuviel von Ihnen selber hineingelegt! Auf mein Wort, Basil, ich hätte nicht gedacht, daß Sie so eitel sind; und ich sehe wirklich nicht die mindeste Ähnlichkeit zwischen Ihnen mit Ihrem groben, harten Gesicht und Ihrem kohlschwarzen Haar und diesem jungen Adonis, der ausschaut, als ob er aus Elfenbein und Rosenblättern geschaffen wäre. Ja, mein lieber Basil, er ist ein Narziß, und Sie – na ja, Sie haben natürlich ein Intellektuellengesicht und alles, was dazugehört. Aber die Schönheit, die wahre Schönheit, hört da auf, wo ein intellektueller Gesichtsausdruck

anfängt. Der Intellekt an sich ist eine Form der Übertreibung
und zerstört die Harmonie eines jeden Gesichts. Sobald man sich
hinsetzt, um nachzudenken, wird man ganz Nase oder ganz
Stirn oder sonst etwas Abscheuliches. Sehen Sie sich doch die
erfolgreichen Männer in den geistigen Berufen an! Wie ungemein häßlich sind sie allesamt! Ausgenommen natürlich die Kir-
chenmänner. Aber in der Kirche denkt man ja nicht. Ein Bischof sagt mit achtzig Jahren noch genau dasselbe, was er als
Achtzehnjähriger gelernt hat, und die natürliche Folge davon
ist, daß er stets ganz entzückend aussieht. Ihr geheimnisvoller
junger Freund, dessen Namen Sie mir nie verraten haben, dessen
Bildnis mich jedoch fasziniert, denkt niemals. Dessen bin ich
völlig sicher. Er ist ein hirnloses, schönes Wesen, das im Winter
immer hier sein sollte, wenn wir keine Blumen zum Anschauen
haben, und auch immer im Sommer, wenn wir etwas brauchen,
um unseren Geist abzukühlen. Geben Sie sich keinen Illusionen
hin, Basil: Sie haben nicht die geringste Ähnlichkeit mit ihm."

„Sie verstehen mich nicht, Harry", antwortete der Künstler.
„Selbstverständlich sehe ich ihm nicht ähnlich. Das weiß ich
sehr wohl. Ja, es täte mir leid, wenn ich ihm ähnelte. Sie zucken
die Achseln? Ich sage Ihnen die Wahrheit. Es liegt ein Verhängnis über allen körperlichen und geistigen Vorzügen, das gleiche
Verhängnis, das die unsicheren Schritte der Könige durch die Geschichte zu verfolgen scheint. Es ist besser, man unterscheidet
sich nicht von seinen Mitmenschen. Die Häßlichen und die Dummen sind in dieser Welt am besten dran. Sie können sich bequem
hinsetzen und das Spiel begaffen. Sie wissen zwar nichts von
Siegen, aber es bleibt ihnen auch erspart, die Niederlagen kennenzulernen. Sie leben dahin, wie wir alle leben sollten, ungestört, unbeteiligt und ohne Beunruhigung. Sie richten bei anderen kein Unheil an und bleiben auch stets von dem Unheil,
das andere anrichten, verschont. Ihr Rang und Reichtum, Harry;
meine geistigen Fähigkeiten, wie sie nun einmal sind – meine
Kunst, gleichgültig wieviel sie taugen mag; Dorian Grays Wohl-
gestalt – wir alle müssen leiden für das, was die Götter uns geschenkt haben, entsetzlich leiden."

„Dorian Gray? Heißt er so?" fragte Lord Henry, der durch
das Atelier auf Basil Hallward zuging.

„Ja, so heißt er. Ich hatte nicht die Absicht, es Ihnen zu
sagen."

„Aber warum denn nicht?"

„Oh, ich kann es nicht erklären. Wenn ich jemanden sehr gern habe, verrate ich seinen Namen keinem Menschen. Das käme mir so vor, als gäbe ich einen Teil von ihm preis. Ich habe mich daran gewöhnt, die Verschwiegenheit zu lieben. Sie ist anscheinend das einzige, was uns das Leben heutzutage noch geheimnisvoll oder wunderbar machen kann. Das Alltäglichste wird köstlich, wenn man es nur verbirgt. Wenn ich die Stadt verlasse, sage ich meinen Leuten nie, wohin ich fahre. Falls ich es täte, wäre mein ganzes Vergnügen dahin. Das ist eine dumme Angewohnheit, ich weiß, aber sie sorgt für ein gut Teil Romantik im Leben. Ich nehme an, Sie halten mich deswegen für schrecklich albern?"

„Durchaus nicht", erwiderte Lord Henry, „durchaus nicht, mein lieber Basil. Sie scheinen zu vergessen, daß ich verheiratet bin, und der einzige Reiz der Ehe besteht darin, daß sie beide Partner zwingt, ein Leben der Verstellung zu führen. Ich weiß nie, wo meine Frau ist, und meine Frau weiß nie, was ich gerade tue. Wenn wir uns treffen – und wir treffen uns gelegentlich, wenn wir zusammen zum Essen eingeladen sind oder zum Herzog aufs Land fahren –, erzählen wir einander mit dem ernstesten Gesicht die absurdesten Geschichten. Meine Frau kann das sehr gut – noch viel besser als ich. Sie bringt nie die Daten durcheinander, während mir das immer wieder passiert. Und wenn sie mir auf die Schliche kommt, regt sie sich gar nicht auf. Manchmal wünschte ich mir, sie täte es; aber sie lacht mich nur aus."

„Ich mag es nicht, wie Sie über Ihre Ehe sprechen, Harry", sagte Basil Hallward und schlenderte zu der Tür hinüber, die in den Garten führte. „Ich glaube, Sie sind im Grunde ein sehr guter Ehemann, aber Sie schämen sich Ihrer Tugenden. Sie sind ein seltsamer Kerl. Sie sagen nie etwas Moralisches und tun nie etwas Schlechtes. Ihr Zynismus ist nichts als Pose."

„Natürlichkeit ist nichts als Pose, und zwar die aufreizendste Pose, die ich kenne", rief Lord Henry lachend; und damit begaben sich die beiden jungen Männer zusammen hinaus in den Garten und machten es sich auf einer langen Bambusbank bequem, die im Schatten eines hohen Lorbeerbusches stand. Das Sonnenlicht glitt über die glänzenden Blätter. Im Gras zitterten weiße Gänseblümchen.

Nach einer Pause zog Lord Henry seine Uhr hervor. „Ich muß leider gehen, Basil", murmelte er, „doch bevor ich gehe,

bestehe ich darauf, daß Sie mir eine Frage beantworten, die ich
Ihnen vorhin gestellt habe."

„Welche meinen Sie?" sagte der Maler, die Augen fest auf den
Boden gerichtet.

„Das wissen Sie ganz genau."

„Nein, ich weiß es nicht, Harry."

„Nun, dann will ich es Ihnen sagen. Ich möchte, daß Sie mir
erklären, warum Sie das Bild von Dorian Gray nicht ausstellen
wollen. Ich möchte den wahren Grund erfahren."

„Ich habe Ihnen den wahren Grund genannt."

„Nein, das stimmt nicht. Sie haben gesagt, es sei deswegen,
weil zuviel von Ihnen selber darin steckt. Das ist doch kindisch."

„Harry", sagte Basil Hallward und sah ihm gerade ins Gesicht, „jedes Porträt, das mit Gefühl gemalt wurde, ist ein Porträt des Künstlers, nicht des Porträtierten. Der Porträtierte ist
nur Zufall, Anlaß. Nicht er wird vom Maler enthüllt; es ist
vielmehr der Maler, der sich auf der farbigen Leinwand selber
enthüllt. Der Grund, warum ich dieses Bild nicht ausstellen
will, liegt darin, daß ich fürchte, ich habe in ihm das Geheimnis
meiner eigenen Seele verraten."

Lord Henry lachte. „Und was soll das sein?" fragte er.

„Ich will es Ihnen sagen", entgegnete Hallward; aber in sein
Gesicht trat ein Ausdruck der Verwirrung.

„Ich bin ganz Ohr, Basil", fuhr sein Begleiter fort und blickte
ihn an.

„Oh, da ist eigentlich nicht sehr viel zu erzählen, Harry",
antwortete der Maler; „und ich befürchte, Sie werden es kaum
verstehen. Vielleicht werden Sie es kaum glauben."

Lord Henry lächelte, beugte sich nieder, zupfte ein Gänseblümchen mit rosa Blütenblättern aus dem Gras und untersuchte
es. „Ich bin ganz sicher, daß ich es verstehen werde", erwiderte
er, während er aufmerksam die kleine goldene, weißgefiederte
Scheibe betrachtete, „und was das Glauben angeht, so kann ich
alles glauben, vorausgesetzt, daß es ganz unglaubhaft ist."

Der Wind schüttelte einige Blüten von den Bäumen, und die
schweren, dichtbesternten Fliedertrauben bewegten sich in der
lauen Luft hin und her. Eine Heuschrecke begann an der Mauer
zu zirpen, und gleich einem blauen Faden schwebte eine lang-
gestreckte, schlanke Libelle auf ihren braunen Gazeflügeln vorüber. Lord Henry meinte, er könne Basil Hallwards Herz klop-

fen hören, und wartete gespannt darauf, was jetzt kommen würde.

„Die Geschichte ist einfach die", sagte der Maler nach einer Weile. „Vor zwei Monaten ging ich zu einem großen Empfang bei Lady Brandon. Sie wissen, wir armen Künstler müssen uns von Zeit zu Zeit in der Gesellschaft zeigen, nur um die Öffentlichkeit daran zu erinnern, daß wir keine Wilden sind. Wie Sie mir einmal gesagt haben, kann jeder, sogar ein Börsenmakler, mit Abendanzug und weißer Krawatte in den Ruf kommen, Kultur zu besitzen. Nun, nachdem ich zehn Minuten im Raum war und mit imposanten aufgetakelten Witwen und langweiligen Akademiemitgliedern geredet hatte, merkte ich, daß mich jemand anblickte. Ich drehte mich halb um und sah Dorian Gray zum erstenmal. Als unsere Augen einander begegneten, spürte ich, wie ich blaß wurde. Ein sonderbares Gefühl des Entsetzens überfiel mich. Ich wußte, ich stand hier einem Menschen gegenüber, dessen bloße Persönlichkeit so faszinierend war, daß sie sich, falls ich es zuließe, meines ganzen Wesens, meiner ganzen Seele, ja sogar meiner Kunst bemächtigen würde. Ich wollte keinen Einfluß von außen auf mein Leben zulassen. Sie wissen selbst, Harry, wie unabhängig ich von Natur aus bin. Ich bin stets mein eigener Herr gewesen; zumindest war ich es immer, bis ich Dorian Gray begegnete. Dann – aber ich weiß nicht, wie ich es Ihnen erklären soll. Irgend etwas schien mir zu sagen, daß ich am Rande einer furchtbaren Krise in meinem Leben stand. Ich hatte das sonderbare Gefühl, daß das Schicksal erlesene Freuden und erlesene Leiden für mich bereithielt. Ich bekam es mit der Angst zu tun und wandte mich zum Gehen. Nicht das Gewissen hat mich dazu bewogen: es war eine Art Feigheit. Ich bilde mir nichts darauf ein, daß ich zu fliehen versuchte."

„Gewissen und Feigheit sind im Grunde ein und dasselbe, Basil. Gewissen ist nur der eingetragene Name der Firma. Das ist alles."

„Das glaube ich nicht, Harry, und ich glaube, daß Sie es ebensowenig glauben. Doch welches Motiv ich auch hatte – es könnte auch Stolz gewesen sein, denn ich war früher sehr stolz –, jedenfalls strebte ich auf die Tür zu. Dabei lief ich natürlich Lady Brandon in die Arme. ‚Sie wollen doch nicht schon so bald davonlaufen, Mr. Hallward?' kreischte sie. Sie kennen doch ihre merkwürdig schrille Stimme?"

„Gewiß; sie ist ein Pfau in jeder Hinsicht, nur nicht in puncto Schönheit", sagte Lord Henry, der das Gänseblümchen mit seinen langen, nervösen Fingern zerpflückte.

„Ich konnte sie nicht abschütteln. Sie führte mich zu königlichen Hoheiten und zu Leuten mit Ordenssternen und Hosenbändern und zu ältlichen Damen mit riesigen Diademen und Papageiennasen. Sie sprach von mir wie von ihrem besten Freund. Ich war ihr vorher erst einmal begegnet, aber sie hatte es sich in den Kopf gesetzt, mich überall herumzureichen. Ich glaube, gerade damals hatte ein Bild von mir großen Erfolg gehabt, zumindest hatten die Boulevardzeitungen allerlei Geschwätz darüber gebracht, was ja im neunzehnten Jahrhundert der Maßstab der Unsterblichkeit ist. Plötzlich stand ich von Angesicht zu Angesicht dem jungen Mann gegenüber, dessen Erscheinung mich so seltsam berührt hatte. Wir waren einander ganz nahe, fast hätten wir uns berührt. Unsere Blicke trafen sich wieder. Es war leichtfertig von mir, aber ich bat Lady Brandon, sie möge mich ihm vorstellen. Vielleicht war es doch nicht so leichtfertig. Es war einfach unvermeidlich. Wir hätten auch ohne förmliche Vorstellung miteinander gesprochen. Das ist gewiß. Dorian sagte es mir hinterher. Auch er spürte, daß es uns bestimmt war, einander kennenzulernen."

„Und wie hat Lady Brandon diesen wunderbaren jungen Mann beschrieben?" fragte sein Gefährte. „Ich weiß, sie ist ganz versessen darauf, von all ihren Gästen rasch ein *précis* zu geben. Ich entsinne mich, wie sie mich einmal zu einem widerwärtigen alten Herrn mit rotem Gesicht hinführte, der über und über mit Orden und Bändern bedeckt war, und wie sie mir dabei in einem tragischen Flüsterton, der für alle Anwesenden sehr gut hörbar war, die erstaunlichsten Einzelheiten ins Ohr zischelte. Ich bin einfach weggelaufen. Ich komme gern von selbst darauf, was mit den Leuten los ist. Aber Lady Brandon behandelt ihre Gäste genauso wie ein Auktionator seine Waren. Sie erklärt sie entweder so gründlich, bis von ihnen nichts mehr übrigbleibt, oder sie erzählt einem alles über sie, nur das nicht, was man wissen will."

„Die arme Lady Brandon! Sie gehen zu streng mit ihr ins Gericht, Harry", sagte Hallward zerstreut.

„Mein Lieber, sie wollte einen *salon* gründen, und dabei hat sie nur ein Restaurant eröffnet. Wie könnte ich sie da bewundern? Doch sagen Sie mir, was sie über Mr. Gray erzählt hat!"

„Oh, so etwas wie ‚Reizender Junge – seine gute arme Mutter und ich waren einfach unzertrennlich. Hab ganz vergessen, was er macht – fürchte, er tut gar nichts – ach ja, spielt Klavier – oder ist es die Geige, mein lieber Mr. Gray?' Wir konnten uns beide das Lachen nicht verbeißen und wurden auf der Stelle Freunde."

„Lachen ist gar kein schlechter Anfang für eine Freundschaft und bestimmt ihr bestes Ende", sagte der junge Lord und pflückte noch ein Gänseblümchen.

Hallward schüttelte den Kopf. „Sie wissen nicht, was Freundschaft ist, Harry", murmelte er, „und auch nicht, was Feindschaft ist. Sie haben alle Leute gern; das heißt, daß Ihnen alle gleichgültig sind."

„Wie schrecklich ungerecht von Ihnen!" rief Lord Henry, schob seinen Hut zurück und blickte zu den kleinen Wolken empor, die wie schimmernde weiße Seidensträhnen durch das hohle Türkis des Sommerhimmels trieben. „Ja, schrecklich ungerecht von Ihnen. Ich mache zwischen den Leuten große Unterschiede. Ich wähle meine Freunde nach ihrem guten Aussehen, meine Bekannten nach ihrem guten Charakter und meine Feinde nach ihrem guten Verstand. Man kann bei der Auswahl seiner Feinde gar nicht vorsichtig genug sein. Ich habe keinen einzigen, der ein Dummkopf wäre. Es sind lauter Männer mit einigen geistigen Fähigkeiten, und infolgedessen schätzen sie mich alle. Ist das sehr eitel von mir? Ja, ich glaube, es ist ziemlich eitel."

„Das meine ich auch, Harry. Doch nach Ihrer Einteilung wäre ich nur ein Bekannter."

„Mein guter alter Basil, Sie sind viel mehr als ein Bekannter."

„Und viel weniger als ein Freund. Wohl so etwas wie ein Bruder, wie?"

„Ach, Brüder! Für Brüder habe ich nichts übrig. Mein ältester Bruder will nicht sterben, und meine jüngeren Brüder tun offenbar nichts anderes."

„Harry!" rief Hallward stirnrunzelnd aus.

„Mein Lieber, ich meine das nicht so ganz ernst. Aber ich kann mir nicht helfen: ich verabscheue meine Verwandten. Ich glaube, das kommt daher, daß keiner von uns andere Leute ausstehen kann, die dieselben Fehler haben wie wir. Ich habe durchaus Verständnis für die Wut der englischen Demokraten auf all das, was sie die Laster der höheren Stände nennen. Die Massen meinen, daß Trunksucht, Dummheit und Unmoral ihr

Spezialgebiet bleiben sollten und daß unsereiner, wenn er sich danebenbenimmt, in ihrem Revier wildert. Als damals der arme Southwark vor das Scheidungsgericht kam, war ihre Empörung ganz großartig. Und dennoch glaube ich kaum, daß auch nur zehn Prozent des Proletariats ein einwandfreies Leben führen."

„Ich bin mit keinem Wort, das Sie gesagt haben, einverstanden; mehr noch, Harry, ich glaube, daß Sie es selber auch nicht sind."

Lord Henry strich sich über den spitzen braunen Bart und klopfte mit seinem quastengeschmückten Ebenholzstock auf die Kappe seines Lackschuhs. „Wie typisch englisch Sie doch sind, Basil! Diese Bemerkung machen Sie jetzt schon zum zweitenmal. Wenn man einem echten Engländer eine Idee vorträgt – was freilich immer eine Unvorsichtigkeit ist –, fällt ihm nicht im Traum ein zu prüfen, ob sie richtig oder falsch ist. Das einzige, was ihm wichtig erscheint, ist die Frage, ob man selber daran glaubt. Nun hat aber der Wert einer Idee nicht das geringste mit der Aufrichtigkeit dessen zu tun, der sie von sich gibt. Ja, es ist sogar wahrscheinlich, daß die Idee um so geistvoller sein wird, je unaufrichtiger der Betreffende ist, denn in diesem Fall färben weder seine Bedürfnisse noch seine Wünsche oder seine Vorurteile auf sie ab. Doch ich habe nicht vor, mit Ihnen über Politik, Soziologie oder Metaphysik zu diskutieren. Mir sind Menschen lieber als Prinzipien, und Menschen ohne Prinzipien sind mir lieber als alles andere auf der Welt. Erzählen Sie mir mehr von Mr. Dorian Gray. Wie oft sehen Sie ihn?"

„Jeden Tag. Ich wäre unglücklich, wenn ich ihn nicht jeden Tag sehen könnte. Er ist für mich einfach unentbehrlich."

„Wie sonderbar! Ich glaubte, Sie hätten für nichts anderes Interesse als für Ihre Kunst."

„Er ist jetzt für mich die ganze Kunst", sagte der Maler ernst. „Manchmal denke ich, Harry, daß es in der Weltgeschichte nur zwei Epochen von einiger Bedeutung gibt. Die erste ist das Auftauchen einer neuen Persönlichkeit in der Kunst. Was für die Venezianer die Erfindung der Ölmalerei war, das war das Gesicht des Antinous für die spätgriechische Plastik, und das wird das Gesicht des Dorian Gray eines Tages für mich sein. Nicht nur, daß ich ihn male, ihn zeichne, ihn skizziere. Natürlich habe ich das alles getan. Aber er bedeutet mir mehr als ein Modell oder jemand, der mir sitzt. Ich will damit nicht sagen, daß ich mit dem, was ich von ihm gemacht habe,

unzufrieden wäre oder daß seine Schönheit so geartet sei, daß
die Kunst sie nicht auszudrücken vermöge. Es gibt nichts, was
die Kunst nicht ausdrücken könnte, und ich weiß, daß die Arbeiten, die ich seit meiner Begegnung mit Dorian Gray gemacht
habe, gut sind, ja die besten, die ich je in meinem Leben geschaffen habe. Doch auf eine seltsame Weise – ich weiß nicht,
ob Sie mich verstehen werden – hat mir seine Persönlichkeit eine
völlig neue Kunstform, einen völlig neuen Stil offenbart. Ich
sehe die Dinge anders, ich fasse sie anders auf. Ich kann jetzt das
Leben auf eine Weise neu gestalten, die mir früher verschlossen
war. ‚Ein Traum der Form in einer Zeit des Denkens‘ – von
wem stammt dieser Ausspruch? Ich habe es vergessen; aber
genau das bedeutet Dorian Gray für mich. Die bloße sichtbare
Gegenwart des Jungen – denn er wirkt auf mich kaum anders
als ein Junge, obgleich er tatsächlich schon über zwanzig ist –,
seine bloße sichtbare Gegenwart – ah! Ob Sie sich wohl vorstellen können, was das alles bedeutet? Unbewußt enthüllt er mir
die Umrisse einer neuen Kunstrichtung, einer Kunstrichtung, die
alle Leidenschaft des romantischen Geistes, alle Vollkommenheit des griechischen Geistes in sich schließt. Die Harmonie von
Seele und Leib – wieviel ist das! Wir haben in unserem Wahnsinn die beiden getrennt und einen Realismus erfunden, der
vulgär, eine Idealität, die hohl ist. Harry! wenn Sie wüßten,
was mir Dorian Gray bedeutet! Erinnern Sie sich noch an mein
Landschaftsbild, für das mir Agnew einen so hohen Preis gebo-
ten hat und von dem ich mich trotzdem nicht trennen wollte?
Es ist eine der besten Arbeiten, die ich jemals gemacht habe. Und
warum? Weil Dorian Gray neben mir saß, als ich daran malte.
Irgendeine subtile Wirkung ging von ihm auf mich über, und
zum erstenmal in meinem Leben erkannte ich in der schlichten
Waldlandschaft das Wunder, nach dem ich immer Ausschau gehalten und das sich mir immer entzogen hatte."

„Basil, das ist großartig! Ich muß Dorian Gray kennenlernen."

Hallward erhob sich und ging im Garten auf und ab. Nach
einiger Zeit kam er zurück. „Harry", sagte er, „Dorian Gray ist
für mich nichts weiter als ein künstlerisches Motiv. Vielleicht
finden Sie gar nichts an ihm. Ich finde alles in ihm. Er ist in
meinem Werk niemals gegenwärtiger, als wenn sein Bild nicht
in ihm erscheint. Er ist, wie gesagt, die Anregung einer neuen
Kunstform. Ich finde ihn in einer bestimmten Linienführung

wieder, in der Lieblichkeit und Feinheit bestimmter Farben. Das ist alles."

„Warum stellen Sie dann sein Porträt nicht aus?" fragte Lord Henry.

„Weil ich, ohne es zu wollen, einen Ausdruck all dieser seltsamen künstlerischen Vergötterung hineingelegt habe, von der ich ihm selbstverständlich nie erzählt habe. Er hat von alledem keine Ahnung. Er soll niemals etwas davon erfahren. Aber die Leute könnten es erraten; und ich will nicht meine Seele vor ihren oberflächlichen, zudringlichen Blicken entblößen. Sie sollen mein Herz nicht unter ihr Mikroskop legen. In dem Bild steckt zuviel von mir selber, Harry – zuviel von mir selber!"

„Die Dichter haben da nicht so viele Skrupel wie Sie. Sie wissen, wie sehr Leidenschaft den Absatz fördert. Heutzutage bringt es ein gebrochenes Herz auf viele Auflagen."

„Deswegen hasse ich sie", rief Hallward. „Ein Künstler sollte Schönes schaffen, aber nichts von seinem eigenen Leben hineinlegen. Wir leben in einer Zeit, in der die Menschen von der Kunst erwarten, sie solle eine Art Autobiographie sein. Wir haben den abstrakten Schönheitssinn verloren. Eines Tages werde ich der Welt zeigen, was das ist; und aus diesem Grund soll die Welt niemals mein Dorian-Gray-Porträt sehen."

„Ich meine, Sie haben unrecht, Basil, doch ich will mit Ihnen nicht streiten. Nur geistig Heruntergekommene streiten. Sagen Sie mir: liebt Dorian Gray Sie sehr?"

Der Maler dachte ein paar Augenblicke nach. „Er hat mich gern", erwiderte er nach einer Pause; „ich weiß, daß er mich gern hat. Natürlich schmeichle ich ihm schrecklich. Es bereitet mir eine merkwürdige Freude, ihm Dinge zu sagen, von denen ich weiß, daß sie mir hinterher leid tun werden. Im allgemeinen ist er reizend zu mir, und wir sitzen im Atelier und reden über tausend Dinge. Doch bisweilen ist er furchtbar rücksichtslos, und es scheint ihm richtig Vergnügen zu machen, mir weh zu tun. Dann habe ich das Gefühl, Harry, daß ich meine ganze Seele einem Menschen hingegeben habe, der sie behandelt wie eine Blume, die man sich ins Knopfloch steckt, wie einen Schmuck zur Befriedigung seiner Eitelkeit, einen Zierat für einen Sommertag."

„Im Sommer, Basil, währen die Tage lange", murmelte Lord Henry. „Vielleicht werden Sie schneller müde als er. Es ist traurig, wenn man es bedenkt, aber das Genie überdauert die

Schönheit. Das erklärt, warum wir alle so bestrebt sind, uns übermäßig zu bilden. Im wilden Kampf ums Dasein brauchen wir etwas, was Dauer hat, und deshalb stopfen wir unseren Geist mit Plunder und Tatsachen voll, in der törichten Hoffnung, unseren Platz behaupten zu können. Der durch und durch wohlinformierte Mensch – das ist das moderne Ideal. Doch der Geist des durch und durch wohlinformierten Menschen ist etwas Abscheuliches. Es ist ein Trödelladen; lauter Scheußlichkeiten und Staub, und jedes Stück ist über seinem wahren Wert ausgezeichnet. Jedenfalls glaube ich, daß Sie eher müde werden. Eines Tages werden Sie Ihren Freund anschauen und feststellen, daß die Linien nicht ganz stimmen, oder sein Farbton gefällt Ihnen nicht, oder sonst etwas. Sie werden ihm in Ihrem Herzen bittere Vorwürfe machen und allen Ernstes denken, daß er sich Ihnen gegenüber sehr schlecht benommen hat. Wenn er Sie dann das nächstemal besucht, werden Sie vollkommen kalt und gleichgültig sein. Das ist sehr schade, denn es wird Sie verändern. Was Sie mir erzählt haben, ist eine Romanze, ja man könnte es eine Romanze der Kunst nennen, und das Schlimmste, was einem geschehen kann, wenn man eine Romanze irgendwelcher Art erlebt hat, ist dies, daß man so unromantisch zurückbleibt."

„Harry, so dürfen Sie nicht reden. Solange ich lebe, wird mich die Persönlichkeit Dorian Grays beherrschen. Sie können nicht empfinden, was ich empfinde. Sie ändern sich zu oft."

„Ach, mein lieber Basil, gerade deshalb kann ich es empfinden. Wer treu ist, kennt nur die triviale Seite der Liebe: die Treulosen kennen die Tragödien der Liebe." Und damit strich Lord Henry an einem zierlichen Silberetui ein Zündholz an und begann mit einer so selbstgefälligen und zufriedenen Miene eine Zigarette zu rauchen, als ob er die ganze Welt in einer Sentenz zusammengefaßt hätte. Tschilpende Sperlinge raschelten im grün lackierten Laub des Efeus, und die blauen Wolkenschatten jagten einander wie Schwalben auf dem Rasen. Wie angenehm war es jetzt im Garten! Und wie köstlich waren doch die Gefühlsregungen anderer Leute! – viel köstlicher noch als ihre Gedanken, so schien es ihm. Die eigene Seele und die Leidenschaften seiner Freunde – das waren die faszinierenden Dinge im Leben. Er malte sich innerlich amüsiert das langweilige Mittagessen aus, das er versäumt hatte, weil er so lange bei Basil Hallward geblieben war. Wäre er zu seiner Tante gegangen, dann hätte er dort bestimmt Lord Goodbody getroffen, und die ganze Konversation hätte sich um die Speisung der Armen und die Notwendigkeit von vorbildlichen Wohnheimen gedreht. Jeder Stand hätte die Bedeutung jener Tugenden gepredigt, deren Praktizierung er im eigenen Leben für entbehrlich hielt. Die Reichen hätten vom Wert der Sparsamkeit gesprochen und die Nichtstuer sich beredt über die Würde der Arbeit verbreitet. Herrlich, daß man alledem entgangen war! Als er an seine Tante dachte, schien ihm ein Gedanke zu kommen. Er wandte sich Hallward zu und sagte: „Mein Lieber, mir ist soeben etwas eingefallen."

„Was denn, Harry?"

„Wo ich den Namen Dorian Gray gehört habe."

„Wo war das?" fragte Hallward mit leicht gerunzelter Stirn.

„Machen Sie kein so böses Gesicht, Basil. Es war im Hause meiner Tante Lady Agatha. Sie erzählte mir, sie habe einen wunderbaren jungen Mann entdeckt, der ihr im East End helfen wolle, und er heiße Dorian Gray. Ich muß allerdings gestehen, daß sie mir nie gesagt hat, er sehe gut aus. Frauen haben keinen Sinn für gutes Aussehen; zumindest anständige Frauen nicht. Sie sagte mir, er sei sehr ernst und habe ein feines Wesen. Ich stellte mir sofort einen Menschen mit Brille und glattem Haar und scheußlichen Sommersprossen vor, der auf Riesenfüßen umherstapft. Ich wollte, ich hätte gewußt, daß er Ihr Freund ist."

„Ich bin froh, daß Sie es nicht gewußt haben, Harry."

„Wieso?"

„Ich möchte nicht, daß Sie mit ihm zusammentreffen."

„Sie möchten nicht, daß ich ihn treffe?"

„Nein."

„Mr. Dorian Gray ist im Atelier, Sir", sagte der Butler, der in den Garten gekommen war.

„Jetzt müssen Sie mich mit ihm bekannt machen", rief Lord Henry lachend.

Der Maler wandte sich an seinen Diener, der blinzelnd in der Sonne stand. „Bitten Sie Mr. Gray zu warten, Parker: ich komme in wenigen Augenblicken." Der Diener verbeugte sich und ging auf dem Weg zurück ins Haus.

Dann sah der Maler Lord Henry an. „Doran Gray ist mein teuerster Freund", sagte er. „Er hat ein einfaches und ein feines Wesen. Ihre Tante hatte ganz recht mit dem, was sie über ihn gesagt hat. Verderben Sie ihn nicht. Versuchen Sie nicht, ihn zu beeinflussen. Ihr Einfluß wäre schlecht. Die Welt ist groß, und auf ihr leben viele wunderbare Leute. Nehmen Sie mir nicht den einzigen Menschen weg, dem meine Kunst all den Zauber verdankt, den sie besitzt: mein Leben als Künstler hängt von ihm ab. Vergessen Sie es nicht, Harry, ich vertraue Ihnen." Er sprach sehr langsam, und die Worte schienen sich ihm fast gegen seinen Willen zu entringen.

„Was für einen Unsinn Sie reden!" sagte Lord Henry lächelnd, nahm Hallward beim Arm und zog ihn fast ins Haus.

2. KAPITEL

Als sie eintraten, erblickten sie Dorian Gray. Er saß am Klavier, hatte ihnen den Rücken zugekehrt und blätterte in einem Band mit Schumanns „Waldszenen". „Die müssen Sie mir leihen, Basil", rief er. „Ich möchte sie lernen. Sie sind einfach entzückend."

„Das hängt ganz davon ab, wie Sie mir heute sitzen, Dorian."

„Ach, ich habe das Sitzen satt, und ich brauche auch gar kein lebensgroßes Porträt von mir", erwiderte der junge Bursche, indem er sich eigensinnig und ausgelassen auf dem Klavierstuhl herumschwang. Als er Lord Henry gewahrte, verfärbte eine leichte Röte einen Augenblick lang seine Wangen, und er sprang auf. „Entschuldigen Sie, Basil, aber ich wußte nicht, daß Sie Besuch haben."

„Das ist Lord Henry Wotton, Dorian, ein alter Freund von Oxford her. Ich habe ihm gerade erzählt, was für ein großartiges Modell Sie sind, und jetzt haben Sie mir alles verdorben."

„Mir haben Sie das Vergnügen, Sie kennenzulernen, nicht verdorben, Mr. Gray", sagte Lord Henry, der vortrat und die Hand ausstreckte. „Meine Tante hat mir oft von Ihnen erzählt. Sie sind einer ihrer Lieblinge und, wie ich befürchte, auch eines ihrer Opfer."

„Im Augenblick bin ich bei Lady Agatha schlecht angeschrieben", entgegnete Dorian mit komisch zerknirschter Miene. „Ich hatte ihr versprochen, sie am letzten Dienstag in einen Klub in Whitechapel zu begleiten, und dann habe ich das Ganze total vergessen. Wir hätten zusammen ein Duett spielen sollen – drei Duette sogar, wenn ich mich recht erinnere. Ich weiß nicht, was sie mir nun sagen wird. Ich habe viel zuviel Angst, sie aufzusuchen."

„Oh, ich will Sie wieder mit meiner Tante versöhnen. Sie hängt sehr an Ihnen. Und ich glaube, es ist gar nicht so schlimm, daß Sie nicht gekommen sind. Die Zuhörer haben wahrscheinlich gemeint, es sei ein Duett gewesen. Wenn sich Tante Agatha ans Klavier setzt, macht sie Lärm genug für zwei."

„Das ist aber sehr häßlich ihr gegenüber und nicht sehr schmeichelhaft für mich", versetzte Dorian lachend.

Lord Henry sah ihn an. Ja, er war tatsächlich auffallend hübsch, mit seinen fein geschwungenen scharlachroten Lippen, den offenen blauen Augen, dem gewellten Goldhaar. Es war etwas in seinem Gesicht, was sofort Vertrauen erweckte. Die ganze Aufrichtigkeit der Jugend lag darin, ebenso die ganze leidenschaftliche Reinheit der Jugend. Man spürte, daß er sich von der Welt unbefleckt bewahrt hatte. Kein Wunder, daß Basil Hallward ihn anbetete.

„Sie sind zu charmant, um sich mit Philanthropie abzugeben, Mr. Gray – viel zu charmant." Damit warf sich Lord Henry auf den Diwan und öffnete sein Zigarettenetui.

Der Maler hatte unterdessen eifrig seine Farben gemischt und seine Pinsel hergerichtet. Er sah bekümmert drein, und als er Lord Henrys letzte Bemerkung hörte, warf er ihm einen Blick zu, zögerte einen Moment und sagte dann: „Harry, ich möchte dieses Bild heute fertig malen. Meinen Sie, es wäre sehr unhöflich von mir, wenn ich Sie ersuchte zu gehen?"

Lord Henry lächelte und blickte Dorian Gray an. „Soll ich gehen, Mr. Gray?" fragte er.

„Oh, bitte nicht, Lord Henry. Ich sehe, daß Basil wieder einmal schlecht gelaunt ist; und ich kann ihn nicht ausstehen, wenn er schlechte Laune hat. Außerdem müssen Sie mir noch erklären, warum ich mich nicht mit Philanthropie abgeben soll."

„Ich weiß nicht recht, ob ich Ihnen das erklären soll, Mr. Gray. Das ist ein so langweiliges Thema, daß man ernsthaft darüber reden müßte. Aber ich werde jetzt bestimmt nicht davonlaufen, nachdem Sie mich zum Bleiben aufgefordert haben. Sie haben doch nichts dagegen, Basil, oder? Sie haben mir so oft gesagt, daß es Ihnen ganz lieb ist, wenn Ihre Modelle mit jemandem plaudern können."

Hallward biß sich auf die Lippen. „Wenn Dorian es wünscht, müssen Sie natürlich bleiben. Dorians Launen sind für jedermann Gesetz, nur nicht für ihn selber."

Lord Henry nahm seinen Hut und seine Handschuhe. „Sie drängen mich zwar sehr, Basil, aber ich muß leider gehen. Ich bin mit einem Herrn im Orleans-Klub verabredet. Auf Wiedersehen, Mr. Gray! Besuchen Sie mich doch einmal am Nachmittag in der Curzon Street. Um fünf Uhr bin ich fast immer zu Hause. Schreiben Sie mir, wann Sie kommen. Es würde mir leid tun, wenn ich Sie verfehlte."

„Basil", rief Dorian Gray, „wenn Lord Henry Wotton geht,

gehe ich auch. Sie machen nie den Mund auf, wenn Sie malen, und es ist entsetzlich fade, auf einem Podium zu stehen und zu versuchen, ein freundliches Gesicht zu machen. Bitten Sie ihn zu bleiben. Ich bestehe darauf."

„Bleiben Sie, Harry, Dorian zuliebe und auch mir zuliebe", sagte Hallward, der den Blick unverwandt auf sein Bild richtete. „Es stimmt schon, ich rede nie bei der Arbeit und höre auch nie zu, und das muß für meine bedauernswerten Modelle schrecklich langweilig sein. Ich bitte Sie zu bleiben."

„Und was soll mit meinem Mann im Orleans-Klub werden?"

Der Maler lachte. „Ich glaube kaum, daß das ein Hinderungsgrund ist. Setzen Sie sich wieder hin, Harry. Und nun steigen Sie auf das Podium, Dorian, und bewegen Sie sich nicht zuviel und achten Sie überhaupt nicht auf das, was Lord Henry sagt. Er hat einen sehr schlechten Einfluß auf alle seine Freunde, mich allein ausgenommen."

Dorian Gray stieg mit der Miene eines jungen griechischen Märtyrers auf das Podest und machte eine kleine *moue* des Mißbehagens in Richtung Lord Henry, zu dem er eine gewisse Zuneigung gefaßt hatte. Er war so ganz anders als Basil. Die beiden bildeten einen reizvollen Gegensatz. Und er hatte eine so schöne Stimme. Nach einer Weile sagte er zu ihm: „Haben Sie wirklich einen sehr schlechten Einfluß, Lord Henry? So schlecht, wie Basil behauptet?"

„So etwas wie einen guten Einfluß gibt es nicht, Mr. Gray. Jeder Einfluß ist unmoralisch – unmoralisch vom wissenschaftlichen Standpunkt aus."

„Warum?"

„Weil einen Menschen beeinflussen bedeutet, daß man ihm seine eigene Seele gibt. Er denkt dann nicht mehr seine natürlichen Gedanken und brennt nicht mehr in seinen natürlichen Leidenschaften. Seine Tugenden sind für ihn nicht wirklich vorhanden. Seine Sünden, falls es so etwas wie Sünden überhaupt gibt, sind geborgt. Er wird zum Echo der Musik eines anderen, der Darsteller einer Rolle, die nicht für ihn geschrieben wurde. Das Ziel des Lebens ist Selbstentfaltung. Das eigene Wesen voll zu verwirklichen – dazu sind wir hier. Die Menschen haben heutzutage Angst vor sich selber. Sie haben die höchste aller Pflichten vergessen, die Pflicht gegen sich selber. Natürlich sind sie mildtätig. Sie speisen den Hungernden und kleiden den Bettler. Aber ihre eigene Seele darbt und ist nackt. Der Mut ist

unserem Geschlecht abhanden gekommen. Vielleicht haben wir
ihn nie besessen. Der Terror der Gesellschaft, der die Grundlage
der Moral ist, der Terror Gottes, der das Geheimnis der Religion
ist – das sind die beiden Dinge, die uns beherrschen. Und dennoch –"

„Wenden Sie den Kopf ein wenig mehr nach rechts, Dorian,
seien Sie so gut", sagte der Maler, der in seine Arbeit vertieft
war und nur gemerkt hatte, daß in das Gesicht des jungen Mannes ein Ausdruck getreten war, den er vorher noch nie wahrgenommen hatte.

„Und dennoch", fuhr Lord Henry mit seiner leisen, musikalischen Stimme und mit jener anmutigen Handbewegung fort,
die so charakteristisch für ihn war und die er bereits in Eton
an sich hatte, „ich glaube, daß ein einziger Mensch, wenn er sein
Leben voll und ganz entfalten und jedem Gefühl Gestalt, jedem
Gedanken Ausdruck und jedem Traum Wirklichkeit verleihen
könnte – ich glaube, die Welt würde dann einen solchen neuen
Anstoß der Freude erhalten, daß wir alle Krankheiten des mittelalterlichen Geistes vergäßen und zum hellenischen Ideal
zurückfänden – vielleicht gar zu etwas Schönerem, Reicherem
als dem hellenischen Ideal. Aber auch der Tapferste unter uns hat
Angst vor sich selber. Die Selbstverstümmelung der Wilden findet ihre tragische Fortsetzung in der Selbstverleugnung, die
unser Leben verunstaltet. Wir werden bestraft für unsere Entsagungen. Jeder Trieb, den wir zu ersticken versuchen, rumort
in der Seele weiter und vergiftet uns. Der Körper sündigt, und
dann ist die Sünde für ihn erledigt, denn die Tat ist eine Form
der Läuterung. Nichts bleibt dann zurück als die Erinnerung an
ein Vergnügen oder die Wollust der Reue. Die einzige Möglichkeit, eine Versuchung loszuwerden, besteht darin, daß man ihr
nachgibt. Widerstehen Sie ihr, so wird Ihre Seele krank vor
Verlangen nach den Dingen, die sie sich versagt hat, vor Begierde nach alledem, was ihre ungeheuerlichen Gesetze für ungeheuerlich und ungesetzlich erklärt haben. Man hat einmal gesagt, die großen Weltereignisse fänden im Gehirn statt. Im
Gehirn, und nur im Gehirn, geschehen auch die großen Sünden
der Welt. Sie, Mr. Gray, Sie selber mit Ihrer rosenroten Jugend
und Ihrer rosenweißen Knabenzeit, Sie haben Leidenschaften
gehabt, die Ihnen angst machten, Gedanken, die Sie mit Schrekken erfüllten, Wachträume und Schlafträume, deren bloße Erinnerung Ihnen die Schamröte in die Wangen treiben könnte –"

„Hören Sie auf!" stammelte Dorian Gray, „hören Sie auf! Sie verwirren mich. Ich weiß nicht, was ich sagen soll. Es gibt eine Antwort auf das, was Sie sagen, aber ich kann sie nicht finden. Sprechen Sie nicht mehr. Lassen Sie mich nachdenken. Oder vielmehr lassen Sie mich versuchen, nicht nachzudenken."

Fast zehn Minuten lang stand er da, bewegungslos, mit halb geöffneten Lippen und seltsam leuchtenden Augen. Er war sich undeutlich bewußt, daß völlig neue Einflüsse in ihm arbeiteten. Doch es war ihm, als gingen sie in Wirklichkeit von ihm selber aus. Die wenigen Worte, die Basils Freund an ihn gerichtet hatte – Worte, die ohne Zweifel vom Zufall bestimmt und von willkürlichen Paradoxen durchsetzt waren –, hatten eine geheime Saite angerührt, die nie zuvor angerührt worden war, die er aber jetzt in merkwürdigen Schwingungen erzittern und pulsieren fühlte.

Musik hatte ihn so schon erregt. Musik hatte ihn viele Male beunruhigt. Aber Musik war unartikuliert. Es war keine neue Welt, sondern eher ein neues Chaos, das sie in uns hervorbrachte. Worte! Bloße Worte! Wie entsetzlich sie waren! Wie klar und lebendig und grausam! Man konnte ihnen nicht entgehen. Und doch, welch heimtückischer Zauber lag in ihnen! Sie schienen die Macht zu haben, formlosen Dinge plastische Form zu verleihen, und eine eigene Musik zu besitzen, so süß wie die der Viole oder Flöte. Bloße Worte! Gab es etwas, was so wirklich wäre wie Worte?

Ja; in seiner Knabenzeit hatte es Dinge gegeben, die er nicht verstanden hatte. Jetzt verstand er sie. Das Leben verwandelte sich plötzlich für ihn in lodernde Farben. Es war ihm, als sei er durch Feuer geschritten. Warum hatte er es bisher nicht gewußt?

Mit seinem feinen Lächeln beobachtete ihn Lord Henry. Er kannte den richtigen psychologischen Moment, in dem man nichts sagen darf. Er empfand ein intensives Interesse. Er wunderte sich über den jähen Eindruck, den seine Worte hinterlassen hatten, und da ihm gerade jetzt ein Buch einfiel, das er als Sechzehnjähriger gelesen hatte, ein Buch, das ihm vieles enthüllt hatte, was ihm vorher unbekannt war, fragte er sich, ob Dorian Gray wohl eine ähnliche Erfahrung durchmachte. Er hatte nur einen Pfeil in die Luft geschossen. Hatte er mitten ins Ziel getroffen? Wie faszinierend der Junge war!

Hallward malte in seinem wunderbar kühnen Strich weiter,

der die wahre Verfeinerung und die vollkommene Delikatesse besaß, die in der Kunst jedenfalls nur aus der Kraft erwachsen. Er hatte das Schweigen gar nicht bemerkt.

„Basil, ich bin müde vom Stehen", rief Dorian Gray unvermittelt. „Ich muß in den Garten gehen und mich hinsetzen. Die Luft ist hier drinnen zum Ersticken."

„Mein lieber Junge, das tut mir aber leid. Wenn ich male, kann ich an nichts anderes denken. Doch Sie haben mir nie besser Modell gestanden. Sie waren ganz ruhig. Und ich habe die Wirkung erreicht, die ich gesucht habe – die halb geöffneten Lippen und das Leuchten in den Augen. Ich weiß nicht, was Harry zu Ihnen gesagt hat, aber auf jeden Fall hat er bei Ihnen den herrlichsten Ausdruck bewirkt. Vermutlich hat er Ihnen Komplimente gemacht. Sie dürfen kein Wort von dem glauben, was er sagt."

„Er hat mir bestimmt keine Komplimente gemacht. Vielleicht glaube ich deswegen kein Wort von dem, was er mir erzählt hat."

„Sie wissen, daß Sie das alles glauben", sagte Lord Henry und betrachtete ihn mit seinen träumerischen, müden Augen. „Ich gehe mit Ihnen in den Garten. Es ist furchtbar heiß im Atelier. Basil, lassen Sie uns etwas Eisgekühltes zum Trinken bringen, etwas mit Erdbeeren drin."

„Selbstverständlich, Harry. Klingeln Sie doch bitte, und wenn Parker kommt, sage ich ihm, was Sie haben wollen. Ich muß noch den Hintergrund fertig machen, dann komme ich nach. Aber halten Sie Dorian nicht zu lange auf. Ich war nie in einer besseren Malstimmung als heute. Das wird mein Meisterwerk werden. Es ist mein Meisterwerk schon so, wie es da steht."

Lord Henry ging in den Garten hinaus und fand dort Dorian Gray vor, der das Gesicht in die großen, kühlen Fliederblüten vergraben hatte und fieberhaft ihren Duft einsog, als wäre es Wein. Er trat auf ihn zu und legte ihm die Hand auf die Schulter. „Sie haben ganz recht", murmelte er. „Nichts kann die Seele heilen als die Sinne, genauso wie nichts die Sinne heilen kann als die Seele."

Der Junge schreckte auf und fuhr zurück. Er war barhäuptig, und die Blätter hatten seine rebellischen Locken durcheinandergebracht und ihre goldenen Fäden verwirrt. In seinen Augen lag ein ängstlicher Ausdruck, wie ihn Menschen haben, die plötzlich aufgeweckt werden. Seine feinziselierten Nasenflügel bebten,

und irgendein verborgener Nerv zuckte im Scharlachrot seiner
Lippen und ließ sie erzittern.

„Ja", fuhr Lord Henry fort, „das ist eines der großen Geheimnisse des Lebens – die Seele heilen durch die Sinne und die
Sinne durch die Seele. Sie sind ein wunderbares Geschöpf. Sie
wissen mehr, als Sie zu wissen meinen, genauso wie Sie weniger
wissen, als Sie wissen möchten."

Dorian Gray runzelte die Stirn und wandte den Kopf ab. Er
konnte sich nicht helfen, er mußte den hochgewachsenen, eleganten jungen Mann gern haben, der neben ihm stand. Sein
romantisches, olivenfarbenes Gesicht mit dem müden Ausdruck
interessierte ihn. In seiner leisen, sanften Stimme war für ihn
etwas ungemein Faszinierendes. Sogar seine kühlen, weißen,
blumengleichen Hände hatten einen seltsamen Reiz. Sie begleiteten seine Worte wie Musik und schienen eine eigene Sprache
zu besitzen. Dennoch hatte er Angst vor ihm, und er schämte
sich seiner Angst. Warum muß ein Fremder kommen, um ihm
das eigene Innere zu enthüllen. Er kannte Basil Hallward nun
schon seit Monaten, aber die Freundschaft zu ihm hatte ihn
nicht verändert. Plötzlich war nun jemand in sein Leben getreten, der ihm das Mysterium des Lebens zu offenbaren schien.
Und doch, wovor sollte er sich fürchten? Er war kein Schul-
junge und auch kein kleines Mädchen. Es war albern, sich zu
ängstigen.

„Gehen wir, und setzen wir uns in den Schatten", sagte Lord
Henry. „Parker hat uns etwas zu trinken gebracht, und wenn
Sie noch länger in dieser Glut stehen, verderben Sie noch ganz,
und Basil wird Sie nie wieder malen. Sie dürfen sich wirklich
keinen Sonnenbrand holen. Er würde Ihnen schlecht stehen."

„Was macht das schon?" rief Dorian Gray lachend, als er
sich auf die Bank am Ende des Gartens niedersetzte.

„Bei Ihnen würde es sehr viel ausmachen, Mr. Gray."

„Wieso?"

„Weil Sie so herrlich jung sind, und Jugend ist der einzige
Besitz, der sich lohnt."

„Davon merke ich nichts, Lord Henry."

„Nein, jetzt merken Sie es noch nicht. Doch eines Tages,
wenn Sie alt und runzlig und häßlich sind, wenn das Denken
Ihre Stirn mit Furchen gezeichnet und die Leidenschaft Ihre
Lippen mit ihren entsetzlichen Feuern verbrannt hat, dann werden Sie es merken, auf furchtbare Weise merken. Heute be-

zaubern Sie die Welt, wohin Sie auch gehen. Wird es so bleiben?
... Sie haben ein wunderbar schönes Gesicht, Mr. Gray. Run-
zeln Sie nicht die Stirn. Sie haben es. Und die Schönheit ist
eine Form des Genies – sie steht in Wahrheit noch über dem
Genie, da sie keiner Erklärung bedarf. Sie gehört zu den großen
Tatsachen der Welt, wie das Sonnenlicht oder der Frühling oder
der Abglanz jener Silberschale, die wir Mond nennen, auf dem
dunklen Wasser. Sie kann nicht in Frage gestellt werden. Sie hat
ihr göttliches Hoheitsrecht. Sie macht den zum Fürsten, der sie
besitzt. Sie lächeln? Ach! wenn Sie sie verloren haben, werden
Sie nicht mehr lächeln ... Die Leute sagen manchmal, Schönheit
sei oberflächlich. Das mag sein. Aber zumindest ist sie nicht so
oberflächlich wie das Denken. Für mich ist die Schönheit das
Wunder aller Wunder. Nur seichte Menschen urteilen nicht
nach dem Äußeren. Das wahre Geheimnis der Welt ist das
Sichtbare, nicht das Unsichtbare ... Ja, Mr. Gray, die Götter
haben es gut mit Ihnen gemeint. Doch was die Götter geben,
das nehmen Sie bald wieder fort. Nur wenige Jahre sind Ihnen
vergönnt, in denen Sie wirklich, vollkommen und in der Fülle
leben können. Wenn Ihre Jugend vergeht, vergeht auch Ihre
Schönheit, und dann werden Sie plötzlich entdecken, daß Ihre
Triumphe vorüber sind, oder Sie müssen sich mit solchen dürftigen Triumphen begnügen, welche die Erinnerung an Ihre Vergangenheit noch bitterer macht als Niederlagen. Jeder Monat,
der vergeht, bringt Sie einem schrecklichen Ende näher. Die Zeit
ist eifersüchtig auf Sie und führt Krieg gegen Ihre Lilien und
Ihre Rosen. Sie werden fahl und hohlwangig und trübäugig. Sie
werden entsetzlich leiden ... Ach! nutzen Sie Ihre Jugend,
solange Sie sie haben. Vergeuden Sie nicht das Gold Ihrer Tage,
indem Sie den Philistern zuhören, die hoffnungslose Versager
aufzurichten versuchen oder ihr Leben an die Ignoranten, die
Niedrigen und die Vulgären wegwerfen. Das sind die krankhaften Ziele, die falschen Vorstellungen unserer Zeit. Leben Sie!
Leben Sie das herrliche Leben, das in Ihnen ist! Lassen Sie sich
nichts entgehen. Seien Sie stets auf der Suche nach neuen Ge-
fühlserregungen. Fürchten Sie sich vor nichts ... Ein neuer
Hedonismus – das ist es, was unser Jahrhundert braucht. Sie
könnten sein sichtbares Symbol sein. Für einen Menschen wie
Sie gibt es nichts, was er nicht schaffen könnte. Die Welt gehört
Ihnen für eine Saison ... In dem Augenblick, da ich Ihnen begegnete, erkannte ich, daß Ihnen gar nicht bewußt ist, was Sie

wirklich sind, was Sie wirklich sein könnten. In Ihnen steckt so viel, was mich bezauberte, daß ich meinte, ich müsse Ihnen einiges über Sie selber sagen. Ich überlegte mir, wie tragisch es wäre, wenn Sie sich verschwendeten. Denn Ihre Jugend wird nur eine so kurze Zeit währen – eine so kurze Zeit. Die gewöhnlichen Bergblumen verwelken, aber sie blühen wieder. Der Goldregen wird im nächsten Juni genauso gelb sein wie heute. In einem Monat trägt die Klematis Purpursterne, und Jahr um Jahr wird die grüne Nacht ihrer Blätter solche Purpursterne aufweisen. Doch wir erhalten niemals unsere Jugend zurück. Der Puls der Freude, der mit zwanzig in uns pocht, läßt nach. Unsere Glieder versagen, unsere Sinne verfaulen. Wir entarten zu scheußlichen Puppen, heimgesucht von der Erinnerung an die Leidenschaften, vor denen wir uns allzusehr fürchteten, und an die köstlichen Versuchungen, denen nachzugeben wir den Mut nicht hatten. Jugend! Jugend! In der Welt zählt nichts als Jugend!"

Dorian Gray hörte zu, mit offenen Augen und voller Staunen. Der Fliederzweig fiel aus seiner Hand auf den Kies. Eine bepelzte Biene flog heran und umsummte ihn eine Weile. Dann begann sie über die ovale gesternte Wölbung der winzigen Blüten zu krabbeln. Er beobachtete sie mit jenem eigenartigen Interesse an trivialen Dingen, das wir zu entwickeln versuchen, wenn Dinge von großer Bedeutung uns ängstigen oder wenn uns eine neuartige Empfindung bewegt, die wir nicht auszudrücken vermögen, oder wenn ein Gedanke, der uns erschreckt, unvermittelt das Gehirn belagert und uns zur Übergabe auffordert. Nach einiger Zeit flog die Biene davon. Er sah, wie sie in die gefleckte Trompete einer tyrischen Winde hineinkroch. Die Blüte schien zu beben und schwankte dann sanft hin und her.

Plötzlich erschien der Maler in der Tür des Ateliers und bedeutete ihnen mit abgehackten Gesten, sie möchten hereinkommen. Sie wandten einander zu und lächelten.

„Ich warte", rief er. „Kommen Sie. Das Licht ist ganz herrlich, und Sie können die Getränke mitbringen."

Sie standen auf und schlenderten zusammen den Gartenweg entlang. Zwei grün-weiße Schmetterlinge flatterten an ihnen vorbei, und im Birnbaum in der Ecke des Gartens begann eine Drossel zu singen.

„Sie freuen sich, daß Sie mich kennengelernt haben, Mr. Gray", sagte Lord Henry und blickte ihn an.

„Ja, jetzt freue ich mich. Ich weiß nicht, ob ich mich immer freuen werde."

„Immer! Das ist ein schreckliches Wort. Mich schaudert, wenn ich es höre. Die Frauen benutzen es besonders gern. Sie verderben jede Romanze, indem sie ihr Ewigkeit verleihen wollen. Überdies ist es ein sinnloses Wort. Der einzige Unterschied zwischen einer Laune und einer lebenslänglichen Leidenschaft besteht darin, daß die Laune ein wenig länger dauert."

Als sie das Atelier betraten, legte Dorian Gray seine Hand auf Lord Henrys Arm. „Wenn dem so ist, dann soll unsere Freundschaft eine Laune sein", murmelte er, errötend über seine Kühnheit, bestieg dann das Podest und nahm seine Pose wieder ein.

Lord Henry warf sich in einen großen Korbsessel und betrachtete ihn. Das Gleiten und Tupfen des Pinsels auf der Leinwand waren die einzigen Geräusche, welche die Stille unterbrachen, außer wenn Hallward hin und wieder zurücktrat, um sein Werk aus der Distanz zu prüfen. In den schrägen Strahlen, die durch die offene Tür einfielen, tanzte der Staub und färbte sich golden. Der schwere Duft der Rosen schien über allem zu lagern.

Nach ungefähr einer Viertelstunde hörte Hallward mit dem Malen auf, blickte lange auf Dorian Gray, dann lange auf das Bild, wobei er auf dem Stiel eines großen Pinsels herumbiß und die Stirn runzelte. „Es ist ganz fertig", rief er schließlich aus, und sich niederbeugend setzte er in hohen roten Buchstaben seinen Namen in die linke Ecke der Leinwand.

Lord Henry trat hinzu und prüfte das Bild. Es war ohne Zweifel ein wunderbares Kunstwerk und obendrein von wunderbarer Ähnlichkeit.

„Mein Lieber, ich gratuliere Ihnen sehr herzlich", sagte er. „Es ist das schönste Porträt unserer Zeit. Mr. Gray, kommen Sie doch her und schauen Sie selbst."

Der junge Mann fuhr zusammen, als erwache er aus einem Traum. „Ist es wirklich fertig?" murmelte er und stieg vom Podest hinunter.

„Ganz fertig", sagte der Maler. „Und Sie haben mir heute großartig Modell gestanden. Ich bin Ihnen dafür sehr verbunden."

„Das haben Sie nur mir zu verdanken", fiel Lord Henry ein. „Nicht wahr, Mr. Gray?"

Dorian gab keine Antwort, sondern trat lässig vor das Bild und wandte sich ihm zu. Als er es erblickte, wich er zurück, und seine Wangen röteten sich einen Augenblick lang vor Freude. Ein glücklicher Ausdruck trat in seine Augen, als ob er sich jetzt zum erstenmal erkannt hätte. Er stand reglos und voller Verwunderung da; undeutlich wurde ihm bewußt, daß Hallward zu ihm sprach, aber er erfaßte den Sinn seiner Worte nicht. Das Gefühl seiner eigenen Schönheit überkam ihn wie eine Offenbarung. Er hatte sie bis dahin noch nie empfunden. Die Komplimente Basil Hallwards waren ihm nur wie die liebenswürdigen Übertreibungen der Freundschaft vorgekommen. Er hatte sie sich angehört, über sie gelacht, sie wieder vergessen. Sie hatten sein Wesen nicht beeinflußt. Doch dann war Lord Henry Wotton gekommen mit seiner seltsamen Lobrede auf die Jugend, seiner schrecklichen Warnung von ihrer kurzen Dauer. Das hatte ihn aufgerüttelt, und jetzt, da er das Abbild seiner eigenen Lieblichkeit anstarrte, ging ihm schlagartig die volle Wahrheit der Beschreibung auf. Ja, es würde einmal ein Tag kommen, an dem sein Gesicht verrunzelt und verwittert, seine Augen trübe und farblos, die Anmut seiner Gestalt gebrochen und entstellt wären. Das Scharlachrot würde aus seinen Lippen weichen und das Gold aus seinem Haar schwinden. Das Leben, das seine Seele formen sollte, würde seinen Körper verderben. Er würde abscheulich, widerwärtig und häßlich werden.

Als er daran dachte, durchdrang ihn ein scharfer Schmerz wie ein Messer und ließ jede feine Faser seines Wesens erzittern. Seine Augen wurden dunkel wie Amethyst, und ein Tränenschleier breitete sich über sie. Er hatte das Gefühl, als ob sich eine eiskalte Hand auf sein Herz legte.

„Gefällt es Ihnen nicht?" rief Hallward schließlich, ein wenig gereizt durch das Schweigen des Jungen, da er nicht begriff, was es bedeuten sollte.

„Natürlich gefällt es ihm", sagte Lord Henry. „Wem würde es nicht gefallen? Es ist eines der größten Werke der modernen Kunst. Ich gebe Ihnen alles dafür, was Sie verlangen. Ich muß es haben."

„Es gehört nicht mir, Harry."

„Wem denn?"

„Dorian natürlich", antwortete der Maler.

„Da hat er aber Glück."

„Wie traurig es ist!" murmelte Dorian Gray, der noch immer

auf sein Porträt starrte. „Wie traurig es ist! Ich werde alt und häßlich und widerwärtig werden. Aber dieses Bild bleibt immer jung. Es wird niemals älter werden, als es an diesem bestimmten Tag im Juni ist... Wenn es doch nur umgekehrt wäre! Wenn ich stets jung bleiben könnte, und das Bild müßte altern! Dafür – dafür – würde ich alles hingeben! Ja, es gibt nichts in der Welt, was ich dafür nicht hingeben würde! Dafür würde ich sogar meine Seele hingeben!"

„Ein solcher Handel wäre kaum nach Ihrem Geschmack, Basil", rief Lord Henry lachend. „Das wären ziemlich böse Aussichten für Ihr Werk."

„Ich wäre sehr dagegen, Harry", sagte Hallward.

Dorian Gray drehte sich um und sah ihn an. „Das glaube ich auch, Basil. Sie lieben Ihre Kunst mehr als Ihre Freunde. Ich bin für Sie nicht mehr als eine grüne Bronzestatue. Nicht einmal das, möchte ich behaupten."

Der Maler war starr vor Verwunderung. Es paßte gar nicht zu Dorian, so zu reden. Was war geschehen? Er wirkte ganz aufgebracht. Sein Gesicht war gerötet, und seine Wangen brannten.

„Ja", fuhr er fort, „ich bedeute Ihnen weniger als Ihr elfenbeinerner Hermes oder Ihr silberner Faun. Die werden Sie immer gern haben. Wie lange werden Sie mich gern haben? Bis ich die erste Runzel bekomme, nehme ich an. Das weiß ich jetzt: wenn man sein gutes Aussehen verliert, welcherart es auch sein mag, verliert man alles. Ihr Bild hat mich das gelehrt. Lord Henry Wotton hat vollkommen recht. Jugend ist das einzige, was zu besitzen sich lohnt. Wenn ich merke, daß ich alt werde, bringe ich mich um."

Hallward wurde bleich und ergriff seine Hand. „Dorian! Dorian!" rief er, „so dürfen Sie nicht reden. Ich habe nie einen Freund wie Sie gehabt und werde so einen auch nie wieder haben. Sie sind doch nicht eifersüchtig auf leblose Dinge, oder? – Sie, der Sie schöner sind als alle zusammen!"

„Ich bin auf alles eifersüchtig, dessen Schönheit nicht untergeht. Ich bin eifersüchtig auf das Porträt, das Sie von mir gemalt haben. Warum soll es behalten, was ich verlieren muß? Jeder Augenblick, der vergeht, nimmt mir etwas und gibt ihm etwas. Oh, wenn es doch nur umgekehrt wäre! Wenn sich doch das Bild veränderte, und ich könnte stets so bleiben, wie ich heute bin! Warum haben Sie es gemalt? Eines Tages wird es mich verhöhnen – grausam verhöhnen!" Heiße Tränen stiegen ihm in die Augen; er riß seine Hand weg, warf sich auf den Diwan und vergrub sein Gesicht in den Kissen, als bete er.

„Das ist Ihr Werk, Harry", sagte der Maler bitter.

Lord Henry zuckte die Achseln. „Das ist der wahre Dorian Gray – weiter nichts."

„Nein."

„Wenn nicht, was geht es dann mich an?"

„Sie hätten gehen sollen, als ich Sie darum bat", murmelte er.

„Ich bin geblieben, als Sie mich darum baten", war Lord Henrys Antwort.

„Harry, ich kann nicht mit meinen beiden besten Freunden gleichzeitig streiten, aber ihr beide habt dafür gesorgt, daß ich das beste Werk hasse, das ich jemals zustande gebracht habe, und ich werde es zerstören. Was ist es denn anders als Leinwand und Farbe? Ich will nicht, daß es sich in das Leben von uns dreien eindrängt und es zugrunde richtet."

Dorian Gray hob sein goldenes Haupt von dem Kissen und beobachtete ihn mit bleichem Gesicht und tränenverschmierten Augen, als er zu dem Maltisch aus Tannenholz hinüberging, der unter dem hohen verhangenen Fenster stand. Was hatte er dort vor? Seine Finger wühlten in dem Gewirr von Zinntuben und trockenen Pinseln und suchten etwas. Ja, sie suchten nach dem langen Spatel mit der dünnen Klinge aus biegsamem Stahl. Endlich hatte er ihn gefunden. Er wollte die Leinwand zerfetzen.

Mit einem unterdrückten Schluchzen sprang der Junge von seiner Liegestatt auf, stürzte auf Hallward zu, riß ihm das Messer aus der Hand und schleuderte es in die Ecke des Ateliers. „Nicht, Basil, nicht!" schrie er. „Das wäre Mord!"

„Ich freue mich, daß Sie mein Werk am Ende doch zu schätzen wissen, Dorian", sagte der Maler kalt, nachdem er sich von seiner Überraschung erholt hatte. „Das hätte ich nicht gedacht."

„Schätzen? Ich liebe es, Basil. Es ist ein Teil von mir selber. Ich spüre es."

„Nun, sobald Sie trocken sind, werden Sie gefirnißt und gerahmt und nach Hause geschickt. Dann können Sie mit sich machen, was Sie wollen." Und er durchquerte das Zimmer und läutete nach dem Tee. „Sie trinken doch eine Tasse Tee, Dorian? Und Sie wohl auch, Harry? Oder haben Sie etwas gegen so einfache Genüsse?"

„Ich schwärme für einfache Genüsse", sagte Lord Henry.

„Sie sind die letzte Zuflucht der Komplizierten. Aber ich mag keine Szenen, außer auf der Bühne. Was seid ihr doch für alberne Kerle, ihr beiden! Wer hat bloß den Menschen als ein vernunftbegabtes Tier definiert? Das war die voreiligste Definition, die es je gegeben hat. Der Mensch ist vielerlei, aber vernunftbegabt ist er nicht. Im Grunde bin ich froh, daß er es nicht ist: allerdings wäre es mir lieb, wenn ihr zwei euch nicht über das Bild streiten wolltet. Sie würden es dann schon besser mir überlassen, Basil. Dieser dumme Junge braucht es eigentlich gar nicht, ich hingegen sehr."

„Wenn Sie es einem anderen geben als mir, Basil, verzeihe ich Ihnen das nie!" rief Dorian Gray; „und ich gestatte es niemandem, mich einen dummen Jungen zu nennen."

„Sie wissen doch, daß das Bild Ihnen gehört, Dorian. Ich habe es Ihnen geschenkt, noch ehe es existierte."

„Und Sie wissen, daß Sie sich ein wenig dumm benommen haben, Mr. Gray, und daß Sie in Wirklichkeit nichts dagegen einzuwenden haben, wenn man Sie an Ihre große Jugend erinnert."

„Heute morgen hätte ich noch sehr viel dagegen einzuwenden gehabt, Lord Henry."

„Ah! heute morgen! Seitdem ist Ihr Leben weitergegangen."

Es klopfte an der Tür, und der Butler trat mit einem vollen Tablett ein und stellte es auf einen kleinen japanischen Tisch. Tassen und Teller klapperten, und eine kannelierte georgische Teemaschine zischte. Ein junger Diener brachte zwei kugelförmige Porzellanschalen. Dorian ging hinüber und schenkte den Tee ein. Die beiden Männer schlenderten gemächlich zum Tisch und untersuchten, was sich unter den Deckeln befand.

„Gehen wir doch heute abend ins Theater", sagte Lord Henry. „Irgendwo ist bestimmt etwas los. Ich habe zwar versprochen, bei White zu essen, aber es handelt sich bloß um einen alten Freund, dem ich telegraphieren kann, ich sei krank oder wegen einer später getroffenen Verabredung verhindert. Ich finde, das wäre eine hübsche Entschuldigung: sie hätte den Überraschungseffekt der Ehrlichkeit."

„Es ist so lästig, wenn man den Frack anziehen muß", brummte Hallward. „Und wenn man ihn anhat, sieht man so gräßlich aus."

„Ja", entgegnete Lord Henry verträumt, „die Kleidung des neunzehnten Jahrhunderts ist abscheulich. Sie ist so düster, so deprimierend. Die Sünde ist der einzige echte Farbtupfen im Leben von heute."

„Sie dürfen wirklich nicht solche Dinge vor Dorian sagen, Harry."

„Vor welchem Dorian? Vor dem, der uns Tee eingießt, oder vor dem auf dem Bild?"

„Vor keinem von beiden."

„Ich würde gerne mit Ihnen ins Theater gehen, Lord Henry", sagte der Junge.

„Dann kommen Sie doch; und Sie gehen ebenfalls mit, Basil, nicht wahr?"

„Ich kann wirklich nicht. Ich möchte lieber nicht. Ich habe noch viel zu arbeiten."

„Na schön, dann gehen wir beide eben allein, Mr. Gray."

„Das tät ich schrecklich gern."

Der Maler biß sich auf die Lippen und schritt, die Tasse in der Hand, zum Bild hinüber. „Ich bleibe hier bei dem echten Dorian", sagte er traurig.

„Ist das der echte Dorian?" rief das Original des Porträts und schlenderte zu Hallward hinüber. „Bin ich wirklich so?"

„Ja, genau so sind Sie."

„Wie wunderbar, Basil!"

„Zumindest sehen Sie ihm äußerlich gleich. Aber es wird sich niemals verändern", seufzte Hallward. „Das ist immerhin etwas."

„Was für ein Getue die Leute doch um die Treue machen!" rief Lord Henry aus. „Und dabei ist sie selbst in der Liebe nur eine Frage der Physiologie. Sie hat nichts mit unserem Willen zu tun. Junge Leute wollen treu sein und sind es nicht; alte Leute wollen untreu sein und können es nicht: mehr ist dazu nicht zu sagen."

„Gehen Sie heut abend nicht ins Theater, Dorian", sagte Hallward. „Bleiben Sie und essen Sie mit mir."

„Ich kann nicht, Basil."

„Warum nicht?"

„Weil ich Lord Henry Wotton versprochen habe, ihn zu begleiten."

„Er wird Sie nicht lieber mögen, weil Sie Ihr Versprechen halten. Er selber hält nie, was er versprochen hat. Ich bitte Sie, gehen Sie nicht."

Dorian Gray lachte und schüttelte den Kopf.

„Ich flehe Sie an."

Der junge Mann zögerte und blickte zu Lord Henry hinüber, der ihn vom Teetisch aus mit amüsiertem Lächeln beobachtete.

„Ich muß gehen, Basil", antwortete er.

„Sehr schön", sagte Hallward; er ging hinüber und stellte seine Tasse auf das Tablett. „Es ist schon ziemlich spät, und da ihr euch noch umziehen müßt, solltet ihr keine Zeit mehr verlieren. Auf Wiedersehen, Harry. Auf Wiedersehen, Dorian. Besuchen Sie mich bald wieder. Kommen Sie morgen."

„Gewiß."

„Sie vergessen es nicht?"

„Nein, natürlich nicht", rief Dorian.

„Und ... Harry!"

„Ja, Basil?"

„Denken Sie an das, worum ich Sie gebeten habe, als wir heute morgen im Garten waren."

„Ich habe es vergessen."

„Ich vertraue Ihnen."

„Ich wollte, ich könnte mir selber vertrauen", sagte Lord Henry lachend. „Kommen Sie, Mr. Gray, mein Wagen steht draußen, und ich kann Sie bei Ihrer Wohnung absetzen. Auf Wiedersehen, Basil. Es war ein höchst interessanter Nachmittag."

Als sich die Tür hinter den beiden geschlossen hatte, warf sich der Maler auf das Sofa, und ein schmerzlicher Ausdruck trat in sein Gesicht.

3. KAPITEL

Am nächsten Tag um halb eins schlenderte Lord Henry Wotton von der Curzon Street hinüber zum Albany, um dort seinen Onkel Lord Fermor zu besuchen, einen freundlichen, wenn auch etwas rauhbeinigen alten Junggesellen, den die Umwelt egoistisch nannte, weil sie keinen besonderen Nutzen von ihm hatte, der jedoch in der guten Gesellschaft als großzügig galt, da er die Leute, die ihn amüsierten, ernährte. Sein Vater war Gesandter in Madrid gewesen, als Isabella jung war und noch niemand an Prim dachte, aber er hatte den diplomatischen Dienst in einem kapriziösen Anfall von Verärgerung aufgegeben, weil man ihm nicht den Botschafterposten in Paris angeboten hatte, auf den er durch seine Geburt, seine Trägheit, das gepflegte Englisch seiner Depeschen und seine hemmungslose Vergnügungssucht einen Anspruch zu haben glaubte. Der Sohn, der seines Vaters Sekretär gewesen war, hatte zugleich mit seinem Chef den Dienst quittiert, was man damals für eine ziemlich törichte Entscheidung hielt, und als er einige Monate später sein Erbe antrat, widmete er sich ernsthaft dem Studium der hohen aristokratischen Kunst des absoluten Nichtstuns. Er besaß zwei stattliche Häuser in der Stadt, doch zog er es vor, möbliert zu wohnen, weil das weniger Ärger mit sich brachte, und speiste meistens im Klub. Er schenkte der Verwaltung seiner Zechen in den Midland-Grafschaften einige Aufmerksamkeit und entschuldigte sich für dieses anrüchige Gewerbe mit dem Hinweis, der einzige Vorteil, Kohlengruben zu besitzen, bestehe darin, daß ein Gentleman es sich dann leisten könne, in seinem eigenen Kamin Holz zu brennen. Was die Politik angeht, so war er ein Tory, außer wenn die Torys an der Regierung waren; in dieser Zeit schimpfte er sie glattweg eine Bande von Radikalen. Er war ein Held für seinen Kammerdiener, der ihn schikanierte, und ein Schrecken für die meisten Verwandten, die er seinerseits schikanierte. Nur England konnte ihn hervorgebracht haben, und er behauptete ständig, das Land gehe vor die Hunde. Seine Grundsätze waren zwar überholt, aber zugunsten seiner Vorurteile ließ sich allerlei sagen.

Als Lord Henry ins Zimmer trat, sah er seinen Onkel in einem derben Jagdrock dasitzen, einen Stumpen rauchen und über der „Times" brummeln. „Na, Harry", sagte der alte Herr, „was treibt dich denn so früh auf die Straße? Ich dachte, ihr Dandys steht nie vor zwei auf und werdet erst um fünf sichtbar."

„Reine Familienanhänglichkeit, das kann ich dir versichern, Onkel George. Ich brauche etwas von dir."

„Vermutlich Geld", sagte Lord Fermor und verzog das Gesicht. „Nun, setz dich und erzähl mir alles. Die jungen Leute glauben heutzutage, Geld sei alles."

„Ja", murmelte Lord Henry und zupfte seine Knopflochblume zurecht, „und wenn sie älter werden, wissen sie es. Aber ich brauche kein Geld. Das brauchen nur Leute, die ihre Rechnungen bezahlen, Onkel George, und ich bezahle die meinen nie. Kredit ist das Kapital deines jüngeren Sohns, und damit läßt sich herrlich leben. Im übrigen kaufe ich immer nur bei Dartmoors Lieferanten, und folglich werde ich nie von ihnen behelligt. Was ich brauche, ist eine Auskunft: natürlich keine nützliche; nur eine ganz unnütze Auskunft."

„Nun, ich kann dir alles sagen, was in einem englischen Blaubuch steht, Harry, obwohl die Leute heutzutage allerhand Unsinn zusammenschreiben. Als ich noch im diplomatischen Dienst war, stand es sehr viel besser darum. Aber wie ich höre, braucht man neuerdings ein Examen für die Zulassung. Was kann man da schon erwarten? Prüfungen, junger Mann, sind von Anfang bis Ende der reinste Humbug. Wenn jemand ein Gentleman ist, weiß er genug, und wenn er kein Gentleman ist, nützt ihm sein ganzes Wissen nichts."

„Mr. Dorian Gray kommt in den Blaubüchern nicht vor, Onkel George", sagte Lord Henry lässig.

„Mr. Dorian Gray? Wer ist das?" fragte Lord Fermor und zog die buschigen weißen Augenbrauen zusammen.

„Um das zu erfahren, bin ich ja gekommen, Onkel George. Oder vielmehr, ich weiß, wer er ist. Er ist der Enkel des letzten Lord Kelso. Seine Mutter war eine gewisse Devereux – Lady Margaret Devereux. Über sie möchte ich gerne etwas von dir hören. Wie sah sie aus? Wen hat sie geheiratet? Du hast doch in deiner Zeit nahezu jeden gekannt, also könntest du auch sie gekannt haben. Im Augenblick interessiere ich mich sehr für Mr. Gray. Ich habe ihn soeben erst kennengelernt."

„Kelsos Enkel!" wiederholte der alte Herr, „Kelsos Enkel! ...
Natürlich ... Ich habe seine Mutter sehr gut gekannt. Ich glaube, ich war bei ihrer Taufe. Sie war ein ungewöhnlich schönes
Mädchen, diese Margaret Devereux, und versetzte alle Männer
in Aufruhr, als sie mit einem völlig mittellosen jungen Kerl
durchbrannte, einem Niemand, junger Mann, einem Subaltern-
offizier in einem Infanterieregiment oder dergleichen. Ja, so
war's. Ich erinnere mich an die ganze Geschichte, als ob sie erst
gestern passiert wäre. Der arme Teufel wurde ein paar Monate
nach der Hochzeit in Spa bei einem Duell getötet. Es waren
häßliche Gerüchte darüber im Umlauf. Es hieß, Kelso habe
einen schurkischen Abenteurer, irgend so einen belgischen Roh-
ling, engagiert, der seinen Schwiegersohn in aller Öffentlichkeit
beleidigen sollte – er soll ihn dafür bezahlt haben, junger Mann,
jawohl, bezahlt –, und dieser Kerl habe dann seinen Gegner ab-
gestochen wie eine Taube. Die Sache wurde vertuscht, aber, na
ja, Kelso mußte eine Zeitlang sein Kotelett im Klub allein essen.
Er holte seine Tochter zurück, soviel ich weiß, doch sie hat nie
wieder mit ihm gesprochen. O ja, das war eine üble Affäre. Im
Jahr darauf starb dann auch das Mädchen. Sie hat also einen
Sohn zurückgelassen? Das hatte ich vergessen. Was ist das für
ein Junge? Wenn er seiner Mutter gleicht, muß er gut aussehen."
    „Er sieht sehr gut aus", bestätigte Lord Henry.
    „Hoffentlich kommt er in gute Hände", fuhr der alte Herr
fort. „Auf ihn müßte ein Haufen Geld warten, wenn Kelso
richtig für ihn vorgesorgt hat. Seine Mutter hatte ebenfalls Geld.
Die ganze Besitzung Selby war über ihren Großvater an sie
übergegangen. Ihr Großvater haßte Kelso, hielt ihn für einen
gemeinen Hund. Das war er allerdings auch. Kam eines Tages
nach Madrid, als ich dort war. Bei Gott, ich habe mich seinetwegen geschämt. Die Königin hat sich bei mir immer wieder
nach dem englischen Adligen erkundigt, der sich ständig mit
den Kutschern über den Fahrpreis stritt. Man machte eine große
Geschichte daraus. Einen Monat lang habe ich es nicht gewagt,
mich bei Hofe blicken zu lassen. Ich hoffe, er hat seinen Enkel
besser behandelt als die Droschkenkutscher."
    „Das weiß ich nicht", antwortete Lord Henry. „Doch ich
kann mir vorstellen, daß es dem Jungen einmal ganz gut gehen
wird. Er ist noch nicht volljährig. Selby gehört ihm, das weiß
ich. Davon hat er mir erzählt. Und ... seine Mutter war sehr
schön?"

„Margaret Devereux war eines der reizendsten Geschöpfe, die ich je gesehen habe, Harry. Warum in aller Welt sie sich so benommen hat, wie sie es tat, habe ich nie begreifen können. Sie hätte heiraten können, wen sie nur wollte. Carlington war ganz verrückt nach ihr. Doch sie war romantisch. Das waren in dieser Familie alle Frauen. Die Männer waren ein trübseliges Volk, aber die Frauen waren wunderbar, mein Gott! Carlington rutschte vor ihr auf den Knien. Hat er mir selber erzählt. Sie lachte ihn aus, und dabei gab es damals in London kein Mädchen, das nicht hinter ihm her gewesen wäre. Apropos, Harry, da wir gerade von verrückten Heiraten reden: was ist das für ein Unsinn, den mir dein Vater erzählt, daß Dartmoor eine Amerikanerin heiraten will? Sind ihm die englischen Mädchen nicht gut genug?"

„Es ist im Augenblick Mode, Amerikanerinnen zu heiraten, Onkel George."

„Ich setze gegen die ganze Welt auf die englischen Frauen, Harry", sagte Lord Fermor und schlug mit der Faust auf den Tisch.

„Die Wetten stehen gut für die Amerikanerinnen."

„Sie halten nicht lange durch, wie ich höre", murmelte sein Onkel.

„Ein langes Rennen erschöpft sie, aber beim Steeplechase sind sie großartig. Sie nehmen alle Hindernisse im Fluge. Ich glaube, daß Dartmoor keine Chance hat."

„Wie steht es mit ihrer Familie?" knurrte der alte Herr. „Hat sie überhaupt eine?"

Lord Henry schüttelte den Kopf. „Amerikanische Mädchen verstehen es, ihre Eltern zu verheimlichen, so wie es die Engländerinnen verstehen, ihre Vergangenheit zu verheimlichen", sagte er und wandte sich zum Gehen.

„Dann sind sie wohl Schweinefleischpacker?"

„Ich hoffe es, Onkel George, in Dartmoors Interesse. Wie ich gehört habe, ist in Amerika das Schweinefleischpacken nach der Politik der lukrativste Beruf."

„Ist sie hübsch?"

„Sie benimmt sich, als wäre sie schön. Das tun die meisten Amerikanerinnen. Es ist das Geheimnis ihres Charmes."

„Warum können diese Amerikanerinnen nicht zu Hause bleiben? Es heißt doch immer, dort sei das Paradies der Frauen."

„Stimmt. Und das ist auch der Grund, warum sie so wahnsinnig versessen darauf sind hinauszukommen", sagte Lord Henry. „Auf Wiedersehen, Onkel George. Ich komme zu spät zum Essen, wenn ich noch länger bleibe. Vielen Dank für die Auskunft, die ich brauchte. Ich möchte immer alles über meine neuen Freunde wissen und nichts über meine alten."

„Wohin gehst du zum Essen, Harry?"

„Zu Tante Agatha. Ich habe Mr. Gray und mich selber eingeladen. Er ist ihr neuester Protegé."

„Hm! Bestelle deiner Tante Agatha, sie solle mich mit ihren Wohltätigkeitsappellen in Ruhe lassen, Harry. Ich habe genug davon. Die Gute glaubt wohl, ich hätte nichts anderes zu tun, als Schecks für ihre albernen Marotten auszuschreiben."

„Gut, Onkel George, ich werde es ihr ausrichten, aber es wird nicht das geringste nützen. Philanthropen verlieren jedes Gefühl für Menschlichkeit. Das ist ihr Hauptcharakterzug."

Der alte Herr brummte beifällig und läutete nach seinem Diener. Lord Henry ging durch die niedrige Arkade zur Burlington Street und wandte sich dann zum Berkeley Square.

Das also war die Geschichte von Dorian Grays Eltern. So plump sie ihm auch erzählt worden war, sie hatte ihn dennoch durch die Ahnung einer seltsamen, fast modernen Romantik gerührt. Eine schöne Frau, die für eine verrückte Leidenschaft alles aufs Spiel setzt. Ein paar ungestüme Wochen des Glücks, jäh beendet durch ein scheußliches, hinterhältiges Verbrechen. Monate stummer Agonie, und dann ein Kind, das unter Schmerzen geboren wird. Die Mutter vom Tod dahingerafft, der Knabe der Einsamkeit und der Tyrannei eines alten und lieblosen Mannes ausgeliefert. Ja, das war eine interessante Vorgeschichte. Sie rückte den Jungen ins rechte Licht, ließ ihn womöglich noch vollkommener erscheinen. Hinter allen Kostbarkeiten auf Erden stand etwas Tragisches. Welten müssen sich mühen, wenn die unscheinbarste Blume erblühen soll ... Und wie bezaubernd er am Abend zuvor beim Essen war, als er ihm mit erregtem Blick und leicht geöffnetem Mund in schüchternem Entzücken gegenübersaß und die roten Lampenschirme das erwachende Wunder seines Gesichts in ein reicheres Rot tauchten. Das Gespräch mit ihm glich dem Spiel auf einer erlesenen Geige. Er reagierte auf jeden Druck und jedes Beben des Bogens ... Es lag etwas ungeheuer Faszinierendes darin, seinen Einfluß spielen zu lassen. Nichts kam einer solchen Tätigkeit gleich. Seine Seele in eine anmutige Form zu projizieren und sie einen Augenblick lang darin verharren zu lassen; den Widerhall seiner eigenen intellektuellen Ansichten, bereichert um den Wohllaut leidenschaftlicher Jugend, zu vernehmen; sein eigenes Temperament auf einen anderen Menschen zu übertragen, als wäre es ein feines Fluidum oder ein fremdartiger Duft: das gewährte echte Freude – vielleicht die höchste Freude, die uns in einer so beschränkten und vulgären Zeit wie der unseren geblieben ist, in einer Zeit, die so grob sinnlich in ihren Genüssen und so grob ordinär in ihren Bestrebungen ist... Und er war ein wundervoller Typus, dieser Junge, den er durch einen so merkwürdigen Zufall in Basils Atelier kennengelernt hatte, oder er konnte jedenfalls zu einem wundervollen Typus umgeformt werden. Anmut besaß er und die weiße Reinheit der Knabenhaftigkeit und jene Schönheit, die uns die alten griechischen Marmorstatuen bewahrt haben. Nichts gab es, was man nicht aus ihm hätte machen können. Er ließ sich in einen Titanen oder ein Spielzeug verwandeln. Wie schade, daß eine solche Schönheit vergehen mußte! ... Und Basil? Wie interessant er doch war in psychologischer Hinsicht! Der neue Kunststil, die neuartige Lebensanschauung, auf so seltsame Weise angeregt durch die bloß körperliche Gegenwart eines Menschen, der sich all dessen gar nicht bewußt war; der schweigende Geist, der im Dunkel des Waldes wohnt und ungesehen über das freie Feld schreitet, um sich plötzlich zu offenbaren, dryadengleich und ohne Furcht, weil in der Seele dessen, der ihn gesucht hat, jene wunderbare Hellsicht erwacht ist, der sich nur wunderbare Dinge enthüllen; die bloßen Gestalten und Muster der Dinge, die sich sozusagen verfeinern und einen symbolischen Wert erlangen, als wären sie selber die Muster einer anderen und vollkommeneren Form, deren Schatten durch sie Wirklichkeit gewann: wie seltsam war das alles! Er erinnerte sich an einen ähnlichen Vorgang in der Geschichte. War es nicht Plato, dieser Künstler des Denkens, der ihn als erster analysiert hatte? War es nicht Buonarroti, der ihn in den farbigen Marmor einer Sonettfolge gemeißelt hatte? Doch in unserem Jahrhundert ist er etwas Fremdes... Ja, er wollte versuchen, für Dorian Gray das zu sein, was der Junge, ohne es zu wissen, für den Maler war, der das herrliche Porträt geschaffen hatte. Er wollte danach streben, ihn zu beherrschen – zur Hälfte war es ihm ja bereits gelungen. Er wollte jenen wunderbaren Geist zu seinem eigenen machen. Es war etwas Faszinierendes um diesen Sohn der Liebe und des Todes.

Plötzlich hielt er inne und blickte zu den Häusern hinauf. Er entdeckte, daß er das Haus seiner Tante schon ein ganzes Stück hinter sich gelassen hatte, und kehrte um, wobei er über sich selber lächeln mußte. Als er die etwas düstere Empfangshalle betrat, teilte ihm der Butler mit, man sei bereits zu Tisch gegangen. Er übergab einem Lakaien seinen Hut und Stock und ging in das Speisezimmer.

„Spät wie immer, Harry", rief seine Tante und schüttelte den Kopf.

Er erfand eine geschickte Entschuldigung, und nachdem er auf dem leeren Stuhl neben ihr Platz genommen hatte, schaute er in die Runde, um zu sehen, wer alles da war. Dorian verneigte sich schüchtern vom Ende des Tisches her; ein freudiges Erröten stahl sich dabei in seine Wangen. Gegenüber saß die Herzogin von Harley, eine bewundernswert gutmütige und gutgelaunte Dame, beliebt bei allen, die sie kannten, und von jenen ausladenden architektonischen Proportionen, welche die zeitgenössischen Schriftsteller bei Frauen, die keine Herzoginnen sind, als Beleibtheit bezeichnen. Rechts neben ihr hatte sich Sir Thomas Burdon niedergelassen, ein radikaler Parlamentsabgeordneter, der es im öffentlichen Leben mit seinem Parteichef, im privaten mit den besten Köchen hielt und in Befolgung einer weisen und allbekannten Regel mit den Torys speiste und mit den Liberalen dachte. Auf dem Platz zu ihrer Linken saß Mr. Erskine aus Treadley, ein überaus charmanter und kultivierter alter Herr, der sich allerdings das Schweigen zur schlechten Gewohnheit gemacht hatte, da er, wie er Lady Agatha einmal erklärte, schon vor seinem dreißigsten Lebensjahr alles gesagt hatte, was ihm zu sagen beschieden war. Seine Nachbarin wiederum war Mrs. Vandeleur, eine der ältesten Freundinnen seiner Tante, eine wahre Heilige unter den Frauen, aber so schrecklich schlampig, daß sie einen an ein schlecht gebundenes Gesangbuch erinnerte. Zu seinem Glück saß an ihrer anderen Seite Lord Faudel, ein ungemein intelligenter Durchschnittsmensch mittleren Alters, so kahl wie eine ministerielle Erklärung im Unterhaus, mit dem sie sich auf jene angestrengt ernsthafte Weise unterhielt, die, wie er selber einmal bemerkt hat, der einzige unverzeihliche Fehler ist, den alle wirklich guten Menschen begehen und den keiner von ihnen jemals völlig ablegen kann.

„Wir sprechen gerade von dem armen Dartmoor, Lord Henry", rief die Herzogin, die ihm über die Tafel hinweg wohlwollend zunickte. „Meinen Sie, er wird diese faszinierende junge Person tatsächlich heiraten?"

„Ich glaube, sie ist entschlossen, ihm einen Antrag zu machen, Herzogin."

„Wie entsetzlich!" rief Lady Agatha aus. „Da sollte man doch wirklich etwas unternehmen."

„Ich habe von sehr gut informierter Seite gehört, daß ihr Vater in seinem Laden amerikanische Meterware verkauft", sagte Sir Thomas Burdon mit hochmütiger Miene.

„Mein Onkel vermutete schon, es handle sich um eine Schweinefleischpackerei, Sir Thomas."

„Meterware! Was ist das, amerikanische Meterware?" fragte die Herzogin, die erstaunt ihre großen Hände erhob und das Wort besonders betonte.

„Amerikanische Romane", antwortete Lord Henry und nahm sich eine Portion Wachtel.

Die Herzogin machte ein verdutztes Gesicht.

„Seien Sie ihm nicht böse, meine Liebe", flüsterte Lady Agatha. „Er meint nie, was er sagt."

„Als Amerika entdeckt wurde", sagte der radikale Abgeordnete und begann mit einer Darlegung langweiliger Fakten. Wie alle Menschen, die ein Thema erschöpfen möchten, erschöpfte er seine Zuhörer. Die Herzogin seufzte und übte ihr Vorrecht aus, ihn zu unterbrechen. „Ich wünschte bei Gott, es wäre nie entdeckt worden!" rief sie aus. „Wirklich, unsere Mädchen haben heutzutage gar keine Chance mehr. Das ist höchst ungerecht."

„Vielleicht ist Amerika am Ende überhaupt nicht entdeckt worden", sagte Mr. Erskine; „ich meinerseits möchte behaupten, daß es bloß gefunden wurde."

„Oh! aber ich habe schon Exemplare der Bewohner gesehen", entgegnete die Herzogin unbestimmt. „Ich muß gestehen, daß sie meistens ungewöhnlich hübsch waren. Und sie ziehen sich auch gut an. Sie kaufen ihre ganze Garderobe in Paris. Ich wäre froh, wenn ich mir das auch leisten könnte."

„Es heißt, wenn gute Amerikaner sterben, gehen sie nach Paris", kicherte Sir Thomas, der über einen großen Vorrat abgestandener Bonmots verfügte.

„Wirklich? Und wohin gehen die schlechten Amerikaner, wenn sie sterben?" erkundigte sich die Herzogin.

„Die gehen nach Amerika", murmelte Lord Henry.

Sir Thomas runzelte die Stirn. „Ich habe das Gefühl, daß Ihr Neffe gegen dieses große Land voreingenommen ist", sagte er zu Lady Agatha. „Ich habe es kreuz und quer bereist, und zwar in Wagen, die mir von den Direktoren zur Verfügung gestellt wurden; sie sind in solchen Fällen überaus zuvorkommend. Ich kann Ihnen versichern, daß ein solcher Besuch sehr bildend wirkt."

„Aber muß man wirklich Chicago gesehen haben, um gebildet zu sein?" fragte Mr. Erskine bekümmert. „Ich fühle mich einer solchen Reise nicht gewachsen."

Sir Thomas wedelte mit der Hand. „Mr. Erskine aus Treadley besitzt die Welt in seinen Bücherregalen. Wir Männer der Praxis müssen die Dinge sehen, nicht über sie lesen. Die Amerikaner sind ein außerordentlich interessantes Volk. Sie sind durch und durch vernünftig. Ich halte das für ihren maßgeblichen Wesenszug. Jawohl, Mr. Erskine, ein durch und durch vernünftiges Volk. Ich kann Ihnen versichern, bei den Amerikanern gibt es keinerlei Unsinn."

„Wie schrecklich!" rief Lord Henry. „Mit roher Gewalt kann ich mich noch abfinden, aber rohe Vernunft ist ganz und gar unerträglich. Ihre Anwendung hat etwas Unfaires an sich. Sie ist ein Schlag unter die Gürtellinie des Intellekts."

„Ich verstehe Sie nicht", sagte Sir Thomas, und sein Gesicht lief ein wenig rot an.

„Ich schon, Lord Henry", murmelte Mr. Erskine lächelnd.

„Paradoxe sind auf ihre Art ja ganz schön . . ." versetzte der Baronet.

„War das ein Paradox?" fragte Mr. Erskine. „Mir kam es nicht so vor. Aber vielleicht war es doch eins. Nun, der Weg der Paradoxe ist der Weg der Wahrheit. Um die Wirklichkeit auf die Probe zu stellen, müssen wir sie auf dem Seil tanzen sehen. Wenn die Wahrheiten zu Akrobaten werden, können wir sie beurteilen."

„Du meine Güte!" sagte Lady Agatha, „wie ihr Männer doch argumentiert! Ich muß zugeben, daß ich nie mitbekomme, worüber ihr eigentlich redet. Oh! Harry, ich bin ganz böse mit dir. Warum nur versuchst du unseren netten Mr. Gray zu überreden, er solle das East End im Stich lassen? Ich versichere dir, er wäre für uns von unschätzbarem Wert. Die Leute hören ihn so gern spielen."

„Ich möchte, daß er für mich spielt", rief Lord Henry lächelnd, schaute zum anderen Ende des Tisches hinüber und empfing von dort einen strahlenden Blick als Antwort.

„Aber die Menschen in Whitechapel sind so unglücklich", fuhr Lady Agatha fort.

„Ich kann für alles Mitgefühl aufbringen, nur nicht für das Leiden", sagte Lord Henry achselzuckend. „Dafür fehlt mir das Mitgefühl. Es ist zu häßlich, zu schrecklich, zu bedrückend. Das heutige Mitgefühl mit dem Schmerz hat etwas entsetzlich Morbides an sich. Man sollte Mitgefühl aufbringen für die Farbe, die Schönheit, die Lebensfreude. Je weniger über die wunden Stellen des Lebens geredet wird, desto besser."

„Dennoch ist das East End ein sehr wichtiges Problem", bemerkte Sir Thomas und schüttelte bedächtig den Kopf.

„Gewiß", erwiderte der junge Lord. „Es ist das Problem der Sklaverei, und wir wollen es lösen, indem wir die Sklaven belustigen."

Der Politiker sah ihn streng an. „Welche Änderung schlagen Sie denn vor?" fragte er.

Lord Henry lachte. „Ich habe nicht den Wunsch, irgend etwas in England zu ändern, mit Ausnahme des Wetters", entgegnete er. „Ich begnüge mich durchaus mit philosophischen Betrachtungen. Aber da das neunzehnte Jahrhundert durch ein Übermaß an Mitgefühl bankrott gemacht hat, möchte ich vorschlagen, daß wir die Wissenschaft auffordern, uns wieder ins rechte Lot zu bringen. Der Vorzug der Gefühle besteht darin, daß sie uns in die Irre führen, und der Vorzug der Wissenschaft ist, daß sie nicht von Gefühlen bestimmt wird."

„Uns ist aber doch eine so schwere Verantwortung auferlegt", wandte Mrs. Vandeleur schüchtern ein.

„Eine furchtbar schwere", wiederholte Lady Agatha.

Lord Henry blickte zu Mr. Erskine hinüber. „Die Menschlichkeit nimmt sich selber zu ernst. Das ist die Ursünde der Welt. Wenn der Höhlenmensch das Lachen gekannt hätte, wäre die Geschichte anders verlaufen."

„Sie sind wirklich ein großer Trost", flötete die Herzogin. „Ich kam mir immer ein bißchen schuldig vor, wenn ich Ihre liebe Tante besuchte, denn ich interessiere mich überhaupt nicht für das East End. In Zukunft kann ich ihr ins Gesicht sehen, ohne erröten zu müssen."

„Erröten ist sehr kleidsam, Herzogin", versetzte Lord Henry.

„Doch nur, solange man jung ist", antwortete sie. „Wenn eine alte Frau wie ich errötet, dann ist das ein sehr schlechtes Zeichen. Ach! Lord Henry, ich wünschte, Sie könnten mir sagen, wie man wieder jung wird."

Er dachte einen Augenblick nach. „Können Sie sich an einen großen Fehler erinnern, den Sie in Ihrer Jugend begangen haben, Herzogin?" fragte er, wobei er sie über den Tisch hinweg anblickte.

„Leider an sehr viele", rief sie.

„Dann begehen Sie sie noch einmal", sagte er ernst. „Um seine Jugend zurückzufinden, braucht man nur seine Dummheiten zu wiederholen."

„Eine köstliche Theorie!" rief sie aus. „Die muß ich in die Tat umsetzen."

„Eine gefährliche Theorie!" kam es von Sir Thomas' zusammengepreßten Lippen. Lady Agatha schüttelte den Kopf, konnte sich aber einer gewissen Belustigung nicht erwehren. Mr. Erskine lauschte.

„Ja", fuhr Lord Henry fort, „das ist eines der großen Geheimnisse des Lebens. Heutzutage sterben die meisten Menschen an einer Art schleichender Vernünftigkeit, und erst wenn es zu spät ist, entdecken sie, daß unsere Fehler das einzige sind, was man niemals bereut."

Ein Lachen lief um den Tisch.

Er spielte mit dem Gedanken und wurde immer mutwilliger; er warf ihn in die Luft und wandelte ihn ab; er ließ ihn entwischen und fing ihn wieder ein; er ließ ihn phantasievoll schillern und beflügelte ihn mit Paradoxen. Das Lob der Torheit schwang sich, während er weiterredete, zur Philosophie auf, und die Philosophie selber wurde wieder jung, und erfüllt von der besessenen Musik des Genusses und angetan mit ihrem weinbefleckten Gewand und ihrem Efeukranz, tanzte sie gleich einer Bacchantin dahin über die Hügel des Lebens und verspottete den schwerfälligen Silen ob seiner Nüchternheit. Tatsachen flohen vor ihr davon wie aufgescheuchte Waldgeister. Ihre weißen Füße stampften in der riesigen Kelter, an welcher der weise Omar hockt, bis der schäumende Rebensaft in Wogen purpurner Blasen um ihre nackten Glieder emporstieg oder als roter Gischt über die schwarzen, triefenden schrägen Seitenwände des Fasses rann. Es war eine ungewöhnliche Improvisation. Er spürte, daß die Augen Dorian Grays auf ihn gerichtet waren,

und das Bewußtsein, daß sich unter den Zuhörern ein Mensch
befand, dessen Sinn er zu fesseln wünschte, schien seinem Witz
Schärfe und seiner Vorstellungskraft Farbe zu verleihen. Er war
brillant, phantastisch, verantwortungslos. Er lockte seine Zuhörer aus sich heraus, und sie folgten lachend seiner Pfeife.
Dorian Gray wandte nicht den Blick von ihm ab, sondern saß
da wie gebannt, während ein Lächeln ums andere über seine
Lippen huschte und das Staunen sich in seinen dunkelnden
Augen vertiefte.

Schließlich betrat, angetan mit dem Gewand der Gegenwart,
die Wirklichkeit in Gestalt eines Bediensteten den Raum, um
der Herzogin mitzuteilen, daß ihr Wagen warte. Sie rang in
komischer Verzweiflung die Hände. „Wie ärgerlich!" rief sie.
„Ich muß gehen. Ich muß meinen Mann im Klub abholen und
mit ihm zu einer verrückten Sitzung bei Willis fahren, bei der er
den Vorsitz führen soll. Wenn ich mich verspäte, gerät er bestimmt in Rage, und mit diesem Hut käme mir eine Szene sehr
ungelegen. Er ist viel zu empfindlich. Ein grobes Wort würde
ihn ruinieren. Nein, ich muß gehen, liebe Agatha. Auf Wiedersehen, Lord Henry, Sie sind ganz entzückend und schrecklich
demoralisierend. Ich weiß wirklich nicht, was ich zu Ihren Ansichten sagen soll. Sie müssen einmal am Abend zu uns kommen
und mit uns speisen. Dienstag? Sind sie am Dienstag frei?"

„Ihnen zuliebe würde ich jeden anderen versetzen, Herzogin",
sagte Lord Henry mit einer Verbeugung.

„Ach! das ist aber sehr nett und sehr unrecht von Ihnen",
rief sie; „also vergessen Sie nicht zu kommen", und sie rauschte
aus dem Zimmer, gefolgt von Lady Agatha und den übrigen
Damen.

Als Lord Henry wieder Platz genommen hatte, kam Mr. Erskine um den Tisch herum, setzte sich auf einen Stuhl neben ihm
und legte ihm die Hand auf den Arm.

„Sie reden ja besser als ein Buch", sagte er; „warum schreiben
Sie keins?"

„Ich lese zu gerne Bücher, um noch Lust zu haben, selber
welche zu schreiben, Mr. Erskine. Ich würde allerdings gern
einen Roman schreiben, einen Roman, der so köstlich wäre wie
ein Perserteppich und ebenso unwirklich. Aber es gibt in England kein literarisches Publikum, außer für Zeitungen, Fibeln
und Enzyklopädien. Von allen Völkern der Erde haben die
Engländer am wenigsten Sinn für die Schönheit der Literatur."

„Da haben Sie leider recht", erwiderte Mr. Erskine. „Ich hatte auch einmal literarische Ambitionen, aber ich habe sie schon vor langer Zeit aufgegeben. Und nun, mein lieber junger Freund, sofern Sie mir gestatten, Sie so zu nennen, dürfte ich Sie fragen, ob Sie all das wirklich glauben, was Sie uns bei Tisch erzählt haben?"

„Mir ist völlig entfallen, was ich gesagt habe", lächelte Lord Henry. „War es denn sehr schlimm?"

„Sehr schlimm, allerdings. Ich halte Sie in der Tat für äußerst gefährlich, und wenn unserer guten Herzogin etwas zustößt, werden wir alle in Ihnen den Hauptverantwortlichen sehen. Doch ich möchte mich mit Ihnen über das Leben unterhalten. Die Generation, in die ich hineingeboren wurde, war langweilig. Wenn Sie eines Tages von London genug haben, dann kommen Sie doch nach Treadley, um mir bei einem Glas herrlichen Burgunder, den zu besitzen ich mich glücklich schätze, Ihre Philosophie des Genusses zu erläutern."

„Das wird mir ein Vergnügen sein. Ein Besuch auf Treadley wäre eine hohe Auszeichnung. Es hat einen vollkommenen Gastgeber und eine vollkommene Bibliothek."

„Sie werden sie vervollständigen", antwortete der alte Herr mit einer höflichen Verbeugung. „Doch jetzt muß ich mich von Ihrer trefflichen Tante verabschieden. Man erwartet mich im Athenaeum. Um diese Stunde schlafen wir dort alle."

„Sie alle, Mr. Erskine?"

„Vierzig an der Zahl, in vierzig Klubsesseln. Wir trainieren für eine englische Akademie der Literatur."

Lord Henry lachte und erhob sich. „Ich gehe in den Park", rief er.

Als er in der Tür war, berührte ihn Dorian Gray am Arm. „Lassen Sie mich mitkommen", murmelte er.

„Aber ich dachte, Sie hätten Basil Hallward versprochen, ihn zu besuchen", entgegnete Lord Henry.

„Ich würde lieber mit Ihnen gehen; ja, ich spüre, ich muß mit Ihnen gehen. Schlagen Sie es mir bitte nicht ab. Und Sie versprechen mir, die ganze Zeit mit mir zu reden? Keiner spricht so wunderbar wie Sie."

„Ach! ich habe für heute schon genug gesprochen", sagte Lord Henry lächelnd. „Jetzt möchte ich mir nur noch das Leben anschauen. Wenn Sie wollen, können Sie mitkommen und es gemeinsam mit mir anschauen."

4. KAPITEL

Einen Monat später hatte es sich Dorian Gray eines Nachmittags in einem schweren Sessel bequem gemacht, in der kleinen Bibliothek von Lord Henrys Haus in Mayfair. Es war in seiner Art ein sehr hübscher Raum mit seiner hohen Wandtäfelung aus olivgetönter Eiche, seinem cremefarbenen Fries und Plafond aus erhabener Stuckarbeit und seinem ziegelroten Filzboden, auf dem seidene Perserbrücken mit langen Fransen verteilt waren. Auf einem zierlichen Satinholztischchen stand eine Statuette von Clodion, und daneben lag eine Ausgabe von „Les Cent Nouvelles", in einem Einband, den Clovis Eve für Margarete von Valois geschaffen hatte und der über und über bedeckt war mit goldenen Gänseblümchen, welche die Königin sich als Ornament ausgesucht hatte. Einige große blaue chinesische Vasen mit Papageientulpen waren auf dem Kaminsims aufgereiht, und durch die kleinen bleigefaßten Scheiben des Fensters strömte das aprikosenfarbene Licht eines Londoner Sommertages herein.

Lord Henry war noch nicht nach Hause gekommen. Er verspätete sich aus Prinzip, und dieses Prinzip besagte, daß Pünktlichkeit der Dieb der Zeit sei. Deshalb machte der junge Mann ein ziemlich verdrießliches Gesicht, während er mit lustlosen Fingern die Seiten einer kunstvoll illustrierten Ausgabe der „Manon Lescaut" umblätterte, die er in einem der Bücherschränke entdeckt hatte. Das feierliche, monotone Ticken der Louis-Quatorze-Uhr wurde ihm lästig. Ein paarmal dachte er daran, wieder fortzugehen.

Endlich hörte er draußen Schritte, und die Tür öffnete sich. „Sie kommen aber spät, Harry!" murmelte er.

„Es tut mir leid, aber es ist nicht Harry, Mr. Gray", antwortete eine schrille Stimme.

Er blickte sich rasch um und sprang auf die Füße. „Verzeihen Sie bitte. Ich dachte –"

„Sie dachten, es sei mein Mann. Doch es ist nur seine Frau. Erlauben Sie, daß ich mich selber vorstelle. Ich kenne Sie recht gut von Ihren Photographien her. Ich glaube, mein Mann hat siebzehn davon."

„Doch keine siebzehn, Lady Henry?"

„Nun, dann eben achtzehn. Und ich habe Sie neulich abends zusammen mit ihm in der Oper gesehen." Sie lachte nervös beim Sprechen und beobachtete ihn mit ihren verschleierten Vergißmeinnichtaugen. Sie war eine sonderbare Frau, deren Kleider stets so aussahen, als wären sie in einem Wutanfall entworfen und in einem Sturm angezogen worden. Sie war für gewöhnlich in irgend jemanden verliebt, und da ihre Leidenschaften niemals erwidert wurden, hatte sie sich alle ihre Illusionen bewahrt. Sie versuchte pittoresk auszusehen, aber es gelang ihr nur, ungepflegt zu wirken. Sie hieß Victoria und hatte eine regelrechte Manie, in die Kirche zu gehen.

„Das war wohl im ‚Lohengrin‘, Lady Henry?"

„Ja; es war im lieben ‚Lohengrin‘. Ich liebe Wagners Musik mehr als jede andere. Sie ist so laut, daß man die ganze Zeit über reden kann, ohne daß die anderen Leute hören, was man sagt. Das ist ein großer Vorteil: finden Sie nicht auch, Mr. Gray?"

Dasselbe nervöse Stakkatolachen kam von ihren schmalen Lippen, und ihre Finger begannen mit einem langen Brieföffner aus Schildpatt zu spielen.

Dorian lächelte und schüttelte den Kopf: „Ich bin da leider etwas anderer Meinung, Lady Henry. Ich rede niemals bei Musik – zumindest nicht bei guter Musik. Wenn man schlechte Musik hört, hat man freilich die Pflicht, sie durch Konversation zu übertönen."

„Ah! das ist eine von Harrys Ansichten, nicht wahr, Mr. Gray? Harrys Ansichten höre ich immer von seinen Freunden. Aber Sie dürfen nicht glauben, ich hätte für gute Musik nichts übrig. Ich schwärme für sie, aber ich habe Angst vor ihr. Sie stimmt mich so romantisch. Ich habe Pianisten richtig angebetet – manchmal zwei zur selben Zeit, wie Harry behauptet. Ich weiß nicht, was an ihnen Besonderes ist. Vielleicht liegt es daran, daß sie Ausländer sind. Das sind sie doch alle, oder? Selbst die in England geborenen werden nach einiger Zeit Ausländer, nicht wahr? Das ist sehr klug von ihnen und gereicht der Kunst zur Ehre. Dadurch wird sie ganz kosmopolitisch, nicht wahr? Sie sind noch nie auf einer meiner Gesellschaften gewesen, Mr. Gray, oder? Sie müssen einmal kommen. Ich kann mir keine Orchideen leisten, aber bei Ausländern scheue ich keine Kosten. Sie bringen so etwas Pittoreskes in die eigenen vier Wände. Doch da kommt Harry! Harry, ich habe bei dir hereingeschaut, um dich etwas zu fragen – ich habe vergessen, was es war –, und da fand ich Mr. Gray vor. Wir haben ganz reizend über Musik geplaudert. Wir haben die gleichen Ansichten. Nein; ich glaube, unsere Ansichten sind völlig verschieden. Aber er war ganz reizend. Ich bin ja so froh, daß ich ihn kennengelernt habe."

„Ich bin entzückt, Liebling, ganz entzückt", sagte Lord Henry, der seine halbmondförmigen Brauen hob und die beiden mit einem amüsierten Lächeln betrachtete. „Tut mir leid, daß ich so spät komme, Dorian. Ich habe mir in der Wardour Street einen alten Brokat angeschaut und mußte stundenlang darum feilschen. Heutzutage kennen die Leute von allem den Preis und von nichts den Wert."

„Ich muß jetzt leider gehen", rief Lady Henry aus und unterbrach ein peinliches Schweigen mit ihrem plötzlichen albernen Lachen. „Ich habe der Herzogin versprochen, mit ihr auszufahren. Auf Wiedersehen, Mr. Gray. Auf Wiedersehen, Harry. Du speist wohl auswärts, nehme ich an? Ich ebenfalls. Vielleicht sehe ich dich bei Lady Thornbury."

„Kann schon sein, Liebling", sagte Lord Henry und schloß die Tür hinter ihr, als sie gleich einem Paradiesvogel, der die ganze Nacht draußen im Regen zugebracht hat, aus dem Zimmer wischte, einen Hauch von Jasminparfüm hinter sich lassend. Dann zündete er sich eine Zigarette an und warf sich auf das Sofa. „Heiraten Sie nie eine Frau mit strohblondem Haar, Dorian", sagte er nach ein paar Zügen.

„Warum nicht, Harry?"

„Weil sie so sentimental sind."

„Aber ich mag sentimentale Menschen."

„Heiraten Sie überhaupt nicht, Dorian. Die Männer heiraten, weil sie müde, die Frauen, weil sie neugierig sind: beide werden enttäuscht."

„Ich halte es für nicht sehr wahrscheinlich, daß ich heiraten werde, Harry. Ich bin zu verliebt. Das ist einer Ihrer Aphorismen. Ich setze ihn in die Tat um, wie alles, was Sie sagen."

„In wen haben Sie sich verliebt?" fragte Lord Henry nach einer Pause.

„In eine Schauspielerin", sagte Dorian Gray errötend.

Lord Henry zuckte die Achseln. „Das ist ein ziemlich gewöhnliches Debüt."

„Das würden Sie nicht sagen, wenn Sie sie gesehen hätten, Harry."

„Wer ist sie denn?"

„Sie heißt Sibyl Vane."

„Nie von ihr gehört."

„Das hat niemand. Doch eines Tages wird man von ihr hören. Sie ist ein Genie."

„Mein lieber Junge, keine Frau ist ein Genie. Die Frauen sind ein dekoratives Geschlecht. Sie haben nichts zu sagen, aber sie sagen es auf charmante Weise. Die Frauen verkörpern den Triumph der Materie über den Geist, so wie die Männer den Triumph des Geistes über die Moral verkörpern."

„Harry, wie können Sie nur?"

„Mein lieber Dorian, es ist vollkommen richtig. Ich bin im Augenblick dabei, die Frauen zu analysieren, also sollte ich es wissen. Das Problem ist nicht so kompliziert, wie ich anfangs dachte. Ich glaube, daß es letzten Endes nur zwei Sorten von Frauen gibt, die unscheinbaren und die angemalten. Die unscheinbaren sind sehr nützlich. Wenn man in den Ruf der Ehrbarkeit kommen will, braucht man sie nur zum Abendessen auszuführen. Die anderen Frauen sind hingegen höchst reizvoll. Sie machen allerdings einen Fehler. Sie malen sich an, um jung zu wirken. Unsere Großmütter malten sich an, um brillante Konversation zu treiben. Rouge und Esprit gingen damals Hand in Hand. Damit ist es heute vorbei. Solange eine Frau zehn Jahre jünger aussehen kann als ihre eigene Tochter, ist sie völlig mit sich zufrieden. Und was die Konversation angeht, so gibt es in London nur fünf Frauen, mit denen sich eine Unterhaltung lohnt, und zwei davon finden keinen Zugang zur feinen Gesellschaft. Doch erzählen Sie mir von Ihrem Genie. Wie lange kennen Sie sie schon?"

„Ach! Harry, Ihre Ansichten erschrecken mich."

„Das macht nichts. Wie lange kennen Sie sie schon?"

„Ungefähr drei Wochen."

„Und wo ist sie Ihnen über den Weg gelaufen?"

„Ich will es Ihnen sagen, Harry; aber Sie dürfen dabei nicht so gefühllos sein. Schließlich wäre es nie dazu gekommen, wenn ich Ihnen nicht begegnet wäre. Sie haben mich mit einem wilden Verlangen erfüllt, das Leben ganz kennenzulernen. Noch tagelang nach meiner Begegnung mit Ihnen schien etwas in meinen Adern zu pulsieren. Wenn ich im Park umherbummelte oder den Piccadilly entlangschlenderte, sah ich mir alle Vorübergehenden an und fragte mich mit verrückter Neugier, was für ein Leben sie wohl führten. Manche von ihnen faszinierten mich. Andere flößten mir Entsetzen ein. Es lag ein köstliches Gift in der Luft. Mich befiel eine leidenschaftliche Begierde nach Sensationen... Nun, eines Abends gegen sieben Uhr beschloß ich, auf die Suche nach Abenteuern gehen. Ich spürte, daß unser graues, ungeheures London mit seinen Myriaden von Menschen, seinen schmutzigen Sündern und seinen glänzenden Sünden, wie Sie es einmal ausgedrückt haben, irgend etwas für mich bereithalten müsse. Ich malte mir tausend Dinge aus. Schon das Gefühl der Gefahr verschaffte mir ein Gefühl des Entzückens. Ich erinnerte mich an das, was Sie an jenem wunderbaren Abend gesagt haben, als wir zum erstenmal zusammen speisten, daß nämlich die Suche nach der Schönheit das einzige echte Geheimnis des Lebens sei. Ich weiß nicht, was ich erwartete, aber ich ging fort und wanderte nach Osten, und schon bald verlor sich mein Weg in einem Labyrinth schmutziger Straßen und schwarzer Plätze, auf denen kein Gras wuchs. Gegen halb neun kam ich an einem lächerlich kleinen Theater mit flackernden großen Gaslaternen und geschmacklosen Plakaten vorüber. Ein widerlicher Jude, angetan mit dem absonderlichsten Rock, den ich je im Leben gesehen habe, stand vor dem Eingang und rauchte eine billige Zigarre. Er hatte schmierige Ringellöckchen, und mitten auf dem schmuddeligen Hemd funkelte ein riesiger Diamant. ‚Eine Loge gefällig, Mylord?' sagte er, als er meiner ansichtig wurde, und zog mit einer Miene großspuriger Unterwürfigkeit den Hut. Er hatte etwas an sich, Harry, was mich amüsierte. Er war ein ausgemachtes Scheusal. Ich weiß, Sie werden mich auslachen, aber ich ging hinein und bezahlte eine ganze Guinee für eine Proszeniumsloge. Bis heute kann ich mir nicht erklären, warum ich es tat; und doch, wäre ich nicht hineingegangen – mein lieber Harry, wäre ich nicht hineingegangen, so hätte ich die größte Romanze meines Lebens verpaßt. Ich sehe, Sie lachen. Das ist abscheulich von Ihnen!"

„Ich lache nicht, Dorian; zumindest lache ich nicht über Sie. Aber Sie sollten nicht von der größten Romanze Ihres Lebens sprechen. Sie sollten sagen: die erste Romanze Ihres Lebens. Sie werden immer geliebt werden, und Sie werden stets verliebt in die Liebe sein. Eine *grande passion* ist das Vorrecht von Leuten, die nichts zu tun haben. Das ist das einzige, wozu die müßiggängerischen Klassen eines Landes gut sind. Haben Sie keine Angst. Köstliche Dinge stehen für Sie bereit. Das ist bloß ein Anfang."

„Halten Sie mein Wesen für so seicht?" rief Dorian Gray verärgert.

„Nein, ich halte Ihr Wesen für so tief."

„Wie meinen Sie das?"

„Mein lieber Junge, die Menschen, die nur einmal in ihrem Leben lieben, sind in Wirklichkeit die Seichten. Was sie ihre Anhänglichkeit und ihre Treue nennen, das nenne ich entweder die Lethargie der Gewohnheit oder ihren Mangel an Phantasie. Treue ist für das Gefühlsleben das gleiche wie Konsequenz für den Intellekt – nichts weiter als ein Eingeständnis des Versagens. Treue! Ich muß sie einmal analysieren. In ihr steckt Besitzleidenschaft. Es gibt vieles, was wir wegwerfen würden, falls wir nicht Angst hätten, daß andere es aufheben könnten. Doch ich wollte Sie nicht unterbrechen. Erzählen Sie weiter."

„Nun, da saß ich in einer scheußlichen kleinen Privatloge, und ein ordinärer Vorhang starrte mich an. Ich schaute hinter der Portiere hervor und überblickte das Haus. Es war eine schäbige Angelegenheit, lauter Cupidos und Füllhörner, wie ein drittklassiger Hochzeitskuchen. Die Galerie und das Parkett waren ziemlich voll, aber die beiden schmutzigen Sperrsitzreihen waren ganz leer, und im sogenannten ersten Rang saß kaum ein Mensch. Frauen mit Orangen und Ingwerbier gingen umher, und überall wurden schrecklich viele Nüsse konsumiert."

„Es muß genauso gewesen sein wie in den großen Zeiten des englischen Theaters."

„Ganz genauso, könnte ich mir vorstellen, und sehr deprimierend. Ich überlegte schon, was in aller Welt ich machen sollte, da fiel mein Blick auf das Theaterprogramm. Was glauben Sie, wie das Stück hieß, Harry?"

„Ich tippe auf ,Der jugendliche Idiot oder Stumm, aber unschuldig'. Unsere Väter liebten solche Stücke, glaube ich. Je länger ich lebe, um so stärker wird mir bewußt, daß all das, was für unsere Väter gut genug war, für uns nicht gut genug ist. In der Kunst, wie in der Politik, *les grandpères ont toujours tort*."

„Dieses Stück war gut genug für uns, Harry. Es war ,Romeo und Julia'. Ich muß gestehen, mir war die Vorstellung, eine Shakespeare-Aufführung in einem so elenden Loch zu erleben, ziemlich unbehaglich. Dennoch war ich irgendwie interessiert.

Jedenfalls beschloß ich, den ersten Akt abzuwarten. Man hatte ein entsetzliches Orchester aufgeboten, das von einem jungen Hebräer vor einem verstimmten Klavier geleitet wurde und das mich beinahe verjagt hätte, doch dann ging der Vorhang auf, und die Aufführung begann. Romeo war ein untersetzter älterer Herr mit geschwärzten Augenbrauen, einer heiseren Tragödenstimme und einer Figur wie ein Bierfaß. Mercutio stand ihm kaum nach. Er wurde vom Komiker gespielt, der frei erfundene Witze einstreute und mit dem Parkett auf allerbestem Fuße stand. Die beiden waren so grotesk wie das Bühnenbild, und das sah aus, als entstammte es einer Marktbude auf dem Lande. Aber die Julia! Harry, stellen Sie sich ein kaum siebzehnjähriges Mädchen vor, mit einem kleinen, blumengleichen Gesicht, einem schmalen griechischen Kopf, umrahmt von dunkelbraunen Flechten, mit Augen, die veilchenblaue Brunnen der Leidenschaft waren, und Lippen, die Rosenblättern glichen. Sie war das lieblichste Geschöpf, das ich in meinem Leben jemals gesehen habe. Sie haben mir einmal erklärt, daß Pathos sie ungerührt lasse, aber daß Schönheit, bloße Schönheit, Ihnen Tränen in die Augen treiben könne. Ich sage Ihnen, Harry, ich konnte das Mädchen durch den Tränenschleier, der sich über meine Augen legte, kaum noch erkennen. Und ihre Stimme – ich hatte noch nie eine solche Stimme gehört. Anfangs war sie sehr leise, mit tiefen, vollen Tönen, die einem einzeln ans Ohr zu dringen schienen. Dann wurde sie ein wenig lauter und klang wie eine Flöte oder eine ferne Oboe. In der Gartenszene hatte sie die ganze bebende Verzückung, wie man sie kurz vor Tagesanbruch vernimmt, wenn die Nachtigallen schlagen. Und später gab es Momente, in denen sie die wilde Leidenschaft von Geigen annahm. Sie wissen, wie sehr eine Stimme einen erregen kann. Ihre Stimme und die Stimme von Sibyl Vane sind zwei Dinge, die ich niemals vergessen werde. Wenn ich die Augen schließe, höre ich sie, und jede von beiden sagt etwas anderes. Ich weiß nicht, welcher ich folgen soll. Warum sollte ich sie nicht lieben? Harry, ich liebe sie. Sie ist für mich alles im Leben. Abend für Abend gehe ich hin, um sie spielen zu sehen. An einem Abend ist sie Rosalinde und am nächsten Imogen. Ich habe sie sterben sehen im Dunkel einer italienischen Gruft, das Gift von den Lippen des Geliebten saugend. Ich habe ihr zugeschaut, wie sie durch den Ardennerwald wanderte, verkleidet als hübscher Knabe, mit Kniehose und Wams und schmuckem Barett. Sie war eine Wahn-

sinnige und trat hin vor einen schuldigen König und gab ihm
Rauten zu tragen und bittere Kräuter zu kosten. Sie war unschuldig, und die schwarzen Hände der Eifersucht haben ihren
schilfrohrgleichen Hals zugedrückt. Ich habe sie in jedem Zeitalter und in jedem Kostüm gesehen. Gewöhnliche Frauen regen
nie unsere Phantasie an. Sie bleiben auf ihr Jahrhundert beschränkt. Kein Zauberglanz kann sie jemals verwandeln. Man
kennt ihre Seele ebenso schnell wie ihre Hüte. Man begegnet ihnen jederzeit. Keine einzige ist von einem Geheimnis umgeben.
Sie reiten am Morgen im Park aus und schwatzen nachmittags
auf ihren Teegesellschaften. Sie verfügen über ihr stereotypes
Lächeln und ihre eleganten Manieren. Man kann sie sofort
durchschauen. Aber eine Schauspielerin! Wie anders ist doch
eine Schauspielerin. Harry! warum haben Sie mir nicht gesagt,
daß nur eine Schauspielerin verdient, geliebt zu werden?"

„Weil ich schon so viele von ihnen geliebt habe, Dorian."

„Ach ja, gräßliche Personen mit gefärbtem Haar und angemalten Gesichtern."

„Reden Sie nicht schlecht von gefärbtem Haar und angemalten Gesichtern. Darin liegt ein außerordentlicher Reiz, manchmal", sagte Lord Henry.

„Jetzt wünschte ich, ich hätte Ihnen nicht von Sibyl Vane
erzählt."

„Sie hätten gar nicht anders gekonnt, Dorian. Ihr Leben lang
werden Sie mir alles erzählen, was Sie tun."

„Ja, Harry, ich glaube, das ist wahr. Ich kann nicht umhin,
Ihnen alles zu erzählen. Sie üben einen seltsamen Einfluß auf
mich aus. Sollte ich jemals ein Verbrechen begehen, so würde
ich kommen und es Ihnen gestehen. Sie würden mich verstehen."

„Menschen wie Sie – die launischen Sonnenstrahlen des Lebens – begehen keine Verbrechen, Dorian. Aber ich bin Ihnen
trotzdem sehr verbunden für das Kompliment. Und nun erzählen Sie mir – seien Sie bitte so gut und reichen Sie mir die Zünd-
hölzer: danke –, wie ihre tatsächlichen Beziehungen zu Sibyl
Vane aussehen."

Dorian Gray sprang auf die Füße, mit geröteten Wangen und
brennenden Augen. „Harry! Sibyl Vane ist heilig!"

„Nur heilige Dinge sind es wert, daß man sie anrührt, Dorian",
sagte Lord Henry mit einem sonderbaren Anflug von Pathos in
der Stimme. „Aber warum regen Sie sich auf? Ich nehme an,
daß sie Ihnen eines Tages gehören wird. Wenn man verliebt ist,

betrügt man anfangs immer sich selber und am Ende die anderen. Das nennt dann die Welt eine Romanze. Doch jedenfalls haben Sie sie kennengelernt, nehme ich an?"

„Natürlich habe ich sie kennengelernt. Am ersten Abend, als ich im Theater war, kam der gräßliche alte Jude nach der Vorstellung zu mir in die Loge und erbot sich, mich hinter die Kulissen zu begleiten und mich ihr vorzustellen. Ich war wütend auf ihn und sagte ihm, Julia sei seit Hunderten von Jahren tot und ihr Leichnam ruhe in einer Marmorgruft in Verona. Nach dem leeren Ausdruck der Verwunderung in seinem Gesicht zu schließen, hatte er wohl den Eindruck, ich hätte zuviel Champagner oder dergleichen getrunken."

„Das überrascht mich nicht."

„Dann fragte er mich, ob ich für irgendwelche Zeitungen schriebe. Ich gab ihm zur Antwort, daß ich sie nicht einmal läse. Er war darüber offenbar furchtbar enttäuscht und vertraute mir an, daß sich sämtliche Theaterkritiker gegen ihn verschworen hätten und daß sie alle ohne Ausnahme käuflich seien."

„Es sollte mich nicht wundern, wenn er damit recht gehabt hätte. Doch andererseits, wenn man nach ihrem Äußeren urteilt, dürften die meisten nicht sonderlich teuer sein."

„Nun, er schien jedenfalls der Meinung zu sein, daß sie seine Mittel überstiegen", lachte Dorian. „Inzwischen wurden jedoch im Theater die Lichter gelöscht, und ich mußte gehen. Er bot mir einige Zigarren an, die er nachdrücklich empfahl. Am darauffolgenden Abend war ich natürlich wieder zur Stelle. Als er mich erblickte, verbeugte er sich tief vor mir und versicherte mir, ich sei ein großzügiger Mäzen der Kunst. Er ist ein abscheuliches Ekel, obwohl er eine ungewöhnliche Leidenschaft für Shakespeare hegt. Einmal erzählte er mir mit stolzer Miene, er habe seine fünf Pleiten ausschließlich dem ‚Barden' zu verdanken, wie er ihn beharrlich nannte. Das schien in seinen Augen eine Auszeichnung zu sein."

„Es ist eine Auszeichnung, mein lieber Dorian – eine große Auszeichnung. Die meisten Leute machen pleite, weil sie zuviel in die Prosa des Lebens investieren. Sich durch Poesie zu ruinieren ist eine Ehre. Doch wann haben Sie zum erstenmal mit Sibyl Vane gesprochen?"

„Am dritten Abend. Sie hatte die Rosalinde gespielt. Ich mußte einfach hinter die Bühne gehen. Ich hatte ihr ein paar

Blumen zugeworfen, und sie hatte mich angeschaut; wenigstens bildete ich mir das ein. Der alte Jude blieb hartnäckig. Er war offenbar entschlossen, mich nach hinten zu führen, also willigte ich ein. Es ist merkwürdig, daß ich sie nicht kennenlernen wollte, nicht wahr?"

„Nein, das finde ich nicht."

„Wieso nicht, mein lieber Harry?"

„Das erkläre ich Ihnen ein andermal. Jetzt möchte ich etwas über das Mädchen erfahren."

„Sibyl? Oh, sie war so schüchtern und so sanft. Sie hat etwas von einem Kind an sich. Ihre Augen öffneten sich weit vor köstlichem Staunen, als ich ihr sagte, was ich von ihrem Spiel hielte, und sie schien sich ihrer Macht gar nicht bewußt zu sein. Ich glaube, wir waren beide ziemlich nervös. Der alte Jude stand grinsend in der Tür der staubigen Garderobe und erging sich über uns beide in wohlgesetzten Reden, während wir einander ansahen wie Kinder. Er bestand darauf, mich mit ‚Mylord' anzureden, und ich mußte Sibyl klarmachen, daß ich nichts dergleichen sei. Sie sagte ganz schlicht zu mir: ‚Sie sehen eher wie ein Prinz aus. Ich muß Sie Märchenprinz nennen.'"

„Auf mein Wort, Dorian, Miß Sibyl versteht sich aufs Komplimentemachen."

„Sie verstehen sie nicht, Harry. Sie sah in mir nur eine Person aus einem Theaterstück. Sie hat keine Ahnung vom Leben. Sie wohnt bei ihrer Mutter, einer verblichenen müden Frau, die am ersten Abend in einer Art magentarotem Morgenrock die Lady Capulet spielte und den Eindruck macht, als hätte sie einmal bessere Tage gesehen."

„Dieses Aussehen kenne ich. Es deprimiert mich", murmelte Lord Henry und betrachtete dabei prüfend seine Ringe.

„Der Jude wollte mir ihre Geschichte erzählen, doch ich sagte ihm, sie interessiere mich nicht."

„Damit hatten Sie völlig recht. Die Tragödien anderer Menschen haben stets etwas unendlich Niedriges an sich."

„Sibyl ist das einzige, woran mir etwas liegt. Was geht es mich an, woher sie kommt? Von ihrem kleinen Kopf bis zu ihren kleinen Füßen ist sie absolut und vollkommen göttlich. Jeden Abend meines Lebens gehe ich hin, um sie spielen zu sehen, und jeden Abend ist sie wunderbarer."

„Das ist wohl der Grund, weshalb Sie neuerdings nicht mehr mit mir speisen. Ich habe mir schon gedacht, daß bei Ihnen irgendeine seltsame Romanze im Gange wäre. Das stimmt also; aber es ist nicht ganz das, was ich erwartet habe."

„Mein lieber Harry, wir essen doch jeden Tag gemeinsam entweder zu Mittag oder zu Abend, und ich war schon mehrmals mit Ihnen in der Oper", sagte Dorian und riß verwundert die blauen Augen auf.

„Sie kommen stets entsetzlich spät."

„Nun, ich muß einfach Sibyl spielen sehen", rief er, „und sei es auch nur einen einzigen Akt lang. Ich hungere nach ihrer Gegenwart; und wenn ich an die wunderbare Seele denke, die sich in diesem zierlichen Elfenbeinkörper verbirgt, überkommt mich Ehrfurcht."

„Heute abend können Sie doch mit mir essen, Dorian, oder nicht?"

Er schüttelte den Kopf. „Heute abend ist sie Imogen", entgegnete er, „und morgen abend wird sie Julia sein."

„Und wann ist sie Sibyl Vane?"

„Niemals."

„Da gratuliere ich Ihnen."

„Wie abscheulich Sie sind! Sie ist die Verkörperung aller großen Heroinen der Welt. Sie ist mehr als ein Einzelmensch. Sie lachen, aber ich sage Ihnen, daß sie Genie hat. Ich liebe sie, und ich muß erreichen, daß sie auch mich liebt. Sie, der Sie alle Geheimnisse des Lebens kennen, sagen Sie mir doch, wie ich Sibyl Vane so bezaubern kann, daß sie mich liebt! Ich möchte Romeo eifersüchtig machen. Ich möchte, daß die toten Liebhaber der Welt unser Lachen hören und traurig werden. Ich möchte, daß ein Hauch unserer Leidenschaft ihrem Staub Bewußtsein einflößt und ihre Asche zum Leiden erweckt. Mein Gott, Harry, wie ich sie anbete!" Bei diesen Worten war er im Zimmer auf und ab gegangen. Hektische rote Flecken brannten auf seinen Wangen. Er war schrecklich erregt.

Lord Henry beobachtete ihn mit einem feinen Gefühl des Genusses. Wie verschieden war er doch jetzt von dem scheuen, erschreckten Knaben, den er in Basil Hallwards Atelier kennengelernt hatte! Seine Natur hatte sich entfaltet wie eine Blume, hatte Blüten von flammendem Scharlachrot bekommen. Aus ihrem geheimen Versteck war seine Seele hervorgekrochen, und das Begehren hatte sich ihr unterwegs zugesellt.

„Was schlagen Sie also vor?" sagte Lord Henry endlich.

„Ich möchte, daß Sie und Basil einmal am Abend mit mir

kommen, um sie spielen zu sehen. Ich fürchte mich nicht im geringsten vor dem Ergebnis. Sie werden ihr Genie bestimmt anerkennen. Dann müssen wir sie aus der Hand des Juden befreien. Sie ist noch drei Jahre lang an ihn gebunden – zumindest zwei Jahre und acht Monate –, von heute ab gerechnet. Ich werde ihm selbstverständlich etwas dafür bezahlen müssen. Wenn das alles geregelt ist, miete ich ein Theater im West End und bringe sie richtig heraus. Sie wird die Welt ebenso verrückt machen wie mich."

„Das wäre unmöglich, mein lieber Junge!"

„Doch, das wird sie. In ihr steckt nicht nur Kunst, ein vollendeter künstlerischer Instinkt, sondern auch eine Persönlichkeit; und Sie haben mir oft erzählt, daß Persönlichkeiten, nicht Prinzipien, die Welt bewegen."

„Nun, an welchem Abend gehen wir hin?"

„Lassen Sie mich überlegen. Heute ist Dienstag. Halten wir morgen fest. Sie spielt morgen die Julia."

„Abgemacht. Um acht Uhr im Bristol; und ich bringe Basil mit."

„Nicht um acht, Harry, bitte. Um halb sieben. Wir müssen dort sein, bevor der Vorhang aufgeht. Sie müssen sie im ersten Akt sehen, wenn sie Romeo begegnet."

„Halb sieben! Was für eine Zeit! Das ist ja, als wollte man in der Teestunde zu Abend essen oder einen englischen Roman lesen. Frühestens um sieben. Kein Gentleman speist vor sieben. Sehen Sie Basil noch bis dahin? Oder soll ich ihm schreiben?"

„Der gute Basil! Ich habe ihn eine Woche lang nicht zu Gesicht bekommen. Das ist ganz abscheulich von mir, zumal er mir mein Porträt in einem wundervollen Rahmen geschickt hat, den er selber entworfen hat, und obwohl ich ein wenig eifersüchtig auf das Bild bin, weil es einen ganzen Monat jünger ist als ich, muß ich gestehen, daß es mich entzückt. Vielleicht ist es besser, wenn Sie ihm schreiben. Ich möchte nicht allein zu ihm gehen. Er sagt Dinge, die mich ärgern. Er gibt mir gute Ratschläge."

Lord Henry lächelte. „Die Menschen geben nun einmal gerne das, was sie selber am meisten nötig hätten. Das nenne ich den Gipfel der Freigebigkeit."

„Oh, Basil ist der beste Kerl, aber er kommt mir ein klein wenig wie ein Philister vor. Seitdem ich Sie kenne, Harry, ist mir das aufgegangen."

„Basil, mein lieber Junge, legt allen Charme, den er besitzt, in sein Werk. Die Folge davon ist, daß ihm für das Leben nichts weiter übrigbleibt als seine Vorurteile, seine Prinzipien und sein gesunder Menschenverstand. Die einzigen Künstler aus meinem Bekanntenkreis, die als Menschen reizend sind, sind miserable Künstler. Gute Künstler existieren nur in dem, was sie schaffen, und folglich sind sie völlig uninteressant in dem, was sie sind. Ein großer Dichter, ein wirklich großer Dichter, ist das unpoetischste Wesen überhaupt. Mittelmäßige Dichter hingegen sind einfach faszinierend. Je schlechter ihre Reime sind, um so malerischer sehen sie aus. Schon die Tatsache, daß ein Mann einen Band mit zweitklassigen Sonetten veröffentlicht hat, macht ihn ganz und gar unwiderstehlich. Er lebt die Poesie, die er nicht schreiben kann. Die anderen schreiben die Dichtung, die sie nicht zu verwirklichen wagen."

„Ob es sich tatsächlich so verhält, Harry?" sagte Dorian Gray und goß aus einem großen Flakon mit goldener Verschlußkappe, der auf dem Tisch stand, ein wenig Parfüm auf sein Taschentuch. „Doch es muß wohl so sein, wenn Sie es sagen. Jetzt muß ich aber fort. Imogen wartet auf mich. Denken Sie an morgen. Auf Wiedersehen."

Als er das Zimmer verlassen hatte, senkten sich Lord Henrys schwere Lider, und er begann nachzudenken. Zweifellos hatten ihn nur wenige Menschen so sehr interessiert wie Dorian Gray, und dennoch verursachte ihm die verrückte Verehrung des Jungen für jemanden anders nicht die mindeste Qual der Kränkung oder Eifersucht. Er freute sich sogar darüber. Dadurch wurde er zu einem noch interessanteren Studienobjekt. Er hatte sich schon immer für die Methoden der Naturwissenschaft begeistert, aber der übliche Forschungsgegenstand dieser Wissenschaft erschien ihm trivial und belanglos. Und so hatte er damit begonnen, sich selber zu vivisezieren, und damit geendet, andere zu vivisezieren. Das menschliche Leben – das schien für ihn das einzige zu sein, was erforscht zu werden verdiente. Im Vergleich dazu war alles andere ohne jeglichen Wert. Freilich, wenn man das Leben in seinem wunderlichen Schmelztiegel von Leid und Lust betrachtete, konnte man vor dem Gesicht keine Glasmaske tragen und auch nicht verhindern, daß die Schwefeldämpfe das Gehirn angriffen und die Phantasie mit ungeheuerlichen Vorstellungen und mißgestalten Träumen trübten. Es gab so feine Gifte, daß man an ihnen erkranken mußte, um ihre Eigenschaften ergründen zu können. Es gab so eigenartige Leiden, daß man sie durchmachen mußte, wenn man ihr Wesen begreifen wollte. Und doch, welch großer Lohn wurde einem dann zuteil! Wie wunderbar erschien einem die ganze Welt! Die seltsam strenge Logik der Leidenschaft und das emotional gefärbte Leben des Geistes zu erkennen – zu beobachten, wo sie zusammentrafen und wo sie sich trennten und an welchem Punkt sie im Einklang standen und an welchem Punkt sie uneins waren –, darin lag höchste Wonne! Was machte es schon, wie hoch der Preis war? Für eine Sensation kann man gar keinen zu hohen Preis zahlen.

Er war sich bewußt – und der Gedanke brachte einen freudigen Schimmer in seine braunen Achataugen –, daß er durch bestimmte Worte, wohllautende Worte, die wohllautend gesprochen worden waren, Dorian Grays Seele bewogen hatte, sich diesem weißen Mädchen zuzuwenden und sich anbetend vor ihm zu verneigen. In hohem Maße war der Junge seine eigene Schöpfung. Er hatte ihn vorzeitig reifen lassen. Das war immerhin etwas. Gewöhnliche Menschen warteten, bis ihnen das Leben seine Geheimnisse enthüllte, aber den wenigen, den Auserwählten, offenbarten sich die Mysterien des Lebens, noch bevor der Schleier weggezogen wurde. Zuweilen war dies die Wirkung der Kunst, vor allem die der Literatur, die sich ja unmittelbar mit den Leidenschaften und dem Geist befaßt. Doch hin und wieder tritt eine komplexe Persönlichkeit auf den Plan und übernimmt die Aufgabe der Kunst, wird gar auf ihre Weise ein echtes Kunstwerk, denn auch das Leben bringt seine kunstvollen Meisterwerke hervor, genauso wie die Dichtung oder die Bildhauerei oder die Malerei.

Ja, der Knabe war vor der Zeit gereift. Er brachte seine Ernte ein, obwohl noch Frühling war. Der Pulsschlag und die Leidenschaft der Jugend waren in ihm, aber er wurde schon sich seiner selbst bewußt. Es war herrlich, ihn zu beobachten. Mit seinem schönen Gesicht und seiner schönen Seele war er ein Wesen, das Staunen hervorrief. Es spielte keine Rolle, wie das alles enden würde oder wie es ihm bestimmt war zu enden. Er glich einer jener anmutigen Gestalten in einem Festzug oder einem Schauspiel, deren Freuden uns fern zu sein scheinen, aber deren Leiden unseren Schönheitssinn erregen und deren Wunden wie rote Rosen sind.

Seele und Leib, Leib und Seele – wie waren sie doch geheimnisvoll! In der Seele verbarg sich Animalisches, und der Leib

kannte Momente der Vergeistigung. Die Sinne konnten sich
verfeinern, und der Geist konnte entarten. Wer vermochte zu
sagen, wo der fleischliche Trieb aufhörte und der seelische Trieb
begann? Wie oberflächlich waren doch die willkürlichen Defi-
nitionen der konventionellen Psychologen! Und dennoch, wie
schwierig war es, sich zwischen den Ansprüchen der verschiedenen Richtungen zu entscheiden! War die Seele ein Schatten,
der im Haus der Sünde wohnte? Oder war der Leib tatsächlich
von der Seele umfangen, wie Giordano Bruno annahm? Die
Trennung von Geist und Materie war ein Geheimnis, und die
Einheit von Geist und Materie war ebenfalls ein Geheimnis.

Er begann darüber nachzudenken, ob wir aus der Psychologie
wohl jemals eine so absolute Wissenschaft machen könnten, daß
sich uns jeder kleine Lebenstrieb enthüllte. Vorerst mißverstanden wir stets uns selber und verstanden nur selten die anderen.
Der Erfahrung kam kein ethischer Wert zu. Sie war bloß der
Name, den die Menschen ihren Irrtümern gaben. Die Moralisten hatten sie in der Regel als eine Art Warnung betrachtet,
hatten ihr eine gewisse ethische Wirkung bei der Charakterbildung zugesprochen, hatten sie als ein Mittel gepriesen, das uns
lehre, was wir befolgen und was wir meiden sollten. Doch die
Erfahrung enthielt keine bewegende Kraft. Sie war ebensowenig
ein aktiver Antrieb wie das Gewissen. Im Grunde demonstrierte
sie uns nur, daß unsere Zukunft nicht anders aussehen würde
als unsere Vergangenheit und daß wir die Sünde, die wir einmal,
und zwar mit Abscheu, begangen hatten, noch viele Male begehen würden, und zwar mit Freude.

Es war ihm klar, daß die experimentelle Methode die einzige
war, durch die man überhaupt zu einer wissenschaftlichen Analyse der Leidenschaften gelangen konnte; und Dorian Gray war
gewiß als Objekt für ihn wie geschaffen und schien reiche und
ergiebige Resultate zu versprechen. Seine plötzliche verrückte
Liebe zu Sibyl Vane war ein psychologisches Phänomen von
nicht geringem Interesse. Es bestand kein Zweifel, daß Neugier
dabei eine große Rolle spielte, Neugier und das Verlangen nach
neuen Erfahrungen; dennoch war es keine einfache, sondern
vielmehr eine sehr komplexe Leidenschaft. Was an rein sinnlichen Instinkten des Knabenalters in ihr steckte, war umgeformt
worden durch das Wirken der Phantasie, hatte sich verwandelt
in etwas, was dem Jungen selbst von Sinnlichkeit weit entfernt
zu sein schien, und war aus ebendiesem Grund um so gefährli-

cher. Gerade die Leidenschaften, über deren Ursprung wir uns täuschen, tyrannisieren uns am meisten. Unsere schwächsten Antriebe sind jene, über deren Wesen wir uns im klaren sind. Es kommt häufig vor, daß wir glauben, wir experimentierten mit anderen, während wir in Wahrheit mit uns selber experimentieren.

Als Lord Henry dasaß und über diese Dinge nachsann, klopfte es an der Tür, und sein Diener trat ein und erinnerte ihn daran, daß es Zeit sei, sich zum Essen umzukleiden. Er stand auf und blickte hinaus auf die Straße. Der Sonnenuntergang hatte die oberen Fenster des gegenüberliegenden Hauses in scharlachrotes Gold getaucht. Die Scheiben glühten wie erhitzte Metallplatten. Der Himmel darüber glich einer verblichenen Rose. Er dachte an das junge, flammende Leben seines Freundes und fragte sich, wie das alles enden werde.

Als er gegen halb eins wieder heimkam, sah er auf dem Tisch der Empfangshalle ein Telegramm liegen. Er öffnete es und stellte fest, daß es von Dorian Gray war. Es sollte ihm mitteilen, daß er sich mit Sibyl Vane verlobt hatte.

„Mutter, Mutter, ich bin so glücklich!" flüsterte das Mädchen und verbarg sein Gesicht im Schoß der verwelkten, müde wirkenden Frau, die, den Rücken dem grellen, zudringlichen Licht zugewandt, in dem einzigen Lehnstuhl saß, den ihr schmuddeliges Wohnzimmer enthielt. „Ich bin so glücklich!" wiederholte das Mädchen, „und du sollst auch glücklich sein."

Mrs. Vane zuckte zusammen und legte ihre mageren, mit Wismut weiß geschminkten Hände auf den Kopf ihrer Tochter. „Glücklich!" wiederholte sie, „ich bin nur dann glücklich, Sibyl, wenn ich dich spielen sehe. Du darfst an nichts anderes denken als an dein Spiel. Mr. Isaacs ist sehr gut zu uns gewesen, und wir schulden ihm Geld."

Das Mädchen blickte auf und schmollte. „Geld, Mutter?" rief sie. „Was liegt schon am Geld? Liebe ist mehr als Geld."

„Mr. Isaacs hat uns fünfzig Pfund vorgestreckt, damit wir unsere Schulden bezahlen und für James eine anständige Ausstattung kaufen können. Das darfst du nicht vergessen, Sibyl. Fünfzig Pfund sind eine sehr große Summe. Mr. Isaacs ist überaus aufmerksam gewesen."

„Er ist kein Gentleman, Mutter, und ich hasse die Art, wie er mit mir spricht", sagte das Mädchen, stand auf und ging zum Fenster hinüber.

„Ich weiß nicht, wie wir ohne ihn durchkommen könnten", antwortete die alte Frau kläglich.

Sibyl Vane warf den Kopf zurück und lachte. „Wir brauchen ihn nicht mehr, Mutter. Der Märchenprinz ist jetzt für unser Leben zuständig." Dann hielt sie inne. Eine Röte stieg in ihrem Blut auf und überzog ihre Wangen. Schnelle Atemzüge entfalteten die Blütenblätter ihrer Lippen. Sie zitterten. Ein südlicher Wind der Leidenschaft fuhr über sie dahin und bewegte die zierlichen Falten ihres Kleides. „Ich liebe ihn", sagte sie einfach.

„Dummes Kind! Dummes Kind!" kam die Antwort wie Papageiengeplapper. Das Wedeln gekrümmter, mit unechten Steinen beringter Finger verlieh den Worten etwas Groteskes.

Das Mädchen lachte wieder. Die Freude eines gefangenen Vogels war in ihrer Stimme. Ihre Augen fingen die Melodie auf und warfen sie strahlend zurück; dann schlossen sie sich einen Augenblick lang, als wollten sie ihr Geheimnis bewahren. Als sie sich wieder öffneten, war der Schleier eines Traums über sie hinweggezogen.

Dünnlippige Weisheit sprach vom abgenutzten Lehnstuhl her auf sie ein, mahnte zur Klugheit, zitierte aus jenem Buch der Feigheit, dessen Verfasser den Namen „gesunder Menschenverstand" nachäfft. Sie hörte nicht zu. Sie war frei in ihrem Gefängnis der Leidenschaft. Ihr Prinz, der Märchenprinz, war bei ihr. Sie hatte die Erinnerung aufgefordert, ihn neu zu erschaffen. Sie hatte ihre Seele ausgesandt, nach ihm zu suchen, und sie hatte ihn zurückgebracht. Wieder brannte sein Kuß auf ihrem Mund. Ihre Lider waren warm von seinem Atem.

Dann änderte die Weisheit ihre Methode und sprach von Auskundschaften und Entdecken. Dieser junge Mann könnte ja reich sein. Falls dem so sei, solle man eine Heirat in Erwägung ziehen. An der Muschel ihres Ohrs brachen sich die Wellen irdischer Schlauheit. Die Pfeile der List flogen an ihr vorbei. Sie sah, wie sich die dünnen Lippen bewegten, und lächelte.

Plötzlich verspürte sie das Bedürfnis zu sprechen. Das wortreiche Schweigen bedrückte sie. „Mutter, Mutter", rief sie, „warum liebt er mich so sehr? Ich weiß, warum ich ihn liebe. Ich liebe ihn, weil er so ist, wie die Liebe selber sein soll. Aber was findet er an mir? Ich bin seiner nicht würdig. Und doch – ich kann nicht sagen warum –, obgleich ich fühle, daß ich tief unter ihm stehe, fühle ich mich nicht niedrig. Ich bin stolz, schrecklich stolz. Mutter, hast du meinen Vater so geliebt, wie ich den Märchenprinzen liebe?"

Die alte Frau erblaßte unter dem groben Puder, der ihre Wangen übertünchte, und ihre trockenen Lippen zuckten in einem qualvollen Krampf. Sibyl eilte zu ihr, schlang ihr die Arme um den Hals und küßte sie. „Verzeih mir, Mutter. Ich weiß, es tut dir weh, über unseren Vater zu sprechen. Doch es tut dir nur deshalb weh, weil du ihn so sehr geliebt hast. Schau nicht so traurig. Ich bin heute so glücklich, wie du es vor zwanzig Jahren warst. Ach! laß mich auf immer glücklich sein!"

„Mein Kind, du bist viel zu jung, um an Liebe zu denken. Im übrigen, was weißt du schon von diesem jungen Mann? Du kennst nicht einmal seinen Namen. Das Ganze ist höchst unschicklich, und ich muß sagen, wenn James jetzt nach Australien fährt und ich soviel im Kopf habe, hättest du wirklich mehr

Rücksicht beweisen sollen. Allerdings, wie ich vorhin sagte, wenn er reich ist . . ."

„Ach! Mutter, Mutter, laß mich glücklich sein!"

Mrs. Vane blickte sie an und schloß sie mit einer jener falschen theatralischen Gebärden, die einem Schauspieler so oft zur zweiten Natur werden, in die Arme. In diesem Augenblick öffnete sich die Tür, und ein junger Bursche mit struppigem braunem Haar trat ein. Er war von untersetzter Gestalt, und seine Hände und Füße waren groß und ein wenig ungeschlacht in ihren Bewegungen. Er war nicht so fein geartet wie seine Schwester. Man hätte das enge Verwandtschaftsverhältnis, das zwischen ihnen bestand, schwerlich vermuten können. Mrs. Vane richtete ihren Blick auf ihn und verstärkte ihr Lächeln. Im Geiste erhob sie ihren Sohn in den Rang eines Publikums. Sie war überzeugt, daß das Tableau wirkungsvoll war.

„Du könntest ein paar Küsse für mich aufheben, Sibyl, finde ich", sagte der Bursche mit einem gutmütigen Knurren.

„Ah! du magst es doch gar nicht, wenn man dich küßt, Jim", rief sie. „Du bist ein schrecklicher alter Bär." Und sie lief durch das Zimmer und umarmte ihn.

James Vane blickte seiner Schwester zärtlich ins Gesicht. „Ich möchte einen Spaziergang mit dir machen, Sibyl. Ich glaube kaum, daß ich dieses scheußliche London noch einmal wiedersehen werde. Auf jeden Fall habe ich kein Verlangen danach."

„Mein Sohn, sag nicht so furchtbare Dinge", murmelte Mrs. Vane, wobei sie seufzend ein flitterhaftes Theaterkostüm in die Hand nahm und zu flicken begann. Sie war etwas enttäuscht, daß er sich nicht in das Gruppenbild eingefügt hatte. Dadurch wäre das theatralisch Pittoreske der Situation noch gesteigert worden.

„Warum denn nicht, Mutter? Ich meine es ernst."

„Du tust mir weh, mein Sohn. Ich vertraue darauf, daß du als wohlhabender Mann aus Australien zurückkehren wirst. Ich glaube, in den Kolonien gibt es keine Gesellschaft irgendwelcher Art, nichts, was ich als Gesellschaft bezeichnen würde; wenn du also dein Glück gemacht hast, mußt du zurückkommen und dich in London durchsetzen."

„Gesellschaft!" brummte der junge Mann. „Davon will ich überhaupt nichts wissen. Ich möchte etwas Geld verdienen, damit ich dich und Sibyl vom Theater wegholen kann. Ich hasse es."

„O Jim!" sagte Sibyl lachend, „das ist aber gar nicht freundlich von dir! Aber willst du wirklich mit mir spazierengehen?
Das wäre nett! Ich habe schon befürchtet, du wolltest dich von
deinen Freunden verabschieden – von Tom Hardy, der dir diese
gräßliche Pfeife geschenkt hat, oder von Ned Langton, der sich
über dich lustig macht, weil du sie rauchst. Es ist ganz reizend
von dir, daß du deinen letzten Nachmittag mir schenkst. Wohin
sollen wir gehen? Gehen wir doch in den Park."

„Ich sehe zu schäbig aus", erwiderte er stirnrunzelnd. „In den
Park gehen nur feine Leute."

„Unsinn, Jim", flüsterte sie und strich ihm über den Jacken-
ärmel.

Er zögerte einen Augenblick. „Na schön", sagte er endlich,
„aber brauch nicht zu lange zum Umziehen."

Sie tanzte zur Tür hinaus. Man konnte sie singen hören, als
sie die Treppe hinaufrannte. Ihre kleinen Füße trippelten oben
umher.

Er ging zwei- oder dreimal im Zimmer auf und ab. Dann
wandte er sich der stillen Gestalt im Lehnsessel zu. „Mutter, sind
meine Sachen fertig?" fragte er.

„Ganz fertig, James", antwortete sie, ohne die Augen von
ihrer Arbeit zu heben. Seit einigen Monaten hatte sie ein unbe-
hagliches Gefühl, wenn sie mit ihrem groben, strengen Sohn
allein war. Ihr oberflächliches verborgenes Wesen war jedesmal
beunruhigt, wenn ihre Blicke einander trafen. Sie fragte sich
immer wieder, ob er etwas argwöhnte. Das Schweigen, denn er
machte keine weitere Bemerkung, wurde ihr unerträglich. Sie
fing an zu klagen. Frauen verteidigen sich, indem sie angreifen,
genauso wie sie durch unvermitteltes und befremdliches Nachgeben angreifen. „Ich hoffe, daß dir dein Seefahrerleben zusagt,
James", sagte sie. „Vergiß nicht, daß du es selbst so gewollt
hast. Du hättest in ein Anwaltsbüro eintreten können. Anwälte
sind ein sehr angesehener Stand, und auf dem Lande dinieren
sie oft bei den besten Familien."

„Ich hasse Büros, und ich hasse Schreiberlinge", entgegnete
er. „Aber du hast völlig recht. Ich habe mir mein Leben selber
ausgesucht. Ich sag nur das eine: gib acht auf Sibyl. Paß auf,
daß ihr nichts zustößt. Mutter, du mußt auf sie achtgeben."

„James, du redest wirklich sehr merkwürdig. Natürlich gebe
ich acht auf Sibyl."

„Wie ich gehört habe, kommt jeden Abend ein Herr ins Theater und geht hinter die Bühne, um sich mit ihr zu unterhalten. Ist das wahr? Wie verhält es sich damit?"

„Du redest von Dingen, die du nicht verstehst, James. In unserem Beruf sind wir es gewöhnt, allerlei höchst angenehme Aufmerksamkeiten zu empfangen. Ich meinerseits habe früher einmal viele Buketts bekommen. Das war damals, als man von der Schauspielkunst wirklich noch etwas verstand. Was Sibyl betrifft, so kann ich im Augenblick noch nicht sagen, ob ihre Neigung ernst ist oder nicht. Doch es besteht kein Zweifel, daß der fragliche junge Mann ein vollendeter Gentleman ist. Mir gegenüber ist er stets äußerst höflich. Überdies sieht er so aus, als ob er reich wäre, und die Blumen, die er schickt, sind herrlich."

„Trotzdem weißt du nicht einmal, wie er heißt", sagte der Bursche schroff.

„Nein", erwiderte seine Mutter mit gelassener Miene. „Er hat bis jetzt seinen wirklichen Namen noch nicht verraten. Ich finde das ganz romantisch von ihm. Er gehört wahrscheinlich der Aristokratie an."

James Vane biß sich auf die Lippen. „Gib acht auf Sibyl, Mutter", rief er, „gib acht auf sie!"

„Mein Sohn, du bekümmerst mich sehr. Sibyl steht immer unter meiner besonderen Obhut. Doch wenn dieser Herr reich ist, besteht natürlich kein Grund, warum sie nicht eine Verbindung mit ihm eingehen sollte. Ich nehme als sicher an, daß er zur Aristokratie gehört. Er sieht ganz danach aus, muß ich sagen. Das wäre vielleicht eine überaus glänzende Partie für Sibyl. Die beiden gäben ein reizendes Paar ab. Sein gutes Aussehen ist wirklich ganz erstaunlich; es fällt jedem auf."

Der junge Mann brummte etwas vor sich hin und trommelte mit seinen derben Fingern an die Fensterscheibe. Er hatte sich gerade umgewendet, um etwas zu sagen, als die Tür aufging und Sibyl hereineilte.

„Wie ernst ihr beide seid!" rief sie. „Was ist denn los?"

„Nichts", antwortete er. „Vermutlich muß man ab und zu auch einmal ernst sein. Auf Wiedersehen, Mutter; ich komme um fünf Uhr zum Essen. Bis auf die Hemden ist alles gepackt; du brauchst dich also um nichts mehr zu kümmern."

„Auf Wiedersehen, mein Sohn", entgegnete sie und verneigte sich mit übertriebener Würde.

Sie war im höchsten Maße verärgert über den Ton, den er ihr

gegenüber angeschlagen hatte, und es war etwas in seinem Blick, was ihr angst machte.

„Gib mir einen Kuß, Mutter", sagte das Mädchen. Ihre blumengleichen Lippen berührten die verwelkte Wange und erwärmten deren Frost.

„Mein Kind! mein Kind!" rief Mrs. Vane und blickte zur Decke empor, als hielte sie Ausschau nach einer imaginären Galerie.

„Komm, Sibyl", sagte ihr Bruder ungeduldig. Er haßte das affektierte Benehmen seiner Mutter.

Sie traten hinaus in das flimmernde, winddurchwehte Sonnenlicht und schlenderten die trostlose Euston Road hinab. Die Passanten betrachteten verwundert den verdrossenen, schwerfälligen Jungen in seinem derben, schlecht sitzenden Anzug, der in der Begleitung eines so anmutigen, elegant aussehenden Mädchens war. Er glich einem gewöhnlichen Gärtner, der mit einer Rose spazierengeht.

Jim runzelte von Zeit zu Zeit die Brauen, wenn er den forschenden Blick eines Fremden auffing. Er hatte eine Abneigung vor dem Angestarrtwerden, die Genies spät im Leben überkommt und Durchschnittsmenschen nie verlorengeht. Sibyl hingegen war sich überhaupt nicht der Wirkung bewußt, die sie hervorrief. Ihre Liebe zitterte im Lachen auf ihren Lippen. Sie dachte an den Märchenprinzen, und damit sie um so besser an ihn denken konnte, sprach sie nicht von ihm, sondern plapperte unentwegt von dem Schiff, mit dem Jim fahren wollte, von dem Gold, das er bestimmt finden würde, von der wunderschönen Erbin, die er vor gemeinen Buschräubern in roten Hemden retten würde. Denn er sollte kein Matrose bleiben, auch kein Frachtaufseher oder was er sonst werden wollte. O nein! Das Matrosenleben war schrecklich. Man stelle sich vor, man ist in ein gräßliches Schiff eingepfercht, in das die rauhen, buckligen Wogen einzudringen versuchen, und ein finsterer Sturm bläst die Masten um und zerfetzt die Segel zu langen jaulenden Streifen! Er solle das Schiff in Melbourne verlassen, sich höflich vom Kapitän verabschieden und sich sogleich zu den Goldfeldern verfügen. Spätestens nach einer Woche würde er auf einen großen Klumpen reines Gold stoßen, den größten Goldklumpen, der jemals entdeckt worden sei, und ihn mit einem von sechs berittenen Polizisten bewachten Wagen an die Küste schaffen. Dreimal würden die Buschräuber sie überfallen und in einem

entsetzlichen Gemetzel geschlagen werden. Oder nein. Er solle
überhaupt nicht zu den Goldfeldern reisen. Das seien abscheuliche Gegenden, wo die Männer sich betränken und einander in
den Bars totschössen und schlimme Reden führten. Er solle ein
netter Schafzüchter werden, und eines Abends würde er auf
dem Heimritt beobachten, wie ein Räuber auf einem schwarzen
Pferd die wunderschöne Erbin entführte, und dann würde er
die Verfolgung aufnehmen und sie retten. Natürlich würde sie
sich in ihn verlieben, und er in sie, und sie würden heiraten und
heimkommen und in einem riesigen Haus in London wohnen.
Ja, es stünden ihm herrliche Abenteuer bevor. Aber er müsse
sehr brav sein und nicht die Beherrschung verlieren oder sein
Geld verschwenden. Sie sei zwar nur ein Jahr älter als er, aber
sie kenne das Leben soviel besser. Er müsse ihr auch bestimmt
mit jeder Post schreiben und jeden Abend vor dem Einschlafen
sein Gebet sprechen. Gott sei sehr gütig und werde über ihn
wachen. Sie wolle gleichfalls für ihn beten, und in ein paar
Jahren werde er ganz reich und glücklich wiederkehren.
    Der Bursche hörte ihr mürrisch zu und gab keine Antwort.
Sein Herz war bekümmert, weil er seine Heimat verlassen
sollte.
    Doch das war es nicht allein, was ihn düster und verdrießlich
stimmte. So unerfahren er auch war, er hatte doch ein ausge-
prägtes Gefühl für die Gefahr, in der sich Sibyl befand. Dieser
junge Dandy, der ihr den Hof machte, konnte für sie nichts
Gutes bedeuten. Er war ein Gentleman, und deswegen haßte er
ihn, haßte ihn infolge eines sonderbaren Familieninstinkts, den
er sich nicht erklären konnte und der ihn aus diesem Grunde um
so stärker beherrschte. Auch kannte er die Oberflächlichkeit
und Eitelkeit seiner Mutter, und darin erblickte er eine unendliche Gefahr für Sibyl und Sibyls Glück. Zunächst lieben Kinder
ihre Eltern; wenn sie älter werden, urteilen sie über sie; manchmal vergeben sie ihnen.
    Seine Mutter! Ihm lag etwas auf der Seele, was er sie fragen
wollte, etwas, worüber er viele Monate lang schweigend nach-
gegrübelt hatte. Eine zufällige Wendung, die er im Theater gehört hatte, eine geflüsterte hämische Bemerkung, die eines
Abends, als er am Bühneneingang wartete, an sein Ohr gedrun-
gen war, hatten eine Kette von entsetzlichen Gedanken in ihm
ausgelöst. Er erinnerte sich daran, als wenn ihm jemand eine
Reitpeitsche quer über das Gesicht gezogen hätte. Seine Brauen

kniffen sich zusammen zu einer keilförmigen Furche, und in
einem jäh aufzuckenden Schmerz biß er sich auf die Unterlippe.

„Du hörst überhaupt nicht zu, was ich dir sage, Jim", rief
Sibyl, „und dabei schmiede ich für dich die herrlichsten Zu-
kunftspläne. Sag doch endlich etwas."

„Was soll ich dir denn sagen?"

„Oh! daß du brav sein willst und uns nicht vergessen wirst",
antwortete sie und lächelte ihm zu.

Er zuckte die Achseln. „Vermutlich wirst du mich eher vergessen als ich dich, Sibyl."

Sie errötete. „Was meinst du damit, Jim?" fragte sie.

„Du hast einen neuen Freund, wie ich höre. Wer ist es? Warum
hast du mir nichts von ihm erzählt? Er meint es nicht gut mir
dir."

„Halt, Jim!" rief sie aus. „Du darfst nichts gegen ihn sagen.
Ich liebe ihn."

„Wie? Du kennst ja nicht einmal seinen Namen", erwiderte
der Junge. „Wer ist er? Ich habe ein Recht, das zu erfahren."

„Er heißt Märchenprinz. Gefällt dir der Name nicht? Oh!
du dummer Junge! du solltest ihn nie vergessen. Wenn du ihn
nur einmal sähest, würdest du ihn für den wunderbarsten Menschen der Welt halten. Eines Tages wirst du ihn kennenlernen:
wenn du aus Australien zurückkommst. Du wirst ihn sehr gern
haben. Alle mögen ihn, und ich ... liebe ihn. Ich wünschte, du
könntest heute abend ins Theater kommen. Er wird da sein, und
ich soll die Julia spielen. Oh! und wie ich sie spielen werde!
Stell dir doch vor, Jim, verliebt sein und die Julia spielen!
Wissen, daß er da sitzt! Spielen zu seiner Freude! Ich fürchte,
daß ich das Publikum erschrecke, erschrecke oder verzaubere.
Verliebt sein heißt über sich selber hinauswachsen. Der arme
gräßliche Mr. Isaacs wird seinen Kumpanen am Büfett das
Wort ‚Genie' zubrüllen. Er hat mich als Dogma gepredigt; heute
abend wird er mich als Offenbarung verkünden. Ich spüre es.
Und das alles verdanke ich ihm, ihm allein, dem Märchenprinzen, meinem wunderbaren Geliebten, meinem Gott der Grazien.
Doch ich bin arm neben ihm. Arm? Was macht das schon? Wenn
die Armut bei der Tür hereinkriecht, fliegt die Liebe durchs
Fenster herein. Unsere Sprichwörter müßten umgeschrieben
werden. Sie entstanden im Winter; und jetzt ist Sommer; Frühling für mich, glaube ich, nichts als ein Tanz von Blüten unter
blauen Himmeln."

„Er ist ein Gentleman", sagte der Junge mürrisch.

„Ein Prinz!" rief sie melodisch aus. „Was willst du mehr?"

„Er will dich versklaven."

„Mich schaudert es bei dem Gedanken, frei zu sein."

„Ich möchte, daß du dich vor ihm in acht nimmst."

„Ihn sehen heißt ihn anbeten, ihn kennen heißt ihm vertrauen."

„Sibyl, du hast seinetwegen den Verstand verloren."

Sie lachte und nahm seinen Arm. „Du lieber alter Jim, du redest, als ob du hundert wärst. Eines Tages wirst du dich selber verlieben. Dann merkst du, wie das ist. Schau nicht so grämlich drein. Eigentlich solltest du dich freuen bei dem Gedanken, daß du mich, obwohl du abreist, glücklicher zurückläßt, als ich es früher jemals gewesen bin. Das Leben war hart für uns beide, schrecklich hart und schwierig. Doch nun wird es anders werden. Du fährst in eine neue Welt, und ich habe auch eine neue Welt entdeckt. Da sind zwei Stühle; setzen wir uns doch hin und sehen wir den feinen Leuten zu, die vorübergehen."

Sie nahmen Platz inmitten einer Schar von Zuschauern. Die Tulpenbeete auf der anderen Straßenseite flammten wie flakkernde Feuerringe. Ein weißer Dunst, offenbar eine zitternde Wolke von Veilchenwurz, schwebte in der flimmernden Luft. Die grellbunten Sonnenschirme tanzten und gaukelten wie riesenhafte Schmetterlinge.

Sie brachte ihren Bruder dazu, von sich selber zu sprechen, von seinen Hoffnungen, seinen Aussichten. Er sprach langsam und mit Anstrengung. Sie schoben einander die Worte zu, wie es Spieler mit ihren Jetons tun. Sibyl war bedrückt. Sie konnte ihre Freude nicht mitteilen. Ein schwaches Lächeln, das seinen mürrischen Mund umspielte, war das einzige Echo, das ihr zuteil wurde. Nach einiger Zeit verfiel sie in Schweigen. Plötzlich erhaschte ihr Blick goldene Haare und lachende Lippen, und in einem offenen Wagen fuhr Dorian Gray mit zwei Damen vorüber.

Sie sprang auf die Füße. „Da ist er!" rief sie.

„Wer?" fragte Jim Vane.

„Der Märchenprinz", erwiderte sie und blickte der Viktoria nach.

Er sprang auf und packte sie derb am Arm. „Zeig ihn mir. Welcher ist es? Zeig ihn mir genau. Ich muß ihn sehen!" rief er aus; aber in diesem Augenblick kam der Vierspänner des

Herzogs von Berwick dazwischen, und als er den Blick wieder freigab, war der Wagen bereits aus dem Park gerollt.

„Er ist weg", murmelte Sibyl traurig. „Ich wollte, du hättest ihn gesehen."

„Das wollte ich auch, denn so wahr ein Gott im Himmel lebt, wenn er dir jemals etwas antut, bringe ich ihn um."

Sie schaute ihn entsetzt an. Er wiederholte seine Worte. Sie durchschnitten die Luft wie ein Dolch. Die Umstehenden begannen schon zu gaffen. Eine Dame neben ihr kicherte.

„Komm fort, Jim; komm fort", flüsterte sie. Er folgte ihr verbissen, als sie durch die Menge schritt. Er war froh über das, was er gesagt hatte.

Als sie bei der Achillesstatue ankamen, wandte sie sich um. In ihren Augen war Mitleid, das sich auf ihren Lippen in Lachen verwandelte. Sie schüttelte den Kopf über ihn. „Du bist verrückt, Jim, ganz und gar verrückt; ein schlechtgelaunter Junge, weiter nichts. Wie kannst du nur so furchtbare Sachen sagen? Du weißt nicht, was du redest. Du bist bloß eifersüchtig und böse. Ach! ich wollte, du würdest dich verlieben. Die Liebe macht die Menschen gut, und was du gesagt hast, war gemein."

„Ich bin sechzehn", entgegnete er, „und ich weiß, was ich will. Mutter ist dir keine Hilfe. Sie ist nicht fähig, auf dich aufzupassen. Am liebsten würde ich jetzt überhaupt nicht nach Australien fahren. Ich hätte große Lust, die ganze Sache abzublasen. Ich täte es, wenn mein Kontrakt nicht schon unterschrieben wäre."

„Oh, sei doch nicht so ernst, Jim. Du führst dich auf wie einer der Helden in den albernen Melodramen, in denen Mutter immer so gern aufgetreten ist. Ich will mich nicht mit dir streiten. Ich habe ihn gesehen, und oh! ihn zu sehen ist vollkommenes Glück. Wir wollen nicht streiten. Ich weiß doch, du würdest einem Menschen, den ich liebe, nie etwas zuleide tun, nicht wahr?"

„Nicht, solange du ihn liebst, nehme ich an", lautete die mürrische Antwort.

„Ich werde ihn immer lieben!" rief sie.

„Und er?"

„Auch immer!"

„Das möchte ich ihm auch raten."

Sie schrak vor ihm zurück. Dann lachte sie und legte ihm die Hand auf den Arm. Er war ja noch ein kleiner Junge.

Beim Marble Arch hielten sie einen Omnibus an, der sie ganz in der Nähe ihrer schäbigen Wohnung in der Euston Road absetzte. Es war nach fünf Uhr, und Sibyl mußte sich noch ein paar Stunden vor ihrem Auftritt hinlegen. Jim bestand darauf. Er sagte, er wolle sich lieber von ihr verabschieden, solange ihre Mutter nicht da sei. Sie würde bestimmt eine Szene machen, und ihm seien Szenen in jeder Form zuwider.

In Sibyls Zimmer nahmen sie Abschied voneinander. Es war Eifersucht im Herzen des Jungen und ein wilder, mörderischer Haß auf den Fremden, der, wie es ihm schien, zwischen sie getreten war. Doch als sich ihre Arme um seinen Hals schlangen und ihre Finger durch sein Haar fuhren, wurde er weich und küßte sie mit echter Zuneigung. Ihm standen Tränen in den Augen, als er die Treppe hinabstieg.

Seine Mutter wartete unten auf ihn. Sie murrte über seine Unpünktlichkeit, als er eintrat. Er gab keine Antwort, sondern setzte sich nieder zu seiner kärglichen Mahlzeit. Die Fliegen umsummten den Tisch und krabbelten über das fleckige Tischtuch. Durch das Rumpeln der Omnibusse und das Rattern der Droschken hindurch vernahm er die dröhnende Stimme, die jede ihm noch verbleibende Minute verschlang.

Nach einer Weile stieß er den Teller von sich und stützte den Kopf in die Hände. Er fühlte, daß er ein Recht hatte, es zu erfahren. Man hätte es ihm schon längst sagen müssen, wenn es sich so verhielt, wie er argwöhnte. Bleiern vor Angst sah ihm seine Mutter zu. Worte kamen mechanisch zwischen ihren Lippen hervor. Ein zerrissenes Spitzentaschentuch wand sich in ihren Fingern. Als die Uhr sechs schlug, stand er auf und ging zur Tür. Dann drehte er sich um und blickte sie an. Ihre Augen trafen sich. In den ihren las er ein ungehemmtes Flehen um Gnade. Es brachte ihn in Wut.

„Mutter, ich muß dich etwas fragen", sagte er. Ihr Blick wanderte unsicher im Zimmer umher. Sie antwortete nicht. „Sag mir die Wahrheit. Ich habe ein Recht, sie zu erfahren. Warst du mit meinem Vater verheiratet?"

Sie stieß einen tiefen Seufzer aus. Es war ein Seufzer der Erleichterung. Der schreckliche Augenblick, der Augenblick, den sie Tag und Nacht, seit Wochen und Monaten gefürchtet hatte, war endlich da, und dennoch spürte sie kein Entsetzen. Ja, in gewissem Sinne war das für sie sogar eine Enttäuschung. Die grobe Direktheit der Frage verlangte nach einer direkten Antwort. Die Situation war nicht allmählich vorbereitet worden. Sie war kraß. Sie erinnerte sie an eine schlechte Probe.

„Nein", antwortet sie, verwundert über die nüchterne Einfachheit des Lebens.

„Mein Vater war also ein Schuft!" rief der Bursche und ballte die Fäuste.

Sie schüttelte den Kopf. „Ich wußte, daß er nicht frei war. Wir haben einander sehr geliebt. Wenn er am Leben geblieben wäre, hätte er für uns vorgesorgt. Sag nichts gegen ihn, mein Sohn. Er war dein Vater und ein Gentleman. Er hatte sogar vornehme Verbindungen."

Ein Fluch kam von seinen Lippen. „Es geht mir nicht um mich", rief er aus, „aber laß Sibyl nicht... Es ist ein Gentleman, nicht wahr, der sich in sie verliebt hat, oder zumindest sagt er es? Vermutlich ebenfalls mit vornehmen Verbindungen."

Einen Augenblick lang überkam die Frau ein gräßliches Gefühl der Erniedrigung. Ihr Kopf sank herab. Sie wischte sich die Augen mit flatternden Händen. „Sibyl hat eine Mutter", murmelte sie; „ich hatte keine."

Der Junge war gerührt. Er trat auf sie zu, beugte sich nieder und küßte sie. „Es tut mir leid, wenn ich dir mit der Frage nach meinem Vater weh getan habe", sagte er, „aber ich konnte nicht anders. Ich muß jetzt gehen. Auf Wiedersehen. Vergiß nicht, daß du in Zukunft nur noch ein Kind hast, auf das du achtgeben mußt, und glaube mir, wenn dieser Mann meiner Schwester etwas antut, so werde ich herausbekommen, wer er ist, ich werde ihn aufspüren und ihn umbringen wie einen Hund. Ich schwöre es."

Die Überspanntheit der Drohung, die leidenschaftliche Geste, die sie begleitete, die besessenen melodramatischen Worte ließen ihr das Leben intensiver erscheinen. Diese Atmosphäre war ihr vertraut. Sie atmete freier, und zum erstenmal seit vielen Monaten bewunderte sie wirklich ihren Sohn. Sie hätte die Szene gern auf dem gleichen Gefühlsniveau fortgesetzt, aber er schnitt ihr das Wort ab. Koffer mußten nach unten getragen und Halstücher gesucht werden. Das Pensionsfaktotum lief ein und aus. Dann folgten die Verhandlungen mit dem Droschkenkutscher. Der große Augenblick ging in Trivialitäten unter. In einem neuerlichen Gefühl der Enttäuschung winkte sie mit dem zerrissenen Spitzentaschentuch aus dem Fenster, als ihr Sohn davonfuhr. Sie war sich bewußt, daß eine große Chance vertan

worden war. Um sich zu trösten, erzählte sie Sibyl, wie leer
ihr Leben fortan sein werde, da sie jetzt nur noch ein Kind habe,
auf das sie achtgeben müsse. Diese Wendung fiel ihr wieder ein.
Sie hatte ihr gefallen. Von der Drohung sagte sie nichts. Sie war
so heftig und dramatisch ausgesprochen worden. Sie hatte das
Gefühl, daß sie alle eines Tages darüber lachen würden.

6. KAPITEL

„Wahrscheinlich haben Sie die Neuigkeit schon gehört, Basil?" sagte Lord Henry an jenem Abend, als Hallward in ein kleines Séparée im Bristol geführt wurde, wo für drei Personen zum Abendessen gedeckt war.

„Nein, Harry", antwortete der Künstler und übergab Hut und Mantel dem sich verbeugenden Kellner. „Worum geht es? Hoffentlich nicht um Politik? Die interessiert mich nicht. Im Unterhaus sitzt kaum jemand, der es verdient, gemalt zu werden; vielen würde allerdings das Weißen gut bekommen."

„Dorian Gray hat sich verlobt", sagte Lord Henry, wobei er den anderen genau beobachtete.

Hallward zuckte zusammen und runzelte dann die Stirn. „Dorian verlobt!" rief er. „Unmöglich!"

„Es ist die reine Wahrheit."

„Mit wem?"

„Mit irgend so einer kleinen Schauspielerin."

„Ich kann es nicht glauben. Dorian ist dazu viel zu vernünftig."

„Dorian ist viel zu gescheit, um nicht hin und wieder eine Torheit zu begehen, mein lieber Basil."

„Heiraten ist kaum eine Sache, die man hin und wieder tun kann, Harry."

„Außer in Amerika", entgegnete Lord Henry lässig. „Aber ich habe nicht gesagt, er sei verheiratet. Ich habe gesagt, daß er sich verlobt hat. Das ist ein großer Unterschied. Ich erinnere mich sehr genau daran, daß ich verheiratet bin, doch ich kann mich nicht entsinnen, jemals verlobt gewesen zu sein. Ich neige zu der Auffassung, daß ich nie verlobt war."

„Aber bedenken Sie doch Dorians Herkunft und seine Position und seinen Reichtum. Es wäre verrückt von ihm, so tief unter seinem Stand zu heiraten."

„Wenn Sie dafür sorgen wollen, daß er das Mädchen heiratet, so sagen Sie ihm das, Basil. Dann tut er es bestimmt. Wenn ein Mann etwas völlig Törichtes tut, geschieht es stets aus den edelsten Motiven."

„Hoffentlich ist es ein gutes Mädchen, Harry. Ich möchte Dorian nicht an irgendein gemeines Geschöpf gebunden sehen, das seine Natur entwürdigen und seinen Geist verderben könnte."

„Oh, sie ist besser als gut – sie ist schön", murmelte Lord Henry und nippte an einem Glas Wermut mit Orangenbitter. „Dorian sagt, sie sei schön; und in solchen Dingen irrt er sich selten. Das Porträt, das Sie von ihm gemalt haben, hat sein Urteil über die persönliche Erscheinung anderer Menschen geschärft. Unter anderem hat es auch diese hervorragende Wirkung gehabt. Wir sollen sie heute abend kennenlernen, wenn der Junge seine Verabredung nicht vergißt."

„Ist das Ihr Ernst?"

„Mein völliger Ernst, Basil. Ich wäre unglücklich, wenn ich jemals ernster sein müßte als in diesem Augenblick."

„Aber billigen Sie das denn, Harry?" fragte der Maler, der im Zimmer auf und ab ging und sich auf die Lippen biß. „Sie können es doch unmöglich billigen. Es ist eine alberne Vernarrtheit."

„Heutzutage billige oder mißbillige ich überhaupt nichts. Das ist eine absurde Einstellung dem Leben gegenüber. Wir sind nicht dazu in der Welt, um unsere moralischen Vorurteile zu verkünden. Ich kümmere mich nie im geringsten um das, was gewöhnliche Leute sagen, und ich mische mich nie ein in das, was charmante Leute tun. Wenn mich ein Mensch fasziniert, erscheint mir jede Ausdrucksform, die dieser Mensch wählt, einfach köstlich. Dorian Gray verliebt sich in ein schönes Mädchen, das die Julia spielt, und macht ihm einen Heiratsantrag. Warum nicht? Wenn er Messalina ehelichte, wäre er deshalb nicht weniger interessant. Sie wissen, ich bin kein Verfechter der Ehe. Der eigentliche Nachteil der Ehe besteht darin, daß man durch sie uneigennützig wird. Und uneigennützige Menschen sind farblos. Ihnen fehlt es an Individualität. Doch es gibt bestimmte Temperamente, die durch die Ehe an Vielfalt gewinnen. Sie behalten ihren Egoismus bei und fügen ihm viele andere Egos hinzu. Sie sind gezwungen, mehr als ein Leben zu führen. Sie werden höher organisiert, und hoch organisiert zu sein bedeutet, so meine ich, das Ziel der menschlichen Existenz. Im übrigen hat jede Erfahrung ihren Wert, und was man auch gegen die Ehe einwenden mag, sie ist zweifellos eine Erfahrung. Ich hoffe, daß Dorian Gray dieses Mädchen zu seiner Frau macht, sie ein halbes

Jahr leidenschaftlich anbetet und sich dann plötzlich von einer anderen faszinieren läßt. Er wäre ein großartiges Studienobjekt."

„Sie glauben von alledem kein einziges Wort, Harry; das wissen Sie. Wenn Dorian Grays Leben zugrunde gerichtet würde, dann würde niemand das mehr bedauern als Sie. Sie sind viel besser, als Sie zu sein vorgeben."

Lord Henry lachte. „Der Grund, weshalb wir alle gerne so gut von anderen denken, liegt darin, daß wir alle Angst vor uns selber haben. Die Grundlage des Optimismus ist schiere Furcht. Wir halten uns für großmütig, weil wir unserem Nächsten den Besitz jener Tugenden zubilligen, die uns wahrscheinlich von Nutzen sein werden. Wir loben den Bankier, damit wir unser Konto überziehen können, und entdecken in einem Straßenräuber gute Eigenschaften in der Hoffnung, daß er unsere Taschen verschont. Ich glaube alles, was ich gesagt habe. Ich empfinde die größte Verachtung für den Optimismus. Was das zugrunde gerichtete Leben angeht: kein Leben wird zugrunde gerichtet außer dem, das in seinem Wachstum gehemmt wird. Wenn man einen Charakter verderben will, braucht man ihn nur zu bessern. Was die Ehe angeht, so wäre sie natürlich eine Torheit, doch es gibt andere und interessantere Bindungen zwischen Mann und Frau. Ich befürworte sie entschieden. Sie haben den Reiz, fashionable zu sein. Aber da kommt ja Dorian selber. Er wird Ihnen mehr erzählen, als ich es vermag."

„Mein lieber Harry, mein lieber Basil, Sie müssen mir beide gratulieren!" sagte der Junge, indem er den Abendumhang mit den satingefütterten Schößen abwarf und seinen Freunden nacheinander die Hand schüttelte. „Ich bin noch niemals so glücklich gewesen. Freilich kommt das überraschend; das gilt für alle wahrhaft köstlichen Dinge. Und doch scheint es mir das eine zu sein, nach dem ich mein ganzes Leben lang Ausschau gehalten habe." Er war rot vor Erregung und Freude und sah ungewöhnlich hübsch aus.

„Ich hoffe, Sie werden immer sehr glücklich sein, Dorian", sagte Hallward, „aber ich kann Ihnen nicht ganz verzeihen, daß Sie mir nichts von Ihrer Verlobung gesagt haben. Harry haben Sie davon erzählt."

„Und ich kann Ihnen nicht verzeihen, daß Sie zu spät zum Essen kommen", warf Lord Henry ein, wobei er dem Jungen die Hand auf die Schulter legte und lächelte. „Setzen wir uns doch und probieren wir, was der neue Chefkoch zustande bringt, und dann erzählen Sie uns, wie alles gekommen ist."

„Da ist wirklich nicht viel zu erzählen", rief Dorian, als sie an dem kleinen runden Tisch Platz nahmen. „Was passierte, war einfach Folgendes. Nachdem ich Sie gestern abend verlassen hatte, Harry, habe ich mich umgezogen, habe in dem kleinen italienischen Restaurant in der Rupert Street, wo Sie mich eingeführt haben, eine Kleinigkeit gegessen und bin dann um acht Uhr ins Theater gegangen. Sibyl spielte die Rosalinde. Natürlich war die Dekoration entsetzlich und der Orlando albern. Aber Sibyl! Sie hätten sie sehen müssen! Als sie in Knabenkleidern auftrat, war sie einfach wunderbar. Sie trug ein moosgrünes Samtkoller mit zimtfarbenen Ärmeln, enganliegende braune Kniehosen mit kreuzweise geschnürten Bändern, ein flottes grünes Käppchen mit einer Falkenfeder, die von einem Edelstein gehalten wurde, und einen dunkelrot gefütterten Kapuzenumhang. Sie war mir noch nie so anmutig erschienen. Sie besaß die ganze zerbrechliche Grazie jenes Tanagrafigürchens, das in Ihrem Atelier steht, Basil. Ihr Haar umrahmte ihr Gesicht wie dunkles Laub eine blasse Rose. Was ihr Spiel angeht – nun, Sie werden sie ja heute abend sehen. Sie ist einfach eine geborene Künstlerin. Ich saß in der schmuddeligen Loge und war vollkommen hingerissen. Ich vergaß, daß ich mich in London und im neunzehnten Jahrhundert befand. Ich war weit weg mit meiner Liebsten in einem Wald, den kein Mensch je erblickt hat. Nach der Vorstellung ging ich hinter die Bühne und sprach mit ihr. Als wir beisammensaßen, trat in ihre Augen plötzlich ein Ausdruck, den ich vorher noch nie gesehen hatte. Meine Lippen näherten sich den ihren. Wir küßten einander. Ich kann Ihnen nicht beschreiben, was ich in diesem Augenblick empfand. Es kam mir so vor, als ob sich mein Leben auf diesen einen vollkommenen Höhepunkt rosenfarbiger Freude verengt hätte. Sie bebte am ganzen Leib und erzitterte wie eine weiße Narzisse. Dann warf sie sich auf die Knie und küßte meine Hände. Ich habe das Gefühl, daß ich Ihnen all dies nicht erzählen sollte, aber ich kann nicht anders. Selbstverständlich ist unsere Verlobung ein großes Geheimnis. Sie hat es nicht einmal ihrer Mutter anvertraut. Ich weiß nicht, was meine Vormünder dazu sagen werden. Lord Radley wird bestimmt in Rage geraten. Das ist mir egal. In weniger als einem Jahr bin ich mündig, und dann kann ich tun, was mir beliebt. Ich habe doch recht daran getan, nicht wahr,

Basil, meine Liebe aus der Poesie zu holen und meine Frau in Shakespeares Dramen zu suchen? Lippen, die Shakespeare sprechen gelehrt hat, haben mir ihr Geheimnis ins Ohr geflüstert. Ich habe Rosalindes Arme um mich gespürt und Julias Mund geküßt."

„Ja, Dorian, ich nehme an, Sie haben recht daran getan", sagte Hallward langsam.

„Haben Sie sie heute schon gesehen?" fragte Lord Henry.

Dorian Gray schüttelte den Kopf. „Ich ließ sie zurück im Ardennerwald und werde sie in einem Garten zu Verona wiederfinden."

Lord Henry nippte nachdenklich an seinem Champagner. „Zu welchem bestimmten Zeitpunkt haben Sie das Wort Heirat erwähnt, Dorian? Und welche Antwort hat sie darauf gegeben? Vielleicht haben Sie das alles vergessen."

„Mein lieber Harry, ich habe das nicht als eine geschäftliche Transaktion betrachtet und ihr keinen formellen Antrag gemacht. Ich habe ihr gesagt, daß ich sie liebe, und sie erwiderte, sie sei nicht würdig, meine Frau zu werden. Nicht würdig! Und dabei bedeutet mir die ganze Welt nichts im Vergleich zu ihr."

„Frauen sind wunderbar praktisch", murmelte Lord Henry, „ – viel praktischer als wir. In einer solchen Situation vergessen wir häufig, vom Heiraten zu sprechen, aber sie erinnern uns stets daran."

Hallward legte ihm die Hand auf den Arm. „Nicht doch, Harry. Sie haben Dorian gekränkt. Er ist nicht wie andere Menschen. Er würde nie jemanden ins Elend stürzen. Dazu ist seine Natur zu fein geartet."

Lord Henry blickte über den Tisch hinweg. „Dorian läßt sich durch mich nicht kränken", antwortete er. „Ich habe die Frage aus dem denkbar besten Grund gestellt, ja aus dem einzigen Grund, der es rechtfertigt, daß man überhaupt Fragen stellt — aus reiner Neugierde. Ich habe eine Theorie, nach der es stets die Frauen sind, die uns Anträge machen, und nicht wir, die ihnen Anträge machen. Ausgenommen natürlich in der Mittelschicht. Aber die Mittelschicht ist schließlich nicht tonangebend."

Dorian Gray lachte und warf den Kopf hoch. „Sie sind ganz unverbesserlich, Harry; aber es macht mir nichts aus. Man kann Ihnen unmöglich böse sein. Wenn Sie Sibyl Vane sehen, werden Sie spüren, daß der Mann, der ihr etwas zuleide tun könnte, ein

Tier sein müßte, ein Tier ohne Herz. Ich kann nicht begreifen,
wie jemand den Wunsch haben kann, das Wesen zu schänden,
das er liebt. Ich liebe Sibyl Vane. Ich möchte sie auf ein Piedestal aus Gold stellen und zusehen, wie die Welt die Frau anbetet,
die mir gehört. Was ist die Ehe? Ein unwiderrufliches Gelöbnis.
Deshalb spotten Sie darüber. Ach! spotten Sie nicht. Es ist ein
unwiderrufliches Gelöbnis, das ich ablegen möchte. Ihr Vertrauen macht mich treu, ihr Glaube macht mich gut. Wenn ich bei
ihr bin, bedaure ich alles, was Sie mir beigebracht haben. Ich
werde ein anderer als der, den Sie kennen. Ich bin verwandelt,
und schon die Berührung von Sibyl Vanes Hand läßt mich Sie
und all Ihre falschen, faszinierenden, giftigen, köstlichen Theorien vergessen."

„Und die wären...?" fragte Lord Henry und nahm sich
etwas Salat.

„Oh, Ihre Theorien über das Leben, Ihre Theorien über die
Liebe, Ihre Theorien über das Genießen. Überhaupt alle Ihre
Theorien, Harry."

„Das Genießen ist das einzige, was eine Theorie verlohnt",
erwiderte er mit seiner bedächtigen, melodischen Stimme. „Aber
leider kann ich meine Theorie nicht als meine eigene ausgeben.
Sie stammt von der Natur, nicht von mir. Der Genuß ist der
Prüfstein der Natur, ihr Zeichen der Zustimmung. Wenn wir
glücklich sind, sind wir immer gut, doch wenn wir gut sind, sind
wir nicht immer glücklich."

„Ah! aber was meinen Sie mit gut?" rief Basil Hallward.

„Ja", kam es als Echo von Dorian Gray, der sich in seinem
Stuhl zurücklehnte und Lord Henry über die schweren Büschel
der purpurlippigen Schwertlilien hinweg anblickte, die in der
Mitte des Tisches standen, „was meinen Sie mit gut, Harry?"

„Gut sein heißt mit seinem Ich harmonieren", entgegnete er,
wobei er mit seinen bleichen, feingliedrigen Fingern den dünnen
Stiel seines Glases berührte. „Eine Dissonanz entsteht, wenn man
gezwungen ist, mit anderen Menschen zu harmonieren. Das
eigene Leben – das ist das Entscheidende. Was das Leben seiner
Mitmenschen betrifft, so kann man, falls man prüde oder puri-
tanisch sein will, mit seinen moralischen Auffassungen vor
ihnen renommieren, aber sie gehen einen nichts an. Außerdem hat der
Individualismus wirklich das höhere Ziel. Die moderne Moral
besteht darin, daß man die Maßstäbe seiner Zeit akzeptiert.
Nach meiner Meinung ist für jeden kultivierten Menschen die

Akzeptierung der Maßstäbe seiner Zeit eine Form krassester Unmoral."

„Doch wenn man nur für sich selber lebt, Harry, muß man dafür bestimmt einen entsetzlichen Preis zahlen?" warf der Maler ein.

„Ja, heutzutage werden wir bei allem überfordert. Ich könnte mir vorstellen, daß die wahre Tragödie der Armen darin liegt, daß sie sich nichts leisten können außer Entsagung. Schöne Sünden sind, genauso wie schöne Dinge, das Vorrecht der Reichen."

„Man muß auf andere Weise bezahlen als mit Geld."

„Auf welche Weise, Basil?"

„Oh! ich möchte meinen, mit Reue, mit Leiden, mit ... nun, mit dem Bewußtsein der Erniedrigung."

Lord Henry zuckte die Achseln. „Mein Lieber, die mittelalterliche Kunst ist reizend, aber mittelalterliche Gefühle sind aus der Mode gekommen. Man kann sie in der Dichtung verwenden, natürlich. Doch schließlich sind die einzigen Dinge, die man in der Dichtung verwenden kann, ebenjene, die man im wirklichen Leben nicht mehr verwendet. Glauben Sie mir, kein zivilisierter Mensch bedauert jemals einen Genuß, und kein unzivilisierter Mensch weiß überhaupt, was ein Genuß ist."

„Ich weiß, was Genuß ist", rief Dorian Gray. „Er besteht darin, daß man jemanden anbetet."

„Das ist jedenfalls besser, als angebetet zu werden", erwiderte er und spielte mit ein paar Früchten. „Angebetet zu werden ist eine Plage. Die Frauen behandeln uns so, wie die Menschheit ihre Götter behandelt. Sie verehren uns und bedrängen uns ständig, etwas für sie zu tun."

„Ich hätte gesagt, daß sie all das, was sie fordern, zunächst uns schenken", murmelte der Junge mit Bedacht. „Sie erzeugen Liebe in uns. Sie haben ein Recht, sie zurückzuverlangen."

„Das ist völlig richtig, Dorian", rief Hallward.

„Nichts ist jemals völlig richtig", sagte Lord Henry.

„Dies schon", unterbrach ihn Dorian. „Sie müssen zugeben, Harry, daß die Frauen den Männern das wahre Gold ihres Lebens schenken."

„Möglich", seufzte er, „aber sie möchten es unweigerlich in ganz kleiner Münze zurückhaben. Das ist der Kummer. Die Frauen geben uns, wie es ein geistreicher Franzose einmal ausgedrückt hat, das Verlangen ein, Meisterwerke zu schaffen, und hindern uns stets daran, sie auszuführen."

„Harry, Sie sind schrecklich! Ich weiß gar nicht, warum ich Sie so gern habe."

„Sie werden mich immer gern haben, Dorian", entgegnete er. „Nehmt ihr noch einen Kaffee, meine Freunde? – Kellner, bringen Sie Kaffee und *fine champagne* und Zigaretten. Nein: lassen Sie die Zigaretten; ich habe welche. Basil, ich kann Ihnen nicht erlauben, Zigarren zu rauchen. Sie müssen eine Zigarette probieren. Eine Zigarette ist das vollkommene Musterbeispiel eines vollkommenen Genusses. Sie ist köstlich und läßt einen unbefriedigt. Was kann man mehr verlangen? Ja, Dorian, Sie werden mich immer mögen. Ich bin für Sie die Verkörperung all der Sünden, die zu begehen Sie nie den Mut hatten."

„Was reden Sie für Unsinn, Harry!" rief der junge Mann und zündete sich eine Zigarette an dem feuerspeienden Silberdrachen an, den der Kellner auf den Tisch gestellt hatte. „Gehen wir ins Theater. Wenn Sibyl die Bühne betritt, werden Sie ein neues Lebensideal entdecken. Sie wird für Sie etwas darstellen, was Sie noch nie kennengelernt haben."

„Ich habe alles kennengelernt", sagte Lord Henry mit einem müden Ausdruck in den Augen, „doch ich bin stets auf eine neue Gefühlsregung vorbereitet. Ich befürchte allerdings, daß es, zumindest für mich, so etwas nicht gibt. Immerhin, Ihr wunderbares Mädchen könnte mich rühren. Ich liebe die Schauspielerei. Sie ist soviel wirklicher als das Leben. Gehen wir. Dorian, Sie kommen mit mir. Es tut mir leid, Basil, aber im Brougham ist nur Platz für zwei. Sie müssen uns in einem Hansom folgen."

Sie standen auf, zogen die Mäntel an und tranken im Stehen ihren Kaffee. Der Maler war schweigsam und in Gedanken versunken. Düsterkeit lag über ihm. Er konnte diese Heirat nicht ertragen, und doch erschien sie ihm besser als manches andere, was hätte geschehen können. Nach einigen Minuten gingen sie alle nach unten. Er fuhr allein los, wie vereinbart, und beobachtete die blitzenden Lichter des kleinen Brougham, der vor ihm war. Ein seltsames Gefühl des Verlorenseins befiel ihn. Er spürte, daß Dorian Gray ihm nie wieder das sein werde, was er in der Vergangenheit gewesen war. Das Leben hatte sich zwischen sie gedrängt... Ihm wurde dunkel vor den Augen, und die überfüllten, schimmernden Straßen verschwammen vor seinem Blick. Als der Wagen vor dem Theater vorfuhr, war es ihm, als sei er um zehn Jahre gealtert.

7. KAPITEL

Aus irgendeinem Grunde war das Haus an diesem Abend überfüllt, und der dicke jüdische Direktor, der sie an der Tür begrüßte, erstrahlte von einem Ohr zum anderen in einem öligen, wabernden Lächeln. Er geleitete sie mit einer Art pompöser Unterwürfigkeit zu ihrer Loge, wobei er seine fetten, juwelengeschmückten Hände schwenkte und mit höchster Lautstärke redete. Dorian Gray verabscheute ihn noch mehr als je zuvor. Ihm war zumute, als sei er gekommen, um Miranda zu suchen, und an ihrer Stelle sei ihm Caliban entgegengetreten. Lord Henry hingegen fand einigen Gefallen an ihm. Zumindest behauptete er das und ließ es sich nicht nehmen, ihm die Hand zu schütteln und ihm zu versichern, daß er stolz sei, einen Mann kennenzulernen, der ein echtes Genie entdeckt und einem Dichter zuliebe bankrott gemacht habe. Hallward fand Vergnügen daran, die Gesichter im Parkett zu mustern. Die Hitze war entsetzlich drückend, und der riesige Scheinwerfer flammte auf wie eine ungeheure Dahlie mit Blütenblättern aus gelbem Feuer. Die jungen Leute auf der Galerie hatten die Röcke und Westen ausgezogen und über die Brüstung gehängt. Sie unterhielten sich quer durch das Theater und teilten sich ihre Orangen mit den aufgedonnerten Mädchen, die neben ihnen saßen. Ein paar Frauen lachten im Parkett. Ihre Stimmen waren unangenehm schrill und mißtönend. Vom Büfett drang das Geräusch knallender Korken herüber.

„Was für ein Ort, seine Göttin zu finden!" sagte Lord Henry.

„Ja!" antwortete Dorian Gray. „Hier habe ich sie gefunden, und sie ist so göttlich wie kein anderes lebendes Wesen. Wenn sie spielt, werden Sie alles andere vergessen. Diese gewöhnlichen, rohen Leute mit ihren derben Gesichtern und ihrem ungehobelten Gebaren verändern sich völlig, sobald sie auf der Bühne steht. Sie sitzen schweigend da und schauen ihr zu. Sie weinen und lachen, wie sie es ihnen gebietet. Sie läßt sie erklingen wie eine Geige. Sie vergeistigt sie, und man spürt, daß sie vom gleichen Fleisch und Blut sind wie unsereiner."

„Vom gleichen Fleisch und Blut wie unsereiner! Oh, hoffentlich nicht!" rief Lord Henry aus, der die Besatzung der Galerie durch sein Opernglas sondierte.

„Achten Sie nicht auf ihn, Dorian", sagte der Maler. „Ich verstehe, was Sie meinen, und ich glaube an dieses Mädchen. Wer von Ihnen geliebt wird, muß wunderbar sein, und jedes Mädchen, das so wirkt, wie Sie es beschreiben, muß schön und vornehm sein. Seine Zeit vergeistigen – das ist ein lohnendes Unterfangen. Wenn dieses Mädchen jenen eine Seele verleihen kann, die bisher keine besaßen, wenn sie den Schönheitssinn in Menschen wecken kann, deren Leben schmutzig und häßlich war, wenn sie ihnen die Selbstsucht nehmen und Tränen für die Leiden anderer zu schenken vermag, dann ist sie Ihrer ganzen Anbetung würdig, der Anbetung der Welt würdig. Diese Heirat ist ganz richtig. Zuerst habe ich nicht so gedacht, aber jetzt gebe ich es zu. Die Götter haben Sibyl Vane für Sie geschaffen. Ohne sie wären Sie unvollständig geblieben."

„Danke, Basil", antwortete Dorian Gray und drückte ihm die Hand. „Ich habe gewußt, daß Sie mich verstehen würden. Harry ist so zynisch, er erschreckt mich. Aber jetzt fängt das Orchester an. Es ist entsetzlich, doch es dauert nur ungefähr fünf Minuten. Dann geht der Vorhang auf, und Sie werden das Mädchen erblicken, dem ich mein ganzes Leben schenken will, dem ich alles geschenkt habe, was gut in mir ist."

Eine Viertelstunde später betrat Sibyl Vane unter einem ungewöhnlichen Beifallssturm die Bühne. Ja, sie war wirklich reizend anzuschauen – eines der reizendsten Geschöpfe, dachte Lord Henry, die er jemals gesehen hatte. Es war etwas von einem jungen Reh in ihrer scheuen Anmut und ihren erschrockenen Augen. Eine feine Röte, wie der Schatten einer Rose in einem silbernen Spiegel, stieg ihr in die Wangen, als sie in den überfüllten, begeisterten Zuschauerraum blickte. Sie trat ein paar Schritte zurück, und ihre Lippen schienen zu beben. Basil Hallward sprang auf und begann zu applaudieren. Bewegungslos und wie ein Träumender saß Dorian Gray da und starrte sie an. Lord Henry lugte durch sein Glas und murmelte: „Bezaubernd! bezaubernd!"

Der Schauplatz war der Saal in Capulets Haus, und Romeo in seinem Pilgerkleid war mit Mercutio und seinen anderen Freunden aufgetreten. Die Kapelle spielte ein paar Takte, so gut sie es vermochte, und der Tanz begann. Durch die Menge plumper, schäbig gekleideter Schauspieler bewegte sich Sibyl

Vane wie ein Wesen aus einer höheren Welt. Ihr Körper wiegte sich im Tanz, wie eine Pflanze sich im Wasser wiegt. Die Biegung ihres Halses glich der Biegung einer weißen Lilie. Ihre Hände schienen aus kühlem Elfenbein zu bestehen.

Dennoch war sie seltsam teilnahmslos. Sie verriet kein Zeichen der Freude, als ihre Augen auf Romeo ruhten. Die wenigen Worte, die sie zu sagen hatte –

„Nein, Pilger, lege nichts der Hand zuschulden
Für ihren sittsam-andachtsvollen Gruß.
Der Heil'gen Rechte darf Berührung dulden,
Und Hand in Hand ist frommer Waller Gruß" –,

und der anschließende kurze Dialog wurden in einer durchaus gekünstelten Manier gesprochen. Die Stimme war erlesen, doch hinsichtlich der Betonung völlig falsch. Sie hatte nicht die richtige Färbung. Sie nahm den Versen alles Leben. Sie ließ die Leidenschaft unwirklich erscheinen.

Dorian Gray erbleichte, während er sie beobachtete. Er war verwirrt und betroffen. Seine beiden Freunde wagten nicht, das Wort an ihn zu richten. Sie machte auf sie den Eindruck absoluter Unfähigkeit. Sie waren schrecklich enttäuscht.

Doch sie wußten, daß der eigentliche Prüfstein für eine jede Julia die Balkonszene im zweiten Akt ist. Darauf warteten sie nun. Sollte sie dort versagen, dann war nichts mit ihr los.

Sie sah entzückend aus, als sie ins Mondlicht hinaustrat. Das ließ sich nicht leugnen. Aber die Theatralik ihres Spiels war unerträglich und wurde immer schlimmer. Ihre Gesten wirkten lächerlich geziert. Sie übertrieb alles, was sie zu sagen hatte. Die schöne Stelle:

„Du weißt, die Nacht verschleiert mein Gesicht,
Sonst färbte Mädchenröte meine Wangen
Um das, was du vorhin mich sagen hörtest..."

deklamierte sie mit der peinlichen Genauigkeit einer Schülerin, die bei einem zweitklassigen Professor der Beredsamkeit Sprechunterricht genommen hat. Als sie sich über den Balkon beugte und an die wunderbaren Verse kam:

„Obwohl ich dein mich freue,
Freu ich mich nicht des Bundes dieser Nacht.
Er ist zu rasch, zu unbedacht, zu plötzlich;

Gleicht allzusehr dem Blitz, der nicht mehr ist,
Noch eh man sagen kann: es blitzt. – Schlaf süß!
Des Sommers warmer Hauch kann diese Knospe
Der Liebe wohl zur schönen Blum entfalten,
Bis wir das nächste Mal uns wiedersehn",

sprach sie die Worte, als bleibe ihr Sinn ihr verschlossen. Das
lag nicht an der Nervosität. Ja, sie war weit davon entfernt,
nervös zu sein, sondern vielmehr vollkommen gesammelt. Es
war einfach schlechte Kunst. Sie war ein völliger Versager.

Selbst die gewöhnlichen, ungebildeten Zuschauer im Parkett
und auf der Galerie verloren das Interesse an dem Stück. Sie
wurden unruhig und begannen laut zu reden und zu pfeifen.
Der jüdische Prinzipal, der im Hintergrund des ersten Ranges
stand, stampfte mit den Füßen auf und fluchte vor Wut. Der
einzige Mensch, der ungerührt blieb, war das Mädchen selber.

Als der zweite Akt zu Ende war, brach ein Zischsturm los,
und Lord Henry erhob sich von seinem Stuhl und zog den
Mantel an. „Sie ist sehr schön, Dorian", sagte er, „aber sie kann
nicht spielen. Gehen wir."

„Ich will mir das Stück bis zum Ende ansehen", entgegnete
der junge Mann mit harter, bitterer Stimme. „Es tut mir schrecklich leid, daß ich Ihnen einen Abend verdorben habe, Harry.
Ich bitte Sie beide um Entschuldigung."

„Mein lieber Dorian, ich meine, Miß Vane ist krank", warf
Hallward ein. „Wir kommen ein andermal wieder."

„Ich wollte, sie wäre krank", erwiderte er. „Aber sie wirkt
auf mich einfach gefühllos und kalt. Sie ist völlig verändert. Gestern abend war sie eine große Künstlerin. Heute abend ist sie
bloß eine gewöhnliche, mittelmäßige Schauspielerin."

„Sprechen Sie nicht so von jemandem, den Sie lieben, Dorian.
Die Liebe ist etwas Wunderbareres als die Kunst."

„Beides ist nur eine Form der Nachahmung", bemerkte Lord
Henry. „Doch gehen wir. Dorian, Sie dürfen nicht länger hierbleiben. Der Anblick schlechter Schauspielerei bekommt unserer
Moral nicht. Außerdem glaube ich nicht, daß Sie von Ihrer Frau
erwarten, sie solle Theater spielen. Was macht es also aus, ob sie
die Julia wie eine Holzpuppe spielt? Sie ist sehr hübsch, und
wenn sie vom Leben ebensowenig weiß wie vom Theaterspielen,
wird sie eine köstliche Erfahrung sein. Es gibt nur zwei Sorten
Menschen, die wirklich faszinierend sind – Menschen, die

schlechthin alles wissen, und Menschen, die schlechthin nichts wissen. Um Himmels willen, mein lieber Junge, machen Sie doch nicht so ein tragisches Gesicht! Das Geheimnis des Jungbleibens liegt darin, daß man sich nie einem Gefühl überläßt, das einem nicht steht. Kommen Sie mit Basil und mir in den Klub. Wir wollen Zigaretten rauchen und auf die Schönheit von Sibyl Vane trinken. Sie ist schön. Was können Sie mehr verlangen?"

„Gehen Sie, Harry", rief der Junge. „Ich möchte allein sein. Basil, Sie müssen gehen. Ach! sehen Sie denn nicht, daß mir das Herz bricht?" Heiße Tränen stiegen ihm in die Augen. Seine Lippen bebten, er stürzte zur Rückseite der Loge, lehnte sich gegen die Wand und verbarg das Gesicht in den Händen.

„Gehen wir, Basil", sagte Lord Henry mit einer seltsamen Zärtlichkeit in der Stimme; und die beiden jungen Männer gingen zusammen hinaus.

Wenige Augenblicke darauf flammten die Rampenlichter auf, und der Vorhang hob sich zum dritten Akt. Dorian Gray begab sich wieder an seinen Platz. Er sah blaß und stolz und gleichgültig aus. Die Vorstellung schleppte sich dahin und schien kein Ende nehmen zu wollen. Die Hälfte der Zuschauer ging, stampfend in schweren Stiefeln und lachend. Das Ganze war ein Fiasko. Der letzte Akt wurde vor fast leeren Bänken gespielt. Der Vorhang fiel unter Gekicher und vereinzeltem Murren.

Sobald alles vorbei war, eilte Dorian Gray hinter die Bühne in den Aufenthaltsraum der Schauspieler. Das Mädchen stand dort allein, mit einem triumphierenden Ausdruck im Gesicht. Ihre Augen leuchteten in einem herrlichen Feuer. Ein Glanz umgab sie. Ihre leicht geöffneten Lippen lächelten über ein Geheimnis, das nur sie kannten.

Als er eintrat, blickte sie ihn an, und ein Ausdruck unendlicher Freude kam über sie. „Wie miserabel ich heute abend gespielt habe, Dorian!" rief sie.

„Entsetzlich!" antwortete er und starrte sie bestürzt an, „entsetzlich! Es war furchtbar. Bist du krank? Du ahnst ja gar nicht, wie es war. Du ahnst nicht, wie ich gelitten habe."

Das Mädchen lächelte. „Dorian", entgegnete sie und ließ ihre Stimme in einer lang gedehnten Melodie bei seinem Namen verweilen, als sei er den roten Blütenblättern ihres Mundes süßer als Honig. „Dorian, du hättest es verstehen müssen. Doch jetzt verstehst du, nicht wahr?"

„Was soll ich verstehen?" fragte er verärgert.

„Warum ich heute abend so schlecht war. Warum ich immer
schlecht sein werde. Warum ich nie wieder gut spielen werde."
Er zuckte die Achseln. „Du bist krank, nehme ich an. Wenn du
krank bist, solltest du nicht spielen. Du machst dich nur lächerlich. Meine Freunde waren entsetzt. Ich auch."
Sie schien ihm nicht zuzuhören. Sie war verzückt vor Freude.
Eine Ekstase des Glücks beherrschte sie.

„Dorian, Dorian", rief sie, „bevor ich dich kannte, war Theaterspielen das einzig Wirkliche in meinem Leben. Nur auf der
Bühne lebte ich. Ich hielt das alles für wahr. An einem Abend
war ich Rosalinde und am nächsten Portia. Beatrices Freude
war meine Freude, und Cordelias Schmerzen waren die meinen.
Ich glaubte an alles. Die gewöhnlichen Menschen, die zusammen mit mir spielten, kamen mir wie Götter vor. Die gemalten
Kulissen waren meine Welt. Ich kannte nur Schatten und meinte,
sie wären wirklich. Dann kamst du – o mein schöner Geliebter! –, und du befreitest meine Seele aus dem Gefängnis. Du
lehrtest mich, was die Wirklichkeit wirklich ist. Heute abend,
zum erstenmal in meinem Leben, durchschaute ich die Hohlheit,
den Trug, die Dummheit des leeren Schaugepränges, in dem ich
ständig mitgespielt habe. Heute abend wurde mir zum erstenm-
mal bewußt, daß der Romeo widerwärtig und alt und ge-
schminkt, daß das Mondlicht im Garten unecht, daß die Dekoration vulgär war und daß die Worte, die ich zu sprechen hatte,
unwirklich waren, nicht meine Worte, nicht das, was ich gern
gesagt hätte. Du hast mir etwas Höheres gegeben, etwas, wovon
alle Kunst nur ein Widerschein ist. Du hast mich begreifen lassen, was die Liebe wirklich ist. Mein Liebster! mein Liebster!
Märchenprinz! Prinz des Lebens! Ich bin der Schatten überdrüssig. Du bist mir mehr, als alle Kunst jemals sein kann. Was
habe ich zu schaffen mit den Marionetten eines Spiels? Als ich
heute abend auftrat, konnte ich nicht verstehen, wieso alles von
mir gewichen war. Ich dachte, ich würde wunderbar sein. Doch
ich entdeckte, daß ich nichts vermochte. Plötzlich dämmerte es
mir in meiner Seele, was das alles bedeutete. Das war für mich
eine köstliche Erkenntnis. Ich hörte die Leute zischen, und ich
lächelte. Was konnten sie von einer Liebe wie der unseren wissen? Nimm mich fort von hier, Dorian – geh mit mir dorthin,
wo wir ganz allein sein können. Ich hasse die Bühne. Ich könnte
eine Leidenschaft darstellen, die ich nicht empfinde, aber ich
kann keine darstellen, die mich wie Feuer brennt. O Dorian,

Dorian, verstehst du nun, was es bedeutet? Selbst wenn ich es könnte, wäre es für mich eine Entweihung, die Liebende zu spielen. Das habe ich durch dich erkannt."

Er warf sich auf das Sofa und wandte das Gesicht ab. „Du hast meine Liebe getötet", murmelte er.

Sie betrachtete ihn erstaunt und lachte. Er gab keine Antwort. Sie ging zu ihm hinüber und streichelte mit ihren kleinen Fingern sein Haar. Sie kniete nieder und drückte seine Hände an ihre Lippen. Er zog sie fort, und ein Schauder rann durch ihn hindurch.

Dann sprang er auf und ging zur Tür. „Ja", schrie er, „du hast meine Liebe getötet. Früher hast du meine Phantasie erregt. Jetzt erregst du nicht einmal meine Neugier. Du hast einfach alle Wirkung eingebüßt. Ich habe dich geliebt, weil du wunderbar warst, weil du Genie und Geist hattest, weil du den Träumen großer Dichter Wirklichkeit und den Schatten der Kunst Gestalt und Inhalt verliehst. All das hast du weggeworfen. Du bist seicht und dumm. Mein Gott! wie verrückt war ich doch, dich zu lieben! Was für ein Narr war ich! Du bedeutest mir jetzt nichts mehr. Ich will dich niemals wiedersehen. Ich will nie mehr an dich denken. Ich will nie wieder deinen Namen erwähnen. Du weißt nicht, was du mir einmal bedeutet hast. Ja, einmal . . . Oh, der Gedanke daran ist mir unerträglich! Ich wünschte, meine Augen hätten dich nie erblickt! Du hast den Roman meines Lebens verdorben. Wie wenig weißt du von Liebe, wenn du sagst, sie richte deine Kunst zugrunde! Ohne deine Kunst bist du nichts. Ich hätte dich berühmt, glänzend und groß gemacht. Die Welt hätte dich angebetet, und du hättest meinen Namen getragen. Was bist du jetzt? Eine drittklassige Schauspielerin mit einem hübschen Gesicht."

Das Mädchen wurde weiß und zitterte. Sie krampfte die Hände zusammen, und die Stimme schien ihr in der Kehle stekkenzubleiben. „Das ist doch nicht dein Ernst, Dorian?" murmelte sie. „Du spielst Theater."

„Theater spielen! Das überlasse ich dir. Du kannst das ja so gut", antwortete er bitter.

Sie erhob sich von ihren Knien und kam mit einem mitleiderregenden Ausdruck des Schmerzes im Gesicht quer durch den Raum auf ihn zu. Sie legte ihm die Hand auf den Arm und blickte ihm in die Augen. Er stieß sie zurück. „Rühr mich nicht an!" rief er.

Ein dumpfes Stöhnen brach aus ihr hervor, und sie warf sich ihm zu Füßen und lag da wie eine zertretene Blume. „Dorian, Dorian, verlaß mich nicht!" flüsterte sie. „Es tut mir leid, daß ich nicht gut gespielt habe. Ich habe die ganze Zeit über an dich gedacht. Aber ich will es versuchen – ja, ich will es versuchen. Sie kam so plötzlich über mich, meine Liebe zu dir. Ich hätte sie wohl niemals kennengelernt, wenn du mich nicht geküßt hättest – wenn wir einander nicht geküßt hätten. Küß mich noch einmal, mein Liebster. Geh nicht fort von mir. Mein Bruder... Nein; nicht doch. Er hat es nicht so gemeint. Es war nur ein Scherz... Aber du, oh! kannst du mir nicht verzeihen, was heute abend geschehen ist? Ich will mir große Mühe geben und versuchen, mich zu bessern. Sei nicht grausam zu mir, weil ich dich mehr liebe als alles andere auf der Welt. Schließlich habe ich dir nur ein einziges Mal nicht gefallen. Doch du hast ganz recht, Dorian. Ich hätte mehr zeigen sollen, daß ich eine Künstlerin bin. Es war albern von mir; und doch konnte ich nicht anders. Oh, verlaß mich nicht, verlaß mich nicht!" Ein leidenschaftliches Schluchzen erstickte ihre Stimme. Sie kauerte auf dem Boden wie ein verwundetes Tier, und Dorian Gray blickte mit seinen schönen Augen auf sie hinab, und seine feingemeißelten Lippen verzogen sich in erlesener Verachtung. Die Empfindungen der Menschen, die man nicht mehr liebt, haben stets etwas Lächerliches an sich. Sibyl Vane kam ihm abgeschmackt melodramatisch vor. Ihre Tränen und ihr Geschluchze waren ihm lästig.

„Ich gehe", sagte er mit seiner gelassenen, klaren Stimme. „Ich möchte nicht unfreundlich sein, aber ich kann dich nicht mehr wiedersehen. Du hast mich enttäuscht."

Sie weinte lautlos und gab keine Antwort, kroch aber näher an ihn heran. Ihre kleinen Hände streckten sich hilflos aus und schienen ihn zu suchen. Er drehte sich auf dem Absatz um und ging aus dem Zimmer. In wenigen Augenblicken stand er vor dem Theater.

Wohin er ging, wußte er kaum. Er erinnerte sich, daß er durch spärlich erleuchtete Straßen gewandert war, an unheimlichen schwarz beschatteten Torbogen und böse aussehenden Häusern vorbei. Frauen mit heiseren Stimmen und grellem Lachen hatten hinter ihm her gerufen. Betrunkene waren fluchend vorübergeschwankt und hatten mit sich selber geredet wie übergroße Affen. Er hatte groteske Kinder auf den Türschwellen hocken sehen und Schreie und Flüche aus düsteren Innenhöfen vernommen.

Beim ersten Anbruch der Dämmerung fand er sich in der Nähe von Covent Garden. Das Dunkel lichtete sich, und von matten Feuern gerötet, wölbte sich der Himmel zu einer vollkommenen Perle. Riesige Karren, beladen mit nickenden Lilien, rumpelten langsam die spiegelblanke, leere Straße entlang. Die Luft war schwer vom Duft der Blumen, und deren Schönheit schien seinem Schmerz Linderung zu bringen. Er folgte ihnen bis zum Markt und sah den Männern beim Entladen ihrer Wagen zu. Ein Fuhrmann im weißen Kittel bot ihm ein paar Kirschen an. Er dankte ihm, wunderte sich, warum der Mann sich weigerte, Geld dafür zu nehmen, und begann sie zerstreut zu essen. Sie waren um Mitternacht gepflückt worden, und die Kühle des Mondes hatte sie durchdrungen. In einer langen Reihe zogen Jungen, die Körbe mit gestreiften Tulpen und gelben und roten Rosen trugen, an ihm vorüber und bahnten sich einen Weg durch die gewaltigen jadegrünen Gemüseberge. Unter dem Portal mit seinen grauen, sonnengebleichten Säulen lungerte eine Schar schmuddeliger, barhäuptiger Mädchen herum, die auf das Ende der Versteigerung warteten. Andere drängten sich um die Schwingtüren des Kaffeehauses auf der Piazza. Die schweren Karrengäule rutschten und stampften auf dem groben Steinpflaster und schüttelten ihre Glocken und Geschirre. Einige Fuhrleute lagen schlafend auf einem Haufen Säcke. Mit irisfarbenem Hals und rosigen Füßen trippelten die Tauben umher und pickten Körner auf.

Nach einer kleinen Weile hielt er eine Droschke an und ließ sich heimfahren. Einige Augenblicke lang zögerte er auf der Schwelle und warf einen Blick auf den stillen Platz mit den nichtssagenden, fest verschlossenen Fenstern und den starrenden Markisen. Der Himmel war inzwischen ein reiner Opal geworden, und die Hausdächer hoben sich silbrig schimmernd von ihm ab. Aus einem Kamin gegenüber stieg ein dünner Rauchkringel empor. Er kräuselte sich als violettes Band durch die perlmuttfarbene Luft.

In der mächtigen vergoldeten venezianischen Laterne, einem Beutestück aus der Barke eines Dogen, die von der Decke der großen eichengetäfelten Eingangshalle herabhing, brannten noch immer drei flackernde Gaslichter; wie dünne, blaue flammende Blütenblätter sahen sie aus, eingefaßt von weißer Glut. Er löschte sie aus, und nachdem er seinen Hut und Umhang auf den Tisch geworfen hatte, ging er durch die Bibliothek zur Tür seines Schlafzimmers, eines großen achteckigen Raumes im Erdgeschoß, den er kürzlich in seinem neu erwachten Gefühl für Luxus hatte ausschmücken und mit einigen schlüpfrigen Renaissancegobelins ausstatten lassen, welche man in einer unbenutzten Dachkammer in Selby Royal stapelweise entdeckt hatte. Als er den Türgriff drehte, fiel sein Blick auf das Porträt, das Basil Hallward von ihm gemalt hatte. Er fuhr zurück, gleichsam überrascht. Dann trat er mit leicht betroffener Miene in sein Zimmer. Als er die Knopflochblume abgenommen hatte, schien er zu zögern. Schließlich kehrte er um, ging zum Bild hinüber und untersuchte es. In dem schwachen, gedämpften Licht, das sich durch die cremefarbenen Seidenvorhänge mühte, erschien ihm das Gesicht ein wenig verändert. Der Ausdruck war anders geworden. Man hätte sagen können, ein Anflug von Grausamkeit umgebe den Mund. Das war allerdings merkwürdig.

Er drehte sich um, ging zum Fenster und zog den Vorhang zurück. Das helle Morgenlicht durchflutete das Zimmer und vertrieb die phantastischen Schatten in dunkle Winkel, wo sie schaudernd verharrten. Doch der seltsame Ausdruck, den er im Gesicht des Porträts bemerkt hatte, schien zu verweilen, ja sich noch zu verstärken. Das flirrende, glühende Sonnenlicht zeigte ihm die grausamen Linien um den Mund so deutlich, wie wenn er nach einer schrecklichen Tat in den Spiegel sähe.

Er zuckte zusammen, nahm vom Tisch einen von elfenbeinernen Liebesgöttern umrahmten ovalen Spiegel, eines von Lord Henrys zahlreichen Geschenken, und warf einen raschen Blick in die blanke Tiefe. Keine solche Linie entstellte seine roten Lippen. Was hatte das zu bedeuten?

Er rieb sich die Augen und trat dicht vor das Bild und untersuchte es noch einmal. Nichts deutete auf irgendwelche Veränderungen hin, wenn er das Gemalte an sich betrachtete, und dennoch gab es keinen Zweifel, daß der ganze Ausdruck gewechselt hatte. Das war nicht nur seine Einbildung. Der Tatbestand war erschreckend offenkundig.

Er warf sich in einen Sessel und begann nachzudenken. Plötzlich zuckte durch seinen Geist, was er in Basil Hallwards Atelier an jenem Tag gesagt hatte, als das Bild fertig geworden war. Ja, er erinnerte sich genau daran. Er hatte den wahnsinnigen

Wunsch geäußert, daß er selber jung bleiben und das Porträt altern möge; daß seine eigene Schönheit nicht getrübt werden möge und das Gesicht auf der Leinwand die Last seiner Leidenschaften und Sünden übernehmen solle; daß das gemalte Abbild von den Linien des Leidens und Denkens durchfurcht werde und daß er selber die ganze zarte Blüte und Lieblichkeit seiner eben erst zum Bewußtsein erwachten Jugend behalten möge. Sicherlich hatte sich sein Wunsch nicht erfüllt? So etwas war doch unmöglich. Schon der Gedanke kam ihm ungeheuerlich vor. Und doch, dort vor ihm stand das Bild und wies den grausamen Zug um den Mund auf.

Grausamkeit! War er grausam gewesen? Es war die Schuld des Mädchens, nicht die seine. Er hatte sie sich als eine große Künstlerin erträumt, hatte ihr seine Liebe geschenkt, weil er sie für groß gehalten hatte. Doch dann hatte sie ihn entäuscht. Sie war oberflächlich und unwürdig gewesen. Und trotzdem befiel ihn ein Gefühl unendlichen Bedauerns, als er daran dachte, wie sie zu seinen Füßen gelegen hatte, schluchzend wie ein Kind. Er erinnerte sich, mit welcher Teilnahmslosigkeit er sie betrachtet hatte. Warum war er so geschaffen? Warum war ihm eine solche Seele verliehen worden? Doch er selber hatte ebenfalls gelitten. In den drei entsetzlichen Stunden, die das Stück gedauert hatte, hatte er Jahrhunderte des Schmerzes durchlebt, Äonen um Äonen der Qual. Sein Leben war wohl das ihre wert. Sie hatte ihn für einen Augenblick zugrunde gerichtet, wenn er sie ein Leben lang verwundet hatte. Im übrigen waren Frauen eher imstande, Kummer zu ertragen, als Männer. Sie lebten von ihren Gefühlen. Sie dachten nur an ihre Gefühle. Wenn sie sich Liebhaber nahmen, so nur deshalb, um jemanden zu haben, dem sie Szenen machen konnten. Das hatte er von Lord Henry gehört, und Lord Henry kannte sich mit den Frauen aus. Warum sollte er sich über Sibyl Vane aufregen? Sie bedeutete ihm nichts.

Aber das Bild? Was sollte er dazu sagen? Es barg das Geheimnis seines Lebens und erzählte seine Geschichte. Es hatte ihn gelehrt, seine eigene Schönheit zu lieben. Würde es ihn lehren, seine eigene Seele zu verabscheuen? Würde er es jemals wieder anschauen?

Nein, es war nur eine Täuschung, die auf die verwirrten Sinne wirkte. Die schreckliche Nacht, die hinter ihm lag, hatte Phantome hinterlassen. Plötzlich war der winzige Scharlachfleck auf sein Gehirn gefallen, der die Menschen wahnsinnig macht. Das Bild hatte sich nicht verändert. Es war töricht, so etwas anzunehmen.

Dennoch beobachtete es ihn, mit seinem schönen, entstellten Gesicht und seinem grausamen Lächeln. Das helle Haar leuchtete in der frühen Morgensonne. Die blauen Augen begegneten den seinen. Ein Gefühl unermeßlichen Mitleids, nicht mit sich selber, sondern mit seinem gemalten Abbild, überkam ihn. Es hatte sich bereits verändert, und es würde sich noch mehr verändern. Sein Gold würde welken zu Grau. Seine roten und weißen Rosen würden sterben. Für jede Sünde, die er beging, würde ein Makel seinen Liebreiz beflecken und zuschanden machen. Aber er würde nicht sündigen. Das Bild, verändert oder unverändert, würde für ihn das sichtbare Zeichen des Gewissens sein. Er würde der Versuchung widerstehen. Er wollte Lord Henry nicht mehr wiedersehen – wollte auf jeden Fall nicht mehr jenen heimtückischen, giftigen Theorien zuhören, die in Basil Hallwards Garten erstmals die Leidenschaft für das Unmögliche in ihm erregt hatten. Er wollte zu Sibyl Vane zurückkehren, bei ihr alles wiedergutmachen, sie heiraten, sie wieder zu lieben versuchen. Ja, das war seine Pflicht. Sie mußte mehr gelitten haben als er. Armes Kind! Er war egoistisch und grausam ihr gegenüber gewesen. Die Faszination, die sie auf ihn ausgeübt hatte, würde wiederkehren. Sie würden miteinander glücklich sein. Das Leben mit ihr würde schön und rein sein.

Er erhob sich aus seinem Sessel und schob einen großen Wandschirm vor das Porträt, bei dessen Anblick er erschauerte. „Wie schrecklich!" murmelte er vor sich hin, und dann ging er zur Glastür und öffnete sie. Als er auf den Rasen hinaustrat, atmete er tief auf. Die frische Morgenluft schien all seine düsteren Anwandlungen zu vertreiben. Er dachte nur an Sibyl. Ein leises Echo seiner Liebe kam zu ihm zurück. Immer wieder sprach er ihren Namen aus. Es war, als wollten die Vögel, die im taunassen Garten sangen, den Blumen von ihr erzählen.

8. KAPITEL

Die Mittagsstunde war längst vorüber, als er erwachte. Sein Diener war schon mehrmals auf Zehenspitzen ins Zimmer geschlichen, um nachzusehen, ob er sich rühre, und hatte sich gewundert, warum der junge Herr wohl so lange schlief. Endlich läutete er, und Victor trat leise ein mit einer Tasse Tee und einem Stapel Briefe, beides auf einem kleinen Tablett aus altem Sèvres-Porzellan, und zog die olivfarbenen Satinvorhänge mit ihrem schimmernden blauen Futter zurück, die vor den drei hohen Fenstern hingen.

„Monsieur hat heute morgen aber gut geschlafen", sagte er mit einem Lächeln.

„Wie spät ist es, Victor?" fragte Dorian Gray schlaftrunken.

„Viertel nach eins, Monsieur."

Wie spät es war! Er setzte sich auf, und nachdem er ein wenig Tee getrunken hatte, blätterte er die Briefe durch. Einer war von Lord Henry und war am Morgen durch einen Boten zugestellt worden. Er zögerte einen Augenblick und legte ihn dann beiseite. Die anderen öffnete er gelangweilt. Sie enthielten die übliche Kollektion von Visitenkarten, Einladungen zum Essen, Billetts für geschlossene Veranstaltungen, Programmen von Wohltätigkeitskonzerten und so fort, mit der elegante junge Herren während der Saison jeden Morgen überschüttet werden. Des weiteren war da noch eine ziemlich hohe Rechnung für eine silbergetriebene Louis-Quinze-Toilettengarnitur, die er seinen Vormündern zu schicken noch nicht den Mut gefunden hatte, ungemein altmodischen Leuten, die nicht einsahen, daß wir in einer Zeit leben, in der unnötige Dinge die einzig notwendigen sind; und hinzu kamen noch mehrere sehr verbindlich abgefaßte Mitteilungen von den Geldverleihern aus der Jermyn-Street, die sich erboten, jede beliebige Summe auf der Stelle und zum günstigsten Zinssatz vorzustrecken.

Nach ungefähr zehn Minuten stand er auf, warf sich einen kunstvoll gearbeiteten Morgenmantel aus seidenbestickter Kaschmirwolle über und begab sich in das onyxgekachelte Badezimmer. Das kühle Wasser erfrischte ihn nach dem langen Schlaf.

Er schien alles vergessen zu haben, was er durchgemacht hatte. Einige Male überkam ihn das dumpfe Gefühl, an einer merkwürdigen Tragödie teilgehabt zu haben, aber sie hatte etwas von der Unwirklichkeit eines Traumes an sich.

Sobald er angekleidet war, ging er in die Bibliothek und nahm Platz zu einem leichten französischen Frühstück, das ihm auf einem kleinen runden Tisch neben dem offenen Fenster serviert worden war. Es war ein köstlicher Tag. Die warme Luft schien von würzigen Wohlgerüchen erfüllt zu sein. Eine Biene flog herein und summte um die Schale mit dem blauen Drachendekor, die voll schwefelgelber Rosen vor ihm stand. Er fühlte sich vollkommen glücklich.

Plötzlich fiel sein Blick auf den Wandschirm, den er vor das Porträt gestellt hatte, und er erschrak.

„Ist es Monsieur zu kalt?" fragte sein Diener, der gerade ein Omelett auf den Tisch stellte. „Soll ich das Fenster schließen?"

Dorian schüttelte den Kopf. „Mir ist nicht kalt", murmelte er.

War das alles wahr? Hatte sich das Porträt tatsächlich verändert? Oder hatte ihm lediglich seine Phantasie einen bösen Ausdruck vorgegaukelt, wo ein freudiger Ausdruck war? Eine gemalte Leinwand konnte sich doch nicht verwandeln? Das Ganze war absurd. Es war bestenfalls ein Märchen, das er Basil eines Tages erzählen konnte. Er würde darüber lächeln.

Und doch, wie lebhaft war seine Erinnerung an die ganze Angelegenheit! Zuerst im trüben Dämmerlicht und dann am hellen Morgen hatte er den grausamen Zug um die entstellten Lippen gesehen. Er fürchtete sich beinahe davor, daß sein Diener das Zimmer verlassen würde. Er wußte, daß er das Porträt untersuchen mußte, sobald er allein war. Er hatte Angst vor der Gewißheit. Als ihm der Kaffee und die Zigaretten gebracht worden waren und der Diener sich zum Gehen wandte, verspürte er ein wildes Verlangen, ihn zum Bleiben aufzufordern. Kaum hatte er die Tür hinter sich geschlossen, als er ihn zurückrief. Der Diener stand da und harrte seiner Befehle. Dorian sah ihn einen Augenblick lang an. „Ich bin für niemanden zu sprechen, Victor", sagte er mit einem Seufzer. Der Mann verbeugte sich und zog sich zurück.

Dann stand er vom Tisch auf, zündete sich eine Zigarette an und warf sich auf eine verschwenderisch mit Kissen bedeckte Couch, die vor dem Wandschirm stand. Es war ein alter Wandschirm aus vergoldetem spanischem Leder, bedruckt und verziert mit einem reichlich überladenen Louis-Quatorze-Muster. Er musterte ihn neugierig und fragte sich, ob er schon jemals zuvor das Geheimnis eines Menschenlebens verborgen habe.

Sollte er ihn überhaupt beiseite schieben? Warum ihn nicht stehenlassen? Wozu war das Wissen schon nütze? Wenn die Geschichte der Wahrheit entsprach, war sie schrecklich. War sie nicht wahr, warum sich dann deswegen beunruhigen? Doch was wäre, wenn durch ein Mißgeschick oder einen schlimmeren Zufall andere Augen dahinter spähten und die entsetzliche Verwandlung erblickten? Was sollte er machen, wenn Basil Hallward herkäme und darum bäte, sein eigenes Bild anschauen zu dürfen? Das würde Basil bestimmt tun. Nein; die Sache mußte untersucht werden, und zwar sofort. Alles andere wäre besser als dieser entsetzliche Zustand der Ungewißheit.

Er stand auf und schloß beide Türen ab. Er wollte wenigstens allein sein, wenn er die Maske seiner Schande betrachtete. Dann zog er den Wandschirm zur Seite und erblickte sich selber von Angesicht zu Angesicht. Es war ganz und gar wahr. Das Porträt hatte sich verändert.

Wie er sich später oftmals und stets mit nicht geringer Verwunderung erinnerte, hatte er das Porträt zunächst mit einer fast wissenschaftlich interessierten Einstellung angestarrt. Daß eine solche Veränderung stattgefunden haben sollte, erschien ihm unglaublich. Und doch war sie eine Tatsache. Bestand irgendeine geheime Affinität zwischen den chemischen Atomen, die sich auf der Leinwand zu Form und Farbe fügten, und der Seele, die in ihm lebte? Konnte es sein, daß sie nachbildeten, was diese Seele dachte? – daß sie wahr machten, was sie träumte? Oder gab es eine andere, noch schrecklichere Ursache? Er erschauerte und hatte Angst, und wieder zur Couch zurückgekehrt, lag er dort und starrte auf das Bild mit grausigem Entsetzen.

Eines jedoch, das spürte er, hatte es in ihm bewirkt. Es hatte ihm bewußt gemacht, wie ungerecht, wie grausam er Sibyl Vane gegenüber gewesen war. Es war noch nicht zu spät, das wiedergutzumachen. Sie konnte immer noch seine Frau werden. Seine unechte und selbstsüchtige Liebe würde einer höheren Gewalt weichen, sich in eine edlere Leidenschaft verwandeln, und das Porträt, das Basil Hallward von ihm gemalt hatte, würde ihm ein Führer durchs Leben sein, würde für ihn das bedeuten, was manchen die Heiligkeit, anderen das Gewissen und uns al-

len die Furcht vor Gott bedeutet. Es gab Opiate gegen Gewissensbisse, Drogen, die das sittliche Gefühl einzuschläfern vermochten. Doch hier war ein sichtbares Symbol für die Erniedrigung durch die Sünde. Hier war ein allgegenwärtiges Zeichen
für das Verderben, das die Menschen über ihre Seele brachten.

Drei Uhr schlug es und vier, und die halbe Stunde ließ ihre
zwei Glockenschläge ertönen, aber Dorian Gray rührte sich
nicht. Er versuchte, die scharlachroten Fäden des Lebens zu
sammeln und zu einem Muster zu verweben, einen Weg durch
das blutigrote Labyrinth der Leidenschaft zu finden, das er
durchwanderte. Er wußte nicht, was er tun oder was er denken
sollte. Schließlich ging er zum Tisch hinüber und schrieb einen
leidenschaftlichen Brief an das Mädchen, das er geliebt hatte,
flehte es um Vergebung an und beschuldigte sich selber des
Wahnsinns. Seite um Seite bedeckte er mit wilden Worten des
Kummers und noch wilderen Worten der Qual. Der Selbstan-
klage haftet etwas Überschwengliches an. Wenn wir uns selber
tadeln, meinen wir, daß kein anderer ein Recht hat, uns zu tadeln. Es ist die Beichte, nicht der Priester, die uns die Absolution
erteilt. Als Dorian den Brief beendet hatte, fühlte er, daß ihm
vergeben worden war.

Plötzlich klopfte es an die Tür, und er hörte draußen die
Stimme von Lord Henry. „Mein lieber Junge, ich muß Sie spre-
chen. Lassen Sie mich sofort ein. Ich kann es nicht zulassen, daß
Sie sich so einschließen."

Er gab zunächst keine Antwort, sondern verhielt sich ganz
still. Das Klopfen hörte nicht auf und wurde noch lauter. Ja,
es war wohl besser, Lord Henry hereinzulassen und ihm das
neue Leben zu erläutern, das er fortan führen wollte, mit ihm
zu streiten, falls sich ein Streit nicht umgehen ließ, und sich
von ihm zu trennen, falls die Trennung unvermeidlich war. Er
sprang auf, schob hastig den Wandschirm vor das Bild und
schloß die Tür auf.

„Es tut mir alles so leid, Dorian", sagte Lord Henry beim Eintreten. „Aber Sie dürfen sich nicht zuviel Gedanken darüber
machen."

„Meinen Sie über Sibyl Vane?" fragte der junge Mann.

„Ja, natürlich", antwortete Lord Henry, der in einen Sessel
sank und langsam seine gelben Handschuhe abstreifte. „Es ist
furchtbar, von einem bestimmten Standpunkt aus betrachtet,
aber es war nicht Ihre Schuld. Sagen Sie mir, sind Sie nach der

Vorstellung hinter die Bühne gegangen und haben mit ihr gesprochen?"

„Ja."

„Das dachte ich mir doch. Haben Sie ihr eine Szene gemacht?"

„Ich war brutal, Harry – durch und durch brutal. Aber jetzt ist alles wieder gut. Es tut mir nichts von dem leid, was geschehen ist. Es hat mich gelehrt, mich selber besser zu erkennen."

„Ach, Dorian, ich bin ja so froh, daß Sie es so sehen! Ich hatte schon befürchtet, Sie würden sich Ihren Gewissensbissen hingeben und sich Ihr schönes lockiges Haar zerraufen."

„Das alles habe ich bereits hinter mir", sagte Dorian Gray kopfschüttelnd und lächelnd. „Ich bin jetzt vollkommen glücklich. Vor allem weiß ich nun, was Gewissen ist. Es ist nicht das, was Sie behauptet haben. Es ist das Göttlichste, was wir besitzen. Machen Sie keine hämischen Bemerkungen mehr darüber, Harry – zumindest nicht vor mir. Ich möchte gut sein. Ich kann die Vorstellung, meine Seele könnte abscheulich sein, nicht ertragen."

„Eine höchst charmante künstlerische Grundlegung der Ethik, Dorian! Ich gratuliere Ihnen dazu. Aber wie wollen Sie das anfangen?"

„Indem ich Sibyl Vane heirate."

„Sibyl Vane heiraten!" rief Lord Henry, der aufstand und ihn betroffen und erstaunt anblickte. „Aber, mein lieber Dorian ..."

„Ja, Harry, ich weiß, was Sie sagen wollen. Irgend etwas Furchtbares über die Ehe. Sagen Sie es nicht. Sagen Sie nie wieder solche Dinge zu mir. Vor zwei Tagen habe ich Sibyl gebeten, mich zu heiraten. Ich werde mein Wort nicht brechen. Sie soll meine Frau werden."

„Ihre Frau! Dorian! ... Haben Sie denn meinen Brief nicht erhalten? Ich habe Ihnen heute morgen geschrieben und die Nachricht durch meinen Diener überbringen lassen."

„Ihren Brief? Ach ja, ich erinnere mich. Ich habe ihn noch nicht gelesen, Harry. Ich hatte Angst, er könnte etwas enthalten, was mir nicht gefiele. Sie zerfetzen das Leben mit Ihren Epigrammen."

„Demnach wissen Sie noch nichts?"

„Was meinen Sie damit?"

Lord Henry durchquerte das Zimmer, setzte sich neben Dorian Gray, nahm dessen Hände in die seinen und hielt sie fest.

„Dorian", sagte er, „mein Brief – erschrecken Sie nicht – sollte Ihnen berichten, daß Sibyl Vane tot ist."

Ein Schrei des Schmerzes entrang sich dem Jungen, und er sprang auf und entriß seine Hände dem Griff Lord Henrys. „Tot! Sibyl tot! Es ist nicht wahr! Es ist eine furchtbare Lüge! Wie können Sie es wagen, sie auszusprechen?"

„Es ist völlig wahr, Dorian", sagte Lord Henry ernst. „Es steht in allen Morgenzeitungen. Ich habe Ihnen geschrieben, um Sie zu bitten, niemanden zu empfangen, bis ich herkäme. Man wird natürlich eine Untersuchung einleiten, und Sie dürfen nicht in sie verwickelt werden. In Paris wird man durch so etwas fashionable. Aber in London sind die Leute so voreingenommen. Hier sollte man niemals mit einem Skandal debütieren. Das sollte man sich aufheben, um sich auf seine alten Tage interessant zu machen. Ich nehme an, daß man im Theater Ihren Namen nicht kennt? Wenn dem so ist, kann nichts passieren. Hat Sie jemand auf ihr Zimmer gehen sehen? Das ist ein wichtiger Punkt."

Dorian gab zunächst keine Antwort. Er war benommen vor Entsetzen. Schließlich stammelte er mit erstickter Stimme: „Harry, sagten Sie, eine Untersuchung? Was haben Sie damit gemeint? Hat Sibyl...? Oh, Harry, ich kann es nicht ertragen! Doch machen Sie es kurz. Sagen Sie mir jetzt gleich alles."

„Ich habe keinen Zweifel, daß es kein Unfall war, Dorian, obwohl es der Öffentlichkeit so dargestellt werden muß. Als sie zusammen mit ihrer Mutter das Theater verließ, so gegen halb eins, hat sie anscheinend gesagt, sie habe oben etwas vergessen. Man wartete einige Zeit auf sie, aber sie kam nicht mehr herunter. Am Ende fand man sie in ihrer Garderobe tot auf dem Boden liegen. Sie hatte versehentlich etwas geschluckt, irgend so ein scheußliches Zeug, das man beim Theater braucht. Ich weiß nicht, was es war, doch es enthielt entweder Blausäure oder Bleiweiß. Ich möchte meinen, daß es Blausäure war, denn sie scheint auf der Stelle tot gewesen zu sein."

„Harry, Harry, es ist furchtbar!" rief der Junge.

„Ja, es ist freilich sehr tragisch, aber Sie dürfen sich nicht hineinziehen lassen. Ich entnehme dem ‚Standard', daß sie siebzehn war. Ich hätte sie eigentlich fast noch für jünger gehalten. Sie sah so kindlich aus und verstand offenbar so wenig vom Theaterspielen. Dorian, Sie dürfen jetzt deswegen nicht die Nerven verlieren. Sie müssen mit mir essen kommen, und hinterher wollen wir noch in die Oper hineinschauen. Die Patti tritt heute abend auf, und alle Welt wird dort versammelt sein. Sie können mit in die Loge meiner Schwester kommen. Sie bringt ein paar schicke Frauen mit."

„Ich habe also Sibyl Vane ermordet", sagte Dorian Gray halb zu sich selbst, „so gewiß ermordet, als hätte ich ihr die kleine Kehle mit einem Messer durchschnitten. Dennoch sind die Rosen nicht weniger lieblich. Die Vögel singen noch genauso fröhlich in meinem Garten. Und heute abend werde ich mit Ihnen essen und dann in die Oper gehen und vermutlich nachher noch irgendwo zur Nacht speisen. Wie überaus dramatisch das Leben doch ist! Wenn ich das alles in einem Buch gelesen hätte, Harry, dann hätte ich wohl Tränen darüber vergossen. Doch merkwürdig, nachdem es tatsächlich geschehen ist, und zwar mir selber, erscheint es mir viel zu wunderbar für Tränen. Hier liegt der erste leidenschaftliche Liebesbrief, den ich jemals in meinem Leben geschrieben habe. Seltsam, daß mein erster leidenschaftlicher Liebesbrief an ein totes Mädchen gerichtet sein muß. Ich wüßte gern, ob sie noch Gefühle haben, diese bleichen, schweigenden Menschen, die wir Tote nennen. Sibyl! Kann sie fühlen oder wissen oder hören? Oh, Harry, wie sehr habe ich sie einmal geliebt! Jetzt kommt es mir vor, als läge es Jahre zurück. Sie bedeutete mir alles. Dann kam diese schreckliche Nacht – war es wirklich erst gestern? –, in der sie so schlecht spielte und mir das Herz fast gebrochen wäre. Sie erklärte mir alles. Es war furchtbar rührend. Aber ich war nicht im geringsten bewegt. Ich hielt sie für oberflächlich. Plötzlich geschah etwas, was mir angst machte. Ich kann Ihnen nicht sagen, was es war, aber es war furchtbar. Ich entschloß mich, zu ihr zurückzukehren. Ich spürte, daß ich unrecht getan hatte. Und jetzt ist sie tot. Mein Gott! mein Gott! Harry, was soll ich tun? Sie kennen nicht die Gefahr, in der ich schwebe, und es gibt nichts, was mich halten könnte. Sie hätte es gekonnt. Sie hatte nicht das Recht, sich zu töten. Es war selbstsüchtig von ihr."

„Mein lieber Dorian", antwortete Lord Henry, der seinem Etui eine Zigarette entnahm und eine Zündholzschachtel aus vergoldetem Messing hervorholte, „eine Frau kann einen Mann nur auf eine einzige Weise bessern, indem sie ihn nämlich so gründlich langweilt, daß er jedes mögliche Interesse am Leben verliert. Wenn Sie dieses Mädchen geheiratet hätten, wären Sie unglücklich geworden. Natürlich hätten Sie sie freundlich be-

handelt. Man kann immer freundlich zu Menschen sein, aus
denen man sich nichts macht. Aber sie hätte bald gemerkt, daß
sie Ihnen völlig gleichgültig war. Und wenn eine Frau das bei
ihrem Mann merkt, wird sie entweder schrecklich schlampig,
oder sie trägt sehr schicke Hüte, die der Ehemann einer anderen
Frau bezahlen muß. Ich spreche nicht von dem gesellschaftlichen Fauxpas, der erniedrigend gewesen wäre und den ich selbstverständlich nicht zugelassen hätte, aber ich versichere Ihnen,
daß die ganze Sache in jedem Fall ein völliger Fehlschlag geworden wäre."

„Das kann schon sein", murmelte der junge Mann, der im
Zimmer auf und ab ging und erschreckend bleich aussah. „Aber
ich meinte, es wäre meine Pflicht. Es ist nicht meine Schuld,
daß diese furchtbare Tragödie mich daran gehindert hat, das
Rechte zu tun. Ich erinnere mich, daß Sie einmal gesagt haben,
über guten Vorsätzen walte ein Verhängnis – sie würden stets zu
spät gefaßt. Auf die meinen trifft das zweifellos zu."

„Gute Vorsätze sind sinnlose Versuche, wissenschaftliche Gesetze umzustoßen. Ihr Anlaß ist pure Eitelkeit. Ihr Resultat ist
einfach gleich Null. Sie verschaffen uns hin und wieder einige
jener überschwenglichen sterilen Gefühlsregungen, die für
Schwächlinge einen gewissen Reiz haben. Das ist das einzige,
was für sie spricht. Sie sind nichts weiter als Schecks, die man
auf eine Bank ausstellt, bei der man kein Konto hat."

„Harry", rief Dorian Gray, indem er auf ihn zutrat und sich
neben ihm niederließ, „wie kommt es, daß ich diese Tragödie
nicht so nachempfinden kann, wie ich es gerne möchte? Ich
glaube nicht, daß ich herzlos bin. Und Sie?"

„Sie haben in den letzten vierzehn Tagen zu viele Dummheiten begangen, um sich ein solches Prädikat zuerkennen zu dürfen, Dorian", erwiderte Lord Henry mit seinem sanften, melancholischen Lächeln.

Der Junge runzelte die Stirn. „Diese Erklärung gefällt mir
nicht, Harry", gab er zurück, „doch ich freue mich, daß Sie
mich nicht für herzlos halten. Ich bin es durchaus nicht. Das
weiß ich. Und doch muß ich zugeben, daß mich das, was geschehen ist, nicht so berührt, wie es sollte. Es kommt mir einfach
vor wie der wunderbare Schluß eines wunderbaren Theater-
stücks. Es hat die ganze schreckliche Schönheit einer griechischen Tragödie, einer Tragödie, in der ich eine große Rolle gespielt habe, ohne indes verwundet worden zu sein."

„Das ist eine interessante Frage", sagte Lord Henry, dem es ein köstliches Vergnügen bereitete, mit dem unbewußten Egoismus des jungen Mannes zu spielen, „eine äußerst interessante Frage. Ich glaube, die richtige Erklärung lautet so: Es kommt häufig vor, daß sich die echten Lebenstragödien in einer so unkünstlerischen Form abspielen, daß sie uns durch ihre krasse Heftigkeit, ihre völlige Inkonsequenz, ihre absurde Sinnlosigkeit, ihren gänzlichen Mangel an Stil verletzen. Sie beeindrukken uns genauso, wie uns das Vulgäre beeindruckt. Sie machen auf uns den Eindruck schierer brutaler Gewalt, und wir lehnen uns dagegen auf. Zuweilen jedoch kreuzt eine Tragödie unser Dasein, die künstlerische Elemente der Schönheit besitzt. Wenn diese Schönheitselemente echt sind, spricht das Ganze unseren Sinn für dramatische Wirkungen an. Plötzlich stellen wir fest, daß wir nicht mehr die Akteure, sondern die Zuschauer des Stückes sind. Oder vielmehr, wir sind beides zugleich. Wir beobachten uns selber; und das bloße Wunder des Schauspiels nimmt uns gefangen. Was ist im gegenwärtigen Fall tatsächlich geschehen? Irgendwer hat sich aus Liebe zu Ihnen umgebracht. Ich wollte, ich hätte jemals eine solche Erfahrung gemacht. Durch sie hätte ich mich für den Rest meines Lebens in die Liebe verliebt. Die Menschen, die mich angebetet haben – es waren nicht sehr viele, aber immerhin einige –, wollten stets unbedingt weiterleben, lange nachdem sie mir gleichgültig geworden waren oder ich ihnen gleichgültig geworden war. Sie sind dick und langweilig geworden, und wenn ich ihnen begegne, schwelgen sie gleich in Erinnerungen. Dieses entsetzliche Gedächtnis der Frauen! Was für eine fürchterliche Sache das doch ist! Und was für einen grenzenlosen geistigen Stillstand es enthüllt! Man sollte die Buntheit des Lebens in sich aufnehmen, aber sich niemals an Details erinnern. Details sind immer vulgär."

„Ich muß in meinem Garten Mohn aussäen", seufzte Dorian.

„Das ist nicht nötig", erwiderte sein Gefährte. „Das Leben hält stets Mohnblumen in seinen Händen. Natürlich gibt es bisweilen Verzögerungen. Ich habe einmal eine ganze Saison lang nichts als Veilchen getragen, gewissermaßen als künstlerische Trauer für eine Romanze, die nicht sterben wollte. Am Ende starb sie dann doch. Ich habe vergessen, was die Todesursache war. Ich glaube, es war ihr Angebot, mir die ganze Welt zu opfern. Das ist jedesmal ein schrecklicher Moment. Er erfüllt einen mit Grauen vor der Ewigkeit. Nun – können Sie so etwas glauben? – vor einer Woche, im Hause von Lady Hampshire, saß ich beim Diner neben der fraglichen Dame, und sie ließ es sich nicht nehmen, die ganze Geschichte zu rekapitulieren und die Vergangenheit auszugraben und die Zukunft durchzuhecheln. Ich hatte meine Romanze in einem Asphodelenbeet begraben. Sie zerrte sie wieder hervor und versicherte mir, ich hätte ihr Leben ruiniert. Ich muß allerdings feststellen, daß sie enorme Mengen vertilgte, so daß ich keinen Grund zur Beunruhigung hatte. Doch welchen Mangel an Geschmack legte sie dabei an den Tag! Der einzige Reiz der Vergangenheit beruht darauf, daß sie vergangen ist. Aber die Frauen merken nie, wann der Vorhang gefallen ist. Sie verlangen stets nach einem sechsten Akt, und sobald das Interesse an dem Stück völlig erloschen ist, schlagen sie eine Fortsetzung vor. Wenn man ihnen den Willen ließe, würde jede Komödie einen tragischen Abschluß finden und jede Tragödie in einer Farce gipfeln. Sie sind auf charmante Art künstlich, aber sie haben keinen Sinn für Kunst. Dorian, Sie sind glücklicher daran als ich. Ich versichere Ihnen, daß keine der Frauen, die ich gekannt habe, für mich das getan hätte, was Sibyl Vane für Sie getan hat. Gewöhnliche Frauen wissen sich stets selber zu trösten. Manche tun es, indem sie für sentimentale Farben schwärmen. Trauen Sie nie einer Frau, gleich welchen Alters, die Mauve trägt, oder einer Frau über fünfunddreißig, die auf rosa Bänder versessen ist. Das läßt stets darauf schließen, daß sie eine Vergangenheit haben. Andere finden großen Trost darin, daß sie plötzlich die guten Eigenschaften ihrer Ehemänner entdecken. Sie stellen vor unseren Augen ihr eheliches Glück zur Schau, als ob es die faszinierendste aller Sünden wäre. Die Religion tröstet wieder andere. Ihre Mysterien besitzen den ganzen Zauber einer Liebelei, wie eine Frau mir einmal bestätigt hat; und das leuchtet mir durchaus ein. Übrigens fördert nichts unsere Eitelkeit so sehr wie die Versicherung, daß man ein Sünder sei. Das Gewissen macht Egotisten aus uns allen. Ja; es ist wirklich kein Ende der Tröstungen abzusehen, welche die Frauen dem modernen Leben abgewinnen. Und dabei habe ich die wichtigste noch gar nicht genannt."

„Welche ist das, Harry?" sagte der junge Mann zerstreut.

„Oh, die nächstliegende. Einer anderen den Verehrer ausspannen, wenn man den eigenen verloren hat. In der guten Gesellschaft ist das die zuverlässigste Rehabilitierung für eine

Frau. Doch wirklich, Dorian, wie verschieden muß Sibyl Vane von all den Frauen gewesen sein, die man sonst so trifft! Ich finde, daß ihr Tod etwas durchaus Schönes an sich hat. Ich bin froh, daß ich in einem Jahrhundert lebe, in dem solche Wunder geschehen. Sie lassen einen an die Wirklichkeit jener Dinge glauben, mit denen wir alle spielen, wie Romantik, Leidenschaft und Liebe."

„Ich bin ihr gegenüber furchtbar grausam gewesen. Das vergessen Sie."

„Ich fürchte, die Frauen haben für Grausamkeit, ausgemachte Grausamkeit, mehr übrig als für alles andere. Sie verfügen über herrlich primitive Instinkte. Wir haben sie emanzipiert, doch sie bleiben trotzdem Sklavinnen, die nach ihrem Gebieter Ausschau halten. Sie lieben es, beherrscht zu werden. Ich bin überzeugt, daß Sie großartig waren. Ich habe Sie noch nie richtig und maßlos wütend gesehen, doch ich kann mir vorstellen, wie reizend Sie dabei ausgesehen haben. Und im übrigen haben Sie vorgestern etwas zu mir gesagt, was mir damals nur phantastisch vorkam, was aber, wie ich jetzt einsehe, vollkommen wahr ist und den Schlüssel zu allem enthält."

„Was soll das gewesen sein, Harry?"

„Sie sagten mir, Sibyl Vane verkörpere für Sie alle Heldinnen der Dichtung – an einem Abend sei sie Desdemona und am nächsten Ophelia; und wenn sie als Julia sterbe, erwache sie als Imogen wieder zum Leben."

„Sie wird jetzt nie mehr zum Leben erwachen", murmelte der junge Mann und barg sein Gesicht in den Händen.

„Nein, sie wird nie wieder zum Leben erwachen. Sie hat ihre letzte Rolle gespielt. Aber Sie müssen einfach an diesen einsamen Tod in der schäbigen Garderobe denken wie an ein absonderliches, düsteres Bruchstück irgendeiner Tragödie aus der Zeit Jakobs I., wie eine wunderbare Szene von Webster oder Ford oder Cyril Tourneur. Das Mädchen hat nie wirklich gelebt, und somit ist es auch nie wirklich gestorben. Zumindest für Sie ist sie stets ein Traum gewesen, ein Phantom, das durch Shakespeares Stücke huschte und sie durch seine Gegenwart verschönte, eine Flöte, durch die Shakespeares Musik voller und freudiger ertönte. In dem Augenblick, da sie das wirkliche Leben anrührte, zerstörte sie es, und es zerstörte sie, und so ging sie dahin. Trauern Sie um Ophelia, wenn Sie wollen. Streuen Sie Asche auf Ihr Haupt, weil Cordelia erwürgt worden ist. Schreien Sie zum

Himmel, weil Brabantios Tochter starb. Aber verschwenden Sie nicht Ihre Tränen an Sibyl Vane. Sie war weniger wirklich als jene." Es entstand ein Schweigen. Der Abend dunkelte im Zimmer. Lautlos und auf silbernen Füßen schlichen die Schatten vom Garten aus herein. Die Farben wichen träge aus den Dingen.

Nach einer Weile blickte Dorian Gray auf. „Sie haben mich mir selber erklärt, Harry", murmelte er und stieß dabei so etwas wie einen Seufzer der Erleichterung aus. „Ich fühlte alles, was Sie mir gesagt haben, doch irgendwie habe ich mich davor gefürchtet, und ich konnte es selber nicht ausdrücken. Wie gut Sie mich kennen! Aber wir wollen nicht mehr von dem sprechen, was geschehen ist. Es war eine wunderbare Erfahrung. Weiter nichts. Ich möchte wissen, ob das Leben noch etwas so Wundervolles bereithält."

„Das Leben hält für Sie alles bereit, Dorian. Es gibt nichts, was Sie mit Ihrem ungewöhnlich guten Aussehen nicht vermöchten."

„Doch angenommen, Harry, ich werde hager und alt und runzlig? Was dann?"

„Ach, dann", sagte Lord Henry und wandte sich zum Gehen, „dann, mein lieber Dorian, müssen Sie sich Ihre Siege erkämpfen. Vorerst jedoch werden sie Ihnen entgegengebracht. Nein, Sie müssen sich Ihr gutes Aussehen bewahren. Wir leben in einer Zeit, die zuviel liest, um weise zu sein, und zuviel denkt, um schön zu sein. Wir können nicht auf Sie verzichten. Und jetzt ziehen Sie sich am besten an und fahren in den Klub. Wir sind sowieso schon recht spät dran."

„Ich glaube, ich treffe Sie erst in der Oper, Harry. Ich fühle mich zu müde, um etwas zu essen. Welche Nummer hat die Loge Ihrer Schwester?"

„Siebenundzwanzig, glaube ich. Sie ist im ersten Rang. Der Name steht an der Tür. Aber es tut mir leid, daß Sie nicht zum Essen mitkommen wollen."

„Ich bin nicht in der Stimmung dazu", sagte Dorian müde. „Doch ich bin Ihnen schrecklich dankbar für alles, was Sie mir gesagt haben. Sie sind doch mein bester Freund. Niemand hat mich jemals so gut verstanden wie Sie."

„Wir stehen erst am Anfang unserer Freundschaft, Dorian", antwortete Lord Henry und schüttelte ihm die Hand. „Auf Wiedersehen. Ich hoffe, daß ich Sie vor halb zehn sehe. Denken Sie daran, daß die Patti singt."

Als er die Tür hinter sich geschlossen hatte, läutete Dorian Gray, und nach wenigen Minuten erschien Victor mit den Lampen und ließ die Jalousien herab. Er wartete ungeduldig darauf, daß er wieder gehe. Der Diener schien sich bei allem unendlich viel Zeit zu lassen.

Sobald er gegangen war, stürzte Dorian Gray auf den Wandschirm zu und zog ihn zurück. Nein, das Bild zeigte keine weitere Veränderung. Es hatte die Nachricht von Sibyl Vanes Tod früher erhalten, als er selber davon gewußt hatte. Es erfuhr die Vorgänge des Lebens, sowie sie sich ereigneten. Die gemeine Grausamkeit, welche die feinen Linien des Mundes entstellten, waren zweifellos genau in dem Augenblick sichtbar geworden, als das Mädchen das Gift, welcherart es auch war, getrunken hatte. Oder verhielt es sich gleichgültig gegenüber äußeren Wirkungen? Nahm es nur Kenntnis von dem, was in der Seele vorging?

Er war sich darüber nicht im klaren und hoffte, er werde eines Tages mit eigenen Augen die Veränderung beobachten können, und indem er dies hoffte, schauderte er.

Die arme Sibyl! Was für ein Roman hatte sich hier abgespielt! Sie hatte auf der Bühne oft den Tod nachgeahmt, und dann hatte der Tod selber sie angerührt und mit sich fortgenommen. Wie hatte sie wohl diese entsetzliche letzte Szene gespielt? Hatte sie ihn im Sterben verflucht? Nein; sie war aus Liebe zu ihm gestorben, und die Liebe würde für ihn fortan immer ein Sakrament bleiben. Sie hatte alles gesühnt durch das Opfer, das sie mit ihrem Leben gebracht hatte. Er wollte nicht mehr an das denken, was sie ihm angetan hatte, an diesem schrecklichen Abend im Theater. Wenn er an sie dachte, dann nur noch an eine wunderbare tragische Gestalt, entsandt auf die Bühne der Welt, um die höchste Wirklichkeit der Liebe zu bezeugen. Eine wunderbare tragische Gestalt? Tränen traten ihm in die Augen, als er sich an ihre kindliche Erscheinung und sorglos launige Art und schüchtern bebende Anmut erinnerte. Er wischte sie hastig fort und blickte wieder auf das Bild.

Er spürte, daß für ihn allen Ernstes der Zeitpunkt gekommen war, sich zu entscheiden. Oder war seine Wahl bereits getroffen? Ja, das Leben hatte über ihn hinweg entschieden — das Leben und seine eigene unendliche Neugier auf das Leben. Ewige Jugend, unermeßliche Leidenschaft, verfeinerte und verschwiegene Genüsse, ungestüme Freuden und ungestümere Sünden — all das sollte ihm zuteil werden. Das Porträt sollte die Last seiner Schande auf sich nehmen: das war alles.

Ein Gefühl des Schmerzes durchzog ihn, als er an die Entweihung dachte, die dem schönen Antlitz auf der Leinwand bevorstand. Einmal hatte er in knabenhafter Nachahmung des Narzissus diese gemalten Lippen, die ihn jetzt so grausam anlächelten, geküßt oder wenigstens so getan, als ob er sie küßte. Jeden Morgen hatte er vor dem Porträt gesessen und seine Schönheit bestaunt, fast verliebt in sie, wie es ihm manchmal vorkam. Sollte es sich nun verändern mit jeder Laune, der er nachgab? Sollte es sich in einen gräßlichen und verabscheuenswerten Gegenstand verwandeln, der versteckt werden mußte in einem verschlossenen Raum, fern vom Licht der Sonne, das so oft das wogende Wunder seines Haars in leuchtenderes Gold getaucht hatte? Wie schade darum! wie schade darum!

Einen Augenblick lang dachte er daran, zu beten, daß die entsetzliche Übereinstimmung, die zwischen ihm und dem Bild bestand, aufhören möge. Es hatte sich auf eine Bitte hin verwandelt; vielleicht würde es auf eine andere Bitte hin unverändert bleiben. Und doch, welcher Mensch, der vom Leben etwas wußte, würde wohl auf die Möglichkeit verzichten, immer jung zu bleiben, so phantastisch diese Möglichkeit auch sein mochte oder welch verhängnisvolle Folgen sie auch nach sich ziehen sollte. Doch stand es wirklich in seiner Macht? Hatte tatsächlich eine Bitte die Wechselwirkung hervorgerufen? Konnte es nicht eine merkwürdige wissenschaftliche Ursache für alles geben? Wenn das Denken einen lebenden Organismus zu beeinflussen vermochte, könnte dann das Denken nicht auch leblose und anorganische Dinge beeinflussen? Ja, konnten nicht sogar ohne Denken oder bewußte Wunschvorstellungen äußere Dinge im Einklang mit unseren Stimmungen und Leidenschaften in Schwingung geraten, wenn ein Atom sich dem anderen in geheimer Liebe oder seltsamer Wahlverwandtschaft mitteilte? Doch die Ursache war ohne Bedeutung. Nie wieder würde er durch eine Bitte eine schreckliche Macht herausfordern. Wenn sich das Bild verändern sollte, dann sollte es sich eben verändern. Das war alles. Warum allzu gründliche Nachforschungen anstellen?

Denn es muß ein echter Genuß darin liegen, es zu beobachten. Er würde imstande sein, seinem Geist in die verborgenen Winkel zu folgen. Dieses Porträt würde für ihn der beste Zauberspiegel sein. Wie es ihm seinen Körper offenbart hatte, würde es ihm auch seine Seele offenbaren. Und wenn der Winter über es hereinbricht, würde er noch immer dort stehen, wo der Frühling am Rande des Sommers verhält. Wenn das Blut aus seinem Gesicht wich und eine bleiche Kreidemaske mit bleiernen Augen zurückblieb, würde er noch den Glanz der Knabenhaftigkeit behalten. Nicht eine Blüte seiner Lieblichkeit würde jemals welken. Nicht ein Pulsschlag seines Lebens würde jemals schwächer werden. Gleich den Göttern der Griechen würde er stark und geschmeidig und fröhlich bleiben. Was lag schon daran, was mit dem gemalten Abbild auf der Leinwand geschah? Er würde in Sicherheit sein. Das allein zählte.

Er schob den Wandschirm lächelnd wieder an seinen alten Platz vor das Bild und begab sich ins Schlafzimmer, wo sein Diener bereits auf ihn wartete. Eine Stunde später war er in der Oper, und Lord Henry lehnte sich über seinen Stuhl.

9. KAPITEL

Als er am nächsten Morgen beim Frühstück saß, wurde Basil Hallward ins Zimmer geführt.

„Ich bin ja so froh, daß ich Sie gefunden habe, Dorian", sagte er ernst. „Ich bin gestern abend vorbeigekommen, und da hieß es, Sie seien in der Oper. Natürlich wußte ich, daß das unmöglich stimmen konnte. Aber ich wünschte, Sie hätten eine Nachricht hinterlassen, wo Sie tatsächlich hingegangen waren. Ich habe einen schrecklichen Abend hinter mir, denn ich fürchtete schon, daß eine Tragödie der anderen folgen könnte. Ich finde, Sie hätten mir telegraphieren können, gleich nachdem Sie es erfahren hatten. Ich las es ganz zufällig in der letzten Ausgabe des ,Globe', die mir im Klub in die Hände fiel. Ich kam sofort her und war unglücklich, weil ich Sie nicht antraf. Ich kann Ihnen gar nicht sagen, wie mir die ganze Sache zu Herzen gegangen ist. Ich weiß, was Sie leiden müssen. Aber wo waren Sie? Sind Sie in die Stadt gefahren und haben die Mutter des Mädchens besucht? Einen Augenblick habe ich erwogen, Ihnen dorthin zu folgen. Die Adresse stand in der Zeitung. Irgendwo in der Euston Road, nicht wahr? Doch ich hatte Bedenken, mich in einen Schmerz einzudrängen, den ich nicht hätte lindern können. Die arme Frau! In was für einem Zustand muß sie sein! Und dazu noch ihr einziges Kind! Was hat sie denn zu alledem gesagt?"

„Mein lieber Basil, wie soll ich das wissen?" murmelte Dorian Gray, trank einen kleinen Schluck blaßgelben Wein aus einem zierlichen, mit Goldperlen verzierten Pokal aus venezianischem Glas und machte ein schrecklich gelangweiltes Gesicht. „Ich war in der Oper. Sie hätten auch kommen sollen. Ich bin dort zum erstenmal Lady Gwendolen, Harrys Schwester, begegnet. Wir waren in ihrer Loge. Sie ist einfach charmant; und die Patti hat himmlisch gesungen. Reden Sie nicht von abscheulichen Dingen. Wenn man über eine Sache nicht spricht, ist sie nicht geschehen. Nur durch die Sprache gewinnen die Dinge Wirklichkeit, wie Harry sagt. Ich möchte jedoch erwähnen, daß sie nicht das einzige Kind dieser Frau war. Es ist noch ein Sohn da, ein reizender Bursche, glaube ich. Aber er ist nicht beim

Theater. Er ist Matrose oder etwas Ähnliches. Und nun erzählen Sie mir von sich und davon, was Sie gerade malen."

„Sie sind in die Oper gegangen?" sagte Hallward, der sehr langsam sprach und in dessen Stimme ein angestrengt schmerzlicher Ton mitschwang. „Sie sind in die Oper gegangen, während Sibyl Vane tot in einer schmutzigen Mietwohnung lag? Sie können mir erzählen, andere Frauen seien charmant und die Patti habe himmlisch gesungen, bevor noch das Mädchen, das Sie geliebt haben, im Grab seine letzte Ruhe gefunden hat? Menschenskind, Entsetzliches steht ihrem kleinen weißen Leib bevor!"

„Halt, Basil! Das will ich nicht hören!" rief Dorian aufspringend. „Sie brauchen mir nichts zu erklären. Was geschehen ist, ist geschehen. Was vergangen ist, ist Vergangenheit."

„Sie nennen den gestrigen Tag Vergangenheit?"

„Was hat der tatsächliche Ablauf der Zeit damit zu tun? Nur oberflächliche Menschen brauchen Jahre, um ein Gefühl loszuwerden. Jemand, der Herr seiner selbst ist, kann ein Leid ebenso leicht beenden wie ein Vergnügen erfinden. Ich möchte nicht meinen Gefühlen ausgeliefert sein. Ich möchte sie ausnutzen, sie auskosten und sie beherrschen."

„Dorian, das ist ja entsetzlich! Irgend etwas hat Sie vollständig verwandelt. Sie sehen noch immer so aus wie der wunderbare Junge, der Tag für Tag in mein Atelier kam, um mir für sein Porträt zu sitzen. Aber damals waren Sie einfach, natürlich und liebevoll. Sie waren das unverdorbenste Wesen der ganzen Welt. Ich weiß nicht, was neuerdings über Sie gekommen ist. Sie reden, als hätten Sie kein Herz, kein Mitgefühl. Das alles ist Harrys Einfluß. Das sehe ich nun."

Der junge Mann lief rot an, trat ans Fenster und blickte ein paar Augenblicke lang hinaus in den grünen, flimmernden, sonnendurchfluteten Garten. „Ich verdanke Harry sehr viel, Basil", sagte er endlich, „mehr, als ich Ihnen verdanke. Sie haben mich nur gelehrt, eitel zu sein."

„Nun, dafür bin ich bestraft worden, Dorian – oder werde es eines Tages."

„Ich weiß nicht, was Sie damit meinen, Basil", rief er aus, indem er sich umwandte. „Ich weiß nicht, was Sie wollen. Was wollen Sie?"

„Ich will den Dorian Gray wiederhaben, den ich gemalt habe", sagte der Künstler traurig.

„Basil", versetzte der Junge, der zu ihm hinüberging und ihm die Hand auf die Schulter legte, „Sie sind zu spät gekommen. Gestern, als ich erfuhr, daß Sibyl Vane sich umgebracht hat –"

„Sich umgebracht! Du lieber Himmel! besteht daran kein Zweifel?" rief Hallward, der mit einem Ausdruck des Entsetzens zu ihm aufblickte.

„Mein lieber Basil! Sie nehmen doch wohl nicht an, es sei ein ordinärer Unfall gewesen? Natürlich hat sie sich umgebracht."

Der Ältere vergrub das Gesicht in den Händen. „Wie furchtbar", stammelte er, und ein Erschauern durchrann ihn.

„Nein", sagte Dorian Gray, „daran ist nichts Furchtbares. Es ist eine der großen romantischen Tragödien unserer Zeit. In der Regel führen Leute, die Theater spielen, ein ganz alltägliches Leben. Sie sind gute Ehemänner oder treue Ehefrauen oder sonst etwas Langweiliges. Sie wissen, was ich meine – gutbürgerliche Tugend und alles, was dazugehört. Wie anders war Sibyl doch! Sie lebte ihre schönste Tragödie. Sie war stets eine Heldin. An dem letzten Abend, an dem sie auftrat – an dem Abend, als Sie sie sahen –, spielte sie schlecht, weil sie die Wirklichkeit der Liebe kennengelernt hatte. Als sie ihre Unwirklichkeit erkannte, starb sie, so wie Julia gestorben sein mag. Sie kehrte zurück in die Welt der Kunst. Sie hat etwas von einer Märtyrin an sich. Ihr Tod hat die ganze rührende Sinnlosigkeit des Märtyrertums, seine ganze vergeudete Schönheit. Doch wie ich schon sagte, Sie dürfen nicht glauben, ich hätte nicht gelitten. Wenn Sie gestern in einem bestimmten Augenblick hergekommen wären – etwa um halb sechs vielleicht oder um viertel vor sechs –, dann hätten Sie mich in Tränen aufgelöst vorgefunden. Selbst Harry, der hier war, der mir die Nachricht überbrachte, hatte keine Ahnung, was ich durchmachen mußte. Ich habe unsäglich gelitten. Dann ging es vorbei. Ich kann eine Gefühlsregung nicht wiederholen. Niemand kann das außer den Sentimentalen. Und Sie sind schrecklich ungerecht, Basil. Sie kommen her, um mich zu trösten. Das ist reizend von Ihnen. Sie finden mich getröstet, und Sie geraten in Zorn. Das sieht aber einem mitfühlenden Menschen gar nicht ähnlich! Sie erinnern mich an eine Geschichte, die mir Harry von einem gewissen Philanthropen erzählt hat, der zwanzig Jahre seines Lebens auf den Versuch verwandte, einen Mißstand zu beseitigen oder ein ungerechtes Gesetz zu ändern – ich habe vergessen, was von beiden es war.

Am Ende hatte er Erfolg damit, und nichts hätte größer sein
können als seine Enttäuschung. Er hatte einfach nichts mehr zu
tun, wäre fast an *ennui* gestorben und wurde ein eingefleischter
Misanthrop. Und im übrigen, mein lieber alter Basil, wenn Sie
mich wirklich trösten wollen, dann lehren Sie mich lieber, das
Geschehene zu vergessen oder es von einem angemessenen künstlerischen Standpunkt aus zu betrachten. War es nicht Gautier,
der von der *consolation des arts* schrieb? Ich entsinne mich, daß
ich eines Tages in Ihrem Atelier ein kleines pergamentgebun-
denes Buch in die Hand nahm und zufällig auf diese köstliche
Wendung stieß. Nun, ich bin nicht wie jener junge Mann, von
dem Sie mir erzählt haben, als wir zusammen in Marlow waren, jener junge Mann, der die Meinung vertrat, gelber Satin
könne einen über alle Unbilden des Daseins hinwegtrösten. Ich
liebe schöne Dinge, die man anfassen und in die Hand nehmen
kann. Alte Brokate, grüne Bronzen, Lackarbeiten, Elfenbein-
schnitzereien, eine erlesene Umgebung, Luxus, Prunk, das alles
vermag einem viel zu geben. Aber die künstlerische Stimmung,
die sie schaffen oder jedenfalls offenbaren, bedeutet mir noch
mehr. Zum Zuschauer seines eigenen Lebens zu werden heißt,
wie Harry sagt, den Leiden des Lebens zu entgehen. Ich weiß,
es überrascht Sie, wenn ich so zu Ihnen rede. Es ist Ihnen entgangen, wie ich mich entwickelt habe. Ich war noch ein Schul-
junge, als Sie mich kennenlernten. Jetzt bin ich ein Mann. Ich
habe neue Leidenschaften, neue Gedanken, neue Ideen. Ich bin
anders geworden, doch Sie dürfen mich deshalb nicht weniger
lieben. Ich bin verwandelt, doch Sie müssen immer mein Freund
bleiben. Natürlich habe ich Harry sehr gern. Aber ich weiß, daß
Sie besser sind als er. Sie sind nicht stärker – Sie haben zuviel
Angst vor dem Leben –, aber Sie sind besser. Und wie glücklich
sind wir doch zusammen gewesen! Verlassen Sie mich nicht,
Basil, und streiten Sie nicht mit mir. Ich bin, wie ich bin. Mehr
ist dazu nicht zu sagen."

Der Maler war seltsam bewegt. Der Junge war ihm unendlich
teuer, und seine Persönlichkeit hatte die große Wende in seiner
Kunst bewirkt. Ihm widerstrebte der Gedanke, ihm noch weitere
Vorwürfe zu machen. Schließlich war seine Gleichgültigkeit
vermutlich nur eine Laune, die vorübergehen würde. Es war so
viel Gutes, so viel Edles in ihm.

„Nun, Dorian", sagte er endlich mit einem traurigen Lächeln, „vom heutigen Tag an will ich mit Ihnen nie wieder von

dieser schrecklichen Sache sprechen. Ich hoffe nur, daß Ihr Name nicht im Zusammenhang mit ihr erwähnt wird. Die Untersuchung soll heute nachmittag stattfinden. Hat man Sie vorgeladen?"

Dorian schüttelte den Kopf, und ein Ausdruck der Verärgerung glitt über sein Gesicht, als das Wort „Untersuchung" fiel. Dergleichen Dingen haftete etwas so Rohes und Vulgäres an. „Sie kennen meinen Namen nicht", antwortete er.

„Aber sie hat ihn doch gekannt?"

„Nur meinen Vornamen, und ich bin ganz sicher, daß sie ihn niemandem gegenüber erwähnt hat. Sie hat mir einmal erzählt, daß alle gerne gewußt hätten, wer ich bin, und daß sie ihnen immer nur gesagt hat, ich hieße Märchenprinz. Das war doch reizend von ihr. Sie müssen mir eine Zeichnung von Sibyl machen, Basil. Ich möchte von ihr gerne etwas mehr besitzen als die Erinnerung an ein paar Küsse und einige gestammelte, rührende Worte."

„Ich will es versuchen, Dorian, wenn es Ihnen Freude macht. Aber Sie müssen auch selber wieder einmal zu mir kommen und mir sitzen. Ich komme ohne Sie nicht voran."

„Ich kann Ihnen nie wieder sitzen, Basil. Es ist unmöglich!" rief er aus und fuhr zurück.

Der Maler starrte ihn an. „Mein lieber Junge, was soll der Unsinn?" rief er. „Wollen Sie damit sagen, daß Ihnen das Bild nicht gefällt, das ich von Ihnen gemacht habe? Wo ist es? Warum haben Sie den Wandschirm davorgestellt? Lassen Sie mich es anschauen. Es ist das Beste, was ich jemals gemacht habe. Nehmen Sie doch den Wandschirm weg, Dorian. Es ist einfach schändlich, daß Ihr Diener mein Werk so versteckt. Ich habe schon beim Eintreten gemerkt, daß sich das Zimmer verändert hat."

„Mein Diener hat nichts damit zu tun, Basil. Sie glauben doch nicht, ich überließe ihm die Einrichtung meines Zimmers? Er arrangiert nur manchmal die Blumen für mich – das ist alles. Nein; ich habe es selber getan. Das Licht fiel zu stark auf das Porträt."

„Zu stark! Nicht doch, mein Lieber! Es hängt dort ganz wunderbar. Lassen Sie es mich sehen." Und damit ging Hallward auf die Ecke des Zimmers zu.

Ein Schrei des Entsetzens löste sich von Dorian Grays Lippen, und er stürzte sich zwischen den Maler und den Wandschirm.

„Basil", sagte er mit sehr bleichem Gesicht, „Sie dürfen es nicht anschauen. Ich will es nicht."

„Mein eigenes Werk nicht anschauen! das ist doch nicht Ihr Ernst. Warum sollte ich es nicht anschauen?" rief Hallward lachend aus.

„Wenn Sie den Versuch machen, es anzuschauen, Basil, auf mein Wort, dann werde ich nie wieder mit Ihnen sprechen, solange ich lebe. Das meine ich ganz ernst. Ich gebe dafür keine Erklärung, und Sie dürfen auch keine von mir verlangen. Doch denken Sie daran: wenn Sie diesen Wandschirm anrühren, ist zwischen uns beiden alles aus."

Hallward war wie vom Blitz getroffen. Er blickte Dorian Gray völlig verblüfft an. So hatte er ihn noch nie gesehen. Der junge Mann hatte vor Zorn alle Farbe verloren. Seine Hände waren zu Fäusten geballt, und die Pupillen seiner Augen glichen blauen Feuerscheiben. Er zitterte am ganzen Leib.

„Dorian!"

„Sagen Sie nichts!"

„Aber was ist denn los? Natürlich werde ich es nicht anschauen, wenn Sie es von mir verlangen", sagte er ziemlich kalt, drehte sich auf dem Absatz um und ging hinüber zum Fenster. „Doch es kommt mir wirklich reichlich absurd vor, daß ich mein eigenes Werk nicht sehen soll, zumal ich es im Herbst in Paris ausstellen will. Ich muß vorher wahrscheinlich noch eine Firnisschicht auftragen, also muß ich es eines Tages anschauen, und warum denn nicht gleich heute?"

„Es ausstellen? Sie wollen es ausstellen?" rief Dorian Gray aus, wobei ihn ein sonderbares Gefühl des Entsetzens beschlich. Sollte der Welt sein Geheimnis vorgeführt werden? Sollten die Leute das Mysterium seines Lebens angaffen? Das war unmöglich. Irgend etwas – er wußte noch nicht, was – mußte geschehen.

„Ja; ich nehme an, Sie haben dagegen nichts einzuwenden. Georges Petit will meine besten Bilder für eine Sonderausstellung in der Rue de Sèze zusammentragen, die in der ersten Oktoberwoche eröffnet werden soll. Das Porträt wird nur einen Monat fort sein. Ich meine, für diese Zeit könnten Sie es leicht entbehren. Zudem sind Sie dann bestimmt nicht in der Stadt, und wenn Sie es ohnehin stets hinter einem Wandschirm verstecken, machen Sie sich offenbar nicht viel daraus."

Dorian Gray fuhr sich mit der Hand über die Stirn. Sie war

mit Schweißperlen bedeckt. Er spürte, daß er vor dem Abgrund einer schrecklichen Gefahr stand. „Vor einem Monat haben Sie mir erzählt, Sie würden es niemals ausstellen", rief er. „Warum haben Sie Ihre Meinung geändert? Ihr Leute bildet euch etwas auf eure Konsequenz ein, und dabei habt ihr genauso viele Launen wie andere Menschen. Der einzige Unterschied besteht darin, daß eure Launen ziemlich sinnlos sind. Sie können doch nicht vergessen haben, daß Sie mir höchst feierlich zugesichert haben, nichts in der Welt könne Sie bewegen, das Bild auf eine Ausstellung zu schicken. Sie haben Harry genau dasselbe zugesagt." Er hielt plötzlich inne, und ein Leuchten trat in seine Augen. Ihm fiel ein, daß Lord Henry ihm einmal halb im Ernst und halb im Scherz gesagt hatte: „Wenn Sie eine seltsame Viertelstunde erleben wollen, dann veranlassen Sie Basil, Ihnen zu erklären, warum er Ihr Bild nicht ausstellen will. Mir hat er den Grund genannt, und das war für mich eine Offenbarung." Ja, vielleicht hatte auch Basil ein Geheimnis. Er wollte ihn fragen und auf die Probe stellen.

„Basil", sagte er, indem er nahe an ihn herantrat und ihm direkt ins Gesicht sah, „jeder von uns hat sein Geheimnis. Verraten Sie mir das Ihre, und ich verrate Ihnen das meine. Aus welchem Grund haben Sie sich geweigert, mein Bild auszustellen?"

Der Maler erschauerte wider Willen. „Dorian, wenn ich es Ihnen erklärte, würden Sie mich weniger lieben als bisher, und Sie würden mich bestimmt auslachen. Ich könnte weder das eine noch das andere ertragen. Wenn Sie von mir verlangen, daß ich Ihr Bild nie wieder anschaue, bin ich zufrieden. Ich habe ja immer noch Sie zum Anschauen. Wenn Sie wollen, daß das beste Werk, das ich je gemalt habe, vor der Welt verborgen bleiben solle, so finde ich mich damit ab. Ihre Freundschaft ist mir teurer als alle Berühmtheit oder Anerkennung."

„Nein, Basil, Sie müssen es mir sagen", beharrte Dorian Gray. „Ich meine, ich habe ein Recht, es zu erfahren." Sein Entsetzen war von ihm gewichen, und Neugier war an seine Stelle getreten. Er war entschlossen, Basil Hallwards Geheimnis zu lüften.

„Setzen wir uns doch, Dorian", sagte der Maler mit bekümmerter Miene. „Setzen wir uns. Und beantworten Sie mir nur eine Frage. Ist Ihnen an dem Bild irgend etwas Sonderbares aufgefallen? – etwas, was Ihnen zunächst wahrscheinlich entgangen ist, aber sich Ihnen dann plötzlich offenbarte?"

„Basil!" rief der Junge, der mit zitternden Händen die Arm-
lehne seines Sessels umklammerte und ihn mit wilden, bestürzten
Augen anstarrte.

„Ich sehe, daß es so war. Sagen Sie nichts. Warten Sie, bis Sie
gehört haben, was ich zu sagen habe. Dorian, von dem Augenblick an, da ich Sie kennenlernte, hat Ihre Persönlichkeit einen
höchst ungewöhnlichen Einfluß auf mich ausgeübt. Sie haben
mich, meine Seele, mein Gehirn, meine Schaffenskraft beherrscht. Sie wurden für mich die sichtbare Inkarnation jenes
unsichtbaren Idealbildes, dessen Ausstrahlung uns Künstler
heimsucht wie ein köstlicher Traum. Ich habe Sie verehrt. Ich
war eifersüchtig auf jeden Menschen, mit dem Sie sprachen. Ich
wollte Sie ganz für mich haben. Ich war nur glücklich, wenn ich
mit Ihnen zusammen war. Wenn Sie mich verlassen hatten,
waren Sie noch immer gegenwärtig in meiner Kunst. ... Natürlich habe ich Ihnen davon nie etwas erzählt. Es wäre unmöglich
gewesen. Sie hätten es nicht verstanden. Ich verstand es ja selber
kaum. Ich wußte nur, daß ich die Vollkommenheit von Angesicht zu Angesicht geschaut hatte und daß die Welt in meinen
Augen wunderbar geworden war – zu wunderbar vielleicht,
denn in einer solch besessenen Verehrung liegt eine Gefahr, die
Gefahr, sie zu verlieren, und nicht weniger die Gefahr, sie sich
zu bewahren. ... Woche um Woche verging, und ich ließ mich
immer mehr von Ihnen faszinieren. Dann trat eine neue Entwicklung ein. Ich hatte Sie als Paris in vornehmer Rüstung und
als Adonis im Jagdgewand und mit blankem Eberspeer gezeichnet. Gekrönt mit schweren Lotusblüten, hatten Sie im Bug von
Hadrians Barke gesessen und über den grünen, trüben Nil hin-
weggeblickt. Sie hatten sich über den stillen Teich in einer
griechischen Waldlandschaft gebeugt und im schweigenden Silber des Wassers das Wunder Ihres Gesichts erschaut. Und all das
war gewesen, was die Kunst sein soll, unbewußt, ideal und fern.
Dann kam ein Tag, ein verhängnisvoller Tag, wie ich manchmal
glaube, an dem ich mich entschloß, ein wunderbares Porträt von
Ihnen zu malen, so wie Sie tatsächlich sind, nicht im Kostüm
vergangener Jahrhunderte, sondern in Ihrer eigenen Kleidung
und in Ihrer eigenen Zeit. Ob es an dem Realismus der Darstellung oder an dem bloßen Wunder Ihrer Persönlichkeit lag, die
sich mir nun ohne Nebel oder Schleier unmittelbar darbot, kann
ich nicht sagen. Doch ich weiß, daß mir während der Arbeit
daran jeder Farbtupfer und jede Farbschicht mein Geheimnis

zu enthüllen schienen. Angst überkam mich, daß andere von
meinem Götzenkult erfahren könnten. Ich fühlte, Dorian, daß
ich zuviel gesagt, daß ich zuviel von mir selber hineingelegt
hatte. Damals beschloß ich, niemals zuzulassen, daß das Bild
ausgestellt würde. Sie waren ein wenig verärgert; aber zu der
Zeit wußten Sie noch nicht, was es für mich bedeutete. Harry,
mit dem ich darüber sprach, lachte mich aus. Aber das hat mir
nichts ausgemacht. Als das Bild fertig war und ich allein davor-
saß, spürte ich, daß ich recht hatte ... Nun, ein paar Tage später verließ es mein Atelier, und sobald ich von der unerträgli-
chen Faszination seiner Gegenwart befreit war, kam es mir
töricht vor, daß ich mir eingebildet hatte, ich hätte etwas Besonderes in ihm gesehen, etwas anderes, als daß Sie ungewöhnlich schön sind und daß ich malen kann. Auch jetzt kann ich
mich nicht des Gefühls erwehren, daß es ein Fehler ist, wenn
man glaubt, die Leidenschaft, die man beim Schaffen empfindet,
trete jemals im Werk, das man schafft, tatsächlich in Erscheinung. Die Kunst ist stets abstrakter, als wir meinen. Form und
Farbe erzählen uns von Form und Farbe – das ist alles. Es
kommt mir oft so vor, als verhülle die Kunst den Künstler weit
vollständiger, als sie ihn je enthüllt. Und als ich dann dieses
Angebot aus Paris erhielt, beschloß ich daher, Ihr Porträt zum
Mittelpunkt meiner Ausstellung zu machen. Es ist mir nie in den
Sinn gekommen, daß Sie sich weigern könnten. Ich sehe jetzt
ein, daß Sie recht haben. Das Bild darf nicht öffentlich gezeigt
werden. Sie dürfen mir nicht übelnehmen, Dorian, was ich Ihnen
erzählt habe. Wie ich einmal zu Harry gesagt habe, sind Sie
geschaffen, um angebetet zu werden."

Dorian Gray holte tief Atem. Die Farbe kehrte in seine Wangen zurück, und ein Lächeln umspielte seine Lippen. Die Gefahr
war vorüber. Fürs erste war er in Sicherheit. Doch er konnte
nicht anders, er empfand unendliches Mitleid mit dem Maler,
der ihm soeben dieses seltsame Geständnis gemacht hatte, und
fragte sich, ob ihn selber jemals die Persönlichkeit eines Freundes so sehr beherrschen könnte. Lord Henry hatte den Reiz, sehr
gefährlich zu sein. Aber das war alles. Er war zu gescheit und zu
zynisch, als daß man ihn wirklich gern haben konnte. Würde
es je einen Menschen geben, der ihn zu einer solch absonderlichen Vergötzung hinreißen könnte? War das eines von den
Dingen, die das Leben noch bereithielt?

„Es kommt mir ungewöhnlich vor, Dorian", sagte Hallward,

„daß Sie dies in dem Porträt gesehen haben sollten. Haben Sie es tatsächlich gesehen?"

„Ich habe etwas in ihm gesehen", antwortete er, „etwas, was mir sehr sonderbar vorkam."

„Nun, jetzt haben Sie wohl nichts mehr dagegen, daß ich mir das Ding anschaue?"

Dorian schüttelte den Kopf. „Das dürfen Sie nicht von mir verlangen, Basil. Ich kann unmöglich gestatten, daß Sie vor das Bild hintreten."

„Doch bestimmt eines Tages?"

„Niemals."

„Nun, vielleicht haben Sie recht. Und nun leben Sie wohl, Dorian. Sie waren der einzige Mensch in meinem Leben, der meine Kunst wirklich beeinflußt hat. Was ich je Gutes geschaffen habe, verdanke ich Ihnen. Ach! Sie wissen nicht, was es mich gekostet hat, Ihnen all das zu erzählen, was ich Ihnen erzählt habe."

„Mein lieber Basil", sagte Dorian, „was haben Sie mir denn schon erzählt? Doch nur, daß Sie das Gefühl haben, Sie hätten mich zu sehr bewundert. Das ist nicht einmal ein Kompliment."

„Es war auch nicht als Kompliment gedacht. Es war ein Geständnis. Nachdem ich es jetzt abgelegt habe, scheine ich etwas verloren zu haben. Vielleicht sollte man seine Verehrung niemals in Worte fassen."

„Es war ein enttäuschendes Geständnis."

„Was haben Sie denn erwartet, Dorian? Sie haben nichts anderes in dem Bild gesehen, nicht wahr? Es war doch nichts anderes zu sehen?"

„Nein; es war nichts anderes zu sehen. Warum fragen Sie? Aber Sie dürfen nicht von Verehrung sprechen. Das ist albern. Sie und ich, wir sind Freunde, Basil, und wir müssen es immer bleiben."

„Sie haben Harry", sagte der Maler traurig.

„Oh, Harry!" rief der Junge und lachte leise. „Harry bringt seine Tage damit zu, Unglaubliches zu sagen, und seine Nächte damit, Unwahrscheinliches zu tun. Das ist genau das Leben, das ich gerne führen würde. Dennoch glaube ich nicht, daß ich zu Harry gehen würde, wenn ich in Schwierigkeiten wäre. Ich würde eher zu Ihnen kommen, Basil."

„Sie wollen mir wieder einmal sitzen?"

„Unmöglich!"

„Sie zerstören mein Leben als Künstler durch Ihre Weigerung, Dorian. Kein Mensch begegnet zweimal seinem Ideal. Wenige begegnen ihm auch nur ein einziges Mal."

„Ich kann es Ihnen nicht erklären, Basil, aber ich darf Ihnen nie wieder sitzen. Ein Porträt hat etwas Verhängnisvolles. Es führt ein Eigenleben. Ich komme einmal und trinke Tee mit Ihnen. Das ist mindestens genauso angenehm."

„Angenehmer für Sie, fürchte ich", murmelte Hallward bekümmert. „Und nun leben Sie wohl. Es tut mir leid, daß Sie mich das Bild nicht noch einmal anschauen lassen wollen. Aber das läßt sich nicht ändern. Ich verstehe durchaus, was Sie dabei empfinden."

Als er das Zimmer verließ, lächelte Dorian Gray vor sich hin. Armer Basil! Wie wenig wußte er von dem wahren Grund! Und wie seltsam war es doch, daß er, statt gezwungen worden zu sein, sein eigenes Geheimnis zu offenbaren, seinem Freund fast durch Zufall ein Geheimnis entlockt hatte! Wie vieles war ihm durch dieses merkwürdige Geständnis klargeworden! Die lächerlichen Eifersuchtsanfälle des Malers, seine ungestüme Verehrung, seine überschwenglichen Lobeshymnen, seine sonderbare Zurückhaltung – all dies verstand er nun, und es tat ihm leid. Es schien ihm etwas Tragisches in einer Freundschaft zu liegen, die so von Romantik gefärbt war.

Er seufzte und läutete. Das Porträt mußte um jeden Preis versteckt werden. Er konnte nicht noch einmal eine solche Gefahr des Entdecktwerdens auf sich nehmen. Es war Wahnsinn gewesen, das Ding auch nur eine Stunde lang in einem Zimmer zu belassen, zu dem alle seine Freunde Zutritt hatten.

10. KAPITEL

Als sein Diener eintrat, blickte er ihn unverwandt an und fragte sich, ob er wohl auf den Gedanken gekommen sein könnte, hinter den Wandschirm zu schauen. Der Mann war völlig gleichmütig und wartete auf seine Befehle. Dorian zündete sich eine Zigarette an, ging dann zum Spiegel hinüber und warf einen Blick hinein. Er konnte das Abbild von Victors Gesicht ganz genau sehen. Es war eine reglose Maske der Unterwürfigkeit. Von daher war nichts zu befürchten. Dennoch hielt er es für das beste, auf der Hut zu sein.

Sehr langsam sprechend, wies er ihn an, der Haushälterin auszurichten, daß er sie zu sehen wünsche, und darauf zum Rahmenmacher zu gehen und ihn zu bitten, unverzüglich zwei seiner Leute vorbeizuschicken. Als der Diener das Zimmer verließ, kam es ihm vor, als wandere sein Blick zum Wandschirm hinüber. Oder hatte er sich das nur eingebildet?

Wenige Augenblicke darauf stürmte Mrs. Leaf in ihrem schwarzen Seidenkleid und mit altmodischen Zwirnhandschuhen an den runzligen Händen in die Bibliothek. Er bat sie um den Schlüssel zum Schulzimmer.

„Das alte Schulzimmer, Mr. Dorian?" rief sie aus. „O je, das ist doch ganz voll Staub. Ich muß es aufräumen und herrichten lassen, bevor Sie hineingehen. Das ist nicht der rechte Anblick für Sie, so wie es jetzt aussieht, Sir. Wirklich nicht."

„Ich möchte nicht, daß es hergerichtet wird, Leaf. Ich will nur den Schlüssel haben."

„Nun, Sir, sie machen sich ganz voll Spinnweben, wenn Sie da hineingehen. Seit fast fünf Jahren ist niemand mehr dringewesen, seit dem Tod Seiner Lordschaft."

Bei der Erwähnung seines Großvaters zuckte er zusammen. Die Erinnerung an ihn war ihm verhaßt. „Das macht nichts", erwiderte er. „Ich möchte mir den Raum nur einmal ansehen – weiter nichts. Geben Sie mir den Schlüssel."

„Da ist der Schlüssel, Sir", sagte die alte Dame, die mit zitternden, unsicheren Händen den Bestand ihres Schlüsselbundes durchmusterte. „Hier ist der Schlüssel. Ich habe ihn gleich vom

Bund losgemacht. Aber Sie wollen doch nicht da oben wohnen, Sir, wo Sie es hier so gemütlich haben?"

„Nein, nein", rief er verdrießlich. „Danke, Leaf. Das wäre alles."

Sie zögerte noch ein paar Augenblicke und schwatzte über irgendeine Bagatelle, die den Haushalt betraf. Er seufzte und sagte zu ihr, sie solle es so machen, wie sie es für richtig halte. Mit einem von Lächelfalten übersponnenen Gesicht verließ sie das Zimmer.

Sobald sich die Tür geschlossen hatte, steckte Dorian den Schlüssel in die Tasche und sah sich im Zimmer um. Sein Blick fiel auf eine große purpurne Satindecke mit schwerer Goldstickerei, eine hervorragende venezianische Arbeit aus dem späten siebzehnten Jahrhundert, die sein Großvater in einem Kloster bei Bologna entdeckt hatte. Ja, sie ließe sich dazu verwenden, das schreckliche Ding einzuwickeln. Sie hatte vielleicht schon oft als Sargtuch gedient. Jetzt sollte sie etwas verhüllen, was eine Verwesung besonderer Art in sich trug, schlimmer noch als die Verwesung des Todes – etwas, was Grauen gebären und doch niemals sterben würde. Was der Wurm für die Leiche war, das würden seine Sünden für das gemalte Ebenbild auf der Leinwand sein. Sie würden seine Schönheit entstellen und seine Anmut zerfressen. Sie würden es besudeln und schänden. Und doch würde das Ding weiterleben. Es würde immer am Leben bleiben.

Er schauderte, und einen Augenblick lang bedauerte er es, daß er Basil nicht den wahren Grund genannt hatte, warum er das Bild versteckt halten wollte. Basil hätte ihm geholfen, dem Einfluß von Lord Henry zu widerstehen und den noch giftigeren Einflüssen, die seiner eigenen Natur entsprangen. Die Liebe, die Basil ihm entgegenbrachte – denn es war wirklich Liebe –, enthielt nichts, was nicht edel und vergeistigt gewesen wäre. Es war nicht jene bloß physische Bewunderung der Schönheit, die aus den Sinnen erwächst und die stirbt, wenn die Sinne erlahmen. Es war eine Liebe, wie Michelangelo sie gekannt hatte und Montaigne und Winckelmann und auch Shakespeare. Ja, Basil hätte ihn retten können. Doch jetzt war es zu spät. Die Vergangenheit konnte stets aufgehoben werden. Reue, Verleugnung und Vergessen konnten das bewirken. Aber die Zukunft war unausweichlich. In ihm waren Leidenschaften angelegt, die grauenhaft hervorbrechen würden, Träume, die den Schatten ihrer Bosheit Wirklichkeit verleihen würden.

Er nahm von der Liege das große purpurn-goldene Gewebe, das sie bedeckte, und begab sich mit ihm hinter den Wandschirm. War das Gesicht auf der Leinwand widerlicher als zuvor? Es kam ihm unverändert vor; und doch hatte sich sein Abscheu vor ihm gesteigert. Das Goldhaar, die blauen Augen und die rosenroten Lippen – alles war noch da. Nur der Ausdruck hatte sich geändert. Er war schrecklich in seiner Grausamkeit. Verglichen mit dem Tadel oder Verweis, den er darin erblickte, wie oberflächlich waren dagegen die Vorwürfe, die Basil ihm wegen Sibyl Vane gemacht hatte! – wie oberflächlich und wie belanglos! Seine eigene Seele blickte ihn aus der Leinwand an und forderte Rechenschaft von ihm. Ein schmerzlicher Ausdruck kam in seine Züge, und er warf das kostbare Sargtuch über das Bild. Während er damit beschäftigt war, klopfte es an die Tür. Er kam hervor, als sein Diener eintrat.

„Die Leute sind da, Monsieur."

Er spürte, daß er den Diener unverzüglich aus dem Weg räumen mußte. Er durfte nicht erfahren, wohin das Bild geschafft wurde. Er hatte etwas Verschlagenes an sich, und seine Augen waren aufmerksam und falsch. Dorian Gray setzte sich an den Schreibtisch und kritzelte ein paar Zeilen an Lord Henry, um ihn zu bitten, er möge ihm etwas zu lesen schicken, und um ihn daran zu erinnern, daß sie sich an diesem Abend um viertel nach acht treffen wollten.

„Warten Sie auf Antwort", sagte er, indem er ihm den Brief aushändigte, „und führen Sie die Leute herein."

Nach zwei oder drei Minuten klopfte es abermals, und Mr. Hubbard persönlich, der berühmte Rahmenmacher aus der South Adley Street, trat mit einem etwas ungeschlacht aussehenden jungen Gehilfen ein. Mr. Hubbard war ein kleiner Mann mit rosigem Gesicht und rotem Schnurrbart, dessen Kunstbegeisterung stark beeinträchtigt wurde durch die ewige Geldnot der meisten Künstler, die bei ihm arbeiten ließen. In der Regel verließ er nie seinen Laden. Er erwartete, daß die Leute zu ihm kamen. Doch Dorian Gray zuliebe machte er stets eine Ausnahme. Dorian hatte etwas an sich, was jedermann bezauberte. Es war eine Freude, ihn nur zu sehen.

„Womit kann ich Ihnen dienen, Mr. Gray?" fragte er und rieb sich die feisten, sommersprossigen Hände. „Ich habe mir gedacht, ich erweise mir selber die Ehre und komme persönlich her. Ich habe gerade einen bildschönen Rahmen hereinbekommen. Hab ihn bei einer Versteigerung ergattert. Ein alter Florentiner. Stammt aus Fonthill, glaube ich. Hervorragend geeignet für ein religiöses Motiv, Mr. Gray."

„Es tut mir sehr leid, daß Sie sich die Mühe gemacht haben, selber vorbeizukommen, Mr. Hubbard. Ich schaue bestimmt einmal herein und sehe mir den Rahmen an – obwohl ich im Augenblick nicht viel für religiöse Kunst übrig habe –, aber heute möchte ich nur, daß Sie mir ein Bild nach oben tragen. Es ist ziemlich schwer, deshalb habe ich mir gedacht, daß ich Sie um ein paar von Ihren Leuten bitte."

„Das ist überhaupt kein Problem, Mr. Gray. Ich freue mich, wenn ich Ihnen einen Gefallen tun kann. Um welches Kunstwerk geht es denn?"

„Um dieses da", entgegnete Dorian und rückte den Wandschirm beiseite. „Können Sie es tragen, mitsamt der Umhüllung, so wie es ist? Ich möchte nicht, daß es beim Hinauftragen zerkratzt wird."

„Da gibt es keine Schwierigkeiten, Herr", sagte der wohlmeinende Rahmenmacher und begann, unterstützt von seinem Gehilfen, das Bild von den langen Messingketten loszuhaken, an denen es aufgehängt war. „Und wohin sollen wir es jetzt tragen, Mr. Gray?"

„Ich zeige es Ihnen, Mr. Hubbard, wenn Sie mir gütigst folgen wollen. Oder vielleicht gehen besser Sie voran. Es ist leider ganz oben im Haus. Wir nehmen die Vordertreppe, denn die ist breiter."

Er hielt den beiden die Tür weit auf, und sie gingen hinaus in die Empfangshalle und begannen mit dem Aufstieg. Durch den reichverzierten Rahmen war das Bild äußerst unhandlich geworden, und trotz den untertänigen Protesten Mr. Hubbards, dem es als echtem Handwerksmann lebhaft mißfiel, daß ein Gentleman etwas Nützliches tat, legte Dorian ab und zu mit Hand an, um den beiden zu helfen.

„Eine ganz schöne Last, Sir", keuchte der kleine Mann, als sie den obersten Treppenabsatz erreicht hatten. Und dabei wischte er sich die glänzende Stirn.

„Ja, es ist leider ziemlich schwer", murmelte Dorian, während er die Tür zu dem Raum aufschloß, der das merkwürdige Geheimnis seines Lebens bewahren und seine Seele vor den Augen der Menschen verbergen sollte.

Er hatte die Kammer seit mehr als vier Jahren nicht mehr

betreten – ja, tatsächlich nicht mehr seit der Zeit, da er sie zunächst als Spielzimmer benutzt hatte, als er noch ein Kind war, und später dann als Studierzimmer, als er schon etwas älter war. Es war ein großer, gutproportionierter Raum, den der verstorbene Lord Kelso eigens für seinen kleinen Enkel hatte ausbauen lassen, den er wegen dessen seltsamer Ähnlichkeit mit seiner Mutter und auch aus anderen Gründen stets gehaßt hatte und von sich fernhalten wollte. Das Zimmer kam Dorian nur wenig verändert vor. Da war der riesige italienische *cassone* mit seinen phantastisch bemalten Füllungen und seinen nachgedunkelten vergoldeten Ornamenten, in dem er sich als Junge so oft versteckt hatte. Dort stand der Bücherschrank aus Seidenholz, vollgestopft mit seinen Schulbüchern, die voller Eselsohren waren. An der Wand dahinter hing noch derselbe zerrissene flämische Gobelin, auf dem ein verblaßter König mit seiner Königin in einem Garten Schach spielte, während eine Gruppe von Falkenieren vorüberritt, die auf ihren gepanzerten Fäusten gehaubte Vögel trugen. Wie gut erinnerte er sich an all das! Jeder Augenblick seiner einsamen Kindheit wurde wieder in ihm lebendig, als er sich umschaute. Er entsann sich der fleckenlosen Lauterkeit seines Knabendaseins, und es kam ihm entsetzlich vor, daß ausgerechnet hier das verhängnisvolle Porträt versteckt werden sollte. Wie wenig hatte er in jenen abgelebten Tagen all das vorausgesehen, was seiner harrte!

Doch im Haus war keine andere Stelle vor neugierigen Blicken so sicher wie diese. Er besaß den Schlüssel, und niemand sonst konnte hier herein. Unter seinem purpurnen Sargtuch konnte das gemalte Gesicht tierisch, aufgedunsen und schmutzig werden. Was machte das schon? Niemand konnte es sehen. Auch er selber würde es nicht sehen. Warum sollte er die grauenhafte Zersetzung seiner Seele beobachten? Er behielt seine Jugend – das genügte. Und im übrigen, war es nicht möglich, daß sein Wesen sich besserte? Es bestand kein Grund, daß die Zukunft so schmachvoll sein sollte. Eine Liebe konnte ja in seinem Leben auftauchen und ihn läutern und ihn vor jenen Sünden beschützen, die sich bereits im Geist und im Fleisch zu regen schienen – vor jenen seltsamen ungemalten Sünden, deren Geheimnis ihnen gerade ihre Feinheit und ihren Reiz verlieh. Vielleicht würde eines Tages der grausame Ausdruck aus der scharlachroten sensiblen Mundpartie verschwunden sein, und er könnte dann der Welt Basil Hallwards Meisterwerk zeigen.

Nein, das war unmöglich. Stunde um Stunde und Woche um Woche alterte das Bild auf der Leinwand. Es mochte dem Grauen der Sünde entgehen, aber das Grauen des Alters war ihm zugedacht. Die Wangen würden hohl oder schlaff werden. Gelbe Krähenfüße würden um die verblassenden Augen kriechen und sie gräßlich entstellen, das Haar würde seinen Glanz verlieren, der Mund klaffen oder einfallen, stumpfsinnig und ungestalt, wie die Münder alter Männer sind. Dann würde der verschrumpelte Hals zum Vorschein kommen, die kalten, blaugeäderten Hände, der zusammengekrümmte Körper, wie er ihn von seinem Großvater in Erinnerung hatte, der ihn als Knaben so streng behandelt hatte. Das Bild mußte verborgen gehalten werden. Es gab keine andere Lösung.

„Bringen Sie es bitte herein, Mr. Hubbard", sagte er müde und wandte sich um. „Es tut mir leid, daß ich Sie so lange aufgehalten habe. Ich habe gerade an etwas anderes gedacht."

„Ich freue mich immer, wenn ich eine Pause machen kann, Mr. Gray", antwortete der Rahmenmacher, der noch nach Luft schnappte. „Wo sollen wir es hinstellen, Sir?"

„Oh, irgendwohin. Hierher: das reicht. Es braucht nicht aufgehängt zu werden. Lehnen Sie es nur einfach an die Wand. Danke."

„Darf man sich das Kunstwerk einmal anschauen, Sir?"

Dorian fuhr zusammen. „Es würde Sie nicht interessieren, Mr. Hubbard", sagte er, während er den Mann im Auge behielt. Er spürte, daß er bereit war, sich auf ihn zu stürzen und ihn zu Boden zu werfen, falls er es wagen sollte, die prunkvolle Decke hochzuheben, die das Geheimnis seines Lebens verhüllte. „Ich möchte Sie jetzt nicht weiter bemühen. Ich bin Ihnen sehr verbunden, daß Sie so freundlich waren herzukommen."

„Keine Ursache, keine Ursache, Mr. Gray. Stets zu Ihren Diensten, Sir." Und damit stapfte Mr. Hubbard die Treppe hinab, gefolgt von seinem Gehilfen, der sich mit einem Ausdruck scheuer Verwunderung in seinem derben, häßlichen Gesicht nach Dorian umsah. Er hatte noch nie einen so wunderschönen Menschen gesehen.

Als das Geräusch ihrer Schritte verklungen war, schloß Dorian die Tür ab und steckte den Schlüssel in die Tasche. Er fühlte sich jetzt sicher, niemand würde jemals das gräßliche Ding sehen. Kein anderes Auge als das seine würde seine Schande je erblicken.

Beim Betreten der Bibliothek stellte er fest, daß es kurz nach fünf und der Tee bereits serviert war. Auf einem Tischchen aus dunklem, wohlriechendem und reich mit Perlmutt eingelegtem Holz, einem Geschenk von Lady Radley, der Frau seines Vormunds, einer hübschen Person, die sozusagen von Berufs wegen krank war und den letzten Winter in Kairo verbracht hatte, lagen ein Brief von Lord Henry und daneben ein gelb broschiertes Buch mit leicht abgegriffenem Einband und schmutzigem Schnitt. Jemand hatte ein Exemplar der dritten Ausgabe der „St. James's Gazette" auf das Tablett gelegt. Victor war offensichtlich zurückgekehrt. Er fragte sich, ob der Diener wohl in der Halle mit den Männern zusammengetroffen war, als diese das Haus verließen, und aus ihnen herausgeholt hatte, was sie gemacht hatten. Er würde das Bild bestimmt vermissen – hatte es zweifellos bereits vermißt, als er das Teegeschirr hereinbrachte. Der Wandschirm war nicht an seine alte Stelle gerückt worden, und an der Wand war eine leere Fläche sichtbar. Vielleicht würde er ihn eines Nachts dabei erwischen, wie er die Treppe hinaufschlich und die Tür zur Kammer mit Gewalt zu öffnen versuchte. Es war schrecklich, einen Spion im Hause zu haben. Er hatte von reichen Leuten gehört, die ihr Leben lang von einem Diener erpreßt wurden, der einen Brief gelesen oder eine Unterhaltung belauscht oder eine Karte mit einer Adresse an sich genommen oder unter einem Kissen eine verwelkte Blume oder ein Stück zerknitterter Spitze gefunden hatte.

Er seufzte, und nachdem er sich etwas Tee eingeschenkt hatte, öffnete er Lord Henrys Brief. Darin teilte dieser ihm lediglich mit, daß er ihm die Abendzeitung und ein Buch geschickt habe, das ihn vielleicht interessiere, und daß er um Viertel nach acht im Klub sein werde. Er schlug gelangweilt die „St. James's" auf und überflog sie. Auf der fünften Seite fiel ihm ein roter Bleistiftstrich ins Auge. Er lenkte seine Aufmerksamkeit auf folgenden Absatz:

„GERICHTLICHE UNTERSUCHUNG IM FALLE EINER SCHAUSPIELERIN. – Eine gerichtliche Untersuchung wurde heute morgen in der Bell Tavern, Hoxton Road, vom Bezirks-Leichenbeschauer Mr. Danby an der Leiche von Sibyl Vane vorgenommen, einer jungen Schauspielerin, die zuletzt am Royal Theatre in Holborn engagiert war. Man erkannte auf Tod durch Unglücksfall. Sehr viel Anteilnahme wurde der Mutter der Verstorbenen entgegengebracht, die während ihrer

eigenen Aussage und der von Dr. Birrell, der die Obduktion
vorgenommen hatte, sehr mitgenommen wirkte."

Er runzelte die Stirn, zerriß die Zeitung, ging im Zimmer auf
und ab und warf die Papierfetzen fort. Wie häßlich das alles
war! Und wie entsetzlich wirklich ließ die Häßlichkeit die
Dinge erscheinen! Er war ein wenig verärgert über Lord Henry,
weil er ihm den Bericht geschickt hatte. Und es war einfach
töricht von ihm, ihn mit Rotstift anzustreichen. Victor konnte
ihn gelesen haben. Dazu verstand der Mann mehr Englisch als
genug.

Vielleicht hatte er ihn gelesen und bereits Verdacht geschöpft.
Und doch, was lag schon daran? Was hatte Dorian Gray mit
Sibyl Vanes Tod zu schaffen? Es war nichts zu befürchten.
Dorian Gray hatte sie nicht umgebracht.

Sein Blick fiel auf das gelbe Buch, das Lord Henry ihm geschickt hatte. Was mochte es wohl enthalten, fragte er sich. Er
ging auf den kleinen perlfarbigen, achteckigen Ständer zu, der
ihm stets wie das Werk gewisser absonderlicher ägyptischer
Bienen vorkam, die Silber verarbeiteten, nahm den Band in die
Hand, warf sich in einen Sessel und begann zu blättern. Nach
wenigen Minuten war er ganz vertieft. Es war das seltsamste
Buch, das er je gelesen hatte. Ihm war, als zögen in köstlichen
Gewändern und zu zärtlichem Flötenklang die Sünden der Welt
als Pantomime an ihm vorüber. Dinge, von denen er dumpf
geträumt hatte, wurden plötzlich Wirklichkeit für ihn. Dinge,
von denen er niemals geträumt hatte, enthüllten sich ihm allmählich.

Es war ein Roman ohne Handlung und mit nur einer Person,
im Grunde nichts anderes als eine psychologische Studie über
einen gewissen jungen Pariser, der sein Leben mit dem Versuch
zubrachte, im neunzehnten Jahrhundert alle die Leidenschaften
und Denkweisen zu verwirklichen, die allen Jahrhunderten
außer seinem eigenen zugehörten, und gewissermaßen in sich
selber die verschiedenen Stimmungen zu vereinen, die der Weltgeist jemals durchgemacht hatte, wobei er jene Verzichte, welche
die Menschen törichterweise Tugend genannt haben, um ihrer
bloßen Künstlichkeit willen ebenso liebte wie jene natürlichen
Rebellionen, die gescheite Menschen noch immer Sünde nennen.
Geschrieben war das Buch in jenem seltsam schmuckvollen, lebendigen und zugleich dunklen Stil voller Argot und Archais-
men, voller Fachausdrücke und kunstvoller Umschreibungen,

der das Werk einiger der besten Künstler der französischen Symbolistenschule auszeichnet. Es enthielt Metaphern, so monströs wie Orchideen und ebenso raffiniert in den Farben. Das Leben der Sinne war mit den Begriffen der mystischen Philosophie umschrieben. Zuweilen vermochte man kaum zu sagen, ob man die geistigen Ekstasen eines mittelalterlichen Heiligen oder die morbiden Bekenntnisse eines modernen Sünders las. Es war ein Buch, das Gift ausströmte. Der schwere Duft des Weihrauchs schien seinen Seiten anzuhaften und das Gehirn zu verwirren. Die bloße Kadenz der Sätze, die geheime Monotonie ihrer Musik, voll von komplizierten Refrains und kunstvoll wiederholten Bewegungen, erzeugten im Geist des jungen Mannes, während er von einem Kapitel zum anderen überging, eine Art Träumerei, eine Traumkrankheit, in der ihm der versinkende Tag und die schleichenden Schatten nicht bewußt wurden.

Wolkenlos und durchbohrt nur von einem einzigen einsamen Stern, schimmerte ein kupfergrüner Himmel durch die Fenster. In seinem schwindenden Licht las er weiter, bis er nicht mehr lesen konnte. Nachdem ihn sein Diener mehrmals an die späte Stunde erinnert hatte, stand er auf, begab sich ins Nebenzimmer, legte das Buch auf den kleinen florentinischen Tisch, der stets neben seinem Bett stand, und begann sich zum Abendessen umzukleiden.

Es war fast neun Uhr, als er im Klub ankam, wo er Lord Henry vorfand, der allein im Lesezimmer saß und sehr gelangweilt dreinschaute.

„Es tut mir ja so leid, Harry", rief er, „aber das ist wirklich ganz allein Ihre Schuld. Das Buch, das Sie mir geschickt haben, hat mich so fasziniert, daß ich gar nicht gemerkt habe, wie die Zeit verging."

„Ja: ich dachte mir, daß es Ihnen gefallen würde", entgegnete sein Gastgeber und erhob sich.

„Ich habe nicht gesagt, daß es mir gefällt, Harry. Ich sagte, daß es mich fasziniert. Das ist ein großer Unterschied."

„Ah, das haben Sie also entdeckt?" murmelte Lord Henry. Und sie gingen hinüber in den Speisesaal.

11. KAPITEL

Jahrelang konnte sich Dorian Gray nicht dem Einfluß dieses Buches entziehen. Oder vielleicht wäre es richtiger zu sagen, daß er niemals versuchte, sich ihm zu entziehen. Er ließ sich aus Paris nicht weniger als neun unbeschnittene Exemplare der Erstausgabe kommen und in verschiedenen Farben einbinden, so daß sie seinen unterschiedlichen Stimmungen und den wechselnden Launen seiner Natur entsprachen, über die er zeitweise fast völlig die Herrschaft verloren zu haben schien. Der Held, der wunderbare junge Pariser, in dem die romantischen und die wissenschaftlichen Neigungen so seltsam verschmolzen waren, wurde für ihn so etwas wie ein vorausgeahntes Abbild seiner selbst. Und in der Tat kam es ihm so vor, als enthalte das ganze Buch die Geschichte seines eigenen Lebens, niedergeschrieben, ehe er es noch durchlebt hatte.

In einer Hinsicht war er indes glücklicher dran als der phantastische Held des Romans. Er kannte nie – er hatte allerdings auch keinen Anlaß dazu – jene leicht groteske Angst vor Spiegeln und polierten Metallflächen und unbewegtem Wasser, die den jungen Pariser schon so früh in seinem Leben befiel und ihre Ursache hatte in dem jähen Verfall einer Schönheit, die einstmals offenbar so erstaunlich gewesen war. Mit einer fast grausamen Freude – und vielleicht liegt in nahezu jeder Freude und gewiß in jedem Genuß ein gut Teil Grausamkeit – las er immer wieder den letzten Teil des Buches mit dem wirklich tragischen, wenngleich etwas übertriebenen Bericht über das Leiden und die Verzweiflung eines Menschen, der das verloren hatte, was er an anderen und an der Welt am höchsten schätzte.

Denn die wunderbare Schönheit, die Basil Hallward und viele andere außer ihm so fasziniert hatte, schien ihn selber nie zu verlassen. Selbst diejenigen, welche die übelsten Geschichten über ihn gehört hatten – und hin und wieder schlichen merkwürdige Gerüchte über seine Lebensführung durch London und wurden in den Klubs breitgetreten –, konnten nichts Unehrenhaftes von ihm glauben, wenn sie ihn sahen. Er sah stets aus wie jemand, der sich unbefleckt von der Welt bewahrt hat. Män-

ner, die schmutzige Reden führten, verstummten, wenn Dorian
Gray den Raum betrat. In der Reinheit seines Gesichts war etwas, was sie zurechtwies. Seine bloße Gegenwart schien in ihnen
die Erinnerung an die Unschuld zu erwecken, die sie besudelt
hatten. Sie wunderten sich, daß ein so charmanter und anmuti-
ger Mensch wie er der Schande einer Zeit hatte entgehen können,
die zugleich schmutzig und sinnlich war.

Oft wenn er von einer jener geheimnisvollen und ausgedehn-
ten Abwesenheiten heimkehrte, die bei denen, die seine Freunde
waren oder zu sein vorgaben, solche merkwürdigen Mutmaßungen bewirkten, schlich er sich zu dem verschlossenen Zimmer
hinauf, öffnete die Tür mit dem Schlüssel, den er nun ständig
bei sich trug, und stellte sich mit einem Spiegel vor das Porträt
hin, das Basil Hallward von ihm gemalt hatte, und dabei blickte
er abwechselnd in das gemeine und alternde Gesicht auf der
Leinwand und in das schöne, jugendliche Gesicht, das ihm aus
dem blanken Glas entgegenlachte. Schon der scharfe Kontrast
steigerte sein Lustgefühl. Er verliebte sich immer mehr in seine
eigene Schönheit, immer mehr interessierte er sich für die Verderbnis seiner eigenen Seele. Mit peinlicher Aufmerksamkeit und
bisweilen mit einer ungeheuerlichen und entsetzlichen Wonne
untersuchte er die abscheulichen Linien, welche die runzlige
Stirn entstellten oder um den schweren, sinnlichen Mund krochen, und dann fragte er sich manchmal, was schrecklicher sei,
die Zeichen der Sünde oder die Zeichen des Alters. Er legte
seine weißen Hände neben die groben, aufgedunsenen Hände
des Bildes und lächelte. Er verhöhnte den mißgestalteten Körper
und die verkümmernden Glieder.

Es gab allerdings Augenblicke in der Nacht, in denen er,
wenn er schlaflos in seinem von zarten Wohlgerüchen erfüllten
Zimmer oder in der schmutzigen Kammer der kleinen verrufenen Spelunke bei den Docks lag, die er unter einem falschen Namen und in Verkleidung aufzusuchen pflegte, an das Verderben
dachte, das er über seine Seele gebracht hatte, erfüllt von einem
Mitleid, das ihn um so mehr peinigte, als es ganz und gar selbstsüchtig war. Aber dergleichen Augenblicke waren selten. Jene
Neugier auf das Leben, die erstmals Lord Henry in ihm erregt
hatte, als sie im Garten ihres Freundes beisammengesessen hatten,
schien mit der Befriedigung nur noch zu wachsen. Je mehr er
wußte, desto mehr begehrte er zu wissen. Er hatte einen wahnsinnigen Hunger, der um so gieriger wurde, je mehr er ihn stillte.

Dennoch war er nicht eigentlich unbesonnen, jedenfalls nicht in seinen Beziehungen zur Gesellschaft. Ein- oder zweimal in den Wintermonaten und an jedem Mittwochabend während der Saison öffnete er sein herrliches Haus der Welt und ließ seine Gäste von den gefeiertsten Musikern der Zeit mit den Wunderwerken ihrer Kunst verzaubern. Seine kleinen Diners, die ihm Lord Henry stets arrangieren half, waren berühmt sowohl wegen der sorgfältigen Auswahl und Placierung der Geladenen als auch wegen des erlesenen Geschmacks, der sich in der Tafeldekoration bekundete, in den raffinierten symphonischen Zusammenstellungen exotischer Blumen, den gestickten Decken und dem antiken Gold- und Silbergeschirr. Ja, es gab viele, zumal unter den ganz jungen Männern, die in Dorian Gray die echte Verwirklichung eines Typs sahen oder zu sehen vermeinten, von dem sie oft in Eton oder Oxford geträumt hatten, eines Typs, der einiges von der wahren Kultur des Gelehrten mit der ganzen Eleganz und Vornehmheit und vollendeten Gesittung eines Weltbürgers verband. Für sie gehörte er zu der Schar jener, von denen Dante sagt, sie hätten versucht, „sich durch die Anbetung des Schönen zu vervollkommnen". Wie Gautier war er einer, für den „die sichtbare Welt existierte".

Und sicherlich war für ihn das Leben selbst die höchste, die größte Kunst, und für sie waren alle anderen Künste offenbar nichts weiter als eine Vorstufe. Die Mode, durch die das wahrhaft Phantastische einen Augenblick lang allgemeingültig wird, und das Dandytum, das auf seine Weise ein Versuch ist, die absolute Modernität der Schönheit zu bestätigen, hatten natürlich für ihn etwas Faszinierendes. Seine Art, sich zu kleiden, und die besonderen Stile, die er sich von Zeit zu Zeit zu eigen machte, übten einen entschiedenen Einfluß auf die jungen Stutzer auf den Mayfair-Bällen und an den Fenstern der Pall-Mall-Klubs aus, die ihn in allem, was er tat, kopierten und den zufälligen Reiz seiner anmutigen, wenn auch von ihm selber nur halb ernst gemeinten Extravaganzen nachzuahmen suchten.

Denn obgleich er nur allzu bereit war, die Position einzunehmen, die ihm fast unmittelbar nach seiner Mündigkeit zufiel, und obgleich er tatsächlich ein subtiles Vergnügen empfand bei dem Gedanken, er könnte für das London seiner Tage das werden, was einst der Verfasser des „Satyrikon" für das kaiserliche Rom Neros gewesen war, wünschte er sich doch im innersten Herzen, etwas mehr zu sein als ein bloßer *arbiter elegantiarum,*

den man über die Anbringung eines Schmuckstücks oder das
Binden einer Krawatte oder die richtige Haltung eines Spazier-
stocks befragte. Er war bestrebt, ein neues Lebenssystem zu er-
arbeiten, das auf einer vernunftgemäßen Philosophie und ge-
ordneten Grundsätzen beruhen und in der Vergeistigung der
Sinne seine höchste Verwirklichung finden sollte.

Der Kult der Sinne ist oft und mit großem Recht verurteilt
worden, weil die Menschen instinktiv vor Leidenschaften und
Gefühlsregungen zurückschrecken, die stärker zu sein scheinen
als sie selber und von denen sie wissen, daß sie sie mit weniger
hoch entwickelten Lebensformen gemeinsam haben. Doch Dorian Gray hatte den Eindruck, daß die wahre Natur der Sinne
noch nie richtig verstanden worden sei und daß sie nur deshalb
wild und animalisch geblieben seien, weil die Welt es darauf
angelegt habe, sie durch Unterdrückung auszuhungern oder
durch Schmerz abzutöten, statt sich zu bemühen, sie zu Elementen einer neuen Geistigkeit zu machen, deren bestimmendes
Merkmal ein kultivierter Schönheitssinn sein sollte. Wenn er
den Weg des Menschen durch die Geschichte überblickte, quälte
ihn ein Gefühl des Verlustes. So vieles war preisgegeben worden!
und zu einem so dürftigen Zweck! Es hatte besessene, eigen-
sinnige Verzichte gegeben, monströse Formen der Selbstkasteiung und Selbstverleugnung, deren Ursprung Angst und deren
Folge eine unendlich furchtbarere Erniedrigung war als jene
eingebildete Erniedrigung, der die Menschen in ihrer Unwissenheit zu entrinnen suchten, während doch die Natur in ihrer
wundersamen Ironie den Anachoreten hinaustreibt, damit er
sich mit den wilden Tieren der Wüste ernähre, und dem Eremi-
ten die Tiere des Feldes zu Gefährten gibt.

Ja: es mußte, wie Lord Henry vorausgesagt hatte, ein neuer
Hedonismus entstehen, der das Leben neu erschuf und es vor
jenem strengen, unerfreulichen Puritanismus errettete, der in
unseren Tagen eine sonderbare Renaissance erlebt. Sicherlich
mußte er auch den Dienst am Geist umfassen; doch er durfte
sich niemals auf eine Theorie oder Lehre berufen, die den Verzicht auf irgendeine Form leidenschaftlicher Erfahrung mit sich
brachte. Sein Ziel mußte in der Tat die Erfahrung selbst sein
und nicht die Früchte der Erfahrung, so süß oder bitter sie auch
sein mochten. Von der Askese, welche die Sinne abtötet, und
von vulgärer Zügellosigkeit, die sie abstumpft, sollte er sich
gleichermaßen fernhalten. Vielmehr mußte er den Menschen

lehren, sich auf die Augenblicke des Lebens zu konzentrieren, das selber nur ein Augenblick ist.

Es gibt nur wenige unter uns, die nicht zuweilen vor dem Morgengrauen erwacht wären, entweder nach einer jener traumlosen Nächte, die uns fast in den Tod verliebt machen, oder nach einer jener Nächte des Grauens und der mißgestalten Lust, wenn durch die Kammern des Gehirns Phantome huschen, die entsetzlicher sind als die Wirklichkeit selbst und erfüllt sind von jenem gesteigerten Leben, das in allem Grotesken lauert und der gotischen Kunst ihre beständige Kraft verleiht, denn diese Kunst ist, so möchte man meinen, vor allem die Kunst jener, deren Gemüt überschattet wird von der Krankheit des Träumens. Langsam schieben sich bleiche Finger durch die Vorhänge und scheinen zu zittern. Als schwarze phantastische Gestalten kriechen stumme Schatten in die Zimmerecken und kauern dort. Draußen ist das Rascheln der Vögel im Laub oder das Geräusch der Menschen, die zur Arbeit gehen, oder das Seufzen und Stöhnen des Windes, der von den Bergen kommt und um das stille Haus wandert, als fürchte er, die Schlafenden zu wecken, und müsse dennoch den Schlaf aus seiner purpurnen Höhle hervorrufen. Ein Schleier der dünnen dunstigen Gaze hebt sich nach dem andern, und nach und nach gewinnen die Dinge ihre Formen und Farben zurück, und wir sehen zu, wie die Dämmerung die Welt nach uraltem Muster neu gestaltet. Die trüben Spiegel erhalten ihr mimisches Leben wieder. Die flammenlosen Kerzen stehen dort, wo wir sie zurückgelassen haben, und neben ihnen liegt das halb aufgeschnittene Buch, das wir studiert, oder die mit Draht verstärkte Blume, die wir auf dem Ball getragen, oder der Brief, den zu lesen wir uns gefürchtet oder den wir zu oft gelesen haben. Nichts kommt uns verändert vor. Aus den unwirklichen Schatten der Nacht kehrt das wirkliche Leben zurück, so wie wir es kannten. Wir müssen es dort wiederaufnehmen, wo wir es verlassen haben, und uns beschleicht ein schreckliches Gefühl, daß wir uns weiterhin in dem gleichen ermüdenden Kreis stereotyper Gewohnheiten aufreiben müssen, oder auch ein wildes Verlangen, unsere Lider möchten sich eines Morgens vor einer Welt öffnen, die in der Dunkelheit zu unserer Freude neu geschaffen wurde, einer Welt, in der die Dinge neue Formen und Farben angenommen haben und verwandelt sind oder andere Geheimnisse bergen, einer Welt, in der die Vergangenheit wenig oder gar keinen Platz hat oder zumindest nicht in einer bewußten Form der Verpflichtung oder Reue weiterlebt, denn selbst der Gedanke an die Freude ist voll Bitterkeit und die Erinnerungen an den Genuß sind voll Schmerz.

Die Erschaffung solcher Welten erschien Dorian Gray als das wahre Ziel oder als eines der wahren Ziele des Lebens; und auf seiner Suche nach Erregungen, die zugleich neu und köstlich sein und jenes Element des Fremdartigen enthalten sollten, das so wesentlich zum Romantischen gehört, machte er sich häufig Denkweisen zu eigen, die, wie er wußte, seinem Wesen fremd waren, und gab sich ihren subtilen Einflüssen hin, doch wenn er gewissermaßen ihre Farbe in sich aufgenommen und seine intellektuelle Neugier befriedigt hatte, wandte er sich mit jener sonderbaren Gleichgültigkeit von ihnen ab, die mit einem wahrhaft inbrünstigen Temperament nicht unvereinbar und nach Auffassung gewisser moderner Psychologen sogar oft eine Voraussetzung dafür ist.

Einmal ging das Gerücht um, er habe vor, zum katholischen Glauben überzutreten; und ohne Zweifel hatte das katholische Ritual seit jeher eine starke Anziehungskraft auf ihn ausgeübt. Das tägliche Meßopfer, grausiger noch als alle Opfer der alten Welt, erregte ihn ebensosehr durch seine großartige Zurückweisung der Sinneserfahrung wie durch die urtümliche Einfachheit seiner Bestandteile und das ewige Pathos der menschlichen Tragödie, die es zu symbolisieren trachtete. Er liebte es, auf dem kalten Marmorboden zu knien und den Priester in seinem steifen, blumengeschmückten Gewand zu beobachten, wenn er langsam und mit weißen Händen den Vorhang des Tabernakels beiseite schob oder die edelsteinbesetzte, laternenförmige Monstranz mit jener bleichen Oblate hoch emporhob, die mitunter, wie man gerne glauben möchte, wirklich das *panis caelestis,* das Brot der Engel, ist, oder wenn er, angetan mit den Gewändern der Passion Christi, die Hostie in den Kelch brach und sich ob seiner Sünden an die Brust schlug. Die dampfenden Weihrauchfässer, welche die ernsten Knaben in Spitzen und Scharlach gleich großen vergoldeten Blumen in die Luft warfen, hatten für ihn eine geheime Faszination. Beim Hinausgehen betrachtete er immer wieder voll Staunen die schwarzen Beichtstühle und sehnte sich danach, im dunklen Schatten eines solchen Stuhles zu sitzen und den Männern und Frauen zuzuhören, die durch das abgenutzte Gitter die wahre Geschichte ihres Lebens flüsterten.

Aber niemals beging er den Fehler, seine intellektuelle Entwicklung durch die förmliche Anerkennung eines Glaubens oder einer Lehre aufzuhalten oder ein Haus, in dem man leben konnte, mit einem Gasthaus zu verwechseln, das nur für eine Übernachtung geeignet ist oder für einige wenige Nachtstunden, in denen keine Sterne scheinen und der Mond in Wehen liegt. Die Mystik mit ihrer wunderbaren Macht, uns die alltäglichen Dinge zu entfremden, und der geheime Antinomismus, der sie stets zu begleiten scheint, beschäftigten ihn nur vorübergehend; und vorübergehend neigte er den materialistischen Grundsätzen der deutschen Darwinismus-Bewegung zu und fand ein eigenartiges Vergnügen daran, die Gedanken und Leidenschaften der Menschen auf irgendeine perlenförmige Zelle im Gehirn oder auf irgendeinen weißen Nerv im Körper zurückzuführen, wobei ihn die Vorstellung entzückte, daß der Geist völlig abhängig sei von bestimmten physischen Zuständen, krankhaften oder gesunden, normalen oder entstellten. Doch wie früher schon von ihm gesagt worden ist, schien ihm keine Theorie des Lebens von irgendwelchem Belang zu sein im Vergleich zum Leben selbst. Er war sich zutiefst bewußt, wie öde alle intellektuelle Spekulation ist, wenn sie losgelöst wird vom Handeln und Experimentieren. Er wußte, daß die Sinne, nicht weniger als die Seele, ihre geistigen Geheimnisse zu offenbaren haben.

Und so begann er nun Parfüms und die Rätsel ihrer Herstellung zu studieren, indem er stark duftende Öle destillierte und wohlriechende Gummiharze aus dem Osten verbrannte. Er erkannte, daß es keine Gemütsstimmung gab, die nicht ihr Pendant im Sinnenleben hatte, und bemühte sich, ihre wahren Wechselbeziehungen zu erforschen, indem er der Frage nachging, wieso der Weihrauch mystisch stimmte und die Ambra die Leidenschaften aufstachelte und die Veilchen die Erinnerung an vergangene Romanzen erweckten und der Moschus das Gehirn verwirrte und der Tschampak die Phantasie befleckte; und immer wieder versuchte er eine regelrechte Psychologie der Parfüms auszuarbeiten und die jeweilige Wirkung süßduftender Wurzeln und wohlriechender pollenschwerer Blüten zu bestimmen, der aromatischen Balsame und der dunklen, würzigen Hölzer, des Nardenöls, das krank macht, der Hovenia, welche die Menschen zum Wahnsinn treibt, und der Aloe, die angeblich die Melancholie aus der Seele zu vertreiben mag.

Zu einer anderen Zeit ergab er sich völlig der Musik, und in

einem langgestreckten vergitterten Raum mit einer Decke aus
Zinnoberrot und Gold und olivgrün lackierten Wänden gab er
absonderliche Konzerte, bei denen besessene Zigeuner kleinen
Zithern wilde Musik entlockten oder ernste Tunesier in gelben
Umschlagtüchern die straff gespannten Saiten ungeheurer Lauten zupften, während grinsende Neger monoton auf kupferne
Trommeln einschlugen und schmächtige turbanbedeckte Inder,
die auf scharlachroten Matten hockten, ihre langen Rohr- oder
Messingpfeifen bliesen und große Kobras und furchtbare Horn-
vipern beschworen oder zu beschwören vorgaben. Die harten
Intervalle und schrillen Dissonanzen barbarischer Musik erreg-
ten ihn, wenn Schuberts Anmut und Chopins schöne Schmerzen
und selbst die gewaltigen Harmonien Beethovens unbeachtet
an sein Ohr drangen. Aus allen Teilen der Welt trug er die
merkwürdigsten Instrumente zusammen, die sich auftreiben ließen, entweder in den Grüften ausgestorbener Völker oder bei
den wenigen wilden Stämmen, welche die Berührung mit der
westlichen Zivilisation überlebt haben, und er liebte es, sie in die
Hand zu nehmen und auszuprobieren. Er besaß die geheimnis-
umgebenen *juruparis* der Rio-Negro-Indianer, deren Anblick
den Frauen verboten ist und die selbst die jungen Männer erst
anschauen dürfen, wenn sie sich Fasten und Geißelungen unter-
zogen haben, und die irdenen Krüge der Peruaner, die wie grelle
Vogelschreie erklingen, und Flöten aus Menschenknochen, wie
Alfonso de Ovalle sie in Chile hörte, und die tönenden grünen
Jaspissteine, die in der Nähe von Cuzco zu finden sind und
einen Ton von einzigartiger Süße von sich geben. Er besaß bemalte, mit Kieselsteinen gefüllte Kalebassen, die rasselten, wenn
sie geschüttelt wurden; das lange *clarin* der Mexikaner, durch
das der Musikant nicht bläst, sondern die Luft einzieht; die grell
tönende *ture* der Amazonasstämme, die von den Wachtposten,
welche den ganzen Tag lang auf hohen Bäumen sitzen, geblasen
wird und angeblich noch in einer Entfernung von drei Meilen zu
hören ist; das *teponaztli,* das zwei vibrierende hölzerne Zungen
hat und mit Stöcken bearbeitet wird, die mit einem aus milchi-
gem Pflanzensaft gewonnenen elastischen Harz beschmiert sind;
die *yotl*-Glocken der Azteken, die wie Trauben zu Büscheln
zusammengehängt werden; und eine riesige, mit den Häuten
großer Schlangen bespannte zylindrische Trommel, so wie jene,
die Bernal Diaz sah, als er mit Cortez den mexikanischen Tempel betrat, und von deren klagendem Klang er uns eine so leb-

hafte Schilderung hinterlassen hat. Der phantastische Charakter
dieser Instrumente faszinierte ihn, und er empfand ein sonderbares Entzücken bei dem Gedanken, daß die Kunst, genauso wie
die Natur, ihre Ungeheuer hervorbringt, Dinge von bestialischer
Gestalt und mit scheußlichen Stimmen. Doch nach einiger Zeit
verlor er die Lust daran und saß wieder, entweder allein oder
mit Lord Henry, in der Oper, lauschte mit verzückter Wonne
dem „Tannhäuser" und erkannte im Vorspiel zu diesem großen
Kunstwerk eine Darstellung der Tragödie seiner eigenen Seele.

Bei einer anderen Gelegenheit befaßte er sich mit dem Studium der Edelsteine und erschien auf einem Kostümball als
Anne de Joyeuse, Admiral von Frankreich, in einem Gewand,
das mit fünfhundertsechzig Perlen besetzt war. Diese Neigung
fesselte ihn jahrelang, und man könnte sogar sagen, er habe sie
niemals aufgegeben. Oft brachte er einen ganzen Tag damit zu,
die verschiedenen Steine, die er gesammelt hatte, in ihren Kästen
zu ordnen und neu zu ordnen, etwa den olivgrünen Chrysobe-
ryll, der sich im Lampenlicht rot färbt, den Cymophan mit seiner
drahtartigen Silberlinie, den pistazienfarbenen Peridot, rosige
und weingelbe Topase, Karfunkelsteine von feurigem Scharlach
und mit zitternden vierstrahligen Sternen, flammendrote Ka-
neelsteine, orange und violette Spinelle und Amethyste mit ihren
wechselnden Schichten aus Rubin und Saphir. Er liebte das
rote Gold des Sonnensteins und des Mondsteins perlfarbige
Weiße und den gebrochenen Regenbogen des milchigen Opals.
Er beschaffte sich aus Amsterdam drei Smaragde von ungewöhnlicher Größe und Farbenfülle und besaß einen Türkis
de la vieille roche, um den ihn die Kenner beneideten.

Auch entdeckte er wunderbare Geschichten, die von Edelsteinen handelten. In Alphonsos „Clericalis Disciplina" war von
einer Schlange mit Augen aus echtem Hyazinth die Rede, und
in der romantischen Geschichte Alexanders hieß es, der Eroberer
von Emathia habe im Jordantal Schlangen gefunden „mit Hals-
ringen aus echten Smaragden, die aus ihrem Rücken hervorwuchsen". Im Gehirn des Drachen, so berichtet uns Philostra-
tus, steckte ein Edelstein, und „durch die Vorweisung goldener
Lettern und eines Scharlachgewandes" konnte das Untier in
einen Zauberschlaf versenkt und erschlagen werden. Nach Aussage des großen Alchimisten Pierre de Boniface machte der
Diamant einen Menschen unsichtbar, und der Achat aus Indien
machte ihn beredt. Der Karneol besänftigte den Zorn, und der

Hyazinth erzeugte Schlaf, und der Amethyst verscheuchte den Dunst des Weins. Der Granat trieb Dämonen aus, und der Hydropicus beraubte den Mond seiner Farbe. Der Selenit nahm mit dem Mond zu und ab, und der Meloceus, der Diebe überführt, konnte nur von Zickleinblut angegriffen werden. Leonardus Camillus hatte beobachtet, wie aus dem Gehirn einer frisch getöteten Kröte ein Stein entfernt wurde, der ein zuverlässiges Mittel gegen Gift war. Der Bezoar, den man im Herzen des arabischen Hirsches fand, war ein Zauber, der die Pest heilen konnte. Aus den Nestern arabischer Vögel stammten die Aspilaten, die nach Demokrit den Träger vor jeder Feuersgefahr bewahrten.

Der König von Ceilan trug, als er bei seiner Krönungsfeier durch seine Stadt ritt, einen großen Rubin in der Hand. Die Tore des Palastes von Johannes dem Priester bestanden „aus Sarder, in den das Horn der Hornviper eingelegt war, auf daß niemand Gift hineinbringen konnte". Über dem Giebel waren „zwei goldene Äpfel, in denen sich zwei Karfunkel befanden", damit das Gold am Tage und die Karfunkel in der Nacht leuchteten. In Lodges eigenartigem Roman „Eine Perle aus Amerika" wurde behauptet, im Gemach der Königin erblicke man „alle keuschen Damen der Welt aus getriebenem Silber, die sich in schönen Spiegeln aus Chrysoliten, Karfunkeln, Saphiren und grünen Smaragden betrachteten". Marco Polo hatte gesehen, wie die Bewohner von Zipangu den Toten rosenfarbene Perlen in den Mund legten. Ein Meeresungeheuer hatte sich in die Perle verliebt, das der Taucher dem König Perozes überbrachte, und den Dieb erschlagen und sieben Monde lang den Verlust der Perle betrauert. Als dann die Hunnen den König in die große Grube lockten, warf er sie fort – die Geschichte stammt von Prokop –, und sie ward nie wieder gefunden, obwohl der Kaiser Anastasius fünf Zentner Goldstücke dafür bot. Der König von Malabar hatte einem gewissen Venezianer einen Rosenkranz aus dreihundertundvier Perlen gezeigt, für jeden Gott, den er anbetete, eine Perle.

Als der Herzog von Valentinois, der Sohn Alexanders VI., Ludwig XII. von Frankreich besuchte, war sein Pferd, wie es bei Brantôme heißt, mit Goldblättern beladen, und sein Hut trug Doppelreihen von Rubinen, von denen ein heller Schein ausging. Karl von England ritt in Steigbügeln, die mit vierhunderteinundzwanzig Diamanten besetzt waren. Richard II. besaß

einen Rock, den man auf dreißigtausend Mark schätzte und der
mit Balasrubinen übersät war. Nach Halls Beschreibung trug
Heinrich VIII. auf seinem Weg zum Tower vor der Krönung
„ein Koller aus erhabenem Gold, dessen Brustplatte mit Diamanten und anderen kostbaren Steinen bestickt war, und um den
Hals ein großes Gehänge aus dicken Balasrubinen". Die Günst-
linge Jakobs I. trugen Ohrringe aus Smaragden, die in Goldfili-
gran gefaßt waren. Eduard II. schenkte Piers Gaveston eine
Rüstung aus Rotgold, die vor Hyazinthsteinen strotzte, eine mit
Türkisen besetzte Halsberge aus goldenen Rosen und eine Haube
parsemé mit Perlen. Heinrich II. trug edelsteinverzierte Handschuhe, die bis zu den Ellbogen reichten, und besaß einen Beiz-
handschuh, auf den zwölf Rubine und zweiundfünfzig große
leuchtende Perlen aufgenäht waren. Der Herzogshut Karls des
Kühnen, des letzten Herzogs von Burgund seines Stammes, war
behängt mit birnenförmigen Perlen und übersät von Saphiren.

Wie köstlich war das Leben doch einst gewesen! Wie großartig in seinem Prunk und Schmuck! Allein vom Luxus der Toten zu lesen war herrlich.

Dann wandte er seine Aufmerksamkeit den Stickereien zu
und den Gobelins, die in den kühlen Räumen der nordeuropäi-
schen Länder die Rolle der Fresken übernahmen. Als er in dieses
Gebiet eindrang – und er hatte stets eine außerordentliche Begabung, ganz und gar in dem aufzugehen, was ihn gerade
beschäftigte –, überkam ihn beinahe Trauer bei dem Gedanken
an die Zerstörung, welche die Zeit bei schönen und kostbaren
Dingen anrichtete. Ihm jedenfalls blieb das erspart. Sommer
folgte auf Sommer, und die gelben Jonquillen blühten und star-
ben viele Male, und Nächte des Grauens wiederholten die Geschichte ihrer Schande, aber er war unverändert. Kein Winter
versehrte sein Gesicht oder befleckte seine blütengleiche Frische.
Wie anders verhielt es sich mit materiellen Dingen! Wohin waren
sie entschwunden? Wo war das große krokusfarbene Gewand,
auf dem die Götter mit den Giganten kämpften, gewebt von
braunen Mädchen zur Freude der Athene? Wo das riesige Vela-
rium, das Nero über das Kolosseum in Rom hatte breiten lassen,
jenes Titanensegel aus Purpur, auf dem der Sternenhimmel und
Apollo in einem Kriegswagen abgebildet waren, der von Heng-
sten mit weißvergoldetem Zaumzeug gezogen wurde? Er sehnte
sich danach, die seltsamen Tafeltücher zu schauen, die für den
Sonnenpriester gewirkt worden waren und auf denen alle Lek-

kerbissen und Speisen prangten, die man sich für ein Festmahl
nur wünschen mochte; das Leichentuch König Chilperichs mit
seinen dreihundert goldenen Bienen; die phantasievollen Gewänder, die den Unwillen des Bischofs von Pontus erregt hatten
und die geschmückt waren mit „Löwen, Panthern, Bären, Hunden, Wäldern, Felsen, Jägern – kurzum mit allem, was ein Maler
der Natur nachbilden kann"; und den Rock, den Karl von
Orleans einst trug, auf dessen Ärmel die Verse eines Liedes mit
dem Anfang „Madame, je suis tout joyeux" gestickt waren,
während die musikalische Begleitung der Worte mit goldenem
Faden eingewirkt war und jede Note, die in jenen Tagen von
viereckiger Gestalt war, aus vier Perlen bestand. Er las von
dem Gemach, das man im Schloß zu Reims für Königin Jo-
hanna von Burgund herrichtete und das verziert war mit „drei-
zehnhundertundeinundzwanzig gestickten Papageien, die das
Wappen des Königs trugen, und fünfhunderteinundsechzig
Schmetterlingen, deren Flügel in ähnlicher Weise mit dem Wappen der Königin geziert waren, alles in Gold gearbeitet". Katharina von Medici hatte sich ein Trauerbett anfertigen lassen
aus schwarzem Samt, bestäubt mit Halbmonden und Sonnen.
Seine Vorhänge waren aus Damast, bedeckt mit Laubkränzen
und -girlanden auf goldenem und silbernem Grund und an den
Rändern gesäumt mit Perlstickereien, und es stand in einem
Zimmer, das mit Silbertuch, verziert mit den aus schwarzem
Samt geschnittenen Emblemen der Königin, ausgeschlagen war.
Ludwig XIV. hatte in seinen Gemächern fünfzehn Fuß hohe
goldgestickte Karyatiden. Das Prunkbett Sobieskis, des Königs
von Polen, war aus Smyrnaer Goldbrokat gearbeitet, auf dem
mit Türkisen Koranverse eingestickt waren. Die Pfosten bestanden aus vergoldetem Silber, das herrlich ziseliert und verschwenderisch mit emaillierten und edelsteinbesetzten Medaillons geziert war. Es war aus dem Türkenlager vor Wien erbeutet worden, und das Banner Mohammeds hatte unter der schimmernden
Vergoldung des Baldachins gestanden.

    Und auf solche Weise bemühte er sich ein ganzes Jahr lang,
die erlesensten Proben von Geweben und Stickereien zusammen-
zutragen, die er nur finden konnte, und er erstand zarte Musse-
line aus Delhi, fein durchwirkt mit Palmetten aus Goldfäden
und über und über bestickt mit schillernden Käferflügeln; Gaze
aus Dakka, die wegen ihrer Durchsichtigkeit im Osten als „ge-
webte Luft" und „fließendes Wasser" und „Abendtau" bekannt

ist; eigenartige gemusterte Stoffe aus Java; kunstvolle gelbe
Wandbehänge aus China; Bücher mit lohfarbenen Satin- und
hellblauen Seideneinbänden, verziert mit *fleurs de lys,* Vögeln
und Bildern; Schleier aus *lacis* in ungarischem Stickstich; sizi-
lianische Brokate und steife spanische Samte; georgische Hand-
arbeiten mit vergoldeten Münzen; und japanische *Foukousas*
mit ihrem grüngetönten Gold und ihren wundersam gefiederten
Vögeln.

Eine besondere Leidenschaft hegte er auch für kirchliche Gewänder, wie überhaupt für alles, was mit der Liturgie der Kirche
zusammenhing. In den langen Truhen aus Zedernholz, welche
die westliche Galerie seines Hauses säumten, bewahrte er viele
seltene und schöne Proben dessen auf, was eigentlich das Gewand der Braut Christi ist, die Purpur und Edelsteine und feines
Leinen tragen muß, um den bleichen, abgezehrten Leib zu verhüllen, der gezeichnet ist von dem Leiden, nach dem sie verlangt,
und versehrt von selbstauferlegter Pein. Er besaß einen herrlichen Chormantel aus karmesinroter Seide und golddurchwirk-
tem Damast, verziert mit einem wiederkehrenden Muster aus
goldenen Granatäpfeln in einer Einfassung aus stilisierten
sechsblättrigen Blüten, neben denen zu beiden Seiten ein aus
winzigen Perlen gearbeitetes Ananasmotiv einherlief. Die Gold-
borten waren in Felder unterteilt, die Szenen aus dem Leben der
Heiligen Jungfrau enthielten, und die Krönung der Jungfrau
war auf der Kapuze in farbiger Seide dargestellt. Es war eine
italienische Arbeit aus dem fünfzehnten Jahrhundert. Ein anderer Chormantel war aus grünem Samt und mit herzförmig zu-
sammengefügten Akanthusblättern bestickt, aus denen hochstie-
lige weiße Blüten hervorwuchsen, deren Einzelheiten durch
Silberfäden und bunte Kristalle betont wurden. Die Spange trug
einen Seraphenkopf in erhabener Goldfiligranarbeit. Die Borten
waren in einem Diaper aus roter und goldener Seide gewebt und
besternt mit den Medaillons zahlreicher Heiligen und Märtyrer,
unter denen sich auch St. Sebastian befand. Außerdem besaß er
Kaseln aus bernsteinfarbener Seide und blauer Seide und Goldbrokat und gelbem Seidendamast und goldenem Tuch, geschmückt mit Darstellungen der Passion und Kreuzigung Christi
und bestickt mit Löwen und Pfauen und anderen Emblemen;
Dalmatiken aus weißem Satin und rosa Seidendamast, verziert
mit Tulpen und Delphinen und *fleurs de lys*; Altardecken aus
karmesinrotem Samt und blauem Leinen; und viele Corporale,

Kelchdecken und Schweißtücher. In den mystischen Verwendungszwecken, denen solche Gegenstände dienten, lag etwas, was seine Phantasie beflügelte.

Denn diese Schätze und alles andere, was er in seinem schönen Haus gesammelt hatte, sollten ihm Mittel des Vergessens sein, Möglichkeiten, wenigstens zeitweilig der Angst zu entrinnen, die ihm manchmal fast unerträglich erschien. An die Wand des einsamen, abgeschlossenen Zimmers, in dem er als Knabe soviel von seiner Zeit zugebracht hatte, hatte er mit eigener Hand das entsetzliche Porträt aufgehängt, dessen sich verändernde Züge ihm die wahre Erniedrigung seines Lebens zeigten, und vor ihm hatte er das purpurne und goldene Leichentuch wie einen Vorhang ausgespannt. Wochenlang ging er nicht nach oben, er vergaß das abscheuliche gemalte Ding und gewann die Leichtigkeit seines Herzens zurück, seine wunderbare Heiterkeit, sein leidenschaftliches Aufgehen im bloßen Dasein. Dann schlich er sich eines Nachts plötzlich aus dem Hause, begab sich zu den schrecklichen Häusern in der Umgebung von Blue Gate Fields und blieb dort tagelang, bis man ihn davonjagte. Nach seiner Rückkehr saß er dann vor dem Bild, zuweilen voll Abscheu vor ihm und vor sich selber, doch zu anderen Zeiten auch erfüllt von jenem stolzen Individualismus, der zur Hälfte den Reiz der Sünde ausmacht, und mit heimlicher Freude den ungestalten Schatten belächelnd, der die Last zu tragen hatte, die eigentlich ihm zukam.

Nach einigen Jahren konnte er es nicht mehr ertragen, sich längere Zeit außerhalb Englands aufzuhalten, und er gab sowohl die Villa auf, die er in Trouville zusammen mit Lord Henry bewohnt hatte, als auch das von Mauern umgebene kleine weiße Haus in Algier, in dem sie mehr als einen Winter verbracht hatten. Es war ihm zuwider, von dem Bild getrennt zu sein, das einen so wesentlichen Teil seines Lebens darstellte, und außerdem fürchtete er, daß sich während seiner Abwesenheit irgend jemand Zugang zu der Kammer verschaffen könnte, ungeachtet der kräftigen Riegel, die er an der Tür hatte anbringen lassen.

Ihm war durchaus bewußt, daß dies ihn nicht verraten würde. Es traf zwar zu, daß das Porträt bei aller Gemeinheit und Häßlichkeit des Gesichtsausdrucks noch immer eine unverkennbare Ähnlichkeit mit ihm bewahrte; doch was konnte man daraus entnehmen? Er würde jeden auslachen, der es wagen sollte, ihm etwas vorzuwerfen. Er hatte es nicht gemalt. Was ging es ihn an, wie widerwärtig und schändlich es aussah? Selbst wenn er den Leuten alles erklärte, würden sie es überhaupt glauben?

Dennoch hatte er Angst. Wenn er sich in seinem großen Haus in Nottinghamshire aufhielt, wo er die eleganten jungen Herren seines Standes, die sein hauptsächlicher Umgang waren, zu sich einlud und die Grafschaft durch den verschwenderischen Luxus und den aufwendigen Glanz seiner Lebensführung in Erstaunen versetzte, ließ er manchmal unvermittelt seine Gäste im Stich und eilte nach London zurück, um nachzusehen, ob sich niemand an der Tür zu schaffen gemacht hatte und ob das Bild noch da war. Was wäre, wenn es gestohlen würde? Schon bei dem Gedanken befiel ihn kaltes Entsetzen. Gewiß würde die Welt dann sein Geheimnis erfahren. Vielleicht ahnte die Welt es bereits.

Denn obwohl er viele bezauberte, gab es nicht wenige, die ihm mißtrauten. Um ein Haar wäre er nicht in den Klub im West End gewählt worden, dem anzugehören er auf Grund seiner Herkunft und seiner gesellschaftlichen Stellung vollauf berechtigt war, und als ihn einmal ein Freund in das Rauchzimmer des Churchill-Klubs führte, sollen der Herzog von Berwick und ein anderer Herr ostentativ aufgestanden und hinausgegangen sein. Merkwürdige Geschichten kursierten über ihn, als er das fünfundzwanzigste Lebensjahr vollendet hatte. Es ging das Gerücht, man habe ihn in einer schäbigen Kaschemme in den abgelegenen Vierteln von Whitechapel mit ausländischen Matrosen krakeelen sehen und er habe sich mit Dieben und Falschmünzern zusammengetan und kenne sich aus in den Geheimnissen ihres Gewerbes. Sein ungewöhnliches wiederholtes Verschwinden fiel auf, und wenn er danach wieder in der Gesellschaft auftauchte, flüsterten die Leute miteinander in den Ecken, oder sie gingen mit hämischem Grinsen an ihm vorbei oder betrachteten ihn mit kalten, forschenden Blicken, als seien sie entschlossen, sein Rätsel zu ergründen.

Von solchen Unverschämtheiten und Beleidigungsversuchen nahm er natürlich keine Notiz, und nach Meinung der meisten Menschen waren seine freimütige, unbefangene Art, sein charmantes knabenhaftes Lächeln und die unendliche Anmut der wundervollen Jugend, die ihn nie zu verlassen schien, eine hinlängliche Antwort auf die Verleumdungen – denn als solche bezeichneten sie sie –, die über ihn ausgestreut wurden. Man bemerkte jedoch, daß manche, die einmal vertrautesten Umgang mit ihm gehabt hatten, ihn nach einiger Zeit zu meiden schienen. Frauen, die ihn hemmungslos verehrt und um seinetwillen allen gesellschaftlichen Zurechtweisungen getrotzt und sich über die Konvention hinweggesetzt hatten, konnte man vor Scham oder Entsetzen erbleichen sehen, wenn Dorian Gray den Raum betrat.

Doch diese geflüsterten Skandalgeschichten erhöhten in den Augen vieler nur seinen fremdartigen und gefährlichen Zauber. Sein großer Reichtum bot ihm eine gewisse Sicherheit. Die Gesellschaft, zumindest die zivilisierte Gesellschaft, zeigt sich nie sonderlich bereit, Nachteiliges von jenen zu glauben, die gleichermaßen reich und faszinierend sind. Sie spürt instinktiv, daß Manieren wichtiger sind als Moral, und nach ihrer Auffassung ist größte Ehrenhaftigkeit weit weniger wert als der Besitz eines guten Kochs. Und schließlich ist es ein sehr schwacher Trost, wenn man erfährt, daß jemand, der einem ein schlechtes Essen oder einen miserablen Wein vorgesetzt hat, in seinem Privatleben ein ehrenwerter Mann ist. Selbst die Kardinaltugenden sind keine Entschädigung für lauwarme *entrées,* wie Lord Henry einmal in einem Gespräch über dieses Thema bemerkte; und es ließe sich möglicherweise vieles vorbringen, was für seine Ansicht spricht. Denn die Maßstäbe der guten Gesellschaft sind die gleichen wie die Maßstäbe der Kunst oder sollten es wenigstens sein. Form ist für sie eine absolute Notwendigkeit. Sie sollte die Würde eines Zeremoniells und auch dessen Unwirklichkeit besitzen und die Unaufrichtigkeit eines romantischen Schauspiels mit dem Esprit und der Schönheit verbinden, die dergleichen Spiele so amüsant machen. Ist Unaufrichtigkeit denn etwas so Schreckliches? Ich glaube nicht. Sie ist lediglich eine Methode, mit der wir unsere Persönlichkeit vervielfältigen können.

Dies war jedenfalls Dorian Grays Meinung. Er wunderte sich immer wieder über die seichte Psychologie jener, die das Ego des Menschen als etwas Einfaches, Beständiges, Verläßliches und Einheitliches begreifen. Für ihn war der Mensch ein Wesen mit Myriaden Leben und Myriaden Gefühlsregungen, ein komplexes, vielgestaltiges Geschöpf, das merkwürdige Vermächtnisse des Denkens und der Leidenschaft in sich trug und dessen Fleisch bereits von den ungeheuerlichen Krankheiten der Toten gezeichnet war. Er wandelte gern durch die kahle, kalte Gemäldegalerie seines Landhauses und betrachtete die verschiedenen Porträts jener, deren Blut in seinen Adern floß. Da war Philip

Herbert, den Francis Osborne in seinen „Erinnerungen aus der
Zeit Königin Elisabeths und König Jakobs" als einen Mann
schilderte, der „vom Hofe wegen seines hübschen Gesichts, das
ihm nicht lange erhalten blieb, verhätschelt wurde". War es das
Leben des jungen Herbert, das er selber zuweilen führte? War
irgendein sonderbarer Giftkeim von einem Körper zum anderen
geschlichen, bis er zuletzt seinen eigenen erreicht hatte? Hatte
eine dunkle Ahnung jener zerstörten Anmut ihn bewogen, so
unvermittelt und fast grundlos in Basil Hallwards Atelier die
wahnwitzige Bitte auszusprechen, die sein Leben so verändert
hatte? Dort stand im goldgestickten roten Wams, im edelsteinbesetzten Wappenrock mit goldgesäumter Halskrause und eben-
solchen Ärmelaufschlägen Sir Anthony Sherard, den silbernen
und schwarzen Harnisch zu seinen Füßen. Welches Vermächtnis
hatte dieser Mann hinterlassen? Hatte ihm der Geliebte der
Giovanna von Neapel ein Erbteil der Sünde und Schande vermacht? Waren seine eigenen Taten nur die Träume, die der Tote
nicht zu verwirklichen gewagt hatte? Dort lächelte von der verblichenen Leinwand Lady Elizabeth Devereux mit ihrer Flor-
haube, ihrem Perlenmieder und ihren rosa Schlitzärmeln herab.
Eine Blume trug sie in der rechten Hand, und die linke umklammerte ein Halsband aus weißen und Damaszenerrosen. Auf
dem Tisch neben ihr lagen eine Mandoline und ein Apfel. Große
grüne Rosetten zierten ihre kleinen spitzen Schuhe. Er kannte
ihr Leben und die merkwürdigen Geschichten, die man über ihre
Liebhaber erzählte. War in ihm einiges von ihrem Charakter?
Diese ovalen Augen mit den schweren Lidern schienen ihn neugierig anzublicken. Wie stand es um George Willoughby mit
dem gepuderten Haar und den phantastischen Schönheitspflä-
sterchen? Wie böse er dreinschaute! Das Gesicht war verschlossen und dunkel, und die sinnlichen Lippen schienen sich vor
Verachtung zu verziehen. Zierliche Spitzenmanschetten fielen
über die mageren gelben Hände, die mit Ringen ganz überladen
waren. Er war ein Stutzer des achtzehnten Jahrhunderts und in
seiner Jugend ein Freund von Lord Ferrars gewesen. Und was
war mit dem zweiten Lord Beckenham, dem Gefährten des
Prinzregenten in dessen ungestümster Zeit und einem der Zeugen
bei dessen heimlicher Trauung mit Mrs. Fitzherbert? Wie stolz
und schön er mit seinen kastanienbraunen Locken und in seiner
kecken Pose wirkte! Welche Leidenschaften hatte er wohl hinterlassen? Die Welt hatte ihn für infam gehalten. Er hatte die

Orgien im Carlton House angeführt. Der Stern des Hosenbandordens funkelte auf seiner Brust. Neben ihm hing das Porträt
seiner Gattin, einer blassen, dünnlippigen Frau in Schwarz.
Auch ihr Blut regte sich in ihm. Wie absonderlich das alles doch
schien! Und dann seine Mutter mit ihrem Lady-Hamilton-Ge-
sicht und ihren feuchten, weinbenetzten Lippen – was er von ihr
hatte, wußte er. Er hatte von ihr seine Schönheit und seine
Leidenschaft für die Schönheit anderer. Sie lachte ihm zu in
ihrem losen Bacchantinnengewand. Weinlaub steckte in ihrem
Haar. Purpur quoll aus dem Becher, den sie in der Hand hielt.
Die Fleischtöne des Gemäldes waren verblichen, aber die Augen
waren noch immer wunderbar in ihrer Tiefe und ihrem Farben-
glanz. Sie schienen ihm zu folgen, wohin er auch ging.

Doch man hatte Vorfahren in der Literatur, genauso wie in
seinem Geschlecht, und viele von ihnen standen einem in Typ
und Wesen näher und strahlten zweifellos einen Einfluß aus,
dessen man sich noch eindeutiger bewußt war. Manchmal kam
es Dorian Gray vor, als wäre die gesamte Geschichte nur die
Darstellung seines eigenen Lebens, nicht wie er es in Taten und
Zeitverhältnissen gelebt, sondern wie seine Phantasie es ihm
erschaffen hatte, wie es sich in seinem Gehirn und in seinen
Leidenschaften abgespielt hatte. Er hatte das Gefühl, sie alle zu
kennen, jene seltsamen, schrecklichen Gestalten, die über die
Bühne der Welt geschritten waren und der Sünde soviel Zauber
und dem Bösen soviel Raffinesse verliehen hatten. Ihm war, als
ob auf irgendeine geheimnisvolle Weise ihr Leben das seine gewesen wäre.

Dem Helden des wunderbaren Romans, der sein Leben so sehr
beeinflußt hatte, war diese merkwürdige Einbildung ebenfalls
vertraut. Im siebten Kapitel erzählt er, wie er, bekränzt mit
Lorbeer, um den Blitz abzuwenden, als Tiberius in einem Garten
auf Capri saß und die schändlichen Bücher des Elephantis las,
während Zwerge und Pfauen um ihn herumstolzierten und die
Flötenspieler den Schwenker des Weihrauchfasses verspotteten;
und wie er als Caligula mit den grünbehemdeten Reitknechten
in ihren Ställen zechte und mit einem Pferd, das ein edelstein-
besetztes Stirnband trug, aus einer Elfenbeinkrippe aß; und wie
er als Domitian durch einen von Marmorspiegeln gesäumten
Gang wanderte und mit verstörtem Blick ausschaute nach dem
Widerschein des Dolches, der seine Tage enden sollte, krank vor
jener Langeweile, jenem schrecklichen *taedium vitae*, das alle

befällt, denen das Leben nichts versagt; und wie er durch einen klaren Smaragd die roten Fleischbänke des Zirkus erblickte und dann auf einer Sänfte aus Perlen und Purpur, gezogen von silberbeschlagenen Maultieren, durch die Straße der Granatäpfel zu einem goldenen Haus getragen wurde und im Vorbeikommen die Menschen nach Nero Caesar rufen hörte; und wie er als Elagabalus sein Gesicht mit Farben bemalte und unter den Frauen das Spinnrad drehte und den Mond aus Karthago holte und ihn in mystischer Hochzeit der Sonne vermählte.

Immer wieder las Dorian dieses phantastische Kapitel und die beiden unmittelbar anschließenden Kapitel, in denen wie auf seltsamen Gobelins oder in kunstvollen Emaillearbeiten die schrecklichen und schönen Figuren jener geschildert waren, die Laster und Blut und Überdruß zu Ungeheuern gemacht oder in den Wahnsinn getrieben hatten: Filippo, der Herzog von Mailand, der seine Gemahlin erschlug und ihre Lippen mit einem scharlachroten Gift bestrich, damit ihr Geliebter den Tod von der Toten sauge, die er liebkoste; Pietro Barbi, der Venezianer, bekannt als Paul der Zweite, der sich in seiner Eitelkeit den Titel Formosus anmaßen wollte und dessen Tiara, die man auf zweihunderttausend Gulden schätzte, um den Preis einer entsetzlichen Sünde erkauft wurde; Gian Maria Visconti, der zur Jagd auf lebende Menschen Hunde einsetzte und dessen ermordeter Leib von einer Dirne, die ihn geliebt hatte, mit Rosen bedeckt wurde; der Borgia auf seinem weißen Pferd, neben dem der Brudermörder einherritt und dessen Mantel besudelt war vom Blute Perottos; Pietro Riario, der jugendliche Kardinal-Erzbischof von Florenz, Kind und Lustknabe Sixtus' IV., dessen Schönheit sich nur mit seiner Lasterhaftigkeit vergleichen konnte und der Leonore von Aragon in einem Zelt aus weißer und karmesinroter Seide empfing, in dem es von Nymphen und Kentauren wimmelte, und der einen Knaben vergoldete, damit er beim Festmahl als Ganymed oder Hylas aufwarte; Ezzelin, der nur durch das Schauspiel des Todes von seiner Schwermut geheilt werden konnte und der eine Leidenschaft für rotes Blut hatte, wie andere Menschen für roten Wein – der Sohn des Satans, wie es hieß, und einer, der seinen Vater betrogen hatte, als er ihm um seine eigene Seele würfelte; Giambattista Cibo, der sich zum Spott den Namen Innozenz zulegte und in dessen träge Adern ein jüdischer Arzt das Blut von drei Jünglingen spritzte; Sigismondo Malatesta, der Geliebte der Isotta und Herr von Rimini, dessen Bildnis als das eines Gottes- und Menschenfeindes in Rom verbrannt wurde, der Polyssena mit einem Mundtuch erdrosselte und Ginevra d'Este in einem Smaragdbecher Gift reichte und zu Ehren einer schändlichen Leidenschaft eine heidnische Kirche für den christlichen Gottesdienst errichtete; Karl VI., der die Frau seines Bruders so ungestüm verehrte, daß ein Aussätziger ihn vor dem Wahnsinn warnte, der ihm drohe, und der, als sein Geist krank und wunderlich geworden war, nur noch mit sarazenischen Karten besänftigt werden konnte, auf denen Bilder der Liebe und des Todes und des Wahnsinns gemalt waren; und in seinem verzierten Koller und seiner edelsteingeschmückten Kappe und seinen akanthusgleichen Locken Grifonetto Baglioni, der Astorre mitsamt seiner jungen Frau und Simonetto mitsamt seinem Pagen erschlug und dessen Liebreiz so groß war, daß die, welche ihn gehaßt hatten, sich der Tränen nicht erwehren konnten, als er auf der gelben Piazza von Perugia im Sterben lag, und daß Atalanta, die ihn einst verflucht hatte, ihn nun segnete.

Eine schreckliche Faszination ging von ihnen allen aus. Er sah sie in der Nacht, und sie verwirrten seine Phantasie am Tage. Die Renaissance kannte seltsame Formen des Giftmordes – Giftmord durch einen Helm und eine brennende Fackel, durch einen bestickten Handschuh und einen juwelenbesetzten Fächer, durch eine vergoldete Parfümdose und eine Bernsteinkette. Dorian Gray war durch ein Buch vergiftet worden. Es gab Augenblicke, in denen er das Böse nur als ein Mittel betrachtete, mit dem er seine Auffassung der Schönheit verwirklichen konnte.

12. KAPITEL

Es geschah am neunten November, dem Vorabend seines achtunddreißigsten Geburtstages, wie er sich später oft erinnerte.

Er ging gegen elf Uhr von Lord Henry heim, in dessen Haus er zu Abend gegessen hatte, und war in dicke Pelze eingehüllt, da die Nacht kalt und neblig war. An der Ecke Grosvenor Square und South Audley Street kam im Nebel ein Mann an ihm vorüber, der sehr schnell ausschritt und den Kragen seines grauen Ulsters hochgeschlagen hatte. Er trug eine Reisetasche in der Hand. Dorian erkannte ihn. Es war Basil Hallward. Ein sonderbares Angstgefühl, das er sich nicht erklären konnte, überkam ihn. Er ließ sich nicht anmerken, daß er ihn wiedererkannt hatte, und ging rasch weiter in Richtung auf sein eigenes Haus.

Aber Hallward hatte ihn gesehen. Dorian hörte, wie er zunächst auf dem Trottoir stehenblieb und ihm dann nacheilte. Wenige Augenblicke später legte sich die Hand des anderen auf seinen Arm.

„Dorian! Was für ein ungewöhnlich glücklicher Zufall! Ich habe seit neun Uhr in Ihrer Bibliothek auf Sie gewartet. Schließlich hatte ich Mitleid mit Ihrem ermüdeten Diener und sagte ihm, er solle zu Bett gehen, als er mich hinausließ. Ich fahre mit dem Mitternachtszug nach Paris, und mir lag besonders daran, Sie vorher noch einmal zu sehen. Ich dachte mir, daß Sie es waren oder vielmehr Ihr Pelzmantel, als Sie an mir vorbeigingen. Aber ich war mir meiner Sache nicht ganz sicher. Haben Sie mich denn nicht erkannt?"

„In diesem Nebel, mein lieber Basil? Ich kann ja nicht einmal den Grosvenor Square erkennen. Ich glaube, mein Haus ist hier irgendwo, aber ich bin mir ganz und gar nicht sicher. Es tut mir leid, daß Sie wegfahren wollen, denn ich habe Sie seit einer Ewigkeit nicht gesehen. Doch ich nehme an, Sie kommen bald zurück?"

„Nein, ich bleibe ein halbes Jahr aus England fort. Ich habe vor, mir in Paris ein Atelier zu mieten und mich dort einzuschließen, bis ich ein großes Bild, das mir vorschwebt, fertig habe. Aber ich wollte nicht über mich reden. Wir stehen hier vor

Ihrer Haustür. Gehen wir doch auf einen Augenblick hinein. Ich habe Ihnen etwas zu sagen."

„Es wird mir ein Vergnügen sein. Aber verpassen Sie dann nicht Ihren Zug?" sagte Dorian Gray müde, während er die Stufen hinaufstieg und die Tür mit seinem Schlüssel öffnete.

Das Lampenlicht durchdrang mühsam den Nebel, und Hallward blickte auf seine Uhr. „Ich habe massenhaft Zeit", erwiderte er. „Der Zug fährt nicht vor Viertel nach zwölf ab, und jetzt ist es gerade erst elf. Wirklich, ich war eben auf dem Weg zum Klub, um Sie zu suchen, als ich Sie traf. Ich brauche mich nämlich mit dem Gepäck nicht aufzuhalten, weil ich die schweren Sachen vorausgeschickt habe. Alles, was ich bei mir habe, ist in dieser Tasche, und den Victoria-Bahnhof erreiche ich leicht in zwanzig Minuten."

Dorian sah ihn an und lächelte. „Was für eine Art zu reisen für einen angesehenen Maler! Eine kleine Reisetasche und ein Ulster! Kommen Sie herein, denn sonst dringt der Nebel ins Haus. Und passen Sie auf, daß Sie von nichts Ernstem sprechen. Heutzutage ist nichts ernst. Zumindest sollte es das nicht sein."

Hallward schüttelte den Kopf, als er eintrat, und folgte Dorian in die Bibliothek. Ein helles Holzfeuer loderte im großen offenen Kamin. Die Lampen waren angezündet, und ein offener holländischer Spirituosenkasten aus Silber sowie einige Siphons mit Sodawasser und große geschliffene Gläser standen auf einem kleinen Intarsientisch.

„Wie Sie sehen, hat es mir Ihr Diener recht gemütlich gemacht, Dorian. Er hat mir alles gebracht, was ich brauchte, auch Ihre besten Zigaretten mit Goldmundstück. Er ist ein höchst gastfreundliches Wesen. Er gefällt mir viel besser als der Franzose, der früher bei Ihnen war. Was ist übrigens aus dem Franzosen geworden?"

Dorian zuckte die Achseln. „Ich glaube, er hat die Zofe von Lady Radley geheiratet und sie in Paris als englische Schneiderin etabliert. Die Anglomanie ist da drüben sehr in Mode, wie ich höre. Das ist doch albern von den Franzosen, nicht wahr? Aber – wissen Sie – er war keineswegs ein schlechter Diener. Ich habe ihn zwar nie gemocht, aber ich hatte mich über nichts zu beklagen. Man bildet sich oft Sachen ein, die ganz absurd sind. Er war mir wirklich sehr ergeben und machte einen recht bekümmerten Eindruck, als er mich verließ. Nehmen Sie noch einen Brandy mit Soda? Oder möchten Sie lieber einen Rheinwein mit

Selters? Ich selber trinke immer Wein mit Selters. Nebenan ist bestimmt welcher."

„Danke, ich möchte nichts mehr trinken", sagte der Maler, während er Mütze und Mantel ablegte und über die Reisetasche warf, die er in die Ecke gestellt hatte. „Und nun, mein Lieber, will ich einmal ernsthaft mit Ihnen reden. Machen Sie kein so finsteres Gesicht. Damit machen Sie es mir nur noch schwerer."

„Was soll das Ganze?" rief Dorian in seiner launenhaften Art und warf sich auf das Sofa. „Ich hoffe, es geht nicht um mich. Ich habe heute abend von mir selber genug. Ich wäre gern jemand anders."

„Es geht um Sie", entgegnete Hallward mit seiner ernsten, tiefen Stimme, „und ich muß es Ihnen sagen. Ich halte Sie auch nur eine halbe Stunde auf."

Dorian seufzte und zündete sich eine Zigarette an. „Eine halbe Stunde!" murmelte er.

„Das ist von Ihnen nicht zuviel verlangt, Dorian, und es ist nur zu Ihrem Besten, wenn ich mit Ihnen rede. Ich meine, Sie sollten erfahren, daß man in London die abscheulichsten Dinge über Sie verbreitet."

„Ich möchte davon überhaupt nichts wissen. Ich liebe Klatsch über andere Leute, aber der Klatsch über mich selber interessiert mich nicht. Ihm fehlt der Reiz der Neuheit."

„Er muß Sie interessieren, Dorian. Jeder Gentleman ist an seinem guten Ruf interessiert. Sie wollen doch nicht, daß die Leute über Sie reden wie über etwas Gemeines und Verworfenes. Natürlich haben Sie Ihre gesellschaftliche Position und Ihren Reichtum und alles, was dazugehört. Aber eine Position und Reichtum sind nicht alles. Wohlgemerkt, ich glaube diese Gerüchte keineswegs. Zumindest kann ich sie nicht glauben, wenn ich Sie sehe. Die Sünde ist etwas, was dem Menschen ins Gesicht geschrieben steht. Sie läßt sich nicht verbergen. Die Leute reden manchmal von heimlichen Lastern. Doch so etwas gibt es nicht. Wenn ein übler Mensch ein Laster hat, zeigt es sich in den Linien seines Mundes, in den schlaff herabhängenden Lidern, ja sogar in der Form seiner Hände. Letztes Jahr kam irgend jemand – ich will seinen Namen nicht nennen, aber Sie kennen ihn – zu mir, um sich von mir malen zu lassen. Ich hatte ihn vorher noch nie gesehen und bis dahin auch noch nichts über ihn gehört, seither allerdings um so mehr. Er bot mir ein üppiges Honorar. Ich wies ihn ab. In der Form seiner Finger war etwas, was mich abstieß. Inzwischen weiß ich, daß ich mit meinen Mutmaßungen über ihn völlig recht hatte. Er führt ein entsetzliches Leben. Aber Sie, Dorian, mit Ihrem reinen, leuchtenden, unschuldigen Gesicht und Ihrer wunderbaren, ungetrübten Jugend – ich kann nichts von dem glauben, was gegen Sie vorgebracht wird. Und doch sehe ich Sie nur sehr selten, und Sie kommen jetzt nie mehr zu mir ins Atelier, und wenn ich fern von Ihnen bin und höre all die häßlichen Dinge, die man über Sie flüstert, weiß ich nicht, was ich dazu sagen soll. Wie kommt es, Dorian, daß ein Mann wie der Herzog von Berwick das Klubzimmer verläßt, wenn Sie es betreten? Wie kommt es, daß so viele Herren in London Sie weder besuchen noch zu sich einladen? Sie waren doch einmal befreundet mit Lord Staveley. Ich traf ihn letzte Woche bei einem Diner. In der Unterhaltung fiel zufällig Ihr Name, im Zusammenhang mit den Miniaturen, die Sie für die Ausstellung im Dudley ausgeliehen haben. Staveley verzog den Mund und sagte, Sie verfügten zwar über einen hochkünstlerischen Geschmack, aber Sie seien ein Mann, den kein unschuldiges Mädchen kennen dürfe und mit dem keine anständige Frau im selben Zimmer sitzen sollte. Ich erinnerte ihn daran, daß ich Ihr Freund sei, und fragte ihn, was er meine. Er sagte es mir. Er sagte es mir frei heraus vor allen Leuten. Es war schrecklich! Warum wirkt sich Ihre Freundschaft auf junge Männer so verhängnisvoll aus? Da war doch dieser arme Junge von der Garde, der Selbstmord beging. Sie waren sehr mit ihm befreundet. Da war Sir Henry Ashton, der mit beflecktem Namen England verlassen mußte. Sie und er waren unzertrennlich. Was ist mit Adrian Singleton und seinem entsetzlichen Ende? Was mit dem einzigen Sohn von Lord Kent und seiner Karriere? Ich traf seinen Vater gestern in der St. James's Street. Er schien ganz gebrochen vor Scham und Kummer. Was ist mit dem jungen Herzog von Perth? Was für ein Leben muß er jetzt führen? Welcher Gentleman würde noch mit ihm verkehren?"

„Hören Sie auf, Basil. Sie reden über Dinge, von denen Sie nichts verstehen", sagte Dorian Gray, der sich auf die Lippen biß und in dessen Stimme ein Ton unendlicher Verachtung lag. „Sie fragen mich, warum Berwick das Zimmer verläßt, wenn ich hereinkomme. Deshalb, weil ich alles über sein Leben weiß, nicht, weil er etwas über das meine weiß. Bei dem Blut, das er in seinen Adern hat, wie kann da seine Vergangenheit sauber sein? Sie fragen mich nach Henry Ashton und dem jun-

gen Perth. Habe ich dem einen seine Laster und dem anderen
seine Ausschweifungen beigebracht? Wenn Kents Dummkopf
von Sohn seine Frau von der Straße aufliest, was geht das mich
an? Wenn Adrian Singleton den Namen seines Freundes auf
einen Wechsel setzt, bin ich sein Hüter? Ich weiß, wie die Leute
in England klatschen. Die Mittelschichten verkünden ihre Vorurteile an ihren ungepflegten Eßtischen und tuscheln über das,
was sie die Verderbtheit der oberen Zehntausend nennen, um
vorzutäuschen, sie gehörten zur feinen Gesellschaft und ständen
auf vertrautem Fuß mit den Leuten, die sie verleumden. In
diesem Land braucht jemand nur vornehm und geistreich zu
sein, und schon fällt jedes gemeine Mundwerk über ihn her. Und
was für ein Leben führen diese Leute selbst, die sich so moralisch
gebärden? Mein Lieber, Sie vergessen, daß wir uns im Heimat-
land der Heuchler befinden."

„Dorian", rief Hallward, „darum geht es nicht. England ist
schlimm genug, ich weiß, und die englische Gesellschaft ist total verfahren. Deshalb möchte ich, daß Sie lauter seien. Sie sind
nicht lauter gewesen. Man hat das Recht, einen Menschen nach
der Wirkung zu beurteilen, die er auf seine Freunde ausübt. Die
Ihren scheinen jedes Gefühl für Ehre, für Güte, für Reinheit zu
verlieren. Sie haben sie mit einem wahnsinnigen Genußstreben
erfüllt. Sie sind in den Abgrund abgestiegen. Und Sie haben sie
dorthin geführt. Ja; Sie haben sie dorthin geführt, und doch
können Sie lächeln, wie Sie jetzt lächeln. Und dahinter steht
noch Schlimmeres. Ich weiß, daß Sie und Lord Henry unzertrennlich sind. Allein aus diesem Grund, wenn schon aus keinem
anderen, hätten Sie den Namen seiner Schwester nicht in den
Schmutz ziehen dürfen."

„Nehmen Sie sich in acht, Basil. Sie gehen zu weit."

„Ich muß sprechen, und Sie müssen zuhören. Sie werden zuhören. Als Sie Lady Gwendolen kennenlernten, hatte nicht einmal der Hauch eines Skandals sie gestreift. Doch gibt es jetzt
noch eine einzige anständige Frau in London, die mit ihr im
Park ausfahren würde? Ja, sogar ihre Kinder dürfen nicht mehr
bei ihr leben. Dann gehen noch andere Geschichten um – Geschichten, die besagen, daß man Sie im Morgengrauen aus üblen
Häusern hervorkriechen und verkleidet in die verrufensten Höhlen von London schleichen sah. Ist das wahr? Kann das wahr
sein? Als ich es zuerst hörte, habe ich nur gelacht. Ich höre es noch
immer, und es läßt mich erschauern. Was ist mit Ihrem Land-

haus und mit dem Leben, das man dort führt? Dorian, Sie wissen nicht, was man über Sie erzählt. Ich will Ihnen nicht versichern, daß ich Ihnen keine Predigt halten möchte. Ich erinnere mich an Harrys Ausspruch, daß jeder, der sich vorübergehend in einen Amateurpfarrer verwandelt, stets mit dieser Versicherung anfängt und schon im nächsten Augenblick sein Wort bricht. Ich will Ihnen tatsächlich eine Predigt halten. Ich möchte, daß Sie ein Leben führen, das die Welt zwingt, Sie zu achten. Ich möchte, daß Sie einen makellosen Namen und einen einwandfreien Leumund haben. Ich möchte, daß Sie sich von den schrecklichen Leuten befreien, mit denen Sie Umgang haben. Zucken Sie nicht so mit den Achseln. Seien Sie nicht so gleichgültig. Sie verfügen über einen wunderbaren Einfluß. Verwenden Sie ihn zum Guten, nicht zum Bösen. Es heißt, Sie verderben jeden, mit dem Sie vertraut werden, und Sie brauchen nur ein Haus zu betreten, um es in Verruf zu bringen. Ich weiß nicht, ob das zutrifft oder nicht. Wie sollte ich es wissen? Aber man sagt es Ihnen nach. Ich habe Dinge erfahren, die offenbar nicht zu bezweifeln sind. Lord Gloucester war in Oxford einer meiner besten Freunde. Er hat mir einen Brief gezeigt, den ihm seine Frau geschrieben hat, als sie in ihrer Villa in Mentone einsam im Sterben lag. Und Ihr Name tauchte in dem furchtbarsten Geständnis auf, das ich jemals gelesen habe. Ich sagte ihm, das sei absurd – daß ich Sie durch und durch kennte und daß Sie so etwas niemals fertigbrächten. Sie kennen? Ich frage mich, ob ich Sie kenne. Ehe ich diese Frage beantworten könnte, müßte ich Ihre Seele sehen."

„Meine Seele sehen!" stammelte Dorian Gray, sprang vom Sofa auf und wurde fast weiß vor Angst.

„Ja", antwortete Hallward ernst und mit einem tiefempfundenen Schmerz in der Stimme, „Ihre Seele sehen. Aber das kann nur Gott."

Ein bitteres Hohngelächter kam von den Lippen des Jüngeren. „Sie selber sollen sie heute nacht sehen!" rief er, indem er eine Lampe vom Tisch nahm. „Kommen Sie: es ist das Werk Ihrer eigenen Hände. Warum sollten Sie es nicht anschauen? Hinterher können Sie der Welt alles darüber erzählen, wenn Sie wollen. Niemand würde Ihnen glauben. Und sollte man Ihnen glauben, so würde man mich deshalb um so mehr lieben. Ich kenne unsere Zeit besser als Sie, auch wenn Sie sich noch so langatmig über sie auslassen. Kommen Sie, sage ich. Sie haben jetzt genug von Verderbtheit geschwatzt. Nun sollen Sie sie von Angesicht zu Angesicht sehen."

Ein wahnwitziger Stolz lag in jedem Wort, das er sprach. In seiner knabenhaft unverschämten Art stampfte er mit den Füßen auf. Er empfand eine schreckliche Freude bei dem Gedanken, daß irgend jemand sein Geheimnis mit ihm teilen sollte und daß der Mann, der das Porträt, den Ursprung seiner Schande, gemalt hatte, für den Rest seines Lebens mit der gräßlichen Erinnerung an das, was er getan hatte, belastet werde.

„Ja", fuhr er fort, wobei er auf ihn zutrat und ihm fest in die strengen Augen blickte, „ich werde Ihnen meine Seele zeigen. Sie sollen das Ding sehen, von dem Sie glauben, daß nur Gott es sehen könne."

Hallward fuhr zurück. „Das ist Blasphemie, Dorian!" rief er. „So etwas dürfen Sie nicht sagen. Es ist entsetzlich und hat überhaupt keinen Sinn."

„Meinen Sie?" Er lachte abermals.

„Ich weiß es. Was ich Ihnen heute abend gesagt habe, war zu Ihrem Besten gesagt. Sie wissen, ich war Ihnen immer ein unerschütterlicher Freund."

„Rühren Sie mich nicht an. Sprechen Sie aus, was Sie zu sagen haben."

Ein lodernder Schmerz zuckte über das Gesicht des Malers. Er hielt einen Augenblick inne, und ein wildes Gefühl des Mitleids überkam ihn. Welches Recht hatte er schließlich, in Dorian Grays Leben einzudringen? Falls er auch nur ein Zehntel dessen getan hatte, was über ihn geredet wurde, wie viel mußte er gelitten haben? Dann straffte er sich und ging hinüber zum Kamin und blieb dort stehen, den Blick auf die brennenden Scheite mit ihrer rauhreifgleichen Asche und ihren zuckenden Flammenkernen gerichtet.

„Ich warte, Basil", sagte der junge Mann mit harter, klarer Stimme.

Er wandte sich um. „Was ich zu sagen habe, ist dies", rief er. „Sie müssen mir eine Antwort auf die furchtbaren Vorwürfe geben, die gegen Sie erhoben werden. Wenn Sie mir sagen, daß sie von Anfang bis Ende völlig unzutreffend sind, werde ich Ihnen glauben. Streiten Sie sie ab, Dorian, streiten Sie sie ab! Sehen Sie denn nicht, was ich durchmache? Mein Gott! sagen Sie mir nicht, daß Sie schlecht und verdorben und verworfen sind."

Dorian Gray lächelte. Ein verächtlicher Zug lag um seine

Lippen. „Kommen Sie mit nach oben, Basil", sagte er ruhig. „Ich führe laufend Tagebuch über mein Leben, doch es verläßt niemals das Zimmer, in dem es geschrieben wird. Ich zeige es Ihnen, wenn Sie mitkommen."

„Ich komme mit Ihnen, Dorian, wenn Sie es wünschen. Ich sehe, daß ich meinen Zug bereits verpaßt habe. Das ist nicht so schlimm. Ich kann auch morgen noch fahren. Aber verlangen Sie nicht von mir, daß ich heute abend noch etwas lese. Ich will nur eine eindeutige Antwort auf meine Frage."

„Die werden Sie oben bekommen. Ich könnte sie Ihnen hier nicht geben. Sie brauchen nicht lange zu lesen."

13. KAPITEL

Er verließ das Zimmer und begann hinaufzusteigen, gleich gefolgt von Basil Hallward. Sie traten leise auf, wie man es des Nachts unwillkürlich tut. Die Lampe warf phantastische Schatten auf Wand und Treppe. Ein aufkommender Wind ließ einige Fenster klappern.

Als sie den obersten Treppenabsatz erreicht hatten, stellte Dorian die Lampe auf den Boden, holte den Schlüssel hervor und drehte ihn im Schloß. „Sie bestehen darauf, es zu erfahren, Basil?" fragte er mit leiser Stimme.

„Ja."

„Das freut mich sehr", erwiderte er lächelnd. Dann fügte er etwas rauh hinzu: „Sie sind der einzige Mensch auf der Welt, der alles über mich wissen soll. Sie haben mit meinem Leben mehr zu tun gehabt, als Sie glauben"; und indem er die Lampe aufnahm, öffnete er die Tür und trat ein. Ein kalter Luftstrom fuhr an ihnen vorbei, und das Licht zuckte einen Augenblick lang zu einer düster orangefarbenen Flamme empor. Ihn schauderte. „Machen Sie die Tür hinter sich zu", flüsterte er, während er die Lampe auf den Tisch stellte.

Hallward schaute sich mit verwirrter Miene um. Das Zimmer sah aus, als wäre es seit Jahren unbewohnt. Ein verblaßter flämischer Gobelin, ein verhängtes Bild, ein alter italienischer *cassone* und ein fast leerer Bücherschrank – mehr schien es nicht zu enthalten, abgesehen von einem Stuhl und einem Tisch. Als Dorian Gray eine halb herabgebrannte Kerze anzündete, die auf dem Kaminsims stand, sah Hallward, daß überall Staub lag und der Teppich Löcher hatte. Eine Maus verschwand raschelnd hinter der Wandtäfelung. Ein feuchter Schimmelgeruch lag über allem.

„Sie meinen also, daß nur Gott die Seele sehen könne, Basil? Ziehen Sie den Vorhang da zur Seite, und Sie werden die meine sehen."

Die Stimme, die das sagte, war kalt und grausam.

„Sie sind verrückt, Dorian, oder Sie spielen Theater", murmelte Hallward stirnrunzelnd.

„Sie wollen nicht? Dann muß ich es selber tun", sagte der junge Mann; und er riß den Vorhang von der Stange herunter und schleuderte ihn auf den Boden.

Ein Ausruf des Entsetzens löste sich von den Lippen des Malers, als er im trüben Licht das abscheuliche Gesicht auf der Leinwand erblickte, das ihn angrinste. In seinem Ausdruck war etwas, was ihn mit Abscheu und Ekel erfüllte. O mein Gott! es war Dorian Grays Gesicht, das er anschaute! Das Grauenhafte, was es auch sein mochte, hatte noch nicht völlig diese wunderbare Schönheit zerstört. Noch immer war etwas Gold im sich lichtenden Haar und etwas Scharlach auf dem sinnlichen Mund. Die verschwollenen Augen hatten noch einiges von der Lieblichkeit ihres Blaus bewahrt, die edlen Linien waren noch nicht vollständig aus den feingeschnittenen Nasenflügeln und dem plastisch geformten Hals verschwunden. Ja, es war Dorian. Aber wer hatte es gemalt? Er glaubte seinen eigenen Pinselstrich zu erkennen, und der Rahmen war sein eigener Entwurf. Die Vorstellung war ungeheuerlich, dennoch befiel ihn Furcht. Er ergriff die brennende Kerze und hielt sie vor das Bild. In der linken Ecke stand sein eigener Name, in hohen, leuchtend zinnoberroten Buchstaben hingesetzt.

Es war eine widerliche Parodie, eine infame, unwürdige Satire. Das hatte er nie gemalt. Und doch, es war sein eigenes Bild. Er wußte es, und ihm war, als habe sich sein Blut in einem Augenblick aus Feuer in träges Eis verwandelt. Sein Bild! Was hatte das zu bedeuten? Warum hatte es sich verändert? Er drehte sich um und betrachtete Dorian Gray mit den Augen eines Kranken. Sein Mund zuckte, und seine ausgedörrte Zunge schien nicht imstande zu sein, Worte zu bilden. Er fuhr sich mit der Hand über die Stirn. Sie war feucht von kaltem Schweiß.

Der junge Mann lehnte am Kaminsims und beobachtete ihn mit jenem seltsamen Ausdruck, wie man ihn in den Gesichtern von Menschen sieht, die von einem Stück ganz hingerissen sind, wenn ein großer Schauspieler auf der Bühne steht. In ihm lag weder echter Schmerz noch echte Freude. Es war einfach die Leidenschaft des Zuschauers, darüber hinaus vielleicht nur noch ein Aufflackern des Triumphs in seinen Augen. Er hatte die Knopflochblume von seiner Jacke abgenommen und roch an ihr oder tat zumindest so.

„Was bedeutet das?" rief Hallward endlich. Seine eigene Stimme klang ihm schrill und merkwürdig in den Ohren.

„Vor Jahren, als ich noch ein Junge war", sagte Dorian Gray
und zerdrückte die Blume in der Hand, „trafen Sie mich, schmei-
chelten Sie mir und lehrten Sie mich, auf mein gutes Aussehen
eitel zu sein. Eines Tages stellten Sie mich einem Ihrer Freunde
vor, der mir das Wunder der Jugend erklärte, und Sie vollendeten ein Porträt von mir, das mir das Wunder der Schönheit
offenbarte. In einem wahnsinnigen Augenblick, von dem ich
auch heute noch nicht weiß, ob ich ihn bedauern soll oder nicht,
sprach ich einen Wunsch aus, vielleicht würden Sie ihn ein Gebet nennen..."

„Ich erinnere mich daran! Oh, wie gut ich mich daran erinnere! Nein! das ist unmöglich. Das Zimmer ist feucht. Schim-
mel hat sich auf der Leinwand festgesetzt. Die Farben, die ich
benutzt habe, enthielten irgendein übles mineralisches Gift. Ich
sage Ihnen, das Ganze ist unmöglich."

„Ach, was ist unmöglich?" murmelte der junge Mann, der
zum Fenster ging und seine Stirn gegen das kalte, vom Nebel
getrübte Glas preßte.

„Sie haben mir erzählt, Sie hätten es zerstört."

„Das war gelogen. Es hat mich zerstört."

„Ich glaube nicht, daß es mein Bild ist."

„Können Sie denn in ihm nicht Ihr Ideal erkennen?" sagte
Dorian bitter.

„Mein Ideal, wie Sie es nennen..."

„Wie Sie es genannt haben."

„In ihm war nichts Böses, nichts Schändliches. Sie waren für
mich ein Ideal, wie es mir nie wieder begegnen wird. Das hier
ist das Gesicht eines Satyrs."

„Es ist das Gesicht meiner Seele."

„Mein Gott! was für ein Scheusal muß ich verehrt haben! Es
hat die Augen eines Teufels."

„Jeder von uns trägt Himmel und Hölle in sich, Basil", rief
Dorian mit einer wilden Gebärde der Verzweiflung.

Hallward wandte sich wieder dem Porträt zu und starrte es
an. „Mein Gott! wenn das wahr ist", rief er aus, „und Sie das
aus Ihrem Leben gemacht haben, dann müssen Sie sogar noch
schlimmer sein, als sich die Leute vorstellen, die sich gegen Sie
wenden!" Er hielt das Licht wieder hoch vor die Leinwand und
untersuchte sie. Die Oberfläche schien ganz unversehrt und so,
wie er sie aus der Hand gegeben hatte. Offenkundig waren die
Verderbnis und das Grauen von innen gekommen. Durch eine

merkwürdige Beschleunigung des Innenlebens zerfraß der Aussatz der Sünde allmählich das Bild. Die Verwesung einer Leiche in einem nassen Grab war nicht so furchtbar.

Seine Hand flatterte, und die Kerze fiel aus dem Halter auf den Boden und blieb dort flackernd liegen. Er setzte den Fuß darauf und trat sie aus. Dann warf er sich auf den wackligen Stuhl, der neben dem Tisch stand, und begrub das Gesicht in den Händen.

„Gütiger Gott, Dorian, was für eine Lehre! was für eine schreckliche Lehre!" Es kam keine Antwort, aber er konnte den jungen Mann am Fenster schluchzen hören. „Beten Sie, Dorian, beten Sie", murmelte er. „Wie hat man uns in der Kindheit sprechen gelehrt? ,Führe uns nicht in Versuchung. Vergib uns unsere Sünden. Wasch unsere Vergehen von uns ab.' Das wollen wir zusammen sprechen. Das Gebet unseres Stolzes ist erhört worden. Das Gebet unserer Reue wird ebenfalls erhört werden. Ich habe Sie zu sehr verehrt. Dafür bin ich bestraft worden. Sie haben sich selber zu sehr verehrt. Dafür sind wir beide bestraft worden."

Dorian Gray drehte sich langsam um und blickte ihn mit tränendunklen Augen an. „Es ist zu spät, Basil", stammelte er.

„Es ist nie zu spät, Dorian. Lassen Sie uns niederknien und versuchen, uns an ein Gebet zu erinnern. Steht nicht irgendwo geschrieben: ,Auch wenn deine Sünden wie Scharlach wären, ich will sie weiß wie Schnee machen'?"

„Diese Worte bedeuten mir jetzt nichts mehr."

„Still! das dürfen Sie nicht sagen. Sie haben in Ihrem Leben genug Böses getan. Mein Gott! sehen Sie nicht, wie uns das verfluchte Ding anglotzt?"

Dorian Gray warf einen Blick auf das Bild, und plötzlich überkam ihn ein unbeherrschtes Gefühl des Hasses auf Basil Hallward, als ob es ihm das Bild auf der Leinwand eingegeben hätte, als hätten es ihm diese grinsenden Lippen ins Ohr geflüstert. Die wahnsinnigen Leidenschaften eines gejagten Tieres regten sich in ihm, und er verabscheute den Mann, der da am Tisch saß, so sehr, wie er noch nie in seinem ganzen Leben etwas verabscheut hatte. Er blickte wild um sich. Irgend etwas blinkte auf der bemalten Truhe, die vor ihm stand. Sein Blick fiel darauf. Er wußte, was es war. Es war ein Messer, das er vor einigen Tagen zum Abschneiden einer Schnur heraufgebracht und dann vergessen hatte. Er bewegte sich langsam darauf zu, an Hallward vorbei. Sobald er hinter ihm war, ergriff er es und drehte sich um. Hallward rührte sich auf seinem Stuhl, als ob er aufstehen wollte. Er stürzte auf ihn zu, bohrte das Messer in die große Ader hinter dem Ohr, schmetterte den Kopf des Mannes auf den Tisch und stieß immer wieder zu.

Es folgten ein gepreßtes Stöhnen und der grauenvolle Laut eines Menschen, der in seinem Blut erstickt. Dreimal zuckten die ausgestreckten Arme konvulsivisch empor, wobei groteske Hände mit steifen Fingern durch die Luft fuhren. Er stach noch zweimal auf ihn ein, aber der Mann bewegte sich nicht mehr. Etwas begann auf den Boden zu tropfen. Er wartete einen Augenblick, während er noch immer den Kopf niederpreßte. Dann warf er das Messer auf den Tisch und lauschte.

Er konnte nichts hören als das Tropf-Tropf auf dem verschlissenen Teppich. Er öffnete die Tür und ging bis zum Treppenabsatz. Das Haus war vollkommen still. Niemand regte sich. Ein paar Sekunden lang beugte er sich über das Geländer und spähte hinunter in den schwarzen brodelnden Brunnen der Dunkelheit. Dann holte er den Schlüssel hervor, kehrte ins Zimmer zurück und schloß sich ein.

Das Etwas saß noch immer auf dem Stuhl, vornübergesunken auf den Tisch, mit gebeugtem Kopf und gekrümmtem Rücken und langen phantastischen Armen. Wären nicht der gezackte rote Spalt im Nacken und die geronnene schwarze Lache gewesen, die sich auf der Tischplatte langsam ausbreitete, so hätte man meinen können, der Mann schlafe nur.

Wie schnell war das alles geschehen! Er fühlte sich seltsam gelassen, ging zur Glastür, öffnete sie und trat hinaus auf den Balkon. Der Wind hatte den Nebel weggeblasen, und der Himmel war wie ein ungeheurer Pfauenschweif, besternt mit Myriaden goldener Augen. Er blickte hinab und sah den Polizisten, der seine Runde machte und den langen Lichtkegel seiner Lampe auf die Türen der schweigenden Häuser richtete. Eine Frau in einem flatternden Umhängetuch schlich sich langsam an den Zaungittern entlang und torkelte im Gehen. Ab und zu blieb sie stehen und spähte zurück. Einmal fing sie mit heiserer Stimme zu singen an. Der Polizist schlenderte hinüber und sagte etwas zu ihr. Sie stolperte lachend davon. Ein scharfer Windstoß fegte über den Platz. Die Gaslaternen flackerten und wurden blau, und die kahlen Bäume schüttelten ihre eisenschwarzen Äste. Er fröstelte, trat zurück und schloß dabei die Glastür.

Als er die Zimmertür erreicht hatte, drehte er den Schlüssel um und öffnete sie. Er warf nicht einmal mehr einen Blick auf den Ermordeten. Er spürte, daß das Geheimnis des ganzen Vorfalls darin lag, sich der Situation nicht bewußt zu werden. Der Freund, der das verhängnisvolle Porträt gemalt hatte, dem er sein ganzes Elend verdankte, war aus seinem Leben gegangen. Das genügte.

Dann fiel ihm die Lampe ein. Sie war ein recht eigenartiges Stück maurischer Arbeit, gefertigt aus mattem Silber, das mit Arabesken aus brüniertem Stahl eingelegt und über und über mit ungeschliffenen Türkisen besetzt war. Vielleicht würde sein Diener sie vermissen, und man würde Fragen stellen. Er zögerte einen Moment, dann machte er kehrt und nahm sie vom Tisch. Er konnte es nicht vermeiden, das tote Etwas anzusehen. Wie still es war! Wie schrecklich weiß die langen Hände aussahen! Es glich einer grauenhaften Wachsfigur.

Nachdem er die Tür hinter sich abgeschlossen hatte, schlich er leise hinab. Das Holz knarrte und schien wie im Schmerz aufzuschreien. Er blieb mehrere Male stehen und wartete. Nein; alles war ruhig. Es war nur das Geräusch seiner eigenen Schritte.

Als er die Bibliothek betrat, erblickte er in der Ecke die Reisetasche mit dem Mantel. Sie mußten irgendwo versteckt werden. Er schloß einen Geheimschrank auf, der in die Täfelung eingelassen war, einen Schrank, in dem er seine seltsamen Verkleidungen aufbewahrte, und legte die Sachen hinein. Er konnte sie dann später ohne Schwierigkeit verbrennen. Darauf zog er seine Uhr hervor. Es war zwanzig vor zwei.

Er setzte sich hin und begann nachzudenken. In jedem Jahr – fast in jedem Monat – wurden in England Menschen für das gehängt, was er getan hatte. Ein Mordwahn lag in der Luft. Irgendein roter Stern war der Erde zu nahe gekommen ... Und doch, welcher Beweis lag gegen ihn vor? Basil Hallward hatte das Haus um elf verlassen. Niemand hatte ihn zurückkommen sehen. Die meisten Bediensteten waren in Selby Royal. Sein Kammerdiener war zu Bett gegangen ... Paris! Ja. Basil war nach Paris gefahren, und zwar mit dem Mitternachtszug, wie er es vorgehabt hatte. Bei seiner sonderbaren Reserviertheit würde es Monate dauern, bevor sich irgendwelcher Verdacht regte. Monate! Bis dahin konnte alles längst vernichtet sein.

Plötzlich kam ihm ein Gedanke. Er zog seinen Pelzmantel an, setzte den Hut auf und ging in die Eingangshalle. Dort blieb er stehen, weil er den langsamen, schweren Schritt des Polizisten auf dem Trottoir hörte und den Widerschein der aufblitzenden Lampe am Fenster sah. Er wartete und hielt den Atem an.

Einige Augenblicke später schob er den Riegel zurück, schlüpfte hinaus und schloß die Tür ganz vorsichtig hinter sich. Dann begann er zu läuten. Nach ungefähr fünf Minuten erschien sein Diener, halb angezogen und mit sehr verschlafenem Gesicht.

„Es tut mir leid, daß ich Sie wecken mußte, Francis", sagte er beim Eintreten; „aber ich habe meinen Schlüssel vergessen. Wie spät ist es?"

„Zehn Minuten nach zwei, Sir", antwortete der Diener, während er blinzelnd auf die Uhr schaute.

„Zehn Minuten nach zwei? Wie entsetzlich spät! Wecken Sie mich morgen um neun. Ich habe etwas zu arbeiten."

„Sehr wohl, Sir."

„Ist heute abend jemand dagewesen?"

„Mr. Hallward, Sir. Er war bis elf da, und dann ist er gegangen, weil er seinen Zug erreichen wollte."

„Oh! Schade, daß ich ihn nicht gesehen habe. Hat er irgend etwas hinterlassen?"

„Nein, Sir, nur, daß er Ihnen von Paris aus schreiben würde, falls er Sie im Klub nicht mehr anträfe."

„Das wäre alles, Francis. Vergessen Sie auch nicht, mich morgen um neun zu wecken?"

„Nein, Sir."

Der Diener schlurfte in seinen Pantoffeln den Gang entlang.

Dorian Gray warf Hut und Mantel auf den Tisch und begab sich in die Bibliothek. Eine Viertelstunde lang ging er im Zimmer auf und ab, biß sich auf die Lippen und dachte nach. Dann holte er das Blaubuch von einem Regal herunter und begann darin zu blättern. „Alan Campbell, 152 Hertford Street, Mayfair." Ja, das war der Mann, den er brauchte.

14. KAPITEL

Um neun Uhr am nächsten Morgen trat sein Diener mit einer Tasse Schokolade auf einem Tablett ein und öffnete die Fensterläden. Dorian schlief noch ganz friedlich, auf der rechten Seite liegend und mit einer Hand unter der Wange. Er sah ganz aus wie ein Knabe, der vom Spielen oder Lernen müde geworden ist.

Der Diener mußte ihn zweimal an der Schulter berühren, ehe er erwachte, und als er die Augen öffnete, huschte ein leises Lächeln über seine Lippen, als ob er in einem köstlichen Traum befangen gewesen wäre. Doch er hatte überhaupt nicht geträumt. Seine Nacht war durch keinerlei Bilder der Lust oder der Qual gestört worden. Aber Jugend lächelt auch ohne Grund. Das ist einer ihrer größten Reize.

Er drehte sich um, stützte sich auf den Ellbogen und begann seine Schokolade zu trinken. Die sanfte Novembersonne flutete ins Zimmer. Der Himmel war klar, und eine wohltuende Wärme lag in der Luft. Es war fast wie ein Morgen im Mai.

Nach und nach schlichen die Ereignisse der voraufgegangenen Nacht auf leisen blutbefleckten Füßen in sein Hirn und zeichneten sich dort mit erschreckender Deutlichkeit ab. Er zuckte zusammen in der Erinnerung an all das, was er durchlitten hatte, und für einen Augenblick befiel ihn wieder das seltsame Gefühl des Abscheus vor Basil Hallward, das ihn gezwungen hatte, ihn zu töten, als er auf dem Stuhl saß, und er wurde kalt vor Leidenschaft. Der Tote saß noch immer dort, und jetzt sogar im Sonnenlicht. Wie entsetzlich das war! Solche gräßlichen Dinge waren für das Dunkel, nicht für den Tag bestimmt.

Er spürte, daß er krank oder verrückt werden würde, wenn er über das nachgrübelte, was er durchgemacht hatte. Es gab Sünden, deren Faszination eher in der Erinnerung als im Vollbringen lag, seltsame Triumphe, die den Stolz mehr als die Leidenschaften befriedigten und dem Intellekt ein gesteigertes Lustgefühl verschafften, größer als alle Lust, die sie den Sinnen gewährten oder je zu gewähren vermochten. Doch diese gehörte nicht zu ihnen. Sie war etwas, was aus dem Geist vertrieben, mit

Mohn betäubt und erdrosselt werden mußte, damit sie ihn nicht selber erdrosselte.

Als es die halbe Stunde schlug, fuhr er sich mit der Hand über die Stirn, und dann stand er hastig auf und kleidete sich mit mehr Sorgfalt als sonst an, wobei er der Wahl seiner Halsbinde und Krawattennadel sehr viel Aufmerksamkeit schenkte und seine Ringe mehr als einmal wechselte. Er ließ sich auch beim Frühstück viel Zeit, kostete von den verschiedenen Gerichten, unterhielt sich mit seinem Kammerdiener über die neuen Livreen, die er für die Bediensteten in Selby anfertigen zu lassen gedachte, und ging seine Post durch. Bei einigen Briefen mußte er lächeln. Drei langweilten ihn. Einen las er mehrmals und zerriß ihn dann mit leicht verärgertem Gesicht. „So etwas Schreckliches, das Gedächtnis einer Frau!", wie Lord Henry einmal gesagt hatte.

Nachdem er seine Tasse schwarzen Kaffee getrunken hatte, wischte er sich mit einer Serviette langsam die Lippen ab, bedeutete seinem Diener zu warten und ging dann zum Tisch hinüber, an dem er sich niedersetzte und zwei Briefe schrieb. Einen steckte er in die Tasche, den anderen gab er dem Diener.

„Bringen Sie den in die Hertford Street 152, Francis, und wenn Mr. Campbell nicht in der Stadt ist, erkundigen Sie sich nach seiner Adresse."

Sobald er allein war, zündete er sich eine Zigarette an und begann auf einem Stück Papier zu zeichnen, zuerst Blumen und Architekturteile und dann menschliche Gesichter. Plötzlich wurde er gewahr, daß jedes Gesicht, das er zeichnete, eine phantastische Ähnlichkeit mit Basil Hallward aufzuweisen schien. Er runzelte die Stirn, erhob sich, ging zum Bücherschrank und nahm aufs Geratewohl einen Band heraus. Er war entschlossen, nicht mehr an das Geschehene zu denken, bis es absolut unumgänglich war.

Als er sich auf dem Sofa ausgestreckt hatte, blickte er auf das Titelblatt des Buches. Es waren Gautiers „Emaux et Camées", die Charpentier-Ausgabe auf Japanpapier mit den Radierungen von Jacquemart. Der Einband bestand aus zitronengelbem Leder mit einem goldgeprägten Gitterornament und gepunzten Granatäpfeln. Es war ein Geschenk von Adrian Singleton. Als er die Seiten umblätterte, fiel sein Blick auf das Gedicht über die Hand Lacenaires, die kalte, gelbe Hand „du supplice encore mal lavée" mit ihren flaumigen roten Haaren und ihren „doigts de faune". Er betrachtete, wider Willen leicht schaudernd, seine eigenen weißen, schlanken Finger und blätterte weiter, bis er zu diesen herrlichen Strophen über Venedig kam:

> „Sur une gamme chromatique,
>   Le sein de perles ruisselant,
> La Vénus de l'Adriatique
>   Sort de l'eau son corps rose et blanc.
>
> Les dômes, sur l'azur des ondes
>   Suivant la phrase au pur contour,
> S'enflent comme des gorges rondes
>   Que soulève un soupir d'amour.
>
> L'esquif aborde et me dépose,
>   Jetant son amarre au pilier,
> Devant une façade rose,
>   Sur le marbre d'un escalier."

Wie köstlich sie waren! Wenn man sie las, glaubte man auf den grünen Wasserwegen der rosigen und perlweißen Stadt dahinzutreiben, in einer schwarzen Gondel mit silbernem Schnabel und wehenden Vorhängen. Schon die Zeilen gemahnten ihn an jene geraden türkisblauen Linien, die sich hinter einem herziehen, wenn man zum Lido hinausgleitet. Das plötzliche Aufblitzen der Farbe erinnerte ihn an den Schimmer der Vögel mit den opal- und irisfarbenen Hälsen, die den hohen, wabenartig durchbrochenen Campanile umflattern oder mit soviel würdevoller Grazie in den düsteren, staubbedeckten Arkaden umherstolzieren. Mit halb geschlossenen Augen zurückgelehnt, sprach er immer wieder vor sich hin:

> „Devant une façade rose
>   Sur le marbre d'un escalier."

Das ganze Venedig war in diesen beiden Zeilen eingefangen. Er entsann sich des Herbstes, den er dort verlebt hatte, und einer wunderbaren Liebe, die ihn zu verrückten, köstlichen Torheiten verleitet hatte. Romantik gab es allerorten. Aber Venedig hatte, wie Oxford, den Hintergrund für Romantik bewahrt, und für den wahren Romantiker ist der Hintergrund alles oder fast alles. Basil hatte einen Teil dieser Zeit zusammen mit ihm verbracht und war über Tintoretto zum Schwärmer geworden. Armer Basil! welch gräßliche Todesart für einen Menschen! Er seufzte und nahm den Band wieder in die Hand und ver-

suchte zu vergessen. Er las von den Schwalben, die ein und aus
fliegen in dem kleinen Café in Smyrna, wo die Hadschis ihre
Bernsteinperlen zählen und die turbanbedeckten Kaufleute ihre
langen Quastenpfeifen rauchen und ernste Gespräche führen; er
las vom Obelisken auf der Place de la Concorde, der in seinem
einsamen, sonnenlosen Exil Tränen aus Granit vergießt und sich
zurücksehnt nach dem heißen, lotusbestandenen Nil, wo es
Sphinxe gibt und rosenrote Ibisse und weiße Geier mit goldenen
Krallen und Krokodile mit kleinen Beryllaugen, die über den
grünen, dampfenden Schlamm kriechen; er begann über jene
Verse nachzusinnen, welche dem von Küssen befleckten Marmor
Musik entlocken und von der absonderlichen Statue berichten,
die Gautier einer Kontraaltstimme vergleicht, von dem „monstre
charmant", das im Porphyrsaal des Louvre kauert. Doch nach
einiger Zeit entfiel das Buch seiner Hand. Er wurde nervös, und
ein furchtbarer Anfall des Entsetzens überkam ihn. Was wäre,
wenn Alan Campbell England verlassen hätte? Tage würden
vergehen, bis er zurückkehren könnte. Vielleicht weigerte er sich
sogar zu kommen. Was sollte er dann machen? Jeder Augenblick
war lebenswichtig.

Sie waren einmal sehr gut befreundet gewesen, vor fünf Jahren – ja, fast unzertrennlich. Dann war es mit der Vertraulich-
keit plötzlich zu Ende. Wenn sie jetzt in der Gesellschaft
zusammentrafen, lächelte nur Dorian Gray; Alan Campbell
lächelte nie.

Er war ein ungewöhnlich gescheiter junger Mann, auch wenn
er kein echtes Verständnis für die bildenden Künste aufbrachte
und den dürftigen Sinn für die Schönheit der Poesie ausschließlich Dorian verdankte. Seine intellektuelle Leidenschaft galt
vornehmlich der Wissenschaft. In Cambridge hatte er sehr viel
im Laboratorium gearbeitet und in den naturwissenschaftlichen
Fächern ein gutes Examen gemacht. Ja, er widmete sich noch
immer dem Studium der Chemie und besaß ein eigenes Laboratorium, in dem er sich den ganzen Tag lang einzuschließen
pflegte, zum großen Leidwesen seiner Mutter, deren Herzens-
wunsch es war, daß er für das Unterhaus kandidiere, und die
sich von der unklaren Vorstellung leiten ließ, ein Chemiker sei
ein Mann, der Rezepturen bearbeitet. Andererseits war er auch
ein hervorragender Musiker und spielte besser Geige und Klavier als die meisten Dilettanten. Tatsächlich hatte die Musik ihn
und Dorian Gray zusammengeführt – die Musik und jene uner-

gründliche Anziehungskraft, die Dorian offenbar auszuüben imstande war, wenn er wollte, und die er freilich auch häufig ausübte, ohne sich dessen bewußt zu sein. Sie waren im Hause von Lady Berkshire einander begegnet, an jenem Abend, als Rubinstein dort spielte, und danach sah man sie stets zusammen in der Oper und überall dort, wo gute Musik gemacht wurde. Achtzehn Monate währten ihre engen Beziehungen. Campbell hielt sich ständig in Selby Royal oder am Grosvenor Square auf. Für ihn, wie für viele andere, war Dorian Gray der Inbegriff alles dessen, was im Leben wunderbar und faszinierend ist. Ob es zwischen ihnen zu einem Streit gekommen war oder nicht, erfuhr niemand. Aber plötzlich stellten die Leute fest, daß die beiden kaum noch miteinander sprachen, wenn sie zusammentrafen, und daß Campbell jede Gesellschaft, bei der Dorian Gray zugegen war, immer schon früh verließ. Auch hatte er sich verändert – er war zuweilen seltsam melancholisch, schien das Musikhören fast zu hassen und wollte selber nie spielen, und wenn er dazu aufgefordert wurde, gab er als Entschuldigung an, er sei von der Wissenschaft so in Anspruch genommen, daß ihm keine Zeit zum Üben bleibe. Und das entsprach sicherlich der Wahrheit. Jeden Tag schien er sich mehr für Biologie zu interessieren, und sein Name tauchte einige Male im Zusammenhang mit gewissen sonderbaren Experimenten in wissenschaftlichen Zeitschriften auf.

Das also war der Mann, auf den Dorian Gray wartete. Jede Sekunde blickte er auf die Uhr. Als die Minuten vergingen, bemächtigte sich seiner eine schreckliche Erregung. Schließlich erhob er sich und begann im Zimmer auf und ab zu wandern, wie ein gefangenes schönes Tier. Er machte große, behutsame Schritte. Seine Hände waren seltsam kalt.

Die Spannung wurde unerträglich. Die Zeit schien ihm auf bleiernen Füßen einherzuschleichen, während er von ungeheuren Winden dem zerklüfteten Rand eines schwarzen Schlundes oder Abgrunds entgegengetrieben wurde. Er wußte, was dort seiner harrte, sah es schon vor sich und preßte erschauernd die feuchten Hände gegen die brennenden Lider, als wollte er selbst dem Gehirn die Sehkraft rauben und die Augäpfel in ihre Höhlen zurückdrängen. Es war zwecklos. Das Gehirn hatte seine eigene Nahrung, an der es sich mästete, und die Phantasie, grotesk verzerrt durch das Entsetzen, wand und krümmte sich vor Schmerz wie ein lebendes Wesen, tanzte wie eine widerwärtige Marionette auf einem Podest und grinste durch wechselnde Masken hindurch. Dann, plötzlich, stand die Zeit für ihn still. Ja; jenes blinde, langsam atmende Wesen kroch nicht mehr umher, und da nun die Zeit tot war, rasten grauenvolle Gedanken leichtfüßig in den Vordergrund und zerrten eine gräßliche Gestalt aus ihrem Grab und zeigten sie ihm. Er starrte sie an. Ihr schrecklicher Anblick versteinerte ihn.

Endlich ging die Tür auf, und sein Diener trat ein. Er richtete glasige Augen auf ihn.

„Mr. Campbell, Sir", sagte der Diener.

Ein Seufzer der Erleichterung kam von seinen ausgedörrten Lippen, und die Farbe kehrte in seine Wangen zurück.

„Bitten Sie ihn sofort herein, Francis." Er spürte, daß er wieder er selber war. Seine feigen Anwandlungen waren verflogen.

Der Diener verbeugte sich und zog sich zurück. Wenige Augenblicke später trat Alan Campbell ein, der sehr ernst und ziemlich bleich aussah, wobei seine Blässe durch sein kohlschwarzes Haar und die dunklen Augenbrauen noch verstärkt wurde.

„Alan! das ist nett von Ihnen. Ich danke Ihnen, daß Sie gekommen sind."

„Ich hatte mir vorgenommen, Ihr Haus nie wieder zu betreten, Gray. Aber Sie teilten mir mit, es gehe um Leben und Tod." Seine Stimme war hart und kalt. Er sprach langsam und überlegt. Ein verächtlicher Ausdruck lag in dem festen, forschenden Blick, den er auf Dorian richtete. Er behielt die Hände in den Taschen seines Astrachanmantels und schien die Geste, mit der er begrüßt worden war, übersehen zu haben.

„Ja: es geht um Leben und Tod, Alan, und mehr als ein Mensch ist betroffen. Setzen Sie sich."

Campbell nahm auf einem Stuhl neben dem Tisch Platz, und Dorian setzte sich ihm gegenüber. Die Blicke der beiden Männer trafen einander. In Dorians Augen lag unendliches Mitleid. Er wußte, daß das, was er vorhatte, furchtbar war.

Nach einem Augenblick gespannten Schweigens lehnte er sich vor und sagte sehr ruhig, während er die Wirkung eines jeden Wortes auf das Gesicht dessen beobachtete, den er zu sich gerufen hatte: „Alan, in einem verschlossenen Zimmer im obersten Stockwerk dieses Hauses, in einem Zimmer, zu dem außer mir niemand Zutritt hat, sitzt ein Toter an einem Tisch. Er ist jetzt seit zehn Stunden tot. Rühren Sie sich nicht, und schauen Sie mich nicht so an. Wer der Mann ist, warum er starb, wie er starb, das sind Fragen, die Sie nichts angehen. Was Sie zu tun haben, ist Folgendes..."

„Halt, Gray. Ich will nichts weiter wissen. Ob das, was Sie mir erzählt haben, wahr ist oder nicht, kümmert mich nicht. Ich lehne es entschieden ab, in Ihr Leben hineingezogen zu werden. Behalten Sie Ihre schrecklichen Geheimnisse für sich. Sie interessieren mich nicht mehr."

„Alan, sie müssen Sie interessieren. Dieses eine muß Sie interessieren. Sie tun mir furchtbar leid, Alan. Aber ich kann mir selber nicht helfen. Sie sind der einzige Mensch, der mich retten kann. Ich bin gezwungen, Sie in die Sache hineinzuziehen. Mir bleibt keine andere Wahl. Alan, Sie sind wissenschaftlich gebildet. Sie kennen sich in Chemie und in solchen Dingen aus. Sie haben Experimente gemacht. Was Sie zu tun haben, ist, das Wesen da oben zu vernichten – es so zu vernichten, daß keine Spur von ihm übrigbleibt. Niemand hat diesen Mann ins Haus kommen sehen. Ja, im Augenblick vermutet man ihn in Paris. Man wird ihn monatelang nicht vermissen. Wenn man ihn vermißt, darf hier keine Spur von ihm zu finden sein. Sie, Alan, Sie müssen ihn und alles, was zu ihm gehört, in eine Handvoll Asche verwandeln, die ich in die Luft streuen kann."

„Sie sind wahnsinnig, Dorian."

„Ah! ich habe darauf gewartet, daß Sie mich Dorian nennen."

„Sie sind wahnsinnig, sage ich – so wahnsinnig, sich einzubilden, ich würde einen Finger rühren, um Ihnen zu helfen, so wahnsinnig, daß Sie mir dieses ungeheuerliche Geständnis machen. Ich will mit dieser Sache nichts zu tun haben, gleichgültig, worum es sich dabei handelt. Glauben Sie, ich würde meinen guten Ruf Ihnen zuliebe aufs Spiel setzen? Was geht es mich an, welches Teufelswerk Sie im Sinn haben?"

„Es war Selbstmord, Alan."

„Das freut mich zu hören. Doch wer hat ihn dazu getrieben? Sie, nehme ich an."

„Weigern Sie sich noch immer, das für mich zu tun?"

„Natürlich weigere ich mich. Ich will absolut nichts damit zu tun haben. Es kümmert mich nicht, welche Schande Sie auf sich laden. Sie haben sie verdient. Es täte mir nicht leid, wenn ich Sie entehrt, öffentlich entehrt sähe. Wie können Sie es wagen, von allen Menschen auf der Welt ausgerechnet mich zu bitten, mich auf diese grauenvolle Geschichte einzulassen? Ich hätte gedacht,

Sie wüßten über den Charakter der Menschen besser Bescheid. Ihr Freund Lord Henry Wotton kann Ihnen nicht viel Psychologie beigebracht haben, was er Ihnen auch sonst beigebracht haben mag. Nichts wird mich bewegen, einen Schritt zu Ihrer Hilfe zu tun. Sie sind an den Falschen geraten. Wenden Sie sich doch an einen Ihrer Freunde. Kommen Sie nicht zu mir."

„Alan, es war Mord. Ich habe ihn getötet. Sie wissen nicht, was ich durch ihn gelitten habe. Wie auch mein Leben aussehen mag, er hat mehr Anteil an seiner Ausrichtung oder Zerstörung gehabt als der arme Henry. Er hat es vielleicht nicht gewollt, doch das Ergebnis war dasselbe."

„Mord! Mein Gott, Dorian, ist es so weit mit Ihnen gekommen? Ich werde Sie nicht anzeigen. Das ist nicht meine Aufgabe. Im übrigen werden Sie bestimmt verhaftet, auch ohne daß ich in der Sache tätig werde. Niemand begeht ein Verbrechen, ohne eine Dummheit zu machen. Aber ich will nichts damit zu tun haben."

„Sie müssen etwas damit zu tun haben. Warten Sie, warten Sie einen Augenblick; hören Sie mir zu. Hören Sie nur zu, Alan. Ich verlange nichts weiter von Ihnen, als daß Sie ein bestimmtes wissenschaftliches Experiment durchführen. Sie gehen in Krankenhäuser und Leichenhallen, und das Entsetzliche, das Sie dort tun, rührt Sie nicht. Wenn Sie in irgendeinem scheußlichen Seziersaal oder stinkenden Laboratorium diesen Mann auf einem grauen Tisch mit roten Rillen zum Auffangen des Blutes vorfänden, würden Sie in ihm einfach ein herrliches Studienobjekt sehen. Kein Haar würde sich Ihnen sträuben. Sie kämen nicht auf den Gedanken, etwas Unrechtes zu tun. Im Gegenteil, Sie würden wahrscheinlich das Gefühl haben, der Menschheit einen Dienst zu erweisen oder die Summe des Wissens in der Welt zu vergrößern oder die intellektuelle Neugier zu befriedigen oder etwas Ähnliches. Was ich von Ihnen verlange, ist nichts anderes als das, was Sie vorher schon oft getan haben. Ja, die Vernichtung einer Leiche muß weit weniger grauenvoll sein als die Arbeit, die Sie gewohnt sind. Und bedenken Sie, es ist das einzige Beweisstück, das gegen mich spricht. Wenn es entdeckt wird, bin ich verloren; und es wird mit Sicherheit entdeckt, wenn Sie mir nicht helfen."

„Ich habe nicht den Wunsch, Ihnen zu helfen. Das vergessen Sie. Mir ist die ganze Angelegenheit einfach gleichgültig. Sie geht mich nichts an."

„Alan, ich beschwöre Sie. Stellen Sie sich die Lage vor, in der ich bin. Kurz bevor Sie kamen, wäre ich vor Angst fast ohnmächtig geworden. Sie werden vielleicht eines Tages selber die Angst kennenlernen. Nein! denken Sie nicht daran. Betrachten Sie die Sache vom rein wissenschaftlichen Standpunkt aus. Sie fragen ja sonst nicht danach, woher die Leichen stammen, mit denen Sie experimentieren. Fragen Sie auch jetzt nicht. Ich habe Ihnen ohnehin schon zuviel erzählt. Aber ich bitte Sie, dies zu tun. Wir waren doch einmal Freunde, Alan."

„Sprechen Sie nicht von jener Zeit, Dorian: sie ist tot."

„Die Toten verweilen manchmal. Der Mann dort oben wird nicht fortgehen. Er sitzt am Tisch mit gebeugtem Kopf und ausgestreckten Armen. Alan! Alan! wenn Sie mir nicht zu Hilfe kommen, bin ich erledigt. Ja, man wird mich hängen, Alan! Begreifen Sie denn nicht? Man wird mich hängen für das, was ich getan habe."

„Es hat keinen Zweck, diese Szene zu verlängern. Ich weigere mich entschieden, irgend etwas in der Sache zu unternehmen. Es ist Wahnsinn von Ihnen, mich zu bitten."

„Sie weigern sich?"

„Ja."

„Ich beschwöre Sie, Alan."

„Es ist zwecklos."

Der gleiche Ausdruck des Mitleids trat wieder in Dorian Grays Augen. Dann streckte er die Hand aus, ergriff ein Stück Papier und schrieb etwas darauf. Er las das Geschriebene zweimal durch, faltete es sorgfältig zusammen und schob es über den Tisch. Nachdem er dies getan hatte, stand er auf und trat ans Fenster.

Campbell sah ihn überrascht an, nahm dann den Zettel und faltete ihn auseinander. Beim Lesen wurde sein Gesicht geisterhaft bleich, und er sank auf seinen Stuhl zurück. Eine furchtbare Übelkeit überkam ihn. Ihm war, als wollte sich sein Herz in einer leeren Höhle zu Tode pochen.

Nach zwei oder drei Minuten entsetzlichen Schweigens wandte sich Dorian um, kam auf ihn zu und stellte sich hinter ihn, wobei er ihm die Hand auf die Schulter legte.

„Es tut mir ja so leid um Sie, Alan", murmelte er, „aber Sie lassen mir keine andere Wahl. Ich habe bereits einen Brief geschrieben. Hier ist er. Sie sehen die Adresse. Wenn Sie mir nicht helfen, muß ich ihn abschicken. Wenn Sie mir nicht helfen, werde ich ihn abschicken. Sie wissen, was die Folgen sein werden. Aber Sie werden mir helfen. Sie können sich jetzt nicht mehr weigern. Ich habe versucht, Sie zu schonen. Sie werden so gerecht sein, mir das zuzugestehen. Sie waren hart, grob, beleidigend. Sie haben mich behandelt, wie noch kein Mensch mich zu behandeln gewagt hat – kein lebender Mensch jedenfalls. Ich habe alles ertragen. Jetzt ist es an mir, Bedingungen zu diktieren."

Campbell barg sein Gesicht in den Händen, und ein Schauer überlief ihn.

„Ja, nun bin ich an der Reihe, Bedingungen zu diktieren, Alan. Sie wissen, wie sie lauten. Die Sache ist ganz einfach. Kommen Sie, steigern Sie sich nicht in eine solche Erregung hinein. Die Sache muß geschehen. Stellen Sie sich ihr, und erledigen Sie sie."

Ein Ächzen entrang sich Campbells Mund, und er bebte am ganzen Leib. Das Ticken der Uhr auf dem Kaminsims schien ihm die Zeit in einzelne Atome der Qual zu zerteilen, und jedes für sich wurde ihm grauenhaft unerträglich. Er hatte das Gefühl, als würde ein eiserner Ring allmählich über seiner Stirn zusammengezogen, als wäre die Schande, die ihm drohte, schwer wie eine Hand aus Blei. Sie war nicht zu ertragen. Sie schien ihn zu zermalmen.

„Kommen Sie, Alan, Sie müssen sich sofort entscheiden."

„Ich kann es nicht", sagte er mechanisch, als ob Worte etwas ändern könnten.

„Sie müssen. Sie haben keine Wahl. Ziehen Sie es nicht hinaus."

Er zögerte einen Augenblick. „Ist in dem Zimmer da oben ein Feuer?"

„Ja, ein Gasofen mit Asbest."

„Ich gehe nach Hause und hole ein paar Sachen aus dem Laboratorium."

„Nein, Alan, Sie dürfen das Haus nicht verlassen. Schreiben Sie auf einen Notizzettel, was Sie brauchen, und mein Diener nimmt sich eine Droschke und bringt Ihnen die Sachen."

Campbell kritzelte ein paar Zeilen, löschte sie ab und adressierte einen Umschlag an seinen Assistenten. Dorian nahm die Nachricht und las sie sorgfältig. Dann läutete er und übergab sie seinem Diener mit der Anweisung, so schnell wie möglich zurückzukommen und die Sachen mitzubringen.

Als die Haustür zuschlug, zuckte Campbell nervös zusammen, stand von seinem Stuhl auf und ging hinüber zum Kamin. Er zitterte in einer Art Schüttelfrost. Fast zwanzig Minuten lang sprach keiner der beiden Männer ein Wort. Eine Fliege surrte geräuschvoll im Zimmer umher, und das Ticken der Uhr glich Hammerschlägen.

Als die Turmuhr eins schlug, wandte sich Campbell um, blickte auf Dorian Gray und sah, daß in dessen Augen Tränen standen. In der Reinheit und Feinheit dieses traurigen Gesichts war etwas, was ihn in Wut zu versetzen schien. „Sie sind infam, durch und durch infam!" murmelte er.

„Still, Alan: Sie haben mir das Leben gerettet", sagte Dorian.

„Ihr Leben? Du mein Gott! was ist das für ein Leben! Sie sind von Verderbnis zu Verderbnis fortgeschritten, und jetzt haben Sie den Höhepunkt im Verbrechen erreicht. Wenn ich tue, was ich tun werde, was Sie mich zu tun zwingen, denke ich nicht an Ihr Leben."

„Ach, Alan", murmelte Dorian mit einem Seufzer, „ich wünschte, Sie hätten für mich auch nur ein Tausendstel des Mitleids, das ich für Sie empfinde." Er wandte sich ab, als er das sagte, und blickte hinaus in den Garten. Campbell gab keine Antwort.

Nach etwa zehn Minuten klopfte es an die Tür, und der Diener kam herein, der einen großen Mahagonikasten mit Chemikalien sowie eine lange Rolle Stahl- und Platindraht und zwei recht sonderbar geformte Eisenklampen trug.

„Soll ich die Sachen hierlassen, Sir?" fragte er Campbell.

„Ja", sagte Dorian. „Und es tut mir leid, Francis, daß ich noch einen Auftrag für Sie habe. Wie heißt doch der Mann in Richmond, der die Orchideen für Selby liefert?"

„Harden, Sir."

„Ja – Harden. Sie müssen sogleich nach Richmond fahren, Harden persönlich aufsuchen und ihm ausrichten, er solle doppelt so viele Orchideen liefern, wie ich bestellt habe, und zwar möglichst wenig weiße. Eigentlich kann ich überhaupt keine weißen brauchen. Es ist ein schöner Tag, Francis, und Richmond ist ein sehr hübscher Ort, sonst würde ich Sie nicht damit behelligen."

„Das macht nichts, Sir. Wann soll ich wieder zurück sein?"

Dorian blickte Campbell an. „Wie lange wird Ihr Experiment dauern, Alan?" sagte er mit ruhiger, gleichgültiger Stimme.

Die Anwesenheit eines Dritten im Zimmer verlieh ihm offenbar besonderen Mut.

Campbell runzelte die Stirn und biß sich auf die Lippen. „Es wird ungefähr fünf Stunden dauern", erwiderte er.

„Dann reicht es, wenn Sie um halb acht zurück sind, Francis. Oder warten Sie: legen Sie mir noch schnell meine Sachen zum Umziehen heraus. Sie können dann den Abend frei haben. Ich esse nicht zu Hause, deshalb brauche ich Sie nicht mehr."

„Vielen Dank, Sir", sagte der Diener und ging hinaus.

„Jetzt, Alan, ist kein Augenblick mehr zu verlieren. Wie schwer der Kasten ist! Ich trage ihn für Sie. Sie nehmen die anderen Sachen." Er sprach rasch und in gebieterischem Ton. Campbell fühlte sich von ihm beherrscht. Zusammen verließen sie den Raum.

Auf dem obersten Treppenabsatz angelangt, holte Dorian den Schlüssel hervor und drehte ihn im Schloß. Dann hielt er inne, und ein bekümmerter Ausdruck trat in seine Augen. Er schauderte. „Ich glaube, ich kann nicht hineingehen, Alan", murmelte er.

„Das ist mir gleich. Ich brauche Sie nicht", sagte Campbell kalt.

Dorian machte die Tür halb auf. Dabei erblickte er das Gesicht seines Porträts, das ihn im Sonnenlicht hämisch anschielte. Davor lag der zerrissene Vorhang auf dem Boden. Er entsann sich, daß er in der vorangegangenen Nacht zum erstenmal in seinem Leben vergessen hatte, die verhängnisvolle Leinwand zu verhüllen, und wollte schon vorstürzen, als er schaudernd zurückfuhr.

Was war dieser widerliche rote Tau, der feucht und glänzend auf der einen Hand schimmerte, als ob die Leinwand Blut geschwitzt hätte? Wie entsetzlich das war! – entsetzlicher, so kam es ihm im Augenblick vor, als das schweigende Wesen, von dem er wußte, daß es auf dem Tisch hingestreckt lag, jenes Wesen, dessen grotesker, mißgestalter Schatten auf dem schmutzigen Teppich ihm zeigte, daß es sich nicht gerührt hatte, sondern noch immer da war, wie er es verlassen hatte.

Er holte tief Luft, stieß die Tür ein wenig weiter auf und trat mit halb geschlossenen Augen und abgewandtem Kopf schnell ein, fest entschlossen, den Toten auch nicht ein einziges Mal anzusehen. Dann bückte er sich, hob die goldene und purpurne Decke auf und warf sie über das Bild.

Er blieb stehen, weil er Angst hatte, sich umzudrehen, und seine Augen richteten sich starr auf das komplizierte Stoffmuster vor ihm. Er hörte, wie Campbell den schweren Kasten und die Eisen und die anderen Sachen hereintrug, die er für seine grauenvolle Arbeit brauchte. Er fragte sich, ob Campbell und Basil Hallward einander je begegnet waren und was in diesem Falle der eine vom anderen gehalten haben mochte.

„Lassen Sie mich jetzt allein", sagte eine strenge Stimme hinter ihm.

Er drehte sich um und eilte hinaus, wobei ihm gerade noch bewußt wurde, daß der Tote auf den Stuhl zurückgeschoben worden war und daß Campbell in ein glänzendes gelbes Gesicht starrte. Als er die Treppe hinabging, vernahm er, wie sich der Schlüssel im Schloß drehte.

Es war längst sieben vorbei, als Campbell wieder in die Bibliothek kam. Er war bleich, aber vollkommen ruhig. „Ich habe erledigt, was Sie von mir verlangt haben", sagte er leise. „Und jetzt leben Sie wohl. Wir wollen uns nie wiedersehen."

„Sie haben mich vor dem Untergang gerettet, Alan. Das kann ich nicht vergessen", entgegnete Dorian einfach.

Sobald Campbell gegangen war, stieg er nach oben. Ein entsetzlicher Geruch von Salpetersäure war im Zimmer. Aber das Wesen, das am Tisch gesessen hatte, war verschwunden.

15. KAPITEL

Am selben Abend, um halb neun, wurde Dorian Gray, der erlesen gekleidet war und im Knopfloch ein großes Sträußchen Parmaveilchen trug, von dienernden Lakaien in Lady Narboroughs Salon geleitet. Hinter seiner Stirn pochten die wahnsinnig gereizten Nerven, und er spürte in sich eine wilde Erregung, aber als er sich über die Hand der Gastgeberin neigte, waren seine Bewegungen so leicht und anmutig wie immer. Vielleicht wirkt ein Mensch nie so unbeschwert, wie wenn er eine Rolle zu spielen hat. Bestimmt hätte niemand, der Dorian Gray an diesem Abend sah, glauben können, daß er eine Tragödie hinter sich hatte, so entsetzlich wie keine andere Tragödie unserer Zeit. Niemals konnten diese feingeformten Hände ein Messer zu sündhaftem Tun umklammert noch diese lächelnden Lippen sich wider Gott und das Gute empört haben. Er selber mußte sich über seine Gelassenheit wundern, und einen Augenblick lang empfand er lebhaft die grausigen Wonnen eines Doppellebens.

Es war eine kleine Gesellschaft, etwas überstürzt zusammengestellt von Lady Narborough, die eine sehr kluge Frau war und das besaß, was Lord Henry als die Überreste einer wirklich bemerkenswerten Häßlichkeit zu bezeichnen pflegte. Sie hatte sich einem unserer langweiligsten Gesandten als hervorragende Gattin erwiesen, und nachdem sie ihren Ehemann gebührend in einem Marmormausoleum, das sie selber entworfen hatte, bestattet und ihre Töchter an reiche, etwas ältliche Herren verheiratet hatte, widmete sie sich nun den Freuden französischer Romankunst, französischer Küche und französischen Esprits, sofern sie dessen habhaft werden konnte.

Dorian gehörte zu ihren besonderen Lieblingen, und sie versicherte ihm jedesmal, sie sei heilfroh, daß sie ihn nicht in ihrer Jugend kennengelernt habe. „Ich weiß, mein Lieber, ich hätte mich wahnsinnig in Sie verliebt", sagte sie, „und für Sie hätte ich meinen Hut über die Mühlen geworfen*. Es ist ein großes

---

* Eine ursprünglich französische Redewendung mit der Bedeutung: sich über alles hinwegsetzen (Anmerkung des Übersetzers).

Glück, daß damals von Ihnen noch gar keine Rede war. Im
übrigen waren unsere Hüte so unkleidsam, und die Mühlen
mußten sich so anstrengen, ein bißchen Wind zu machen, daß
ich nicht einmal eine Liebelei mit irgend jemandem hatte. An
alledem war freilich nur Narborough schuld. Er war schrecklich
kurzsichtig, und es macht keinen Spaß, einen Mann zu betrügen,
der überhaupt nichts sieht."

Ihre Gäste an diesem Abend waren ziemlich langweilig. Die
Sache war die, wie sie Dorian hinter einem sehr schäbigen Fächer erklärte, daß eine ihrer verheirateten Töchter ganz uner-
wartet zu Besuch gekommen war und zu allem Überfluß auch
noch ihren Mann mitgebracht hatte. „Ich finde das gar nicht
nett von ihr, mein Lieber", wisperte sie. „Natürlich quartiere ich
mich jeden Sommer bei ihnen ein, wenn ich von Homburg zu-
rückkomme, aber eine alte Frau wie ich braucht schließlich ab
und zu frische Luft, und außerdem rüttle ich sie regelrecht auf.
Sie können sich ja nicht vorstellen, was für ein Leben sie führen.
Es ist das reinste unverfälschte Landleben. Sie stehen früh auf,
weil sie soviel zu tun haben, und gehen früh zu Bett, weil sie
über so wenig nachzudenken haben. In der ganzen Umgebung
hat es seit den Tagen der Königin Elisabeth keinen Skandal mehr
gegeben, und folglich nicken alle nach dem Abendessen ein. Sie
sollen neben keinem von beiden sitzen. Sie sitzen bei mir und
amüsieren mich."

Dorian murmelte ein zierliches Kompliment und blickte sich
im Zimmer um. Ja: es war fraglos eine langweilige Gesellschaft.
Zwei der Anwesenden hatte er nie zuvor gesehen, und die anderen waren Ernest Harrowden, einer der in den Londoner Klubs
so häufig anzutreffenden Durchschnittsmenschen mittleren Alters, die keine Feinde haben, aber von ihren Freunden gründlich
gehaßt werden; Lady Ruxton, eine übertrieben gekleidete,
hakennasige Frau von siebenundvierzig, die dauernd versuchte,
sich zu kompromittieren, aber so ungewöhnlich reizlos war, daß
zu ihrer großen Enttäuschung niemand ihr etwas Schlechtes zu-
trauen wollte; Mrs. Erlynne, eine aufdringliche Null mit einer
entzückenden Lispelstimme und venezianischrotem Haar; Lady
Alice Chapman, die Tochter der Gastgeberin, ein schlampiges,
schwerfälliges Mädchen mit einem jener typisch englischen Gesichter, an die man sich nie mehr erinnern kann, wenn man sie
einmal gesehen hat; und ihr Gatte, ein rotbäckiger, weißbärtiger
Mensch, der, wie so viele seines Standes, der Meinung war, hem-

mungslose Lustigkeit könne völlige Einfallslosigkeit wettma-
chen.

Er bedauerte es schon sehr, daß er gekommen war, als Lady
Narborough mit einem Blick auf die große vergoldete Uhr, die
sich in protzigen Kurven auf dem mauvedrapierten Kaminsims
spreizte, den Ausruf tat: „Wie abscheulich von Henry Wotton,
sich so zu verspäten! Ich habe ihm heute morgen auf gut Glück
eine Einladung geschickt, und er hat fest versprochen, mich
nicht zu enttäuschen."

Es war immerhin ein gewisser Trost, daß Harry kommen sollte, und als die Tür aufging und er dessen langsame, musikalische
Stimme vernahm, die irgendeiner unaufrichtigen Entschuldigung
ihren Zauber verlieh, verflog sein Gefühl der Langeweile.

Doch beim Diner konnte er nicht essen. Ein Teller nach dem
anderen ging unangerührt zurück. Lady Narborough schalt ihn
unentwegt, denn das war nach ihrer Meinung „eine Beleidigung
für den armen Adolphe, der das Menü eigens für Sie zusammengestellt hat", und hin und wieder blickte Lord Henry zu
ihm hinüber und wunderte sich über sein Schweigen und zer-
streutes Wesen. Von Zeit zu Zeit füllte der Butler sein Glas mit
Champagner. Er trank gierig, und sein Durst schien immer größer zu werden.

„Dorian", sagte endlich Lord Henry, als das *chaud-froid*
herumgereicht wurde, „was ist heute abend mit Ihnen los? Sie
sind gar nicht in Ordnung."

„Ich glaube, er ist verliebt", rief Lady Narborough, „und
er will es mir nicht sagen, weil er Angst hat, ich könnte eifersüchtig werden. Da hat er ganz recht. Ich würde bestimmt eifersüchtig."

„Verehrte Lady Narborough", murmelte Dorian lächelnd,
„ich habe mich seit einer ganzen Woche nicht mehr verliebt – ja
eigentlich nicht mehr, seitdem Madame de Ferrol London verlassen hat."

„Wie könnt ihr Männer euch nur in diese Frau verlieben!"
rief die alte Dame. „Das begreife ich wirklich nicht."

„Einfach deshalb, weil sie sich noch an Sie erinnert, als Sie ein
kleines Mädchen waren, Lady Narborough", sagte Lord Henry.
„Sie ist das einzige Verbindungsglied zwischen uns und Ihren
kurzen Röckchen."

„Sie kann sich überhaupt nicht an meine kurzen Röckchen
erinnern, Lord Henry. Aber ich erinnere mich noch sehr gut an

sie, in Wien vor dreißig Jahren, und wie dekolletiert sie damals war."

„Sie ist noch immer dekolletiert", erwiderte er und nahm mit seinen schlanken Fingern eine Olive; „und wenn sie ein sehr schickes Kleid trägt, sieht sie aus wie die *édition de luxe* eines schlechten französischen Romans. Sie ist wirklich wunderbar und voller Überraschungen. Das Ausmaß ihrer Familienanhänglichkeit ist außergewöhnlich. Als ihr dritter Mann starb, wurde ihr Haar vor Kummer ganz golden."

„Wie können Sie nur, Harry!" rief Dorian.

„Das ist eine höchst romantische Deutung", lachte die Gastgeberin. „Aber wieso ihr dritter Mann, Lord Henry? Sie wollen doch nicht sagen, daß Ferrol der vierte ist?"

„Gewiß, Lady Narborough."

„Davon glaube ich kein Wort."

„Nun, dann fragen Sie Mr. Gray. Er ist einer ihrer besten Freunde."

„Ist es wahr, Mr. Gray?"

„Sie hat es mir versichert, Lady Narborough", sagte Dorian. „Ich habe sie einmal gefragt, ob sie wie Margarete von Navarra die Herzen ihrer Männer einbalsamiert an ihrem Gürtel trage. Das hat sie verneint, denn keiner von ihnen habe ein Herz gehabt."

„Vier Männer! Auf mein Wort, das ist *trop de zèle.*"

„*Trop d'audace,* habe ich zu ihr gesagt", versetzte Dorian.

„Oh! sie ist kühn genug für alles, mein Lieber. Und wie ist Ferrol? Ich kenne ihn nicht."

„Die Ehemänner sehr schöner Frauen gehören zur Schicht der Verbrecher", sagte Lord Henry und nippte an seinem Wein.

Lady Narborough versetzte ihm einen Schlag mit dem Fächer. „Lord Henry, es überrascht mich überhaupt nicht, daß alle Welt sagt, Sie seien im höchsten Maße schlecht."

„Welche Welt sagt denn das?" frage Lord Henry und zog die Brauen hoch. „Das kann nur die andere Welt sein. Mit dieser Welt verstehe ich mich ausgezeichnet."

„Alle Leute, die ich kenne, sagen, Sie seien sehr schlecht", rief die alte Dame kopfschüttelnd.

Lord Henry machte ein paar Augenblicke lang ein ernstes Gesicht. „Es ist einfach unerhört", sagte er endlich, „wie die Leute heutzutage hinter jemandes Rücken Dinge erzählen, die absolut und vollkommen wahr sind."

„Ist er nicht unverbesserlich?" rief Dorian, der sich auf seinem Stuhl vorbeugte.

„Hoffentlich", sagte die Gastgeberin lachend. „Aber wenn Sie alle Madame de Ferrol auf so lächerliche Weise anbeten, werde ich wirklich noch einmal heiraten müssen, um nicht aus der Mode zu kommen."

„Sie werden nie wieder heiraten, Lady Narborough", fiel Lord Henry ein. „Sie waren viel zu glücklich. Wenn eine Frau wieder heiratet, so deshalb, weil sie ihren ersten Mann gehaßt hat. Wenn ein Mann wieder heiratet, so deshalb, weil er seine erste Frau angebetet hat. Die Frauen versuchen ihr Glück; die Männer setzen es aufs Spiel."

„Narborough war nicht vollkommen", rief die alte Dame.

„Wenn er es gewesen wäre, hätten Sie ihn nicht geliebt, meine Verehrteste", lautete die Antwort. „Die Frauen lieben uns um unserer Fehler willen. Haben wir davon genug, dann verzeihen sie uns alles, sogar unseren Verstand. Sie werden mich jetzt leider nie mehr zum Diner einladen, Lady Narborough, nachdem ich das gesagt habe; aber es ist völlig wahr."

„Natürlich ist es wahr, Lord Henry. Wenn wir Frauen euch nicht um eurer Fehler willen liebten, was würde dann aus euch? Keiner von euch würde jemals heiraten. Ihr wärt eine Bande von unglücklichen Junggesellen. Das würde freilich auch nicht viel an euch ändern. Heutzutage leben alle verheirateten Männer wie Junggesellen und alle Junggesellen wie verheiratete Männer."

„*Fin de siècle*", murmelte Lord Henry.

„*Fin du globe*", entgegnete seine Gastgeberin.

„Ich wollte, es wäre *fin du globe*", sagte Dorian mit einem Seufzer. „Das Leben ist eine große Enttäuschung."

„Ach, mein Lieber", rief Lady Narborough und zog sich die Handschuhe an, „sagen Sie mir nicht, daß Sie das Leben erschöpft haben. Wenn ein Mann das sagt, weiß man, daß das Leben ihn erschöpft hat. Lord Henry ist sehr schlecht, und ich wünsche mir manchmal, ich wäre es auch gewesen: aber Sie sind dazu bestimmt, gut zu sein – Sie haben ein so gutes Gesicht. Ich muß für Sie eine nette Frau suchen. Lord Henry, meinen Sie nicht auch, daß Mr. Gray heiraten sollte?"

„Das sage ich ihm dauernd, Lady Narborough", erwiderte Lord Henry mit einer Verbeugung.

„Nun, wir müssen uns nach einer geeigneten Partie für ihn

umschauen. Ich werde heute nacht noch den Debrett sorgfältig durchgehen und ein Verzeichnis aller passenden jungen Damen zusammenstellen."

„Mit Altersangaben, Lady Narborough?" fragte Dorian.

„Natürlich mit Altersangaben, leicht bearbeitet. Aber es darf nichts übereilt werden. Ich möchte, daß daraus etwas wird, was die ‚Morning Post' eine schickliche Verbindung nennt, und ich möchte, daß Sie beide glücklich werden."

„Welchen Unsinn die Leute doch über glückliche Ehen verbreiten!" rief Lord Henry aus. „Ein Mann kann mit jeder Frau glücklich sein, solange er sie nicht liebt."

„Ah! was für ein Zyniker Sie sind!" rief die alte Dame, indem sie ihren Stuhl zurückschob und Lady Ruxton zunickte. „Sie müssen bald wieder zum Essen zu mir kommen. Sie sind wirklich ein wunderbares Belebungsmittel, viel besser als das, welches Sir Andrew mir verschreibt. Sie müssen mir allerdings sagen, mit was für Leuten Sie zusammenkommen möchten. Es soll doch eine erfreuliche Mischung werden."

„Ich liebe Männer, die eine Zukunft, und Frauen, die eine Vergangenheit haben", antwortete er. „Oder meinen Sie, daß dann ein Damenkränzchen daraus würde?"

„Das befürchte ich", sagte sie lachend und erhob sich. „Ich bitte tausendmal um Vergebung, meine liebe Lady Ruxton", fügte sie hinzu, „ich habe übersehen, daß Sie Ihre Zigarette noch nicht aufgeraucht haben."

„Schon gut, Lady Narborough. Ich rauche sowieso viel zuviel. In Zukunft werde ich mir Beschränkungen auferlegen."

„Bitte tun Sie das nicht, Lady Ruxton", sagte Lord Henry. „Mäßigung ist etwas Fatales. Genug ist so schlecht wie eine Mahlzeit. Mehr als genug ist so gut wie ein Festessen."

Lady Ruxton betrachtete ihn neugierig. „Sie müssen einmal an einem Nachmittag zu mir kommen und mir das erklären, Lord Henry. Das klingt nach einer faszinierenden Theorie", murmelte sie, als sie aus dem Zimmer rauschte.

„Nun verweilen Sie nicht zu lange bei Ihrer Politik und Ihrem Klatsch", rief Lady Narborough von der Tür her. „Andernfalls geraten wir oben bestimmt in Streit."

Die Männer lachten, und Mr. Chapman erhob sich feierlich am Ende der Tafel und begab sich zum Kopfende. Dorian Gray verließ seinen Platz und setzte sich neben Lord Henry. Mr. Chapman begann mit lauter Stimme über die Zustände im Un-

terhaus zu reden. Er bedachte seine Gegner mit wieherndem Gelächter. Das Wort „doktrinär" – ein schreckliches Wort für
britische Gemüter – tauchte immer wieder zwischen seinen Aus-
brüchen auf. Eine alliterierende Vorsilbe mußte als rhetorische
Verzierung herhalten. Er hißte den Union Jack auf den Zinnen
des Denkens. Die angestammte Borniertheit der Rasse – gesunder englischen Menschenverstand nannte er sie jovial – wurde
als das wahre Bollwerk der Gesellschaft beschworen.

Ein Lächeln verzog Lord Henrys Lippen, und er wandte sich
um und blickte Dorian an.

„Geht es Ihnen besser, mein Lieber?" fragte er. „Beim Essen
machten Sie einen recht unguten Eindruck."

„Mir ist ganz wohl, Harry. Ich bin müde. Weiter nichts."

„Sie waren gestern abend bezaubernd. Die kleine Herzogin
ist Ihnen völlig ergeben. Sie hat mir anvertraut, daß sie nach
Selby fahren will."

„Sie hat mir versprochen, am Zwanzigsten zu kommen."

„Wird Monmouth auch dabeisein?"

„O ja, Harry."

„Er langweilt mich entsetzlich, fast so sehr, wie er sie langweilt. Sie ist sehr gescheit, zu gescheit für eine Frau. Ihr fehlt
der undefinierbare Zauber der Schwäche. Es sind die tönernen
Füße, die das Gold eines Standbildes kostbar erscheinen lassen.
Ihre Füße sind sehr hübsch, aber es sind keine tönernen Füße.
Weiße Porzellanfüße, wenn Sie so wollen. Sie sind durchs Feuer
gegangen; und was das Feuer nicht zerstört, härtet es. Sie hat
ihre Erfahrungen."

„Wie lange ist sie verheiratet?" fragte Dorian.

„Seit einer Ewigkeit, hat sie mir gestanden. Nach dem Adelskalender sind es, glaube ich, zehn Jahre, aber zehn Jahre mit
Monmouth müssen länger als eine Ewigkeit gewesen sein. Wer
kommt sonst noch?"

„Oh, die Willoughbys, Lord Rugby und seine Frau, unsere
Gastgeberin, Geoffrey Clouston, die übliche Besetzung also. Ich
habe auch Lord Grotrian eingeladen."

„Ich mag ihn", sagte Lord Henry. „Viele Leute mögen ihn
nicht, aber ich finde ihn charmant. Daß er sich gelegentlich
etwas übertrieben kleidet, macht er dadurch wieder gut, daß er
stets übertrieben gebildet ist. Er ist ein sehr moderner Typ."

„Ich weiß nicht, ob er kommen kann, Harry. Es kann sein,
daß er seinen Vater nach Monte Carlo begleiten muß."

„Ach! wie lästig Verwandte doch sind! Versuchen Sie ihn
zum Kommen zu bewegen. Übrigens, Dorian, gestern abend sind
Sie sehr früh davongelaufen. Was haben Sie hinterher gemacht?
Sind Sie gleich heimgegangen?"

Dorian warf ihm einen raschen Blick zu und runzelte die
Stirn. „Nein, Harry", sagte er schließlich, „ich bin erst kurz vor
drei nach Hause gekommen."

„Sind Sie in den Klub gegangen?"

„Ja", erwiderte er. Dann biß er sich auf die Lippen. „Nein,
das wollte ich nicht sagen. Ich war nicht im Klub. Ich bin um-
hergewandert. Mir ist entfallen, was ich gemacht habe... Sie
sind aber neugierig, Harry! Sie wollen immer wissen, was man
getan hat, ich möchte immer vergessen, was ich getan habe. Ich
bin um halb drei heimgekommen, wenn Sie die genaue Zeit wissen wollen. Ich hatte meinen Schlüssel zu Hause liegenlassen,
und mein Diener mußte mich einlassen. Wenn Sie in diesem
Punkt eine beweiskräftige Aussage wünschen, können Sie ihn ja
fragen."

Lord Henry zuckte die Achseln. „Mein Lieber, als ob mir
daran etwas läge! Gehen wir doch nach oben in den Salon. Kein
Sherry, vielen Dank, Mr. Chapman. Etwas ist mit Ihnen passiert, Dorian. Sagen Sie es mir. Sie sind heute abend ganz anders."

„Kümmern Sie sich nicht um mich, Harry. Ich bin gereizt
und schlecht aufgelegt. Ich komme morgen oder übermorgen bei
Ihnen vorbei. Entschuldigen Sie mich bei Lady Narborough.
Ich gehe nicht nach oben. Ich gehe nach Hause. Ich muß nach
Hause."

„Schon gut, Dorian. Ich rechne damit, Sie morgen zum Tee
zu sehen. Die Herzogin kommt auch."

„Ich werde versuchen zu kommen, Harry", sagte er und verließ das Zimmer. Auf der Fahrt nach Hause spürte er, daß das
Gefühl des Entsetzens, das er erdrosselt zu haben glaubte, zurückgekehrt war. Bei Lord Henrys beiläufigen Fragen hatte er
im Augenblick die Nerven verloren, aber er brauchte seine Nerven noch. Alle gefährlichen Dinge mußten vernichtet werden.
Er zuckte zusammen. Die Vorstellung, sie auch nur anfassen zu
müssen, widerstrebte ihm.

Dennoch mußte es geschehen. Das machte er sich klar, und
als er die Tür seiner Bibliothek abgeschlossen hatte, öffnete er
den Geheimschrank, in den er Basil Hallwards Mantel und Ta-

sche geworfen hatte. Im Kamin loderte ein mächtiges Feuer. Er
legte noch ein Scheit nach. Der Gestank der sengenden Kleider
und des brennenden Leders war fürchterlich. Er brauchte drei
Viertelstunden, um alles zu verbrennen. Hinterher fühlte er sich
schwach und krank, und nachdem er in einer durchbrochenen
Kupferpfanne ein paar algerische Räucherkerzchen angezündet
hatte, wusch er sich die Hände und das Gesicht mit kühlem,
nach Moschus duftendem Essig.

Plötzlich fuhr er auf. In seine Augen trat ein seltsamer Glanz,
und er nagte nervös an seiner Unterlippe. Zwischen zwei Fenstern stand ein großer florentinischer Schrank aus Ebenholz, mit
Elfenbein und blauem Lapislazuli eingelegt. Er betrachtete ihn
wie einen Gegenstand, von dem Zauberkraft und Angst zugleich
ausgingen, als ob er etwas in sich berge, was er ersehnte und
doch fast verabscheute. Er atmete schneller. Ein wahnsinniges
Verlangen kam über ihn. Er zündete sich eine Zigarette an und
warf sie wieder fort. Seine Lider senkten sich, bis die langen
Wimpernfransen beinahe seine Wangen berührten. Aber noch
immer behielt er den Schrank im Auge. Schließlich erhob er sich
von dem Sofa, auf dem er gelegen hatte, ging zu ihm hinüber,
schloß ihn auf und berührte eine verborgene Feder. Eine drei-
eckige Schublade glitt langsam hervor. Seine Finger bewegten
sich instinktiv auf sie zu, fuhren hinein und schlossen sich um
etwas. Es war eine kleine chinesische Dose mit schwarzem, gold-
gestäubtem Lacküberzug, kunstvoll gearbeitet, die Seitenflächen
wellenförmig gemustert und die seidenen Schnüre mit runden
Kristallen und Quasten aus geflochtenen Metallfäden verziert.
Er öffnete sie. In ihr befand sich eine grüne Masse mit wachs-
gleichem Schimmer und seltsam schwerem und durchdringen-
dem Duft.

Er zögerte einige Augenblicke, ein sonderbar unbewegliches
Lächeln im Gesicht. Dann erschauerte er, obwohl die Luft im
Zimmer schrecklich heiß war, straffte sich und blickte auf die
Uhr. Es war zwanzig vor zwölf. Er stellte die Dose wieder in
den Schrank, verschloß die Türen und begab sich in das Schlaf-
zimmer.

Als die Mitternacht der dunklen Luft bronzene Schläge versetzte, schlich Dorian Gray, gewöhnlich gekleidet, einen Schal
um den Hals geschlungen, leise aus dem Haus. In der Bond
Street fand er einen Hansom mit einem guten Pferd. Er hielt ihn
an und flüsterte dem Kutscher eine Adresse zu.

Der Mann schüttelte den Kopf. „Das ist zu weit für mich", brummte er.

„Da haben Sie einen Sovereign", sagte Dorian. „Sie bekommen noch einen, wenn Sie schnell fahren."

„Schon gut, Sir", antwortete der Mann, „in einer Stunde sind Sie da", und nachdem er das Fahrgeld eingesteckt hatte, wendete er das Pferd und fuhr rasch in Richtung Fluß davon.

16. KAPITEL

Ein kalter Regen setzte ein, und die verwischten Straßenlaternen wirkten gespenstisch im triefenden Nebel. Die Wirtshäuser schlossen gerade, und undeutlich zu erkennende Männer- und Frauengestalten sammelten sich in verstreuten Gruppen um die Türen. Aus einigen Bars drang der Lärm schrecklichen Gelächters. In anderen krakeelten und grölten Betrunkene.

Im Hansom zurückgelehnt, den Hut über die Stirn gezogen, beobachtete Dorian Gray mit teilnahmslosen Augen die schmutzige Schmach der großen Stadt, und einige Male wiederholte er für sich die Worte, die Lord Henry am Tag ihrer ersten Begegnung zu ihm gesagt hatte: „Die Seele durch die Sinne und die Sinne durch die Seele heilen." Ja, das war das Geheimnis. Er hatte es oft ausprobiert und würde es jetzt aufs neue ausprobieren. Es gab Opiumhöhlen, wo man Vergessen kaufen konnte, Höhlen des Grauens, wo die Erinnerung an alte Sünden durch den Wahnsinn von Sünden, die neu waren, ausgelöscht werden konnte.

Der Mond hing tief am Himmel wie ein gelber Schädel. Hin und wieder streckte eine riesige, ungestalte Wolke einen langen Arm aus und bedeckte ihn. Die Gaslaternen wurden spärlicher und die Straßen enger und finsterer. Einmal kam der Kutscher vom Weg ab und mußte eine halbe Meile zurückfahren. Dampf stieg von dem Pferd auf, als es das Wasser der Pfützen aufspritzen ließ. Die Seitenfenster des Hansoms waren bedeckt mit flanellgrauem Nebel.

„Die Seele durch die Sinne und die Sinne durch die Seele heilen!" Wie ihm die Worte in den Ohren klangen! Seine Seele war tatsächlich todkrank. War es richtig, daß die Sinne sie zu heilen vermochten? Unschuldiges Blut war vergossen worden. Wie konnte das gesühnt werden? Ach! dafür gab es keine Sühne; doch wenn auch Vergebung unmöglich war, Vergessen war immer noch möglich, und er war entschlossen, zu vergessen, das Ganze auszurotten, es zu zermalmen, wie man die Natter zermalmt, die einen gebissen hat. Welches Recht hatte Basil schließlich gehabt, so mit ihm zu sprechen, wie er es getan hatte? Er hatte Dinge gesagt, die furchtbar, entsetzlich und nicht zu ertragen waren.

Immer weiter rumpelte der Hansom, doch bei jedem Schritt, so schien es ihm, wurde er langsamer. Er stieß die Klappe auf und rief dem Kutscher zu, er solle schneller fahren. Der gräßliche Hunger nach Opium begann an ihm zu nagen. Seine Kehle brannte, und seine anmutigen Hände verkrampften sich nervös. Er schlug mit seinem Stock wie besessen auf das Pferd ein. Der Kutscher lachte und half mit der Peitsche nach. Dorian lachte zurück, und der Mann schwieg.

Der Weg wollte kein Ende nehmen, und die Straßen glichen dem schwarzen Gewebe einer krabbelnden Spinne. Die Monotonie wurde unerträglich, und als sich der Nebel verdichtete, bekam Dorian es mit der Angst zu tun.

Dann kamen sie an einsamen Ziegeleien vorbei. Der Dunst war hier lichter, und er konnte die seltsamen flaschenförmigen Brennöfen mit ihren orangefarbenen fächerartigen Feuerzungen erkennen. Ein Hund bellte, als sie vorüberfuhren, und fern in der Dunkelheit kreischte eine umherschweifende Möwe. Das Pferd stolperte in einer Wagenspur, brach zur Seite aus und fiel in Galopp.

Nach einiger Zeit ließen sie den Lehmweg hinter sich und ratterten wieder über grobgepflasterte Straßen. Die meisten Fenster waren dunkel, aber ab und zu zeichneten sich phantastische Schatten auf beleuchteten Vorhängen ab. Er betrachtete sie neugierig. Sie bewegten sich gleich monströsen Marionetten und gestikulierten wie lebendige Wesen. Er haßte sie. Eine dumpfe Wut war in seinem Herzen. Als sie um eine Ecke bogen, schrie ihnen eine Frau aus einer offenen Tür etwas nach, und zwei Männer rannten fast hundert Schritt hinter dem Hansom her. Der Kutscher hieb mit seiner Peitsche auf sie ein.

Es heißt, daß die Leidenschaft einen im Kreis denken läßt. Mit abscheulicher Beharrlichkeit formten Dorian Grays zerbissene Lippen immer wieder jene verführerischen Worte, die von der Seele und den Sinnen handelten, bis er in ihnen gleichsam den zutreffenden Ausdruck seiner Stimmung gefunden und durch intellektuelle Zustimmung Leidenschaften gerechtfertigt hatte, die auch ohne solche Rechtfertigung sein Gemüt beherrscht hätten. Durch die Zellen seines Gehirns kroch der eine Gedanke; und die wilde Lebensgier, die schlimmste aller menschlichen Begierden, spannte jeden zitternden Nerv und jede zitternde Faser.

Die Häßlichkeit, die ihm einst zuwider war, weil sie den Dingen Wirklichkeit verlieh, wurde ihm jetzt aus ebendemselbem Grunde lieb. Die Häßlichkeit war die einzige Wirklichkeit. Das rohe Geschrei, die ekelhafte Höhle, die krasse Gewalt ungezügelten Lebens, sogar die Gemeinheit der Diebe und Ausgestoßenen waren in der unmittelbaren Intensität des Eindrucks lebendiger als alle die anmutigen Gestalten der Kunst, die träumerischen Schatten der Dichtung. Sie brauchte er, um vergessen zu können. In drei Tagen würde er frei sein.

Plötzlich hielt der Kutscher am Eingang einer dunklen Gasse mit einem Ruck an. Über die niedrigen Dächer und gezackten Schornsteine der Häuser stiegen die schwarzen Masten von Schiffen empor. Girlanden aus weißem Nebel hingen wie gespenstische Segel an den Rahen.

„Hier muß es irgendwo sein, Sir, oder?" fragte er mit rauher Stimme durch die Klappe.

Dorian fuhr zusammen und blickte sich um. „Ja, das genügt", antwortete er, und nachdem er hastig ausgestiegen war und dem Kutscher das versprochene zusätzliche Fahrgeld gegeben hatte, schritt er rasch auf den Kai zu. Hier und da schimmerte eine Laterne am Heck eines riesigen Handelsschiffes. Das Licht zitterte und glitzerte in den Pfützen. Ein roter Schein kam von einem auslaufbereiten Dampfer, der Kohle einnahm. Das schmierige Pflaster sah aus wie ein nasser Regenmantel.

Er eilte nach links hinüber, wobei er sich ab und zu umschaute, um zu sehen, ob ihm jemand folge. Nach etwa sieben oder acht Minuten gelangte er zu einem kleinen schäbigen Haus, das zwischen zwei öden Fabrikgebäuden eingekeilt war. In einem der oberen Fenster stand eine Lampe. Er blieb stehen und gab ein bestimmtes Klopfzeichen.

Nach einer kleinen Weile hörte er auf dem Gang Schritte, und die Kette wurde ausgehakt. Die Tür ging leise auf, und er trat ein, ohne ein Wort zu der untersetzten Mißgestalt zu sagen, die sich bei seinem Eintritt in den Schatten drückte. Am Ende der Diele hing ein zerfetzter grüner Vorhang, der in den Windstößen, die ihm von der Straße gefolgt waren, hin und her schwang. Er zog ihn zur Seite und betrat einen langen, niedrigen Raum, der aussah, als sei er einmal ein drittklassiger Ballsaal gewesen. Grell flackernde Gaslampen, die sich trüb und verzerrt in den fliegenbeschmutzten Spiegeln gegenüber abbildeten, hingen ringsum an den Wänden. Die verschmierten Reflektoren aus geriffeltem Zinn, die hinter ihnen angebracht waren, warfen zitternde Lichtscheiben. Der Boden war mit ockerfarbenem Sägemehl bedeckt, das an einzelnen Stellen zu Matsch getreten und mit dunklen Flecken von verschüttetem Schnaps gezeichnet war. Vor einem kleinen Holzkohlenofen hockten ein paar Malaien, die mit Knochenscheibchen spielten und beim Schwatzen ihre weißen Zähne zeigten. In einer Ecke rekelte sich ein Matrose über einen Tisch, den Kopf zwischen den Armen vergraben, und an der geschmacklos bemalten Theke, die sich über die ganze Seite des Raumes erstreckte, standen zwei hagere Weiber und machten sich über einen alten Mann lustig, der sich mit angeekelter Miene seinen Rockärmel abbürstete. „Er meint, er wär von roten Ameisen überfallen worden", lachte die eine, als Dorian vorüberging. Der Mann sah sie entsetzt an und begann zu wimmern.

Am anderen Ende des Raums befand sich eine kleine Treppe, die zu einem verdunkelten Zimmer führte. Als Dorian ihre drei wackligen Stufen hinaufeilte, schlug ihm der schwere Duft des Opiums entgegen. Er holte tief Atem, und seine Nasenflügel bebten vor Wonne. Als er eintrat, blickte ein junger Mann mit glattem gelbem Haar, der sich, über eine Lampe gebeugt, eine lange dünne Pfeife anzündete, zu ihm auf und nickte ihm zögernd zu.

„Sie hier, Adrian?" murmelte Dorian.

„Wo sollte ich denn sonst sein?" entgegnete er teilnahmslos. „Von den Kerlen will ja keiner mehr mit mir sprechen."

„Ich dachte, Sie hätten England verlassen."

„Darlington will nichts gegen mich unternehmen. Mein Bruder hat den Wechsel schließlich doch bezahlt. George spricht auch nicht mehr mit mir... Das ist mir gleich", setzte er mit einem Seufzer hinzu. „Solange man diesen Stoff hat, braucht man keine Freunde. Ich glaube, ich habe zu viele Freunde gehabt."

Dorian zuckte zusammen und betrachtete ringsum die grotesken Gestalten, die in so phantastischen Stellungen auf den zerlumpten Matratzen lagen. Die verdrehten Glieder, die aufgesperrten Münder, die starrenden, glanzlosen Augen faszinierten ihn. Er wußte, in welch seltsamen Paradiesen sie litten und welche dumpfen Höllen sie das Geheimnis einer neuen Lust lehrten. Ihnen erging es besser als ihm. Er war ein Gefangener des Denkens. Die Erinnerung verzehrte wie eine furchtbare

Krankheit seine Seele. Manchmal meinte er die Augen von Basil Hallward auf sich gerichtet zu sehen. Dennoch spürte er, daß er nicht bleiben konnte. Die Anwesenheit von Adrian Singleton störte ihn. Er wollte irgendwo sein, wo niemand wußte, wer er war. Er wollte sich selber entfliehen.

„Ich gehe in das andere Lokal", sagte er nach einer Pause.

„Auf der Werft?"

„Ja."

„Die tolle Katze ist bestimmt da. Hier will man sie nicht mehr haben."

Dorian zuckte die Achseln. „Ich habe genug von Weibern, die einen lieben. Weiber, die einen hassen, sind viel interessanter. Außerdem ist der Stoff dort besser."

„So ziemlich dasselbe."

„Ich mag ihn lieber. Kommen Sie, trinken wir was. Ich muß etwas haben."

„Ich brauche nichts", murmelte der junge Mann.

„Macht nichts."

Adrian Singleton erhob sich träge und folgte Dorian zur Theke. Ein Inder mit europäischem Einschlag, angetan mit zerrissenem Turban und schäbigem Ulstermantel, grinste widerlich zur Begrüßung, während er eine Flasche Brandy und zwei Gläser vor sie hinstellte. Die Frauen drängten sich heran und begannen zu schwatzen. Dorian kehrte ihnen den Rücken zu und sagte mit leiser Stimme etwas zu Adrian Singleton.

Ein schiefes Lächeln zog sich wie ein Malaienkris über das Gesicht der einen Frau. „Heute abend sind wir aber sehr stolz", höhnte sie.

„Um Gottes willen, sprechen Sie mich nicht an", rief Dorian und stampfte mit dem Fuß auf den Boden. „Was wollen Sie? Geld? Da haben Sie's. Sprechen Sie mich nie wieder an."

Zwei rote Funken blitzten in den verquollenen Augen der Frau auf, dann verflackerten sie und ließen den Blick stumpf und glasig erscheinen. Sie warf den Kopf zurück und raffte die Münzen mit gierigen Fingern von der Theke. Ihre Begleiterin beobachtete sie neidisch.

„Es hat keinen Zweck", seufzte Adrian Singleton. „Ich will nicht mehr zurück. Wozu auch? Ich bin hier ganz glücklich."

„Sie werden mir schreiben, wenn Sie irgend etwas brauchen, nicht wahr?" sagte Dorian nach einer Weile.

„Vielleicht."

„Dann gute Nacht."

„Gute Nacht", erwiderte der junge Mann, der die Treppe hinaufstieg und sich den ausgedörrten Mund mit einem Taschentuch abwischte.

Dorian ging zur Tür, einen schmerzlichen Zug im Gesicht. Als er den Vorhang beiseite zog, kam ein abscheuliches Lachen von den angemalten Lippen der Frau, die sein Geld genommen hatte. „Da geht der Teufelsbraten!" gluckste sie mit heiserer Stimme.

„Verflucht!" versetzte er, „nennen Sie mich nicht so."

Sie schnippte mit den Fingern. „Märchenprinz möchten Sie wohl lieber genannt werden, wie?" brüllte sie ihm nach.

Bei ihren Worten sprang der schlaftrunkene Seemann auf und blickte wild um sich. Das Geräusch der ins Schloß fallenden Tür drang an sein Ohr. Er stürzte hinaus, als wollte er jemand verfolgen.

Dorian Gray eilte durch den Nieselregen über den Kai. Die Begegnung mit Adrian Singleton hatte ihn seltsam berührt, und er fragte sich, ob ihm die Zerstörung dieses jungen Lebens wirklich zur Last gelegt werden konnte, wie es Basil Hallward mit so beleidigender Infamie behauptet hatte. Er biß sich auf die Lippen, und einige Sekunden lang wurden seine Augen traurig. Doch was ging das schließlich ihn an? Das Dasein war zu kurz, als daß man die Last der Irrtümer eines anderen auf seine Schultern nehmen könnte. Jeder lebte sein eigenes Leben und mußte seinen eigenen Preis dafür zahlen. Das Unangenehme war nur, daß man so oft für einen Fehler zahlen mußte. Ja, man mußte zahlen und immer wieder zahlen. In seinem Handel mit dem Menschen schloß das Schicksal nie das Konto ab.

Es gibt Augenblicke, wie die Psychologen sagen, in denen die Leidenschaft für die Sünde oder für das, was die Welt Sünde nennt, einen Menschen so beherrscht, daß jede Faser des Körpers und jede Zelle des Gehirns von schrecklichen Trieben erfüllt zu sein scheint. In solchen Augenblicken verlieren Männer und Frauen die Freiheit ihres Willens. Sie bewegen sich gleich Automaten auf ihr entsetzliches Ende zu. Die Wahl ist ihnen genommen, und das Gewissen wird entweder getötet, oder es lebt, wenn überhaupt, nur noch, um der Empörung ihre Faszination und dem Ungehorsam seinen Reiz zu verleihen. Denn alle Sünden sind, wie die Theologen uns zu mahnen nicht müde werden, Sünden des Ungehorsams. Als jener hohe Geist, jener

Morgenstern des Bösen, aus dem Himmel stürzte, da stürzte er als Rebell.

Unempfindlich, ausgerichtet auf das Böse, mit beflecktem Geist und einer Seele, die nach Empörung hungerte, hastete Dorian weiter, wobei er seine Schritte noch beschleunigte, aber als er seitwärts in einen düsteren Torweg raste, der ihm so oft als Abkürzung zu dem verrufenen Lokal, das er aufsuchen wollte, gedient hatte, fühlte er sich plötzlich von hinten gepackt, und ehe er noch Zeit hatte, sich zu verteidigen, wurde er gegen die Mauer geschleudert, und eine brutale Hand umklammerte seinen Hals.

Er rang wie ein Wahnsinniger um sein Leben und befreite sich mit einer furchtbaren Anstrengung von den würgenden Fingern. In der nächsten Sekunde hörte er das Klicken eines Revolvers, und er sah den Schimmer eines glatten Laufs, der genau auf seinen Kopf zielte, und die dunkle Gestalt eines kleinen, untersetzten Mannes, der vor ihm stand.

„Was wollen Sie?" keuchte er.

„Bleiben Sie ruhig", sagte der Mann. „Wenn Sie sich rühren, erschieße ich sie."

„Sie sind verrückt. Was habe ich Ihnen getan?"

„Sie haben das Leben von Sibyl Vane zugrunde gerichtet", war die Antwort, „und Sibyl Vane war meine Schwester. Sie hat sich umgebracht. Ich weiß es. Sie sind schuld an ihrem Tod. Ich habe geschworen, Sie dafür zu töten. Jahrelang habe ich nach Ihnen gesucht. Ich hatte keinen Anhaltspunkt, keine Spur. Die beiden Menschen, die Sie hätten beschreiben können, waren tot. Ich wußte nichts von Ihnen als den Kosenamen, den sie Ihnen gab. Heute nacht habe ich ihn zufällig gehört. Machen Sie Ihren Frieden mit Gott, denn heute nacht noch sollen Sie sterben."

Dorian Gray wurde es übel vor Angst. „Ich habe sie überhaupt nicht gekannt", stammelte er. „Ich habe nie von ihr gehört. Sie sind verrückt."

„Sie täten besser daran, Ihre Sünde zu gestehen, denn so wahr ich James Vane bin, sollen Sie sterben." Es war ein entsetzlicher Augenblick. Dorian wußte nicht, was er sagen oder tun sollte. „Auf die Knie!" knurrte der Mann. „Ich gebe Ihnen eine Minute, Ihren Frieden zu machen – nicht mehr. Ich schiffe mich heute nacht nach Indien ein, und vorher muß ich meine Aufgabe erledigt haben. Eine Minute. Nicht länger."

Dorians Arme fielen herab. Vom Schrecken gelähmt, wußte er nicht, was er machen sollte. Plötzlich zuckte eine verwegene Hoffnung in seinem Gehirn auf. „Halt", rief er. „Wie lange ist es her, daß Ihre Schwester gestorben ist? Schnell, sagen Sie es mir!"

„Achtzehn Jahre", sagte der Mann. „Warum fragen Sie? Was haben die Jahre damit zu tun?"

„Achtzehn Jahre", lachte Dorian Gray mit einem triumphierenden Unterton in der Stimme. „Achtzehn Jahre! Bringen Sie mich unter die Laterne, und schauen Sie sich dort mein Gesicht an!"

James Vane zögerte einen Augenblick, da er nicht wußte, was das zu bedeuten hatte. Dann ergriff er Dorian Gray und zerrte ihn aus dem Torweg fort.

So trübe und flackernd das Licht der vom Wind geschüttelten Laterne auch war, es reichte aus, ihm den schrecklichen Irrtum zu zeigen, dem er offenbar erlegen war, denn das Gesicht des Mannes, den er hatte töten wollen, besaß die ganze Blüte des Knabenalters, die ganz unbefleckte Reinheit der Jugend. Er wirkte nur wenig älter als ein Jüngling von zwanzig Jahren, kaum älter, falls überhaupt, als seine Schwester gewesen war, da sie sich vor so vielen Jahren getrennt hatten. Es war augenscheinlich, daß dies nicht der Mann sein konnte, der ihr Leben zerstört hatte.

Er lockerte seinen Griff und taumelte zurück. „Mein Gott! mein Gott!" rief er, „und ich wollte Sie ermorden!"

Dorian Gray holte tief Atem. „Sie waren drauf und dran, ein furchtbares Verbrechen zu begehen, Mann", sagte er und blickte ihn streng an. „Lassen Sie sich das eine Warnung sein, die Rache nicht in die eigene Hand zu nehmen."

„Verzeihen Sie mir, Sir", murmelte James Vane. „Ich habe mich getäuscht. Ein zufälliges Wort, das ich in der verdammten Spelunke gehört habe, hat mich auf die falsche Fährte gesetzt."

„Sie sollten lieber heimgehen und die Pistole da wegstecken, denn sonst könnten Sie Ärger bekommen", sagte Dorian, drehte sich auf dem Absatz um und ging langsam die Straße hinunter.

James Vane stand schrecklich bleich auf dem Pflaster. Er zitterte von Kopf bis Fuß. Nach einiger Zeit bewegte sich ein schwarzer Schatten, der an der triefenden Mauer entlanggekrochen war, hinaus in das Licht und trat mit verstohlenen Schritten an ihn heran. Er spürte, wie sich ihm eine Hand auf die Schulter legte, und sah sich aufgeschreckt um. Es war eine von den Frauen, die an der Theke getrunken hatten.

„Warum hast du ihn nicht umgebracht?" zischte sie und schob ihr abgezehrtes Gesicht dicht an das seine heran. „Ich wußte, daß du hinter ihm her warst, als du aus Dalys Kneipe fortgerannt bist. Du Narr! Du hättest ihn umbringen sollen. Er hat einen Haufen Geld, und er ist so schlecht, wie man nur sein kann."

„Er ist nicht der Mann, den ich suche", erwiderte er, „und ich will niemandes Geld. Ich will das Leben eines Mannes. Der Mann, dessen Leben ich will, muß jetzt an die Vierzig sein. Der da ist ja fast noch ein Kind. Gott sei Dank habe ich nicht sein Blut an meinen Händen."

Die Frau lachte bitter auf. „Fast noch ein Kind!" höhnte sie. „Mensch, es ist fast achtzehn Jahre her, daß der Märchenprinz aus mir gemacht hat, was ich jetzt bin."

„Du lügst!" schrie James Vane.

Sie hob die Hand zum Himmel. „Bei Gott, ich sage die Wahrheit", rief sie.

„Bei Gott?"

„Ich will tot umfallen, wenn es nicht stimmt. Er ist der schlimmste von allen, die hierherkommen. Es heißt, er hat sich dem Teufel für ein schönes Gesicht verkauft. Es ist fast achtzehn Jahre her, daß ich ihn kennengelernt habe. Er hat sich seitdem nicht viel verändert. Ich freilich schon", fügte sie mit einem abstoßenden Seitenblick hinzu.

„Kannst du das beschwören?"

„Ich beschwöre es", kam es als heiseres Echo aus ihrem dünnen Mund. „Aber verrat mich ihm nicht", winselte sie, „ich habe Angst vor ihm. Gib mir ein bißchen Geld für mein Nachtquartier."

Mit einem Fluch riß er sich von ihr los und stürzte davon bis zur Straßenecke, aber Dorian Gray war verschwunden. Als er zurückblickte, war die Frau ebenfalls verschwunden.

17. KAPITEL

Eine Woche später saß Dorian Gray im Wintergarten von Royal Selby und unterhielt sich mit der hübschen Herzogin von Monmouth, die mit ihrem Gatten, einem müde wirkenden Sechziger, zu seinen Gästen gehörte. Es war zur Teestunde, und das milde Licht der mächtigen, spitzenverhängten Lampe, die auf dem Tisch stand, beleuchtete das köstliche Porzellan und das gehämmerte Silber des Services, bei dem die Herzogin ihres Amtes waltete. Ihre weißen Hände bewegten sich anmutig zwischen den Tassen, und ihre vollen roten Lippen lächelten über etwas, was ihr Dorian zugeflüstert hatte. Lord Henry lehnte sich in einem seidenbespannten Korbstuhl zurück und beobachtete die beiden. Auf einem pfirsichfarbenen Diwan saß Lady Narborough und tat so, als lausche sie des Herzogs Beschreibung des letzten brasilianischen Käfers, den er seiner Sammlung einverleibt hatte. Drei junge Herren in eleganten Smokings reichten einigen Damen Teegebäck. Die Gesellschaft bestand aus zwölf Personen, und weitere wurden für den folgenden Tag erwartet.

„Worüber sprechen Sie beide?" fragte Lord Henry, während er zum Tisch schlenderte und seine Tasse hinstellte. „Ich hoffe, Dorian hat Ihnen von meinem Plan erzählt, alles umzutaufen, Gladys. Das ist eine reizende Idee."

„Aber ich möchte nicht umgetauft werden, Harry", entgegnete die Herzogin und blickte mit ihren wunderschönen Augen zu ihm empor. „Ich bin mit meinem Namen ganz zufrieden, und ich bin sicher, Mr. Gray ist mit dem seinen ebenfalls zufrieden."

„Meine liebe Gladys, die beiden Namen würde ich um keinen Preis ändern. Sie sind beide vollkommen. Ich dachte dabei vor allem an Blumen. Gestern habe ich eine Orchidee für mein Knopfloch abgeschnitten. Es war ein wundervoll gesprenkeltes Gebilde, so effektvoll wie die sieben Todsünden. In einem unbedachten Moment fragte ich einen Gärtner, wie sie heiße. Er antwortete mir, es sei ein schönes Exemplar der Robinsoniana oder etwas ähnlich Gräßliches. Es ist eine traurige Wahrheit, aber wir haben die Fähigkeit verloren, den Dingen reizvolle

Namen zu geben. Namen sind alles. Ich streite nie um Taten. Mein Streit geht immer um Worte. Das ist der Grund, warum ich den vulgären Realismus in der Literatur hasse. Der Mann, der es über sich bringt, einen Spaten Spaten zu nennen*, sollte gezwungen werden, ihn zu benutzen. Das ist das einzige, wofür er sich eignet."

„Welchen Namen sollen wir demnach Ihnen geben, Harry?" fragte sie.

„Er ist Fürst Paradox", sagte Dorian.

„Ich erkenne ihn sofort an", rief die Herzogin aus.

„Davon will ich nichts hören", lachte Lord Henry und ließ sich auf einen Stuhl fallen. „Einem Etikett kann man nie mehr entrinnen! Ich lehne den Titel ab."

„Herrscher dürfen nicht abdanken", erklang es als Warnung von hübschen Lippen.

„Sie wollen also, daß ich meinen Thron verteidige?"

„Ja."

„Ich verkünde die Wahrheiten von morgen."

„Mir sind die Irrtümer von heute lieber", antwortete sie.

„Sie entwaffnen mich, Gladys", rief er, indem er sich von ihrer mutwilligen Laune anstecken ließ.

„Ich nehme Ihnen den Schild, Harry: nicht Ihren Speer."

„Ich kämpfe nie gegen die Schönheit", sagte er mit einer abwinkenden Handbewegung.

„Das ist Ihr Fehler, Harry, glauben Sie mir. Sie bewerten die Schönheit viel zu hoch."

„Wie können Sie das sagen? Ich gebe zu, daß ich es für besser halte, schön zu sein, als gut. Doch andererseits ist niemand eher als ich bereit zu bekennen, daß es besser ist, gut zu sein als häßlich."

„Häßlichkeit ist also eine der sieben Todsünden?" rief die Herzogin. „Was wird dann aus Ihrem Vergleich mit der Orchidee?"

„Häßlichkeit ist eine der sieben Todtugenden, Gladys. Sie als gute Tory dürfen sie nicht unterschätzen. Das Bier, die Bibel und die sieben Todtugenden haben aus unserem England das gemacht, was es ist."

„Sie lieben also Ihr Land nicht?" fragte sie.

---

* Bezieht sich auf die englische Redensart „to call a spade a spade" = etwas beim Namen nennen (Anmerkung des Übersetzers).

„Ich lebe in ihm."

„Damit sie es um so besser tadeln können."

„Möchten Sie, daß ich mich dem Urteil anschließe, das Europa über es gefällt hat?" wollte er wissen.

„Was sagt man denn über uns?"

„Daß Tartüff nach England ausgewandert ist und einen Laden aufgemacht hat."

„Stammt das von Ihnen, Harry?"

„Ich schenke es Ihnen."

„Ich hätte keine Verwendung dafür. Es ist zu wahr."

„Sie brauchen nichts zu befürchten. Unsere Landsleute erfassen eine Charakterisierung nie."

„Sie sind praktisch eingestellt."

„Sie sind eher gerissen als praktisch. Wenn sie ihr Konto abschließen, gleichen sie Borniertheit mit Reichtum und Laster mit Heuchelei aus."

„Und doch haben wir Großes geleistet."

„Großes ist uns auferlegt worden, Gladys."

„Wir haben diese Last **getragen.**"

„Nur bis zur Börse."

Sie schüttelte den Kopf. „Ich glaube an unsere Rasse", rief sie.

„Sie repräsentiert das Überleben der Streber."

„Sie ist entwicklungsfähig."

„Verfall fasziniert mich mehr."

„Und wie steht es mit der Kunst?" fragte sie.

„Sie ist eine Krankheit."

„Die Liebe?"

„Eine Illusion."

„Die Religion?"

„Der modische Ersatz für den Glauben."

„Sie sind ein Skeptiker."

„Niemals! Skeptizismus ist der Anfang des Glaubens."

„Was sind Sie denn?"

„Definieren heißt einschränken."

„Geben Sie mir einen Faden in die Hand."

„Fäden reißen. Sie würden sich im Labyrinth verirren."

„Sie verwirren mich. Sprechen wir von etwas anderem."

„Unser Gastgeber ist ein großartiges Gesprächsthema. Vor Jahren wurde er Märchenprinz getauft."

„Ach! erinnern Sie mich nicht daran", rief Dorian Gray.

„Unser Gastgeber benimmt sich heute abend ziemlich scheuß-

lich", entgegnete die Herzogin errötend. „Er glaubt wohl, Monmouth habe mich aus rein wissenschaftlichen Erwägungen geheiratet, als das beste Exemplar eines modernen Schmetterlings,
das er auftreiben konnte."

„Nun, ich hoffe, er wird Sie nicht mit Nadeln aufspießen,
Herzogin", lachte Dorian.

„Oh! das tut meine Zofe bereits, Mr. Gray, wenn Sie sich über
mich ärgert."

„Und warum ärgert sie sich über Sie, Herzogin?"

„Wegen der geringsten Kleinigkeit, Mr. Gray, das versichere
ich Ihnen. Gewöhnlich dann, wenn ich um zehn vor neun heim-
komme und ihr sage, daß ich um halb neun angekleidet sein
muß."

„Wie unvernünftig von ihr! Sie sollten ihr kündigen."

„Das wage ich nicht, Mr. Gray. Sie entwirft nämlich meine
Hüte. Erinnern Sie sich noch an den einen, den ich auf Lady
Hilstones Gartenfest getragen habe? Sie erinnern sich nicht,
aber es ist nett von Ihnen, daß Sie wenigstens so tun. Nun, sie
hat ihn aus nichts hergezaubert. Alle guten Hüte werden aus
nichts gezaubert."

„Genauso wie ein guter Ruf, Gladys", unterbrach sie Lord
Henry. „Jeder Erfolg, den wir haben, trägt uns einen Feind ein.
Um beliebt zu sein, muß man mittelmäßig sein."

„Nicht bei den Frauen", sagte die Herzogin kopfschüttelnd;
„und die Frauen regieren die Welt. Ich versichere Ihnen, daß
wir mittelmäßige Menschen nicht ertragen können. Wir Frauen,
so hat jemand gesagt, lieben mit den Ohren, so wie ihr Männer
mit den Augen liebt, falls ihr überhaupt jemals liebt."

„Mir scheint, daß wir nie etwas anderes tun", murmelte
Dorian.

„Ach! dann lieben Sie nie richtig, Mr. Gray", versetzte die
Herzogin mit gespielter Traurigkeit.

„Meine liebe Gladys!" rief Lord Henry. „Wie können Sie so
etwas sagen? Die Romantik lebt von der Wiederholung, und
Wiederholung verwandelt ein Begehren in Kunst. Im übrigen ist
es jedesmal, wenn man liebt, das einzige Mal, daß man je geliebt hat. Die Unterschiedlichkeit des Objekts ändert nichts an
der Einzigartigkeit der Leidenschaft. Sie steigert sie nur. Wir
können im Leben bestenfalls nur ein großes Erlebnis haben, und
das Geheimnis des Lebens besteht darin, dieses Erlebnis so oft
wie möglich zu reproduzieren."

„Auch wenn es einen verwundet hat, Harry?" fragte die Herzogin nach einer Pause.

„Besonders dann, wenn es einen verwundet hat", erwiderte Lord Henry.

Die Herzogin wandte sich Dorian Gray zu und betrachtete ihn mit einem seltsamen Blick. „Was sagen Sie dazu, Mr. Gray?" fragte sie.

Dorian zögerte ein wenig. Dann warf er den Kopf zurück und lachte. „Ich stimme stets mit Harry überein, Herzogin."

„Selbst wenn er im Unrecht ist?"

„Harry ist nie im Unrecht, Herzogin."

„Und macht seine Philosophie Sie glücklich?"

„Ich habe nie das Glück gesucht. Wer braucht schon Glück? Ich habe den Genuß gesucht."

„Und ihn gefunden, Mr. Gray?"

„Oft. Zu oft."

Die Herzogin seufzte. „Ich suche den Frieden", sagte sie, „und wenn ich mich jetzt nicht umziehe, werde ich heute abend keinen finden."

„Lassen Sie mich Ihnen ein paar Orchideen holen, Herzogin", rief Dorian, wobei er aufsprang und durch den Wintergarten davonging.

„Sie flirten ganz schamlos mit ihm", sagte Lord Henry zu seiner Kusine. „Sie sollten sich vorsehen. Er ist sehr faszinierend."

„Wenn er es nicht wäre, gäbe es keinen Kampf."

„Grieche trifft Griechin, wie?"

„Ich bin auf der Seite der Trojaner. Sie kämpften für eine Frau."

„Sie wurden besiegt."

„Es gibt Schlimmeres als Gefangenschaft", antwortete sie.

„Sie galoppieren mit lockerem Zügel."

„Tempo bringt Leben", war die Riposte.

„Das trage ich heute nacht in mein Tagebuch ein."

„Was?"

„Daß ein gebranntes Kind das Feuer liebt."

„Ich habe mich nicht einmal versengt. Meine Flügel sind unversehrt."

„Sie benutzen sie zu allem, nur nicht zur Flucht."

„Der Mut ist von den Männern auf die Frauen übergegangen. Das ist für uns eine neue Erfahrung."

„Sie haben eine Rivalin."

„Wen?"

Er lachte. „Lady Narborough", flüsterte er. „Sie betet ihn einfach an."

„Sie machen mir angst. Die Hinwendung zum Altertum ist verhängnisvoll für uns, die wir Romantiker sind."

„Romantiker! Sie bedienen sich aller Methoden der Wissenschaft."

„Die Männer haben uns erzogen."

„Aber nicht erklärt."

„Umschreiben Sie uns als Geschlecht", lautete ihre Herausforderung.

„Sphinxe ohne Geheimnisse."

Sie blickte ihn an und lächelte. „Wie lange Mr. Gray ausbleibt!" sagte sie. „Gehen wir und helfen wir ihm. Ich habe ihm noch nicht gesagt, welche Farbe mein Kleid hat."

„Ah! Sie müssen Ihr Kleid auf seine Blumen abstimmen, Gladys."

„Das wäre eine vorzeitige Kapitulation."

„Die romantische Kunst beginnt mit ihrem Höhepunkt."

„Ich muß mir eine Rückzugsmöglichkeit offenhalten."

„Nach Manier der Parther?"

„Sie fanden Sicherheit in der Wüste. Das wäre nichts für mich."

„Den Frauen steht nicht immer die Wahl frei", versetzte er, aber er hatte den Satz kaum beendet, als vom anderen Ende des Wintergartens ein unterdrücktes Stöhnen kam, gefolgt vom dumpfen Geräusch eines schweren Sturzes. Alle schraken auf. Die Herzogin stand starr vor Schrecken da. Und mit angsterfüllten Augen stürzte Lord Henry durch die wehenden Palmen und fand Dorian Gray in einer todesähnlichen Ohnmacht mit dem Gesicht nach unten auf dem gefliesten Boden liegen.

Er wurde sofort in den blauen Salon getragen und auf ein Sofa gelegt. Nach kurzer Zeit kam er wieder zu sich und sah sich mit benommener Miene um.

„Was ist geschehen?" fragte er. „Oh! ich erinnere mich. Bin ich hier sicher, Harry?" Er begann zu zittern.

„Mein lieber Dorian", antwortete Lord Henry, „Sie sind bloß ohnmächtig geworden. Weiter nichts. Sie müssen sich überanstrengt haben. Sie sollten lieber nicht zum Essen hinuntergehen. Ich werde Sie vertreten."

„Nein, ich will hinuntergehen", sagte er und versuchte auf die Beine zu kommen. „Ich möchte lieber hinuntergehen. Ich darf nicht allein bleiben."

Er ging in sein Zimmer und kleidete sich um. Eine wilde, ruhlose Fröhlichkeit war in seinem Benehmen, als er bei Tisch saß, aber von Zeit zu Zeit durchrann ihn ein Angstschauer, wenn er sich erinnerte, daß er, wie ein weißes Taschentuch an das Fenster des Wintergartens gepreßt, das Gesicht von James Vane gesehen hatte, das ihn beobachtete.

18. KAPITEL

Am darauffolgenden Tag ging er nicht aus dem Haus und verbrachte sogar die meiste Zeit in seinem Zimmer, krank vor wilder Todesangst und dennoch dem Leben selbst gegenüber gleichgültig. Das Bewußtsein, gejagt, umstellt, aufgespürt zu sein, begann ihn zu beherrschen. Wenn nur der Wandbehang im Wind erzitterte, schrak er zusammen. Die toten Blätter, die gegen die bleigefaßten Scheiben geweht wurden, erschienen ihm wie seine unausgeführten Entschlüsse und heftigen Gewissensbisse. Sobald er die Augen schloß, sah er wieder das Gesicht des Matrosen durch die nebelbeschlagene Scheibe spähen, und aufs neue schien das Grauen die Hand auf sein Herz zu legen.

Aber vielleicht hatte nur seine Einbildung die Rache aus der Nacht heraufbeschworen und die gräßlichen Gestalten der Strafe vor ihn hingestellt. Das wirkliche Leben war ein Chaos, doch die Phantasie hatte etwas entsetzlich Logisches an sich. Es war die Phantasie, welche die Reue hinter der Sünde her hetzen ließ. Es war die Phantasie, die bewirkte, daß jedes Verbrechen seine mißgestalte Brut zeugte. In der alltäglichen Welt der Tatsachen wurden weder die Bösen bestraft noch die Guten belohnt. Der Erfolg fiel den Starken zu, das Versagen wurde den Schwachen aufgebürdet. Das war alles. Im übrigen, wenn irgendein Fremder um das Haus geschlichen wäre, dann hätten die Diener oder Aufseher ihn bemerkt. Hätten sich irgendwelche Fußabdrücke in den Blumenbeeten gefunden, dann hätten es die Gärtner gemeldet. Ja: es war nur Einbildung gewesen. Sibyl Vanes Bruder war nicht zurückgekommen, um ihn zu töten. Er war mit seinem Schiff fortgesegelt und in der winterlichen See ertrunken. Vor ihm war er jedenfalls sicher. Der Mann wußte nicht, wer er war, konnte nicht wissen, wer er war. Die Maske der Jugend hatte ihn gerettet.

Und doch, wenn es nur eine Täuschung gewesen war, wie furchtbar mußte dann der Gedanke sein, daß das Gewissen solche grauenvolle Phantome erzeugen und ihnen sichtbare Gestalt verleihen und sie vor seinen Augen in Bewegung setzen konnte! Was für ein Leben würde ihm beschieden sein, wenn bei

Tag und bei Nacht die Schatten seines Verbrechens ihn aus stillen Winkeln belauerten, ihn von geheimen Verstecken aus verspotteten, ihm ins Ohr wisperten, wenn er beim Festmahl saß, ihn mit eisigen Fingern aufweckten, wenn er schlief! Als dieser Gedanke ihm durchs Gehirn kroch, erbleichte er vor Entsetzen, und es kam ihm so vor, als sei die Luft plötzlich kälter geworden. Oh! in welch verwegener Stunde des Wahnsinns hatte er seinen Freund getötet! Wie unheimlich die bloße Erinnerung an diese Szene! Er sah alles wieder vor sich. Jede scheußliche Einzelheit stellte sich wieder ein mit gesteigertem Grauen. Aus der schwarzen Höhle der Zeit stieg, furchtbar und in Scharlach gehüllt, das Abbild seiner Sünde empor. Als Lord Henry um sechs Uhr ins Zimmer kam, sah er ihn weinen wie einen, dem das Herz brechen will.

Erst am dritten Tag wagte er auszugehen. In der klaren, von Kiefernduft erfüllten Luft jenes Wintermorgens lag etwas, was ihm seine Heiterkeit und Lebenslust wiederzugeben schien. Aber es waren nicht nur die äußeren Umstände seiner Umgebung, die den Wandel bewirkt hatten. Seine eigene Natur hatte sich gegen das Übermaß der Angst aufgelehnt, das die Vollkommenheit ihrer Ruhe zu entstellen und zu zerstören trachtete. Bei sensiblen und feingearteten Temperamenten ist das immer so. Ihre starken Leidenschaften müssen sich biegen oder brechen. Entweder erschlagen sie den Menschen, oder sie sterben selbst. Seichter Schmerz und seichte Liebe leben weiter. Doch sind die Liebe und der Schmerz groß, dann werden sie vernichtet durch ihre eigene Überfülle. Überdies hatte er sich überzeugt, daß er das Opfer einer angstgequälten Phantasie gewesen war, und blickte nun mehr oder weniger mitleidig und mit nicht geringer Verachtung auf seine Befürchtungen zurück.

Nach dem Frühstück ging er eine Stunde mit der Herzogin im Garten spazieren und fuhr dann durch den Park, um sich der Jagdgesellschaft anzuschließen. Der gekräuselte Rauhreif lag wie Salz auf dem Gras. Der Himmel glich einer umgestülpten Schale aus blauem Metall. Eine dünne Eisschicht säumte den flachen, schilfbewachsenen See. Am Saum des Kiefernwaldes erblickte er Sir Geoffrey Clouston, den Bruder der Herzogin, der gerade zwei leere Patronenhülsen aus seiner Flinte stieß. Er sprang vom Wagen, und nachdem er dem Pferdeknecht befohlen hatte, mit der Stute heimzufahren, ging er durch den welken Adlerfarn und das rauhe Gestrüpp auf seinen Gast zu.

„War die Jagd gut, Geoffrey?" fragte er.

„Nicht besonders gut, Dorian. Ich glaube, die meisten Vögel haben sich aufs freie Feld verzogen. Ich möchte annehmen, daß es nach dem Essen besser wird, wenn wir uns ein neues Revier vornehmen."

Dorian schlenderte neben ihm dahin. Die scharfe würzige Luft, die braunen und roten Lichter, die im Wald flimmerten, die hin und wieder erschallenden heiseren Rufe der Treiber und der harte Knall der Flinten, der darauf folgte, faszinierten ihn und erfüllten ihn mit einem Gefühl herrlicher Freiheit. Er war beherrscht von der Sorglosigkeit des Glücks, von der erhabenen Gleichgültigkeit der Freude.

Plötzlich fuhr, etwa zwanzig Schritt vor ihnen, aus einem dichten Büschel alten Grases mit aufgestellten schwarzgesäumten Löffeln und vorschnellenden langen Hinterläufen ein Hase auf. Er flüchtete auf ein Erlendickicht zu. Sir Geoffrey legte sein Gewehr an, aber in der anmutigen Bewegung des Tieres war etwas, was Dorian Gray seltsam bezauberte, und er rief sofort: „Nicht schießen, Geoffrey. Lassen Sie ihn leben."

„Was für ein Unsinn, Dorian!" lachte sein Gefährte, und als der Hase in das Dickicht schoß, drückte er ab. Zwei Schreie ertönten, der Schrei eines weidwunden Hasen, der schrecklich, und der Schrei eines sterbenden Menschen, der schlimmer ist.

„Mein Gott! Ich habe einen Treiber getroffen!" rief Sir Geoffrey aus. „Was ist der Mann doch für ein Esel, daß er sich vor die Flinten stellt! Nicht mehr schießen!" brüllte er, so laut er konnte. „Ein Mann ist verletzt."

Der Forstmeister kam mit einem Stock in der Hand angerannt.

„Wo, Sir? Wo ist er?" rief er. Gleichzeitig wurde das Schießen auf der ganzen Linie eingestellt.

„Hier", antwortete Sir Geoffrey verärgert, indem er auf das Dickicht zueilte. „Warum in aller Welt halten Sie Ihre Leute nicht zurück? Verdirbt mir die Jagd für den ganzen Tag."

Dorian sah ihnen zu, wie sie in das Erlengebüsch eindrangen und dabei die biegsamen, schwingenden Zweige zur Seite schoben. Nach wenigen Augenblicken tauchten wie wieder auf und schleiften einen Körper hinter sich her ins Sonnenlicht. Er wandte sich entsetzt ab. Es schien ihm, als folge ihm das Unglück überall, wohin er auch ging. Er hörte Sir Geoffrey fragen, ob der Mann wirklich tot sei, und die bejahende Antwort des Försters. Der Wald schien ihm plötzlich von Gesichtern belebt zu sein. Da war das Getrampel von Myriaden Füßen und das leise Summen von Stimmen. Ein großer Fasan mit kupferfarbener Brust brach flügelschlagend durch das Astwerk über ihm.

Nach einigen Augenblicken, die ihm in seiner Bestürzung wie endlose Stunden der Qual vorkamen, spürte er, wie sich ihm eine Hand auf die Schulter legte. Er schreckte auf und blickte sich um.

„Dorian", sagte Lord Henry, „ich erkläre den Leuten am besten, daß die Jagd für heute zu Ende ist. Es sähe nicht gut aus, wenn man weitermachte."

„Ich wollte, es würde für immer aufhören, Harry", erwiderte er bitter. „Die ganze Sache ist abscheulich und grausam. Ist der Mann . . .?"

Er konnte den Satz nicht beenden.

„Leider ja", entgegnete Lord Henry. „Er hat die ganze Schrotladung in die Brust bekommen. Er muß fast augenblicklich tot gewesen sein. Kommen Sie; gehen wir nach Hause."

Seite an Seite schritten sie fast fünfzig Meter auf die Allee zu, ohne zu sprechen. Dann sah Dorian Lord Henry an und sagte mit einem tiefen Seufzer: „Das ist ein böses Vorzeichen, Harry, ein sehr böses Vorzeichen."

„Was?" fragte Lord Henry. „Oh! Sie meinen wohl diesen Unfall. Mein Lieber, daran läß sich nichts mehr ändern. Der Mann war selber schuld. Warum ist er auch vor die Flinten gelaufen? Im übrigen haben wir nichts damit zu tun. Für Geoffrey ist es freilich ziemlich unangenehm. Es geht nicht an, auf die Treiber loszupfeffern. Die Leute denken dann, man sei ein unvorsichtiger Schütze. Und das ist Geoffrey nicht; er schießt hervorragend. Aber es ist sinnlos, über die Geschichte zu reden."

Dorian schüttelte den Kopf. „Es ist ein böses Vorzeichen, Harry. Ich habe das Gefühl, daß einigen von uns etwas Schreckliches zustoßen wird. Vielleicht mir selber", fügte er hinzu und fuhr sich mit einer schmerzlichen Gebärde mit der Hand über die Stirn.

Der Ältere lachte. „Das einzig Schreckliche in der Welt ist der *ennui*, Dorian. Das ist die einzige Sünde, für die es keine Vergebung gibt. Aber wir werden darunter kaum zu leiden haben, es sei denn, diese Kerle schwatzen auch noch beim Essen über die Sache. Ich muß ihnen sagen, daß das Thema tabu ist.

Und was die Vorzeichen angeht: so etwas wie Vorzeichen gibt es nicht. Das Schicksal schickt uns keine Herolde. Dazu ist es zu klug oder zu grausam. Außerdem, was könnte Ihnen schon zustoßen, Dorian? Sie haben alles auf der Welt, was sich ein Mensch nur wünschen kann. Es gibt niemanden, der nicht entzückt wäre, mit Ihnen zu tauschen."

„Es gibt niemanden, mit dem ich nicht gerne tauschen würde, Harry. Lachen Sie nicht so. Ich sage Ihnen die Wahrheit. Der elende Bauer, der soeben gestorben ist, hat es besser als ich. Ich habe keine Angst vor dem Tod. Es ist das Nahen des Todes, was mich ängstigt. Seine ungeheuren Schwingen scheinen ringsum in der bleiernen Luft zu schweben. Mein Gott! sehen Sie nicht, daß ein Mann sich hinter den Bäumen da bewegt, der mich beobachtet, auf mich wartet?"

Lord Henry blickte in die Richtung, die ihm die zitternde behandschuhte Hand wies. „Ja", sagte er lächelnd, „ich sehe den Gärtner, der auf sie wartet. Vermutlich will er von Ihnen wissen, welche Blumen Sie heute abend auf dem Tisch haben wollen. Wie lächerlich nervös Sie sind, mein Lieber! Sie müssen einmal zu meinem Arzt gehen, wenn wir wieder in London sind."

Dorian stieß einen Seufzer der Erleichterung aus, als er den Gärtner näher kommen sah. Der Mann tippte an seinen Hut, starrte Lord Henry einen Moment lang unschlüssig an und holte dann einen Brief hervor, den er seinem Herrn überreichte. „Ihre Gnaden befahlen mir, auf Antwort zu warten", murmelte er.

Dorian steckte den Brief in die Tasche. „Teilen Sie Ihrer Gnaden mit, daß ich komme", sagte er kühl. Der Mann drehte sich um und ging rasch auf das Haus zu.

„Wie gerne doch die Frauen gefährliche Dinge tun!" lachte Lord Henry. „Das gehört zu den Eigenschaften, die ich bei ihnen am meisten bewundere. Eine Frau flirtet mit jedermann, solange andere Leute zuschauen."

„Wie gerne Sie doch gefährliche Dinge sagen, Harry! Im vorliegenden Fall sind Sie jedoch ganz im Irrtum. Ich mag die Herzogin sehr gern, aber ich liebe sie nicht."

„Und die Herzogin liebt Sie sehr, aber sie hat Sie weniger gern, also passen Sie beide ausgezeichnet zueinander."

„Sie verbreiten Gerüchte, Harry, und Gerüchte haben nie eine solide Grundlage."

„Die Grundlage eines jeden Gerüchts ist eine unmoralische

Gewißheit", sagte Lord Henry und zündete sich eine Zigarette
an.

„Für ein Epigramm würden Sie jeden opfern, Harry."

„Die Welt geht aus freien Stücken zum Altar", lautete die
Antwort.

„Ich wollte, ich könnte lieben", rief Dorian Gray mit einem
tief pathetischen Ton in der Stimme. „Aber ich habe anscheinend die Leidenschaft verloren und das Begehren vergessen.
Ich bin zu sehr auf mich selber konzentriert. Mein eigenes Wesen ist mir zur Last geworden. Ich möchte fliehen, weggehen,
vergessen. Es war töricht von mir, überhaupt hierherzukommen.
Ich glaube, ich werde Harvey telegraphieren, er solle die Jacht
klarmachen lassen. Auf einer Jacht ist man sicher."

„Sicher wovor, Dorian? Sie haben irgendwelche Schwierigkeiten. Warum sagen Sie mir nicht, was es ist? Sie wissen, ich
würde Ihnen helfen."

„Ich kann es Ihnen nicht sagen, Harry", erwiderte er traurig.
„Und vermutlich bilde ich mir nur etwas ein. Dieser unglück-
selige Unfall hat mich durcheinandergebracht. Ich habe ein
schreckliches Vorgefühl, daß mir etwas Ähnliches zustoßen
könnte."

„Was für ein Unsinn!"

„Ich hoffe, Sie haben recht, aber ich kann das Gefühl nicht
loswerden. Ah! da ist die Herzogin, und sie sieht aus wie Artemis in einem Schneiderkostüm. Sie sehen, wir sind zurückgekommen, Herzogin."

„Ich habe schon alles gehört, Mr. Gray", antwortete sie. „Der
arme Geoffrey ist furchtbar aufgeregt. Und offenbar haben
Sie ihn noch gebeten, den Hasen nicht zu schießen. Wie merkwürdig!"

„Ja, es war sehr merkwürdig. Ich weiß nicht, warum ich es
gesagt habe. Irgend eine Laune vermutlich. Der kleine Kerl sah
so wunderhübsch aus. Aber es tut mir leid, daß man Ihnen die
Sache mit dem Mann erzählt hat. Das ist eine unerfreuliche
Geschichte!"

„Es ist eine langweilige Geschichte", fiel Lord Henry ihm ins
Wort. „Sie hat nicht den geringsten psychologischen Wert. Wenn
Geoffrey es mit Absicht getan hätte, dann wäre er immerhin
interessant! Ich würde gerne jemanden kennenlernen, der einen
echten Mord begangen hat."

„Sie sind ein schrecklicher Mensch, Harry!" rief die Herzogin.

„Nicht wahr, Mr. Gray? Harry, Mr. Gray fühlt sich wieder nicht wohl. Er wird gleich ohnmächtig."

Dorian hielt sich mühsam aufrecht und lächelte. „Es ist nichts, Herzogin", murmelte er; „meine Nerven sind schrecklich angegriffen. Weiter nichts. Ich fürchte, ich bin heute morgen zu weit spazierengegangen. Ich habe gar nicht gehört, was Harry gesagt hat. War es sehr schlimm? Sie müssen es mir ein andermal erzählen. Ich glaube, ich muß mich jetzt hinlegen. Sie entschuldigen mich doch, nicht wahr?"

Sie waren bei der großen Treppe angekommen, die vom Wintergarten zur Terrasse führte. Als sich die Glastür hinter Dorian geschlossen hatte, wandte sich Lord Henry um und betrachtete sie mit seinen schläfrigen Augen. „Lieben Sie ihn sehr?" fragte er. Sie gab eine Weile keine Antwort, sondern stand da und starrte auf die Landschaft. „Das wüßte ich gerne", sagte sie endlich.

Er schüttelte den Kopf. „Das Wissen wäre verhängnisvoll. Nur die Ungewißheit reizt uns. Ein Nebel läßt die Dinge wunderbar erscheinen."

„Man kann aber vom Weg abkommen."

„Alle Wege enden am selben Punkt, meine liebe Gladys."

„Und der wäre?"

„Enttäuschung."

„Sie war mein Debüt im Leben", seufzte sie.

„Sie kam gekrönt zu Ihnen."

„Ich bin der Erdbeerblätter * müde."

„Sie stehen Ihnen."

„Nur in der Öffentlichkeit."

„Sie würden sie vermissen", sagte Lord Henry.

„Ich will mich von keinem Blättchen trennen."

„Monmouth hat Ohren."

„Das Alter ist schwerhörig."

„Ist er nie eifersüchtig gewesen?"

„Ich wollte, er wäre es gewesen."

Er blickte sich um, als ob er etwas suchte. „Was suchen Sie?" erkundigte sie sich.

„Den Knopf Ihres Floretts", erwiderte er. „Sie haben ihn verloren."

Sie lachte. „Ich habe noch die Maske."

„Sie macht Ihre Augen noch schöner", war seine Antwort.

---

* Herzogskrone (Anmerkung des Übersetzers).

Sie lachte wieder. Ihre Zähne schimmerten wie weiße Kerne in einer scharlachroten Frucht.

Oben in seinem Zimmer lag Dorian Gray auf einem Sofa, Entsetzen in jeder bebenden Faser seines Körpers. Das Leben war plötzlich für ihn eine so widerwärtige Last geworden, daß er es nicht mehr ertragen konnte. Der grauenhafte Tod des unglücklichen Treibers, im Dickicht erschossen wie ein wildes Tier, war ihm wie eine Vorahnung seines eigenen Todes erschienen. Er wäre beinahe ohnmächtig geworden bei den Worten, die Lord Henry in einer zufälligen Anwandlung zynischer Scherzhaftigkeit gesagt hatte.

Um fünf Uhr läutete er nach seinem Diener und gab ihm Anweisungen, seine Sachen für den Nachtexpreß nach London zu packen und den Brougham um acht Uhr dreißig vorfahren zu lassen. Er war entschlossen, keine Nacht mehr in Royal Selby zu schlafen. Das Haus stand unter einem bösen Vorzeichen. Der Tod wandelte dort im Sonnenschein. Das Gras des Waldes war mit Blut befleckt.

Darauf schrieb er ein paar Zeilen an Lord Henry, in denen er ihm mitteilte, daß er in die Stadt fahre, um seinen Arzt zu konsultieren, und ihn bat, die Gäste in seiner Abwesenheit zu unterhalten. Als er den Brief in den Umschlag steckte, klopfte es, und sein Kammerdiener meldete ihm, daß der Forstmeister ihn zu sprechen wünsche. Er zog die Brauen hoch und biß sich auf die Lippen. „Schicken Sie ihn herein", murmelte er nach einigen Augenblicken der Unschlüssigkeit.

Als der Mann eintrat, zog Dorian sein Scheckbuch aus einer Schublade hervor und legte es aufgeschlagen vor sich hin.

„Ich nehme an, Sie kommen wegen des unglücklichen Zwischenfalls von heute morgen, Thornton?" fragte er und ergriff eine Feder.

„Ja, Sir", antwortete der Förster.

„War der arme Kerl verheiratet? Hatte er für irgendwelche Angehörige zu sorgen?" fragte Dorian mit gelangweiltem Gesichtsausdruck. „Wenn ja, möchte ich nicht, daß sie in Not geraten, und will ihnen jede Summe zukommen lassen, die Sie für notwendig halten."

„Wir wissen nicht, wer er ist, Sir. Deswegen habe ich mir die Freiheit genommen, zu Ihnen zu kommen."

„Wissen nicht, wer er ist?" sagte Dorian teilnahmslos. „Wie meinen Sie das? Gehörte er nicht zu Ihren Leuten?"

„Nein, Sir. Hab ihn vorher nie gesehen. Scheint ein Matrose zu sein, Sir."

Die Feder fiel aus Dorian Grays Hand, und er hatte das Gefühl, als habe sein Herz plötzlich zu schlagen aufgehört. „Ein Matrose?" schrie er. „Haben Sie gesagt, ein Matrose?"

„Ja, Sir. Er sieht aus, als ob er so etwas wie ein Matrose gewesen wäre; tätowiert auf beiden Armen und so weiter."

„Hat man bei ihm irgend etwas gefunden?" sagte Dorian, der sich vorbeugte und den Mann betroffen anblickte. „Irgend etwas, was uns seinen Namen verraten könnte?"

„Etwas Geld, Sir – nicht viel, und einen sechsschüssigen Revolver. Nirgendwo war ein Name drauf. Der Mann sieht anständig aus, Sir, aber ein bißchen roh. So eine Art Matrose, meinen wir."

Dorian sprang auf die Füße. Eine furchtbare Hoffnung zog an ihm vorüber. Er griff gierig nach ihr. „Wo ist die Leiche?" rief er aus. „Schnell! Ich muß sie sofort sehen."

„Sie ist in einem leeren Stall auf der Home Farm, Sir. Die Leute haben so was nicht gern im Haus. Sie behaupten, eine Leiche bringt Unglück."

„Die Home Farm! Gehen Sie sofort hin und warten Sie dort auf mich. Sagen Sie einem der Knechte, er soll mir mein Pferd bringen. Nein. Lassen Sie nur. Ich gehe selber zu den Ställen. Ich will Zeit sparen."

Noch vor Ablauf einer Viertelstunde galoppierte Dorian Gray die lange Allee hinab, so schnell er nur konnte. Die Bäume schienen wie eine gespenstische Prozession an ihm vorbeizufliegen und ihm wüste Schatten auf den Weg zu werfen. Einmal scheute die Stute vor einem weißen Torpfosten und hätte ihn beinahe abgeworfen. Er zog ihr mit der Peitsche einen Hieb über den Hals. Sie schoß durch die dämmrige Luft wie ein Pfeil. Die Steine flogen unter ihren Hufen.

Endlich erreichte er die Home Farm. Zwei Männer lungerten im Hof herum. Er prang aus dem Sattel und warf einem der beiden die Zügel zu. In dem entferntesten Stall schimmerte ein Licht. Irgend etwas schien ihm zu sagen, daß dort die Leiche war, und er eilte zur Tür und legte die Hand auf die Klinke.

Dort hielt er einen Augenblick inne, weil er fühlte, daß ihm eine Entdeckung bevorstand, die sein Leben entweder erneuern oder zerstören würde. Dann stieß er die Tür auf und trat ein.

Auf einem Sackhaufen in der hintersten Ecke lag der tote

Körper eines Mannes, der mit einem groben Hemd und einer blauen Hose bekleidet war. Ein getupftes Taschentuch war über sein Gesicht gebreitet. Eine derbe Kerze, die in einer Flasche steckte, flackerte daneben.

Dorian Gray schauderte. Er fühlte, daß seine Hand nicht das Taschentuch wegziehen konnte, und rief einen Knecht zu sich.

„Nehmen Sie das Ding da vom Gesicht. Ich möchte es sehen", sagte er und klammerte sich schutzsuchend an den Türpfosten.

Als der Knecht fertig war, trat Dorian vor. Ein Freudenschrei kam von seinen Lippen. Der Mann, der im Dickicht erschossen worden war, war James Vane.

Er stand einige Minuten lang da und betrachtete den Toten. Als er nach Hause ritt, waren Tränen in seinen Augen, denn er wußte, daß er in Sicherheit war.

19. KAPITEL

„Es hat keinen Sinn, mir zu erzählen, daß Sie ein guter
Mensch werden wollen", rief Lord Henry und tauchte seine wei-
ßen Finger in eine mit Rosenwasser gefüllte rote Kupferschale.
„Sie sind ganz vollkommen. Bitte ändern Sie sich nicht."

Dorian Gray schüttelte den Kopf. „Nein, Harry, ich habe in
meinem Leben zu viele furchtbare Dinge getan. Ich will keine
mehr tun. Gestern habe ich mit meinen guten Taten begonnen."

„Wo waren Sie gestern?"

„Auf dem Lande, Harry. Ich wohnte ganz allein in einem
kleinen Gasthof."

„Mein lieber Junge", sagte Lord Henry lächelnd, „auf dem
Lande kann jeder ein guter Mensch sein. Dort gibt es keine Versuchungen. Das ist der Grund, weshalb die Leute, die außerhalb
der Stadt leben, so ganz und gar unzivilisiert sind. Zivilisation
ist keinesfalls leicht zu erlangen. Es gibt nur zwei Wege, die zu
ihr führen. Der erste besteht darin, daß man kultiviert, der andere darin, daß man verdorben ist. Die Landbevölkerung hat
weder zum einen noch zum anderen Gelegenheit, also kümmert
sie dahin."

„Kultur und Verdorbenheit", wiederholte Dorian. „Ich habe
beides einigermaßen kennengelernt. Es erscheint mir heute
schrecklich, daß man beides jemals zusammen antreffen soll.
Denn ich habe ein neues Ideal, Harry. Ich will mich ändern.
Ich glaube, ich habe mich bereits geändert."

„Sie haben mir noch nicht erzählt, worin Ihre gute Tat bestand. Oder sagten Sie, Sie hätten mehr als eine vollbracht?"
fragte sein Gefährte, während er eine kleine rote Pyramide
überreifer Erdbeeren auf seinen Teller schüttete und mit einem
muschelförmigen Löffelsieb weißen Zucker auf sie herabschneien
ließ.

„Ich kann es Ihnen sagen, Harry. Es ist eine Geschichte, die
ich keinem anderen erzählen könnte. Ich habe jemanden geschont. Es klingt eitel, aber Sie verstehen, was ich meine. Sie
war sehr schön und ähnelt auf eine wunderbare Weise Sibyl
Vane. Das hat mich wohl zuerst zu ihr hingezogen. Sie erin-

nern sich doch an Sibyl, nicht wahr? Wie lange das her zu sein
scheint! Nun ja, Hetty gehört natürlich nicht unserer Schicht
an. Sie ist nur ein einfaches Dorfmädchen. Aber ich habe sie
wirklich geliebt. Ich bin ganz sicher, daß ich sie geliebt habe.
Den ganzen wundervollen Mai hindurch, den wir erlebt haben,
bin ich zwei- oder dreimal in der Woche hingefahren, um sie zu
sehen. Gestern erwartete sie mich in einem kleinen Obstgarten.
Die Apfelblüten rieselten auf ihr Haar nieder, und sie lachte
dazu. Wir wollten heute früh im Morgengrauen gemeinsam auf
und davon gehen. Plötzlich entschloß ich mich, sie so blumen-
gleich unberührt zu verlassen, wie ich sie gefunden hatte."

„Ich könnte mir vorstellen, daß Ihnen die Neuartigkeit der
Empfindung ein prickelndes Lustgefühl verschafft haben muß,
Dorian", unterbrach ihn Lord Henry. „Aber ich kann die Idylle
an Ihrer Stelle zu Ende erzählen. Sie haben ihr gute Ratschläge
gegeben und ihr das Herz gebrochen. Das also war der Anfang
Ihrer Bekehrung."

„Harry, Sie sind schrecklich! Sie dürfen nicht so etwas Furchtbares sagen. Hettys Herz ist nicht gebrochen. Natürlich hat sie
geweint und so fort. Aber sie hat keine Schande auf sich gela-
den. Sie kann wie Perdita in ihrem Garten voller Minze und
Ringelblumen weiterleben."

„Und weinen über einen treulosen Florizel", sagte Lord Henry
lachend und lehnte sich in seinem Sessel zurück. „Mein lieber
Dorian, Sie haben die absonderlichsten Knabenlaunen. Glauben
Sie, das Mädchen wird nun jemals mit einem Mann aus ihren
Kreisen wirklich zufrieden sein? Ich nehme an, sie wird eines
Tages einen grobschlächtigen Fuhrmann oder einen grinsenden
Ackerbauern heiraten. Nun, die Tatsache, daß sie Ihnen be-
gegnet ist und Sie geliebt hat, wird sie lehren, ihren Mann zu
verachten, und sie wird unglücklich sein. Von einem moralischen
Standpunkt aus kann ich nicht sagen, daß ich viel von Ihrem
großen Verzicht halte. Selbst als Anfang ist er ziemlich kläglich.
Woher wissen Sie übrigens, daß Hetty nicht in diesem Augen-
blick in einem sternbeglänzten Mühlteich treibt, von lieblichen
Wasserlilien umgeben wie Ophelia?"

„Das halte ich nicht aus, Harry! Sie machen sich über alles
lustig, und dann malen Sie die schlimmsten Tragödien aus. Jetzt
tut es mir leid, daß ich es Ihnen erzählt habe. Es kümmert mich
nicht, was Sie sagen. Ich weiß, daß ich richtig gehandelt habe.
Arme Hetty! Als ich heute morgen an dem Bauernhof vorüber-

ritt, erblickte ich ihr weißes Gesicht am Fenster wie einen Jasminzweig. Sprechen wir nicht mehr davon, und versuchen Sie mir nicht einzureden, die erste gute Tat, die ich seit Jahren begangen habe, das erste kleine Opfer meines Lebens, sei in Wirklichkeit so etwas wie eine Sünde. Ich möchte mich bessern. Ich werde mich bessern. Erzählen Sie mir etwas von sich. Was gibt es Neues in der Stadt? Ich bin seit Tagen nicht mehr im Klub gewesen."

„Die Leute reden noch immer über das Verschwinden des armen Basil."

„Ich hätte gedacht, sie wären dieser Geschichte mittlerweile überdrüssig geworden", sagte Dorian, der sich etwas Wein einschenkte und leicht die Stirn runzelte.

„Mein lieber Junge, sie reden erst seit sechs Wochen darüber, und die englische Öffentlichkeit ist der geistigen Anstrengung, in drei Monaten mehr als ein Thema zu verarbeiten, eigentlich nicht gewachsen. In der letzten Zeit hat sie allerdings besonderes Glück gehabt. Sie hatte meinen Scheidungsprozeß und Alan Campbells Selbstmord. Und jetzt kommt noch das mysteriöse Verschwinden eines Künstlers hinzu. Scotland Yard beharrt weiterhin darauf, daß der Mann im grauen Ulster, der am neunten November mit dem Mitternachtszug nach Paris abgereist ist, der arme Basil war, und die französische Polizei erklärt, Basil sei überhaupt nie in Paris eingetroffen. Vermutlich wird man uns in etwa vierzehn Tagen erzählen, er sei in San Franzisko gesehen worden. Es ist eine komische Sache, aber von jedem Menschen, der verschwindet, wird behauptet, er sei in San Franzisko gesehen worden. Das muß eine herrliche Stadt sein, die alle Anziehungskraft des Jenseits besitzt."

„Was ist nach Ihrer Meinung mit Basil passiert?" fragte Dorian, wobei er seinen Burgunder gegen das Licht hielt und sich darüber wunderte, daß er so gelassen über die Sache sprechen konnte.

„Ich habe nicht die leiseste Ahnung. Wenn Basil es für richtig hält, sich zu verstecken, geht das mich nichts an. Wenn er tot ist, will ich nicht weiter an ihn denken. Der Tod ist das einzige, was mich überhaupt schrecken kann. Ich hasse ihn."

„Warum?" fragte der Jüngere müde.

„Weil", sagte Lord Henry, indem er das vergoldete Gitterchen einer offenen Riechbüchse unter seinen Nasenlöchern hin und her bewegte, „man heutzutage alles überleben kann, nur nicht das eine. Tod und Vulgarität sind die beiden einzigen Tatsachen im neunzehnten Jahrhundert, die man nicht hinwegdisputieren kann. Trinken wir unseren Kaffee doch im Musikzimmer, Dorian. Sie müssen mir Chopin vorspielen. Der Mann, mit dem meine Frau durchgegangen ist, spielte ausgezeichnet Chopin. Die arme Victoria! Ich hatte sie sehr gern. Das Haus ist ohne sie recht einsam. Natürlich, das Eheleben ist nur eine Gewohnheit, eine schlechte Gewohnheit. Aber immerhin bedauert man selbst das Abhandenkommen seiner schlechtesten Gewohnheiten. Vielleicht bedauert man sie am meisten. Sie sind ein so wesentlicher Bestandteil unserer Persönlichkeit."

Dorian sagte nichts, stand aber vom Tisch auf, begab sich ins Nebenzimmer, setzte sich an das Klavier und ließ seine Hände über das weiße und schwarze Elfenbein der Tasten gleiten. Als der Kaffee gebracht worden war, hielt er inne und sagte, zu Lord Henry hinüberblickend: „Harry, ist Ihnen jemals der Gedanke gekommen, daß Basil ermordet wurde?"

Lord Henry gähnte. „Basil war sehr beliebt und trug stets nur eine Waterbury-Uhr bei sich. Warum sollte er ermordet worden sein? Er war nicht klug genug, um Feinde zu haben. Natürlich war er als Maler genial. Aber jemand kann malen wie Velasquez und doch unvorstellbar langweilig sein. Basil war tatsächlich ziemlich langweilig. Er hat nur einmal mein Interesse erregt, und das war, als er mir vor Jahren gestand, er bete Sie leidenschaftlich an und Sie seien das Leitmotiv seiner Kunst."

„Ich hatte Basil sehr gern", sagte Dorian mit einem traurigen Unterton in der Stimme. „Aber erzählt man sich denn nicht, daß er ermordet worden sei?"

„Oh, ein paar Zeitungen behaupten das. Ich halte das für völlig unwahrscheinlich. Ich weiß, daß es in Paris fürchterliche Viertel gibt, aber Basil war nicht der Mann, dort hinzugehen. Er war nicht neugierig. Das war sein Hauptfehler."

„Was würden Sie sagen, Harry, wenn ich Ihnen erzählte, daß ich Basil ermordet habe?" versetzte der Jüngere. Er beobachtete den anderen genau, nachdem er gesprochen hatte.

„Ich würde sagen, mein Lieber, Sie posieren für eine Rolle, die nicht zu Ihnen paßt. Jedes Verbrechen ist vulgär, so wie jede Vulgarität ein Verbrechen ist. Es liegt Ihnen nicht, Dorian, einen Mord zu begehen. Es täte mir leid, wenn ich dadurch Ihre Eitelkeit verletzt haben sollte, aber ich versichere Ihnen, es ist wahr. Das Verbrechen ist ausschließlich Sache der unteren

Schichten. Ich mache ihnen das nicht im geringsten zum Vorwurf. Ich könnte mir denken, daß das Verbrechen für sie ist,
was für uns die Kunst ist, lediglich eine Methode, sich außer-
gewöhnliche Gefühlsregungen zu verschaffen."

„Eine Methode, sich Gefühlsregungen zu verschaffen? Glauben Sie denn, daß ein Mann, der einmal einen Mord begangen
hat, das gleiche Verbrechen noch wieder begehen könnte? Das
wollen Sie mir doch nicht einreden."

„Oh! alles wird zu einem Vergnügen, wenn man es zu oft
tut", rief Lord Henry lachend. „Das ist eines der wichtigsten
Geheimnisse des Lebens. Ich meine jedoch, daß Mord in jedem
Fall ein Fehler ist. Man sollte nie etwas tun, worüber man nach
dem Essen nicht reden kann. Aber lassen wir den armen Basil.
Ich würde gerne glauben, daß er ein so wahrhaft romantisches
Ende gefunden hat, wie Sie es andeuten; aber ich kann es nicht.
Ich vermute eher, er ist aus einem Omnibus in die Seine gefallen,
und der Schaffner hat den Skandal vertuscht. Ja: ich könnte
mir vorstellen, daß sein Ende so ausgesehen hat. Ich sehe ihn vor
mir, wie er jetzt auf dem Rücken in diesen trüben grünen Fluten
liegt, und die schweren Kähne gleiten über ihn dahin, und die
langen Wasserpflanzen verfangen sich in seinem Haar. Wissen
Sie, ich glaube nicht, daß er noch viel Großes geleistet hätte. In
den letzten zehn Jahren ist es mit seiner Malerei sehr abwärts
gegangen."

Dorian stieß einen Seufzer aus, und Lord Henry schlenderte
quer durchs Zimmer und begann einem eigenartigen javanischen
Papagei den Kopf zu kraulen, einem großen graugefiederten
Vogel mit rosigem Schopf und Schwanz, der auf einem Bambus-
stab balancierte. Als seine spitzen Finger ihn berührten, senkte
er die weiße Haut der verrunzelten Lider über die schwarzen,
glasartigen Augen und fing an, vor und zurück zu schwingen.

„Ja", fuhr er fort, während er sich umwandte und sein Taschentuch hervorholte; „mit seiner Malerei ist es ziemlich abwärts gegangen. Sie schien mir etwas verloren zu haben. Sie
hat ein Ideal verloren. Als die große Freundschaft zwischen
Ihnen und ihm aufhörte, hörte er auf, ein großer Maler zu sein.
Was hat euch auseinandergebracht? Ich nehme an, er hat Sie
gelangweilt. Wenn dem so war, hat er Ihnen nie vergeben. Das
ist bei langweiligen Menschen so üblich. Übrigens, was ist aus
dem wunderbaren Porträt geworden, das er von Ihnen gemalt
hat? Ich glaube, ich habe es nicht mehr gesehen, seitdem er es

vollendet hat. Oh! ich erinnere mich, daß Sie mir vor Jahren einmal erzählt haben, Sie hätten es nach Selby geschickt und es sei unterwegs abhandengekommen oder gestohlen worden. Sie haben es nie zurückbekommen? Wie schade! Es war wirklich ein Meisterwerk. Ich weiß noch, ich wollte es kaufen. Jetzt wünschte ich, ich hätte es getan. Es stammt aus Basils bester Periode. Seither ist sein Werk jene Mischung aus schlechter Malerei und guten Absichten gewesen, die einen Mann seit jeher berechtigen, ein repräsentativer englischer Künstler genannt zu werden. Haben Sie eigentlich eine Suchmeldung veröffentlicht? Das hätten Sie tun sollen."

„Ich kann mich nicht mehr entsinnen", sagte Dorian. „Vermutlich habe ich es getan. Aber mir hat das Bild nie richtig gefallen. Es tut mir leid, daß ich ihm dafür gesessen habe. Die Erinnerung an das Ding ist mir zuwider. Warum reden Sie davon? Es erinnerte mich immer an diese merkwürdigen Zeilen aus irgendeinem Theaterstück – aus dem ‚Hamlet', glaube ich – wie heißen sie nur?

> Gleich dem Bilde eines Leides,
> Ein Antlitz ohne Herz.

Ja: so war es."

Lord Henry lachte. „Wenn ein Mensch das Leben künstlerisch auffaßt, ist sein Hirn sein Herz", entgegnete er und ließ sich in einen Sessel fallen.

Dorian Gray schüttelte den Kopf und schlug auf dem Klavier ein paar sanfte Akkorde an. „Gleich dem Bilde eines Leides", wiederholte er, „ein Antlitz ohne Herz."

Der Ältere lehnte sich zurück und betrachtete ihn mit halbgeschlossenen Augen. „Übrigens, Dorian", sagte er nach einer Pause, „was hülfe es dem Menschen, so er die ganze Welt gewönne und nähme doch Schaden – wie heißt es weiter? – an seiner Seele?"

Die Musik endete schrill, und Dorian Gray fuhr auf und starrte seinen Freund an. „Warum fragen Sie mich das, Harry?"

„Mein Lieber", erwiderte Lord Henry und zog verwundert die Brauen hoch, „ich habe Sie gefragt, weil ich meinte, Sie könnten mir vielleicht eine Antwort geben. Das ist alles. Letzten Sonntag bin ich durch den Park gegangen, und in der Nähe von Marble Arch stand eine kleine Gruppe schäbig aussehender Menschen, die einem vulgären Straßenprediger lauschten. Als ich

dort vorbeikam, hörte ich, wie der Mann diese Frage seinen Zuhörern entgegenschrie. Das wirkte auf mich ziemlich dramatisch.
London ist sehr reich an absonderlichen Erscheinungen dieser
Art. Ein verregneter Sonntag, ein ungehobelter Christ in einem
Wettermantel, ein Kreis von krankhaft weißen Gesichtern unter einem lückenhaften Dach aus triefenden Regenschirmen und
dazu ein wunderbarer Satz, von schrillen, hysterischen Lippen
in die Luft geschleudert – das alles war auf seine Weise wirklich
sehr gut, geradezu eine Offenbarung. Mir kam der Gedanke,
dem Propheten zu sagen, daß die Kunst eine Seele habe, der
Mensch aber nicht. Ich fürchte jedoch, er hätte mich nicht verstanden."

„Nicht doch, Harry. Die Seele ist eine furchtbare Realität.
Man kann sie kaufen und verkaufen und verschachern. Man
kann sie vergiften oder vervollkommnen. In jedem von uns
lebt eine Seele. Ich weiß es."

„Sind Sie sich dessen ganz sicher, Dorian?"

„Ganz sicher."

„Ah! dann muß eine Täuschung vorliegen. Die Dinge, deren
man sich absolut sicher ist, sind niemals wahr. Das ist das
Verhängnis des Glaubens und die Lehre der Romantik. Wie
feierlich Sie sind! Seien Sie doch nicht so ernst. Was haben Sie
oder ich mit den abergläubischen Vorstellungen unserer Zeit zu
tun? Nein: wir haben unseren Glauben an die Seele aufgegeben.
Spielen Sie mir etwas vor. Spielen Sie ein Nocturne, Dorian,
und während Sie spielen, erklären Sie mir leise, wie Sie sich Ihre
Jugend bewahrt haben. Sie müssen irgendein Geheimnis haben.
Ich bin nur zehn Jahre älter als Sie, und ich bin verrunzelt
und verwelkt und gelb. Sie sind wirklich ein Wunder, Dorian.
Sie haben nie so bezaubernd ausgesehen wie heute abend. Sie
erinnern mich an den Tag, an dem ich Sie zum ersten Male sah.
Sie waren ziemlich keck, sehr scheu und ganz und gar ungewöhnlich. Sie haben sich verändert, natürlich, aber nicht in
Ihrem Aussehen. Ich würde gern Ihr Geheimnis erfahren. Um
meine Jugend zurückzugewinnen, würde ich alles auf der Welt
tun, außer Freiübungen machen, früh aufstehen oder ehrbar
werden. Jugend! Ihr kommt nichts gleich. Es ist absurd, von der
Unwissenheit der Jugend zu sprechen. Die einzigen Leute, deren
Ansichten ich mir jetzt noch mit einigem Respekt anhöre, sind
solche, die viel jünger sind als ich. Sie scheinen mir etwas vor-
auszuhaben. Das Leben hat ihnen sein letztes Wunder offenbart.

Was die Alten angeht, so widerspreche ich ihnen stets. Das tue ich aus Prinzip. Fragt man sie nach ihrer Meinung zu irgendeinem Ereignis, das gestern stattgefunden hat, dann verkünden sie einem feierlich die Ansichten, wie sie um 1820 gang und gäbe waren, als die Leute hohe Stehkragen trugen, an alles glaubten und absolut gar nichts wußten. Das ist aber ein hübsches Stück, das Sie da spielen! Ich möchte gern wissen, ob Chopin es auf Mallorca geschrieben hat, als das Meer vor seiner Villa weinte und der salzige Gischt seine Fensterscheiben besprühte. Es ist wunderbar romantisch. Was für ein Segen, daß uns wenigstens noch eine Kunst geblieben ist, die nicht von der Imitation lebt! Hören Sie nicht auf. Heute abend brauche ich Musik. Es kommt mir so vor, als wären Sie der junge Apoll und ich Marsyas, der Ihnen lauscht. Ich habe meinen eigenen Kummer, Dorian, von dem nicht einmal Sie etwas wissen. Die Tragödie des Alters ist nicht, daß man alt ist, sondern daß man jung ist. Ich wundere mich zuweilen über meine eigene Unaufrichtigkeit. Ach, Dorian, wie glücklich Sie sind! Was für ein köstliches Leben haben Sie geführt! Sie haben von allem einen tiefen Zug getan. Sie haben die Trauben an Ihrem Gaumen zerdrückt. Nichts ist Ihnen verborgen geblieben. Und es war für Sie nicht mehr als der Klang der Musik. Es hat Sie nicht entstellt. Sie sind noch immer derselbe.«

»Ich bin nicht mehr derselbe, Harry.«

»Doch: Sie sind derselbe. Ich frage mich, wie Ihr Leben weitergehen wird. Verderben Sie es nicht durch Entsagung. Gegenwärtig sind Sie ein vollkommener Typus. Machen Sie sich nicht unvollkommen. Sie sind jetzt ganz makellos. Sie brauchen nicht den Kopf zu schütteln: Sie wissen, daß Sie es sind. Im übrigen, Dorian, dürfen Sie sich nicht täuschen. Das Leben wird nicht gelenkt von Willen oder Absicht. Das Leben ist eine Frage der Nerven und Muskeln und der langsam aufgebauten Zellen, in denen sich das Denken verbirgt und die Leidenschaft träumt. Sie mögen sich sicher wähnen und für stark halten. Aber ein zufälliger Farbton in einem Zimmer oder am Morgenhimmel, ein bestimmter Duft, den Sie einst geliebt haben und der zarte Erinnerungen in sich birgt, eine Zeile aus einem vergessenen Gedicht, auf die Sie unverhofft stoßen, eine Kadenz aus einem Musikstück, das Sie lange nicht mehr gespielt haben – glauben Sie mir, Dorian, daß von solchen Dingen unser Leben abhängt. Browning hat darüber einmal geschrieben; aber unsere eigenen

Sinne vermögen es zu erfassen. Es gibt Augenblicke, da der
Hauch von *lilas blanc* plötzlich über mich kommt, und dann
muß ich den seltsamsten Monat meines Lebens noch einmal
durchleben. Ich wollte, ich könnte mit Ihnen tauschen, Dorian.
Die Welt hat sich über uns beide empört, doch Sie hat sie stets
verehrt. Sie wird Sie immer verehren. Sie sind der Inbegriff
dessen, was unsere Zeit sucht und was sie gefunden zu haben
bedauert. Ich bin so froh, daß Sie nie etwas getan haben, nie
eine Statue gemeißelt oder ein Bild gemalt oder etwas außerhalb
Ihrer selbst hervorgebracht haben! Das Leben ist Ihre Kunst. Sie
haben sich selber in Musik gesetzt. Ihre Tage sind Ihre Sonette."

Dorian stand vom Klavier auf und fuhr sich mit der Hand
durchs Haar. „Ja, das Leben ist köstlich gewesen", murmelte er,
„aber ich werde ein solches Leben nicht weiter führen, Harry.
Und Sie dürfen mir nicht diese überspannten Dinge erzählen.
Sie wissen nicht alles über mich. Ich glaube, wenn Sie alles
wüßten, würden selbst Sie sich von mir abwenden. Sie lachen.
Lachen Sie nicht."

„Warum haben Sie aufgehört zu spielen, Dorian? Setzen Sie
sich wieder hin und spielen Sie mir das Nocturne noch einmal.
Schauen Sie auf den großen honigfarbenen Mond, der in der
dunklen Luft hängt. Er wartet darauf, daß Sie ihn bezaubern,
und wenn Sie spielen, wird er der Erde näherkommen. Sie wollen nicht? Dann gehen wir doch in den Klub. Es war ein reizender Abend, und wir müssen ihn reizend beschließen. Bei White
ist jemand, der darauf brennt, Sie kennenzulernen – der junge
Lord Poole, Bournemouths ältester Sohn. Er kopiert bereits Ihre
Krawatten und hat mich gebeten, ihn Ihnen vorzustellen. Er ist
ganz entzückend und erinnert mich ein wenig an Sie."

„Hoffentlich nicht", sagte Dorian mit traurigem Blick. „Aber
heute abend bin ich müde, Harry. Ich werde nicht in den Klub
gehen. Es ist fast elf, und ich möchte früh ins Bett."

„Bleiben Sie. Sie haben noch nie so gut gespielt wie heute
abend. Ihr Anschlag hatte etwas Wunderbares. Er besaß mehr
Ausdruck, als ich je zuvor gehört habe."

„Das kommt daher, daß ich gut werden will", erwiderte er
lächelnd. „Ich bin schon etwas verändert."

„Mir gegenüber können Sie sich nicht ändern, Dorian", sagte
Lord Henry. „Wir beide werden immer Freunde bleiben."

„Und doch haben Sie mich einst mit einem Buch vergiftet.
Das sollte ich Ihnen nicht verzeihen. Harry, versprechen Sie

mir, daß Sie dieses Buch nie wieder jemandem leihen. Es bringt Unheil."

„Mein lieber Junge, Sie fangen tatsächlich an zu moralisieren. Demnächst werden Sie umhergehen wie ein Bekehrter und Erweckungsprediger und die Leute vor den Sünden warnen, deren Sie überdrüssig geworden sind. Doch dazu sind Sie viel zu charmant. Außerdem ist es zwecklos. Wir beide sind, was wir sind, und werden sein, was wir sein werden. Und was die Vergiftung durch ein Buch anlangt: so etwas gibt es nicht. Die Kunst hat keinen Einfluß auf das Handeln. Sie löscht das Verlangen zu handeln aus. Sie ist im höchsten Maße steril. Die Bücher, welche die Welt unmoralisch nennt, sind jene, die der Welt ihre eigene Schande vorhalten. Weiter nichts. Doch wir wollen nicht über Literatur reden. Kommen Sie morgen zu mir. Ich reite um elf aus. Wir könnten zusammen ausreiten, und hinterher nehme ich Sie zum Essen bei Lady Branksome mit. Sie ist eine reizende Frau und möchte Sie um Rat fragen wegen einiger Gobelins, die sie zu kaufen gedenkt. Aber kommen Sie bestimmt. Oder sollen wir bei unserer kleinen Herzogin essen? Sie sagt, sie sehe Sie jetzt überhaupt nicht mehr. Vielleicht haben Sie von Gladys genug? Ich dachte mir, daß es so kommen würde. Ihre gescheite Zunge geht einem auf die Nerven. Nun, jedenfalls seien Sie um elf bei mir."

„Muß ich wirklich kommen, Harry?"

„Gewiß. Der Park ist jetzt ganz herrlich. Ich glaube nicht, daß es seit dem Jahr, in dem ich Sie kennengelernt habe, jemals wieder einen solchen Flieder gegeben hat."

„Also gut. Ich werde um elf da sein", sagte Dorian. „Gute Nacht, Harry." Als er bei der Tür war, zögerte er einen Augenblick, als ob er noch etwas zu sagen hätte. Dann seufzte er und ging hinaus.

20. KAPITEL

Es war eine schöne Nacht, so warm, daß er den Rock über den Arm warf und nicht einmal den Seidenschal um den Hals schlang. Als er, eine Zigarette rauchend, heimschlenderte, kamen zwei junge Herren in Abendanzügen an ihm vorüber. Er hörte, wie der eine dem anderen zuflüsterte: „Das ist Dorian Gray." Er erinnerte sich, wie sehr er sich früher gefreut hatte, wenn man auf ihn hinwies oder ihn anstarrte oder über ihn sprach. Doch jetzt war er es leid, seinen eigenen Namen zu hören. Der Reiz des kleinen Dorfes, in dem er in der letzten Zeit so oft gewesen war, lag zur Hälfte darin, daß dort niemand wußte, wer er war. Er hatte dem Mädchen, das er zur Liebe verlockt hatte, wiederholt erzählt, er sei arm, und sie hatte ihm geglaubt. Er hatte ihr einmal gesagt, er sei böse, und sie hatte ihn ausgelacht und geantwortet, böse Menschen seien stets sehr alt und sehr häßlich. Wie sie lachen konnte! – wie eine singende Drossel. Und wie hübsch sie aussah in ihren Baumwollkleidern und großen Hüten! Sie wußte nichts, aber sie besaß all das, was er verloren hatte.

Als er zu Hause ankam, fand er seinen Diener vor, der auf ihn wartete. Er schickte ihn zu Bett und warf sich auf das Sofa in der Bibliothek und begann über einige Dinge nachzudenken, die Lord Henry ihm gesagt hatte.

War es wirklich wahr, daß man sich niemals ändern konnte? Ihn befiel ein heftiges Verlangen nach der unbefleckten Reinheit seiner Kindheit – seiner rosenweißen Kindheit, wie Lord Henry sie einmal genannt hatte. Er wußte, daß er sich besudelt, seinen Geist mit Verderbtheit erfüllt und seine Phantasie mit Grauen beladen hatte; daß er einen üblen Einfluß auf andere ausgeübt und dabei eine schreckliche Freude verspürt hatte; und daß er von all den Leben, die das seine gekreuzt hatten, gerade die schönsten und verheißungsvollsten in Schande gebracht hatte. Aber war das alles nicht wiedergutzumachen? Gab es für ihn keine Hoffnung mehr?

Ah! in welch ungeheuerlichem Augenblick des Stolzes und der Leidenschaft hatte er darum gebetet, daß das Porträt die

Last seiner Tage tragen und er den ungetrübten Glanz ewiger Jugend behalten solle! Sein ganzes Versagen ging darauf zurück. Es wäre besser für ihn gewesen, wenn jede Sünde in seinem Leben ihre sichere, schnelle Strafe nach sich gezogen hätte. In der Bestrafung lag Läuterung. Nicht „Vergib uns unsere Sünden", sondern „Züchtige uns für unsere Übeltaten" sollte das Gebet des Menschen zu einem allgerechten Gott heißen.

Der eigenartig geschnitzte Spiegel, den Lord Henry ihm vor so vielen Jahren geschenkt hatte, stand auf dem Tisch, und die weißgliedrigen Liebesgötter, die ihn umrahmten, lachten wie eh und je. Er nahm ihn in die Hand, wie er es in jener Schreckensnacht getan hatte, als ihm zum erstenmal die Veränderung des verhängnisvollen Bildes aufgefallen war, und blickte mit wilden, tränentrüben Augen in den blanken Schild. Einmal hatte ihm jemand, der ihn schrecklich geliebt hatte, einen wahnsinnigen Brief geschrieben, der mit den abgöttischen Worten schloß: „Die Welt ist verwandelt, weil Sie aus Elfenbein und Gold geschaffen sind. Die Linien Ihrer Lippen schreiben die Geschichte neu." Diese Sätze fielen ihm ein, und er sprach sie immer wieder vor sich hin. Dann überkam ihn Ekel vor seiner eigenen Schönheit, er schleuderte den Spiegel zu Boden und zertrat ihn mit seinem Absatz in silberne Splitter. Seine Schönheit hatte ihn zugrunde gerichtet, seine Schönheit und die Jugend, um die er gebetet hatte. Wären diese beiden Dinge nicht gewesen, wäre sein Leben vielleicht makellos geblieben. Seine Schönheit war für ihn nur eine Maske gewesen, seine Jugend nur ein Trug. Was war denn die Jugend bestenfalls? Eine grüne, eine unreife Zeit, eine Zeit der seichten Stimmungen und der krankhaften Gedanken. Warum hatte er ihre Tracht getragen? Die Jugend hatte ihn verdorben.

Es war besser, nicht an die Vergangenheit zu denken. Nichts vermochte sie zu ändern. An sich selber und an seine eigene Zukunft mußte er denken. James Vane war in einem namenlosen Grab auf dem Friedhof von Selby verscharrt. Alan Campbell hatte sich eines Nachts in seinem Laboratorium erschossen, aber nicht das Geheimnis verraten, das er ihm aufgezwungen hatte. Die derzeitige Aufregung über Basil Hallwards Verschwinden würde bald vorüber sein. Sie nahm bereits ab. In dieser Hinsicht war er vollkommen sicher. Es war im Grunde auch nicht der Tod von Basil Hallward, der ihn am meisten belastete. Es war der lebendige Tod seiner eigenen Seele, der ihn quälte. Basil hatte das Porträt gemalt, das sein Leben zerstörte. Das konnte er ihm nicht vergeben. Das Porträt war an allem schuld. Basil hatte ihm Dinge gesagt, die unerträglich waren und die er dennoch geduldig ertragen hatte. Der Mord war nur einem Augenblick des Wahnsinns entsprungen. Und was Alan Campbell betraf, so war der Selbstmord dessen eigenes Werk gewesen. Er hatte ihn aus freien Stücken gewählt. Das ging ihn nichts an.

Ein neues Leben! Das war, was ihm nottat. Das war, worauf er wartete. Ja, er hatte es bereits begonnen. Ein unschuldiges Geschöpf hatte er jedenfalls geschont. Nie wieder wollte er die Unschuld in Versuchung führen. Er wollte gut sein.

Als er an Hetty Merton dachte, begann er sich zu fragen, ob sich wohl das Porträt in dem verschlossenen Zimmer verändert habe. Sicherlich war es nicht mehr so abscheulich, wie es bis dahin gewesen war? Vielleicht konnte er, wenn sein Leben rein würde, alle Spuren böser Leidenschaft aus dem Gesicht verbannen. Vielleicht waren die Spuren des Bösen bereits verschwunden. Er wollte hinaufgehen und nachsehen.

Er nahm die Lampe vom Tisch und schlich nach oben. Als er die Tür entriegelte, huschte ein freudiges Lächeln über sein seltsam jung wirkendes Gesicht und verweilte einen Augenblick lang um seine Lippen. Ja, er wollte gut sein, und das gräßliche Ding, das er versteckt hatte, würde ihn nicht mehr schrecken. Er hatte das Gefühl, als sei die Last schon von ihm genommen.

Er trat ruhig ein, schloß die Tür hinter sich, wie es seine Gewohnheit war, und zog die purpurne Hülle von dem Porträt herunter. Ein Schrei des Schmerzes und der Entrüstung brach aus ihm hervor. Er konnte keine Veränderung erkennen, außer daß in den Augen ein verschlagener Ausdruck war und in der Mundpartie die gebogene Falte des Heuchlers. Das Ding war noch immer widerwärtig – womöglich noch widerwärtiger als früher –, und der Scharlachtau, der die Hand befleckte, wirkte heller, noch mehr wie frisch vergossenes Blut. Da erbebte er. Hatte nur Eitelkeit ihn zu der einzigen guten Tat veranlaßt? Oder das Verlangen nach einer neuen Gefühlsregung, wie Lord Henry mit seinem spöttischen Lächeln angedeutet hatte? Oder jene Leidenschaft, in eine Rolle zu schlüpfen, die uns manchmal etwas tun heißt, was lauterer ist als wir selber? Oder vielleicht das alles zusammen? Und warum war der rote Fleck größer als sonst? Er schien wie eine furchtbare Krankheit über die verrunzelten Finger gekrochen zu sein. Blut war auf den gemalten Füßen, als ob es herabgetropft wäre – Blut sogar auf der Hand, die das Messer nicht gehalten hatte. Gestehen? Hieß das, daß er gestehen sollte? Sich selber aufgeben und zum Tode verurteilt werden? Er lachte. Der Gedanke kam ihm ungeheuer vor. Und selbst wenn er gestehen sollte, wer würde ihm glauben? Nirgendwo war eine Spur des Ermordeten zu finden. Alles, was ihm gehört hatte, war vernichtet worden. Er selber hatte verbrannt, was unten war. Die Leute würden einfach sagen, er sei verrückt. Sie würden ihn einsperren, wenn er bei seiner Geschichte bliebe... Dennoch war es seine Pflicht, zu gestehen, die öffentliche Schande zu erleiden und öffentlich zu sühnen. Es war ein Gott, der die Menschen aufforderte, ihre Sünden sowohl der Erde als auch dem Himmel zu bekennen. Nichts konnte er tun, um sich reinzuwaschen, solange er nicht seine Sünde bekannt hatte. Seine Sünde? Er zuckte die Achseln. Der Tod Basil Hallwards bedeutete ihm wenig. Er dachte an Hetty Merton. Denn es war ein ungerechter Spiegel, dieser Spiegel seiner Seele, in den er schaute. Eitelkeit? Neugier? Heuchelei? Hatte sein Verzicht nicht mehr umfaßt als das? Es war noch etwas anderes hinzugekommen. Zumindest glaubte er das. Doch wer konnte das sagen?... Nein. Es war nichts anderes dabei gewesen. Aus Eitelkeit hatte er sie geschont. Aus Heuchelei hatte er die Maske der Güte aufgesetzt. Aus Neugier hatte er es mit Selbstverleugnung versucht. Das erkannte er jetzt.

Aber dieser Mord – sollte er ihn sein ganzes Leben lang verfolgen? Sollte er auf immer die Last seiner Vergangenheit tragen? Sollte er wirklich gestehen? Niemals. Es gab nur ein einziges Beweisstück gegen ihn. Das Bild selbst – das war der Beweis. Er würde es zerstören. Warum hatte er es so lange aufbewahrt? Einst hatte es ihm Vergnügen bereitet zu beobachten, wie es sich veränderte und alterte. In der letzten Zeit hatte er ein solches Vergnügen nicht mehr empfunden. Es hatte ihn nachts wach gehalten. Wenn er nicht zu Hause war, hatte ihn das Grauen gepackt bei dem Gedanken, daß fremde Augen es erblicken könnten. Es hatte mit Melancholie seine Leidenschaften durchkreuzt. Die bloße Erinnerung daran hatte ihm viele Augenblicke der Freude verdorben. Es war für ihn wie das Gewissen gewesen. Ja, es war das Gewissen gewesen. Er wollte es zerstören.

Er blickte sich um und sah das Messer, das Basil Hallward

erstochen hatte. Er hatte es oftmals gesäubert, bis kein Fleckchen mehr auf ihm war. Es war blank und glitzerte. Wie es den Maler getötet hatte, so würde es auch das Werk des Malers töten und alles, was es bedeutete. Es würde die Vergangenheit töten, und sobald sie tot wäre, würde er frei sein. Es würde dieses ungeheuerliche Seelenleben töten, und ohne dessen widerliche Mahnungen würde er Frieden finden. Er ergriff das Messer und erstach mit ihm das Bild.

Ein Schrei ertönte und ein Krachen. Der Schrei war so entsetzlich in seiner Todesqual, daß die Diener erschreckt aufwachten und aus ihren Zimmern schlichen. Zwei Herren, die unten auf dem Platz vorbeikamen, blieben stehen und blickten zu dem großen Haus empor. Sie gingen weiter, bis sie einem Polizisten begegneten, und kehrten mit ihm zurück. Der Mann läutete mehrere Male, aber es kam keine Antwort. Abgesehen von einem Licht in einem der obersten Fenster war das Haus völlig dunkel. Nach einer Weile ging er weg, stellte sich in einen nahen Säuleneingang und wartete.

„Wem gehört das Haus, Wachtmeister?" fragte der ältere der beiden Herren.

„Mr. Dorian Gray, Sir", antwortete der Polizist.

Sie blickten einander an, als sie weitergingen, und lachten hämisch. Einer von ihnen war Sir Henry Ashtons Onkel.

Drinnen, im Dienstbotentrakt des Hauses, unterhielten sich flüsternd die halb angezogenen Diener. Die alte Mrs. Leaf weinte und rang die Hände. Francis war totenbleich.

Nach ungefähr einer Viertelstunde holte er den Kutscher und einen der Lakaien und schlich hinauf. Sie klopften, doch niemand antwortete. Sie riefen. Alles war still. Schließlich, nachdem sie vergebens versucht hatten, die Tür aufzubrechen, stiegen sie auf das Dach und ließen sich auf den Balkon hinab. Die Glastüren gaben leichter nach: ihre Riegel waren alt.

Als sie eintraten, sahen sie an der Wand ein herrliches Porträt ihres Herrn hängen, so wie sie ihn zuletzt gesehen hatten, in all der Pracht seiner erlesenen Jugend und Schönheit. Auf dem Boden lag ein Toter, im Abendanzug, mit einem Messer im Herzen. Er war welk, runzlig und widerwärtig von Angesicht. Erst als sie die Ringe untersucht hatten, erkannten sie, wer es war.

MÄRCHEN

DER GLÜCKLICHE PRINZ

Auf einem schlanken Sockel, hoch über der Stadt, stand der Glückliche Prinz. Sein Leib war mit feinem glänzendem Gold überzogen; seine Augen waren zwei helle Saphire, und an seinem Degengriff glühte ein großer blutroter Rubin.

Alle Leute bewunderten ihn sehr, und ein Ratsherr, der in den Ruf eines Kunstkenners kommen wollte, meinte: „Er ist so schön wie ein Wetterhahn, nur nicht ganz so nützlich" – das aber fügte er hinzu, weil die Leute sonst hätten glauben mögen, er sei unpraktisch, was er wirklich nicht war.

Und eine sehr gescheite Mutter sagte zu ihrem kleinen Sohn, der weinte, weil er den Mond haben wollte: „Warum kannst du nicht sein wie der Glückliche Prinz? Der Glückliche Prinz denkt gar nicht daran zu weinen, wenn er etwas haben will."

Und ein enttäuschter Mann sagte leise, als er die wundervolle Statue sah: „Endlich einer in der Welt, der ganz und gar glücklich ist."

Als aber die Waisenkinder in ihren hellroten Mänteln und sauberen weißen Schürzen aus der Kathedrale kamen, riefen sie: „Er ist genau wie ein Engel."

„Woher wißt ihr das?" fragte ihr Mathematiklehrer. „Ihr habt noch nie Engel gesehen."

Und die Kinder erwiderten schnell: „O freilich. Im Traum haben wir sie gesehn." Und der Mathematiklehrer runzelte die Stirn und blickte sie sehr streng an; denn er wollte es nicht billigen, daß Kinder träumen.

In einer Nacht aber flog eine zierliche Schwalbe über die Stadt. Schon vor sechs Wochen hatten ihre Freunde sie verlassen, nur sie allein war zurückgeblieben, weil sie das wunderschöne Schilfrohr so liebte. Im Frühjahr war sie ihm begegnet, als sie hinter einem großen gelben Schmetterling her den Strom hinabflog. Und so sehr bezauberte sie die schlanke Gestalt des Schilfrohrs, daß sie innehielt in ihrem Flug und mit ihm plauderte.

„Soll ich dich lieben?" sagte die Schwalbe, der es gefiel, gleich auszusprechen, was sie bewegte; und das Schilfrohr verbeugte sich tief vor ihr. So umkreiste sie denn das schwankende Rohr und berührte das Wasser des Flusses mit den Spitzen ihrer Flügel, daß es sich zu silbernen Kreisen wellte. Dies war ihr Liebesspiel, und es währte den vollen Sommer über.

„Ein lächerliches Verhältnis", zwitscherten die andern Schwalben, „das Schilfrohr hat kein Geld, dafür viel zuviel Verwandte." Die Ufer waren auch wirklich dicht mit Schilf bewachsen. Und als dann der Herbst kam, flogen die anderen Schwalben alle fort.

Die Zurückgebliebene fühlte sich einsam, und allmählich wurde sie des geliebten Schilfrohrs überdrüssig. „Es spricht nichts", sagte sie, „und ich fürchte, es ist gefallsüchtig; denn immer kokettiert es mit dem Wind." Und tatsächlich, es verneigte sich stets sehr anmutig, wann immer der Wind vorüberstrich. „Ich gebe ja zu, daß es seßhaft ist", fuhr die Schwalbe fort, „aber ich liebe das Wandern, und deshalb muß meine Frau es ebenso lieben."

„Willst du nicht mit mir kommen?" fragte sie endlich; aber das Schilfrohr schüttelte den Kopf. Es war ja allzu fest mit seinem Zuhause verbunden.

„Oh", rief die Schwalbe enttäuscht, „du hast nur gescherzt mit mir! Ich fliege zu den Pyramiden. Leb wohl!"

Die Schwalbe flog den ganzen Tag und kam am Abend in die Stadt. Wo soll ich übernachten? dachte sie. Ich will doch hoffen, daß die Stadt dafür gesorgt hat.

Da erblickte sie die Statue auf dem schlanken Sockel. „Dort will ich übernachten", rief sie, „das ist ein herrlicher Ort mit viel frischer Luft." Darauf ließ sie sich gerade zwischen den Füßen des Glücklichen Prinzen nieder.

Ich habe ein goldenes Schlafgemach, sagte die Schwalbe staunend zu sich selbst. Sie sah sich um und bereitete sich zum Schlafen vor; aber gerade, als sie ihr Köpfchen unter den Flügel stecken wollte, fiel ein großer Wassertropfen auf sie. „Gott, wie seltsam!" rief sie. „Nicht eine einzige Wolke ist am Himmel, die Sterne sind hell und klar, und trotzdem regnet es. Schrecklich ist das Klima hier im Norden Europas. Das Schilfrohr allerdings liebt den Regen; aber das macht wohl seine Selbstsucht."

Da fiel ein zweiter Tropfen.

„Wozu ist denn eine Statue nütze, wenn sie nicht den Regen abhalten kann?" sagte sie. „Ich werde mich wohl doch nach einem guten Schornstein umsehen müssen." Und die Schwalbe beschloß fortzufliegen.

Aber noch ehe sie ihre Flügel öffnen konnte, fiel ein dritter Tropfen. Da blickte sie empor und sah – oh, was sah sie dort?

Die Augen des Glücklichen Prinzen waren mit Tränen gefüllt, und Tränen rannen über die goldnen Wangen und tropften herab. Und im Mondlicht war sein Antlitz so schön, daß die Schwalbe tiefes Mitleid empfand.

„Wer bist du?" fragte sie.

„Ich bin der Glückliche Prinz."

„Warum weinst du dann?" fragte die Schwalbe. „Ich bin ganz naß von deinen Tränen."

„Damals, als ich noch lebte und ein schlagendes Herz hatte", antwortete die Statue, „wußte ich nicht, was Tränen sind, denn ich lebte im Palast von Sanssouci, den die Sorge nicht betreten darf. Tagsüber spielte ich mit meinen Gefährten im Garten, und am Abend führte ich den Tanz an im Großen Saal. Um den Garten zog sich eine hohe Mauer, aber niemals fragte ich, was jenseits liege; war doch alles um mich so schön. Die Höflinge nannten mich ‚Glücklicher Prinz', und ich war auch glücklich, wenn das Vergnügen Glück ist. So lebte ich, und so starb ich auch. Und als ich tot war, stellten sie mich hier so hoch herauf, daß ich alle Häßlichkeit und alles Elend meiner Stadt sehen muß. Und nichts bleibt mir, als zu weinen, wenngleich mein Herz von Blei ist."

Was, er ist nicht ganz aus Gold? dachte die Schwalbe, war aber doch höflich genug, diesen Gedanken nicht auszusprechen.

„Weit von hier", fuhr die Statue mit leiser Stimme fort, „weit von hier steht ein ärmliches Haus in einer schmalen Straße. Eines der Fenster ist offen, und so kann ich eine Frau an einem Tisch sitzen sehn. Ihr Gesicht ist hager und verhärmt, und sie hat rauhe rote Hände, von den Nadeln zerstochen; sie ist eine Näherin. Sie stickt Passionsblumen in die Seidenrobe, welche die lieblichste von den Ehrendamen der Königin auf dem nächsten Hofball tragen wird. In einer Ecke liegt ihr kleiner Sohn krank im Bett. Er hat Fieber und verlangt nach Orangen. Seine Mutter aber hat nichts für ihn als Wasser vom Fluß. Deshalb weint er. Schwalbe, Schwalbe, kleine Schwalbe, willst du ihr nicht den Rubin bringen von meinem Degengriff? Ich kann es nicht selber tun. Meine Füße sind festgeschmiedet an die Säule."

„Man erwartet mich in Ägypten", sagte die Schwalbe. „Meine Freunde fliegen am Nil und reden mit den großen Lotosblüten. Bald werden sie im Grabe des erhabnen Königs schlafen gehn. Der König ruht dort in seinem bemalten Sarg. In gelbes Linnen ist er gewickelt und mit Spezereien einbalsamiert. Um seinen Hals liegt eine Kette aus fahlgrauem Jade, und seine Hände sind wie welke Blätter."

„Schwalbe, Schwalbe, kleine Schwalbe", sagte der Prinz, „willst
du nicht eine Nacht noch bei mir bleiben und mein Bote sein? Das
Kind dürstet so sehr, und die Mutter ist so traurig."

„Ich glaube nicht, daß ich Knaben liebe", antwortete die
Schwalbe. „Als ich am Strom war letzten Sommer, warfen zwei rohe
Buben, eines Müllers Söhne, immer mit Steinen nach mir. Natürlich
trafen sie mich nicht; wir Schwalben fliegen zu gut, auch komme ich
aus einer Familie, die ihrer Behendigkeit wegen berühmt ist; doch –
es war ein Zeichen von Respektlosigkeit."

Aber der Glückliche Prinz blickte so traurig, daß er der kleinen
Schwalbe leid tat. „Es ist sehr kalt hier", sagte sie; „doch will ich eine
Nacht bei dir bleiben und dein Bote sein."

„Ich danke dir, kleine Schwalbe", sagte der Prinz.

Und die Schwalbe nahm den großen Rubin aus des Prinzen Degen
und flog mit ihm über die Dächer der Stadt.

Sie flog am Turm der Kathedrale vorüber, dort, wo die weißen
Marmorengel stehen. Sie kam am Palast vorbei und hörte den Klang
der Musik. Ein schönes Mädchen trat mit ihrem Geliebten auf den
Balkon. „Wie wundervoll die Sterne sind", sagte er, „und wie
wundervoll die Macht der Liebe!" – „Ich hoffe", sagte sie, „daß mein
Kleid rechtzeitig fertig wird für den Hofball. Ich habe befohlen,
Passionsblumen hineinzusticken; aber die Näherinnen sind so faul."

Die Schwalbe überquerte den Fluß, wo die Laternen an den
Masten der Schiffe schaukelten. Sie flog übers Getto und sah die
alten Juden miteinander handeln und Geld in kupfernen Schalen
wiegen. Und dann endlich kam sie zu dem ärmlichen Haus und
blickte hinein. Der Knabe wälzte sich fiebernd im Bett, und die
Mutter war eingeschlafen, so müde war sie. Da flog die Schwalbe in
das Zimmer und legte den großen Rubin auf den Tisch neben den
Fingerhut der Frau. Dann fächelte sie, leicht über dem Bett schwe-
bend, die Stirn des Kindes mit ihren Flügeln. „Wie wohl das tut",
flüsterte der Knabe, „vielleicht wird mir besser", und sank in
köstlichen Schlummer.

Die Schwalbe kehrte zum Glücklichen Prinzen zurück und erzählte, was sie getan hatte. „Es ist seltsam", meinte sie, „aber ich
fühle mich ganz warm, obgleich es doch so kalt ist."

„Oh! Das kommt von deiner guten Tat", sagte der Prinz. Und die
kleine Schwalbe fing zu denken an – und schlief ein. Denken machte
sie immer so schläfrig.

Als der Tag anbrach, flog sie zum Fluß und badete. „Welch
bemerkenswertes Ereignis", sagte der Professor der Ornithologie,

als er über die Brücke ging. „Eine Schwalbe mitten im Winter!"
Darüber schrieb er einen langen Artikel für die Lokalzeitung, den
jedermann zitierte; er war aber auch voll von Wörtern, die niemand verstand.

„Heute abend fliege ich nach Ägypten", sagte die Schwalbe und
war sehr fröhlich bei diesem Gedanken. Sie besuchte noch alle
öffentlichen Gebäude und Gedenksteine der Stadt und saß lange
Zeit auf der Spitze des Kirchturms. Und wohin sie auch kam,
piepsten die Sperlinge und meinten zueinander: „Was für ein vornehmer Fremder!" So hatte die Schwalbe sehr viel Vergnügen an
sich selber.

Als der Mond aufstieg, kam sie wieder zum Glücklichen Prinzen. „Hast du nichts zu bestellen für Ägypten?" fragte sie. „Ich
reise ab!"

„Ach Schwalbe, Schwalbe, kleine Schwalbe", sagte der Prinz,
„willst du nicht noch eine Nacht bei mir bleiben?"

„Man erwartet mich in Ägypten", antwortete die Schwalbe.
„Morgen fliegen meine Freunde zum zweiten Katarakt. Dort liegt
das Nilpferd im Schilf, und auf hohem granitnem Thron sitzt
Gott Memnon. Jede Nacht betrachtet er die Gestirne, und erscheint der Morgenstern, so stößt er einen Schrei der Freude aus;
dann schweigt er wieder. Zum Mittag kommen die gelben Löwen
an den Ufersaum des Flusses und trinken. Sie haben Augen von
grünem Beryll, und ihr Gebrüll ist lauter als das Brüllen des Kata-
rakts."

„Schwalbe, Schwalbe, kleine Schwalbe", sagte der Prinz, „weit
weg am andern Ende der Stadt seh ich einen jungen Mann in der
Mansarde. Er beugt sich über seinen Tisch, der mit Schreibpapier
bedeckt ist; und im Wasserglas neben ihm welkt ein Veilchen-
strauß. Sein Haar ist braun und gelockt, seine Lippen sind rot wie
ein Granat und seine Augen groß und verträumt. Er will ein
Schauspiel für den Theaterdirektor vollenden; aber ihn friert so
sehr, daß er nicht mehr schreiben kann. Kein Feuer ist mehr im
Ofen, und ihn hungert."

„Ich will noch eine Nacht bei dir bleiben", sagte die Schwalbe,
die wirklich ein gutes Herz hatte. „Soll ich ihm auch einen Rubin
bringen?"

„O Gott, ich habe keinen Rubin mehr", sagte der Prinz, „nur
meine Augen sind mir noch geblieben. Sie sind aus seltenen Saphiren gemacht, die vor tausend Jahren aus Indien kamen. Brich ein
Auge heraus und bring ihm den Stein. Er wird ihn zum Juwelier

tragen und sich Nahrung und Schürholz kaufen und sein Schauspiel
vollenden.“

„Ach, lieber Prinz, ich kann es nicht tun“, sagte die Schwalbe und
begann zu weinen.

„Schwalbe, Schwalbe, kleine Schwalbe“, bat der Prinz, „tu das,
worum ich dich bitte.“

So nahm die Schwalbe des Prinzen Auge und flog hinweg zur
Mansarde des jungen Dichters. Leicht war es hineinzukommen,
denn das Dach hatte ein Loch. Sie schlüpfte hindurch und kam in das
Zimmer. Der Jüngling hatte seinen Kopf in den Händen vergraben,
so daß er das Flattern der Flügel nicht hörte; erst als er aufblickte,
fand er den wundervollen Saphir auf den verwelkten Veilchen.

„Man fängt an, mich zu schätzen“, rief er. „Sicher stammt der
Stein von einem meiner Bewunderer! Ich kann das Schauspiel
vollenden!“ Und seine Augen strahlten.

Am nächsten Tag flog die Schwalbe zum Hafen hinunter. Sie
setzte sich auf den Mast eines großen Schiffes und schaute den
Seeleuten zu, wie sie mit Seilen schwere Kisten aus dem Laderaum
hievten. „Hiev, ahoi!“ schrien sie bei jeder Kiste, die emporkam.
„Ich geh nach Ägypten“, rief die Schwalbe; aber niemand kümmerte
sich darum, und als der Mond aufging, kehrte sie zum Glücklichen
Prinzen zurück.

„Ich bin gekommen, um dir Lebewohl zu sagen“, rief sie.

„O Schwalbe, Schwalbe, kleine Schwalbe“, sagte der Prinz,
„willst du nicht noch eine Nacht bei mir bleiben?“

„Es ist Winter“, entgegnete die Schwalbe, „und der frostige
Schnee wird bald fallen; in Ägypten steht die Sonne warm über den
grünen Palmen, und im Schlamm liegen die Krokodile und blinzeln
faul hervor. Meine Gefährten bauen schon Nester im Tempel zu
Baalbek; die blaßroten und weißen Tauben schauen zu und gurren.
Lieber Prinz, ich muß dich verlassen, aber niemals will ich dich
vergessen, und im nächsten Frühjahr bring ich dir zwei herrliche ·
Steine für die, welche du weggegeben hast. Der Rubin wird röter
sein als die röteste Rose und der Saphir so blau wie das große Meer.“

„Auf dem Platz zu unsern Füßen“, sagte da der Glückliche Prinz,
„steht ein Zündholzmädchen. Sie ließ ihre Hölzchen in den Rinnstein fallen; nun sind sie verdorben. Ihr Vater wird sie schlagen,
wenn sie ohne Geld heimkommt; und sie weint. Sie hat keine
Schuhe, keine Strümpfe, und ihr Kopf ist unbedeckt. So brich mir
das andere Auge aus, Schwalbe, und gib es ihr, damit sie heimgehen
kann und nicht geschlagen wird.“

„Ich bleibe noch diese eine Nacht bei dir", erwiderte die Schwalbe, „aber ich kann dir dein Auge nicht nehmen; du wärest ja dann blind!"

„Schwalbe, Schwalbe, kleine Schwalbe", sagte der Prinz, „tu, wie ich dir sage."

So brach sie auch das andere Auge des Prinzen aus und flog mit ihm zu dem Mädchen. Sie schoß an ihm vorbei und ließ den Edelstein in die Hand des Mädchens fallen. „Was für ein hübsches Stück Glas", rief das Mädchen, und lachend lief es nach Haus.

Und wieder kehrte die Schwalbe zum Prinzen zurück. „Nun bist du blind", sagte sie. „Nun will ich immer bei dir bleiben."

„Nein, kleine Schwalbe", erwiderte der arme Prinz, „du mußt nun nach Ägypten fliegen."

„Ich werde immer bei dir bleiben", sagte die Schwalbe und schlief zu seinen Füßen ein.

Den ganzen folgenden Tag über saß sie auf des Prinzen Schulter und erzählte ihm, was sie gesehn in fernen Ländern. Sie erzählte von den roten Ibissen, die in langen Reihen an den Ufern des Nils stehen und mit ihren Schnäbeln Goldfische fangen; sie erzählte von der Sphinx, die so alt ist wie die Welt und in der Wüste lebt und alles weiß; sie erzählte von den Kaufleuten, die langsam an der Seite ihrer Kamele schreiten und in ihren Händen Perlenschnüre aus Bernstein tragen; und sie erzählte vom König des Mondgebirgs, der schwarz ist wie Ebenholz und den großen Kristall anbetet, und von der grünen, riesigen Schlange, die in der Palme schläft und von zwanzig Priestern mit Honigkuchen gespeist wird; und zuletzt erzählte sie von den Pygmäen, die über den großen See auf breiten, flachen Blättern segeln und immer mit den Schmetterlingen im Kriege sind.

„Liebe kleine Schwalbe", sagte der Prinz, „du erzählst mir von unglaublichen Dingen; aber unglaublicher als alles in der Welt sind die Leiden von Männern und Frauen. Das Mysterium der Armut ist das tiefste von allen. Flieg über meine Stadt, kleine Schwalbe, und sag mir, was du dort siehst."

So flog denn die Schwalbe über die weite Stadt und sah, wie die Reichen sich vergnügten in ihren Häusern, indes die Bettler vor den Toren saßen. Sie flog in dunkle Gassen und sah die weißen Gesichter hungernder Kinder, die teilnahmslos in die schwarzen Häuserschluchten blickten. Unter einem Brückenbogen lagen zwei Knaben einander in den Armen, um sich zu wärmen. „Wir haben so Hunger!" riefen sie, aber der Nachtwächter schrie: „Ihr sollt hier nicht liegen!" und sie liefen hinaus in den Regen.

Dann kehrte sie zurück und erzählte dem Prinzen, was sie gesehn.

„Ich bin bedeckt mit glänzendem Gold", sagte der Prinz, „du mußt es ablösen, Blatt für Blatt, und es den Armen geben. Alle Lebenden glauben, daß Gold sie glücklich machen kann."

Blatt um Blatt des glänzenden Metalls brach die Schwalbe los, bis der Glückliche Prinz nackt und grau war, und Blatt um Blatt trug sie fort zu den Armen; der Kinder Gesichter wurden rotwangig, und sie lachten beim Spiel in den Straßen und riefen: „Endlich haben wir Brot!"

Dann fiel der erste Schnee, und nach dem Schnee kam der erste Frost. Die Straßen schienen von Silber gemacht, so glitzerten sie. Lange Eiszapfen hingen wie kristallne Dolche von den Dachtraufen der Häuser, jedermann ging im Pelz aus, und die Knaben trugen scharlachrote Mützen und liefen Schlittschuh.

Die arme kleine Schwalbe fror und fror immer mehr, aber sie wollte den Prinzen nicht allein lassen; sie liebte ihn zu sehr. Sie pickte schnell Brotkrümel vor des Bäckers Tür, wenn der Bäcker nicht achtgab, und schlug mit den Flügeln, um sich zu erwärmen.

Aber zuletzt wußte sie doch, daß sie sterben mußte. Sie hatte nur noch die Kraft, um noch einmal auf die Schulter des Prinzen zu fliegen. „Leb wohl, lieber Prinz", flüsterte sie, „laß mich deine Hand küssen."

„Ich bin froh, daß du endlich nach Ägypten fliegst; kleine Schwalbe", sagte der Prinz, „du bliebst zu lange hier; aber küß meine Lippen, denn ich liebe dich."

„Ich gehe nicht nach Ägypten", sagte die Schwalbe. „Ich gehe zum Hause des Todes. Der Tod ist der Bruder des Schlafes, nicht?"

Und sie küßte die Lippen des Glücklichen Prinzen und fiel tot zu seinen Füßen nieder.

Im selben Augenblick knackte es seltsam in der Statue, als wäre etwas entzweigebrochen. Das bleierne Herz war zersprungen. Ja, es war ein schrecklich strenger Winter!

Früh am nächsten Morgen spazierte der Bürgermeister in Begleitung seiner Ratsherren über den Platz zu Füßen des Glücklichen Prinzen. Als sie an der Statue vorbeikamen, blickte der Bürgermeister empor und sagte: „Du lieber Himmel, ist der Glückliche Prinz armselig geworden!"

„Oh, so armselig, ja!" riefen die Ratsherren, die immer der Meinung des Bürgermeisters waren, und stiegen hinauf, um die Statue näher zu betrachten.

„Der Rubin ist aus seinem Schwert gefallen, seine Augen sind weg, und golden ist er auch nicht mehr", sagte der Bürgermeister. „Meine Herren, er sieht kaum besser aus als ein Bettler!"

„Kaum besser als ein Bettler", echoten die Ratsherren.

„Und hier liegt doch tatsächlich ein toter Vogel zu seinen Füßen!" fuhr der Bürgermeister fort. „Wir müssen sofort eine Verfügung erlassen, daß es den Vögeln verboten ist, hier zu sterben." Und der Ratsschreiber notierte dies.

So zerrten sie denn die Statue des Glücklichen Prinzen von ihrem Sockel. „Da sie nicht mehr schön ist, ist sie auch nicht mehr zweckdienlich", sagte der Professor der Kunstgeschichte an der Universität.

Darauf ließen sie die Statue in einem Ofen schmelzen, und der Bürgermeister berief den Rat zu sich, um zu entscheiden, was mit dem Metall geschehen solle. „Natürlich müssen wir eine neue Statue haben", sagte er, „und es soll die Statue von mir selber sein."

„Von mir selber sein", sagte jeder der Ratsherren, und sie gerieten sich dabei in die Haare. Als ich zum letztenmal von ihnen hörte, stritten sie noch immer.

„Merkwürdig!" sagte der Vorarbeiter der Gießerei. „Das zerbrochene bleierne Herz will nicht schmelzen. Wir müssen es wegwerfen." So warfen sie es auf den Kehrichthaufen, wo auch die tote Schwalbe lag.

„Hole mir die zwei wertvollsten Dinge in dieser Stadt", befahl Gott einem seiner Engel; und der Engel brachte ihm das bleierne Herz und den toten Vogel.

„Du hast richtig gewählt", sprach Gott, „denn im Garten meines Paradieses wird dieser kleine Vogel singen immerdar, und der Glückliche Prinz wird mich preisen in meiner goldenen Stadt."

DIE NACHTIGALL UND
DIE ROSE

„Sie würde mit mir tanzen, sagte sie, wenn ich ihr rote Rosen brächte", rief der junge Student; „aber in meinem Garten gibt es nicht eine einzige rote Rose."

Die Nachtigall, die in ihrem Nest in der Steineiche saß, hörte dies, blickte durch die Blätter und wunderte sich.

„Nicht eine einzige rote Rose ist in meinem Garten!" rief er, und seine schönen Augen füllten sich mit Tränen. „Ach, von welch kleinen Dingen hängt doch das Glück ab! Ich habe alles gelesen, was die Weisen geschrieben, und alle Geheimnisse der Philosophie sind mein; aber eine einzige rote Rose, die ich brauche und nicht finde, macht mein Leben elend."

„Endlich ein wahrer Liebender", sagte die Nachtigall. „Nacht für Nacht sang ich von ihm, den ich nicht kannte: Nacht für Nacht sang ich seine Geschichte in die Sterne, und nun sehe ich ihn. Sein Haar ist dunkel wie die Hyazinthenblüte, und seine Lippen sind rot wie die Rose seiner Sehnsucht; aber die Leidenschaft macht sein Gesicht bleich wie Elfenbein, und die Sorge drückt ihr Siegel auf seine Stirn."

„Der Prinz gibt morgen abend einen Ball", flüsterte der Student, „und meine Liebste wird dort sein. Bring ich ihr die rote Rose, wird sie mit mir tanzen, bis der Morgen graut. Bring ich ihr die rote Rose, werde ich sie in den Armen halten, ihren Kopf wird sie an meine Schulter lehnen, und ihre Hand wird die meine umfassen. Aber es blüht keine rote Rose in meinem Garten; so muß ich einsam sein, und sie wird an mir vorübergehn. Sie wird mich nicht beachten, und mein Herz wird brechen."

„Wirklich ein wahrer Liebender", wiederholte die Nachtigall. „Er leidet, was ich singe; für mich ist's Freude, für ihn Pein. O sicher, Liebe ist etwas Wundervolles, edler als Smaragde und lieblicher als schillernder Opal. Perlen und Granate können sie nicht erkaufen, kein Markt bietet sie feil. Von keinem Kaufmann kann sie erworben, mit keinem Gold aufgewogen werden."

„Die Musikanten werden auf ihrem Podium sitzen und auf ihren Geigen spielen", sagte der Student. „Meine Liebste wird zum Klang der Harfe und der Geige tanzen. Oh, sie wird so leicht dahinschweben, daß ihr Fuß kaum den Boden berührt, und die Höflinge in ihren bunten Gewändern werden um sie sein. Mit mir aber wird sie nicht tanzen, denn ich habe nicht die rote Rose für sie." Und er warf sich ins Gras, vergrub sein Gesicht in den Händen und weinte.

„Warum weint er?" fragte die kleine grüne Eidechse, die mit schlängelndem Schwanz an ihm vorbeilief.

„Ja warum?" sagte der Schmetterling, der nach einem Sonnenstrahl umherschaukelte.

„Ja warum?" wisperte das Maßliebchen zu seiner Nachbarin.

„Er weint um eine rote Rose", sagte die Nachtigall.

„Um eine rote Rose", riefen sie, „wie lächerlich!" Und die kleine Eidechse, die immer ein wenig zynisch war, lachte laut auf.

Die Nachtigall aber verstand das Geheimnis dieses Kummers; sie saß schweigend in der Eiche und dachte über die Liebe nach.

Plötzlich breitete sie ihre Flügel aus und schwang sich in die Nacht. Sie durchstreifte den Hain wie ein Schatten, und wie ein Schatten schwebte sie über dem Garten.

Inmitten des Rasens stand ein schöner Rosenstrauch, und als die Nachtigall ihn sah, flog sie drauf zu und setzte sich auf einen Zweig.

„Schenk mir eine rote Rose", rief sie, „und ich sing dir mein lieblichstes Lied."

Aber der Rosenstrauch schüttelte den Kopf.

„Meine Rosen sind weiß", antwortete er, „so weiß wie der Gischt des Meers und weißer als der Schnee auf den Bergen. Doch flieg zu meinem Bruder, der um die alte Sonnenuhr wächst; vielleicht gibt er dir, was du wünschst."

So flog die Nachtigall hinüber zum Rosenbusch, der um die alte Sonnenuhr wuchs.

„Schenk mir eine rote Rose", rief sie, „und ich sing dir mein lieblichstes Lied."

Doch der Rosenbusch schüttelte seinen Kopf.

„Meine Rosen sind gelb", erwiderte er, „gelb wie das Haar der Nixe, die auf dem Bernsteinthrone sitzt, und gelber noch als die Narzisse, die auf der Wiese blüht, bis der Schnitter mit seiner Sense kommt. Aber flieg zu meinem Bruder, der unterm Fenster des Studenten wächst, vielleicht gibt er dir, was du wünschst."

So flog die Nachtigall hinüber zum Rosenstrauch, der unterm Fenster des Studenten wuchs.

„Schenk mir eine rote Rose", rief sie, „und ich sing dir mein lieblichstes Lied."

Doch der Rosenstrauch schüttelte den Kopf.

„Meine Rosen sind zwar rot", erwiderte er, „rot wie die Füße der Taube und röter noch als die weiten Korallenfächer, die unter der Wölbung des Meeres wogen und wogen. Doch der Winter ließ meine Adern erstarren; der Frost tötete meine Knospen, und der Sturm knickte meine Zweige; in diesem Jahr werde ich keine Rosen mehr tragen."

„Eine einzige rote Rose will ich", rief die Nachtigall, „nur eine einzige rote Rose! Weißt du denn nicht, wo ich sie finden und wie ich sie gewinnen kann?"

„Es gibt wohl eine Möglichkeit", sprach der Rosenstrauch, „aber sie ist so schrecklich, daß ich sie dir nicht zu sagen wage."

„Sprich doch", sagte die Nachtigall, „ich fürchte mich nicht."

„Wünschst du eine rote Rose, so mußt du sie im Mondlicht formen aus Gesang und röten mit deinem Herzblut. Mit einem Dorn in der Brust mußt du für mich singen, singen die ganze Nacht, und der Dorn muß dein Herz durchbohren; dein Blut muß in meine Adern fließen und mein Blut werden."

„Der Tod ist ein hoher Preis für eine rote Rose", klagte die Nachtigall, „und jeder liebt das Leben. Herrlich ist es, in den grünen Wäldern zu sitzen, den goldnen Sonnenwagen zu schauen und die Perlengondel des Monds. Süß ist der Duft des Weißdorns, und süß sind die Glockenblumen, die im Tal sich verbergen, und das Heidekraut, das am Hügel blüht. Doch mehr als das Leben ist die Liebe, und was ist schon das Herz eines Vogels gegen ein Menschenherz?"

So breitete sie die braunen Flügel aus und erhob sich in die Luft. Sie strich wie ein Schatten über den Garten, und wie ein Schatten schwebte sie über den Hain.

Der junge Student lag noch immer im Gras, wie sie ihn verlassen hatte, und die Tränen in seinen schönen Augen waren noch nicht versiegt.

„Sei fröhlich", rief die Nachtigall, „sei fröhlich; du sollst deine rote Rose bekommen! Im Mondschein will ich sie formen aus meinem Gesang und röten mit meinem Blut – ich fordere nur, daß du ein wahrer Liebender bleibst, denn die Liebe ist weiser als Philosophie, so weise sie auch ist, und mächtiger als die Macht, so mächtig sie auch sein mag. Flammenfarben sind ihre Flügel, und von der Farbe der Flamme ist ihr Leib. Ihre Lippen sind süß wie Honig, und ihr Atem ist wie Weihrauch."

Der Student schaute vom Grase auf und lauschte; aber er verstand nicht, was die Nachtigall sang; denn er wußte nur, was in Büchern geschrieben stand.

Doch die Eiche verstand es, und sie ward traurig, denn sie liebte die kleine Sängerin, die ihr Nest in ihren Zweigen hatte.

„Sing mir ein letztes Lied", flüsterte sie; „ich werde sehr einsam sein, wenn du fort bist."

So sang denn die Nachtigall der Eiche ein Lied, und ihre Stimme war wie der Wasserstrahl, der aus silbernem Gefäße perlt.

Als sie ihren Gesang geendet, erhob sich der Student und entnahm seiner Tasche Notizbuch und Bleistift.

„Sie hat einen herrlichen Ton", sprach er zu sich selber, als er durch den Hain hinwegging, „das kann man nicht leugnen. Doch besitzt sie auch Gefühl? Ich fürchte nein. Sie ist eben wie die meisten Künstler. Alles ist Stil an ihr ohne Ernsthaftigkeit. Sie würde sich nicht für andere opfern. Sie denkt nur an die Musik, und jeder weiß doch, daß die Kunst selbstsüchtig ist. Und doch muß man zugeben, daß ihre Stimme oft herrlich klingt. Schade, schade, daß der Klang so wenig Sinn hat und keinen praktischen Wert besitzt." Und er ging in sein Zimmer, legte sich auf das Strohbett und dachte an seine Liebe. Nach einer Weile schlief er ein.

Als der Mond am Himmel leuchtete, flog die Nachtigall zum Rosenstrauch und stach den Dorn in ihre Brust. Sie sang, den Dorn in ihrer Brust, die lange Nacht hindurch, und der Mond, der kristallne kalte, neigte sich herab und lauschte. Die ganze lange Nacht hindurch sang sie; immer tiefer drang der Dorn der Rose in ihre Brust, und ihr Blut verrann.

Zuerst sang sie vom Erwachen der Liebe im Herzen eines Jünglings und eines Mädchens. Und an der höchsten Spitze des Rosenstrauchs erblühte eine herrliche Rose, ein Blütenblatt folgte dem andern, wie ein Lied dem andern folgte. Noch war die Rose fahl wie der Nebel, der überm Flusse hing – fahl wie die Fußspitzen des Morgens und silbern schon wie die Flügel des erwachenden Tages. Wie das Bild einer Rose im Silberspiegel, wie das Bild einer Rose im Spiegel des Teichs, so war die Rose, die auf der höchsten Spitze des Rosenstrauchs sich entfaltete.

Doch der Strauch mahnte die Nachtigall, den Dorn tiefer in die Brust zu stechen. „Viel fester, kleine Nachtigall", rief er, „oder der Tag kommt, noch ehe die Rose vollendet ist."

Die Nachtigall preßte den Dorn tiefer in die Brust hinein, und immer lauter wurde ihr Lied, als sie von der keimenden Leidenschaft in der Seele eines Mannes und einer Jungfrau sang.

Ein zarter rötlicher Hauch überzog die Blüte wie das Antlitz des Bräutigams, der die Lippen der Braut küßt. Noch aber hatte der

Rosendorn nicht das Herz der Nachtigall erreicht, so daß der Rose Herz noch weiß war; denn nur das Herzblut der Nachtigall kann das Herz einer Rose röten.

Und nochmals mahnte der Strauch die Nachtigall, den Dorn tiefer zu stechen. „Viel fester, kleine Nachtigall", rief er, „oder der Tag kommt, noch ehe die Rose vollendet ist."

Noch tiefer trieb die Nachtigall den Rosendorn in ihre Brust, und er berührte ihr Herz; wilder Schmerz durchzuckte sie. Bitter, bitter war der Schmerz, und wilder, immer wilder wurde ihr Lied, denn nun sang sie von der Liebe, die sich vollendet im Tode und unsterblich bleibt über das Grab hinaus.

Und die Rose rötete sich herrlich wie die Rose am östlichen Himmel. Dunkelrot war der Kelch der Blüte und wie ein Rubin glühend ihr Herz.

Der Nachtigall Stimme aber verlor sich, ihre kleinen Flügel begannen zu flattern, und ein Schleier bedeckte die Augen. Leiser, immer leiser wurde ihr Lied, und enger schnürte sich ihre Kehle.

Da brach noch einmal die Flut der Töne hervor. Der weiße Mond hörte es; er dachte nicht mehr an den Morgen und säumte auf seiner Bahn. Die rote Rose hörte das Lied, zitterte vor Entzücken, und ganz öffnete sich ihre Blüte in die kalte Morgenluft. Das Echo trug es zu seiner purpurnen Wohnung in den Hügeln und weckte die schlafenden Hirten aus ihren Träumen. Es wehte durchs Schilfrohr am Fluß, und das Schilf gab die Botschaft weiter dem Meer zu.

„Sieh doch, sieh!" rief der Rosenstrauch. „Die Rose ist vollendet." Aber die Nachtigall gab keine Antwort; sie lag tot im hohen Gras, den Rosendorn im Herzen.

Als der Mittag kam, öffnete der Student sein Fenster und blickte hinaus. „Oh! Welch unermeßliches Glück", rief er, „eine rote Rose! Mein Leben lang habe ich noch keine Rose gesehen wie diese. Sie ist so schön, daß sie wohl einen langen lateinischen Namen hat." Er beugte sich aus seinem Fenster und brach sie ab.

Dann setzte er seinen Hut auf und lief, die Rose in seiner Hand, zum Haus des Professors.

Die Tochter des Professors saß gerade in der Laube und wickelte blaue Seide auf eine Spule; ihr kleiner Hund lag zu ihren Füßen.

„Sie sagten", rief der Student, „Sie würden mit mir tanzen, wenn ich Ihnen eine rote Rose brächte! Hier ist die röteste Rose der Welt. Sie werden sie heute abend am Herzen tragen, und während wir tanzen, wird sie erzählen, wie sehr ich Sie liebe."

Doch das Mädchen zog die Stirn in Falten.

„Ich fürchte, sie wird nicht zu meinem Kleid passen", antwortete sie, „und außerdem ließ mir des Kammerherrn Neffe echte Edelsteine überbringen. Und alle wissen doch, daß Edelsteine teurer sind als Blumen."

„Oh, Sie sind undankbar, sehr undankbar", sagte der Student zornig und warf die Rose auf die Straße. Sie fiel in den Rinnstein, und das Rad eines Wagens rollte über sie hin.

„Undankbar?" sagte das Mädchen. „Ich glaube, Sie sind sehr ungezogen! Wer sind Sie denn schon? Ein kleiner Student. Ich glaube nicht, mein Herr, daß Sie Silberschnallen an Ihren Schuhen haben wie des Kammerherrn Neffe." Und sie stand von ihrem Stuhl auf und ging in das Haus.

„Was für eine alberne Angelegenheit ist doch die Liebe", sagte der Student im Weggehn. „Sie ist nicht halb so nützlich wie die Logik, denn mit ihr läßt sich nichts beweisen. Sie erzählt immer von Dingen, die niemals geschehen, sie macht einen glauben, was nie wahr sein wird. Wirklich – sie ist nicht brauchbar. Ich will wieder Philosophie studieren und Metaphysik. Heutzutage achtet man nur den, der praktisch zu sein weiß."

Er kehrte in sein Zimmer zurück, zog ein staubiges dickes Buch hervor und begann zu lesen.

DER SELBSTSÜCHTIGE RIESE

Jeden Nachmittag, wenn sie von der Schule kamen, gingen die Kinder in den Garten des Riesen und spielten dort.

Es war ein schöner großer Garten mit einer weichen grünen Wiese. Hübsche Blumen ragten da und dort wie Sterne über das Gras, und zwölf Pfirsichbäume, deren Knospen jeden Frühling in zartem Rosa erblühten, wuchsen darin und trugen im Herbst viele Früchte. Die Vögel saßen in den Bäumen und sangen so lieblich, daß die Kinder oft ihr Spiel unterbrachen, um ihnen zu lauschen. „Oh, so schön ist es hier!" riefen sie einander zu.

Eines Tages aber kam der Riese zurück. Er hatte seinen Freund, den Menschenfresser von Cornwall, besucht und war sieben Jahre lang bei ihm geblieben. Da die sieben Jahre um waren, hatte er ihm alles gesagt, was er zu sagen wußte – denn sein Gesprächsstoff nahm auch einmal ein Ende –, und so machte er sich auf, zu seinem eigenen Schloß zurückzukehren. Als er dort ankam, sah er die Kinder in seinem Garten spielen.

„Was treibt ihr denn hier?" schrie er mit zorniger Stimme, und die Kinder liefen weg.

„Mein Garten bleibt mein Garten", sagte er, „jeder versteht das, und niemand soll darin spielen als ich." Er baute also eine hohe Mauer um seinen Garten und brachte eine Warnungstafel an:

Unbefugten ist das Betreten des Gartens
bei Strafe verboten!

Er war ein sehr selbstsüchtiger Riese.

Die armen Kinder aber wußten nun nicht mehr, wo sie spielen sollten. Zuerst wollten sie auf der Straße spielen; die Straße aber war staubig und voll harter Kiesel, was sie gar nicht mochten. So wanderten sie oft, wenn die Schule aus war, rund um die hohe Mauer und redeten miteinander über den herrlichen Garten, der dahinterlag. „Wie schön war es darin", sagten sie zueinander.

Dann kam der Frühling, und überall im Lande sah man Blüten und Vögel. Nur im Garten des selbstsüchtigen Riesen blieb es Winter. Die Vögel wollten darin nicht singen, weil keine Kinder spielten, und die Bäume vergaßen zu blühen. Einmal streckte eine Blume ihr Köpfchen aus dem Gras hervor, aber als sie die Verbotstafel sah, taten ihr die Kinder so leid, daß sie zurück in die Erde schlüpfte und sich wieder schlafen legte. Die einzigen, die sich darüber freuten, waren der Schnee und der Frost. „Der Frühling vergaß den Garten!" riefen sie. „Wir werden das ganze Jahr hier verbringen." Der Schnee bedeckte das Gras mit seinem weiten weißen Mantel, und der Frost bemalte die Bäume mit Silber. Dann luden sie den Nordwind ein, bei ihnen zu wohnen, und der kam. Er war in einen Pelz gehüllt, brauste den ganzen Tag lang durch den Garten und blies die Schneekappen von den Kaminen. „Es ist ein köstlicher Ort", sagte er, „wir müssen den Hagel zu Besuch laden." So kam auch der Hagel. Jeden Tag trommelte er drei Stunden aufs Dach des Schlosses, bis er fast alle Ziegel zerbrochen hatte, dann sauste er rund um den Garten, so schnell er konnte. Er war grau gekleidet, und sein Atem war wie Eis.

„Ich kann nicht verstehen, warum der Frühling sich so verspätet", wunderte sich der selbstsüchtige Riese, als er am Fenster saß und in den eisigen weißen Garten schaute. „Es wäre endlich Zeit, daß sich das Wetter ändert."

Aber der Frühling kam nicht, und auch nicht der Sommer. Der Herbst brachte goldene Früchte in jeden Garten, nicht aber in den des Riesen. „Er ist zu selbstsüchtig", sagte der Herbst. So blieb es darin immer Winter, und Nordwind und Hagel und Frost und Schnee tanzten durch die Bäume.

Eines Morgens nun lag der Riese wach in seinem Bett, als er wundervolle Musik vernahm. Es tönte so lieblich an seine Ohren, daß er meinte, es müßten die Musikanten des Königs vorbeiziehn. Es war aber nur ein kleiner Hänfling, der vor seinem Fenster sang, und so lange schon hatte er keinen Vogel mehr singen hören, daß ihn der Gesang wie die schönste Musik der Welt dünkte. Da hielt auch der Hagel inne, über seinem Kopf zu tanzen, und der Nordwind verhielt seinen Atem, und köstlicher Duft strömte durch den offenen Fensterflügel. „Am Ende ist doch der Frühling gekommen!" sagte der Riese, sprang aus dem Bett und blickte hinaus.

Und was sah er da?

Er sah ein herrliches Bild. Durch ein kleines Loch in der Mauer waren die Kinder in den Garten gekrochen und saßen nun auf den Ästen der Bäume. In jedem Baum, den er sehen konnte, saß ein Kind. Und die Bäume waren so froh, nun wieder die Kinder zu haben, daß sie sich mit Blüten überdeckten und ihre Arme leicht über den Köpfen der Kinder schwenkten. Die Vögel flogen umher und zwitscherten voll Lust, und die Blumen lugten aus dem grünen Gras hervor und lachten. Es war ein liebliches Bild. Nur in einem Winkel war es immer noch Winter; es war am äußersten Ende des Gartens, und ein Knabe stand dort. Er war so klein, daß er die Äste des Baumes nicht erreichen konnte.

So lief er rund um ihn herum und weinte. Der arme Baum war immer noch mit Frost und Schnee bedeckt, und der Nordwind blies und brauste um ihn. „Klettere hoch, Kleiner", sagte der Baum und beugte seine Äste, so tief er konnte; aber der Knabe konnte sie nicht erreichen, er war zu klein.

Und des Riesen Herz wurde weich, als er das sah. „Wie selbstsüchtig bin ich gewesen!" rief er. „Nun weiß ich, warum der Frühling nicht kommen wollte. Ich will den armen Kleinen auf die Spitze des Baumes setzen und dann die Mauer niederreißen, und die Kinder sollen nun immer in meinem Garten spielen dürfen." Es tat ihm wirklich leid, was er getan hatte.

So schlich er denn hinab, öffnete ganz leise die vordere Tür und ging in den Garten. Als aber die Kinder ihn sahen, erschraken sie so sehr, daß sie wegliefen; und im Garten ward es wieder Winter. Nur der kleine Knabe lief nicht fort, denn seine Augen waren so voller Tränen, daß er den Riesen nicht kommen sah. Und der Riese stahl sich hinter ihn, nahm ihn zärtlich in seine Hand und setzte ihn in den Baum. Und mit einmal öffneten sich die Knospen des Baumes, die Vögel kamen und sangen in ihm, und der kleine Knabe streckte seine Ärmchen aus und schlang sie um den Hals des Riesen und küßte ihn. Und als die andern Kinder sahen, daß der Riese nicht mehr böse war, kamen sie zurückgelaufen, und mit ihnen der Frühling. „Es ist nun euer Garten, liebe Kinder", sagte der Riese, nahm eine gewaltige Hacke und riß die Mauer ein. Und als die Leute um zwölf Uhr zum Markt gingen, fanden sie den Riesen mit den Kindern im herrlichsten Garten spielen, den sie je gesehen hatten.

Den ganzen Tag spielten sie, und am Abend gingen sie zum Riesen und wünschten ihm eine gute Nacht.

„Und wo ist euer kleiner Kamerad?" fragte er, „der Kleine, den ich in den Baum gesetzt habe?" Ihn liebte der Riese am meisten, denn er hatte ihn ja geküßt.

„Wir wissen es nicht", erwiderten die Kinder, „er ist fortgegangen."

„Ihr müßt ihm sagen, daß er morgen ganz gewiß wiederkommt", sagte der Riese. Die Kinder aber antworteten, daß sie nicht wüßten, wo er wohne, noch hätten sie ihn je vorher gesehn; und der Riese war sehr traurig.

Jeden Nachmittag, wenn die Schule aus war, kamen die Kinder und spielten mit dem Riesen. Aber der Kleine, den der Riese so liebte, ward nimmer gesehn. Der Riese war sehr gut zu den Kindern, doch er sehnte sich nach seinem ersten kleinen Freund, und oft sprach er von ihm. „Wie gern säh ich ihn wieder!" sagte er dann.

Jahre vergingen, der Riese wurde alt und schwach. Er konnte nicht mehr herumtollen wie früher, und so saß er in einem riesigen Lehnstuhl, schaute den Kindern zu und freute sich an ihrem Spiel und seinem Garten. „Viele herrliche Blumen sind in meinem Garten, aber die herrlichsten Blumen von allen sind doch die Kinder."

Eines Morgens im Winter blickte er, als er sich gerade ankleidete, aus seinem Fenster. Er haßte den Winter nicht mehr, denn er wußte ja, daß der Frühling nur schlief und die Blumen ruhten.

Plötzlich rieb er sich verwundert die Augen und schaute und schaute. Oh! Es war ein wundervoller Anblick! Am äußersten Ende des Gartens war ein Baum ganz mit zierlichen weißen Blüten bedeckt. Seine Zweige waren von Gold, und silberne Früchte hingen an ihnen, und darunter stand der kleine Knabe, den der Riese liebte.

Da rannte er in großer Freude hinab, eilte hinaus in den Garten, übers Gras, und näherte sich dem Kinde. Und als er ganz nah war, rötete sich sein Gesicht vor Zorn, und er sagte: „Wer hat es gewagt, dir weh zu tun?" Denn in den Handflächen des Kindes waren die Male von zwei Nägeln, und die Male zweier Nägel waren an den kleinen Füßen.

„Wer hat gewagt, dich zu verwunden?" rief der Riese. „Sag es mir, und ich nehme mein großes Schwert und töte ihn."

„Nein, töte nicht", erwiderte das Kind, „es sind doch die Wunden der Liebe."

„Wer bist du?" fragte verwundert der Riese, und fremde, ehrwürdige Scheu überkam ihn, und er kniete nieder vor dem Kinde.

Das Kind lächelte hinüber zum Riesen und sagte: „Einst hast du mich in deinem Garten spielen lassen, nun sollst du mit mir kommen in meinen Garten, ins Paradies."

Und als die Kinder am Nachmittag in den Garten kamen, fanden sie den Riesen tot unterm Baum liegen, ganz bedeckt mit weißen Blüten.

DER ERGEBENE FREUND

Eines Morgens streckte der alte Wasserratz den Kopf aus seiner Höhle. Er hatte helle runde Augen und einen starren grauen Schnauzbart, und sein Schwanz glich einem länglichen Stück schwarzen Gummis. Im Teich schwammen gerade die jungen Enten herum, sie sahen aus wie eine Schar gelber Kanarienvögel. Ihre Mama, die ganz weiß war und echte rote Beine hatte, bemühte sich sehr, ihnen beizubringen, wie sie im Wasser auf ihren Köpfchen stehen sollten.

„Ihr werdet nie zur guten Gesellschaft gehören, wenn ihr nicht auf dem Kopfe stehen könnt", sagte sie immer wieder. Und alle Augenblicke führte sie ihnen vor, wie man's macht. Aber die jungen Entlein hörten nicht auf sie. Sie waren eben noch jung, so daß sie nicht wußten, von welcher Bedeutung es war, überhaupt zur Gesellschaft gezählt zu werden.

„So ungezogene Kinder!" schrie der alte Wasserratz. „Sie verdienten zu ertrinken."

„Nicht doch", antwortete die Ente, „jeder muß einmal anfangen, und Eltern können nie genug Geduld haben."

„Möglich. Ich weiß nichts von elterlichen Gefühlen", sagte der Wasserratz, „ich bin nicht für die Familie. Ich war niemals verheiratet und beabsichtige auch nicht, es jemals zu sein. Liebe ist ja ganz schön und gut, aber Freundschaft, Freundschaft ist doch um vieles bedeutender. Ich kenne tatsächlich nichts auf der Welt, was edler und seltener wäre als ergebene Freundschaft."

„Ich bitte Sie, mein Herr, wie stellen Sie sich dann die Pflichten eines ergebenen Freundes vor?" fragte der grüne Hänfling, der nahebei auf einer Weide saß und das Gespräch gehört hatte.

„Ja", sagte die Ente, „das ist gerade das, was ich auch wissen wollte." Sie schwamm an das Ende des Teiches und stand auf dem Kopf, um ihren Kindern ein gutes Beispiel zu geben.

„Was für eine alberne Frage!" rief der Wasserratz. „Von meinem ergebenen Freund erwarte ich eben, daß er mir ergeben ist."

„Und wie würden Sie dies vergelten?" erkundigte sich der kleine Vogel, während er auf einem silbrigen Zweige schaukelte und mit seinen kleinen Flügeln schlug.

„Ich verstehe Sie nicht ganz", erwiderte der Wasserratt.

„Lassen Sie mich darüber eine Geschichte erzählen", sagte der Hänfling.

„Dreht sich die Geschichte um meine Person?" fragte der Wasserratt. „Wenn ja, dann will ich sie mir anhören. Ich höre nämlich gern Geschichten, für mein Leben gern."

„Sie können sie auf sich beziehen", antwortete der Hänfling; er kam näher ans Ufer heran und erzählte die Geschichte vom ergebenen Freund.

„Vor langer Zeit", so begann er, „lebte ein junger, ehrlicher Bursch namens Hans."

„Unterschied er sich wenigstens von andern?" fragte der Wasserratt.

„Nein", erwiderte der Hänfling, „ich glaube nicht, daß er sich irgendwie von andern unterschied, es sei denn durch sein gutes Herz und sein drolliges rundes, gutmütiges Gesicht. Er wohnte ganz allein in einer sehr kleinen Hütte und arbeitete Tag für Tag in seinem Garten. Im ganzen Land gab es keinen lieblichern Garten. Bartnelken wuchsen dort und Levkojen und Hirtentäschel und Hahnenfuß. Damaszenerrosen blühten darin und gelbe Rosen, lila Krokusse und goldene und purpurne Veilchen neben weißer Akelei, und Wiesenschaumkraut, Majoran und Basilikum, Primel und Lilie, Narzisse und Gartennelke grünten und blühten der Reihe nach, jedes in seinem Monat, und eine Blüte trat an der andern Stelle, so daß ständig der Garten voll schöner Blumen war und es immer angenehm duftete.

Klein Hans hatte viele Freunde, doch sein bester Freund war der starke Hugh, der Müller. Ja, der reiche Müller war Klein Hans so ergeben, daß er niemals an dessen Garten vorbeiging, ohne sich über den Zaun zu beugen und ein Sträußchen Blumen oder eine Handvoll würziger Kräuter zu pflücken oder auch seine Taschen mit Pflaumen oder Kirschen zu füllen, wenn sie gerade reif waren.

‚Wahren Freunden müßte eigentlich alles gemeinsam gehören', meinte der Müller immer, und Klein Hans nickte und lächelte und war stolz, einen Freund mit solch großmütiger Gesinnung zu haben.

Manchmal fanden die Nachbarn es allerdings eigenartig, daß der reiche Müller Klein Hans nie ein Geschenk brachte, obgleich er doch hundert Säcke Mehl in seiner Mühle lagerte, sechs Milchkühe besaß und eine große Herde wolliger Schafe. Aber Hans plagte seinen Kopf niemals mit solchen Fragen; nichts bereitete ihm größeres Vergnügen, als den wundervollen Erzählungen des Müllers zu lauschen, die von der Selbstlosigkeit ergebener Freundschaft berichteten.

So arbeitete Klein Hans unverdrossen in seinem Garten. Während des Frühlings, des Sommers und des Herbstes war er glücklich; aber wenn der Winter begann und er weder Früchte noch Blumen zum Markt bringen konnte, dann plagten ihn Hunger und Kälte nicht wenig; oft mußte er ohne Nachtessen zu Bett gehn und sich mit ein paar getrockneten Birnen und einigen harten Nüssen zufriedengeben. Im Winter war er auch am einsamsten, weil der Müller ihn nie besuchen kam.

,Es hat keinen Zweck, Klein Hans zu besuchen, solange Schnee liegt‘, sagte der Müller oftmals zu seiner Frau; ,denn stecken die Leute in Sorgen, soll man sie allein lassen und nicht mit Besuchen stören. Dies ist auch meine Ansicht von treuer Freundschaft, und ich weiß bestimmt, daß ich recht habe. Ich werde also bis zum Frühling warten und ihn dann besuchen; dann kann er mir einen großen Korb voll Primeln schenken, und es wird ihn glücklich machen.‘

,Du bist, meiner Seel, sehr besorgt um andre‘, erwiderte seine Frau, wie sie grade am warmen Tannenholzfeuer in ihrem bequemen Lehnstuhl saß, ,wirklich sehr besorgt. Es ist herrlich, dich über Freundschaft reden zu hören. Sicher könnte selbst der Pfarrer nicht so herrliche Dinge sagen wie du, obgleich er doch in einem dreistöckigen Haus wohnt und einen goldnen Ring an seinem kleinen Finger trägt.‘

,Aber könnten wir nicht Klein Hans einladen?‘ fragte des Müllers Jüngster. ,Wenn der arme Hans Hunger hat, geb ich ihm die Hälfte von meinem Essen, und ich zeig ihm meine weißen Kaninchen.‘

,Unsinn!‘ rief der Müller. ,Warum schickt man dich eigentlich in die Schule? Du scheinst dort nicht viel zu lernen. Denk doch: käme Klein Hans zu uns und sähe er unser warmes Feuer, unser gutes Essen und das große Faß Rotwein, so könnte er leicht neidisch werden, und Neid ist etwas Entsetzliches und verdirbt den Charakter. Ich will gewiß nicht zulassen, daß Hans’ Charakter verdorben wird. Ich bin sein bester Freund und werde über ihn wachen und zusehn, daß niemand ihn in Versuchung führt. Außerdem: käme Hans zu uns, könnte er mich doch leicht bitten, ihm Mehl auf Borg zu geben, was ich nicht tun könnte. Mehl und Freundschaft sind zweierlei, und man soll sie nicht durcheinanderbringen. Warum denn auch! Die Wörter werden verschieden geschrieben und meinen auch zwei vollkommen verschiedene Dinge. Das muß wohl jeder einsehn.'

‚O wie schön du sprichst!' sagte des Müllers Frau und goß sich ein großes Glas warmes Bier ein, ‚wirklich, ich bin schon ganz müde; grade wie in der Kirche.'

‚Ja. Viele Leute handeln gut', antwortete der Müller, ‚aber sehr wenige reden gut, was haargenau beweist, daß das Reden bedeutend schwieriger und noch dazu vornehmer ist.' Und er schaute streng über den Tisch hinweg seinen kleinen Sohn an, der sich so sehr schämte, daß er seinen Kopf hängen ließ, ganz rot wurde und leise in seine Teetasse weinte. Sie müssen jedoch bedenken, daß er sehr jung war, und ihn deshalb entschuldigen."

„Schon das Ende der Geschichte?" fragte der Wasserratt.

„Nein, nein", entgegnete der Hänfling, „das ist erst der Anfang."

„Dann leben Sie aber hinterm Mond", sagte der Wasserratt. „Heutzutage beginnt jeder gute Erzähler mit dem Schluß, fährt mit dem Anfang fort und vollendet die Geschichte mit dem Mittelstück. Das ist die neue Methode. Ich hörte davon vor einigen Tagen einen Kritiker reden, der mit einem jungen Mann um den Teich ging. Er sprach darüber des langen und breiten, und ich glaube ganz sicher, daß er recht hatte, denn er trug blaue Augengläser und war dazu kahlköpfig, und wann immer der junge Mann die leiseste Bemerkung machte, erwiderte er nur: ‚Bah!' Aber bitte, fahren Sie ruhig fort in Ihrer Geschichte. Mir ist der Müller sehr sympathisch, fühle ich doch auch alle möglichen erhabenen Gefühle, so daß wir uns erstaunlich gleichen."

„Gut", sagte der Hänfling und hüpfte von einem Bein aufs andere. „Sobald der Winter vorüber war und die Himmelsschlüssel ihre blaßgelben Sterne öffneten, meinte der Müller zu seiner Frau, daß er wieder Klein Hans besuchen müsse.

‚Oh, was für ein gutes Herz du hast!' rief sie. ‚Immer denkst du an andre. Und vergiß nicht, den großen Korb für die Blumen mitzunehmen.'

So band denn der Müller die Flügel seiner Windmühle mit einer starken Eisenkette fest und schritt, den Korb im Arm, den Hügel hinab.

‚Guten Morgen, Klein Hans', sagte der Müller.

‚Guten Morgen', sagte Hans, der sich auf seinen Spaten stützte und übers ganze Gesicht lachte.

‚Und wie ging's dir den Winter über?' fragte der Müller.

‚Oh!' rief Hans. ‚'s ist schön von dir nachzufragen, wirklich schön von dir. Mein Gott, es ging mir grade nicht besonders gut, aber 's ist ja wieder Frühling, und ich bin glücklich darüber. Meine Blumen haben auch alle gut überwintert.'

‚Wir sprachen oft von dir während des Winters', sagte der Müller, ‚und dachten, wie's dir wohl ginge.'

‚Das war sehr lieb von dir', meinte Hans, ‚ich fürchtete fast, du hättest mich vergessen.'

‚Aber Hans, du setzt mich in Erstaunen', sagte der Müller. ‚Freundschaft vergißt nie; gerade das ist das Wunderbare der Freundschaft. Doch fürcht ich fast, daß du das Poetische des Lebens nicht verstehst. Wie hübsch übrigens deine Schlüsselblumen blühen!'

‚Ja, ja, sie blühen herrlich', sagte Hans, ‚und es ist für mich ein großes Glück, daß ich so viele hab. Ich werde sie zum Markt bringen und der Tochter des Bürgermeisters verkaufen. Mit dem Geld kann ich mir dann wieder meinen Schubkarren zurückkaufen.'

‚Den Schubkarren zurückkaufen? Du willst doch nicht sagen, daß du ihn verkauft hast? Wie dumm, so was zu tun!'

‚Ach ja', sagte Hans, ‚ich mußte ihn eben verkaufen. Schau, der Winter war eine böse Zeit für mich, und ich hatte wirklich kein Geld, um mir Brot zu kaufen. Ich hab deshalb zuerst die Silberknöpfe von meiner Sonntagsjacke verkauft, dann meine silberne Kette, dann meine große Pfeife, und zum Schluß verkaufte ich meinen Schubkarren. Aber ich kaufe alles wieder zurück, gewiß.'

‚Hans', sagte der Müller, ‚ich geb dir meinen Schubkarren. Zwar ist er nicht mehr im besten Zustand, eine Seite fehlt nämlich, und etwas stimmt nicht mit den Radspeichen; aber trotzdem sollst du ihn haben. Ich weiß, ich bin sehr freigebig, und manche Leute werden es für unklug halten, ihn wegzugeben, allein ich bin eben nicht wie die anderen Menschen. Ich glaube auch, daß Freigebigkeit das Wesen der Freundschaft ausmacht, und außerdem habe ich einen neuen Schubkarren für mich. Gut, mach dir keine weiteren Gedanken, ich geb dir meinen Schubkarren.'

‚Nein wirklich? Du bist sehr freigebig', sagte Klein Hans, und sein drolliges rundes Gesicht lachte vor Freude. ‚Ich kann ihn leicht reparieren, denn ich habe ein Brett drinnen im Haus.'

‚Ein Brett!' sagte der Müller. ‚He, das kann ich gut für mein Scheuerdach brauchen. Das Dach hat ein großes Loch, und das Korn wird feucht werden, wenn es nicht geflickt wird. Wie gut, daß du's erwähnt hast! Es ist doch sehr bemerkenswert, wie einer guten Tat immer eine andre folgt. Ich gab dir meinen Schubkarren, und du gibst mir nun dein Brett. Der Schubkarren ist zwar mehr, bedeutend mehr wert als das Brett, doch wahre Freundschaft beachtet solche Dinge nicht. Na, so hol es schon, damit ich noch heut an meiner Scheuer arbeiten kann.'

‚O ja', rief Klein Hans, lief in den Schuppen und schleppte das Brett heran.

‚Es ist nicht besonders groß', meinte der Müller, als er es sah, ‚und ich fürchte, daß für deinen Schubkarren nicht viel mehr übrigbleibt, wenn ich das Scheuerdach geflickt habe; aber das ist nicht meine Schuld. Und nun, wo ich dir doch meinen Schubkarren schenkte, glaub ich bestimmt, daß du mir gern noch ein paar Blumen dafür gibst. Hier hast du den Korb, und sieh zu, daß du ihn vollmachst.'

‚Ganz voll?' sagte Klein Hans ziemlich betrübt, denn es war ein sehr großer Korb, und er wußte genau, daß ihm nicht eine Blume mehr übrigblieb, wenn er den Korb ganz füllte. Und er wollte doch um alles in der Welt seine Silberknöpfe wiederhaben.

‚Na', antwortete der Müller, ‚ich geb dir doch meinen Schubkarren, und so glaub ich, daß es nicht zuviel verlangt ist, wenn ich dich um ein paar Blumen bitte. Ich mag unrecht haben, aber soviel ich weiß, ist Freundschaft, wahre Freundschaft, vollkommen frei von jeglicher Selbstsucht.'

‚Mein lieber Freund, mein bester Freund', rief da Klein Hans, ‚alle Blumen in meinem Garten sollen dir gehören. Oh, mir liegt doch viel mehr an deiner hohen Meinung als an meinen Silberknöpfen.' Und er eilte, die hübschen Himmelsschlüssel zu pflücken und den Korb des Müllers zu füllen.

‚Leb wohl, Klein Hans', sagte der Müller und stieg, das Brett auf seiner Schulter und den großen Korb in seiner Hand, den Hügel hinan.

‚Leb wohl', sagte Klein Hans und grub ganz vergnügt weiter; er freute sich so sehr über den Schubkarren.

Am nächsten Tag band er gerade Jelängerjelieber am Eingang seiner Hütte fest, als er vom Weg her des Müllers Stimme ihn rufen hörte. Er sprang sogleich von der Leiter, lief durch den Garten und schaute über den Zaun.

Dort stand der Müller mit einem Riesensack Mehl über der Schulter. ‚Lieber Klein Hans', sagte er, ‚würde es dir was ausmachen, den Sack Mehl für mich zum Markt zu tragen?'

‚Oh, es tut mir schrecklich leid', sagte Hans, ‚aber ich habe heut viel zu tun. Ich muß die Schlingpflanzen hochbinden und alle Blumen gießen und den Rasen walzen.'

,Na schön', meinte der Müller, ,ich vermute aber, daß es nicht
sehr freundlich von dir ist, mir das abzuschlagen, wenn du nur
bedenken wolltest, daß ich dir den Schubkarren schenke.'

,O nein, sag das nicht', rief da Klein Hans, ,nicht um alles in der
Welt wollte ich unfreundlich sein.' Und er lief in seine Hütte, holte
seine Mütze und schleppte mühsam den Riesensack auf seinen
Schultern fort.

Es war ein heißer Tag und die Straße schrecklich staubig. Noch
bevor Hans den sechsten Meilenstein erreicht hatte, war er so müde,
daß er sich niedersetzen und rasten mußte. Er schritt jedoch wieder
tapfer weiter und kam zuletzt zum Markt. Nachdem er dort einige
Zeit gewartet hatte, verkaufte er den Sack Mehl für einen sehr guten
Preis und kehrte darauf schnell heim, denn er fürchtete, daß ihm
Räuber begegnen könnten, wenn er zu lange bliebe.

,Es war, meiner Seel, ein schwerer Tag', sagte Klein Hans zu sich
selber, als er zu Bett ging; ,jedoch freut es mich, daß ich dem Müller
die Bitte nicht abgeschlagen habe, denn er ist mein bester Freund
und gibt mir ja seinen Schubkarren.'

Früh am nächsten Morgen kam der Müller den Hügel herab, um
das Geld für den Sack Mehl zu holen. Klein Hans aber war so müde,
daß er noch im Bett lag.

,Auf mein Wort', sagte der Müller, ,du bist äußerst faul. Wenn du
bedenkst, daß ich dir meinen Schubkarren schenke, so glaube ich,
wär es nur recht und billig, daß du mehr arbeiten würdest. Müßig-
gang ist eine große Sünde. Ich seh es einmal nicht gern, wenn einer
meiner Freunde faulenzt oder müßiggeht. Du darfst nichts dawider-
haben, wenn ich so offen mit dir spreche. Natürlich würde ich nicht
im Traum daran denken, so zu dir zu reden, wenn du nicht mein
Freund wärst. Und was nützt schon alle Freundschaft, wenn einer
nicht genau das sagen darf, was er meint? Jeder kann liebenswürdig
reden und zu gefallen und zu schmeicheln versuchen, ein wahrer
Freund aber sagt selbst die unangenehmsten Dinge und scheut sich
nicht, dem Freunde weh zu tun. Ist er ein wahrer Freund, bei Gott,
dann bevorzugt er dies sogar, weiß er doch genau, daß er damit
Gutes tut.'

,Es tut mir schrecklich leid', sagte Klein Hans, rieb sich die Augen
und nahm die Schlafmütze ab; ,aber ich war so müde, daß ich noch
für eine Weile im Bett bleiben und die Vögel singen hören wollte.
Weißt du nicht, daß ich besser arbeite, wenn ich die Vögel hab
singen hören?'

,Schon gut, es freut mich', sagte der Müller und klopfte Klein

Hans auf die Schulter. ‚Du mußt sofort, wenn du angezogen bist, zur Mühle kommen und für mich das Scheuerdach flicken.'

Dem armen Hans war sehr darum zu tun, endlich in seinem Garten zu arbeiten, denn schon seit zwei Tagen hatte er seine Blumen nicht mehr begossen. Und doch wollte er nicht gern des Müllers Bitte abschlagen, da dieser ihm ja ein so guter Freund war.

‚Glaubst du, daß es sehr unfreundlich wäre, wenn ich sagte, daß ich sehr viel zu tun habe?' forschte er mit scheuer und furchtsamer Stimme.

‚Na schön', erwiderte der Müller, ‚ich glaube aber nicht, daß es für dich viel zu fragen gibt, wenn du bedenkst, daß ich dir den Schubkarren schenke; aber freilich, wenn du dich weigerst, werde ich es eben selber tun.'

‚O nein, niemals!' rief Klein Hans; und er sprang aus dem Bett, kleidete sich an und ging hinauf zur Scheuer.

Dort arbeitete er den ganzen Tag über, bis die Sonne unterging, und mit dem Abschiednehmen der Sonne kam der Müller nachsehen, wie ihm die Arbeit von der Hand ging.

‚Hast du das Loch schon geflickt, Klein Hans?' fragte der Müller mit heitrer Stimme.

‚Schon ganz geflickt', erwiderte Klein Hans und kam die Leiter herab.

‚Wahrlich', sagte der Müller, ‚nichts bereitet mehr Vergnügen als die Arbeit, die man für andre tut.'

‚Es ist gewiß ein großes Vorrecht, dich reden zu hören', antwortete Klein Hans, setzte sich nieder und trocknete seine Stirn, ‚ein sehr großes Vorrecht. Aber ich glaube nicht, daß ich jemals so herrliche Gedanken haben werde wie du.'

‚Oh! Auch die kommen mit der Zeit', sagte der Müller, ‚nur mußt du dir noch bedeutend mehr Mühe geben. Im Augenblick übst du erst Freundschaft; eines Tages aber werden dir dann auch die Worte kommen, die du darüber sprechen kannst.'

‚Und du glaubst fest daran?' fragte Klein Hans.

‚Ich zweifle nicht daran', antwortete der Müller. ‚Aber du gehst nun besser nach Haus, da ja das Dach geflickt ist und ruhst dich aus; denn morgen sollst du mir die Schafe in die Berge treiben.'

Der arme Hans traute sich nicht, etwas zu erwidern. Schon am frühen Morgen brachte der Müller die Schafe zur Hütte, und Hans ging mit ihnen in die Berge.

Den ganzen Tag brauchte er, um hin- und zurückzukommen; und als er endlich wieder in seiner Hütte anlangte, war er so müde, daß er schon auf seinem Stuhl einschlief und nicht eher aufwachte, als bis es heller Tag war.

,Wie werde ich mich heute in meinem Garten freuen', sagte er und ging sofort an die Arbeit.

Aber seltsamerweise kam er niemals dazu, für seine Blumen auch wirklich zu sorgen, denn sein Freund, der Müller, war immer wieder da und schickte ihn mit langen Aufträgen fort oder nahm ihn mit sich, in der Mühle zu helfen. Klein Hans war darüber oft traurig, denn er fürchtete, daß seine Blumen glauben möchten, er habe sie vergessen. Doch tröstete er sich mit dem Gedanken, daß ja der Müller sein bester Freund sei. ,Außerdem', so sagte er oft, ,außerdem wird er mir seinen Schubkarren geben, und das zeigt doch, wie freigebig er ist.'

So arbeitete Klein Hans für den Müller, und der Müller sagte alle möglichen schönen Worte über die Freundschaft, die Hans alle in sein Notizbuch schrieb und am Abend wieder las; denn er war ein sehr braver Schüler.

Nun geschah es eines Abends, als Klein Hans an seinem Ofen saß, daß jemand laut an die Tür pochte. Es war eine stürmische Nacht, und der Wind brauste und pfiff so schrecklich um die Hütte, daß Klein Hans zuerst dachte, es wäre der Sturm, der so an der Tür rüttle. Aber da pochte es wiederum und ein drittes Mal, und jedesmal war das Pochen heftiger.

Es muß ein schutzloser Wanderer sein, meinte Klein Hans und lief an die Tür.

Dort aber stand der Müller mit einer Laterne in der einen Hand und einem dicken Stock in der andern.

,Mein lieber Hans', rief der Müller, ,ich bin am Verzweifeln. Mein kleiner Bub fiel von der Leiter und verletzte sich, und ich bin gerade auf dem Weg zum Arzt. Aber der wohnt so weit entfernt, und es ist solch eine schlimme Nacht, daß es mir scheint, es wäre besser, wenn du für mich gingst. Du weißt ja, ich werde dir den Schubkarren schenken, und so ist es nur billig, daß du dafür etwas für mich tust.'

,Aber ja', rief Klein Hans, ,es ist mir doch eine große Ehre, wenn du zu mir kommst. Ich geh sofort. Aber du mußt mir deine Laterne leihen, denn die Nacht ist so finster, daß ich leicht in den Graben fallen könnte.'

,Es tut mir wirklich leid', erwiderte der Müller, ,aber dies ist meine neue Laterne, und es wäre ein großer Schaden für mich, wenn sie beschädigt würde.'

,Gut, gut, ich gehe auch ohne Laterne', rief Klein Hans, nahm seinen schweren Pelz vom Bügel und setzte seine warme scharlachrote Mütze auf, wand den Schal um seinen Hals und ging los.

Hui! Das war ein schrecklicher Sturm. Die Nacht war pechschwarz, so daß Klein Hans sich kaum zurechtfinden konnte, und der Wind blies so sehr, daß er sich kaum aufrecht halten konnte. Doch er war sehr beherzt, und als er an die drei Stunden gegangen war, errreichte er das Haus des Arztes und klopfte ans Tor.

,Wer ist draußen?' rief der Arzt und streckte seinen Kopf aus dem Schlafzimmerfenster.

,Klein Hans, Herr Doktor.'

,Und was wünschst du, Klein Hans?'

,Des Müllers Sohn fiel von der Leiter und verletzte sich, und der Müller bittet Euch, sofort zu kommen.'

,Gut', sagte der Arzt; er ließ satteln und Stiefel und Laterne bringen, kam herab und ritt fort zum Haus des Müllers. Klein Hans schritt hinter ihm drein.

Aber der Sturm wurde immer grimmiger, und der Regen fiel in Strömen. Klein Hans sah nicht mehr, wohin er ging, und konnte auch nicht mit dem Pferd Schritt halten. Plötzlich kam er vom Weg ab und verirrte sich ins Moor, das ein sehr gefährlicher Ort war, und dort ertrank Klein Hans. Einige Geißhirten fanden am nächsten Tag seinen Leichnam, der in einem großen Wasserloch schwamm, und sie brachten ihn in seine Hütte zurück.

Alle nahmen sie an Klein Hans' Begräbnis teil, war er doch überall bekannt, und am meisten trauerte der Müller.

,Da ich sein bester Freund war', sagte der Müller, ,ist es nur recht und billig, daß ich auch den besten Platz einnehme.' Deshalb schritt er, angetan mit einem langen schwarzen Rock, an der Spitze des Trauerzuges, und alle Augenblicke wischte er mit einem großen Taschentuch über seine Augen.

,Klein Hans ist für jeden ein großer Verlust', sagte der Hufschmied, als das Begräbnis vorüber war und sie alle gemütlich im Gasthaus saßen, Gewürzwein tranken und Kuchen aßen.

,Jedenfalls ein großer Verlust für mich', erwiderte der Müller. ,Ich hatte ihm meinen Schubkarren so gut wie geschenkt, und nun weiß ich wirklich nicht, wohin mit ihm. Zu Hause ist er mir nur im Weg, und außerdem ist er in einem so schlechten Zustand, daß ich nichts dafür bekäme, wenn ich ihn verkaufen wollte. Gewiß werde ich mich künftig hüten, nochmals etwas wegzuschenken. Immer leidet man unter der eignen Großzügigkeit.'" –

„Und dann?" fragte nach einer langen Pause der Wasserratz.

„Und dann? Die Geschichte ist aus", sagte der Hänfling.

„Und was wurde aus dem Müller?" wollte der Wasserratz wissen.

„Oh! Ich weiß es nicht", erwiderte der Hänfling. „Es ist mir auch höchst gleichgültig."

„So ist es ganz und gar erwiesen, daß Ihr Charakter absolut kein Mitgefühl kennt", sagte der Wasserratz.

„Es scheint mir, als hätten Sie die Moral der Geschichte nicht begriffen", bemerkte der Hänfling.

„Die was?" schrie der Wasserratz.

„Die Moral."

„Wollen Sie denn sagen, daß diese Geschichte eine Moral hat?"

„Allerdings", entgegnete der Hänfling.

„Bei meiner Seel", sagte der Wasserratz sehr verärgert, „ich meine, Sie hätten mir das auch gleich zu Anfang sagen können. Hätten Sie's getan, hätte ich Ihrer Geschichte nie zugehört. Höchstens hätte ich ‚Bah!' gerufen wie der Kritiker. Ich kann's aber auch jetzt noch tun." Und so schrie er „Bah!" mit sich überschlagender Stimme, peitschte mit seinem Schwanz das Wasser und verkroch sich in seine Höhle.

„Und wie gefällt Ihnen nun der Wasserratz?" fragte die Ente, die nach einer Weile herangeschwommen kam. „Er hat zwar viele gute Seiten, aber ich für mein Teil empfinde eben wie eine Mutter und kann niemals einen so hartgesottnen Junggesellen anblicken, ohne daß mir Tränen in die Augen kommen."

„Ich fürchte sehr, daß ich ihn belästigt habe", antwortete der Hänfling. „Ich habe ihm nämlich eine Geschichte mit einer Moral erzählt."

„Oh! Es ist ein gefährlich Ding, so was zu tun", antwortete die Ente.

Und ich bin ganz ihrer Meinung.

DIE BEMERKENSWERTE
RAKETE

Des Königs Sohn sollte heiraten, und so gab es überall Festlichkeiten. Ein ganzes Jahr über hatte er auf seine Braut gewartet, nun endlich war sie gekommen. Sie war eine russische Prinzessin, und den langen Weg von Finnland her war sie in einem Schlitten gefahren, den sechs Rentiere zogen. Ein großer goldener Schwan war der Schlitten, und zwischen seinen Flügeln lag die kleine Prinzessin. Ihr langer Hermelin reichte bis zu ihren Füßen; auf ihrem Köpfchen trug sie eine Mütze von Silbergespinst, und ihr Gesicht war bleich wie der Palast von Schnee, in dem sie so lange gewohnt hatte. Ja so bleich war sie, als sie durch die Straßen dahinglitt, daß die Leute drüber erstaunten. „Sie ist wie eine weiße Rose!" riefen sie und warfen ihr Blumen zu von den Balkonen.

Am Tor des Schlosses wartete der Prinz, sie zu empfangen. Er hatte verträumte Veilchenaugen, und sein Haar war wie feines Gold. Als er die Prinzessin sah, fiel er auf die Knie und küßte ihre Hand.

„Dein Bild war schön", flüsterte er, „aber du bist schöner noch als das Bild." Und die Prinzessin errötete.

„Erst war sie eine weiße Rose", sagte ein junger Page zu seinem Nachbarn, „doch nun ist sie eine rote Rose." Und der ganze Hof war entzückt.

Während der folgenden drei Tage wiederholten die Leute, wohin sie auch gingen: „Weiße Rose, rote Rose, rote Rose, weiße Rose." Und der König befahl, des Pagen Gehalt zu verdoppeln. Doch da er kein Gehalt bezog, nützte ihn das wenig; immerhin hielt man es für eine große Ehre, und pflichtschuldigst nahm der Staatsanzeiger Notiz davon.

Als die drei Tage vorüber waren, wurde die Hochzeit gefeiert. Es war eine großartige Trauung, und Braut und Bräutigam schritten Arm in Arm unter einem Baldachin aus purpurnem Samt, der mit kleinen Perlen bestickt war. Danach begann das Staatsbankett, das sich über fünf Stunden hinzog. Prinz und Prinzessin saßen ganz oben im Großen Saal und tranken aus einem Kelch von reinstem Kristall. Nur wahre Liebende konnten daraus trinken;

denn berührten falsche Lippen seinen Rand, so verlor das Glas allen
Glanz und wurde grau und trübe.

„Es ist klar, daß sie einander lieben", sagte der Page, „klar wie
Kristall!" Und der König verdoppelte wiederum das Gehalt. „Welche Ehre!" riefen da alle Höflinge.

Nach dem Bankett sollte der Ball stattfinden. Braut und Bräutigam sollten den Rosentanz zusammen tanzen, und der König
versprach, die Flöte zu spielen. Er spielte sie schlecht, aber niemand
traute sich, ihm dies zu sagen, war er doch der König. Eigentlich
kannte er nur zwei Weisen; auch war er sich niemals ganz sicher,
welche von den beiden er gerade spielte; aber dies tat weiter nichts
zur Sache, denn jedermann rief beifällig: „Bezaubernd! Bezaubernd!" zu allem, was er tat.

Die Feierlichkeiten sollten mit einem pompösen Feuerwerk abschließen, das genau um Mitternacht abgebrannt werden sollte. Die
kleine Prinzessin hatte nämlich noch nie in ihrem Leben ein Feuerwerk gesehen, und so hatte der König Befehl gegeben, daß der
königliche Feuerwerker am Tage der Hochzeit zugegen sei.

„Was ist ein Feuerwerk?" hatte eines Morgens die Prinzessin
ihren Prinzen gefragt, als beide über die Terrasse schritten.

„Es gleicht dem Nordlicht", sagte der König, der immer Fragen
beantwortete, die nicht an ihn gerichtet waren, „nur ist es bei weitem
natürlicher. Ich selbst ziehe ein Feuerwerk den Sternen vor, da man
immer weiß, wann es aufleuchten wird, und es ist so ergötzlich wie
mein eignes Flötenspiel. Du mußt es sehen!"

Am Ende des königlichen Gartens wurde also ein großes Gerüst
errichtet, und sobald der königliche Hoffeuerwerker alles an seinen
richtigen Platz gestellt hatte, begannen Raketen und Knallfrösche
und die andern Feuerwerkskörper miteinander zu reden.

„Die Welt ist doch herrlich!" rief ein Raketchen, ein Schwärmer.
„Sieh doch nur die gelben Tulpen. Oh, wären sie echte Raketen, sie
könnten kaum hübscher sein. Ich bin glücklich darüber, daß ich so
weit gereist bin. Reisen bildet den Geist erstaunlich und befreit von
allen Vorurteilen."

„Des Königs Garten ist nicht die Welt, du alberner Schwärmer",
sagte der dicke Sternwerfer. „Die Welt ist ein riesiges Ding, und drei
Tage brauchst du, um sie ganz kennenzulernen."

„Jeder geliebte Ort ist einem die Welt", eiferte sich ein tiefsinni-
ges Feuerrad, das in seiner Jugend einer alten hölzernen Dose
liebevoll zugetan gewesen war und sich viel auf sein gebrochenes
Herz zugute tat, „aber die Liebe ist aus der Mode, die Dichter haben

sie getötet. Die schrieben so viel über sie, daß ihnen niemand mehr glaubt, und es überrascht mich auch nicht. Wahre Liebe leidet und schweigt. Ich erinnere mich, einst auch – aber das gehört nicht hierher. Romantische Liebe gab es einmal."

„Unsinn!" sagte der Sternwerfer, „romantische Liebe stirbt nicht. Sie gleicht dem Mond und lebt ewig. Der Prinz und die Prinzessin zum Beispiel lieben einander sehr. Ich habe alles über sie erfahren heute morgen, von einem Braunpapier-Schwärmer, der im selben Schubfach war wie ich und die neuesten Nachrichten vom Hofe wußte."

Aber das Feuerrad schüttelte das Haupt. „Die Liebe ist tot, die Liebe ist tot, die Liebe ist tot", murmelte es. Es glich eben jenen Menschen, die immer wieder dasselbe sagen und am Ende glauben, es sei wirklich wahr.

Plötzlich hörte man ein heftiges und trockenes Husten, und alle schauten umher.

Es kam von einer großen, anmaßend blickenden Rakete, die an das Ende eines langen Stieles gebunden war. Sie hustete immer, bevor sie sich äußerte, als verlange sie Aufmerksamkeit.

„Ahem! Ahem!" meinte sie, und alles lauschte, ausgenommen das arme Feuerrad, das immer noch das Haupt schüttelte und flüsterte: „Die Liebe ist tot."

„Ruhe! Ruhe!" schrie da ein Knallfrosch. Er hatte so etwas von einem Politiker und hatte auch immer an hervorragender Stelle an Gemeindewahlen teilgenommen, so daß er die genauen parlamentarischen Ausdrücke zu gebrauchen wußte.

„Ganz tot", flüsterte das Feuerrad noch und schlief ein.

Sobald nun vollkommene Ruhe herrschte, hustete die Rakete ein drittes Mal und begann zu reden. Sie sprach sehr langsam und bestimmt, so, als diktierte sie ihre Memoiren, und schaute dabei über die Schulter der Person hinweg, zu der sie sprach. Oh, sie hatte äußerst vornehme Manieren.

„Welch ein Glücksfall ist es doch für den Sohn des Königs", sagte sie, „daß er gerade an dem Tag heiratet, an dem ich abgeschossen werde. Für ihn hätte es sich wahrlich nicht besser treffen können, auch wenn man den Tag vorher festgelegt hätte; doch Prinzen sind eben immer begünstigt."

„O je", sagte der kleine Schwärmer, „und ich dachte, daß es grade umgekehrt sei und wir zu Ehren des Prinzen abgebrannt werden sollten."

„So mag es wohl in Ihrem Fall sein", antwortete die Rakete, „ja ich zweifle nicht, daß es sich so verhält; aber was mich betrifft, liegen die Dinge anders. Ich bin eine sehr bemerkenswerte Rakete und stamme von sehr bemerkenswerten Eltern. Meine Mutter war zu ihrer Zeit das gefeiertste Feuerrad und berühmt wegen ihres graziösen Tanzes. Als sie dann, lang erwartet, öffentlich auftrat, wirbelte sie neunzehnmal im Kreise herum, ehe sie erlosch, und bei jeder Drehung schleuderte sie sieben rosa Sterne in die Nacht. Dreieinhalb Fuß betrug ihr Durchmesser, und sie war aus feinstem Schießpulver hergestellt. Mein Vater war eine Rakete gleich mir und französischer Herkunft. Er flog so hoch, daß die Leute fürchteten, er würde nicht mehr zurückkommen. Er tat es jedoch, denn von Natur war er wohlwollend, und auf seinem Rückweg ergoß er sich in einem Regen von Gold. Die Zeitungen schrieben sehr schmeichelhaft über seine Vorstellung. Ja, der Staatsanzeiger nannte ihn die Krone pylotechnischer Kunst."

„Pyrotechnisch, pyrotechnisch meinen Sie wohl", sagte ein Bengalisches Feuerzeug; „ich weiß, es heißt pyrotechnisch, denn mit eigenen Augen las ich es auf dem Deckel der Schachtel, in der ich lag."

„Nun, ich sagte pylotechnisch", antwortete die Rakete mit strengem Unterton in ihrer Stimme, und das Bengalische Feuerzeug fühlte sich so sehr gemaßregelt, daß es sofort die kleinen Schwärmer zu traktieren begann, um zu zeigen, daß es immer noch eine Person von einiger Bedeutsamkeit sei.

„Ich sagte gerade", fuhr die Rakete fort, „ich sagte gerade – was sagte ich gerade?"

„Sie sprachen gerade von Ihrer Person", erwiderte der Sternwerfer.

„Ja natürlich; ich wußte doch, daß ich ein interessantes Thema angefangen hatte, als ich so ungebührlich unterbrochen wurde. Ich hasse Unhöflichkeit und schlechte Manieren jeder Art, denn ich bin sehr sensibel. Niemand in dieser Welt ist so sensibel wie ich; des bin ich sicher."

„Was ist denn eigentlich eine sensible Person?" fragte der Knallfrosch den Sternwerfer.

„Eine Person, die auf andrer Leute Zehen tritt, weil sie selbst Hühneraugen hat", flüsterte der Sternwerfer, und der Knallfrosch zerplatzte beinah vor Lachen.

„Mein Herr, warum lachen Sie?" erkundigte sich die Rakete. „Ich lache keineswegs."

„Oh, ich lache, weil ich glücklich bin", erwiderte der Knallfrosch.

„Das ist ein sehr selbstsüchtiger Beweggrund", meinte die Rakete ärgerlich. „Mit welchem Recht sind Sie glücklich? Sie sollten an andre Leute denken. Sie sollten sogar an mich denken. Ich denke immer an mich und erwarte von jedermann dasselbe. So etwas nenne ich Mitgefühl. Es ist eine herrliche Tugend, und ich besitze sie in hohem Grade. Denken Sie, zum Beispiel, mir, mir passierte heute abend irgend etwas. Welch ein Unglück für jeden von uns! Der Prinz und die Prinzessin wären nie wieder froh, von allem Anfang an wären sie unglücklich. Und erst der König! Ich weiß, er käme nicht drüber hinweg. O Gott, wenn ich über die Bedeutsamkeit meiner Stellung nachzudenken beginne, werde ich zu Tränen gerührt."

„Wenn Sie aber andern Vergnügen bereiten wollen", meinte der Sternwerfer, „weinen Sie besser nicht."

„Natürlich", rief das Bengalische Feuerzeug, das nun in besserer Stimmung war, „das sagt Ihnen doch der gesunde Menschenverstand."

„Gesunder Menschenverstand, bei Gott!" sagte die Rakete entrüstet. „Sie vergessen, daß ich nicht zu dieser Mittelmäßigkeit gehöre. Ich bin äußerst bemerkenswert. Ha, jeder kann gesunden Menschenverstand besitzen, vorausgesetzt, er hat keine Einbildungskraft. Doch ich besitze sie, die Phantasie, denn ich erinnere mich der Dinge niemals, wie sie wirklich sind; ich erinnere mich ihrer immer wieder auf verschiedene Weise. Und was nun meinen trockenen Zustand betrifft, so ist allem Anschein nach niemand zugegen, der eine gefühlsbetonte Natur überhaupt würdigen kann. Für mich ist das glücklicherweise ohne Bedeutung. Das einzige, was einem durch das ganze Leben hilft, ist doch das Bewußtsein, daß die andern alle von geradezu unermeßlicher Minderwertigkeit sind; und dies Bewußtsein habe ich immer mehr vervollkommnet. Aber niemand von Ihnen hat ein Herz. Hier lachen Sie noch und sind ausgelassen, als hätten der Prinz und die Prinzessin nicht eben geheiratet."

„Aber nein", rief ein kleiner Heißluftballon, „warum denn nicht? Es ist doch eine höchst erfreuliche Angelegenheit, und steige ich in die Luft, werde ich alles den Sternen erzählen. Sie werden sie glitzern sehen, wenn ich von der hübschen Braut erzähle."

„Gott! Welch eine alltägliche Lebensansicht!" sagte die Rakete; „doch sie entspricht dem, was ich erwartet habe. Nichts ist in Ihnen; Sie sind hohl und leer. Überlegen Sie doch: der Prinz und die Prinzessin könnten in einem Lande, durch das ein tiefer Fluß fließt, zu wohnen verlangen; sie könnten vielleicht nur einen Sohn haben, einen kleinen blonden Knaben mit Veilchenaugen wie der Prinz selbst. Wie leicht könnte er mit seiner Amme spazierengehen, wie

leicht könnte die Amme unter einem großen Holunderbusch ein-
schlafen, wie leicht könnte der Kleine währenddessen in den tiefen
Fluß fallen und ertrinken. Welch ein schreckliches Unglück! Die
Ärmsten, den eignen Sohn zu verlieren! Oh, es ist zu schrecklich!
Ich werde nie drüber hinwegkommen."

„Aber sie haben doch ihren einzigen Sohn gar nicht verloren",
staunte der Sternwerfer; „es ist ihnen doch gar kein Unglück zugestoßen."

„Ich spreche nicht davon, daß es sich ereignet hat", erwiderte die
Rakete; „ich sagte nur, es könnte sein . . . Hätten sie tatsächlich ihren
einzigen Sohn verloren, man brauchte kein Wort mehr drüber zu
verlieren. Ich hasse Menschen, die über Geschehenes klagen. Doch
wenn ich mir vorstelle, wie leicht sie ihren einzigen Sohn verlieren
könnten, oh, es berührt mich schrecklich."

„Bei Gott", rief das Bengalische Feuerzeug, „wie wahr! Sie sind
die rührendste Person, die mir je begegnet ist."

„Und Sie sind die unhöflichste Person, die mir je begegnet ist",
sagte die Rakete, „Sie werden nie meine Freundschaft für den
Prinzen begreifen."

„Oho, Sie kennen ihn ja gar nicht", grollte der Sternwerfer.

„Ich habe nie gesagt, daß ich ihn kennen würde", antwortete die
Rakete. „Ich wage aber zu sagen, daß ich, wenn ich ihn kennenler-
nen sollte, kaum länger sein Freund sein könnte. Es ist etwas sehr
Gefährliches, seine Freunde zu kennen."

„Sie tun auch besser daran, sich trocken zu erhalten", meinte der
Heißluftballon. „Es scheint mir nämlich wichtig."

„Sehr wichtig für Sie, ohne Zweifel", antwortete die Rakete,
„doch ich werde weinen, wann es mir beliebt." Und sie weinte doch
tatsächlich los, daß die Tränen wie Regentropfen den Stiel hinunter-
rollten; beinahe hätten sie zwei kleine Käfer ertränkt, die grade auf
der Suche nach einem netten trockenen Platz waren, um sich da
häuslich niederzulassen.

„Sie muß eine wahrlich romantische Natur haben", sagte das
Feuerrad, „denn sie weint, obwohl doch gar kein Anlaß zum
Weinen ist." Und es seufzte tief und dachte an die hölzerne Dose.

Aber der Sternwerfer und das Bengalische Feuerzeug waren
äußerst ungehalten und riefen in einem fort: „Schwindel! Schwindel!" so laut sie nur konnten. Die beiden waren sehr praktische
Leute, sie nannten alles Schwindel, gegen das sie glaubten Einspruch
erheben zu müssen.

Darüber erhob sich der Mond wie ein wundervoller Silberschild, und die Sterne begannen zu leuchten, und Musik kam vom Palaste her.

Der Prinz und die Prinzessin führten den Tanz an. Sie tanzten so herrlich, daß die schlanken weißen Lilien verstohlen durchs Fenster blickten und ihnen zuschauten und die großen roten Mohnblumen im Takt mit ihren Blütenköpfen nickten.

So schlug es zehn Uhr, dann elf und dann zwölf, und mit dem letzten Schlag, der die Mitternacht anzeigte, ging alles auf die Terrasse, und der König ließ den königlichen Feuerwerker rufen.

„Laß das Feuerwerk beginnen", befahl der König; der Feuerwerker verbeugte sich tief und schritt zum Ende des Gartens. Sechs Helfer hatte er bei sich, und jeder von ihnen trug eine brennende Fackel an langem Stiel.

Es war ein großartiges Schauspiel.

Ssss! Ssss! zischte das Feuerrad, wie es so dahinwirbelte. Bumm! Bumm! hallte es dumpf vom Sternwerfer; die Schwärmer tanzten über den ganzen Garten, und das Bengalische Feuerzeug tauchte alles in Purpur. „Auf Wiedersehn!" rief der Heißluftballon, als er aufstieg und winzige blaue Funken herabstreute. Bäng! Bäng! antworteten die Knallfrösche, die sich sehr wohl fühlten. Alle hatten sie einen großen Erfolg, nur nicht die bemerkenswerte Rakete. Sie war so feucht vom Weinen, daß sie nicht losging. Ihr Bestes war ja das Schießpulver, und das war vom Weinen so naß, daß es unbrauchbar geworden war. Alle ihre armen Verwandten, mit denen sie nicht oder nur mit Herablassung hatte sprechen wollen, schossen hinauf in den Nachthimmel gleich köstlichen goldnen Blumen mit Blüten von Feuer. „Hoch! Hoch!" schrie der ganze Hof, und die kleine Prinzessin lachte vor Vergnügen.

„Ich glaube, die sparen mich für eine kommende großartige Gelegenheit auf", sagte die Rakete. „Kein Zweifel, es ist so", und sie blickte anmaßender denn je.

Am nächsten Tag kamen die Arbeiter, um aufzuräumen. „Sicher eine Abordnung", sagte die Rakete. „Ich will sie mit gezierender Würde empfangen." Sie steckte also die Nase in die Luft und runzelte die Stirn, als dächte sie über sehr Bedeutendes nach. Aber die Arbeiter gewahrten die Bemerkenswerte erst, als sie weggingen. Einer davon sah sie liegen und rief: „Heda! Eine schlechte Rakete!" Er hob sie auf und warf sie über die Mauer in den Wassergraben.

„Schlechte Rakete, schlechte Rakete?" entrüstete sich diese, wie sie so durch die Luft flog. „Unmöglich! Prächtige Rakete! Ja, das sagte wohl der Mann. Schlecht und prächtig klingen sehr ähnlich und sind, ja, sind oft dasselbe." Und sie fiel in den Schlamm.

„Es ist nicht sehr wohnlich hier", bemerkte sie, „doch ohne Zweifel ist es ein vornehmer Badeort, und sie schickten mich hierher, um meiner Gesundheit wieder aufzuhelfen. Meine Nerven sind auch sehr strapaziert, ich benötige Ruhe."

Da schwamm ein grüngefleckter Frosch mit glitzernden Edelsteinaugen auf sie zu.

„Ein neuer Ankömmling, wie ich sehe", sagte der Frosch. „Schließlich gibt es auch nichts Besseres als Schlamm. Schenk mir Regenwetter und einen Wassergraben, und ich bin glücklich. Glauben Sie, daß es nachmittags regnen wird? Hoffentlich; leider ist der Himmel blau und wolkenlos. Eine Gemeinheit!"

„Ahem! Ahem!" sagte die Rakete und begann zu husten.

„Welch eine entzückende Stimme Sie haben", rief der Frosch. „Wirklich, es klingt wie Quak, und Quaken ist ohne Zweifel das Melodiöseste auf dieser Welt. Sie werden heute abend unsern Liederkranz singen hören. Wir sitzen im alten Ententeich nahe beim Haus des Bauern, und sobald der Mond aufgeht, fangen wir an. Es ist so entzückend, daß jedermann wach liegt und lauscht. Ja, es war erst gestern nacht, daß ich die Frau des Bauern zu ihrer Mutter sagen hörte, sie habe nachts kein Auge zugetan, und nur unsertwegen. Es freut einen schon sehr, sich so volkstümlich zu wissen."

„Ahem! Ahem!" sagte die Rakete ärgerlich. Es verdroß sie, daß sie nicht ein Wort einwerfen konnte.

„Eine köstliche Stimme, o ja", fuhr der Frosch fort, „ich hoffe, Sie werden zum Ententeich kommen. Ich empfehle mich, habe nach meinen Töchtern zu sehen. Ich habe sechs hübsche Töchter, und ich fürchte immer, der Hecht könnte ihnen begegnen. Er ist ein ausgewachsenes Scheusal und würde nicht zögern, sie zu frühstücken. Tja, leben Sie wohl. Ich versichere Sie: die Unterhaltung war sehr angenehm."

„Unterhaltung, hm", sagte die Rakete. „Sie allein haben die ganze Zeit gesprochen. So was nenne ich keinesfalls Unterhaltung."

„Irgend jemand muß zuhören", antwortete der Frosch, „und ich liebe eben, selbst zu sprechen. Es spart Zeit und schützt vor Argumenten."

„Aber ich liebe gerade Argumente", sagte die Rakete.

„Ich hoffe doch nicht", meinte der Frosch verbindlich. „Argu-

mente sind etwas sehr Gewöhnliches, denn jeder aus der besseren
Gesellschaft ist genau meiner Meinung. Nochmals: Leben Sie wohl;
dort sehe ich meine Töchter." Und der Frosch schwamm fort.

„Sie könnten einen reizen", sagte die Rakete. „Sie sind schlecht
erzogen! Ich hasse Leute, die nur von sich sprechen können wie Sie,
wenn andre ebenso von sich zu sprechen wünschen wie ich. Ich
nenne das Selbstsucht, und Selbstsucht ist etwas Abscheuliches,
besonders Leuten meines Schlages gegenüber, denn ich bin meiner
mitfühlenden Natur wegen sehr wohl bekannt. Ja, Sie sollten sich an
mir ein Beispiel nehmen! Sie könnten unmöglich ein beßres Beispiel
finden. Jetzt, da Sie diese Gelegenheit haben, sollten Sie sich ihrer
auch bedienen; denn ich werde wohl bald wieder zum Hofe zurückkehren. Ich stehe dort in sehr hoher Gunst, der Prinz und die
Prinzessin haben mir zu Ehren gestern geheiratet. Natürlich wissen
Sie nichts darüber, Sie sind ja auch nur vom Lande."

„Völlig zwecklos, meine Liebe, zu ihm zu sprechen", sagte da
eine Libelle, die auf der Spitze eines großen braunen Rohrkolbens
saß, „völlig zwecklos; er ist bereits gegangen."

„Das ist wohl sein Schaden, nicht meiner", antwortete die Rakete.
„Und ich werde nicht zu reden aufhören, nur weil er nicht mehr
darauf hört. Ich höre mich gern selbst reden. Es ist mein größtes
Vergnügen. Ich halte oft lange Gespräche, ganz für mich, und so
geistreich, daß ich selbst oft nicht ein einziges Wort davon begreife."

„Dann sollten Sie eigentlich Philosophie lehren", sagte die Libelle, und sie breitete ihre entzückenden feinwebigen Flügel aus und
erhob sich in die Luft.

„Wie albern von ihm, nicht hierzubleiben", sagte die Rakete. „Ich
bin ganz sicher, daß er nicht oft eine derartige Gelegenheit findet,
seinen Horizont zu erweitern. Doch was kümmert's mich? Genies
wie ich müssen eines Tages anerkannt werden." Und sie sank ein
wenig tiefer in den Schlamm.

Nach einer Weile schwamm eine ziemlich große weiße Ente in
ihre Nähe. Sie hatte gelbe Füße mit Schwimmhäuten zwischen den
Zehen und wurde allgemein für eine große Schönheit gehalten, ihres
Watschelns wegen.

„Quäk, quäk, quäk", meinte sie. „Welch eigenartige Gestalt Sie
haben! Darf ich fragen, ob Sie schon so geboren oder durch einen
Unglücksfall so geworden sind?"

„Na, es liegt auf der Hand, daß Sie immer nur auf dem Lande
gelebt haben", antwortete die Rakete, „sonst wüßten Sie, wer ich
bin. Ich entschuldige jedoch Ihre Unwissenheit. Es wäre auch

ungerecht, hielte man andre Leute für ebenso bemerkenswert wie
sich selbst. Sie werden zweifellos staunen, wenn ich Ihnen sage, daß
ich in den Himmel zu fliegen und zurückzukommen vermag in
einem Regen von Gold."

„Ich halte nicht viel davon", meinte die Ente; „ich sehe nicht ein,
wozu dies jemandem nütze sein könnte. Ja, könnten Sie Felder
pflügen wie der Ochs oder einen Wagen ziehen wie das Pferd oder
die Schafe bewachen wie der Schäferhund, ja, das wär was."

„Meine Liebe!" rief da die Rakete äußerst hochmütig, „wie ich
sehe, gehören Sie den niederen Schichten an. Eine Person meines
Berufes ist nicht nützlich. Wir besitzen gewisse Fähigkeiten, und das
ist mehr als genug. Ich sympathisiere mit keiner Art von Fleiß, am
wenigsten gerade mit jener Betriebsamkeit, die Sie zu empfehlen
scheinen. Ja, ich war sogar immer der Meinung, daß harte Arbeit nur
die Zuflucht jener Leute ist, die nichts andres zu tun wissen."

„Gut, gut", sagte die Ente, die von sehr friedfertiger Gesinnung
war und mit niemandem Streit anfing, „gut, jeder hat halt seinen
Geschmack. Jedenfalls aber hoffe ich, daß Sie hier wohnen werden."

„O mein Gott, nein!" rief die Rakete. „Ich bin nur ein Besucher,
ein distinguierter Besucher. In Wahrheit finde ich nämlich diese
Gegend hier ziemlich langweilig. Es gibt weder Gesellschaft hier
noch Einsamkeit. Im Grunde genommen geht es hier sehr spießig
zu. Ich werde vermutlich an den Hof zurückkehren, denn ich weiß
genau, daß ich dazu bestimmt bin, großes Aufsehen in der Welt zu
erregen."

„Ja, ich wollte selbst einmal ins politische Leben eintreten",
bemerkte die Ente. „Es gibt so viele Dinge, die der Erneuerung
bedürfen. Ich führte sogar vor einiger Zeit den Vorsitz in einer
Versammlung, und wir faßten unter meinem Vorsitz Beschlüsse, die
alles verdammten, was wir nicht lieben. Doch hatten sie allem
Anschein nach sehr wenig Wirkung. Ich halte es nun mit der
Häuslichkeit und sorge für meine Familie."

„Nein, ich bin für das öffentliche Leben geschaffen", sagte die
Rakete, „und mit mir alle meine Verwandten, selbst die geringsten
von ihnen. Wann immer wir erscheinen, erregen wir größte Aufmerksamkeit. Ich bin noch nicht aufgetreten, wie sich versteht, doch
wenn es einmal der Fall ist, wird es ein großartiges Schauspiel sein.
Was die Häuslichkeit betrifft, Gott, sie macht schnell alt und lenkt
den Sinn von höheren Dingen ab."

„Ah, die höheren Dinge des Lebens! Wie schön sie sind!" sagte die
Ente. „Aber das erinnert mich, daß ich Hunger habe." Und sie

schwamm den Wassergraben hinab und rief ihr „Quäk, quäk, quäk".

„Kommen Sie zurück! Kommen Sie doch zurück!" schrie die Rakete, „ich habe Ihnen noch vieles zu sagen." Aber die Ente scherte sich den Teufel um sie. „Ich bin froh, daß sie weg ist", sagte die Rakete zu sich selbst, „ganz entschieden besitzt sie eine kleinbürgerliche Gesinnung." Und sie sank noch ein klein wenig tiefer in den Schlamm und meditierte über die Einsamkeit des Genies. Da kamen plötzlich zwei Knaben in weißen Hemden zum Ufer gerannt mit einem Kessel und einem Bündel Reisig.

„Das muß wohl die Abordnung sein", sagte die Rakete und versuchte, sehr würdevoll dreinzublicken.

„Holla!" rief einer der Knaben, „schau diesen alten Stecken! Wo der wohl hergekommen ist?" und nahm die Rakete aus dem Graben.

„Alter Stecken", meinte die Rakete, „doch unmöglich! Goldner Stecken, ja, das sagte er wohl. Goldner Stecken, das ist äußerst höflich. Er verwechselte mich sicher mit einem der Würdenträger am Hof."

„Wirf ihn doch auch ins Feuer", sagte der andere, „dann wird der Kessel schneller heiß!"

So schichteten sie das Reisig aufeinander, legten die Rakete obendrauf und zündeten an.

„Großartig", rief die Rakete, „die lassen mich am hellen Tag los, daß mich jedermann sehen kann."

„Jetzt wollen wir schlafen", sagten die Knaben, „und wenn wir aufwachen, kocht der Kessel." Und sie legten sich ins Gras und schlossen die Augen.

Die Rakete war sehr feucht, so daß es lange dauerte, bis sie brannte. Schließlich aber fing sie Feuer.

„Nun schieße ich los!" rief sie und machte sich sehr steif und gerade. „Ich weiß, ich werde höher fliegen als die Sterne, viel höher als der Mond, viel höher als die Sonne. Oh, ich werde so hoch fliegen, daß ..."

Fiß! fiß! fiß! und sie flog kerzengerade in die Höhe.

„Köstlich", rief sie, „so werde ich für immer weiterfliegen! Welch großer Erfolg bin ich doch!"

Aber niemand sah sie.

Dann fühlte sie ein Kribbeln in ihrem Körper.

„Jetzt werde ich explodieren", schrie sie. „Ich werde die ganze Welt in Brand setzen und solchen Lärm machen, daß niemand von etwas anderem reden wird für ein ganzes Jahr." Und sie explodierte.

Peng! peng! peng! knallte das Schießpulver. Zweifellos, sie explodierte.

Aber niemand hörte sie, nicht einmal die zwei Knaben, denn sie schliefen sehr fest.

Und alles, was von ihr übrigblieb, war der Stiel, und der fiel einer Gans auf den Rücken, die gerade am Rande des Grabens dahinspazierte.

„Du lieber Himmel!" entsetzte sich die Gans. „Es regnet Stöcke!" Und sie rauschte ins Wasser.

„Ich wußte ja, daß ich großes Aufsehen erregen würde", hauchte die Rakete noch und erlosch.

DER JUNGE KÖNIG

Es war die Nacht vor dem Krönungsfest, und der junge König saß allein in seinem herrlichen Gemach. Seine Höflinge hatten, wie es die Sitten der Zeit und des Hofes verlangten, sich tief vor ihm verneigt und Urlaub genommen und sich in den großen Saal des Palastes begeben, um noch den letzten Unterricht des Professors der Etikette zu erhalten. Es waren nämlich einige unter ihnen, die immer noch ein natürliches Benehmen hatten, was bei einem Höfling, es braucht kaum erwähnt zu werden, ein sehr schwerwiegender Fehler ist.

Der königliche Knabe – mit seinen sechzehn Jahren war er noch ein Knabe – war keineswegs betrübt darüber, daß die Höflinge ihn verlassen hatten. Mit einem tiefen Seufzer der Erleichterung lehnte er sich auf die weichen Kissen seines bestickten Sofas zurück und lag dort wildäugig und mit offenem Mund wie ein brauner Waldfaun oder wie ein junges Wild, das die Jäger eben eingefangen hatte.

Und, ja, es waren auch die Jäger gewesen, die ihn gefunden hatten, schier nur durch Zufall, wie er barfüßig, die Flöte in der Hand, der Herde des armen Geißhirten gefolgt war, der ihn aufgezogen und für dessen Sohn er sich gehalten hatte. Als des alten Königs einziger Tochter Kind aus einer heimlichen Ehe mit einem, der weit unter ihrem Stand gewesen – einem Fremden, so sagten manche, in dessen zaubrisches Lautenspiel sich die junge Prinzessin verliebt hatte; andere flüsterten von einem Künstler aus Rimini, dem die Prinzessin viel, vielleicht zu viel Ehren erwies und der dann plötzlich die Stadt verlassen hatte, ohne die Arbeit in der Kathedrale zu vollenden –, war er, kaum eine Woche alt, von der Seite der schlafenden Mutter gerissen und in die Obhut eines Hirten und dessen Weib gegeben worden, die keine eigenen Kinder hatten und im entlegensten Teil des Waldes, weiter als einen Tagritt von der Stadt entfernt, lebten. Gram oder – wie der Hofarzt feststellte – die Pest oder – wie manche vermuteten – ein raschwirkendes italienisches Gift, einem Becher Würzwein beigemischt, tötete kaum eine Stunde nach ihrem Erwachen das bleiche Mädchen, das den Knaben geboren hatte. Und als der zuverlässige Bote, der das Kind überm Sattelbogen trug, von seinem müden Rosse stieg und an die grobe Tür der Hirtenhütte pochte, wurde der Leichnam der Prinzessin in

ein offenes Grab hinuntergelassen, das man außerhalb der Stadtmauern in einem einsamen Kirchhof gegraben hatte, ein Grab, in
dem, wie man sagte, schon ein andrer Leichnam lag, der Leichnam
eines jungen Mannes von vollkommener und fremdartiger Schönheit, dessen Hände mit einem derben Strick auf dem Rücken gefes-
selt waren und dessen Brust viele rote Wunden zeigte.

So jedenfalls lautete die Geschichte, die man einander zuflüsterte.
Gewiß aber war, daß der alte König auf dem Sterbebett, vielleicht
von der Reue über seine große Sünde oder nur vom Wunsch
bewogen, sein Königreich möge nicht einem andern zufallen, nach
dem Knaben suchen ließ und vor dem versammelten Rat ihn als
Erben anerkannte.

Und es scheint, daß der Knabe vom ersten Augenblick an, da man
ihn als König anerkannte, Anzeichen einer seltsamen Leidenschaft
für alle Schönheit zeigte, die so großen Einfluß auf sein Leben haben
sollte. Diejenigen, die ihn zum erstenmal durch die Flucht der für
ihn bestimmten Gemächer geleitet hatten, sprachen später oft von
dem Schrei der Lust, der aus ihm hervorgebrochen war, als er das
kostbare Geschmeide gesehen hatte und die reichen Gewänder, die
für ihn gefertigt worden waren, und von der unmäßigen, wilden
Freude, mit der er sein derbes Lederwams und seinen rauhen
Schaffellmantel von sich geworfen hatte. Zuzeiten vermißte er wohl
die herrliche Freiheit des Waldlebens, und die langweiligen Hofze-
remonien, die einen so großen Teil des Tages in Anspruch nahmen,
vermochten ihn immer nur zornig zu machen; allein der wundervolle Palast – „Joyeuse" genannt –, dessen Herr er nun war, schien
ihm eine neue Welt zu sein, frisch geschaffen für ihn. Und sobald er
dem Rat und den Audienzen entfliehen konnte, lief er die breiten
Treppen mit den Löwen aus vergoldeter Bronze und den glänzenden
Porphyrstufen hinab und wanderte von Gemach zu Gemach, von
Gang zu Gang wie einer, der in der Schönheit Linderung von
Schmerz, ja Genesung von einer Krankheit zu finden sucht.

Auf diesen Entdeckungsreisen, wie er sie nannte – und es waren ja
für ihn Reisen durch ein wundersames Land –, war er manchmal von
den blonden schlanken Pagen des Hofes mit ihren fliegenden Mänteln und fröhlich flatternden Bändern begleitet; öfter aber war er
allein, da er mit sicherem Gefühl, das einer Ahnung gleich war,
erfaßte, daß die Geheimnisse der Kunst sich nur im geheimen zu
erkennen geben und die Schönheit, gleich der Weisheit, den einsamen Andächtigen liebt.

Um diese Zeit erzählte man sich manch eigenartige Geschichte
von ihm. Man sprach davon, daß ein dicker Bürgermeister, der
gekommen war, um eine blumenreiche Rede im Namen der Bürger
der Stadt zu halten, ihn sah, wie er, in Bewunderung versunken, vor
einem großen Gemälde kniete, das eben aus Venedig gekommen war
und die Anbetung neuer Götter zu künden schien. Ein andermal
hatte man ihn, nachdem er schon einige Stunden vermißt worden
war, nach langem Suchen in einem kleinen Gemach gefunden, das in
einem der Nordtürme des Palastes lag, wie er verzückt auf eine
griechische Gemme starrte, in die Adonis' Gestalt geschnitten war.
Man hatte gesehen, so erzählte man, wie er seine warmen Lippen auf
die Marmorbraue einer antiken Statue preßte. Gefunden hatte man
sie im Flußbett, als man die steinerne Brücke baute, und der Name
des bithynischen Sklaven Hadrians war darin eingemeißelt. Und
einmal bestaunte er eine lange Nacht hindurch das Spiel des Mond-
lichts auf einem silbernen Abbild Endymions.

Ja, alle seltenen und kostbaren Dinge vermochten ihn zu bezaubern, und in seiner Begierde, sie zu erlangen, sandte er viele Kaufleute aus, die einen, um von den wetterfesten Fischern der Nord-
meere Bernstein zu erhandeln, die andern nach Ägypten, den eigenartigen grünen Türkis zu suchen, den man nur in den Königsgräbern
findet und der, wie man weiß, Zauberkräfte besitzt; und wieder
andere sandte er nach Persien, um von dort seidene Teppiche und
bemalte Tongefäße zurückzubringen, und wieder andere nach Indien, um feinste Gewebe und gefärbtes Elfenbein zu kaufen und
Mondsteine und Geschmeide von Jade, Sandelholz und blaues
Email und Schals aus feinster Wolle.

Doch am meisten hatte ihn die Robe beschäftigt, die er zur
Krönung tragen sollte, die Robe aus Goldgewebe und die rubinbe-
setzte Krone und das Zepter mit Schnüren und Ringen von Perlen.
Und gerade davon träumte er diese Nacht, als er, zurückgelehnt auf
seinem weichen Sofa, auf das Tannenscheit blickte, das im offenen
Kamin langsam verbrannte. Die Entwürfe, von den Händen der
berühmtesten Künstler der Zeit geschaffen, waren ihm vor vielen
Monden schon vorgelegt worden, und er hatte Befehl gegeben, daß
die Künstler Tag und Nacht hindurch arbeiteten, sie zu verfertigen,
und in der ganzen Welt nach Edelsteinen gesucht werde, die ihrer
Arbeit würdig seien. Er sah sich schon vor dem Hochaltar der
Kathedrale im strahlenden Krönungskleid stehen, und ein Lächeln
spielte um seinen Knabenmund und leuchtete mit hellem Glanz in
seinen dunklen Waldaugen auf.

Nach einer Weile erhob er sich aus seiner Ruhe und schaute, an die geschnitzte Blende des Kamins gelehnt, in den dämmrigen Raum. Die Wände waren mit wertvollen Gobelins verhangen, die den Triumph der Schönheit zeigten. Ein großer Schrank, mit Achaten und Lapislazuli eingelegt, füllte einen Winkel aus, und dem Fenster gegenüber stand ein eigentümlich gearbeiteter Sekretär mit lackierten Füllungen von Goldstaub und Goldmosaik. Darauf standen zierliche Kelche aus Venezianer Glas und eine Schale aus dunkelgeädertem Onyx. Blasse Mohnblüten waren auf die Seidendecke des Bettes gestickt, als wären sie den müden Händen des Schlafs entfallen, und schlanke kannelierte Elfenbeinsäulen trugen den samtnen Baldachin, von dem große Büschel Straußenfedern sich wie weißer Schaum zum matten Silberrelief der Zimmerdecke hoben. Ein lachender Narziß aus grüner Bronze hielt sich einen blinkenden Spiegel über den Kopf. Auf dem Tisch stand eine flache Schale aus Amethyst.

Durchs Fenster sah er die gewaltige Kuppel der Kathedrale, die in der Ferne wie eine große Blase über die schattigen Häuser ragte, und die ermüdeten Schildwachen, die die Uferterrasse am Fluß auf und ab gingen. Fern in einem Garten sang eine Nachtigall. Leichter Duft von Jasmin kam durchs offene Fenster. Er strich sich die braunen Locken aus der Stirn, nahm eine Laute und ließ seine Finger über die Saiten gleiten. Seine müden Lider schlossen sich, und eine seltsame Schlaffheit überkam ihn. Niemals noch hatte er so heftig oder mit so tiefer Freude den Zauber und das Geheimnis schöner Dinge empfunden.

Als es vom Glockenturm Mitternacht schlug, schüttelte er eine Tischglocke; seine Pagen traten ein und entkleideten ihn nach dem Brauche, schütteten Rosenwasser über seine Hände und streuten Blumen auf sein Kissen. Als sie das Gemach verlassen hatten, schlief er nach wenigen Augenblicken ein.

Und als er schlief, träumte er; und dies war sein Traum:
Er glaubte sich in einer langen niedrigen Dachstube mitten im Sausen und Klappern vieler Webstühle. Das spärliche Tageslicht kam durch die vergitterten Fenster und zeigte ihm die hagern Gestalten der Weber, die sich über die Rahmen beugten. Bleiche, kränkliche Kinder kauerten auf den Querbalken. Wenn die Webschiffchen durch den Einschlag sausten, hoben sie die schweren Richtscheite, und wenn die Schiffchen stillstanden, ließen sie die Richtscheite fallen und schoben die Fäden dicht aneinander. Ihre

Gesichter waren vom Hunger gezeichnet, und ihre dünnen Hände zitterten. Abgehärmte Frauen saßen am Tisch und nähten. Schrecklicher Geruch erfüllte die Stube. Die Luft war stickig und schwer, und die Wände troffen von Feuchtigkeit.

Der junge König ging zu einem der Weber, stellte sich neben ihn und sah ihm zu.

Und der Weber blickte ihn böse an und sagte: „Was schaust du mir zu? Bist du ein Spion, den der Herr geschickt hat?"

„Wer ist dein Herr?" fragte der junge König.

„Unser Herr!" rief der Weber bitter. „Er ist ein Mensch wie ich. Jawohl. Nur dieser Unterschied ist zwischen uns: er trägt feine Gewänder, und ich trage Lumpen, er leidet nicht unter seiner Unmäßigkeit, mich aber entkräftet der Hunger."

„Das Land ist frei", sagte der junge König, „und du bist nicht eines Menschen Sklave."

„Im Krieg", erwiderte der Weber, „machen die Starken die Schwachen zu Sklaven, und im Frieden machen die Reichen die Armen zu Sklaven. Wir müssen arbeiten für unser Leben, und sie geben uns einen so gemeinen Lohn, daß wir sterben. Wir mühen uns für sie den ganzen Tag, sie aber häufen Gold in ihre Truhen; unsere Kinder verwelken vor ihrer Zeit, und die Gesichter jener, die wir lieben, werden hart und böse. Wir keltern die Trauben, ein andrer trinkt den Wein. Wir säen das Korn, aber unser eigner Tisch ist leer. Wir sind gekettet, doch kein Auge sieht es; wir sind Sklaven, obgleich sie uns frei nennen."

„Ist es mit allen so?" fragte der junge König.

„So ist es mit allen", antwortete der Weber, „so mit den Jungen wie mit den Alten, mit den Frauen wie mit den Männern, mit den Kindern wie mit den Greisen. Die Kaufleute unterdrücken uns; wir aber müssen tun, was sie befehlen. Der Priester kommt vorüber und betet seinen Rosenkranz, doch keiner kümmert sich um uns. Durch unsre sonnenlosen Gassen schleicht die Armut mit ihren hungrigen Augen, und die Sünde folgt ihr mit aufgedunsnem Gesicht auf dem Fuß. Die Not weckt uns am Morgen, und die Schande sitzt bei uns in der Nacht. Doch was bedeutet es dir? Du bist keiner von uns. Dein Antlitz ist zu glücklich." Er wandte sich murrend weg und schleuderte das Schiffchen durch den Webstuhl, und der junge König sah, daß ein Faden von Gold dareingefädelt war.

Großer Schrecken befiel ihn, und er fragte den Weber: „Für wen ist das Kleid, an dem du gerade webst?"

„Es ist das Kleid für die Krönung des jungen Königs", erwiderte er. „Was geht es dich an?"

Der junge König aber schrie laut auf und erwachte, und oh! er war in seinem eignen Gemach, und durchs Fenster sah er den großen honigfarbnen Mond im dunklen Himmel hängen.

Und wieder schlief er ein und träumte; und dies war sein Traum:

Er glaubte, auf dem Deck einer riesigen Galeere zu liegen, die hundert Sklaven ruderten. Neben ihm auf einem Teppich saß der Galeerenmeister. Er war schwarz wie Ebenholz, und sein Turban war von roter Seide. Große Silberringe zogen die dicken Ohrläppchen nieder, und in seinen Händen hielt er ein Paar elfenbeinerner Waagschalen.

Die Sklaven waren nackt bis auf einen Fetzen von Lendenschurz, und jeder von ihnen war an den Nachbarn gekettet. Die heiße Sonne brannte voll auf sie, und Neger liefen auf und nieder und schlugen mit Lederpeitschen ihre Rücken. Sie reckten die dürren Arme und zogen die schweren Ruder durchs Wasser, daß salziger Schaum von den Ruderblättern flog.

Schließlich erreichten sie eine kleine Bucht und loteten den Meeresgrund. Von der Küste blies ein leichter Wind; er überzog das Deck und das große Lateinsegel mit feinem rotem Staub. Drei Araber auf wilden Eseln ritten ihnen entgegen und warfen Speere gegen sie. Der Galeerenmeister nahm einen bunten Bogen und schoß einem von ihnen durch die Kehle. Der fiel schwer in die Brandung, und die andern sprengten davon. Eine Frau, gehüllt in einen gelben Schleier, folgte langsam auf einem Kamel und blickte dann und wann nach dem Toten.

Sobald sie nun den Anker ausgeworfen und das Segel eingeholt hatten, stiegen die Neger ins Innere des Schiffs hinab und brachten eine mit Blei beschwerte Strickleiter mit nach oben. Der Galeerenmeister warf sie über Bord und befestigte die oberen Enden an zwei eisernen Haken. Dann ergriffen die Neger den jüngsten der Sklaven und nahmen ihm die Fesseln ab, sie füllten ihm Nase und Ohren mit Wachs und banden einen großen Stein um seine Hüften. Müde kroch er die Leiter hinab und versank im Meer. Blasen stiegen auf, wo er hinabgesunken. Einige der anderen Sklaven blickten neugierig über Bord. Im Bug der Galeere saß ein Haifischbeschwörer und schlug monoton auf eine Trommel.

Nach einer Weile kam der Taucher an die Oberfläche des Wassers und klammerte sich keuchend, eine Perle in seiner rechten Hand, an die Leiter. Die Neger entrissen sie ihm und stießen ihn zurück. Über ihren Rudern schliefen die Sklaven ein.

Wieder und wieder kam der Taucher hoch, und jedesmal brachte er eine wunderschöne Perle mit. Der Galeerenmeister wog sie und bewahrte sie dann in einem Beutel von grünem Leder.

Der junge König versuchte zu sprechen, doch seine Zunge schien am Gaumen zu kleben, und seine Lippen weigerten sich, Worte zu formen. Die Neger schwatzten miteinander und stritten sich plötzlich wegen einer blitzenden Perlenschnur. Fortwährend kreisten zwei Kraniche ums Schiff.

Dann kam der Taucher zum letztenmal aus der Tiefe, und die Perle, die er bei sich hatte, war herrlicher als alle Perlen von Ormus; denn sie war wie der volle Mond und weißer als der Morgenstern. Doch des Sklaven Gesicht war seltsam bleich, und wie er an Deck zu Boden fiel, schoß ihm das Blut aus Nase und Ohren. Er zitterte etwas, dann lag er still. Die Neger zuckten die Schultern und warfen den Toten über Bord.

Der Galeerenmeister lachte; er langte nach der Perle, nahm sie, und als er sie besehen hatte, preßte er sie an die Stirn und verbeugte sich. „Sie soll fürs Zepter des jungen Königs sein", sagte er und gab den Negern das Zeichen, den Anker hochzuziehen.

Und als dies der junge König hörte, schrie er auf und erwachte. Durch das Fenster sah er die langen grauen Finger der Dämmerung nach den verschimmernden Sternen langen.

Und wieder schlief er ein und träumte; und dies war sein Traum:

Es war ihm, als wanderte er durch einen dunklen Wald, von dessen Bäumen seltsame Früchte und herrliche, aber giftige Blüten hingen. Nattern stießen nach ihm, als er vorüberschritt, und die leuchtenden Papageien flogen schreiend von Zweig zu Zweig. Riesige Schildkröten lagen schlafend im heißen Schlamm. Die Bäume waren voll von Affen und Pfauen.

Weiter und weiter ging er, bis er das Ende des Waldes erreichte. Eine Unmenge Männer arbeitete dort in einem ausgetrockneten Flußbett. Sie liefen die Uferfelsen hinauf wie Ameisen. Sie gruben tiefe Löcher in den Boden und stiegen hinab. Manche spalteten die Felsen mit großen Kreuzäxten; andere durchwühlten den Sand. Sie rissen die Kakteen mit den Wurzeln aus und zerstampften die purpurnen Blüten. Sie eilten und hasteten, sie riefen einander zu, und niemand war da, der müßig ging.

Aus dem Dunkel einer Höhle spähten Tod und Habsucht hervor,

und der Tod sagte: „Ich bin es müde zu warten; gib mir den dritten Teil der Leute und laß mich gehn."

Aber die Habsucht schüttelte den Kopf. „Es sind meine Diener", antwortete sie.

Und der Tod fragte: „Was hast du in deiner Hand?"

„Drei Weizenkörner", erwiderte sie. „Was kümmert es dich?"

„Gib mir eins von den Körnern für meinen Garten", rief der Tod, „nur eins, und ich will gehn."

„Ich werde dir nichts geben", sagte die Habsucht und versteckte die Hände in den Falten ihres Gewandes.

Der Tod aber lachte, nahm einen Becher und tauchte ihn in eine Wasserlache, und aus dem Becher stieg das Wechselfieber. Es ging durch die Leute hin, und ein Drittel stürzte tot zu Boden. Kalter Nebel folgte ihm, und die Wasserschlangen krochen zu seinen Seiten.

Als die Habsucht sah, daß ein Drittel der Arbeiter tot war, schlug sie ihre Brust und wehklagte. Sie schlug ihren vertrockneten Busen und schrie laut: „Du hast den Dritteil meiner Diener getötet, weiche von hier. In den Gebirgen der Tataren ist Krieg, und die Könige rufen nach dir. Die Afghanen erschlugen den schwarzen Stier und marschieren in die Schlacht. Sie hauen auf ihre Schilde mit den Speeren und stülpen ihre Eisenhelme über. Was bietet dir da mein Tal, daß du hier verweilst? Geh! Und kehre nie wieder zurück."

„Nicht", antwortete der Tod, „bis du mir das Weizenkorn gibst."

Aber die Habsucht schloß die Hand und biß die Zähne zusammen. „Ich werde dir nicht das geringste geben", stieß sie hervor.

Der Tod aber lachte, er nahm einen schwarzen Stein, warf ihn in die Wälder, und aus dem Dickicht wilden Schierlings kam das Fieber in flammendem Kleide. Es ging durch die Leute und berührte sie, und jeder, den es berührte, starb. Und wohin es trat, verdorrte das Gras.

Die Habsucht erschauderte und streute Asche auf ihr Haupt. „Du bist grausam", rief sie, „du bist grausam! Hungersnöte sind in den ummauerten Städten Indiens, und Samarkands Zisternen sind vertrocknet. Hungersnöte sind in den ummauerten Städten Ägyptens, und die Heuschrecken kommen aus den Wüsten. Der Nil hat seine Ufer nicht überflutet, die Priester haben Isis und Osiris verflucht. Geh zu ihnen, die dich brauchen, und laß mir meine Diener."

„Nicht", sagte der Tod, „bis du mir eines der Körner gegeben hast."

„Nichts werde ich dir geben", kreischte die Habsucht.

Und wieder lachte der Tod; er pfiff durch die Finger, und ein Weib flog durch die Luft. „Pest" stand auf ihrer Stirne geschrieben, und dürre Geier umkreisten sie. Die Pest deckte das Tal mit ihren Flügeln, und niemand entging ihr.

Die Habsucht floh schreiend durch den Wald, der Tod schwang sich auf sein rotes Pferd und sprengte davon, und sein Galopp war schneller als der Wind. Aus dem Schlamm im Grunde des Tales krochen Drachen und entsetzliche Schuppentiere; durch den Sand kamen die Schakale herangetrottet, und ihre Nasen schnupperten in der Luft.

Der junge König weinte und fragte: „Wer waren diese Menschen, was suchten sie?"

„Nach Rubinen suchten sie für eines Königs Krone", antwortete jemand in seinem Rücken.

Und der junge König erschrak; er drehte sich um und erblickte einen Menschen als Pilger gekleidet, der einen Spiegel von Silber in der Hand hielt.

Des jungen Königs Gesicht wurde fahl, und er sagte: „Für welchen König?"

Der Pilger antwortete: „Schau in diesen Spiegel, und du wirst ihn sehn."

Er blickte in den Spiegel und sah sein eignes Gesicht, und er schrie auf und erwachte; das helle Sonnenlicht verbreitete sich in seinem Gemach, und von den Bäumen des Parks und des Lustgartens sangen die Vögel. –

Der Zeremonienmeister und die hohen Würdenträger des Staates kamen in das Gemach, in dem der junge König schlief, und brachten ihre Huldigung dar; die Pagen näherten sich mit der Robe aus gewirktem Gold und legten Krone und Zepter vor ihn hin.

Der junge König schaute sie an: sie waren wundervoll. Herrlicher waren sie als alles, was er je gesehen. Doch da erinnerte er sich seiner Träume, und er sagte zu den Würdenträgern: „Nehmt diese Dinge und bringt sie weg; ich werde sie nicht tragen."

Die Hofleute waren erstaunt, einzelne lachten sogar, denn sie glaubten, der König habe gescherzt.

Doch er wiederholte ernst und bestimmt: „Nehmt diese Dinge und versteckt sie vor mir. Mag immer heute mein Krönungstag sein, ich werde diese Kostbarkeiten nicht tragen. Denn im Webstuhl der Sorge und mit den weißen Händen der Not wurde dies Kleid gewebt; im Herzen des Rubins ist Blut, und Tod ist im Herzen der Perle." Und dann erzählte er ihnen seine Träume.

Nachdem die Hofleute sie gehört hatten, blickten sie einander an und flüsterten: „Er ist wirklich verrückt; denn was ist ein Traum andres als ein Traum und eine Vision andres als eine Vision? Sie sind nichts Greifbares, daß man sie beachten müßte. Und was haben wir schon mit dem Leben der Leute zu tun, die für uns arbeiten? Soll denn ein Mensch nicht vom Brot essen, bevor er den Sämann gesehn hat, oder nicht vom Wein trinken, bevor er mit dem Winzer gesprochen?"

Und also sprach der Zeremonienmeister zum jungen König: „Majestät, ich bitte Euch, vergeßt diese Eure dunklen Gedanken. Kleidet Euch mit dieser schönen Robe und setzt diese Krone auf Euer Haupt. Wie sollte das Volk wissen, daß Ihr ein König seid, wenn Ihr nicht die Gewänder eines Königs tragt?"

Der junge König blickte ihn an. „Ist es so?" fragte er. „Werden sie mich nicht als König erkennen, wenn ich nicht die Gewänder eines Königs trage?"

„Sie werden Euch nicht erkennen, Majestät", antwortete der Zeremonienmeister.

„Und ich glaubte, daß es Menschen gegeben hat, die königlich waren ohne solche Kleider", antwortete er, „doch es mag so sein, wie Ihr sagt. Dies Kleid aber will ich nicht tragen, noch will ich gekrönt sein mit dieser Krone. So, wie ich zum Palaste gekommen bin, will ich wieder von hier gehn."

Und er bat sie, ihn zu verlassen bis auf einen Pagen, den er als seinen Begleiter zurückbehielt, ein Knabe, wohl ein Jahr jünger als er. Ihn behielt er zu seinem Dienste, und nachdem er sich in klarem Wasser gebadet hatte, öffnete er eine große bemalte Truhe und nahm das Lederwams und den Schaffellmantel daraus, die er getragen hatte, als er noch die struppigen Ziegen des Geißhirten in den Hügeln weidete. Er zog das Lederwams an und legte den Mantel über die Schulter, und in seine Hand nahm er den alten Hirtenstab.

Voll Staunen öffnete der Page seine großen blauen Augen und sagte lächelnd zu ihm: „Majestät, ich sehe Eure Kleider und Euer Zepter, doch wo ist Eure Krone?"

Da brach der junge König einen Zweig wilder Rosen, die über den Balkon wuchsen, bog ihn und machte einen Reif daraus, den er auf sein Haar drückte.

„Dies soll meine Krone sein", antwortete er.

So gekleidet verließ er sein Gemach und ging in den Großen Saal, wo die Edlen auf ihn warteten.

Die Edelleute lachten, als sie ihn sahen; einige riefen ihm zu:

„Majestät, das Volk erwartet seinen König, und Ihr zeigt ihm einen Bettler." Andre zürnten ihm und sagten: „Schande bringt er über das Land; er ist unwürdig, unser Herr zu sein." Er aber antwortete ihnen mit keinem Wort, schritt an ihnen vorüber die glänzenden Porphyrstufen hinab und hinaus durch die bronzenen Tore. Er stieg auf sein Pferd und ritt zur Kathedrale, und der kleine Page begleitete ihn.

Das Volk lachte, wie er so dahinritt, und sagte: „Der da vorüberreitet, ist wohl des Königs Narr." Und alle spotteten über ihn.

Der junge König zog die Zügel, hielt an und sprach: „Nein, ich bin der König." Und er erzählte den Leuten seine drei Träume.

Ein Mann schritt da aus der Menge vor und sagte bitter zu ihm: „Herr, wißt Ihr denn nicht, daß die Armen von der Verschwendung der Reichen leben? Euer Gepränge ernährt uns, und Euer Aufwand gibt uns Brot. Es ist wohl bitter, für einen Herrn arbeiten zu müssen, aber bittrer noch, für keinen Herrn arbeiten zu können. Denkt Ihr denn, daß die Raben uns füttern werden? Oder habt Ihr gar eine Abhilfe dafür? Wollt Ihr denn zum Käufer sagen: ‚Du sollst für soundsoviel kaufen', und zum Kaufmann: ‚Du sollst zu dem und dem Preis verkaufen?' Ich glaube kaum. Deshalb geht zurück zu Eurem Palast und kleidet Euch in Purpur und Seide. Was habt Ihr schon mit uns und unsern Leiden zu tun?"

„Sind nicht Arme und Reiche Brüder?" fragte der junge König.

„Ja", erwiderte der Mann, „und des reichen Bruders Name ist Kain."

Des jungen Königs Augen füllten sich mit Tränen, und er ritt weiter durch das murrende Volk. Der kleine Page jedoch bekam Angst und ließ seinen König im Stich.

Als der junge König vor das große Portal der Kathedrale kam, streckten ihm die Wachen ihre Hellebarden entgegen und sagten: „Was suchst du hier? Niemand als der König tritt durch dieses Tor."

Vom Zorn rötete sich sein Gesicht, und er sagte zu ihnen: „Ich bin der König", schob die Hellebarden zur Seite und trat ein.

Der alte Bischof, der ihn in des Geißhirten Gewand kommen sah, erhob sich verwundert von seinem Thron, ging ihm entgegen und sagte zu ihm: „Mein Sohn, darf ein König so erscheinen? Mit welcher Krone soll ich Euch krönen, und welches Zepter soll ich Euch in die Hand legen? Dieser Tag sollte nicht ein Tag der Erniedrigung sein für Euch, sondern ein Tag der Freude."

„Soll denn, was der Schmerz gemacht hat, die Freude kleiden?" fragte der junge König. Und er erzählte ihm seine drei Träume.

Der Bischof hörte ihn an und hob dann die Brauen und sagte: „Mein Sohn, ich bin ein alter Mann und stehe schon im Herbst meines Lebens. Ich weiß, daß viel Übles getan wird auf dieser Welt. Die schrecklichen Räuber kommen von den Bergen herunter, rauben die kleinen Kinder und verkaufen sie an die Mohren. Die Löwen lauern den Karawanen auf und springen die Kamele an. Das Wildschwein reißt die Saat im Tale aus, und die Füchse benagen die Reben am Hügel. Die Seeräuber verwüsten die Küsten, verbrennen die Boote der Fischer und nehmen ihnen die Netze. In den Salzsümpfen leben die Aussätzigen verlassen in Hütten aus geflochtnen Binsen, und niemand darf in ihre Nähe kommen. Durch die Städte ziehen die Bettler und essen mit den Hunden. Könnt Ihr es ändern? Wollt Ihr den Aussätzigen in Euer Bett und den Bettler an Euren Tisch nehmen? Soll der Löwe Euren Bitten nachkommen und das Wildschwein Euch gehorchen? Ist nicht Er es, der das Elend weiser machte als Euch? Deshalb lobe ich Euch nicht für Euer Tun, sondern bitte Euch: Reitet zurück zum Palast, laßt Euer Antlitz strahlen und kleidet Euch in Gewänder, die eines Königs würdig sind. Und mit der goldnen Krone werde ich Euch krönen und das Perlenzepter in Eure Hände legen. Eure Träume vergeßt. Die Last dieser Welt ist zu schwer für einen einzigen Menschen, und ihrer Sorgen sind zu viele für ein einziges Herz."

„Ihr sagt das? In diesem Hause?" erwiderte der junge König und schritt am Bischof vorbei. Er stieg die Stufen zum Altar hinan und stand vor Christi Bild.

Vor dem Herrn stand er. Zur Rechten und zur Linken glänzten die köstlichen Goldgefäße: der Kelch mit dem gelben Wein, die Schale mit dem heiligen Öl. Er kniete nieder. Die hohen Kerzen brannten hell zu seiten des juwelenbesetzten Tabernakels, und der Weihrauch wölkte in blauen Ringen durch den Dom. Der junge König neigte sein Haupt im Gebet, und die Priester in ihren steifen Kaseln entfernten sich vom Altar.

Plötzlich erhob sich ein wilder Tumult auf der Straße draußen vor dem Portal der Kirche; die Edlen des Reiches kamen herein mit gezogenen Degen und wippendem Federschmuck und Schilden von glänzendem Stahl. „Wo ist der Träumer der Träume?" riefen sie. „Wo ist dieser König, der sich wie ein Bettler kleidet – dieser Knabe, der unserm Land Schande bringt? Wir werden ihn töten! Er ist nicht würdig, unser König zu sein."

Wieder beugte der junge König sein Haupt und betete. Als er

sein Gebet beendet hatte, stand er auf und richtete traurig seine Blicke auf die Eindringlinge.

Und siehe: durch die farbigen Fenster strömte das Sonnenlicht über ihn hin; die Strahlen woben ein Kleid um ihn, das herrlicher war als das Krönungskleid, das zu seinem Gefallen angefertigt worden war. Der dürre Stab grünte und trug Lilien, weißer als Perlen. Der dürre Rosenzweig um sein Haupt grünte und trug Rosen, röter als Rubine. Die Lilien waren weißer als Perlen, und ihre Stempel waren aus Silber. Die Rosen waren röter als Rubine, und ihre Blätter waren von gehämmertem Gold.

So stand er da im Gewande eines Königs; die Türen des juwelenbesetzten Tabernakels sprangen auf, und vom Kristall der vielstrahligen Monstranz leuchtete ein wunderbares mystisches Licht. Er stand da im Kleid eines Königs, und die Herrlichkeit Gottes erfüllte den weiten Raum, und die Heiligen in ihren Nischen schienen sich zu bewegen. Im hellen Kleid eines Königs stand er vor den Menschen; und die Orgel verströmte ihre Melodien, die Bläser bliesen auf ihren Posaunen, und die Sängerknaben sangen.

In Ehrfurcht fiel das Volk aufs Knie, und die Edlen steckten ihre Degen in die Scheide und huldigten ihm. Des Bischofs Antlitz färbte sich weiß, und seine Hände zitterten. „Ein Größerer als ich hat Euch gekrönt", rief er und kniete vor dem König nieder.

Der junge König aber schritt hinab vom Hochaltar und ging mitten durch das versammelte Volk zurück zum Palast. Niemand wagte sein Gesicht anzuschauen, denn es war wie eines Engels Antlitz.

DER GEBURTSTAG DER
INFANTIN

Es war der Infantin Geburtstag. Zwölf Jahre war sie gerade, und die Sonne schien strahlend in die Gärten des Palastes.

Obgleich sie eine wirkliche Prinzessin war und Infantin von Spanien, so hatte auch sie nur einen Geburtstag jedes Jahr, genauso wie die Kinder armer Leute; und so ließen es sich verständlicherweise die Spanier angelegen sein, ihr einen wirklich großartigen Tag zu bereiten. Und ein herrlicher Tag wurde es auch. Die großen gestreiften Tulpen standen hochaufgerichtet auf ihren Stengeln, wie lange Reihen Soldaten, blickten herausfordernd übers Gras hinüber zu den Rosen und sagten: „Wir sind wohl jetzt geradeso schön wie ihr." Die purpurnen Schmetterlinge schaukelten umher mit ihren goldbestaubten Flügeln und suchten die Blumen auf; die kleinen Eidechsen krochen aus den Mauerritzen, legten sich in die weiße Glut und sonnten sich; und die Granatäpfel knackten, brachen durch die Hitze auf und zeigten ihre blutenden roten Herzen. Selbst die bleichgelben Zitronen, die in großer Fülle von den verwitterten Spalieren und die Arkaden entlang hingen, schienen reichere Farben von wundervollem Sonnenlicht zu bekommen, und die Magnolienbäume öffneten ihre großen fächrigen Blüten gefalteten Elfenbeins und erfüllten die Luft mit schwerem, süßem Duft.

Die kleine Prinzessin lief mit ihren Gespielen auf der Terrasse hin und her; sie spielten Versteck hinter den Steinvasen und den alten moosbewachsenen Statuen. Sonst durfte sie nur mit Kindern ihres eigenen hohen Ranges spielen, und so spielte sie immer allein. Nur zu ihrem Geburtstag wurde eine Ausnahme gemacht: Der König hatte Befehl gegeben, daß sie einladen dürfe, wen immer sie von ihren jungen Freunden leiden möge, daß sie sich mit ihnen ergötze. Es war diesen schlanken spanischen Kindern eine eigenartige Grazie eigen, wenn sie so herumhuschten: die Knaben in ihren Federhüten und flatternden kurzen Umhängen, die Mädchen, wie sie den Saum ihrer langen Brokatkleider hoben und ihre Augen mit großen schwarzen und silbrigen Fächern vor der Sonne schützten. Doch die Infantin war von allen die anmutigste und am geschmackvollsten nach der damaligen etwas unbequemen Mode gekleidet. Ihr Kleid

war aus grauer Seide, der Rock und die weiten gebauschten Ärmel
schwer mit Silber bestickt und das steife Mieder mit Schnüren feiner
Perlen besetzt. Zwei winzige Schuhe mit rosenfarbenen Rosetten
schauten, wenn sie ging, unterm Kleid hervor. Rosenfarben und
perlmutterbesetzt war ihr großer Fächer aus feinstem Gewebe, und
in ihrem Haar, das wie eine Strahlenkrone von bleichem Gold fest
um ihr kleines fahles Antlitz stand, stak eine schöne weiße Rose.

Von einem Fenster des Palastes aus sah ihnen der traurige, melancholische König zu. Hinter ihm stand sein Bruder, Don Pedro von
Aragon, den er haßte, und sein Beichtvater, der Großinquisitor von
Granada, saß neben ihm. Trauriger als gewöhnlich war der König;
denn als er so die Infantin mit kindlicher Würde vor den versammelten Hofleuten knicksen oder hinter ihrem Fächer die finstere Herzogin von Albuquerque, ihre ständige Begleiterin, auslachen sah,
gedachte er seiner jungen Königin, ihrer Mutter, die erst vor kurzer
Zeit – so schien es ihm – vom fröhlichen Frankreich gekommen und
in der düsteren Pracht des spanischen Hofes hingewelkt war. Sechs
Monate nach der Geburt ihres Kindes war sie gestorben, noch ehe
sie ein zweites Mal die Mandelbäume im Garten blühen sehen und
die Früchte des alten knorrigen Feigenbaumes, der in der Mitte des
jetzt grasbewachsenen Hofes stand, pflücken konnte. So groß war
seine Liebe zu ihr, daß er nicht duldete, daß das Grab sie ihm
verberge. Sie war einbalsamiert worden von einem maurischen Arzt,
dem dafür das Leben geschenkt wurde, das schon, so sagte man,
wegen Häresie und dem Verdacht zaubrischer Gepflogenheiten dem
Hohen Amte anheimgefallen war. Und ihr Leichnam lag immer
noch auf der mit kostbar besticktem Stoff ausgelegten Bahre in der
schwarzen Marmorkapelle des Palastes, genauso wie sie die Mönche
an jenem stürmischen Märztag vor fast zwölf Jahren dorthin getragen hatten. Einmal im Monat ging der König, in einen dunklen
Mantel gehüllt, beim matten Schein einer Laterne in die Kapelle und
kniete an ihrer Seite nieder, rufend: *„Mi reina! Mi reina!"* Und
manchmal durchbrach er die strenge Form der Etikette, die in
Spanien jede Handlung des Lebens einschränkt und selbst dem
Schmerz eines Königs befiehlt, ergriff die weißen beringten Hände
in wildem Schmerz und suchte mit irren Küssen das kalte bemalte
Antlitz zu beleben.

Heute sah er sie wieder vor sich, so wie er sie zum erstenmal im
Schloß von Fontainebleau gesehen hatte, als er etwa fünfzehn Jahre
alt war und sie noch jünger. Sie waren damals vom päpstlichen
Nuntius in Gegenwart des Königs von Frankreich und des ganzen

Hofes verlobt worden; er war zum Eskorial zurückgekehrt und
hatte einen Ring von gelbem Haar bei sich getragen und die Erinnerung an ein Paar kindlicher Lippen, die, als er in den Wagen stieg,
einen Kuß auf seine Hand gehaucht hatten. Später war die Hochzeit
gefolgt, die eilig in Burgos vollzogen wurde, einer Stadt an der
Grenze der beiden Länder, und darauf der große öffentliche Einzug
in Madrid mit der üblichen Feier des Hochamtes in der Kirche von
La Atocha und einem ungewöhnlich feierlichen Autodafé, bei dem
nahezu dreihundert Ketzer, darunter viele Engländer, dem weltlichen Arm zum Feuertod überantwortet wurden.

Ja, er hatte sie unsäglich geliebt, und, wie manche dachten, zum
Unglück des Landes, das damals wegen des Besitzes der großen
Länder in der neuen Welt mit England im Kriege stand. Kaum daß er
sie aus seinen Augen ließ; ihretwegen hatte er, zumindest schien es
so, die wichtigsten Staatsgeschäfte vergessen; und in der schrecklichen Blindheit, mit der die Leidenschaft ihre Diener schlägt, sah er
nicht, daß die großartigen Feiern, mit denen er sie zu erheitern
suchte, die seltsame Krankheit, an der sie litt, nur verschlimmerten.
Als sie starb, war er für eine Zeit wie aller Vernunft beraubt. Ohne
Zweifel hätte er abgedankt und sich in das berühmte Trappistenklo-
ster zu Granada, dessen Titularprior er schon war, zurückgezogen,
hätte er sich nicht davor gescheut, die kleine Infantin der Willkür
seines Bruders zu überlassen, dessen Grausamkeit selbst in Spanien
berüchtigt war und der von vielen verdächtigt wurde, den Tod der
Königin dadurch herbeigeführt zu haben, daß er ihr beim Besuch
seines Schlosses in Aragon ein Paar vergiftete Handschuhe zum
Geschenk gemacht habe. Selbst nach Beendigung der dreijährigen
öffentlichen Trauer, die durch königliches Edikt überall in seinen
Ländern angeordnet worden war, wollte er nicht leiden, daß seine
Minister von einer neuen Verbindung sprachen; und als der Kaiser
selbst nach ihm sandte und ihm die Hand seiner Nichte, der
lieblichen Erzherzogin von Böhmen, antrug, bat er die Gesandten,
ihrem Herrn zu sagen, daß der König von Spanien bereits dem
Schmerze verbunden sei und daß er diesen, obschon er eine freudlose Braut sei, mehr liebe als die Schönheit: eine Antwort, die seiner
Krone die reichen niederländischen Provinzen kostete. Auf Betrei-
ben des Kaisers waren sie, unter der Führung einiger Fanatiker der
reformierten Kirche, bald danach gegen ihn aufgestanden.

Sein ganzes Eheleben, mit den ungestümen feuerfarbenen Freuden und der entsetzlichen Qual des plötzlichen Endes, schien heute
zu ihm zurückzukommen, als er die Infantin bei ihrem Spiel auf der

Terrasse beobachtete. In ihrem Benehmen war all der hübsche
Übermut der Königin, sie hatte dieselbe eigenwillige Art, ihren
Kopf zu werfen, denselben stolz geschwungenen schönen Mund,
dasselbe herrliche Lächeln – *vrai sourire de France*, ja–, wenn sie
dann und wann zum Fenster emporsah oder ihre Hand den erhabenen spanischen Herren zum Kusse reichte. Aber das schrille Lachen
der Kinder verletzte seine Ohren, und das grelle, unbarmherzige
Licht der Sonne spottete seines Schmerzes; und der unerfreuliche
Duft fremdartiger Spezereien, wie sie zum Einbalsamieren verwendet wurden, schien – oder war es nur Einbildung? – die klare
Morgenluft zu vergiften. Er vergrub sein Gesicht in den Händen,
und als die Infantin wieder emporblickte, waren die Vorhänge
zugezogen; der König hatte sich wegbegeben.

Sie machte eine *moue* der Enttäuschung und zuckte mit den
Schultern. Hätte er an ihrem Geburtstag nicht bei ihr bleiben
können? Was bedeuteten heute schon die dummen Staatsgeschäfte?
Oder war er gar wieder in diese düstere Kapelle gegangen, die sie nie
betreten durfte und in der ohne Unterbrechung die Kerzen brannten? Wie töricht doch, wo die Sonne so hell schien und jedermann so
glücklich war! Außerdem würde er nicht bei dem Stierkampfspiel
zugegen sein, zu dem schon die Fanfaren riefen, nicht zu reden vom
Puppenspiel und den anderen wunderbaren Begebenheiten. Ihr
Onkel und der Großinquisitor waren viel netter. Sie waren auf die
Terrasse gekommen und erwiesen ihr Artigkeiten. So warf sie denn
ihren hübschen Kopf zurück, nahm Don Pedro bei der Hand und
schritt langsam die Stufen hinab, zu einem weiten Pavillon von
Purpurseide, der am Ende des Gartens errichtet worden war, und
die anderen Kinder folgten in strenger Rangordnung: jene, die die
längsten Namen hatten, gingen zuvorderst.

Ein Zug von Edelknaben, phantasievoll als *toreadors* gekleidet,
kam ihr entgegen; der junge Graf von Tierra-Nueva, ein hübscher
Jüngling von ungefähr vierzehn Jahren, entblößte sein Haupt mit
der Anmut eines geborenen Hidalgos und Granden von Spanien und
führte sie feierlich zu einem kleinen vergoldeten Elfenbeinstuhl auf
einer Estrade über der Arena. Die Kinder gruppierten sich um die
junge Infantin, bewegten ihre großen Fächer und tuschelten einander zu, und Don Pedro und der Großinquisitor standen lachend am
Eingang. Selbst die Herzogin – die *Camerera major*, wie man sie
nannte –, eine dürre Frau mit harten Gesichtszügen und einer gelben
Halskrause, schaute nicht so böse drein wie sonst, und etwas wie ein

fröhliches Lächeln huschte über ihr runzliges Gesicht und kräuselte ihre dünnen blutleeren Lippen.

Es war wirklich ein großartiger Stierkampf und viel lustiger, so dachte die Infantin, als ein echter Stierkampf, den sie in Sevilla mit ansehen mußte, als der Herzog von Parma bei ihrem Vater zu Besuch war. Einige der Knaben ritten stolz auf ihren reich ausstaffierten Steckenpferden, schwangen lange Speere mit lustigen Wimpeln aus helleuchtenden Bändern; andere gingen zu Fuß, schwenkten ihre scharlachnen Tücher vor dem Stier und sprangen behend über die Barriere, wenn er auf sie zustürzte; der Stier selbst aber war genauso wie ein echter, obwohl er nur aus Weidengeflecht und darübergespannter Haut gemacht war und manchmal einfach auf den Hinterfüßen rund um die Arena rannte, was ein richtiger Stier sich nicht hätte im Traum einfallen lassen. Aber er lieferte auch einen großen Kampf, und die Kinder wurden so sehr erregt, daß sie auf die Bänke stiegen und mit ihren Spitzentüchern winkten und mit genauso viel Verständnis wie Erwachsene *„Bravo toro! Bravo toro!"* riefen. Zuletzt jedoch, nach einem langen Kampf, während dem mehrere der Steckenpferde ganz durchbohrt wurden, so daß ihre Reiter aus dem Sattel mußten, zwang der junge Graf von Tierra-Nueva den Stier in die Knie und stach, nachdem er von der Infantin die Erlaubnis zum *coup de grace* erhalten hatte, dem Tier sein Schwert mit solcher Gewalt in den Nacken, daß der Kopf herunterfiel und das lachende Gesicht des kleinen Monsieur de Lorraine, Sohn des französischen Gesandten zu Madrid, zum Vorschein kam.

Unter großem Beifall wurde dann die Arena geräumt, zwei maurische Pagen in gelben und schwarzen Livreen zogen die Steckenpferde hinaus, und nach einem kurzen Zwischenspiel, das ein französischer Seiltänzer gab, spielten auf der Bühne eines kleinen Theaters, das zu diesem Zweck erbaut worden war, italienische Marionetten die römische Tragödie „Sophonisbe". Sie spielten so gut und mit solch natürlichen Gesten, daß am Ende des Spieles die Augen der Infantin voll Tränen waren. Ja, manche Kinder weinten wirklich, so daß sie mit Süßigkeiten getröstet werden mußten, und selbst der Großinquisitor war so ergriffen, daß er zu Don Pedro sagte, es scheine ihm unerträglich, daß Dinge aus Holz und gefärbtem Wachs, mechanisch von Drähten bewegt, so unglücklich und von solch schrecklichem Unglück betroffen sein sollten.

Darauf kam ein afrikanischer Gaukler. Er brachte einen großen flachen Korb, bedeckt mit einem roten Tuch, herein, stellte ihn mitten in die Arena, nahm aus seinem Turban eine eigenartige

Rohrflöte und blies darauf. Nach wenigen Augenblicken bewegte sich das Tuch, und als der Flötenton schriller und schriller wurde, reckten zwei grüngoldene Schlangen ihre seltsamen keilförmigen Köpfe hervor, wuchsen in die Höhe und wiegten sich nach den Tönen, wie eine Pflanze im Wasser sich wiegt. Die Kinder jedoch belustigte dieses Spiel nicht, sie fürchteten sich eher vor den gefleckten Kappen und schnellen Zungen der Schlangen und ergötzten sich viel mehr, als der Gaukler einen winzigen Orangenbaum aus dem Sand wachsen, mit hübschen weißen Blüten blühen und ihn wirkliche Früchte tragen ließ; und als er dann den Fächer der kleinen Tochter der Marquesa de Las-Torres nahm und in einen blauen Vogel verwandelte, der rings um den Pavillon flog und sang, da kannten ihre Freude und Erstaunen keine Grenzen mehr. Auch das feierliche Menuett, das die Tanzknaben der Kirche von Nuestra Señora Del Pilar vorführten, war entzückend. Die Infantin hatte nie vorher diese wundervolle Zeremonie gesehen, die jedes Jahr im Mai zu Ehren der heiligen Jungfrau vor ihrem Hochaltar stattfand, denn kein Mitglied der königlichen Familie von Spanien hatte die große Kathedrale von Saragossa mehr betreten, seit ein irrer Priester – manche vermuteten, er habe im Dienste der Königin Elisabeth von England gestanden – versucht hatte, dem Prinzen von Asturien eine vergiftete Hostie zu reichen. So hatte sie bisher immer nur vom „Unserer Frauen Tanz", wie dieser Tanz hieß, gehört, und dabei war es wirklich ein großartiges Schauspiel. Die Knaben trugen altertümliche Hofkleidung aus weißem Samt, ihre eigenartigen dreieckigen Hüte waren mit Silber eingefaßt und mit riesigen Straußenfedern besteckt. Das blendende Weiß ihrer Kleider wurde noch, als sie sich in der Sonne bewegten, durch die braunen Gesichter und das lange schwarze Haar unterstrichen. Alle waren von der großen Würde gefangen, mit der die Knaben die schwierigen Figuren tanzten, von der vollendeten Anmut ihrer langsamen Gesten und wundervollen Verbeugungen; und als sie ihre Vorführung beendet und ihre großen Federhüte vor der Infantin gezogen hatten, nahm sie ihre Huldigung mit viel Artigkeit entgegen und gelobte, eine große Wachskerze für den Schrein Unserer Lieben Frau von Pilar zu stiften als Dank für das Vergnügen, das sie ihr gewährt.

Dann kam eine Gruppe schlanker Ägypter – wie die Zigeuner damals noch genannt wurden – in die Arena; sie setzten sich mit gekreuzten Beinen in einem Kreise nieder, begannen leise auf ihren Zithern zu spielen, bewegten zu den Tönen ihre Körper und summten, kaum mehr hörbar, ein leises, träumerisches Lied. Als sie aber

Don Pedro sahen, warfen sie ihm düstre Blicke zu, und einige von ihnen waren entsetzt bei seinem Anblick; denn es war nur einige Wochen her, daß er zwei aus ihrer Truppe wegen Hexerei auf dem Marktplatz von Sevilla hatte hängen lassen. Aber die hübsche Infantin bezauberte sie, wie sie so zurückgelehnt dasaß und mit ihren großen blauen Augen über ihren Fächer hinwegblickte; sie hielten für sicher, daß niemand, er so lieblich anzusehen war wie sie, grausam sein könnte. So spielten sie denn ihre sanfte Musik und berührten dabei kaum die Saiten der Zithern mit ihren langen, spitzen Fingernägeln, und ihre Köpfe nickten leicht, als wollten sie einschlafen. Plötzlich aber, mit einem Schrei so schrill, daß die Kinder erschraken und Don Pedro nach dem Achatgriff seines Dolches langte, sprangen sie auf, wirbelten wie irr rund um die Eingrenzung, schlugen auf ihre Tamburine und sangen ein wildes Liebeslied in ihrer fremden kehligen Sprache. Auf ein andres Zeichen dann warfen sie sich wieder zu Boden und verhielten sich dort ganz lautlos; nur das leise Spiel der Zithern brach die Stille. Nachdem sie dies alles mehrere Male wiederholt hatten, verschwanden sie für einige Augenblicke und kamen dann mit einem braunen zottigen Bären an einer Kette zurück, und einige trugen kleine Berberaffen auf ihren Schultern. Mit größter Ernsthaftigkeit führte der Bär einen Kopfstand vor, und die runzligen Affen zeigten viel Geschicklichkeit und alle möglichen Tricks im Spiel mit zwei Zigeunerknaben, die ihre Herren zu sein schienen; sie fochten mit winzigen Degen, feuerten Gewehre ab und exerzierten genauso wie des Königs eigene Leibwache. Ja, die Zigeuner waren ein großer Erfolg.

Doch der spaßigste Teil der ganzen morgendlichen Unterhaltung war der Tanz des Zwerges. Wie er so, auf krummen Beinen wakkelnd, in die Arena stolperte und seinen großen mißgestalteten Kopf von einer Seite zur andern schaukelte, da schrien die Kinder laut auf vor Vergnügen, und die Infantin lachte so sehr, daß die Camerera gezwungen war, sie daran zu erinnern, daß – obgleich es in Spanien vorgekommen ist, daß eines Königs Tochter vor ihresgleichen geweint habe – niemals noch eine Prinzessin von königlichem Geblüt so fröhlich gewesen sei vor solchen, die von minderer Geburt waren. Der Zwerg jedoch war unwiderstehlich, und selbst am spanischen Hof, der berühmt war wegen seiner Leidenschaft für alles Schreckliche, hatte man noch nie ein so phantastisches kleines Scheusal gesehen. Es war sein erstes Auftreten. Er war erst am Tage zuvor, als er noch wild durch den Wald lief, von zwei Edelleuten aufgefunden worden, die zufällig in einem entlegenen Teil des Eichenwaldes, der die Stadt umgab, jagten. Sie hatten den Zwerg zum Palast geschleppt als Überraschung für die Infantin; sein Vater, ein armer Köhler, war froh, daß er ein so häßliches und unnützes Kind loswurde. Aber das Amüsanteste war wohl, daß er sich seiner eignen grotesken Erscheinung keinesfalls bewußt war. Er schien vollkommen glücklich und voll der besten Laune zu sein. Wenn die Kinder lachten, lachte er so ungezwungen und freudig wie eines von ihnen, und am Ende jeden Tanzes verbeugte er sich vor jedem aufs Spaßigste, lächelte ihm zu und nickte, als wär er eines von ihnen und nicht dieser mißgestaltete kleine Mensch, den die Natur in einer komischen Laune andern zum Spott geschaffen hatte. Und die Infantin faszinierte ihn. Er konnte seine Augen nicht von ihr abwenden, und nur für sie schien er zu tanzen. Am Ende der Vorführung nahm die Infantin – die sich erinnerte, wie die Damen des Hofes dem berühmten Soprano Caffarelli, den der Papst von seiner Kapelle nach Madrid gesandt hatte, um durch die Kraft und Schönheit seiner Stimme die Melancholie des Königs zu heilen, Blumen zugeworfen hatten – die herrliche weiße Rose aus ihrem Haar und warf sie, halb aus Freude und halb, um die Camerera zu ärgern, ihm mit ihrem süßesten Lächeln über die Arena hin zu. Dem Zwerg aber war es ernst; er drückte die Blume an seine unschönen rauhen Lippen, legte die Hand ans Herz und sank vor ihr aufs Knie. Er lachte von Ohr zu Ohr, und seine kleinen hellen Augen strahlten vor Freude.

Dabei nun vergaß die Infantin so sehr ihre Würde, daß sie noch lachte, als längst der Zwerg die Arena verlassen hatte; und sie bat ihren Onkel, der Tanz möge sofort noch einmal wiederholt werden. Die Camerera jedoch meinte, die Sonne sei zu heiß, und so beschloß sie, daß Ihre Hoheit ohne Zögern in den Palast zurückkehren solle, wo eine festliche Tafel bereitet war mit einer echten Geburtstagstorte, auf die mit gefärbtem Zucker überall die Initialen der Infantin gespritzt waren und von deren lieblicher Spitze ein lieblicher silberner Wimpel wehte. Gehorsam erhob sich die Infantin mit großer Würde; sie gab aber noch Befehl, daß der Zwerg nach der Siesta nochmal vor ihr tanzen solle, und sprach dem jungen Grafen von Tierra-Nueva ihren Dank aus für den anmutigen Empfang. Dann begab sie sich in ihre Gemächer zurück. Die Kinder folgten ihr in derselben Ordnung, wie sie eingetreten waren.

Nun, da der Zwerg gehört hatte, daß er ein zweites Mal vor der Infantin tanzen solle, und auf ihren ausdrücklichen Befehl hin, wurde er so stolz, daß er in den Garten hinausrannte, die weiße

Rose in unglaublichem Entzücken küßte und die plumpsten und linkischsten Gesten der Freude machte.

Die Blumen im Garten waren höchst ungehalten darüber, daß er es wagte, in ihr herrliches Zuhause einzubrechen, und da sie ihn die Wege auf und ab hüpfen und die Arme in so lächerlicher Weise über seinen Kopf schwenken sahen, da konnten sie ihre Gefühle nicht länger bei sich behalten.

„Er ist wahrlich viel zu häßlich, als daß er da spielen dürfte, wo wir sind", riefen die Tulpen.

„Er sollte Mohnsaft trinken und tausend Jahre lang schlafen", sagten die großen scharlachnen Lilien und gerieten dabei richtig in Zorn.

„Er ist ganz abscheulich!" schrie der Kaktus. „Gott, er ist bucklig und zu kurz, und sein Kopf ist viel zu groß im Verhältnis zu seinen Beinen. Er macht mich ganz stachelig, und kommt er mir zu nahe, so werd ich ihn mit meinen Stacheln stechen."

„Er hat eine meiner besten Blüten", rief der weiße Rosenstrauch. „Ich selbst gab sie heute morgen der Infantin als Geburtstagsgeschenk, und er stahl sie ihr." Und er schrie: „Dieb! Dieb! Dieb!" so laut er konnte.

Selbst die roten Geranien, die für gewöhnlich nicht sehr vornehm taten und, wie man wußte, ziemlich viele arme Verwandte hatten, äußerten ihre Abscheu, wie sie ihn sahen, und als die Veilchen bescheiden einwarfen, daß er sicherlich sehr häßlich sei, aber gewiß nichts dafür könne, erwiderten sie, als wären sie Richter, daß gerade dies sein besonderer Fehler sei und kein Grund vorliege, einen Menschen nur deshalb zu bewundern, weil er unheilbar sei; und selbst einige Veilchen meinten, daß die Häßlichkeit des Zwerges fast aufdringlich wirke und er besser getan hätte, traurig oder zumindest schwermütig dreinzusehen, als fröhlich herumzuspringen und grotesk und albern zu posieren.

Die alte Sonnenuhr, die ein äußerst bemerkenswertes Individuum war und die Zeit keinem Geringeren als dem Kaiser Karl V. selbst angezeigt hatte, war bei des Zwerges Erscheinen so bestürzt, daß sie beinahe vergessen hätte, zwei volle Minuten mit ihren langen Schattenfingern anzuzeigen; sie konnte auch nicht widerstehen, zum großen milchweißen Pfau, der sich auf der Balustrade sonnte, zu sagen, wohl jeder wisse, daß die Kinder von Königen eben Könige seien und die Kinder von Köhlern eben Köhler, und es sei lächerlich vorzugeben, daß dem nicht so wäre: eine Behauptung, welcher der Pfau vollkommen beistimmte. „Gewiß, gewiß!" schrie er mit so laut kreischender Stimme, daß die Goldfische, die im Bassin des kühl plätschernden Springbrunnens lebten, ihre Köpfe aus dem Wasser streckten und die riesigen Steintritonen fragten, was, beim Himmel, denn los sei.

Die Vögel aber liebten den Zwerg. Sie hatten ihn oft im Wald gesehen, wie er nach den wirbelnden Blättern tanzte oder in einer hohlen alten Eiche emporkroch und seine Nüsse mit den Eichhörnchen teilte. Ihnen tat seine Häßlichkeit nichts zuleide. Oh, auch die Nachtigall, die abends so süß im Orangenhain sang, daß manchmal der Mond lauschend sich niederbeugte, hatte kein besonderes Aussehen; außerdem war der Zwerg sehr nett zu ihnen, und während des schrecklichen Winters, als keine Beeren mehr an den Bäumen hingen und der Boden hart wie Eisen war und die Wölfe bis an die Tore der Stadt um Futter kamen, hatte er sie nicht ein einziges Mal vergessen, sondern ihnen immer Krumen von einem kleinen Stück Schwarzbrot gegeben und mit ihnen geteilt, was immer er zu essen hatte.

So flogen sie um ihn herum, berührten sanft seine Wangen mit ihren Flügeln, wenn sie an ihm vorüberflogen, und plauderten miteinander; dem Zwerg gefiel dies so sehr, daß er ihnen die herrliche weiße Rose zeigen und ihnen erzählen mußte, wie die Infantin selbst sie ihm gegeben, weil sie ihn liebe.

Sie verstanden zwar kein Wort von dem, was er sagte, aber das tat nichts, denn sie legten ihre Köpfchen auf die Seite und schauten weise drein – was genauso gut gilt, wie etwas tatsächlich zu verstehen, und letztlich auch noch viel leichter ist.

Auch die Eidechsen hatten ihn sehr gern, und als er müde wurde vom Herumspringen und sich ins Gras legte, um auszuruhen, da fingen sie zu spielen an, tummelten sich auf ihm herum und versuchten, ihn aufs beste zu unterhalten. „Alle können sie eben nicht so schön sein wie eine Eidechse", riefen sie; „man kann das auch nicht erwarten. Und, obwohl das ein wenig lächerlich klingen mag, eigentlich ist er gar nicht so häßlich, vorausgesetzt, daß man die Augen schließt und ihn nicht ansieht." Die Eidechsen waren eben schon von Geburt an philosophische Naturen, und oft saßen sie, in Gedanken versunken, stundenlang beisammen, wenn gerade nichts anderes zu tun oder das Wetter zu regnerisch war, als daß man hätte ausgehen können.

Die Blumen aber waren von dem Gebaren der Vögel und Eidechsen entsetzlich angewidert. „Es zeigt wieder mal deutlich", sagten sie, „wie dieses ewige Hin- und Hergerenne und dies Umherfliegen

einen herabbringt. Wohlerzogene Leute stehen immer am selben
Ort, so wie wir. Noch nie hat uns jemand die Wege auf und ab
hopsen oder durchs Gras wie verrückt nach Libellen jagen sehen.
Wünschen wir eine kleine Luftveränderung, so rufen wir nach dem
Gärtner, und der trägt uns dann in ein anderes Beet. So verlangt es
die Würde, und so soll es sein. Aber Vögel und Eidechsen haben
keinen Sinn für Stetigkeit, ja die Vögel haben nicht einmal eine
dauernde Adresse. Sie sind Vagabunden wie die Zigeuner und
sollten eigentlich auf genau die gleiche Art behandelt werden." So
steckten sie also ihre Nasen in die Luft, blickten äußerst hochmütig
drein und waren ziemlich froh, als sie nach einiger Zeit den Zwerg
sich vom Gras hochrappeln und über die Terrasse auf den Palast
zugehen sahen.

„Man sollte ihn", sagten sie, „für sein restliches Leben einsperren.
Schaut nur auf seinen Buckel und seine krummen Beine", und sie
fingen zu kichern an.

Der Zwerg wußte von alledem nichts. Er liebte die Vögel und die
Eidechsen sehr und dachte, daß die Blumen das Schönste auf der
Erde seien, ausgenommen allein die Infantin; denn sie hatte ihm die
herrliche weiße Rose gegeben und sie liebte ihn, und das war
immerhin ein großer Unterschied. O wie wünschte er, daß er mit ihr
gegangen wäre! Sie würde ihn an ihre rechte Seite genommen und
ihm zugelächelt haben, und er würde sie nie verlassen, sondern ihr
Gespiele sein und sie alle die hübschen Spiele lehren. Denn obwohl
er noch nie in einem Palast gewesen war, so wußte er doch allerhand
wundervolle Dinge. So konnte er für die Heuschrecken kleine
Käfige aus Binsen flechten, daß sie drinnen zirpten, und aus dem
langgliedrigen Bambus eine Flöte schneiden, der Pan zu lauschen
liebte. Er kannte den Ruf jedes Vogels, konnte den Star von den
Wipfeln der Bäume rufen und den Reiher vom Teich. Er kannte die
Spur jeden Tiers und konnte dem Hasen auf seinen flüchtigen
Spuren folgen und der Fährte des Wildschweins in den zerstampften
Blättern. Alle die wilden Tänze kannte er, den tollen Tanz im roten
Kleid mit dem Herbst, den leichten Tanz in blauen Sandalen über die
Kornfelder, den Tanz mit den weißen Schneekränzen im Winter und
den Blütentanz durch die Gärten im Frühling. Er wußte, wo die
Waldtauben ihre Nester bauten, und einmal, als ein Vogelsteller die
alten Vögel gefangen hatte, zog er selbst die Jungen auf und machte
ihnen einen kleinen Taubenschlag in einer gespaltenen Ulme. Sie
wurden ganz zahm und fraßen ihm jeden Morgen aus der Hand. Die
Infantin würde sie gern sehen, auch die Kaninchen, die im hohen

Farn herumhopsen, und die Eichelhäher mit ihren stahlblauen
Federn und schwarzen Schnäbeln und die Igel, die sich zu stachligen
Kugeln zusammenrollen können, und die großen klugen Schildkröten, die so langsam dahinkriechen, ihre Köpfe schütteln und von den
jungen Blättern fressen. Ja, sie mußte in den Wald kommen und mit
ihm spielen. Er würde ihr sein kleines Bett geben und vorm Fenster
über ihren Schlaf wachen bis zum Morgen, daß die wilden Hirsche
und Eber ihr weder Schaden täten noch die dürren hungrigen Wölfe
zu nahe an die Hütte kämen. Und mit dem Morgengrauen würde er
an die Fensterläden klopfen und sie wecken, und sie würden in den
Wald gehn und den ganzen Tag tanzen. Oh, sie wären nicht einsam
im Walde! Manches Mal schon ritt ein Bischof auf seinem weißen
Maultier hindurch und las in einem gemalten Buch. Manchmal
kamen die Falkeniere in ihren grünen Samtkäppchen und wildleder-
nen Wämsen vorbei, auf den Armen die bekappten Falken. Zur Zeit
der Traubenlese kamen immer die Traubentreter mit purpurroten
Händen und Füßen vorüber, bekränzt mit glänzendem Efeu; und sie
trugen tropfende Ziegenschläuche voll Wein; und die Köhler saßen
abends um ihre riesigen Kohlenpfannen und sahen zu, wie die
trocknen Scheite langsam verkohlten; sie rösteten Kastanien in der
Asche, und die Räuber kamen aus ihren Höhlen und vertrieben sich
die Zeit mit ihnen. Einmal, da hatte er eine herrliche Prozession
gesehen, die auf der langen Straße nach Toledo dahinschritt. Die
Mönche gingen voran, sangen köstlich und trugen leuchtende Fah-
nen und Kruzifixe von Gold; ihnen folgten die Soldaten in Silberrü-
stung mit Musketen und Piken, und in ihrer Mitte schritten drei
barfüßige Männer in seltsamen gelben Gewändern, die über und
über mit wunderlichen Figuren bemalt waren, und trugen brennende Kerzen. Viel gab es zu sehen im Wald, und wenn sie einmal
müde sein sollte, so würde er ihr eine weiche Moosbank suchen oder
sie in seinen Armen tragen, obgleich er wußte, daß er nicht groß
war; aber er war stark! Er würde ihr ein Halsband aus roten
Hundskirschen, die genauso schön waren wie die weißen Beeren,
die sie zu ihrem Kleid trug, machen, und würde sie das Halsband aus
Hundskirschen nicht mehr mögen, dann konnte sie es wegwerfen,
und er würde andre Beeren zu einer Halskette finden. Er würde ihr
Eichelschalen und mit Tau bestäubte Anemonen bringen und winzige Glühwürmchen, die wie Sterne im hellen Gold ihres Haares
sein würden.

Aber wo war sie? Er fragte die weiße Rose, und sie gab keine
Antwort. Der ganze Palast schien zu schlafen, und selbst dort, wo

die Läden nicht geschlossen waren, waren die schweren Vorhänge hinter den Fenstern zugezogen, den Sonnenglast abzuhalten. Er wanderte rund herum um den Palast und suchte nach einer Stelle, wo er eintreten könne, und endlich sah er eine kleine Nebentüre, die offenstand. Er schlüpfte hindurch und befand sich plötzlich in einem großartigen Saal, großartiger – so fürchtete er – als der Wald; denn überall war soviel Zierat, und selbst der Boden war mit großen farbigen Steinen ausgelegt, die geometrischen Figuren ähnlich zusammengesetzt waren. Aber die kleine Infantin traf er nicht an, nur einige wunderschöne weiße Statuen blickten von ihren Jaspissockeln mit traurigen Augen und seltsam lächelnden Lippen zu ihm herab.

Am Ende des Saales hing ein reichbestickter Vorhang aus schwarzem Samt, übersät mit Sonnen und Sternen, des Königs liebsten Sinnbildern, und auf die Farbe gestickt, die er am meisten liebte. Vielleicht war sie dahinter versteckt? Immerhin konnte er sie dort suchen.

So stahl er sich still ans Ende des Saales und zog den Vorhang beiseite. Nichts. Da war nur ein neuer Saal, doch schöner noch, dünkte ihn, als der vorige. Die Wände waren mit grünen handgewebten vielfigurigen Gobelins behangen, die eine Jagd zeigten. Flämische Künstler hatten daran gewebt und mehr als sieben Jahre dazu gebraucht. Es war einstmals das Gemach des Jean le Fou, wie er genannt war, des irren Königs, der von der Jagd so besessen war, daß er in seinen Delirien oft versucht hatte, die riesigen sich bäumenden Rosse zu besteigen und den Hirsch niederzuzwingen, den die Rüden ansprangen, und sein Jagdhorn dazu blies und mit seinem Dolch nach dem flüchtenden fahlen Tier stach. Nun wurde dies große Gemach als Beratungssaal benützt, und auf dem Tisch in der Mitte lagen die roten Portefeuilles der Minister, und die goldenen Tulpen Spaniens und die Wappen und Embleme des Hauses Habsburg waren darauf eingeprägt.

Verwundert blickte der Zwerg um sich und getraute sich kaum weiterzugehen. Die fremden schweigenden Reiter, die ohne das leiseste Geräusch so schnell durch die langen Lichtungen dahinflogen, schienen ihm wie die wilden Reiter, von denen er die Köhler hatte erzählen hören – die Comprachos, die nur nachts jagen und, wenn sie einen Menschen antreffen, ihn in eine Hirschkuh verzaubern und ihn hetzen. Aber dann dachte er wieder an die hübsche Infantin und faßte Mut. Sie allein wollte er finden und ihr sagen, daß auch er sie liebe. Vielleicht war sie im nächsten Gemach.

Er rannte über die weichen maurischen Teppiche und öffnete die Tür. Nein, sie war auch hier nicht. Der Saal war fast leer.

Es war der Thronsaal zum Empfang ausländischer Gesandter, wenn der König, was in der letzten Zeit ziemlich selten geschah, ihnen persönliche Audienz gewährte; es war derselbe Saal, wo vor vielen Jahren Gesandtschaften von England standen, um Anstalten für die Heirat ihrer Königin, damals noch eine katholische Herrscherin Europas, mit des Kaisers ältestem Sohn zu treffen. Die Wandbehänge waren aus vergoldetem cordovanischem Leder, und ein schwerer Goldleuchter mit Armen für dreihundert Wachslichter hing von der schwarzweißen Decke. Unter einem Thronhimmel von goldgewirktem Tuch, auf das mit Staubperlen die Löwen und die Türme Kastiliens gestickt waren, stand der Thron selbst, bedeckt mit einem reichen schwarzen Samttuch, das mit Silbertulpen und prächtigen Silber- und Perlenfransen besetzt war. Auf der zweiten Stufe zum Thron stand der Schemel der Infantin mit einem silbergewirkten Kissen, und noch tiefer, zu ebener Erde und außerhalb des Thronhimmels, war der Sitz für den päpstlichen Nuntius, der allein das Recht hatte, bei öffentlichen Feierlichkeiten in Gegenwart des Königs zu sitzen, und dessen Kardinalshut mit der Fülle seiner purpurnen Quasten auf einem Taburett davor lag. An der Wand gegenüber dem Thron hing ein lebensgroßes Porträt Karls V. in Jagdkleidung, eine große Dogge an seiner Seite, und ein Bild Philipps II., wie er eine Huldigung der Niederlande entgegennimmt, hing in der Mitte der anschließenden Wand. Zwischen den Fenstern stand ein Ebenholzschrank, mit Elfenbein inkrustiert, in das die Figuren von Holbeins Totentanz graviert waren – von der Hand des Meisters selbst, wie manche wußten.

Doch all diese Pracht kümmerte den Zwerg wenig. Er hätte seine Rose nicht für alle Perlen des Thronhimmels fortgegeben, nicht einmal eines der weißen Blütenblätter seiner Rose für den ganzen Thron. Er wollte nur die Infantin sehen, ehe sie in den Pavillon ging, und wollte sie bitten, mit ihm wegzugehn in den Wald, sobald sein Tanz zu Ende war. Hier im Palast war die Luft drückend schwer, aber in den Wäldern blies der Wind frei, und mit ihren regen Goldfingern schob die Sonne die Blätter beiseite. Es gab auch Blumen im Wald, nicht so prächtig vielleicht wie die Blumen des Gartens, dafür aber süßer duftend: Hyazinthen im Frühling, die mit ihrem wogenden Purpur die kühlen Schluchten und die Grashügel überfluteten; Schlüsselblumen, die in kleinen Büscheln um die knorrigen Wurzeln der Eichen blühten; leuchtendes Scharbockskraut und blauer Ehrenpreis und gelbe und violette Iris. Graue Kätzchen hingen von den Haselbüschen, und der rote Fingerhut beugte sich unter der Last seiner getüpfelten, von Bienen besuchten Blüten. Die Kastanienbäume hatten ihre Kerzen weißer Sterne und der Weißdorn seine bleichen Monde voll Schönheit. O ja! Sie würde mitkommen, fände er sie nur erst. Sie würde mit ihm in die schönen Wälder kommen, und die Tage über würde er zu ihrer Freude tanzen. Ein Lächeln erhellte seine Augen bei diesem Gedanken, und er schritt weiter in das nächste Gemach.

Von allen Gemächern war dies das strahlendste und schönste. Die Wände waren mit rosa Luccadamast bedeckt, in den Vogelmuster gewebt und zierliche Silberblüten getupft waren; die Möbel waren von purem Silber, mit schwebenden Cupidos und frischen Girlanden behangen; vor den zwei breiten Kaminen standen große Wandschirme, mit Papageien und Pfauen bestickt, und der Fußboden aus meergrünem Onyx schien sich weit in der Ferne zu verlieren. Noch war er allein. Wie er nun so im Schatten des Türrahmens am einen Ende des Gemaches stand, sah er plötzlich eine kleine Gestalt ihn beobachten. Sein Herz pochte, ein Schrei der Freude brach von seinen Lippen, und er schritt hinein ins Sonnenlicht. Und genauso bewegte sich die Gestalt, und er sah sie deutlich.

Die Infantin! – Aber es war die Ausgeburt der Häßlichkeit, die grotesk este Mißgestalt, die er je gesehn. Nicht so gestaltet wie die andern Menschen, nein, sondern bucklig, krummbeinig, mit einem großen, schaukelnden Kopf und einer Mähne schwarzen Haares. Der Zwerg blickte drohend, die Mißgestalt auch. Er lachte, und sie lachte mit ihm und hielt sich die Seiten geradeso wie er. Er machte eine spöttische Verbeugung, und sie erwiderte ihm die tiefe Verbeugung. Er ging auf sie zu, und sie kam ihm entgegen mit gleichen Bewegungen und hielt an, wenn er es tat. Er jubelte vor Vergnügen, rannte vorwärts, streckte seine Hand aus, und die Hand der Mißgestalt berührte seine; sie war kalt wie Eis. Ihm wurde angst, er bewegte seine Hand zur Seite, die Hand der Mißgestalt folgte ihr sofort nach. Er versuchte weiterzugehen, aber etwas Glattes und Hartes ließ ihn nicht weiter. Ganz nahe war ihm nun das Gesicht der Mißgestalt, und es schien voll Angst. Er strich sich das Haar aus den Augen. Sie ahmte ihn nach. Er schlug nach ihr, und sie erwiderte Schlag auf Schlag. Er schaute sie voll Abscheu an, und sie schnitt schreckliche Gesichter. Er schritt zurück, und sie tat ebenso.

Was ist denn das? dachte er für einen Augenblick und blickte im Gemach umher. Seltsam, alles schien sein Doppelbild zu haben in dieser unsichtbaren Wand von klarem Wasser. Jawohl, Bild für Bild gab es dort noch einmal und Sofa für Sofa. Der schlafende Faun, der in der Nische bei der Tür lag, hatte seinen Zwillingsbruder, der ebenso schlummerte, und die Silbervenus, die im Sonnenlicht stand, hielt ihre Arme einer Venus entgegen, die so lieblich war wie sie.

War es das Echo? Er hatte es einmal im Tal gerufen, und es hatte ihm Wort für Wort geantwortet. Konnte es das Gesicht nachahmen wie die Stimme? Konnte es eine Scheinwelt hervorbringen, die der wirklichen glich? Konnten die Schatten der Dinge Farbe haben und Leben und Bewegung? Konnte es sein, daß...?

Er erschrak, und er nahm die herrliche weiße Rose von seiner Brust, drehte sich um und küßte sie. Die Mißgestalt hatte eine Rose wie seine, Blütenblatt für Blütenblatt dieselbe! Sie küßte sie mit den gleichen Küssen und drückte sie an ihr Herz mit schrecklichen Gebärden.

Und da wußte er, wer die Mißgestalt war, und er schrie wild auf vor Verzweiflung und fiel schluchzend zu Boden. Er also war es, der mißgestalt und bucklig war, häßlich anzuschaun und grotesk. Er selbst war diese Mißgestalt, und über ihn hatten die Kinder gelacht und über seine krummen Beine gespottet. Warum hatten sie ihn nicht in den Wäldern gelassen, wo es keinen Spiegel gab, der ihm seine Häßlichkeit sagte? Warum hatte ihn sein Vater nicht getötet, anstatt ihn zu seiner Schande zu verkaufen? Heiße Tränen liefen über seine Wangen; und er zerriß die weiße Rose. Die liegende Mißgestalt tat dasselbe und wirbelte die weißen Blütenblätter in die Luft. Sie kroch am Boden, und als er auf sie starrte, beobachtete sie ihn mit schmerzverzerrtem Gesicht. Er kroch hinweg, sie nimmer sehen zu müssen, und bedeckte mit den Händen seine Augen. Er kroch wie ein wundes Tier in den Schatten und blieb dort stöhnend liegen.

Im gleichen Augenblick trat die Infantin mit ihren Begleitern durch die offene Balkontür herein, und als sie den häßlichen Zwerg auf der Erde liegen und mit den geballten Händen in der übertriebensten und wunderlichsten Weise den Boden schlagen sahen, da brachen sie alle in glückliches Lachen aus, standen um ihn und schauten ihm zu.

„Sein Tanzen war schon spaßig", sagte die Infantin, „aber sein Spielen ist noch spaßiger. Ja, fast ist er so gut wie die Puppen, nur nicht ganz so natürlich." Und sie bewegte ihren großen Fächer und klatschte.

Aber der Zwerg blickte nicht empor, sein Schluchzen wurde leiser und leiser, und plötzlich tat er einen merkwürdig keuchenden

Atemzug und griff sich an die Seite. Und dann fiel er wieder zurück und lag ganz still.

„Das ist großartig", sagte nach einer Pause die Infantin; „doch nun mußt du für mich tanzen."

„Ja", riefen die Kinder, „du mußt aufstehn und tanzen, denn du bist so klug wie die Berberaffen und viel lächerlicher noch."

Aber der Zwerg gab keine Antwort.

Und die Infantin stampfte mit dem Fuß und rief ihren Onkel, der mit dem Kanzler auf der Terrasse vorbeiging und einige Depeschen las, die gerade aus Mexiko gekommen waren, wo kürzlich das Heilige Amt eingerichtet worden war. „Mein lustiger Zwerg ist böse", rief sie, „du mußt ihn wecken und ihm sagen, er soll für mich tanzen."

Die beiden lachten einander zu und schlenderten herbei, und Don Pedro schritt hinab und tätschelte mit seinem bestickten Handschuh die Wange des Zwerges. „Du mußt tanzen", sagte er, „*petit monstre*. Du mußt tanzen. Die Infantin von Spanien und Indien wünscht ergötzt zu werden."

Aber der Zwerg rührte sich nicht.

„Man sollte um die Peitsche schicken", sagte Don Pedro ärgerlich und ging zurück auf die Terrasse. Doch der Kanzler blickte ernst, kniete an der Seite des Zwerges nieder und legte seine Hand auf dessen Herz. Und nach einer Weile zuckte er die Schultern, erhob sich wieder, verbeugte sich tief vor der Infantin und sagte: „*Mi bella Princesa*, Euer lustiger Zwerg wird niemals wieder tanzen. Schade drum, er ist so häßlich, daß er selbst den König hätte lachen machen können."

„Aber warum wird er nicht wieder tanzen?" fragte die Infantin und lachte.

„Sein Herz ist ihm zerbrochen", antwortete der Kanzler. Die Infantin blickte mürrisch auf, und ihre zierlichen rosenblättrigen Lippen kräuselten sich in hübschem Hochmut. „Für alle Zukunft: Laßt meine Gespielen keine Herzen mehr haben!" rief sie und lief in den Garten hinaus.

DER FISCHER UND
SEINE SEELE

Jeden Abend fuhr der junge Fischer hinaus aufs Meer und warf seine Netze aus.

Blies der Wind vom Land her, fing er nichts oder nur wenig, denn es war ein rauher und schwarzgeflügelter Wind, und schwere Wellen bäumten sich ihm entgegen. Blies aber der Wind vom Meer zur Küste, so kamen die Fische herein von der hohen See und schwammen in die Schlingen seiner Netze; und er trug sie zum Markt und verkaufte sie.

Jeden Abend fuhr er hinaus aufs Meer, und eines Abends war das Netz so schwer, daß er es kaum ins Boot ziehen konnte. Da lachte er und sagte zu sich selbst: „Ich habe wohl alle Fische, die schwimmen, gefangen oder ein schwerfälliges fabelhaftes Meertier oder sonst ein Ungeheuer, nach dem die große Königin Sehnsucht trägt." Und mit aller Kraft zog er die rauhen Taue in den Kahn, bis die langen Adern seiner Arme anschwollen wie Linien blauen Emails auf einer Vase von Bronze. Er zog die dünnen Stricke herein, und näher und näher kam der Kreis der flachen Korke, und das Netz hob sich an den Wasserspiegel.

Aber kein Fisch war in ihm, kein Meertier oder Ungeheuer, sondern nur eine kleine Meerjungfrau, die fest schlief.

Ihr Haar war wie ein nasses goldnes Vlies und jedes einzelne Haar wie ein feiner Faden Goldes im Glas einer Schale. Ihr Leib war weiß wie Elfenbein und ihr Fischschwanz von Silber und Perlmutter. Von Silber und Perlmutter war ihr Fischschwanz und vom grünen Tang des Meers umschlungen; wie Muscheln waren ihre Ohren und ihre Lippen wie Korallen. Die kalten Wellen umspülten ihre kalten Brüste, und Salz glitzerte auf ihren Lidern.

So schön war sie, daß der junge Fischer voll Erstaunen war. Er streckte seine Arme aus und zog das Netz nahe zu sich her; und er beugte sich über den Rand des Bootes und schloß sie in seine Arme. Und wie er sie berührte, schrie sie leise auf wie eine erschrockene Möwe und erwachte; voll Schrecken sah sie ihn an mit ihren Amethystaugen und versuchte, ihm zu entschlüpfen. Er aber hielt sie fest und litt nicht, daß sie entkam.

Als sie erkannte, daß sie ihm nicht entkommen konnte, begann sie
zu weinen und sagte: „Laß mich gehn, denn ich bin die einzige
Tochter eines Königs, und mein Vater ist alt und einsam."

Aber der junge Fischer antwortete: „Ich lasse dich nicht fort, bis
du versprichst, immer zu kommen und für mich zu singen, wenn ich
dich rufe; denn es ist die Freude der Fische, dem Gesang des
Meervolkes zu lauschen, und so werden meine Netze immer voll
sein."

„Willst du ehrlich mich fortlassen, wenn ich das verspreche?"
fragte die Meerjungfrau.

„Ja, ich werde dich fortlassen", sagte der junge Fischer.

So versprach sie ihm, was er forderte, und schwor es mit dem Eide
des Meervolkes. Da löste er seine Arme, und sie sank hinunter ins
Wasser, zitternd in ungekannter Angst.

Jeden Abend fuhr der junge Fischer hinaus aufs Meer und rief die
Nixe, und sie tauchte empor aus dem Wasser und sang. Rund um sie
schwammen die Delphine, und die wilden Möwen kreisten über
ihren Köpfen.

Sie sang ein wundersames Lied. Sie sang von den Meerleuten, die
ihre Herden von Höhle zu Höhle treiben und die kleinen Kälber auf
ihren Schultern tragen; sie sang von den Tritonen und ihren langen
grünen Bärten und haarigen Körpern, und wie sie auf ihren Schnek-
kenhörnern blasen, wenn der König vorüberkommt; sie sang vom
Palaste des Königs, der von Bernstein ist, und von seinem smaragde-
nen Dache und seinen Gängen aus Perlmutter; und sie sang von den
Gärten des Meeres, wo die großen Filigranfächer der Korallen
wogen die Tage hindurch, die Fische vorüberschießen gleich silbernen Vögeln, die Anemonen an den Felsen haften und die roten
Nelken im gelben welligen Sand. Sie sang von den großen Walfi-
schen, die aus dem Nordmeer kommen und spitze Eiszapfen an
ihren Flossen haben; von den Sirenen, die so herrliche Dinge zu
erzählen wissen, daß die Kaufleute sich die Ohren mit Wachs
zustopfen aus Furcht, sie könnten den Gesang hören, sich ins
Wasser stürzen und ertrinken; sie sang von den gesunkenen Galeeren und ihren schlanken Masten und den eisigkalten Seeleuten, die
sich an das Tauwerk klammern, und von den Makrelen, die durch
die offenen Bullaugen schwimmen; von den Entenmuscheln, die
leidenschaftliche Reisende sind, sich an die Wände der Schiffe
saugen und so um die Welt fahren; von den Tintenfischen, die unter
den Felsenklippen leben und ihre langen schwarzen Arme vorstrek-
ken, die alles in Nacht hüllen können, wann immer sie wollen. Sie

sang von Nautilus, der ein eignes Boot besitzt, das aus Opal
geschnitzt ist und von einem seidenen Segel gelenkt wird; sie sang
von den glücklichen Meermenschen, die ihre Harfen spielen und den
großen Kraken in Schlaf zaubern, und von den kleinen Kindern, die
sich an den glitschigen Tümmlern festhalten und lachend auf ihren
Rücken reiten. Sie sang von den Meerjungfrauen, die im weißen
Gischt liegen und ihre Hände nach den Seeleuten ausstrecken, und
von den Seelöwen mit ihren gebogenen Fangzähnen und den Wal-
rossen und ihren wehenden Bärten.

Und wie sie sang, kamen alle die Thunfische von der hohen See
herein, ihr zu lauschen, und der junge Fischer warf seine Netze über
sie, fing sie und erstach andere mit seinem Speer. Und war sein Boot
gefüllt mit Fischen, so sank die Meerjungfrau zurück ins Meer und
lächelte ihm zu.

Aber nie wollte sie so nahe zu ihm kommen, daß er sie hätte
berühren können. Oft rief er sie und bat sie, näher zu kommen, doch
sie wollte nicht; und suchte er sie zu fassen, so tauchte sie ins Wasser,
wie ein Seehund taucht, und dann sah er sie an diesem Tag nicht
mehr. Mit jedem Tage aber erklang ihre Stimme seinem Ohr lieblicher. So lieblich ward ihm schließlich ihre Stimme, daß er seine
Netze und seine List vergaß und seinem Handwerk nicht mehr
nachging. Zinnoberrot die Flossen und mit Augen wie gebuckeltes
Gold, schossen die Thunfische vorüber; aber er beachtete sie nicht.
Ungebraucht lag sein Speer an seiner Seite, und die geflochtenen
Weidenkörbe waren leer. Mit geöffneten Lippen und vor Staunen
dunklen Augen saß er untätig in seinem Kahn und lauschte, bis die
Nebel der See sich um ihn legten und der wandernde Mond seine
braunen Glieder silbern färbte.

Und eines Abends rief er sie und sagte: „Kleine Meerfrau, kleine
Meerfrau, ich liebe dich. Nimm mich als Bräutigam, denn ich liebe
dich."

Doch die Meerjungfrau schüttelte ihren Kopf. „Du hast eine
menschliche Seele", erwiderte sie ihm. „Trenne dich von deiner
Seele, und ich werde dich lieben."

Und der junge Fischer sagte zu sich: Wozu habe ich eine Seele? Ich
kann sie nicht sehen, ich kann sie nicht berühren, ich kann sie nicht
erkennen. Ja, ich werde sie von mir weisen, und alle Freude soll mein
sein. Und ein Schrei der Freude brach von seinen Lippen. Er stand
auf in seinem bemalten Boot und streckte seine Hände der Meerjungfrau entgegen. „Ich will die Seele von mir weisen", rief er, „und
du sollst meine Braut sein und ich dein Bräutigam, und in der Tiefe

des Meeres werden wir wohnen. Alles sollst du mir zeigen, von dem du gesungen hast, und was du wünschest, werde ich tun. Dein und mein Leben sollen nie mehr getrennt werden."

Und die kleine Meerjungfrau lachte vor Vergnügen und versteckte ihr Gesicht hinter ihren Händen.

„Wie aber werde ich meine Seele los?" fragte der junge Fischer. „Erzähl mir, wie, und oh! ich werde es tun."

„Ach, ich weiß es nicht", sagte die kleine Meerjungfrau, „die Meerleute haben keine Seele." Sie blickte ihn sehnsuchtsvoll an und sank hinunter in die Tiefe des Meeres.

Früh am andern Morgen, noch ehe die Sonne handbreit überm Hügel stand, ging der junge Fischer zum Haus des Priesters und klopfte dreimal an die Tür.

Der Novize des Priesters blickte durchs Guckloch, und als er sah, wer draußen war, schob er den Riegel zurück und sagte: „Tritt ein."

Der junge Fischer trat ein, kniete auf das süßlich duftende Schilf am Boden nieder, rief den Priester an, der in dem Heiligen Buche las, und sagte: „Vater, ich liebe eine vom Meervolk, und meine Seele hindert mich, meine Sehnsucht erfüllt zu sehen. Sagt mir, wie ich mich von meiner Seele trennen kann, denn wahrlich, ich brauche sie nicht. Welchen Wert hat sie denn für mich? Ich kann sie nicht sehen, kann sie nicht berühren, ich kann sie nicht erkennen."

Der Priester aber schlug an seine Brust und antwortete: „Weh, du bist wahnsinnig oder du hast von giftigen Kräutern gegessen; denn die Seele ist das Edelste des Menschen. Von Gott ward sie uns gegeben, daß wir uns ihrer edel bedienen. Nichts ist, was wertvoller wäre als die Seele eines Menschen, und nichts Irdisches kann sich mit ihr messen. Sie übertrifft den Wert allen Goldes, das die Welt besitzt und den aller Rubine der Könige. So denke nicht mehr an solche Dinge, mein Sohn, denn diese Sünde möchte dir einst nicht vergeben werden. Das Meervolk ist dem Himmel verloren und mit ihm alle, die mit ihm verkehren. Es ist gleich den Tieren des Feldes, die Gut und Böse nicht kennen; für sie ist der Herr nicht gestorben!"

Des jungen Fischers Augen füllten sich mit Tränen, als er die harten Worte des Priesters hörte. Er erhob sich und sagte zu ihm: „Vater, die Faune leben in den Wäldern und sind ihres Daseins froh, und auf den Klippen sitzen die Meerleute mit ihren Harfen von rotem Gold. Laßt mich sein wie sie, ich flehe Euch an; denn ihre Tage sind wie die Tage der Blumen. Und wozu noch meine Seele behalten, wenn sie zwischen mir und jener steht, die ich liebe?"

„Körperliche Liebe ist verachtenswert", rief der Priester und zog die Brauen kraus, „und verachtenswert und böse sind die heidnischen Wesen, die Gott in Seiner Welt zuläßt. Fluch den Faunen der Wälder und den Sängern des Meeres! Ich habe sie nachts gehört, und sie suchten mich vom Gebet wegzulocken. Sie klopfen ans Fenster und lachen. Sie flüstern das Märchen ihrer gefährlichen Freuden in meine Ohren. Sie wollen mich in Versuchung führen, und bete ich dann, schneiden sie Fratzen. Sie sind verloren, ich sage es dir, sie sind verloren. Himmel und Hölle sind nicht für sie, nirgendwo sollen sie Gottes Namen preisen."

„Vater", rief der junge Fischer, „Ihr wißt nicht, was Ihr sagt. Einst fing ich in meinem Netz die Tochter eines Königs. Sie ist schöner als der Morgenstern und weißer als der Mond. Für ihren Leib gäbe ich meine Seele, und für ihre Liebe gäbe ich selbst den Himmel. Sagt mir, was ich Euch fragte, und laßt mich in Frieden gehn."

„Aus meinen Augen!" schrie der Priester. „Deine Buhle ist verloren, und du sollst verloren sein mit ihr." Und er trieb ihn ohne Segen von seiner Schwelle.

Der junge Fischer ging hinunter zum Markt. Er ging langsam und hielt den Kopf gesenkt wie einer, den Sorgen quälen.

Als die Kaufleute ihn kommen sahen, flüsterten sie miteinander, und einer trat zu ihm, rief ihn bei seinem Namen und sagte zu ihm: „Was hast du zu verkaufen?"

„Ich will dir meine Seele verkaufen", antwortete er. „Ich bitte dich, kaufe sie, denn ich will sie loshaben. Was nützt mir auch die Seele? Ich sehe sie nicht, ich kann sie nicht berühren, ich kenne sie nicht."

Aber die Kaufleute spotteten über ihn und sagten: „Und wozu könnten wir eine Menschenseele gebrauchen? Sie ist nicht ein einziges Silberstück wert. Verkauf dich uns als Sklave, und wir kleiden dich in Purpur, stecken einen Ring an deinen Finger und machen dich zum Liebling der großen Königin. Aber rede nicht länger von deiner Seele. Uns bedeutet sie nichts, noch hat sie irgendeinen Wert zu unserm Vorteil."

Da sagte sich der junge Fischer: „Wie eigenartig! Der Priester erklärt, daß die Seele all das Gold der Welt aufwiege, und die Kaufleute behaupten, sie sei nicht ein Silberstück wert." Er verließ den Marktplatz, ging an die Küste hinab und dachte nach, was er tun solle.

Zur Mittagsstunde erinnerte er sich, daß ihm einst einer seiner
Bekannten, der Meerfenchel sammelte, von einer gewissen jungen
Hexe erzählt hatte, die am Ende der Bucht in einer Höhle wohne
und sehr geschickt sei in ihren Künsten. Und so machte er sich auf
und lief – so schnell wollte er seine Seele loshaben – dorthin, und eine
Staubwolke folgte ihm, wie er das sandige Meerufer entlangeilte.
Die junge Hexe merkte am Jucken ihrer Hand, daß er kam, und sie
lachte und löste ihr rotes Haar. So, mit aufgelöstem Haar, das über
ihre Schultern fiel, stand sie am Eingang ihrer Höhle und hielt einen
Stengel blühenden wilden Schierlings in ihrer Hand.

„Was willst, was willst?" rief sie ihm entgegen, wie er atemlos den
Abhang zu ihr heraufkam und sich vor ihr verneigte. „Brauchst du
Fische für dein Netz, wenn der Wind schlecht ist? Ich habe eine
kleine Rohrflöte; wenn ich die blase, dann kommen die Meeräschen
in die Bucht. Doch der Preis, hübscher Knabe, der Preis! Was willst,
was willst? Einen Sturm, der die Schiffe zerbricht und Schätze ans
Land spült? Ich habe mehr Stürme als der Wind; denn ich diene
einem, der ist stärker als der Wind. Mit einem Sieb und einem Kübel
Wasser bohr ich die großen Schiffe in den Grund des Meeres. Aber
der Preis, hübscher Knabe, der Preis! Was willst, was willst? Ich
kenne eine Blume, die blüht drunten im Tal; niemand kennt sie, nur
ich. Blüht drunten im Tal mit purpurnen Blättern, mit einem Stern
im Herzen, und ihr Saft ist weiß wie Milch. Solltest mit dieser Blume
die harten Lippen der Königin berühren, sie würde dir über die
ganze Welt nachfolgen. Aus dem Bett des Königs würde sie steigen,
durch die ganze Welt würde sie dir folgen. Aber der Preis, hübscher
Knabe, der Preis! Was willst, was willst? Ich kann eine Krott im
Mörser zerstoßen, einen Saft draus machen. Ich rühr die Brühe mit
einer toten Manneshand. Spritz sie über deinen Feind, während er
schläft, und er wird zur schwarzen Otter. Die eigene Mutter wird
ihn erschlagen. Mit einem Spinnrad zieh ich den Mond vom Himmel. Im Kristall zeig ich dir den Tod. Sag, was willst; ich werd es dir
geben, und den Preis, hübscher Knabe, den Preis sollst du mir
bezahlen."

„Ich habe nur einen kleinen Wunsch", sagte der junge Fischer,
„doch der Priester ward zornig auf mich und trieb mich von seinem
Haus fort. Nur einen kleinen Wunsch. Die Kaufleute spotteten
meiner und verweigerten mir, was ich wollte. So bin ich zu dir
gekommen, obgleich dich die Menschen böse nennen. Und ich zahle
den Preis, so hoch er auch sein mag."

„Was willst du?" fragte die Hexe und näherte sich ihm.

„Ich wünsche meine Seele loszuwerden", antwortete der junge Fischer.

Die junge Hexe erbleichte, schauderte, und sie verbarg das Gesicht im blauen Umhang. „Hübscher Knabe, hübscher Knabe", flüsterte sie, „du verlangst Entsetzliches."

Er strich seine braunen Locken zurück und lachte: „Meine Seele ist mir nichts. Ich kann sie nicht sehen, ich kann sie nicht berühren, ich kenne sie nicht."

„Was gibst du mir, wenn ich's dir sage?" fragte die Hexe und blickte an ihm nieder mit ihren wunderschönen Augen.

„Fünf Goldstücke", sagte er, „und meine Netze und die Hütte aus geflochtnen Binsen, in der ich wohne und das bemalte Boot, in dem ich hinaussegele aufs Meer. Nur sag mir, wie ich von meiner Seele loskomme, und ich gebe dir alles, was ich besitze."

Sie lachte spöttisch und schlug ihn leicht mit dem Schierlingstengel. „Ich kann die Blätter des Herbstes in Gold verwandeln", antwortete sie, „und ich webe die bleichen Mondstrahlen zu Silber, wenn ich es will. Er, dem ich diene, ist reicher als alle Könige der Erde und besitzt ihre Länder."

„Was soll ich dir geben", rief der junge Fischer, „wenn du weder Gold noch Silber nimmst?"

Die Hexe strählte ihr Haar mit ihrer schlanken weißen Hand. „Du sollst tanzen mit mir, hübscher Knabe", flüsterte sie und lächelte ihm zu, während sie sprach.

„Nichts als dies?" rief der junge Fischer staunend und stand auf.

„Nichts als dies", antwortete sie und lächelte wieder.

„So werden wir tanzen an einem verborgenen Ort, wenn die Sonne sinkt", sagte er, „und wenn wir getanzt haben, sollst du mir gewähren, was ich wünsche."

Sie schüttelte ihren Kopf. „Wenn der Mond rund ist, wenn der Mond rund ist", flüsterte sie. Dann blickte sie ringsum und lauschte. Ein blauer Vogel erhob sich schreiend von seinem Nest und kreiste über den Dünen, und drei gefleckte Vögel raschelten durchs dürre graue Gras und kreischten einander zu. Und kein anderer Ton war zu hören als das Rauschen der Welle, die drunten über die glatten Steine rollte. Da streckte die Hexe ihre Hand aus und zog ihn nahe zu sich heran und brachte ihre trockenen Lippen dicht an sein Ohr.

„Heute nacht kommst du auf die Spitze des Berges", flüsterte sie. „'s ist Sabbat, und Er wird dort sein."

Der junge Fischer erschrak und sah sie an, und sie zeigte ihre weißen Zähne und lachte. „Wer ist der, von dem du redest?" fragte er.

„Es ist nicht wichtig", antwortete sie. „Komm heute nacht und warte unter den Zweigen der Weißbuche, bis ich komme. Kreuzt ein schwarzer Hund deinen Weg, so schlag ihn mit einer Weidengerte; er wird weiterlaufen. Spricht eine Eule zu dir, so gib ihr keine Antwort. Wenn der Mond rund ist, werde ich bei dir sein und mit dir tanzen übers Gras."

„Aber schwörst du, mir zu sagen, wie ich meine Seele loswerde?" fragte er noch.

Sie schritt ins pralle Sonnenlicht, und der Wind spielte mit ihren roten Haaren. „Bei den Hufen der Geiß, ich schwöre es", gab sie zur Antwort.

„Du bist die beste aller Hexen!" rief der junge Fischer. „Ich werde heute nacht mit dir auf dem Gipfel des Berges tanzen. Ich wollte, du hättest nach Gold und Silber gefragt. Aber du sollst den Preis erhalten, den du forderst; denn es ist nur eine Kleinigkeit." Er zog seine Mütze, neigte seinen Kopf tief vor ihr und eilte voll Freude zurück zur Stadt.

Die Hexe blickte dem Eilenden nach, und als er außer Sicht kam, ging sie zurück in ihre Höhle. Sie nahm einen Spiegel aus einem geschnitzten Zedernholzkästchen und stellte ihn vor sich hin. Dann verbrannte sie Eisenkraut auf glühender Holzkohle und blickte durch die Fäden des Rauches. Nach einer Weile ballte sie vor Zorn die Hände. „Mir müßte er gehören", murmelte sie, „ich bin so schön wie sie."

Diese Nacht, nachdem der Mond aufgegangen war, erstieg der junge Fischer den Gipfel des Berges und stellte sich unter die Äste der Weißbuche. Wie ein Schild spiegelnden Metalles lag das runde Meer zu seinen Füßen. Schatten kleiner Fischerboote bewegten sich in der Bucht. Eine große Eule mit gelben Schwefelaugen rief ihn bei seinem Namen, doch er gab keine Antwort. Ein schwarzer Hund lief auf ihn zu und knurrte. Er schlug ihn mit einer Weidengerte, und der Hund trollte sich winselnd davon.

Um Mitternacht kamen die Hexen wie Fledermäuse durch die Luft geflogen. „Hui!" kreischten sie, als sie den Boden berührten, „hier ist jemand, den wir nicht kennen!" Und sie schnüffelten herum und schwatzten miteinander und machten sich Zeichen. Als letzte kam die junge Hexe, und ihr rotes Haar wallte im Wind. Sie trug ein Kleid von Goldgewebe, bestickt mit Pfauenaugen, und ihren Kopf bedeckte eine grüne Samtkappe.

„Wo ist er? Wo ist er?" kreischten die anderen, als sie die junge Hexe sahen. Sie aber lachte nur und lief zur Weißbuche. Und sie nahm den jungen Fischer bei der Hand, führte ihn hinaus ins Mondlicht und fing an, mit ihm zu tanzen.

Rundherum wirbelten sie, und die junge Hexe sprang so hoch, daß er die scharlachroten Absätze ihrer Schuhe sehen konnte. Dann klang plötzlich das Galoppieren eines Pferdes über die Tanzenden hin; aber kein Pferd konnte man sehen, und dem jungen Fischer wurde unheimlich zumute.

„Schneller", schrie die Hexe und schlang ihre Arme um seinen Nacken, und ihr Atem sprang ihm heiß ins Gesicht. „Schneller, schneller!" schrie sie, und die Erde schien sich unter seinen Füßen zu drehen. Seine Gedanken verwirrten sich, großes Entsetzen befiel ihn von irgendwoher, als ob da etwas Böses wäre und ihn beobachtete; und dann wurde er gewahr, wie im Schatten eines Felsens eine Gestalt stand, die vordem noch nicht dort gestanden hatte.

Es war ein Mann in schwarzem, nach spanischer Mode gearbeitetem Samtkleide. Sein Gesicht war fahl, aber seine Lippen waren wie eine füllige rote Blüte. Er schien müde zu sein, lehnte am Felsen, und seine Finger spielten achtlos mit dem Dolchgriff. Im Gras neben ihm lagen ein Federhut und ein Paar Reiterhandschuhe, mit goldenen Schnüren besetzt und mit Samenperlen, die zu eigenartigen Figuren zusammengesetzt waren. Ein kurzer zobelbesetzter Umhang hing von seiner Schulter, und seine schmalen weißen Hände waren mit Ringen geschmückt. Schwere Lider deckten die Augen.

Der junge Fischer beobachtete ihn wie verzaubert. Schließlich trafen sich ihre Augen, und wo immer er tanzte, glaubte er, die Augen des fremden Mannes ruhten auf ihm. Er hörte die Hexe lachen, und so nahm er sie um den Leib und wirbelte sie wie wahnsinnig im Kreis herum.

Plötzlich bellte ein Hund im Wald. Die Tanzenden hielten inne, und zwei und zwei gingen sie zu dem Fremden, knieten nieder und küßten seine Hände. Dabei bewegte ein Lächeln seine vollen Lippen, wie wohl eines Vogels Flügel das Wasser bewegt und es lächeln macht. Doch sein Lächeln war voll Verachtung, und beständig betrachtete er den jungen Fischer.

„Komm! Laß uns ihn anbeten", flüsterte die Hexe, und großes Verlangen bemächtigte sich seiner, zu tun, was sie von ihm forderte. Er folgte ihr, aber als er nahe kam, machte er, ohne es zu wissen, das Kreuzzeichen auf seiner Brust und rief den heiligen Namen.

Kaum aber hatte er dies getan, als auch schon die Hexen wie Falken aufschrien und hinwegflogen. Das bleiche Antlitz, das ihn stetig betrachtet hatte, zuckte in wildem Schmerz, und der Fremde schritt zum kleinen Wald hinüber und pfiff. Ein kleines spanisches Pferd, mit Silber gezäumt, kam auf ihn zu. Er schwang sich hinauf und drehte sich noch einmal mit traurigem Blick dem jungen Fischer zu.

Auch die Hexe mit den roten Haaren wollte von ihm fort, aber der Fischer hielt sie an beiden Handgelenken fest.

„Laß mich los!" schrie sie. „Laß mich gehn! Du hast genannt, was du nicht hättest nennen sollen, und hast das Zeichen gemacht, das hier nicht gezeigt werden darf."

„Nein", antwortete der Fischer, „ich laß dich nicht eher gehen, als bis du mir das Geheimnis gesagt hast."

„Welches Geheimnis?" sagte die Hexe und rang mit ihm wie eine wilde Katze und biß sich auf die schaumbedeckten Lippen.

„Du weißt, was ich meine", antwortete er.

Ihre grünen Augen füllten sich mit Tränen, und sie sagte: „Verlange alles, nur nicht das!"

Er lachte und hielt sie nur noch fester.

Als sie sah, daß sie sich nicht befreien konnte, flüsterte sie: „Ich bin schön wie die Tochter des Meeres und so anmutig wie jene, die im blauen Wasser wohnen." Sie schmiegte sich an ihn und lehnte ihr Gesicht an das seine.

Aber er stieß sie zornig zurück: „Hältst du dein Versprechen, das du mir gegeben hast, nicht, so schlage ich dich tot als falsche Hexe."

Sie wurde aschgrau wie die Blüten des Judasbaumes und zitterte. „So sei's denn", murmelte sie. „Es ist deine Seele, nicht meine. Tu mit ihr, wie es dir gefällt." Sie nahm von ihrem Gürtel ein kleines Messer, dessen Griff mit der Haut der grünen Viper überzogen war, und gab es ihm.

„Was soll ich damit tun?" fragte er verwundert.

Sie schwieg eine Weile, und ihr Gesicht spiegelte Entsetzen. Dann strich sie die Haare aus der Stirn und sagte mit seltsamem Lächeln zu ihm: „Was Menschen den Schatten des Körpers nennen, ist nicht der Schatten des Körpers, sondern der Körper der Seele. Stell dich ans Ufer des Meeres, den Rücken zum Mond, und schneide deinen Schatten, der deiner Seele Körper ist, von deinen Füßen. Dann befiehl deiner Seele, daß sie dich verlasse, und sie wird es tun."

Der junge Fischer zitterte. „Ist das wahr?" flüsterte er.

„Es ist so, und ich wollte, ich hätte es dir nicht gesagt", rief die Hexe und umschlang weinend seine Knie.

Er aber schob sie von sich und ließ sie im üppigen Grase zurück; er trat an den Rand des Gipfels, steckte das Messer hinter seinen Gürtel und kletterte den Berg hinab.

Seine Seele, die noch in ihm war, rief nach ihm und sagte: „Ach, ich lebte all diese Jahre bei dir und war dein Diener. Schicke mich doch jetzt nicht von dir; was habe ich dir denn Böses getan?"

Der junge Fischer lachte. „Du hast mir nichts Böses getan, aber ich brauche dich nicht", gab er ihr zur Antwort. „Die Welt ist so weit, und ebenso ist der Himmel da und die Hölle und das dunkle Haus des Zwielichts, das zwischen ihnen liegt. Geh, wohin du willst, und quäle mich nicht länger, denn die Geliebte ruft nach mir."

Voll Schmerz flehte die Seele, doch er achtete ihrer nicht, sondern sprang von Fels zu Fels, sicher wie eine Wildziege, und erreichte schließlich das ebene Land und das Ufer des Meeres.

Bronzen die Glieder und wohlgeformt stand er wie eine Statue, die ein Grieche gegossen, im Sand, den Rücken zum Mond. Und aus dem Schaum des Meeres ragten weiße Arme und winkten ihm zu, und aus den Wellen stiegen dunkle Gestalten und huldigten ihm. Vor ihm lag sein Schatten, der Körper der Seele, und in seinem Rücken hing der Mond in der honigfarbenen Luft.

Und seine Seele sagte zu ihm: „Stößt du mich wirklich von dir, so laß mich nicht ohne Herz fort von dir. Die Welt ist grausam; laß mir dein Herz, daß ich es mit mir nehme."

Er schüttelte seinen Kopf und lächelte. „Womit sollte ich dann meine Geliebte lieben, wenn ich dir mein Herz gäbe?"

„Ach, sei barmherzig", sagte seine Seele, „gib mir dein Herz, denn die Welt ist so grausam, und ich habe Angst."

„Mein Herz gehört meiner Geliebten", antwortete er, „so zögere nicht länger, sondern geh!"

„Soll ich denn nicht lieben?" fragte seine Seele.

„Geh, denn ich brauche dich nicht mehr!" rief der junge Fischer, nahm das kleine Messer, dessen Griff mit der Haut der grünen Viper überzogen war, und schnitt seinen Schatten von seinen Füßen. Und sein Schatten erhob sich und stand vor ihm, blickte den jungen Fischer an und war wie dieser.

Der junge Fischer trat zurück und steckte das Messer in den Gürtel; ein Gefühl eigenartiger Scheu ergriff ihn. „Geh", sagte er mit leiser Stimme, „und laß mich dein Gesicht nie wiedersehen."

„Ach – aber wir werden uns einmal wiederbegegnen", sagte die

Seele. Ihre Stimme war wie der leise Ton einer Flöte, und ihre Lippen bewegten sich kaum, während sie sprach.

„Wie sollen wir wieder einander begegnen?" rief fragend der junge Fischer, „oder willst du mir in die Tiefen des Meeres nachfolgen?"

„Einmal jedes Jahr werde ich hierherkommen und nach dir rufen", sagte die Seele. „Vielleicht brauchst du mich eines Tages."

„Warum sollte ich dich brauchen? Doch tu, was du willst!" rief der junge Fischer und sprang ins Wasser. Die Tritonen bliesen in ihre Hörner, und die kleine Meerjungfrau kam ihm aus den Wellen entgegen, schlang ihre Arme um seinen Hals und küßte ihn auf den Mund.

Und die Seele stand einsam am Ufer und schaute ihm nach. Und als sie ins Meer getaucht waren, ging sie weinend fort übers Marschland.

Als ein Jahr vorüber war, kam die Seele wieder an das Ufer und rief nach dem jungen Fischer. Er kam empor aus den Tiefen des Meeres und fragte: „Warum rufst du nach mir?"

Die Seele antwortete: „Komm näher, daß ich mit dir sprechen kann; denn ich habe wunderbare Dinge gesehn."

So kam er also näher, legte sich ins seichte Uferwasser und stützte den Kopf in die Hand. Und er lauschte.

Die Seele sprach zu ihm: „Als ich dich verließ damals, wandte ich mein Gesicht gen Osten und wanderte. Vom Osten kommt alles Weise. Sechs Tage wanderte ich, und am Morgen des siebenten Tages kam ich zu einem Hügel, der im Land der Tataren liegt. Ich setzte mich unter das Blätterdach einer Tamariske, um vor der Sonne geschützt zu sein. Das Land war ausgetrocknet und verbrannt von der Hitze. Die Leute gingen hin und her auf dem ebenen Land, wie Fliegen über eine Scheibe blanken Kupfers laufen.

Als es Mittag wurde, erhob sich eine Wolke von rotem Staub am flachen Horizont des Landes. Als die Tataren sie erblickten, spannten sie ihre bemalten Bogen, sprangen auf ihre kleinen Pferde und ritten ihr entgegen. Die Frauen flohen schreiend zu den Wagen und verbargen sich hinter den Fellen, die sie dort als Vorhänge haben.

Mit der Dämmerung kehrten die Tataren zurück, aber fünf von ihnen fehlten, und von denen, die zurückkehrten, waren nicht wenige verwundet. In Eile spannten sie ihre Pferde vor die Wagen und fuhren schnell davon. Drei Schakale kamen aus einer Höhle und spähten den Davoneilenden nach. Dann berochen sie die Luft mit erhobenen Schnauzen, bekamen Witterung und liefen in der entgegengesetzten Richtung fort.

Als der Mond emporkam, sah ich ein Lagerfeuer in der Ebene leuchten und näherte mich ihm. Einige Kaufleute saßen auf Teppichen rund um das Feuer. Hinter ihnen waren Kamele angepflockt, und die Neger, die ihre Diener waren, schlugen Zelte aus gegerbten Fellen auf im Sand und errichteten eine hohe Mauer aus Feigendisteln um sie.

Als ich ihnen nahe war, stand der Führer der Kaufleute auf, zog sein Schwert und fragte mich, was ich hier zu suchen hätte.

Ich antwortete, daß ich ein Prinz in meinem eigenen Land sei und daß ich den Tataren entflohen wäre, die mich zu ihrem Sklaven zu machen versucht hätten. Da lachte der Führer der Kaufleute und zeigte mir fünf Köpfe, die auf lange Bambusstöcke gespießt waren.

Dann fragte er mich, wer der Prophet Gottes sei, und ich antwortete ihm: ‚Mohammed‘.

Und als er den Namen des falschen Propheten hörte, verbeugte er sich, nahm mich bei der Hand und setzte mich an seine Seite. Ein Neger brachte mir Stutenmilch in einer hölzernen Schale und geröstetes Schaffleisch.

Mit Tagesanbruch begaben wir uns auf die Reise. Ich ritt an der Seite des Führers auf einem rothaarigen Kamel, und ein Läufer lief vor uns mit einem Speer in der Hand. Die Kriegsleute waren zu beiden Seiten, und die Maulesel folgten mit den Waren. Vierzig Kamele waren in der Karawane, und die Zahl der Maulesel war zweimal vierzig.

Vom Land der Tataren kamen wir ins Land jener Menschen, die den Mond verfluchen. Wir sahen die Greifen auf den weißen Felsen ihr Gold bewachen und die schuppigen Drachen in ihren Höhlen schlafen. Als wir die Gebirge überquerten, hielten wir den Atem an, daß der Schnee uns nicht verschütte, und jeder von uns band sich einen Gazeschleier vor die Augen. Als wir durch die Täler ritten, schossen aus hohlen Bäumen die Pygmäen mit Pfeilen auf uns, und während der Nacht hörten wir die Wilden ihre Trommeln schlagen. Da wir zum Turm der Menschenaffen kamen, legten wir ihnen Früchte an den Fuß des Turmes, und sie taten uns nichts. Am Turm der Schlangen gaben wir den Schlangen warme Milch in Messinggeschirren, und sie ließen uns vorüber. Dreimal während unserer Reise kamen wir ans Ufer des Oxus und setzten mit Holzflößen, die auf Schwimmblasen aus

Tierhäuten befestigt waren, über. Die Flußpferde wüteten gegen
uns, stießen gegen die Flöße und wollten uns töten. Die Kamele
zitterten bei ihrem Anblick.

Die Könige der Städte verlangten Zoll von uns, ließen aber
nicht zu, daß wir durch ihre Tore zogen. Sie warfen uns Brot von
den Stadtmauern, kleine Maisbrote, in Honig gebacken, und Kuchen aus feinem Mehl, gefüllt mit Datteln. Für hundert Körbe
gaben wir ihnen eine Bernsteinperle.

Wenn die Leute in den Dörfern uns kommen sahen, vergifteten
sie die Brunnen und flohen auf die Gipfel der umliegenden Berge.
Wir kämpften mit den Magadaern, die alt geboren werden und
mit jedem Jahr jünger werden und als kleine Kinder sterben. Wir
schlugen uns mit den Laktren, die sagen, daß sie die Söhne von
Tigern sind, und sich gelb und schwarz bemalen. Und wir kämpften mit den Auranthen, die ihre Toten in den Wipfeln der Bäume
begraben und selbst in dunklen Höhlen wohnen, daß die Sonne,
die ihr Gott ist, sie nicht töte. Wir kämpften mit den Krimniern,
die ein Krokodil anbeten, das sie mit Butter und frischem Geflü-
gel füttern und dem sie Ohrringe aus grünem Gras geben. Und
mit den Agazombaern kämpften wir, die Hundeköpfe haben, und
mit den Sibanern, die Pferdefüße haben und schneller rennen als
Pferde. Ein Drittel unserer Begleitung wurde in den Kämpfen
getötet, und ein Drittel starb am Hunger. Die noch übrig waren,
murrten wider mich und sagten, ich habe über sie dies widrige
Schicksal gebracht. Da fing ich eine Hornviper, die unter einem
Steine lag, und ließ mich von ihr beißen. Und als sie sahen, daß
ich vom Biß der Schlange nicht krank wurde, überfiel sie große
Furcht.

Im vierten Monat unserer Reise erreichten wir die Stadt Illel. Es
war Nacht, als wir an den Hain vor den Stadtmauern kamen. Die
Luft war drückend, denn der Mond stand im Zeichen des Skor-
pions. Wir pflückten die reifen Granatäpfel von den Bäumen,
brachen sie auf und tranken den süßen Saft. Dann legten wir uns
auf unsere Teppiche nieder und warteten auf den Morgen.

Mit der Morgendämmerung standen wir auf und pochten ans
Tor der Stadt. Es war aus roter Bronze gearbeitet mit Figuren
darauf, die Seedrachen darstellten und Drachen, die Flügel hatten.
Die Wachen schauten auf uns von den Wachtürmen nieder und
fragten nach unserm Begehr. Der Sprachenkundige der Karawane
antwortete ihnen, daß wir von der Insel Syrien kämen mit vielen
Waren. Wir mußten ihnen Geiseln stellen, und dann baten sie

uns, bis zum Mittag, wo sie uns die Tore öffnen wollten, vor den Mauern zu warten.

Zum Mittag öffneten sie uns die Tore, und wie wir die Stadt betraten, kamen die Leute aus ihren Häusern, uns anzuschauen, und ein Ausschreier ging durch die ganze Stadt und schrie die Ankunft durch eine Muschel aus. Wir hielten auf dem Marktplatz, und die Neger schnürten die Ballen auf, in denen Stoffe mit Figuren waren, und öffneten die geschnitzten Kästen aus dem Holz des Bergahorns. Und als sie damit fertig waren, legten die Kaufleute ihre seltenen Waren aus: gewachstes Leinen aus dem Lande Ägypten und bemaltes Leinen aus dem Land der Äthiopier, die Purpurschwämme von Tyrus und die blauen Wandbehänge von Sidon, die Becher aus kühlem Bernstein und die feinen Kristallgefäße und die seltsamen Gefäße aus gebranntem Ton. Vom Dach eines Hauses schauten uns Frauen zu; eine von ihnen trug eine Maske aus vergoldetem Leder.

Am ersten Tag kamen die Priester zu uns und tauschten Waren mit uns; am zweiten Tag kamen die Adligen der Stadt, und am dritten Tag kamen die Handwerker und Sklaven. So ist es Brauch dort, wenn Kaufleute zu ihnen kommen und in der Stadt verweilen.

Wir blieben einen Monat in der Stadt, und als die Zeit zu Ende ging, der Mond immer schmaler wurde und ich des Handelns überdrüssig war, ließ ich die Kaufleute allein, ging durch die Straßen der Stadt und kam zum Garten des Gottes. Die Priester in ihren gelben Gewändern schritten schweigend unter den grünen Bäumen; auf schwarzem Marmorgrund stand das rosenrote Haus, in dem der Gott seine Wohnung hatte. Des Hauses Türen waren Lackarbeit, und Stiere und Pfauen aus glänzendem Gold waren erhaben hineingearbeitet. Die Ziegel des Daches waren aus meergrünem Porzellan, und an den vorragenden Dachtraufen waren kleine Glocken befestigt. Wenn die weißen Tauben an ihnen vorbeiflogen, streiften sie die Glocken mit ihren Flügeln und ließen sie erklingen.

Vor dem Tempel war ein Becken mit klarem Wasser, ausgelegt mit geädertem Onyx. Am Rande des Beckens legte ich mich nieder, und mit meinen weißen Fingern berührte ich die breiten Blätter der Gewächse. Einer der Priester kam auf mich zu und stand lange hinter mir. Er trug Sandalen an seinen Füßen; eine Sandale war aus weichem Schlangenleder und die andere aus einem Vogelbalg. Auf seinem Kopf hatte er eine hohe Mütze aus schwarzem Filz, mit silbernen Halbmonden verziert. Sieben verschiedene Gelb waren in sein Gewand gewebt, und sein gekräuseltes Haar war mit Antimon gefärbt.

Nach einer Weile redete er mich an und fragte, welchen Wunsch ich hätte. Ich sagte ihm, daß ich den Wunsch habe, den Gott zu sehen.

,Der Gott ist auf der Jagd‘, sagte der Priester und blickte mich eigentümlich an mit seinen kleinen geschlitzten Augen.

,Sag mir, in welchem Wald, und ich will mit ihm jagen‘, antwortete ich.

Mit seinen langen zugespitzten Fingernägeln strählte er die weichen Fransen seines Gewandes. ,Der Gott schläft‘, flüsterte er.

,Sag mir, auf welchem Lager, und ich will bei ihm wachen‘, antwortete ich.

,Der Gott ist beim Mahle!‘ rief er.

,Wenn der Wein süß ist, so will ich mit ihm trinken, und ist er bitter, so trinke ich den bittern Wein mit ihm‘, gab ich zur Antwort.

Der Priester neigte verwundert sein Haupt, nahm mich bei der Hand, hob mich empor und führte mich in den Tempel.

Im ersten Raum sah ich ein Götzenbild sitzen auf einem Throne von Jaspis, eingefaßt mit großen Orientperlen. Das Bild war aus Ebenholz geschnitzt, und seine Gestalt war der Gestalt eines Mannes gleich. Auf seiner Stirne hing ein Rubin, und dickes Öl tropfte von seinem Haar auf seine Schenkel. Seine Füße waren rot vom Blut eines frisch getöteten Zickleins, und seine Lenden waren mit einem Kupfergürtel umgürtet, der mit sieben Beryllen besetzt war.

Und ich sagte zum Priester: ,Ist das der Gott?‘ Und er antwortete: ,Das ist der Gott!‘

,Zeig mir den Gott‘, rief ich, ,oder ich werde dich töten!‘ Und ich berührte seine Hand, und sie wurde welk.

Der Priester flehte mich an und sagte: ,Der Herr möge seinen Diener heilen, und er wird ihm den Gott zeigen.‘

So blies ich meinen Atem über seine Hand, und sie wurde wieder gesund. Und der Priester zitterte und führte mich in den zweiten Raum. Dort sah ich ein Götzenbild stehen auf einer Lotosblüte aus Jade, mit großen Smaragden behängt. Es war aus Elfenbein geschnitzt, und seine Gestalt war zweimal die Gestalt eines Menschen. Ein Chrysolith war auf seiner Stirne. Der Busen war mit Myrrhen und Zimt gesalbt. In einer Hand hielt es ein krummes Zepter aus Jade, und in der anderen einen runden Kristall. Die Füße des Götzen waren mit messingnen Stiefeln bekleidet, und um seinen dicken Hals lag ein Kranz Seleniten.

Ich sprach zu dem Priester: ‚Ist das der Gott?' Und der Priester antwortete mir: ‚Es ist der Gott.'

‚Zeig mir den Gott', rief ich, ‚oder ich werde dich töten!' Und ich berührte seine Augen, und sie wurden blind.

Und der Priester flehte mich an und sagte: ‚Der Herr möge seinen Diener heilen, und er wird ihm den Gott zeigen.'

So blies ich meinen Atem über seine Augen, und er erhielt das Augenlicht zurück. Wiederum zitterte er und führte mich in den dritten Raum, und siehe da! Es war weder ein Götzenbild in dem Raume noch sonst ein Abbild. Aber auf einem steinernen Altar stand ein runder Spiegel aus Metall.

Und ich sprach zu dem Priester: ‚Wo ist der Gott?'

Und er antwortete: ‚Es ist kein Gott in diesem Heiligtum außer diesem Spiegel, den du hier siehst: der Spiegel der Weisheit. Alle Dinge des Himmels und der Erde spiegelt er wider, nicht aber das Antlitz, das in ihn blickt. Dies spiegelt er nicht, damit jener, der in ihn blickt, weise sei. Viele andere Spiegel gibt es, aber sie sind nur Spiegel der Meinungen. Dieser allein ist der Spiegel der Weisheit. Und jene, die diesen Spiegel besitzen, wissen alles, und kein Ding ist vor ihnen verborgen. Und jene, die ihn nicht besitzen, haben auch nicht die Weisheit. Deshalb ist dies der Gott, und wir beten ihn an.' Und ich blickte in den Spiegel, und es war so, wie er mir gesagt.

Da tat ich etwas Seltsames; doch was ich tat, ist unwichtig. Denn in einem Tal, das kaum eine Tagesreise von hier entfernt ist, habe ich den Spiegel der Weisheit verborgen. Nimm mich wieder auf und laß mich dein Diener sein, und du sollst weiser sein als alle Weisen, und die Weisheit soll dein sein. Laß mich in deinen Körper zurück, und niemand wird weiser sein als du."

Aber der junge Fischer lachte. „Liebe ist größer als Weisheit", rief er, „und die kleine Meerfrau liebt mich."

„Oh, nichts ist größer als Weisheit", sagte die Seele.

„Liebe ist größer", antwortete der junge Fischer und tauchte zurück in die Tiefe des Meeres. Die Seele aber ging weinend hinweg übers Marschland.

Am Tage, da das zweite Jahr vorüber war, kam die Seele hinab ans Ufer des Meeres und rief nach dem jungen Fischer. Und er tauchte aus der Tiefe empor und fragte: „Warum rufst du mich?"

Die Seele antwortete: „Komm näher, daß ich mit dir sprechen kann. Ich habe wunderbare Dinge gesehn."

So kam er denn näher heran, legte sich ins seichte Uferwasser
nieder, stützte den Kopf auf seine Hand und lauschte.

Die Seele sprach zu ihm: „Als ich dich verließ vor einem Jahr,
wandte ich mein Gesicht gen Süden und wanderte. Vom Süden
kommt alles, was wertvoll ist. Sechs Tage wanderte ich die langen
Straßen hinab, die zur Stadt Aschter führen; die staubigen rotfarbe-
nen Straßen, welche die Pilger begehen, wanderte ich hinab, und am
Morgen des siebten Tages hob ich meine Augen, und siehe! zu
meinen Füßen drunten im Tale lag die Stadt.

Durch neun Tore führen Straßen in diese Stadt, und vor jedem
Tor steht ein bronzenes Pferd, das wiehert, wenn die Beduinen von
den Bergen kommen. Die Mauern der Stadt sind mit Kupfer überzo-
gen, und die Wachttürme haben messingne Dächer. Auf jedem
Turme wacht ein Bogenschütze, den Bogen in seiner Hand. Beim
Sonnenaufgang schlägt er mit einem Pfeil gegen einen Gong, und bei
Sonnenuntergang bläst er auf einem beinernen Horn.

Als ich die Stadt betreten wollte, hielten mich die Wachen an und
fragten, wer ich sei. Ich gab ihnen zur Antwort, daß ich ein
Derwisch wäre auf dem Wege nach Mekka, wo von den Händen der
Engel der Koran mit silbernen Lettern in den grünen Schleier
gestickt sei. Sie gerieten darüber in großes Staunen und baten mich,
in die Stadt zu kommen.

Drinnen war die Stadt wie ein riesiger Basar. Du hättest bei mir
sein sollen. Über die engen Straßen schaukelten lustig Papierlater-
nen wie große Schmetterlinge. Wenn der Wind weht, schaukeln sie
auf und nieder gleich bunten Seifenblasen. Vor ihren Läden sitzen
die Kaufleute auf seidenen Teppichen. Sie haben gerade schwarze
Bärte, und ihre Turbane sind mit Goldzechinen übersät. Lange
Schnüre von Bernsteinperlen und Pfirsichsteinen gleiten durch ihre
kühlen Finger. Einige der Kaufleute bieten Galbanharz an und
Salben aus Narde, seltsame Parfüme von den Inseln des Indischen
Ozeans und das dickflüssige Öl roter Rosen und Myrrhe und die
kleinen nagelförmigen Gewürznelken. Hält jemand vor ihren Läden
an und spricht mit ihnen, so werfen sie Weihrauch auf ihre Kohlen-
becken, daß der Duft des Weihrauchs die Luft durchzieht. Ich sah
einen Syrer in seinen Händen einen dünnen Stab halten, der wie ein
Schilfrohr aussah. Graue Rauchfäden stiegen aus diesem Stab empor, und der Duft, den der rauchende Stab verbreitete, war wie der
Duft der rosafarbenen Mandelblüte im Frühling. Andere verkaufen
silberne Armreifen, rundum mit milchigblauen Türkisen besetzt,
und Knöchelspangen aus Messingdraht mit eingelassenen Perlen,

und Tigerklauen, in Gold gefaßt, und die Klauen jener gelben Katze, des Leoparden, ebenso in Gold gefaßt, und aus durchbohrten Smaragden angefertigte Ohrgehänge und Fingerringe aus Jade. Von den Teehäusern kommt der Klang der Gitarren, und die Opiumraucher sehen mit ihren lächelnden weißen Gesichtern auf die Vorübergehenden.

Oh! Du hättest bei mir sein sollen. Die Weinverkäufer mit ihren großen, schweren Schläuchen auf den Schultern bahnen sich mit den Ellbogen ihren Weg durch die Menge. Fast alle verkaufen sie den Wein von Schiras, der süß ist wie Honig. Sie bieten ihn in kleinen metallenen Bechern an und streuen Rosenblätter darauf. Auf dem Markt stehen die Früchteverkäufer, die alle Arten Früchte feilbieten: reife Feigen mit ihrem aufbrechenden Purpurfleisch, Melonen, die nach Moschus duften und gelb sind wie Topase, Zitronen und Rosenäpfel und Trauben weißer Weinbeeren, runde rotgoldne Orangen und die grüngoldnen ovalen Limonen. Einmal sah ich einen Elefanten vorüberschreiten. Sein Rüssel war rot und gelb bemalt, und über seine Ohren waren Netze aus hellroten Seidenschnüren gezogen. Vor einem der Läden hielt er an und begann Orangen mit seinem Rüssel zu fassen, und der Kaufmann lachte nur. Du kannst dir nicht denken, was für ein eigenartiges Volk das ist. Wenn sie fröhlich sind, so gehn sie zum Vogelhändler, kaufen einen der gefangenen Vögel und lassen ihn frei, damit ihre Freude noch größer werde, und sind sie traurig, so peinigen sie sich mit Dornen, damit ihr Gram nicht nachlasse.

Eines Abends traf ich einige Neger, die eine schwere Sänfte über den Basar trugen. Sie war aus vergoldetem Bambus gefertigt; die Tragstangen waren mit zinnoberrotem Lack bestrichen und messingne Pfauen darin eingelegt. Die Fenster waren verdeckt mit dünnen Musselinvorhängen, bestickt mit Käferflügeln und winzigen Samenperlen. Als die Sänfte an mir vorüberkam, schaute eine bleiche Zirkassin heraus und lächelte mir zu. Ich folgte der Sänfte; die Neger vergrößerten ihre Schritte und blickten finster. Doch ich kümmerte mich nicht darum. Ich fühlte, wie eine riesengroße Neugierde in mir erwachte.

Endlich hielten sie vor einem viereckigen weißen Haus. Keine Fenster durchbrachen die Mauern, nur eine schmale Tür, wie die Tür eines Grabmals. Die Neger setzten die Sänfte nieder und pochten dreimal mit einem kupfernen Hammer an die Tür. Ein Armenier in einem grünen Lederkaftan schaute durchs Guckloch der Tür, und als er die Sänfte draußen sah, öffnete er und breitete

einen Teppich auf den Erdboden, und die Frau stieg aus der
Sänfte. Als sie ins Haus ging, wandte sie ihr Gesicht nach mir und
lächelte mir noch einmal zu. So bleich sah ich noch keinen Menschen.

Du hättest bei mir sein sollen, ja. Am Festtage des Neumonds kam
der junge Kaiser aus seinem Palast und ging zur Moschee, um zu
beten. Sein Haar und sein Bart waren mit Rosenblättern gefärbt und
seine Wangen mit feinem Goldstaub gepudert. Seine Fußsohlen und
die Flächen seiner Hände waren gelb von Safran.

Mit der aufgehenden Sonne kam er aus seinem Palast in Gewändern von Silbergewirk, und mit der sinkenden Sonne ging er zurück
in einem Kleide von Gold. Die Menschen warfen sich zur Erde
nieder und verbargen ihre Gesichter. Ich aber habe es nicht getan.
Ich wartete am Stand eines Dattelhändlers. Als der Kaiser mich sah,
hob er seine bemalten Brauen und hielt inne auf seinem Weg. Ich
stand ganz still, und ich verneigte mich nicht vor ihm. Die Leute
staunten über meine Kühnheit, sie rieten mir, aus der Stadt zu
fliehen. Ich schenkte ihnen kein Gehör, sondern setzte mich zu den
Verkäufern fremder Götter, die ihres Gewerbes wegen verachtet
werden. Als ich ihnen erzählt hatte, was ich getan, da gab mir jeder
von ihnen einen der Götter, und sie baten mich, von ihnen wegzuge-
hen.

In dieser Nacht noch, wie ich auf einem Kissen im Teehaus ruhte,
das in der Straße der Granatäpfel liegt, traten die Wachen des Kaisers
ein, nahmen mich gefangen und führten mich zum Palast. Jede Türe,
durch die ich trat, schlossen sie hinter mir zu und legten eine Kette
vor. Innen war ein großer Hof und ringsherum Bogengänge. Die
Wände waren aus weißem Alabaster, da und dort mit blauen und
grünen Kacheln getäfelt. Die Pfeiler waren aus grünem Marmor,
und das Pflaster war aus einer Art pfirsichfarbnen Marmors. Noch
nie hatte ich etwas Ähnliches gesehn.

Als wir den Hof überschritten, blickten von einem zierlichen
Balkon zwei verschleierte Frauen auf mich herab und fluchten mir.
Die Wachen drängten mich vorwärts, und die Lanzenschäfte dröhn-
ten auf dem glatten Pflaster. Sie öffneten ein Gittertor aus geschnitz-
tem Elfenbein, und ich fand mich vor einem mit schmalen Rinnsalen
durchzognen Garten stehen, der in sieben Terrassen anstieg. Es
waren Tulpen darin gepflanzt und weiße Wucherblumen und silbrige Aloe. Wie eine Gerte aus Kristall hing der Strahl eines Springbrunnens in der dunklen Nachtluft. Die Zypressen glichen erloschn-
nen Fackeln, und eine Nachtigall sang in einem der Bäume.

Am Ende des Gartens war ein kleines Lusthaus gebaut. Während wir uns diesem näherten, traten zwei Eunuchen daraus hervor und gingen uns entgegen. Ihre fetten Leiber schwankten beim Gehen, und ihre Augen unter den gelben Lidern sahen neugierig auf mich. Einer der beiden wandte sich an den Anführer meiner Wache und flüsterte ihm etwas zu. Der andere dagegen aß weiter seine parfümierten Pastillen, die er mit geziertem Getue aus einem ovalen Behälter von veilchenfarbnem Email nahm.

Wenige Augenblicke später entließ der Anführer der Wache die mich begleitenden Soldaten. Sie kehrten in den Palast zurück, und die beiden Eunuchen folgten ihnen und pflückten die süßen Maulbeeren von den Bäumen, an denen sie vorüberkamen. Einmal noch drehte sich der ältere der beiden um und lächelte mich an, mit bösem Lächeln.

Dann stieß mich der Anführer der Wache auf den Eingang des Lusthauses zu. Ohne zu zittern, schritt ich vorwärts, zog den Vorhang des Eingangs beiseite und trat ein.

Der junge Kaiser lag auf einem Diwan, der mit gefärbten Löwenfellen überzogen war, und ein Gierfalke saß auf seiner Faust. Hinter ihm stand ein Nubier, einen gelben Turban auf dem Kopfe, sonst nackt bis zur Hüfte und mit schweren Ringen in den gespaltenen Ohren. Auf dem Tisch an der Seite des Diwans lag ein mächtiges stählernes Krummschwert.

Als mich der Kaiser sah, runzelte er die Stirn und sagte zu mir: ,Wie heißt du? Weißt du nicht, daß ich der Kaiser dieser Stadt bin?‘ Aber ich gab ihm keine Antwort.

Da wies er mit seinem Finger auf das Krummschwert, der Nubier nahm es, sprang vor und schlug damit auf mich mit ungestümer Gewalt. Das Schwert sauste mitten durch mich hindurch und verletzte mich nicht. Der Nubier fiel zappelnd zu Boden, und als er aufstand, schlugen seine Zähne aufeinander vor Angst, und er verbarg sich hinter dem Diwan.

Der Kaiser sprang auf seine Füße, nahm eine Lanze vom Waffenständer und warf sie zornig nach mir. Ich fing sie in ihrem Fluge und brach den Schaft in zwei Stücke. Er schoß mit einem Pfeil nach mir, doch ich hielt meine Hände empor, und der Pfeil blieb in der Luft stehen. Dann zog er einen Dolch aus seinem Gürtel aus weißem Leder und stach ihn dem Nubier in den Hals, daß der Sklave nicht die Schmach, die ihm angetan worden war, weitererzählte. Der Nubier wand sich wie eine getretene Schlange, und roter Schaum tropfte von seinen Lippen.

Sobald er tot war, wandte sich der Kaiser wieder mir zu. Er wischte sich den Schweiß von der Stirn mit einem kleinen Tuch aus bestickter purpurner Seide und sagte zu mir: ‚Bist du ein Prophet, daß ich dich nicht töten, oder der Sohn eines Propheten, daß ich dich nicht verwunden kann? Ich bitte dich, verlasse meine Stadt noch diese Nacht, denn ich bin nicht mehr der Herr dieser Stadt, solange du in ihr weilst.‘

Und ich antwortete ihm: ‚Ich gehe, wenn du mir die Hälfte deiner Reichtümer gibst. Gib mir die Hälfte deiner Schätze, und ich werde gehen.‘

Er nahm mich bei der Hand und führte mich hinaus in den Garten. Als der Anführer der Wache mich erblickte, erstaunte er. Als die Eunuchen mich sahen, fingen ihre Knie zu zittern an, und sie fielen in ihrer Angst zur Erde nieder.

Es ist ein Raum im Palast, den acht Wände aus rotem Porphyr umgeben, mit einer messingbeschlagenen Decke, von der Lampen hängen. Der Kaiser berührte eine dieser Wände, und sie öffnete sich, und wir schritten durch den Eingang und einen langen Flur, von vielen Fackeln erhellt, entlang. In Nischen zu beiden Seiten standen große Weinbecken, bis zum Rand mit Silbermünzen gefüllt. Wir erreichten die Mitte des Flurs; der Kaiser sagte ein Wort, das niemand auszusprechen wagen darf, und ein granitnes Tor sprang auf, geöffnet von einer verborgenen Feder, und der Kaiser schlug seine Hände vors Gesicht, daß seine Augen nicht geblendet würden.

Du kannst nicht ahnen, welch wunderbarer Ort es war. Da lagen riesige Schildpattschalen voll Perlen und ausgehöhlte Mondsteine riesigen Ausmaßes, gehäuft voll von roten Rubinen. Das Gold war in Koffern aus Elefantenhaut gestapelt und der Goldstaub in ledernen Flaschen. Da waren Opale in Kristallgläsern und Saphire in Jadeschalen. Runde grüne Smaragde lagen geordnet auf dünnen Platten aus Elfenbein, und in einer Ecke standen Seidensäcke, die einen mit Türkisen gefüllt, die andern mit Beryllen. Elfenbeinhörner waren mit purpurnen Amethysten gefüllt und die Hörner aus Messing mit Chalzedonen und Sarden. Die Säulen aus Zedernholz waren behängt mit Schnüren von gelben Luchssteinen. In den flachen ovalen Schilden waren Karfunkelsteine, weinfarben und grün wie Gras. Und doch habe ich dir kaum ein Zehntel von dem erzählt, was in jenem Raume war.

Als der Kaiser seine Hände von seinem Gesicht genommen hatte, sagte er zu mir: ‚Dies ist mein Schatzhaus; die Hälfte soll dir gehören, wie ich dir versprochen habe. Und ich werde dir Kamele und Kameltreiber geben, die deinen Befehlen gehorchen und deinen Teil des Schatzes dorthin bringen werden, wohin in der Welt du zu gehen wünschest. Noch heute nacht soll es geschehen, denn ich will nicht, daß die Sonne, die mein Vater ist, einen Menschen in meiner Stadt sieht, den ich nicht zu töten vermag.'

Aber ich antwortete ihm: ‚Das Gold, das hier liegt, ist dein, und das Silber hier ist dein, und dein sind die kostbaren Steine und alle diese Dinge von Wert. Ich brauche sie nicht. Nichts will ich von dir nehmen als den kleinen Ring, den du am Finger deiner Hand trägst.'

Der Kaiser erblaßte und runzelte die Stirn. ‚Aber der Ring ist aus Blei', rief er, ‚und hat keinen Wert. So nimm deine Hälfte meiner Schätze und gehe aus meiner Stadt.'

‚Nein', antwortete ich, ‚nichts will ich mit mir nehmen als diesen bleiernen Ring, denn ich weiß, was in ihn geschrieben ist und zu welchem Zweck.'

Und der Kaiser zitterte und flehte und sagte zu mir: ‚Nimm alle meine Schätze, aber verlasse meine Stadt. Auch die Hälfte, die mir verblieb, soll dein sein.'

Ich aber tat etwas Seltsames, doch was ich tat, ist nicht wichtig. In einer Höhle, kaum eine Tagesreise von hier, habe ich den Ring der Reichtümer verborgen. Nur eine Tagesreise von hier, und er wartet nur, daß du kommst. Und der, welcher diesen Ring besitzt, ist reicher als alle Könige der Erde. Komm also und nimm ihn dir, und der Erde Reichtümer werden dein sein."

Aber der junge Fischer lachte. „Liebe ist mehr wert als alle Reichtümer der Erde", rief er, „und die kleine Meerfrau liebt mich."

„Nein, nichts ist mehr wert als die Reichtümer dieser Erde", sagte die Seele.

„Liebe ist mehr wert", antwortete der junge Fischer und tauchte zurück in die Tiefe des Meers. Die Seele aber ging weinend hinweg übers Marschland.

Am Tage, da das dritte Jahr vorüber war, kam die Seele abermals hinab ans Ufer des Meers und rief nach dem jungen Fischer. Er tauchte empor aus der Tiefe und fragte: „Warum rufst du mich?"

Die Seele antwortete ihm: „Komm näher, daß ich mit dir sprechen kann. Ich habe wunderbare Dinge gesehen."

So kam er denn näher heran, legte sich ins seichte Uferwasser, stützte den Kopf auf seine Hand und lauschte.

Die Seele sprach zu ihm: „In einer Stadt, die ich wohl kenne, ist ein Gasthaus, das liegt an einem Fluß. Ich saß dort mit Seeleuten, die tranken von zwei verschiedenfarbigen Weinen und aßen Brot, aus Hafer gebacken, und kleine gesalzene Fische, die auf Lorbeerblättern mit Essig gereicht wurden. Und wie wir so saßen und fröhlich waren, trat ein alter Mann zu uns, der einen ledernen Teppich trug und eine Laute mit zwei Hörnern aus Bernstein. Und als er den Teppich auf den Boden ausgebreitet hatte, zupfte er mit einem Zupfring die Saiten seiner Laute, und ein Mädchen, dessen Gesicht verschleiert war, kam herein zu uns und fing an, vor uns zu tanzen. Ihr Gesicht war in einen feinwebigen Schleier gehüllt, doch ihre Füße waren nackt. Nackt waren ihre Füße, und sie flogen über den Teppich wie kleine weiße Tauben. Nie noch hab ich etwas Entzückenderes gesehen, und die Stadt, in der sie tanzte, ist kaum eine Tagereise von hier."

Jetzt, da der junge Fischer die Erzählung der Seele angehört hatte, erinnerte er sich daran, daß die kleine Meerfrau keine Füße hatte und nicht tanzen konnte. Und große Sehnsucht befiel ihn, und er sagte zu sich selbst: „Kaum eine Tagereise von hier, und ich kann wieder zu der Geliebten zurückkehren." Und er lachte, stand auf aus dem seichten Wasser und schritt dem Ufer zu.

Als er das trockene Land erreichte, lachte er wieder. Er hielt seine Hände seiner Seele entgegen, und seine Seele schrie auf vor Freude, lief ihm entgegen und trat in ihn hinein – und der junge Fischer sah, ausgestreckt auf dem Sand vor ihm, den Schatten seines Körpers, welcher der Körper der Seele ist.

Und seine Seele sagte zu ihm: „Laß uns sofort hinweggehen und nicht länger zögern; denn die Seegötter sind eifersüchtig und haben Ungeheuer, die ihren Befehlen gehorchen."

So eilten sie fort, und die ganze Nacht hindurch wanderten sie im Mondlicht, und den folgenden Tag über wanderten sie im Sonnenlicht, und am Abend dieses Tages erreichten sie eine Stadt.

Der junge Fischer fragte seine Seele: „Ist dies die Stadt, in der sie tanzt, von der du mir erzählt hast?"

Und seine Seele antwortete ihm: „Es ist dies nicht die Stadt, sondern eine andere. Doch laß uns hineingehn."

So betraten sie die Stadt und schritten durch die Straßen. Und wie sie durch die Straßen der Juweliere kamen, sah der junge Fischer einen schönen Silberbecher in einem Laden ausgestellt. Seine Seele sagte zu ihm: „Nimm den Silberbecher und verbirg ihn."

Er nahm den Becher, verbarg ihn in den Falten seines Kittels, und sie eilten auf dem schnellsten Wege aus der Stadt.

Nachdem sie drei Meilen von der Stadt entfernt waren, runzelte der junge Fischer die Stirn, warf den Becher fort und sagte zu seiner Seele: „Warum hast du zu mir gesagt: ‚Nimm den Becher und verbirg ihn‘, da es doch Sünde war, dies zu tun?"

Aber die Seele antwortete: „Sei ruhig, sei ruhig."

Am Abend des zweiten Tages kamen sie wieder zu einer Stadt, und der junge Fischer sagte zu seiner Seele: „Ist dies die Stadt, in der sie tanzt, von der du mir erzählt hast?"

Seine Seele antwortete ihm: „Es ist dies nicht die Stadt, sondern eine andere. Doch laß uns hineingehn."

Sie betraten also die Stadt und schritten durch die Straßen. Und wie sie durch die Straßen der Sandalenhändler kamen, sah der junge Fischer ein Kind bei einem Wasserkrug stehen. Und seine Seele sagte zu ihm: „Schlag dieses Kind." So schlug er das Kind, bis es weinte, und als er getan hatte, was ihm die Seele befohlen, eilten sie auf schnellstem Wege aus der Stadt.

Nachdem sie drei Meilen von der Stadt entfernt waren, wurde der junge Fischer zornig und sagte zu seiner Seele: „Warum hast du gesagt: ‚Schlag dieses Kind‘, da es doch böse war, dies zu tun?"

Aber seine Seele antwortete ihm: „Sei ruhig, sei ruhig."

Am Abend des dritten Tages kamen sie abermals zu einer Stadt, und der junge Fischer sagte zu seiner Seele: „Ist dies die Stadt, in der sie tanzt, von der du mir erzählt hast?"

Und die Seele antwortete ihm: „Es ist vielleicht die Stadt; drum laß uns hineingehn."

Sie betraten die Stadt und schritten durch die Straßen, doch nirgends konnte der junge Fischer den Fluß oder das Gasthaus an seinem Ufer entdecken. Die Leute der Stadt schauten ihn eigenartig an, so daß er sich fürchtete und zu seiner Seele sagte: „Laß uns weggehn. Sie, die mit weißen Füßen tanzt, ist nicht in dieser Stadt."

Doch seine Seele antwortete ihm: „Nein, laß uns hierbleiben, denn die Nacht ist finster, und es mögen Räuber auf den Wegen sein."

Er setzte sich auf den Marktplatz nieder und ruhte sich aus. Und nach einer Weile kam ein Kaufmann vorüber, der in einen Mantel aus dem Stoff des Tatarenlandes gehüllt war und in der Astgabel einer Gerte eine Laterne aus durchbrochenem Horn trug. Der Kaufmann sprach ihn an und sagte: „Warum sitzt du hier am

Marktplatz, wo du doch siehst, daß die Läden geschlossen und die
Ballen verschnürt sind?"

Der junge Fischer antwortete ihm: „Ich kann kein Gasthaus in
dieser Stadt finden, noch habe ich einen Verwandten, der mir einen
Unterschlupf gäbe."

„Sind wir nicht alle verwandt?" sagte da der Kaufmann. „Schuf
uns nicht ein Gott? Komm mit mir, denn ich habe ein Gastzimmer."

So stand denn der junge Fischer auf und folgte dem Kaufmann
zu dessen Haus. Nachdem sie durch einen Garten mit Granatäpfeln gekommen und in das Haus getreten waren, brachte ihm der
Kaufmann Rosenwasser in einer Kupferschüssel, seine Hände
darin zu waschen, und reife Melonen, seinen Durst damit zu
stillen, und setzte ihm eine Schüssel voll Reis und ein Stück eines
gebratenen Zickleins vor.

Als er mit dem Essen fertig war, führte ihn der Kaufmann ins
Gastzimmer und bat ihn, hier zu schlafen und auszuruhen. Der
junge Fischer dankte ihm, küßte den Ring an des Kaufmanns Hand
und legte sich nieder auf das Lager aus gefärbten Ziegenfellen. Und
nachdem er sich mit einer Decke aus der Wolle eines schwarzen
Lammes zugedeckt hatte, schlief er ein.

Drei Stunden vor Tagesanbruch – es war noch ganz dunkel –
weckte ihn seine Seele und sagte zu ihm: „Steh auf und geh in das
Zimmer, in dem der Kaufmann schläft; töte ihn und nimm sein
Gold, denn wir brauchen es."

Der junge Fischer stand auf und kroch auf Händen und Füßen
ins Zimmer des Kaufmanns, zu dessen Füßen ein krummes
Schwert lag und an dessen Seite eine Lade stand, die neun Beutel
voll Gold enthielt. Der Fischer streckte seine Hände aus und
berührte das Schwert, und wie er es berührte, erschrak der Kaufmann und erwachte, und wie er sich aufrichtete, ergriff er das
Schwert und rief den jungen Fischer an: „Vergiltst du Gutes mit
Bösem, und bezahlst du mit dem Blut dessen, der dir wohlgesinnt
war?"

Die Seele des jungen Fischers aber flüsterte: „Schlag zu!" Und
der junge Fischer schlug auf den Kaufmann ein, daß dieser ohnmächtig niederfiel. Dann nahm er die neun Beutel voll Gold und
floh hastig durch den Hain der Granatäpfelbäume und wandte sich
dem Stern zu, der den Morgen verkündet.

Nachdem sie drei Meilen von der Stadt entfernt waren, schlug
der junge Fischer voll Schmerz seine Brust und sagte zu seiner

Seele: „Warum hast du gesagt: ‚Töte ihn und nimm sein Gold'? Du bist böse, oh!"

Aber die Seele antwortete: „Sei ruhig, sei ruhig."

„Nein", schrie der junge Fischer, „ich werde nicht still sein; denn alles, was du mich hast tun lassen, hasse ich. Auch dich hasse ich, und ich bitte dich, mir zu sagen, warum du so mit mir umgehst."

Die Seele antwortete: „Als du mich fortschicktest damals, in die Welt hinein, da hast du mir kein Herz mitgegeben. So lernte ich diese Dinge tun und liebe sie."

„Was sagst du da?" murmelte der junge Fischer.

„Du weißt es", antwortete die Seele, „du weißt es wohl. Solltest du denn vergessen haben, daß du mir kein Herz gegeben hast? Ich glaube es nicht. So quäle weder dich noch mich, sondern sei ruhig; denn es gibt keinen Schmerz, den du nicht andern antun sollst, und keine Lust, die du nicht empfangen sollst."

Als der junge Fischer seine Seele so reden hörte, zitterte er und sagte zu ihr: „Du bist böse und hast mich meine Liebe vergessen lassen, hast mich versucht mit Versuchungen und meine Füße nach der Sünde gelenkt."

Und seine Seele antwortete ihm: „Erinnere dich, daß du mir kein Herz gegeben, als du mich fort von dir in die Welt geschickt hast. Komm, laß uns in eine andere Stadt gehen und fröhlich sein, denn wir haben neun Beutel voll Gold."

Aber der junge Fischer nahm die neun Beutel voll Gold, schleuderte sie auf die Erde und stampfte darauf.

„Nein!" schrie er, „ich habe nichts zu tun mit dir, und keinen Schritt weiter werde ich mit dir gehn! Wie ich dich einmal fortgeschickt habe, werde ich es wieder tun. Denn du hast mir nichts Gutes gebracht." Und er drehte seinen Rücken zum Mond, und mit dem kleinen Messer, dessen Griff mit der Haut der grünen Viper überzogen war, versuchte er, den Schatten seines Körpers, welcher der Körper der Seele ist, von seinen Füßen zu trennen.

Aber die Seele bewegte sich nicht und kam seinem Befehl nicht nach, sondern sagte zu ihm: „Der Zauber, den dir die Hexe sagte, hilft dir nicht mehr. Ich kann dich nicht mehr verlassen, noch kannst du mich fortschicken. Einmal in seinem Leben kann der Mensch seine Seele fortschicken, aber der, welcher seine Seele wieder aufnimmt, muß sie für immer bei sich behalten. Und dies ist die Strafe für ihn und der Lohn zugleich."

Der junge Fischer erbleichte, ballte die Hände und rief: „Sie war eine falsche Hexe, daß sie mir das nicht gesagt hat."

„Nein", antwortete seine Seele, „sie ist nur Ihm ergeben, den sie anbetet und dessen Dienerin sie immer sein wird."

Da der junge Fischer nun wußte, daß er nicht mehr seine Seele loswerden konnte und daß sie eine böse Seele war und daß sie immer bei ihm bleiben mußte, da fiel er auf die Erde nieder und weinte bitterlich.

Als es Tag war, stand der junge Fischer auf und sagte zu seiner Seele: „Ich will meine Hände fesseln, daß ich deine Befehle nicht mehr ausführen kann; meine Lippen werde ich schließen, daß ich deine Worte nicht mehr sagen kann. Und ich werde dorthin zurückkehren, wo sie wohnt, die ich liebe. Zum Meer will ich zurückkehren, an die kleine Bucht, wo sie immer singt, und ich werde sie rufen und all das Böse erzählen, das ich getan habe und das du über mich gebracht hast."

Und seine Seele versuchte ihn und sagte: „Wer ist deine Liebe, daß du zu ihr zurückkehren willst? Die Erde hat viele, die schöner sind als sie. In Samaris sind Tänzerinnen, die tanzen nach der Art der Vögel und aller Tiere. Ihre Füße sind mit Henna bemalt, und in ihren Händen halten sie kleine Kupferglocken. Sie lachen, wenn sie tanzen, und ihr Lachen ist klar wie das Lachen des Wassers. Komm mit mir, und ich will dich zu ihnen führen. Warum quälst du dich der Sünden wegen? Ist nicht für den Essenden gemacht, was wohlschmeckend ist? Ist Gift in dem, was süß zu trinken? Quäle dich nicht; komm mit mir zu einer anderen Stadt. Ganz nahe ist eine Stadt, in der ein Garten voller Tulpenbäume ist. Weiße Pfauen und Pfauen, deren Brust blau ist, leben in jenem herrlichen Garten. Ihre Schweife sind wie Räder aus Elfenbein und wie Räder aus Gold, wenn sie in der Sonne sie ausbreiten. Und sie, die sie füttert, tanzt andern zur Lust, und manchmal tanzt sie auf ihren Händen, und manchmal tanzt sie auf ihren Füßen. Ihre Augen sind mit Antimon gefärbt. Ihre Nasenflügel, geformt wie die Flügel einer Schwalbe, schmückt, an einem Häkchen aus Golddraht hängend, eine Blüte, kunstvoll aus einer Perle geschnitten. Sie lacht, während sie tanzt, und die Silberringe, die um ihre Knöchel geschlungen sind, klingen wie silberne Glocken. So quäle dich nicht länger, und komm mit mir zu der Stadt."

Aber der junge Fischer antwortete seiner Seele nicht, sondern verschloß seine Lippen mit dem Siegel des Schweigens, und mit einer starken Schnur band er seine Hände. Und er wanderte zurück zu der Stelle, von der er ausgezogen, zurück zur kleinen Bucht, wo einst seine Liebste gesungen hatte. Immer wieder versuchte ihn seine Seele auf dem Weg dorthin, doch er gab ihr keine Antwort, noch tat er das Böse, das sie ihn tun hieß; denn so groß war die Macht der Liebe in ihm.

Als er das Ufer des Meeres erreichte, löste er die Fessel von seinen Händen, nahm das Siegel des Schweigens von seinen Lippen und rief nach der kleinen Meerfrau. Aber sie kam nicht auf sein Rufen, obgleich er den ganzen Tag über rief und flehte.

Seine Seele spottete über ihn und sagte: „Du erhältst wohl wenig Freuden von deiner Liebe. Bist du nicht wie jener, der in den Zeiten, da die Leute verdursteten, Wasser in ein zerbrochenes Gefäß goß? Du gibst hinweg, was du besitzt, und nichts wird dir zurückgegeben. Es wäre besser für dich, du gingest mit mir; denn ich weiß, wo das Tal der Freuden liegt und welche Dinge dort geschehen."

Aber der junge Fischer gab seiner Seele keine Antwort, er baute sich eine Hütte aus Schilf in einen Spalt zwischen den Felsenklippen und hauste dort ein ganzes Jahr. Jeden Morgen rief er nach der kleinen Meerfrau, und jeden Mittag rief er wieder nach ihr, und am Abend nannte er ihren Namen. Doch nie kam sie aus den Fluten empor zu ihm, und nirgendwo am Meere konnte er sie finden, obgleich er in den Höhlen und im grünen Wasser, in den Wasserlöchern der Ebbe und in den Grotten, die in der Tiefe des Meeres sind, nach ihr suchte.

Und immer versuchte ihn seine Seele mit Bösem und flüsterte ihm schreckliche Dinge zu. Aber die Seele vermochte nicht über ihn zu herrschen; denn so groß war die Macht seiner Liebe.

Nachdem das Jahr vorüber war, dachte die Seele: Ich habe meinen Herrn mit Bösem versucht, und seine Liebe ist stärker als ich. Ich will ihn mit Gutem versuchen, vielleicht wird er dann mit mir kommen.

So sprach sie zum jungen Fischer und sagte: „Ich habe dir von den Freuden der Welt erzählt, und als ob du taub wärest, hast du nicht auf mich gehört. Laß mich von der Not der Welt erzählen, vielleicht hörst du dann auf mich; denn wahrlich, die Not ist der Herr dieser Welt, und niemand ist, der ihren Netzen entfliehen könnte. Dem einen fehlt die Kleidung, dem andern Brot. Witwen sitzen in Purpur, und andere in Lumpen. Kreuz und quer über die Sümpfe gehen die Aussätzigen und sind grausam zueinander. Die Bettler gehen die langen Straßen auf und ab, und ihre Beutel sind leer. Durch die Straßen der Städte geht der Hunger, und die Pest sitzt vor ihren Toren. Komm, laß uns fortgehn und Hilfe bringen und die Dinge ändern. Warum sollst du länger hier verweilen und nach deiner Liebsten rufen, da du doch siehst, daß sie deinem Rufe nicht folgt? Und ist Liebe denn alles, daß du so hohen Wert auf sie legst?"

Aber so groß war die Macht der Liebe, daß der junge Fischer keine Antwort gab. Jeden Morgen rief er nach der kleinen Meerfrau, und jeden Mittag rief er wieder nach ihr, und jeden Abend nannte er ihren Namen. Doch nie kam sie aus den Fluten empor zu ihm, und nirgendwo auf dem weiten Meer konnte er sie finden, obgleich er in den Strömen des Meeres nach ihr suchte und in den Tälern unter den Wogen, im Meer, das die Nacht purpurn macht, und im Meer, das grau in der Morgendämmerung ruht.

Nachdem das zweite Jahr vorüber war, sagte die Seele an einem Abend zum jungen Fischer, als er gerade in seinem geflochtenen Haus allein war: „Siehe! Nun habe ich dich mit Bösem versucht, und ich habe dich mit Gutem versucht, und deine Liebe ist stärker als ich. Weshalb sollte ich dich noch länger versuchen? Aber ich flehe dich an: Laß mich in dein Herz, daß ich eins mit dir werde wie einst."

„So tu es", sagte der junge Fischer, „denn während der Zeit, da du ohne Herz durch die Welt gewandert bist, mußt du viel gelitten haben."

„Ach", rief die Seele, „ich finde keine Stelle, hineinzukommen, denn dein Herz ist übervoll von Liebe."

„Und doch wollte ich, ich könnte dir helfen", sagte der junge Fischer.

Und wie er so sprach, drang ein lauter Schrei der Trauer vom Meere her auf ihn zu, gleich dem Schrei, den die Menschen hören, wenn einer aus dem Volke des Meeres gestorben ist. Da sprang der junge Fischer auf, verließ seine Hütte aus Flechtwerk und lief hinab ans Ufer. Die schwarzen Wogen eilten zum Ufer und trugen ein Bündel, das weißer war als Silber. Weiß wie der Gischt der Brandung war es, und wie eine Blüte wiegte es sich auf den Wellen. Und die Brandung nahm es von den Wogen, und der Schaum von der Brandung, und das Ufer erhielt es. Und zu seinen Füßen liegend sah der junge Fischer den Körper der kleinen Meerfrau. Tot lag er zu seinen Füßen.

Weinend und wie einer, den der Schmerz überwältigt, stürzte er an ihrer Seite nieder, küßte das kalte Rot ihres Mundes, und durch seine Finger lief der feuchte Bernstein ihrer Haare. Und wie einer, der vor Freude zittert, stürzte er an ihrer Seite nieder und hielt sie

mit seinen braunen Armen fest an seine Brust gedrückt. Kalt waren
die Lippen, und doch küßte er sie. Salzig war der Honig ihres
Haares, und doch schmeckte er ihn mit bitterer Freude. Er küßte die
geschlossenen Lider, und der wilde Schaum, der auf den Wölbungen
der Lider lag, war weniger salzig als seine Tränen.

Und dem toten Körper berichtete er sein Leben. In die Muscheln
ihrer Ohren schüttete er den herben Wein seiner Geschichte. Und er
legte ihre kleinen Hände um seinen Nacken, und mit seinen Fingern
berührte er das zarte Rohr ihres Halses. Bitter, bitter war seine
Freude, und voll seltsamen Glückes war sein Schmerz.

Die schwarze See kam näher, und der Gischt stöhnte wie ein
Aussätziger. Mit Klauen von weißem Schaum griff das Meer nach
den Ufern. Wieder kam vom Palast des Meerkönigs der Schrei der
Trauer, und weit draußen auf dem Meer bliesen die großen Tritonen
gruselig auf ihren Hörnern.

„Fliehe", sagte die Seele, „denn das Meer kommt immer näher,
und wenn du zögerst, wird es dich töten. Fliehe! Denn ich fürchte
mich, weil dein Herz mir verschlossen bleibt durch deine übergroße
Liebe. Fliehe zu einer Stelle, wo du sicher bist, oder willst du mich
ohne Herz in eine andere Welt schicken?"

Aber der junge Fischer hörte nicht auf seine Seele, sondern sprach
zur kleinen Meerfrau und sagte: „Liebe ist größer als Weisheit und
wertvoller als alle Schätze und schöner als die Füße der Menschen-
töchter. Die Feuer zerstören sie nicht, noch können sie die Wasser
erdrücken. Ich rief nach dir in der Morgendämmerung, und du
kamst nicht auf meinen Ruf. Der Mond hörte deinen Namen, doch
du hörtest ihn nicht. Des Bösen wegen habe ich dich verlassen, und
zu meinem eigenen Schmerz war ich fortgewandert. Und doch
wohnte immer deine Liebe bei mir, und immer war sie stark, und
nichts hat sie gemindert, obgleich ich Böses gesehen und Gutes. Und
nun, da du tot bist, will ich nicht länger leben."

Und seine Seele flehte ihn an, fortzueilen, aber er wollte nicht;
denn seine Liebe war groß. Das Meer kam näher, es trachtete ihn mit
den Wellen zu bedecken. Und als er erkannte, daß sein Ende nahe
war, küßte er mit wahnsinnigen Lippen den kalten Mund der
Meerfrau, und das Herz in ihm brach. Und wie das Herz von der
Fülle seiner Liebe brach, fand die Seele einen Eingang und trat hinein
und war eins mit ihm wie ehedem. Und das Meer war nahe und
deckte den jungen Fischer mit seinen Wogen.

Am Morgen schritt der Priester hinaus, das Meer zu segnen, denn es war stürmisch gewesen. Mit ihm gingen die Mönche und die Musikanten, die Rauchfaßschwinger und eine große Menge Volk.

Als der Priester ans Ufer kam, sah er den jungen Fischer ertrunken in der Brandung liegen und den Körper der kleinen Meerfrau von seinen Armen umschlungen. Da runzelte er die Stirn und kehrte sich ab. Er machte das Zeichen des Kreuzes und rief laut und sagte: „Ich werde das Meer nicht segnen, noch das, was in ihm lebt. Verflucht sei das Meervolk, und verflucht seien alle, die mit ihm verkehren. Und ihn, der um seiner Liebe willen Gott verließ und hier mit seiner Buhle liegt, von Gottes Gericht erschlagen, nehmt ihn und den Leichnam seiner Buhle und begrabt sie in einem Winkel des Schindangers und setzt keinen Stein über ihr Grab, noch irgendein anderes Zeichen, daß keiner den Platz wisse, wo sie liegen. Denn verflucht waren sie in ihrem Leben, und verflucht sollen sie sein in ihrem Tode."

Und das Volk tat, wie er befohlen. In einem Winkel des Schindangers, wo keine süßen Kräuter wuchsen, gruben sie ein tiefes Loch und legten die toten Körper hinein.

Und als das dritte Jahr vorüber war, ging der Priester an einem Festtage zur Kapelle, dem Volke die Wunden des Herrn zu zeigen und ihm vom Zorne Gottes zu reden.

Als er sich selbst die heiligen Gewänder angetan hatte und in die Kapelle trat und sich vor dem Altar verneigte, da sah er, daß der Altar bedeckt war mit seltsamen Blumen, die er nie vorher gesehen hatte. Eigenartig waren sie anzuschauen und von seltener Schönheit. Ihre Schönheit verwirrte ihn, und ihr Duft lag süß in der Luft. Er fühlte sich so froh und wußte nicht, warum er froh war.

Er öffnete den Tabernakel und beräucherte die Monstranz, die darin war, mit Weihrauch. Dann zeigte er dem Volke die schöne Hostie.

Nachdem er die Monstranz wieder hinter dem Schleier des Tabernakels verborgen hatte, begann er zum Volke zu predigen und wollte vom Zorne Gottes predigen. Doch die Schönheit der weißen Blumen und ihr süßer, die Luft durchziehender Duft verwirrten ihn. Und so kam ein anderes Wort auf seine Lippen, und er predigte nicht vom Zorn Gottes, sondern von Gott, dessen Name Liebe ist. Doch warum er davon predigte, wußte er nicht.

Am Ende seiner Predigt weinten die Leute, und der Priester ging in die Sakristei zurück, und seine Augen waren voll Tränen. Die Diakone kamen zu ihm und nahmen die heiligen Gewänder von ihm, die Albe und das Zingulum, die Manipel und die Stola, und er stand wie im Traum.

Nachdem sie fertig waren und die heiligen Gewänder abgelegt hatten, blickte er sie an und sagte: „Was sind das für Blumen auf dem Altar, und woher kommen sie?"

Sie antworteten ihm: „Welche Blumen es sind, wissen wir nicht; doch sie kommen aus einem Winkel des Schindangers." Der Priester zitterte da, und wie er zu Hause war, betete er.

Und am Morgen, während es noch dämmerte, ging er fort ans Ufer des Meeres und mit ihm die Mönche und die Musikanten, die Kerzenträger und die Rauchfaßschwinger und eine große Menge Volk. Und er segnete das Meer und alle wilden Wesen in ihm. Auch die Faune segnete er und die kleinen Wesen, die in den Wäldern tanzen, und die helläugigen, die durch die Blätter schauen. Alle Wesen in Gottes Welt segnete er, und die Leute waren voll Freude und Staunen. Aber niemals wieder wuchsen im Winkel des Schindangers Blumen; der Anger blieb öde wie zuvor. Und auch die Meerleute kamen nicht wieder in die Bucht, wie sie einst gern getan hatten; sie suchten einen anderen Teil des Meeres auf.

DAS STERNENKIND

Vor vielen Jahren gingen einmal zwei arme Holzfäller durch einen großen Wald nach Hause. Es war tiefer Winter und die Nacht bitter kalt. Der Schnee lag dick auf der Erde und auf den Zweigen der Bäume. Im Vorübergehen hörten sie, wie die Eiseskälte links und rechts von ihnen die kleinen Zweige brach; und als sie an den Wasserfall kamen, der vom Berg sich herabstürzt, hing er bewegungslos in der Luft: Die Eiskönigin hatte ihn geküßt.

So kalt war es, daß selbst die Tiere und die Vögel nicht wußten, was sie dagegen tun sollten.

„Huu!" knurrte der Wolf, als er durchs Unterholz schnürte, den Schwanz zwischen seinen Beinen, „das ist ein vollkommen scheußliches Wetter. Warum tut die Regierung nichts dagegen?"

„Wit, wit, wit", zwitscherten die grünen Hänflinge, „die alte Erde ist tot; sie haben sie schon aufgebahrt in ihrem weißen Totenhemd."

„Die Erde will sich verheiraten, 's ist ihr Brautkleid", flüsterten die Turteltauben einander zu. Ihre kleinen rosaroten Füße waren schon ganz zerbissen vom Frost, und trotzdem hielten sie es immer noch für ihre Pflicht, die Sache ein wenig romantisch zu betrachten.

„Unsinn!" grollte der Wolf. „Ich sage euch, es ist die Nachlässigkeit der Regierung, und wenn ihr mir nicht glaubt, freß ich euch." Der Wolf dachte immer so handgreiflich, und er fand immer einen Anlaß dazu.

„Hm, ich für mein Teil", sagte der Specht, der ein geborner Philosoph war, „ich pfeife auf Erklärungen. Ist einmal etwas so, gut, dann ist es eben so, und gegenwärtig ist es schrecklich kalt."

Und schrecklich kalt war es wirklich. Die kleinen Eichhörnchen, die im Stamm der hohen Kiefer lebten, rieben einander die Nasen ohne Aufhören, um einigermaßen warm zu bleiben, und die wilden Kaninchen rollten sich ein in ihren Höhlen und wagten nicht nachzusehn, wie's draußen sei. Die einzigen Bewohner des Waldes, die sich über dies Wetter zu freuen schienen, waren die großohrigen Eulen. Ihre Gefieder waren ganz steif vom Reif, was ihnen aber gar nichts ausmachte; sie rollten ihre großen gelben Augen und riefen einander durch den ganzen Wald hin zu: „Tjuwitt! Tjuwuu! Tjuwitt! Tjuwuu! was für ein herrliches Wetter wir haben!"

Weiter und weiter stapften die zwei Holzfäller, bliesen munter auf
ihre Finger und stampften mit ihren schweren eisenbeschlagenen
Stiefeln auf den harten Schnee. Einmal sanken sie in eine tiefe
Schneewehe und kamen daraus hervor so weiß wie Müller, wenn die
Mühlsteine gerade Korn mahlen. Einmal glitten sie aus auf dem
harten glatten Eis, wo das Wasser des Bruches gefroren war, und die
Holzscheite, die sie mit sich trugen, rutschten aus ihren Bündeln,
und sie mußten sie wieder aufklauben und neu zusammenbinden.
Und einmal glaubten sie, den Weg verloren zu haben, und sie hatten
große Angst; denn sie wußten, daß der Schnee grausam war, wenn
jemand in seinen Armen einschlief. Doch sie vertrauten auf den
guten heiligen Martin, der alle Wanderer beschützt, gingen ihre Spur
zurück und dann achtsam weiter, bis sie endlich den Waldrand
erreichten und, weit entfernt noch, unten im Tale die Lichter des
Dorfes erblickten, in dem sie wohnten.

Sie hatten so große Freude über ihre Rettung, daß sie laut auflach-
ten. Die Erde schien ihnen eine Blume aus Silber zu sein und der
Mond eine Blüte aus Gold.

Doch als sie ausgelacht hatten, wurden sie traurig, denn es fiel
ihnen ihre Armut wieder ein, und der eine sagte zum andern:
„Warum waren wir nur so lustig, wo wir doch wissen, daß das
Leben nur für die Reichen ist und nicht für solche, wie wir sind? Es
wär wohl besser gewesen, wir wären im Wald erfroren oder irgendein wildes Tier hätte uns angefallen und getötet."

„Ja", antwortete sein Begleiter, „viel ist den einen gegeben und
wenig den andern. Ungerechtigkeit hat die Welt verteilt, nichts,
nichts ist gerecht verteilt, ausgenommen vielleicht die Sorge."

Wie sie noch einander ihr Elend klagten, geschah etwas Seltsames.
Es fiel vom Himmel ein heller und wundervoller Stern. An der
Himmelswand flog er nieder, vorbei an den andern Sternen, und es
schien ihnen, wie sie so staunend schauten, daß der Stern hinter den
Weiden, die nahe bei einer Schafhürde standen, niedergesunken
wäre, kaum mehr als einen Steinwurf von ihnen entfernt.

„Hei! 's ist ein Klumpen Gold für den, der ihn findet", riefen sie
und rannten in der Richtung davon, wo sie das Gold vermuteten – so
begierig waren sie darauf.

Der eine rannte schneller als sein Begleiter, kam ihm zuvor und
bahnte sich einen Weg durch die Weidenbüsche. Er kam hindurch
und auf die andere Seite und siehe! dort lag wirklich etwas wie von
Gold im weißen Schnee. Er eilte drauf zu, bückte sich nieder und
berührte es mit seinen Händen. Es war ein Tuch aus Goldgewebe,

fremdartig durchwirkt mit Sternen und oftmals um etwas herumge-schlagen. Der Holzfäller schrie seinem Gefährten zu, daß er den Schatz, der vom Himmel gefallen war, gefunden habe, und als sein Gefährte zu ihm kam, legten sie das Bündel wieder in den Schnee nieder und wickelten die Tuchhülle auf, um die Goldstücke zu teilen. Doch oh! kein Gold war darin, kein Silber, noch überhaupt irgendein Schatz, sondern nur ein kleines Kind, das ruhig schlief.

Da sagte der eine zum andern: „So sind wir wieder einmal von unsrer Hoffnung betrogen worden. Das Schicksal meint es nicht gut mit uns, denn was hilft ein Kind schon einem Menschen? Laß es hier liegen und uns fortgehn. Du weißt, wir sind arme Leute und haben selbst Kinder genug, deren Brot wir nicht noch mit einem andern teilen dürfen."

Aber sein Begleiter antwortete ihm: „Nein, es wär nicht recht, das Kind hier liegenzulassen, daß es im Schnee zugrund ginge. Obwohl ich arm bin, so arm wie du, und viele Mäuler zu füttern habe und wenig im Topf, ich will's trotzdem mit nach Haus nehmen, und meine Frau soll sorgen dafür."

So nahm er denn das Kind sanft an sich, hüllte es wieder ins Tuch, um es vor der grimmigen Kälte zu schützen, und ging den Hügel hinab zum Dorf, und mit ihm sein Gefährte, der sich sehr über seine Dummheit und sein weiches Herz wunderte.

Als sie zum Dorf kamen, sagte sein Gefährte zu ihm: „Du hast das Kind, gut, so gib mir also das Tuch; denn es ist nur billig, daß wir teilen."

Doch dieser antwortete ihm: „Nein, das Tuch gehört weder mir noch dir, sondern allein dem Kind." Er grüßte, ging zu seinem eignen Haus und klopfte an.

Als sein Weib die Tür öffnete und sah, daß ihr Mann glücklich zu ihr zurückgekommen war, legte sie ihre Arme um seinen Hals und küßte ihn, nahm das Bündel Holz von seinem Rücken, kehrte den Schnee von seinen Stiefeln und bat ihn einzutreten.

Doch er sagte zu ihr: „Ich habe was im Wald draußen gefunden und dir mitgebracht, damit du dich darum kümmerst"; und er rührte sich nicht von der Schwelle.

„Was hast du denn?" rief sie. „Zeig her, denn im Haus fehlt manches, und wir können vieles gebrauchen." Und er schlug das Tuch zurück und zeigte ihr das schlafende Kind.

„Ach, guter Mann", murmelte sie da, „haben wir denn nicht genug Kinder, daß du unbedingt noch so einen Wechselbalg ins Haus bringen mußt?" Und sie war sehr zornig auf ihn.

„Aber es ist doch ein Sternenkind", antwortete er; und er erzählte ihr, auf welch seltsame Weise er das Kind gefunden hatte.

Sein Weib ließ sich aber nicht beschwichtigen in ihrem Zorn, sondern verhöhnte ihn und sagte: „Unsere Kinder haben schon kein Brot, womit sollen wir dann das Kind eines andern füttern? Wo ist der, welcher für uns sorgt? Und wer gibt uns zu essen?"

„Oh, Gott sorgt selbst für die Sperlinge und füttert sie", antwortete er.

„Sterben im Winter nicht die Sperlinge vor Hunger?" fragte sie. „Ist es nicht gerade Winter?" Der Holzfäller aber antwortete ihr nicht und ging nicht von der Schwelle.

Ein kalter Wind blies vom Wald her durch die offene Tür und ließ sie vor Kälte zittern. Da sagte sie: „Willst du nicht die Tür schließen? Es kommt der kalte Wind ins Haus und mich friert."

„Bläst nicht immer ein kalter Wind durch ein Haus, in dem die Herzen verhärtet sind?" fragte er. Die Frau aber sagte nichts, sondern kroch nur näher ans Feuer.

Nach einer Weile wandte sie sich ihm zu und blickte ihn an, und ihre Augen waren voll Tränen. Schnell trat er da ein und legte ihr das Kind in die Arme, und sie küßte es und legte es dann in das kleine Bett, wo das jüngste ihrer Kinder schlief. Und am Morgen nahm der Holzfäller das eigenartige goldene Tuch und verschloß es in einer großen Truhe; dazu legte er die Bernsteinkette, die um den Hals des Kindes war.

So wuchs nun das Sternenkind mit den Kindern des Holzfällers heran, saß am selben Tisch mit ihnen und war ihr Gespiele. Und mit jedem Jahr ward es schöner anzuschaun, so daß alle, die im Dorfe wohnten, voll Staunen darüber waren; denn während sie braun und schwarzhaarig waren, war es weiß und zart wie Elfenbein, und seine Locken waren wie die Blüten der gelben Narzisse. Seine Lippen glichen den Blütenblättern einer roten Blume und seine Augen den Veilchen am klaren Bach, und sein Leib war wie die Narzisse auf einer Wiese, die des Schnitters Sichel verschont.

Aber seine Schönheit geriet ihm zum Bösen. Es wurde stolz und grausam und eigensüchtig. Die Kinder des Holzfällers und die andern Kinder im Dorf verachtete es und sagte ihnen, daß sie von niederer Herkunft seien, während es edel geboren sei, stamme es doch von einem Stern; und es machte sich zum Herrn über sie und betrachtete sie als seine Diener. Das Sternenkind hatte auch kein Mitleid mit den Armen oder mit jenen Leuten, die blind waren oder verkrüppelt oder sonst ein Gebrechen hatten; es warf mit Steinen nach ihnen, trieb sie vor sich her auf der Straße und befahl ihnen, anderswo ihr Brot zu erbetteln, so daß niemand mehr außer den Geächteten zweimal ins Dorf kam, um Almosen zu bitten. Ja, es war wie einer, der, in die Schönheit verliebt, die Schwachen und Häßlichen verhöhnt und seinen Spott mit ihnen treibt. Sich selbst liebte es wohl, und im Sommer, wenn die Winde ruhig waren, lag es draußen am Brunnen im Garten des Priesters und blickte hinab auf das Wunder seines Spiegelbildes und lachte dann vor Freude über seine Schönheit.

Oft schalten es der Holzfäller und seine Frau und sagten: „Wir waren nicht so zu dir, wie du zu jenen bist, die trostlos und einsam sind und niemanden haben, der ihnen hülfe. Warum bist du so grausam zu allen, die Mitleid so nötig brauchen?"

Oft sandte der Priester nach ihm und suchte ihn die Liebe zu allen lebenden Wesen zu lehren. „Die Fliege ist dein Bruder", sagte er, „tu ihr nichts zuleide. Die wilden Vögel, die durch den Wald huschen, haben ihre Freiheit. Fang sie nicht zu deinem Vergnügen. Gott schuf die Blindschleiche und den Maulwurf, und jedes hat seinen Platz. Und wer bist du, daß du Schmerz in Gottes Welt bringen solltest? Selbst die Rinder auf den Wiesen loben Ihn."

Doch das Sternenkind achtete nicht auf diese Worte, verzog höchstens den Mund und spottete, ging zurück zu seinen Gespielen und führte sie an. Und seine Gespielen folgten ihm, denn es war schön und schnellfüßig und konnte tanzen und pfeifen und Musik machen. Und wohin immer das Sternenkind sie führte, sie folgten ihm nach, und was immer es zu tun gebot, sie taten es.

Wenn es mit einer spitzen Gerte in die dunklen Augen des Maulwurfs stach, lachten die Gespielen, und wenn es Steine nach den Aussätzigen warf, lachten sie ebenso. Unumschränkt gebot es über sie, und sie wurden hartherzig, genauso wie das Sternenkind.

Nun, eines Tages kam ein altes Bettelweib durchs Dorf. Ihre Kleider waren zerrissen und zerfetzt, ihre Füße bluteten vom steinigen Weg, den sie gewandert war, und sie war in einem traurigen Zustand. Da sie müde war, setzte sie sich unter einem Kastanienbaum nieder und ruhte sich da aus.

Aber kaum hatte das Sternenkind die Bettelfrau gesehen, als es zu seinen Gespielen sagte: „Schaut! Dort sitzt ein schmutziges Bettelweib unter dem schönen grünbelaubten Baum. Kommt, wir vertreiben sie, denn sie ist häßlich und ungestalt."

So ging es nahe zu ihr, warf mit Steinen auf sie und verhöhnte sie;
sie aber schaute das Sternenkind mit schreckgeweiteten Augen an
und wandte den Blick nicht von ihm. Als der Holzfäller, der nahe in
einem Schuppen Holz hackte, sah, was das Sternenkind tat, eilte er
hinzu, schalt es und sagte zu ihm: „Wahrlich, du hast ein hartes
Herz und kennst kein Erbarmen. Was hat dir denn die arme Frau
getan, daß du sie auf diese Weise behandelst?"

Das Sternenkind wurde rot vor Zorn, stampfte mit den Füßen
auf den Boden und sagte: „Wer bist du, daß du mich danach fragst,
was ich tue? Ich bin nicht dein Sohn, daß ich dir gehorchen
müßte."

„Du hast recht", antwortete der Holzfäller, „und doch hatte ich
Mitleid mit dir, als ich dich damals im Wald fand."

Und als das Weib diese Rede hörte, schrie sie auf und wurde
ohnmächtig. Der Holzfäller nahm sie, trug sie in sein Haus, und
seine Frau kümmerte sich um sie. Als sie aus der Ohnmacht erwachte, setzten sie ihr Essen und Trinken vor und baten sie, guten
Mutes zu sein.

Doch sie wollte weder essen noch trinken, sondern sagte zum
Holzfäller: „Hast du nicht gesagt, daß das Kind im Wald gefunden
worden ist? Und ist es nicht zehn Jahre her, daß es geschah?"

Der Holzfäller antwortete: „Ja, es war im Wald, und nun ist's
zehn Jahre her, daß ich das Kind gefunden habe."

„Und hast du nichts bei ihm gefunden", rief sie. „Hat es nicht eine
Kette aus Bernstein um den Hals gehabt? Und ist es nicht in ein
goldenes Tuch, gestickt mit Sternen, gewickelt gewesen?"

„Wahrhaftig", sagte der Holzfäller, „es war so, wie du sagst!"
Und er nahm das Tuch und die Bernsteinkette aus der Truhe, in der
sie aufbewahrt waren, und zeigte ihr die Dinge.

Und als die Frau sie sah, weinte sie vor Freude und sagte: „Es ist
mein kleiner Sohn, den ich im Wald verloren habe. Ich bitte dich,
schicke schnell nach ihm, denn die ganze Welt habe ich durchwandert und nach ihm gesucht.

Der Holzfäller und seine Frau gingen vors Haus hinaus und riefen
das Sternenkind und sagten zu ihm: „Geh ins Haus; dort wirst du
deine Mutter finden, die auf dich wartet."

So lief es hinein voll Verwunderung und großer Freude. Doch als
es die Frau sah, die dort wartete, lachte es verächtlich und sagte:
„Nun, wo ist meine Mutter? Ich sehe niemanden hier als dieses
gemeine Bettelweib."

Doch die Frau antwortete ihm: „Ich bin deine Mutter."

„Du bist wahnsinnig, so etwas zu sagen", schrie das Sternenkind
zornig. „Ich bin nicht dein Sohn, denn du bist eine Bettlerin und
häßlich und in Lumpen. Deshalb geh fort von hier und laß mich nie
wieder dein schmutziges Gesicht sehen."

„Oh, du bist wirklich mein kleiner Sohn, den ich im Wald
geboren habe", rief sie, fiel auf ihre Knie und streckte die Hände
nach ihm aus. „Die Räuber haben dich gestohlen und dich verlassen,
damit du sterben solltest", sagte sie mit trauriger Stimme, „doch ich
erkannte dich, als ich dich sah, und die Dinge, die bei dir waren, hab
ich auch erkannt: das Tuch aus Goldgewebe und die Bernsteinkette.
Deshalb bitt ich dich: Komm mit mir; denn durch die ganze Welt bin
ich gewandert und habe nach dir gesucht. Komm mit mir, mein
Kind, denn ich brauche deine Liebe."

Aber das Sternenkind rührte sich nicht von der Stelle, sondern
schloß die Türen seines Herzens vor ihr; und kein Laut war zu hören
als das schmerzvolle Schluchzen der Bettelfrau.

Schließlich sprach es sie an, und seine Stimme war grausam und
bitter. „Wenn du wirklich meine Mutter bist", sagte es, „so wär es
besser gewesen, du wärst fortgeblieben und nicht hierhergekom-
men, um mir Schande zu bringen; ich hatte doch geglaubt, das Kind
eines Sternes zu sein und nicht das Kind eines Bettlers, wie du sagst.
So scher dich fort, laß dich hier nie wieder blicken."

„Ach, mein Kind", rief sie, „willst du mich nicht küssen, bevor
ich gehe? Ich habe viel erduldet, um dich zu finden."

„Nein", sagte das Sternenkind, „du bist zu häßlich, als daß ich
dich anschauen könnte; eher würde ich die Natter küssen oder die
Kröte als dich."

Da stand die Frau auf und ging weinend fort in den Wald. Das
Sternenkind war froh, als sie gegangen war, und lief zurück zu
seinen Gefährten, um weiter mit ihnen zu spielen.

Allein, als sie das Sternenkind kommen sahen, verspotteten sie es
und riefen: „Pfui, du bist abscheulich wie die Kröte, und ekelhaft
bist du wie die Natter. Scher dich weg, wir wollen dich nicht mehr
mit uns spielen lassen." Und sie trieben es aus dem Garten.

Das Sternenkind zog die Stirn kraus und sagte zu sich selber:
„Was bedeutet denn das, was sie zu mir sagen? Ich werde zum
Brunnen gehen und hinabschauen, und der Spiegel des Wassers soll
mir meine Schönheit zeigen."

So ging es denn zum Brunnen und schaute hinab, und siehe! sein
Gesicht war wie das Gesicht einer Kröte und sein Körper geschuppt
wie der Körper einer Natter. Und es warf sich aufs Gras nieder und

weinte und sagte zu sich selbst: „Das kam gewiß von meiner Sünde. Ich habe meine Mutter verleugnet und sie fortgeschickt und bin stolz gewesen zu ihr und grausam. Deshalb will ich fortgehen und sie suchen auf der ganzen Welt, und ich will nicht eher rasten, bis ich sie gefunden habe."

Wie es so zu sich selber sprach, kam die Tochter des Holzfällers zu ihm, legte ihre Hand auf seine Schulter und sagte: „Was macht's schon, wenn du deine Schönheit verloren hast! Bleib bei uns, ich will dich nicht verspotten."

Und das Sternenkind sagte zu ihr: „Nein, ich bin grausam zu meiner Mutter gewesen, und zur Strafe muß ich so häßlich sein. Ich muß fort von hier und durch die Welt wandern, bis ich sie finde und sie mir verzeiht."

Darauf lief es fort in den Wald und rief nach seiner Mutter, daß sie zu ihm kommen möchte; aber niemand antwortete. Den ganzen Tag über rief es nach ihr, und als die Sonne unterging, legte sich das Sternenkind auf ein Lager aus Blättern, um auszuruhen; und die Vögel und Tiere flohen vor ihm, denn sie erinnerten sich an seine Grausamkeit. So war es ganz allein bis auf die Kröte, die es beäugte, und die langsame Natter, die an ihm vorüberkroch.

Am Morgen stand es auf, pflückte einige bittere Beeren von den Bäumen und aß sie, und dann machte es sich weinend auf den Weg durch den großen Wald. Und alle Lebewesen, die es traf, fragte es, ob sie nicht seine Mutter gesehen hätten.

Zum Maulwurf sagte es: „Du kannst unter die Erde kriechen, sag mir, ist meine Mutter dort?"

Aber der Maulwurf antwortete: „Du hast meine Augen blind gemacht, wie sollt ich dir's sagen können?"

Zum Hänfling sagte es: „Du kannst über die Wipfel der hohen Bäume fliegen und kannst die ganze Welt sehen. Sag mir, kannst du meine Mutter sehen?"

Aber der Hänfling antwortete: „Du hast mir zu deinem Vergnügen die Flügel abgeschnitten. Wie könnt ich da noch fliegen?"

Und zum Eichhörnchen, das in der Kiefer wohnte und einsam war, sagte es: „Wo ist meine Mutter?"

Das Eichhörnchen antwortete: „Du hast die meine getötet. Willst du nun auch noch deine Mutter töten?"

Das Sternenkind weinte, neigte tief seinen Kopf und bat Gottes Kreaturen um Verzeihung. Dann ging es weiter durch den Wald, immerfort nach der Bettelfrau suchend. Am dritten Tag kam es an das andere Ende des Waldes und schritt hinab in die Ebene.

Und als es durch die Dörfer kam, spotteten die Kinder seiner und warfen Steine nach ihm. Und so scheußlich war es anzuschaun, daß die Bauern ihm nicht erlaubten, in den Scheunen zu schlafen, damit es nicht den Mehltau unters gespeicherte Korn brächte; und die Knechte der Bauern trieben es fort, und keinen gab es, der Mitleid mit ihm hatte. Und nirgendwo hörte es von der Bettelfrau, die seine Mutter war, obgleich es drei Jahre durch die Welt wanderte. Oft glaubte es, die Bettelfrau vor sich zu sehen, und es rief ihr und eilte ihr nach, bis es seine Füße auf den scharfen Kieseln wundlief. Einholen aber konnte es sie nicht, und die Leute, die zu seiten des Weges wohnten, leugneten, sie gesehen zu haben oder eine, die ihr hätte gleichen mögen; sie hatten nur ihren Spaß an seinem Schmerz.

Drei Jahre lang wanderte es durch die Welt, und in der Welt war weder Liebe für das Sternenkind noch Güte, noch Erbarmen; die Welt war so, wie es sie selbst geschaffen hatte während der Zeit, da es noch so stolz gewesen war.

Eines Abends nun kam es ans Tor einer stark befestigten Stadt, die an einem Flusse lag, und obgleich es müde war und die Füße es schmerzten, wollte es in die Stadt hineingehen. Aber die Soldaten, die als Wachen am Tor standen, hielten die gesenkten Hellebarden vor den Eingang zur Stadt und sagten zu ihm: „Was willst du in der Stadt?"

„Ich suche meine Mutter", antwortete das Sternenkind, „und ich bitte euch, mich hineinzulassen; denn vielleicht ist sie in der Stadt."

Die Soldaten aber verhöhnten es, und einer von ihnen wackelte mit seinem schwarzen Bart, stellte seinen Schild auf die Erde und rief: „Bei meiner Ehre, deine Mutter wird sich kaum freuen, wenn sie dich sieht; denn du bist häßlicher als die Kröte im Moor draußen oder die Natter, die im Schlamm kriecht. Scher dich weg! Scher dich weg! Deine Mutter wohnt nicht in dieser Stadt."

Und ein anderer, der eine gelbe Fahne in der Hand hielt, sagte zu ihm: „Wer ist deine Mutter, und warum suchst du sie?"

Und das Sternenkind antwortete: „Meine Mutter ist ein Bettler wie ich. Ich habe sie schlecht behandelt, und ich bitte euch, laßt mich in die Stadt, damit sie mir wieder verzeihe, wenn sie in dieser Stadt wohnt." Doch sie ließen es nicht zu und stachen nach ihm mit ihren Lanzen.

Weinend wandte es sich ab, und einer, dessen Panzer mit goldnen Blumen eingelegt war und auf dessen Helmspitze ein geflügelter Löwe kauerte, kam herbei und fragte die Soldaten, wer es sei, der in die Stadt wolle. Und sie sagten zu ihm: „Es ist ein Bettler und das Kind eines Bettlers; wir treiben es fort."

„Nein", rief er lachend, „wir verkaufen das häßliche Ding als Sklave, und der Preis dafür soll ein Krug süßen Weines sein."

Ein alter Mann mit einem bösen Gesicht, der gerade vorüberging, hörte es und rief ihm zu: „Ich will es kaufen zu diesem Preis." Und als er das Sternenkind für diesen Preis gekauft hatte, nahm er es bei der Hand und führte es in die Stadt.

Nachdem sie viele Straßen durchwandert hatten, kamen sie zu einer kleinen Tür, die durch eine Mauer führte, welche ganz hinter einem Granatapfelbaum verborgen war. Der Alte klopfte mit einem Ring aus geschnittenem Jaspis, und die Türe öffnete sich. Sie schritten fünf messingne Stufen hinab in einen Garten voll schwarzer Mohnblumen und grünen Krügen aus gebranntem Ton. Der Alte nahm von seinem Turban einen Schal aus Seide, in den Figuren gewebt waren, band ihn dem Sternenkind vor die Augen und stieß es vor sich her. Und als der Schal von seinen Augen weggenommen ward, sah sich das Sternenkind in einem Verlies, das von einer beinernen Laterne kaum erleuchtet war.

Der Alte setzte ihm auf einem Holzteller etwas verschimmeltes Brot vor und sagte: „Iß!" Und gab ihm etwas salziges Wasser in einem Becher und sagte: „Trink!" Und als es gegessen und getrunken hatte, ging der alte Mann hinaus, schloß die Tür hinter sich zu und befestigte daran eine eiserne Kette.

Am Morgen kam der Alte, der in Wirklichkeit der größte der libyschen Zauberer war und seine Kunst von einem Zauberer gelernt hatte, der in den Gräbern am Nil wohnte, zum Sternenkind, blickte es finster an und sagte: „In einem Wald nahe dem Tor dieser Stadt von Christenhunden sind drei Stücke Gold. Eines ist aus weißem, eines aus gelbem und das dritte ist aus rotem Gold. Heute sollst du mir das weiße Stück Gold holen, und wenn du's nicht mit zurückbringst, wirst du hundert Schläge bekommen. Geh nun, aber eile dich, und beim Sonnenuntergang werde ich an der Tür des Gartens auf dich warten. Sieh zu, daß du das weiße Stück Gold bringst, oder es ergeht dir schlecht; denn du bist mein Sklave, und ich habe dich um den Preis eines Kruges süßen Weins gekauft." Und damit verband er wieder die Augen des Sternenkindes mit dem Schal, in den Figuren gewebt waren, führte es durch das Haus und durch den Garten mit den Mohnblumen und die fünf Messingstufen hinauf,

öffnete die kleine Tür mit seinem Ring und schob das Sternenkind
auf die Straße.

Das Sternenkind ging darauf durchs Tor hinaus aus der Stadt und
kam in den Wald, den ihm der Zauberer genannt hatte.

Nun, der Wald war herrlich anzuschauen und schien voll singen-
der Vögel und süß duftender Blüten, und das Sternenkind ging fröhlich hinein. Aber die Schönheit des Waldes kam ihm wenig zugute.
Wohin es auch trat, da schossen von der Erde plötzlich rauhe Sträu-
cher und Dornen empor und umschlossen es, scharfe Brennnesseln
brannten es, und die Distel stach es mit ihren Dolchen, so daß es in
große Bedrängnis kam. Auch konnte es nirgends das Stück weißen
Goldes finden, wie ihm der Zauberer gesagt hatte, obgleich es
danach vom frühen Morgen an bis zum Mittag suchte und vom
Mittag bis zum Abend. Schließlich machte es sich bei untergehen-
der Sonne auf den Weg zum Haus des Zauberers und weinte
bitterlich; denn es wußte, welch schreckliche Strafe es erwartete.

Doch als es schon den Rand des Waldes erreicht hatte, da hörte
es aus einem Dickicht hinter sich ein leises Wimmern, als ob dort
jemand große Schmerzen ausstünde. Es vergaß seinen eigenen
Kummer, kehrte um und eilte an das Dickicht zurück; und dort sah
es einen kleinen Hasen in einer Falle gefangen, die von einem Jäger
aufgestellt worden war.

Das Sternenkind hatte Mitleid mit dem Tierchen, befreite es aus
der Falle und sagte zu ihm: „Ich bin zwar auch nur ein Sklave, aber
du sollst deine Freiheit haben."

Und der Hase antwortete ihm und sagte: „Du hast mir meine
Freiheit wiedergegeben, was soll ich dir dafür schenken?"

Das Sternenkind sagte zu ihm: „Ich suche nach einem Stück
weißen Goldes; ich kann es aber nirgends finden. Und wenn ich es
nicht nach Hause bringe, wird mich mein Herr schlagen."

„Komm mit mir", sagte der Hase, „und ich will dich hinführen;
ich weiß, wo es verborgen ist und warum."

So ging das Sternenkind mit dem Hasen, und siehe! in dem Riß
eines großen Eichenstammes lag das weiße Gold, das es suchte. Da
freute sich das Sternenkind, nahm das Gold und sagte zum Hasen:
„Der kleine Dienst, den ich dir tat, den hast du mir vielmals vergolten, und meine Güte hast du mir hundertfach zurückgegeben."

„Ach nein", antwortete der Hase, „ich habe nur getan, was du
auch an mir getan hast." Schnell hüpfte er davon, und das Sternenkind ging der Stadt zu.

Vor dem Tor der Stadt aber saß ein Aussätziger. Über sein Gesicht hatte er eine Kapuze gestülpt, und durch die Augenlöcher glühten seine Augen wie rote Kohlen. Wie er nun das Sternenkind kommen sah, schlug er auf eine hölzerne Schüssel, schüttelte seine Glocke, rief es an und sagte: „Gib mir Geld, sonst sterb ich vor Hunger. Sie haben mich aus der Stadt vertrieben, und niemand ist weit und breit, der Mitleid mit mir hat."

„O weh!" rief das Sternenkind, „ich habe nur eine Münze in der Tasche, und bring ich sie nicht meinem Herrn, so schlägt er mich, denn ich bin sein Sklave."

Aber der Aussätzige flehte und bat, bis das Sternenkind ihm das weiße Stück Gold schenkte.

Als es zum Haus des Zauberers kam, da öffnete ihm dieser, ließ es ein und sagte zu ihm: „Hast du das weiße Stück Gold?" Und das Sternenkind antwortete: „Ich habe es nicht." Da fiel der Zauberer über das Sternenkind her und schlug es und stellte ihm einen leeren Holzteller hin und sagte: „Iß!" und einen leeren Becher und sagte: „Trink!" Und er warf das Sternenkind wieder in das Verlies.

Am nächsten Morgen kam der Zauberer wieder und sagte: „Wenn du mir heute nicht das Stück gelben Goldes bringst, dann werde ich dich immer als meinen Sklaven behalten und dir dreihundert Schläge geben."

So ging denn das Sternenkind wieder in den Wald und suchte den ganzen Tag lang nach dem Stück gelben Goldes, aber es konnte das Gold nirgends finden. Als dann die Sonne unterging, setzte es sich nieder und fing an zu weinen. Und wie es so weinte, da kam der kleine Hase, den es aus der Falle befreit hatte, zu ihm.

Und der Hase sagte zu ihm: „Warum weinst du denn? Und was suchst du denn in diesem Wald?"

Da antwortete das Sternenkind: „Ich suche das gelbe Stück Gold, das hier versteckt ist, und wenn ich es nicht finde, schlägt mich mein Herr und wird mich für immer als Sklaven behalten."

„Folge mir", rief der Hase und lief vor ihm durch den Wald, bis er an einen kleinen Teich kam. Und auf dem Grunde des Teiches lag das gelbe Stück Gold.

„Wie soll ich dir danken?" sagte das Sternenkind, „denn sieh! es ist schon das zweite Mal, daß du mir geholfen hast."

„Ach nein; du hast zuerst Mitleid mit mir gehabt", sagte der Hase und hoppelte schnell hinweg.

Das Sternenkind nahm das gelbe Stück Gold, steckte es in seine

Tasche und eilte der Stadt zu. Aber wieder sah es der Aussätzige kommen und lief ihm entgegen, kniete sich vor ihm nieder und rief: „Gib mir Geld, sonst sterb ich vor Hunger."

Das Sternenkind sagte zu ihm: „Ich habe nur ein gelbes Stück Gold in der Tasche; wenn ich es nicht meinem Herrn bringe, wird er mich schlagen und für immer als Sklaven behalten."

Doch der Aussätzige flehte so sehr, daß das Sternenkind Mitleid mit ihm hatte und ihm das gelbe Stück Gold schenkte.

Und als es dann zum Hause des Zauberers kam, öffnete dieser ihm, ließ es ein und sagte: „Hast du das gelbe Stück Gold?" Und das Sternenkind sagte zu ihm: „Ich habe es nicht." Da fiel der Zauberer über das Kind her und schlug es, belud es mit Ketten und warf es wiederum in das Verlies.

Am andern Morgen dann kam der Zauberer wieder und sagte: „Wenn du mir heute das Stück roten Goldes bringst, so laß ich dich frei; aber bringst du es mir nicht, so werde ich dich töten."

So ging das Sternenkind zum drittenmal hinaus in den Wald und suchte den ganzen Tag über nach dem Stück roten Goldes; aber es konnte das Gold nirgends finden. Und am Abend setzte es sich wieder nieder und weinte, und wie es so vor sich hinweinte, kam der kleine Hase.

Und der Hase sagte zu ihm: „Das rote Stück Gold, das du suchst, ist in der Höhle hinter dir. So weine nicht mehr, sondern sei fröhlich."

„Wie soll ich's dir vergelten?" rief das Sternenkind, „denn sieh! es ist schon das dritte Mal, daß du mir geholfen hast."

„Ach nein; du hast zuerst Mitleid mit mir gehabt", sagte der Hase und hoppelte schnell davon.

Das Sternenkind ging nun in die Höhle hinein, und im hintersten Winkel fand es das Stück roten Goldes. Es steckte das Gold in seine Tasche und eilte der Stadt zu. Der Aussätzige, der es kommen sah, stand wieder in der Mitte des Weges und rief ihm zu und sagte: „Gib mir das rote Stück Gold, sonst muß ich sterben." Das Sternenkind hatte wiederum Mitleid mit ihm, gab ihm das rote Stück Gold und sagte: „Du brauchst es nötiger als ich." Aber sein Herz war schwer, denn es wußte, welch hartes Schicksal es erwartete.

Aber als das Sternenkind durchs Tor der Stadt ging, siehe! da verbeugten sich die Wachen tief vor ihm, brachten ihm ihre Huldigung dar und sagten: „Wie schön ist unser Herr!" Und eine Menge Leute folgte ihm, und sie alle riefen: „Oh, niemand auf der ganzen

Welt ist so schön!" Und das Sternenkind weinte und sagte zu sich
selbst: „Sie verspotten mich und achten nicht mein Unglück." Und
so groß wurde die zusammenströmende Menge, daß es seinen Weg
verlor und schließlich auf einen großen Platz kam, auf dem der
Palast eines Königs stand.

Die Tore des Palastes öffneten sich, und die Priester und die
hohen Würdenträger der Stadt kamen ihm entgegen, erniedrigten
sich vor ihm und sprachen: „Ihr seid unser Herr, auf den wir
gewartet haben, Ihr seid der Sohn unsres Königs."

Das Sternenkind aber antwortete ihnen und sagte: „Ich bin nicht
eines Königs Sohn, sondern das Kind eines armen Bettelweibes. Wie
könnt ihr sagen, daß ich schön sei, wo ich doch weiß, daß ich häßlich
bin?"

Da hielt jener, dessen Rüstung mit goldnen Blumen eingelegt war
und auf dessen Helmspitze ein geflügelter Löwe kauerte, seinen
Schild hoch und rief: „Wie kann mein Gebieter sagen, daß er nicht
schön sei?"

Und das Sternenkind blickte in den erhobenen Schild, und siehe
da! sein Antlitz war genauso, wie es einst gewesen war. Seine Anmut
war zurückgekommen zu ihm, und es sah etwas in seinen Augen,
das es bisher noch nie darin gesehen.

Der Priester und die hohen Würdenträger knieten nieder und
sagten zu ihm: „Vor langen Zeiten schon war uns prophezeit
worden, daß am heutigen Tage der kommen wird, welcher über uns
herrschen soll. So nehme denn unser Herr und Gebieter diese Krone
und dieses Zepter, und seid König über uns in aller Gerechtigkeit
und Gnade."

Aber das Sternenkind sagte zu ihnen: „Ich bin nicht wert, euer
König zu sein; denn ich habe meine Mutter, die mich geboren,
verleugnet, und ich darf nicht ruhen, bis ich sie gefunden habe und
bis ich weiß, daß sie mir verzeiht. So laßt mich deshalb gehn; ich
muß weiter durch die Welt wandern und kann hier nicht verweilen,
auch wenn ihr mir Zepter und Krone bringt." Und wie es so sprach,
wandte sich sein Gesicht von den Priestern und Würdenträgern ab
und der Straße zu, die zum Stadttor führte, und oh! bei der Menge
der Leute, die von den achtenden Soldaten zurückgehalten wurden,
sah das Sternenkind die Bettelfrau, die seine Mutter war, und neben
ihr stand der Aussätzige vom Wege vor dem Stadttor.

Ein Schrei der Freude brach da von seinen Lippen! Es lief zu ihnen
hinüber, kniete vor ihnen nieder und küßte die Wunden an den
Füßen seiner Mutter und benetzte sie mit seinen Tränen. Es neigte

seinen Kopf in den Staub und, schluchzend wie einer, dessen Herz bricht, sagte es zu ihr: „Mutter, ich habe dich verleugnet, als ich noch stolz war. Nimm mich wieder an, jetzt, weil ich demütig bin. Mutter, ich habe dir Haß entgegengebracht. O bring mir deine Liebe entgegen. Mutter, ich habe dich verschmäht. Verschmähe nun dein Kind nicht." Aber das Bettelweib antwortete ihm kein Wort.

Und das Sternenkind streckte seine Hände aus, umschlang die weißen Füße des Aussätzigen und sagte zu ihm: „Dreimal hab ich Erbarmen mit dir gehabt. O bitte meine Mutter, daß sie nur ein einziges Wort zu mir spricht." Aber auch der Aussätzige antwortete ihm kein Wort.

Und das Sternenkind schluchzte klagend auf und sagte: „Mutter, mein Leid ist größer, als ich zu ertragen vermag. Verzeihe mir und laß mich dann zum Wald zurückkehren." Und das Bettelweib legte ihre Hand auf seinen Kopf und sagte zu ihm: „Steh auf", und der Aussätzige legte seine Hand auf seinen Kopf und sagte zu ihm: „Steh auf."

Da stand das Sternenkind auf und blickte sie an, und siehe! sie waren ein König und eine Königin.

Und die Königin sagte zu ihm: „Dies ist dein Vater, dem du geholfen hast."

Und der König sagte: „Dies ist deine Mutter, deren Füße du mit deinen Tränen gewaschen hast."

Und beide fielen dem Sternenkind um den Hals, brachten es in den Palast und kleideten es mit schönen Gewändern, setzten die Krone auf sein Haupt und gaben das Zepter in seine Hand; und das Sternenkind herrschte über die Stadt, die am Fluß lag, und war ihr Herr und Gebieter. Viel Gerechtigkeit und Gnade erzeigte es allen; den bösen Zauberer aber verbannte es aus der Stadt. Dem Holzfäller und seinem Weib schickte es viele herrliche Geschenke, und ihren Kindern erwies es hohe Ehren. Und es litt nicht, daß jemand grausam war gegen die Vögel und Tiere, und lehrte Liebe und Güte und Erbarmen; den Armen gab es Brot und den Nackten Kleidung, und Friede und Reichtum kamen übers Land.

Aber das Sternenkind herrschte nicht lange, so groß waren seine Leiden gewesen und so bitter die Härte seiner Prüfung. Nach drei Jahren starb es – und jener, der ihm auf den Thron folgte, herrschte übel.

ERZÄHLUNGEN

LORD ARTHUR SAVILES VERBRECHEN

Eine Studie über die Pflicht

I

Es war auf Lady Windermeres letztem Empfang vor Ostern, und in Bentick House waren mehr Besucher als sonst. Sechs Minister des Kabinetts waren von des Speakers Levée gekommen mit Orden und Bändern, alle die hübschen Frauen trugen ihre schönsten Toiletten, und am Ende der Bildergalerie stand Prinzessin Sophie von Karlsruhe, eine gewichtige Lady mit einem Tatarenkopf, kleinen schwarzen Augen und herrlichen Smaragden; sie sprach schlechtes Französisch, so laut sie's vermochte, und lachte unmäßig über alles, was man zu ihr sagte. Es war ein buntes Gemisch von Menschen. Die glänzenden Gemahlinnen der anwesenden Pairs sprachen freundlich mit extremen Radikalen, volkstümliche Prediger sah man neben bekannten Skeptikern, ein Rudel Bischöfe folgte einer wohlbeleibten Primadonna von Salon zu Salon, an der Treppe standen mehrere Mitglieder der königlichen Akademie, die Künstler zu sein vorgaben, und man sagt, daß zeitweise der Speisesalon mit Genies regelrecht vollgepfropft gewesen sei. Tatsache ist, daß der Abend einer der erfolgreichsten Lady Windermeres war, und die Prinzessin blieb bis beinahe ein halb zwölf Uhr.

Sobald sie gegangen war, kehrte Lady Windermere in die Bildergalerie zurück, wo ein gefeierter Nationalökonom einem ungehobelten ungarischen Virtuosen auf würdige Weise die wissenschaftliche Theorie der Musik erklärte, und fing ein Gespräch mit der Herzogin von Paisley an. Die Lady war außergewöhnlich schön mit ihrem Elfenbeinhals, ihren großen blauen Vergißmeinnichtaugen und den schweren goldenen Haarflechten. *Or pur* waren sie – nicht von dieser blassen Strohfarbe, die heutzutage den auszeichnenden Namen Gold in Anspruch nimmt, sondern von solchem Gold, wie es in die Sonnenstrahlen gewebt ist oder verborgen im fremdartigen Bernstein. Und diese Haare gaben ihr etwas von einer Heiligen, ohne daß man auch nur den geringsten Reiz einer Sünderin hätte verspüren können. Sie war gewiß ein interessantes Objekt für psychologische Studien. Schon früh in ihrem Leben hatte sie die wichtige Wahrheit entdeckt, daß nichts so sehr den Anschein der Unschuld erweckt als eine gewisse Arglosigkeit; und durch einige dieser sorglosen Eskapaden, die Hälfte davon wirklich harmlos, hatte sie sich alle Vorrechte einer Persönlichkeit erworben. Sie hatte mehr als einmal den Gemahl gewechselt; die Wahrheit ist, daß Debrett sie mit drei Ehen belastet; doch da sie nie ihren Liebhaber wechselte, hatte die Welt längst aufgehört, über sie zu reden. Sie war nun vierzig Jahre alt, kinderlos und hatte jene unmäßige Leidenschaft für Vergnügungen, die das Geheimnis fortwährender Jugend ist.

Plötzlich blickte sie sich im Salon um und sagte mit ihrer tiefen Altstimme: „Wo ist mein Chiromant?"

„Ihr was, Gladys", rief die Herzogin und sprang unwillkürlich auf.

„Mein Chiromant, Herzogin; gegenwärtig kann ich nicht ohne ihn leben."

„Liebe Gladys, Sie sind immer so originell!" murmelte die Herzogin, versuchte sich zu erinnern, was nun eigentlich ein Chiromant sei und hoffte zugleich, es möge doch nicht dasselbe sein wie ein Chiropodist.

„Zweimal in der Woche kommt er, mir aus der Hand zu lesen", fuhr Lady Windermere fort, „und seine Besuche sind höchst interessant."

Du lieber Himmel, sagte die Herzogin zu sich. Er muß also doch so eine Art Chiropodist sein. Wie entsetzlich. Hoffentlich ist er wenigstens ein Ausländer. Es wäre dann nur halb so schlimm.

„Ich muß ihn Ihnen unbedingt vorstellen."

„Ihn mir vorstellen!" rief die Herzogin. „Ist er denn hier?" Und sie sah sich nach ihrem kleinen Schildpattfächer um und nach ihrem schon etwas mitgenommenen Spitzenschal, um im Falle des Falles sofort gehen zu können.

„Natürlich ist er hier; nicht im Traum fiele es mir ein, eine Gesellschaft ohne ihn zu geben. Ich hätte eine einfach psychische Hand, meint er, und wenn mein Daumen nur um eine Geringfügigkeit kürzer wäre, wäre ich eine ausgesprochene Pessimistin und schon längst im Kloster."

„Oh, ich verstehe!" sagte die Herzogin und fühlte sich um vieles erleichtert. „Er sagt Ihnen also alles zukünftige Glück voraus?"

„Und ebenso alles Unglück", erwiderte Lady Windermere, „alles. Nächstes Jahr, zum Beispiel, bin ich in großer Gefahr, auf dem festen Land sowohl wie auf dem Wasser; ich werde demzufolge in einem Ballon wohnen und mein Essen jeden Abend in einem Korb zu mir heraufziehen. Steht alles auf meinem kleinen Finger geschrieben oder auf meiner Handfläche, ich habe vergessen, wo."

„Aber Gladys, das heiß ich die Vorsehung versuchen."

„Meine liebe Herzogin, die Vorsehung hat wohl schon gelernt, der Versuchung zu widerstehen. Ich für mein Teil bin dafür, daß sich jeder Mensch einmal im Monat aus der Hand lesen lassen sollte, damit er weiß, woran er ist. Nun, kaum einer wird darauf achten; aber es ist immerhin nett, gewarnt zu sein. Hoffentlich holt nun jemand Mr. Podgers, sonst muß ich mich selbst auf die Suche machen."

„Lassen Sie mich gehen, Lady Windermere", sagte ein großer, gutaussehender junger Mann, der in der Nähe stand und dem Gespräch amüsiert zugehört hatte.

„Herzlichen Dank, Lord Arthur; ich fürchte nur, Sie werden ihn nicht erkennen."

„Ist er so wunderlich, wie Sie ihn beschrieben haben, Lady Windermere, werde ich ihn wohl kaum übersehen können. Sagen Sie mir doch, wie er aussieht, und ich bringe ihn auf der Stelle zu Ihnen."

„Hm. Einem Chiromanten sieht er nicht ähnlich. Ich meine, er ist nicht mysteriös oder esoterisch oder eine romantische Erscheinung. Er ist ein kleiner, dicker Herr mit einem spaßigen kahlen Kopf und großen goldgerahmten Gläsern; so etwas zwischen einem Hausdoktor und einem Landadvokaten. Es tut mir leid, aber ich kann's nicht ändern. Es ist tatsächlich ärgerlich. Meine Pianisten sehen alle aus wie Poeten, und meine Poeten wie Pianisten. Und ich erinnere mich, daß ich während der letzten Saison einen der schrecklichsten Verschwörer zu einem Diner eingeladen habe, einen Menschen, der schon soundso viele andere Menschen hinüberbefördert hat, immer ein Panzerhemd trägt und in seinem Hemdsärmel immer einen Dolch stecken hat; und können Sie sich vorstellen, wie er mir vorkam, als ich ihn sah? – wie ein netter alter Pastor; er erzählte den ganzen Abend Witze! Natürlich war er unterhaltsam, ja; aber ich war doch enttäuscht. Als ich ihn dann nach seinem Eisenhemd fragte, lachte er nur und meinte, England sei viel zu kalt, um es hier tragen zu können. Ah, endlich, Mr. Podgers! Mr. Podgers, ich bitte Sie, der Herzogin von Paisley aus der Hand zu lesen! Herzogin, Sie müssen Ihren Handschuh ausziehen. Nein, nicht den linken, den andern."

„Ich fürchte, liebe Gladys, es ist nicht ganz in der Ordnung",

sagte die Herzogin und knöpfte zaghaft ihren ziemlich ver-
schmutzten Glacéhandschuh auf.

„Interessantes ist es nie", meinte Lady Windermere. „*On a fait
le monde ainsi*. Aber ich muß Sie bekannt machen. Herzogin, mein
Lieblingschiromant, Mr. Podgers. Mr. Podgers, die Herzogin von
Paisley; und sollte es Ihnen einfallen zu behaupten, die Herzogin
habe einen größeren Mondberg als ich, so werde ich Ihnen nie
wieder Glauben schenken."

„Ich bin dessen ganz sicher, Gladys, daß nichts Derartiges an
meiner Hand ist", sagte die Herzogin ernst.

„Euer Gnaden haben recht", sagte Mr. Podgers und schaute sich
die fette kleine Hand mit den kurzen breiten Fingern genauer an.
„Der Mondberg ist nicht entwickelt. Die Lebenslinie jedoch ist
exzellent. Biegen Sie bitte freundlicherweise Ihr Handgelenk.
Danke. Drei eindeutige Linien auf der *rascette*! Sie werden ein
hohes Alter erreichen, Frau Herzogin, und sehr glücklich sein.
Ambitionen – sehr maßvoll, die Linie des Intellekts keineswegs
übertrieben ausgeprägt, die Herzlinie..."

„Na, Mr. Podgers, werden Sie mal etwas freimütiger", rief Lady
Windermere.

„Nichts würde mir größeres Vergnügen bereiten", erwiderte Mr.
Podgers, sich leicht verbeugend, „wenn die Frau Herzogin Anlaß
dazu gäbe. Leider muß ich sagen, daß ich eine große Beharrlichkeit
der Eigenschaften, verbunden mit starkem Pflichtbewußtsein, fest-
stelle."

„O weiter, bitte, Mr. Podgers", sagte die Herzogin sehr zufrieden.

„Sparsamkeit ist nicht Euer Gnaden bescheidenste Tugend",
fuhr Mr. Podgers fort, und Lady Windermere schüttelte sich vor
Lachen.

„Sparsamkeit hat schon ihr Gutes", meinte die Herzogin selbst-
gefällig. „Als ich damals Paisley heiratete, hatte er elf Schlösser und
nicht ein einziges Haus, in dem wir hätten wohnen können."

„Und jetzt hat er zwölf Häuser und nicht ein einziges Schloß",
rief Lady Windermere.

„Na, meine Liebe, ich liebe..."

„Komfort", sagte Mr. Podgers, „moderne Erneuerungen und
fließendes warmes Wasser in jedem Schlafzimmer. Euer Gnaden
haben ganz recht. Das einzige, was unsere Zivilisation uns zu
geben hat, ist Komfort."

„Sie haben der Herzogin Charakter bewunderungswürdig dargelegt, Mr. Podgers; jetzt müssen Sie noch Lady Flora aus der Hand lesen."

Auf das Nicken der lächelnden Gastgeberin hin kam linkisch ein aufgeschossenes junges Ding mit rotbraunen Haaren vom Sofa her und streckte ihre knochige lange Hand mit spatelförmigen Fingern aus.

„Ah, eine Pianistin, wie ich sehe!" sagte Mr. Podgers, „eine ausgezeichnete Pianistin, doch wohl kaum Musikerin. Sehr zurückhaltend, sehr ehrlich, voll Liebe zu Tieren."

„Sehr richtig!" rief die Herzogin und wandte sich Lady Windermere zu. „Absolut wahr! Flora hält zwei Dutzend Collies in Macloskie, und sie würde wohl auch unser Stadthaus in eine Menagerie verwandeln, wenn ihr Vater es erlauben würde."

„Na, das ist grade, was ich jeden Donnerstagabend mit meinem Haus tue", rief Lady Windermere lachend. „Nur habe ich Löwen lieber als Collies."

„Ihr einziger Fehler, Lady Windermere", sagte Mr. Podgers und verbeugte sich wichtigtuend.

„Wenn eine Frau ihre Fehler nicht charmant machen kann, ist sie nur eins dieser weiblichen Wesen", war die Antwort. „Aber Sie müssen noch einigen die Hände untersuchen. Kommen Sie, Sir Thomas, zeigen Sie Mr. Podgers Ihre Hände." Ein genial aussehender alter Gentleman in weißer Weste trat zu ihm und streckte eine dicke, rauhe Hand mit einem sehr langen Mittelfinger aus.

„Eine abenteuerliche Natur; vier lange Reisen in Ihrer Vergangenheit und eine noch ausstehend. Dreimal in Seenot geraten. Nein, nur zweimal; aber für Ihre nächste Reise besteht die Gefahr, neuerdings in Seenot zu geraten. Stark konservativ, sehr pünktlich, und Leidenschaft, Kuriositäten zu sammeln. Hatten eine ernste Krankheit zwischen ihrem sechzehnten und achtzehnten Lebensjahr. Traten mit dreißig eine große Erbschaft an. Großer Widerwille gegen Katzen und Radikale."

„Großartig!" rief Sir Thomas. „Sie müssen auch meiner Frau aus der Hand lesen."

„Ihrer zweiten Frau", sagte Mr. Podgers, der noch Sir Thomas' Hand in seiner hielt, ruhig. „Ihrer zweiten Frau. Es wird mir eine Ehre sein." Aber Lady Marvel, ein melancholisches Frauenzimmer mit braunen Haaren und sentimentalen Augenlidern, widersetzte sich, ihre Vergangenheit oder Zukunft aufgedeckt zu wissen. Lady Windermere vermochte auch nicht, Monsieur de Koloff, den russischen Gesandten, zu bewegen, seine Handschuhe auszuziehen.

Tatsächlich schienen viele den komischen kleinen Mann mit seinem ewigen Lächeln, seiner goldgerahmten Brille und den hellen Kugelaugen zu fürchten. Und als er gar der armen Lady Fermor vor allen Leuten auf den Kopf zusagte, daß ihr Musik völlig gleichgültig, daß sie aber in Musiker vernarrt sei, fühlte man allgemein, daß Chiromantie eine sehr gefährliche Wissenschaft sei, eine Wissenschaft, die man keineswegs fördern sollte, ausgenommen bei einem *tête-à-tête*.

Lord Arthur Savile jedoch, der nichts von Lady Fermors unglücklicher Geschichte wußte und Mr. Podgers sehr interessiert zuschaute, war von einer solch schrecklichen Neugierde geplagt, was wohl aus seiner Hand zu lesen wäre, daß er, obwohl es ihm etwas unangenehm war sich vorzudrängen, auf Lady Windermere, die Platz genommen hatte, zuging und unter hübschem Erröten fragte, ob Mr. Podgers wohl etwas dagegen haben würde...

„Natürlich nicht", sagte Lady Windermere, „dafür ist er hier. Alle meine Löwen, Lord Arthur, leisten etwas und springen durch Reifen, wenn ich es ihnen befehle. Doch muß ich Sie davor warnen, daß ich Sybil alles erzählen werde. Morgen mittag kommt sie zu mir zum Essen. Wir müssen über ein paar Hüte reden. Und sollte Mr. Podgers herausfinden, daß Sie ein böses Temperament haben oder die Neigung zur Gicht oder eine Frau in Bayswater, so werde ich ihr, verlassen Sie sich darauf, alles wiedererzählen."

Lord Arthur lächelte und schüttelte den Kopf. „Davor habe ich keine Angst", antwortete er. „Sybil kennt mich so gut wie ich sie."

„O schade, daß ich das hören mußte. Die richtige Grundlage für eine Ehe ist ein gegenseitiges Mißverständnis. Nein, ich will keineswegs zynisch sein, ich habe lediglich einige Erfahrungen, was allerdings ziemlich dasselbe ist. Mr. Podgers, Lord Arthur Savile brennt darauf, daß Sie ihm aus der Hand lesen. Sagen Sie ihm aber nicht, daß er mit einem der schönsten Mädchen von London verlobt ist; denn das haben wir schon vor einem Monat in der *Morning Post* gelesen."

„Meine liebe Lady Windermere", rief die Marquise von Jedburgh, „lassen Sie mir doch Mr. Podgers noch einen Augenblick. Er hat mir gerade gesagt, daß ich zum Theater gehen sollte, und das interessiert mich natürlich."

„Wenn er Ihnen das erzählt hat, Lady Jedburgh, dann muß ich ihn Ihnen unbedingt wegnehmen. Kommen Sie her, Mr. Podgers; lesen Sie aus Lord Arthurs Hand."

„Nun gut", sagte Lady Jedburgh und machte eine kleine *moue*, während sie sich vom Sofa erhob, „wenn es mir schon nicht erlaubt ist, zur Bühne zu kommen, so will ich wenigstens ein Teil des Publikums sein."

„Natürlich; wir werden alle ein Teil des Publikums sein", sagte Lady Windermere. „Und nun, Mr. Podgers, teilen Sie uns ja etwas Nettes mit. Lord Arthur ist einer meiner besonderen Lieblinge."

Aber als Mr. Podgers Lord Arthurs Hand sah, wurde er eigenartig gelb im Gesicht und sagte nichts. Sein Körper schien zu erschauern, und seine buschigen Augenbrauen zuckten krampfhaft auf wunderliche, aufreizende Art wie immer, wenn er in Verlegenheit geriet. Dann brachen einige große Schweißperlen aus seiner gelben Stirn wie giftiger Tau, und seine fetten Finger wurden kalt und feucht.

Lord Arthur übersah diese seltsamen Zeichen einer Unruhe nicht, und zum erstenmal in seinem Leben fürchtete er sich. Sein erster Gedanke war, den Raum zu verlassen; aber er tat sich Gewalt an. Es war besser, das Schlimmste zu erfahren, mochte es sein, was immer es wollte, als in dieser scheußlichen Ungewißheit bleiben zu müssen.

„Ich warte, Mr. Podgers", sagte er.

„Wir warten alle", rief Lady Windermere in ihrer lebhaften, ungeduldigen Art; aber der Chiromant gab keine Antwort.

„Ich glaube, Arthur will auch zum Theater", sagte Lady Jedburgh. „Und durch Ihre Schimpferei will Mr. Podgers nicht raus mit der Sprache."

Plötzlich ließ Mr. Podgers Lord Arthurs rechte Hand fahren und ergriff die linke. Er beugte sich so tief darüber, daß der Goldrahmen seiner Brille die Handfläche zu berühren schien. Für einen Augenblick wurde sein Gesicht eine weiße Maske des Schreckens; er bewahrte aber dann doch sein *sang-froid*. Er blickte auf und zu Lady Windermere und sagte mit einem erzwungenen Lächeln: „Die Hand eines liebenswürdigen jungen Mannes."

„Kein Zweifel darüber!" erwiderte Lady Windermere. „Doch wird er auch ein liebenswürdiger Ehemann sein? Das möchte ich wissen."

„Alle liebenswürdigen jungen Männer sind es", sagte Mr. Podgers.

„Ich glaube nicht, daß ein Ehemann allzu bezaubernd sein soll", murmelte Lady Jedburgh gedankenvoll. „Es ist so gefährlich."

„Mein liebes Kind, die Ehemänner sind niemals allzu bezaubernd", rief Lady Windermere. „Ich möchte aber Einzelheiten hören. Einzelheiten allein sind interessant. Was wird Lord Arthur alles zustoßen?"

„Nun – in den nächsten Monaten wird Lord Arthur sich auf Reisen begeben..."

„O ja, auf die Hochzeitsreise, natürlich!"

„Und einen Verwandten verlieren."

„Hoffentlich nicht seine Schwester?" sagte Lady Jedburgh mit trauriger Stimme.

„Gewiß nicht seine Schwester", antwortete Mr. Podgers mit einer abwehrenden Handbewegung, „nur einen entfernten Verwandten."

„Na, ich bin schrecklich enttäuscht", sagte Lady Windermere. „Nichts, absolut nichts, das ich morgen Sybil erzählen könnte. Niemand kümmert sich heute mehr um entfernte Verwandte. Die sind schon seit Jahren aus der Mode. Trotzdem glaube ich, daß sie sich besser ein schwarzes Seidenkleid bereitlegt; es macht sich immer gut in der Kirche, wissen Sie. Und nun gehn wir essen. Man hat uns gewiß schon alles weggegessen, immerhin könnten wir noch etwas heiße Suppe vorfinden. François kochte bisher immer ausgezeichnete Suppen, aber im Augenblick ist er von der Politik so sehr in Anspruch genommen, daß kein Verlaß mehr auf ihn ist. Ich wünsche wirklich, General Boulanger würde endlich Ruhe geben. Herzogin, ich glaube, Sie sind müde?"

„Nicht im geringsten, liebe Gladys", erwiderte die Herzogin und watschelte zur Tür. „Ich habe mich großartig amüsiert, und der Chiropodist, ich meine, der Chiromant ist höchst interessant. Flora, weißt du, wo mein Schildpattfächer ist? Oh, danke, Sir Thomas, danke. Und mein Spitzenschal, Flora? Oh, danke, Sir Thomas, wirklich sehr freundlich." Und diese würdige Person brachte es endlich fertig, die Treppen hinabzukommen, ohne ihr Riechfläschchen öfter als zweimal zu verlieren.

Während dieser Zeit stand Lord Arthur Savile am Kamin, noch immer mit demselben Gefühl, bedroht zu sein, mit demselben ekligen Vorgefühl des kommenden Unheils. Er lächelte traurig seiner Schwester zu, die reizend aussah in ihrem rosaroten Brokatkleid und ihren Perlen, als sie an Lord Plymdales Arm vorüberging. Und er hörte kaum Lady Windermere, als sie ihm zurief, doch mit ihr zu kommen. Er dachte an Sybil Merton, und der Gedanke, daß etwas sie auseinanderbringen könnte, verschleierte seine Augen mit Tränen.

Man hätte bei seinem Anblick sagen mögen, daß Nemesis den Schild der Pallas gestohlen und ihm das Gorgonenhaupt gezeigt habe. Er schien zu Stein geworden zu sein; in seiner Melancholie war sein Gesicht wie Marmor. Er hatte das feine und luxuriöse Leben eines reichen jungen Mannes von Stand geführt, ein Leben, auserlesen durch die Abwesenheit unangenehmer Sorgen, auserlesen durch die herrliche knabenhafte Unbekümmertheit; und nun, zum erstenmal in seinem Leben, war ihm das schreckliche Geheimnis des Schicksals bewußt geworden, die furchtbare Ahnung eines dunklen Schicksals.

Wie wahnsinnig und ungeheuerlich alles zu sein schien! Könnte es denn sein, daß in seine Hand, in Zeichen, ihm unverständlich, die aber ein anderer entziffern konnte, das fürchterliche Geheimnis einer Sünde, das blutrote Merkmal eines Verbrechens geschrieben war? Konnte man dem nicht entfliehen? Sind wir nichts Besseres als Schachfiguren, die eine unsichtbare Macht hin und her bewegt, Gefäße, von der Willkür des Töpfers geschaffen, um sie mit Ehre oder Schande anzufüllen? Sein Verstand empörte sich dagegen, und doch fühlte er, daß irgendein Unheil sich über ihm zusammenzog und er plötzlich dazu berufen war, eine unerträgliche Bürde auf sich nehmen zu müssen. Schauspieler sind vom Glück so begünstigt! Sie können wählen zwischen Tragödie und Komödie, Leiden und Fröhlichkeit, Lachen und Tränen. Das wirkliche Leben ist dem so unähnlich. Männer wie Frauen werden gezwungen, Rollen zu verkörpern, für die sie nicht geeignet sind. Unsere Guildensterns spielen Hamlet, und unsere Hamlets müssen scherzen wie Prinz Hal. Die Welt ist eine Bühne, aber die Rollen sind schlecht verteilt.

Plötzlich trat Mr. Podgers in den Salon. Als er Lord Arthur sah, erschrak er, und sein Gesicht verfärbte sich grünlichgelb. Die Augen der beiden Männer trafen sich, und für einen Augenblick standen sie sich lautlos gegenüber.

„Die Herzogin hat einen Handschuh vergessen, Lord Arthur, und bat mich, ihn zu holen", sagte schließlich Mr. Podgers. „Ah, ich seh ihn auf dem Sofa liegen! Guten Abend."

„Mr. Podgers, ich muß darauf bestehen, daß Sie mir ohne Ausflüchte auf meine Frage antworten, die ich an Sie richten werde."

„Ein andermal, Lord Arthur, die Herzogin wartet. Ich muß leider gehen."

„Sie sollen hierbleiben. Die Herzogin ist nicht in Eile."

„Damen sollte man nicht warten lassen, Lord Arthur", sagte Mr.

Podgers mit seinem süßlichen Lächeln. „Das schöne Geschlecht wird leicht ungeduldig."

Lord Arthurs schön geformte Lippen zogen sich voll Geringschätzung zusammen. Die arme Herzogin schien ihm in diesem Augenblick ziemlich unwichtig zu sein. Er schritt durch den Salon zu Mr. Podgers und streckte seine Hand aus.

„Sagen Sie, was Sie darin sehen", sagte er. „Bleiben Sie bei der Wahrheit. Ich muß sie wissen. Ich bin kein Kind."

Mr. Podgers' Augen zwinkerten hinter den goldgerahmten Gläsern, und er trat unruhig von einem Fuß auf den andern; und seine Finger spielten nervös mit einer prachtvollen Uhrkette.

„Was, Lord Arthur, läßt Sie vermuten, daß ich mehr aus Ihrer Hand gelesen hätte, als ich Ihnen sagte?"

„Ich weiß, daß Sie mehr gesehen haben, und ich lege Wert darauf, zu erfahren, was es war. Ich werde Sie dafür bezahlen. Ich werde Ihnen einen Scheck über einhundert Pfund Sterling ausstellen."

Die grünen Augen funkelten für einen Augenblick, wurden aber sofort wieder stumpf.

„Guineen?" sagte Mr. Podgers schließlich mit leiser Stimme.

„Jawohl. Ich werde Ihnen morgen einen Scheck zustellen. Wie ist der Name Ihres Klubs?"

„Ich bin in keinem Klub, das heißt nicht gegenwärtig. Meine Adresse ist … aber erlauben Sie, Ihnen meine Karte zu geben." Und Mr. Podgers zog eine goldgeränderte Visitenkarte aus seiner Westentasche und gab sie Lord Arthur mit einer tiefen Verbeugung. Lord Arthur las: *Mr. Septimus R. Podgers, Chiromant, 103 a West Moon Street.*

„Sprechstunden von zehn bis vier Uhr", murmelte Mr. Podgers mechanisch. „Für Familien ermäßigte Preise."

„Machen Sie's schnell", rief Lord Arthur, der sehr fahl war und seine Hand ausstreckte.

Mr. Podgers blickte sich nervös um und zog die schwere Portiere vor die Tür.

„Es wird ein wenig Zeit in Anspruch nehmen, Lord Arthur; Sie setzen sich besser."

„Schnell, Sir", rief Lord Arthur nochmals und stampfte ärgerlich mit dem Fuß auf den gebohnerten Boden.

Mr. Podgers lächelte, nahm aus seiner Brusttasche ein kleines Vergrößerungsglas und putzte es sorgfältig mit seinem Taschentuch. „Ich stehe zu Diensten", sagte er.

2

Zehn Minuten später, mit einem Gesicht, weiß vor Entsetzen, und schreckgeweiteten Augen, verließ Lord Arthur Savile eiligen Schritts Bentick House und bahnte sich einen Weg durch die pelzbewehrten Bedienten, die unter der großen gestreiften Markise herumstanden und nichts zu hören und zu sehen schienen. Die Nacht war bitter kalt, und die Gaslampen rund um den Platz flackerten und flimmerten im scharfen Wind. Aber Lord Arthur Saviles Hände waren fieberheiß, und seine Stirne brannte wie Feuer. Weiter und weiter schritt er, fast wie ein Betrunkener. Ein Polizist blickte dem Vorüberkommenden neugierig nach, und ein Bettler, der aus einem Torbogen hervorschlenderte, um ihn um Almosen zu bitten, erschrak, als er größeres Elend sah als sein eigenes. Einmal hielt er unter einer Laterne inne und blickte auf seine Hände. Er vermeinte schon die Blutspuren an ihnen entdecken zu können, und ein schwacher Aufschrei kam über seine zitternden Lippen.

Mord! Das hatte der Chiromant aus ihnen gelesen. Mord! Selbst die Nacht schien es zu wissen, und der einsame Wind schien es in seine Ohren zu heulen. Die dunklen Straßenwinkel waren voll davon. Es grinste ihm von den Dächern der Häuser entgegen.

Dann kam er in den Park, dessen nachtschattendes Buschwerk ihn anzuziehen schien. Er lehnte sich erschöpft ans Geländer, kühlte seine Stirn am feuchten Metall und horchte in die zitternde Stille der Bäume. „Mord! Mord!“ wiederholte er immer wieder, als ob die Wiederholung das Grausen vor diesem Wort lindern konnte. Der Klang seiner eigenen Stimme ließ ihn erschaudern, und doch hoffte er, daß das Echo ihn hören und die schlafende Stadt aus den Träumen wecken möge. Er fühlte ein wahnsinniges Verlangen, die zufällig Vorüberkommenden aufzuhalten und ihnen alles mitzuteilen.

Dann ging er weiter, überquerte die Oxford Street und gelangte in enge, verrufene Gassen. Zwei geschminkte Weiber pöbelten ihn an. Aus einem dunklen Hof kam das Geräusch von Flüchen und Schlägen, dem schrilles Geschrei folgte. Zusammengesunken auf einer feuchten Türschwelle, sah er die gekrümmten Gestalten der Armut und des Alters. Seltsames Mitleid fühlte er plötzlich. Waren diese Kinder der Sünde und des Elends bis zu ihrem Ende dazu verdammt wie er zu seinem Schicksal? Waren sie, gleich ihm, bloß die Puppen eines unheimlichen Spiels?

Und doch war es nicht das Mysteriöse des Leidens, das ihn so sehr berührte, sondern die Komödie; seine absolute Nutzlosigkeit, seine groteske Sinnlosigkeit. Wie zusammenhanglos alles schien! Wie bar aller Harmonie! Er war bestürzt über den Zwiespalt zwischen dem seichten Optimismus seines Alltags und der Wirklichkeit. Er war noch sehr jung.

Einige Zeit später stand er vor der Marylebone-Kirche. Die stille Fahrbahn war wie ein langes Band polierten Silbers, da und dort gefleckt von den dunklen Arabesken sich bewegender Schatten. Weithin in der Ferne wand sich die Reihe der flackernden Gaslaternen, und außerhalb eines kleinen, von einer Mauer umgebenen Hauses stand eine einsame Droschke, in welcher der Kutscher schlief. Er schritt eilig in die Richtung von Portland Place; er blickte sich dann und wann um, als ob er fürchtete, jemand folge ihm. An der Ecke von Rich Street standen zwei Männer, die einen kleinen Anschlagzettel an einem Zaun lasen. Dies erweckte in ihm ein befremdendes Gefühl der Neugierde, und er schritt hinüber. Als er nahe genug war, sprang das Wort „Mord", groß in schwarzen Buchstaben gedruckt, in seine Augen. Er erschrak, und tiefe Röte zog sich über sein Gesicht. Es war eine Bekanntmachung; eine Belohnung war ausgesetzt für jede Angabe, die zur Ergreifung eines Mannes führen könnte, eines Mannes von mittlerer Größe, zwischen dreißig und vierzig Jahre alt, der einen steifen niedrigen Filzhut, einen schwarzen Mantel und karierte Hosen trug und dessen rechte Gesichtshälfte eine Narbe aufwies. Eines Tages vielleicht würde sein eigner Name an allen Mauern Londons angeschlagen, vielleicht auch eine Belohnung auf seinen Kopf ausgesetzt sein.

Dieser Gedanke erfüllte ihn mit Schrecken. Er drehte sich auf dem Absatz herum und eilte weiter in die Nacht.

Wohin er ging, wußte er eigentlich nicht. Es war ihm schwach bewußt, daß er durch ein Labyrinth von schmutzigen Häusern gewandert war, und es war bereits heller Morgen, als er zum Piccadilly Circus kam. Auf dem Wege nach dem Belgrave Square begegneten ihm die großen Marktwagen, die in Richtung Covent Garden fuhren. Die weißberockten Fuhrleute mit sonnverbrannten Gesichtern und wildem Kraushaar gingen festen Schritts neben den Wagen, knallten mit den Peitschen und riefen sich hin und wieder etwas zu. Auf dem Rücken eines großen grauen Pferdes, dem Leitpferd eines rasselnden Gespanns, saß ein pausbackiger Knabe, in seinem verbeulten Hut einen Strauß Schlüsselblumen, hielt sich mit seinen kleinen Händen an der Mähne des Pferdes fest und lachte. Und das aufgetürmte Gemüse war gegen den Morgenhimmel wie eine große Menge von Jade, wie eine große Menge grüner Jade gegen die roten Blütenblätter herrlicher Rosen. Lord Arthur war seltsam berührt, er wußte nicht warum. Es lag etwas in der zarten Lieblichkeit des anbrechenden Morgens, das ihm unaussprechlich ergreifend schien, und er dachte an alle die Tage, die in Schönheit anbrechen und stürmisch sich in die Nacht neigen. Auch diese Bauern mit ihren rauhen fröhlichen Stimmen und ihrer Unbekümmertheit – was für ein seltsames London sie sahen! Ein London frei von der Sünde der Nacht und dem Rauch des Tages, eine bleiche, geisterhafte Stadt, eine trostlose Stadt der Gräber. Er fragte sich, was sie wohl dachten von dieser Stadt und ob sie etwas von ihrem Glanz und ihrer Schande wußten, von ihren wilden, feuerfarbenen Freuden und ihrem Hunger, von allem, was sie erzeugte und zerstörte vom Morgen bis zum Abend. Ihnen war sie wohl nur der Markt, wohin sie ihre Früchte zum Verkauf brachten und wo sie höchstens einige Stunden verweilten. Und sie verließen die Stadt, da die Straßen noch schwiegen und die Häuser in tiefem Schlaf lagen. Es bereitete ihm Vergnügen, sie zu beobachten, wie sie an ihm vorüberkamen. Derb, wie sie wirkten mit ihren schweren genagelten Schuhen und ihrem schwerfälligen Gang, brachten sie etwas von Arkadien mit. Ihm wurde klar, daß sie mit der Natur gelebt und daß die Natur sie die Ruhe gelehrt hatte. Er beneidete sie alle um ihre Unwissenheit.

Als er Belgrave Square erreicht hatte, wurde der Himmel schon leicht blau, und die Vögel in den Gärten fingen zu singen an.

3

Als Lord Arthur aufwachte, war es zwölf Uhr, und der Mittagsonne Licht strömte durch die elfenbeinfarbenen Seidenvorhänge seines Zimmers. Er stand auf und schaute aus dem Fenster. Der leichte Dunst des heißen Tages hing über der großen Stadt, und die Dächer der Häuser waren wie mattes Silber. Im flimmernden Grün auf dem Platz unten flatterten Kinder wie weiße Schmetterlinge umher, und die Gehwege zum Park waren voll Spaziergänger. Niemals war ihm das Leben lieblicher vorgekommen, niemals das Böse weiter von ihm entfernt.

Dann brachte ihm der Diener eine Tasse Schokolade auf einem Tablett. Nachdem er sie getrunken hatte, schob er eine schwere Portiere aus pfirsichfarbenem Plüsch beiseite und trat in das Badezimmer. Das Licht fiel sanft von oben herein durch dünne Scheiben durchsichtigen Onyx', und das Wasser in der Marmorwanne schim-

merte wie Mondstein. Er ließ sich hastig hinab, bis das kalte Wasser
Hals und Haare benetzte; er tauchte seinen Kopf unter, als wollte er
den Makel einer schändenden Erinnerung hinwegspülen. Als er
wieder herausstieg, fühlte er sich fast ruhig. Das herrliche körperliche Wohlbefinden, das er im Augenblick empfand, beherrschte ihn,
wie es tatsächlich oft der Fall ist mit feinfühligen Naturen; denn die
Sinne können wie das Feuer sowohl läutern als auch zerstören.

Nach dem Frühstück legte er sich auf den Diwan nieder und
zündete sich eine Zigarette an. Auf dem Kaminsims stand, gerahmt
mit zierlichem altem Brokat, eine große Photographie Sybil Mertons, wie er sie zum erstenmal auf dem Ball Lady Noels gesehen
hatte. Der schmale, feingeformte Kopf war leicht zur Seite geneigt,
als ob der dünne, rohrschlanke Hals kaum die Bürde von soviel
Schönheit tragen könnte; die Lippen, leicht geöffnet, schienen für
liebliche Musik geschaffen, und die ganze zarte Reinheit der Jungfräulichkeit lag voll Verwunderung in ihren träumenden Augen. In
ihrem weichen anliegenden Kleid aus Crêpe de Chine und mit ihrem
großen blattförmigen Fächer sah sie aus wie eine jener zierlichen
Figuren, wie man sie in den Olivenwäldern von Tanagra findet; auch
lag ein Hauch griechischer Grazie in ihrer Haltung. Und doch war
sie nicht *petite*. Sie war ganz einfach von vollkommenem Ebenmaß –
eine Seltenheit in einer Zeit, da so viele Frauen entweder überlebens-
groß oder unbedeutend sind.

Nun, da Lord Arthur ihr Bild anblickte, geriet er in jene erbärmli-
che Stimmung, welche die Liebe erzeugt. Er glaubte, daß er wie
Judas handeln würde, wenn er sie heiratete, solange das Schreckge-
spenst eines Mordes über ihm schwebte: ein Vergehen, schlimmer,
als je ein Borgia es hätte zu ersinnen vermocht. Könnte es denn
Glück für sie geben, wenn jeden Augenblick der Ruf ihn erreichen
konnte, die entsetzliche Prophezeiung auszuführen, die in seine
Hand geschrieben war? Welches Leben müßten sie führen, solange
das Schicksal dies unheimliche Los in seinen Waagschalen für ihn
bereithielt? Die Heirat mußte hinausgeschoben werden, unter allen
Umständen. Er war dazu entschlossen. Obwohl er das Mädchen mit
jeder Faser seines Herzens liebte und – wenn sie beisammen waren –
die bloße Berührung ihrer Finger jeden Nerv seines Körpers voll
Lust erbeben ließ, so erkannte er doch klar, was seine Pflicht war;
und war sich auch vollkommen der Tatsache bewußt, daß er kein
Recht zum Heiraten hatte, solange er nicht den Mord begangen
habe. Nachher konnte er dann mit Sybil Merton vor den Altar treten
und sein Leben in ihre Hände legen, ohne fürchten zu müssen, noch

etwas Unrechtes zu tun. Nachher konnte er sie dann in seine Arme nehmen mit der Gewißheit, daß sie seinetwegen nie erröten müsse, nie ihren Kopf beugen müsse vor Scham. Aber erst mußte es getan sein; und je eher, desto besser für beide.

Viele Männer in seiner Lage hätten den blumenbestreuten Pfad der Tändelei den steilen Höhen der Pflicht vorgezogen; Lord Arthur aber war zu selbstbewußt, als daß er das Vergnügen über Prinzipien gesetzt hätte. Es war mehr als Leidenschaft in seiner Liebe; und Sybil war für ihn das Symbol alles Guten und Edlen. Für einen Augenblick spürte er ganz natürlichen Widerwillen gegen das, was ihm zu tun auferlegt war; doch dies ging rasch vorüber. Sein Herz sagte ihm, daß es keineswegs eine Sünde sei, sondern ein Opfer; sein Verstand sagte ihm, daß es keinen andern Weg gebe. Er hatte zu wählen, ob er für sich allein oder für andere leben wollte, und so fürchterlich die Aufgabe zweifellos war, die ihm auferlegt, so wußte er doch, daß er nicht dulden durfte, seinen Egoismus über die Liebe triumphieren zu lassen. Früher oder später müssen wir alle unsere Entscheidung darüber treffen – an uns alle ist dieselbe Frage gerichtet. Lord Arthur geschah es früh im Leben – noch bevor sein Wesen von dem berechnenden Zynismus des mittleren Alters verdorben, sein Herz vom seichten, modischen Egoismus unserer Zeit angefressen war. Und er wollte sich nicht der Ausführung seiner Aufgabe entziehen. Glücklicherweise war er auch kein bloßer Träumer oder müßiger Dilettant. Wäre er's gewesen, so hätte er gezögert wie Hamlet, und die Unschlüssigkeit hätte seinen Vorsatz vereitelt. Aber er war im wesentlichen praktisch. Leben bedeutete ihm Tätigkeit, weit eher als Denken. Er besaß das Seltenste auf Erden: gesunden Menschenverstand.

Die wilden, verworrenen Gefühle der vorhergegangenen Nacht waren nun verflogen, und beinahe mit einem Gefühl der Scham blickte er zurück auf sein verrücktes Umherwandern von Straße zu Straße, auf seine heftigen Gemütserregungen. Gerade daß die Qualen durchlitten waren, schien sie ihm nun unwirklich zu machen. Er war darüber erstaunt, daß er so albern sein konnte, sich wegen etwas Unvermeidlichem so irrsinnig zu benehmen. Die einzige Frage, die ihm Kopfzerbrechen machte, war, daß er nicht wußte, wen er wegzuräumen hatte; denn er war keineswegs blind der Tatsache gegenüber, daß ein Mord, wie die Religionen der Wilden, sowohl ein Opfer wie einen Priester benötigt. Da er kein Genie war, hatte er keine Feinde, und er fühlte deutlich, daß dieser Augenblick nicht die Zeit war, persönlichen Groll oder Haß zu befriedigen, sondern daß seine Aufgabe große und ernstliche Feierlichkeiten erforderte. So schrieb er denn eine Liste seiner Freunde und Verwandten auf ein Blatt Papier, und nach langer Überlegung entschied er sich für Lady Clementina Beauchamp, eine liebe alte Frau, die in der Curzon Street wohnte und seine Kusine zweiten Grades mütterlicherseits war. Er hatte Lady Clem, wie sie allgemein genannt wurde, immer sehr gern gemocht, und da er seinerseits sehr reich war – er hatte alles Eigentum Lord Rugbys geerbt, als er volljährig wurde –, so blieb die Möglichkeit nicht bestehen, daß er gemeinen materiellen Vorteil aus ihrem Tod zöge. Ja, je mehr er darüber nachdachte, desto mehr schien sie ihm die einzig richtige Person zu sein, und weil er glaubte, jeder Aufschub wäre eine Ungerechtigkeit gegen Sybil, so beschloß er, sofort seine Vorbereitungen zu treffen.

Zuerst nun mußte er die Angelegenheit mit dem Chiromanten in Ordnung bringen. Er setzte sich also an seinen kleinen Sheraton-Schreibtisch, der in der Nähe des Fensters stand, schrieb einen Scheck über einhundert Pfund, zahlbar an Mr. Septimus Podgers, steckte die Anweisung in einen Briefumschlag und ließ sie von seinem Diener in die West Moon Street bringen. Dann rief er seinen Stall an, befahl den Wagen und zog sich an, um auszugehen. Bevor er aus dem Zimmer trat, schaute er noch einmal auf Sybil Mertons Photographie zurück und schwor, daß, komme, was da wolle, er sie niemals wissen lasse, was er für sie tat, sondern das Geheimnis seiner Selbstaufopferung tief in seinem Herzen verborgen halten wolle.

Auf seinem Weg zum Buckingham-Klub ging er in ein Blumengeschäft und schickte Sybil einen wundervollen Korb Narzissen, entzückend mit ihren weißen Blütenblättern und dem starren Fasanenauge in der Mitte. Sobald er im Klub ankam, ging er in die Bibliothek, läutete die Glocke und befahl dem Diener, ihm eine Zitronenlimonade zu bringen und ein Buch über Giftkunde. Er war vollkommen überzeugt, daß mit Gift zu arbeiten das beste für sein ärgerliches Geschäft sei. Persönliche Gewaltanwendung oder dergleichen war ihm äußerst zuwider, und daneben war ihm sehr daran gelegen, in Lady Windermeres Salon nicht als einer ihrer Löwen figurieren oder seinen Namen in den Spalten vulgärer Skandalzeitungen lesen zu müssen. Auch mußte er auf Sybils Vater und Mutter Rücksicht nehmen, die ziemlich altmodische Leute waren und wohl einer Heirat der beiden sich widersetzen konnten, falls etwas wie ein Skandal aus seinem Tun entspringen würde, obgleich er auch wieder gewiß war, daß die beiden, wenn er ihnen den ganzen Sachverhalt mitteilte, die ersten sein würden, die Motive zu seiner Tat anzuerkennen. Jedenfalls hatte er allen Grund, sich für Gift zu entscheiden. Es war ungefährlich für ihn, zuverlässig und geräuschlos und hatte keine peinlichen Szenen im Gefolge, die er, wie die meisten Engländer, zutiefst verabscheute.

Von der Giftkunde allerdings hatte er nicht die blasseste Ahnung, und als der Diener in der Bibliothek des Klubs nichts anderes finden wollte als „Ruff's Guide" und „Bailey's Magazine", suchte er selbst in den Bücherregalen nach und stieß schließlich auf eine ansehnliche gebundene Ausgabe der „Pharmacopaeia" und ein Exemplar von Erskines „Toxikologie", herausgegeben von Sir Mathew Reid, Präsident der Königlichen Physikalischen Gesellschaft und eines der ältesten Mitglieder des Buckingham, in den er irrtümlicherweise an eines andern Stelle gewählt worden war: ein *contretemps*, der das Komitee so sehr in Wut brachte, daß, als der Richtige auftauchte, es ihn einstimmig durchfallen ließ. Lord Arthur wurde durch die Fachausdrücke in beiden Büchern ziemlich verwirrt und fing bereits an, Reue darüber zu empfinden, daß er in Oxford den alten Sprachen nicht mehr Aufmerksamkeit geschenkt hatte, als er im zweiten Band von Erskines Giftkunde eine sehr interessante und vollständige Abhandlung über die Eigenschaften des Akonits fand, die in einem einigermaßen verständlichen Englisch geschrieben war. Das war genau das Gift, das er suchte; so schien es ihm. Es wirkte schnell – ja beinah augenblicklich –, war vollkommen schmerzlos und schmeckte, genossen in einer Gelatinekapsel, wie Sir Mathew es empfahl, keineswegs unangenehm. So machte er sich denn eine Notiz auf seine Hemdmanschette, wie stark die tödliche Dosis sein müsse, stellte dann die Bücher an ihren Platz im Regal zurück, verließ den Klub und schlenderte in die St. James Street zu Pestle & Humbey, den bekannten Apothekern. Mr. Pestle, der immer persönlich die Aristokratie bediente, war über den Wunsch Lord Arthurs einigermaßen überrascht und murmelte, zwar auf sehr ehrerbietige Weise, etwas von einem notwendigen Rezept eines Arztes. Sobald jedoch Lord Arthur erklärte, daß er das Gift für einen großen norwegischen Kettenhund brauche, den er töten müsse, weil er Anzeichen der Tollwut zeige und den Kutscher bereits zweimal in die Wade gebissen habe, gab er sich vollkommen zufrieden, machte Lord Arthur Komplimente über seine hervorragenden Kenntnisse in der Giftkunde und stellte das Gewünschte sofort her.

Lord Arthur legte die Kapsel in eine hübsche kleine silberne Bonbonniere, die er in der Bond Street in einer Auslage gesehen hatte, warf Pestles & Humbeys häßliche Pillenschachtel weg und begab sich sofort zu Lady Clementina.

„Na, *monsieur le mauvais sujet*", rief die alte Lady, als er das Zimmer betrat, „warum hast du dich die ganze Zeit nicht sehen lassen?"

„Meine liebe Lady Clem, ich habe keinen Augenblick mehr für mich allein", sagte Lord Arthur lächelnd.

„Vermutlich meinst du damit, daß du den ganzen Tag mit Miß Sybil Merton herumzigeunerst, *chiffons* kaufst und Unsinn redest? Ich kann's nicht verstehen, warum die Leute soviel Geschrei wegen einer Heirat machen. Zu meiner Zeit hätte man sich's nicht einmal im Traum einfallen lassen, öffentlich zu poussieren oder auch nur heimlich."

„Ich versichere Ihnen, Lady Clem, ich habe Sybil nicht seit vierundzwanzig Stunden gesehen. Soviel ich weiß, gehört sie zur Zeit ganz den Putzmacherinnen."

„Natürlich; und das ist der einzige Grund, warum du zu mir häßlichem altem Weib kommst. Ihr Männer laßt euch aber auch nicht warnen. *On a fait des folies pour moi,* und da bin ich nun, eine arme rheumatische Kreatur, mit falschen Haaren und schlechter Laune. Hätte ich nicht die schlimmsten französischen Romane, die Lady Jansen aufstöbert, zu lesen, ich wüßte nicht, was ich mit meiner Zeit tun sollte. Die Ärzte taugen von vornherein nichts, es sei denn, wenn sie einem ihre Honorare abnehmen. Sie können nicht einmal mein Sodbrennen kurieren."

„Ich habe Ihnen dafür eine Medizin mitgebracht, Lady Clem", sagte Lord Arthur ernst. „Eine ausgezeichnete Medizin, von einem Amerikaner erfunden."

„Ich fürchte, ich liebe amerikanische Erfindungen nicht allzusehr, Arthur. Gewiß nicht. Ich habe kürzlich einige amerikanische Romane gelesen, und die waren der reinste Unsinn."

„Oh, aber dieses Mittel hat durchaus einen Sinn, Lady Clem! Ich versichere Ihnen, daß es äußerst wirksam ist. Sie müssen mir versprechen, es einzunehmen." Und Lord Arthur zog die kleine Schachtel aus seiner Rocktasche und gab sie ihr.

„Ah; die Schachtel ist hübsch, Arthur. Ist es wirklich ein Geschenk? Nett von dir. Und ist das die Wundermedizin? Schaut aus wie ein Bonbon. Ich werde sie gleich nehmen."

„Nicht doch, Lady Clem!" rief Lord Arthur und griff nach ihrer Hand. „Das dürfen Sie nicht tun. Es ist ein homöopathisches Mittel, und wenn Sie es nehmen, ohne Sodbrennen zu verspüren, könnte es

Ihnen nur furchtbar schaden. Warten Sie, bis Sie wieder einen Anfall von Sodbrennen haben, und dann nehmen Sie es. Sie werden erstaunt sein über den Erfolg."

„Eigentlich möchte ich's gleich einnehmen", sagte Lady Clementina und hielt die durchsichtige Kapsel mit dem flüssigen Akonit gegen das Licht. „Es schmeckt sicherlich ausgezeichnet. Und tatsächlich nehme ich gern Medizin ein, obwohl ich die Herren Doktoren hasse. Ich will es jedoch aufheben bis zum nächsten Anfall."

„Und wann wird das sein?" fragte Lord Arthur neugierig. „Schon bald?"

„Ich hoffe nicht in den nächsten acht Tagen. Gestern früh ging es mir ziemlich schlecht. Aber man weiß ja nie."

„Sie glauben also, daß Sie ganz bestimmt noch vor Ende des Monats einen Anfall haben werden, Lady Clem?"

„Leider ja. Aber wie mitfühlend du heute bist, Arthur. Wirklich, Sybil hat guten Einfluß auf dich. Und nun mußt du gehen, denn ich muß heute noch mit langweiligen Menschen essen, die keinen Klatsch wissen, und wenn ich da nicht jetzt mein Schläfchen mache, kann ich wohl nicht umhin, während des Essens einzuschlafen. Wiedersehen, Arthur; grüße Sybil von mir, und herzlichen Dank für die amerikanische Medizin."

„Sie werden es nicht vergessen, Lady Clem, die Medizin zu nehmen, nicht wahr?" fragte Lord Arthur und stand von seinem Platz auf.

„Natürlich nicht, dummer Junge. Ich finde es sehr nett von dir, an mich zu denken, und ich werde dir schreiben, wenn ich mehr davon brauche."

Lord Arthur verließ das Haus in bester Laune und mit dem Gefühl ungeheuerlicher Erleichterung. An diesem Abend sprach er lang mit Sybil Merton. Er sagte ihr, daß er sich plötzlich in schreckliche Schwierigkeiten verstrickt sehe, vor denen zu kapitulieren ihn weder Ehre noch Pflicht erlaubten. Er erklärte, daß die beschlossene Heirat vorläufig verschoben werden müsse, bis er seinen furchtbaren Verpflichtungen Genüge geleistet habe, da er bis dahin ja kein freier Mann sei, und flehte sie an, ihm zu vertrauen und wegen der Zukunft keine Zweifel zu hegen. Alles würde in die richtige Ordnung kommen, aber sie müsse ein wenig Geduld haben.

Das Gespräch fand in Mr. Mertons Wintergarten, Park Lane, statt, wo Lord Arthur wie gewöhnlich zum Essen geblieben war. Sybil war ihm noch nie so glücklich vorgekommen, und für einen Augenblick hatte sich Lord Arthur versucht gefühlt, feige zu sein

und an Lady Clementina um die Kapsel zu schreiben und die Heirat
dennoch zu vollziehen, als ob die Person des Mr. Podgers nicht
existierte. Sein besseres Ich jedoch gewann bald wieder die Oberhand, und selbst als Sybil sich weinend in seine Arme warf, gab er
nicht nach. Ihre Schönheit, die seine Sinne erregte, hatte ebenso an
sein Gewissen gerührt. Er glaubte, daß es nicht gerecht sei, ein so
schönes Leben um des Vergnügens einiger Monate willen zu zerstören.

Er blieb bis annähernd Mitternacht mit Sybil zusammen, tröstete
sie und wurde von ihr getröstet, und früh am nächsten Morgen reiste
er nach Venedig ab, nachdem er noch einen männlichen, entschlos-
senen Brief an Mr. Merton geschrieben hatte, in dem er ihm den
notwendig gewordenen Aufschub der Heirat mitteilte.

4

In Venedig traf er seinen Bruder, Lord Surbiton, der gerade mit
seiner Jacht von Korfu gekommen war. Die beiden jungen Männer
verlebten herrliche vierzehn Tage zusammen. Morgens ritten sie auf
dem Lido, oder sie ließen sich in ihrer langen schwarzen Gondel den
grünen Kanal hinauf- und hinunterrudern. Nachmittags hatten sie
meist Gesellschaft auf der Jacht, und abends speisten sie bei Florian
und rauchten ungezählte Zigaretten auf der Piazza. Und doch war
Lord Arthur irgendwie unglücklich. Jeden Tag studierte er die
Rubrik der Sterbefälle in der „Times", in der Hoffnung, die Notiz
von Lady Clementinas Hinscheiden zu finden; aber jeden Tag war er
von neuem enttäuscht. Allmählich fürchtete er, daß irgendein Unfall
ihr zugestoßen sei, und bereute oft, daß er sie davon abgehalten
hatte, die Akonitkapsel zu verschlucken, als sie so gern ihre Wirkung erproben wollte. Auch Sybils Briefe, obgleich voll Liebe und
Vertrauen und Zärtlichkeit, klangen oft sehr traurig, und manchmal
dachte er schon, für immer von ihr getrennt zu sein.

Nach vierzehn Tagen langweilte sich Lord Surbiton in Venedig,
und er beschloß daher, die Küste entlang nach Ravenna zu segeln, da
er gehört hatte, daß es dort großartige Gelegenheiten gebe, Wasser-
vögel zu schießen. Lord Arthur lehnte zuerst ab mitzukommen,
aber Surbiton, den er sehr liebte, überredete ihn schließlich, da er
sich ja zu Tode langweilen würde, wenn er allein bei Danielli
wohnen müßte, und so segelten sie am Morgen des 15. bei starkem
Nordostwind und ziemlich rauher See ab. Die Jagd war tatsächlich
großartig, und das Leben in der freien Luft färbte wieder Lord

Arthurs Wangen; aber am 22. wurde er Lady Clementinas wegen sehr unruhig und fuhr trotz Surbitons Einwendungen mit dem Zug nach Venedig zurück.

Als er aus der Gondel gestiegen war, kam ihm auf den Stufen des Hotels der Hotelbesitzer mit einem Stapel Telegramme entgegen. Lord Arthur nahm sie ihm hastig aus der Hand und riß sie auf. Alles war also nach Wunsch gegangen. Lady Clementina war ganz plötzlich in der Nacht vom 16. zum 17. gestorben.

Sein erster Gedanke galt Sybil, und er schickte ein Telegramm an sie, daß er sogleich nach London zurückkehren werde. Dann gab er seinem Diener Auftrag, seine Sachen noch für den Nachtzug zu packen, schickte seinen Gondolieren das Fünffache dessen, was ihnen an Lohn zustand, und rannte, leichtfüßig und froh im Herzen, hinauf in sein Zimmer. Oben fand er drei Briefe vor. Einer war von Sybil, voller Mitgefühl und Beileidsbezeigungen; die anderen kamen von seiner Mutter und von Lady Clementinas Anwalt. Anscheinend hatte die alte Lady an jenem Abend mit der Herzogin diniert, jedermann mit ihrem Witz und Esprit aufs beste unterhalten, war aber dann etwas früh nach Hause gegangen, da sie wieder ihr Sodbrennen plagte. Am anderen Morgen hatte man sie dann tot im Bett gefunden; offenbar war sie ohne große Schmerzen gestorben. Man hatte zwar auch sofort nach Mathew Reid geschickt, aber natürlich war da nichts mehr zu wollen, und so sollte sie eben am 22. in Beauchamp Chalcote begraben werden. Wenige Tage vor ihrem Tod noch hatte sie ihr Testament aufgesetzt und Lord Arthur ihr kleines Haus an der Curzon Street mit der ganzen Einrichtung, all ihrer beweglichen Habe und ihren Bildern hinterlassen, ausgenommen nur die Miniaturensammlung, die ihre Schwester, Lady Margaret Rufford, und ihr Amethystkollier, das Sybil Merton erhalten sollte. Der Besitz war nicht von großem Wert; aber Mr. Mansfield, der Anwalt, drängte sehr, daß Lord Arthur zurückkehren sollte, wenn möglich sofort, da eine ziemlich große Anzahl Rechnungen nicht beglichen waren und Lady Clementina in Geldangelegenheiten nicht peinlich genau gewesen war.

Lord Arthur war sehr gerührt, daß Lady Clementina sich seiner so gütig erinnert hatte; auch kam es ihm so vor, als ob Mr. Podgers dafür Rede stehen müßte. Seine Liebe zu Sybil jedoch beherrschte alle anderen Gefühle, und das Bewußtsein, seine Pflicht getan zu haben, gab ihm Ruhe und Trost. Als er dann in Charing Cross ankam, war er vollkommen glücklich.

Die Mertons empfingen ihn sehr liebenswürdig. Sybil nahm ihm das Versprechen ab, daß nichts mehr zwischen sie treten sollte, und die Heirat wurde daraufhin auf den 7. Juni festgesetzt. Das Leben schien aufs neue freundlich und schön zu sein, und Lord Arthur gewann seine alte Fröhlichkeit wieder zurück.

Eines Tages jedoch, als er zusammen mit Lady Clementinas Anwalt und Sybil das Haus in der Curzon Street durchstöberte, Packen verblaßter Briefe verbrannte und Schubladen voll unmöglicher Dinge ausleerte, rief das Mädchen plötzlich freudig überrascht auf.

„Hast du denn etwas gefunden, Sybil?" fragte Lord Arthur, blickte von seiner Arbeit auf und lächelte.

„Diese hübsche kleine silberne Bonbonniere, Arthur. Ist sie nicht reizend, wohl holländische Arbeit? Oh, gib sie mir! Die Amethyste werden mir sowieso nicht vorm achtzigsten Lebensjahr stehen."

Es war die kleine Büchse, in dem das Akonit sich befunden hatte.

Lord Arthur erschrak, und eine leichte Röte überzog seine Wangen. Er hatte fast völlig vergessen, was er getan hatte, und es schien ihm ein seltsames Zusammentreffen, daß ausgerechnet Sybil, für die er die ganze schreckliche Angst ausgestanden hatte, es sein sollte, die ihn als erste daran erinnerte.

„Natürlich kannst du sie haben, Sybil. Ich selbst habe sie Lady Clementina gegeben."

„O danke, Arthur; und darf ich das Bonbon auch behalten? Ich hatte nicht die leiseste Idee, daß Lady Clementina Süßigkeiten gern mochte. Ich hatte immer gedacht, daß sie dazu viel zu intellektuell sei."

Lord Arthur wurde totenblaß, und ein schrecklicher Gedanke fuhr ihm durch den Kopf.

„Bonbon, Sybil? Was meinst du damit?" sagte er langsam und mit heiserer Stimme.

„Es ist eins darin, nur eins. Es schaut ziemlich alt aus und staubig, und ich habe keineswegs die Absicht, es zu essen. Was ist denn los, Arthur? Wie bleich du plötzlich bist!"

Lord Arthur stürzte quer durchs Zimmer und ergriff die Büchse. Innen lag die bernsteinfarbene Kapsel mit der Giftflüssigkeit. Lady Clementina war also eines natürlichen Todes gestorben!

Der Schock dieser Entdeckung war fast zu heftig für ihn. Er warf die Kapsel ins Feuer und sank mit einem Schrei der Verzweiflung aufs Sofa.

5

Mr. Merton war ziemlich unglücklich darüber, daß die Heirat ein
zweites Mal verschoben werden sollte, und Lady Julia, die schon ihr
Kleid für die Hochzeit bestellt hatte, tat alles, was in ihrer Macht
stand, um Sybil dazu zu bewegen, diese Verbindung abzubrechen.
So sehr aber auch Sybil ihre Mutter liebte, sie hatte nun einmal ihr
Leben in Lord Arthurs Hände gegeben, und nichts, was Lady Julia
vorbrachte, konnte sie in ihrem Vertrauen schwankend machen.
Und was Lord Arthur betraf, er brauchte Tage, um seine schreckliche Enttäuschung zu überwinden, und für lange Zeit war er wie
gelähmt. Sein exzellenter gesunder Verstand jedoch gewann bald
wieder die Oberhand; sein fester, praktischer Verstand ließ ihn nicht
lange im Zweifel darüber, was er zu tun habe. Gift hatte sich als
vollkommener Fehlschlag erwiesen; Dynamit also oder sonst ein
explosiver Stoff war das Richtige, um damit den nächsten Versuch
anzustellen.

Demzufolge schaute er also wieder die Liste seiner Freunde und
Verwandten durch, und nach sorgfältigen Überlegungen beschloß
er, seinen Onkel, den Dean von Chichester, in die Luft zu sprengen.
Der Dean, der ein Mann von großer Bildung und Wissenschaft war,
hatte Uhren für sein Leben gern und deshalb eine Sammlung von
Uhren, die vom fünfzehnten Jahrhundert bis zum heutigen Tage
reichte. Lord Arthur nun schien es, daß gerade dieses Steckenpferd
des guten Dean die großartige Gelegenheit geben könnte, sein
Vorhaben auszuführen. Freilich, diese Höllenuhr zu bekommen,
war die schwierigere Angelegenheit. Das Londoner Adreßbuch gab
ihm keine Auskunft darüber, und er meinte, daß es kaum von
Nutzen sein würde, Scotland Yard um Auskunft anzugehen, da die
ja nie etwas über die Vorhaben der Dynamitfaktion zu wissen
schienen, bevor nicht eine Explosion stattgefunden hatte, und selbst
dann nicht viel.

Plötzlich dachte er an seinen Freund Rouvaloff, einen jungen
Russen mit starken revolutionären Neigungen, den er im Winter im
Salon der Lady Windermere getroffen hatte. Graf Rouvaloff sollte
angeblich eine Biographie Peters des Großen schreiben und nach
England gekommen sein, um jene Dokumente durchzusehen, die
auf den Aufenthalt dieses Zaren als Schiffszimmermann in diesem
Lande anspielen; aber allgemein hatte man ihn im Verdacht, daß er
Agent der Nihilistengruppe sei, und es bestand kein Zweifel dar-
über, daß die russische Gesandtschaft nicht besonders entzückt über

seine Anwesenheit in London war. Lord Arthur nun dachte, daß dies gerade der Mann war, den er suchte, und so fuhr er eines Morgens zu dessen Wohnung in Bloomsbury, ihn um Rat und Beihilfe zu bitten.

„So, Sie wollen sich also ernsthaft mit Politik befassen?" sagte Graf Rouvaloff, nachdem ihm Lord Arthur erzählt hatte, warum er ihn aufgesucht habe. Aber Lord Arthur, der es haßte, sich groß aufzuspielen, fühlte sich verpflichtet, ihm einzugestehen, daß er nicht das geringste Interesse an sozialen Fragen habe und die Höllenmaschine nur für eine Familienangelegenheit benötige, die niemanden anders als ihn etwas angehe.

Graf Rouvaloff schaute ihn für einige Augenblicke erstaunt an, sah aber dann, daß es Lord Arthur damit ernst war, schrieb eine Adresse auf ein Stück Papier, unterschrieb mit seinen Anfangsbuchstaben und reichte es ihm über den Tisch hin.

„Scotland Yard würde alles darum geben, diese Adresse zu bekommen, lieber Freund."

„Sie sollen sie nicht bekommen", rief Lord Arthur lachend, schüttelte dem jungen Russen herzlich die Hand, lief auf die Straße hinab, las die Adresse auf dem Stück Papier und befahl dem Kutscher, nach dem Soho Square zu fahren.

Dort entließ er den Kutscher und schlenderte die Greek Street hinab, bis er zu einem Platz namens Bayle's Court kam. Er schritt durch einen Torbogen und befand sich darauf in einer sonderbaren Sackgasse, die von einer französischen Wäscherei benützt zu werden schien, da ein richtiges Netz von Wäscheleinen von Haus zu Haus gespannt war und weißes Linnen im Morgenwind hin und her flatterte. Er schritt bis zum Ende der Sackgasse und klopfte an die Tür eines kleinen grünen Hauses. Nach einigem Warten, währenddessen an jedem Fenster zahlreiche neugierige Gesichter erschienen, wurde die Tür von einem ziemlich derben Ausländer geöffnet, der ihn in schlechtem Englisch fragte, was er wolle. Lord Arthur händigte ihm das Stück Papier ein, das ihm Graf Rouvaloff gegeben hatte. Als der Mann es sah, verbeugte er sich und bat Lord Arthur in ein äußerst schäbiges Empfangszimmer zu ebener Erde. Wenige Augenblicke später trat Herr Winckelkopf, wie er in England genannt wurde, geräuschvoll in das Zimmer, eine weinbefleckte Serviette um den Hals und eine Gabel in seiner Linken.

„Graf Rouvaloff hat mir eine Empfehlung an Sie gegeben", sagte Lord Arthur und verneigte sich, „und ich bitte Sie, mir ein kurzes Interview über eine geschäftliche Angelegenheit zu gewähren. Mein

Name ist Smith, Mr. Robert Smith, und ich bitte Sie, mir mit einer Höllenuhr auszuhelfen."

„Es freut mich, Sie zu treffen, Lord Arthur", sagte der heitere kleine Deutsche lachend. „Oh, bitte erschrecken Sie nicht; es ist gewissermaßen meine Pflicht, jedermann zu kennen, und ich erinnere mich, Sie an einem Abend in Lady Windermeres Salon gesehen zu haben. Ich hoffe, daß die Lady gesund ist. Würde es Ihnen etwas ausmachen, mir beim Frühstück Gesellschaft zu leisten? Ich habe eine ausgezeichnete Pastete, und meine Freunde behaupten liebenswürdigerweise, daß mein Rheinwein besser sei als jede andere Sorte, die Sie in der deutschen Botschaft bekommen können." Und noch ehe Lord Arthur seine Überraschung, erkannt worden zu sein, überwunden hatte, saß er im anschließenden Zimmer, trank den herrlichsten Marcobrunner aus einem blaßgelben Römer mit kaiserlichem Monogramm und sprach aufs freundlichste mit dem berühmten Verschwörer.

„Höllenmaschinen", sagte Herr Winckelkopf, „sind nicht die geeignetsten Ausfuhrartikel, da die Bahn sehr unregelmäßig ist, und sie deshalb losgehen, noch bevor sie ihr Ziel erreicht haben. Falls Sie jedoch eine zum häuslichen Gebrauch benötigen, so kann ich Ihnen mit einem hervorragenden Artikel dienen und Ihnen garantieren, daß Sie mit dem Erfolg zufrieden sein werden. Darf ich Sie fragen, für wen das Ding bestimmt ist? Wenn es nämlich für die Polizei ist oder jemand, der mit Scotland Yard in Verbindung steht, so kann ich Ihnen leider nicht helfen. Die englischen Detektive sind nämlich unsere besten Freunde, und ich habe noch immer recht behalten, daß wir, wenn wir uns auf ihre Stupidität verlassen, genau das tun können, was wir wollen. Ich kann keinen von ihnen erübrigen."

„Ich versichere Ihnen", sagte Lord Arthur, „daß mein Vorhaben nichts mit der Polizei zu tun hat. In Wahrheit, die Höllenuhr ist für den Dean von Chichester bestimmt."

„Großer Gott! Ich hätte nicht gedacht, daß Sie solches Interesse für die Religion haben, Lord Arthur. Sehr wenige junge Leute interessiert heutzutage die Religion."

„Ich glaube, daß Sie mich überschätzen, Herr Winckelkopf", sagte Lord Arthur und wurde rot. „Ich verstehe nämlich tatsächlich nichts von Theologie."

„Es handelt sich dann also um eine rein private Angelegenheit?"

„Rein privat."

Herr Winckelkopf zuckte die Schultern, verließ das Zimmer und kam einige Minuten später mit einer Dynamitpatrone, ungefähr so groß wie ein Penny, und einer kleinen hübschen französischen Uhr zurück, auf der eine vergoldete Figur der Freiheit angebracht war, die die Hydra des Despotismus zertrat.

Lord Arthurs Gesicht hellte sich beim Anblick der Uhr auf. „Gerade das brauche ich", rief er, „und nun sagen Sie mir noch bitte, wie das Ding losgeht."

„Oh, das ist mein Geheimnis", antwortete Herr Winckelkopf und betrachtete seine Erfindung mit berechtigtem Stolz. „Sagen Sie mir nur, wann sie explodieren soll, und ich werde die Maschinerie auf die Sekunde genau einstellen."

„Nun, heute ist Dienstag; wenn Sie das Ding sofort absenden könnten..."

„Ganz unmöglich. Ich habe sehr viel wichtige Arbeit für einige meiner Freunde in Moskau zu erledigen. Doch könnte ich sie morgen abschicken."

„Gut. Das ist früh genug", sagte Lord Arthur höflich, „wenn Sie das Ding morgen abend zustellen oder am Donnerstagmorgen. Und die Zeit der Explosion, sagen wir, Freitag mit dem Zwölfuhrschlag. Der Dean ist um diese Zeit immer zu Hause."

„Freitag mit dem Zwölfuhrschlag", wiederholte Herr Winckelkopf und schrieb eine diesbezügliche Notiz in sein großes Hauptbuch, das auf einem Schreibtisch in der Nähe des Kamins lag.

„Und nun", sagte Lord Arthur und erhob sich, „lassen Sie mich bitte wissen, wieviel ich Ihnen schuldig bin."

„Eine Kleinigkeit, Lord Arthur, ich will daran nicht verdienen. Das Dynamit kommt auf sieben Schilling und sechs Pence, die Uhr auf drei Pfund zehn Schilling und die Zustellung auf ungefähr fünf Schilling. Es ist mir ein Vergnügen, einem Freund Graf Rouvaloffs gefällig sein zu können."

„Und für Ihre Mühe, Herr Winckelkopf?"

„Oh, nicht der Rede wert! Es ist mir ein Vergnügen. Ich arbeite nicht für Geld; ich lebe ganz meiner Kunst."

Lord Arthur legte vier Pfund zwei Schilling und sechs Pence auf den Tisch, dankte dem kleinen Deutschen für seine Liebenswürdigkeit und verließ, nachdem er noch eine Einladung, einige Anarchisten bei einer Teegesellschaft am folgenden Samstag kennenzulernen, erfolgreich abgelehnt hatte, das Haus und ging in den Park.

Für die nächsten zwei Tage war Lord Arthur in dauernder großer Erregung, am Freitag um zwölf Uhr aber fuhr er zum Buckingham-Klub um auf die neuesten Nachrichten zu warten. Den ganzen Nachmittag über schlug der stumpfsinnige Portier Telegramme aus

den verschiedensten Teilen des Landes an, Ergebnisse von Pferde-
rennen, Urteile in Ehescheidungsprozessen, Wettervorhersagen
und dergleichen, während der Telegraph langweilige Einzelheiten
von einer Nachtsitzung des Unterhauses und eine kleine Panik an
der Börse meldete. Um vier Uhr trafen die Abendzeitungen ein,
und Lord Arthur verschwand mit der „Pall Mall", der „St. Jame's",
dem „Globe" und dem „Echo" in der Bibliothek, worüber sich
Oberst Goodchild sehr ärgerte, weil er einesteils die Urteile der
Presse über seine Rede lesen wollte, die er an diesem Morgen im
Mansion House über die südafrikanischen Missionen und die
Zweckmäßigkeit, schwarze Bischöfe einzusetzen, gehalten hatte,
und weil er andernteils wohl aus diesem oder jenem Grund ein
Vorurteil gegen die *Evening News* hatte. Keine der Zeitungen
jedoch enthielt auch nur den leisesten Hinweis auf Chichester, und
Lord Arthur vermutete richtig, daß sein Versuch mißlungen war.
Es war für ihn ein furchtbarer Schlag, und für eine ganze Weile war
er völlig niedergeschlagen. Herr Winckelkopf, den er am nächsten
Tag besuchte, brachte die sorgfältigsten Entschuldigungen vor und
erbot sich, ihm eine andere Uhr ohne Bezahlung zu liefern oder
einen Behälter mit Nitroglyzerinbomben zum Selbstkostenpreis.
Aber Lord Arthur hatte allen Glauben an Sprengstoff verloren,
und selbst Herr Winckelkopf anerkannte, daß heutzutage alles so
verfälscht würde, daß man nicht einmal mehr Dynamit in reiner
Form erhalten könne. Der kleine Deutsche jedoch war, obwohl er
zugab, daß etwas an der Maschinerie falsch gemacht worden sei,
nicht ohne Hoffnung, daß die Höllenmaschine trotzdem noch
losgehen würde, und nannte als Beispiel den Fall mit dem Barome-
ter, das an den Militärgouverneur in Odessa gesandt worden sei,
und obwohl es innerhalb zehn Tagen hätte explodieren sollen, dies
erst nach ungefähr drei Monaten getan habe. Es sei allerdings auch
wahr, daß es, als es schließlich explodierte, nur ein Hausmädchen
in Stücke riß, weil der Gouverneur schon sechs Wochen vorher die
Stadt verlassen hatte; aber zumindest zeigte dies, daß Dynamit,
wenn unter der Kontrolle einer Maschinerie, als zerstörende Kraft
ein gewaltiger, wenn auch etwas unpünktlicher Geselle sei. Lord
Arthur fand etwas Trost bei diesen Reflexionen; aber selbst in
diesem Fall war ihm Enttäuschung vorherbestimmt; denn zwei
Tage später, als er gerade nach oben ging, rief ihn die Herzogin in
ihr Boudoir und zeigte ihm einen Brief, den sie eben von der
Dechanei erhalten hatte.

  „Jane schreibt reizende Briefe", sagte die Herzogin. „Ihren letzten Brief mußt du unbedingt lesen. Er ist genau so gut wie die Romane, die Mudie uns schickt. "

Lord Arthur nahm ihr den Brief aus der Hand und las wie folgt:

Dechanei Chichester
27. Mai

Meine liebste Tante!

Herzlichen Dank für den Flanell für die Dorcas-Gesellschaft und auch für das Baumwollzeug. Ich bin ganz derselben Meinung, daß es unsinnig ist, wenn sie hübsche Dinge anziehen wollen; aber heutzutage ist jedermann so radikal und irreligiös, daß es schwierig ist, sie davon zu überzeugen, sich nicht wie die oberen Klassen anzuziehen zu versuchen. Ich weiß wirklich nicht, wohin es noch mit uns kommen wird. Wie Papa so oft in seinen Predigten gesagt hat: Wir leben in einer Zeit des Unglaubens.

Wir hatten großen Spaß an einer Uhr, die ein unbekannter Bewunderer letzten Donnerstag Papa übersandte. Sie kam in einer frankierten hölzernen Schachtel aus London; und Papa meint, daß jemand, der seine bemerkenswerte Predigt „Ist Zügellosigkeit Freiheit?" gelesen habe, sie ihm geschickt haben müsse; denn auf der Uhr ist die Figur einer Frau angebracht, die, wie Papa sagte, die Freiheitsmütze auf dem Kopf hat. Ich selbst finde sie nicht besonders hübsch, aber Papa sagte, es wäre historisch, und so glaube ich, daß wohl alles in Ordnung ist. Parker packte sie aus, und Papa stellte sie auf den Kaminsims in der Bibliothek. Wir alle saßen dort letzten Freitag, als die Uhr zwölf Uhr schlug. Im selben Augenblick hörten wir ein rasselndes Geräusch, eine kleine Rauchwolke kam vom Postament der Figur, die Göttin der Freiheit fiel herunter und brach sich die Nase am Kaminvorsatz! Maria war ziemlich erschrocken, aber es sah so lächerlich aus, daß James und ich in Gelächter ausbrachen, und selbst Papa hatte seinen Spaß daran. Als wir dann die Uhr näher betrachteten, ergab sich, daß es eine Art Wecker war und daß, wenn man ihn auf eine bestimmte Zeit stellt und etwas Schießpulver und ein Zündhütchen unter einen kleinen Bolzen gibt, er losgeht, wann immer man es will. Papa meinte, daß er nicht in der Bibliothek bleiben sollte, weil er zuviel Krach mache, und so trug ihn Reggie ins Lernzimmer und ließ ihn den ganzen langen Tag explodieren. Glauben Sie, daß Arthur einen solchen Wecker als Hochzeitsgeschenk haben möchte? Ich vermute, daß sie in London Mode sind. Papa meint, daß sie viel Gutes tun könnten, weil sie zeigen, daß die Freiheit nicht von Dauer ist, sondern untergehen muß. Papa meint, daß die Freiheit während der Französischen Revolution erfunden worden sei. Wie schrecklich das ist!

Nun muß ich zu den Dorcas gehen, wo ich Ihren sehr lehrreichen Brief vorlesen werde. Wie wahr, liebste Tante, Ihr Gedanke ist, daß sie in ihrer Lage keine Kleider tragen sollten, die ihnen nicht anstehen! Es ist wirklich absurd, daß sie sich so sehr um Kleider kümmern, wo es doch so viele andere wichtige Dinge gibt auf dieser Welt und in der andern. Ich bin so glücklich, daß Ihre geblümte Popeline so schön ist und Ihre Spitzen nicht zerrissen waren. Ich werde den gelben Seidenstoff, den Sie mir so lieb gegeben haben, bei der Gesellschaft, die unser Bischof am Mittwoch gibt, tragen, und ich glaube, daß das Kleid recht ordentlich werden wird. Würden Sie Schleifen annähen oder nicht? Jennings meint, daß man allgemein jetzt Schleifen habe und daß der Unterrock plissiert sein soll. Reggie hat gerade wieder den Wecker explodieren lassen, und Papa befahl, daß der Wecker in den Stall gebracht werden soll. Ich glaube nicht, daß Papa der Wecker noch so gut gefällt wie anfangs, obgleich es ihm schmeichelt, daß man ihm solch ein hübsches, sinnreiches Spielzeug geschickt hat. Es zeigt jedenfalls, daß die Leute seine Predigten lesen und von ihnen profitieren.

Papa schickt die besten Grüße und ebenso James, Reggie und Maria, und ich hoffe, daß es Onkel Cecil mit seiner Gicht besser geht, und bleibe, liebste Tante, Ihre Sie innigst liebende

Jane Percy.

PS. Bitte schreiben Sie mir wegen der Schleifen. Jennings besteht darauf, daß sie Mode sind.

Lord Arthur wurde so ernst und war so unglücklich über den Brief, daß die Herzogin in Lachen ausbrach.

„Mein lieber Arthur", rief sie, „ich werde dich nie wieder den Brief einer jungen Dame lesen lassen! Und was soll ich zu dem Wecker sagen? Ich halte ihn jedenfalls für eine großartige Erfindung und hätte gern selbst einen."

„Ich halte nicht viel davon", sagte Lord Arthur mit traurigem Lächeln, küßte seine Mutter und verließ das Zimmer.

Als er dann oben war, warf er sich auf ein Sofa, und seine Augen füllten sich mit Tränen. Er hatte sein Bestes getan, den Mord auszuführen, aber beide Male war es mißlungen, und keineswegs durch seine Schuld. Er hatte versucht, seine Pflicht zu tun; aber das Schicksal selbst schien zum Verräter geworden zu sein. Ihn be-

drückte die Nutzlosigkeit guter Absichten, das Vergebliche des
guten Willens. Vielleicht war es überhaupt besser, die Heirat aufzugeben. Sybil wird darunter leiden, das ist wahr, aber Leiden
kann einer so edlen Natur wie der ihren nichts anhaben. Er
selbst? Was machte das schon. Es gibt immer Kriege, in denen ein
Mann getötet werden, immer irgendeine Sache, für die ein Mann
sein Leben aufopfern kann, und da das Leben für ihn trostlos
geworden war, hatte der Tod keine Schrecken. Laß das Schicksal
sein Urteil fällen! Er würde keinen Finger mehr rühren.

Um halb acht Uhr zog er sich an und ging in den Klub. Surbiton war dort mit einer Gesellschaft junger Männer, und er mußte
mit ihnen speisen. Ihre trivialen Gespräche und seichten Witze
interessierten ihn nicht, und sobald der Kaffee serviert war, erfand
er eine Verabredung, um loszukommen, und verließ sie.

Als er gerade vom Klub weggehen wollte, händigte ihm der
Portier einen Brief ein. Er war von Herrn Winckelkopf geschrieben, der ihn bat, doch am nächsten Abend vorbeizuschauen und
seinen explosiven Regenschirm zu besichtigen, der sofort losgehe,
wenn er geöffnet werde. Es sei die allerneueste Erfindung und
gerade aus Genf gekommen. Lord Arthur zerriß den Brief zu
Fetzen. Er war fest entschlossen, keinen neuen Versuch mehr
anzustellen. Dann ging er ans Themseufer hinab und saß einige
Stunden am Fluß. Der Mond blickte durch eine Mähne goldbrau-
ner Wolken, als wäre er eines Löwen Auge, und unzählige Sterne
waren ins hohe Gewölbe verstreut wie Goldstaub in einer purpurnen Kuppel. Dann und wann schwamm ein Kahn in die trüben
Wasser des Stroms hinaus und mit der Ebbe fort, und die Signale
der Eisenbahn wechselten von Grün zu Rot, wenn Züge über die
Brücke donnerten. Nach einiger Zeit schlug es zwölf Uhr vom
hohen Turm von Westminster, und mit jedem Schlag der volltö-
nenden Glocke schien die Nacht zu erzittern. Dann gingen die
Schienenlichter aus, nur eine einsame Lampe glühte wie ein großer Rubin an einem Riesenmast, und das Gelärm der Stadt wurde
leiser.

Um zwei Uhr stand er auf und schlenderte nach Blackfriars.
Wie unwirklich alles schien! Wie ein seltsamer Traum! Die Häuser auf dem anderen Ufer des Flusses schienen aus Finsternis gebaut zu sein. Man hätte sagen mögen, Silber und Schatten haben
die Welt neu gebildet. Die riesige Kuppel von St. Paul ragte undeutlich in die Nachtluft wie eine Blase.

Als er Cleopatra's Needle sich näherte, sah er einen Mann sich über die Brüstung lehnen. Bei seinem Näherkommen schaute der Mann auf; das Gaslicht fiel voll auf sein Gesicht.

Es war Mr. Podgers, der Chiromant! Niemand hätte das fette und schlaffe Gesicht mit den goldgerahmten Augengläsern, dem ekligen Lächeln und dem sinnlichen Mund verwechseln können.

Lord Arthur blieb stehen. Ein glänzender Einfall fuhr ihm durch den Kopf, und er stahl sich leise hinter Mr. Podgers. Einen Augenblick später hatte er ihn bei den Beinen gepackt und in die Themse geworfen. Ein derber Fluch, ein schwerer Aufprall, und alles war wieder still. Neugierig schaute Lord Arthur nach unten; er konnte aber von dem Chiromanten nichts mehr sehen als den hohen Hut, der sich in einem mondbeleuchteten Wirbel des Wassers drehte. Augenblicke später versank auch der Hut, und keine Spur von Mr. Podgers war mehr zu erkennen. Einmal glaubte er für Augenblicke, die dicke Mißgestalt der Treppe bei der Brücke zustreben zu sehen, und das fürchterliche Gefühl des abermaligen Fehlschlags beschlich ihn wieder; aber es stellte sich heraus, daß es nur eine Spiegelung war, die sofort aufhörte, als der Mond hinter einer Wolke hervorkam. Endlich also hatte er dem Ratschluß des Schicksals Genüge geleistet. Ein tiefer Seufzer der Erleichterung drang aus seiner Brust, und der Name Sybils kam auf seine Lippen.

„Haben Sie etwas verloren, Sir?" sagte plötzlich eine Stimme hinter ihm.

Lord Arthur drehte sich um und sah einen Polizisten, eine Blendlaterne in der Hand.

„Nichts von Bedeutung, Sergeant", antwortete er lächelnd, rief eine vorbeifahrende Kutsche heran, sprang hinein und befahl dem Kutscher, zum Belgrave Square zu fahren.

Während der nächsten Tage schwankte er zwischen Hoffnung und Furcht. Es gab da Augenblicke, da er beinah darauf wartete, Mr. Podgers in sein Zimmer treten zu sehen, und manchmal hoffte er, daß schließlich das Schicksal doch nicht so ungerecht sein könnte. Zweimal ging er zur Wohnung des Chiromanten in der West Moon Street, doch konnte er nicht so viel Mut aufbringen, daß er die Glocke gezogen hätte. Er sehnte sich nach Gewißheit, und zugleich fürchtete er sich davor.

Endlich bekam er sie. Er saß gerade im Rauchzimmer seines Klubs, hatte Tee vor sich und hörte ziemlich gelangweilt Surbitons Wiedergabe der letzten Couplets im Gaiety-Theater an, als der Bediener mit den Abendzeitungen hereinkam. Er nahm die

„St. James's" und blätterte gedankenlos darin, als folgende auffallende Schlagzeile seine Aufmerksamkeit erregte:

SELBSTMORD EINES CHIROMANTEN

Er wurde vor Aufregung blaß und fing zu lesen an. Die Notiz lautete wie folgt:

Gestern morgen gegen sieben Uhr wurde die Leiche des hervorragenden Chiromanten Mr. Septimus R. Podgers in Greenwich gerade vor dem Ship-Hotel an Land gespült. Der unglückliche Gentleman war schon seit einigen Tagen vermißt, und in Chiromanten-Kreisen war man seinetwegen in beträchtlicher Besorgnis. Man vermutet, daß er unter dem Einfluß einer zeitweiligen geistigen Störung, durch Überarbeitung verursacht, Selbstmord begangen habe, und eine gleichlautende Entscheidung wurde heute nachmittag von der Leichenschaukommission getroffen. Mr. Podgers hat erst kürzlich eine sorgfältig gearbeitete Abhandlung über die menschliche Hand vollendet, die in Bälde veröffentlicht wird, da sie ohne Zweifel große Beachtung finden dürfte. Der Hingeschiedene war fünfundsechzig Jahre alt und scheint keine Verwandten zu haben.

Lord Arthur eilte aus dem Klub, die Zeitung noch immer in der Hand, zur großen Verwunderung des Portiers, der ihn aufhalten wollte, und fuhr sofort nach Park Lane. Sybil sah ihn vom Fenster aus kommen, und irgend etwas sagte ihr, daß er gute Nachricht bringe. Sie lief hinunter und ihm entgegen, und als sie dann sein Gesicht sah, wußte sie, daß nun alles gut war.

„Meine liebe Sybil", rief Lord Arthur, „laß uns morgen heiraten!"

„Dummer Junge! Nicht einmal die Hochzeitstorte ist bestellt!" sagte Sybil und lachte unter Tränen.

6

Als drei Wochen später die Heirat stattfand, war St. Peter voll von eleganten Leuten. Der Gottesdienst wurde sehr eindrucksvoll vom Dean von Chichester zelebriert, und allgemein wurde gesagt, man habe noch nie ein hübscheres Paar als Braut und Bräutigam gesehen. Sie waren aber mehr als nur hübsch – sie waren glücklich. Nicht einen Augenblick bereute Lord Arthur, was er um Sybil willen gelitten, während sie ihrerseits ihm all das Gute gab, was eine Frau ihrem Mann geben kann: Verehrung, Zärtlichkeit und Liebe. Und keineswegs tötete ihnen die Wirklichkeit allen romantischen Zauber. Sie fühlten sich immer jung.

Jahre später, als ihnen schon zwei schöne Kinder geboren waren, kam Lady Windermere sie in Alton Priory besuchen, einem entzükkenden alten Schloß, das der Herzog seinem Sohn als Hochzeitsgeschenk vermacht hatte; und eines Nachmittags, als sie mit Lady Arthur unter einem Limonenbaum im Garten saß und dem kleinen Knaben und dem Mädchen zuschaute, wie sie den Rosenweg auf und ab spielten wie launische Sonnenstrahlen, nahm sie plötzlich den Arm ihrer Gastgeberin und sagte: „Sind Sie glücklich, Sybil?"

„Liebe Lady Windermere, natürlich bin ich glücklich. Sind Sie's denn nicht?"

„Ich habe keine Zeit dazu, Sybil. Ich habe immer den Menschen gern, der zuletzt mir vorgestellt wurde; aber, und das ist die Regel, sobald ich einen Menschen näher kenne, werde ich seiner überdrüssig."

„Sind Sie denn mit Ihren Löwen nicht zufrieden, Lady Windermere?"

„Oh, meine Liebe, nein! Löwen sind nur gut für eine Saison. Sobald ihre Mähnen beschnitten sind, sind sie die langweiligsten Wesen. Außerdem betragen sie sich sehr schlecht, wenn man nett zu ihnen ist. Erinnern Sie sich noch an diesen entsetzlichen Mr. Podgers? Er war ein fürchterlicher Schwindler. Natürlich hat mir das nichts ausgemacht, und selbst als er Geld borgen wollte, habe ich ihm noch verziehen; aber daß er mir dauernd den Hof machte, konnte ich einfach nicht ausstehen. Er hat mich tatsächlich alle Chiromantie hassen gelehrt. Ich schwärme jetzt für Telepathie. Sie ist viel amüsanter."

„Sie sollten nichts gegen die Chiromantie sagen, Lady Windermere; Chiromantie ist das einzige, über das Arthur nichts kommen läßt. Ich versichere Ihnen, daß er es sehr ernst meint damit."

„Sie wollen doch nicht etwa sagen, Sybil, daß er daran glaubt?"

„Fragen Sie ihn, Lady Windermere, hier ist er." Und Lord Arthur kam vom Garten her mit einem großen Strauß gelber Rosen in seiner Hand, und die zwei Kinder sprangen um ihn herum.

„Lord Arthur?"

„Ja, Lady Windermere?"

„Sie wollen doch nicht behaupten, daß Sie an Chiromantie glauben?"

„Natürlich", sagte der junge Mann lächelnd.

„Aber warum?"

„Weil ich ihr alles Glück meines Lebens verdanke", sagte er leise und setzte sich in einen Korbsessel.

„Mein lieber Lord Arthur, was schon verdanken sie ihr?"

„Sybil", erwiderte er, gab seiner Frau die Rosen und blickte in ihre dunkelblauen Augen.

„Was für ein Unsinn!" rief Lady Windermere. „Ich habe in meinem ganzen Leben noch keinen solchen Unsinn gehört."

DIE SPHINX OHNE GEHEIMNIS

Eine Radierung

Eines schönen Nachmittags saß ich vor dem Café de la Paix und betrachtete Glanz und Elend des Pariser Lebens. Ich wunderte mich, während ich mein Glas Wermut trank, über das seltsame, vor meinen Augen vorüberflutende Bild, das Stolz und Armut boten, und plötzlich hörte ich meinen Namen rufen. Ich wandte mich um und erkannte Lord Murchison. Wir hatten uns seit der Zeit, da wir zusammen studierten – es mochte schon zehn Jahre her sein –, nicht mehr gesehen; so war ich hocherfreut, ihm zu begegnen, und wir schüttelten uns herzlich die Hände. In Oxford waren wir gute Freunde gewesen. Ich war ihm damals sehr zugetan; er war gut gewachsen, voll Enthusiasmus und ehrenhaft. Wir pflegten zu sagen, daß er der beste Mensch sein könnte, wenn er nicht dauernd die Wahrheit spräche; doch glaube ich, daß wir ihn seiner Freimütigkeit wegen nur um so mehr bewunderten. Nun kam er mir sehr verändert vor. Seine Augen blickten scheu, er schien verwirrt und im Zweifel über irgend etwas. Ich fühlte, daß es nicht moderne Zweifelsucht sein konnte; denn Murchison war Tory durch und durch und glaubte an den Pentateuch so fest, wie er an das Oberhaus glaubte. Ich schloß also daraus, daß es sich um eine Frau handeln mußte, und fragte ihn, ob er schon verheiratet sei.

„Ich verstehe die Frauen zu wenig", antwortete er.

„Mein lieber Gerald", sagte ich, „Frauen sind dazu da, geliebt, und nicht dazu, verstanden zu werden."

„Ich kann niemanden lieben, dem ich nicht vertrauen kann", erwiderte er.

„Allem Anschein nach gibt es ein Geheimnis in deinem Leben, Gerald", rief ich. „Fang an zu erzählen."

„Machen wir doch eine Spazierfahrt", meinte er, „es sind zu viele Leute hier. Nein, nicht den gelben Wagen, jede andere Farbe – dort, den dunkelgrünen." Kurz darauf fuhren wir den Boulevard hinab der Madeleine zu.

„Wohin?" fragte ich.

„Oh, irgendwohin; wohin du willst!" erwiderte er. „Zum Restaurant im Bois. Wir essen dort, und du erzählst mir dann, wie's dir ergangen ist."

„Erst will ich's von dir hören", sagte ich. „Ich möchte gern dein Geheimnis wissen."

Er zog aus seiner Tasche ein silbergefaßtes Saffianetui hervor und gab es mir. Ich öffnete es. Drinnen war die Photographie einer Frau. Sie war groß und schlank und eine fremdartige, doch malerische Erscheinung mit ihren großen, verschleierten Augen und dem aufgelösten Haar. Sie sah wie eine *clairvoyante* aus und war in einen teuren Pelz gehüllt.

„Was hältst du von dem Gesicht?" sagte er. „Kann man ihm trauen?"

Ich betrachtete es aufmerksam. Es schien mir das Gesicht eines Menschen zu sein, der ein Geheimnis verbarg; ob aber gut oder böse, konnte ich nicht sagen. Die Schönheit des Gesichtes war aus Geheimnissen gebildet – eine Schönheit psychologischer und nicht plastischer Natur –, das kaum wahrnehmbare Lächeln um ihren Mund war viel zu wissend, um noch anmutig zu sein.

„Nun", sagte er ungeduldig, „was meinst du?"

„Die Gioconda im Pelz", antwortete ich. „Ich würde sie gern näher kennenlernen."

„Nicht jetzt", sagte er, „nach dem Diner." Und dann sprach er von anderen Dingen.

Als dann der Ober Kaffee und Zigaretten brachte, erinnerte ich Gerald an sein Versprechen. Er erhob sich von seinem Stuhl, ging zwei- oder dreimal im Zimmer auf und ab, ließ sich dann in einen Sessel fallen und erzählte mir folgende Geschichte:

„Eines Abends", sagte er, „so gegen fünf, ging ich die Bond Street hinab. Der Wirrwarr der Kutschen hatte solche Ausmaße angenommen, daß der Verkehr fast völlig stockte. Nah am Gehsteig hielt ein kleiner gelber Einspänner und nahm, ich weiß allerdings nicht warum, meine Aufmerksamkeit in Anspruch. Gerade als ich vorübergehen wollte, blickte das Gesicht, das ich dir heute nachmittag gezeigt habe, aus der Kutsche. Es faszinierte mich sofort. Die ganze Nacht und den nächsten Tag mußte ich daran denken. Ich wanderte diese verhexte Straße auf und ab, blickte in jede Kutsche und wartete auf nichts anderes als auf den gelben Einspänner. Ich konnte sie leider nicht finden, *ma belle inconnue*, und schließlich hielt ich sie für ein bloßes Hirngespinst. Ungefähr eine Woche nach diesem Vorfall war ich bei Madame de Rastail zum Diner eingeladen. Der Tisch war für acht Uhr gedeckt, aber um ein halb neun warteten wir immer noch im Salon. Endlich öffnete ein Diener die Tür und meldete Lady Alroy. Sie war die Frau, die ich gesucht hatte. Sie trat ein, sehr langsam, und glich in den grauen Spitzen ihres Kleides einem Mondstrahl. Zu meiner großen Freude wurde ich gebeten, sie zu Tisch zu führen. Kaum hatten wir uns gesetzt, bemerkte ich ganz nebenbei und unschuldig: ‚Ich glaube, Lady Alroy, ich habe Sie vor einiger Zeit in der Bond Street gesehen.' Sie wurde darauf sehr bleich und sagte zu mir mit leiser Stimme: ‚Ich bitte Sie, sprechen Sie nicht so laut. Man könnte Sie hören.' Ich war unglücklich, daß ich einen solchen schlechten Anfang gemacht hatte, und fing sofort von französischen Theaterstücken zu reden an. Sie sprach sehr wenig und immer mit der gleichen leisen, wohltönenden Stimme, sie schien sich davor zu fürchten, daß jemand anders mithören könnte. Leidenschaftlich und töricht verliebte ich mich, und die unerklärbare Atmosphäre des Geheimnisses, die sie umgab, rief in mir eine brennende Neugier wach. Als sie dann fortging, schon sehr bald nach dem Diner, fragte ich sie, ob ich nicht einmal vorsprechen und sie sehen dürfte. Sie zögerte einen Augenblick, schaute sich um, ob niemand in unserer Nähe sei, und sagte dann: ‚Ja, morgen um drei Viertel fünf Uhr.' Ich bat Madame de Rastail, mir Näheres über sie zu erzählen; aber alles, was ich von ihr erfahren konnte, war, daß Lady Alroy eine Witwe sei und ein herrliches Haus in Park Lane besitze, und als dann so ein wissenschaftlicher Idiot über Witwen zu sprechen anfing und Beispiele für das Überleben des zur Ehe geeignetsten Teils anführte, verließ ich das Haus und ging heim.

Am andern Tag erschien ich pünktlich auf die Minute in Park Lane, mußte jedoch vom Butler erfahren, daß Lady Alroy eben ausgegangen sei. Ich ging in den Klub, ziemlich unglücklich und voller Unruhe, und schrieb ihr nach langem Hin und Her einen Brief mit der Bitte, sie möge mir gestatten, mein Glück an einem der nächsten Nachmittage zu versuchen. Mehrere Tage lang blieb ich ohne Antwort, bekam aber dann einen kurzen Brief, der besagte, daß sie sonntags zu Hause sei, und zwar um vier Uhr, und dem folgendes Postskriptum beigegeben war: ‚Bitte schreiben Sie mir nicht mehr hierher; ich werde Ihnen alles erklären, wenn ich Sie sehe.' Am Sonntag empfing sie mich tatsächlich, und sie war bezaubernd. Als ich sie dann wieder verließ, bat sie mich, ich möchte doch, falls ich ihr wieder schreiben sollte, meinen Brief an Mrs. Knox in Whittakers Bücherei, Green Street, adressieren. ‚Es gibt gewisse Gründe', sagte sie, ‚warum ich in meinem Hause keine Briefe empfangen kann.'

Den ganzen Winter über sah ich sie, und immer war die Atmosphäre des Geheimnisses um sie. Manchmal argwöhnte ich, sie würde von irgendeinem Mann beherrscht; aber sie hatte etwas so Unnahbares, daß ich es nicht glauben konnte. Es war tatsächlich schwierig, aus ihr klug zu werden, denn sie war wie einer jener eigenartigen Kristalle, wie man sie in Museen sieht, die in einem Augenblick völlig durchsichtig sind und im nächsten trüb. Schließlich wollte ich sie fragen, ob sie mich heiraten würde. Ich war der ewigen Geheimnistuerei müde, mit der sie meine Besuche und ebenso die wenigen Briefe umgab, die ich ihr geschickt hatte. Ich schrieb ihr in die Bücherei und fragte sie, ob ich sie folgenden Montag um sechs Uhr sehen könnte. Sie antwortete bejahend, und ich fühlte mich im siebenten Himmel. Ich war von ihr ganz durchdrungen: trotz des Geheimnisvollen, dachte ich damals – wegen des Geheimnisvollen, weiß ich heute. Nein; es war die Frau selbst, die ich liebte. Das Geheimnis beunruhigte mich, machte mich verrückt. Warum nur brachte mich der Zufall auf diese Spur?"

„Hast du's denn entdeckt?" rief ich.

„Ich fürchte, ja", erwiderte er. „Urteile selbst."

Am Morgen aß ich mit meinem Onkel zu Mittag, und gegen vier Uhr ging ich die Marylebone Road hinab. Mein Onkel, wie du weißt, wohnt in Regent's Park. Ich wollte zum Piccadilly und ging deshalb, meinen Weg abzukürzen, durch die dreckigsten Gassen. Plötzlich sah ich Lady Alroy vor mir. Sie war tief verschleiert und ging sehr schnell. Als sie ans letzte Haus der Straße gekommen war, stieg sie die Frontstufen hinauf, zog einen Schlüssel aus der Tasche und schloß auf. Das ist das Geheimnis, sagte ich zu mir, beschleunigte meine Schritte und visitierte das Haus. Es machte den Eindruck einer Pension. Auf der Türschwelle lag ihr Taschentüchlein, das sie verloren haben mußte. Ich hob es auf und steckte es in meine Tasche. Dann dachte ich nach, was ich tun sollte. Ich kam zur Überzeugung, daß ich kein Recht hatte, ihr nachzuspionieren, und so fuhr ich in meinen Klub. Um sechs Uhr stellte ich mich bei ihr ein. Sie lag auf einem Sofa in einem silberdurchwirkten Hauskleid, aufgesteckt mit einigen von diesen eigenartigen Mondsteinen, die sie immer trug. Sie sah bezaubernd aus. ‚Es freut mich sehr, Sie zu sehen', sagte sie. ‚Ich war den ganzen Tag nicht aus.' Ich starrte sie ziemlich verblüfft an, zog dann das Taschentuch aus meiner Tasche und reichte es ihr hin. ‚Sie haben es heute nachmittag in der Cumnor Street verloren, Lady Alroy', sagte ich völlig ruhig. Sie sah mich voller Schrecken an, rührte aber keinen Finger, das Taschentuch zu nehmen. ‚Was haben Sie dort getan?‘ fragte ich. – ‚Mit welchem Recht erlauben Sie sich, mich auszufragen?‘ antwortete sie. – ‚Mit dem Recht des Mannes, der Sie liebt‘, sagte ich. ‚Ich kam hierher, Sie zu bitten, meine Frau zu werden.‘ Sie bedeckte ihr Gesicht mit den Händen und brach in Tränen aus. ‚Sie müssen mir erklären, was Sie dort getan haben‘, fuhr ich fort. Sie erhob sich, blickte mir voll ins Gesicht und meinte dann: ‚Lord Murchison, es gibt nichts, was ich Ihnen zu erzählen hätte.‘ – ‚Sie sind dorthin gegangen, um jemanden zu treffen!‘ rief ich. ‚Das ist Ihr ganzes Geheimnis!‘ Sie wurde fürchterlich blaß und sagte: ‚Ich habe dort niemanden zu treffen gesucht?‘ – ‚Können Sie denn nicht bei der Wahrheit bleiben?‘ rief ich. – ‚Ich habe die Wahrheit gesagt‘, erwiderte sie. Ich war wütend, war außer mir; ich weiß nicht mehr, was ich sagte, aber es müssen schreckliche Dinge gewesen sein. Schließlich lief ich fort. Am nächsten Tag schrieb sie mir einen Brief; ich schickte ihn ungeöffnet zurück und machte mit Alan Colville eine Reise nach Norwegen. Vier Wochen später kam ich zurück, und als erstes sah ich in der *Morning Post*, daß Lady Alroy gestorben war. Sie hatte sich in der Oper erkältet und war fünf Tage später an einer Lungenentzündung gestorben. Ich schloß mich von aller Umwelt ab. Ich hatte sie so sehr geliebt, ich hatte sie wahnsinnig geliebt. Herrgott, wie hatte ich diese Frau geliebt!"

„Du bist noch einmal in die Straße, zu dem Haus gegangen?" sagte ich.

„Ja", erwiderte er. „Eines Tages ging ich in die Cumnor Street. Ich konnte es nicht lassen; Zweifel quälten mich. Ich klopfte an die Tür, und eine respektable Frau öffnete. Ich fragte sie, ob sie nicht ein Zimmer zu vermieten hätte. ‚Hm, Sir‘, sagte sie, ‚die Salons werden an und für sich vermietet; die Lady war auch schon seit drei Monaten nicht mehr hier und ist mir auch die Miete schuldig. Sie können die Salons haben.‘ – ‚Ist das die Lady?‘ sagte ich und zeigte ihr die Photographie. – ‚Ja, gewiß‘, rief sie, ‚und wann kommt sie zurück, Sir?‘ – ‚Die Lady ist tot‘, erwiderte ich. – ‚Oh, Sir, es ist nicht wahr!‘ sagte die Frau. ‚Sie war mein bester Mieter. Sie bezahlte drei Guineen die Woche, und nur, um dann und wann in den Salons zu sitzen.‘ – ‚Hat sie sich jemals hier mit jemandem getroffen?‘ fragte ich. Aber die Frau versicherte mir, daß das niemals der Fall gewesen sei, daß sie immer allein gekommen sei und niemanden getroffen habe. ‚Was, beim Himmel, hat sie denn hier getan!‘ rief ich. – ‚Sie saß einfach im Salon, Sir, las Bücher, und manchmal trank sie Tee‘, antwortete die Frau. Ich wußte nicht, was ich sagen sollte, und so gab ich ihr einen Sovereign und ging. Und nun, was hältst du von der ganzen Geschichte? Du glaubst doch nicht, daß die Frau die Wahrheit gesagt hat?"

„Sicher."

„Aber warum ist dann Lady Alroy dorthin gegangen?"

„Mein lieber Gerald", erwiderte ich, „Lady Alroy war ganz einfach eine Frau mit der Manie nach dem Geheimnisvollen. Sie hat diese Zimmer zu ihrem Vergnügen gemietet, um verschleiert dorthin gehen und sich einbilden zu können, sie sei die Heldin irgendeines Romans. Geheimniskrämerei war ihre Leidenschaft; leider war sie nur eine Sphinx ohne Geheimnis."

„Du glaubst das wirklich?"

„Ich bin dessen gewiß", antwortete ich.

Er zog sein Saffianetui hervor, öffnete es und blickte die Photographie an. „Wer weiß?" sagte er dann.

DAS GESPENST VON CANTERVILLE

Eine hylo-idealistische Erzählung

I

Als Mr. Hiram B. Otis, der amerikanische Gesandte, Canterville Chase kaufte, sagte ihm jedermann, daß er etwas sehr Törichtes tue, da kein Zweifel bestand, daß es in dem Schloß spuke. Lord Canterville selbst, ein Mann von peinlichster Rechtschaffenheit, fühlte, als sie beide die Bedingungen des Kaufes besprachen, daß es seine Pflicht sei, Mr. Otis diese Tatsache mitzuteilen.

„Wir selbst", sagte Lord Canterville, „wir selbst wollten nicht mehr im Schloß wohnen, seit, wie Sie wissen müssen, meine Großtante, die verwitwete Herzogin von Bolton, vor Schrecken in eine Ohnmacht gefallen war, von der sie sich nie mehr recht erholte. Zwei Knochenhände hatten sich auf ihre Schulter gelegt, während sie sich gerade zum Dinner umzog. Ich fühle mich gezwungen, Ihnen, Mr. Otis, zu sagen, daß das Gespenst von mehreren noch lebenden Mitgliedern unserer Familie gesehen worden ist, ebenso auch vom Geistlichen unserer Gemeinde, Reverend Augustus Dampier, der Mitglied von King's College, Cambridge, ist. Nach dem unglücklichen Unfall der Frau Herzogin wollte keiner unserer jüngeren Bediensteten länger bei uns bleiben, und Lady Canterville schlief nachts infolge der mysteriösen Geräusche, die vom Korridor und von der Bibliothek her zu hören waren, sehr wenig."

„Mylord", entgegnete der Gesandte, „ich werde Einrichtung samt Gespenst kaufen. Ich komme aus einem modernen Land, wo es alles gibt, was für Geld zu haben ist; und wenn ich an all unsere fixen jungen Leute denke, die in ihrem Übermut die Alte Welt auf den Kopf stellen und ihre besten Schauspielerinnen und Primadonnen nach drüben mitnehmen, so vermute ich, daß, gäbe es so etwas wie einen Geist, ein Gespenst in Europa, daß wir dieses Gespenst in äußerst kurzer Zeit drüben in einem unserer öffentlichen Museen hätten oder auf einem unserer Jahrmärkte."

„Ich fürchte, daß das Gespenst existiert", meinte lächelnd Lord Canterville, „und möglicherweise hat es den Angeboten Ihrer unternehmungslustigen Impresarios widerstanden. Das Gespenst ist wohlbekannt seit dreihundert Jahren, genau seit 1584, und es erscheint immer kurz vor dem Tode eines Mitglieds unserer Familie."

„Genauso und zur selben Zeit kommt auch der Hausarzt, Lord Canterville. Doch gibt es so etwas wie einen Geist, ein Gespenst nicht, Sir, und ich glaube nicht, daß die Naturgesetze sich der britischen Aristokratie zuliebe suspendieren ließen."

„Sie in Amerika sind gewiß sehr aufgeklärt", antwortete Lord Canterville, der Mr. Otis' Bemerkung nicht völlig verstand, „und wenn Sie ein Geist im Hause nicht weiter stört, so soll es recht sein. Nur dürfen Sie nicht vergessen, daß ich Sie gewarnt habe."

Wenige Wochen darauf war der Kauf abgeschlossen, und mit dem Ende der Saison bezog der Gesandte mit seiner Familie Canterville Chase. Mrs. Otis, als Miß Lucretia R. Tappan, West 33rd Street, einst eine gefeierte Schönheit New Yorks, war um diese Zeit eine hübsche Frau mittleren Alters, mit schönen Augen und einem bezaubernden Profil. Viele Amerikanerinnen geben sich, im Glauben, es gehöre zu europäischer Bildung, beim Verlassen ihres Landes ein chronisch-kränkelndes Aussehen; nicht so Mrs. Otis. Sie verfiel diesem Irrtum nicht. Ihre Gesundheit war ausgezeichnet, und sie war auch sonst wirklich voller Lebenskraft. Tatsächlich glich sie in vielem einer Engländerin und war so das beste Beispiel für die Tatsache, daß wir heutzutage alles mit Amerika gemeinsam haben, ausgenommen, natürlich, die Sprache. Ihr ältester Sohn, wohl in einem Augenblick großer patriotischer Gefühle Washington getauft, was er in seinem Leben nie völlig verwinden konnte, war ein blonder, gutaussehender junger Mann, der sich dadurch für den amerikanischen diplomatischen Dienst als geeignet erwies, daß er im Newport Casino für drei aufeinanderfolgende Saisons den Kotillon angeführt hatte, und außerdem war er auch in London als ein ausgezeichneter Tänzer bekannt. Gardenien und Adelsregister waren seine einzigen Schwächen. Sonst war er sehr vernünftig. Miß Virginia E. Otis, ein junges Mädchen von fünfzehn Jahren, war schlank und reizend wie ein Reh und hatte ein Paar große, freimütig blickende blaue Augen. Sie war eine ausgezeichnete Reiterin. Einmal war sie mit dem alten Lord Bilton auf ihrem Pony zweimal um den Park herum um die Wette geritten und hatte die Achillesstatue um eineinhalb Längen eher erreicht als der alte Lord, zur übergroßen Freude des jungen Herzogs von Cheshire, der dann kaum einen Augenblick später um ihre Hand angehalten hatte und am selben Abend noch von seinen älteren Begleitern unter Strömen von Tränen in die Schule nach Eton zurückgeschickt worden war. Nach Virginia kamen die Zwillinge, die man meistens nur „The Stars and Stripes" nannte, weil sie beinahe immer verhauen wurden. Dabei waren sie zwei höchst erfreuliche Buben und, mit Ausnahme des werten Gesandten selbst, die einzigen Republikaner der Familie.

Da Canterville Chase sieben Meilen von Ascot, der nächsten Bahnstation, entfernt war, hatte Mr. Otis um einen Wagen für sich und seine Familie telegraphiert, der sie nach Canterville Chase bringen sollte, und sie fuhren voll Freude und Erwartung los. Es war ein lieblicher Juliabend, und in der Luft lag der feine Duft der Nadelwälder. Dann und wann hörten sie eine Wildtaube gurren oder sahen mitten im rauschenden Farn die feuerfarbene Brust eines Fasans. Von den Buchen, an denen sie vorüberkamen, schauten kleine Eichhörnchen auf sie herab, und die Wildkaninchen hoppelten, die weißen Schwanzstummel in der Luft, durchs Unterholz fort und über die moosigen Buckel dahin. Als aber ihr Gefährt in die Straße nach Canterville einbog, überzog sich der Himmel plötzlich mit Wolken. Eine eigenartige Stille und Ruhe lag in der Luft. Ein großer Schwarm Krähen flog schweigend über ihre Köpfe hinweg, und noch bevor sie das Schloß erreichen konnten, fielen die ersten schweren Tropfen.

Eine alte Frau, sauber in schwarze Seide gekleidet, eine weiße Haube auf dem Kopf und eine Schürze umgebunden, stand auf den Stufen, um die Ankommenden zu empfangen. Es war Mrs. Umney, die Beschließerin, die Mrs. Otis auf die inständige Bitte Lady Cantervilles hin in ihrer alten Stellung behielt. Vor jedem Mitglied der Familie, das aus dem Wagen stieg, knickste sie sehr tief und sagte in einer wunderlichen, altmodischen Weise: „Ich heiße die Herrschaft willkommen auf Canterville Chase." Dann folgten sie ihr, und sie gingen durch die noble Tudorhalle in die Bibliothek, einem langen niedrigen, mit schwarzem Eichenholz getäfelten Raum, an dessen einem Ende sich ein großes farbiges Fenster befand. Hier war schon der Tee serviert. Nachdem sie ihre Mäntel abgelegt hatten, setzten sie sich nieder und fingen an, sich umzusehen, während Mrs. Umney bediente.

Plötzlich sah Mrs. Otis einen dunklen roten Fleck auf dem Fußboden gerade vor der Feuerstelle und sagte, ohne die leiseste Ahnung davon zu haben, was dieser Fleck bedeuten könnte, zu Mrs. Umney: „Ich fürchte, daß dort jemand etwas ausgeschüttet hat."

„Ja, Madame", erwiderte die alte Wirtschafterin mit leiser Stimme, „Blut ist dort vergossen worden."

„Entsetzlich!" rief Mrs. Otis. „Ich liebe nun keineswegs Blutspuren in einem Wohnzimmer. Der Boden muß sofort gesäubert werden."

Die alte Frau lächelte und antwortete wieder mit derselben leisen und geheimnisvollen Stimme: „Es ist das Blut Lady Eleanores de Canterville, die eben an dieser Stelle im Jahre 1575 von ihrem Gatten, Sir Simon de Canterville, ermordet worden ist. Sir Simon hat sie neun Jahre überlebt und ist dann plötzlich unter höchst seltsamen Umständen verschwunden. Sein Leichnam ist nie gefunden worden, aber sein schuldbeladener Geist geht heute noch im Schloß um. Der Blutfleck wurde schon oft und viel von Touristen und anderen Leuten bewundert und kann nicht entfernt werden."

„Das gibt es nicht", rief Washington Otis. „Pinkertons hervorragende Fleckenpaste, ein Universalreinigungsmittel, wird den Fleck beseitigen, bevor Sie sich umsehen können." Und noch ehe ihn die erschrockene Wirtschafterin davon abhalten konnte, lag er schon auf den Knien und schrubbte hastig den Fußboden mit einer kurzen Stange von etwas, das wie schwarze Bartwichse aussah. Einige Augenblicke danach war nichts mehr von dem Blutfleck zu sehen.

„Ich hab es gewußt, daß er mit Pinktertons Fleckenpaste weggeht", triumphierte er und blickte auf die andern, die ihn bewundernd anschauten. Kaum hatte er es ausgerufen, erleuchtete ein schrecklicher Blitzstrahl das dämmerige Zimmer, und fürchterlicher Donner ließ alle in die Höhe fahren. Und Mrs. Umney fiel in Ohnmacht.

„Schauderhafter Landstrich", sagte der amerikanische Gesandte ruhig und zündete eine lange Zigarre an. „Ich glaube fast, das alte Land ist so übervölkert, daß sie nicht mehr für jeden genug anständiges Wetter haben. Ich war schon immer der Meinung, daß es für England das einzig Richtige ist, wenn die Leute auswandern."

„Mein lieber Hiram", sagte da Mrs. Otis, „was können wir viel mit einer Frau anfangen, die dauernd in Ohnmacht fällt?"

„Laß sie dafür bezahlen, als hätte sie etwas zerbrochen", antwortete der Gesandte. „Die wird dann kaum mehr ohnmächtig werden." Und Mrs. Umney kam einen Augenblick später wieder zu sich. Trotzdem gab es keinen Zweifel, daß Mrs. Umney wirklich sehr aufgeregt war, und sie beschwor Mr. Otis, auf der Hut zu sein vor einem Unglück, das über sie alle kommen werde.

„Mit meinen eigenen Augen habe ich Dinge gesehen, Sir", sagte sie, „die jedem Christenmenschen die Haare zu Berge stehen ließen, und viele, viele Nächte habe ich kein Auge zumachen können wegen der entsetzlichen Dinge, die hier geschehen sind." Mr. Otis jedoch und auch seine Frau Gemahlin versicherten gütig der getreuen Seele, daß sie beide Gespenster keineswegs fürchteten. Und nachdem die alte Haushälterin den Segen der Vorsehung für ihren neuen Herrn und ihre neue gnädige Frau herabgefleht und um Erhöhung ihres Lohnes gebeten hatte, verließ sie die neue Herrschaft und ging auf ihr Zimmer.

2

Der Sturm wütete schrecklich die ganze Nacht hindurch, sonst aber ereignete sich nichts Nennenswertes. Am nächsten Morgen jedoch fanden sie, als sie zum Frühstück hinabkamen, den gräßlichen Blutfleck unverändert wieder auf dem Fußboden. „Ich glaube kaum, daß es am Fleckenreiniger liegt", sagte Washington. „Den habe ich an allem ausprobiert. Es muß der Geist sein." Aber ohne sich länger darüber auszulassen, rieb er den Fleck ein zweites Mal weg; jedoch am andern Morgen war er schon wieder da. Ebenso fanden sie auch am dritten Morgen den Blutfleck vor, obwohl Mr. Otis selbst die Bibliothek abgeschlossen und den Schlüssel mit sich nach oben genommen hatte. Allmählich nun interessierte sich die ganze Familie für diesen Fleck. Mr. Otis begann zu überlegen, ob er nicht doch etwas zu hartnäckig die Existenz von Gespenstern geleugnet habe; Mrs. Otis sprach die Absicht aus, einer spiritistischen Gesellschaft beizutreten, und Washington bereitete einen langen Brief an die Herren Myers & Podmore vor über die Unvertilgbarkeit von Blutflecken im Zusammenhang mit Verbrechen. In der folgenden Nacht nun wurden sämtliche Zweifel an der tatsächlichen Existenz von Gespenstern endgültig und für immer beseitigt.

Der Tag war warm und sonnig gewesen, und in der Kühle des Abends fuhr die ganze Familie spazieren. Sie kamen erst um 9 Uhr wieder zurück und aßen anschließend kurz zu Abend. Während der Unterhaltung kamen sie nicht ein einziges Mal auf Gespenster zu sprechen, so daß keinerlei Andeutungen, die sich auf das Gespenst bezogen hätten, die erwartungsvolle Aufnahmefähigkeit hätten schaffen können, die sehr oft dem Erscheinen von spiritistischen Phänomenen vorangeht. Wie ich von Mr. Otis hörte, hatte man die üblichen Gesprächsthemen der gebildeten Amerikaner höherer

Schichten gewählt, so zum Beispiel die ungeheure Überlegenheit
Miß Fanny Davenports über Sara Bernhardt als Schauspielerin,
ferner die schiere Unmöglichkeit, selbst in den besten englischen
Häusern nicht völlig gereiften Mais, Buchweizenkuchen und Ho-
miny zu bekommen, ferner die Wichtigkeit Bostons für die Entwicklung der Weltseele, ferner die Vorteile des Gepäckaufgabensy-
stems bei Eisenbahnreisen und das Angenehme des New Yorker
Akzents, verglichen mit der schleppenden, eintönigen Redeweise
der Londoner. Niemand erwähnte Übernatürliches; auch sprach
man nicht von Sir Simon de Canterville. Um elf Uhr begab sich die
Familie zur Ruhe, und eine halbe Stunde später waren alle Lichter
ausgelöscht. Einige Zeit darauf erwachte Mr. Otis durch ein seltsames Geräusch, das vom Korridor her in sein Zimmer drang. Es
klang wie das Klirren von Metall und schien mit jedem Augenblick
näher zu kommen. Sofort erhob er sich, strich ein Zündholz an und
schaute auf die Uhr. Es war genau ein Uhr. Mr. Otis war ganz ruhig,
er befühlte seinen Puls, der völlig normal war. Das ihm fremde
Geräusch dauerte immer noch an; zugleich aber hörte er nun, ganz
genau unterscheidbar, Fußtritte. Mr. Otis schlüpfte in seine Haus-
schuhe, nahm ein längliches Fläschchen aus seinem Necessaire und
öffnete die Tür. Gerade sich gegenüber sah er da im blassen Mondlicht einen alten Mann von gruseligem Aussehen stehen. Seine
Augen waren so rot wie glühende Kohlen, langes graues Haar fiel in
wirren Strähnen über seine Schultern, seine Kleider, die einen
altertümlichen Schnitt hatten, waren schmutzig und zerrissen, und
von seinen Handgelenken und Knöcheln hingen schwere, rostige
Hand- und Fußschellen.

„Mein lieber Herr", sagte Mr. Otis, „ich muß Sie wirklich darum
bitten, ihre Ketten zu ölen, und habe Ihnen zu diesem Zweck eine
kleine Flasche Tammanys Maschinenschmieröl ‚Morgenröte' mitgebracht. Die Gebrauchsanweisung sagt, daß schon eine einmalige
Anwendung völlig genügt; dies bestätigen auch mehrere Atteste, die
von einigen unserer prominentesten Theologen stammen. Ich werde
es für Sie hier neben die Kerzen vor mein Schlafzimmer stellen, und
es soll mich freuen, Sie mit mehr zu versorgen, wenn sie es brauchen
sollten." Mit diesen Worten legte der Gesandte der Vereinigten
Staaten das Fläschchen auf ein Marmortischchen, zog sich in sein
Schlafzimmer zurück und schloß die Tür.

Für einen Augenblick stand der Geist von Canterville völlig
sprachlos und unbeweglich in erklärlicher Entrüstung; dann aber
warf er wütend die Flasche auf den gebohnerten Fußboden und

floh den Korridor hinab, indem er hohltönendes Stöhnen ausstieß und gespenstisches grünes Licht um sich verbreitete. Im selben Augenblick jedoch, als er die oberste Stufe der breiten eichenen Treppe erreichte, öffnete sich eine Tür, zwei kleine weißumhüllte Gestalten erschienen, und ein großes Kissen flog an seinem Kopf vorbei! Da hieß es nun keine Zeit mehr verlieren, und so benutzte er eiligst die vierte Dimension als Mittel zur Flucht und verschwand durch die Wandtäfelung. Daraufhin ward das Haus wieder ganz ruhig.

Nachdem der Geist ein kleines geheimes Zimmer im linken Flügel des Schlosses erreicht hatte, lehnte er sich erschöpft an einen Mondstrahl, um Atem zu holen, und versuchte, sich über seine Situation klarzuwerden und die Lage zu untersuchen. Niemals während der dreihundert Jahre seiner ununterbrochenen großen Laufbahn als Geist war er so schwer beleidigt worden. Er dachte an die Herzoginwitwe, die er so sehr erschreckte, als sie in ihren Spitzen und Diamanten vor dem Spiegel stand, daß sie in Krämpfe fiel; er dachte an die vier Hausmädchen, die allein schon dadurch hysterisch wurden, daß er sie durch die Vorhänge eines unbewohnten Schlafzimmers hindurch angrinste; er dachte an den Pfarrer der Gemeinde, dessen brennende Kerze er ausblies, als er spät in der Nacht aus der Bibliothek kam, und der seit dieser Nacht in der Fürsorge von Sir William Gull war, als ein wahrer Märtyrer unter seinen Nervenstörungen leidend; und er dachte an die alte Madame de Tremoulliac, die, als sie eines Morgens früher als gewöhnlich erwachte und ein Skelett in einem ihrer Lehnsessel am Kamin sitzen und ihr Tagebuch lesen sah, sechs Wochen ihr Bett hüten mußte, einer Gehirnentzündung wegen, und die nach ihrer Genesung sich wieder mit der Kirche aussöhnte und ihre Verbindung mit diesem unverbesserlichen Freigeist, Monsieur de Voltaire, abbrach. Er erinnerte sich an jene entsetzliche Nacht, als man den gottlosen Lord Canterville in seinem Ankleidezimmer am Ersticken fand, den Karobuben halb im Schlund steckend, und wie er dann bekannte, noch bevor er starb, daß er gerade mit dieser Karte Charles James Fox um 50000 Pfund Sterling bei Crockford geprellt habe, und schwor, daß das Gespenst ihm diese Spielkarte in den Hals gesteckt habe. Alle seine großen Erfolge tauchten in seinem Gedächtnis auf, von jenem Kammerdiener an, der sich im Vorratsraum erschoß, weil er eine grüne Hand an die Fensterscheiben klopfen sah, bis zur schönen Lady Stutfield, die für immer ein schwarzes Samtband um ihren Hals tragen mußte, um die Spuren von fünf Fingern, die er auf ihre weiße Haut gebrannt hatte, zu verdecken, und die sich schließlich im Karpfenteich am Ende der Königspromenade ertränkte. Mit dem begeisterten Egoismus des echten Künstlers rief er seine hervorragendsten Rollen in sein Gedächtnis zurück und lächelte bitter sich selbst zu, als er an sein letztes Auftreten als „Roter Ruben oder das erdrosselte Kind" dachte, an sein Debüt als „Dürrer Gibeon, der Blutsauger vom Bexley-Moor" und an das Furore, das er eines schönen Juliabends machte, als er ganz einfach auf der Wiese des Tennisplatzes mit seinen eigenen Knochen Kegel schob. Und nach all diesen Erfolgen kamen da so jämmerliche moderne Amerikaner daher, boten ihm „Morgenröte"-Schmieröl an und warfen ihm Kissen an den Kopf! Unmöglich, daß er das dulden konnte. Außerdem war ihm nicht bekannt, daß, seit es Geister gibt, einer auf diese Weise behandelt worden wäre. Demzufolge beschloß er, Rache zu üben, und verblieb bis zum Tagesanbruch in der Pose des in Gedanken tief Versunkenen.

3

Am darauffolgenden Morgen, als die Familie Otis zum Frühstück zusammenkam, sprachen sie ziemlich lange über das Gespenst. Der Gesandte der Vereinigten Staaten war verständlicherweise etwas ungehalten darüber, daß sein Geschenk so mißachtet worden war. „Ich habe aber nicht die Absicht", so sagte er, „dem Geist kränkende Beleidigungen zuzufügen, und ich bin gezwungen zu sagen, daß, wenn man die Länge der Zeit bedenkt, die er in diesem Hause zugebracht hat, ich nicht glaube, es sei sehr höflich, dem Geist Kissen an den Kopf zu werfen" – eine sehr angebrachte Bemerkung, bei der, wie ich leider gestehen muß, die Zwillinge in lautes Gelächter ausbrachen. „Auf der anderen Seite", fuhr der Gesandte fort, „sind wir gezwungen, ihm, sollte er sich weiterhin weigern, das ,Morgenröte'-Schmieröl zu benützen, die Ketten wegzunehmen. Es ist völlig unmöglich zu schlafen, solange draußen vor den Schlafzimmern solch ein Lärm herrscht."

Aber für den Rest der Woche blieben sie ungestört, und das einzige, was noch immer ihre Aufmerksamkeit erregte, war, daß sich der Blutfleck auf dem Fußboden der Bibliothek ständig erneuerte. Sie konnten es einfach nicht begreifen, schloß doch Mr. Otis selbst jeden Abend die Tür zur Bibliothek ab, und ebenso waren die Fenster jede Nacht geschlossen und verriegelt. Auch die wie bei einem Chamäleon wechselnde Farbe des Blutflecks ließ die verschiedensten Vermutungen aufkommen. An manchem Morgen war die Farbe mattrot – beinahe bergglühenrot –, dann wieder zinnoberrot, dann tief purpurn, und einmal, als sie alle zu einem Familiengebet zusammenkamen, wie es die etwas einfachen Riten der Freien Amerikanischen Reformierten Episkopalkirche vorschrieben, fanden sie den Blutfleck leuchtend smaragdgrün. Diese koloristischen Verwandlungen amüsierten natürlich die Familie sehr, und an jedem Abend wettete man darüber, welche neue Farbe der Fleck am nächsten Morgen haben werde. Die einzige Person, die diesen Spaß nicht mitmachte, war die kleine Virginia, die ohne weiter erklärlichen Grund immer ein wenig unglücklich schien, wenn sie auf den Blutfleck blickte, und an dem Morgen, wo er smaragdgrün war, beinahe weinte.

In der Nacht zum Sonntag trat der Geist das zweite Mal auf. Kurz nachdem sie alle zu Bett gegangen waren, wurden sie plötzlich durch ein furchtbares Krachen in der Eingangshalle aufgeschreckt. Sie eilten hinab und sahen dort, daß eine große alte Rüstung sich aus dem Ständer gelöst hatte und auf den Steinboden der Halle gefallen war. In einem hochlehnigen Sessel aber saß der Geist von Canterville und rieb seine Knie mit dem Ausdruck heftigsten Schmerzes. Die Zwillinge, die ihre Schleudern mitgebracht hatten, schossen sofort mit einer Genauigkeit, die nur durch lange und sorgfältige Übung an einem Schreiblehrer erreicht werden kann, eine Erbse auf ihn. Der Gesandte der Vereinigten Staaten selbst legte seinen Revolver an und rief dem Geist zu, wie die kalifornische Etikette es forderte, die Hände hochzuheben. Der Geist sprang mit einem wilden Schrei des Zorns auf seine Füße, fuhr durch sie hindurch wie ein Dunst, löschte Washington Otis' Kerze aus, als er an ihm vorüberkam, und ließ sie alle in völliger Finsternis zurück. Als er oben an der Treppe anlangte, verschnaufte er ein wenig und beschloß sofort, sein berühmtes diabolisches Gelächter auszustoßen. Dies hatte er bei mehr als einer Gelegenheit sehr brauchbar gefunden. Man sagte, daß daraufhin Lord Rakers Perücke in einer einzigen Nacht grau geworden sei, und es ist gewiß, daß drei französische Gouvernanten der Lady Canterville noch vor der Zeit den Dienst aufgesagt haben. So erklang denn sein diabolisches Gelächter, bis das alte Gewölbe davon widerhallte; aber kaum schwieg das fürchterliche Echo, als eine Tür aufging und Mrs. Otis in einem leichten blauen Morgenmantel auf ihn zutrat. „Es tut mir leid, aber Sie sind nicht gesund", sagte sie. „Ich bringe Ihnen da eine Flasche von Dr. Dobells Tinktur. Ist es schlechte Verdauung, so werden Sie kaum eine bessere Medizin finden.“ Der Geist starrte sie voll Wut an und begann sofort Vorbereitungen zu treffen, sich in einen großen schwarzen Hund zu verwandeln, eine Fähigkeit, derentwegen er gerechterweise berühmt war und welcher der Arzt der Familie Canterville den bleibenden Schwachsinn des Onkels von Lord Canterville, Hon. Thomas Horton, zuschrieb. Sich nähernde Schritte jedoch ließen ihn innehalten in seinem grausamen Beginnen, und so gab er sich damit zufrieden, leicht phosphoreszierend zu werden und mit einem tiefen Kirchhofwimmern gerade in dem Augenblick zu verschwinden, als die Zwillinge zu ihm hinaufkamen.

Nachdem der Geist in sein Zimmer gelangt war, brach er gänzlich zusammen und wurde die Beute äußerst heftiger Gemütserschütterungen. Schon die Roheit der Zwillinge und der entsetzliche Materialismus Mrs. Otis' ärgerten ihn natürlich sehr; aber was ihn völlig niederschmetterte, war seine Unfähigkeit, die Rüstung zu tragen. Er hatte gehofft, daß selbst moderne Amerikaner bei der Erscheinung eines Gespenstes in voller Rüstung erschauern würden, und wenn auch aus keinem andern Grund, so doch aus Achtung vor ihrem Nationaldichter Longfellow, mit dessen anmutigen und reizenden Versen er schon viele sonst langweilige Stunden hingebracht hatte, während die Cantervilles in die Stadt gefahren waren. Und außerdem war es seine eigene Rüstung. Er hatte sie mit soviel Erfolg beim Turnier in Kenilworth getragen und dabei von keiner Geringeren als der jungfräulichen Königin selbst sehr viel Schmeichelhaftes gesagt bekommen. Aber als er sie jetzt wieder anprobieren wollte, war er von dem Gewicht des riesigen Brustpanzers und des stählernen Helmes erdrückt worden, so daß er schwer auf den Steinfußboden stürzte, sich beide Knie ernstlich aufschlug und die Knöchel seiner rechten Hand verletzte.

Nach diesem Zwischenfall war er für mehrere Tage sehr krank und verließ sein Zimmer nur, um ordnungsgemäß für den Blutfleck zu sorgen. Da er sich sonst aber während seiner Krankheit sehr vorsichtig verhielt, erholte er sich wieder und entschloß sich, einen dritten Versuch zu unternehmen, den Gesandten der Vereinigten Staaten und dessen Familie in Schrecken zu versetzen. Er wählte Freitag, den 17. August, für sein Erscheinen und vertat an diesem Tag die meiste Zeit damit, aus seiner Garderobe ein Kleid zu wählen. Endlich entschloß er sich zugunsten eines großen Schlapphutes mit einer roten Feder, eines Grabgewandes mit Hals- und Handkrausen und eines rostigen Dolches. Gegen Abend goß es in Strömen, und der Wind rüttelte und zerrte gewalttätig an allen Türen und Fenstern des alten Hauses. Nun, es war ein Wetter, wie er es liebte. Sein Plan war folgender: Er wollte leise in Washington Otis' Schlafzimmer schleichen, ihm dann tolles Zeug vom Fußende des Bettes her vorkrächzen und sich selbst zum Klang leiser Musik dreimal den Dolch in die Kehle stoßen. Auf Washington war er besonders böse, weil er genau wußte, daß er es war, der mit Pinkertons Fleckenreiniger den Fußboden vom berühmten Canterville-Blutfleck säuberte. Hatte er dann den rücksichtslosen und tollkühnen jungen Mann in äußersten Schrecken versetzt, wollte er ins Schlafzimmer schleichen, in dem der Gesandte der Vereinigten Staaten und dessen Frau schliefen. Mrs. Otis wollte er seine feuchtkalte Hand auf die Stirne legen und ins Ohr ihres zitternden Herrn Gemahls die schauerlichen Geheimnisse des Beinhauses zischen. Aber was er der kleinen Virginia antun sollte, daß wußte er noch nicht. Sie hatte ihn nie und auf keinerlei Weise beleidigt und war außerdem hübsch und gut. Ein paar dumpfe Seufzer aus dem Kleiderschrank, so dachte er, würden sie mehr als genug erschrecken; und sollte sie davon nicht erwachen, so konnte er immer noch mit gelähmt-zittrigen Fingern an ihrer Steppdecke zerren. Den Zwillingen dagegen, so war er fest entschlossen, wollte er eine gesalzne Lektion erteilen. Als erstes war selbstverständlich, daß er sich auf ihre Brust setzte, um sie das beklemmende Gefühl des Alpdrückens spüren zu lassen. Dann, weil ja ihre Betten so eng beieinanderstanden, wollte er sich zwischen die beiden stellen in der Gestalt eines grünen, eisigkalten Leichnams, und zwar so lange, bis sie die Angst lähmte, um schließlich das Leichentuch von sich zu schleudern und im Schlafzimmer herumzuspringen mit weißgebleichten Knochen und einem rollenden Augapfel als „Stummer Daniel oder Das Skelett des Selbstmörders", eine Rolle, mit der er bei mehr als einer Gelegenheit unheimliche Wirkungen erzielt hatte und die er für genauso vortrefflich hielt wie seine berühmte Darstellung von „Martin, der Verrückte, oder Das verhüllte Geheimnis".

Um halb elf Uhr hörte er die Familie zu Bett gehen. Für eine Weile störte ihn noch das wilde, laute Lachen der Zwillinge, die mit der leichtfertigen Heiterkeit von Schuljungen sich offenbar herrlich amüsierten, bevor sie endlich schlafen gingen; aber um ein Viertel nach elf Uhr war Ruhe im Haus, und als es Mitternacht schlug, machte er sich auf den Weg. Die Eule flog gegen die Fensterläden, der Rabe krächzte von der alten Eibe, und der Wind sauste seufzend ums Haus wie eine verlorene Seele; die Familie Otis aber schlief, und niemand ahnte das herannahende Verhängnis. Über das Geräusch des Regens und des Sturmes hinweg hörte der Geist das gleichmäßige Schnarchen des Gesandten der Vereinigten Staaten. Geräuschlos trat er durchs Getäfel der Wand, mit einem bösen Lächeln um seinen grausamen faltigen Mund, und der Mond verbarg sein Gesicht hinter einer Wolke, als der Geist sich am großen Erker vorbeistahl, wo seine und seiner gemordeten Frau Wappen in Azurblau und Gold gemalt hingen. Weiter und weiter schlich er sich wie ein grausiger Schatten, und die unheimliche Dunkelheit schien ihn voll Ekel anzustarren, während er durch sie hindurchschritt. Einmal glaubte er jemanden rufen zu hören und hielt inne; es war aber nur das Bellen des Hundes von der Roten Farm, und so ging er weiter, murmelte seltsame Flüche des sechzehnten Jahrhunderts und stach in einem fort mit seinem rostigen Dolch in der Mitternachtsluft herum. Schließlich gelangte er an die Ecke des Ganges, an der er vorüber mußte, um in das Zimmer des unglücklichen Washington gelangen zu können. Er blieb hier ein wenig stehen; der Wind spielte mit seinen langen grauen Locken und wehte das namenlos schreckliche Grabtuch des toten Mannes zu grotesken und phantastischen Falten. Dann schlug es Viertel, und er glaubte seine Zeit gekommen. Frohlockend warf er sich in die Brust und ging um die Ecke; doch kaum war er so weit, als er mit einem jämmerlichen Schreckensschrei zurücksprang und sein erbleichtes Gesicht mit seinen langen knöchernen Händen bedeckte. Gerade vor ihm stand ein riesiges Gespenst, regungslos wie ein geschnitztes Bild und unheimlich wie eines Irren Traum! Sein Kopf war kahl und poliert, sein Gesicht rund und dick und weiß; und gräßliches Gelächter schien seine Züge zu ewigem Grinsen verzerrt zu haben. Von seinen Augen strömten Strahlen purpurnen Lichts, der Mund war eine weite Feuerquelle, und ein grusliges Gewand, ähnlich dem seinen, hüllte schneeweiß die titanische Gestalt ein. Auf seiner Brust war ein Blatt Papier, auf dem mit Buchstaben uralter Herkunft etwas Fremdartiges stand, Zeilen der Schmach, wie es schien, eine Liste wilder Sünden, das furchtbare Verzeichnis von Verbrechen, und mit seiner rechten Hand hielt es ein schimmerndes stählernes Schwert empor.

Da er nun noch nie ein Gespenst gesehen hatte, war er natürlicherweise entsetzlich erschrocken und floh, nachdem er noch einen zweiten flüchtigen Blick auf das scheußliche Ungeheuer geworfen hatte, in sein Zimmer zurück. Dabei stolperte er, während er so den Korridor entlangsauste, ein paarmal, weil ihm das lange, ihn umhüllende Grabtuch unter die Füße kam, und schließlich warf er noch seinen rostigen Dolch in den Reitstiefel des Gesandten, wo ihn am Morgen der Diener fand. Endlich in der gewohnten Atmosphäre seines eigenen Zimmers, warf er sich auf ein schmales Strohlager und verbarg sein Gesicht unter den Kleidern. Nach einer Weile jedoch erholte sich der tapfere alte Cantervillegeist, und er beschloß, noch einmal zu diesem andern Gespenst zu gehen und es anzusprechen, sobald es Tag war. Demzufolge machte er sich, als der silbrige Morgen die Hügel berührte, nach jener Stelle auf, von der aus seine Augen zum erstenmal das grausige Phantom erblickt hatten, und schon fühlte er, daß es wohl besser wäre, nun zu zweit zu sein, und daß er so, mit Hilfe des neuen Freundes, unbeschadet mit den Zwillingen raufen könnte. Als er jedoch an die Stelle kam begegnete ein schrecklicher Anblick seinen Augen. Etwas mußte geschehen sein mit dem Geist, denn das Licht war gänzlich aus seinen hohlen Augen verschwunden, das schimmernde Schwert war ihm aus der Hand gefallen, und die ganze Gestalt lehnte an der Wand in einer gezwungenen, unbequemen Stellung. Er eilte darauf zu und faßte es mit seinen Händen, als zu seinem Schrecken der Kopf herabpolterte und auf den Boden rollte, der Körper umfiel und er selbst plötzlich ein weißes baumwollenes Bettlaken in den Händen hielt, dazu einen Kehrbesen und ein Küchenmesser; zu seinen Füßen aber lag ein hohler Kürbis. Unfähig, diese kuriose Verwandlung zu begreifen, nahm er das Plakat mit fiebriger Hast an sich und las im grauen Licht des Morgens diese furchterweckenden Worte:

DER OTIS-SPUK
Der einzig wahre und Originalspuk
Warnung vor Imitationen!
Alle anderen Geister sind Betrug.

Alles wurde ihm da klar. Er war getäuscht worden, geprellt, überlistet! Der alte Canterville-Blick kam in seine Augen; er mahlte mit seinen zahnlosen Kiefern, und er schwor mit hoch über den Kopf gehaltener Hand und den farbigen Worten der alten Schule, daß, wenn Chanticleer zweimal sein lustig Horn habe ertönen lassen, Blutiges sich ereignen und Mord auf unhörbaren Sohlen einherschleichen werde.

Er hatte kaum diesen erhabenen und schaurigen Schwur getan, als vom rotgedeckten Dach eines nahen Bauernhauses ein Hahn krähte. Er lachte ein langes, tiefes, bitteres Lachen und wartete. Stunde um

Stunde wartete er, aber der Hahn krähte seltsamerweise kein zweites
Mal. Um ein halb acht Uhr schließlich hörte er das Hausmädchen
kommen, uns so beendete er seine furchterregende Nachtwache. Er
schlich sich vorsichtig in sein Zimmer zurück und gedachte seiner
vergeblichen Hoffnung und vereitelten Absicht. Dann schlug er in
den Büchern der alten Ritterschaften nach, in die er vernarrt war,
und fand, daß jedesmal, wenn sein Schwur getan worden war,
Chanticleer ein zweites Mal gekräht hatte. „Fluch und Verdammnis
über das häßliche Federvieh", murmelte er. „Ich habe den Tag
gesehen, da ich ihm mit meiner festen Lanze die Gurgel durchbohrt
hätte und er für mich ein zweites Mal hätte krähen müssen, selbst
noch im Tod!" Daraufhin legte er sich in einen bequemen Zinnsarg
und blieb darin bis zum Abend.

4

Am anderen Tag war der Geist sehr müde und abgespannt. Die
großen Aufregungen der vergangenen vier Wochen fingen an, ihre
Wirkung zu tun. Seine Nerven waren völlig zerrüttet, und beim
leisesten Geräusch erschrak er. Fünf Tage schon hatte er sein
Zimmer nicht mehr verlassen, nun endlich brachte er es übers Herz,
davon abzulassen, den Blutfleck auf dem Fußboden der Bibliothek
zu erneuern. Wenn die Familie Otis ihn schon nicht wünschte, so
verdiente sie ihn auch nicht. Offenbar waren es Leute, die auf
niederem, materialistischem Niveau ihr Leben fristeten, und es war
ihnen völlig unmöglich, den symbolischen Wert sinnlich wahr-
nehmbarer Phänomene zu begreifen. Und was gespensterartige
Erscheinungen anbetrifft und die Entstehung von Astralleibern, so
waren das völlig verschiedenartige Dinge, die nicht in seinen Macht-
bereich fielen. Es war seine heilige Pflicht, einmal in der Woche in
den Gängen zu erscheinen und am ersten und dritten Mittwoch
jeden Monats vom großen Erker her unverständliches Zeug zu
flüstern; und er konnte keinen Weg finden, diesen Pflichten sich
einigermaßen ehrenvoll zu entziehen. Es ist wohl wahr, daß sein
Leben sehr viel Böses mit sich gebracht hatte, doch war er sich auf
der andern Seite aller Dinge, die mit dem Übernatürlichen zusam-
menhingen, stets bewußt. Für die folgenden drei Samstage also ging
er wie gewöhnlich zwischen Mitternacht und drei Uhr morgens
durch die Gänge, jedoch ängstlich darauf bedacht, weder gehört
noch gesehen zu werden. Er zog seine Stiefel aus, trat so sanft wie

möglich auf die wurmstichigen Dielen, trug ein weites schwarzes Samtgewand und ölte sorgfältig seine Ketten mit dem „Morgenröte"-Schmieröl. Ich muß gezwungenermaßen eingestehen, daß es ziemlich viele Bedenken zu überwinden gab, bis er sich so weit brachte, diesen letzten Schutz anzunehmen und anzuwenden. Eines Abends jedoch, als die Familie gerade bei Tische saß, schlich er sich in Mr. Otis' Schlafzimmer und nahm das Fläschchen an sich. Zuerst fühlte er sich etwas gedemütigt, doch nach einer Weile war er vernünftig genug, einzusehen, daß diese Erfindung viel für sich hatte und bis zu einem gewissen Grad auch ihren Zweck erfüllte. Trotz all diesen Maßnahmen blieb der Geist nicht ungeschoren. Dauernd waren Stricke über den Korridor gespannt, über die er in der Dunkelheit stolperte, und an einem Abend, als er sich für die Rolle des „Schwarzen Isaak oder der Jägersmann vom Hogley-Forst" gekleidet hatte, tat er einen schrecklichen Fall, weil er auf eine Schlitterbahn aus Butter getreten war, die die Zwillinge vom Eingang zum Gobelinsaal bis zum oberen Ende der eichenen Treppe angelegt hatten. Dieser letzte Schimpf brachte ihn so sehr in Wut, daß er sich vornahm, eine letzte Anstrengung zu machen, um seine Würde und gesellschaftliche Stellung zu behaupten. Und so beschloß er, die unverschämten jungen Etonschüler während der kommenden Nacht in seiner berühmten Rolle als „Rücksichtsloser Ruppert oder der Graf ohne Kopf" aufzusuchen.

In dieser Aufmachung war er seit mehr als siebzig Jahren nicht mehr erschienen, ja nicht mehr, seit er die hübsche Lady Barbara Modish mit dieser Aufmachung so sehr erschreckt hatte, daß sie plötzlich ihre Verlobung mit dem Großvater des jetzigen Lord Canterville löste, mit dem schönen Jack Chastleton nach Gretna Green weglief und erklärte, daß nichts in der Welt sie bewegen könnte, in eine Familie zu heiraten, die einem solch entsetzlichen Gespenst erlaube, in der Dämmerung auf der Terrasse spazierenzugehen. Der arme Jack war kurz darauf auf Wandsworth Common in einem Duell mit Lord Canterville erschossen worden, und Lady Barbara starb an gebrochenem Herzen zu Tunbridge Wells, noch ehe das Jahr um war, so daß dieser Auftritt für ihn in jeder Hinsicht ein riesiger Erfolg war. Es war zwar ein enorm schwieriges *make-up*, wenn ich einen solchen Ausdruck in Verbindung mit einer der größten mysteriösen Geschehnisse des Übernatürlichen oder, um mich eines wissenschaftlicheren Begriffes zu befleißigen: der metaphysischen Welt benutzen darf, und es nahm volle drei Stunden in Anspruch, bis er alles vorbereitet hatte. Aber schließlich wurde er auch damit fertig, und seine Erscheinung gefiel ihm ausnehmend gut. Die großen ledernen Reitstiefel, die zum Kleide gehörten, waren freilich eine Idee zu groß für ihn, und nur eine der beiden Reiterpistolen konnte er finden, aber im ganzen gesehen war er doch recht zufrieden. Und ein Viertel nach ein Uhr schritt er behende durch die Wandtäfelung und schlich den Korridor hinab. Als er das Schlafzimmer erreichte, in dem die Zwillinge schliefen und das, wie ich längst hätte erwähnen müssen, das blaue Schlafzimmer genannt wurde, weil es blau tapeziert war, da fand er die Türe nur angelehnt. In dem Wunsche, einen möglichst wirkungsvollen Eintritt zu bewerkstelligen, stieß er die Tür weit auf – und ein großer Eimer voll Wasser ergoß sich direkt über ihn, durchnäßte ihn bis auf die Haut und sauste nur wenige Zentimeter an seiner linken Schulter vorbei zu Boden. Im selben Augenblick hörte er auch schon unterdrücktes Gelächter, das von dem Himmelbett herkam. Der Nervenschock, den er erlitt, wirkte so sehr, daß er sofort und so schnell er konnte in sein Zimmer zurückfloh. Am nächsten Tage mußte er einer schweren Erkältung wegen das Bett hüten. Das einzige, was ihn bei der ganzen Affäre einigermaßen beruhigte, war, daß er seinen Kopf nicht mitgenommen hatte; denn hätte er ihn bei sich gehabt, die Folgen hätten tatsächlich sehr ernst sein können.

Jetzt endlich gab er jede Hoffnung auf, diese gefühllose amerikanische Familie jemals wieder zu erschrecken; er gab sich damit zufrieden, grundsätzlich nur mehr in Pantoffeln, mit einem dicken roten Schal um den Hals, aus Angst, Zug zu bekommen, und mit einer kleinen Armbrust, für den Fall, daß er von den Zwillingen angegriffen werden sollte, durch die Gänge und über die Treppen zu gehen. Den letzten und endgültigen Schlag aber versetzte man ihm am 19. September. Er war gerade die Treppe zur großen Vorhalle herabgekommen und glaubte sicher, dort wenigstens ungestört zu sein, und amüsierte sich damit, satirische Bemerkungen über die großen Saroni-Photographien des Gesandten der Vereinigten Staaten und dessen Frau Gemahlin zu machen, die dort nun an Stelle der Bilder der Familie Canterville hingen. Er war einfach, aber sauber in ein langes Grabtuch, mit Kirchhoferde gesprenkelt, gekleidet, hatte sein Kinn mit einem Streifen gelben Linnens hochgebunden, trug eine kleine Laterne und hatte den Spaten eines Totengräbers in der Hand. Tatsache war, daß er ganz genau für die Rolle des „Jonas, des Grablosen, oder Der Leichenräuber von Chertsey-Barn" gekleidet war, übrigens eine seiner äußerst bemerkenswerten Verkörperungen, noch dazu eine, deren sich zu erinnern die Cantervilles allen

Grund hatten, war sie doch der wirkliche Anstoß zum Streit mit
ihrem Nachbarn, Lord Rufford. Es war ungefähr ein Viertel nach
zwei Uhr morgens und, soweit er wahrnehmen konnte, alles ruhig.
Wie er aber so gegen die Bibliothek schlenderte, um dort nachzusehen, ob noch Spuren des Blutflecks vorhanden wären, da sprangen
plötzlich aus einem dunklen Winkel zwei Gestalten auf ihn zu,
schwangen wild die Arme überm Kopf und schrien laut „Buh!" in
seine Ohren.

Von einer Panik erfaßt, die unter den gegebenen Umständen nur
zu erklärlich war, eilte er nach der Treppe, fand dort aber Washington Otis vor, der mit der großen Gartenspritze auf ihn wartete. So
eingekeilt zwischen seine Feinde und in höchster Not, verschwand
er in den großen Eisenofen, der zum Glück nicht geheizt war, und
mußte so seinen Weg durch Mauerröhren und Kamine nehmen, so
daß er schrecklich schmutzig, vollkommen verwirrt und verzweifelt
in seinem Zimmer ankam.

Nach diesem Zwischenfall ließ er sich auf keiner nächtlichen
Wanderung mehr sehen. Die Zwillinge lauerten ihm noch mehrmals
auf und bestreuten jede Nacht die Gänge mit Nußschalen, zum
großen Ärger ihrer Eltern und der Diener, doch ohne Erfolg. Es war
also klar, daß der Geist, in seinem Innersten getroffen, nicht wieder
erscheinen werde. Als Folge nahm Mr. Otis seine große Arbeit, die
Geschichte der demokratischen Partei, wieder auf, an der er schon
einige Jahre gearbeitet hatte; Mrs. Otis organisierte ein großes und
wundervolles Austernessen, das die ganze Grafschaft entzückte, die
Söhne beschäftigten sich mit Lacrosse, Euchre, Poker und anderen
amerikanischen Nationalspielen, und Virginia ritt über die Wiesen
auf ihrem Pony, vom jungen Herzog von Cheshire begleitet, der
gekommen war, um die letzte Woche seiner Ferien in Canterville
Chase zu verbringen. Allgemein nahm man an, daß der Geist das
Schloß verlassen habe, und Mrs. Otis schrieb tatsächlich einen Brief
dieses Inhaltes an Lord Canterville, der in seiner Antwort seine
große Freude über diese Neuigkeit ausdrückte und seine besten
Glückwünsche der verehrten Frau Gemahlin des Gesandten überbringen ließ.

Alle Mitglieder der Familie Otis hatten sich jedoch getäuscht;
denn der Geist war immer noch im Schloß, und obgleich fast ein
Invalide, ließ er doch keineswegs die Dinge, wie sie waren, auf sich
beruhen, besonders nachdem er innegeworden war, daß unter den
Gästen der junge Herzog von Cheshire war, dessen Großonkel,
Lord Francis Stilton, einst hundert Guineen mit Oberst Carbury

gewettet hatte, daß er mit dem Geist von Canterville Würfel spielen würde. Am anderen Morgen war er, auf dem Boden des Spielzimmers liegend, in solch hilflosem gelähmtem Zustand gefunden worden, daß er, obwohl er bis in ein hohes Alter hinein lebte, niemals mehr fähig war, mehr zu sprechen als „Sechs doppelt". Diese Geschichte war zu damaliger Zeit wohlbekannt, obgleich man natürlich aus Respekt, den man den beiden adeligen Familien zollte, alles versuchte, sie zu vertuschen. Eine genaue Schilderung aller Begebnisse, die diese Geschichte betreffen, findet sich im dritten Band von Lord Tattles „Erinnerungen an den Prinzregenten und seine Freunde". Der Geist nun brannte natürlich vor Ungeduld zu zeigen, daß er seine Macht über die Stiltons noch nicht eingebüßt habe, mit denen er übrigens verwandt war, wenn auch sehr weitschichtig, war doch seine eigene erste Cousine *en secondes noces* mit dem Sieur de Bulkeley verheiratet, von dem, wie jedermann weiß, die Herzöge von Cheshire in direkter Linie abstammen. Also traf er Vorbereitungen, Virginias kleinem Verehrer in der großartigen Verkörperung „Der Vampir-Mönch oder Der blutlose Benediktiner" zu erscheinen, eine Rolle, die solches Entsetzen erregte, daß Lady Startup an jenem fatalen Silvesterabend des Jahres 1764 darüber das durchdringendste Geschrei ausstieß und einen schweren Schlagfluß erlitt, dem sie innerhalb dreier Tage erlag, nachdem sie noch schnell die Cantervilles, ihre nächsten Anverwandten, enterbt und all ihr Geld ihrem Londoner Apotheker vermacht hatte. Jedoch im letzten Augenblick hielt ihn die Furcht vor den Zwillingen zurück, sein Zimmer zu verlassen, und der kleine Herzog schlief friedlich unter dem großen bebuschten Betthimmel im Königlichen Schlafzimmer und träumte von Virginia.

5

Wenige Tage danach ritten Virginia und ihr kraushaariger Kavalier auf die Brockley-Wiesen hinaus, wobei sie, während sie durch die Hecke ritt, ihr Reitkleid so sehr zerriß, daß sie beim Nachhausereiten beschloß, durch die Hintertüre ins Haus zu gehen, damit sie von niemandem gesehen werde. Wie sie nun gerade am Gobelinsaal vorübereilte, dessen Tür zufällig offenstand, glaubte sie, drinnen jemanden sitzen zu sehen, und da sie zugleich dachte, daß es das Zimmermädchen ihrer Mutter sein könnte, das oft ihre Arbeit mit dorthin nahm, schaute sie hinein, um sie zu bitten, ihr Reitkleid wieder instand zu setzen. Zu ihrer großen Überraschung aber war der Geist von Canterville im Zimmer! Er saß am Fenster und beobachtete, wie das abgerissene Gold der herbstlichen Bäume durch die Luft flog und die roten Blätter wie irr die lange Allee hinabtanzten. Sein Haupt hatte er in die Hände gestützt, und dem ganzen Aussehen nach war er in äußerster Verzweiflung. Ja, so verloren und so verfallen blickte er drein, daß die kleine Virginia, die zuerst hatte schnell weglaufen und sich in ihr Zimmer einsperren wollen, großes Mitleid erfaßte, und sie beschloß sogleich, ihn zu trösten.

So leichtfüßig schritt sie zu ihm hin und so sehr war er in seine Schwermut versunken, daß er ihrer nicht eher gewahr wurde, als bis sie ihn ansprach.

„Sie tun mir so leid", sagte sie, „aber meine Brüder fahren morgen zurück nach Eton, und wenn Sie sich nunmehr anständig aufführen, wird Sie kein Mensch mehr ärgern."

„Es ist völlig abwegig, mich darum zu bitten, daß ich mich anständig aufführe", antwortete er und blickte sich mit Erstaunen nach dem hübschen Mädchen um, das es gewagt hatte, ihn anzureden, „völlig abwegig. Ich bin dazu da, mit meinen Ketten zu rasseln, durch Schlüssellöcher zu seufzen und während der Nacht umherzugehn – wenn es das ist, was Sie meinen. Dies allein berechtigt mein Dasein."

„Das allein berechtigt Sie keineswegs zu Ihrem Dasein; Sie wissen ganz genau, daß Sie sehr böse gewesen sind. Mrs. Umney hat uns am ersten Tag schon erzählt, gleich als wir ankamen, daß Sie Ihre Frau umgebracht haben."

„Wohl, ich muß das zugeben", sagte der Geist verdrießlich, „doch das ist eine reine Familienangelegenheit, die niemanden sonst etwas angeht."

„Es ist sehr böse, jemanden zu töten", sagte Virginia, die hin und wieder so einen netten puritanischen Ernst zeigte, den sie wohl von einem ihrer Vorfahren mitbekommen hatte.

„Oh, ich hasse die billige Strenge eurer abstrakten Moral! Meine Frau war sehr gleichgültig, niemals waren meine Halskrausen gestärkt, wie sich's gehörte, und sie hatte keine Ahnung vom Kochen. Einmal hatte ich einen Rehbock im Hogley-Forst geschossen, einen herrlichen Spießer, und wissen Sie, wie sie ihn servierte? – Aber was tut das jetzt, es ist alles vorbei. Und ich meine, daß es nicht besonders nett war von ihren Brüdern, mich verhungern zu lassen, mag ich sie hundertmal getötet haben."

„Man hat Sie verhungern lassen? Oh, Mr. Geist, Verzeihung, Sir Simon, haben Sie Hunger? Ich habe einen Sandwich in meiner Tasche. Möchten Sie ihn gern essen?"

„Nein, danke, danke, ich esse jetzt nichts mehr; auf jeden Fall ist es sehr lieb von Ihnen, und Sie sind wirklich viel liebenswürdiger als alle anderen aus Ihrer schrecklichen, unbarmherzigen, pöbelhaften, ehrlosen Familie."

„Halt!" schrie Virginia und stampfte mit dem Fuß. „Sie sind's, der unbarmherzig und schrecklich und pöbelhaft ist. Und was die Ehrlosigkeit betrifft, so wissen Sie ganz genau, daß Sie es waren, der die Farben aus meinem Malkasten stahl, um sie auszuprobieren und den lächerlichen Blutfleck in der Bibliothek wieder nachzufärben. Erst nahmen Sie meine sämtlichen roten Farben, auch das Zinnoberrot, und ich konnte keinen Sonnenuntergang mehr malen. Dann nahmen Sie das Smaragdgrün und das Chromgelb, und schließlich hatte ich nichts mehr im Malkasten als das Indigoblau und das Chinesisch-Weiß und konnte nur mehr Mondscheinbilder malen, die so melancholisch machen beim Anschaun und außerdem schwer zu malen sind. Ich habe davon nie etwas erzählt, obwohl ich mich immer mehr geärgert habe, und alles, was Sie getan haben, war furchtbar lächerlich; denn wer hat schon jemals von einem smaragdgrünen Blut gehört?"

„Hm, wahr", sagte der Geist ziemlich kleinlaut, „was hätte ich sonst tun sollen? Es ist heute so schwierig, echtes Blut zu bekommen, und als Ihr Bruder dann mit seinem Fleckenreiniger anfing, sah ich einfach keinen Grund mehr, warum ich nicht Ihre Farben nehmen sollte. Was nun aber die Farbe selbst betrifft, nun, das ist Geschmacksache: Die Cantervilles zum Beispiel haben blaues Blut, wahrhaft das blaueste in ganz England; aber ich weiß ja, daß ihr Amerikaner für solche Dinge nichts übrig habt."

„Sie wissen gar nichts davon, und das beste für Sie wäre, auszuwandern und Ihrem Verstand etwas nachzuhelfen. Mein Vater wäre ganz gewiß glücklich, Ihnen die Überfahrt zu bezahlen, und obwohl auf Geistigem jeder Sorte ziemlich hoher Zoll liegt, würde es trotzdem keine Schwierigkeiten auf dem Zollamt geben, da alle Beamten dort Demokraten sind. Und sind Sie erst einmal in New York, so werden Sie bald sehen, daß Sie große Erfolge zu verzeichnen haben werden. Ich kenne sehr, sehr viele, die hunderttausend Dollar ausgeben würden, wenn sie einen Großvater nachweisen könnten, und noch viel mehr für ein Familiengespenst."

„Ich glaube kaum, daß mir Amerika gefallen würde."

„Wohl nur, weil wir keine Ruinen haben oder andere Kuriositäten", sagte Virginia ziemlich ironisch.

„Keine Ruinen? Keine Kuriositäten?" antwortete der Geist. „Sie haben doch Ihre Marine und Ihre Manieren."

„Guten Abend; ich werde nach meinem Papa sehen und ihn bitten, daß er die Zwillinge noch eine weitere Woche Ferien machen läßt."

„Oh, gehen Sie nicht, Miß Virginia, bitte", rief er. „Ich fühle mich so verlassen und unglücklich, und ich weiß beim besten Willen nicht, was ich tun soll. Ich möchte schlafen gehen und kann nicht."

„Aber das ist doch albern, Sir! Sie müssen bloß zu Bett gehen und Ihre Kerze auslöschen. Es ist sogar manchmal ziemlich schwierig, wach zu bleiben, besonders in der Kirche während der Predigt; aber Schwierigkeiten beim Schlafen gibt es einfach nicht. Ja, selbst die kleinen Babys wissen, wie man es macht, und die sind nun wirklich nicht sehr klug."

„Seit dreihundert Jahren habe ich nicht mehr geschlafen", sagte er traurig, und Virginias blaue Augen öffneten sich verwundert. „Dreihundert Jahre schon habe ich nicht mehr geschlafen und bin so müde."

Virginia wurde ganz ernst, und ihre hübschen Lippen zitterten wie Rosenblätter. Sie ging ganz nah zu ihm hin, kniete an seiner Seite nieder und blickte ihm ins alte, faltige Antlitz.

„Armer, armer Geist", murmelte sie, „haben Sie denn keinen Platz, wo Sie schlafen können?"

„Weit von hier, hinter den Fichtenwäldern", antwortete er mit leiser und traumhafter Stimme, „liegt ein kleiner Garten, in dem das Gras hoch und dicht wächst; dort blüht der große weiße Stern des Schierlings, und die Nachtigall singt die ganze Nacht. Die ganze Nacht hindurch singt sie, und der kalte kristallene Mond blickt herab, und die Eibe breitet ihre riesigen Arme über die Schläfer."

Virginias Augen füllten sich mit Tränen, und sie verbarg ihr Gesicht in den Händen.

„Sie meinen den Garten des Todes?" flüsterte sie.

„Ja, den Tod. Der Tod muß so herrlich sein. In der weichen braunen Erde liegen – das Gras über einem wiegt sich im Wind – und der Stille lauschen. Kein Gestern kennen, kein Morgen. Die Zeit vergessen, dem Leben vergeben, den Frieden haben. Sie können mir helfen. Sie können für mich die Tore zum Haus des Todes öffnen, denn die Liebe ist mit Ihnen, und die Liebe ist stärker als der Tod."

Virginia zitterte, und ein kalter Schauer lief ihr über den Rücken. Für einige Augenblicke schwiegen sie beide. Sie glaubte, mitten in einem schrecklichen Traum zu sein.

Dann sprach der Geist wieder, und seine Stimme war wie das Seufzen des Winds.

„Haben Sie je die alte Prophetie auf dem Fenster der Bibliothek gelesen?"

„Oh, schon oft", rief das kleine Mädchen und sah empor. „Ich kann sie schon auswendig. Sie ist mit so seltsamen schwarzen Buchstaben gemalt, und es ist schon etwas schwierig, sie zu lesen. Es sind nur sechs Zeilen:

> ‚Wenn einmal ein blondes Kind
> Zum Gebet öffnet die Lippen der Sünd;
> Wenn aus dürrem Ast die Mandelblüte sprießt,
> Ein kleines Kind seine Tränen vergießt,
> Dann wird's ruhig werden im Haus und still
> Und ewiger Friede für Canterville.'

Aber ich weiß nicht, was sie bedeuten."

„Sie bedeuten", sagte der Geist traurig, „sie bedeuten, daß Sie für mich, für meine Sünden weinen müssen, denn ich habe keine Tränen, daß Sie mit mir für meine Seele beten müssen, denn ich habe keinen Glauben, und dann, wenn Sie immer freundlich und fromm und sanft gewesen sind, wird der Todesengel Erbarmen haben. Sie werden fürchterliche Gestalten in der Dunkelheit sehen, und verwerfliche Stimmen werden in Ihre Ohren flüstern, doch sie werden Ihnen nichts zuleide tun können, denn gegen die Reinheit eines Kindes vermögen die Mächte der Hölle nichts."

Virginia gab keine Antwort, und der Geist rang seine Hände in wilder Verzweiflung, während er auf ihren gebeugten blonden Nacken blickte. Plötzlich stand sie auf, bleich im Gesicht und mit seltsamem Glanz in den Augen.

„Ich fürchte mich nicht", sagte sie fest, „und ich werde den Engel bitten, daß er sich Ihrer erbarme."

Er erhob sich von seinem Stuhl mit einem leisen Schrei der Freude, nahm ihre Hand, beugte sich mit seiner altertümlichen Anmut darüber und küßte sie. Seine Finger waren wie Eis so kalt, und seine Lippen brannten wie Feuer, aber Virginia zögerte nicht, wie er sie durch das dämmerige Zimmer führte. In die verschossenen grünen Wandbehänge waren kleine Jäger gestickt. Sie bliesen

auf ihren Hörnern, von denen Quasten baumelten, und winkten ihr
mit ihren kleinen Händen zu, doch umzukehren. „Kehr um, kleine
Virginia", riefen sie, „kehr um!" Aber der Geist nahm fester ihre
kleine Hand, und sie schloß vor ihnen ihre Augen.

Schreckliche Tiere mit Eidechsenschwänzen und Glotzaugen
blinzten ihr zu vom geschnitzten Kaminsims und murmelten: „Hüte
dich, kleine Virginia, hüte dich! Wir könnten dich nie wiedersehen."
Aber der Geist schritt schneller aus, und Virginia hörte ihnen nicht
zu.

Als sie das Ende des Zimmers erreicht hatten, blieb er stehen
und sprach einige Worte, die sie nicht verstehen konnte. Sie öffnete ihre Augen und sah die Wand langsam zergehen wie Nebel,
und eine große schwarze Höhle tat sich vor ihr auf. Ein bitter-
kalter Wind umwehte sie, und sie fühlte etwas an ihrem Kleid
zerren.

„Geschwind, geschwind", rief der Geist, „oder es ist zu spät";
und einen Augenblick danach hatte sich die Wandtäfelung hinter
ihnen geschlossen, und der Gobelinsaal war leer.

6

Ungefähr zehn Minuten später läutete die Glocke zum Tee, und
da Virginia nicht herabkam, bat Mrs. Otis einen der Diener, sie zu
holen. Nach kurzer Zeit schon kam er zurück und meldete, daß er
Miß Virginia nirgends finden könne. Da nun Virginia die Gewohnheit hatte, jeden Abend in den Garten hinauszugehen, um Blumen
für den Abendtisch zu pflücken, so ängstigte sich Mrs. Otis kaum.
Als es aber sechs Uhr schlug und Virginia sich noch immer nicht
eingestellt hatte, wurde sie sehr unruhig und schickte ihre Söhne
fort, sie zu suchen, während sie selbst und Mr. Otis jedes Zimmer im
Haus durchsuchten. Um halb sieben Uhr kamen die Buben zurück
und sagten, daß sie keine Spur von der Schwester gefunden hätten.
So bemächtigte sich aller eine große Aufregung, und niemand
wußte, was sie tun sollten. Da plötzlich erinnerte sich Mr. Otis des
Umstandes, daß er vor wenigen Tagen einer Schar Zigeuner erlaubt
hatte, im Park zu kampieren. Aus diesem Grunde ging er sofort nach
Blackfell Hollow, wo die Zigeuner ihre Zelte aufgeschlagen hatten.
Sein Sohn und zwei Knechte der Farm begleiteten ihn. Der kleine
schwarze Herzog von Cheshire, der außer sich war vor Angst, bat
sehr darum, doch mitkommen zu dürfen, aber Mr. Otis erlaubte es

nicht, da er fürchtete, es möchte ein Handgemenge geben. Als sie aber den Platz erreichten, fanden sie die Zigeuner nicht mehr vor, und offenbar waren sie plötzlich und in aller Eile aufgebrochen, denn das Feuer brannte immer noch, und einige Teller lagen im Gras. Nachdem Mrs. Otis Washington und die zwei Männer fortgeschickt hatte, die umliegenden Bezirke zu durchstreifen, eilte er nach Hause und schickte an sämtliche Polizeistellen der Grafschaft Telegramme, sofort nach einem kleinen Mädchen zu suchen, das von Landstreichern oder Zigeunern geraubt worden sei. Dann befahl er, sein Pferd bereitzustellen, und ritt, nachdem er noch darauf bestanden hatte, daß seine Gemahlin und die drei Jungen das Abendessen einnehmen sollten, in Begleitung eines Reitknechts Ascot Road hinab. Mr. Otis war jedoch kaum einige Meilen geritten, als er jemanden hinter sich herangaloppieren hörte. Und als er sich umwandte, sah er den kleinen Herzog, rot im Gesicht und ohne Hut, auf seinem Pony ihm nachreiten. „Es tut mir furchtbar leid, Mr. Otis", stieß der Jüngling hervor, „aber ich kann nichts essen, solange Virginia nicht gefunden ist. Bitte, seien Sie mir nicht böse; wenn Sie voriges Jahr unserer Verlobung zugestimmt hätten, dann wäre jetzt die ganze Aufregung nicht. Sie schicken mich nicht zurück, ja? Ich kann nicht zurück! Ich will auch nicht!"

Der Gesandte konnte nicht umhin, über den hübschen jungen Tunichtgut zu lächeln, und war wirklich gerührt von seiner Verehrung für Virginia, so daß er sich nun vom Pferd hinabbeugte, ihn leicht auf die Schulter klopfte und sagte: „Na, Cecil, wenn Sie nicht umkehren wollen, so müssen Sie wohl mit mir kommen; doch in Ascot muß ich für Sie einen Hut beschaffen."

„Ach, warum sorgen Sie sich um meinen Hut! Ich will Virginia!" rief der kleine Herzog lachend, und so galoppierten sie weiter zur Bahnstation. Dort fragte Mr. Otis den Stationsvorsteher, ob jemand, auf den die Beschreibung Virginias stimme, im Bahnhof gesehen worden sei; aber er konnte nichts Neues erfahren. Der Stationsvorsteher telegraphierte noch nach den nächstliegenden Stationen und versicherte Mr. Otis, daß genauestens aufgepaßt werde. Nachdem er noch einen Hut für den kleinen Herzog von einem Weißzeughändler, der gerade seinen Laden schließen wollte, gekauft hatte, ritt Mr. Otis nach Bexley, einem kleinen Flecken, der ungefähr vier Meilen entfernt war und, wie man ihm gesagt hatte, ein bekannter Sammelplatz der Zigeuner war, da eine große Gemeindewiese in seiner Nähe lag.

Dort nun suchten sie den Landgendarmen auf, aber sie konnten

von ihm nichts erfahren; und nachdem sie über die ganze Gemeindewiese geritten waren, drehten sie die Köpfe ihrer Pferde heimwärts
und erreichten ungefähr um elf Uhr todmüde und tief bekümmert
das Schloß. Am Tor fanden sie Washington und die Zwillinge mit
Laternen auf sie warten, da die Straße ziemlich dunkel dalag. Man
hatte nicht die leiseste Spur von Virginia gefunden. Die Zigeuner
waren auf den Broxley-Wiesen ergriffen worden, aber Virginia war
nicht bei ihnen. Sie hatten ihren raschen Aufbruch damit erklärt, daß
sie ursprünglich geglaubt hatten, Chorton Fair begänne später, und
so seien sie in aller Eile aufgebrochen aus Furcht, zu spät zu
kommen. Und sie waren sehr unglücklich darüber, als sie von
Virginias spurlosem Verschwinden hörten, waren sie doch Mr. Otis
sehr dankbar, daß er ihnen die Erlaubnis gegeben hatte, in seinem
Park zu kampieren; ja, vier von ihnen blieben zurück, um bei der
Suche behilflich zu sein. Der Karpfenteich war genau durchsucht
worden und alles zum Schloß Gehörige durchstreift, aber ohne
Ergebnis. So war denn unzweifelhaft Virginia für sie verloren,
wenigstens für diese Nacht.

In größter Niedergeschlagenheit gingen Mr. Otis und die Jungen
aufs Haus zu. Der Reitknecht folgte ihnen mit den beiden Pferden
und dem Pony. In der Vorhalle trafen sie auf die aufgeregten
Dienstboten, und auf dem Sofa in der Bibliothek lag, vor Schrecken
und Angst halb wahnsinnig, die arme Mrs. Otis, der die alte
Beschließerin mit Eau de Cologne die Stirn wusch. Mr. Otis bestand
nun darauf, daß sie sofort etwas essen müsse, und befahl, ein
Abendessen für die ganze Gesellschaft zuzubereiten. Es wurde ein
sehr schweigsames Essen, da kaum jemand sprach, ja selbst die
Zwillinge waren voller Furcht und wie gebändigt, da sie ihre Schwester sehr lieb hatten.

Als sie mit dem Essen fertig waren, befahl Mr. Otis trotz den Ein-
wänden des kleinen Herzogs allen, zu Bett zu gehen, indem er
meinte, daß man in dieser Nacht nichts mehr unternehmen könne
und er morgen an Scotland Yard telegraphieren werde, sofort einige
Detektive hierherzuschicken. Gerade als sie aus dem Speisezimmer
traten, schlug es Mitternacht vom Glockenturm, und als der letzte
Schlag erklang, hörten sie ein Krachen und einen plötzlichen schrillen Schrei. Ein heftiger Donnerschlag erschütterte das ganze Haus,
leise, unirdische Musik erklang, ein Stück der Wandtäfelung am
oberen Ende der Treppe flog mit lautem Geräusch zurück – und
heraus trat, ganz fahl und weiß im Gesicht, Virginia mit einem
kleinen Behälter in den Händen. Im selben Augenblick waren sie alle

bei ihr oben. Mrs. Otis schloß sie leidenschaftlich in die Arme, der Herzog bedeckte sie mit heftigen Küssen, und die Zwillinge führten einen wilden Kriegstanz um die Gruppe auf.

„Großer Gott, Kind, wo bist du gewesen!" fragte Mr. Otis ziemlich ärgerlich, dachte er doch, sie hätte sich einen schlechten Scherz mit ihnen erlaubt. „Cecil und ich sind durchs ganze Land geritten und haben dich gesucht, und deine Mutter war vor Schrekken außer sich. Du darfst nie wieder einen solchen Scherz mit uns treiben."

„Aber mit dem Geist! Aber mit dem Geist!" schrien die Zwillinge, während sie um die Gruppe herumhüpften.

„Gott sei Dank, daß du wieder da bist, mein Liebling; ich laß dich nie wieder fort", sagte Mrs. Otis leise, wie sie das zitternde Kind küßte, und strich Virginias zerzaustes Goldhaar glatt.

„Papa", sagte Virginia ruhig, „ich war beim Geist. Er ist nun tot, und du mußt mit mir kommen und ihn anschauen. Er ist zwar einmal sehr böse gewesen, aber es hat ihm wirklich leid getan, was er alles verbrochen hat. Und kurz bevor er gestorben ist, hat er mir dieses Schächtelchen voll wunderschöner Juwelen geschenkt."

Die ganze Familie starrte sie in stummer Verwunderung an. Aber was Virginia gesagt hatte, war ihr voller Ernst; sie drehte sich um und führte sie durch die Öffnung in der Wandtäfelung einen geheimen engen Gang entlang, und Washington folgte mit einer brennenden Kerze, die er schnell vom Tisch genommen hatte. Schließlich kamen sie zu einer großen eichenen Tür, die mit rostigen Nägeln beschlagen war.

Als Virginia sie berührte, schwang sie in den schweren Angeln zurück, und sie alle befanden sich in einem kleinen niedrigen Raum mit einer gewölbten Decke und einem schmalen vergitterten Fenster. In die Wand war ein riesiger eiserner Ring eingelassen, und daran war ein elendes Gerippe gekettet, das der ganzen Länge nach auf dem Steinboden ausgestreckt lag und mit den langen fleischlosen Fingern nach einem altertümlichen Teller und einer Wasserkanne, die gerade außerhalb der Reichweite niedergestellt waren, zu langen versuchte. Der Krug war offensichtlich einmal mit Wasser gefüllt gewesen, da er innen mit grünen Flecken überzogen war. Auf dem Teller war nichts als ein Häufchen Staub. Virginia kniete an der Seite des Gerippes nieder, faltete ihre kleinen Hände und fing still zu beten an, während die anderen alle voll Staunen auf diese schreckliche Tragödie starrten, deren Geheimnis sich ihnen aufgedeckt hatte.

„Hallo!" rief plötzlich einer der Zwillinge, der aus dem Fenster schaute, um festzustellen, in welchem Flügel des Hauses sich dieser Raum befand. „Sieh doch! Der alte dürre Mandelbaum hat Blüten. Ich kann sie ganz genau sehen im Mondlicht."

„Gott hat ihm vergeben", sagte Virginia ernst, und sie stand auf, und ein herrlicher Glanz schien ihr Antlitz zu erhellen.

„Was für ein Engel du bist!" rief der junge Herzog, legte seine Arme um sie und küßte sie.

7

Vier Tage nach diesen merkwürdigen Ereignissen ging nachts gegen elf Uhr eine Begräbnisprozession von Canterville Chase weg. Der Leichenwagen wurde von acht Rappen gezogen, deren Köpfe mit einem großen Buschen nickender Straußenfedern geschmückt waren, und über dem Metallsarg lag ein reiches purpurnes Bahrtuch mit dem in Gold gestickten Wappen der Cantervilles. Zu beiden Seiten des Leichenwagens und der Kutschen schritten die Diener mit brennenden Fackeln, und alles in allem war es eine großartige Prozession. Lord Canterville war der Hauptleidtragende, und so war er eigens von Wales herübergekommen, um beim Begräbnis dabei zu sein. Er saß in der ersten Kutsche mit der kleinen Virginia. Dann kamen der Gesandte der Vereinigten Staaten und seine Frau Gemahlin, dann Washington und die anderen drei Jungen, und in der letzten Kutsche saß Mrs. Umney. Alle waren sich einig gewesen darin, daß Mrs. Umney, nachdem sie mehr als fünfzig Jahre ihres Lebens hindurch vom Geist erschreckt und geängstigt worden war, ein Recht darauf hatte, ihn auf seinem letzten Weg zu begleiten.

Ein tiefes Grab war ausgeschaufelt worden, gerade unter der uralten Eibe in der einen Ecke des Kirchhofs, und die Grabfeierlichkeiten vollzog in sehr eindrucksvoller Weise Reverend Augustus Dampier. Als dann die Zeremonie vorüber war, löschten die Diener nach altem Familienbrauch der Cantervilles ihre Fackeln, und kurz bevor man den Sarg in die Tiefe senkte, schritt Virginia ans Grab und legte ein großes Kreuz aus weißen und rosenfarbenen Mandelblüten auf den Sarg. Während sie dies tat, kam der Mond hinter einer Wolke hervor und überflutete mit seinem stillen Silberlicht den kleinen Friedhof, und in einem entfernten Gebüsch fing eine Nachtigall zu singen an. Virginia dachte dabei an des Geists Beschreibung des Gartens des Todes, und ihre Augen füllten sich mit Tränen. Auf dem Nachhauseweg sprach sie kaum ein Wort.

Am anderen Morgen, bevor Lord Canterville zur Stadt fuhr, hatte Mr. Otis eine Unterredung mit ihm, die die Schmuckstücke betraf, welche der Geist Virginia gegeben hatte. Sie waren nämlich ausgesucht herrlich, besonders eine Rubinkette, eine alte venezianische Arbeit, die in der Tat ein hervorragendes Musterstück aus dem 16. Jahrhundert war, und insgesamt stellten die Schmuckstücke einen so hohen Wert dar, daß Mr. Otis beträchtliche Bedenken hatte, seiner Tochter zu erlauben, sie anzunehmen.

„Mylord", sagte er, „ich weiß, daß man in diesem Land Schmucksachen sowohl wie Ländereien als unveräußerliches Gut betrachtet, und es ist mir vollkommen klar, daß diese Geschmeide unveräußerliche Erbstücke sind oder sein sollten. So muß ich Sie nun bitten, diese Schmuckstücke mit nach London zu nehmen und sie ganz einfach als einen Teil Ihres Besitzes zu betrachten, der unter seltsamen Umständen zum Vorschein gekommen ist und Ihnen nun übergeben wird. Was meine Tochter betrifft, so ist sie doch noch ein Kind und hat bis jetzt, ich sage das mit einiger Freude, nur wenig Interesse an solchen überflüssigen und luxuriösen Gütern. Auch hat meine Frau, die, wie ich sagen darf, keine geringe Autorität in Kunstdingen ist – hatte sie doch als junges Mädchen den Vorzug, mehrere Jahre in Boston zu verbringen –, festgestellt, daß diese Schmuckstücke hier großen Geldwert besitzen und, falls man sie zum Kaufe anbieten wollte, einen ungeheuren Preis erzielen dürften. Unter solchen Umständen, Lord Canterville, weiß ich gewiß, daß Sie einsehen werden, wie unmöglich es ist zu erlauben, daß irgendein Mitglied meiner Familie im Besitz dieser Schmuckstücke verbleibe; auch würde solch Flitter und Spielzeug, so passend oder notwendig sie für die Würde der britischen Aristokratie sind, bei jenen Personen völlig am falschen Platze sein, die nach den strengen und, wie ich glaube, unsterblichen Prinzipien republikanischer Einfachheit erzogen worden sind. Vielleicht muß ich noch erwähnen, daß Virginia sehr darum bittet, Sie möchten ihr die Erlaubnis geben, das Behältnis als Erinnerung an Ihren unglücklichen, aber ehrlosen Vorfahren behalten zu dürfen. Da es schon ziemlich alt ist und deshalb auch sehr reparaturbedürftig, werden Sie es vielleicht in Ordnung finden, ihrer Bitte zu willfahren. Für mein Teil allerdings muß ich bekennen, daß ich ziemlich überrascht bin, eines meiner Kinder so sehr von Mittelalterlichem in jeglicher Form eingenommen zu sehen. Ich kann das wohl nur durch die Tatsache erklären, daß Virginia in einer der Vorstädte Londons geboren wurde, nachdem meine Frau kaum von einer Reise nach Athen zurückgekehrt war."

Lord Canterville hörte mit ernster Miene der Rede des ehrenwerten Gesandten zu, zupfte nur hin und wieder an seinem grauen Schnurrbart, um ein unfreiwilliges Lächeln zu verbergen, und als Mr. Otis fertig war, schüttelte er herzlich seine Hand und sagte: „Mein lieber Herr, Ihre liebe kleine Tochter erwies meinem unglücklichen Vorfahren Sir Simon einen sehr wichtigen Dienst, und ich und meine Familie sind ihr sehr viel schuldig ihres großen Mutes und ihrer Herzhaftigkeit wegen. Der Schmuck gehört ohne Zweifel ihr, und ich glaube ganz sicher, daß der bösartige Kerl in kaum zwei Wochen wieder aus seinem Grabe käme und ich die Hölle auf Erden hätte. Was die Schmucksachen als unveräußerliche Erbstücke betrifft, so muß ich Ihnen sagen, daß nichts ein Erbstück ist, das nicht in einem Testament oder sonst einem rechtskräftigen Dokument als solches gekennzeichnet ist. Und bis jetzt war von der Existenz dieser Juwelen nichts bekannt. Ich versichere Ihnen, daß ich genauso wenig ein Recht auf sie beanspruchen kann wie Ihr Diener, und wenn Virginia einmal groß sein wird, dann wird sie, ich wage es zu sagen, gewiß Gefallen daran finden, solche hübschen Dinge zu tragen. Außerdem vergaßen Sie, Mr. Otis, daß Sie Einrichtung mitsamt Gespenst zur selben Veranschlagung nahmen, und alles, was im Besitze des Geistes war, ging damals als Ihr Besitz auf Sie über, und in puncto Gesetz war er wirklich tot, was immer für eine Aktivität Sir Simon auch zur Nachtzeit auf den Gängen entfalten mochte, und Sie erwarben durch Kauf sein Eigentum mit."

Mr. Otis war ziemlich unglücklich über Lord Cantervilles Weigerung und bat ihn, doch seinen Entschluß nochmals zu überlegen; aber der gute Edelmann war eisern und brachte schließlich den Gesandten dazu, seiner Tochter zu erlauben, das Geschenk, das ihr der Geist gegeben, zu behalten.

Als im Frühling des Jahres 1890 die junge Herzogin von Cheshire aus Anlaß ihrer Hochzeit beim ersten Empfang, den die Königin gab, vorgestellt wurde, war ihr Schmuck der Gegenstand allgemeiner Bewunderung. Denn Virginia erhielt die Herzoginkrone, die der Lohn aller guten kleinen amerikanischen Mädchen ist, und heiratete ihren einstigen kleinen Verehrer, sobald er volljährig geworden war. Beide waren so bezaubernd und liebten einander so sehr, daß jeder an diesem Paare seine Freude hatte, ausgenommen die alte Marquise von Dumbleton, die versucht hatte, den Herzog für eine ihrer sieben unverheirateten Töchter zu gewinnen und aus diesem Grunde nicht weniger als drei teure Abendgesellschaften gegeben hatte; und ebensowenig einverstanden, kaum glaublich, war Mr. Otis selbst. Persönlich liebte Mr. Otis den jungen Herzog sehr, aber er hatte etwas gegen Titel, theoretisch zumindest, und, um seine eigenen Worte zu gebrauchen, „er war nicht ohne die Befürchtung, daß inmitten der schädlichen Einflüsse einer vergnügungssüchtigen Aristokratie die wahren Prinzipien republikanischer Einfachheit in Vergessenheit gerieten." Seine Einwände wurden jedoch zurückgewiesen, und ich glaube, daß, als er das Kirchenschiff von St. George, Hanover Square, mit seiner Tochter am Arm hinabschritt, kein Mann in ganz England stolzer gewesen ist als er.

Der Herzog und die Herzogin fuhren, nachdem ihre Flitterwochen vorbei waren, nach Canterville Chase, und am Tage nach ihrer Ankunft gingen sie am Nachmittag den einsamen Friedhof am Tannenwäldchen besuchen. Man hatte erst sehr viel hin und her geraten, welche Inschrift man in Sir Simons Grabstein meißeln sollte, aber schließlich hatte man sich geeinigt und beschlossen, einfach nur die Anfangsbuchstaben von des alten Edelmanns Namen einmeißeln zu lassen und dazu den Vers vom Fenster der Bibliothek. Die Herzogin hatte hübsche Rosen mitgebracht, die sie übers Grab streute, und nachdem sie dort einige Zeit verweilt hatten, schlenderten sie hinüber zur alten, zerfallenden Abtei. Dort setzte sich die Herzogin auf eine gestürzte Säule nieder, während ihr Gemahl, eine Zigarette rauchend, zu ihren Füßen lag und in ihre wunderschönen blauen Augen sah.

Plötzlich warf er seine Zigarette fort, nahm ihre Hand und sagte zu ihr: „Virginia, eine Frau soll nie Geheimnisse vor ihrem Mann haben."

„Lieber Cecil! Ich habe keine Geheimnisse vor dir."

„O doch, du hast Geheimnisse", antwortete er lächelnd, „du hast mir nie erzählt, was damals geschehen ist, als du mit dem Geist eingeschlossen gewesen bist."

„Das habe ich doch niemandem erzählt", sagte Virginia ernst.

„Ich weiß; aber du könntest es mir erzählen."

„Bitte, Cecil, frag mich nicht. Ich kann es dir nicht sagen. Armer Sir Simon! Ich bin ihm viel schuldig. Ja, lache nur, Cecil, es ist wirklich so. Erst durch ihn habe ich erfahren, was das Leben ist und der Tod und warum Liebe stärker ist als die beiden."

Der Herzog erhob sich und küßte seine Frau zärtlich.

„Du kannst dein Geheimnis so lange behalten, wie ich nur dein Herz habe, Virginia", flüsterte er.

„Du hast es immer besessen, Cecil."

„Und du wirst es einmal unseren Kindern erzählen, nicht?"

Und Virginia errötete.

DER MODELLMILLIONÄR

Ein Zeichen der Bewunderung

Es hat wirklich keinen Sinn, ein bezaubernder Mensch zu sein und kein Geld zu haben. Romantik ist nun einmal das Vorrecht der Reichen und nicht der Beruf des armen Teufels. Die Armen sollten praktisch sein und prosaisch. Es ist nämlich besser, ein ständiges Einkommen zu haben, als faszinierend zu wirken. Dies sind die großen Wahrheiten des modernen Lebens, die Hughie Erskine nicht einsah. Armer Hughie! Was seinen Verstand betrifft, so müssen wir zugeben, daß er nie von großer Bedeutung war. Er sagte kein bemerkenswertes, ja nicht einmal ein bissiges Wort in seinem ganzen Leben. Doch war er von erstaunlicher Schönheit mit seinen krausen braunen Haaren, seinem feingeschnittenen Gesicht und seinen großen grauen Augen. Männer wie Frauen mochten ihn gern, und er besaß alle Fertigkeiten, ausgenommen die eine: zu Geld zu kommen. Sein Vater hatte ihm einen Kavalleriesäbel hinterlassen und dazu eine „History of the Peninsular War" in fünfzehn Bänden. Hughie hängte den Säbel über seinen Spiegel, stellte die Bücher in ein Regal zwischen „Ruff's Guide" und „Bailey's Magazine" und lebte von zweihundert Pfund Sterling im Jahr, die ihm eine alte Tante ausgesetzt hatte. Er hatte alles versucht. Er hatte sechs Monate lang sein Glück an der Börse herausgefordert; aber was sollte ein Schmetterling unter Bullen und Bären? Etwas länger war er Teehändler gewesen, aber dann hatte er Pekoe und Souchong satt. Dann versuchte er's mit Sherry trocken. Auch damit hatte er keinen Erfolg; der Sherry war zu trocken. Zum guten Ende wurde er nichts: ein angenehmer wirkungsloser junger Mann mit einem vollendeten Profil und ohne Beruf.

Um dem allem die Krone aufzusetzen, war er verliebt. Das Mädchen, das er liebte, war Laura Merton, die Tochter eines Obersten a. D., dem sowohl die gute Laune als auch die gute Verdauung in Indien abhanden gekommen waren und der weder das eine noch das andere wiedergefunden hatte. Laura betete Hughie an, und er war bereit, ihre Schuhriemen zu küssen. Sie waren das hübscheste Paar in London und besaßen keinen roten

Heller. Der Oberst mochte Hughie sehr gern, allein er wollte nichts von einer Verlobung hören.

„Komm zu mir, mein Junge, wenn du zehntausend Pfund besitzt, und dann werden wir weiterreden", pflegte er zu sagen; und Hughie blickte sauer drein in jenen Tagen und mußte zu Laura gehen, sich trösten zu lassen.

Eines Morgens, auf dem Weg zum Holland-Park, wo die Mertons wohnten, besuchte er schnell einen guten alten Freund, Alan Trevor. Trevor war Maler. Nun, nur wenige kommen heutzutage daran vorbei. Aber, nebenbei, er war Künstler, und Künstler sind ziemlich selten. Selbst war er ein eigenartiger, rauher Geselle mit einem sommersprossigen Gesicht und einem wilden roten Bart. Hatte er jedoch den Pinsel in der Hand, war er ein wahrhafter Meister, und man raufte sich um seine Bilder. Hughie hatte ihn zuerst sehr angezogen, es muß dies anerkannt werden, und nur durch seinen persönlichen Charme. „Ein Maler sollte nur mit Menschen verkehren", so pflegte er zu sagen, „die *bêtes* und schön sind, mit Menschen, die anzusehn ein künstlerischer Genuß ist und bei denen, spricht man mit ihnen, der Geist zur Ruhe kommt. Männer, die Dandys, und Frauen, die lieblich sind, regieren die Welt, wenigstens sollten sie es." Nachdem er Hughie jedoch besser kennengelernt hatte, mochte er ihn ebensosehr seines gescheiten heiteren Wesens und seiner noblen sorglosen Art wegen und erlaubte ihm, jederzeit sein Atelier zu betreten.

Als Hughie eintrat, sah er Trevor gerade die letzten Pinselstriche auf dem wundervollen lebensgroßen Bild eines Bettlers ausführen. Der Bettler selbst stand auf einem Postament in einem Winkel des Ateliers. Es war ein welkes altes Männchen mit einem Gesicht wie runzliges Pergament und von mitleiderregendem Ausdruck. Um seine Schultern hing ein elender brauner Mantel, zerrissen und zerfetzt; seine dicken Stiefel waren schlecht und recht geflickt, und mit einer Hand stützte er sich auf einen derben Stock, während er mit der andern seinen zerbeulten Hut nach Almosen ausstreckte.

„Ein großartiges Modell", flüsterte Hughie, während er seinem Freund die Hand gab.

„Ein großartiges Modell?" schrie Trevor laut. „Das will ich meinen! Solch einen Bettler findest du nicht jeden Tag. Eine *trouvaille, mon cher;* ein lebender Velasquez! Hergott im Himmel, was hätte Rembrandt daraus machen können!"

„Armer alter Kerl!" sagte Hughie, „schaut so elend drein. Aber euch Malern ist sein Gesicht wohl sein Reichtum?"

„Natürlich", erwiderte Trevor, „du willst doch nicht, daß ein Bettler glücklich dreinschaut, oder?"

„Wieviel kriegt so ein Modell für eine Sitzung?" fragte Hughie und setzte sich bequem auf den Diwan.

„Einen Schilling in der Stunde."

„Und wieviel kriegst du für dein Bild, Alan?"

„Oh, für das da krieg ich zweitausend!"

„Pfund?"

„Guineen. Maler, Dichter und Ärzte erhalten nur Guineen."

„Hm. Ich glaube jedenfalls, das Modell sollte Prozente davon kriegen", rief Hughie lachend. „Die arbeiten genauso hart wie du."

„Unsinn! Bitte, bedenke nur, was für Arbeit es ist, allein die Farbe aufzutragen und den ganzen Tag vor der Staffelei zu stehen! Schön und gut, Hughie; aber ich versichre dir, daß es Augenblicke gibt, wo die Kunst beinah die Würde der Handarbeit erreicht. Aber halt jetzt deinen Mund; ich habe zu tun. Rauch eine Zigarette und schweig."

Nach einiger Zeit kam der Diener herein und meldete Trevor, daß der Rahmenmacher ihn zu sprechen wünsche.

„Bleib so lang, Hughie", sagte er beim Hinausgehen, „ich bin gleich wieder zurück."

Der alte Bettler machte sich Trevors Abwesenheit zunutze und ruhte sich für einen Augenblick auf einer hölzernen Bank, die hinter ihm stand, aus. Er schaute so verloren und elend drein, daß Hughie nicht umhin konnte, Mitleid für ihn zu empfinden und in seinen Taschen nachzusuchen, wieviel Geld er bei sich habe. Alles, was er fand, waren ein Sovereign und einige Kupfermünzen. Armer Teufel, dachte er, er braucht sie notwendiger als ich; allerdings kann ich mir für vierzehn Tage keinen Wagen leisten. Er ging durchs Atelier zum Bettler hinüber und schob den Sovereign in dessen Hand.

Der alte Mann blickte ihn erstaunt an, und ein schwaches Lächeln huschte um seine verwelkten Lippen.

„Danke, Sir", sagte er, „danke."

Dann kam Trevor zurück, und Hughie ging; er war etwas rot geworden, seiner Tat wegen. Den ganzen Tag war er mit Laura zusammen, wurde wegen seiner Verschwendung liebenswürdig geschimpft und mußte nach Hause gehen.

An diesem Abend, gegen elf Uhr, suchte er den Palette-Klub auf und fand dort Trevor allein im Rauchzimmer, vor sich eine Flasche Rheinwein und Selterswasser.

„Na, Alan, ist das Bild fertig?" sagte er und zündete sich eine Zigarette an.

„Fertig und gerahmt, alter Knabe!" erwiderte Trevor. „Nebenbei, du hast eine Eroberung gemacht. Das alte Modell, das du bei mir gesehen hast, hat sich sehr für dich interessiert. Ich habe ihm alles, was ich von dir wußte, erzählen müssen – wer du bist, wo du wohnst, wie groß dein Einkommen ist, was für Aussichten ..."

„Mein lieber Alan", rief Hughie, „so wird er wohl vor meiner Tür warten, wenn ich nach Hause komme. Aber – natürlich machst du nur Spaß. Armer alter Teufel! Ich wollte, ich könnte für ihn etwas tun. Ich finde es schrecklich, daß jemand so elend sein muß. Ich habe alte Kleider haufenweise zu Hause – glaubst du, daß er sie annehmen würde? Seine Lappen fielen ihm ja vom Leib."

„Aber er sieht glänzend aus darin", sagte Trevor. „Ich würde ihn nicht im Frack malen, und wenn er mir alles gäbe. Was du Fetzen nennst, nenne ich Romantik. Was dir als Armut erscheint, ist für mich malerisch. Trotzdem werde ich ihm von deinem Angebot erzählen."

„Alan", sagte Hughie ernst, „ihr Maler seid herzlose Kreaturen."

„Des Künstlers Herz ist sein Kopf" erwiderte Trevor, „und außerdem ist es nicht unser Geschäft, die Welt zu verbessern, wie wir sie sehen, sondern sich ihrer bewußt zu werden, wie sie ist. *A chacun son métier.* Na, wie geht's Laura? Das alte Modell hat sich für sie ziemlich interessiert."

„Du wirst doch nicht sagen wollen, daß du mit ihm über sie gesprochen hast?" sagte Hughie.

„Natürlich. Er weiß alles über diesen unnachgiebigen Oberst und über Laura ebenso wie über die zehntausend Pfund."

„Du hast dem alten Bettler alle meine privaten Angelegenheiten erzählt!" rief Hughie rot vor Zorn.

„Mein Lieber", sagte Trevor lächelnd, „der alte Bettler, wie du ihn nennst, ist einer der reichsten Leute Europas. Er könnte morgen ganz London kaufen, ohne sein Konto zu überziehen. Er hat ein Haus in jeder Hauptstadt, ißt von goldenen Tellern und kann Rußland von einem Krieg abhalten, sollte ihm daran gelegen sein."

„Was, beim Himmel, meinst du eigentlich?" rief Hughie.

„Was ich sage", meinte Trevor. „Der Alte, den du heute in meinem Atelier gesehen hast, war Baron Hausberg. Ein guter Freund von mir, kauft alle meine Bilder et cetera und gab mir vor einem Monat den Auftrag, ihn als Bettler zu porträtieren. *Que voulez-vous? La fantaisie d'un millionaire!* Und, wie ich sagen muß, er machte eine großartige Figur in seinen Fetzen, oder viel-

leicht besser, in meinen Fetzen. Sie sind ein alter Anzug, den ich in
Spanien erworben habe."

„Baron Hausberg!" rief Hughie aus. „Verdammt! Ich gab ihm
einen Sovereign!" Er sank, ein Bild der Bestürzung, in den Sessel.

„Gab ihm einen Sovereign!" rief Trevor und brach in schallendes
Gelächter aus. „Mein Lieber, davon wirst du nichts mehr wiedersehen. *Son affaire c'est l'argent des autres.*"

„Du hättest es mir sagen sollen, Alan", sagte Hughie verdrießlich,
„und verhindern sollen, daß ich einen solchen Narren aus mir
mache."

„Gut, um mich zu rechtfertigen, Hughie", sagte Trevor. „Es wäre
mir nie in den Sinn gekommen, daß du Almosen auf diese unbe-
dachte Weise austeilen würdest. Ich kann verstehen, wenn du ein
hübsches Modell küßt, aber daß du einem häßlichen einen Sovereign... beim Jupiter, nein! Außerdem – es ist die Wahrheit – war ich
heute für niemanden zu Hause, und als du hereinkamst, wußte ich
wirklich nicht, ob Hausberg seinen Namen genannt haben wollte.
Du verstehst, er war nicht korrekt angezogen."

„Für was für einen Trottel muß er mich halten!" sagte Hughie.

„Nicht im geringsten. Er war in bester Laune, nachdem du
gegangen warst. Er sprach zu sich selbst und rieb sich die alten
verhutzelten Hände. Ich konnte nicht herausfinden, warum er daran
so interessiert war, alles über dich zu erfahren. Jetzt kann ich's
begreifen. Er wird den Sovereign für dich investieren, Hughie, wird
dir die Zinsen alle sechs Monate zahlen und nebenbei eine kapitale
Geschichte zum Diner erzählen können."

„Ich bin ein unglücklicher Idiot", murmelte Hughie. „Das beste,
ich geh ins Bett; und, mein lieber Alan, es ist besser, wenn niemand
davon weiß. Ich könnte es nicht mehr wagen, mich im Row sehen zu
lassen."

„Unsinn! Es zeigt nur deine philanthropischen Anwandlungen im
besten Licht, Hughie. Und, bitte, lauf nicht davon. Hier, rauch
noch eine Zigarette und erzähl von Laura, soviel du willst."

Hughie jedoch ließ sich nicht aufhalten. Er fühlte sich todun-
glücklich, ließ Alan Trevor mit seinem Gelächter allein und ging
nach Hause.

Am nächsten Morgen, während er beim Frühstück war, brachte
ihm der Diener ein Billett, auf dem stand: „Monsieur Gustave
Naudin, *de la part de* M. le Baron Hausberg." Er kommt wohl, um
meine Entschuldigung zu erbitten, sagte Hughie zu sich selbst und
bedeutete dem Diener, den Besucher hereinzubringen.

Ein alter Gentleman mit goldgefaßten Gläsern und grauem Haar trat ein und sagte mit leichtem französischem Akzent: „Habe ich die Ehre, mit Monsieur Erskine zu sprechen?"

Hughie verneigte sich.

„Ich komme von Baron Hausberg. Der Baron ..."

„Ich bitte Sie, Sir, Baron Hausberg meine aufrichtigste Entschuldigung zu überbringen", stammelte Hughie.

„Der Baron", sagte der alte Gentleman mit einem Lächeln, „hat mir den Auftrag erteilt, Ihnen diesen Brief zu übergeben." Und er reichte Hughie einen versiegelten Briefumschlag.

Auf der Außenseite stand geschrieben: „Ein Hochzeitsgeschenk für Hugh Erskine und Laura Merton, von einem alten Bettler." Und drinnen war ein Scheck über zehntausend Pfund.

Als sie heirateten, war Alan Trevor Trauzeuge, und der Baron hielt die Rede während des Hochzeitsessens.

„Millionärmodelle", meinte Alan, „sind rar genug; aber, beim Jupiter, Modellmillionäre sind noch rarer!"

GEDICHTE IN PROSA

DER KÜNSTLER

Eines Abends empfand der Künstler, wie seine Seele sprach: Schaff ein Bild der Lust, die nur einen Augenblick währt. Und da er nur in Bronze schaffen konnte, machte er sich auf die Suche danach.

Aber die Bronze der ganzen Erde war verbraucht, und nirgends auf der Welt fand er noch Bronze, ausgenommen die einer einzigen Statue: Sie stellte dar den Schmerz, der ewig währt.

Und gerade diese Statue war das Werk seiner eigenen Hände; er selber hatte sie erdacht, geformt und errichtet über dem Grab des einzigen Wesens, das er sein ganzes Leben lang geliebt hatte. Auf dem Grab des einzigen Wesens, das er jemals geliebt, hatte er selber dieses Bildwerk aufgestellt, geschaffen nach seinem Willen und Gefallen, zum Zeichen der menschlichen Liebe, die niemals stirbt, zum Zeichen des Schmerzes, der ewig währt. Und auf der ganzen Erde gab es keine andere Bronze mehr als die ebendieses Werkes.

Und er nahm die Statue, die er selber geschaffen hatte, und übergab sie dem Feuer eines großen Ofens.

Und aus der Bronze der Statue des ewigen Schmerzes schuf er die Statue: Die Lust des Augenblicks.

DER WUNDERMANN

Es war Nacht, und Er war allein. Und Er gewahrte von weitem die Mauern einer Stadt, in der noch Leben war, und Er machte sich auf den Weg zu ihr.

Und als Er nahe war, hörte Er den rauschenden Klang unzähliger Lauten und das Stampfen der Füße dazu von den Tanzenden, die Stimmen der Freude und das Lachen der Lust.

Da schlug Er an das große Tor, und einige Wächter kamen und taten Ihm auf.

Und Er sah ein Haus, ganz aus Marmor, und die schönen Pfeiler des Hauses waren ebenfalls aus Marmor. Von einem Pfeiler zum anderen schwangen sich Gewinde aus Blumen, und Fackeln aus Zedernholz flammten nach innen und außen. Und Er ging hinein in das Haus.

Und Er durchschritt einen Saal von Chalzedon und danach einen aus Jaspis, und dann sah Er in dem langen Festsaal einen Mann, ausgestreckt auf einem purpurdunklen Lager; seine langen Haare waren mit roten Rosen bekränzt, und seine Lippen glänzten rot vom Wein.

Und Er trat hinter den Mann, berührte ihn an der Schulter und sprach:

Warum führst du ein solches Leben?

Der junge Mann wandte sich um, und da er Ihn erkannte, antwortete er:

Was willst Du? Einst war ich aussätzig, und Du hast mich geheilt. Wie anders sollte ich denn leben?

DER SCHÜLER

Als Narziß tot war, verwandelte sich die Quelle seiner Lust; aus einer Schale voll süßen Wassers wurde ein Becher bitterer Tränen. Da weinten die Bergnymphen; sie eilten durch den Hain herbei und stimmten ihre Lieder an, um die Quelle zu trösten.

Als sie aber innewurden, daß die Quelle aus einer Schale voll süßen Wassers sich in einen Becher bitterer Tränen verwandelt hatte, da lösten sie ihre laubgrünen Flechten, klagten mit der Quelle und sprachen zu ihr:

Wirklich, es wundert uns nicht, daß du so um Narziß trauerst; denn er war wunderschön!

Wie das? sprach die Quelle, war denn Narziß so schön? Wer könnte das besser wissen als du? antworteten die Bergnymphen. Ging er doch an uns unverwandt vorüber, aber dich, dich suchte er immerfort auf, um sich über dein Ufer zu beugen; zu dir senkte er den Blick, denn im Spiegel deiner Welle sah er, wie schön er war. Da erwiderte die Quelle:

Wenn ich Narziß geliebt habe, sooft er sich über mich neigte und seinen Blick in meine Flut tauchte, so deshalb, weil ich im Spiegel seiner Augen meine eigene Schönheit sah.

DER MEISTER

Finsternis hatte sich über die ganze Welt gelegt, da stieg Joseph von Arimathia beim Schein einer Pinienfackel von dem Hügel ins Tal hinab; denn er hatte in seinem Haus zu tun. Und er gewahrte einen jungen Mann, nackt und in Tränen, der kniete auf den harten Steinen im Tal der Trostlosigkeit; sein Haar war honiggelb, und seine Nacktheit leuchtete wie weiße Blüten. Aber er hatte seinen Körper mit Dornenzweigen blutig geschlagen, und auf sein Haar hatte er Asche zu einer Krone gehäuft. Und Joseph von Arimathia, der viele Güter dieser Welt besaß, sprach also zu dem, der nackt war und in Tränen:

Es wundert mich nicht, daß dein Schmerz um Ihn so groß ist; denn wahrlich, Er war der Gerechteste von den Gerechten.

Da gab ihm der junge Mann zur Antwort:

Ich weine nicht um Ihn, ich weine um mich. Denn auch ich habe Wasser in Wein verwandelt, auch ich habe den Aussätzigen geheilt, und dem Blinden habe ich das Gesicht wiedergegeben. Wie Er bin ich über die Wasser dahingeschritten, und die in den Gräbern wohnen, habe ich von den bösen Geistern befreit. Die in der Wüste Darbenden habe ich gespeist, da nirgends Speise war, und ich habe die Toten aus ihren engen Kammern aufstehen lassen. Auf mein Gebot ist ein Feigenbaum, der keine Frucht gab, vor viel Volks verdorrt. Alles das, was dieser Mann getan hat, das habe ich auch getan. Und dennoch – mich haben sie nicht gekreuzigt.

DER SAAL DES GERICHTS

Da entstand eine große Stille im Saal des Gerichts, und der Mensch trat nackt vor Gott.

Und Gott schlug das Lebensbuch des Menschen auf.

Und Gott sprach zu dem Menschen:

Dein Leben war böse. Du warest grausam zu den Hilfsbedürftigen und du verstocktest dein Herz vor den Hilflosen. Der Arme bat vor dir, und du hast ihn nicht angehört; du hast dein Ohr verschlossen dem Jammer derer, die ich heimgesucht habe. Von deinem Erbe hast du nichts mitgeteilt, und du hast die Füchse in die Weinberge deines Nachbarn getrieben. Du hast das Brot der Unmündigen genommen und hast es den Hunden zum Fraß gegeben. Meine Aussätzigen, die voller Frieden im Schilf hausten und meinen Namen priesen, du hast sie auf die heimatlose Straße gejagt, und am Ende hast du meine Erde, aus der ich dich geschaffen habe, mit dem Blut der Unschuldigen getränkt.

Da antwortete der Mensch:

Ja. So habe ich getan.

Und abermals schlug Gott das Lebensbuch des Menschen auf.

Und Gott sprach zu dem Menschen:

Dein Leben war böse. Das Schöne, dem ich Gestalt gegeben habe, du hast gewußt, es dir zu verschaffen, aber nach dem Guten, das ich verborgen hielt, hast du nicht getrachtet. Die Mauern deines Gemaches waren mit Bildern bemalt, und vom Lager der Greuel erhobst du dich unter Flötenklang. Du hast sieben Altäre errichtet den sieben Todsünden, um derentwillen ich gelitten habe, du hast von der verbotenen Frucht gegessen, und der Purpur deines Gewandes war bestickt mit den drei Malzeichen der Schande. Deine Abgötter waren nicht aus Gold oder Silber, das dauert, sondern aus Fleisch, das verdirbt. Du hast ihre Haare mit Wohlgeruch getränkt und hast ihnen rote Granatäpfel in die Hände gelegt. Ihre Füße hast du mit Safran gefärbt und Teppiche vor ihnen ausgebreitet. Du hast ihre Augenlider mit Antimon hell gemacht und ihre Körper mit Myrrhen eingerieben. Und du warfst dich vor ihnen auf den Boden, und die Throne deiner Abgötter waren errichtet in der Sonne. Dem Licht des Tages hast du deine Schande gewiesen und dem Mond deine Raserei.

Da antwortete der Mensch:

Ja. So habe ich getan.

Und zum drittenmal öffnete Gott das Lebensbuch des Menschen.

Und Gott sprach zu dem Menschen:

Dein Leben war böse, und für das Böse verlangst du das Gute und für deine Verbrechen Milde. Du hast die Hände zertreten, die dich genährt haben, und die Brüste, die dich stillten, hast du beschimpft. Wer zu dir um Wasser kam, den hast du durstig gehen lassen, und die Geächteten, die dich zur Nacht in ihren Zelten verborgen hielten, du hast sie noch vor Tagesanbruch verraten. Dein Feind, der dich verschonte, du hast ihn in den Hinterhalt gelockt, und deinen Freund, der mit dir in die Ferne zog, du hast ihn um Geld verkauft, und allen, die dir ihre Liebe brachten, hast du nur immer mit Wollust vergolten.

Da antwortete der Mensch:

Ja. So habe ich getan.

Und Gott schloß das Lebensbuch des Menschen und sprach:

Dies ist gewiß, ich werde dich zur Hölle schicken. Ja, dich kann ich nur zur Hölle schicken.

Da schrie der Mensch auf:

Nein! Das kannst du nicht.

Und Gott sprach zu dem Menschen:

Warum kann ich dich nicht zur Hölle schicken? Weshalb nicht?

Weil ich mein ganzes Leben lang schon in der Hölle zugebracht habe, antwortete der Mensch.

Und es entstand eine große Stille im Saal des Gerichts.

Und die Stimme Gottes ertönte wieder und sprach:

Nun ich dich nicht zur Hölle schicken kann, will ich dich also ins Paradies senden.

Da schrie der Mensch auf:

Nein! Das kannst du nicht.

Und Gott sprach zu dem Menschen:

Warum kann ich dich nicht ins Paradies senden, weshalb nicht?

Weil ich mir niemals und an keiner Statt ein Bild davon machen konnte, antwortete der Mensch.

Und darauf war Schweigen im Saal des Gerichts.

DER LEHRER DER WEISHEIT

Als Kind schon hatte er gelebt wie ein Mensch, der durchdrungen ist von der vollkommenen Erkenntnis Gottes. Und da er eben ein Jüngling war, kam ein großes Staunen über viele heilige Männer und auch über einige heilige Frauen, die in seiner freien Geburtsgemeinde lebten: so voller Weisheit war alles, was er sprach und was er zur Antwort gab.

Als seine Eltern ihn mit dem Gewand und mit dem Ring der Mannbarkeit bekleidet hatten, umarmte er sie und nahm Abschied von ihnen, um fortzuziehen und der Welt von Gott zu künden. Denn zu jener Zeit gab es auf der Welt eine Menge Menschen, die überhaupt nichts von Gott wußten oder nur ein sehr unvollkommenes Bild von Ihm hatten; viele hingen auch falschen Göttern an, die, unbewegt von den Nöten ihrer Anbeter, sich nicht aus ihren geweihten Hainen rührten.

So machte er sich auf die Wanderschaft, das Gesicht zur Sonne, mit bloßen Füßen, an seinem Gürtel nichts als einen ledernen Beutel und eine kleine irdene Kürbisflasche.

Immerzu wanderte er der großen Straße nach, und sein Herz war voller Freude, wie sie nur die vollkommene Erkenntnis Gottes verleiht, und ohne Unterlaß sang er Lieder zum Preise Gottes.

Nach einiger Zeit kam er in ein fremdes Land mit zahlreichen Städten. Elf Städte durchzog er, die einen in tiefen Tälern gelegen, andere an den Ufern großer Flüsse und wieder andere langgestreckt an Hügelflanken.

In jeder der elf Städte fand er einen Jünger, der ihn liebgewann und ihm nachfolgte; und in jeder Stadt lief ihm auch eine große Menge Volks zu. So durchdrang die Erkenntnis Gottes das ganze Land, und viele Vornehme bekehrten sich. Den Priestern der Tempel aber, wo die Götzenbilder standen, schwand die Hälfte ihres Erwerbs, und wenn sie zur Mittagszeit auf ihre Trommeln hieben, nahte sich fast niemand mehr mit Gaben, Pfauen oder Fleisch, wie es in diesem Lande üblich gewesen war, bevor er kam.

Aber gleichwohl, je mehr Volk ihm anhing, je mehr die Zahl seiner Jünger wuchs, um so größer wurde seine Trauer. Denn immerzu sprach er von Gott und aus der Fülle der Erkenntnis Gottes, welche der Herr selber ihm verliehen.

Eines Abends schritt er aus der elften Stadt heraus, einer Stadt in Armenien, gefolgt von seinen Jüngern und viel Volks, ging aufs Gebirge und setzte sich auf einen Felsen da; seine Jünger hielten sich im Kreis um ihn, und die Menge sank unten an dem Berge ins Knie.

Und er barg sein Gesicht in seinen Händen, weinte und sprach in seiner Seele:

Warum denn bin ich so voller Trauer und Angst, und warum ist jeder meiner Jünger ein Feind, der am hellen Tag gegen mich ist?

Und seine Seele antwortete ihm und sprach:

Gott hat dich begnadet mit Seiner vollkommenen Erkenntnis, und du hast diese Erkenntnis anderen ausgeliefert. Die unschätzbare Perle, du hast sie in Splitter aufgeteilt; du hast das Gewand ohne Naht zerschnitten in zwei. Du bist zum Dieb an dir selber geworden, da du die Weisheit preisgabst. Du gleichst dem Manne, der einem Dieb seine Schätze zeigt. Ist Gott nicht unendlich viel weiser als du? Wer bist denn du, daß du das Geheimnis aussprengst, welches Gott dir anvertraut hat? Einst war ich reich, und du hast mich arm gemacht. Wenn ich einstmals Gott schaute, jetzt hast du Ihn mir verhüllt.

Da weinte er von neuem; denn er wußte, seine Seele sprach die Wahrheit; er hatte die vollkommene Erkenntnis Gottes den Menschen preisgegeben, und er war nur mehr wie einer, der sich an Gottes Rockschöße klammert, und sein Glaube ließ ihn im Stich, da die Zahl derer so groß war, die an Ihn glauben wollten.

Da sprach er zu sich: Ich werde nicht mehr von Gott sprechen. Das heißt zum Dieb an sich selber werden, wenn man die Weisheit preisgibt.

Nachdem einige Stunden verstrichen waren, nahten sich seine Jünger und baten ihn:

Meister, sprich uns von Gott; denn du hast die vollkommene Erkenntnis Gottes, und niemand besitzt sie außer dir.

Und er erwiderte ihnen:

Von allem, was im Himmel und auf der Erde ist, will ich euch sprechen, doch von Gott werde ich nicht mehr zu euch reden, nicht jetzt, nicht zu irgendeiner anderen Zeit.

Da wurden sie voller Unmut und sprachen zu ihm:

Du hast uns in die Wüste geführt, damit wir dich hören sollten. Willst du uns jetzt zurückschicken? Mit unserem Hunger, und all die Menschen, die du hierhergeführt hast?

Und er antwortete ihnen:

Ich werde nicht mehr von Gott zu euch reden.

Da murrte die Menge wider ihn:

Du hast uns in die Wüste geführt, und du gibst uns nichts zu essen. Aber sprich uns von Gott, das genügt uns.

Doch er schwieg und antwortete nicht mehr. Denn er wußte, würde er ihnen von Gott sprechen, so würde er seinen Schatz preisgeben. Da gingen seine Jünger voller Trauer davon, und die Volksmenge wandte sich ab von ihm. Auf dem Wege zurück, zu ihren Wohnstätten, kamen aber viele von ihnen um.

Nun er allein war, stand er auf und machte sich wieder an die Wanderschaft, das Gesicht zum Mond gewandt; sieben Monde lang war er auf dem Wege, sprach zu keiner Menschenseele und gab niemandem Antwort. Als der siebente Mond sich seinem Ende zuneigte, gelangte er in eine Wüste; das war die Wüste des Großen Stroms. Und er fand eine Grotte, wo vormals ein Kentaur gelebt hatte, machte sich darin ein Lager aus Schilf und lebte nun als Einsiedler.

Zu jeder Stunde pries und dankte er Gott für seine Leiden, da er sich wenigstens etwas von der Erkenntnis Gottes und Seiner wunderbaren Größe bewahrt hatte.

Nun begab es sich, daß der Einsiedler eines Abends vor der Höhle saß, seiner Behausung. Da sah er einen jungen Mann vorübergehen, ärmlich gekleidet und mit leeren Händen. Das Gesicht des Jünglings war schön, aber die Lichter des Bösen und die Schatten des Schlechten waren darin. Jeden Abend ging er fortan mit leeren Händen vorbei, und jeden Morgen kam er zurück, die Hände voller Perlen und Purpur. Es war ein Dieb, der die Karawanen der Kaufleute bestahl.

Der Einsiedler betrachtete ihn immer wieder, und er empfand Mitleid. Aber er sprach kein Wort; denn er wußte: Wer von seinem Glauben redet, der verliert ihn.

Eines Morgens, als der junge Mann wieder beladen mit seinem Diebsgut zurückkehrte, blieb er stehen, zog die Brauen zusammen, stampfte auf den Sandboden und sagte zu dem Einsiedler:

Was schaust du mich immer so an, sooft ich vorbeikomme? Ich spüre etwas in deinem Blick, was ich noch niemals gesehen habe, soviel Menschen mir auch schon nachgeschaut haben. Was ist das? Ich will es nicht länger leiden, denn es trifft mich wie ein Pfeil, den ich nicht aus der Wunde ziehen kann!

Da antwortete ihm der Eremit:

Was du in meinen Augen siehst, ist das Mitleiden. Der aber, der dich durch meine Augen hindurch ansieht, der ist die Barmherzigkeit.

Der junge Mann lachte laut auf, voller Geringschätzung; höhnisch rief er dem Einsiedel zu:

In meinen Händen halte ich Purpur und Perlen, und du hast nur altes Schilf zum Lager. Wie sollte das Mitleid aussehen, das du für mich haben könntest? Und warum dieses Erbarmen?

Ich habe Mitleid mit dir, sprach der Einsiedler, denn du weißt nichts von Gott.

Hat das irgendeinen Wert, dieses Wissen von Gott? fragte der junge Mann und trat nahe herbei zum Eingang der Höhle.

Es ist mehr wert als alle Perlen und als aller Purpur der Welt, erwiderte der Eremit.

Und du besitzt das? forschte der junge Dieb und bewegte sich noch näher heran.

Ja, antwortete der Einsiedler, einst besaß ich es: die vollkommene Erkenntnis Gottes. Aber in meiner Torheit habe ich das höchste Gut vertan, indem ich es mit anderen teilte. Und trotzdem, das wenige, was mir jetzt davon noch geblieben ist, hat mehr Wert als Purpur und Perlen.

Als der junge Mann diese Worte vernahm, ließ er den Purpur und die Perlen aus seinen Händen, zog einen scharfen, krummen Säbel und rief:

Auf der Stelle gib mir diese Erkenntnis Gottes, die du besitzest, oder ich schwöre dir, daß ich dir den Kopf abhaue! Warum soll ich etwa den nicht töten, der einen Schatz besitzt, größer als der meinige?

Der Einsiedel breitete die Arme aus und sprach:

Wenn ich nicht die volle Erkenntnis Gottes besäße, wäre es dann nicht besser für mich, ich ginge an Seine heiligen Stätten und priese Ihn da, statt hier in der Welt zu hausen? Töte mich, wenn das dein Begehren ist. Aber meine Erkenntnis Gottes werde ich dir nicht preisgeben.

Da flehte ihn der junge Dieb auf Knien an, aber der Eremit wollte ihm nicht von Gott reden und so seinen Schatz ausliefern. Schließlich erhob sich der junge Mensch und sagte:

Wie du willst. Ich gehe jetzt fort, in die Stadt der sieben Todsünden, die nur drei Tagereisen von hier ist. Für meinen Purpur wird man mir dort jedes Vergnügen gewähren, und für meine Perlen wird man mir alle nur denkbare Lust verkaufen.

Der Einsiedler schrie auf, eilte ihm nach und flehte ihn an, davon abzustehen. Und während dreier Tage und dreier Nächte folgte er dem jungen Dieb und beschwor ihn, umzukehren auf dem Weg zur Stadt der sieben Todsünden.

Von Zeit zu Zeit aber wandte sich der Jüngling um, sprach auf ihn ein und fragte:

Willst du mir die Erkenntnis Gottes geben, die kostbarer ist als Purpur und Perlen? Wenn du sie mir wirklich gibst, dann werde ich die Stadt der Sünde nicht betreten.

Doch immer gab ihm der Einsiedel die gleiche Antwort:

Alles was ich habe, will ich dir geben, nur dieses nicht. Denn das darf ich nicht preisgeben.

Wie sie nun im Abenddämmer des dritten Tages ganz nahe an die hohen scharlachroten Tore der Stadt zu den sieben Todsünden herangekommen waren, trug der Wind ihnen den tosenden Schwall von Lust und Gelächter zu. Und der junge Dieb lachte hellauf,

redete nicht mehr zu dem Einsiedler, sondern eilte rascher voran,
um an das Tor zu schlagen. Und als er mit der Faust dagegenhieb,
lief der Einsiedel herbei, faßte ihn an einem Zipfel seines Gewandes
und sprach:

Strecke die Hände aus und lege deine Arme um meinen Nacken
und halte dein Ohr an meinen Mund. Ich werde dir geben, was mir
noch geblieben ist von der Erkenntnis Gottes.

Und der junge Mensch stand still.

Kaum hatte der Einsiedler ihm die Erkenntnis Gottes preisgegeben, da fiel er zur Erde und weinte. Eine große Finsternis entzog die
Stadt und den jungen Dieb seinen Blicken, daß er sie nicht mehr sah.
Und wie er sich so in Tränen am Boden wand, da fühlte er, daß
jemand ihm nahe war, und das Wesen, das bei ihm war, dessen Füße
waren aus Erz, und seine Haare waren feiner als die feinste Wolle.
Und Er richtete den Einsiedler auf, und Er sprach also:

Bis zu dieser Stunde besaßest du die vollkommene Erkenntnis
Gottes. Von nun an wirst du die vollkommene Liebe Gottes besitzen. Warum also weinst du?

Und er küßte ihn.

ESSAYS

DAS BILDNIS DES MR. W. H.

I

Ich hatte bei Erskine in seinem hübschen kleinen Haus in Birdcage Walk gespeist, und wir saßen mit unserem Kaffee und Zigaretten in der Bibliothek, als von ungefähr die Frage literarischer Fälschungen in unserm Gespräch auftauchte. Ich kann mich im Augenblick nicht erinnern, wie wir auf dies für die damalige Zeit etwas ungewöhnliche Thema kamen, aber ich weiß, daß wir lange über Macpherson, Ireland und Chatterton diskutierten und daß ich, was den Letztgenannten betraf, steif und fest behauptete, seine sogenannten Fälschungen seien nur das Ergebnis eines künstlerischen Verlangens nach vollendeter Wiedergabe; wir hätten kein Recht, mit einem Künstler wegen der Umstände zu streiten, die er wählt, sein Werk darzubieten, und da alle Kunst bis zu einem gewissen Grade eine Art Darstellung sei, ein Versuch, die eigene Persönlichkeit auf einer gedachten Ebene außerhalb der hemmenden Zufälle und Begrenzungen des wirklichen Lebens zur Erfüllung zu bringen, heiße es ein ethisches mit einem ästhetischen Problem vermengen, wenn man einen Künstler wegen einer Fälschung verurteile.

Erskine, der ein gut Teil älter war als ich und mich mit der amüsierten Nachsicht eines Vierzigjährigen angehört hatte, legte mir plötzlich seine Hand auf die Schulter und sagte: „Was würden Sie von einem jungen Mann halten, der eine merkwürdige Theorie über ein bestimmtes Kunstwerk hatte, an seine Theorie glaubte und eine Fälschung beging, um sie zu beweisen?"

„Oh, das ist eine ganz andere Sache", antwortete ich.

Erskine schwieg eine Zeitlang und schaute den dünnen grauen Rauchfäden nach, die von seiner Zigarette aufstiegen. „Ja", sagte er nach einer Weile, „eine ganz andere."

Etwas lag im Ton seiner Stimme, vielleicht ein schwacher Anflug von Bitterkeit, was meine Neugier erregte. „Haben Sie jemanden gekannt, der das tat?" fragte ich.

„Ja", antwortete er und warf seine Zigarette ins Feuer, „er war ein guter Freund von mir, Cyril Graham. Er war sehr bestrickend, sehr töricht und sehr herzlos. Immerhin hinterließ er mir das einzige Vermächtnis, das ich je in meinem Leben erhielt."

„Was war das?" fragte ich. Erskine stand von seinem Platz auf, ging zu einem hohen, mit Intarsien geschmückten Schrank, der zwischen den beiden Fenstern stand, schloß ihn auf und kam zu mir zurück, ein kleines, auf Holz gemaltes Bild in einem alten, etwas matt gewordenen, elisabethanischen Rahmen in der Hand.

Es zeigte in voller Größe einen jungen Mann in der Tracht des ausgehenden sechzehnten Jahrhunderts, der an einem Tisch stand und dessen Rechte auf einem geöffneten Buch ruhte. Er schien etwa siebzehn Jahre alt zu sein und war von ganz ungewöhnlicher, wenngleich offensichtlich etwas weibischer Schönheit. Wären nicht die Kleidung und das kurzgeschnittene Haar gewesen, so hätte man das Gesicht mit den träumerisch sinnenden Augen und den feinen scharlachroten Lippen tatsächlich für das Gesicht eines Mädchens gehalten. Im Stil und vor allem in der Behandlung der Hände erinnerte das Bild an das Spätwerk von François Clouet. Das schwarze Samtwams mit seinen wunderlichen Goldspitzen und der pfauenblaue Hintergrund, gegen den es sich so hübsch abhob und durch den es einen so leuchtenden Farbgehalt empfing, waren ganz und gar Clouets Stil, und die beiden etwas gezwungen vom Marmorpiedestal herabhängenden Masken der Tragödie und der Komödie hatten die harte Strenge des Pinselstrichs – so verschieden von der leichten Grazie der Italiener –, die der große flämische Meister nicht einmal am französischen Hofe völlig verlor und die an sich stets ein charakteristisches Merkmal des nördlichen Naturells gewesen ist.

„Es ist bezaubernd!" rief ich aus, „aber wer ist dieser bewundernswerte junge Mann, dessen Schönheit uns die Kunst so vortrefflich bewahrt hat?"

„Es ist das Bildnis des Mr. W. H.", sagte Erskine mit einem traurigen Lächeln. Es mochte eine zufällige Lichtwirkung sein, aber mir schien, als glänzten seine Augen von Tränen.

„Mr. W. H.?" fragte ich. „Wer war Mr. W. H.?"

„Erinnern Sie sich nicht?" erwiderte er. „Schauen Sie das Buch an, auf dem seine Hand ruht."

„Ich sehe, daß dort etwas geschrieben steht, kann es aber nicht entziffern", gab ich zurück.

„Nehmen Sie mein Vergrößerungsglas, und versuchen Sie es", sagte Erskine, während immer noch das traurige Lächeln um seinen Mund spielte.

Ich nahm das Glas, zog die Lampe ein wenig näher und begann die kaum leserliche Handschrift aus dem sechzehnten Jahrhundert zu buchstabieren: „,To The Onlie Begetter Of These Insuing Sonnets...' Gütiger Himmel!" rief ich. „Ist das Shakespeares Mr. W. H.?"

„Cyril Graham behauptete es", murmelte Erskine.

„Aber es sieht Lord Pembroke nicht ein bißchen ähnlich", antwortete ich. „Ich kenne die Porträts in Penshurst sehr gut. Vor ein paar Wochen habe ich mich dort aufgehalten."

„Glauben Sie denn wirklich, daß die Sonette an Lord Pembroke gerichtet sind?" fragte er.

„Davon bin ich überzeugt", antwortete ich. „Pembroke, Shakespeare und Mistress Mary Fitton sind die drei Gestalten der Sonette, daran gibt es überhaupt keinen Zweifel."

„Ja, der Meinung bin ich auch", sagte Erskine, „aber ich habe nicht immer so gedacht. Früher glaubte ich – nun ja, vermutlich glaubte ich an Cyril Graham und seine Theorie."

„Und wie lautete die?" fragte ich, während ich das wundervolle Porträt betrachtete, das bereits einen seltsamen Zauber auf mich auszuüben begann.

„Das ist eine lange Geschichte", sagte Erskine und nahm mir das Bild fort – ziemlich schroff, wie es mir damals schien –, „eine sehr lange Geschichte, aber wenn Ihnen etwas daran liegt, sie zu hören, will ich sie Ihnen erzählen."

„Ich liebe Theorien über die Sonette", rief ich, „aber ich halte es nicht für wahrscheinlich, daß ich zu einer neuen Ansicht bekehrt werde. Die Sache hat aufgehört, für jemanden noch ein Rätsel zu sein. Tatsächlich frage ich mich, ob sie je ein Rätsel war."

„Da ich selbst nicht an die Theorie glaube, habe ich keine Aussicht, Sie zu überzeugen", lachte Erskine, „aber vielleicht interessieren Sie sich dafür."

„Natürlich, erzählen Sie nur", antwortete ich. „Wenn sie nur halb so reizvoll ist wie das Bild, werde ich mehr als zufrieden sein."

„Nun gut", sagte Erskine und zündete sich eine Zigarette an, „zu Beginn muß ich Ihnen von Cyril Graham selbst erzählen. Wir beide wohnten in Eton im selben Haus. Ich war ein oder zwei Jahre älter als er, aber wir waren sehr eng befreundet, verrichteten unsere Arbeit gemeinsam und waren auch beim Spiel stets zusammen. Natürlich gab es sehr viel mehr Spiel als Arbeit, aber ich kann nicht behaupten, daß ich das bedaure. Es ist stets ein Vorteil, keine tadellos gesellschaftsfähige Erziehung genossen zu haben, und was ich auf den Sportplätzen von Eton lernte, ist mir ebenso nützlich gewesen wie alles, was man mich in Cambridge lehrte. Ich müßte noch erwähnen, daß Cyrils Eltern tot waren. Sie ertranken bei einem schrecklichen Jachtunglück vor der Insel Wight. Sein Vater war im diplomatischen Dienst gewesen und hatte eine Tochter, in Wahrheit die einzige Tochter, des alten Lord Crediton geheiratet, der nach dem Tode von Cyrils Eltern dessen Vormund wurde. Ich glaube, Lord Crediton hatte nicht viel übrig für Cyril. Daß seine Tochter einen Mann ohne Titel heiratete, hat er ihr nie wirklich verziehen. Er war ein merkwürdiger alter Aristokrat, fluchte wie ein Höker und hatte Manieren wie ein Bauer. Ich erinnere mich, ihn einmal bei einer Schulfeier gesehen zu haben. Er knurrte mich an, schenkte mir einen Sovereign und sagte, ich solle ja nicht so ein ‚verdammter Radikaler‘ werden wie mein Vater. Cyril hegte sehr wenig Zuneigung für ihn und war nur allzu froh, daß er seine Ferien meistens bei uns in Schottland verbringen konnte. In der Tat, die beiden vertrugen sich überhaupt nicht. Cyril sah in ihm einen ungeschlachten Bären, und er hielt Cyril für weibisch. Vermutlich war er das auch in mancher Hinsicht, obgleich er ein ausgezeichneter Reiter und ein überragender Fechter war. Er konnte wahrhaftig schon fechten, ehe er Eton verließ. Aber in seiner ganzen Art war er sehr lasch und nicht wenig eitel auf sein gutes Aussehen und hegte eine starke Abneigung gegen Fußball. Die beiden Dinge, die ihm wirklich Freude bereiteten, waren Poesie und Schauspielkunst. In Eton putzte er sich ständig heraus und trug Shakespeare vor, und als wir ins Trinity College von Cambridge kamen, wurde er gleich im ersten Semester Mitglied des A.D.C. Ich erinnere mich, daß ich ihn stets um sein Spiel beneidete. Ich war geradezu unsinnig vernarrt in ihn, vermutlich, weil wir in manchen Dingen so verschieden waren. Ich war ein recht unbeholfener, schwächlicher Bursche mit enormen Füßen und gräßlichen Sommersprossen. In schottischen Familien sind Sommersprossen ebenso gang und gäbe wie in englischen Familien die Gicht. Cyril pflegte zu sagen, daß ihm dann schon die Gicht lieber wäre, aber er maß der äußeren Erscheinung ja immer einen lächerlich hohen Wert bei und hielt in unserem Debattierklub einmal einen Vortrag, mit dem er beweisen wollte, daß es besser sei, gut auszusehen, als gut zu sein. Er war ohne Zweifel wunderschön. Leute, die ihn nicht mochten, Philister und geschäftsführende Collegeprofessoren und Theologiestudenten, behaupteten, er sei nur hübsch, aber in seinem Gesicht lag sehr viel mehr als bloße Hübschheit. Ich glaube, er war das herrlichste Geschöpf, das ich je gesehen habe, und nichts konnte die Anmut seiner Bewegungen, den Zauber seines Wesens übertreffen. Er bezauberte alle, die dessen wert wáren, und sehr viele Leute, die es nicht waren. Er war oft eigenwillig und launisch, und ich hielt ihn für schrecklich unaufrichtig. Schuld daran, glaube ich, war in der Hauptsache sein übermäßiges Verlangen zu gefallen. Armer Cyril! Ich sagte ihm einmal, er gäbe sich mit sehr billigen Triumphen zufrieden, aber er lachte nur. Er war entsetzlich verdorben. Ich glaube, alle bezaubernden Leute sind verdorben. Es ist das Geheimnis ihres Reizes.

Aber ich muß Ihnen von Cyrils Darstellungskunst erzählen. Sie wissen, daß im A. D. C. keine weiblichen Darsteller gestattet sind. Zumindest war das zu meiner Zeit so. Wie es jetzt ist, weiß ich nicht. Natürlich bekam Cyril immer die Mädchenrollen zugeteilt, und wenn ‚Wie es euch gefällt‘ aufgeführt wurde, spielte er die Rosalinde. Er war wundervoll. Cyril Graham war tatsächlich die einzige vollkommene Rosalinde, die ich je gesehen habe. Unmöglich könnte ich Ihnen wiedergeben, wie schön, wie köstlich und wie erlesen das Ganze war. Es machte ungeheures Aufsehen, und das damals so gräßliche kleine Theater war jeden Abend überfüllt. Noch jetzt muß ich immer, wenn ich das Stück lese, an Cyril denken. Es hätte für ihn geschrieben sein können. Im Semester darauf promovierte er und kam nach London, um sich auf die diplomatische Laufbahn vorzubereiten. Aber er rührte nicht die mindeste Arbeit an. Seine Tage verbrachte er mit der Lektüre von Shakespeares Sonetten und seine Abende im Theater. Er war natürlich ganz versessen darauf, zur Bühne zu gehen. Lord Crediton und ich taten alles, was wir nur konnten, ihn daran zu hindern. Vielleicht würde er noch leben, wenn er zur Bühne gegangen wäre. Es ist stets töricht, Ratschläge zu geben, aber gute Ratschläge zu geben ist absolut verhängnisvoll. Ich hoffe, Sie werden nie in diesen Fehler verfallen. Wenn Sie es tun, werden Sie es bedauern.

Um nun aber zum wahren Kern der Geschichte zu kommen: Eines Tages erhielt ich von Cyril einen Brief mit der Bitte, ihn am Abend daheim zu besuchen. Er hatte eine reizende Junggesellenwohnung in der Piccadilly, mit Aussicht auf den Green Park, und da ich ihn tagtäglich zu besuchen pflegte, war ich etwas überrascht, daß er sich die Mühe gemacht hatte, mir zu schreiben. Natürlich ging ich hin und fand ihn bei meinem Eintreffen in einem Zustand großer Erregung. Er erzählte mir, daß er endlich das wahre Geheimnis der Shakespeare-Sonette entdeckt habe, daß alle Gelehrten und Kritiker einer völlig falschen Spur gefolgt wären und daß er als erster durch reine Intuition herausgefunden habe, wer Mr. W. H. in Wirklichkeit sei. Er war geradezu schwärmerisch vor Begeisterung und wollte mir eine geraume Weile nichts von seiner Theorie erzählen. Schließlich holte er sein Bündel Notizen hervor, nahm seine Ausgabe der Sonette vom Kaminsims, setzte sich und hielt mir eine lange Vorlesung über die ganze Sache.

Zunächst wies er darauf hin, daß der junge Mann, an den Shakespeare diese ungewöhnlich leidenschaftlichen Gedichte gerichtet habe, jemand gewesen sein müsse, der eine wahrhaft wesentliche Rolle in der Entwicklung seiner dramatischen Kunst gespielt habe, und das könne man weder von Lord Pembroke noch von Lord Southampton sagen. Wer immer es sei, er könne keinesfalls ein Mann von hoher Geburt gewesen sein, wie es sehr deutlich aus dem 25. Sonett hervorgehe, wo sich Shakespeare in Gegensatz zu jenen stellt, die ‚großer Fürsten Günstling‘ sind, und unverhohlen sagt:

> ‚Laß, die in Gunst bei ihren Sternen stehen,
> Mit Titeln prahlen, öffentlicher Ehre,
> Dieweilen ich, dem Glorie nicht ersehen,
> Mir stille Freud am höchsten Glück beschere…‘

und sich am Ende des Sonetts zu dem niederen Stand dessen beglückwünscht, den er so heiß liebt:

> ‚Drum glücklich ich – ich lieb und bin geliebt,
> Wo's kein Verdrängen und Vergessen gibt.‘

Dies Sonett, so erklärte Cyril, wäre völlig unverständlich, wenn wir es uns an den Grafen Pembroke oder an den Grafen Southampton gerichtet dächten, da beide Männer von höchstem Rang in England und vollauf berechtigt gewesen seien, ‚große Fürsten‘ genannt zu werden, und zur Bekräftigung seiner Ansicht las er mir das 124. und das 125. Sonett vor, in denen uns Shakespeare sagt, seine Liebe sei nicht ‚des Standes Kind‘, sie ‚leide nicht in heiterem Gepränge‘, sondern sei ‚gegründet fern vom Ungefähr‘. Ich hörte ihm mit großem Interesse zu, denn ich glaube nicht, daß dieser wesentliche Punkt schon je zuvor beobachtet worden war; doch was folgte, war noch sonderbarer und schien mir Lord Pembrokes Anspruch damals völlig aufzuheben.

Von Meres wissen wir, daß die Sonette vor 1598 geschrieben wurden, und aus dem 104. Sonett erfahren wir, daß Shakespeares Freundschaft mit Mr. W. H. bereits seit drei Jahren bestand. Nun wurde aber Lord Pembroke 1580 geboren und kam erst im Alter von achtzehn Jahren nach London, das heißt also 1598, und Shakespeare muß 1594 oder spätestens 1595 mit Mr. W. H. bekannt geworden

sein. Folglich konnte Shakespeare Lord Pembroke erst kennengelernt haben, nachdem die Sonette geschrieben waren.

Cyril wies auch darauf hin, daß Pembrokes Vater erst 1601 starb,
während aus der Zeile:

> ‚Dein war ein Vater. So sag auch dein Sohn!'

deutlich hervorgehe, daß der Vater von Mr. W. H. 1598 bereits tot
gewesen sein müsse. Außerdem sei es absurd, anzunehmen, irgendein Verleger jener Zeit, und die Vorrede stamme ja aus der Feder des
Verlegers, würde gewagt haben, William Herbert, Graf von Pembroke, als Mr. W. H. anzureden; der Fall Lord Buckhursts, von
dem man als Mr. Sackville gesprochen habe, sei kein echtes Parallel-
beispiel, da Lord Buckhurst kein Peer, sondern nur der jüngere
Sohn eines Peers gewesen sei und einen bloßen Höflichkeitstitel
getragen habe, und der Abschnitt in ‚Englands Parnaß', wo er so
bezeichnet werde, sei keine formelle und pompöse Zueignung,
sondern nur eine beiläufige Anspielung. Soweit über Lord Pembroke, dessen scheinbare Ansprüche Cyril mit Leichtigkeit zerstörte, während ich staunend dabeisaß. Mit Lord Southampton
hatte Cyril sogar noch weniger Schwierigkeiten. Southampton
wurde in sehr jungen Jahren der Anbeter Elisabeth Vernons, deshalb
bedurfte er keiner dringlichen Bitten, sich zu verheiraten; er war
nicht schön, er glich nicht seiner Mutter, wie es bei Mr. W. H. der
Fall war:

> ‚Du Spiegel deiner Mutter, denn durch dich
> Ruft sie der Jugend holden Mai zurück...'

und vor allem, sein Vorname war Henry, während aus den wortspielerischen Sonetten (135 und 143) ersichtlich ist, daß Shakespeares Freund den gleichen Vornamen hatte wie er selbst – Will.

Was die übrigen Vermutungen unseliger Deuter anginge –
Mr. W. H. sei ein Druckfehler anstelle von Mr. W. S., nämlich Mr.
William Shakespeare; ‚Mr. W. H. all' müsse ‚Mr. W. Hall' gelesen
werden; Mr. W. H. bedeute Mr. William Hathaway, und der Punkt
müsse hinter ‚wünschet' stehen, wodurch Mr. W. H. der Verfasser
der Zueignung werde statt der Person, an die sie gerichtet sei–, so
räumte Cyril in sehr kurzer Zeit mit all diesen Deuteleien auf, und es
ist nicht der Mühe wert, seine Gründe anzuführen; obgleich ich
mich erinnere, daß ich mich vor Lachen nicht halten konnte, als er
mir, zum Glück nicht im Original, einige Auszüge aus der Abhandlung eines deutschen Kommentators namens Barnstorff vorlas, der

sich darauf versteifte, Mr. W. H. sei kein Geringerer als ‚Mr. William Höchstselbst‘. Auch gab Cyril Graham nicht einen Augenblick dem Gedanken Raum, die Sonette seien nichts weiter als Satiren auf das Werk von Drayton und John Davies von Hereford. Für ihn wie freilich auch für mich waren sie Gedichte ernsten und tragischen Inhalts, die Shakespeare aus der Bitterkeit seines Herzens gepreßt und durch den Honig seines Mundes versüßt hatte. Noch weniger wollte er gelten lassen, daß sie eine bloße philosophische Allegorie seien und daß sich Shakespeare in ihnen an sein ideales Ich wende oder an das Ideal des Menschtums oder an den Geist der Schönheit oder an die Vernunft oder an den göttlichen Logos oder an die katholische Kirche. Er spürte, was wir meiner Ansicht nach alle spüren müssen, daß die Sonette an einen Menschen gerichtet waren – an einen bestimmten jungen Mann, dessen Persönlichkeit Shakespeares Seele aus irgendeinem Grunde mit gewaltiger Freude und mit nicht weniger gewaltiger Verzweiflung erfüllt haben muß.

Nachdem Cyril auf diese Weise gleichsam den Weg gebahnt hatte, bat er mich, alle Vorstellungen, die ich mir vielleicht schon von der Sache gemacht hätte, aufzugeben und mir seine Theorie unparteiisch und vorurteilslos anzuhören. Das Problem, betonte er, sei folgendes: Wer war dieser junge Mann zu Shakespeares Zeit, der, ohne von edler Geburt oder auch nur edlem Wesen zu sein, in Worten so leidenschaftlicher Liebe angesprochen wurde, daß wir nur staunen können über die ungewöhnliche Verehrung und fast bange sind, den Schlüssel umzudrehen, der uns das Geheimnis zum Herzen des Dichters erschließt? Wer war er, dessen äußere Schönheit solcherart war, daß sie der wahre Eckstein der Kunst Shakespeares wurde, der wahre Quell der Inspiration Shakespeares, die wahre Inkarnation der Träume Shakespeares? Nur die Person in ihm zu sehen, an die einige Liebesgedichte gerichtet sind, heiße die ganze Bedeutung der Gedichte verfehlen; denn die Kunst, von der Shakespeare in den Sonetten spricht, ist nicht die Kunst der Sonette selbst, die er tatsächlich nur geringachtete und verborgenhielt, sondern die Kunst des Dramatikers, auf die er immer wieder anspielt, und der, zu dem Shakespeare sagt:

> ‚All meine Kunst bist du, durch den ich fand
> Vom stumpfen Sinn zur Weisheit und Verstand …‘

der, dem er Unsterblichkeit verhieß:

> ‚Wo stärkster Atem weht: im Menschenmunde!

war gewiß kein anderer als der jugendliche Darsteller, für den er Viola und Imogen, Julia und Rosalinde, Porzia und Desdemona und sogar Kleopatra schuf. So lautete Cyril Grahams Theorie, die er, wie Sie sehen, einzig und allein aus den Sonetten selbst entwickelt hatte und deren günstige Aufnahme nicht so sehr von nachweislichen Tatbeständen oder regelrechten Zeugnissen abhing, sondern gewissermaßen von einem geistigen und künstlerischen Verständnis, mit dem allein, so behauptet er, der wahre Sinn der Gedichte zu erfassen sei. Ich denke noch daran, wie er mir das schöne Sonett vorlas:

> ‚Wie könnte meiner Muse Stoff entgehn,
> Solang du lebst und hauchst in meinen Sang
> Dein eignes süßes Selbst, zu hold und schön
> Für jeder Alltagsweise matten Klang?
> O dank's dir selbst, gelang nur etwas mir,
> Das lesenswürdig deinem Auge schien –
> Wer könnt, ob noch so stumpf, nicht singen dir,
> Von dem die Dichtkunst selbst ihr Licht entliehn?
> Die zehnte Muse sei wert zehnmal mehr
> Als jene alten neun, der Reimer Hort,
> Und wer dich anruft, dichte dir zur Ehr,
> Was über fernste Zeit noch lebe fort.‘

Und ich erinnere mich, daß er betonte, wie voll und ganz dieses Sonett seine Theorie bestätige; so sorgfältig kämmte er tatsächlich alle Sonette durch und bewies – oder bildete sich ein, zu beweisen –, daß nach seiner neuen Auslegung ihres Sinnes Dinge, die bislang unverständlich oder verderbt oder überspannt erschienen waren, nun klar und sinnvoll und künstlerisch höchst bedeutsam wurden, da sie Shakespeares Begriff von der echten Beziehung zwischen der Kunst des Schauspielers und der Kunst des Dramatikers erklärten.

Es ist natürlich einleuchtend, daß sich in Shakespeares Truppe irgendein wundervoller jugendlicher Schauspieler von großer Schönheit befunden haben muß; denn Shakespeare war ja nicht nur ein phantasievoller Dichter, sondern auch ein erfahrener Theaterleiter, und Cyril Graham hatte wahr und wahrhaftig den Namen dieses jugendlichen Schauspielers entdeckt. Er hieß Will, oder, wie Cyril ihn lieber zu nennen pflegte, Willie Hughes. Den Vornamen fand er selbstverständlich in den wortspielerischen Sonetten 135 und 143, der Vatersname war seiner Ansicht nach in der achten Zeile des 20. Sonetts verborgen, wo Mr. W. H. beschrieben wird als:

,A man in hew, all *Hews* in his controwling...'

In der Erstausgabe der Sonette ist ,Hews' mit großem Anfangsbuchstaben und kursiv gedruckt, und das, so behauptete er, zeige
deutlich, daß ein Wortspiel beabsichtigt gewesen sei, und seine
Ansicht erhielt eine nicht geringe Bekräftigung durch jene Sonette,
in denen er in so auffallender Weise mit den Worten ,use' und
,usury' spielt. Natürlich war ich sofort bekehrt, und Willie Hughes
wurde für mich eine so reale Person wie Shakespeare. Als einzigen
Einwand gegen die Theorie brachte ich vor, daß in der Schauspieler-
liste von Shakespeares Truppe, die in der ersten Folioausgabe abgedruckt ist, der Name Willie Hughes nicht auftaucht. Cyril machte
mich jedoch darauf aufmerksam, daß gerade das Fehlen seines
Namens auf der Liste seine Theorie bestätige, da ja aus dem 86. Sonett ersichtlich sei, daß Willie Hughes Shakespeares Truppe verließ,
um an einem rivalisierenden Theater zu spielen, wahrscheinlich in
einigen Stücken von Chapman. Darauf bezögen sich die Zeilen in
dem herrlichen Sonett über Chapman, in dem Shakespeare zu Willie
Hughes sage:

> ,Doch seit dein Antlitz ihm die Zeilen füllte,
> Fehlt es mir so, daß meine Muse sich verhüllte.'

Die Worte ,seit dein Antlitz ihm die Zeilen füllte' bezögen sich
offensichtlich auf die Schönheit des jungen Schauspielers, die Chapmans Versen Leben, Wahrhaftigkeit und zusätzlichen Reiz verleihe;
derselbe Gedanke spreche auch aus dem 79. Sonett:

> ,Als ich allein auf deine Hilf vertraute,
> Ward meinem Vers allein dein holder Reiz;
> Doch jetzt zerfällt, was liebend ich erbaute:
> Die Muse, krank, weicht anderen bereits.'

Ebenfalls aus dem unmittelbar vorangehenden, wo Shakespeare
sagt:

> ,Daß alle Dichter folgen meinem Brauch
> Und geben nun durch dich ihr Dichtwerk kund.'

Das Wortspiel (use = Hughes) sei natürlich klar zu erkennen, und
der Vers ,Und geben nun durch dich ihr Dichtwerk kund' bedeute,
mit deiner Hilfe als Schauspieler bringen sie ihre Stücke vor das
Publikum.

Es war ein wundervoller Abend, und wir saßen fast bis zum

Morgengrauen beisammen und lasen immer wieder die Sonette.
Doch nach einiger Zeit wurde mir klar, daß es, ehe die Theorie in
einer wirklich vollendeten Form vor die Welt gebracht werden
konnte, unerläßlich war, ein unabhängiges Zeugnis für die Existenz
dieses jungen Schauspielers Willie Hughes zu beschaffen. War diese
erst einmal festgestellt, so konnte es keinen Zweifel über seine
Identität mit Mr. W. H. geben, andernfalls wäre die Theorie null und
nichtig. Ich brachte das sehr nachdrücklich zum Ausdruck, aber
Cyril war höchst verärgert über das, was er meine philisterhafte
Sinnesart nannte, und tatsächlich geradezu erbittert. Dennoch nahm
ich ihm das Versprechen ab, daß er in seinem eigenen Interesse seine
Entdeckung nicht veröffentliche, ehe er nicht die ganze Sache außer
Zweifel gesetzt habe, und wochenlang durchstöberten wir nun die
Register der Londoner Kirchen, die Handschriften von Alleyn im
Dulwich College, das Staatsarchiv, die Papiere des Lord Chamber-
lain – tatsächlich alles und jedes, was unserer Meinung nach einen
Hinweis auf Willie Hughes enthalten konnte. Natürlich entdeckten
wir nichts, und mit jedem Tag schien mir die Existenz Willie
Hughes' problematischer zu werden. Cyril befand sich in einer
schrecklichen Verfassung und ging die ganze Frage Tag für Tag von
neuem durch und flehte mich förmlich an, daran zu glauben; doch
ich sah den einen Riß in der Theorie und wollte mich nicht überzeugen lassen, ehe nicht die tatsächliche Existenz von Willie Hughes,
einem jugendlichen Darsteller der elisabethanischen Zeit, über jeden
Zweifel oder jede spitzfindige Krittelei festgestellt sei.

   Eines Tages verließ Cyril London, um seinen Großvater zu
besuchen, wie ich damals glaubte; doch später erfuhr ich von Lord
Crediton, dies sei nicht der Fall gewesen, und zwei Wochen danach
erhielt ich ein in Warwick aufgegebenes Telegramm von ihm, in dem
er mich bat, am selben Abend um acht Uhr ganz bestimmt zu ihm zu
kommen und mit ihm zu speisen. Als ich eintrat, sagte er zu mir:
,Der einzige Apostel, der des Beweises nicht wert war, war der
heilige Thomas, und der heilige Thomas war der einzige Apostel,
der ihn erhielt.' Ich fragte ihn, was er damit meine. Er antwortete,
daß es ihm nicht allein gelungen sei, die Existenz eines jugendlichen
Schauspielers namens Willie Hughes im sechzehnten Jahrhundert
festzustellen, sondern durch ein ganz unerschütterliches Zeugnis zu
beweisen, daß er der Mr. W. H. der Sonette sei. Mehr wollte er mir
im Augenblick nicht sagen; aber nach dem Essen holte er feierlich
das Bild hervor, das ich Ihnen zeigte, und erzählte mir, er habe es
durch den reinsten Zufall an der Innenseite einer alten Truhe

entdeckt, die er in einem Bauernhaus in Warwickshire gekauft habe.
Die Truhe selbst, ein sehr schönes Exemplar elisabethanischer Ar-
beit, hatte er natürlich mitgebracht, und in der Mitte der vorderen
Füllung waren ohne jeden Zweifel die eingeschnitzten Initialen
W. H. zu erkennen. Dies Monogramm hatte seine Aufmerksamkeit
erregt, und er erzählte mir, daß er erst dann auf den Gedanken
gekommen sei, das Innere sorgfältig zu untersuchen, als sich die
Truhe bereits mehrere Tage in seinem Besitz befunden habe. Eines
Morgens jedoch sei ihm aufgefallen, daß die eine Seite der Truhe viel
dicker war als die andere, und bei näherer Prüfung habe er entdeckt,
daß ein auf Holz gemaltes und gerahmtes Bild daran befestigt war.
Er nahm es heraus und erblickte das Bild, das jetzt hier auf dem Sofa
liegt. Es sei sehr schmutzig und verschimmelt gewesen, aber er habe
es fertiggebracht, es zu säubern, und zu seiner großen Freude
erkannt, daß er durch einen bloßen Zufall auf das gestoßen sei,
wonach er gesucht habe. Da war nun ein authentisches Porträt von
Mr. W. H., dessen Hand auf der Widmungsseite der Sonette ruhte,
und auf dem Rahmen selbst war, in schwarzen Unzialbuchstaben
auf verblaßtem Goldgrund, der Name des jungen Mannes eben noch
zu erkennen: ‚Master Will Hews‘.

Nun, was sollte ich sagen? Nicht einen Augenblick kam es mir in
den Sinn, daß mich Cyril Graham hinters Licht führen könnte oder
seine Theorie durch eine Fälschung zu beweisen suche.

„Aber ist es denn eine Fälschung?" fragte ich.

„Natürlich", erwiderte Erskine. „Es ist eine sehr gute Fälschung,
aber nichtsdestoweniger eine Fälschung. Mir schien damals, als
nähme Cyril die ganze Sache ziemlich gelassen hin, aber ich erinnere
mich, daß er mir mehr als einmal sagte, er selbst bedürfe keinerlei
Beweise, und er halte seine Theorie auch ohne einen Beweis für
abgeschlossen. Ich lachte über ihn und sagte ihm, ohne Beweis wäre
seine Theorie nichts wert, und beglückwünschte ihn von Herzen zu
seiner wunderbaren Entdeckung. Sodann kamen wir überein, von
dem Bild eine Radierung oder ein Faksimile anfertigen zu lassen und
Cyrils Ausgabe der Sonette als Titelkupfer voranzustellen, und drei
Monate lang beschäftigten wir uns ausschließlich damit, jedes Gedicht Zeile für Zeile durchzugehen, bis wir alle Bedenklichkeiten in
Text oder Sinn geklärt hatten. Eines unseligen Tages war ich in einer
Kunsthandlung in Holborn und erblickte auf dem Ladentisch ein
paar ungewöhnlich schöne Silberstiftzeichnungen. Sie verlockten
mich so sehr, daß ich sie kaufte, und der Inhaber der Kunsthandlung, ein Mann namens Rawlings, erzählte mir, daß sie von einem

jungen Maler, Edward Merton, stammten, der sehr begabt sei, aber arm wie eine Kirchenmaus. Einige Tage später suchte ich Merton auf, dessen Adresse ich von dem Kunsthändler erhalten hatte, und stand vor einem interessanten, bleichen jungen Mann und einer recht gewöhnlich aussehenden Frau – seinem Modell, wie ich hinterher erfuhr. Ich sagte ihm, wie sehr ich seine Zeichnungen bewundere, worüber er sehr erfreut schien, und bat ihn, mir noch andere Arbeiten von sich zu zeigen. Als wir eine Mappe mit wirklich ganz reizenden Sachen durchblätterten – denn Merton hatte einen überaus feinen und köstlichen Strich –, fiel mein Blick plötzlich auf eine Skizze zu dem Bildnis des Mr. W. H. Es gab nicht den geringsten Zweifel darüber. Es war fast ein Faksimile – der einzige Unterschied bestand darin, daß die beiden Masken der Tragödie und der Komödie nicht wie auf dem Bild von dem Marmorsockel herabhingen, sondern zu Füßen des jungen Mannes am Boden lagen. ‚Wo in aller Welt haben Sie das her?‘ fragte ich. Er wurde ziemlich verlegen und antwortete: ‚Oh, das ist nichts. Ich wußte gar nicht, daß es in dieser Mappe liegt. Es hat überhaupt keinen Wert.‘ – ‚Das ist doch die Sache, die du für Mister Cyril Graham gemacht hast!‘ rief die Frau, ‚und wenn dieser Herr sie kaufen möchte, dann gib sie ihm.‘ – ‚Für Mister Cyril Graham?‘ wiederholte ich. ‚Haben Sie das Bildnis von Mister W. H. gemalt?‘ – ‚Ich verstehe nicht, was Sie meinen‘, entgegnete er und wurde sehr rot. Nun ja, die ganze Sache war einfach schrecklich. Die Frau plauderte alles aus. Ich gab ihr fünf Pfund als ich ging. Noch jetzt ist mir der Gedanke daran unerträglich, aber natürlich war ich wütend. Ich raste sofort in Cyrils Wohnung, wartete dort drei Stunden, bis er kam, mit dieser abscheulichen Lüge, die mir ins Gesicht sprang, und sagte ihm, daß ich seine Fälschung aufgedeckt hätte. Er wurde ganz bleich und erwiderte: ‚Ich habe es einzig und allein deinetwegen getan. Auf andere Weise wärest du nicht zu überzeugen gewesen. Die Wahrheit der Theorie bleibt davon unberührt!‘ – ‚Die Wahrheit der Theorie?‘ schrie ich. ‚Je weniger wir darüber reden, desto besser. Nicht einmal du hast daran geglaubt. Wäre es der Fall gewesen, dann hättest du keine Fälschung begangen, um sie zu beweisen!‘ Heftige Worte wurden zwischen uns gewechselt, wir hatten einen fürchterlichen Streit. Freilich war ich ungerecht. Am nächsten Morgen war er tot.“

„Tot?“ rief ich aus.

„Ja, er erschoß sich mit einem Revolver. Etwas Blut spritzte auf den Rahmen des Bildes, gerade dort, wo der Name hingemalt war. Als ich kam – sein Diener hatte sofort nach mir geschickt –, war bereits die Polizei da. Er hatte einen Brief für mich hinterlassen, der offensichtlich in höchster Erregung und Seelenqual geschrieben war."

„Was stand darin?" fragte ich.

„Oh, daß er unbedingt an Willie Hughes glaube; die Fälschung des Bildes sei nichts als ein Zugeständnis an mich gewesen und entkräfte nicht im mindesten die Wahrheit der Theorie, und um mir zu zeigen, wie fest und makellos sein Glaube an die ganze Sache sei, wolle er dem Geheimnis der Sonette sein Leben zum Opfer bringen. Es war ein törichter, wahnsinniger Brief. Ich erinnere mich, daß er mit den Worten endete, er betraue mich mit der Willie-Hughes-Theorie und es sei an mir, sie der Welt zu schenken und Shakespeares Herzensgeheimnis zu erschließen."

„Das ist eine unerhört tragische Geschichte", sagte ich; „aber warum haben Sie sein Verlangen nicht erfüllt?"

Erskine zuckte die Achseln. „Weil es von Anfang bis Ende eine völlig wurmstichige Theorie ist", erwiderte er.

„Mein lieber Erskine", sagte ich und stand auf, „Sie haben absolut unrecht in der ganzen Sache. Sie ist der einzige vollkommene Schlüssel zu Shakespeares Sonetten, der je gefunden wurde. Sie ist bis in jede Einzelheit ohne Fehler. Ich glaube an Willie Hughes."

„Sagen Sie das nicht", entgegnete Erskine ernst; „ich glaube, es liegt etwas Verhängnisvolles in der Idee, und von der Vernunft her läßt sich nichts zu ihren Gunsten sagen. Ich habe mich in die ganze Sache vertieft, und ich versichere Ihnen, die Theorie ist einfach irreführend. Bis zu einem gewissen Punkt ist sie glaubwürdig. Dann ist Schluß. Um Himmels willen, mein lieber Junge, wärmen Sie nicht das Thema Willie Hughes auf. Es wird Ihnen das Herz brechen."

„Erskine", gab ich zurück, „es ist Ihre Pflicht, diese Theorie vor die Welt zu bringen. Wenn Sie es nicht tun wollen, werde ich es tun. Wenn Sie sie zurückhalten, beleidigen Sie das Andenken an Cyril Graham, den jüngsten und herrlichsten aller Märtyrer der Literatur. Ich bitte Sie inständig, ihm Gerechtigkeit widerfahren zu lassen. Er starb für diese Sache – lassen Sie seinen Tod nicht umsonst gewesen sein."

Erskine schaute mich verwundert an. „Das Ergreifende der ganzen Geschichte verführt Sie", sagte er. „Sie vergessen, daß eine Sache nicht unbedingt wahr sein muß, weil ein Mensch für sie stirbt. Ich habe Cyril Graham sehr geliebt. Sein Tod war ein furchtbarer Schlag für mich. Jahrelang habe ich ihn nicht verwunden. Vielleicht überhaupt nicht. Aber Willie Hughes? An der Idee Willie Hughes ist nichts dran. Kein solcher Mensch hat je gelebt. Und was den Punkt betrifft, die ganze Sache vor die Welt zu bringen – die Welt glaubt, es sei ein Unfall gewesen, daß sich Cyril Graham erschoß. Den einzigen Beweis für seinen Selbstmord enthielt sein Brief an mich, und von diesem Brief hat die Öffentlichkeit nie etwas erfahren. Bis zum heutigen Tage hält Lord Crediton die ganze Sache für einen Unglücksfall."

„Cyril Graham hat sein Leben einer großen Idee geopfert", sagte ich, „und wenn Sie nicht über sein Märtyrertum berichten wollen, dann berichten Sie wenigstens über seinen Glauben."

„Sein Glaube", entgegnete Erskine, „hatte sich in etwas Falsches verbohrt, etwas Wurmstichiges, in etwas, das kein Shakespeareforscher auch nur einen Augenblick gelten lassen würde. Man würde die Theorie verlachen. Machen Sie sich nicht zum Narren, indem Sie einer Spur folgen, die nirgendwohin führt. Sie fangen damit an, daß Sie die Existenz jener Person voraussetzen, deren Existenz ja gerade erst bewiesen werden muß. Außerdem weiß jeder, daß die Sonette an Lord Pembroke gerichtet waren. Die Sache ist ein für allemal abgetan."

„Die Sache ist keineswegs abgetan!" rief ich aus. „Ich werde die Theorie da wieder aufgreifen, wo Cyril Graham sie im Stich ließ, und ich werde der Welt beweisen, daß er recht hatte."

„Närrischer Querkopf!" sagte Erskine. „Gehen Sie heim, es ist nach zwei, und denken Sie nicht mehr an Willie Hughes. Es tut mir leid, daß ich Ihnen davon erzählt habe, und es würde mir sehr leid tun, wenn ich Sie zu etwas bekehrt haben sollte, woran ich nicht glaube."

„Sie haben mir den Schlüssel zu dem größten Geheimnis der heutigen Literatur gegeben", antwortete ich, „und ich werde nicht rasten, ehe ich nicht Ihnen, ehe ich nicht aller Welt die Anerkennung abgenötigt habe, daß Cyril Graham der scharfsinnigste Shakespearekritiker unserer Zeit gewesen ist."

Als ich durch den St.-James-Park heimwanderte, begann über London der Tag zu dämmern. Die weißen Schwäne ruhten schlafend auf dem blinkenden See, und der düstere Palast stand purpurrot gegen den fahlgrünen Himmel.

Ich dachte an Cyril Graham, und meine Augen füllten sich mit Tränen.

2

Es war zwölf Uhr vorbei, als ich erwachte, und die Sonne flutete in langen schrägen Strahlen staubigen Goldes durch die Fenstervorhänge meines Zimmers. Ich sagte meinem Diener, daß ich für niemanden zu Hause sei, und nachdem ich eine Tasse Schokolade getrunken und ein Brötchen gegessen hatte, holte ich mir aus dem Bücherregal mein Exemplar der Shakespeare-Sonette und begann sie sorgfältig durchzugehen. Jedes Gedicht schien mir Cyril Grahams Theorie zu bestätigen. Mir war, als läge meine Hand auf Shakespeares Herzen und zähle jeden einzelnen Schlag und jedes Pochen der Leidenschaft. Ich dachte an den wundervollen jugendlichen Schauspieler und sah in jeder Zeile sein Gesicht.

Zwei Sonette, weiß ich noch, machten besonderen Eindruck auf mich, das 53. und das 67. In dem ersten beglückwünscht Shakespeare Willie Hughes zu der Vielseitigkeit seiner Darstellung, zu dem weiten Bogen seiner Rollen, einem Bogen, der von der Rosalinde bis zur Julia und von der Beatrice bis zur Ophelia reicht, und sagt zu ihm:

> „Aus welchem Stoff, woraus schuf dich Natur,
> Daß tausend fremde Schatten sich dir weihen?
> Hat jeder hier doch einen einzigen nur,
> Und du kannst alle, alle Schatten leihen."

Diese Zeilen wären unverständlich, wären sie nicht an einen Schauspieler gerichtet, denn das Wort „Schatten" war zu Shakespeares Zeit ein Fachausdruck beim Theater. „Die Besten dieser Art sind nichts als Schatten", sagt Theseus von den Schauspielern im „Sommernachtstraum", und in der Literatur jener Zeit gibt es viele solcher Anspielungen. Diese Sonette gehörten offenbar zu der Gruppe, in der Shakespeare das Wesen der Schauspielkunst behandelt und die außerordentliche und seltene Veranlagung, die für den vollkommenen Schauspieler unbedingt notwendig ist. „Wie geht es zu", sagt Shakespeare zu Willie Hughes, „daß so viele Persönlichkeiten in dir enthalten sind?" Und dann geht er weiter und hebt hervor, daß seine Schönheit solcherart sei, daß sie jede Form und Gestalt der Phantasie zu verwirklichen, jeden Traum des schöpferischen Geistes zu verkörpern scheine – eine Idee, die noch weiter ausgeführt wird in dem unmittelbar folgenden Sonett, das mit dem schönen Gedanken beginnt:

> „O wieviel schöner zeigt die Schönheit sich
> Durch jene anmutsvolle Zierde Wahrheit."

Shakespeare lenkt unser Augenmerk darauf, wie die Wahrheit des Spiels, die Wahrheit der sichtbaren Darstellung auf der Bühne das Wunder der Dichtung erhöht, ihrem Liebreiz Leben und ihrer idealen Form gegenwärtige Wirklichkeit verleiht. Und doch bittet Shakespeare im 67. Sonett Willie Hughes, die Bühne mit ihrer Künstlichkeit, ihrem erdichteten Scheinleben geschminkter Gesichter und phantastischer Kostüme, ihren unmoralischen Einflüssen und Anregungen, ihrer Entfernung von der echten Welt edler Tat und aufrichtiger Rede zu verlassen.

> „Warum soll er mit der Verderbnis leben,
> Durch seine Nähe weihn, was sich nicht schämt,
> Und so dem Laster eine Stütze geben,
> Das sich durch den Verkehr mit ihm verbrämt?
> Warum soll Schminke seiner Wange gleichen,
> Lebendger Farb entlehnend toten Schein,
> Und dürftge Schönheit fremden Schmuck erschleichen
> Mit Schattenrosen, da wahrhaftge sein?"

Es mag seltsam anmuten, daß ein so großer Dramatiker wie Shakespeare, der seine Vollkommenheit als Künstler und seinen höchsten Wert als Mensch in dem ideellen Bereich der Bühnendichtung und des Bühnenspiels erfüllte, in solchen Ausdrücken über das Theater geschrieben haben soll; aber wir müssen daran denken, daß uns Shakespeare in den Sonetten 110 und 111 erklärt, auch er sei der Welt der Puppen müde und voller Scham, „ein buntes Narrenkleid fürs Auge" aus sich gemacht zu haben. Das 111. Sonett ist besonders bitter:

> „Oh, mir ist's recht, willst du Fortuna schmälen,
> Die Göttin, schuld dran, wenn ich schuldig ward,
> Konnt sie nichts Besseres für mich erwählen
> Als schnöden Dienst, der großzieht schnöde Art?
> So ist ein Makel meines Namens Brand,
> Der fast mein Wesen mir verschandelt,
> In das er eindringt wie des Färbers Hand:
> Hab Mitleid drum und wünsch mich umgewandelt."

Auch anderswo gibt es viele Anzeichen desselben Gefühls, Anzeichen, die allen echten Shakespeareforschern vertraut sind.

Ein Punkt bereitete mir, als ich die Sonette las, großes Kopfzerbrechen, und es dauerte Tage, ehe ich auf die richtige Interpretation kam, die freilich Cyril Graham selbst anscheinend entgangen war. Ich konnte nicht verstehen, warum Shakespeare so großen Wert darauf legte, daß sein junger Freund heirate. Er selbst hatte jung geheiratet und mit unglücklichem Ergebnis, und es war nicht wahrscheinlich, daß er von Willie Hughes verlangt hätte, denselben Fehler zu machen. Der Jüngling, der die Rosalinde darstellte, konnte durch eine Ehe oder die Leidenschaften des wirklichen Lebens nichts gewinnen. Die frühen Sonette mit ihren auffallend dringlichen Bitten, Kinder zu zeugen, schienen mir einen Widerspruch zu enthalten. Auf die Lösung des Rätsels kam ich ganz unvermutet, ich fand sie in der sonderbaren Zueignung. Wie man sich erinnern wird, lautet sie folgendermaßen:

„Dem · alleinigen · Erzeuger ·
dieser · nachfolgenden · Sonette ·
Mr. W. H. · Alles Glück ·
und · jene · Ewigkeit ·
verheißen ·
unserm · fortlebenden · Dichter ·
wünschet ·
der · wohlwollende ·
Unternehmer ·
der · Herausgabe ·
T. T.“

Einige Gelehrte meinten, das Wort „begetter“ in der ersten Zeile dieser Zueignung habe nur die Bedeutung von „Vermittler“ und stehe für den, der dem Verleger Thomas Thorpe die Sonette verschafft habe, aber von dieser Ansicht ist man jetzt allgemein abgekommen, und die höchsten Autoritäten sind sich darüber einig, daß es im Sinne von „Einhaucher“, „Lebensspender“ aufgefaßt werden müsse, da die Metapher aus der Analogie mit dem physischen Leben bezogen sei. Ich fand nun, daß eben diese Metapher in vielen Gedichten von Shakespeare verwendet wurde, und das brachte mich auf die richtige Spur. Am Ende machte ich meine große Entdeckung. Die Heirat, die Shakespeare Willie Hughes nahelegt, ist die „Vermählung mit der Muse“, ein Ausdruck, der ganz eindeutig im 82. Sonett auftaucht, wo er der Bitterkeit seines Herzens über die Treulosigkeit des jugendlichen Schauspielers, für den er seine herrlichsten Rollen geschrieben und dessen Schönheit ihn zu diesen tatsächlich angeregt hatte, freien Lauf läßt und seine Klage mit den Worten beginnt:

> „Vermählt mit meiner Muse bist du nicht…"

Die Kinder, die er ihn zu zeugen bittet, sind nicht Kinder von Fleisch und Blut, sondern unsterbliche Kinder unvergänglichen Ruhmes. Der ganze Zyklus der frühen Sonette enthält klar und deutlich Shakespeares Bitte an Willie Hughes, zur Bühne zu gehen und Schauspieler zu werden. Ein wie unfruchtbar und nutzlos Ding ist deine Schönheit, sagt er, wenn sie brachliegt. Da sind die Verse:

> „Wenn vierzig Winter vor dein Antlitz rücken
> Und Gräben ziehn durch deiner Schönheit Feld,
> Wird deiner Jugend Staat, heut zum Entzücken,
> Nur noch ein Fetzen sein, der nicht gefällt.
> Fragt man dich dann, wo deiner Schönheit Prunken,
> Der ganze Reichtum deiner Jugendtage,
> Zu sagen, in den Augen eingesunken,
> Verschwender du, wär fressend Schmach und Plage."

Du mußt auf dem Gebiet der Kunst etwas schaffen: meine Dichtung „ist dein, aus dir geboren"; nur höre auf mich, und ich werde „Vers über Vers gebären, die Ewigkeiten überdauern", und du sollst mit Gestalten nach deinem Bilde die Scheinwelt der Bühne bevölkern. Diese Kinder, die du zeugst, so fährt er fort, werden nicht hinwelken wie sterbliche Kinder, sondern du sollst in ihnen und in meinen Stücken leben; deshalb:

> „Schaff dir ein zweites Ich, aus Lieb zu mir,
> Daß Schönheit lebe fort, in ihm – in dir!"

Ich sammelte alle Passagen, die mir diese Ansicht zu bestätigen schienen, und sie machten einen starken Eindruck auf mich und zeigten mir, wie vollständig Cyril Grahams Theorie tatsächlich war. Ich erkannte auch, daß es ganz leicht war, jene Zeilen, in denen Shakespeare von den Sonetten selbst spricht, von solchen zu trennen, in denen er von seinem großen dramatischen Werk spricht. Dies war ein Punkt, der von allen Kritikern vor Cyril Graham völlig übersehen worden war. Und doch war er einer der wichtigsten in dem ganzen Gedichtzyklus. Den Sonetten stand Shakespeare mehr oder weniger gleichgültig gegenüber. Er hatte nicht den Wunsch, seinen Ruhm auf sie zu gründen. Für ihn waren sie seine „leichte Muse", wie er sie nannte, und Meres berichtet, sie seien nur für den privaten Umlauf unter wenigen, sehr wenigen Freunden bestimmt gewesen. Dagegen war sich Shakespeare durchaus des hohen künstlerischen Wertes seiner Stücke bewußt und legte ein edles Selbstvertrauen in sein dramatisches Genie an den Tag. Wenn er zu Willie Hughes sagt:

> „Dein ewiger Sommer kenne kein Ermatten,
> Verliere nie die Schönheit, dir geweiht,
> Nie prahl der Tod, du gingst in seinem Schatten,
> In ewigen Versen wächst dein Ruhm allzeit.
>   Solange Menschen atmen, Augen sehen,
>   Lebt dies und läßt dein Leben nie verwehen“,

so sind die Worte „ewige Verse“ eindeutig eine Anspielung auf eines seiner Stücke, das er ihm damals schickte, so wie die beiden Schlußzeilen seine Zuversicht in die Wahrscheinlichkeit erkennen lassen, daß seine Stücke in alle Zeit gespielt würden. In seiner Ansprache an die dramatische Muse (Sonette 100 und 101) finden wir dasselbe Gefühl.

> „Wo bist du, Muse, daß du säumst so lang,
> Zu singen, was all deine Macht dir gibt?
> Verschwendest deine Glut an nichtgen Sang,
> Licht Niedrem leihend, daß dein Licht getrübt?“

ruft er und fährt fort mit Vorwürfen gegen die Herrin der Tragödie und Komödie, daß sie „versäumt, das Wahre schön zu färben“, und sagt:

> „Weil er kein Lob braucht, singst du es nie wieder?
> O leere Ausflucht! Dir ist Macht gegeben,
> Daß er noch lebt, stieg er zur Gruft auch nieder,
> Und späte Zeiten noch sein Lob erheben.
> Drum, Muse, tu dein Amt! Ich lehr dich ihn
> Der Nachwelt zeigen, wie er heut erschien.“

Aber vielleicht ist es das 55. Sonett, in dem Shakespeare diesem Gedanken am stärksten Ausdruck gibt. Zu denken, „mein gewaltig Lied“ in der zweiten Zeile beziehe sich auf das Sonett selbst, hieße völlig mißverstehen, was Shakespeare meint. Ich hielt es nach dem allgemeinen Charakter des Sonetts für höchst wahrscheinlich, daß ein besonderes Stück gemeint war, und zwar kein anderes als „Romeo und Julia“.

> „Nicht Marmor, Fürstengruft, mit Gold geziert,
> Wird diese mächtgen Verse überleben,

Vor düstrem Stein, vom Schmutz der Zeit beschmiert
Wird dir ihr Loblied hellren Glanz noch geben.
Stürzt wütger Krieg die Statuen in den Sand
Und rodet Aufruhr jedes feste Haus,
Kann doch Mars' Schwert nicht und nicht Krieges Brand
Dein lebend Denkmal tilgen in dem Graus.
Trotzend dem Tod und boshaften Vergessen,
Schreitest du fort, es wohnt dein Ruhm im Hag
Der Augen Nachgeborner, die indessen
Die Welt abnutzen bis zum jüngsten Tag.
    So, bis du auferstehst zum Weltgericht,
    Lebst du hierin und in der Liebe Licht."

Als höchst bedeutungsvoll vermerkte ich auch, daß Shakespeare hier wie auch an anderen Stellen Willie Hughes Unsterblichkeit verhieß in einer Form, die das Auge der Menschen anspricht – das heißt in einer schauspielerischen Form, in einem Stück, das man sich ansieht.

Zwei Wochen lang arbeitete ich fleißig an den Sonetten, ging kaum aus und lehnte alle Einladungen ab. Jeden Tag glaubte ich etwas Neues zu entdecken, und Willie Hughes wurde für mich so etwas wie eine geistige Gesellschaft, eine ständig anwesende Persönlichkeit. Ich konnte mir fast einbilden, ihn im Schatten meines Zimmers stehen zu sehn, so vortrefflich hatte ihn Shakespeare geschildert mit seinem Goldhaar, seiner zarten, blütenhaften Anmut, seinen tiefliegenden träumerischen Augen, den feinen, behenden Gliedern und den weißen Lilienhänden. Schon sein Name bezauberte mich. Willie Hughes! Willie Hughes! Wie melodisch das klang! Ja, wer anders als er konnte die Herr-Herrin der Leidenschaft Shakespeares gewesen sein (Sonett 20, 2), der Gebieter seiner Liebe, dem er in Knechtschaft verbunden war (Sonett 26, 1), der wählerische Liebling der Lust (Sonett 126, 9), die Rose, gegen die ihm die ganze Welt nichts gilt (Sonett 109, 14), der Herold des Frühlings (Sonett 1, 10), geziert mit seiner Jugend Staat (Sonett 2, 3), der holde Knabe, der selber Musik fürs Ohr (Sonett 8, 1) und dessen Schönheit die entsprechende Hülle für Shakespeares Herz war (Sonett 22, 6) wie auch das zentrale Element seines Talents als Dramatiker. Wie bitter erschien jetzt die ganze Tragödie seines Abfalls und seiner Schmach! – einer Schmach, die er durch den bloßen Zauber seiner Persönlichkeit süß und lieblich machte (Sonett 95, 1), die aber nichtsdestoweniger Schmach blieb. Dennoch verzieh ihm Shakespeare, sollten wir ihm nicht auch verzeihen? Es lag mir nichts daran, in das Geheimnis seiner Versündigung einzudringen.

Daß er Shakespeares Theater verließ, war eine andere Sache, und die untersuchte ich sehr eingehend. Am Ende kam ich zu dem Schluß, daß Cyril Graham unrecht gehabt hatte, in dem rivalisierenden Dramatiker des 80. Sonetts Chapman zu sehen. Offensichtlich wurde auf Marlowe angespielt. Zu der Zeit, als die Sonette geschrieben wurden, konnte ein Ausdruck wie „das stolz geblähte Segel seiner großen Dichtung" (Sonett 86, 1) nicht auf Chapmans Werk angewandt werden, wie anwendbar er auch auf den Stil seiner späteren, jakobischen Stücke sein mochte. Nein: Augenscheinlich war Marlowe der rivalisierende Dramatiker, über den Shakespeare in so lobenden Worten sprach, und jener

> „... umgängliche Hausgeist,
> Der nächtens ihn mit Kund und Kenntnis foppt",

war der Mephisto seines „Doktor Faustus". Kein Zweifel, Marlowe war bezaubert von der Schönheit und Anmut des jungen Schauspielers und lockte ihn vom Blackfriars Theatre fort, damit er den Gaveston in seinem „Eduard II." spiele. Daß Shakespeare den rechtlichen Anspruch hatte, Willie Hughes in seiner eigenen Truppe zu behalten, geht aus dem 87. Sonett hervor, wo er sagt:

> „Leb wohl! Du bist zu kostbar, mein zu sein,
> Und höchstwahrscheinlich kennst du deinen Wert,
> Der Freibrief deines Werts muß dich befrein,
> Was dich an mich band, hat die Zeit verzehrt.
> Wie könnt ich halten dich, wenn dich nichts bindet?
> Und wie verdien ich ein so reiches Glück?
> Durch nichts in mir ist dies Geschenk begründet,
> So geht mein Privilegium nun zurück.
> Dich selbst gabst du, als dir dein Wert nicht klar,
> Verkanntest den, dem du dich dargebracht,
> So kehrt dein groß Geschenk, das Irrtum war,
> Zu dir zurück, da besser du bedacht.
>   Dich hatt ich so, wie uns ein Traum betört,
>   Im Schlaf ein König, wachend nicht erhört."

Doch den er nicht durch Liebe halten konnte, wollte er nicht durch Gewalt halten. Willie Hughes wurde ein Mitglied der Truppe Lord Pembrokes und spielte möglicherweise auf dem freien Hof der Red Bull Tavern die Rolle von König Eduards zartem Liebling.

Nach Marlowes Tod scheint er wieder zu Shakespeare gegangen zu sein, der ungeachtet dessen, wie seine Mitspieler darüber denken mochten, nicht zögerte, dem jungen Darsteller seinen Eigenwillen und Verrat zu verzeihen.

Wie vortrefflich hat Shakespeare überdies die Natur des Schauspielers gezeichnet. Willie Hughes war einer von jenen,

> „Die das nicht tun, was meist sie stelln zur Schau,
> Die, andre rührend, selber sind wie Stein."

Er konnte Liebe darstellen, aber sie nicht empfinden, konnte Leidenschaft nachahmen, ohne sie wirklich zu erleben.

> „In vieler Antlitz steht des Herzens Falschheit
> In Zornesfalten, in Verdruß geschrieben."

Doch nicht so bei Willie Hughes. In einem Sonett wahnsinniger Vergötterung sagt Shakespeare:

> „Doch als der Himmel dich schuf, war sein Wille,
> Daß stets nur Liebe deinen Blick beseele;
> Was immer dir das Hirn, das Herz erfülle,
> Daß nichts als Süße dein Gesicht erzähle."

In seinem „unsteten Geist" und seines „Herzens Falschheit" waren leicht die Unaufrichtigkeit und die Treulosigkeit zu erkennen, die von der Künstlernatur irgendwie untrennbar scheinen, sowie in seiner Vorliebe für Lob jenes Verlangen nach unmittelbarer Anerkennung, das für alle Schauspieler bezeichnend ist. Und doch, glücklicher darin als andere Schauspieler, sollte Willie Hughes etwas von Unsterblichkeit erfahren. Unlöslich mit Shakespeares Stücken verbunden, sollte er in ihnen weiterleben.

> „Dein Name wird fortan unsterblich leben,
> Ich, einmal hin, bin tot für alle Welt;
> Mir kann die Erd ein Alltagsgrab nur geben,
> Dir ist die Ruh im Menschenaug bestellt.
> Mein Vers, den künftge Menschenaugen lesen,
> Schuf dir ein Denkmal für die fernste Zeit,
> Und künftge Zunge sagt von deinem Wesen,
> Wenn heute Lebendes Vergangenheit."

Es gab auch zahllose Anspielungen auf Willie Hughes' Macht über sein Publikum – die „Gaffer", wie Shakespeare sie nennt; aber

die einfach vollendete Schilderung seiner wundervollen Meister-
schaft in der dramatischen Kunst enthält vielleicht „Einer Liebenden
Klage", wo Shakespeare von ihm sagt:

> „In ihm eine Fülle feinster Substanzen sich einen,
> Die, klüglich genutzt, in jede Form sich fügen,
> In brennend Erröten, Tränenfluten beim Weinen,
> Fahle Blässe der Ohnmacht, in seinen Zügen
> Gebietet er, wie's tauglich, am besten zu trügen,
>   Der Röte bei unzüchtiger Rede, bei Schmerz den Tränen,
>   Der Leichenblässe und Ohnmacht bei tragischen Szenen.
> . . . .
> So sind auf der Spitze seiner bezwingenden Zunge
> Beweise und tiefe Fragen, die Anteil entfachen,
> Rasche Entgegnung und Gründe stets auf dem Sprunge
> Oder schlafen zu seinem Nutzen, wie sie erwachen,
> Die Weiner lachen, die Lacher weinen zu machen.
>   Jederzeit kann zu Ausdruck und Kunst er gelangen,
>   Alle Leidenschaften in sich einzufangen."

Einmal glaubte ich, Willie Hughes tatsächlich in der elisabethanischen Literatur gefunden zu haben. In einem wunderbar anschauli-
chen Bericht über die letzten Tage des großen Grafen von Essex
erzählt uns sein Kaplan, Thomas Knell, der Graf habe in der Nacht
vor seinem Tode „William Hewes, seinen Musikus, gerufen, daß er
ihm auf dem Spinett vorspiele und dazu singe. ,Spiel mein Lied,
Willie Hewes', sagte er, ,und ich will es mir selber singen!' Also tat
er überaus fröhlich, nicht wie der klagende Schwan, der gesenkten
Kopfes sein Ende bejammert, sondern wie eine liebliche Lerche,
indem er die Hände hob und die Augen aufschlug zu seinem Gott
und so zu dem kristallenen Himmel hinanstieg und mit unermüdli-
cher Zunge an den Gipfel der höchsten Seligkeiten rührte." Gewiß
war der junge Bursche, der für den sterbenden Vater von Sidneys
„Stella" Spinett spielte, kein anderer als jener Will Hews, dem
Shakespeare die Sonette widmete und von dem er uns sagt, er selbst
sei süße „Musik fürs Ohr". Doch Lord Essex starb 1576, als
Shakespeare erst zwölf Jahre alt war. Es war unmöglich, daß sein
Musikus der Mr. W. H. der Sonette gewesen sein konnte. Vielleicht
war Shakespeares junger Freund der Sohn des Spinettspielers? Zu-
mindest war es schon etwas, entdeckt zu haben, daß Will Hews ein
Name aus der elisabethanischen Zeit war. Tatsächlich schien der
Name Hews mit Musik und Theater eng verknüpft gewesen zu sein.

Die erste englische Schauspielerin war die liebreizende Margaret
Hews, die Fürst Ruprecht so wahnsinnig liebte. Was war wahr-
scheinlicher, als daß zwischen ihr und Lord Essex' Musikus der
junge Schauspieler der Shakespearestücke zur Welt gekommen war?
Aber die Beweise, die Bindeglieder – wo waren sie? Ach, ich konnte
sie nicht finden. Mir war, als stünde ich stets am Rande der entschiedenen Bestätigung, könne sie aber nie wirklich erlangen. Von Willie
Hughes' Leben wanderten meine Gedanken bald zu seinem Tode.
Ich fragte mich häufig, wie sein Ende gewesen sein mochte.

Vielleicht hatte er zu jenen englischen Schauspielern gehört, die
1611 übers Meer nach Deutschland gingen und vor dem berühmten
Herzog Heinrich Julius von Braunschweig spielten, der selbst ein
Dramatiker von nicht geringem Rang war, sowie am Hofe jenes
sonderbaren Kurfürsten von Brandenburg, der so verliebt in die
Schönheit war, daß er, wie es heißt, den jungen Sohn eines reisenden
griechischen Händlers für sein Gewicht in Bernstein kaufte und zu
Ehren seines Sklaven das ganze furchtbare Notjahr 1606/7, als auf
den Straßen der Städte das Volk vor Hunger starb und sieben
Monate kein Regen fiel, prunkvolle Feste veranstaltete. Auf jeden
Fall wissen wir, daß 1613 in Dresden zum erstenmal „Romeo und
Julia" aufgeführt wurde, zugleich mit „Hamlet" und „König Lear",
und gewiß war es kein anderer als Willie Hughes, dem 1617 durch
einen aus dem Gefolge des englischen Gesandten Shakespeares
Totenmaske überbracht wurde, ein bleiches Zeichen für das Hinscheiden des großen Dichters, der ihn so innig geliebt hatte. Es hätte
in der Tat etwas besonders Passendes in dem Gedanken gelegen, daß
der junge Schauspieler, dessen Schönheit ein so wesentliches Element in dem Realismus und der Romantik von Shakespeares Kunst
gewesen war, als erster die Saat der neuen Kultur nach Deutschland
brachte und auf seine Weise der Vorläufer jener Aufklärung des
achtzehnten Jahrhunderts wurde, jener glänzenden Bewegung, die
zwar durch Lessing und Herder begann und durch Goethe zu ihrem
vollen und vollendeten Erfolg gebracht wurde, aber zu einem nicht
geringen Teil durch einen anderen Schauspieler – Friedrich Ludwig
Schröder – unterstützt wurde, der das Volk zum Bewußtsein erweckte und durch die gespielten Leidenschaften und mimischen
Mitteln der Bühne den innigen, höchst notwendigen Zusammenhang zwischen Leben und Literatur aufdeckte. Wenn das zutraf –
und bestimmt gab es keinen Beweis dagegen –, war es nicht unwahrscheinlich, daß Willie Hughes zu jenen englischen Komödianten
gehört hatte („mimae quidam ex Britannia" nennt sie die alte Chro-

nik), die bei einem unvermuteten Volksaufstand in Nürnberg erschlagen und von ein paar jungen Männern, „die an ihren Aufführungen Gefallen gefunden und deren etliche begehrt hatten, in die
Geheimnisse der neuen Kunst eingeweiht zu werden", heimlich in
einem kleinen Weingarten außerhalb der Stadt begraben worden
waren. Gewiß konnte es für ihn, zu dem Shakespeare sagte, „du
bist all meine Kunst", keine geeignetere Stätte geben als diesen
kleinen Weingarten vor den Stadtmauern. Denn entsprang die Tragödie nicht den Leiden des Dionysos? Wurde nicht das unbe-
schwerte Lachen der Komödie mit ihrer sorglosen Fröhlichkeit
und ihren munteren Entgegnungen zuerst von den Lippen sizilia-
nischer Weingärtner vernommen? Ja, gab nicht das Purpur und Rot
des Weinschaums auf Gesicht und Gliedern die erste Andeutung
vom Reiz und Zauber der Verkleidung – zeigte sich so nicht in den
ungeschickten Anfängen der Kunst die Sehnsucht, sein Ich zu
verbergen, das Gefühl für den Wert der unpersönlichen Darstellung? Wo Willie Hughes auch immer lag – ob in dem kleinen
Weingarten vor den Toren der mittelalterlichen Stadt oder auf
einem düsteren Londoner Friedhof, inmitten des Lärms und der
Geschäftigkeit dieser großen Stadt–, auf keinen Fall bezeichnete
ein prächtiges Monument seine Ruhestätte. Sein wahres Grabmal
war, wie Shakespeare es sah, der Vers des Dichters, sein wahres
Monument war die Unvergänglichkeit des Dramas. So war es auch
anderen ergangen, deren Schönheit ihrer Zeit einen neuen schöpferischen Impuls gegeben hatte. Der Elfenbeinkörper des bithynischen Sklaven modert im grünen Schlamm des Nils, und über die
gelben Hügel des Kerameikos ist der Staub des jungen Atheners
verstreut; aber Antinoos lebt in Bildwerken und Charmides in der
Philosophie.

3

Als zwei Monate vergangen waren, entschloß ich mich, Erskine
nachdrücklich zu bitten, er möge dem Andenken Cyril Grahams
Gerechtigkeit widerfahren lassen und der Welt seine erstaunliche
Deutung der Sonette vorlegen – die einzige Deutung, die das
Problem völlig kläre. Zu meinem Bedauern muß ich sagen, daß ich
keine Abschrift meines Briefes besitze und auch nicht in der Lage
war, an das Original heranzukommen, aber ich erinnere mich, daß
ich das ganze Gebiet durchging und Seite auf Seite mit einer leidenschaftlichen Wiederholung der Argumente und Beweise füllte, auf

die mein Studium mich gebracht hatte. Mir schien, als gäbe ich nicht nur Cyril Graham den ihm gebührenden Platz in der Literaturgeschichte zurück, sondern rette die Ehre Shakespeares selbst vor der lästigen Erinnerung an eine abgedroschene Intrige. Ich legte meine ganze Begeisterung in den Brief. Ich legte meinen ganzen Glauben in den Brief.

Sobald ich ihn jedoch abgeschickt hatte, überkam mich eine sonderbare Reaktion. Mir war, als hätte ich meine ganze Fähigkeit hingegeben, an die Willie-Hughes-Theorie der Sonette zu glauben, als sei mir gleichsam etwas abhanden gekommen und die ganze Sache nun völlig gleichgültig. Was war geschehen? Das ist schwer zu sagen. Vielleicht hatte ich, als ich den vollendeten Ausdruck für eine Leidenschaft fand, die Leidenschaft selbst erschöpft. Gefühlskräfte haben wie die physischen Kräfte ihre vorgeschriebenen Grenzen. Vielleicht geht Hand in Hand mit dem bloßen Versuch, jemanden zu einer Theorie zu bekehren, eine Art Verzicht auf die Glaubensfähigkeit. Vielleicht war ich der ganzen Sache einfach müde, und da meine Begeisterung ausgebrannt war, blieb meine Vernunft ihrem eigenen leidenschaftslosen Urteil überlassen. Wie es auch sein mochte, und ich maße mir nicht an, es zu erklären: zweifellos geschah es, daß mir Willie Hughes plötzlich ein bloßer Mythos wurde, ein leerer Traum, die kindische Erfindung eines jungen Mannes, der wie die meisten Feuergeister begieriger war, andere zu überzeugen, als selber überzeugt zu werden.

Da ich Erskine in meinem Brief ein paar höchst ungerechte und kränkende Dinge gesagt hatte, beschloß ich, ihn umgehend aufzusuchen und mich wegen meines Verhaltens zu entschuldigen. Folglich fuhr ich am nächsten Vormittag zum Birdcage Walk und traf Erskine in seiner Bibliothek an, vor sich das gefälschte Bild von Willie Hughes.

„Mein lieber Erskine!" rief ich. „Ich bin gekommen, um mich bei Ihnen zu entschuldigen."

„Zu entschuldigen?" sagte er. „Wofür?"

„Für meinen Brief", antwortete ich.

„Sie haben nichts an Ihrem Brief zu bedauern", gab er zurück. „Im Gegenteil, Sie haben mir den größten Dienst geleistet, der in Ihrer Macht liegt. Sie haben mir gezeigt, daß Cyril Grahams Theorie ohne jeden Fehler ist."

„Sie wollen doch nicht etwa sagen, daß Sie an Willie Hughes glauben?" rief ich aus.

„Warum nicht?" entgegnete er. „Sie haben mir die Sache bewiesen. Meinen Sie, ich wüßte den Wert von Beweisen nicht zu schätzen?"

„Aber es gibt überhaupt keinen Beweis", seufzte ich und ließ mich in einen Sessel fallen. „Als ich Ihnen schrieb, stand ich unter dem Einfluß einer völlig närrischen Verzückung. Die Geschichte von Cyril Grahams Tod hatte mich bewegt, seine romantische Theorie fasziniert, das Wunderbare und Neue der ganzen Idee bezaubert. Jetzt sehe ich ein, daß die Theorie auf einem Wahn beruht. Der einzige Beweis für die Existenz von Willie Hughes ist das Bild vor Ihnen, und das Bild ist eine Fälschung. Lassen Sie sich in dieser Sache nicht durch bloßes Gefühl hinreißen. Was romantische Schwärmerei auch immer für die Willi-Hughes-Theorie vorbringen mag, die Vernunft läßt sich davon nicht beirren."

„Ich verstehe Sie nicht", sagte Erskine und sah mich erstaunt an. „Sie selbst haben mich durch Ihren Brief überzeugt, daß Willie Hughes eine absolute Realität ist. Warum haben Sie Ihre Ansicht geändert? Oder war alles, was Sie mir sagten, nur ein Scherz?"

„Ich kann es Ihnen nicht erklären", erwiderte ich; „aber ich sehe jetzt, daß sich wirklich nichts zugunsten Cyril Grahams Deutung sagen läßt. Die Sonette sind an Lord Pembroke gerichtet. Vergeuden Sie um Himmels willen nicht Ihre Zeit mit dem törichten Versuch, einen jungen Schauspieler aus der elisabethanischen Zeit aufzuspüren, der nie existierte, und eine Phantasiepuppe zum Mittelpunkt des großartigen Sonettzyklus von Shakespeare zu machen!"

„Ich sehe, Sie verstehen die Theorie nicht", entgegnete er.

„Mein lieber Erskine", rief ich, „nicht verstehen? Mir ist, als hätte ich sie erfunden. Gewiß ersehen Sie aus meinem Brief, daß ich mich nicht nur in die ganze Sache vertieft, sondern jederlei Beweise dazu beigesteuert habe. Der einzige Riß in der Theorie ist, daß sie die Existenz der Person voraussetzt, deren Existenz ja eben die Streitfrage ist. Wenn wir als wahr annehmen, daß es in Shakespeares Truppe einen jungen Schauspieler namens Willie Hughes gab, ist es nicht schwer, ihn zum Gegenstand der Sonette zu machen. Aber da wir wissen, daß zur Truppe des Globe-Theatre kein Schauspieler dieses Namens gehörte, ist es müßig, noch weiter nachzuforschen."

„Aber das ist es ja gerade, was wir nicht wissen", sagte Erskine. „Es ist durchaus richtig, daß der Name nicht in der Liste auftaucht, die in der ersten Folioausgabe enthalten ist, aber das ist, wie Cyril betonte, eher ein Beweis für Willie Hughes' Existenz als gegen sie, wenn wir an seinen treulosen Abfall von Shakespeare um eines rivalisierenden Dramatikers willen denken." Stundenlang stritten wir über die Sache, aber was ich auch vorbringen mochte, nichts konnte Erskine von seinem Glauben an Cyril Grahams Deutung abbringen. Er sagte mir, er habe die Absicht, sein Leben dem Beweis der Theorie zu widmen und sei entschlossen, Cyril Grahams Andenken Gerechtigkeit widerfahren zu lassen. Ich bat ihn, lachte ihn aus, beschwor ihn, aber es nützte nichts. Schließlich trennten wir uns, nicht gerade im Zorn, aber zweifellos mit einem Schatten zwischen uns. Er hielt mich für oberflächlich, ich hielt ihn für närrisch. Als ich ihn wieder einmal besuchen wollte, teilte mir sein Diener mit, daß er nach Deutschland gefahren sei.

Zwei Jahre später überreichte mir, als ich in meinen Klub kam, der Portier einen Brief mit einer ausländischen Marke. Er war von Erskine und im Hôtel d'Angleterre in Cannes geschrieben. Als ich ihn gelesen hatte, erfüllte mich Entsetzen, obgleich ich nicht recht daran glaubte, daß er so wahnsinnig sein werde, seinen Entschluß auszuführen. Der Kern des Briefes war, daß er auf jede Weise versucht habe, Cyril Grahams Theorie zu beweisen, was ihm jedoch mißlungen sei, und da Cyril Graham sein Leben für diese Theorie hingegeben habe, sei er entschlossen, sein Leben ebenfalls derselben Sache zu opfern. Die Schlußworte des Briefes lauteten: „Ich glaube immer noch an Willie Hughes, und wenn Sie diese Zeilen erhalten, werde ich durch eigene Hand um Willie Hughes' willen gestorben sein, um seinetwillen und um Cyril Grahams willen, den ich durch meinen oberflächlichen Skeptizismus und meinen beschränkten Unglauben in den Tod trieb.

Einst hatte sich Ihnen die Wahrheit offenbart, aber Sie wiesen sie zurück. Nun kommt sie, mit dem Blut zweier Leben befleckt, abermals zu Ihnen – wenden Sie sich nicht von ihr ab."

Es war ein grausiger Augenblick. Ich fühlte mich elend vor Jammer und konnte es dennoch nicht glauben. Für seine religiöse Überzeugung zu sterben ist der schlechteste Gebrauch, den ein Mensch von seinem Leben machen kann; aber für eine literarische Theorie zu sterben! Es schien unmöglich.

Ich blickte auf das Datum. Der Brief war eine Woche alt. Irgendein unseliger Zufall hatte mich mehrere Tage nicht in den Klub gehen lassen, sonst hätte ich ihn rechtzeitig erhalten, Erskine zu retten. Vielleicht war es noch nicht zu spät. Ich fuhr in meine Wohnung, packte meine Sachen und nahm den Nachtzug von Charing Cross. Die Reise war unerträglich. Ich glaubte, ich würde nie ankommen. Sobald ich da war, fuhr ich ins Hôtel d'Angleterre. Mir wurde gesagt, Erskine sei vor zwei Tagen auf dem englischen Friedhof beerdigt worden. Die ganze Tragödie hatte etwas grauenhaft Groteskes. Ich redete lauter wirres Zeug, und die Leute in der Halle schauten neugierig nach mir hin.

Unvermutet kam Lady Erskine, in tiefer Trauer, durch das Vestibül. Als sie mich erblickte, trat sie auf mich zu, murmelte etwas über ihren armen Sohn und brach in Tränen aus. Ich führte sie in ihren Salon. Dort wartete ein älterer Herr auf sie. Es war der englische Arzt.

Wir sprachen viel über Erskine, aber ich erwähnte nichts von seinem Motiv für den Selbstmord. Offensichtlich hatte er seiner Mutter nichts über den Anlaß erzählt, der ihn zu einer so unheilvollen, so wahnsinnigen Tat getrieben hatte. Schließlich stand Lady Erskine auf und sagte: „George hat Ihnen etwas als Andenken hinterlassen. Etwas, das er sehr hochschätzte. Ich will es Ihnen holen."

Sobald sie aus dem Zimmer war, wandte ich mich an den Arzt und sagte: „Es muß ein furchtbarer Schlag für Lady Erskine gewesen sein! Es wundert mich, daß sie es so gut trägt."

„Oh, sie wußte seit Monaten, daß es dazu kommen würde", antwortete er.

„Wußte es seit Monaten?" rief ich. „Aber warum hinderte sie ihn dann nicht? Warum ließ sie ihn nicht bewachen? Er muß wahnsinnig gewesen sein!"

Der Arzt starrte mich an. „Ich weiß nicht, was Sie meinen", sagte er.

„Aber, wenn eine Mutter weiß", rief ich aus, „daß ihr Sohn Selbstmord begehen will . . ."

„Selbstmord?" wiederholte er. „Der arme Erskine hat nicht Selbstmord begangen. Er starb an Schwindsucht. Er kam hierher, um zu sterben. In dem Augenblick, als ich ihn sah, wußte ich, daß es keine Hoffnung mehr gab. Der eine Lungenflügel war fast hin und der andere im höchsten Grade angegriffen. Drei Tage vor seinem Tode fragte er mich, ob noch Hoffnung bestünde. Ich erklärte ihm unverblümt, es gäbe keine und er habe nur noch wenige Tage zu leben. Er schrieb ein paar Briefe und war völlig gelassen und blieb bis zum Ende bei klarem Bewußtsein."

In diesem Augenblick trat Lady Erskine ins Zimmer, in der Hand das fatale Bildnis von Willie Hughes. „Als George starb, bat er mich, Ihnen dies zu geben", sagte sie. Als ich es nahm, fielen ihre Tränen auf meine Hand.

Jetzt hängt das Bild in meiner Bibliothek, wo es von meinen

kunstverständigen Freunden sehr bewundert wird. Sie haben sich dafür entschieden, daß es kein Clouet, sondern ein Ouvry sei. Aber manchmal, wenn ich es ansehe, meine ich, es ließe sich wirklich eine Menge für die Willie-Hughes-Theorie der Sonette Shakespeares sagen.

DER VERFALL DES LÜGENS

Eine Betrachtung

Ein Dialog

Personen: Cyril und Vivian
Schauplatz: Die Bibliothek eines Landhauses in Nottinghamshire

CYRIL *kommt von der Terrasse her durch die offene Glastür*: Mein lieber Vivian, sperr dich doch nicht den ganzen Tag in die Bibliothek ein! Es ist ein wundervoll schöner Nachmittag. Die Luft ist köstlich. Ein Nebel liegt auf den Wäldern, wie der purpurne Hauch auf einer Pflaume. Komm, wir wollen uns ins Gras legen, Zigaretten rauchen und die Natur genießen.

VIVIAN: Die Natur genießen! Diese Fähigkeit hab ich zum Glück völlig verloren. Es heißt zwar allgemein, die Kunst lehre uns die Natur inniger lieben; sie enthülle uns ihre Geheimnisse; und wenn wir Corot und Constable genau studiert hätten, könnten wir in der Natur Dinge sehen, die früher unserer Beobachtung entgangen seien. Meine Erfahrung ist aber: je mehr wir die Kunst studieren, desto weniger haben wir für die Natur übrig. In Wirklichkeit offenbart uns die Kunst nur die Planlosigkeit der Natur, ihre merkwürdige Plumpheit, ihre ungewöhnliche Eintönigkeit, ihre gänzliche Unvollkommenheit. Die Natur hat zwar gute Absichten, aber sie vermag sie, wie Aristoteles einmal gesagt hat, nicht auszuführen. Wenn ich eine Landschaft betrachte, werde ich wider Willen all ihre Mängel gewahr. Diese Unvollkommenheit der Natur ist gleichwohl für uns ein Glück, da wir sonst überhaupt keine Kunst hätten. Die Kunst ist ein lebhafter Protest, ein tapferer Versuch von unserer Seite, der Natur die ihr gebührende Stelle anzuweisen. Und was die unbegrenzte Mannigfaltigkeit der Natur angeht, so ist sie bloß ein Märchen. In der Natur selbst trifft man sie nicht. Sie besteht nur in der Einbildung, in der Phantasie oder in der anerzogenen Blindheit des Betrachters.

CYRIL: Schön, du brauchst ja nicht die Landschaft zu betrachten. Du kannst auf dem Rasen liegen und rauchen und plaudern.

VIVIAN: Die Natur ist aber so unbequem. Der Rasen ist hart und uneben und feucht und voll schrecklicher schwarzer Insekten. Ja, der schlechteste Arbeiter bei Morris könnte eine bequemere Sitzgelegenheit schaffen, als es die gesamte Natur vermag. Die Natur muß sich verkriechen vor den Möbeleinrichtungen „der Straße, die von Oxford ihren Namen trägt", wie sie der Dichter, den du so liebst, einmal trivial genannt hat. Ich beklage dies keineswegs. Wäre die Natur bequem, dann hätten die Menschen nie die Architektur erfunden, und ich ziehe Häuser der freien Luft vor. In einem Haus fühlen wir uns alle im richtigen Verhältnis. Alles ist uns untergeordnet, für uns und zu unserem Behagen hergerichtet. Selbst der Egotismus, der zu einer richtigen Auffassung der menschlichen Würde unentbehrlich ist, entspringt durchaus dem Leben innerhalb der vier Wände. Außerhalb des Hauses wird man allgemein und unpersönlich. Man verliert vollkommen seine Individualität. Die Natur ist überdies so gleichgültig, so verständnislos. Wenn ich hier im Park spazierengehe, habe ich immer das Gefühl, daß ich für die Natur nicht mehr bin als das Vieh, das am Abhang weidet, oder die Kletten, die im Graben blühen. Es ist doch ganz eindeutig, daß die Natur die Vernunft haßt. Nachdenken ist die ungesundeste Beschäftigung auf der Welt, und die Menschen sterben daran wie an irgendeiner anderen Krankheit. Zum Glück ist das Denken, in England wenigstens, nicht ansteckend. Unsere hervorragende Konstitution verdanken wir ganz und gar unserer nationalen Beschränktheit. Ich hoffe nur, wir werden dieses mächtige historische Bollwerk unseres Glücks noch viele Jahre behaupten können; doch ich fürchte, wir beginnen übergebildet zu werden; wenigstens macht sich jeder, der unfähig ist, etwas zu lernen, sogleich an das Lehren – dahin ist es mit unserer Erziehungsbegeisterung gekommen. Inzwischen wäre es besser, du kehrtest zu deiner langweiligen, ungemütlichen Natur zurück und ließest mich meine Korrekturbogen lesen.

CYRIL: Einen Artikel schreiben! Das klingt nicht sehr konsequent nach allem, was du eben gesagt hast.

VIVIAN: Wer will denn konsequent sein? Der Dummkopf und der Doktrinär, diese langweiligen Leute, die ihre Prinzipien bis zum bitteren Ende in Handlungen umsetzen, bis zur *reductio ad absurdum* der Wirklichkeit. Ich wahrhaftig nicht. Wie Emerson schreibe ich über die Tür meiner Bibliothek das Wort „Laune". Übrigens enthält mein Artikel eine sehr heilsame und wertvolle Warnung. Befolgt man sie, dann könnte eine neue Renaissance der Kunst entstehen.

CYRIL: Welches ist das Thema?

VIVIAN: Ich will meinen Artikel „Der Verfall des Lügens: Ein Protest" betiteln.

CYRIL: Des Lügens! Ich dachte, unsere Politiker hätten diese Gewohnheit beibehalten.

VIVIAN: Ich versichere dir, dies ist keineswegs der Fall. Die Politiker gelangen nie über das Niveau der Verdrehung hinaus, sie lassen sich überdies noch dazu herab, zu argumentieren, zu diskutieren, zu disputieren. Wie sehr unterscheidet sich von diesen das Temperament des echten Lügners mit seinen freimütigen, furchtlosen Erklärungen, seiner großartigen Verantwortungslosigkeit, seiner gesunden, natürlichen Geringschätzung von Beweisen irgendwelcher Art! Was ist übrigens eine erlesene Lüge? Jede Behauptung, die in sich selbst den Beweis trägt. Wer so wenig Phantasie besitzt, daß er eine Lüge erst noch beweisen muß, könnte lieber gleich die Wahrheit sagen. Nein, die Politiker helfen uns nicht. Einiges läßt sich vielleicht zugunsten des Advokatenstandes anführen. Auf seine Mitglieder fiel der Mantel der Sophisten. Ihre gespielte Leidenschaft und ihre unechte Rhetorik sind köstlich. Sie bringen es zuwege, die schlechtere Sache als die bessere erscheinen zu lassen, als käme sie eben aus der Schule des Leontiners; sie sollen sogar von widerstrebenden Geschworenen Freisprüche für ihre Mandanten selbst dann erwirkt haben, wenn deren Unschuld, wie dies öfters der Fall ist, klar und eindeutig zutage lag. Aber die Advokaten sind durch das Prosaische gebunden und schämen sich nicht einmal, Präzedenzfälle ins Feld zu führen. Trotz ihren Bemühungen kommt die Wahrheit ans Licht. Selbst die Zeitungen sind entartet. Man mag ihnen neuerdings völlig vertrauen. Man fühlt es, wenn man sich durch ihre Spalten hindurchwindet. Nur das Unlesenswerte ereignet sich. Ich fürchte, zugunsten des Advokaten oder des Journalisten wird sich nicht viel vorbringen lassen. Im übrigen plädiere ich für die Lüge in der Kunst. Soll ich dir vorlesen, was ich geschrieben habe? Es könnte dir sehr nützlich sein.

CYRIL: Sehr gern, wenn du mir eine Zigarette gibst. Danke. Nebenbei, welcher Zeitschrift hast du diesen Artikel zugedacht?

VIVIAN: Der „Retrospective Review". Ich glaube, ich habe dir gesagt, die Auserwählten haben sie wieder ins Leben gerufen.

CYRIL: Was verstehst du unter den „Auserwählten"?

VIVIAN: Oh, die „Müden Hedonisten" natürlich. Das ist der Name eines Klubs, dem ich angehöre. Wir pflegen bei unseren Zusammenkünften welke Rosen im Knopfloch zu tragen, und wir haben eine Art Domitiankult eingerichtet. Du bist leider für diesen Klub nicht wählbar. Du liebst zu sehr die einfachen Vergnügungen.

CYRIL: Ich würde vermutlich wegen meiner Vitalität abgewiesen?

VIVIAN: Wahrscheinlich. Außerdem bist du ein bißchen zu alt. Wir nehmen niemanden auf, der das herkömmliche Alter besitzt.

CYRIL: Ich glaube, daß ihr euch gegenseitig ziemlich anödet.

VIVIAN: Freilich. Das ist eines der Ziele des Klubs. Jetzt werd ich dir aber, wenn du mir versprichst, mich nicht zu oft zu unterbrechen, meinen Artikel vorlesen.

CYRIL: Ich werde genau aufpassen.

VIVIAN *liest mit sehr klarer, wohllautender Stimme:* „DER VERFALL DES LÜGENS: EIN PROTEST. – Eine der Hauptursachen, die man für die erstaunliche Trivialität eines großen Teiles der Literatur unserer Tage anführen kann, ist zweifellos der Verfall des Lügens als einer Kunst, einer Wissenschaft und eines geselligen Vergnügens. Die antiken Geschichtsschreiber boten uns wundervolle Dichtungen als Tatsachen dar; der moderne Romanschreiber langweilt uns mit Tatsachen, die er als Dichtungen ausgibt. Das Blaubuch wird immer mehr sein Ideal in methodischer wie stilistischer Hinsicht. Er hat sein langweiliges *document humain*, seinen elenden kleinen *coin da la création*, in die er mit seinem Mikroskop hineinspäht. Man trifft ihn in der Librairie Nationale oder im Britischen Museum an, wo er schamlos sein Material zusammenliest. Er hat nicht einmal den Mut, die Gedanken der anderen zu denken, sondern hält sich mit allem direkt an das Leben, und endlich kommt er zwischen Enzyklopädien und persönlicher Erfahrung nieder; er hat seine Figuren dem Kreis der Familie oder der Waschfrauen entlehnt und eine Menge nützlichen Wissens aufgespeichert, von dem er sich niemals, selbst in seinen gedankenvollsten Augenblicken nicht, völlig zu befreien vermag.

Der Verlust, den die gesamte Literatur durch dieses falsche Ideal unserer Zeit erlitten hat, kann gar nicht hoch genug eingeschätzt werden. Die Leute sprechen ganz leichthin von dem ‚geborenen Lügner‘, wie man von dem ‚geborenen Dichter‘ spricht. Aber man irrt in beiden Fällen. Das Lügen und das Dichten sind Künste – Künste, wie Plato sagt, die miteinander in einem gewissen Zusammenhang stehen –, die das sorgsamste Studium, die uneigennützigste Hingabe erfordern. Beide haben in der Tat ihre ganz besondere Technik, genauso wie die materielleren Künste, die Malerei und die Bildhauerkunst, ihre subtilen Geheimnisse der Form und Farbe, ihre handwerklichen Kniffe, ihre wohlüberlegten künstlerischen

Methoden. Wie man den Dichter an der ihm eigenen zarten Musik erkennt, so kann man den Lügner an seiner rhythmischen Vielfalt erkennen, und bei keinem von beiden entscheidet allein die zufällige Eingebung des Augenblicks. Hier wie überall muß der Reife die Übung vorhergehen. Doch während heutzutage die Kunst, Verse zu schreiben, viel zu alltäglich geworden ist und nach Möglichkeit eingedämmt werden sollte, ist die Kunst des Lügens beinahe in Verruf geraten. Mancher junge Mann tritt in das Leben mit einer natürlichen Gabe der Übertreibung, aus der, wenn sie in bekömmlicher und wohlwollender Umgebung gepflegt oder durch Nachahmung der besten Beispiele gefördert würde, etwas wirklich Großes und Wundervolles entstehen könnte. In der Regel aber erreicht ein solcher Mensch nichts. Er verfällt entweder dem leichtfertigen Hang zur Genauigkeit..."

CYRIL: Aber lieber Freund!

VIVIAN: Bitte, unterbrich mich nicht mitten im Satz. „Er verfällt entweder dem leichtfertigen Hang zur Genauigkeit, oder er beginnt die Gesellschaft der zu Jahren Gekommenen und Wohlinformierten zu suchen. Beides wird für seine Einbildungskraft verhängnisvoll, wie es übrigens für jeden verhängnisvoll wäre; so entwickelt er in kurzer Zeit eine krankhafte und unzuträgliche Neigung, die Wahrheit zu sagen, er untersucht alles, was in seiner Gegenwart gesagt wird, auf die Wahrheit hin, er trägt keine Bedenken, jenen zu widersprechen, die um vieles jünger sind als er selbst, und er endet oft damit, daß er Romane schreibt, die so lebenswahr sind, daß niemand an ihre Wahrscheinlichkeit zu glauben vermag. Dies ist kein vereinzelt herausgegriffener Fall. Es ist einfach ein Beispiel aus vielen; und wenn nichts unternommen wird, die heute übliche ungeheuerliche Anbetung der Tatsachen auszurotten oder wenigstens einzuschränken, so wird die Kunst unfruchtbar werden, und die Schönheit wird aus unserem Lande schwinden.

Selbst Mr. Robert Louis Stevenson, dieser entzückende Meister zarter und phantasievoller Prosa, ist durch dieses moderne Laster – ich finde keinen anderen Ausdruck dafür – befleckt. Man kann wirklich eine Geschichte dadurch um ihre Wahrscheinlichkeit bringen, daß man versucht, sie allzu lebenswahr erscheinen zu lassen; ‚The Black Arrow‘ ist unkünstlerisch genug, sich nicht eines einzigen Anachronismus rühmen zu können, während die Verwandlung des Dr. Jekyll eine fatale Ähnlichkeit mit einem Experiment aus dem Lancet aufweist. Was Mr. Rider Haggard betrifft, der das Zeug zu einem ganz prachtvollen Lügner hat oder wenigstens einmal hatte,

so fürchtet er sich jetzt dermaßen, der Genialität bezichtigt zu
werden, daß er es für notwendig hält, eine persönliche Erinnerung
zu erfinden, wenn er uns irgend etwas Wunderbares berichtet, und
sie in einer Fußnote gleichsam wie eine feige Bestätigung unterzu-
bringen. Auch unsere anderen Romanschriftsteller sind nicht viel
besser. Mr. Henry James dichtet wie unter dem Zwang peinlicher
Pflicht und vergeudet an geringe Motive und winzige ‚Gesichts-
punkte‘ seinen sauberen literarischen Stil, seine glücklichen Redewendungen, seine hurtige und beißende Satire. Mr. Hall Caine hat,
das ist wahr, einen Hang zum Grandiosen, doch überschreit er sich
in solchen Momenten. Er ist so laut, daß man nicht mehr hören
kann, was er sagt. Mr. James Payn versteht sich auf die Kunst, Dinge
zu verhüllen die des Enthüllens nicht wert sind. Er jagt mit der
Begeisterung eines kurzsichtigen Detektivs hinter dem weithin
Sichtbaren her. Je weiter man in die Lektüre seiner Bücher dringt,
desto unerträglicher wird allmählich die Anspannung des Verfassers. Die Rosse von Mr. William Blacks Phaeton fliegen nicht der
Sonne zu. Sie erschrecken nur den Abendhimmel so sehr, daß er die
grelle Tönung eines Farbendrucks annimmt. Wenn sie nahen, flüchten sich die Bauern sogleich in den Dialekt. Mr. Oliphant schwätzt
angenehm über Pfarrer, Tennispartien, Häuslichkeit und ähnlich
fade Dinge. Mr. Marion Crawford hat sich auf dem Altar der
Heimatkunst geopfert. Er gleicht jener Dame in der französischen
Komödie, die unausgesetzt von dem ‚beau ciel d’Italie‘ faselt.
Überdies ist er jetzt in die üble Gewohnheit verfallen, moralische
Platitüden von sich zu geben. Er erzählt uns immer, gut sein bedeute
gut sein, böse sein bedeute böse sein. Manchmal wirkt er fast
erbaulich. ‚Robert Elsmere‘ ist selbstverständlich ein Meisterwerk –
ein Meisterwerk des ‚genre ennuyeux‘, der einzigen literarischen
Gattung, an der die Engländer wirklichen Gefallen zu finden scheinen. Ein junger nachdenklicher Freund aus unserem Kreis sagte uns,
dieser Roman erinnere ihn an die Art von Gesprächen, die man im
Hause einer ernsthaften Nonkonformistenfamilie beim Nachmit-
tagstee führt, und wir halten dies für sehr wohl möglich. In der Tat,
ein solches Buch konnte nur in England hervorgebracht werden.
England ist die Heimat abgestorbener Ideen. Was die breite, täglich
anwachsende Schule jener Romanschriftsteller betrifft, denen die
Sonne stets im East End aufgeht, so kann über sie nur das eine gesagt
werden: sie finden das Leben in roher Gestalt vor und überliefern es
uns in roher Gestalt.

In Frankreich, das freilich ein so langweiliges Produkt wie ‚Ro-

bert Elsmere' nicht hervorbrachte, stehen die Dinge nicht viel
besser. M. Guy de Maupassant mit seiner scharfen, ätzenden Ironie
und seinem herben, lebhaften Stil entkleidet das Leben der letzten
armseligen Lumpen, mit denen es noch bedeckt war, und er zeigt es
uns voll von Geschwüren und eiternden Wunden. Er schreibt
düstere kleine Tragödien, in denen jede Gestalt lächerlich erscheint,
bittere Komödien, bei denen man vor Tränen nicht zu lachen
vermag. M. Zola hat, getreu dem von ihm in einer seiner program-
matischen Schriften niedergelegten stolzen Grundsatz ,L'homme de
génie n'a jamais d'esprit', sich bemüht zu beweisen, daß er zwar kein
Genie, dafür aber die Fähigkeit, Langweile zu verbreiten, besitzt.
Und wie gut gelingt ihm dieser Beweis! Er ist nicht ohne Kraft. Ja,
manchmal enthalten seine Schriften, wie zum Beispiel ,Germinal',
beinahe ein episches Element. Aber sein Werk ist verfehlt vom
Anbeginn bis zum Schluß, nicht in moralischer, sondern in künstlerischer Hinsicht. Von jedem moralischen Standpunkt aus ist es ganz
genau das, was man erwartet. Der Verfasser ist völlig lebenswahr, er
beschreibt die Dinge genauso, wie sie vor sich gegangen sind. Kann
ein Moralist mehr verlangen? Wir teilen keineswegs die moralische
Entrüstung unserer Zeit über M. Zola. Sie ist nichts anderes als die
Entrüstung des entlarvten Tartüff. Aber was kann vom Standpunkt
der Kunst aus zugunsten des Verfassers von ,L'Assommoir', ,Nana'
und ,Pot-Bouille' gesagt werden? Nichts. Mr. Ruskin hat einmal
von den Charakteren in den Romanen der George Eliot behauptet,
sie glichen dem Kehricht eines Pentonviller Omnibusses, aber die
Charaktere bei M. Zola sind noch weit unerfreulicher. Sie haben ihre
trüben Laster und ihre noch trüberen Tugenden. Die Aufzeichnung
ihrer Lebensschicksale ist ganz ohne Interesse. Wer kümmert sich
schon darum, was mit ihnen geschieht? Von der Literatur verlangen
wir Erlesenheit, Charme, Schönheit und Erfindungskraft. Wir wollen uns nicht durch die Schilderung des Treibens in den unteren
Volksschichten anöden und anekeln lassen. M. Daudet ist da besser.
Er hat Witz, eine leichte Hand und einen kurzweiligen Stil. Doch
hat er jüngst literarischen Selbstmord verübt. Niemand kann sich
mehr für Delobelle mit seinem ,Il faut lutter pour l'art' oder für
Valmajour mit seinem ewigen Kehrreim von der Nachtigall oder für
den Poeten im ,Jack' mit seinen ,mots cruels' interessieren, seit wir
aus den ,Vingt Ans de ma Vie littéraire' erfahren haben, daß diese
Gestalten direkt aus dem Leben geschöpft wurden. Für uns haben
sie dadurch ihre ganze Lebenskraft, die wenigen anziehenden Eigenschaften verloren, die sie besaßen. Nur solche Gestalten sind wirk-

lich, die niemals gelebt haben, und wenn ein Romanschriftsteller so wenig Geschmack hat, daß er seine Figuren dem Leben entnimmt, dann sollte er sich wenigstens den Anschein geben, als seien sie erfunden, und nicht sich rühmen, sie seien dem Leben nachgebildet. Ein Charakter in einem Roman wird nicht durch die Existenz gleichgearteter Personen im Leben gerechtfertigt, sondern durch die Persönlichkeit des Autors. Sonst ist der Roman kein Kunstwerk. Was M. Paul Bourget anlangt, den Meister des *roman psychologique*, so nimmt er irrtümlicherweise an, die Männer und Frauen unserer modernen Gesellschaft könnten endlos, eine unendliche Anzahl von Kapiteln hindurch, analysiert werden. An den Menschen der guten Gesellschaft – und M. Bourget verläßt das Faubourg St. Germain nur, um London zu besuchen – interessiert in der Tat nur die Maske, die jeder trägt, nicht die Wirklichkeit, die hinter der Maske verborgen liegt. Das Bekenntnis ist demütigend, aber wir sind alle aus demselben Stoff gemacht. Falstaff hat manches von Hamlet, und Hamlet hat nicht wenig von Falstaff. Der fette Ritter hat seine melancholischen Stimmungen, der junge Prinz manchmal seine derb-humoristischen Anwandlungen. Wir unterscheiden uns voneinander nur durch Unwesentliches: durch Kleidung, Manieren, Tonfall, religiöse Anschauungen, persönliches Auftreten, Angewohnheiten und dergleichen. Je mehr man die Menschen analysiert, desto mehr sieht man jede Veranlassung, sie zu analysieren, verschwinden. Früher oder später trifft man auf das schreckliche, universale Wesen, menschliche Natur genannt. In der Tat, wer unter armen Leuten gelebt hat, weiß nur zu gut: die Brüderschaft der Menschen ist nicht ein bloßer Dichtertraum, sie ist eine deprimierende und erniedrigende Wahrheit; und ein Schriftsteller, der sich um die Analyse der höheren Schichten bemüht, könnte ebensogut gleich über Zündhölzchenverkäuferinnen und Hökerinnen schreiben." Ich will dich aber, mein lieber Cyril, gerade mit diesen Dingen nicht länger aufhalten. Ich gebe ganz gern zu, daß moderne Romane manche Vorzüge besitzen. Ich behaupte nur, daß sie, als Ganzes betrachtet, völlig ungenießbar sind.

CYRIL: Das ist ganz gewiß ein sehr gewichtiges Urteil, doch ich finde, daß deine kritischen Bemerkungen teilweise ziemlich ungerecht sind. Ich liebe „The Deemster" und „The Daughter of Heth" und „Le Disciple" und „Mr. Isaacs" sehr, und „Robert Elsmere" verehre ich geradezu. Allerdings betrachte ich diesen Roman keineswegs als ein ernsthaftes Werk. Es scheint mir als Darstellung der Probleme, mit denen sich ernste Christen auseinanderzusetzen ha-

ben, ebenso lächerlich wie veraltet. Es ist einfach Arnolds „Litera-
ture and Dogma", doch ohne die Literatur. Es hinkt ebenso weit
hinter der Zeit her wie Paleys „Evidences" oder Colensos Methode
der Bibelexegese. Der unglückliche Held, der eine Morgendämmerung, die längst angebrochen ist, feierlich ankündigt und ihre wahre
Bedeutung so sehr verkennt, daß er vorschlägt, die alte Firma unter
einem neuen Namen weiterzuführen, ist alles andere als überzeugend. Doch enthält das Buch einige kluge Karikaturen und eine
Menge entzückender Aussprüche, und Greens Philosophie versüßt
die manchmal recht bittere Pille der Dichtung dieses Autors auf
höchst angenehme Weise. Ich kann auch mein Erstaunen darüber
nicht unterdrücken, daß du über die beiden Romanschriftsteller, die
du immer liest, über Balzac und George Meredith, kein Wort gesagt
hast. Diese beiden sind doch wohl Realisten, nicht wahr?

VIVIAN: Ah! Meredith! Wer kann sein Wesen beschreiben? Sein
Stil ist ein Chaos, durch blitzartige Lichter erhellt. Als Schriftsteller
beherrscht er alles, außer der Sprache: als Erzähler vermag er alles,
außer dem Erzählen, als Künstler ist er alles, nur nicht deutlich. Bei
Shakespeare spricht jemand – ich glaube Probstein – über einen
Mann, der sich immer die Schienbeine über dem eigenen Witz
bricht, und ich meine, man könnte diesen Vergleich zur Grundlage
einer Kritik an Merediths Methode nehmen. Doch was er auch sein
mag, ein Realist ist er gewiß nicht. Ich möchte lieber sagen, er ist ein
Kind des Realismus, das sich mit seinem Vater nicht besonders gut
versteht. Aus freier Wahl hat er aus sich einen Romantiker gemacht.
Er hat sich geweigert, das Knie vor Baal zu beugen, und im übrigen
würde, selbst wenn sich dieses Mannes Feinsinn nicht gegen die
geräuschvolle Diktatur des Realismus empört hätte, sein Stil an sich
hingereicht haben, das Leben in respektvoller Entfernung zu halten.
Durch diesen Stil hat er um seinen Garten eine Hecke voll Dornen,
rot von wundervollen Rosen, gezogen. Was Balzac betrifft, so war
er eine äußerst bemerkenswerte Verbindung künstlerischen Temperaments mit wissenschaftlichem Geist. Den letzteren hat er den
Schülern hinterlassen. Das erstere blieb auf ihn beschränkt. Der
Abstand zwischen einem Buch wie M. Zolas „L'Assommoir" und
Balzacs „Illusions Perdues" ist nicht geringer als der Abstand zwischen unerfinderischem Realismus und erfinderischer Wirklichkeit.
„Alle Charaktere Balzacs", bemerkte Baudelaire, „sind mit derselben Lebensglut begabt, die ihn selbst beseelte. Alle seine Dichtun-
gen leuchten in tiefen Farben wie Träume. Jede seiner Figuren ist ein
Kämpfer, der von straffer Willenskraft strotzt. Selbst seine Küchen-

jungen haben Genie." Stete Beschäftigung mit Balzac läßt unsere lebenden Freunde zu Schatten und unsere Bekannten zu Schatten von Schatten verblassen. Seine Gestalten leben in einer Art glühend feuerfarbener Atmosphäre. Sie beherrschen uns und bieten dem Zweifel Trotz. Der Tod des Lucien de Rubempré ist für mich eine der größten Tragödien, die mir in meinem Leben begegnet sind. Von diesem Kummer habe ich mich nie völlig zu befreien vermocht. Er sucht mich in den freudigsten Augenblicken heim. Ich muß daran denken, wenn ich lache. Aber Balzac ist nicht mehr Realist, als es Holbein war. Er schuf Leben, er ahmte es nicht nach. Allein, ich gebe zu, daß er der Modernität der Form viel zuviel Bedeutung beimaß und daß darum keines seiner Bücher als Meisterwerk der Kunst neben „Salammbô" oder „Esmond" oder „The Cloister and the Hearth" oder dem „Vicomte de Bragelonne" wird bestehen können.

CYRIL: Du bist also ein Feind der Modernität der Form?

VIVIAN: Ja. Wir müssen da einen ungebührlich hohen Preis für ein sehr geringes Ergebnis bezahlen. Die bloße Modernität der Form ist stets irgendwie vulgär. Das kann gar nicht anders sein. Das Publikum glaubt immer, die Kunst müsse sich für sein alltägliches Leben interessieren und dieses zum Gegenstand der Darstellung machen, weil es sich selbst dafür interessiert. Aber die Tatsache allein, daß sich das Publikum für diese Dinge interessiert, läßt sie als Sujets der Kunst völlig untauglich erscheinen. Jemand hat einmal gesagt, herrlich sei nur, was uns nicht berührt. Solange uns ein Ding nützlich oder notwendig ist oder uns irgendwie bewegt, es erwecke Leid oder Freude, oder unser Mitgefühl in lebhafter Weise wachruft oder einen lebendigen Teil der Umgebung bildet, in der wir leben, so lange liegt es außerhalb der eigentlichen Sphäre der Kunst. Der Stoff an und für sich sollte uns mehr oder weniger gleichgültig sein. Wir sollten hier keine Vorliebe, keine Vorurteile, keine Parteilichkeit zeigen. Eben weil Hekuba uns nichts bedeutet, sind ihre Leiden ein so wundervolles Tragödienmotiv. Ich kenne in der ganzen Literaturgeschichte nichts Betrüblicheres als die künstlerische Laufbahn des Charles Reade. Er schrieb *ein* schönes Buch, „The Cloister and the Hearth", ein Buch, das so hoch über „Romola" steht, wie „Romola" über „Daniel Deronda", und hat dann den Rest seines Lebens mit dem törichten Versuch vertan, modern zu sein, die öffentliche Aufmerksamkeit auf die Zustände unserer Gefängnisse und die Leitung unserer privaten Irrenhäuser zu lenken. Schon Charles Dickens hat dadurch mit Recht verstimmt, daß er unsere

Teilnahme für die Opfer der Armengesetzgebung zu wecken suchte;
aber daß ein Mann wie Charles Reade, ein Künstler, ein Gelehrter,
einer, der mit echtem Schönheitssinn begabt war, wider die Mißstände von heute wütete und tobte wie ein ordinärer Pamphletist
oder ein sensationslüsterner Journalist, ist eine Erscheinung, über
die alle Engel weinen könnten. Glaube mir, mein lieber Cyril,
Modernität der Form und Modernität des Gegenstandes sind völlig
und absolut vom Übel. Wir haben die Alltagstracht unserer Zeit mit
dem Gewand der Musen verwechselt und verbringen unsere Tage
auf den schmutzigen Straßen und in den häßlichen Vororten unserer
gräßlichen Großstädte, während wir auf den Hügeln mit Apollo
wandeln sollten. Wir sind zweifellos ein verkommenes Geschlecht;
wir haben unsere Erstgeburt für ein Gericht von Tatsachen verkauft.

CYRIL: In dem, was du sagst, liegt etwas Wahres. Mag die Lektüre
eines ganz modernen Romans uns noch so viel Unterhaltung bieten
– lesen wir ihn ein zweites Mal, so empfinden wir nur selten
künstlerische Befriedigung. Dies ist vielleicht der beste Prüfstein, ob
ein Buch zur Literatur gehört oder nicht. Kann man ein Buch nicht
immer wieder mit Genuß lesen, dann hat es keinen Sinn, es überhaupt zu lesen. Was hältst du aber von der Rückkehr zum Leben und
zur Natur? Dies ist ja das Wunderheilmittel, das man uns immer
empfiehlt.

VIVIAN: Ich werde dir vorlesen, was ich zu dieser Frage bemerke.
Die betreffende Stelle folgt zwar in meinem Artikel später, aber ich
kann sie dir ebensogut gleich zitieren:

„Der allgemeine Ruf unserer Zeit lautet: ,Kehren wir zur Natur
und zum Leben zurück; diese Mächte werden unsere Kunst zur
Wiedergeburt führen und rotes Blut durch ihre Adern leiten; sie
werden ihren Schritt beflügeln und ihrer Hand Kraft verleihen!'
Doch ach! unser liebenswürdiges und wohlgemeintes Streben geht
völlig irre. Die Natur bleibt immer hinter der Zeit zurück. Und was
das Leben anlangt, so ist es eine die Kunst zersetzende Säure, es ist
der Feind, der ihr Haus zerstört."

CYRIL: Was meinst du mit der Bemerkung, die Natur bleibe
immer hinter der Zeit zurück?

VIVIAN: Ich habe mich vielleicht nicht ganz deutlich ausgedrückt.
Ich meine: Sehen wir in der Natur den natürlichen, einfachen
Instinkt im Gegensatz zur Kultur, die ihrer selbst bewußt ist, dann
ist alles, was unter diesem Instinkteinfluß hervorgebracht wird, stets
altmodisch, veraltet und unzeitgemäß. Eine Anleihe bei der Natur
mag die Verwandtschaft der ganzen Welt hervorrufen, aber zwei

Anleihen zerstören jedes Kunstwerk. Betrachten wir dagegen die Natur als Zusammenfassung aller Phänomene, die dem Menschen außerhalb seines Ichs begegnen, dann entdeckt man in ihr nichts anderes, als was man selbst in sie hineinträgt. Sie hat keine ihr besonders vorbehaltene suggestive Wirkung. Wordsworth suchte die Seen auf, aber er war niemals ein Seen-Dichter. Er fand in den Felsen nur die Predigten, die er selbst dort bereits verborgen hatte. Moralpredigend reiste er durch das Land, doch seine wertvollen Werke schuf er, nachdem er wieder heimgekehrt war – nicht zur Natur, sondern zur Poesie. Der Poesie verdankt er „Laodamia" und die herrlichen Sonette und die große Ode, wie sie nun dasteht. Die Natur hat ihm „Martha Ray" und „Peter Bell" und die Anrede an Mr. Wilkinsons Spaten eingegeben.

CYRIL: Ich glaube, über diese Anschauung ließe sich streiten. Ich neige eher zu der Ansicht, daß wir von „einem Wald im Frühling die Inspiration" erhalten, obwohl der künstlerische Wert eines solchen Antriebes ganz von der Beschaffenheit des empfangenden Temperaments bedingt ist; die Rückkehr zur Natur würde also einfach die Entwicklung zur großen Persönlichkeit bedeuten. Ich glaube, damit stimmst du überein. Doch fahre in deinem Artikel fort.

VIVIAN *lesend*: „In ihren Anfängen hat die Kunst nur ein Ziel: sie will bloß in ganz abstrakter Weise schmücken, sie will uns nichts geben als ergötzende Spiele der Phantasie mit dem Wesenlosen und Unwirklichen. Dies ist das erste Stadium. Dann wird das Leben durch dieses neue Wunder bezaubert und fleht um Aufnahme in den Zauberkreis. Die Kunst betrachtet das Leben bloß als ein Stück ihres Rohmaterials, sie gestaltet es um, gießt es in neue Formen; sie ist für alles Tatsächliche ganz unempfindlich, sie erfindet, fabuliert, träumt und stellt zwischen sich und die Wirklichkeit die undurchdringliche Schranke wundervoller Stilisierung, dekorativer oder idealer Behandlung. Das dritte Stadium beginnt, wenn das Leben die Oberhand gewinnt und die Kunst in die Wildnis scheucht. Das ist die wahre Dekadenz, und an ihr leiden wir gegenwärtig.

Nehmen wir zum Beispiel das englische Drama. Zuerst lag die dramatische Kunst in den Händen der Mönche und war abstrakt, ausschmückend und mythologisch. Dann stellte sie das Leben in ihren Dienst, und indem sie sich einiger äußerlicher Lebensformen bediente, brachte sie ein völlig neues Geschlecht von Wesen hervor, deren Qualen schrecklicher waren als alle Qualen, die der Mensch bisher gefühlt hatte, deren Jubel mächtiger klang als der Jubel der Liebenden, ein Geschlecht, dem das leidenschaftliche Feuer der

Titanen und die Ruhe der Götter zu eigen war, ein Geschlecht mit ungeheuerlichen und wunderbaren Sünden, mit ungeheuerlichen und wunderbaren Tugenden. Und ihm verlieh die Kunst eine Sprache, verschieden von der des Alltags, voll herrlich widerhallender Musik und süßer Rhythmen, prächtig in feierlichen Kadenzen einherschreitend, anmutig durch den phantastischen Reim, geschmückt mit wundervollen Wörtern und reich prangend in der Erhabenheit des Ausdrucks. Die Kunst schenkte ihren Kindern ein wunderliches Gewand und gab ihnen Masken, und auf ihr Geheiß stieg die Antike aus ihrer marmornen Gruft. Ein neuer Caesar wandelte stolz durch die Straßen des wiedererstandenen Rom, und mit purpurnem Segel und mit flötengeleiteten Rudern fuhr eine neue Kleopatra über den Fluß Antiochia entgegen. Alte Mythen und Legenden und Träume nahmen Gestalt und Wesen an. Die Geschichte wurde völlig neu geschrieben, und es gab nicht einen Dramatiker jener Zeit, der nicht erkannt hätte, daß das Ziel der Kunst nicht einfache Wahrheit, sondern komplexe Schönheit ist. Darin hatte man vollständig recht. Die Kunst ist nichts als eine Art Übertreibung; und das Auslesen, recht eigentlich die Seele der Kunst, ist nichts als eine Art gesteigerter Emphase.

Aber das Leben zertrümmerte bald diese Vollkommenheit der Form. Selbst bei Shakespeare erkennen wir schon den Anfang vom Ende. Das zeigt sich in der allmählichen Auflösung des Blankverses in seinen späteren Stücken, im Vorwalten der Prosa und in der übertriebenen Betonung des Charakterisierens. Jene Stellen bei Shakespeare – und es gibt deren viele –, die im Ausdruck roh, gemein, übertrieben, phantastisch, sogar obszön erscheinen, haben alle ihren Ursprung im Leben, das nach einem Echo der eigenen Stimme rief und die Veredlung durch den schönen Stil verschmähte, durch den allein das Leben zum Ausdrucke gelangen sollte. Shakespeare ist wohl keineswegs ein makelloser Künstler. Er ist zu sehr in das wirkliche Leben verliebt und entlehnt ihm dessen natürlichen Ausdruck. Er vergißt, daß die Kunst sich völlig preisgibt, wenn sie sich der Phantasie als ihres Hilfsmittels entäußert. Goethe sagt irgendwo: ‚In der Beschränkung zeigt sich erst der Meister‘, und die Selbstbeschränkung, die eigentliche Voraussetzung jeder Kunst, liegt im Stil. Doch brauchen wir uns nicht länger mit dem Realismus Shakespeares zu beschäftigen. Der ‚Sturm‘ ist die vollendetste Palinodie. Wir wollten nur auf eines hinweisen: daß das herrliche Werk der Künstler aus der Zeit Elisabeths und Jakobs schon den Keim des Verfalls in sich trug, und wenn es auch einen Teil seiner Kraft aus der

Verwendung des Lebens als eines Rohmaterials zog, so rührt doch seine ganze Schwäche nur daher, daß es das Leben als künstlerische Methode verwendet hat. Als unvermeidliches Ergebnis dieser Ersetzung des schöpferischen Prinzips durch das nachahmende, dieser Aufgabe des Phantasie-Elementes, haben wir das moderne englische Melodram gewonnen. Die Gestalten dieser Stücke sprechen auch auf der Bühne die Sprache des Alltags; sie kennen weder ein gehobenes Streben noch eine gehobene Aussprache; sie sind unmittelbar aus dem Leben geschöpft und geben dessen Plattheit bis in das kleinste Detail wieder; sie repräsentieren den Gang, die Manieren, die Tracht und den Tonfall des wirklichen Volkes; sie könnten, ohne Aufmerksamkeit zu erregen, in der dritten Klasse der Eisenbahn fahren. Und doch, wie langweilig sind diese Stücke! Ihnen gelingt es nicht einmal, den Eindruck jener Wirklichkeit zu erzeugen, den sie anstreben und der allein ihre Existenz begründet. Als Methode hat der Realismus ganz und gar versagt.

Was für das Drama und für den Roman sich als richtig erwies, gilt nicht minder für die sogenannten dekorativen Künste. Die ganze Geschichte dieser Künste in Europa ist nichts anderes als die Geschichte des Kampfes zwischen dem Orientalismus mit seiner freimütigen Ablehnung jeglicher Nachahmung, seiner Vorliebe für künstlerische Konvention, seiner Abneigung vor der Nachbildung der Gegenstände in der Natur und unserer eigenen Nachahmungssucht. Wo immer der Orientalismus die Oberhand behielt, wie etwa in Byzanz, Sizilien und Spanien durch unmittelbare Berührung oder im übrigen Europa durch den Einfluß der Kreuzzüge, entstanden herrliche Werke der Phantasie, welche die sichtbare Welt in künstlerischen Konventionen umwandelten, und die Dinge, die dem Leben fehlten, wurden zur Verschönerung des Lebens erfunden und gestaltet. Wo immer man jedoch zum Leben und zur Natur zurückkehrte, wurde die Kunst vulgär, gemein und uninteressant. Die moderne Tapisserie mit ihren atmosphärischen Effekten, ihren ausgeklügelten Perspektiven, ihrer großzügigen Einbeziehung des leeren Himmels, ihrem getreuen und mühsamen Realismus läßt jede Schönheit vermissen. Die Glasmalerei Deutschlands ist ganz abscheulich. Jetzt beginnt man in England erträgliche Teppiche zu weben, doch nur deshalb, weil wir zu der Methode und dem Geist des Orients zurückgefunden haben. Unsere Decken und Teppiche, die vor zwanzig Jahren in Mode waren, erscheinen heute mit ihrer feierlichen, deprimierenden Wahrheit, ihrer besessenen Naturverehrung, ihrer stumpfsinnigen Nachahmung des Sichtbaren selbst

dem Philister lächerlich. Ein kultivierter Mohammedaner bemerkte
einmal mir gegenüber: ‚Ihr Christen seid so sehr damit beschäftigt,
das vierte Gebot mißzuverstehen, daß ihr nie daran gedacht habt,
von dem zweiten künstlerischen Gebrauch zu machen.‘ Er hatte
vollkommen recht, und aus alledem ergibt sich die Wahrheit: Um
die Kunst zu lernen, gehe man nicht in die Schule des Lebens,
sondern der Kunst."

Und jetzt erlaube, daß ich dir eine Stelle vorlese, die den ganzen
Gegenstand erschöpfend abschließt:

„Es war nicht immer so. Wir brauchen nicht von den Dichtern zu
sprechen, denn diese sind stets, mit der einen unglücklichen Ausnahme des Mr. Wordsworth, ihrer hohen Sendung treu geblieben
und wurden allgemein als absolut unzuverlässig erkannt. Aber in
den Schriften des Herodot, den man trotz der törichten und un-
rühmlichen Versuche moderner Klüglinge, seine Geschichtswerke
als tatsächlich wahr hinzustellen, den ‚Vater der Lügen‘ nennen
darf; in den veröffentlichten Reden Ciceros und den Biographien
des Sueton; bei Tacitus, wo er am vollendetsten ist; in der ‚Naturge-
schichte‘ des Plinius; im ‚Periplus‘ des Hanno; in allen frühen
Chroniken; in den Lebensbeschreibungen der Heiligen; bei Frois-
sart und Sir Thomas Mallory; in den Reiseschilderungen des Marco
Polo; bei Olaus Magnus und Aldrovandus und in Conrad Lycosthe-
nes' herrlichem ‚Prodigiorum et Ostentorum Chronicon‘; in der
Selbstbiographie Benvenuto Cellinis; in den Memoiren des Casa-
nova; in Defoes ‚History of the Plague‘; in Boswells ‚Life of
Johnson‘; in Napoleons Depeschen und in den Werken unseres
Carlyle, dessen ‚French Revolution‘ einer der bezauberndsten historischen Romane ist, die je geschrieben wurden: in all diesen
Werken nehmen die Tatsachen die ihnen geziemende untergeord-
nete Stellung ein, oder sie sind völlig ausgeschlossen, weil sie ja nur
langweilen würden. Heute ist dies alles anders. Tatsachen haben
nicht nur in der Geschichte Fuß gefaßt, sie haben auch das Reich der
Phantasie erobert und sind in das Königtum der Dichtung eingebro-
chen. Überall spürt man ihren eisigen Hauch. Sie verpöbeln die
Menschheit. Amerikas roher Geschäftsgeist, sein materialistischer
Sinn, seine Gleichgültigkeit gegenüber der poetischen Seite der
Dinge, sein Mangel an Phantasie und hohen, unerreichbaren Idealen
rühren lediglich daher, daß dieses Land zu seinem Nationalheros
einen Mann erhob, der selbst bekannte, nicht lügen zu können, und
man geht nicht zu weit, wenn man behauptet, daß die Anekdote von
George Washington und dem Kirschbaum in kurzer Frist mehr

Schaden gewirkt hat als irgendeine andere moralische Geschichte in der gesamten Literatur."

CYRIL: Aber, mein Lieber!

VIVIAN: Ich versichere dir, es ist so, und das Amüsanteste daran bleibt die Tatsache, daß die Geschichte von dem Kirschbaum vom Anfang bis zu Ende eine Fabel ist. Du darfst jedoch nicht glauben, daß ich an der künstlerischen Zukunft Amerikas oder unseres eigenen Landes ganz verzweifle. Höre nun das Folgende:

„Es unterliegt keinem Zweifel, daß in diesen Dingen noch vor dem Ende des Jahrhunderts ein Wandel eintreten wird. Ermüdet durch das lästige, lehrhafte Gerede derer, die weder den zum Übertreiben erforderlichen Witz noch das zum Erfinden nötige Genie besitzen, gelangweilt durch jene intelligenten Leute, deren Erinnerungen stets aus ihrem Gedächtnis fließen, deren Mitteilungen immer im voraus durch das Streben nach Wahrscheinlichkeit eingeengt sind und deren Erzählungen in jedem Augenblick von jedem zufällig anwesenden Philister bekräftigt werden, muß die Gesellschaft früher oder später zu ihrem Führer zurückkehren, den sie verloren hat: zu dem kultivierten, bezaubernden Lügner. Wir wissen nicht, wer der erste war, der, ohne jemals wirklich auf die wilde Jagd gezogen zu sein, den verwundert zuhörenden Höhlenbewohnern beim Sonnenuntergang erzählte, wie er das Megatherium aus der purpurnen Finsternis seiner Jaspishöhle hetzte oder das Mammut im Einzelkampf fällte und dessen vergoldete Stoßzähne heimbrachte, und keiner der Anthropologen, die sich so sehr ihrer Wissenschaft rühmen, fand den Mut, es uns zu sagen. Welchem Geschlecht er auch entsproß und wie immer er hieß, er war sicherlich der wahre Begründer des gesellschaftlichen Verkehrs. Denn das Ziel des Lügners ist einfach: zu entzücken, zu unterhalten, Freude zu gewähren. Er ist das wahre Fundament der zivilisierten Gesellschaft, und ohne ihn wäre die Tafelrunde, selbst in den Palästen der Großen, so langweilig wie eine Vorlesung in der Royal Society oder eine Debatte bei den ‚Incorporated Authors‘ oder eine der Farcen des Mr. Burnand.

Der Lügner wird nicht nur von der Gesellschaft willkommen geheißen werden. Die Kunst wird aus dem Gefängnis des Realismus ausbrechen und ihn begrüßen und seine falschen, schönen Lippen küssen, denn sie weiß, daß er allein das große Geheimnis all ihrer Äußerungen kennt, das Geheimnis, daß Wahrheit nur eine Frage des Stils ist; das Leben aber – das arme, beweisbare, uninteressante menschliche Leben – wird es müde werden, sich selbst zum Nutzen

des Mr. Herbert Spencer, der wissenschaftlichen Historiker und der
Kompilatoren statistischer Daten immer von neuem zu wiederholen, es wird verschämt dem Lügner folgen und versuchen, auf seine
einfach-ungelehrte Weise manche der Wunderdinge hervorzubringen, von denen er erzählt.

Ohne Zweifel werden immer Kritiker aufstehen, die nach dem
Beispiel eines gewissen Mitarbeiters der ‚Saturday Review‘ den
Märchenerzähler ob seiner mangelhaften Kenntnisse der Naturge-
schichte streng tadeln werden. Selbst jeglicher Erfindungsgabe bar,
werden sie ein Werk der Phantasie nach ihrem eigenen Unvermögen
messen und ihre tintenbeschmutzten Hände erschreckt zur Abwehr
erheben, wenn ein ehrlicher Gentleman wie Sir John Mandeville, der
nie über das Gehege seiner Taxushecken hinausgekommen, ein
entzückendes Buch Reiseabenteuer zu Papier bringt oder wie der
große Raleigh eine ganze Weltgeschichte schreibt, ohne das mindeste von der Vergangenheit zu wissen. Zu ihrer eigenen Entschuldigung werden sie unter dem Schilde des Mannes Schutz suchen, der
Prospero, den Magier, schuf und ihm Caliban und Ariel als Diener
zugesellte, der erlauschte, wie die Tritonen an den Korallenriffen
der verzauberten Inseln in ihre Hörner blasen, der den Gesang der
Elfen in dem Wald bei Athen vernahm, der in düsterem Zug die
Geisterkönige über die neblige schottische Heide schreiten ließ und
Hekate mit den Schicksalsschwestern in einer Höhle verbarg. Sie
werden sich auf Shakespeare berufen – das ist so ihre Gewohnheit –
und den abgedroschenen Satz von der Kunst, die dem Leben den
Spiegel vorhält, zitieren, ohne zu bedenken, daß dieser unglückliche
Ausspruch von Hamlet in der Absicht getan wurde, den Umstehen-
den sein völliges Unverständnis in Fragen der Kunst zu beweisen.“

CYRIL: Hm! Bitte gib mir noch eine Zigarette.

VIVIAN: Mein lieber Freund, sage, was du willst, dieser Anspruch
hat lediglich eine dramatische Funktion und mit Shakespeares wirklicher Kunstauffassung so wenig gemein, wie etwa Jagos Reden seine
wirkliche Moralauffassung bekunden. Aber laß mich mit dieser
Passage zu Ende kommen:

„Die Kunst gelangt in sich, nicht außerhalb ihrer, zur Vollendung. Sie darf nicht unter irgendeinem äußerlichen Gesichtspunkt
der Ähnlichkeit beurteilt werden. Sie ist weit eher ein Schleier als ein
Spiegel. Blumen nennt sie ihr eigen, die den Wäldern fehlen, Vögel,
die kein Waldland je geschaut hat. Sie läßt viele Welten entstehen
und vergehen und kann den Mond an einem scharlachroten Faden
vom Himmel herabziehen. Sie verfügt über jene ‚Formen, wirk-

licher denn der lebende Mensch', und jene großen Archetypen, von denen alle bestehenden Dinge nur sehr unvollkommene Nachbildungen sind. Die Natur kennt weder Gesetze noch Einheitlichkeit. Die Kunst kann nach Belieben Wunder wirken, und wenn sie die Ungeheuer der Tiefe ruft, dann kommen sie. Sie kann dem Mandelbaum gebieten, daß er im Winter blühe, und über das reife Kornfeld Schnee breiten. Ein Wort von ihr, und der Frost legt seinen silbernen Finger auf den glühenden Mund des Juni, und die geflügelten Löwen kriechen aus den Höhlen der lydischen Hügel. Die Dryaden spähen aus dem Dickicht, wenn sie vorübergeht, und die braunen Faune lächeln sie seltsam an, sobald sie sich ihnen nähert. Götter mit Habichtgesichtern neigen sich vor ihr in Ehrfurcht, und die Kentauren traben ihr zur Seite.'

CYRIL: Das gefällt mir. Ich sehe es vor mir. Ist das der Schluß?

VIVIAN: Nein. Die Abhandlung enthält noch einen Absatz, doch der ist ausgesprochen praktisch orientiert. Er schlägt einige Methoden zur Wiederbelebung der verlorengegangenen Kunst des Lügens vor.

CYRIL: Schön, doch bevor du mir das vorliest, möchte ich dich noch etwas fragen. Was meinst du mit deiner Bemerkung, „das Leben, das arme, beweisbare, uninteressante, menschliche Leben", werde den Versuch machen, die Wunder der Kunst wieder hervorzubringen? Ich verstehe sehr wohl, daß du die Kunst nicht als Spiegel betrachtet wissen willst. Du meinst, das Genie würde dadurch zu einem zerbrochenen Spiegelglas herabgewürdigt werden. Du meinst aber wohl nicht im Ernst, das Leben ahme die Kunst nach, das Leben sei der Spiegel und die Kunst die Wirklichkeit?

VIVIAN: Ich bin allerdings dieser Meinung. So paradox es klingen mag – und paradoxe Dinge sind immer gefährlich–, es ist darum doch nicht minder wahr, daß das Leben die Kunst weit mehr nachahmt als die Kunst das Leben. Wir haben es alle in England miterlebt, wie ein gewisser eigenartiger und faszinierender Schönheitstyp, erfunden und herausgestellt durch zwei phantasievolle Maler, das Leben so beeinflußt hat, daß man, wenn man heutzutage irgendeinen privaten Zirkel oder einen Kunstsalon besucht, überall hier den rätselhaften Augen von Rossettis Traum, dem schlanken Elfenbeinhals, dem seltsamen, gerade geschnittenen Kinn, dem losen, schattigen Haar, das er so glühend liebte, dort der süßen Mädchenhaftigkeit der „Goldenen Treppe", dem blütenzarten Mund und der müden Lieblichkeit der „Laus Amoris", dem leidenschaftsblassen Antlitz der „Andromeda", den zarten Händen, der

geschmeidigen Anmut des Vivian aus „Merlins Traum" begegnet.
Und so ist es immer gewesen. Ein großer Künstler erfindet einen
Typus, und das Leben versucht ihn nachzuahmen, ihn in populärer
Form zu reproduzieren, wie ein unternehmender Verleger. Weder
Holbein noch Van Dyck haben in England ihre Modelle gefunden.
Sie trugen ihre Typen in sich, und das Leben mit seiner großen
Imitationsgabe kam den Meistern mit Modellen zu Hilfe. Die
Griechen mit ihrem hurtigen künstlerischen Instinkt haben dies sehr
wohl erkannt, und darum stellten sie in das Brautgemach die Bild-
säule des Hermes oder des Apoll, auf daß die junge Frau Kinder
gebäre von solchem Liebreiz wie die Werke der Kunst, auf die ihr
Blick in ihren Verzückungen und ihren Qualen fiel. Die Griechen
wußten, daß das Leben aus der Kunst keineswegs nur Geistigkeit,
Tiefe des Denkens und der Empfindung, seelische Erregung oder
Beruhigung schöpft, sondern daß es sich auch nach den Formen und
Farben der Kunst umzugestalten und die Feierlichkeit des Phidias
nicht minder als die Grazie des Praxiteles neu hervorzubringen
vermag. Darum lehnten sie den Realismus ab. Sie haßten ihn aus rein
sozialen Gründen. Sie fühlten, daß die Menschen dadurch häßlich
werden, und sie hatten völlig recht. Wir versuchen die Lebensum-
stände der Menschheit dadurch zu verbessern, daß wir für gute Luft,
freies Licht, gesundes Wasser sorgen und abscheuliche, kahle Bauten errichten, in denen die unteren Schichten besser wohnen sollen.
Diese Dinge bringen vielleicht Gesundheit, keineswegs Schönheit
hervor. Dazu bedarf es der Kunst, und die wahren Schüler eines
großen Künstlers sind nicht die Nachahmer seiner Manier, sondern
jene, die seinen Werken selbst ähnlich werden, seien es nun Plasti-
ken wie in den Tagen der Griechen oder Gemälde wie in unserer
Zeit; mit einem Wort, das Leben ist der beste, der einzige Schüler
der Kunst.

Wie mit den bildenden Künsten ist es auch mit der Literatur
bestellt. Man beweist dies am klarsten und populärsten durch das
Beispiel jener dummen Jungen, die nach der Lektüre der Abenteuer
des Jack Sheppard oder Dick Turpin die Stände unglücklicher
Obstfrauen plündern, nachts in Konditoreien einbrechen und alte
Herren, die nach Hause gehen, auf den Straßen der Vororte mit
schwarzen Masken und ungeladenen Revolvern bedrängen. Dieses
interessante Phänomen, das immer nach dem Erscheinen einer
neuen Auflage eines der beiden genannten Bücher zu bemerken ist,
schreibt man zumeist dem Einfluß der Literatur auf die Einbildungskraft zu. Doch das ist ein Irrtum. Die Einbildungskraft ist ihrem

Wesen nach schöpferisch und sucht immer nach neuen Ausdrucksformen. Die Diebesstreiche der kleinen Jungen sind die notwendige
Folge des Nachahmungsinstinkts der Natur. Das Leben versucht
hier, wie es seine Gewohnheit ist, die Dichtung nachzubilden, und
wir bemerken, wie diese Nachbildung im weiteren Sinne das ganze
Leben umfaßt. Schopenhauer hat den Pessimismus, der das moderne Denken charakterisiert, zergliedert, aber Hamlet hat ihn
erfunden. Die Menschen wurden schwermütig, weil eine Theaterfi-
gur einmal an Melancholie erkrankte. Der Nihilist, dieser seltsame
Märtyrer ohne Glauben, der sich ohne Enthusiasmus pfählen läßt
und für etwas stirbt, woran er nicht glaubt, ist lediglich ein Produkt
der Literatur. Er wurde von Turgenjew erfunden und von Dosto-
jewskij vollendet. Robespierre ist aus den Schriften Rousseaus
hervorgegangen, genau wie unser „Volkspalast" aus den *débris* eines
Romans entstand. Die Literatur nimmt stets das Leben vorweg. Sie
ahmt es nicht nach, sondern formt es nach ihrem Willen. Das
neunzehnte Jahrhundert, wie wir es kennen, ist weitgehend eine
Erfindung Balzacs. Unsere Luciens de Rubempré, unsere Rasti-
gnacs und De Marsays debütierten zuerst auf der Bühne der „Comédie Humaine". Wir sind nichts als die mit Fußnoten und überflüssigen Ergänzungen versehene Ausgestaltung der witzigen oder phantastischen oder schöpferischen Visionen eines großen Romanciers.
Ich fragte einmal eine Dame, die mit Thackeray gut bekannt war, ob
er für Becky Sharp ein Modell benützt habe. Sie erzählte mir, Becky
sei eine erfundene Figur, aber der Einfall dazu sei ihm durch eine in
der Gegend von Kensington Square wohnende Gouvernante gekommen, welche die Gesellschafterin einer sehr selbstsüchtigen und
sehr reichen alten Frau war. Ich erkundigte mich, was aus der
Gouvernante geworden sei, und die Dame antwortete, sie sei merkwürdigerweise einige Jahre nach dem Erscheinen von „Vanity Fair"
mit dem Neffen jener Frau, in deren Haus sie lebte, davongelaufen
und habe eine Zeitlang großes Aufsehen in der Gesellschaft erregt,
ganz im Stil und in der Art und Weise von Mrs. Rawdon Crawley.
Schließlich sei sie ins Unglück geraten, irgendwo auf dem Kontinent
untergetaucht, wo man sie noch hie und da in Monte Carlo und in
anderen Spielorten gesehen habe. Jener vornehme Herr, nach dessen
Vorbild derselbe große empfindsame Dichter den Colonel New-
come zeichnete, starb wenige Monate, nachdem die „Newcomes" es
zur vierten Auflage gebracht hatten, mit dem Wort „Adsum" auf
den Lippen. Als Mr. Stevenson eben seine seltsame psychologische
Erzählung, die von der Verwandlung handelt, veröffentlicht hatte,

hielt sich einer meiner Freunde, ein gewisser Mr. Hyde, im Norden Londons auf, und da er rasch zu einer Bahnstation gelangen wollte, schlug er eine vermeintliche Abkürzung ein, verlor die Richtung und fand sich in einem Netzwerk kleiner finsterer Straßen. Ziemlich nervös geworden, ging er so schnell wie möglich weiter; da lief ihm plötzlich aus einem Torbogen ein Kind entgegen, direkt zwischen die Beine. Es fiel auf den Bürgersteig, er strauchelte und trat es nieder. Das Kind, sehr erschreckt und ein wenig verletzt, begann zu schreien, und in wenigen Augenblicken wimmelte die Straße von allerlei derbem Volk, das wie Ameisen aus den Häusern hervorquoll. Man umringte ihn und fragte nach seinem Namen. Er wollte ihn bereits nennen, als er sich plötzlich des Unfalls auf dem Markt erinnerte, der in Mr. Stevensons Erzählung berichtet wird. Da wurde er mit einemmal von solchem Schrecken gepackt, als erlebe er jetzt in eigener Person diese furchtbare, glänzend geschriebene Szene, als habe er zufälligerweise das nämliche getan, was der Mr. Hyde in der Dichtung mit Überlegung begeht, und er rannte, so rasch er konnte, auf und davon. Er wurde jedoch sehr energisch verfolgt und fand endlich in einer chirurgischen Klinik Zuflucht, deren Tor zufällig offen stand. Dort erzählte er einem jungen Assistenten, der glücklicherweise zugegen war, sein Erlebnis ganz genau. Die Menschenmenge ließ sich bewegen abzuziehen, nachdem sie einen kleinen Geldbetrag erhalten hatte. Kaum war die Luft wieder rein, so eilte er fort. Im Weggehen stach ihm der Name auf einer Messingtafel an der Tür der Klinik in die Augen. Der Name lautete „Jekyll". Zumindest hätte er so lauten sollen.

Hier stellt sich die Nachahmung natürlich als Werk des Zufalls dar. Im folgenden Fall tritt sie bewußt in Erscheinung. Im Jahre 1879 – ich hatte eben Oxford verlassen – begegnete ich an einem Empfangsabend im Haus eines ausländischen Gesandten einer Dame von sehr seltsamer exotischer Schönheit. Wir befreundeten uns bald und waren ständig zusammen. Was mich an ihr am meisten anzog, war nicht ihre Schönheit, sondern ihr Charakter, das völlig Ungreifbare ihres Charakters. Sie schien keine bestimmte Persönlichkeit zu besitzen, doch hatte sie die Gabe, viele Charaktertypen vorstellen zu können. Zuweilen gab sie sich ganz der Kunst hin, verwandelte ihr Wohnzimmer in ein Atelier und brachte zwei oder drei Tage der Woche in Gemäldegalerien oder Museen zu. Dann war sie plötzlich auf den Rennplätzen zu sehen, kleidete sich ganz sportlich und sprach nur noch über Wetten. Sie gab die Religion für den Mesmerismus, den Mesmerismus für die Politik und die Politik für die melodramatischen Gefühlswallungen der Philanthropie auf. Sie war wirklich eine Art Proteus, und in ihren Verwandlungen zeigten sich so viele Fehler, wie bei jenem Seegott, da ihn Odysseus endlich festhielt. Eines Tages begann in einer französischen Zeitschrift eine Erzählung in Fortsetzungen zu erscheinen. Zu jener Zeit pflegte ich Fortsetzungserzählungen zu lesen, und ich erinnere mich noch genau des Schreckens und des Staunens, die mich erfaßten, als ich zu der Beschreibung der Heldin gelangte. Sie glich so völlig meiner Freundin, daß ich ihr die Zeitschrift brachte, und sie erkannte sich sogleich darin und war offensichtlich fasziniert von dieser Ähnlichkeit. Ich muß nebenbei bemerken, daß die Geschichte die Übersetzung eines verstorbenen russischen Autors war, so daß der Verfasser seine Gestalt unmöglich meiner Freundin nachgebildet haben konnte. Um mich kurz zu fassen: ich hielt mich einige Monate später in Venedig auf und fand zufällig die Zeitschrift, von der ich sprach, im Lesezimmer des Hotels; ich nahm das Heft zur Hand, um zu sehen, was aus der Heldin dieser Erzählung geworden war. Es war eine höchst traurige Geschichte, denn das Mädchen ging am Ende mit einem Mann durch, der tief unter ihr stand, nicht nur, was seine soziale Stellung, sondern auch, was seinen Charakter und Intellekt betrifft. Ich schrieb noch am selben Abend meiner Freundin einen Brief, in dem ich ihr meine Ansichten über Giovanni Bellini mitteilte und ihr von dem wundervollen Eis im Café Florio und dem künstlerischen Wert der Gondeln erzählte, und fügte in einem Postskriptum bei, ihr Ebenbild in der Erzählung habe recht töricht gehandelt. Ich weiß nicht, warum ich diesen Zusatz machte, doch erinnere ich mich wohl, daß ich das schreckliche Gefühl nicht loswerden konnte, meine Freundin könne genauso handeln. Noch ehe mein Brief sie erreicht hatte, war sie tatsächlich mit einem Mann durchgegangen, der sie nach sechs Monaten verließ. Ich begegnete ihr 1884 in Paris, wo sie mit ihrer Mutter lebte, und fragte sie, ob die Erzählung irgendwie ihre Handlungsweise beeinflußt habe. Sie erzählte mir, eine unwiderstehliche Macht habe sie gezwungen, der Heldin der Geschichte Schritt um Schritt auf ihrem seltsamen und verhängnisvollen Weg zu folgen, und sie habe mit einem Gefühl wirklicher Angst die letzten Kapitel der Erzählung erwartet. Als diese erschienen waren, spürte sie, daß sie die Erzählung in das Leben umsetzen müsse, und sie hat es auch getan. Dies ist ein klares und äußerst tragisches Beispiel jenes Nachahmungsinstinkts, von dem ich sprach.

Ich will aber nicht länger bei einzelnen Fällen verweilen. Persönliche Erfahrungen bilden einen sehr trügerischen und sehr begrenzten Kreis. Ich möchte nur auf das allgemeine Prinzip hinweisen, daß das Leben die Kunst weit mehr nachahmt, als die Kunst das Leben, und ich bin überzeugt, du wirst mir recht geben, wenn du ernsthaft darüber nachdenkst. Das Leben hält der Kunst den Spiegel entgegen und bringt den nämlichen seltsamen Typus, den der Maler oder der Bildhauer ersonnen hat, wieder hervor oder läßt den Traum des Dichters zur Tat werden. Wissenschaftlich gesprochen, ist die Grundlage des Lebens – die Energie des Lebens, würde Aristoteles sagen – einfach das Verlangen, sich auszudrücken, und die Kunst bietet stets eine Reihe von Formen dar, durch die man diesen Ausdruck finden kann. Das Leben bemächtigt sich ihrer und benutzt sie, sei es auch zum eigenen Verderben. Mancher junge Mann hat nach dem Vorbild Rollas Selbstmord begangen, mancher starb von eigener Hand, weil Werther von eigener Hand starb. Bedenke, wieviel wir der Nachahmung Christi schulden, wieviel der Nachahmung Cäsars!

CYRIL: Diese Theorie ist wirklich sehr merkwürdig, aber du mußt, um sie zu vollenden, beweisen, daß die Natur, nicht weniger als das Leben, nur eine Nachahmung der Kunst ist. Wärest du imstande, dies zu beweisen?

VIVIAN: Mein lieber Freund, ich bin imstande, alles zu beweisen.

CYRIL: Die Natur folgt also dem Landschaftsmaler und gewinnt von diesem ihre Wirkungen?

VIVIAN: Gewiß. Woher, wenn nicht von den Impressionisten, stammen jene wundervollen braunen Nebel, die durch unsere Straßen kriechen, die Gaslampen verschleiern und die Häuser in ungeheuerliche Schatten verwandeln? Wem sonst als ihnen und ihrem Meister verdanken wir den anmutigen silbernen Dunst, der über unseren Flüssen lagert und die geschwungene Brücke, die schwankende Barke zu lieblich graziösen Linien verschwimmen läßt? Die ungewöhnliche Klimaveränderung, die in London während der letzten zehn Jahre Platz griff, ist ausschließlich die Folge einer bestimmten Kunstrichtung. Du lächelst. Betrachte das Ganze einmal von einem wissenschaftlichen oder metaphysischen Standpunkt, und du wirst finden, daß ich recht habe. Denn was ist die Natur? Die Natur ist keineswegs die große Mutter, die uns gebar. Sie ist unsere Schöpfung. In unserem Geist allein wird sie beseelt, lebendig. Die Dinge sind, weil wir sie sehen; was und wie wir sehen, hängt von den Künsten ab, die uns beeinflußt haben. Ein Ding betrachten heißt noch keineswegs es wirklich sehen. Man sieht es erst, wenn man seine Schönheit sieht. Dann, und nur dann, gewinnt es Wirklichkeit. Heutzutage sehen die Leute die Nebel, nicht, weil es wirklich Nebel sind, sondern weil wir erst durch die Dichter und Maler für die geheimnisvolle Anmut dieser Eindrücke einen Blick bekommen haben. Es hat vielleicht schon seit Jahrhunderten in London Nebel gegeben. Ich bin sogar überzeugt, daß dies der Fall ist. Aber niemand hat einen Blick dafür gehabt, und so haben wir nichts davon gewußt. Es hat keine Nebel gegeben, bis die Kunst sie erfand. Jetzt allerdings, man muß es zugeben, sind sie uns schon zur Last geworden. Sie wurden zur bloßen Manier einer Clique, und deren übertriebener Realismus hat bei stumpfsinnigen Leuten die Bronchitis zur Folge. Wo die Kultivierten Eindrücke empfangen, ziehen sich die Unkultivierten einen Katarrh zu. Seien wir also menschenfreundlich, fordern wir die Kunst auf, ihre wundervollen Augen anderswohin zu lenken. Dies ist in der Tat bereits geschehen. Das weiße, flimmernde Sonnenlicht, das man jetzt in Frankreich gewahr wird, das weiße Licht mit seinen seltsamen malvenfarbenen Klecksen und seinen unruhigen violetten Schatten ist die letzte Schöpfung der Kunst, und im allgemeinen reproduziert die Natur es ganz ausgezeichnet. Früher präsentierte sie uns Corots und Daubignys, jetzt bietet sie uns erlesene Monets und entzückende Pissarros dar. Es gibt in der Tat Augenblicke, seltene, aber immerhin zuweilen wahrnehmbare Augenblicke, da die Natur völlig modern wird. Allerdings darf man ihr nicht immer vertrauen. Sie befindet sich wirklich in ziemlich peinlicher Lage. Die Kunst bringt irgendeine unvergleichliche und einzigartige Wirkung hervor und wendet sich dann anderen Dingen zu. Die Natur dagegen vergißt, daß die Nachahmung die feinste Form der Beleidigung sein kann, und wiederholt eine Wirkung so lange, bis sie uns ganz langweilig geworden ist. Heute spricht zum Beispiel kein wirklich kultivierter Mensch mehr über die Schönheit des Sonnenuntergangs. Sonnenuntergänge sind ganz aus der Mode. Sie gehören der Zeit an, da Turner der letzte Schrei in der Kunst war. Heutzutage bekundet man durch die Bewunderung eines Sonnenuntergangs provinziellen Geschmack. Trotzdem gibt es noch immer Sonnenuntergänge. Gestern abend quälte mich Mrs. Arundel, ich möge an das Fenster treten und den grandiosen Himmel, wie sie sich ausdrückte, betrachten. Selbstverständlich habe ich ihn betrachtet. Sie gehört zu diesen unverschämt hübschen Philisterinnen, denen man keinen Wunsch versagen kann. Was erblickte ich nun? Einen Turner zweiter Güte, einen Turner aus seiner schlechten Zeit, bei dem die schlimmsten Mängel des Malers übertrieben und überbetont waren. Ich gestehe allerdings sehr gern, daß das Leben sehr oft den gleichen Fehler begeht. Es bringt unechte Renés und falsche Vautrins hervor, ebenso wie die Natur uns einen Tag einen zweifelhaften Cuyp, einen anderen Tag einen mehr als fragwürdigen Rousseau vorsetzt. Doch irritiert uns die Natur durch solche Fälschungen noch weit mehr. Sie scheint so dumm, so flach, so unnütz. Ein unechter Vautrin mag noch immer etwas Entzückendes sein. Ein zweifelhafter Cuyp ist unerträglich. Aber ich will mit der Natur nicht so streng ins Gericht gehen. Ich wünschte allerdings, daß der Kanal, besonders bei Hastings, nicht ganz so häufig einem Henry Moore gliche: graue Perlen mit gelben Lichtern; doch wird die Natur ohne Zweifel abwechslungsreicher werden, wenn einmal die Kunst abwechslungsreicher wird. Daß die Natur die Kunst nachahmt, wird heute wohl auch ihr ärgster Feind nicht mehr leugnen. Dadurch allein hat sie noch mit der zivilisierten Menschheit irgendeinen Zusammenhang. Nun, habe ich meine Theorie zu deiner Zufriedenheit belegt?

CYRIL: Du hast sie zu meiner Unzufriedenheit belegt, und das ist noch besser. Aber selbst wenn wir den seltsamen Nachahmungstrieb des Lebens und der Natur zugeben, wirst du doch einräumen müssen, daß die Kunst die Stimmung, den Geist ihres Zeitalters ausdrückt, die sittliche und soziale Atmosphäre, von der sie umgeben wird und unter deren Einwirkung sie entstanden ist?

VIVIAN: Keineswegs! Die Kunst drückt nie etwas anderes aus als sich selbst. Das ist der Grundsatz meiner neuen ästhetischen Lehre; eben aus diesem Grunde, nicht wegen des lebendigen Zusammenhangs zwischen Form und Stoff, den Mr. Pater betont, bedeutet Musik den Typus aller Künste. Allerdings sind die Nationen und die einzelnen mit ihrer natürlichen, gesunden Eitelkeit, diesem Urgeheimnis unseres Daseins, immer von der Vorstellung besessen, sie seien es selbst, von denen die Musen reden; die sanfte Würde, mit der die Kunst auftritt, ist für sie der Spiegel ihrer eigenen trüben Begierden, doch sie vergessen stets, daß der Sänger des Lebens nicht Apollo, sondern Marsyas ist. Der Wirklichkeit entrückt, den Blick von den Schatten der Höhle abgewandt, enthüllt uns die Kunst ihre eigene Vollendung; die staunende Menge sieht zu, wie sich die herrliche vielblättrige Rose entfaltet, und meint, sie erlebe ihre eigene Geschichte, ihren eigenen Geist, der in einer neuen Form seinen Ausdruck finde. Dies trifft aber keineswegs zu. Gerade die höchste Kunst schüttelt die Schwere des menschlichen Geistes ab und gewinnt durch ein neues Mittel oder einen neuen Stoff mehr als durch irgendwelche Kunstbegeisterung oder irgendwelche erhabene Leidenschaft oder durch das große Erwachen des menschlichen Bewußtseins. Die Kunst entwickelt sich nur nach ihren eigenen Gesetzen. Sie ist nicht das Symbol irgendeiner Zeit. Die Zeiten sind vielmehr ihre Symbole.

Selbst diejenigen, die meinen, Zeit und Ort und Menschen würden in der Kunst widergespiegelt, müssen zugeben, daß die Kunst, je mehr sie dem Nachahmen zuneigt, desto weniger den Geist der Zeit ausdrückt. Die verruchten Gesichter der römischen Kaiser blicken uns aus rissig dunklem Porphyr und fleckigem Jaspis entgegen, dem Material, dessen sich die realistischen Künstler jener Tage am liebsten bedienten, und wir bilden uns ein, in diesen grausamen Lippen und schweren sinnlichen Kinnladen verberge sich das Geheimnis des Untergangs des Kaisertums. Doch das stimmt nicht. Die Laster des Tiberius konnten diese überragende Kultur ebensowenig vernichten, wie die Tugenden der Antoninen sie zu erhalten vermochten. Sie ging aus anderen, weit weniger interessanten Gründen zugrunde. Die Sybillen und Propheten der Sixtina mögen in der Tat zur Erklärung der Wiedergeburt jenes befreiten Geistes, den wir die Renaissance nennen, beitragen; aber was verkünden uns die trunkenen Lümmel und grölenden Bauern der flämischen Kunst von der großen Seele Hollands? Je abstrakter, je idealer eine Kunst ist, desto mehr enthüllt sie uns die Stimmung ihrer Zeit. Wollen wir eine Nation durch ihre Kunst verstehen, dann müssen wir die Architektur oder die Musik betrachten.

CYRIL: Da stimme ich dir völlig bei. Der Geist eines Zeitalters drückt sich am besten in den abstrakt-idealen Künsten aus, denn der Geist selbst ist Abstraktes und Ideales. Doch müssen wir uns andererseits, um den sichtbaren Aspekt eines Zeitalters, sein Profil, wie man sich ausdrückt, zu erfassen, an die nachahmenden Künste halten.

VIVIAN: Ich bin nicht dieser Ansicht. Die nachahmenden Künste zeigen uns ja doch nur die Verschiedenartigkeit des Stils der einzelnen Künstler oder bestimmter Schulen. Du meinst gewiß nicht, daß die Menschen des Mittelalters irgendwelche Ähnlichkeit mit den Figuren der farbigen mittelalterlichen Glasfenster hatten oder mit den mittelalterlichen Skulpturen und Holzschnitzereien oder den mittelalterlichen Metallarbeiten, Teppichen und illuminierten Handschriften. Die Menschen sahen vermutlich ganz gewöhnlich aus und hatten in ihrem Äußeren nichts Groteskes oder Auffälliges oder Phantastisches. Das Mittelalter, wie wir es aus der Kunst kennen, ist nichts als eine bestimmte Stilform, und es ist durchaus nicht einzusehen, warum nicht auch das neunzehnte Jahrhundert einen Künstler mit diesem Stil hervorbringen könnte. Kein großer Künstler sieht die Dinge, wie sie wirklich sind. Andernfalls wäre er eben kein großer Künstler. Nimm ein Beispiel aus unseren Tagen. Ich weiß, du bist ein Freund des Japanischen. Meinst du nun wirklich, die Japaner, wie sie uns in der Kunst dargestellt werden, existieren? Bist du dieser Anschauung, dann hast du die japanische Kunst nie verstanden. Das japanische Volk ist die bewußte, überlegte Schöpfung einzelner individueller Künstler. Stelle irgendein Gemälde von Hokusai oder Hokkei oder einem anderen großen Maler dieses Landes neben einen wirklichen japanischen Herrn oder eine japanische Dame, und du wirst merken, daß zwischen beiden nicht die mindeste Ähnlichkeit besteht. Die tatsächlichen Bewohner Japans gleichen durchaus dem englischen Durchschnittstypus; sie sind ganz und gar alltäglich und haben nichts Besonderes oder Außergewöhnliches an sich. In der Tat, das ganze Japan ist bloß eine Erfindung. Es gibt kein derartiges Land, kein derartiges Volk. Einer unserer reizvollsten Maler begab sich jüngst in das Land der Chrysanthemen, in der törichten Hoffnung, die Japaner kennenzulernen. Alles, was er sah und malen konnte, waren ein paar Laternen und einige wenige Fächer. Die Einwohner zu finden gelang ihm nicht, wie seine entzückende Ausstellung in der Galerie der Firma Dowdeswell nur allzu deutlich beweist. Er wußte nicht, daß die Japaner, wie ich bemerkte, nur eine Stilform sind, ein erlesener Kunsteinfall. Willst du also japanische Stimmungen genießen, dann hast du es nicht nötig, dich wie ein Tourist zu benehmen und nach Tokio zu reisen. Im Gegenteil, du wirst daheimbleiben und dich in das Werk gewisser japanischer Künstler versenken, und dann, wenn du das Wesen ihres Geistes erfaßt und du dir die besondere Art ihres visionären Traumes ganz zu eigen gemacht hast, kannst du dich eines Nachmittags in den Park begeben oder den Piccadilly hinabschlendern, und falls du nicht dort irgendein ausgesprochen japanisches Motiv erblickst, wirst du es nirgendwo erblicken. Oder, um wieder in die Vergangenheit zurückzukehren, betrachten wir als ein anderes Beispiel die alten Griechen. Meinst du, die griechische Kunst offenbare uns das Wesen des griechischen Volkes? Meinst du, die athenischen Frauen glichen den erhaben-würdevollen Figuren des Parthenonfrieses oder den wundervollen Göttinnen in seinen Giebelfeldern? Urteilst du nach der Darstellung der Kunst, dann mußt du dies wirklich glauben. Aber lies einen Schriftsteller, der

Autorität genießt, den Aristophanes zum Beispiel. Dann wirst du die Entdeckung machen, daß die athenischen Damen geschnürt einhergingen, daß sie hochhackige Schuhe trugen, daß sie ihr Haar gelb färbten, ihr Gesicht schminkten und völlig das Gehaben der albernen mondänen oder demimonden Geschöpfe unserer Tage zur Schau trugen. Tatsache ist: wir blicken durch das Medium der Kunst in die Zeiten zurück, die Kunst hat uns jedoch glücklicherweise niemals die Wahrheit entschleiert.

CYRIL: Was sagst du aber zu den modernen Porträts der englischen Maler? Diese ähneln doch gewiß den Menschen, die sie vorstellen wollen?

VIVIAN: Ganz gewiß. Sie ähneln ihnen so sehr, daß in hundert Jahren niemand an diese Ähnlichkeit glauben wird. Die einzigen Porträts, deren Echtheit uns überzeugt, sind jene, die uns sehr wenig von der dargestellten Person, jedoch sehr viel von dem Künstler berichten. Holbeins Zeichnungen der Männer und Frauen seiner Zeit erwecken in uns den Eindruck völliger Lebenswahrheit. Doch das ist nur deshalb der Fall, weil Holbein das Leben zwang, sich den Bedingungen, die er stellte, zu fügen, sich in jenen Grenzen, die er zog, zu halten, den Typus, den er erdachte, wieder hervorzubringen, jene Gestalt anzunehmen, die er gebot. Der Stil macht uns die Dinge glaubhaft – nur der Stil. Die meisten unserer modernen Porträtmaler sind dazu verdammt, völlig vergessen zu werden. Sie malen nie, was sie sehen. Sie malen, was das Publikum sieht, und das Publikum sieht überhaupt nichts.

CYRIL: Gut, aber nach alledem möchte ich den Schluß deines Artikels hören.

VIVIAN: Mit Vergnügen. Ob dieser Artikel freilich Gutes stiften wird, weiß ich nicht. Unser Zeitalter ist ohne Zweifel das langweiligste und prosaischste. Deshalb treibt selbst der Schlaf mit uns ein falsches Spiel; er hat die Tore von Elfenbein geschlossen und die Tore von Horn geöffnet. Ich habe nie etwas Deprimierenderes gelesen als die Aufzeichnungen der Träume der breiten mittleren Volksschicht unseres Landes, wie diese etwa Mr. Myers in zwei umfänglichen Bänden gesammelt hat oder wie man sie in den Sitzungsberichten der psychologischen Gesellschaft niedergelegt findet. Nicht einmal ein schöner Alptraum ist darunter. Die Träume sind alltäglich, schmutzig und langweilig. Was die Kirche betrifft, so kann ich mir für die Kultur eines Landes nichts Besseres wünschen, als die Existenz einer Körperschaft, deren Pflicht es ist, an das Übernatürliche zu glauben, täglich Wunder zu wirken und die mythenbildende Kraft, eine für die Phantasie so wesentliche Kraft, lebendig zu erhalten. Doch führt in der englischen Kirche nicht die Fähigkeit zu glauben, sondern die Fähigkeit zu zweifeln zum Erfolg. Unsere Kirche ist die einzige, in der am Altar der Zweifler steht, die einzige, die den heiligen Thomas als den idealen Apostel betrachtet. Mancher würdige Geistliche, der sein Leben bloß mit bewunderungswürdigen Werken der Barmherzigkeit verbringt, lebt und stirbt unbemerkt und unbeachtet; doch braucht nur irgendein seichter, ungebildeter Kandidat, der eben von irgendeiner Universität kommt, die Kanzel zu besteigen und seine Zweifel über die Arche Noah oder Bileams Esel oder Jonas und den Walfisch zu äußern, und halb London strömt herbei, ihn zu hören, sitzt da und starrt offenen Mundes in Bewunderung den großen Denker an. Die Ausbreitung des gesunden Menschenverstandes in der englischen Kirche ist sehr zu bedauern. Es ist wirklich eine entwürdigende Konzession an eine niedrige Form des Realismus. Überdies ist es eine Dummheit. Sie entspringt völliger psychologischer Unkenntnis. Die Menschen können das Unmögliche glauben, niemals aber das Unwahrscheinliche. Doch jetzt muß ich dir den Schluß meines Artikels vorlesen:

„Was uns zu tun obliegt, was wir auf alle Fälle tun sollten, ist: die alte Kunst des Lügens wieder zum Leben zu erwecken. Durch Volkserziehung könnte natürlich manches gebessert werden, durch Amateure, die im häuslichen Kreis, bei literarischen Zusammenkünften, bei Teegesellschaften wirken. Doch dies betrifft nur die freundliche, anmutige Seite des Lügens, wie es vermutlich bei den kretischen Gelagen geübt wurde. Es gibt noch viele andere Arten. Beispielsweise das Lügen um irgendeines persönlichen Vorteils willen – das Lügen aus moralischer Absicht, wie man es gewöhnlich bezeichnet –, auf das man heutzutage ein wenig geringschätzig herabblickt, war in der Antike ungemein verbreitet und beliebt. Athene lacht, wenn Odysseus seine ‚fein ausgeheckten Worte‘ vorbringt, wie Mr. William Morris sich ausdrückt; der Ruhm der Lügenhaftigkeit leuchtet auf der bleichen Stirn des schuldlosen Helden in der Tragödie des Euripides und stellt die junge Braut in einer der kostbarsten Oden des Horaz auf eine Stufe mit den vornehmsten Frauen der Vergangenheit. Später wurde, was zunächst nur ein natürlicher Instinkt gewesen war, zum Rang einer selbstherrlichen Wissenschaft erhoben. Sorgsam erwogene Regeln wurden für die Entwicklung der Menschheit in diesem Sinn aufgestellt, und eine bedeutsame literarische Schule ging daraus hervor. In der Tat, erinnert man sich der glänzenden philosophischen Behandlung der ganzen Frage durch Sanchez, dann muß man bedauern, daß doch niemand daran dachte, eine wohlfeile, gekürzte Ausgabe der Werke dieses großen Kasuisten zu veranstalten. Eine kurze Einführung mit dem Titel ‚Wann und wie man lügen sollte‘, ein anziehend geschriebenes und nicht zu weitläufiges Handbuch, würde ohne Zweifel starken Absatz finden und vielen ernsthaften, tiefsinnigen Menschen einen wirklichen Dienst erweisen. Das Lügen in der Absicht, die Jugend zu vervollkommnen, das die Grundlage der häuslichen Erziehung bildet, wird bei uns noch geübt, und seine Vorzüge sind in den ersten Büchern von Platos ‚Republik‘ so wundervoll auseinandergesetzt, daß ich mich über diesen Gegenstand nicht weiter zu verbreiten brauche. Für eine solche Art des Lügens haben alle guten Mütter besonderes Talent, allein auch dieses bedarf noch der Entwicklung und ist oft von den Schulkommissionen übersehen worden. Das Lügen um eines monatlichen Gehalts willen kennt man allerdings in der Fleet Street sehr genau, und politische Leitartikel zu schreiben bringt wirklich mancherlei Vorteile. Doch soll dies eine ziemlich langweilige Beschäftigung sein, und das Lügen besteht hier wohl nur in der Verbreitung einer gewissen prahlerischen Dunkelheit. Die einzige, über jeden Vorwurf erhabene Art des Lügens um des Lügens willen, und die höchste Entwicklungsstufe dieser Spielart bildet, wie wir ausgeführt haben, das Lügen in der Kunst. Wie die Schwelle der Akademie nur überschreiten darf, wer Plato mehr liebt als die Wahrheit, so bleibt denen, die nicht die Schönheit mehr lieben als die Wahrheit, das innerste Heiligtum der Kunst verborgen. Der brav-borniert britische Intellekt brütet in der Einsamkeit der Wüste, wie die Sphinx in der herrlichen Erzählung Flauberts, und die Phantasie, *La Chimère*, tanzt um ihn herum und lockt ihn mit ihrer falschen, flötenden Stimme. Jetzt erhört er sie vielleicht noch nicht, aber eines Tages, wenn wir alle durch die Plattheit der modernen Dichtung zu Tode gelangweilt sind, wird man ihre Stimme vernehmen und sich ihrer Schwingen bedienen.

Und wenn dieser Tag aufdämmert oder die Sonne sich zum Untergang rötet, wie freudevoll werden wir alle sein! Tatsachen werden als schimpflich gelten, die Wahrheit wird man über ihre Fesseln trauern sehen, und die Dichtung mit ihren Wundern zieht wieder ins Land. Die Welt wird unseren betroffenen Augen ganz verwandelt erscheinen. Aus dem Meer werden sich Behemoth und Leviathan erheben und um die hohen Galeeren segeln, wie man es auf den entzückenden Landkarten jener Tage, als geographische Bücher noch wirklich lesbar waren, dargestellt findet. Drachen werden um die verödeten Gefilde schweifen, und der Phönix wird sich aus seinem Feuernest in die Lüfte schwingen. Wir werden unsere Hand auf den Basilisken legen und die Juwelen im Kopf der Kröte erblicken. Den vergoldeten Hafer fressend, wird der Hippogryph in unserem Stall stehen, und über unsere Häupter hin wird der blaue Vogel schweben und von dem Wundervollen und dem Unmöglichen singen, von dem Lieblichen, das nie geschah, von dem, was nicht ist und doch sein sollte. Aber bevor dies alles Wirklichkeit wird, müssen wir die verlorengegangene Kunst des Lügens üben."

CYRIL: Üben wir sie also sogleich. Doch um jeden Irrtum zu vermeiden, bitte ich dich, mir ganz kurz die Grundsätze der neuen ästhetischen Lehre zu eröffnen.

VIVIAN: Kurzgefaßt sind es die folgenden: Die Kunst drückt nie etwas anderes aus als sich selbst. Sie führt ein unabhängiges Leben, wie das Denken, und entwickelt sich nur nach ihrem eigenen Gesetz. Sie ist keineswegs in einem realistischen Zeitalter notwendigerweise realistisch noch in einem Zeitalter des Glaubens spirituell. So weit ist die Kunst davon entfernt, das Geschöpf ihrer Zeit zu sein, daß sie sich gewöhnlich im direkten Gegensatz zu ihr befindet, und die einzige Geschichte, die sie uns überliefert, ist die Geschichte ihres eigenen Werdens. Manchmal tritt sie in ihre Fußstapfen von einst und belebt eine alte Form wieder, wie es in der letzten Periode der griechischen Kunst geschah oder in der präraffaelitischen Bewegung unserer Tage. Manchmal greift sie ihrer Zeit vor und fördert in einem Jahrhundert Werke zutage, die zu verstehen, zu schätzen, zu genießen ein weiteres Jahrhundert erfordert. In keinem Falle reproduziert sie ihre eigene Zeit. Aus der Kunst einer Zeit auf die Zeit selbst zu schließen ist der große Irrtum, den alle Historiker begehen.

Der zweite Grundsatz ist: Alle schlechte Kunst hat ihren Ursprung in der Rückkehr zum Leben und zur Natur und darin, daß sie diese beiden zum Ideal erhebt. Leben und Natur mögen als ein Stück künstlerischen Rohmaterials zur Verwendung gelangen, doch ehe sie der Kunst wirklich von Nutzen sein können, müssen sie in künstlerische Formen übersetzt werden. In dem Augenblick, da die Kunst sich der Phantasie entäußert, gibt sie sich selbst auf. Als Methode betrachtet, ist der Realismus ein völliger Irrtum, und die zwei Dinge, die jeder Künstler vermeiden sollte, sind Modernität der Form und Modernität des Themas. Für uns, die wir im neunzehnten Jahrhundert leben, mag jedes Jahrhundert, außer unserem eigenen, zur Darstellung taugen. Schön sind nur Dinge, die mit uns in keinem Zusammenhang stehen. Eben weil uns Hekuba nichts bedeutet – ich zitiere mich hier gerne selbst –, ist ihr Leid ein so außerordentlich wertvolles tragisches Motiv. Übrigens kann nur das Moderne aus der Mode kommen. M. Zola hat sich hingesetzt, uns ein Bild des zweiten Kaiserreichs zu entwerfen. Wer interessiert sich heute noch für das zweite Kaiserreich? Es ist passé. Das Leben überholt den Realismus, aber die Romantik ist immer dem Leben voraus.

Die dritte Lehre besagt, daß das Leben die Kunst weit mehr nachahmt als die Kunst das Leben. Dies erklärt sich nicht nur aus dem Nachahmungstrieb des Lebens, sondern auch aus der Tatsache, daß dem Leben der Wunsch innewohnt, sich auszudrücken, und daß die Kunst dem Leben wundervolle Möglichkeiten zur Erfüllung dieses Wunsches bietet. Diese These wurde noch nirgends verkündet, doch erweist sie sich als sehr fruchtbar und wirft ein völlig neues Licht auf die Geschichte der Kunst.

Zieht man aus alledem die Schlußfolgerungen, so ergibt sich, daß die Natur auch die Kunst nachahmt. Die einzigen Effekte, die sie uns zu zeigen vermag, sind solche, die wir bereits durch die Dichtkunst oder die Malerei erblickt haben. Dies ist das Geheimnis des Reizes der Natur und zugleich die Erklärung ihrer Schwäche.

Die letzte Offenbarung ist: das Lügen, das Erfinden schöner, unwahrer Dinge, stellt das eigentliche Ziel der Kunst dar. Aber darüber habe ich wohl ausführlich genug gesprochen. Und nun, komm auf die Terrasse hinaus, wo „der milchweiße Pfau wie ein Geist schmachtet" und der Abendstern „die Dämmerung in Silber taucht". In der Dämmerung hat die Natur einen wundervoll berückenden Zauber, da ist sie nicht ohne Lieblichkeit, doch ist vielleicht ihre Bestimmung nur, uns die Aussprüche der Dichter zu illustrieren. Komm! Wir haben lange genug geplaudert.

FEDER, STIFT UND GIFT

Eine Studie in Grün

Man hat wider Künstler und Schriftsteller immer den Vorwurf erhoben, daß sie der Ganzheit, der Rundung des Wesens ermangeln. Dies muß auch in der Regel notwendigerweise so sein. Gerade die Konzentration des visionären Blicks und die Intensität des Strebens, die das künstlerische Temperament kennzeichnen, schließen eine gewisse Begrenztheit in sich. Wer in die Schönheit der Form versunken ist, dem scheint nichts anderes von Belang. Doch gibt es viele Ausnahmen von dieser Regel. Rubens hat als Gesandter gewirkt, Goethe als Staatsminister, Milton als Cromwells lateinischer Sekretär. Sophokles hatte in seiner Vaterstadt ein bürgerliches Amt inne; die Humoristen, Essayisten und Romanciers des modernen Amerika haben offenbar vor allem den einen Lieblingswunsch, diplomatische Vertreter ihres Landes zu werden; und Charles Lambs Freund Thomas Griffiths Wainewright, von dem diese kurzgefaßten Erinnerungen handeln, besaß zwar ein außerordentlich künstlerisches Temperament, hat aber noch anderen Mächten als der Kunst gedient, denn er war nicht nur ein Poet und Maler, ein Kunstkritiker, ein Antiquar und ein Prosaschriftsteller, ein Liebhaber schöner Dinge und ein Dilettant in allen anmutigen Künsten, sondern auch ein Fälscher von mehr als alltäglichen Gaben, und überdies hat er als geschickter, verschwiegener Giftmischer weder in unserer noch in jeder anderen Zeit kaum einen Rivalen gefunden.

Dieser merkwürdige Mann, der mit „Feder, Stift und Gift", wie ein großer Dichter unserer Tage sehr hübsch von ihm sagte, so wundervoll umzugehen wußte, wurde 1794 in Chiswick geboren. Sein Vater war der Sohn eines ausgezeichneten Rechtsanwaltes aus Gray's Inn und Hatton Garden. Seine Mutter war die Tochter des hochangesehenen Dr. Griffiths, des Herausgebers und Begründers der „Monthly Review"; dieser hatte sich auch mit Thomas Davis, dem berühmten Buchhändler, von dem Johnson sagte, er sei kein Buchhändler, sondern „ein Gentleman, der sich mit dem Verkauf von Büchern abgebe", dem Freund Goldsmiths und Wedgwoods und einem der bekanntesten Männer seiner Tage, zu einem anderen literarischen Unternehmen zusammengetan. Mrs. Wainewright

starb bei der Geburt des Sohnes, kaum einundzwanzig Jahre alt, und
ein Nachruf, der anläßlich ihres Todes im „Gentleman's Magazine"
erschien, spricht von ihrem „liebenswürdigem Charakter und ihren
zahlreichen Fähigkeiten" und fügt artig hinzu: „Man sagt, sie habe
die Schriften des Mr. Locke besser als irgendeiner unserer Zeitgenossen verstanden." Wainewrights Vater überlebte seine junge Frau
nicht lange, und das Kind wurde aller Wahrscheinlichkeit nach von
seinem Großvater erzogen, und später, nach dessen Tod im Jahre
1803, von seinem Onkel George Edward Griffiths, den er später
vergiftete. Seine Knabenjahre verbrachte er in Linden House, Turn-
ham Green, einem jener schönen Wohnhäuser aus der Zeit König
Georgs, die leider durch unsere Vorstadt-Mietskasernen verdrängt
wurden, und dessen lieblichen Gärten und wohlbestandenem Park
verdankte er die einfache und leidenschaftliche Liebe zur Natur, die
ihn sein ganzes Leben hindurch begleitet und ihn für die vergeisti-
gende Wirkung der Dichtungen Wordsworths so besonders empfänglich gemacht hat. Seine Schulausbildung erwarb er in der Anstalt
Charles Burneys in Hammersmith. Mr. Burney war der Sohn des
Musikhistorikers und ein naher Verwandter des künstlerisch begab-
ten Jungen, der bestimmt war, sein berühmtester Schüler zu werden. Er scheint ein recht kultivierter Mann gewesen zu sein; in
späteren Jahen hat Mr. Wainewright oft voller Liebe über ihn als
einen Philosophen, Archäologen und bewundernswerten Lehrer
gesprochen, der zwar auf die intellektuelle Ausbildung besonderen
Wert legte, aber dabei nicht die Bedeutung einer frühen moralischen
Erziehung übersah. Unter der Leitung Mrs. Burneys hat er zuerst
sein künstlerisches Talent entwickelt, und Mr. Hazlitt erzählt uns,
ein Skizzenbuch, dessen er sich in der Schule bediente, sei noch
vorhanden und bekunde großes Talent und natürliches Empfinden.
Die Malerei war in der Tat die erste Kunst, die ihn fasziniert hat.
Bald darauf kam er auf den Gedanken, durch die Feder oder das Gift
den Ausdruck seines Wesens zu finden.

Bevor er jedoch dazu gelangte, scheint er durch knabenhafte
Träume von der Romantik und Ritterlichkeit des Soldatenlebens
angelockt und auf diese Weise Gardeoffizier geworden zu sein. Aber
das leichtsinnig-ausschweifende Leben seiner Gefährten vermochte
das verfeinerte künstlerische Temperament des Mannes, der zu
anderen Dingen berufen war, nicht zu befriedigen. Er wurde bald
des Dienstes überdrüssig. „Die Kunst", erzählt er in Worten, die
uns durch ihre leidenschaftliche Aufrichtigkeit und ihre eigentümliche Glut noch immer bewegen, „die Kunst hat ihren Abtrünnigen

angerührt; durch ihre reine und hohe Macht klärten sich die schädlichen Nebel; mein Gefühl, welk, überhitzt und trüb geworden, erhob sich zu kühler, neuer Blüte, einfach und herrlich für das einfältige Herz." Doch es war nicht die Kunst allein, die solche Veränderung bewirkt hatte. „Die Schriften Wordsworths", fährt er fort, „haben viel zur Beruhigung jenes trüben Wirbels beigetragen, der bei solchen plötzlichen Wandlungen notwendigerweise entsteht. Ich habe über diesen Schriften Tränen des Glücks und der Dankbarkeit vergossen." Er schied also aus dem Heer mit seinem rauhen Kasernenleben und den derben Gesprächen in den Offiziersmessen aus und kehrte nach Linden House zurück, ganz erfüllt von der neugewonnenen Kulturbegeisterung. Eine schwere Krankheit, die ihn, um seinen Ausdruck zu gebrauchen, „wie ein Tongefäß zerbrach", streckte ihn eine Zeitlang nieder. Sowenig Bedenken er trug, anderen Schmerz zuzufügen, sein eigener überzarter Organismus war gegen Schmerzen sehr empfindlich. Er schreckte vor dem Leiden zurück, als vor einer Gewalt, die unser menschliches Leben stört und lähmt, und er ist allem Anschein nach durch das schreckliche Tal der Melancholie gewandert, aus dem so viele große, vielleicht größere Geister keinen Ausweg mehr fanden. Doch er war jung – er zählte nicht mehr als fünfundzwanzig Jahre –, und er tauchte bald aus den „toten schwarzen Wassern", wie er diesen Zustand nannte, empor, empor in die freiere Luft humanistischer Kultur. Von seiner Krankheit, die ihn an das Tor des Todes geführt hatte, genesen, faßte er den Plan, der literarischen Kunst zu leben. „Mit John Woodvill sagte ich", ruft er aus, „es wäre ein göttliches Leben, in einem solchen Element sich zu bewegen", Treffliches zu schauen und zu hören und niederzuschreiben:

> „Wer so des Lebens tiefste Fülle schlürft,
> Wird von des Todes Schatten kaum gestreift."

Man vermag sich dem Eindruck nicht zu entziehen, daß so ein Mann sprach, den wirkliche Leidenschaft für die Literatur beseelte. „Treffliches zu schauen und zu hören und niederzuschreiben", das war sein Bestreben.

Scott, der Herausgeber des „London Magazine", gewonnen durch das Genie des jungen Mannes oder unter dem Einfluß des seltsamen Zaubers, den dieser auf jeden, der ihn kennenlernte, ausübte, forderte Wainewright auf, eine Reihe von Artikeln über künstlerische Fragen zu verfassen, und unter einigen phantasievollen Pseudonymen begann er daraufhin, an der Literatur der damali-

gen Zeit mitzuwirken. „Janus Weathercock", „Egomet Bonmot"
und „Van Vinkvooms", so hießen einige der grotesken Masken,
unter denen er seinen Ernst verbarg oder seinen leichten Sinn
enthüllte. Eine Maske sagt uns mehr als ein Gesicht. Diese Vermum-
mungen haben seine Persönlichkeit vertieft. In unglaublich kurzer
Zeit scheint er sich durchgesetzt zu haben. Charles Lamb spricht
von dem „lieben, fröhlichen Wainewright", dessen Prosa „ersten
Ranges" sei. Wir hören, daß er Macready, John Forster, Maginn,
Talfourd, Sir Wentworth Dilke, den Dichter John Clare und andere
zu einem *petit-diner* einlud. Wie Disraeli beschloß er, die Stadt
durch sein Dandytum in Aufregung zu versetzen, und seine wundervollen Ringe, seine antiken Gemmen, die ihm als Busennadeln
dienten, seine matt zitronenfarbigen Glacéhandschuhe waren wohlbekannt und wurden von Hazlitt als Anzeichen eines neuen literarischen Stils betrachtet; sein vollgelocktes Haar, die schönen Augen,
seine vornehmen weißen Hände ließen ihn als einen Mann erscheinen, der sich auf gefährliche und entzückende Weise von anderen
unterschied. Er hatte manches von Lucien de Rubempré in der
Erzählung Balzacs an sich. Zuweilen erinnert er uns an Julien Sorel.
De Quincey lernte ihn einmal kennen. Es war anläßlich einers
Diners bei Charles Lamb. „In der Gesellschaft – es waren lauter
Literaten – saß ein Mörder", so erzählt er uns, und er schildert
weiter, daß er an diesem Tag sich unpäßlich fühlte und ihm die
Gesichter der Männer und Frauen zuwider waren und daß er doch
nicht umhinkonnte, mit intellektuellem Interesse über den Tisch auf
den jungen Schriftsteller zu blicken, dessen affektiertes Gehabe so
viel unaffektiertes Gefühl zu verhüllen schien; er grübelt dann
weiter, „wie sehr sein Interesse gewachsen" und dadurch seine
Stimmung umgewandelt worden wäre, wenn er gewußt hätte, welch
furchtbarer Sünde jener Gast, dem Lamb so viel Aufmerksamkeit
schenkte, sich schon damals schuldig gemacht hatte.

Sein Lebenswerk fällt natürlich unter die drei Rubriken, die Mr.
Swinburne vorgeschlagen hat, und man muß zum Teil zugeben:
Wenn wir das, was er in der Kunst des Vergiftens geleistet hat,
beiseite setzen, hat er uns kaum etwas hinterlassen, was seinen
Ruhm begründen könnte.

Doch ist es nur des Philisters Art, eine Persönlichkeit mit dem
vulgären Maßstab der Leistung zu messen. Dieser junge Dandy zog
es vor, jemand zu sein, als etwas zu tun. Er erkannte, daß das Leben
selbst eine Kunst ist und seine Stilformen hat, genau wie die Künste,
die es auszudrücken versuchen. Allerdings ist auch sein Werk nicht

ohne Interesse. William Blake erzählt uns, er sei in der Royal Academy vor einem seiner Bilder verweilt und habe es „sehr schön" gefunden. Seine Essays haben vieles von dem vorweggenommen, was später verwirklicht wurde. Er hat offensichtlich manches, was mit moderner Kultur nur beiläufig zusammenhängt, von vielen aber als das Wesentliche betrachtet wird, vorausempfunden. Er schreibt über die Gioconda und die Dichter der französischen Frühzeit und die italienische Renaissance. Er liebt griechische Gemmen und persische Teppiche und elisabethanische Übersetzungen von „Amor und Psyche" und die „Hypnerotomachia" und Bucheinbände und Erstausgaben und unbeschnittene Drucke. Er hat einen sehr feinen Sinn für die Schönheit der Umgebung und wird nicht müde, die Räume zu beschreiben, in denen er wohnte oder gern gewohnt hätte. Ihm war jene seltsame Vorliebe für das Grün zu eigen, die stets, wenn sie bei einzelnen auftritt, subtiles künstlerisches Temperament bekundet, bei Völkern jedoch eine gewisse Schlaffheit oder gar den Niedergang der Moral ankündigen soll. Wie Baudelaire liebte er sehr die Katzen; er war wie Gautier fasziniert von dem „süßen Marmorungeheuer", dem zweigeschlechtlichen, das wir noch heute in Florenz und im Louvre sehen können.

In seinen Schilderungen und seinen Vorschlägen für die dekorative Kunst findet sich allerdings manche Bemerkung, die bezeugt, daß auch er sich nicht völlig von dem falschen Geschmack seiner Zeit frei zu machen wußte. Doch ist es klar, daß er einer der ersten war, die erkannten, worauf es bei dem ästhetischen Eklektizismus hauptsächlich ankommt, nämlich auf die wahre Harmonie alles wirklich Schönen, unabhängig von Zeit, Ort, Schule oder Manier. Er erkannte, daß wir beim Ausschmücken eines Zimmers, das ein Raum zum Wohnen, nicht zur Parade sein soll, keineswegs eine archäologische Rekonstruktion der Vergangenheit anstreben und uns auch nicht mit dem Gefühl, zu peinlicher historischer Genauigkeit verpflichtet zu sein, beschweren sollten. Mit dieser künstlerischen Einsicht hatte er völlig recht. Alles Schöne gehört der nämlichen Zeit an.

Und so finden wir in seiner eigenen Bibliothek, wie er sie schildert, die zarte griechische Tonvase mit ihren minutiös gemalten Figuren und dem matten ΚΑΛΟΣ, in feinen Linien darauf gezeichnet, und dahinter hängt ein Stich nach der „Delphischen Sibylle" des Michelangelo oder dem „Pastorale" des Giorgione. Hier ein Stück florentinische Majolika, dort eine grob geformte Lampe aus einem altrömischen Grab. Auf dem Tisch liegt ein Stundenbuch „in einem

Einband aus gediegenem vergoldetem Silber, geschmückt mit eigenartigen Mustern und mit kleinen Brillanten und Rubinen besetzt", und dicht daneben „hockt ein kleines häßliches Ungeheuer, etwa ein Lar, ausgegraben in den sonnigen Gefilden des korngesegneten Sizilien". Einige dunkle antike Bronzen kontrastieren „mit dem blassen Schimmer zweier edler Kreuzigungsdarstellungen, von denen eine in Elfenbein geschnitten, die andere in Wachs modelliert ist". Er besitzt Präsentierteller mit Tassie-Gemmen, eine zierliche Louis-Quatorze-Bonbonniere mit einer Miniatur von Petitot, wertvolle „Filigran-Teekannen aus braunem Biskuit", eine zitronenfarbene Saffian-Briefschatulle, einen „gelblichgrünen" Stuhl.

Man kann sich vorstellen, wie er inmitten seiner Bücher und Abgüsse und Stiche daliegt, ein wahrer Kunstliebhaber, ein subtiler Kenner, der seine erlesene Sammlung von Marc Antonios und sein Turnersches „Liber Studiorum", das er sehr bewunderte, durchblättert oder mit einem Vergrößerungsglas einige seiner antiken Gemmen und Kameen prüft, „den Alexanderkopf auf einem doppelschichtigen Onyx" oder „jenes herrliche *altissimo relievo* auf Karneol, den Jupiter Aegiochus". Er war stets ein besonderer Liebhaber von Stichen und gibt einige sehr nützliche Hinweise auf die besten Methoden, eine Sammlung anzulegen. Doch verlor er niemals, sosehr er auch die moderne Kunst schätzte, den Blick für die Bedeutung von Reproduktionen der großen Meisterwerke der Vergangenheit, und alles, was er über den Wert von Gipsabgüssen sagt, ist ganz bewundernswert.

Als Kunstkritiker beschäftigte er sich vor allem mit dem Gesamteindruck, der durch ein Kunstwerk hervorgerufen wird, und sicherlich liegt der Anfang aller ästhetischen Kritik darin, daß man seine persönlichen Eindrücke verarbeitet. Abstrakte Erörterungen über das Wesen der Schönheit waren nicht seine Sache, und die historische Methode, die seitdem so reiche Frucht getragen hat, war seiner Zeit noch fremd, doch ließ er nie die große Wahrheit aus den Augen, daß sich die Kunst zunächst weder an den Intellekt noch an das Gefühl, sondern nur an das künstlerische Temperament wendet, und mehr als einmal führt er aus, daß dieses Temperament, dieser „Geschmack", wie er es nennt, der sich unbewußt durch den innigen Kontakt mit Meisterwerken bildet und vervollkommnet, am Ende zu einer echten Urteilsfähigkeit reift. Allerdings gibt es in der Kunst ebenso wie in der Kleidung Moden, und vielleicht vermag niemand sich von dem Einfluß der Gewohnheit und dem Reiz des Neuen ganz unabhängig zu machen. Er wenigstens vermochte dies nicht, und er bekennt freimütig, wie schwer es ist, sich eine gerechte Meinung über das Werk eines Zeitgenossen zu bilden. Aber im allgemeinen war sein Geschmack gut und sicher. Er bewunderte Turner und Constable zu einer Zeit, da diese Künstler noch nicht so sehr wie heutzutage geachtet waren, und erkannte, daß die höchstentwickelte Landschaftskunst mehr als „bloßen Fleiß und genaues Kopieren" voraussetzt. Über Cromes „Heidelandschaft bei Norwich" bemerkt er, diese Darstellung zeige, „wie sehr die genaue Beobachtung der Elemente in ihren wilden Stimmungen einem höchst uninteressanten Fleckchen Erde zugute kommt", und über die typische Landschaftsmalerei seiner Tage sagt er, sie sei „einfach eine Aufzählung von Tal und Hügel, Baumstümpfen, Buschwerk, Wasser, Wiesen, Hütten und Häusern; kaum mehr als Topographie, ein gemaltes Landkartenwerk, in dem Regenbogen, Schauer, Nebel, Lichtkreise, die durch zerrissene Wolken brechenden Sonnenstrahlen, Stürme, das Licht der Sterne, all diese wertvollsten Hilfsmittel des wirklichen Malers, fehlen". Er verabscheute gründlich alles Allzudeutliche und Banale in der Kunst, und während es ihm ein Vergnügen war, Wilkie bei Tisch zu unterhalten, interessierten ihn die Gemälde Sir Davids ebensowenig wie die Gedichte von Mr. Crabbe. Den nachahmenden und realistischen Tendenzen seiner Tage brachte er keinerlei Sympathien entgegen, und er gesteht offen, seine große Bewunderung Fuselis wurzle vor allem darin, daß dieser kleine Schweizer nicht den Standpunkt vertreten habe, ein Künstler solle nur das malen, was er sehe. Die Eigenschaften, die er von einem Gemälde verlangte, waren: Komposition, Schönheit und Adel der Linien, Reichtum der Farbengebung, Macht der Phantasie. Doch er war andrerseits kein Doktrinär. „Ich bin der Ansicht, kein Kunstwerk kann nach anderen Gesetzen als nach jenen, die sich aus ihm selbst herleiten, beurteilt werden; ob es mit sich im Einklang steht oder nicht, das ist die Frage." Dies ist einer seiner glänzenden Aphorismen. Und seine kritische Beurteilung so verschiedener Künstler wie Landseer und Martin, Stothard und Etty verrät, daß er versucht – um eine inzwischen klassisch gewordene Redewendung zu gebrauchen – „die Dinge so zu sehen, wie sie wirklich, an sich sind".

Gleichwohl fühlt er sich, wie ich früher ausführte, beim Kritisieren zeitgenössischer Werke nie so recht wohl. „Das Gegenwärtige", bemerkt er, „bewirkt bei mir eine ähnlich angenehme Verwirrung wie Ariost, wenn man ihn zum erstenmal liest... Moderne Dinge blenden mich. Ich muß sie durch das Fernrohr der Zeit betrachten.

Elia klagt, der Wert eines handschriftlichen Gedichts werde ihm nicht ganz deutlich; ‚gedruckt‘, sagt er treffend, ‚wird alles klar‘. Fünfzig Jahre der Abtönung bringen bei einem Gemälde die gleiche Wirkung hervor." Ihm ist es lieber, wenn er über Watteau und Lancret, über Rubens und Giorgione, über Rembrandt, Correggio und Michelangelo schreiben kann; am liebsten äußert er sich jedoch über die griechische Kunst. Die Gotik berührt ihn kaum, aber die klassische Kunst und die Kunst der Renaissance standen ihm stets sehr nahe. Er erkannte sehr wohl, wieviel unsere englische Schule durch das Studium griechischer Vorbilder gewinnen könne, und versäumte es nie, die jungen Studenten auf die im hellenischen Marmor, in der hellenischen Technik schlummernden künstlerischen Möglichkeiten hinzuweisen. In seinen Urteilen über die großen italienischen Meister, bemerkt De Quincey, „schien ein Ton von Aufrichtigkeit und ursprünglicher Empfindungswärme durchzubrechen, wie er nur jenen zu eigen ist, die aus sich selbst, nicht bloß aus Büchern schöpfen". Das höchste Lob, das wir ihm spenden können, ist: er wagte den Versuch, den Stil als bewußte Tradition wiederzubeleben. Doch er sah ein, daß weder Vorlesungen über Kunst noch Kunstkongresse oder „Projekte zur Förderung der schönen Künste" dies zu bewirken vermögen. Das Publikum, führt er sehr klug und im wahren Geist von Toynbee Hall aus, „muß stets die besten Modelle vor Augen haben".

Wie von ihm, dem Maler, nicht anders zu erwarten, geht er in seinen Kunstkritiken sehr oft auf technische Details ein. Über Tintorettos Gemälde „St. Georg, die ägyptische Prinzessin vom Drachen befreiend", bemerkt er:

„Das Kleid der Sabra, warm lasiert mit Preußischblau, hebt sich von dem blaßgrünen Hintergrund durch einen roten Schleier ab; die vollen Farbtöne finden gleichsam ihren wundervollen Widerhall in den gedämpft purpurfarbenen Stoffen und dem bläulichen Eisenpanzer des Heiligen; überdies bildet die lebhafte Azurdraperie des Vordergrundes zu den Indigoschatten des wilden Waldes, der das Schloß umhegt, ein reiches Gegengewicht."

An anderer Stelle spricht er sehr gelehrt über „einen zarten Schiavone mit vielfach durchbrochenen Schattierungen, so bunt wie ein Tulpenbeet", über ein „glühendes, durch *morbidezza* ausgezeichnetes Porträt des seltenen Maroni" und über „die breiigen Fleischtöne" eines anderen Bildes.

In der Regel aber beschäftigt er sich nur mit dem Gesamteindruck eines Werkes. Er versucht diesen Eindruck in Worte zu übersetzen, gewissermaßen für die Wirkungen auf Phantasie und Geist ein literarisches Äquivalent zu finden. Er hat als einer der ersten die sogenannte Kunstschriftstellerei des neunzehnten Jahrhunderts entwickelt, jene literarische Form, die in Mr. Ruskin und Mr. Browning ihre vollendetsten Vertreter gefunden hat. Seine Beschreibung von Lancrets „Repas Italien", einem Gemälde, in dem „ein dunkelhaariges Mädchen, verliebt in allerlei Schabernack, auf der mit Maßliebchen übersäten Wiese liegt", ist in mancher Hinsicht äußerst reizvoll. Wir geben hier seine Darstellung der „Kreuzigung" Rembrandts wieder. Sie ist für seinen Stil besonders charakteristisch:

„Finsternis – rußige, unheilschwangere Finsternis – bedeckt die ganze Szene: nur auf den verwunschenen Wald strömt, wie durch einen schrecklichen Spalt in der düsteren Himmelsdecke, Regen herab, eine ‚hagelartig schmutziggefärbte Flut‘, die ein gräuliches Gespensterlicht verbreitet, das noch schauerlicher ist als die fühlbare Nacht. Schon keucht die Erde heftig und schwer! das dunkelnde Kreuz erbebt! die Winde halten inne – die Luft steht still – Murmeln, Dröhnen grollt unter ihren Füßen, und aus der elenden Menge fliehen manche bereits den Hügel hinab. Die Pferde wittern das nahende Grauen und werden durch den Schrecken unlenksam. Jäh naht der Augenblick, da, fast zerrissen durch die eigene Schwere, ohnmächtig durch den Verlust des Blutes, das jetzt in Bächen aus seinen geöffneten Adern rinnt, Schläfen und Brust beinahe von Schweiß ertränkt, die schwarze Zunge ausgedörrt durch glühendes Todesfieber, Jesus aufschreit: ‚Mich dürstet!‘ Man hebt den todbringenden Essig zu seinen Lippen empor.

Sein Haupt sinkt herab, der heilige Leichnam ‚schwankt und fühlt das Kreuz nicht länger‘. Eine schmale rote Flamme schießt hell durch die Luft und verblaßt; Karmel und Libanon bersten entzwei; das Meer wälzt von den Sandbänken herab schwarzrollende Fluten. Die Erde klafft auf, und die Grüfte speien die Leichen aus. Tote und Lebende werden in unnatürlicher Verbindung durcheinandergeschüttelt und rasen durch die heilige Stadt. Neue Schrecken erwarten sie hier. Der Vorhang des Tempels – der undurchdringliche Vorhang – ist von oben bis unten zerborsten, und jenes furchtbare Heiligtum, das die Mysterien der Hebräer bewahrt – die schicksalsschwere Bundeslade mit ihren Tafeln und dem siebenarmigen Leuchter–, wird durch unirdische Flammen der gottverlassenen Menge enthüllt.

Rembrandt hat diese Skizze niemals *gemalt*, und dies mit vollem Recht. Sie hätte ohne den verwirrenden Schleier der Unbestimmt-

heit, der unserer zweifelnden Einbildungskraft ein so weites Gebiet
eröffnet, beinahe den ganzen Reiz des Geheimnisvollen eingebüßt.
Jetzt wirkt sie wie ein Gegenstand aus einer anderen Welt. Schwarz
gähnt ein Abgrund zwischen uns. Mit den Sinnen ist sie nicht zu
fassen. Nur die Seele vermag ihr zu nahen."

Diese Stelle, niedergeschrieben, wie uns der Autor versichert, „in
Grauen und Ehrfurcht", enthält manches Furchtbare, vieles ganz
Entsetzliche, aber sie ist nicht ohne eine gewisse rohe Kraft oder
jedenfalls nicht ohne eine gewisse rohe Gewalt des Wortes, eine
Eigenschaft, die unser Zeitalter, das solcher Kraft ermangelt, hoch
zu schätzen wissen sollte. Doch scheint es erfreulicher, zu seiner
Beschreibung von Giulio Romanos „Cephalus und Procris" überzu-
gehen:

„Man sollte die Klagen des Moschus um Bion, den holden Hirten,
lesen, bevor man dieses Gemälde betrachtet, oder man sollte das
Gemälde als Vorbereitung für die Klagelieder studieren. Wir finden
hier wie dort beinahe das gleiche dargestellt. Über beide Opfer
murmeln die hohen Haine und Wälder der Niederung; die knospen-
den Blumen hauchen müden Duft aus; die Nachtigall trauert auf
felsigem Land, und die Schwalbe in lang gewundenen Tälern; die
‚Satyrn und die dunkel verschleierten Faune stöhnen', und des
Waldes Brunnennymphen zerfließen in Tränen. Die Schafe und
Ziegen verlassen ihre Weide; die Oreaden, ‚die gern auf die unweg-
samsten Spitzen senkrechter Felsen klimmen', eilen hernieder von
ihren singenden, windumschmeichelten Pinien; die Dryaden neigen
sich aus den Zweigen der verschlungenen Bäume herab, und die
Flüsse weinen um den weißen Procris, ‚mit vielen hervorstürzenden
Tränen',

‚Den fernhinglänzenden Ozean füllend mit ihrem Laut'.

Die goldenen Bienen auf dem thymianduftenden Hymettus werden still; das schallende Horn des Geliebten der Aurora wird
niemals mehr das kalte Zwielicht auf den Höhen des Berges zerstreuen. Der Vordergrund unseres Gemäldes ist ein grasreiches,
durch die Sonne verbranntes Gelände, wie gewelltes Land hinanstei-
gend und sich senkend, noch unebener durch die vielen Wurzeln,
darin sich der Fuß verfängt, durch Strünke von Bäumen, die vor der
Zeit gefällt wurden und dennoch wieder lichtgrüne Schößlinge
treiben. Dieses Gelände steigt rechts jäh zu einem dichten Hain
empor, den kein Sternenschimmer zu durchdringen vermag; an
seinem Eingang sitzt der kummerbetäubte thessalische König und

hält auf seinen Knien den elfenbeinglänzenden Leib, der vor einem Augenblick noch das rauhe Gezweig mit der sanften Stirn geteilt, den Boden mit seinen Dornen und Blumen eifersuchtbeschwingten Schrittes getreten hat – jetzt liegt dieser Körper da, hilflos schwer, entseelt, kaum daß die spielenden Lüfte das dichte Haar wie im Spotte heben.

Heimlich drängen sich aus dem benachbarten Gehölz erstaunte Nymphen heran, die laut schreien:

,Und fellumgürtete Satyrn, die efeubekleideten,
        stürzen herbei;
Und ein Ton des fremden Mitleids klingt hervor aus
        sanfter Schalmei.'

Laelaps liegt unten in der Tiefe, und sein Keuchen bekundet den schnellen Schritt des Todes. Dieser Gruppe gegenüber hält der tugendreiche Eros ,mit niedergeschlagenen Flügeln' den Köcher dem herannahenden Trupp des Waldvolkes entgegen, den Faunen, Böcken, Ziegen, Satyrn und Satyrmüttern, die ihre Kinder mit zitternden Fingern fester an sich pressen. Von links her traben sie auf einem versunkenen Pfad zwischen dem Vordergrund und einem felsigen Gemäuer, an dessen niedrigster Erhebung eine Quellnymphe aus ihrer Urne unheilkündendes Wasser ausgießt. Weiter oben und entfernter als die Ephidryade, erscheint, die Locken raufend, ein anderes Weib zwischen den weinumhegten Baumpfeilern eines unberührten Hains. Die Mitte des Bildes füllen schattige Matten, die sich zu einer Flußmündung hinabsenken; jenseits dehnt sich ,die unendliche Macht des strömenden Ozeans', aus dem die rosige Aurora, die Auslöscherin der Sterne, emportaucht, die wütend ihre taubesprengten Rosse antreibt, um die Todesqual ihres Nebenbuhlers zu erspähen."

Würde diese Schilderung sorgfältig umgeschrieben, dann wäre sie ganz wundervoll. Der Gedanke, aus einem Gemälde ein Prosagedicht zu formen, ist ausgezeichnet. Ein gut Teil der besten modernden Literatur entspringt demselben Wunsch. In einem sehr häßlichen und empfindlichen Zeitalter borgen die Künste nicht vom Leben, sondern von den Nachbarkünsten.

Auch seine Neigungen waren erstaunlich mannigfacher Art. Er interessierte sich zum Beispiel sehr lebhaft für alles, was mit dem Theater zusammenhing, und betonte nachdrücklich, man müsse sich bei den Kostümen und den Dekorationen archäologischer Genauigkeit befleißigen. „In der Kunst", sagt er in einem seiner

Essays, „ist alles, was überhaupt des Unternehmens wert ist, wert,
auf richtige Art unternommen zu werden", und er legt dar, es sei,
wenn man einmal Anachronismen zulasse, sehr schwer, die Grenze
des Erlaubten zu bestimmen. In der Literatur kämpfte er, wie Lord
Beaconsfield bei einem berühmt gewordenen Anlaß, „an der Seite
der Engel". Er war einer der ersten Bewunderer von Keats und
Shelley – „dem bebend sensiblen und poetischen Shelley", wie er ihn
nennt. Seine Bewunderung für Wordsworth war aufrichtig und tief.
Er wußte William Blake vollauf zu würdigen. Eine der besten
Abschriften der „Lieder der Unschuld und der Erfahrung", die wir
besitzen, wurde eigens für ihn angefertigt. Er liebte Alain Chartier
und Ronsard und die Dramatiker der elisabethanischen Zeit und
Chaucer und Chapman und Petrarca. Für ihn waren alle Künste
eins. „Unsere Kritiker", bemerkte er klug, „scheinen gar nicht zu
erkennen, daß Dichtkunst und Malerei dem gleichen Ursprung
entfließen, daß jeder wirkliche Fortschritt in der ernsthaften Erfor-
schung der einen Kunst eine entsprechende Vervollkommnung in
der anderen zur Folge hat", und anderswo führt er aus, daß jemand,
der Michelangelo nicht bewundert und dabei von seiner Liebe für
Milton spricht, entweder sich selbst oder seine Zuhörer betrügt.
Seinen Mitarbeitern am „London Magazine" bewies er sehr viel
Großmut, und er pries Barry Cornwall, Allan Cunningham, Hazlitt, Elton und Leigh Hunt ganz ohne die spöttische Bosheit eines
Freundes. Einige seiner Skizzen über Charles Lamb sind in ihrer Art
bewundernswert und entlehnen, mit dem Kunstgriff des echten
Schauspielers, ihren Stil dem Gegenstand:
   „Was kann ich über dich mehr sagen als alle wissen? Daß du die
Fröhlichkeit eines Knaben mit dem reifen Wissen des Mannes
vereintest: daß du ein Herz besaßest, voller Güte wie irgendeines,
das uns Tränen in die Augen trieb!
   Wieviel Witz bewies er, da er euch mißverstand, und wie geschickt ließ er zur passenden Zeit einen unpassenden Scherz einflie-
ßen. Seine Sprache war ohne Geziertheit bis zur Dunkelheit gedrängt, wie die seiner geliebten elisabethanischen Dichter. Gleich
Körnern feinen Goldes breiteten sich seine Aussprüche über weite
Flächen aus. Er hatte wenig für flüchtigen Ruhm übrig, und eine
kaustische Beobachtung über das ‚Gehabe der Männer von Genie'
stand ihm stets zu Gebote. Sir Thomas Brown war einer seiner
‚Busenfreunde', desgleichen Burton und der alte Fuller. In seiner
verliebten Laune spielte er mit jener unvergleichlichen ‚Herzogin
der vielfachen Parfüms'; und mit den ausgelassenen Komödien von

Beaumont und Fletcher erzeugte er heitere Träume. Er ließ, gleichsam aus plötzlicher Inspiration, kritische Lichter darauf fallen, doch es war am besten, wenn man ihn gewähren ließ; fing nämlich ein anderer an, sich über seine Lieblingsdichter zu äußern, dann war er imstande, diesen zu unterbrechen oder vielmehr zurechtzuweisen, in einer Manier, von der man nicht genau wußte, ob sie auf einem Mißverständnis oder auf Bosheit beruhte. Im Haus von C. bildeten eines Abends jene dramatischen Dichter vor allem das Thema des Gespräches. Mr. X. rühmte die leidenschaftliche Glut und den erhabenen Stil einer Tragödie (ich weiß nicht, welcher), da unterbrach ihn Elia sogleich mit der Bemerkung: ‚Dies bedeutet nichts; die lyrischen Partien sind das Erhabene – die lyrischen Partien!'"

Eine Seite seiner literarischen Bestrebungen verdient besondere Erwähnung. Man darf sagen, der moderne Journalismus hat ihm so viel wie irgendeinem Mann zu Beginn des Jahrhunderts zu danken. Er war der Vorkämpfer der orientalischen Prosa und ergötzte sich an malenden Beiworten und pompösen Übertreibungen. Einen Stil zu haben, dessen üppiger Glanz den Gegenstand verhüllt, das ist eine der größten Errungenschaften einer bedeutsamen und vielbewunderten Schule der Leitartikler aus der Fleet Street, und „Janus Weathercock" hat diese Schule, man darf es behaupten, begründet. Er erkannte auch, daß es nicht schwer fällt, das Publikum für die eigene Person zu interessieren, wenn man ständig von ihr redet. So erzählt dieser so junge Mann in seinen Zeitungsartikeln der Mitwelt, was er zu Mittag speist, wo er seine Anzüge anfertigen läßt, welcher Weinsorte er den Vorzug gibt und wie es mit seiner Gesundheit bestellt ist, ganz so, als ob er Wochenchroniken für irgendeine weitverbreitete Zeitung unserer Tage schreiben wollte. Besaß auch diese Seite seiner Tätigkeit am wenigsten Wert, sie übte gleichwohl den sichtbarsten Einfluß aus. Heutzutage ist ein Publizist ein Mann, der die Öffentlichkeit mit den Details der Ungesetzlichkeiten, die er in seinem Privatleben verübt, langweilt.

Wie die meisten künstlerischen Menschen hatte er eine große Liebe zur Natur. „Drei Dinge", sagt er irgendwo, „sind mir besonders wertvoll; bequem auf einer Anhöhe zu sitzen, die eine reiche Aussicht gewährt; von dichten Bäumen beschattet zu werden, während ringsum die Sonne scheint; die Einsamkeit so recht in dem Bewußtsein zu genießen, daß Menschen in der Nähe sind. Dies alles beschert mir das Land." Er schildert uns, wie er durch süßduftenden Ginster wandert und Collins' „Ode an den Abend" laut vor sich hin spricht, um den erlesenen Geist des Augenblicks zu erhaschen; wie er sein Gesicht „in ein vom Tau der Mainacht feuchtes Primelbeet drückt"; und welche Freude er empfindet, wenn er die sanften Kühe „durch das Zwielicht heimwärts ziehen sieht" und „das ferne Geläute der Schafherden" vernimmt. Eine Redewendung wie „der Polyanthus glühte in seinem kalten Erdenbett wie ein einsames Bild des Giorgione auf einer dunklen Eichentäfelung" ist für seine Einstellung seltsam bezeichnend, und auch die nachfolgende Passage ist in ihrer Art sehr hübsch:

„Das kurz geschnittene, zarte Gras war bedeckt mit Margeriten – die man in unserer Stadt *Gänseblumen* nennt –, und sie standen dicht wie die Sterne in einer Sommernacht. Das rauhe Gekrächze emsiger Krähen klang, sanfter tönend, ein wenig entfernt aus einem hohen, düstern Ulmenhain hernieder, und zuweilen wurde die Stimme eines Knaben laut, der die Vögel von den frisch eingesäten Feldern fortscheuchte. Die blauen Tiefen hatten die Farbe dunkelsten Ultramarins; den sanften Äther streifte nicht eine Wolke; nur um den Rand des Horizonts flutete ein Licht, ein warmer Schleier nebligen Dunstes, vor dem sich das nahegelegene Dorf mit der alten Steinkirche deutlich glänzend weiß abhob. Ich mußte an Wordsworths ‚Verse, im März geschrieben' denken."

Wir dürfen jedoch nicht vergessen, daß der kultivierte junge Mann, der diese Zeilen schrieb und sich für den Einfluß Wordsworths so empfänglich zeigte, zugleich, wie ich in der Einleitung dieser Abhandlung bemerkte, einer der raffiniertesten und verschwiegensten Giftmischer seiner Zeit und aller Zeiten gewesen ist. Er berichtet uns nicht, wodurch er zu diesem seltsamen Verbrechen zuerst angeregt wurde, und das Tagebuch, in dem er sorgfältig die Ergebnisse seiner schrecklichen Experimente und das Verfahren, das er anwandte, aufzeichnete, ist uns leider nicht erhalten geblieben. Selbst in seinen späteren Lebenstagen bewahrte er über dieses Thema völliges Stillschweigen; er zog es vor, über den „Ausflug" und „Gedichte, die aus Leidenschaft entspringen" zu plaudern. Es besteht aber kein Zweifel, daß das Gift, dessen er sich bediente, Strychnin gewesen ist. Er verbarg in einem der herrlichen Ringe, auf die er so stolz war und die er trug, um die feine Modellierung seiner vornehmen Elfenbeinhand zu betonen, Kristalle der indischen *nux vomica*, eines Giftes, das – so erzählt uns einer seiner Biographen – „beinahe geschmacklos, schwer zu entdecken und fast unendlicher Verdünnung fähig ist". Seine Mordtaten, berichtet De Quincey, seien zahlreicher gewesen, als man je durch die Gerichtsverhandlungen erfahren habe. Dies ist gewiß, und einige dieser Morde sind des

Aufzeichnens wert. Das erste Opfer war sein Onkel Mr. Thomas
Griffiths. Er vergiftete ihn 1829 in der Absicht, in den Besitz von
Linden House, einem Besitz, den er von jeher sehr liebte, zu
gelangen. Im August des nächsten Jahres hat er Mrs. Abercrombie,
die Mutter seiner Gattin, im folgenden Dezember die schöne Helen
Abercrombie, seine Schwägerin, vergiftet. Das Motiv für den Mord
an Mrs. Abercrombie steht nicht ganz fest. Er hat die Tat vielleicht
aus einer Laune begangen, oder um irgendein fürchterliches Macht-
gefühl, das in ihm lebte, zu befriedigen, oder weil sie etwas argwöhnte, vielleicht aber auch aus gar keinem bestimmten Grund.
Was jedoch Helen Abercrombie betrifft, so haben er und seine
Gattin diesen Mord verübt, um eine Summe von ungefähr 18 000
Pfund zu erlangen; sie hatte nämlich ihr Leben bei verschiedenen
Gesellschaften mit dieser Summe versichert. Die näheren Umstände
waren die folgenden: Am 12. Dezember reiste er in Begleitung seiner
Frau und seines Kindes von Linden House nach London und bezog
in der Conduit Street, Regent Street Nr. 12 eine Wohnung. Bei
ihnen wohnten die beiden Schwestern Helen und Madeleine Abercrombie. Am Abend des 14. besuchten sie gemeinsam das Theater,
und beim Abendessen fühlte sich Helen unwohl. Den Tag darauf
erkrankte sie ernstlich, und Dr. Locock vom Hanover Square wurde
zu ihr gerufen. Sie lebte noch bis Montag, dem 20., als ihr, nach der
Morgenvisite des Arztes, Mr. und Mrs. Wainewright ein vergiftetes
Gelee brachten und dann einen Spaziergang machten. Nach ihrer
Rückkehr war Helen Abercrombie bereits tot. Sie war ungefähr
zwanzig Jahre alt, ein schlankes, anmutiges, hellblondes Mädchen.
Eine sehr reizende Rötelzeichnung von der Hand ihres Schwagers ist
noch vorhanden und zeigt uns, wie sehr sein künstlerischer Stil
damals von Sir Thomas Lawrence beeinflußt war, einem Maler, für
dessen Werk er stets große Bewunderung hegte. De Quincey meint,
Mrs. Wainewright sei in Wahrheit nicht Mitwisserin des Mordes
gewesen. Hoffen wir, daß sie es nicht war. Die Sünde sollte in der
Einsamkeit begangen werden und keine Komplicen haben.

Die Versicherungsgesellschaften ahnten wohl den wahren Zusammenhang und lehnten die Auszahlung der Police ab, wobei sie sich
auf gewisse technische Mängel, auf falsche Angaben und ungenü-
gende Zahlungen, beriefen. Mit erstaunlichem Mut reichte nunmehr
der Giftmischer eine Klage beim Kanzleigericht gegen die „Impe-
rial" ein, wobei vereinbart wurde, daß ein Urteil für alle Fälle gelten
solle. Der Prozeß zog sich über fünf Jahre hin, bis schließlich nach
einer entgegengesetzt lautenden Entscheidung das Urteil zugunsten

der Gesellschaft gefällt wurde. Der Richter in dieser Sache war Lord Abinger. „Egomet Bonmot" wurde durch Mr. Erle und Sir William Follet vertreten; für die Gegenseite erschienen der Kronanwalt und Sir Frederick Pollock. Der Kläger war unglücklicherweise außerstande, bei einer der Verhandlungen anwesend zu sein. Die Weigerung der Gesellschaft, ihm die 18 000 Pfund auszuzahlen, hatte ihn in höchst peinliche finanzielle Schwierigkeiten gebracht. Ja, wenige Monate nach der Ermordung der Helen Abercrombie war er schuldenhalber auf den Straßen Londons in dem Augenblick verhaftet worden, da er der hübschen Tochter eines Freundes eine Serenade darbrachte. Über diese Schwierigkeiten kam er allmählich hinweg, doch hielt er es bald für geratener, bis zu dem Augenblick, da mit seinen Gläubigern ein Übereinkommen getroffen wäre, zu verschwinden. Er begab sich also nach Boulogne, um dem Vater der erwähnten jungen Dame einen Besuch abzustatten, und während seines dortigen Aufenthalts überredete er diesen, sein Leben bei der Pelican Company mit 3000 Pfund zu versichern. Kaum waren die notwendigen Formalitäten erledigt, kaum war die Police ausgestellt, da schüttete er ihm einige Strychninkristalle in den Kaffee, während sie eines Abends nach dem Essen beisammensaßen. Durch diese Tat erlangte er keinerlei materiellen Vorteil. Seine Absicht war nur, sich an der Gesellschaft zu rächen, die es als erste abgelehnt hatte, ihm den Lohn seiner Sünde auszubezahlen. Sein Freund starb am darauffolgenden Tag vor seinen Augen. Er reiste sofort von Boulogne ab, um Skizzen der malerischsten Gegenden der Bretagne anzufertigen, und war dann eine Zeitlang Gast eines alten französischen Edelmannes, der ein wundervolles Landhaus bei St. Omer besaß. Von hier aus begab er sich nach Paris; dort hielt er sich einige Jahre auf und führte, wie die einen sagen, ein Leben in Üppigkeit, während die anderen meinen, „er sei mit dem Gift in der Tasche umhergeschlichen und von allen, die ihn kannten, gefürchtet worden". Im Jahre 1837 kehrte er heimlich nach England zurück. Eine seltsame Verzauberung hatte seine Schritte in die Heimat gelenkt. Er folgte einer geliebten Frau.

Es war im Monat Juni, und er hielt sich zu der Zeit in einem Hotel von Covent Garden auf. Sein Wohnzimmer lag zu ebener Erde, und er hatte vorsichtshalber die Vorhänge zugezogen, um nicht gesehen zu werden. Er hatte nämlich vor dreizehn Jahren, zu jener Zeit, da er seine erlesene Sammlung von Majoliken und Marc Antonios anlegte, auf einer Vollmacht die Namen einiger seiner Treuhänder gefälscht, um so in den Besitz einer Summe zu gelangen, die ihm seine Mutter hinterlassen hatte. Er wußte, daß dieser Betrug entdeckt worden war und daß er durch seine Rückkehr nach England sein Leben gefährdete. Trotzdem kehrte er zurück. Soll man sich darüber wundern? Es heißt, jene Frau sei sehr schön gewesen. Übrigens liebte sie ihn nicht.

Er wurde bloß durch Zufall entdeckt. Ein Lärm auf der Straße erregte seine Aufmerksamkeit, und er zog in seinem künstlerischen Interesse für das moderne Leben einen Augenblick den Vorhang auf. Da rief jemand: „Das ist Wainewright, der Fälscher!" Es war Forrester, ein Polizist.

Am 5. Juli wurde er ins Old Bailey geschafft. Der folgende Bericht über den Prozeß erschien in der „Times":

„Vor den Richtern Mr. Vaughan und Mr. Baron Alderson stand Thomas Griffiths Wainewright, ein Mann von zweiundvierzig Jahren – er trägt einen Schnurrbart und macht den Eindruck eines Gentleman –, unter der Anklage, er habe eine Bevollmächtigungsurkunde, die einen Betrag von 2259 Pfund betraf, gefälscht in der Absicht, den Generaldirektor und die Gesellschaft der Bank von England zu betrügen.

Die Anklage wider den Häftling umfaßte fünf Punkte. Der Angeklagte erklärte sich bei dem im Verlaufe des Vormittags von Mr. Sergeant Arabin durchgeführten Verhör in sämtlichen Punkten für nicht schuldig. Dem Gerichtshof gegenüber bat er jedoch, seine früheren Angaben widerrufen zu dürfen, und er bekannte sich in zwei Punkten nebensächlicher Natur für schuldig.

Der Anwalt der Bank führte aus, es seien noch drei weitere Anklagepunkte vorhanden, die Bank beharre aber nicht darauf, daß Blut fließe. Daher stützte sich das Urteil nur auf die beiden weniger wichtigen Fakten, und die Verhandlung schloß damit, daß der Richter das Urteil verkündete, wonach über den Angeklagten die Strafe der Deportation auf Lebenszeit verhängt wurde."

Man brachte ihn nach Newgate zurück, damit er sich hier für den Transport in die Kolonien vorbereite. In einem seiner frühen Essays findet sich eine seltsame Stelle, in der Wainewright von sich selber träumte, er liege „als zum Tode Verurteilter im Horsemonger-Gefängnis", weil er der Versuchung, einige Marc Antonios aus dem Britischen Museum zur Vervollständigung seiner Sammlung zu stehlen, nicht zu widerstehen vermocht hatte. Das Urteil, das ihn jetzt traf, bedeutete für einen Menschen seiner Kultur gewissermaßen den Tod. Er beklagte sich bei Freunden bitter darüber und bemerkte, wie manche denken werden, nicht ohne Grund, die

Summe sei tatsächlich sein Eigentum gewesen, da sie ihm von seiner Mutter bestimmt war, und die Fälschung sei immerhin vor dreizehn Jahren begangen worden; dieser Umstand bilde zumindest, um seinen Ausdruck zu gebrauchen, eine *circonstance attenuante*. Die Fortdauer der Persönlichkeit ist ein sehr subtiles Problem der Metaphysik, und unser englisches Recht löst dieses Problem ohne Frage auf sehr rauhe und rasche Art. Es liegt aber ein dramatisches Moment in der Tatsache, daß diese schwere Strafe um einer Missetat willen über ihn verhängt wurde, die keineswegs seine ärgste Sünde war, wenn man seinen verhängnisvollen Einfluß auf die moderne journalistische Prosa bedenkt.

Während seines Aufenthalts im Gefängnis begegneten ihm zufällig Dickens, Macready und Hablot Browne. Sie hatten eben einen Rundgang durch die Londoner Gefängnisse gemacht, um künstlerische Anregungen zu gewinnen, und in Newgate wurden sie plötzlich Wainewrights gewahr. Er blickte sie, wie uns Forster erzählt, trotzig an, doch Macready war „entsetzt, einen Mann in ihm zu erkennen, den er in früheren Jahren gut gekannt und bei dem er gespeist hatte".

Andere waren neugieriger, und so kam es, daß seine Zelle kurze Zeit hindurch eine Art Treffpunkt der fashionablen Welt wurde. Viele Literaten begaben sich dorthin und besuchten ihren alten Kollegen. Er war aber keineswegs mehr der liebenswerte, frohgemute Janus, den Charles Lamb bewundert hatte. Er schien ganz und gar zum Zyniker geworden zu sein.

Dem Agenten einer Versicherungsgesellschaft, der ihn eines Nachmittags besuchte und glaubte, er könne die Situation retten, indem er darauf hinweise, daß das Verbrechen eine verfehlte Spekulation sei, antwortete er: „Sir, ihr Geschäftsleute spekuliert und nehmt das Risiko auf euch. Einigen Spekulationen ist Erfolg beschieden, andere mißglücken. Meine Spekulationen sind zufällig fehlgeschlagen, die Ihren haben Erfolg gehabt. Das ist, mein Herr, der einzige Unterschied zwischen Ihnen, der Sie mich besuchen, und mir. Doch ich will Ihnen etwas nennen, worin ich bis zum Schluß erfolgreich geblieben bin. Das Leben hat mich dazu bestimmt, den Rang eines Gentleman innezuhaben. Ich habe ihn stets behalten. Ich behalte ihn noch. An diesem Ort es es Brauch, daß der Reihe nach jeden Insassen die Verpflichtung trifft, am Morgen die Zelle zu fegen. Meine Zellenmitbewohner sind ein Maurer und ein Kaminkehrer, aber sie reichen mir niemals den Besen!" Als ihm ein Freund den Mord an Helen Abercrombie vorwarf, zuckte er die

Achseln und sagte: „Jawohl; es war fürchterlich, eine solche Tat zu begehen, aber sie hatte sehr dicke Fußknöchel."

Von Newgate wurde er in das Schiffsgefängnis von Portsmouth gebracht und von hier auf der „Susan" zusammen mit dreihundert anderen Verbrechern nach Van-Diemens'-Land transportiert. Die Reise scheint ihm viel Ekel verursacht zu haben, und in einem Brief an einen Freund beklagt er sich bitter über den Schimpf, der ihm, „dem Genossen von Dichtern und Künstlern", dadurch angetan wurde, daß man ihn mit „Bauernlümmeln" zusammenpferchte. Daß er seine Gefährten mit einem solchen Ausdruck bezeichnete, darf uns nicht wundernehmen. Das Verbrechen entsteht in England selten aus schlechter Veranlagung. Sein Motiv ist beinahe stets der Hunger. Vermutlich war an Bord nicht ein sympathischer Zuhörer, nicht einmal ein psychologisch interessanter Charakter.

Seine Liebe zur Kunst jedoch verließ ihn trotz alledem keinen Augenblick. In Hobart Town richtete er sich ein Atelier ein, er begann auch wieder mit dem Skizzieren und dem Porträtmalen, und seine Gespräche und Manieren scheinen an Reiz nichts verloren zu haben. Er gab auch nicht das gewohnte Vergiften auf, und man berichtet von zwei Fällen, in denen er den Versuch unternahm, Leute, die ihn beleidigt hatten, aus dem Weg zu räumen. Doch scheint seine Hand ihre Geschicklichkeit eingebüßt zu haben. Beide Versuche sind ihm vollkommen mißlungen. Im Jahre 1844 überreichte er, da ihm die gesellschaftlichen Zustände Tasmaniens durchaus nicht behagten, dem Gouverneur des Distrikts, Sir John Eardley Wilmot, eine Bittschrift um Ausstellung eines Entlassungsscheines. Er bemerkt darin über sich selbst, er werde „von Gedanken gequält, die nach Form und Gestaltung verlangten, und es sei ihm hier ganz unmöglich, sein Wissen zu vermehren und sich in der Kunst der nutzbringenden oder auch nur gefälligen Rede zu üben". Sein Gesuch wurde jedoch abgelehnt, und Coleridges Gefährte fand darin seinen Trost, daß er sich jene wundervollen „Paradis artificiels" schuf, deren Geheimnis nur die Opiumesser kennen. Im Jahre 1852 starb er an einem Schlaganfall; er hatte keinen anderen Gefährten um sich als eine Katze, für die er eine besondere Liebe hegte.

Seine Verbrechen scheinen auf seine Kunst ganz außerordentlich eingewirkt zu haben. Sie gaben seinem Stil ein streng persönliches Gepräge, eine Eigentümlichkeit, die seinen Erstlingswerken fehlte. In einer Anmerkung zu der Lebensbeschreibung Dickens' erwähnt Forster, daß Lady Blessington von ihrem Bruder, dem Major Power, der eine militärische Stellung in Hobart Town einnahm, 1847 ein

Ölporträt einer jungen Dame von Wainewrights geschicktem Pinsel erhielt, und man sagt, „er habe den Versuch gemacht, dem Bildnis eines hübschen, kindlichen Mädchens Züge seiner eigenen Verruchtheit zu geben". M. Zola berichtet uns in einem seiner Romane von einem jungen Mann, der sich nach einem Mord der Kunst zuwendet und in einem grünlichen Ton impressionistische Porträts sehr ehrenhafter Leute malt, die alle eine merkwürdige Ähnlichkeit mit seinem Opfer aufweisen. Die Entwicklung von Mrs. Wainewrights Stil scheint mir weit subtiler, und man kann sich sehr wohl eine starke Persönlichkeit vorstellen, die aus der Sünde hervorwuchs.

Diese seltsame und faszinierende Persönlichkeit, die vor einigen Jahren das literarische London geblendet und im Leben und in der Literatur so glänzend debütiert hat, ist ohne Zweifel ein ungemein fesselndes Studienobjekt. Mr. W. Carew Hazlitt, sein jüngster Biograph, dem ich eine Reihe von Tatsachen dieser Abhandlung verdanke und dessen kleines Buch wirklich in seiner Art ganz unschätzbar ist, vertritt die Meinung, Wainewrights Leidenschaft für Kunst und Natur sei nur affektiert gewesen, und andere haben ihm jedes literarische Können abgesprochen. Diese Ansicht scheint mir oberflächlich oder zumindest mißverständlich. Daß jemand ein Giftmischer ist, spricht noch nicht gegen seine Prosa. Bürgerliche Tugenden bilden nicht die wahre Grundlage der Kunst, doch mögen sie Künstlern zweiten Ranges als ausgezeichnete Reklame dienen. Mag sein, daß De Quincey Wainewrights kritische Begabung zu sehr überbewertet hat, und ich kann abermals nicht die Bemerkung unterdrücken, daß sich in den Werken, die er veröffentlichte, manche zu alltägliche, zu banale, zu journalistische Wendung im üblen Sinne dieses üblen Wortes findet. Hie und da drückt er sich eindeutig vulgär aus, auch ermangelt er stets der Selbstzucht des echten Künstlers. Doch wir müssen für einige seiner Fehler die Zeit, in der er lebte, zur Verantwortung ziehen; wie dem auch sei, eine Prosa, die Charles Lamb „erstrangig" nannte, ist nicht ohne historisches Interesse Für mich unterliegt es keinem Zweifel, daß ihm eine echte Liebe zur Kunst und Natur eigen war. Es gibt keinen wesentlichen Zwiespalt zwischen Verbrechen und Kultur. Wir können nicht die ganze Weltgeschichte zu dem Zweckumschreiben, um unserer moralisierenden Empfindung, wie die Welt sein sollte, Genüge zu tun.

Allerdings, er steht unserer Zeit viel zu nahe, als daß man sich über ihn ein rein künstlerisches Urteil bilden könnte. Es ist unmög-

lich, eine heftige Voreingenommenheit wider einen Mann zu unterdrücken, der Lord Tennyson oder Mr. Gladstone oder den Rektor
des Balliol College hätte vergiften können. Doch könnten wir sehr
wohl zu einer vorurteilslosen Einschätzung seiner Stellung und
seines Wertes gelangen, hätte er nur ein Kostüm getragen und eine
andere Sprache gesprochen, hätte er im Rom der Kaiserzeit oder in
der italienischen Renaissance oder im Spanien des siebzehnten Jahrhunderts oder in irgendeinem anderen Land, in irgendeinem anderen Jahrhundert als hierzulande und in dieser Zeit gelebt. Ich weiß,
es gibt sehr viele Geschichtsschreiber oder wenigstens historische
Schriftsteller, die der Meinung sind, man müsse die Geschichte mit
dem Maßstab der Moral messen, und die Lob und Tadel mit der
gravitätischen Selbstzufriedenheit eines erfolgreichen Schulmeisters
verteilen. Dies ist aber eine lächerliche Gewohnheit und bezeugt
nur, daß der moralische Instinkt zu solcher Ausbildung gelangen
kann, daß er überall dort erscheint, wo man seiner nicht bedarf.
Kein Mensch, der wirklich historischen Sinn besitzt, denkt daran,
Nero zu tadeln, Tiberius auszuschelten oder Cesare Borgia eine
Zensur zu erteilen. Diese Persönlichkeiten sind für uns zu Marionetten in einem Schauspiel geworden. Sie erfüllen uns vielleicht mit
Grauen oder Schrecken oder Verwunderung, aber sie tun uns nicht
weh. Sie stehen mit uns in keinem unmittelbaren Zusammenhang.
Wir haben von ihnen nichts zu fürchten. Sie sind bereits in die
Sphäre von Kunst und Wissenschaft übergegangen, und weder
Kunst noch Wissenschaft kennt moralische Zustimmung oder Ablehnung. So mag es auch eines Tages mit dem Freund Charles Lambs
geschehen. Gegenwärtig meine ich, er sei uns zu wenig fern, als daß
man ihn in jenem feinsinnigen Geist unbeteiligter Neugierde betrachten könnte, dem wir so manche entzückende Studie über die
großen Verbrecher der italienischen Renaissance aus der Feder
von Mr. John Addington Symonds, Miß A. Mary F. Robinson,
Miß Vernon Lee und anderen ausgezeichneten Autoren verdanken.
Gleichwohl, die Kunst hat ihn nicht vergessen. Er ist der Held von
Dickens' „Hunted Down", der Varney in Bulwers „Lucretia", und
wir stellen mit Genugtuung fest, daß die Dichtkunst dem Mann, der
mit „Feder, Stift und Gift" so gut umzugehen wußte, ihre Huldigung nicht versagte. Die Dichtung anzuregen hat mehr Gewicht als
eine Tatsache.

DER KRITIKER ALS KÜNSTLER

Nebst einigen Bemerkungen über die
Bedeutung des Nichtstuns

Ein Dialog

ERSTER TEIL

Personen: Gilbert und Ernest
Schauplatz: Die Bibliothek eines Hauses in Piccadilly, von der aus
man den Green Park überblickt

GILBERT *am Klavier:* Mein lieber Ernest, worüber lachst du?

ERNEST *aufblickend:* Über eine herrliche Geschichte, die ich
soeben in diesem Erinnerungsband entdeckt habe, den ich auf
deinem Tisch fand.

GILBERT: Was ist das für ein Buch? Ah! Ich sehe. Ich habe es noch
nicht gelesen. Taugt es etwas?

ERNEST: Nun, ich habe, während du spieltest, nicht ohne Vergnügen darin geblättert, obwohl ich in der Regel kein Freund von
modernen Memoiren bin. Sie werden gewöhnlich von Leuten niedergeschrieben, die entweder ihr Gedächtnis verloren oder nichts
des Erinnerns Wertes vollbracht haben. Dies erklärt ohne Zweifel
ihre Beliebtheit, denn dem englischen Publikum wird ja stets behaglich zumute, wenn eine Mittelmäßigkeit zu ihm spricht.

GILBERT: Ja: das Publikum ist wunderbar duldsam. Es verzeiht
alles außer Genie. Doch ich muß gestehen, ich liebe jede Art von
Memoiren. Ich liebe sie um ihrer Form und um ihres Gegenstandes
willen. Nur der Egotismus ist in der Literatur von Reiz. Darin liegt
für uns der Zauber von Briefen so verschiedener Persönlichkeiten
wie Cicero und Balzac, Flaubert und Berlioz, Byron und Madame
de Sévigné. Wo immer wir dem Egotismus begegnen – es ist
merkwürdigerweise ziemlich selten der Fall –, müssen wir ihn willkommen heißen, und wir verlieren ihn nicht so leicht aus dem
Gedächtnis. Die Menschheit wird Rousseau stets deshalb lieben,
weil er seine Sünden nicht dem Priester, sondern der Welt beichtete.
Die schlummernden Nymphen, die Cellini in Bronze für das Schloß
des Königs Franz schuf, selbst der grüngoldene Perseus, der in der

offenen Loggia zu Florenz dem Mondlicht jenes todesstarre Entsetzen zeigt, das einst Leben in Stein verwandelt hat, haben der Welt nicht mehr Vergnügen gewährt als jene Selbstbiographie, in welcher der größte Schurke der Renaissance die Geschichte seines Glanzes und seiner Schmach erzählt. Die Meinungen, das Wesen, die Leistungen eines Mannes fallen sehr wenig ins Gewicht. Er mag ein Skeptiker sein wie der sanfte Sieur de Montaigne oder ein Heiliger wie der trübe Sohn der Monika, doch sobald er uns seine Geheimnisse offenbart, ist er stets imstande, unser Ohr so zu bezaubern, daß wir ihm zuhören und unseren Lippen Schweigen gebieten müssen. Die Art des Denkens, die Kardinal Newman vertreten hat – sofern man den Versuch, geistige Probleme durch das Leugnen der Oberhoheit des Geistes zu lösen, überhaupt eine Art des Denkens nennen darf –, wird und kann schwerlich von Dauer sein. Aber die Welt wird nie müde werden, dieser gequälten Seele zuzuschauen, wie sie von Finsternis zu Finsternissen weiterschreitet. Das einsame Kirchlein zu Littlemore, in dem „der Hauch des Morgens dumpfig weht und wenige Gläubige sich versammeln", wird uns stets teuer sein, und wann immer man das gelbe Leinkraut an der Mauer des Trinity College blühen sieht, wird man dieses anmutigen Studenten gedenken, der in der steten Wiederkehr der Blumen die prophetische Kunde entdeckte, daß er für immer mit der Gnadenmutter seiner Tage vereint bleiben werde – eine Prophezeiung, die der Glaube kluger- oder törichterweise nicht zur Erfüllung kommen ließ. Ja; Autobiographien sind unwiderstehlich. Der arme, einfältig-überspannte Schreiber Mr. Pepys hat sich in den Kreis der Unsterblichen hineingeschwätzt. Da er sehr wohl wußte, daß Unvorsichtigkeit des Mutes besserer Teil ist, reibt er sich in dieser Versammlung herum, angetan mit seinem „groben purpurnen Talar voll goldener Knöpfe und Tressen", den er uns so wohlgefällig beschreibt, und schwatzt zu seinem und zu unserem unendlichen Vergnügen über den indischblauen Unterrock, den er für seine Frau kaufte, über den „guten Schweinebraten" und das „köstliche französische Kalbsfrikassee", das er sehr liebte, über sein Kegelspiel mit Will Joyce und sein „Umherschwärmen um alle schönen Frauen", über seine sonntäglichen Hamlet-Rezitationen, sein werktägliches Bratschenspiel und dergleichen fade oder triviale Dinge mehr. Selbst im wirklichen Leben ist der Egotismus nicht ohne Reiz. Wenn die Leute über andere reden, sind sie gewöhnlich langweilig. Erzählen sie uns dagegen von sich selber, so werden sie beinahe stets interessant, und wenn man ihnen in dem Augenblick, da sie lästig werden, so leicht den Mund schließen könnte, wie man ein Buch zuklappt, dessen man müde geworden, dann wären sie einfach vollkommen.

ERNEST: In diesem Wenn, würde Probstein sagen, liegt ungemeine Kraft. Schlägst du aber im Ernst vor, daß jeder sein eigener Boswell werden soll? Was würde dann aus unseren emsigen Kompilatoren von Lebensbeschreibungen und Erinnerungsbüchern?

GILBERT: Was ist aus ihnen geworden? Sie sind die Pest unserer Zeit, nicht mehr und nicht weniger. Jeder große Mann findet heutzutage seine Jünger, doch immer ist es Judas, der seine Biographie schreibt.

ERNEST: Aber, mein lieber Freund!

GILBERT: Ich fürchte, ich habe recht. Früher pflegten wir unsere Heroen zu kanonisieren. Jetzt ist es Sitte, sie zu vulgarisieren. Billige Ausgaben großer Bücher sind vielleicht etwas Köstliches, aber billige Ausgaben großer Menschen sind ganz gräßlich.

ERNEST: Darf ich fragen, Gilbert, auf wen du da anspielst?

GILBERT: Oh! auf alle unsere zweitklassigen *littérateurs*. Wir werden von einer Bande von Menschen heimgesucht, die nach dem Tod eines Dichters oder Malers zugleich mit dem Leichenbestatter das Haus stürmen, die vergessen, daß sie nur die Pflicht haben, sich ganz still zu verhalten. Aber sprechen wir nicht von diesen. Sie sind die Leichenfledderer der Literatur. Der eine rafft den Staub, der andere die Asche an sich, doch die Seele bleibt für sie unerreichbar. Und nun will ich dir Chopin vorspielen, oder ziehst du Dvořák vor? Soll ich dir eine Phantasie von Dvořák vorspielen? Er schreibt leidenschaftliche, seltsam farbige Musik.

ERNEST: Nein, mich verlangt jetzt nicht nach Musik. Sie ist etwas viel zu Unbestimmtes. Überdies, ich habe gestern abend mit der Baronin Bernstein soupiert, und so reizend die Dame sonst in jeder Beziehung ist, sie hörte nicht auf, über Musik zu reden, als sei diese wirklich in deutscher Sprache geschrieben. Nun, wie immer Musik klingen mag, sie klingt erfreulicherweise nicht im entferntesten wie das deutsche Idiom. Der Patriotismus äußert sich zuweilen auf wirklich erniedrigende Art. Nein, Gilbert, spiele nicht mehr. Wende dich um und plaudere mit mir. Plaudere mit mir, bis der weißhörnige Tag ins Zimmer kommt. In deiner Stimme liegt etwas ganz Bezauberndes.

GILBERT *sich vom Klavier erhebend:* Ich bin heute abend nicht zum Plaudern aufgelegt. Ich bin es wirklich nicht. Warum lächelst du so abscheulich? Wo sind die Zigaretten? Danke. Wie köstlich sind diese einzelnen Narzissen! Sie scheinen aus Bernstein und

kühlem Elfenbein geschnitzt. Sie gleichen den Gebilden griechischer
Kunst aus der besten Zeit. Was ist dies nun für eine Geschichte in
den Bekenntnissen des „reuezerknirschten Akademikers", die dich
so sehr belustigt hat? Erzähle sie mir. Wenn ich Chopin gespielt
habe, ist mir, als hätte ich über Sünden geweint, die ich niemals
beging, und über Tragödien getrauert, die nicht in meinen gewesen
sind. Musik scheint mir immer diese Wirkung zu haben. Sie ruft in
uns die Erinnerung an eine Vergangenheit wach, von der man bis
dahin nichts wußte, und erfüllt uns mit der Ahnung von Leiden, die
unseren Tränen bisher verborgen blieben. Ich kann mir vorstellen,
daß jemand, der bis dahin ein ganz alltägliches Leben geführt hat,
zufälligerweise irgendeine seltsame Musik vernimmt und dann
plötzlich entdeckt, daß seine Seele, ohne sich dessen bewußt zu
werden, furchtbare Erfahrungen gewonnen und schreckliche Genüsse oder wild romantische Liebe oder furchtbare Entsagungen
erlebt hat. Erzähle mir also diese Geschichte, Ernest. Ich möchte
mich amüsieren.

ERNEST: Oh! ich glaube, die Geschichte ist überhaupt nicht
wichtig. Ich meinte nur, sie gibt ein gutes Beispiel für den wahren
Wert der landläufigen Kunstkritik. Eine Dame soll nämlich einst
den „reuezerknirschten Akademiker", wie du ihn nennst, sehr
ernsthaft gefragt haben, ob sein berühmter „Frühlingstag in White-
ley" oder „Das Warten auf den letzten Omnibus" oder andere
ähnliche Bilder völlig mit der Hand gemalt wurden?

GILBERT: Nun, wurden sie mit der Hand gemalt?

ERNEST: Du bist ganz unverbesserlich. Aber reden wir ernsthaft:
worin besteht der Nutzen der Kunstkritik? Warum läßt man den
Künstler nicht in Ruhe, damit er, wenn er Lust hat, eine neue Welt
erschaffe oder die bereits bekannte nachbilde, deren wir alle wohl
längst überdrüssig wären, hätte sie nicht die Kunst mit ihrem feinen
Sinn für Wahl und Auslese für uns geläutert und ihr eine zeitweilige
Vollkommenheit gegeben. Ich glaube, die Phantasie sollte eine
Atmosphäre der Einsamkeit um sich verbreiten und wirkt am besten
in der Stille und Abgeschlossenheit. Warum sollte der Künstler
durch den schrillen Lärm der Kritik aus seiner Ruhe gestört werden?
Wie kommen Leute, die selbst nicht imstande sind, etwas zu schaffen, dazu, den Wert einer schöpferischen Arbeit zu beurteilen? Was
können sie davon wissen? Wenn ein Werk leicht zu verstehen ist,
dann ist eine Ausdeutung überflüssig...

GILBERT: Ist dagegen das Werk nicht faßbar, dann ist jede Ausdeutung vom Übel.

ERNEST: Das habe ich nicht behauptet.

GILBERT: Ah! du hättest es behaupten sollen. Heutzutage hat man uns so wenig Geheimnisse übriggelassen, daß wir nicht auf eines verzichten können. Ich glaube, die Mitglieder der „Browning Society" verschwenden ebenso wie die Theologen der „Broad Church Party" und die Autoren der „Mr. Walter Scott's Great Writers Series" ihre Zeit damit, daß sie an ihrer Gottheit so lange herumerklären, bis von ihr nichts mehr übrigbleibt. Da ist eine Stelle bei Browning, aus der man die Hoffnung schöpfen darf, er sei ein Mystiker gewesen; sogleich gab man sich Mühe zu zeigen, daß er sich hier eigentlich nur unklar ausgedrückt hat. Da ist eine andere Stelle, aus der man schließen könnte, daß er manches verhüllen wollte, aber sie klärten uns sogleich auf, daß er nur sehr wenig zu enthüllen hatte. Doch ich spreche hier nur von seinem unzusammenhängenden Werk. Als Gesamterscheinung betrachtet, war dieser Mann groß. Er war nicht vom Rang der Olympier, und die ganze Unvollkommenheit des Titanen haftete an ihm. Ihm fehlte die große Überschau, und Wohllaut war ihm nur selten eigen. Sein Werk zeigt die Spuren des Kampfes, heftiger Erregung und Anstrengung. Er ging nicht vom Gefühl zur Form über, sondern vom Denken zum Chaos. Dennoch war er groß. Man hat ihn einen Denker genannt, und er war sicherlich ein Mann, der ständig dachte, und zwar immer laut dachte; aber es war nicht eben das Denken, das ihn reizte, vielmehr waren es jene Vorgänge, die das Denken erregen. Die Maschine liebte er, nicht das Produkt der Maschine. Der Weg, auf dem der Tor zu seiner Torheit gelangt, war ihm so wichtig wie die höchste Weisheit des Weisen. Der subtile Mechanismus des Geistes faszinierte ihn so, daß er die Sprache geringschätzte oder auf sie als auf ein unvollkommenes Instrument des Ausdrucks herabblickte. Der Reim, dieses köstliche Echo, das im hohlen Berg der Musen den Ton gebiert und ihn widerklingen läßt; der Reim, der in den Händen des wirklichen Künstlers nicht bloß ein materielles Element metrischer Schönheit, sondern auch ein geistiges des Denkens und der Leidenschaft wird, denn er lockt vielleicht neue Stimmungen, neue Gedankengänge hervor oder läßt durch süße und betörende Gewalt des Klanges die goldene Pforte aufspringen, an die selbst Phantasie vergebens pochte; der Reim, der das Stammeln des Menschen zur Sprache der Götter erheben kann; der Reim, die einzige Saite, die wir der griechischen Leier hinzugefügt haben – er wurde in Robert Brownings Hand zur grotesken Mißgestalt, die sein Dichten zuweilen zur Maskerade eines kleinen Komödianten machte und ihn allzuoft zu ironischen Pegasusritten bewog. Manchmal verletzt er uns durch seine schrecklichen Dissonanzen. Ja, wenn er seine Musik nur durch Zerreißen der Saiten seiner Laute zu gewinnen vermag, dann zerreißt er diese; sie schlagen mißtönend zusammen, und keine attische Zikade läßt sich, die zitternden Flügel melodisch schwingend, auf dem elfenbeinernen Horn nieder, um den Takt zu vervollkommnen oder die Intervalle zu mildern. Dennoch, er war groß; und formte er gleich die Sprache zu unedlem Lehm um, er hat daraus lebendige Männer und Frauen gebildet. Er ist der shakespeareähnlichste Dichter seit Shakespeare. Wenn Shakespeare mit Myriaden Lippen zu singen vermochte, konnte Browning durch tausend Münder stammeln. Noch jetzt, da ich spreche, und zwar nicht gegen ihn, sondern für ihn, gleiten die Schatten seiner Gestalten durch den Raum. Hier schleicht Fra Lippo Lippi, die Wangen noch glühend von eines Mädchens heißem Kuß. Dort steht der furchtbare Saul, und in seinem Turban schimmern die fürstlichen, fürchterlichen Saphire. Mildred Tresham ist da und der spanische Mönch, gelb vor Haß, und Blougram und Ben Ezra und der Bischof von St. Praxed. In der Ecke kauert des Setebos Brut, und Sebald blickt, da er Pippas Schritt vernimmt, auf Ottimas abgezehrtes Antlitz; ihn ekelt vor ihr, vor der eigenen Sünde, vor sich selbst. Bleich wie der weiße Atlas seines Wamses betrachtet der melancholische König mit träumerischen Verräteraugen den allzu getreuen Strafford, der seinem Verderben entgegengeht. Andrea erschauert, da er in dem Garten das Pfeifen seiner Vettern hört, und er bittet sein edles Weib hinabzugehen. Ja, Browning war groß. Und wie wird er in der Menschheit Erinnerung fortleben? Als ein Dichter? Nein, nicht als Dichter. Man wird ihn als einen, der in Versen zu fabulieren wußte, im Gedächtnis behalten, vielleicht als den vornehmsten Versfabulisten, den wir je besaßen. Sein Gefühl für dramatische Situationen war unvergleichlich, und wenn er auch die Probleme, die er sich selbst aufgab, nicht lösen konnte, so hat er doch wenigstens Probleme hingestellt. Und vermag ein Künstler mehr? Als Schöpfer von Gestalten steht er dem am nächsten, der Hamlet schuf. Wäre ihm die Gabe sprachlicher Klarheit beschieden gewesen, er hätte neben ihm stehen dürfen. Der einzige, der den Saum seines Gewandes berühren darf, ist George Meredith. Meredith ist ein Browning der Prosa, und auch Browning ist ein Prosaist. Er bediente sich der Poesie als eines Mittels, Prosa zu schreiben.

ERNEST: In dem, was du sagst, ist manches Richtige, doch sagst du nicht alles. In manchen Punkten bist du ungerecht.

GILBERT: Es ist schwer, dort, wo man liebt, nicht ungerecht zu sein. Aber kehren wir zu unserem Ausgangspunkt zurück. Was meintest du?

ERNEST: Einfach dies: in den besten Tagen der Kunst gab es keine Kunstkritiker.

GILBERT: Diese Bemerkung muß ich schon einmal gehört haben, Ernest. Sie hat die Lebenskraft eines Irrtums und ist so langweilig wie ein alter Freund.

ERNEST: Sie ist wahr. Ja, schüttle nur mißbilligend den Kopf. Sie ist völllig wahr. In den besten Tagen der Kunst gab es keine Kunstkritiker. Der Bildhauer hat aus dem Marmorblock den großen, weißgliedrigen Hermes, der in ihm schlief, gehauen. Die Wächser und Vergolder gaben dem Standbild Farbe und Gliederung, und als die Welt es erblickte, wurde sie von Ehrfurcht erfaßt und verstummte. Er goß die glühende Bronze in die Sandform, der Strom des roten Metalls kühlte sich zu edlen Linien ab und zeigte im Umriß den Leib eines Gottes. Durch Email oder geschliffene Edelsteine verlieh er den ausdruckslosen Augen Leben. Die hyazinthgleichen Locken kräuselten sich unter seinem Stichel. Und wenn dann der Sohn der Leto im dämmrigen, freskengeschmückten Tempel oder in der Säulenhalle, die im Sonnenlicht glänzte, auf dem Piedestal stand, fühlten die Vorüberschreitenden, ἁ βρως βαίνοντες διὰ λαμπρο τατου αἰθε᾿ρος, daß eine neue Gewalt von ihrem Leben Besitz ergriffen hatte. Träumend oder mit dem Gefühl seltsam beseligender Freude kehrten sie heim oder machten sich an ihre Tagesarbeit, oder sie wanderten vielleicht durch das Stadttor zu jener Wiese, auf der die Nymphen spielen und der junge Phädrus sich die Füße netzt. Auf dem sanften Gras, unter den schlanken, im Winde raunenden Platanen und dem blühenden *agnus castus* gelagert, sannen sie den Wundern der Schönheit nach und schwiegen in ungewohnter Ehrfurcht. In jenen Tagen war der Künstler frei. Aus dem Bach schöpfte er mit seinen Fingern den zarten Ton, und mit einem kleinen Gerät aus Holz oder Bein bildete er daraus Formen, so köstlich, daß man sie den Toten als Spielzeug mitgab; wir finden dergleichen noch in den düsteren Grabgewölben der gelblichen Hügelgehänge Tanagras, und noch liegen auf Haar und Lippe und Gewand das matte Gold und das erblassende Karmesinrot. Auf eine frisch getünchte, rötlich glänzende oder durch Milch und Safran getönte Wand malte er eine Gestalt, die mit ermattetem Fuß über die purpurnen, weißsternigen Asphodeloswiesen dahineilte: Polyxena, des Priamus Tochter, die, „auf deren Lidern des trojanischen Krie-

ges Geheimnis schlief". Oder er stellte den Odysseus dar, den weisen und listenreichen, mit straffen Seilen an den Mastbaum gebunden, damit er ohne Gefahr dem Gesang der Sirenen lauschen könne,
oder wie er am Gestade des klaren acherontischen Stroms dahinwan-
delt, dort, wo die Geister der Fische über die Kieselsteine des
Flußbetts gleiten. Oder er malte die Perser in ihrer Tracht, mit
Hosen und Mützen, wie sie vor den Griechen bei Marathon flohen,
oder die Galeeren, deren erzene Schnäbel in der kleinen salamini-
schen Bucht aufeinanderprallten. Er zeichnete mit silbernem Stift
und Holzkohle auf Pergament und wohlbereitetes Zedernholz. Auf
Elfenbeingrund und rosafarbene Terrakotten malte er mit Wachs,
das er in Olivensaft flüssig machte und durch kühlendes Eisen
erstarren ließ. Holzgetäfel und Marmor und Leinwand erglänzten
herrlich, da sein Pinsel darüberfuhr; und das Leben verstummte, da
es sich widergespiegelt fand, und wagte nicht zu sprechen. Ja, das
ganze Leben gehörte ihm, von den Kaufleuten, die auf dem Marktplatz saßen, bis zu den in Mäntel gehüllten, auf dem Hügel lagern-
den Hirten; von der Nymphe, versteckt im Lorbeerhain, und dem
Faun, der um die Mittagsstunde seine Flöte erschallen ließ, bis zu
dem König, den Sklaven auf ölschimmernden Schultern in der
schmalen, durch einen grünen Vorhang geschlossenen Sänfte trugen
und mit Pfauenfedern umfächelten. Männer und Frauen, das Antlitz
freudig oder kummervoll bewegt, zogen an dem Künstler vorbei. Er
warf einen Blick auf sie und kannte ihr Geheimnis. Durch Form und
Farbe erschuf er eine Welt neu.

Auch das ganze Gebiet der Kleinkunst beherrschte der Künstler.
Er hielt den Edelstein gegen die sich drehende Scheibe, und da
wurde auf dem Amethyst das purpurne Lager des Adonis sichtbar,
und über den geäderten Sardonyx hetzte Artemis mit ihren Hunden.
Er hämmerte aus dem Gold Rosen und fügte sie zum Halsschmuck
oder Armband zusammen. Er hämmerte aus dem Gold Kränze für
den Helm des Siegers oder Palmblätter für tyrische Gewänder oder
Masken für die toten Könige. Auf der Rückseite des silbernen
Spiegels stellte er Thetis dar, wie sie von ihren Nereiden geführt
wird, oder die liebeskranke Phaedra mit ihrer Amme oder Perse-
phone, die, des Erinnerns müde, den Mohn in ihr Haar flicht. Der
Töpfer saß in seiner Hütte, und blütengleich erwuchs unter seinen
Händen die Vase aus der stummen Scheibe. Er schmückte Fuß und
Stiel und Griff mit zarten Olivenblattmustern oder mit dem Akan-
thuslaub oder mit gekrümmten, gehaubten Wellen. Dann malte er in
Schwarz und Rot Knabengestalten im Ringkampf oder Wettlauf;

Ritter in voller Rüstung, mit seltsamen Wappenschildern und absonderlichem Visier, die sich auf ihrem muschelartig geformten Wagen über die bäumenden Rosse beugen; die Götter, die beim Gastmahl sitzen oder Wunder üben; die Heroen in ihrem Siegesjubel oder ihrem Schmerz. Zuweilen ätzte er mit zarten rötlichen Linien auf weißem Grund den sehnsüchtigen Bräutigam und die Braut, umschwebt von Eros – einem Eros, der einem Engel des Donatello gleicht, ein kleines, lachendes Wesen mit vergoldeten oder azürnen Flügeln. Auf der Rückseite grub er vielleicht den Namen seines Freundes ein. ΚΑΛΟΣ ΑΛΚΙΒΙΑΔΗΣ oder ΚΑΛΟΣ ΧΑΡΜΙΔΗΣ solche Worte künden uns die Geschichte seiner Tage. Er zeichnete vielleicht um den Rand des weiten, flachen Bechers den äsenden Hirsch oder den ruhenden Löwen, wie die Phantasie es ihm gebot. Von dem kleinen Salbölfläschchen lacht uns Aphrodite, die sich eben putzt, entgegen, und Dionysos tanzt, gefolgt von nacktgliedrigen Mänaden, mit bloßen, weinbenetzten Füßen, um den Weinkrug, während der greise Silen sich satyrgleich auf üppigen Fellen räkelt oder den magischen, von einem Pininenzapfen gekrönten Stab schwingt, den dunkler Efeu umlaubt. Und niemand kam, den Künstler bei seinem Werk zu stören. Kein gedankenloses Geschwätz verwirrt ihn. Er wurde nicht durch Meinungen geplagt. An den Ufern des Jlyssus, sagt Arnold irgendwo, gab es keinen Higginbotham. An den Ufern des Jlyssus, mein lieber Gilbert, gab es keine albernen Kunstkongresse, die den Provinzialismus in die Provinz tragen und der Mittelmäßigkeit ihre aufdringlichen Urteile in den Mund legen. An den Ufern des Jlyssus gab es keine öden Kunstzeitschriften, in denen betriebsame Leute über Dinge schwätzen, die sie nicht verstehen. An den schilfbewachsenen Ufern dieses Flüßchens gab es nicht jenen lächerlichen Journalismus, der sich allein den Richterstuhl anmaßen möchte, während er sich auf der Anklagebank verteidigen sollte. Kunstkritiker gab es bei den Griechen nicht.

GILBERT: Du bist ganz entzückend, Ernest, aber deine Anschauungen sind furchtbar unvernünftig. Ich fürchte, du hast dem Gespräch von Leuten gelauscht, die älter sind als du selbst. Dies ist stets eine gefährliche Sache, und du wirst, wenn du das zu einer Gewohnheit entarten läßt, merken, daß man dadurch jede geistige Entwicklung unterbindet. Was den modernen Journalismus betrifft, so bin ich nicht zu seiner Verteidigung bestellt. Er rechtfertigt seine Existenz mit dem großen Darwinschen Grundsatz vom Überleben des Vulgärsten. Ich habe mich nur mit der Literatur zu befassen.

ERNEST: Was ist aber der Unterschied zwischen Literatur und Journalismus?

GILBERT: Oh! Zeitungen kann man nicht lesen, die Literatur wird nicht gelesen. Das ist alles. Was aber deine Behauptung anbelangt, die Griechen hätten keine Kunstkritiker besessen, so versichere ich dir, daß diese Meinung ganz absurd ist. Man könnte mit mehr Recht sagen, daß die Griechen ein Volk von Kunstkritikern gewesen sind.

ERNEST: Wirklich?

GILBERT: Ja, ein Volk von Kunstkritikern. Doch möchte ich nicht das entzückend unrealistische Bild zerstören, das du von der Beziehung zwischen dem hellenischen Künstler und dem Geist seines Zeitalters entworfen hast. Etwas, was sich nie zutrug, genau zu beschreiben ist nicht bloß das eigentliche Amt des Historikers, sondern das unveräußerliche Vorrecht eines jeden, der Begabung und Kultur besitzt. Noch weniger wünsche ich, eine gelehrte Unterhaltung zu führen. Derlei ist entweder eine Anmaßung der Ignoranten oder der Beruf der geistig Unbeschäftigten. Das sogenannte veredelnde Gespräch aber ist nichts als ein alberner Versuch des noch alberneren Philanthropen, den gerechten Zorn der verbrecherischen Klassen zu entwaffnen. Nein: ich will dir lieber ein tolles, scharlachrotes Stück von Dvořák vorspielen. Die bleichen Figuren des Gobelins lächeln uns an, und die schweren Augenlider meines bronzenen Narzissus sind zum Schlummer geschlossen. Hören wir auf mit feierlichen Erörterungen. Ich bin mir nur allzusehr der Tatsache bewußt, daß wir in einer Zeit geboren sind, die nur die Langweiligen ernst nimmt, und ich lebe unaufhörlich in der Angst, nicht mißverstanden zu werden. Würdige mich nicht dazu herab, dir nützliche Kenntnisse zu vermitteln. Erziehung ist ja etwas Wunderbares, doch man muß sich von Zeit zu Zeit daran erinnern, daß nichts Wissenswertes gelehrt werden kann. Ich sehe durch den Spalt im Fenstervorhang den Mond, der einem beschnittenen Silberstück gleicht. Wie goldene Bienen drängen sich die Sterne um ihn. Der Himmel ist ein harter ausgehöhlter Saphir. Komm, gehen wir hinaus in die Nacht. Das Denken ist wundervoll, aber das Abenteuer ist noch wundervoller. Wer weiß, vielleicht treffen wir den Prinzen Florizel von Böhmen oder hören wir die schöne Kubanerin, die uns sagt, daß sie nicht ist, was sie zu sein scheint?

ERNEST: Du bist schrecklich eigenwillig. Ich beharre darauf, dieses Thema mit dir zu erörtern. Du sagtest, die Griechen seien ein Volk von Kunstkritikern gewesen. Was haben sie uns Kunstkritisches hinterlassen?

GILBERT: Mein lieber Ernest, selbst wenn kein einziges kunstkritisches Fragment aus hellenischen oder hellenistischen Tagen auf uns
gekommen wäre, gälte nicht minder die Wahrheit, daß die Griechen
ein Volk von Kunstkritikern waren und daß sie die Kritik der Kunst,
wie die Kritik an allem anderen, ersonnen haben. Was verdanken
wir schließlich den Griechen in erster Linie? Einfach den kritischen
Geist. Und mit diesem kritischen Geist, den sie in Fragen der
Religion und der Wissenschaft, der Ethik und Metaphysik, der
Politik und Pädagogik bekundeten, haben sie auch Kunstfragen
behandelt, ja, sie haben uns das makelloseste kritische System der
beiden erhabensten und höchsten Künste hinterlassen, das die Welt
je gesehen hat.

ERNEST: Was sind für dich die beiden erhabensten und höchsten
Künste?

GILBERT: Das Leben und die Literatur, das Leben und der vollendete Ausdruck des Lebens. Jene Grundsätze der Lebensführung,
wie sie die Griechen niederlegten, können nicht in einem Zeitalter
verwirklicht werden, das wie das unsrige durch falsche Ideale entstellt ist. Die für die Literatur geltenden Grundsätze, wie sie uns die
Griechen aufbewahrt haben, sind in mancher Hinsicht so subtil, daß
wir sie kaum zu verstehen vermögen. In der Erkenntnis, daß die
vollendetste Kunst diejenige ist, welche den Menschen in seiner
ganzen unendlichen Mannigfaltigkeit widerspiegelt, haben die Griechen ihre Kritik der Sprache, welch letztere sie nur als künstlerisches
Material ansahen, zu einer Durchbildung gebracht, an die wir mit
unserem System der Betonung des Vernünftigen oder des Gefühls
kaum heranreichen. Sie erforschten beispielsweise die metrischen
Elemente eines Prosastücks so gründlich-wissenschaftlich, wie ein
moderner Musiker Harmonie- und Kontrapunktlehre studiert, und
zwar, dies versteht sich beinahe von selbst, mit weit schärferem
ästhetischen Instinkt. Sie hatten mit dieser Methode, wie mit allem,
was sie unternahmen, völlig recht. Seit der Erfindung der Buchdruk-
kerkunst und seitdem das Lesen unter den mittleren und niedrigen
Bevölkerungsschichten dieses Landes verhängnisvoll um sich griff,
herrscht in unserer Literatur die Neugier vor, sich immer mehr an
das Auge und immer weniger an das Ohr zu wenden; doch ist gerade
das Gehör jener Sinn, dessen Wohlgefallen, vom Standpunkt der
reinen Kunst aus, die Literatur erwecken sollte, und nur nach den
Maßstäben dieses Wohlgefallens sollte sie sich richten. Selbst das
Werk Mr. Paters, der, im ganzen betrachtet, die englische Prosa am
vollkommensten von uns allen meistert, gleicht zuweilen mehr

einem Stück Mosaik als einem musikalischen Gebilde und scheint hier und da der echten rhythmischen Lebendigkeit und jener vornehmen Freiheit, jenes Überreichtums der Wirkung zu entbehren, die solch rhythmisches Leben hervorbringt. Wir haben ja das Schreiben zu einer endgültigen Darstellungsmethode erhoben und betrachten es als eine ausgeklügelte künstlerische Betätigung. Den Griechen bedeutete jedoch das Schreiben nichts anderes als eine Methode der chronikalischen Aufzeichnung. Ihr Prüfstein war stets das gesprochene Wort in seinem musikalisch-metrischen Zusammenhang. Die Stimme war das Kunstmittel, das Ohr der Kritiker. Ich habe mir schon öfters gedacht, daß die Erzählung von der Blindheit Homers vielleicht im Grunde ein Kunstmythos ist, der in den Tagen kritischer Betrachtung entstand und uns vielleicht daran erinnern soll, daß ein großer Dichter nicht nur immer ein Seher – freilich nicht so sehr mit den leiblichen Augen wie mit den Augen der Seele –, sondern auch ein wahrer Sänger ist, einer, der seinen Sang aus Musik webt, der jede Zeile immer wieder so lange laut vor sich hinspricht, bis er das Geheimnis ihrer Melodie erfaßt, bis er in das Dunkel die lichtbeschwingten Worte singt. Ob ich nun damit im Recht bin oder nicht, das eine ist gewiß: Englands großer Dichter hat seiner Blindheit, als einem Anlaß oder gar einer wesentlichen Ursache, viel von der majestätischen Haltung und dem klangvollen Glanz seiner späten Verse zu danken. Als Milton nicht mehr zu schreiben vermochte, begann er zu singen. Wer legt an „Comus" den Maßstab an, mit dem man „Simsons Todeskampf" oder das „Verlorene" und das „Wiedergewonnene Paradies" messen darf? Der erblindete Milton hat nur nach dem Klang der Stimme gedichtet, wie jeder dichten sollte, und so wurde aus dem Rohr, oder der Flöte der alten Zeit die mächtige, stimmreiche Orgel, deren brausend widerhallende Klänge die Pracht des homerischen Verses in sich bergen, wenn sie sich auch nicht um dessen Leichtfüßigkeit bemühen. Sein Werk ist ein unvergängliches Erbgut der englischen Literatur, das alle Zeiten überdauert, weil er über ihnen steht und uns auf immer angehört, weil es in seiner Form unsterblich ist. Jawohl: das Schreiben hat den Schriftstellern viel Schaden gebracht. Wir müssen uns wieder an die Stimme halten. Sie muß unser Prüfstein sein, und dann wird es uns vielleicht gelingen, manche der Feinheiten der griechischen Kunstkritik zu würdigen.

Gegenwärtig sind wir noch keineswegs so weit. Manchmal überfällt mich, wenn ich ein Stück Prosa niedergeschrieben habe, das ich bescheidenerweise für völlig fehlerlos halte, der furchtbare Gedanke, daß ich mich vielleicht unziemlicher Verweichlichung durch den Gebrauch trochäischer und tribrachyscher Elemente schuldig gemacht habe, ein Verbrechen, das ein gelehrter Kritiker des augusteischen Zeitalters mit sehr gerechter Strenge dem glänzenden, ob auch manchmal paradoxen Hegesias vorwirft. Es überläuft mich kalt, wenn ich daran denke, und ich frage mich, ob die wundervoll sittliche Wirkung der Prosa jenes entzückenden Schriftstellers, der einmal in einer Stimmung rücksichtsloser Offenheit wider den unkultivierten Teil unserer Gesellschaft die ungeheure Lehre verkündet hat, das Betragen bedeute Dreiviertel des Lebens, nicht eines Tages völlig durch die Entdeckung zunichte werden könnte, daß seine Päone an der falschen Stelle stehen.

ERNEST: Ah! jetzt bist du frivol.

GILBERT: Wie sollte man nicht frivol werden, wenn man allen Ernstes hört, die Griechen hätten keine Kunstkritiker gehabt? Ich könnte die Ansicht, der aufbauende Geist der Griechen habe sich selbst in der Kritik verloren, begreifen, aber daß jenes Volk, dem wir den kritischen Geist verdanken, niemals Kritik geübt haben soll, diese Anschauung verstehe ich nicht. Du verlangst doch wohl von mir nicht einen Überblick über die griechische Kunstkritik von Plato bis Plotin. Dazu ist diese Nacht allzu lieblich, und der Mond würde, wenn er uns hörte, noch mehr Asche als bisher auf sein Antlitz streuen. Erinnere dich nur an ein vollendetes kleines kritisch-ästhetisches Werk, an des Aristoteles „Traktat der Dichtkunst". Formal scheint es keineswegs vollendet, denn es ist schlecht geschrieben; vielleicht stellt es nur eine Zusammenfassung von Notizen für eine Kunstvorlesung dar oder von einzelnen Fragmenten, die für ein umfänglicheres Buch bestimmt waren. In der Stimmung und der Art der Darstellung aber ist es ganz vollkommen. Die sittliche Wirkung der Kunst, ihre Bedeutung für die Kultur und ihre Wichtigkeit für die Charakterbildung, diese Fragen wurden bereits durch Plato ein für allemal entschieden. Hier wird aber die Kunst nicht vom moralischen, sondern vom rein ästhetischen Gesichtspunkt aus betrachtet. Auch Plato hatte sich selbstverständlich mit vielen ausgesprochen künstlerischen Themen befaßt, mit der Bedeutung der Einheit für das Kunstwerk, der Notwendigkeit von Klang und Harmonie, dem ästhetischen Wert der Erscheinungsformen, mit der Beziehung der sichtbaren Künste zur äußeren Welt und der Beziehung der Dichtung zur Wirklichkeit. Er war vielleicht der erste, der in die Seele des Menschen jenen Wunsch pflanzte, den wir noch nicht befriedigt haben, den Wunsch, den Zusammenhang

zwischen Schönheit und Wahrheit zu erkennen und den Rang der
Schönheit in der sittlichen und geistigen Ordnung des Kosmos. Die
Probleme des Idealismus und Realismus, wie er sie darlegt, erscheinen vielleicht manchem in jener abstrakt metaphysischen Sphäre, in
die er sie verlegt, keine rechte Lösung zu zeitigen. Übertrage sie aber
in die Sphäre der Kunst, dann wirst du finden, daß sie noch immer
lebendig und sinnvoll sind. Vielleicht ist es Plato bestimmt, als
Schönheitskritiker weiterzuleben, vielleicht gewinnen wir eine neue
Philosophie, wenn wir nur den Namen seiner Denksphäre ändern.
Aristoteles jedoch beschäftigt sich wie Goethe mit der Kunst hauptsächlich in ihren konkreten Hervorbringungen; er betrachtet beispielsweise die Tragödie und forscht nach dem Stoff, dessen sie sich
bedient, also der Sprache, nach ihren Themen, dem Leben, nach der
Methode, mit der sie arbeitet, also der Handlung, nach den Voraussetzungen, unter denen sie in Erscheinung tritt, also der Aufführung
auf dem Theater, nach ihrem logischen Aufbau, ihren Verwicklungen, nach ihrem ästhetischen Endzweck, der Einwirkung auf den
Schönheitssinn durch die leidenschaftliche Erregung von Furcht
und Mitleid. Diese Läuterung und Vergeistigung der Natur, die er
κάθαρσις nennt, ist, wie Goethe bemerkt, von durchaus ästhetischer und keineswegs, wie Lessing annahm, von moralischer Art.
Aristoteles befaßte sich in erster Linie mit dem Eindruck, den das
Kunstwerk hervorruft, und versucht diesen Eindruck zu zerglie-
dern, seinen Ursprung aufzufinden, seine Entstehung aufzudecken.
Als Physiologe und Psychologe wußte er, daß die Gesundheit einer
Funktion in der Energie liegt. Die Fähigkeit zu einem leidenschaftlichen Gefühl zu besitzen und dieses nicht wirklich zu durchleben
heißt sich selbst begrenzen und einschränken. Das mimische Schauspiel des Lebens, das uns die Tragödie zeigt, reinigt den Busen von
manchem „gefährlichen Stoff", und dadurch, daß man den Gefühlen
hohe und würdige Gegenstände darbietet, wird der Mensch selbst
geläutert und vergeistigt. Und nicht nur dies: er wird auch in jene
vornehmen Gefühle eingeweiht, von denen er sonst vielleicht nichts
erfahren hätte. Das Wort κάθαρσις enthält, wie ich manchmal
meine, eine eindeutige Anspielung auf die Zeremonien der Einwei-
hung; zuweilen glaube ich sogar, dies ist die einzig wahre Bedeutung
des Wortes. Ich gebe hier natürlich nur einen Abriß des Buches.
Aber du siehst bereits, wieviel ästhetische Kritik es enthält. Wer
sonst als ein Grieche wäre fähig gewesen, die Kunst so scharf zu
analysieren? Nach der Lektüre wundert man sich nicht länger
darüber, daß Alexandria sich so ganz und gar der Kunstkritik ergab,

daß die künstlerischen Temperamente jener Zeit jede Frage von Stil und Technik erörterten und daß man über die großen akademischen Malerschulen, wie etwa die Schule Sikions, welche die erhabene Tradition der Antike zu bewahren suchte, nicht minder heftig diskutierte als über die Realisten und Impressionisten, deren Ziel es war, das wirkliche Leben widerzuspiegeln, oder über die ideale Richtung in der Porträtmalerei oder über die künstlerische Bedeutung des Epos in einer Zeit, die so modern war wie jene, oder über die angemessene Thematik des Künstlers. In der Tat, ich fürchte, auch die unkünstlerischen Naturen jener Tage waren in der Literatur und Kunst emsig am Werk, denn der Plagiatsbeschuldigungen gab es endlos viele, und solche Anklagen werden stets von den dünnen, farblosen Lippen der Unfähigkeit oder den verzerrten Mäulern jener erhoben, die zwar keine Eigenständigkeit besitzen, aber Ansehen zu gewinnen hoffen, indem sie laut hinausschreien, sie seien bestohlen worden. Ich versichere dir, mein lieber Ernest, die Griechen schwätzten über Maler genausoviel, wie man dies heutzutage tut, und sie hatten ihre Privatansichten, Ausstellungen gegen Entrée, Kunsthandwerkergilden, ihre präraffaelitische und ihre realistische Bewegung; sie hielten Vorlesungen über Kunst, sie schrieben Essays über Kunst, sie hatten Kunsthistoriker und Archäologen und den ganzen Plunder. Ja noch mehr: Theaterunternehmer nahmen auf ihren Gastspielen ihre eigenen Theaterkritiker mit und zahlten ihnen sehr ansehnliche Honorare für lobende Besprechungen. Man sieht, alles, was unserem modernen Leben das Gepräge gibt, verdanken wir den Griechen. Alles Unzeitgemäße verdanken wir dem Mittelalter. Die Griechen haben uns das System der Kunstkritik überliefert. Wie fein ihr kritischer Instinkt gewesen ist, kann man aus der Tatsache schließen, daß jenes Material, das sie am sorgsamsten kritisch durchforschten, wie ich sagte, die Sprache war. Denn das Material, dessen sich der Maler oder der Bildhauer bedient, ist dürftig im Vergleich mit dem Wort. Worte bergen nicht nur Musik, so süß wie der Klang der Viola und Laute, und Farben, so reich und lebendig wie jene, die uns die Leinwände der Venezianer und Spanier so lieblich erscheinen lassen, und plastische Form, die nicht minder fest und kraftvoll ist als die von Bronze oder Marmor, sondern auch Gedanken und Leidenschaft und Geistigkeit sind ihnen, und nur ihnen, eigen. Hätten die Griechen nur die Sprachkritik geschaffen, sie wären schon deswegen allein die großen Kunstkritiker der Welt. Die Prinzipien der höchsten Kunst kennen heißt die Prinzipien aller Künste kennen.

Doch ich sehe, daß sich der Mond hinter einer schwefelfarbenen Wolke verborgen hat. Aus ihrer lohgelben Mähne schimmert er wie das Auge eines Löwen hervor. Er fürchtet, ich könnte dir von Lukian und Longinus, von Quinctilian und Dionysius, von Plinius und Fronto und Pausanias, von all den Männern erzählen, die in der Antike über Kunstfragen geschrieben oder gesprochen haben. Er sei unbesorgt. Ich bin meiner Expedition in den dunklen, dumpfigen Abgrund der Tatsachen müde. Nun bleibt mir nichts übrig als die göttliche μονόχροvος ἡδονή einer neuen Zigarette. Zigaretten haben wenigstens den einen Reiz, daß sie uns unbefriedigt lassen.

ERNEST: Nimm eine von den meinen. Sie sind ziemlich gut. Ich beziehe sie direkt aus Kairo. Unsere Attachés taugen nur dazu, ihre Freunde mit ausgezeichnetem Tabak zu versorgen. Und da der Mond sein Antlitz verhüllt hat, laß uns wieder ein wenig plaudern. Ich gebe gerne zu: was ich über die Griechen sagte, war ein Irrtum. Sie waren, wie du dargetan hast, ein Volk von Kunstkritikern. Ich räume es ein und bedaure sie fast ein wenig. Denn die schöpferische Gabe steht höher als die kritische. Die beiden können wirklich nicht miteinander verglichen werden.

GILBERT: Dieser Gegensatz ist ganz willkürlich. Ohne kritisches Vermögen wurde noch nie eine Kunstschöpfung hervorgebracht, die diesen Namen verdient hätte. Du sprachst vor einem Augenblick über das feine Empfinden für das Auswählen, den zarten Instinkt für das Auslesen, wodurch der Künstler das Leben für uns verwirklicht und ihm für einen Augenblick Vollendung gewährt. Nun, diese Auslese, dieser feinfühlige Sinn für das Ausscheiden ist nichts anderes als die kritische Fähigkeit in einer ihrer bezeichnendsten Spielarten, und wer einer solchen kritischen Fähigkeit ermangelt, vermag in der Kunst überhaupt nichts Schöpferisches hervorzubringen. Arnolds Definition der Literatur als einer Kritik des Lebens ist in der Form nicht sehr glücklich gewesen, doch sie beweist, wie scharf er die Bedeutung des kritischen Elementes in jeder Kunstschöpfung erkannt hat.

ERNEST: Ich möchte meinen, große Künstler schaffen unbewußt, sie sind „weiser, als sie selbst wissen", wie Emerson, glaube ich, irgendwo bemerkt.

GILBERT: Dem ist wirklich nicht so, Ernest. Alle Werke zart bildender Phantasie sind bewußt und absichtlich entstanden. Kein Dichter singt, weil er singen muß, wenigstens kein großer Dichter. Ein großer Dichter singt, weil er singen will. So ist es jetzt, und so ist es immer gewesen. Wir sind manchmal geneigt zu glauben, jene

Stimmen, die in den Dämmerzeiten der Dichtung tönten, seien einfacher, frischer und natürlicher als die unseren gewesen und jener Welt, auf die der Blick der frühen Dichter fiel und die sie durch-schritten, habe etwas Poetisches angehaftet, das fast unverändert in Töne übergehen konnte. Heute liegt der Schnee dicht auf dem Olympus, und seine schroff zerklüfteten Abhänge sind kahl und unfruchtbar, aber einst, so träumen wir, haben die weißen Füße der Musen von den Anemonen am Morgen den Tau gestreift, und zur Abendstunde nahte Apoll und sang im Tal den Schäfern sein Lied. Doch damit leihen wir anderen Zeiten nur, was wir für unsere Zeit ersehen oder zu ersehen glauben. Unser historischer Sinn ist da in einem Irrtum befangen. Jedes Jahrhundert ist, insoweit es Dichtun-gen hervorbringt, ein künstlerisches Jahrhundert, und jedes Werk, das uns als die natürliche, einfache Frucht seiner Zeit erscheint, ist stets das Ergebnis höchst bewußten Wollens. Glaube mir, Ernest, es gibt keine Kunst ohne Bewußtheit, Bewußtheit aber und kritischer Sinn sind ein und dasselbe.

ERNEST: Ich sehe, worauf du hinauswillst; es liegt viel Wahres darin. Doch wirst du gewiß zugeben, daß die großen poetischen Gebilde der Frühzeit, die primitiven, namenlosen kollektiven Dich-tungen, mehr der Volksphantasie als der Phantasie eines einzelnen entsprangen?

GILBERT: Keineswegs, wenn sie Poesie geworden sind. Keines-wegs, wenn sie eine schöne Form erhielten. Denn es gibt keine Kunst ohne Stil und keinen Stil ohne Einheit, und Einheit setzt das Individuum voraus. Homer fand ohne Zweifel für sein Werk alte Balladen und Mären vor, wie Shakespeare Chroniken und Schau-spiele und Novellen, aus denen er schöpfen konnte, aber sie waren für ihn bloß Rohmaterial. Er bediente sich ihrer und gestaltete sie zum Gesang. Sie wurden sein eigen, denn er war es, der ihnen Lieblichkeit gab. Sie waren aus Klängen gebaut:

> Und so gar nicht gebaut,
> Und drum gebaut für immer.

Je länger man Leben und Literatur studiert, desto deutlicher empfindet man, daß hinter allem Wundervollen die Persönlichkeit steht, daß nicht der Augenblick den Menschen, sondern der Mensch seine Zeit erschafft. Ich neige in der Tat zu der Anschauung, daß alle Mythen und Legenden, von denen wir meinen, sie seien dem Wunderglauben, dem Grauen, der Einbildungskraft eines Stammes oder Volkes entsprungen, einem einzelnen erfinderischen Kopf ihre

Entstehung verdanken. Die erstaunlich begrenzte Zahl der Mythen scheint zu einer solchen Schlußfolgerung zu zwingen. Verlieren wir uns aber nicht in Fragen der vergleichenden Mythologie. Halten wir uns an die Kritik. Was ich ausführen möchte, ist dies: Ein Zeitalter, das keine Kritik kennt, ist entweder eines, dessen Kunst sich hieratisch-starr auf die Wiedergabe herkömmlicher Typen beschränkt, oder eines, das überhaupt keine Kunst besitzt. Es hat kritische Zeitalter gegeben, die, in der gewöhnlichen Bedeutung des Wortes, unschöpferisch gewesen sind, Zeitalter, in denen der menschliche Geist sich damit beschäftigte, die Schätze seiner Schatzkammer zu ordnen, das Gold vom Silber zu scheiden, das Silber vom Blei, die Juwelen zu zählen, den Perlen Namen zu geben. Allein es gab nie eine schöpferische Zeit, die nicht zugleich eine kritische gewesen wäre. Denn der kritische Geist ist es, der neue Formen findet. Alles Schaffen neigt dazu, sich selbst zu wiederholen. Dem kritischen Instinkt allein danken wir jede neu entstehende Schule, jede neue Form, bereit für die Hand der Kunst. Es gibt wirklich nicht eine Kunstform unserer Zeit, die uns nicht der kritische Geist Alexandrias überliefert hätte; dort wurden diese Formen zu Stereotypen, oder sie wurden dort ersonnen oder zur Vollendung gebracht. Ich sage Alexandria, nicht nur, weil der griechische Geist dort die höchste Bewußtheit gewann und sich zuletzt in Skeptizismus und Theologie verlor, sondern weil Rom aus dieser Stadt, nicht aus Athen seine Vorbilder bezog, und durch das Fortleben der lateinischen Sprache ist uns die Kultur überhaupt erhalten geblieben. Als in der Renaissance die griechische Literatur über Europa aufdämmerte, war der Boden dafür in mancher Hinsicht bereitet. Lassen wir aber solch historische Einzelheiten, die immer ermüden und meist ungenau sind, und begnügen wir uns mit der allgemeinen Bemerkung, daß wir dem kritischen Geist der Griechen die Kunstformen verdanken. Ihm verdanken wir die Epik, die Lyrik, das Drama in all seinen Entwicklungsstufen, die Burleske mit eingeschlossen, die Idylle, den romantischen Roman, den Abenteuerroman, den Essay, den Dialog, die Rede, die Vorlesung – diese sollte man ihm vielleicht nicht verzeihen – und das Epigramm in der ganzen umfassenden Bedeutung des Wortes. In der Tat, wir danken ihm jede Form außer dem Sonett – doch finden sich auch dazu bereits in der Anthologie einige merkwürdige gedankliche Parallelen –, außer dem amerikanischen Journalismus, zu dem es nirgendwo Parallelen gibt, und außer der Ballade im pseudo-schottischen Dialekt, die jüngst einer unserer emsigsten Skribenten zur

Grundlage einer endgültig-einmütigen Bewegung erheben wollte, deren Ziel es wäre, den Dichtern zweiten Ranges das wirklich romantische Gepräge zu verleihen. Jede neue Richtung beklagt sich, so scheint es, über die Kritik, doch gerade dieser kritischen Fähigkeit des Menschen schuldet sie ihre Entstehung. Der bloß schöpferische Trieb bringt nichts Neues hervor, er reproduziert nur.

ERNEST: Du hast über die Kritik als einen wesentlichen Teil des schöpferischen Geistes gesprochen, und ich schließe mich jetzt deiner Theorie völlig an. Wie steht es aber um die Kritik außerhalb des Schöpferischen? Ich habe die törichte Gewohnheit, Zeitschriften zu lesen, und ich glaube, der größte Teil der Kritik von heute ist völlig wertlos.

GILBERT: Das gilt auch von den meisten schöpferischen Werken unserer Tage. Die Mittelmäßigkeit hält der Mittelmäßigkeit die Waage, und die Unfähigkeit klatscht ihrer Schwester Beifall – dieses Schauspiel gewährt uns Englands Kunstleben von Zeit zu Zeit. Doch ich habe das Gefühl, daß ich hier nicht ganz gerecht bin. In der Regel sind die Kritiker – ich spreche natürlich von den Kritikern höheren Ranges, die für die Sixpenceblätter schreiben – weit kultivierter als jene, deren Werke sie zu rezensieren haben. Das entspricht unserer Erwartung, denn Kritisieren erfordert unendlich mehr Kultur als Schaffen.

ERNEST: Wirklich?

GILBERT: Gewiß. Jedermann kann einen dreibändigen Roman schreiben. Dazu bedarf es nur völliger Unkenntnis sowohl des Lebens wie der Literatur. Für den Rezensenten, meine ich, liegt die Schwierigkeit darin, irgendeinen Maßstab aufrechtzuerhalten. Wo kein Stil ist, erscheint ein Maßstab unmöglich. Die armen Rezensenten werden offenbar zu Reportern der literarischen Polizeigerichte herabgewürdigt, zu Chronisten der Taten künstlerischer Gewohnheitsverbrecher. Man hört zuweilen, daß sie nicht einmal die Werke, die sie kritisieren sollen, zu Ende lesen. Das tun sie in der Tat nicht. Sie sollten es wenigstens nicht. Würden sie es tun, dann müßten sie für den Rest ihrer Tage ausgesprochene Misanthropen werden oder, um mich des Ausdrucks einer der hübschen Akademikerinnen aus Newnham zu bedienen, ausgesprochene „Frauenthropen". Es ist auch keineswegs nötig. Um den Jahrgang und die Güte eines Weines zu erkennen, braucht man nicht das ganze Faß zu leeren. Man kann sich in einer halben Stunde sehr leicht ein Urteil darüber bilden, ob ein Buch etwas oder nichts taugt. Wahrhaftig, zehn Minuten genügen dem, der Formgefühl besitzt. Wozu durch einen seichten Band waten? Man kostet nur, und das genügt vollauf – es ist mehr als genug, möchte ich behaupten. Ich weiß, daß es viele redliche Handwerker sowohl in der Malerei als auch der Literatur gibt, die der Kritik die Berechtigung völlig absprechen. Diese Leute haben ganz recht. Ihr Werk steht in keinem geistigen Zusammenhang mit ihrer Zeit. Es bietet uns kein neues Element der Freude. Es läßt uns keinen neuen Bereich des Denkens oder der Leidenschaft oder der Schönheit ahnen. Man sollte gar nicht darüber sprechen. Man sollte es der verdienten Vergessenheit anheimgeben.

ERNEST: Aber, mein Lieber – verzeih, wenn ich dich unterbreche –, in deiner Leidenschaft für die Kritik gehst du wohl ein gut Stück zu weit. Selbst du wirst zugeben müssen, daß es viel schwerer ist, etwas zu tun, als darüber zu reden.

GILBERT: Schwerer, etwas zu tun, als darüber zu reden? Keineswegs. Dies ist ein großer, weitverbreiteter Irrtum. Es ist sehr viel schwieriger, über etwas zu reden, als es zu tun. Im Bereich des wirklichen Lebens liegt dies natürlich klar zutage. Jedermann kann Geschichte machen. Nur ein bedeutender Mann vermag sie zu schreiben. Es gibt keine Form des Handelns, keine Form der Gemütsbewegung, die wir nicht mit den niedrigeren Lebewesen teilen. Nur durch die Sprache erheben wir uns über sie oder auch über die Mitmenschen – durch die Sprache allein, und diese ist die Mutter des Denkens, nicht sein Kind. Das Handeln ist wirklich immer leicht, und tritt es uns in der übertriebensten, nämlich der beständigsten Form entgegen, worunter ich den Gewerbefleiß verstehe, dann wird es einfach zur Zuflucht jener, die sonst keine Aufgabe haben. Nein, Ernest, reden wir nicht vom Handeln. Es ist immer etwas Blindes, abhängig von äußerlichen Einflüssen und gelenkt von unbewußten Trieben. Alles Handeln ist seinem Wesen nach unvollkommen, denn es wird durch den Zufall beschränkt und kennt im voraus keineswegs seine Richtung; es führt immer zu einem anderen Ziel als dem vorgesetzten. Es beruht auf Phantasiemangel. Es ist der letzte Ausweg derer, die nicht zu träumen verstehen.

ERNEST: Du behandelst die Welt wie eine Kristallkugel. Sie ruht in deiner Hand und dreht sich nach deiner Laune. Du tust nichts anderes als die Geschichte umschreiben.

GILBERT: Das eben ist unsere einzige Pflicht der Geschichte gegenüber: wir müssen sie umschreiben. Dies stellt keineswegs die geringste Aufgabe des kritischen Geistes dar. Haben wir einmal die wissenschaftlichen Gesetze, die das Leben beherrschen, voll erfaßt, werden wir einsehen, daß es nur einen Menschen gibt, der in Selbsttäuschung noch weit befangener ist als der Träumer – der Tatmensch. Dieser kennt wirklich weder den Ursprung seiner Handlungen noch ihre Ergebnisse. Auf dem Feld, auf dem er Dornen gesät zu haben glaubt, ernten wir Wein, und der Feigenbaum, den er zu unserer Freude pflanzte, ist nicht minder unfruchtbar als die Distel und noch bitterer. Nur weil die Menschheit niemals wußte, wohin sie ging, vermochte sie ihren Weg zu finden.

ERNEST: Du bist also der Meinung, in der Sphäre des Handelns sei Zielbewußtsein nur Täuschung?

GILBERT: Weit schlimmer als Täuschung. Lebten wir lange genug, die Resultate unserer Handlungen zu sehen, wie leicht könnte es geschehen, daß diejenigen, die sich die Guten nennen, von dumpfen Gewissensbissen gequält würden und daß die sogenannten Bösen ganz geschwellt wären von stolzer Freude. Alle unsern kleinen Taten geraten in die große Maschine des Lebens, die vielleicht unsere Tugenden zu Staub zermalmt und sie entwertet oder unsere Sünden zu Elementen einer neuen Kultur umformt, einer Kultur, die herrlicher und glanzvoller ist als irgendeine, die uns vorausging. Doch die Menschen sind Sklaven des Wortes. Sie wüten gegen den sogenannten Materialismus und vergessen, daß es keinen materiellen Fortschritt gibt, der nicht die Welt vergeistigt hätte, und daß fast jedes geistige Erwachen die Kräfte der Welt in vergeblichen Hoffnungen unfruchtbarer Sehnsucht und leeren oder hemmenden Glaubensbekenntnissen sich erschöpfen ließ. Was man gemeinhin Sünde nennt, ist ein wesentliches Element des Fortschritts. Ohne sie würde die Welt stagnieren, alt oder farblos werden. Durch die Neugierde der Sünde nimmt die Erfahrung des Menschengeschlechts zu. Durch ihre nachhaltige Betonung des Individualismus bewahrt sie uns vor der Eintönigkeit des Typischen. In ihrer Ablehnung der landläufigen Moralbegriffe stimmt sie mit der höheren Ethik überein. Und die Tugenden erst! Was sind Tugenden? Die Natur, erzählt uns M. Renan, kehrte sich wenig an Keuschheit. Der Schande der Magdalenen, nicht ihrer eigenen Reinheit, verdanken die Lukrezien von heut vielleicht ihre Unbeflecktheit. Die Barmherzigkeit, dies haben selbst diejenigen zugeben müssen, in deren Religion dieser Begriff einen wesentlichen Platz einnimmt, richtet eine Menge Unheil an. Schon die Existenz des Gewissens, jener Fähigkeit, über die man heutzutage soviel schwätzt und auf die man so unwissend stolz ist, beweist die Unvollkommenheit unserer Entwicklung. Das Gewissen muß im Instinkt untergehen, bevor wir edel werden können. Durch

Selbstverleugnung hemmt der Mensch einfach seinen Fortschritt, und die Selbstopferung ist nur ein Überbleibsel der Verstümmelung aus barbarischer Zeit, ein Rest jener uralten Anbetung des Leidens, die sich in der Geschichte der Menschheit so furchtbar ausgewirkt hat, die noch heute Tag für Tag ihre Opfer heischt und der noch immer Altäre im Land errichtet werden. Tugenden! Wer weiß schon, was Tugenden sind? Du nicht. Auch ich nicht. Niemand. Es schmeichelt unserer Eitelkeit, daß wir den Verbrecher töten, denn würden wir ihm das Weiterleben gestatten, könnte er uns eines Tages beweisen, wieviel wir durch sein Verbrechen gewonnen haben. Wohl um der eigenen Seelenruhe willen erduldet der Heilige den Märtyrertod. So wird ihm der Anblick seiner schrecklichen Ernte erspart.

ERNEST: Gilbert, du stimmst ein rauhes Lied an. Kehren wir zu den lieblicheren Gefilden der Literatur zurück. Was hast du doch eben gesagt? Es sei schwerer, über etwas zu reden, als es zu tun.

GILBERT *nach einer Pause*: Jawohl: ich sprach, glaube ich, diese einfache Wahrheit aus. Du siehst jetzt gewiß ein, daß ich recht habe? Der Mensch ist, wenn er handelt, eine Marionette. Wenn er schildert, wird er ein Dichter. Darin liegt das ganze Geheimnis. Es war ziemlich leicht, auf den sandigen Schlachtfeldern um das sturmumflatterte Ilion den geschnitzten Pfeil von dem bemalten Bogen zu schnellen oder den mächtigen Eschenspeer gegen den Schild aus Häuten und flammengleichem Erz zu schleudern. Es fiel der ehebrecherischen Königin leicht, die tyrischen Teppiche vor ihrem Gebieter auszubreiten und dann dem im Marmorbad Liegenden das purpurne Netz über das Haupt zu werfen und ihren glattwangigen Liebsten zu rufen, damit er durch die Maschen mit dem Dolch das Herz treffe, das in Aulis hätte brechen sollen. Selbst für Antigone, die der Tod als Bräutigam erwartete, war es leicht, durch die verpestete Luft des Mittags den Hügel hinanzusteigen, um mit sanfter Erde den nackten, unglücklichen Leichnam, der kein Grab hatte, zu bedecken. Doch was ist mit jenen, die solche Taten beschrieben haben? Was mit jenen, die ihnen Realität verliehen und sie für immer fortleben ließen? Sind sie nicht größer als die Männer und Frauen, die sie besingen? „Hektor, der süße Recke, ist tot", und Lukian berichtet, wie Menippus in der Düsternis der Unterwelt den bleichenden Schädel der Helena erblickte und wie er sich wunderte, daß um eines so grauenhaften Gebildes willen all diese gehörnten Schiffe vom Stapel gelassen wurden, all diese herrlich gepanzerten Helden dahinsanken, all diese turmbewährten Städte in Staub zerfielen. Dennoch erscheint jeden Morgen die schwanengleiche Tochter der Leda auf den Zinnen und blickt auf das Kriegsgetümmel nieder. Graubärtige Greise bewundern ihre Lieblichkeit, und sie steht an der Seite des Königs. In seinem Gemach aus buntem Elfenbein liegt ihr Buhle. Er putzt seine zierliche Rüstung und streicht über den scharlachroten Helmbusch. Gefolgt von Männern und Jünglingen, schreitet ihr Gatte von Zelt zu Zelt. Sie erblickt sein blondes Haar, sie hört die klare, kühle Stimme oder glaubt sie zu hören. Unten im Hof legt der Sohn des Priamos den ehernen Panzer an. Die weißen Arme der Andromache sind um seinen Nacken geschlungen. Er stellt den Helm zu Boden, damit ihr Kind nicht erschrecke. Hinter den gestickten Vorhängen seines Zeltes sitzt Achill im wohlduftenden Gewand, während der Freund seiner Seele den Harnisch von Gold und Silber anschnallt, um in den Kampf zu ziehen. Einem seltsam geschnitzten Kästchen, das Mutter Thetis ihm an sein Schiff gebracht, entnimmt der Gebieter der Myrmidonen den geheimnisvollen Kelch, den Menschenmund nie berührt hat; er reinigt ihn mit Schwefel und kühlt ihn mit frischem Wasser, und nachdem er sich die Hände gewaschen hat, füllt er mit schwarzem Wein die glatte Höhlung und gießt das dicke Blut der Trauben auf den Boden, zur Ehre dessen, den barfüßige prophetische Priester zu Dodona anbeteten, und fleht zu ihm, unwissend, daß er vergeblich fleht und daß unter den Händen zweier trojanischer Helden, des Panthous' Sohn Euphorbus, dessen Liebeslocken mit Gold durchflochten waren, und des Priamiden, des löwenbeherzten, Patroklus, der Gefährte der Gefährten, sein Schicksal erfüllen muß. Sind diese Gestalten Phantome? Helden des Nebels und der Berge? Schatten in einem Lied? Nein: sie leben wirklich. Handeln! Was ist Handeln? Es stirbt im Augenblick des Vollbringens. Es ist ein niedriges Zugeständnis an die Tatsachen. Die Welt wurde durch den Sänger für den Träumer geschaffen.

ERNEST: Solange du sprichst, scheinst du recht zu haben.

GILBERT: Ich habe tatsächlich recht. Auf dem zu Staub zerfallenen Festungsgemäuer Trojas liegt die Eidechse wie ein Gebilde aus grüner Bronze. Die Eule hat ihr Nest im Palast des Priamos gebaut. Über die leere Ebene ziehen Schaf- und Ziegenherden mit ihren Hirten; dort, wo auf der öligen, weinfarbenen See, dem οἶνοφ πόντος, wie Homer sie nennt, die rotgestreiften mächtigen Galeeren der Danaer mit kupfernem Bug schimmernden Glanzes einherschwammen, sitzt jetzt der einsame Thunfischer im kleinen Boot und achtet auf den hüpfenden Kork seines Netzes. Und doch

werden jeden Morgen die Tore der Stadt weit aufgetan, und zu Fuß
oder in rossegezogenen Wagen ziehen die Krieger in die Schlacht
und spotten der Feinde hinter ihrer eisernen Vermummung. Den
Tag über fechten sie grimmig, und wenn die Nacht anbricht, glühen
die Fackeln vor den Zelten, und der Dreifuß raucht in der Halle.
Gestalten, die im Marmor oder auf der Leinwand leben, kennen
vom Dasein nur einen einzigen köstlichen Augenblick, ewig freilich
in seiner Schönheit, aber beschränkt auf einen Ton der Leidenschaft
oder der ruhigen Betrachtung. Die der Dichter in das Dasein ruft,
kennen unzählige Empfindungen der Freude und des Schreckens,
des Mutes und der Verzweiflung, der Lust und des Leids. Die Zeiten
wandeln in frohem oder ernstem Gepränge, und die Jahre gleiten
beschwingten oder schweren Schrittes an ihnen vorüber. Sie haben
ihre Jugend und ihre Mannheit, sie sind Kinder und werden alt. Um
die heilige Helene webt immer jene Dämmerung, in der Veronese sie
am Fenster schaute. Durch die stille Morgenluft bringen ihr die
Engel das Symbol des göttlichen Leidens. Der kühle Morgenwind
hebt die goldenen Fäden von ihren Brauen. Auf jenem kleinen
Hügel bei Florenz, wo die Liebenden des Giorgione lagern, leuchtet
noch immer die nämliche Mittagssonne im Zenit, und so erschlaf-
fend ist diese Sommersonne, daß das schlanke, nackte Mädchen
kaum das klare, gerundete Glas in den Marmorbrunnen zu tauchen
vermag und die schmalen Finger des Lautenspielers träg auf den
Saiten ruhn. Zwielicht spielt noch immer um die tanzenden Nymphen, die Corot um die silbernen Pappeln seiner Heimat schweben
ließ. Im ewigen Zwielicht gleiten sie dahin, diese zarten, durchsichtigen Gestalten, deren weiße, zitternde Füße kaum das taufeuchte
Gras zu streifen scheinen. Aber jene Gestalten, die durch das Epos,
das Drama, den Roman schreiten, sehen im Reigen der Monate die
jungen Monde zunehmen und schwinden, und sie beobachten den
Zug der Nacht vom Abend- bis zum Morgenstern und können den
wechselnden Tag mit seinem Gold und seinen Schatten vom Sonnenaufgang bis zum Sonnenniedergang erleben. Für sie blühen und
welken die Blumen wie für uns, und die Erde, diese grüngelockte
Göttin, wie Coleridge sie nennt, wechselt ihnen zur Freude ihr
Gewand. Die Statue verleiht einem einzigen Augenblick der Vollendung Dauer. Dem Bild, auf der Leinwand festgehalten, wohnt nicht
das geistige Element des Wachsens und des Wechsels inne. Wenn
diese Gebilde nicht die Schauer des Todes kennen, so deshalb nicht,
weil sie wenig vom Leben wissen, denn die Geheimnisse des Lebens
und Sterbens werden nur denen offenbar, nur denen allein, die der

Kreislauf der Zeit berührt, die nicht nur Gegenwart, sondern auch Zukunft in sich tragen und die auch vergangener Ruhm oder vergangene Schmach zu erheben oder zu stürzen vermag. Bewegung, dieses Problem der bildenden Künste, kann nur durch die Literatur getreu verwirklicht werden. Nur die Literatur zeigt uns den Leib in seiner Schnelligkeit und die Seele in ihrer Unrast.

ERNEST: Ja; ich verstehe jetzt, was du meinst. Aber dies eine ist sicher: je höher du den schaffenden Künstler stellst, einen desto niedrigeren Rang muß der Kritiker einnehmen.

GILBERT: Wieso?

ERNEST: Weil das Beste, das er uns geben kann, nichts ist als ein Widerhall reicher Musik, ein blasser Schatten klarumrissener Formen. Das Leben mag in der Tat ein Chaos sein, wie du behauptest; vielleicht sind seine Martyrien armselig und seine Heldentaten unedel; und vielleicht ist es wirklich die Aufgabe der Dichtung, aus dem Rohstoff der konkreten Existenz eine neue Welt zu schaffen, die wunderbarer, dauernder und wahrhafter sein wird als jene, die das gemeine Auge erblickt und durch die gemeine Naturen ihre Vollendung zu erreichen suchen. Doch wenn diese neue Welt durch Geist und Gefühl eines großen Künstlers geschaffen wurde, dann muß dies eine so vollständige und vollkommene Schöpfung sein, daß dem Kritiker nichts zu tun übrigbleibt. Ich verstehe jetzt sehr wohl und räume bereitwillig ein, daß es viel schwerer ist, über etwas zu reden, als es zu tun. Aber ich bin der Ansicht, daß dieser gesunde und vernünftige Grundsatz, der unser Empfinden so außerordentlich beruhigt und den jede Literaturakademie in der ganzen Welt zu ihrem Wahlspruch machen sollte, nur die Beziehungen zwischen Kunst und Leben berührt, keineswegs jene, die zwischen Kunst und Kritik bestehen mögen.

GILBERT: Doch ist die Kritik sicherlich selbst eine Kunst. Und wie die künstlerische Schöpfung der Arbeit des kritischen Geistes bedarf und ohne diesen überhaupt nicht bestehen kann, so ist die Kritik tatsächlich schöpferisch in der höchsten Bedeutung des Wortes. Die Kritik ist in der Tat sowohl schöpferisch als auch unabhängig.

ERNEST: Unabhängig?

GILBERT: Jawohl, unabhängig. Die Kritik darf von irgendeinem niedrigen Gesichtspunkt der Nachahmung oder Ähnlichkeit ebensowenig beurteilt werden wie das Werk des Dichters oder bildenden Künstlers. Der Kritiker nimmt dem kritisierten Kunstwerk gegenüber die nämliche Stellung ein, die der Künstler der sichtbaren Welt der Form und Farbe oder der unsichtbaren Welt der

Leidenschaft und des Denkens gegenüber einnimmt. Der Kritiker benötigt, um seine Kunst zur Vollendung zu bringen, nicht einmal das edelste Material. Alles dient seinen Zwecken. Wie Gustave Flaubert aus den gemeinen und sentimentalen Liebesaffären der dummen Frau eines kleinen Landarztes aus dem schmutzigen Dorf Yonville-l'Abbaye bei Rouen ein klassisches Werk zu schaffen vermochte, ein Meisterwerk des Stils, so kann der echte Kritiker aus Dingen von sehr geringer oder gar keiner Bedeutung ein Werk von makelloser Schönheit und subtiler Geistigkeit hervorbringen, etwa aus den Gemälden der Royal Academy dieses oder irgendeines Jahres, aus den Gedichten von Mr. Lewis Morris, aus den Romanen von M. Ohnet oder den Komödien von Mr. Henry Arthur Jones, vorausgesetzt, daß es ihm Freude macht, seine Aufmerksamkeit auf solche Dinge zu lenken oder zu verschwenden. Warum nicht? Trübheit lockt immer den Glanz unwiderstehlich hervor, und Dummheit ist die ewige *Bestia Trionfans*, welche die Klugheit aus ihrer Höhle ruft. Was bedeutet einem so schöpferischen Künstler, wie es der Kritiker ist, das Thema? Nicht mehr und nicht minder, als es dem Erzähler und dem Maler bedeutet. Wie diesen kann er seinen Motiven überall begegnen. Die Behandlung allein ist das Entscheidende. Es gibt nichts, was nicht Anregungen oder Probleme in sich birgt.

ERNEST: Ist aber die Kritik wirklich eine schöpferische Kunst?

GILBERT: Warum sollte sie es nicht sein? Sie arbeitet mit Materialien und bringt sie in Formen, die zugleich neu und entzückend sind. Was kann man über die Dichtung mehr sagen? Ja, ich möchte die Kritik eine Schöpfung innerhalb der Schöpfung nennen. Wie die großen Künstler von Homer und Äschylos bis zu Shakespeare und Keats ihre Stoffe niemals direkt dem Leben entnahmen, sondern in Mythen und Legenden und alten Erzählungen danach suchten, so benützt der Kritiker Stoffe, welche die anderen gewissermaßen für ihn gereinigt haben und denen bereits Form und Farbe der Phantasie beigefügt worden ist. Ja, mehr noch, ich möchte behaupten, daß die höchste Form der Kritik, da sie zugleich die reinste Form persönlicher Empfindung darstellt, auf ihre Art schöpferischer ist als das Schaffen, denn sie kann nur an sich selbst gemessen werden, nur in ihr liegt ihre Daseinsberechtigung; sie ist, wie die Griechen sagen würden, in und für sich selbst ein Zweck. Auf jeden Fall wird sie niemals durch irgendwelche Fesseln der Lebensechtheit geknebelt. Keine unwürdige Rücksichtsnahme auf die Wahrscheinlichkeit, dieses feige Zugeständnis an die endlos langweiligen Wiederholungen unseres privaten und öffentlichen Lebens, behindert sie. Von der Dichtung mag man an die Wirklichkeit appellieren. Über der Seele gibt es kein Appellationsgericht.

ERNEST: Über der Seele?

GILBERT: Ja, über der Seele. Die höchste Kritik ist nämlich in Wahrheit nichts anderes als die Darstellung der eigenen Seele. Darum ist sie faszinierender als die Geschichte; sie beschäftigt sich ja nur mit sich selbst. Sie ist reizvoller als die Philosophie, denn ihr Gegenstand ist konkret und nicht abstrakt, wirklich und nicht unbestimmt. Sie ist die einzige kultivierte Form der Autobiographie, denn sie beschäftigt sich nicht mit den Ereignissen, sondern mit den Gedanken eines Lebens; nicht mit den greifbaren Tatsachen oder Zufälligkeiten des Daseins, sondern mit den geistigen Stimmungen und den phantasievollen Leidenschaften der Seele. Mich belustigt stets die alberne Eitelkeit jener Schriftsteller und Künstler unserer Tage, die zu glauben scheinen, die wichtigste Aufgabe des Kritikers bestehe darin, über ihre mittelmäßigen Werke zu schwätzen. Das Beste, das man über den größten Teil unserer modernen schöpferischen Kunst zu sagen vermag, ist, daß sie nicht ganz so vulgär ist wie die Wirklichkeit. Der Kritiker mit seinem subtilen Unterscheidungsvermögen und seinem sicheren Instinkt für zarte Verfeinerung wird darum lieber in den silbernen Spiegel oder durch den gewobenen Schleier blicken, und er wird sein Auge von dem Wirrwarr und dem Geschrei des wirklichen Lebens abwenden, mag auch der Spiegel getrübt und der Schleier zerrissen sein. Sein einziges Ziel ist die Registrierung seiner eigenen Eindrücke. Für ihn werden Bilder gemalt, Bücher geschrieben, für ihn wird der Marmor geformt.

ERNEST: Ich glaube, ich habe bereits eine andere Theorie über das Wesen der Kritik vernommen.

GILBERT: Jawohl, sie wurde von einem Mann aufgestellt, dessen teures Bild wir alle im Gedächtnis bewahren, und der Klang seiner Flöte hat einst Proserpina aus ihren sizilischen Gefilden fortgelockt, so daß ihre weißen Füße, und nicht vergeblich, die Cumnorschen Primeln bewegten; er hat gesagt, das wahre Ziel der Kritik sei, die Dinge so zu sehen, wie sie in Wirklichkeit sind. Dies ist jedoch ein sehr schwerer Irrtum, der von der vollkommensten Form der Kritik keine Kenntnis nimmt, der rein subjektiven Kritik, die sich nur bemüht, ihr eigenes Geheimnis und nicht das Geheimnis eines anderen zu enthüllen. Denn die höchste Kritik beschäftigt sich mit der Kunst nur als einem Mittel des Eindrucks, nicht des Ausdrucks.

ERNEST: Ist dem wirklich so?

GILBERT: Selbstverständlich. Wer kümmert sich darum, ob Mr. Ruskins Anschauungen über Turner begründet sind oder nicht? Was ist daran gelegen? Diese mächtige und majestätische Prosa, die ihm eigen ist, so glühend und so flammend in ihrer adeligen Beredsamkeit, so reich in ihrer kunstvollen symphonischen Musik, in den Höhepunkten so sicher und treffend, so subtil in der Wahl des Haupt- und des Beiwortes, ist kein geringeres Kunstwerk als einer jener herlichen Sonnenuntergänge, die auf den Leinwändern in den Galerien Englands verblassen oder vermodern, ja, größer noch, möchte man manchmal meinen, nicht nur deshalb, weil die gleichwertige Schönheit dieses Werkes längeren Bestand hat, sondern weil es uns vielfältiger anregt, weil Seele zu Seele spricht in diesen mächtigen, lange nachhallenden Kadenzen, nicht durch Form und Farbe allein – durch diese allerdings völlig und ohne Einschränkung –, sondern auch durch den Ausdruck des Geistes und der Empfindung, durch erhabene Leidenschaft und das noch erhabenere Denken, durch hellseherische Einsicht und dichterische Absicht; ja, größer, meine ich, wie denn die literarische Kunst überhaupt die größte ist. Wer fragt, ob Mr. Pater in das Bildnis der Mona Lisa Dinge hineingelegt hat, an die Leonardo nicht einmal im Traum dachte? Der Maler ist vielleicht wirklich nur der Sklave eines archaischen Lächelns gewesen, wie manche meinen, aber sooft ich die kühlen Galerien des Louvre durchschreite und vor jener seltsamen Gestalt stehe, „die in ihrem Marmorstuhle lehnt, umgeben von einem Halbrund phantastischer Felsen, wie im matten Licht der Meerestiefe", flüstre ich mir selber zu: „Sie ist älter als jene Felsen, in deren Mitte sie ruht; dem Vampir gleich ist sie schon viele Male gestorben und hat die Geheimnisse des Grabes erfahren; sie ist in tiefe Meere hinabgetaucht und bewahrt um sich deren ermattetes Licht; sie hat um seltsame Gewebe mit Kaufleuten des Orients gefeilscht; sie war, wie Leda, die Mutter der trojanischen Helena und, wie die heilige Anna, Marias Mutter; und all dies war für sie nicht mehr denn Lauten- und Flötenklang und prägt sich nur in den zarten Linien des wechselnden Mienenspiels und in der Färbung der Lider und Hände aus." Und ich sage zu meinem Freund: „Jenes Wesen, das so seltsam neben den Wassern emporstieg, drückt aus, was die Menschen nach einer Wanderung durch Jahrtausende endlich herbeisehnen." Und er antwortet nur: „Ihr ist das Haupt zu eigen, auf das jedes Ende der Welt fiel, und darum sind ihre Lider ein wenig müde."

Und so wird das Gemälde für uns wunderbarer, als es in Wirklichkeit ist, und entschleiert uns ein Geheimnis, von dem es im Grunde selbst nichts weiß, und der Klang der mystischen Prosa tönt in unserem Ohr so süß wie die Musik des Flötenspielers, die um die Lippen der Gioconda jene feinen, verderblichen Furchen zog. Du fragst, was Leonardo geantwortet haben würde, wenn ihm jemand über dieses Bild erzählt hätte: „Alle Gedanken und Erfahrungen der Welt haben an diesem Werk mit ihrer ganzen Kraft gebildet und geformt, um seinen Ausdruck zu verfeinern, noch mehr zu beseelen, der griechische Sensualismus, römische Lüsternheit, der Traum des Mittelalters mit seinem übersinnlichen Streben und seinen verzückten Leidenschaften, die Wiederkehr der heidnischen Welt, die Sünden der Borgias." Er hätte vermutlich geantwortet, er habe derlei gar nicht im Sinn gehabt, sondern nur an eine gewisse Anordnung der Linien und Maße gedacht, an neue und seltsame Farbenzusammenklänge von Blau und Grün. Und eben deshalb stellt eine solche Kritik, von der ich sprach, die höchste Form der Kritik dar. Sie nimmt das Kunstwerk nur zum Ausgangspunkt für eine neue Schöpfung. Sie gibt sich keineswegs damit zufrieden – nehmen wir dies wenigstens für einen Augenblick an –, die wirkliche Absicht des Künstlers zu erforschen und als endgültig hinzunehmen. Und darin hat sie recht, denn der Sinn einer schönen Schöpfung liegt zumindest so sehr bei dem Betrachter wie in der Seele dessen, der sie schuf. Ja, durch den Betrachter erhält erst das Werk seine ungezählten Bedeutungen, wird es wunderbar für uns und gewinnt neue Beziehungen zu der Zeit, so daß es ein lebensnotwendiger Bestandteil unseres Lebens wird, ein Sinnbild dessen, was wir erflehen, oder vielleicht dessen, wovon wir fürchten, daß es unserem Flehen gewährt werde. Je länger ich darüber nachdenke, Ernest, um so deutlicher wird es mir, daß die Schönheit der sichtbaren Künste, wie die Schönheit der Musik, in erster Linie auf dem Eindruck beruht, den sie in uns erweckt, und daß sie durch ein Übermaß geistiger Absichten des Künstlers leicht getrübt werden kann, was ja auch oft geschieht. Denn das Werk führt, wenn es einmal vollendet dasteht, ein unabhängiges Eigenleben, und es mag eine ganz andere Botschaft künden als die, welche der Künstler ihm in den Mund gelegt hat. Manchmal ist es mir wirklich, wenn ich die Tannhäuser-Ouvertüre höre, als sähe ich den edlen Ritter, wie er zart das blumenübersäte Gras betritt, als vernähme ich die Stimme der Venus, die aus der Bergeshöhle nach ihm ruft. Doch ein andermal spricht mir diese Musik von tausend anderen Dingen, von mir selbst und meinem eigenen Leben vielleicht oder von dem Dasein der anderen, jener anderen, die man liebte und die zu lieben man überdrüssig wurde, oder von den Leidenschaften, die man durchlebte, oder von jenen, die man nicht durchlebte und ersehnt hat. Zur Nacht erfüllt uns diese Musik vielleicht mit dem ΕΡΩΣ ΤΩΝ ΑΔΥΝΑΤΩΝ, diesem *Amour de l'Impossible*, die wie ein Wahn viele überfällt, die außerhalb der Reichweite des Leidens in Sicherheit zu leben vermeinen, bis sie plötzlich an dem Gift unendlicher Sehnsucht erkranken und auf der unermüdlichen Suche nach dem, was sie nie erreichen werden, ermatten und hinsinken oder straucheln. Morgen werden uns diese Töne gleich der Musik, von der uns Aristoteles und Plato berichten, der edlen dorischen Musik der Griechen, lindernd wie ein Arzt berühren und uns ein Heilmittel gegen den Schmerz reichen und das versehrte Gemüt heilen und „die Seele in Einklang mit allen rechten Dingen bringen". Und was für die Musik gilt, gilt für die andern Künste nicht minder. Die Schönheit hat soviel Bedeutungen, wie der Mensch Stimmungen hat. Die Schönheit ist das Sinnbild der Sinnbilder. Die Schönheit enthüllt alles, weil sie nichts ausdrücken will. Zeigt sie sich uns, dann zeigt sie uns die ganze feuerfarbene Welt.

ERNEST: Darf man aber ein derartiges Werk überhaupt noch ein kritisches nennen?

GILBERT: Es ist der Gipfel der Kritik, denn es handelt nicht bloß von dem einzelnen Kunstwerk, sondern von der Schönheit selbst und füllt mit Wundern eine Form, die der Künstler vielleicht leer ließ oder nicht verstand oder nur unvollständig verstand.

ERNEST: Diese höchste Kritik ist also schöpferischer als das Schaffen selbst, und die erste Aufgabe des Kritikers wäre demnach, wenn ich deine Theorie recht verstehe, das Objekt anders zu sehen, als es in Wirklichkeit ist?

GILBERT: Ja, das ist meine Theorie. Den Kritiker soll das Kunstwerk bloß zu einem neuen eigenen Werk anregen, das keineswegs notwendigerweise eine offenkundige Ähnlichkeit mit dem kritisierten Gebilde aufweisen muß. Dies eben ist das Kennzeichen der schönen Form: man mag, was immer man will, in sie hineinlegen und darin erblicken, was man zu erblicken wünscht, und die Schönheit, die dem geschaffenen Werk den universalen ästhetischen Wert verleiht, macht aus dem Kritiker selbst einen schöpferischen Geist und flüstert ihm tausend Dinge zu, die nicht in der Seele dessen vorhanden waren, der die Statur gebildet oder das Bild gemalt oder den Edelstein geschnitten hat.

Manchmal hört man von den Leuten, die weder das Wesen

höchster Kritik noch den Reiz höchster Kunst erfassen, die Meinung, der Kritiker schreibe am liebsten über solche Bilder, die das
Anekdotische der Malerei behandeln und Szenen aus der Literatur
oder Geschichte darstellen. Dem ist keineswegs so. Bilder dieser Art
wirken viel zu sehr auf den Verstand. Im ganzen genommen, stehen
sie auf der Stufe von Illustrationen und sind selbst von diesem
Standpunkt aus ein Mißgriff, da sie nicht die Phantasie anregen,
sondern ihr Schranken setzen. Das Reich des Malers ist ja, wie ich
früher ausgeführt habe, von dem des Dichters durchaus verschieden. Dem letzteren ist das ganze Leben in seiner Fülle unbeschränkt
zu eigen; nicht nur die Schönheit, die man anschaut, sondern auch
jene, die man erlauscht; nicht nur die vergängliche Anmut der Form
oder der vorübergehende Glanz der Farbe, sondern der ganze
Bereich des Gefühls, der ganze Umkreis des Denkens. Der Maler
findet seine Begrenzung darin, daß er uns das Geheimnis der Seele
bloß in der Maske des Leibes zu zeigen vermag; Ideen kann er nur
durch herkömmliche Zeichen versinnbildlichen; nur durch den
körperlichen Ausdruck vermag er Psychologisches wiederzugeben.
Und wie unvollkommen gelingt ihm das, wenn er uns auffordert, im
zerrissenen Turban eines Mohren des Othello edlen Zorn, in einem
alten, im Sturm umherirrenden Narren den wilden Wahnsinn des
Lear zu erblicken! Und doch scheint es, als ob nichts diesen Leuten
Einhalt gebieten könnte. Die meisten unserer älteren englischen
Maler verbringen ihr elendes und vergeudetes Leben damit, daß sie
im Revier der Dichter wildern; sie verderben sich ihre Stoffe dadurch, daß sie diese plump behandeln und sich bemühen, die
Wunder des Unsichtbaren, den Glanz des niemals Geschauten
durch sichtbare Form und Farbe wiederzugeben. Ihre Gemälde sind
darum natürlicherweise unerträglich langweilig. Sie haben die unsichtbaren Künste zu gemeinverständlichen Künsten herabgewürdigt, und gerade das Gemeinverständliche verdient überhaupt keine
Beachtung. Ich behaupte nicht, daß Dichter und Maler nicht den
nämlichen Gegenstand behandeln dürfen. Sie haben es stets getan
und werden es stets tun. Doch mag der Dichter nach seinem
Gutdünken malerisch sein oder nicht, der Maler muß Maler bleiben.
Er muß sich beschränken, nicht auf das, was er in der Natur
wahrnimmt, sondern auf das, was auf der Leinwand wahrgenommen werden kann.

Darum, mein lieber Ernest, werden Bilder solcher Art den Kritiker niemals wirklich fesseln. Er wird den Blick von diesen weg zu
Kunstwerken wenden, die ihn sinnen und träumen und phantasieren

machen, zu Werken, die ihn geheimnisvoll anregen, die ihm zu sagen scheinen, daß es auch von ihnen aus ein Entrinnen in eine weitere Welt gibt. Man hat zuweilen behauptet, die Tragödie des Künstlerlebens bestehe darin, daß der Künstler sein Ideal nicht zu verwirklichen vermöge. Doch liegt die wahre Tragödie, die den Schritten der meisten Künstler folgt, darin, daß sie ihr Ideal zu absolut verwirklichen. Denn wenn ein Ideal einmal verwirklicht wurde, dann ist es seines Wunders und seines Geheimnisses beraubt, und es wird wieder zum Ausgangspunkt für ein neues Ideal, das sich von ihm unterscheidet. Darum ist die Musik der vollkommenste Typus der Kunst. Die Musik vermag nie ihre letzten Geheimnisse zu entschleiern. So erklärt sich zugleich der Wert der Beschränkung in der Kunst. Der Bildhauer verzichtet gern auf die nachahmende Farbe, der Maler auf die wirklichen Dimensionen der Form, denn durch einen solchen Verzicht können beide die allzu deutliche Wiedergabe des Wirklichen und damit die bloße Nachahmung sowie die allzu deutliche, rein verstandesgemäße Darstellung des Idealen vermeiden. Gerade durch ihre Unvollkommenheit gelangt die Kunst zu vollendeter Schönheit; nur so wendet sie sich nicht an die Fähigkeit des Erkennens oder des vernünftigen Verstehens, sondern allein an den ästhetischen Sinn, der zwar Vernunft und Erkenntnis als Vorstufen für das Erfassen betrachtet, aber beides dem reinen, synthetischen Eindruck des Kunstwerkes als eines Ganzen unterordnet; indem dieser alle entlegenen Gefühlsmomente, die das Werk in sich birgt, vereinigt, bedient er sich eben dieser Vielfältigkeit nur, um dem endgültigen Eindruck eine reichere Einheit zu gewähren. Du begreifst also, warum der ästhetische Kritiker jene allzu deutlichen Kunstformen ablehnt, die bloß eine Botschaft zu verkünden haben und sodann dumpf und steril werden, und warum er sich lieber solchen Formen zuwendet, die Traum und Stimmung erwecken und durch ihre unwirkliche Schönheit alle Deutungen wahr und keine Deutung als endgültig erscheinen lassen. Einige Ähnlichkeit mag das schöpferische Werk des Kritikers allerdings mit dem Werk verbinden, das ihn zu seiner Schöpfung angeregt hat, doch ist es jene Ähnlichkeit, die nicht zwischen der Natur und dem Spiegel, den der Landschafts- oder Figurenmaler ihr angeblich vorhält, sondern zwischen der Natur und dem Gemälde des dekorativen Künstlers besteht. Wie auf den blumenlosen persischen Teppichen Tulpe und Rose wirklich blühen und lieblich anzuschauen sind, obwohl sie darauf nicht in sichtbarer Gestalt und Linie abgebildet sind; wie Perlen- und Purpurfarben der Seemuschel in der Markuskirche zu Venedig wiedertönen; wie die gewölbte Decke der wundervollen Kapelle zu Ravenna herrlich vom Gold und Grün und Saphir der Pfauenschweife schimmert, obwohl die Vögel der Juno nicht durch den Raum fliegen: so reproduziert der Kritiker das Werk, das er beurteilt, nicht durch bloßes Nachbilden – und der Reiz der Kritik liegt weitgehend eben im Verzicht auf die Ähnlichkeit –, und auf diese Weise enthüllt er uns nicht nur den Sinn, sondern auch das Geheimnis der Schönheit; indem er jede Kunst in Literatur umformt, löst er ein für allemal das Problem der Kunsteinheit.

Doch ich sehe, es ist Zeit zum Abendessen. Wenn wir uns ein wenig mit dem Chambertin und den Ortolanen unterhalten haben, wollen wir uns der Frage zuwenden: Der Kritiker als Interpret betrachtet.

ERNEST: Ah! du gibst also zu, daß man dem Kritiker zuweilen gestatten darf, einen Gegenstand so zu sehen, wie er in Wirklichkeit ist.

GILBERT: Ich weiß es nicht ganz bestimmt. Vielleicht gebe ich dies nach Tisch zu. Das Abendessen hat eine subtile Wirkung.

DER KRITIKER ALS KÜNSTLER

Nebst einigen Bemerkungen über die Notwendigkeit,
alles zu erörtern

Ein Dialog

ZWEITER TEIL

Personen: dieselben
Schauplatz: derselbe

ERNEST: Die Ortolane waren wundervoll, der Chambertin war
herrlich, und nun wollen wir uns wieder unserem Problem zuwenden.

GILBERT: Ach! lieber nicht. Ein Gespräch sollte alles berühren,
doch sich in nichts vertiefen. Plaudern wir über „Die moralische
Entrüstung, ihre Ursachen und Heilung", ein Thema, über das ich
zu schreiben gedenke, oder über „Das Fortleben des Thersites",
nämlich in den englischen Witzblättern, oder über irgend etwas, was
uns in den Weg läuft.

ERNEST: Nein; ich möchte über den Kritiker und die Kritik
diskutieren. Du sagtest mir, die höchste Kritik beschäftige sich mit
der Kunst, nicht insoweit sie etwas ausdrücke, sondern insofern sie
Eindrücke hervorrufe, und die Kritik sei demnach zugleich schöpferisch und unabhängig, sei in Wahrheit eine Kunst für sich, da sie sich
dem schöpferischen Werk gegenüber so verhalte, wie dieses sich zur
sichtbaren Welt der Form und Farbe oder zur unsichtbaren Welt der
Leidenschaft und des Denkens verhalte. Nun, sage mir: ist der
Kritiker nicht manchmal ein wirklicher Deuter?

GILBERT: Ja; der Kritiker ist auch ein Deuter, wenn sein Wunsch
dahin geht. Er kann von dem synthetischen Gesamteindruck eines
Kunstwerks zur Analyse oder Erklärung des Werkes selbst übergehen, und in dieser niedrigeren Sphäre – ich halte sie für niedriger –
mag manches Reizvolle gesagt und geleistet werden. Doch wird das
Deuten des Kunstwerks keineswegs immer seine Aufgabe sein. Er
mag sich eher bemühen, das Geheimnis des Werkes zu vertiefen,
über das Werk und seinen Schöpfer den Schleier des Wunders zu
breiten, der den Göttern und den Anbetenden gleich kostbar ist.

Gewöhnlich fühlen sich die Leute „in Zion schrecklich behaglich". Sie nehmen sich vor, mit den Dichtern Arm in Arm zu wandeln, und sagen mit der ihnen eigenen Zungengewandtheit, die aus der Unwissenheit entspringt: „Warum sollten wir lesen, was über Shakespeare und Milton geschrieben wurde? Wir können ja die Schauspiele und Gedichte selbst lesen. Das genügt." Aber das Verständnis Miltons ist, wie der verstorbene Rektor von Lincoln einmal bemerkte, nur der Lohn für ein intensives Studium. Und wer Shakespeare wirklich verstehen will, muß die Zusammenhänge begreifen, in denen Shakespeare mit der Renaissance und der Reformation, mit dem Zeitalter Elisabeths und dem Zeitalter Jakobs stand; er muß vertraut sein mit der Geschichte des Kampfes um die Herrschaft zwischen den alten klassischen Formen und dem neuen Geist der Romantik, zwischen den Schulen Sidneys, Daniels und Jonsons und der Schule Marlowes und von Marlowes größerem Sohn; er muß wissen, welche Stoffe Shakespeare zur Verfügung standen, er muß die Art und Weise kennen, in der Shakespeare sie benützte, er muß die Voraussetzungen theatralischer Darstellung im sechzehnten und siebzehnten Jahrhundert, deren Beschränkungen und Freiheitsmöglichkeiten kennen, desgleichen die literarische Kritik in den Tagen Shakespeares, ihre Ziele, ihre Methode, ihre Grundsätze; er muß die englische Sprache in ihrem Wachstum, den Blankvers und den gereimten Vers in seinen verschiedenen Entwicklungsstufen studieren; er muß das griechische Drama und den Zusammenhang zwischen der Kunst des Schöpfers des Agamemnon und des Macbeth erforschen; mit einem Wort, er muß imstande sein, das elisabethanische London mit dem Athen der Perikles zu verknüpfen und Shakespeares wahre Stellung in der Geschichte des europäischen Dramas und der Weltliteratur kennen. Der Kritiker wird ohne Zweifel ein Ausdeuter sein, doch wird er die Kunst nicht als rätselhafte Sphinx betrachten, deren dumpfes Geheimnis ein Wanderer erraten und enthüllen mag, dessen Füße wund sind und der den eigenen Namen nicht kennt. Er wird vielmehr auf die Kunst als auf eine Göttin blicken, deren Geheimnis zu vertiefen sein Amt, deren Majestät in den Augen der Menschen noch wunderbarer erscheinen zu lassen sein Vorrecht ist.

Und hier, Ernest, geschieht etwas Merkwürdiges. Der Kritiker wird in der Tat ein Erklärer sein, aber keineswegs in dem Sinn, daß er nur in anderer Form eine Botschaft verkündet, die ihm in den Mund gelegt wurde. Denn wie nur durch die Berührung mit der Kunst fremder Nationen die Kunst eines Landes jenes persönliche und gesonderte Gepräge, das wir Nationalität nennen, gewinnt, so vermag in seltsamer Umkehrung der Kritiker nur durch Vertiefung seines eigenen Ichs die Persönlichkeit und das Werk anderer zu deuten, und je inniger seine Persönlichkeit in die Interpretation eindringt, desto solider, befriedigender, überzeugender und wahrer wird sie.

ERNEST: Ich wäre der Meinung gewesen, die Persönlichkeit sei ein störendes Element.

GILBERT: Nein; sie ist ein Element der Offenbarung. Wer andere zu verstehen begehrt, muß den eigenen Individualismus stärken.

ERNEST: Was ist demnach das Ergebnis?

GILBERT: Ich will es dir sagen, und vielleicht wird, was ich meine, durch ein bestimmtes Beispiel am deutlichsten. Ich meine, daß der literarische Kritiker zwar natürlicherweise den obersten Rang einnimmt, da er über die größere Spannweite, den umfassenderen Blick und das edlere Material gebietet, daß aber jede Kunst gewissermaßen die ihr vorbestimmten Kritiker hat. Der Schauspieler ist ein Kritiker des Dramas. Er zeigt uns das Werk des Dichters unter neuen Voraussetzungen und durch die ihm eigentümliche Methode. Er bedient sich des geschriebenen Wortes, und Handlung, Gesten und Tonfall der Stimme werden zu Mitteln der Offenbarung. Der Sänger, der Flöten- und der Lautenspieler sind Kritiker der Musik. Der Radierer nimmt dem Gemälde die schönen Farben, doch zeigt er uns eben durch die Verwendung eines neuen Materials die wahren Farbeneigentümlichkeiten des Werkes, seine Tönungen und Abstufungen, die Beziehungen der Massen, und so wird er auf seine Art zum Kritiker des Werkes, denn Kritiker ist ja nur, wer uns ein Kunstgebilde in einer von diesem Gebilde selbst verschiedenen Form darlegt, und die Verwendung eines neuen Materials ist somit ein kritisches wie ein schöpferisches Element. Auch die Bildhauerkunst hat ihre Kritiker; entweder sind dies, wie in Griechenland, die Edelsteinschneider, oder Maler wie Mantegna, der bestrebt war, die Schönheit plastischer Linien und die symphonische Würde des feierlichen Zuges von Basrelieffiguren auf die Leinwand zu übertragen. Aus all diesen Beispielen schöpferischer Kunstkritik erhellt, daß die Persönlichkeit eine wesentliche Voraussetzung jeder wirklichen Deutung ist. Wenn Rubinstein Beethovens „Sonata Appassionata" spielt, gibt er uns nicht nur Beethoven, sondern auch sich selbst; so gibt er uns Beethoven ganz – Beethoven, der durch eine reiche künstlerische Natur neu interpretiert und uns durch eine neue, starke Persönlichkeit wundervoll lebendig wird. Spielt ein großer Schauspieler Shakespeare, dann machen wir die nämliche

Erfahrung: seine eigene Individualität wird zu einem wesentlichen Teil der Interpretation. Man hört zuweilen, Schauspieler gäben uns ihren eigenen Hamlet, nicht den Hamlet Shakespeares; und dieser Trugschluß – denn es ist ein Trugschluß – wird leider selbst von jenem entzückenden anmutigen Schriftsteller wiederholt, der jüngst aus dem Trubel der Literatur in den Frieden des Unterhauses flüchtete, ich meine den Autor von „Obiter Dicta". Genau besehen, gibt es ein Wesen wie Shakespeares Hamlet überhaupt nicht. Wenn Hamlet etwas von der Bestimmtheit eines Kunstwerkes an sich hat, so besitzt er andererseits die ganze Dunkelheit, die dem Leben anhaftet. In jedem Melancholiker steckt ein Hamlet.

ERNEST: Ein Hamlet in jedem Melancholiker?

GILBERT: Jawohl: und wie die Kunst der Persönlichkeit entspringt, so kann sie sich auch nur der Persönlichkeit enthüllen, und wenn diese beiden Voraussetzungen zusammentreffen, entsteht die wahre interpretierende Kritik.

ERNEST: Der Kritiker, als Interpret betrachtet, gibt demnach nicht weniger, als er empfängt, und leiht so viel, wie er borgt?

GILBERT: Er wird uns stets das Kunstwerk in irgendeinem neuen Zusammenhang mit unserem Zeitalter zeigen. Er wird uns stets daran erinnern, daß große Kunstwerke lebendige Wesen sind – im Grunde die einzigen Wesen, die leben. Er wird sich dessen völlig bewußt sein, ja, ich bin überzeugt: mit dem Fortschreiten der Kultur und mit unserer höheren Entwicklung werden die erlesenen Geister einer jeden Zeit, die kritischen, kultivierten Geister, gewiß immer weniger Anteil am wirklichen Leben nehmen und *bestrebt sein, ihre Eindrücke fast nur noch aus dem zu schöpfen*, was die Kunst berührt hat. Denn das Leben hat schrecklich wenig Formgefühl. Mit seinen Katastrophen sucht es auf falsche Weise die Falschen heim. Die Komödien des Lebens umgibt ein gewisses groteskes Grauen, und seine Tragödien scheinen in Farcen zu gipfeln. Man wird stets verwundet, wenn man sich mit ihm einläßt. Alles währt immer zu lange oder nicht lange genug.

ERNEST: Armes Leben! Armes Menschenleben! Wirst du nicht einmal durch die Tränen gerührt, von denen ein römischer Dichter sagt, sie seien des Lebens wesentlicher Teil?

GILBERT: Sie rühren mich leider nur allzu rasch. Blickt man auf das Leben zurück, das einmal in seinem Gefühlsüberschwang so bewegt und von solch glühenden Augenblicken der Entzückung oder des Jubels erfüllt war, dann kommt es einem wie ein Traum und eine Täuschung vor. Was sind denn die wirklichen Dinge anderes als jene

Leidenschaften, die einmal wie Feuer in uns brannten? Was sind
denn die unglaublichen Dinge anderes als jene, die wir einst so
aufrichtig glaubten? Was sind die unwahrscheinlichen Dinge? Jene,
die man selbst getan hat. Nein, Ernest; das Leben narrt uns mit
Schatten wie ein Puppenspieler. Wir erflehen vom Leben Freude.
Die wird uns zuteil, zusammen mit Verbitterung und Enttäuschung.
Wir erfahren einen edlen Schmerz, von dem wir die purpurne
Hoheit der Tragödie für unser Dasein erwarten, doch er gleitet an
uns vorbei, und Nichtiges tritt an seine Stelle, und in einer grauen,
stürmischen Dämmerstunde oder an einem Abend voll Duft und
silbernem Schweigen entdecken wir, daß wir mit stumpfem Staunen
oder mit einem dumpfen Herzen aus Stein das goldschimmernde
Lockenhaar betrachten, das wir einmal so ungestüm liebten und so
leidenschaftlich küßten.

ERNEST: Das Leben ist also ein Fehlschlag?

GILBERT: Vom künstlerischen Standpunkt aus gewiß. Und das,
was das Leben von diesem künstlerischen Standpunkt aus vor allem
als Fehlschlag erscheinen läßt, ist dasselbe, was dem Leben seine
schmutzige Sicherheit gewährt: die Tatsache, daß man die nämliche
Empfindung niemals genau zu wiederholen vermag. Wie verschieden ist dies alles in der Welt der Kunst! In einem Fach des Bücher-
schranks hinter dir steht „Die göttliche Komödie", und ich weiß,
wenn ich dieses Buch an einer gewissen Stelle aufschlage, dann
werde ich mit wildem Haß auf jemanden erfüllt, der mir nie etwas
Böses tat, und von heftiger Liebe für einen anderern erfaßt, den ich
nie erblicken werde. Es gibt keine Stimmung, keine Leidenschaft,
welche die Kunst uns nicht einflößen könnte, und wer ihr Geheimnis ergründet hat, vermag vorher zu sagen, welcher Art unsere
Erfahrungen sein werden. Wir können unseren Tag, wir können
unsere Stunde wählen. Wir können zu uns selbst sagen: „Morgen
zur Dämmerzeit werden wir mit dem feierlichen Vergil durch das
Tal der Schatten des Todes schreiten", und siehe da! die Dämmerung
findet uns in dem dunklen Wald, und der Mantuaner steht an
unserer Seite. Wir wandern durch das Tor mit der Inschrift, die jede
Hoffnung tötet, und wir erblicken mitleidig oder freudig die Schrekken einer anderen Welt. Die Heuchler ziehen vorüber mit ihren
bemalten Gesichtern und ihren Kappen aus vergoldetem Blei. Aus
den unaufhörlich wehenden Stürmen, die ihn vor sich her treiben,
blickt uns der Lüstling entgegen, und wir sehen den Ketzer, der sein
Fleisch kasteit, den Vielfraß, der vom Regen gegeißelt wird. Wir
brechen die dürren Zweige von dem Baum im Hain der Harpyien,

und jeder dunkel gefärbte, vergiftete Ast vergießt vor unseren Augen rotes Blut und stößt laute jammervolle Schreie aus. Aus feurigem Horn redet Odysseus zu uns, und wenn sich der große Ghibelline aus seiner Flammengruft erhebt, empfinden wir einen Augenblick lang selbst den Stolz, der über die Martern dieses Grabes triumphiert. Durch die düstere purpurne Luft fliegen die, welche die Welt durch die Schönheit ihrer Sünden geschändet haben, und in der Grube der ekligen Krankheit, den Leib von Wassersucht geschwellt, einer ungeheuerlichen Laute ähnlich, liegt Adamo di Brescia, der Falschmünzer. Er fleht uns an, die Geschichte seines Elends zu vernehmen; wir bleiben stehen, und mit trockenem, klaffendem Mund erzählt er uns, wie er Tag und Nacht von jenen klaren Wassern träumt, die durch kühle, tauige Rinnen die grünen Casentinischen Hügel hinabströmen. Sinon, der falsche Grieche aus Troja, verspottet ihn. Er schlägt ihm ins Gesicht, und sie ringen miteinander. Wir zögern, wie gebannt durch ihre Schmach, bis Vergil uns tadelt und uns zu der riesenumtürmten Stadt geleitet, wo der gewaltige Nimrod in sein Horn stößt. Schreckliches erwartet uns hier, und im Gewande Dantes und mit dem Herzen Dantes eilen wir ihm entgegen. Wir schreiten über die Sümpfe des Styx, und Argenti schwimmt durch die Schlammwogen an das Boot heran. Er ruft uns, und wir stoßen ihn zurück. Wenn wir seiner tiefsten Verzweiflung Stimme vernehmen, atmen wir froh, und Vergil lobt uns ob der Bitterkeit unseres Hohns. Wir überschreiten die kalte Kristallflut des Cocytus, darin die Verräter gleich Halmen im Glase stecken. Unser Fuß stößt wider den Kopf des Bocca. Er will uns seinen Namen nicht nennen, und wir reißen sein Haar mit vollen Händen aus dem schreienden Schädel. Alberigo bittet uns, das Eis, das auf seinem Antlitz lastet, zu zerbrechen, daß er ein wenig weine. Wir versprechen es ihm, und nachdem er uns seine schmerzliche Geschichte erzählt hat, halten wir unser Versprechen nicht und schreiten weiter; solche Grausamkeit ist uns Pflicht, denn gibt es Unziemenderes als Mitleid mit den Verdammten Gottes? Im Rachen Luzifers erblicken wir den Mann, der Christus verriet, und im Rachen Luzifers die Männer, die Cäsar erschlugen. Wir zittern und eilen fort, wieder die Sterne zu schauen.

Im Fegefeuer ist die Luft freier, und der heilige Berg steigt in das reine Licht des Tages. Da winkt uns Frieden, und auch all denen, die hier eine Zeitlang hausen, ist ein wenig Frieden bereitet. Doch gleiten, bleich vom Gift der Maremma, Madonna Pia an uns vorüber und Ismene; auf ihrem Antlitz lastet noch der Kummer der Erde.

Seele nach Seele läßt uns ihre Reue oder ihre Freude mitempfinden. Er, den die Trauer seiner Witwe den süßen Wermut des Leids zu trinken lehrte, erzählt und von Nella, die auf einsamen Lager betet, und aus dem Mund des Buonconte erfahren wir, wie eine einzelne Träne einen sterbenden Sünder aus der Gewalt des Teufels retten kann. Sordello, der vornehme und hochmütige Lombarde, betrachtet uns von weitem mit dem Blick eines ruhenden Löwen. Als er erfuhr, daß Vergil ein Bürger Mantuas ist, fällt er ihm um den Hals, und als er erfährt, daß dieser der Sänger Roms ist, fällt er ihm zu Füßen. In jenem Tag, dessen Gras und Blumen herrlicher sind als geschliffener Smaragd und indisches Holz, strahlender als Scharlach und Silber, singen die, welche einst auf Erden Könige waren; allein Rudolf von Habsburgs Lippen bewegen sich nicht zu dem Gesang der anderen, Philipp von Frankreich schlägt sich an die Brust, und Heinrich von England sitzt in Einsamkeit. Wir schreiten weiter und weiter, wir erklimmen die wundervolle Stiege, und die Sterne werden größer als zuvor, der Gesang der Könige verhallt, und zuletzt gelangen wir zu den sieben goldenen Bäumen und zu dem Garten des irdischen Paradieses. In einem greifengezogenen Wagen erscheint die eine, um deren Stirn Olivenlaub geschlungen ist, gehüllt in einen weißen Schleier, von einem grünen Mantel bedeckt, in einem Gewand, strahlend in den Farben wie lebendiges Feuer. In uns erwacht die alte Flamme. Unser Blut jagt schrecklich durch die Pulse. Wir erkennen sie. Es ist Beatrice, die Frau, die wir verehrten. Da schmelzen unsere eiserstarrten Herzen. Wilde Tränen der Qual brechen aus unseren Augen, und wir neigen die Stirn zur Erde, denn wir wissen, daß wir gesündigt haben. Wir tun Buße, wir werden geläutert, wir trinken aus Lethes Quell und baden in dem Quell der Eunoe, und dann hebt uns die Gebieterin unserer Seele zu des Himmels Paradies empor. Aus der ewigen Perle, dem Mond, neigt sich das Antlitz Piccarda Donatis zu uns herab. Ihre Schönheit verwirrt uns einen Augenblick, und als sie gleich einem Stein, der durch Wasser hinabgleitet, entschwebt, schauen wir sehnsüchtigen Blickes ihr nach. Das holde Gestirn der Venus ist voll von Liebenden. Cunizza, Ezzelins Schwester, Sordellos Herzensbeherrscherin, ist da und Folco, der leidenschaftliche Sänger der Provence, der aus Kummer um Azalais die Welt verließ, und die kanaanitische Dirne, deren Seele die erste war, die Christus erlöste. Joachim von Flora steht in der Sonne, Thomas von Aquin erzählt des heiligen Franziskus, Bonaventura des heiligen Dominikus Geschichte. Durch die glühenden Rubine des Mars nähert sich Cacciaguida. Er berichtet vom dem Pfeil, der von dem Bogen der Verbannung geschnellt wurde, und erzählt uns, wie salzig-bitter das Brot eines anderen schmeckt und wie steil die Stufen im Haus eines Fremden sind. Auf dem Saturn singen die Seelen nicht, und selbst sie, die uns führt, wagt nicht zu lächeln. Auf goldener Leiter steigen die Flammen empor und sinken. Endlich erblicken wir das Schauspiel der mystischen Rose. Beatrice richtet ihren Blick auf Gottes Antlitz und wendet ihn nicht mehr ab. Die selige Erscheinung wird uns zuteil; wir erkennen die Liebe, welche die Sonne und alle Sterne bewegt.

Ja, wir können die Erde um sechshundert Umläufe zurückdrehen und mit dem großen Florentiner eins werden, mit ihm am selben Altar knien und seine Verzückung und seinen Hohn teilen. Und sind wir der vergangenen Tage überdrüssig geworden und begehren wir, die eigene Zeit mit all ihren Müdigkeiten und Sünden vor uns erstehen zu lassen – gibt es da nicht Bücher, die uns in einer einzigen Stunde mehr erleben lassen, als uns das Leben in vielen schmachvollen Jahren erleben läßt? Dir zur Hand liegt ein kleines Buch, gebunden in nilgrünes, mit vergoldeten Wasserlilien verziertes Leder, geglättet mit hartem Elfenbein.

Es ist jenes Buch, das Gautier so geliebt hat, es ist Baudelaires Meisterwerk. Schlag es dort auf, wo jenes Madrigal steht, das mit den Worten beginnt:

> Que m'importe que tu sois sage?
> Sois belle! et sois triste!

und du wirst an dir selbst merken, daß du das Leid so verehrst, wie du nie die Freude verehrt hast. Nimm dann jenes Gedicht vor, das von dem Mann handelt, der sich selbst martert, laß seine subtile Musik in dein Gehirn eindringen und deine Gedanken färben, dann wirst du für einen Augenblick der sein, der dieses Lied geschrieben hat; nein, nicht nur einen Augenblick, sondern viele dürre Mondnächte, viele sonnenlose, unfruchtbare Tage lang wird eine Verzweiflung, die nicht aus dir selbst stammt, in dir leben, und an deinem Herzen wird die Not eines anderen nagen. Lies das ganze Buch, laß es deiner Seele eines seiner Geheimnisse offenbaren; und sie wird begierig sein, mehr zu erfahren, sie wird sich mit vergiftetem Honig nähren, sie wird seltsame Verbrechen, an denen sie schuldlos ist, zu bereuen versuchen und für furchtbare Verzückungen büßen, die sie niemals gekannt hat. Und wenn du dieser Blumen des Bösen müde geworden bist, wende dich zu den Blüten im Garten der Perdita, in ihren taugebadeten Kelchen kühle deine fiebernde

Stirn, und laß deine Seele durch ihre Lieblichkeit heil und stark werden; oder wecke aus seiner vergessenen Gruft den holden Syrer Meleager, und bitte den Liebhaber Heliodors, er möge vor dir seine Musik erschallen lassen, denn auch in seinem Gesang blühen Blumen, rote Granatapfelblüten und Iris, duftend nach Myrrhe, beringte Narzissen und dunkelblaue Hyazinthen und Majoran und wuchernde Margeriten. Lieb war ihm der Wohlgeruch, der am Abend aus den Bohnenfeldern stieg, lieb die duftenden Narden, die auf den syrischen Hügeln wuchsen, und der frische grüne Thymian, des Weinbechers Zier. Die Füße seiner Liebsten die im Garten wandelte, waren wie Lilien, die auf Lilien traten. Sanfter als die schlafbeschwerten Blütenblätter des Mohns waren ihre Lippen, sanfter als Veilchen und nicht minder duftend. Der flammengleiche Krokus schoß aus dem Gras hervor, um sie zu betrachten. Für sie sammelte die schmächtige Narzisse den kühlen Regen; und um ihretwillen vergaßen die Anemonen die sizilischen Winde, die sie umschmeichelten. Und weder Krokus oder Anemone noch Narzisse waren so herrlich wie sie.

Es ist etwas Seltsames um diese Empfindungsübertragung. Wir fühlen die Krankheiten des Dichters, und der Sänger borgt uns sein Leid. Tote Lippen künden uns ihre Botschaft, und Herzen, die zu Staub zerfielen, teilen uns ihren Jubel mit. Wir eilen, den blutenden Mund der Fantine zu küssen, und wir folgen der Manon Lescaut über die ganze Welt. Uns erfüllt die Liebesraserei des Tyrers und auch das Grauen des Orest. Es gibt keine Leidenschaft, die wir nicht empfinden könnten, keine Freude, die uns nicht gewährt würde, und wir dürfen die Stunde der Weihe und die Stunde der Freiheit wählen. Leben! Leben! Geben wir uns nicht mit dem Leben ab, um zu unserer Erfüllung und zu unserer Erfahrung zu gelangen. Es ist beschränkt durch Umstände, unzusammenhängend in seinen Äußerungen, ohne jene feine Wechselbeziehung zwischen Form und Geist, die einzig und allein dem künstlerischen und kritischen Temperament zu genügen vermag. Wir müssen für seine Güter einen viel zu hohen Preis bezahlen, und wir erkaufen das geringste seiner Geheimnisse um einen ungeheuer großen Betrag.

ERNEST: Müssen wir denn alles von der Kunst empfangen?

GILBERT: Alles. Die Kunst mämlich verletzt uns nicht. Die Tränen, die wir im Schauspiel vergießen, sind ein Beispiel für jene köstlichen, zweckfreien Erregungen, die zu erwecken Aufgabe der Kunst ist. Wir weinen, doch fühlen wir uns nicht verwundet. Wir leiden, aber unser Leid ist nicht bitter. Im wirklichen Dasein des

Menschen ist der Kummer, wie Spinoza irgendwo sagt, der Durchgang zu einer geringeren Vollkommenheit. Allein der Kummer, mit dem die Kunst uns erfüllt, reinigt und weiht uns zugleich, wenn ich den großen griechischen Kunstkritiker noch einmal zitieren darf. Durch die Kunst und nur durch die Kunst erreichen wir unsere Vollendung; durch die Kunst und nur durch die Kunst schützen wir uns vor den schmutzigen Gefahren unseres gegenwärtigen Daseins. Dies liegt nicht nur in der Tatsache begründet, daß nichts von alledem, was man ersinnt, der Ausführung wert ist und daß man alles Erdenkliche zu ersinnen vermag, sondern in dem subtilen Gesetz, wonach die Empfindungskräfte, nicht minder als die Kräfte der physischen Sphäre, in ihrem Ausmaß und ihrer Stärke begrenzt sind. Man kann bis zu einer gewissen Grenze empfinden, weiter nicht. Und was liegt daran, mit welchen Wonnen das Leben uns lockt oder durch welche Pein es unsere Seele verstümmeln und vernichten will, sofern man im Betrachten der Lebensläufe jener, die nie gelebt haben, das wahre Geheimnis der Freude gefunden und man seine Tränen um den Tod derer vergossen hat, die gleich Cordelia und der Tochter des Branbantio niemals sterben können?

ERNEST: Halt einen Augenblick inne. Ich glaube, in alledem, was du gesagt hast, ist etwas durchaus Amoralisches enthalten.

GILBERT: Jede Kunst ist amoralisch.

ERNEST: Jede Kunst?

GILBERT: Ja; denn Erregung um ihrer selbst willen, das ist das Ziel der Kunst, und Erregung als Antrieb zum Handeln ist das Ziel des Lebens und jener praktischen Organisation des Lebens, die wir Gesellschaft nennen. Die Gesellschaft, Wurzel und Grundlage aller Moral, hat nur den Zweck, die menschliche Kraft zu konzentrieren, und um ihren eigenen Fortbestand und ihre gesunde Stabilität zu sichern, verlangt sie von jedem Bürger – sie verlangt es ohne Zweifel mit Recht –, daß er irgendeine nutzbringende Arbeit zum Wohle der Gesamtheit verrichte, daß er sich abrackere und plage, damit das Werk des Tages geleistet werde. Die Gesellschaft verzeiht oft dem Verbrecher; niemals verzeiht sie dem Träumer. Die schönen zweckfreien Erregungen, welche die Kunst in uns wachruft, sind ihr verhaßt, und so völlig beherrscht die Tyrannei dieses schrecklichen gesellschaftlichen Ideals die Menschen, daß sie einen in Privatzirkeln und an anderen allgemein zugänglichen Orten mit lauter Stentorstimme fragen: „Was treibst du?", während doch die Frage: „Was denkst du?" die einzige ist, die ein zivilisiertes Wesen je einem andern zuflüstern dürfte. Sie meinen es ja gewiß sehr gut, diese ehrenwerten, gescheiten Leute. Dies ist vielleicht der Grund, warum sie uns so furchtbar langweilen. Jemand sollte sie darüber aufklären, daß die Kontemplation, die in den Augen der Gesellschaft als schwerste Sünde gilt, in den Augen der Höchstkultivierten die einzige menschenwürdige Beschäftigung ist.

ERNEST: Kontemplation?

GILBERT: Jawohl, Kontemplation. Ich habe vorhin gesagt, es sei weit schwerer, über etwas zu reden, als es zu tun. Gestatte mir nun die Bemerkung: Gar nichts zu tun, das ist die allerschwierigste Beschäftigung auf dieser Welt, die schwierigste und die intellektuellste. Für Plato, den leidenschaftlichen Freund der Weisheit, war dies die vornehmste Lebenskraft. Für Aristoteles, den leidenschaftlichen Freund der Erkenntnis, war dies ebenfalls die vornehmste Lebenskraft. Und zum gleichen Ziel führte die leidenschaftliche Heiligkeit den Heiligen und den Mystiker des Mittelalters.

ERNEST: Wir leben also, um nichts zu tun?

GILBERT: Um nichts zu tun, lebt der Auserwählte. Alles Tun ist begrenzt und relativ. Unbegrenzt und absolut ist die Schau dessen, der ruht und beobachtet, der in der Einsamkeit wandelt und träumt. Aber wir, geboren an der Neige dieses wundervollen Zeitalters, sind zugleich zu kultiviert und zu kritisch, zu sehr geistig verfeinert und zu sehr auf erlesene Genüsse erpicht, um das Nachdenken über das Leben an die Stelle des Lebens selbst zu setzen. Für uns ist die *città divina* ohne Farbe und die *fruitio Dei* ohne Sinn. Die Metaphysik genügt unseren Stimmungen nicht mehr, und religiöse Ekstase ist nicht mehr zeitgemäß. Die Welt, die den akademischen Philosophen zu einem „Betrachter aller Zeiten und allen Seins macht", ist keineswegs eine wirklich ideale Welt, sondern einfach eine Welt der abstrakten Ideen. Wenn wir sie betreten, verschmachten wir inmitten der kühlen mathematischen Denkformeln. Die Höfe der Stadt Gottes stehen uns nicht mehr offen. Unwissenheit bewacht ihre Pforten, und um an ihnen vorbeizukommen, müssen wir alles abliefern, was in unserer Natur am göttlichsten ist. Genug, daß unsere Väter gläubig waren. Sie haben die Glaubensfähigkeit der Spezies erschöpft. Sie haben uns jenen Skeptizismus, vor dem sie sich fürchteten, als Vermächtnis hinterlassen. Hätten sie ihn in Worte gefaßt, dann würde er nicht in unserem Denken weiterleben. Nein, Ernest, nein. Wir können nicht mehr zu dem Heiligen zurückkehren. Von dem Sünder kann man weit mehr lernen. Wir können nicht mehr zum Philosophen zurückkehren, und der Mystiker führt uns in die Irre. Wer würde, wie Mr. Pater irgendwo darlegt, die Rundung eines einzelnen Rosenblattes für jenes formlos unberührte Sein, das Plato so hochstellt, dahingeben? Was bedeuten uns die Erleuchtung des Philo, Eckeharts Abgrund, Böhmes Vision, selbst der ungeheure Himmel, der sich vor den geblendeten Augen Swedenborgs auftat? Dies alles ist weniger als der gelbe Kelch einer einzigen Narzisse des Feldes, weit weniger als die geringste der sichtbaren Künste; denn wie die Natur Materie ist, die sich zum Geist durchringt, so ist die Kunst Geist, der im Gewand der Materie erscheint, und daher spricht sie selbst in ihren niedrigsten Hervorbringungen gleichermaßen die Sinne und die Seele an. Das Verschwommene stößt immer die ästhetische Empfindung zurück. Die Griechen waren ein Volk von Künstlern, weil ihnen der Sinn für das Unendliche erspart blieb. Wir ersehnen wie Aristoteles, wie Goethe, nachdem er Kant gelesen, das Sinnfällige, und nur das Sinnfällige vermag uns zu genügen.

GILBERT: Ich glaube, durch die Entwicklung des kritischen Geistes werden wir imstande sein, nicht nur unser Leben, sondern auch das kollektive Leben der Menschheit zu verwirklichen und auf diese Weise völlig modern zu werden, modern in der wahren Bedeutung des Wortes. Denn derjenige, dem nur die Gegenwart gegenwärtig ist, weiß nichts von der Zeit, in der er lebt. Um das neunzehnte Jahrhundert zu durchleben, muß man alle Jahrhunderte, die ihm vorausgingen und zu seinem Werden beitrugen, durchlebt haben. Um irgend etwas über sich selbst zu wissen, muß man alles über die anderen wissen. Es darf keine Stimmung geben, die man nicht mitzuempfinden, keine abgestorbene Lebensform, die man nicht mit Leben zu erfüllen vermag. Ist das unmöglich? Ich glaube nicht. Das wissenschaftliche Prinzip der Vererbung hat uns darüber aufgeklärt, daß alles Handeln völlig mechanisch vor sich geht, und indem es uns auf diese Weise von der behindernden Last moralischer Verantwortlichkeit, die wir uns selbst auferlegt haben, befreit, verbürgt es uns gewissermaßen das Fortbestehen des kontemplativen Lebens. Es hat uns bewiesen, daß wir nie weniger frei sind als in dem Augenblick, da wir zu handeln versuchen. Es hat um uns das Netz des Jägers gestellt und die Vorhersage unseres Schicksals an die Wand geschrieben. Da es in uns lebt, können wir es nicht erspähen. Wir können es nur in einem Spiegel erblicken, der die Seele widerspiegelt. Es ist die Nemesis ohne ihre Maske. Es ist unser letztes Schicksal und unser schrecklichstes. Es ist der einzige der Götter, dessen wirklichen Namen wir kennen.

Und dennoch, wenn es auch in der Sphäre des praktischen und

äußerlichen Lebens die Tatkraft ihrer Freiheit, das Handeln seines Willens beraubt hat, in der persönlichen Sphäre, dort, wo die Seele webt, kommt es zu uns, dieses schreckliche Gespenst, und hält viele Gaben in seinen Händen, die Gaben der eigenwilligen Begabung und der verfeinerten Wahrnehmungsfähigkeit, die Gaben ungestümer Glut und kühler Gleichgültigkeit, die vielfältigen Gaben der einander widerstreitenden Gedanken und der einander bekriegenden Leidenschaften. So leben wir nicht unser eigenes Leben, sondern das Leben der Toten, und die Seele, die in uns wohnt, ist kein einzelnes geistiges Wesen, das uns das Gepräge des Persönlichen und Individuellen verleiht, das zu unserem Dienste geschaffen, zu unserer Freude in uns eingekehrt ist. Sie ist ein Wesen, das an furchtbaren Stätten geweilt und in alten Grüften gehaust hat. Sie krankt an vielen Gebrechen und bewahrt die Erinnerung seltsamer Sünden. Sie ist weiser als wir, und ihre Weisheit ist bitter. Sie gibt uns unerfüllbare Wünsche ein und läßt uns Dingen nachjagen, von denen wir wissen, daß wir sie niemals erreichen könnten. Doch *einen* Nutzen mag sie uns bringen, Ernest. Sie kann uns aus einer Umgebung hinausführen, deren Schönheit durch den Nebel der Gewohnheit getrübt wird oder deren unendliche Häßlichkeit und gemeines Bestreben die Vollendung unserer Entwicklung stört. Sie kann uns helfen, aus der Zeit, in der wir geboren sind, zu flüchten, in andere Zeiten einzutauchen und aus deren Atmosphäre nicht verbannt zu werden. Sie kann uns lehren, unseren Erfahrungen zu entfliehen und die Erfahrungen jener, die größer sind als wir, zu verwirklichen. Das Leid Leopardis, das sich wider das Leben empörte, wird unser Leid. Theokrit bläst auf seiner Flöte, und wir lachen mit den Lippen der Nymphen und Hirten. Im Wolfsfell des Pierre Vidal fliehen wir vor den Hunden, und in der Rüstung Lancelots reiten wir fort von der Laube der Königin. Wir haben das Geheimnis unserer Liebe in der Kutte Abälards geflüstert, und bekleidet mit Villons beflecktem Gewand, verwandelten wir unsere Schmach in Lieder. Wir können mit den Augen Shelleys die Dämmerung sehen, und wandern wir mit Endymion dahin, so verliebt sich der Mond in unsere Jugend. Uns gehört die Qual des Atys, uns gehören der schwächliche Zorn und der edle Kummer des Dänenprinzen. Meinst du, wir danken Phantasie die Fähigkeit, so zahllos viele Leben zu leben? Allerdings: der Phantasie; und die Phantasie ist das Ergebnis der Vererbung. Sie ist nichts als verdichtete Menschheitserfahrung.

ERNEST: Wo liegt aber in alledem die Aufgabe des kritischen Geistes?

GILBERT: Die Kultur, die durch diese Überlieferung der Menschheitserfahrung ermöglicht wird, kann nur durch den kritischen Geist zur Vollkommenheit gelangen, ja, man könnte sagen, sie fällt tatsächlich mit ihm zusammen. Denn wer ist der wahre Kritiker, wenn nicht jener, der in sich in die Träume und Gedanken und Empfindungen von Myriaden Generationen trägt, er, dem keine Spielart des Denkens fremd, keine Gefühlsregung dunkel ist? Und wer ist wahrhaft kultiviert, wenn nicht jener, dem es durch verfeinerte Bildung und wählerisches Abweisen gelingt, seinen Instinkt so bewußt und scharfsinnig zu entwickeln, daß dieser das erlesene Werk von dem gemeinen zu unterscheiden vermag; der durch Anteilnahme und Vergleich zu den Geheimnissen des Stils und der Schulen vordringt und ihren Sinn begreift und ihren Stimmen lauscht und den Geist jener unparteiischen Neugier entfaltet, der die eigentliche Wurzel und die eigentliche Blüte des geistigen Lebens darstellt; der solcherart geistige Klarheit erlangt und – man darf es ohne Phantasterei behaupten – mit den Unsterblichen lebt, da er „das Beste, was die Welt weiß und gedacht", in sich aufgenommen hat?

Ja, Ernest: das kontemplative Leben, jenes Leben, das sich nicht das *Handeln*, sondern das *Sein*, und nicht nur das *Sein*, sondern das *Werden* zum Ziel gesetzt hat – das kann uns der kritische Geist geben. Die Götter leben also: ihrer eigenen Vollendung nachsinnend, wie Aristoteles erzählt, oder, wie Epikur es ausmalt, mit dem ruhigen Blick des Zuschauers die Tragikomödie der Welt betrachtend, die sie geschaffen haben. Auch unser Leben könnte dem ihren gleichen, auch wir könnten den Szenen, die Menschen und Natur darbieten, mit gelassener Empfindung zusehen. Wir könnten uns vergeistigen, indem wir uns vom Handeln frei machen, wir können zur Vollkommenheit gelangen, indem wir die Tatkraft ablehnen. Ich habe oft den Eindruck, daß Browning Ähnliches fühlte. Shakespeare stößt seinen Hamlet in das tätige Leben und läßt ihn seinen Auftrag durch Kraftanspannung erfüllen. Browning würde uns vielleicht einen Hamlet beschert haben, der seinen Auftrag durch das Denken erfüllt hätte. Zufälligkeiten und Ereignisse waren ihm unwirklich und unwesentlich. Er machte die Seele zum Protagonisten in der Tragödie des Lebens und betrachtete die Handlung als das einzige undramatische Element eines Dramas. Für uns aber bildet ohne Zweifel der ΒΙΟΣ ΘΕΩΡΗΤΙΚΟΣ das wahre Ideal.

Wir können vom hohen Turm des Denkens auf die Welt hinabschauen. Gelassen und in sich ruhend und in sich vollendet, betrachtet der ästhetische Kritiker das Leben, und kein zufällig abgeschnell-
ter Pfeil kann die Fugen seines Panzers durchdringen. Er wenigstens
bleibt heil. Er hat entdeckt, wie man leben sollte.

Ist eine solche Lebensform amoralisch? Jawohl: alle Künste sind
amoralisch, außer jenen niedrigeren Formen der sensualistischen
oder lehrhaften Kunst, die zu bösen oder guten Handlungen anzuregen sucht. Denn Handlungen jeder Art gehören in das Gebiet der
Ethik. Das Ziel der Kunst besteht einfach darin, eine Stimmung zu
erzeugen. Ist eine solche Lebensform etwas Unpraktisches? Ah! es
ist nicht so leicht, unpraktisch zu sein, wie sich der unwissende
Philister dies vorstellt. Wäre dies der Fall, dann stünde es gut um
England. Kein Land der Welt bedarf so sehr der unpraktischen
Menschen wie dieses unser Land. Hierzulande ist das Denken durch
die stete Verbindung mit praktischen Erwägungen erniedrigt worden. Kann man von Leuten, die sich im Wirbel und Gewühl des
Alltags bewegen, vom lärmenden Politiker, vom großsprecheri-
schen Sozialreformer oder von jenem armen, kurzsichtigen Priester,
dessen Blick durch die Leiden jenes unwesentlichen Teils der Gesellschaft, in den das Schicksal ihn stellte, getrübt ist – kann man von
solchen Leuten im Ernst ein unparteiisches intellektuelles Urteil
über irgend etwas verlangen? Jeder Beruf bedeutet ein Vorurteil. Die
Notwendigkeit, Karriere zu machen, zwingt jeden, Partei zu ergrei-
fen. Wir leben in einer Zeit, da man überarbeitet und untergebildet
ist, in einer Zeit, da die Menschen ihr Schicksal verdienen. Man
gelangt mit Sicherheit dahin, keine Kenntnis des Lebens zu erlangen, wenn man einer nützlichen Beschäftigung nachgeht.

ERNEST: Eine reizende Lehre, Gilbert.

GILBERT: Das weiß ich nicht so recht, aber sie hat wenigstens das
kleine Verdienst, wahr zu sein. Daß der Wunsch, anderen Gutes zu
erweisen, die Tugendbolde üppig ins Kraut schießen läßt, ist noch
das allergeringste der dadurch hervorgerufenen Übel. Der Tugend-
bold ist ein höchst interessantes psychologisches Studienobjekt, und
wenn auch unter allen Posen die moralische am ärgerlichsten wirkt,
es ist immerhin etwas, überhaupt eine Pose zu besitzen. Man erkennt dadurch ausdrücklich an, wie wichtig es ist, das Leben von
einem bestimmten und überlegten Standpunkt aus zu behandeln.
Die Tatsache, daß humanitäres Mitgefühl wider die Natur streitet,
da sie das Überleben des Versagers fördert, mag vielleicht den Mann
der Wissenschaft veranlassen, diese leicht zu erringenden Tugenden

zu verabscheuen. Der Nationalökonom mag seine Stimme gegen sie erheben, weil sie den Sorglosen dem Vorsorgenden gleichstellen und auf diese Weise das Leben seines stärksten, weil gemeinsten, Antriebs zum Fleiß berauben. Doch in den Augen des Denkers liegt der wirkliche Schaden, den das Mitgefühl anrichtet, darin, daß es unser Wissen eindämmt und uns so daran hindert, irgendein soziales Problem zu lösen. Wir bemühen uns gegenwärtig, die drohende Krise, die drohende Revolution, wie meine Freunde, die Fabier, sie nennen, durch Almosenspenden hintanzuhalten. Nun, wenn die Revolution oder die Krise einmal da ist, werden wir infolge unseres Unwissens machtlos sein. Lieber Ernest, täuschen wir uns nicht. England wird nicht eher ein kultiviertes Land werden, bis es die Provinz Utopia seinen Besitzungen hinzugefügt hat. Es könnte mehr als eine seiner Kolonien mit Nutzen für ein so herrliches Reich dahingeben. Wir brauchen die Unpraktischen, die über den Augenblick hinauszuschauen und über den Tag hinauszudenken vermögen. Die das Volk zu führen versuchen, bringen das nur dadurch zuwege, daß sie selbst dem Mob folgen. Durch die Stimme dessen, der in der Wüste ruft, müssen den Göttern die Wege bereitet werden.

Du bist aber vielleicht der Meinung, in dem Schauen und Betrachten bloß um des Schauens und Betrachtens willen liege etwas Egotistisches. Denkst du dergleichen, so sprich es ja nicht aus. Nur ein durchaus eigensüchtiges Zeitalter, wie es das unsrige ist, kann die Selbstopferung zur Gottheit erheben. Nur ein durchaus habsüchtiges Zeitalter wie das, in dem wir leben, kann diese seichten und gefühlvollen Tugenden, die in sich selbst sogleich den Lohn finden, über die edlen geistigen Tugenden stellen. Sie verfehlen auch ihr Ziel, diese Philanthropen und Gefühlsweichlinge unserer Tage, die stets von den Pflichten gegenüber den Mitmenschen schwatzen. Denn die Entwicklung der Menschheit hängt von der Entwicklung des Individuums ab, und dort, wo man aufgehört hat, in der Kultivierung seines Ichs das Ideal zu erblicken, senkt sich sofort das geistige Niveau und verschwindet zuweilen ganz. Begegnest du bei einem Diner einem Menschen, der sein Leben mit der Erziehung seiner selbst verbrachte – ich gebe zu, dies ist heutzutage ein seltener Typus, aber man trifft ihn gelegentlich noch immer –, dann erhebst du dich vom Tisch, bereichert und mit dem Gefühl, daß ein hohes Ideal für einen Augenblick dein Dasein berührt und geheiligt hat. Aber ach! mein lieber Ernest, neben einem Menschen zu sitzen, der sein Leben mit dem Versuch, andere zu erziehen, verbrachte! Wie schrecklich ist diese Erfahrung! Wie schauderhaft ist die Unwissenheit, die unvermeidlich der fatalen Gewohnheit entspringt, Meinungen vermitteln zu wollen! Wie beschränkt ist der Gesichtskreis eines solchen Menschen! Wie sehr langweilt er uns, wie sehr muß er sich selbst durch seine endlosen Wiederholungen und seine krankhafte Beharrlichkeit langweilen! Wie sehr fehlt ihm jede Voraussetzung geistigen Wachstums! Wie verhängnisvoll ist der Kreis, in dem er sich bewegt!

ERNEST: Du redest so seltsam erregt, Gilbert. Hast du jüngst diese schreckliche Erfahrung, wie du sie nennst, gemacht?

GILBERT: Ihr entgehen nur wenige. Man sagt, der Schulmeister sei im Aussterben. Ich wünschte, es wäre so. Doch der Typus, von dem er gewissermaßen nur ein Vertreter und sicherlich der unwichtigste ist, scheint wirklich unser Leben zu beherrschen; und wie auf ethischem Gebiet der Philanthrop am meisten Schaden stiftet, so ist in der geistigen Sphäre jener ein Schädling, der sich mit der Erziehung der anderen so sehr beschäftigt, daß er niemals Zeit zur Selbsterziehung findet. Nein, Ernest, Selbstkultivierung ist das wahre Ideal des Menschen. Goethe hat dies erkannt, und daher sind wir Goethe größeren Dank schuldig als irgendeinem Manne seit den Tagen der Griechen. Die Griechen haben dieses Ideal erkannt und dem modernen Denken den Begriff des kontemplativen Lebens wie die kritische Methode, durch die ein solches Dasein einzig und allein verwirklicht werden kann, überliefert. Dies allein hat die Renaissance groß gemacht und uns den Humanismus geschenkt. Dadurch allein könnte auch unser Zeitalter groß werden; denn Englands wirkliche Schwäche liegt nicht in der Unvollkommenheit der Waffen oder in unbefestigten Küsten, nicht in der Armut, die durch finstere Gassen schleicht, oder in der Trunkenheit, die in abscheulichen Hinterhöfen lärmt, sondern einfach in der Tatsache, daß seine Ideale emotional und nicht intellektuell sind.

Ich bestreite keineswegs, daß ein solches intellektuelles Ideal schwer zu erreichen ist, und noch weniger leugne ich, daß es vielleicht noch viele Jahre lang der breiten Volkstümlichkeit entbehren wird. Es fällt den Menschen so leicht, Mitgefühl für das Leiden aufzubringen. Es fällt ihnen so schwer, Mitgefühl für das Denken aufzubringen. In der Tat, gewöhnliche Menschen verstehen so wenig, was Denken überhaupt ist, daß sie glauben, sie könnten eine Theorie verurteilen, wenn sie diese als gefährlich bezeichnen, während ebensolche Theorien die einzigen sind, die irgendwelchen geistigen Wert besitzen. Ein Gedanke, der nicht Gefahren in sich birgt, ist es nicht wert, überhaupt Gedanke genannt zu werden.

ERNEST: Gilbert, du verwirrst mich. Du sagtest eben, alle Kunst sei ihrem Wesen nach amoralisch. Gehst du nun so weit zu behaupten, alles Denken sei dem Wesen nach gefährlich?

GILBERT: Ja, im praktischen Leben ist dies der Fall. Die Sicherheit der Gesellschaft beruht auf Gewohnheit und unbewußtem Instinkt, und der Fortbestand der Gesellschaft als eines gesunden Organismus ist durch das völlige Fehlen der Intelligenz bei ihren Mitgliedern bedingt. Die meisten Leute, die das ganz genau wissen, werden natürlicherweise Anhänger jenes herrlichen Systems, das die Menschen zur Würde von Maschinen erhebt, und rebellieren so heftig wider das Eindringen des intellektuellen Elements in irgendein Problem, welches das Leben betrifft, daß man versucht ist, den Menschen als ein vernunftbegabtes Wesen zu bezeichnen, das stets in dem Augenblick die Geduld verliert, da von ihm etwas Vernünftiges verlangt wird. Doch verlassen wir das Gebiet des praktischen Lebens, reden wir nicht mehr über die abscheulichen Philanthropen und überlassen wir sie der Gnade des mandeläugigen Weisen am Gelben Fluß, Chuang Tsu, der nachgewiesen hat, daß diese wohlmeinenden und widerwärtigen Eiferer die einfachen und ursprünglichen Tugenden, die im Menschen schlummern, vernichtet haben. Aber das ist ein langwieriges Thema, und ich möchte gern zu jener Sphäre zurückkehren, in welcher der kritische Geist sich frei bewegen darf.

ERNEST: Zur Sphäre des Intellekts?

GILBERT: Ja. Du erinnerst dich an meine Bemerkung, daß der Kritiker auf seine Weise nicht minder schöpferisch sei als der Künstler, dessen Werk vielleicht nur insofern von Wert ist, als es dem Kritiker die Anregung zu einer neuen Spielart des Denkens oder der Empfindung bietet, welcher der Kritiker in gleicher oder vielleicht größerer Erlesenheit der Form Gestalt zu geben und durch die Anwendung eines neuen Ausdrucksmittels eine andersartige und vollendetere Schönheit zu verleihen vermag. Nun, ich glaube, du bist, was meine Theorie betrifft, ein wenig skeptisch. Oder tue ich dir da unrecht?

ERNEST: Ich bin hier keineswegs skeptisch, doch ich muß zugeben, ich empfinde sehr deutlich, daß dieses Werk, das der Kritiker nach deiner Darstellung hervorbringt – und es soll ohne Zweifel ein schöpferisches Werk sein –, notwendigerweise rein subjektiv ist, während die größten Schöpfungen stets objektiv sind, objektiv und unpersönlich.

GILBERT: Der Unterschied zwischen dem objektiven und subjektiven Werk besteht nur in der äußeren Form. Dieser Unterschied ist zufällig, nicht wesentlich. Jede künstlerische Schöpfung ist absolut subjektiv. Sogar die Landschaft, die Corot betrachtete, war für ihn, wie er selbst sagt, nichts als eine Stimmung der eigenen Seele; und die großen Gestalten des griechischen oder englischen Dramas, die ein eigenes reales Leben, losgelöst von dem Dichter, der sie geformt und gebildet hat, zu führen scheinen, sind letzten Endes nichts als die Dichter selbst, nicht, wie sie zu sein, sondern, wie sie nicht zu sein vermeinten; und durch diese Meinung wurden sie es seltsamerweise, wenn auch nur einen Augenblick lang, wirklich. Denn können wir nie aus den Grenzen unseres Ichs hinaustreten, so kann auch in der Schöpfung nichts sein, was nicht im Schöpfer war. Ja, ich möchte sagen: je objektiver eine Schöpfung scheint, desto subjektiver ist sie in Wirklichkeit. Shakespeare mag Rosenkranz und Güldenstern in den weißen Straßen Londons begegnet sein, er mag gesehen haben, wie die Diener der feindlichen Häuser auf offenem Platz mit den Fäusten aufeinander losgingen; doch Hamlet ist aus seiner Seele, Romeo aus seiner Leidenschaft erwachsen. Sie waren Bestandteile seines Wesens, denen er sichtbare Gestalt verlieh, Impulse, die ihn so heftig aufwühlten, daß er sie gewissermaßen gewaltsam sich betätigen lassen mußte, und dies keineswegs in dem niedrigeren Bereich des Alltagslebens – dort wären sie gehemmt oder behindert worden und also nie zur Entfaltung gelangt –, sondern auf der imaginativen Ebene der Kunst, dort, wo die Liebe wirklich im Tod ihre reiche Erfüllung findet, wo man den Lauscher hinter der Tapete ersticht und in einem soeben geschaufelten Grab ringt, wo man den schuldbeladenen König den Tod zu trinken nötigt und den Geist des eigenen Vaters erschaut, wie er im Mondesschimmer in voller Stahlrüstung von Nebelmauer zu Nebelmauer schreitet. Das Handeln in seiner Begrenztheit hätte Shakespeare nicht befriedigt und als Ausdrucksmittel nicht genügt; und wie er imstande war, alles zu vollbringen, weil er nichts zu verrichten hatte, so enthüllt er sich uns in seinen Stücken völlig, eben weil er nie über sich redet, und er offenbart uns sein wahres Wesen und Temperament weit mehr als selbst in jenen seltsamen, kostbaren Sonetten, in denen er die geheime Kammer seines Herzens dem hellen Blick eröffnet. Ja, die objektive Form ist in Wahrheit die subjektivste. Der Mensch ist am wenig-

sten er selbst, wenn er in eigener Person spricht. Gib ihm eine
Maske, und er wird die Wahrheit sagen.

ERNEST: Der Kritiker wird demnach, da er an die subjektive Form
gebunden ist, sein Wesen notwendigerweise nicht so völlig auszudrücken imstande sein wie der Künstler, dem ja immer alle objektiven und unpersönlichen Formen zur Verfügung stehen.

GILBERT: Nicht notwendigerweise und sicherlich dann nicht,
wenn er erkennt, daß jede Art der Kritik auf ihrer höchsten Entwicklungsstufe nichts als eine Stimmung ausspricht und daß wir
niemals uns selbst getreuer sind als in den Augenblicken der Inkonsequenz. Der ästhetische Kritiker, nur dem Grundsatz der Schönheit in allen Dingen verpflichtet, wird immer nach neuen Eindrük-
ken Ausschau halten und aus den verschiedenen Schulen das Geheimnis ihres Zaubers schöpfen; er neigt sich darum vielleicht vor
den Altären des Auslands oder lächelt, wenn dies seiner Phantasie
gefällt, fremden, neuen Göttern zu. Was die anderen Leute unsere
Vergangenheit nennen, bekümmert offenbar diese anderen sehr viel,
hat aber mit uns selbst nicht das geringste zu tun. Wer immer in seine
Vergangenheit zurückblickt, verdient keine Zukunft. Hat man einmal für eine Stimmung den Ausdruck gefunden, dann ist man damit
fertig geworden. Du lachst; glaube mir aber, es ist so. Gestern hat
uns der Realismus entzückt. Man hat von ihm jenen *nouveau frisson*
empfangen, den hervorzubringen sein Zweck war. Man analysierte
ihn, erklärte ihn und wurde seiner überdrüssig. Mit der untergehen-
den Sonne traten in der Malerei die „Luministen" und die „Symboli-
sten" in der Dichtkunst auf den Plan, und der Geist des Mittelalters,
der nicht einer bestimmten Epoche, sondern einer bestimmten
Einstellung zugehört, brach im verwundeten Rußland plötzlich
hervor und berührte uns einen Augenblick lang durch die furchtbare
Faszination des Leidens. Heutzutage ruft alles Romantik, und
schon zittern die Blätter im Tal, und auf purpurnen Hügeln wandelt
die Schönheit auf schlanken goldenen Füßen dahin. Die alten Schaf-
fensweisen währen natürlich fort. Die Künstler reproduzieren sich
selbst oder einander in ermüdender Wiederholung. Die kritische
Kunst aber schreitet stets weiter, der Kritiker entwickelt sich immer.

Auch ist der Kritiker keineswegs an die subjektive Form des
Ausdrucks gebunden. Er kann sich der dramatischen sowohl wie der
epischen Methoden bedienen. Er mag die Dialogform anwenden wie
jener, der Milton ein Zwiegespräch mit Marvel über das Wesen der
Komödie und Tragödie führen und Sidney und Lord Brooke sich im
Schatten der Eichen Penshursts über literarische Gegenstände unter-

halten ließ; er kann sich auch die erzählende Form zu eigen machen, wie es Mr. Pater mit Vorliebe tut, denn jedes seiner „Imaginären Porträts" – das ist doch der Titel seines Buches? – bietet uns in dichterisch-phantastischem Gewand schöne und erlesene kritische Abhandlungen, eine über den Maler Watteau, eine andre über die Philosophie Spinozas, eine dritte über die heidnischen Elemente der Frührenaissance, die letzte und in mancher Hinsicht eindringlichste über die Quelle der sogenannten „Aufklärung", deren Licht im letzten Jahrhundert über Deutschland aufging und der unsere eigene Kultur so viel verdankt. Der Dialog, jene wunderbare literarische Form, welche die schöpferischen Kritiker von Plato bis Lukian, von Lukian bis Giordano Bruno und von Bruno bis zu dem großen alten Heiden, an dem Carlyle solches Entzücken fand, immer gebrauchten, wird als Ausdrucksmittel ihre Anziehungskraft für den Denker niemals verlieren. Er findet hier die Möglichkeit, sich zu verhüllen und zu enthüllen, und kann jeder Phantasie Gestalt, jeder Stimmung Realität verleihen. Er kann das Objekt von jedem Gesichtspunkt aus darlegen und uns das Werk wie ein Bildhauer von allen Seiten zeigen, um so die reiche, lebendige Wirkung der Nebenfragen, die sich mit einemmal im Verfolg des Hauptgedankens vor uns auftun und ihn völlig erhellen, oder auch jene nachträglichen glücklichen Einfälle auszunutzen, die den zentralen Gedankengang ergänzen und dennoch etwas von dem zarten Reiz des Zufälligen durchschimmern lassen.

ERNEST: Er gewinnt auch dadurch die Möglichkeit, einen Gegner zu fingieren und diesen, wenn es ihm gefällt, durch irgendein ganz sophistisches Argument zu bekehren.

GILBERT: Ah! es ist so leicht, andere zu bekehren. Es fällt so schwer, sich selbst zu bekehren. Um das zu ermitteln, was man selbst wirklich glaubt, muß man mit fremden Lippen reden. Um die Wahrheit zu erkennen, muß man Myriaden von Lügen ersinnen. Denn was ist Wahrheit? In Fragen der Religion ist es einfach jene Anschauung, die überlebt hat. In der Wissenschaft ist es die neueste Erkenntnis, die soeben Aufsehen gemacht hat. In der Kunst ist es die jeweils letzte Stimmung. Du siehst jetzt wohl ein, Ernest, daß dem Kritiker ebenso viele objektive Formen des Ausdrucks wie dem Künstler zu Gebote stehen. Ruskin hat seine kritische Lehre in dichterische Prosa gekleidet und brilliert durch die Fülle der Einwürfe und Widersprüche; Browning hat die seine in Blankverse gegossen und ließ Dichter und Maler uns ihre Geheimnisse offenbaren; M. Renan verwendet den Dialog, Mr. Pater poetische Formen, und Rossetti hat die Farben Giorgiones und die Linien Ingres' und auch seine eigenen Linien und Farben in die Musik seiner Sonette übertragen, denn er spürte mit dem Instinkt eines Menschen, der sich auf vielerlei Art zu äußern vermochte, daß die höchste Kunst die Literatur und daß das erlesenste und vollkommenste Medium das Wort ist.

ERNEST: Gut, nachdem du jetzt nachgewiesen hast, daß dem Kritiker alle objektiven Formen zu Gebote stehen, möchte ich von dir erfahren, welche Eigenschaften den Kritiker charakterisieren sollten?

GILBERT: Welche sind es denn nach deiner Meinung?

ERNEST: Nun, ich möchte meinen, daß ein Kritiker vor allem gerecht sein sollte.

GILBERT: Ah, nicht gerecht! ein Kritiker kann nicht gerecht in der gewöhnlichen Bedeutung des Wortes sein. Man kann nur über Dinge, die einen nicht interessieren, eine vorurteilsfreie Meinung abgeben, weshalb denn auch eine derartige Meinung stets völlig wertlos ist. Wer die beiden Seiten einer Frage sieht, sieht überhaupt nichts. Kunst ist eine Leidenschaft, und in Kunstdingen ist das Denken notwendigerweise durch die Empfindung gefärbt und darum eher fließend als bestimmt, und da es von subtilen Stimmungen und erlesenen Augenblicken abhängt, kann man es nicht in die Starrheit einer wissenschaftlichen Formel oder eines theologischen Dogmas zwängen. Die Kunst spricht zur Seele, und diese mag ebensosehr Gefangene des Geistes wie des Leibes sein. Man sollte sich natürlich von Vorurteilen frei halten; aber wie ein großer Franzose schon vor hundert Jahren bemerkte, ist es unseres Berufes, in diesen Dingen manche Vorlieben zu haben, und wenn man Vorlieben hat, hört man auf, gerecht zu sein. Nur ein Auktionator kann in gleich unbefangener Weise alle Kunstrichtungen bewundern. Nein: Gerechtigkeit gehört nicht zu den Eigenschaften des wahren Kritikers. Sie ist nicht einmal eine Voraussetzung der Kritik. Jede Kunstform, mit der wir in Berührung kommen, beherrscht uns für den Augenblick so sehr, daß sie jede andere ausschließt. Wir müssen uns dem jeweiligen Werk, sei es wie immer, vollständig ausliefern, wenn wir sein Geheimnis ergründen wollen. Solange wir damit beschäftigt sind, dürfen und können wir an nichts anderes denken.

ERNEST: Der wahre Kritiker wird doch auf jeden Fall vernünftig sein, nicht wahr?

GILBERT: Vernünftig? Man kann auf doppeltem Wege dazu gelangen, die Kunst zu hassen, Ernest. Entweder man haßt sie wirklich, oder man liebt sie mit der Vernunft. Denn die Kunst bewirkt – wie Plato, nicht ohne Bedauern, bemerkt – im Zuhörer und Zuschauer eine Art göttlichen Wahnsinns. Sie entspringt nicht der Eingebung, aber sie wirkt wie eine Eingebung auf andere. Vernunft ist nicht Eigenschaft, an die sie sich wendet. Liebt man die Kunst überhaupt, dann muß man sie mehr als alles auf der Welt lieben, und gegen eine solche Liebe würde sich die Vernunft empören, wenn man ihrer Stimme Gehör schenkte. Die Anbetung der Schönheit ist nichts Gesundes. Sie ist zu herrlich, um gesund zu sein. Diejenigen, deren Dasein auf diesen Ton gestimmt ist, werden stets der Welt nur als Schwärmer erscheinen.

ERNEST: Der Kritiker wird aber mindestens aufrichtig sein.

GILBERT: Ein wenig Aufrichtigkeit ist eine gefährliche Sache, und sehr viel davon ist geradezu verderblich. Der wahre Kritiker wird allerdings dem Prinzip der Schönheit stets aufrichtig ergeben sein, er wird aber Schönheit in jedem Jahrhundert und in jeder Schule suchen und sich nie durch eine bestimmte Denkgewohnheit oder eine stereotype Art der Weltbetrachtung Grenzen ziehen lassen. Er wird sich selbst in vielen Formen und auf tausend verschiedenen Wegen verwirklichen und immer nach neuen Erregungen und neuen Gesichtspunkten spähen. Durch ständigen Wechsel, durch den ständigen Wechsel allein, wird er zu seiner wahren Einheit gelangen. Er wird sich nie dazu herbeilassen, der Sklave der eigenen Meinung zu werden. Denn was ist Geist anderes als Bewegung im Reich des Intellekts? Im Wachstum liegt die Quintessenz des Denkens und Lebens. Laß dich nicht durch Worte schrecken, Ernest. Was man Unaufrichtigkeit nennt, ist nichts als ein Mittel, unsere Persönlichkeit zu vervielfältigen.

ERNEST: Ich fürchte, ich habe mit meinen Anregungen wenig Glück gehabt.

GILBERT: Von den drei Eigenschaften, die du erwähntest, sind zwei, Aufrichtigkeit und Gerechtigkeit, zwar nicht eigentlich moralisch, liegen aber an der Grenze der Moral; doch die erste Vorbedingung der Kritik lautet, daß der Kritiker fähig sein muß zu erkennen, daß Kunst und Ethik zwei völlig verschiedene und getrennte Bereiche sind. Werden sie verwechselt, kehrt das Chaos wieder. Im England unserer Tage werden sie allzuoft verwechselt, und wenn auch unsere modernen Puritaner das Schöne nicht ganz zerstören können, so können sie mit ihrer außerordentlichen Lüsternheit die Schönheit doch wenigstens für einen Augenblick beflecken. Die

Meinung dieser Leute findet – ich muß es zu meinem Bedauern sagen – hauptsächlich durch den Journalismus Ausdruck. Ich bedauere dies deshalb, weil man sehr viel zugunsten des modernen Journalismus anführen könnte. Er vermittelt uns die Meinungen der Ungebildeten, und dadurch bleiben wir in Fühlung mit der Unwissenheit des Gemeinwesens. Er verzeichnet sorgsam die laufenden Ereignisse unserer modernen Zeit und zeigt uns auf solche Weise, wie überaus belanglos diese Ereignisse in Wahrheit sind. Er beredet unaufhörlich das Unnötige und macht uns damit klar, welche Dinge für unsere Kultur wesentlich sind und welche nicht. Doch sollte er dem armseligen Tartüff nicht gestatten, Artikel über moderne Kunst zu schreiben. Er stellt sich sonst nur selbst ein Armutszeugnis aus. Und doch haben Tartüffs Artikel und Chadbands Notizen wenigstens ein Gutes. Sie erbringen uns den Nachweis für die außerordentliche Begrenztheit des Bereichs, den zu beeinflussen die Ethik und ethische Erwägungen beanspruchen dürfen. Die Wissenschaft ist außer Reichweite der Moral, denn ihr Auge ist den ewigen Wahrheiten zugewandt. Die Kunst ist außer Reichweite der Moral, denn ihr Blick richtet sich auf schöne und unsterbliche und ewig wandelbare Dinge. Der Moral gehören nur die niedrigeren, weniger intellektuellen Sphären. Doch mag man diese großmäuligen Puritaner gelten lassen; sie haben immerhin ihre komische Seite. Wer kann sich aber bei dem ernsthaften Vorschlag eines Durchschnittsjournalisten, den Themenkreis des Künstlers zu begrenzen, des Lachens erwehren? Begrenzt wird wohl, und hoffentlich bald, das Wirken einiger unserer Zeitungen und Zeitungsschreiber. Denn diese bieten uns die nackten, schmutzigen, widerwärtigen Tatsachen des Lebens. Sie verzeichnen mit würdelosem Eifer die Sünden der Unbedeutenden und geben uns mit der Gewissenhaftigkeit der Ungebildeten genaue und prosaische Details über das Treiben von Leuten, die keinerlei Interesse beanspruchen dürften. Aber der Künstler, der die Tatsachen des Lebens hinnimmt und sie dennoch zu schönen Formen umgestaltet und daraus Gegenstände des Mitleids oder der Ehrfurcht schafft und ihre Farbigkeit und ihre Wunder zeigt und auch ihre wahre ethische Bedeutung, der aus alledem eine Welt baut, wirklicher als die Wirklichkeit selbst und von vornehm-erhabenerem Gepräge – wer sollte ihm Grenzen setzen? Keineswegs die Apostel dieses neuen Journalismus, der nichts ist als die alte Vulgarität. Keineswegs die Apostel dieses neuen Puritanismus, der bloß das Gejammer der Heuchler ist, und der ebenso schlecht schreibt, wie er redet. Schon der Gedanke ist lächerlich. Lassen wir diese Elenden,

und wenden wir uns wieder der Erörterung jener künstlerischen
Eigenschaften zu, die dem Kritiker notwendig sind.

ERNEST: Und was sind dies für Eigenschaften? Sag es mir selbst.

GILBERT: Temperament ist das erste Erfordernis für den Kritiker –
ein Temperament von besonderer Empfänglichkeit für das Schöne
und für die mannigfaltigen Eindrücke, die Schönheit in uns erweckt.
Unter welchen Voraussetzungen und durch welche Mittel dieses
Temperament in der Allgemeinheit oder im Einzelnen erzeugt wird,
wollen wir jetzt nicht erörtern. Es genügt, wenn wir festhalten, daß
es ein solches Temperament gibt und daß in uns ein Schönheitssinn
lebt, gesondert von den anderen Sinnen und über ihnen stehend,
gesondert von der Vernunft und edler als diese, gesondert von der
Seele und an Wert ihr gleich – ein Sinn, der einige zum Schaffen
treibt, andere, und zwar nach meiner Meinung die feineren Geister,
nur zur Kontemplation. Um aber zur Reinheit und zur Vollendung
zu gelangen, bedarf dieser Sinn einer gewissen erlesenen Umgebung.
Ohne diese verkümmert er oder wird stumpf. Du erinnerst dich
wohl an jene entzückende Stelle, in der uns Plato schildert, wie ein
junger Grieche erzogen werden sollte, und mit welchem Nachdruck
er auf die Wichtigkeit der Umgebung hinweist, indem er darlegt, der
junge Mensch müsse inmitten herrlicher Gebilde und Töne heran-
wachsen, auf daß die Schönheit der materiellen Dinge seine Seele für
die Aufnahme geistiger Schönheit vorbereite. Unmerklich und ohne
den Grund zu kennen, soll er jene echte Liebe zur Schönheit
entwickeln, die, wie Plato uns zu erinnern nicht müde wird, das
wahre Ziel der Erziehung ist. In ihm soll allmählich jenes Temperament entfacht werden, das ihn ganz natürlich und einfach dahin
führen wird, das Gute dem Bösen vorzuziehen, das Gemeine und
Unharmonische von sich zu stoßen und mit zartem, instinktivem
Geschmack allem heiteren, Anmutigen und Lieblichen zu folgen.
Dieser Geschmack wird endlich kritisch und bewußt werden, zunächst aber muß er einfach als kultivierter Instinkt vorhanden sein,
und „wer diese wahre innerliche Kultivierung erfuhr, wird mit
klarem und sicherem Blick die Schwächen und Fehler in Kunst und
Natur herausfinden; er wird mit untrüglichem Geschmack das Gute
preisen und daran seine Freude finden, und er wird es in seine Seele
aufnehmen und auf solche Weise selbst gut und edel werden; er wird
das Böse schon in den Tagen der Jugend hassen, noch bevor er den
Grund dieses Hasses zu erkennen vermag". Hat sich der kritische
und bewußte Geist später in ihm entwickelt, wird er ihn „als einen
Freund, der ihm durch seine Erziehung schon lange vertraut war,

wiedererkennen und begrüßen". Ich brauche wohl kaum zu sagen, Ernest, wie weit wir in England von diesem Ideal entfernt sind, und ich kann mir das Lächeln vorstellen, das in den glänzenden Philistergesichtern aufleuchten würde, wenn einer den Mut fände zu sagen, das wahre Ziel der Erziehung sei die Liebe zur Schönheit, und die Erziehungsmittel seien Entwicklung des Temperaments, Kultivierung des Geschmacks und Erweckung des kritischen Geistes.

Doch hat man selbst uns noch ein wenig Lieblichkeit der Umgebung gelassen, und die Langeweile der Erzieher und Professoren kümmert uns wenig, solange es uns noch möglich ist, in den grauen Kreuzgängen des Magdalen College umherzuschlendern, dem flötengleichen Gesang in der Kapelle von Waynfleete zu lauschen oder auf dem grünen Rasen zu liegen, inmitten der seltsam schlangenartig gefleckten Blüten der Schachbrettblume, den Blick auf die vergoldeten Wetterfahnen der Türme zu richten, auf denen das zartere Gold der sonnenverbrannten Mittagsstunde lastet, unter der dächerförmig gewölbten, schattigen Decke von Christ Church die Stufen emporzuwandeln und durch das geschnitzte Tor des Laud-Trakts im St. John's College zu schreiten. Der Schönheitssinn wird freilich keineswegs bloß in Oxford oder Cambridge gebildet und entwickelt und zur Reife gebracht. Über ganz England hat sich die Renaissance der dekorativen Künste ausgebreitet. Die Tage der Häßlichkeit sind vorüber. Selbst in den Häusern der Reichen waltet Geschmack, und die Häuser derer, die nicht reich sind, werden anmutig, freundlich und wohnlich gestaltet. Caliban, der arme, lärmende Caliban meint, ein Ding sei überhaupt nicht mehr vorhanden, wenn er aufgehört hat, dazu Grimassen zu schneiden. Doch hat er nur deshalb das Grimassieren aufgegeben, weil man ihm schärferen, kühneren Hohn, als der seine war, entgegenstellte; so wurde er für einen Augenblick zum Schweigen gezwungen, zu jenem Schweigen, das für immer seine roh verzerrten Lippen schließen sollte. Bisher hat man es nur geschafft, den Weg freizumachen. Es ist ja immer schwieriger, niederzureißen als schöpferisch aufzubauen, und wenn man Vulgarität und Dummheit zu vernichten hat, dann erfordert die Vernichtung nicht nur Mut, sondern auch Verachtung. Trotzdem ist das Werk, meine ich, bis zu einem gewissen Grad getan. Wir haben uns des Schlechten entledigt. Nun ist es unsere Aufgabe, das Schöne zu schaffen. Der Auftrag der ästhetischen Bewegung ist es zwar, die Menschen zur Kontemplation, nicht zum Schaffen zu leiten, aber da der schöpferische Instinkt im Kelten sehr lebendig ist und der Kelte in der Kunst den Weg weist, liegt kein Grund vor, warum in künftigen Jahren diese seltsame Renaissance nicht allmählich auf ihre Art ebenso mächtig werden soll, wie es vor vielen Jahrhunderten jene Neugeburt der Kunst in den Städten Italiens gewesen ist.

Gewiß, wir müssen uns zur Heranbildung unseres Temperaments an die dekorativen Künste halten: an die Künste, die uns berühren, nicht an jene, die uns belehren. Moderne Gemälde sind ohne Zweifel köstlich anzuschauen. Wenigstens gilt das für manche von ihnen. Allein man kann in ihrer Umgebung nicht leben; sie sind zu gescheit, zu bestimmt, zu intellektuell. Ihre Absichten sind zu klar, ihre Technik ist allzu offenkundig. Was sie uns zu sagen haben, erschließt sich uns sehr bald, und dann langweilen sie uns wie unsere Verwandten. Ich liebe die Arbeiten vieler impressionistischer Pariser und Londoner Maler sehr. Zartheit und Noblesse sind der Schule noch immer eigen. Manche ihrer Gruppierungen und Farbenzusammenklänge erinnern uns fast an die Schönheit von Gautiers unsterblicher „Symphonie en Blanc Majeur", dieses makellose Meisterwerk der Farbe und Musik, das wohl vielen ihrer besten Gemälde Richtung und Titel gab. Einer Gesellschaft, die das Unzureichende mit beflissener Sympathie begrüßt, die das Bizarre mit dem Schönen, das Vulgäre mit dem Wahren verwechselt, erscheinen sie ungewöhnlich vollendet. Sie verfertigen Radierungen, die den geschliffenen Glanz von Epigrammen besitzen, Pastelle, die wie Paradoxe blenden, und was ihre Porträts betrifft, so mag der Durchschnittsgeschmack noch so viel gegen sie einwenden, das eine kann niemand leugnen, daß sie jenen einzigartigen und wunderbaren Reiz haben, der Werke reiner Erfindung auszeichnet. Doch werden uns selbst die Impressionisten, so ernst und emsig sie auch sein mögen, nicht genügen. Ich mag sie allerdings. Ihr weißer Grundton mit seinen Variationen in Lila hat eine neue Ära der Farbe eingeleitet. Der Augenblick schafft zwar nicht den Menschen, aber er schafft ohne Zweifel den Impressionisten, und was spricht nicht für das Festhalten des Augenblicks durch die Kunst, für „das Denkmal des Augenblicks", wie Rossetti es nannte? Außerdem geht von ihnen eine suggestive Wirkung aus. Sie haben zwar nicht den Blinden die Augen geöffnet, aber die Kurzsichtigen sehr ermutigt, und wenn auch ihre Führer die ganze Unerfahrenheit des Alters besitzen, so sind doch die Jungen unter ihnen viel zu klug, um sich beeinflussen zu lassen. Sie fahren gleichwohl fort, die Malerei als eine Art Selbstbiographie, erfunden zum Gebrauch der Ungebildeten, zu behandeln; sie schwatzen uns immer auf ihrer grauen, griesigen Leinwand über ihr höchst gleichgültiges Ich und ihre höchst gleichgültigen Anschauungen allerlei vor und verderben durch ihr vulgäres Übertreiben jene feine Verachtung der Natur, die ihre beste und ihre einzig bescheidene Eigenschaft ist. Man wird am Ende der Werke solcher Persönlichkeiten müde, deren Persönlichkeit stets geräuschvoll auftritt und in der Regel keinerlei Interesse erweckt. Weit mehr wäre zugunsten der jüngeren Pariser Schule der „Archaizisten", wie sie sich nennen, zu sagen, die den Künstler nicht völlig der Gnade des Wetters ausliefern und ihr Ideal nicht in bloßen atmosphärischen Effekten sehen, sondern sich vielmehr um die phantasievolle Schönheit der Zeichnung und die Lieblichkeit erlesener Farben bemühen und den langweiligen Realismus jener ablehnen, die nur malen, was sie sehen; sie versuchen Dinge zu sehen, die des Sehens wert sind, und dies nicht bloß mit wirklichen, leiblichen Augen, sondern mit dem edleren Blick der Seele, der das Geistige weit allgemeiner und das Künstlerische weit herrlicher erfaßt. Sie arbeiten jedenfalls, was das dekorative Element betrifft, unter jenen Voraussetzungen, deren jede Kunst zu ihrer Vollendung bedarf, und haben genug Schönheitssinn, um jene gemeine und törichte Beschränkung auf die absolute Modernität der Form, die den Untergang so vieler Impressionisten zur Folge hatte, zu verwerfen. Noch immer ist die Kunst, die sich freimütig als dekorativ bekennt, diejenige, mit der man leben kann. Unter all unseren bildenden Künsten ist dies die einzige, die in uns Gefühle und Stimmung erweckt. Die Farbe allein, unbefleckt durch geistige Bedeutung und losgelöst von der festumrissenen Form, findet tausendfach Zugang zur Seele. Die Harmonie, die den zarten Proportionen von Linien und Massen innewohnt, spiegelt sich im Geist wider. Die Wiederholung des nämlichen Farbmusters erfüllt uns mit Ruhe. Die Wunder der Zeichnung erregen die Phantasie. Schon in der Anmut des verwendeten Materials liegen Kulturelemente verborgen. Dies ist aber noch nicht alles. Durch die bewußte Ablehnung der Natur als Schönheitsideal und der Nachahmungsmethode der landläufigen Malerei macht die dekorative Kunst die Seele nicht nur für die Werke der echten Phantasie empfänglich, sondern sie bringt auch in ihr jenes Formgefühl zur Entfaltung, auf dem die schöpferische nicht minder als die kritische Leistung beruht. Denn der wirkliche Künstler ist jener, der vorwärts schreitet, nicht vom Gefühl zur Form, sondern von der Form zum Denken und zur Leidenschaft. Er faßt nicht zuerst eine Idee und sagt sich dann: „Ich will meinen Gedanken in ein geschlossenes metrisches Gebilde aus vierzehn Zeilen gießen", sondern er stellt sich, von der Schönheit des Sonettschemas

ausgehend, gewisse musikalische Klänge und Reimmöglichkeiten
vor, und die Form an sich regt ihn zu dem geistigen Gehalt an, mit
dem er sie füllt und ihr die gedankliche und emotionale Vollendung
verleiht. Von Zeit zu Zeit entrüstet sich die Welt über irgendeinen
reizvollen artistischen Dichter, weil dieser, ihre abgedroschene und
einfältige Phrase zu wiederholen, „nichts zu sagen hat". Hätte er
etwas zu sagen, dann würde er es vermutlich aussprechen, und das
Ergebnis wäre langweilig. Eben weil er keine neue Botschaft zu
verkünden hat, vermag er ein wundervolles Werk zu schaffen. Er
schöpft seine Eingebung aus der Form, aus der Form allein, wie es
dem Künstler ziemt. Eine wirkliche Leidenschaft würde ihn zugrunde richten. Was tatsächlich geschieht, ist für die Kunst verdorben. Schlechte Poesie entspringt immer echtem Gefühl. Natürlich
sein heißt ganz einleuchtend sein, und einleuchtend sein heißt
unkünstlerisch sein.

ERNEST: Ich frage mich, ob du wirklich glaubst, was du sagst?

GILBERT: Warum wunderst du dich? Nicht in der Kunst allein ist
der Körper die Seele. In jedem Lebensbereich ist die Form der
Anfang von allem. Die rhythmischen, harmonischen Bewegungen
des Tanzes erzeugen, Plato sagt es uns, sowohl Rhythmus als auch
Harmonie in unserem Geist. Formen sind die Nahrung des Glaubens, so rief Newman in einem seiner großen Augenblicke der
Offenherzigkeit aus, die uns den Mann bewundern und erkennen
ließen. Er hatte recht, obwohl er vielleicht gar nicht wußte, wie
furchtbar recht er hatte. Glaubensbekenntnisse haben Geltung,
nicht weil sie vernünftig sind, sondern weil sie wiederholt werden.
Ja: die Form ist alles. Sie ist das Geheimnis des Lebens. Finde den
Ausdruck für ein Leid, und es wird dir teuer werden. Finde den
Ausdruck für eine Freude, und du steigerst ihre Entzückungen.
Willst du Liebe empfinden? Bete die Liebeslitanei herunter, und die
Worte werden das Sehnen erzeugen, aus dem, wie die Welt meint,
erst die Worte erwachsen. Zernagt ein Kummer dein Herz? Vertiefe
dich in die Sprache des Kummers, lerne von Prinz Hamlet und von
der Königin Konstanza, ihn auszudrücken, und du wirst finden, daß
das bloße Aussprechen bereits eine Art Trost gewährt und daß die
Form, die Wiege der Leidenschaft, zugleich der Sarg des Leidens ist.
Um zur Sphäre der Kunst zurückzukehren: die Form bringt nicht
nur das kritische Temperament hervor, sondern auch den ästhetischen Instinkt, diesen untrüglichen Instinkt, der uns die in allen
Dingen schlummernden Möglichkeiten der Schönheit offenbart.
Beginne die Form zu verehren, und es gibt in der Kunst kein

Geheimnis mehr, das sich dir nicht offenbarte, und denke daran, daß in der Kritik und im Schaffen das Temperament alles ist und daß man die Kunstrichtungen keineswegs nach der Zeit ihres Wirkens, sondern nach den Temperamenten, an die sie sich wenden, historisch gruppieren sollte.

ERNEST: Deine Erziehungstheorie ist köstlich. Doch welchen Einfluß wird ein Kritiker, der in dieser erlesenen Umgebung herangebildet wurde, ausüben? Meinst du wirklich, ein Künstler sei je durch die Kritik beeinflußt worden?

GILBERT: Der Einfluß des Kritikers wird lediglich in der Tatsache bestehen, daß er existiert. Er wird den vorbildlichen Typus darstellen. In ihm wird sich die Kunst des Jahrhunderts verwirklicht sehen. Du darfst kein anderes Ziel von ihm verlangen als dieses, daß er sich vollende. Der Intellekt hat, wie man richtig bemerkte, nur das eine Bestreben, sich als etwas Lebendiges zu fühlen. Der Kritiker mag allerdings den Wunsch hegen, Einfluß auszuüben; doch in diesem Fall wird er sich nicht mit dem einzelnen Individuum, sondern mit dem Zeitalter befassen, und er wird versuchen, dieses zur Bewußtheit zu erwecken, es heranzubilden, neue Wünsche und Begierden in ihm zu entfachen, ihm den eigenen weiteren Blick, die eigenen edleren Stimmungen einzuprägen. Die tatsächliche Kunst von heute wird ihn weniger als die Kunst von morgen beschäftigen, weit weniger als die Kunst von gestern, und müht sich auch heutzutage der eine oder der andere ab – welche Bedeutung haben schon diese Emsigen? Sie leisten ohne Zweifel ihr Bestes, und folglich erhalten wir von ihnen das Schlechteste. Immer sind die schlechtesten Werke mit den besten Absichten begonnen worden. Und überdies, mein lieber Ernest, wenn ein Mann das Alter von vierzig Jahren erreicht hat oder Mitglied der Royal Academy geworden ist oder in den Athenaeum Club gewählt wurde oder als populärer Romanschriftsteller gilt, dessen Bücher auf den Vorstadtbahnhöfen sehr begehrt sind, dann mag es einen amüsieren, ihn bloßzustellen, man wird aber nie das Vergnügen haben, ihn zu bekehren. Und das ist, so wage ich zu behaupten, ein Glück für ihn; denn ich zweifle nicht, daß die Bekehrung weit schmerzhafter ist als die Bestrafung, ja, sie ist Strafe in ihrer schlimmsten und moralischsten Form – ein Umstand, der erklärt, warum alle Bestrebungen der Gesellschaft, das interessante Phänomen, Gewohnheitsverbrecher genannt, zu bessern, fehlgeschlagen sind.

ERNEST: Ist aber der Dichter nicht möglicherweise der beste Beurteiler der Dichtung, der Maler der beste Kritiker der Malerei?

Jede Kunst muß sich zunächst an den Künstler wenden, der in ihr wirkt. Sein Urteil wird ohne Zweifel den meisten Wert besitzen?

GILBERT: Alle Künste wenden sich einfach an das künstlerische Temperament. Die Kunst richtet sich nicht an die Spezialisten. Sie begehrt, umfassend und in all ihren Offenbarungen gleichwohl einheitlich zu sein. In der Tat, der Künstler ist sehr weit davon entfernt, der beste Kunstrichter zu sein; ein wirklich großer Künstler ist vielmehr überhaupt nicht imstande, das Werk eines anderen zu beurteilen, und er kann kaum sein eigenes beurteilen. Ebenjene Versenkung in die Fülle der Gesichte, die ihn zum Künstler macht, begrenzt durch ihre Intensität seine Fähigkeit zum kennerischen Urteil. Die Gewalt des Schaffens treibt ihn blind dem eigenen Ziele zu. Die Räder seines Wagens wirbeln den Staub ringsum wie eine Wolke auf. Die Götter bleiben einander verborgen. Sie können ihre Anbeter erkennen, das ist alles.

ERNEST: Du behauptest, ein großer Künstler könne nicht die Schönheit eines Werkes erfassen, das von seiner eignen Art verschieden ist.

GILBERT: Es ist ihm unmöglich. Wordsworth sah im „Endymion" nur ein hübsches Stück Heidentum, Shelley mit seiner Abneigung vor der Wirklichkeit war, abgestoßen durch Wordsworth' Form, taub für dessen Botschaft, und Byron, diese große, leidenschaftliche, menschlich-unvollkommene Natur, wußte weder den Dichter der Wolke noch den Dichter des Sees zu würdigen; ihm entging das Wunderbare an der Erscheinung Keats'. Der Realismus des Euripides war Sophokles verhaßt. Diese niedertropfenden heißen Tränen hatten für ihn keine Musik. Milton mit seinem Sinn für großen Stil konnte Shakespeares Art so wenig verstehen wie Sir Joshua die Art Gainsboroughs. Schlechte Künstler bewundern immer gegenseitig ihre Werke. Das nennen sie eine großherzige, von Vorurteilen freie Gesinnung. Aber ein wirklich großer Künstler kann sich das Leben oder die Schönheit nicht anders als auf seine Manier dargestellt denken. Das Schaffen nimmt all sein kritisches Vermögen für sich in Anspruch. Für die Welt der anderen bleibt nichts übrig. Gerade darum ist, wer ein Werk nicht zu schaffen vermag, dessen angemessener Beurteiler.

ERNEST: Meinst du das im Ernst?

GILBERT: Ja, denn das Schaffen begrenzt, das Betrachten erweitert das Gesichtsfeld.

ERNEST: Wie steht es aber mit den technischen Fragen? Jede Kunst hat zweifellos ihre eigene Technik?

GILBERT: Ganz gewiß: jede Kunst hat ihre Grammatik und ihr Material. Darin liegt nichts Geheimnisvolles, und der Unzureichende kann immer korrekt sein. Doch obwohl die Gesetze, auf denen die Kunst beruht, festgelegt und bestimmt sein können, müssen sie, um zur rechten Verwirklichung zu gelangen, durch die Phantasie in solche Schönheit gewandelt werden, daß sie uns allesamt wie Ausnahmen anmuten. Technik ist wirklich Persönlichkeit. Das ist der Grund, warum der Künstler sie nicht zu lehren, der Schüler sie nicht zu lernen und der ästhetische Kritiker sie zu verstehen vermag. Für den großen Dichter gibt es nur eine Form der Musik – die eigene. Für den großen Maler besteht nur eine Art des Malens – jene, die er selbst übt. Der ästhetische Kritiker, und nur dieser allein, weiß alle Formen und Arten zu würdigen. An ihn wendet sich die Kunst.

ERNEST: Nun, ich glaube, ich habe dir alle meine Fragen gestellt. Jetzt muß ich bekennen –

GILBERT: Ah! sage nur nicht, daß du mit mir übereinstimmst. Wenn mir jemand erklärt, er sei meiner Ansicht, habe ich stets das Gefühl, das ich im Unrecht sein muß.

ERNEST: Dann will ich lieber verschweigen, ob ich dir recht gebe oder nicht. Doch möchte ich eine andere Frage an dich richten. Du hast mir deutlich gemacht, die Kritik sei eine schöpferische Kunst. Welche Zukunft hat sie?

GILBERT: Gerade der Kritik gehört die Zukunft. Das Stoffgebiet, das dem schöpferischen Künstler zu Gebote steht, wird jeden Tag begrenzter, sowohl der Ausdehnung wie der Mannigfaltigkeit nach. Die Vorsehung und Mr. Walter Besant haben das Offensichtliche ausgeschöpft. Soll das Schöpferische überhaupt noch Bestand haben, dann nur unter der Voraussetzung, daß es viel kritischer wird, als dies heutzutage der Fall ist. Die alten Pfade und staubigen Landstraßen sind allzuoft durchwandert worden. Ihren Zauber haben plumpe Füße totgetreten; sie haben das Neue und Überraschende, das für die Dichtung so wichtig ist, verloren. Wer uns jetzt durch Poesie aufrütteln will, muß entweder völlig neue Hintergründe zeigen oder die Menschenseele in ihren innersten Vorgängen enthüllen. Das erstere wurde vorläufig durch Mr. Rudyard Kipling geleistet. Blättert man in seinen „Plain Tales from the Hills", dann gewinnt man das Gefühl, als sitze man unter einem Palmenbaum und lese in dem durch Blitze der Vulgarität erhellten Buch des Lebens. Die grellen Farben der Basare blenden unsere Augen. Die heruntergekommenen, armseligen Anglo-Inder bilden einen reiz-

vollen Kontrast zu ihrer Umgebung. Eben weil dieser Erzähler des
Stils ermangelt, hat seine Schilderung einen eigentümlichen journali-
stischen Realismus. Vom literarischen Standpunkt aus ist Mr. Kipling ein Genie, das Schwierigkeiten mit seiner Sprache hat. Vom
Standpunkt des Lebens aus ist er ein Reporter, der die Vulgarität
besser kennt als jeder andere. Dickens kannte ihre Kleidung und ihre
Komödien. Mr. Kipling kennt ihr Wesen und ihren Ernst. Er ist
unsere erste Autorität für das Zweitklassige; er hat wundervolle
Dinge durch Schlüssellöcher erspäht, und seine Hintergründe sind
wirklich Kunstwerke. Was die zweite Forderung betrifft, so hatten
wir ja Browning und haben noch immer Meredith. Auf dem Gebiet
der Introspektion wäre noch manches zu tun. Zuweilen wird die
Meinung vertreten, unsere Dichtung werde zu morbid. Soweit das
Psychologische in Frage kommt, muß man sagen, daß sie nie morbid
genug werden kann. Wir haben nur die Oberfläche der Seele gestreift, sonst nichts. In einer einzigen schimmernden Zelle des
Gehirns sind wunderbarere und schrecklichere Dinge angehäuft, als
selbst jene träumten, die, gleich dem Verfasser von „Le Rouge et le
Noir", sich mühten, die Seele in ihre innersten Schlupfwinkel zu
verfolgen und sie zum Geständnis ihrer kostbarsten Sünden zu
zwingen. Doch selbst die Zahl der unverwerteten Hintergründe ist
begrenzt, und es ist möglich, daß die weitere Entwicklung der
Introspektion der schöpferischen Fähigkeit, der sie neues Material
herbeischaffen will, verhängnisvoll wird. Ich selbst neige zu der
Ansicht, daß das Schöpferische zum Untergang verurteilt ist. Es
entspringt einem allzu primitiven, allzu natürlichen Instinkt. Wie
dem auch sei, das eine ist gewiß: der Stoffkreis, der den Schaffenden
offensteht, wird stets begrenzter, während das Gebiet des Kritikers
von Tag zu Tag zunimmt. Der Geist kann immer neue Haltungen
und neue Standpunkte einnehmen. Die Pflicht, dem Chaos Gestalt
zu geben, wird durch das Fortschreiten der Welt keineswegs geringer. Noch nie gab es eine Zeit, die der Kritik mehr als die unsere
bedurft hätte. Nur durch sie wird sich die Menschheit bewußt, bis
zu welchem Punkt sie gekommen ist.

Vor einigen Stunden, Ernest, hast du mich um meine Meinung
über den Nutzen der Kritik gefragt. Du hättest mich ebensowohl
nach dem Nutzen des Denkens fragen können. Die Kritik, so führt
Arnold aus, schafft die geistige Atmosphäre der Zeit. Die Kritik ist
es – ich hoffe dies einmal breiter auszuführen –, die aus dem Geist ein
feines Werkzeug bildet. Wir sind dazu erzogen worden, das Gedächtnis mit einer Fülle zusammenhangloser Fakten zu beschweren,

und waren mühsam bestrebt, das mühsam erworbene Wissen wei-
terzugeben. Wir lehren die Menschen, sich zu erinnern, wir lehren
sie nie, zu wachsen. Wir sind nie auf den Gedanken gekommen, eine
subtilere Art des Verstehens und Urteilens in unserem Geist zu
entwickeln. Die Griechen taten dies, und wenn wir mit dem kritischen Intellekt der Griechen in Berührung kommen, können wir
uns nicht der Einsicht verschließen, daß unser Stoffbereich zwar in
jeder Hinsicht größer und bunter als der ihre ist, daß aber sie allein
den Weg zur Ausdeutung dieser Stoffe kannten. England hat eines
getan: es hat die öffentliche Meinung erfunden und etabliert, und das
ist ein Versuch, die Unwissenheit der Gemeinschaft zu organisieren
und zur Würde physischer Macht zu erheben. Weisheit aber blieb
dieser Gemeinschaft immer verborgen. Als Denkwerkzeug betrachtet, ist der englische Intellekt ungeschlacht und unentwickelt. Er
kann nur auf eine Weise geläutert werden: durch das Wachsen des
kritischen Instinkts.

   Der kritische Geist ist es allein, dessen gesammelte Kraft die
Kultur ermöglicht. Er greift nach der ermüdenden Menge schöpferischer Werke und destilliert aus ihnen eine feinere Essenz. Wer
könnte sich, ohne sein Formgefühl gänzlich zu verlieren, durch den
ungeheuerlichen Bücherwust durcharbeiten, den die Welt hervorgebracht hat, Bücher, in denen das Denken stammelt oder die Unwissenheit krakeelt? Der Faden, der uns durch dieses langweilige
Labyrinth führen soll, liegt in den Händen der Kritik. Ja, mehr
noch: dort, wo keine Überlieferung besteht und die Geschichte
untergegangen ist oder niemals niedergeschrieben wurde, vermag
der kritische Geist aus dem kleinsten Bruchstück der Sprache oder
der Kunst die Vergangenheit mit der gleichen Sicherheit wieder zu
erschaffen, mit welcher der Mann der Wissenschaft aus einem
winzigen Knochen oder der bloßen Fußspur auf einem Felsen die
geflügelten Drachen und Rieseneidechsen, unter deren Tritt einst
die Erde bebte, für uns erstehen läßt und Behemoth aus seiner Höhle
lockt und den Leviathan noch einmal über das aufgewühlte Meer
schwimmen heißt. Die prähistorische Geschichte gehört dem philo-
logischen und archäologischen Kritiker. Ihm enthüllt sich der Ursprung der Dinge. Die bewußten Ablagerungen einer Epoche führen fast immer in die Irre. Durch die philologische Kritik allein
erfahren wir über Jahrhunderte, die uns keine Aufzeichnung
bewahrten, weit mehr als über jene Zeiten, die uns ihre Schriftrollen
hinterließen. Die Kritik leistet für uns, was weder Physik noch
Metaphysik zu leisten vermögen. Sie kann uns die genaue Ge-

schichte des Denkens in seinem Werdegang zeigen. Sie gibt uns, was
die Geschichte nicht geben kann. Sie offenbart uns die Gedanken des
Menschen aus der Zeit, ehe er das Schreiben lernte. Du hast mich
nach dem Einfluß der Kritik gefragt. Ich glaube, ich habe diese Frage
bereits beantwortet; doch darüber wäre noch das Folgende zu
bemerken: Die Kritik macht aus uns Kosmopoliten. Die Manche-
ster-Schule versuchte den Traum der Menschheitsverbrüderung
dadurch zu verwirklichen, daß sie die Vorteile des Friedens für den
Handel darlegte. Sie wollte die wunderbare Welt zu einem allgemeinen Marktplatz für Käufer und Verkäufer herabwürdigen. Sie
wandte sich an die niedrigsten Instinkte und hatte keinen Erfolg.
Krieg folgte auf Krieg, und die Glaubenssätze des Kaufmanns
hinderten Frankreich und Deutschland nicht, in blutigen Schlachten
aufeinanderzuprallen. In unseren Tagen gibt es eine andere Gruppe
von Leuten, die sich auf die bloßen Gefühle des Mitleids oder auf die
seichten Dogmen eines verschwommenen abstrakten ethischen Systems berufen. Sie haben ihre Friedensgesellschaften, die den Gefühlvollen so teuer sind, sie schlagen das unbewaffnete internatio-
nale Schiedsgericht vor – ein sehr volkstümlicher Vorschlag im
Kreise jener, die niemals Geschichte studiert haben. Das Mitgefühl
allein genügt nicht. Es ist zu veränderlich und allzu eng mit den
Leidenschaften verknüpft; und ein Kollegium von Schiedsrichtern,
dem, zum allgemeinen Wohl der Menschheit, die Macht genommen
ist, seine Entscheidungen auch durchzusetzen, wird kaum großen
Nutzen stiften. Nur eines ist noch schlimmer als die Ungerechtigkeit, nämlich Gerechtigkeit ohne ihr Schwert in der Hand. Recht
ohne Macht ist ein Übel.

Nein: die Gefühle werden uns nicht zu Kosmopoliten machen,
sowenig dies der Gewinnsucht gelang. Nur durch die Kultivierung
der Gewohnheit, geistige Kritik zu üben, werden wir imstande sein,
uns über Rassenvorurteile zu erheben. Goethe – du wirst wohl
meine Bemerkung nicht mißverstehen – war ein Deutscher unter
Deutschen. Er liebte sein Vaterland – niemand liebte es mehr. Sein
Volk war ihm teuer; und er führte es an. Doch als der eherne Huf
Napoleons über die Rebenhänge und Kornfelder stampfte, blieben
seine Lippen stumm. „Wie kann man Lieder des Hasses schreiben,
ohne zu hassen", sagte er zu Eckermann, „wie könnte ich, dem bloß
Kultur und Barbarei von Bedeutung sind, eine Nation hassen, die zu
den kultiviertesten der Erde gehört, der ich einen großen Teil meiner
eigenen Kultur danke?" Dieser Ton, den Goethe in der modernen
Welt als erster anstimmte, wird, so glaube ich, der Ausgangspunkt

für das Weltbürgertum der Zukunft sein. Der kritische Geist wird Rassenvorurteile zerstören, indem er immer wieder die Einheit des menschlichen Denkens in der Mannigfaltigkeit seiner Formen betont. Werden wir zu einem Krieg wider ein anderes Volk gereizt, dann sollen wir bedenken, daß wir einen Bestandteil, vielleicht den wichtigsten, unserer eigenen Kultur zu zerstören trachten. Solange man den Krieg als etwas Verruchtes betrachtet, wird er seine Faszination behalten. Wird man in ihm etwas Vulgäres sehen, dann wird er seine Popularität verlieren. Der Wandel wird allerdings nur langsam vor sich gehen, und die Menschen werden sich dessen gar nicht bewußt werden. Sie werden nicht sagen: „Wir wollen nicht gegen Frankreich Krieg führen, weil dessen Prosa vollendet ist", doch um der vollendeten französischen Prosa willen wird man dies Land nicht hassen. Die intellektuelle Kritik wird Europa weit inniger verbinden, als der Kaufmann oder der Gefühlsschwärmer es vermöchten. Sie wird uns jenen Frieden bescheren, der uns aus dem Verstehen erwächst.

Das ist jedoch noch nicht alles. Die Kritik, die keinen Standpunkt als endgültig anerkennt und es ablehnt, sich durch ein seichtes Schibboleth einer Sekte oder Schule zu binden, bringt jene heitere philosophische Gesinnung hervor, welche die Wahrheit um ihrer selbst willen liebt und sie darum nicht weniger liebt, weil sie ihre Unerreichbarkeit kennt. Wie sehr entbehren wir in England diese Gesinnung, und wie sehr bedürfen wir ihrer! Der englische Geist lebt in ständiger Raserei. Der Intellekt der Nation wird in den schmutzigen und stumpfsinnigen Streitereien der Politiker zweiten oder der Theologen dritten Ranges vergeudet. Einem Mann der Wissenschaft war es vorbehalten, uns das erhabene Beispiel jener „süßen Vernünftigkeit" zu bieten, über die Arnold so klug und ach! mit so wenig Erfolg gesprochen hat. Der Verfasser des „Ursprungs der Arten" besaß jedenfalls diese philosophische Haltung. Betrachtet man Englands durchschnittliche Kathederhelden und Tribünenredner, dann kann man nur die Verachtung Julians oder Montaignes Gelassenheit empfinden. Wir werden durch den Fanatiker beherrscht, und dessen ärgstes Laster ist die Aufrichtigkeit. Was sich dem freien Spiel des Geistes auch nur nähert, ist bei uns praktisch unbekannt. Die Leute erheben ihr Geschrei wider den Sünder, doch ist es nicht der Sünder, sondern der Dummkopf, der uns zur Schande gereicht. Es gibt keine Sünde außer der Dummheit.

ERNEST: Ah! Was bist du doch für ein Antinomist!

GILBERT: Der künstlerische Kritiker ist, wie der Mystiker, stets ein Antinomist. Gut zu sein nach den herkömmlichen Begriffen ist offensichtlich ganz leicht. Dazu bedarf es nur einer gewissen Portion gemeiner Ängstlichkeit, eines gewissen Mangels an phantasievollem Denken und einer gewissen niedrigen Vorliebe für bürgerliche Ehrbarkeit. Die Ästhetik steht höher als die Ethik. Sie gehört einer spirituelleren Sphäre an. Die Schönheit eines Gegenstands zu begreifen ist das vornehmste Ziel, das wir erreichen können. Selbst der Farbensinn ist für die Entwicklung des Individuums wichtiger als der Sinn für Gut und Böse. Die Ästhetik verhält sich in der Sphäre bewußter Kultur zur Ethik wie die künstliche Zuchtwahl in der Sphäre der äußeren Welt zur natürlichen Zuchtwahl. Die Ethik macht, wie die natürliche Zuchtwahl, die menschliche Existenz möglich. Die Ästhetik macht, wie die künstliche Zuchtwahl, das Dasein schön und wundervoll, füllt es mit neuen Formen und bietet ihm Fortschritt, Vielfalt, Wechsel. Und wenn wir die wahre Kultur, die wir anstreben, erreichen, dann gelangen wir zu jener Vollkommenheit, von der die Heiligen träumten, zur Vollkommenheit derer, die nicht sündigen können, nicht, weil sie etwa die Entsagung der Asketen üben, sondern weil sie alles, was sie wünschen, tun können, ohne der Seele zu schaden, weil sie überhaupt nichts wünschen können, was der Seele schadet, denn die Seele ist ja ein Wesen von solcher Göttlichkeit, daß es in Elemente einer reicheren Erfahrung, einer vornehmeren Empfänglichkeit oder einer neuen Art des Denkens solche Handlungen und Leidenschaften umzuformen vermag, die bei der gemeinen Seele gemein, bei der unerzogenen unvornehm oder bei der schmachbedeckten schimpflich wären. Ist dies gefährlich? Jawohl; es ist gefährlich – das sind, wie gesagt, alle Ideen. Doch die Nacht ist müde geworden, und das Licht der Lampe flackert. Trotzdem muß ich dir noch eins sagen: Du hast gegen die Kritik eingewendet, sie sei unfruchtbar. Das neunzehnte Jahrhundert ist ein Wendepunkt in der Geschichte, und dies ist einfach zwei Männern zu danken, Darwin und Renan, dem ersten als dem Kritiker des Buches der Natur, dem zweiten als dem Kritiker der Bücher Gottes. Dies nicht einsehen heißt die Bedeutung einer der wichtigsten Epochen in der Geschichte des Fortschritts der Welt verkennen. Das Schaffen läuft immer hinter dem Zeitalter her. Die Kritik ist es, die uns führt. Der kritische Geist und der Weltgeist sind eins.

ERNEST: Und wer im Besitz dieses Geistes oder von diesem Geist besessen ist, wird vermutlich nichts tun?

GILBERT: Wie Persephone, von der uns Landor erzählt, die süße, sinnende Persephone, um deren weißen Fuß Asphodill und Amarant blühen, wird er zufrieden dasitzen, „in jener tiefen, regungslosen Ruhe, mit der die Sterblichen Mitleid haben und an der die Götter sich freuen". Er wird seinen Blick über die Welt schweifen lassen und ihr Geheimnis verstehen. Durch die Berührung mit göttlichen Dingen wird er göttlich werden. Sein Leben, und nur das seine, wird vollkommen sein.

ERNEST: Du hast mir in dieser Nacht viel Seltsames gesagt, Gilbert. Du hast mir gesagt, es sei schwerer, über etwas zu reden, als es zu tun, und es sei das Allerschwierigste auf der Welt, überhaupt nichts zu tun; du hast mir gesagt, daß alle Kunst unmoralisch und alles Denken gefährlich sei; daß die Kritik schöpferischer sei als das Schaffen und die höchste Kritik jene sei, die im Kunstwerk Dinge entdeckt, die der Künstler selbst nicht hineinlegte; daß jemand, der ein Werk nicht zu schaffen vermöge, gerade deshalb dessen bester Richter sei; und daß der wahre Kritiker ungerecht, unaufrichtig und nicht vernünftig sei. Mein Freund, du bist ein Träumer!

GILBERT: Jawohl, ich bin ein Träumer. Denn ein Träumer ist, wer seinen Weg nur im Mondschein findet, und seine Strafe ist, daß er die Morgendämmerung der übrigen Welt sieht.

ERNEST: Seine Strafe?

GILBERT: Und seine Belohnung. Doch sieh, es dämmert bereits. Ziehe die Vorhänge zurück, öffne die Fenster weit. Wie kühl die Morgenluft ist! Piccadilly liegt uns zu Füßen wie ein langes silbernes Band. Ein leichter Purpurnebel hängt über dem Park, und die Schatten der weißen Häuser sind in Purpur gehüllt. Es ist zu spät zu schlafen. Gehen wir nach Covent Garden hinab und betrachten wir die Rosen. Komm! Ich bin des Denkens müde.

DIE WAHRHEIT DER MASKEN

Bemerkungen über die Illusion

In einigen der ziemlich heftigen Angriffe, die jüngst gegen den Glanz der Ausstattung, der jetzt in England unsere Shakespeare-Renaissance kennzeichnet, geführt wurden, haben die Kritiker, so scheint es, stillschweigend angenommen, Shakespeare selbst sei das Kostüm seiner Schauspieler mehr oder minder gleichgültig gewesen; könnte er Mrs. Langtrys Inszenierung von „Antonius und Kleopatra" sehen, dann würde er vermutlich sagen, es komme auf das Stück und nur auf das Stück an, alles andere sei Leder und Stoff. Und was die Frage der historischen Genauigkeit des Kostüms betrifft, so hat Lord Lytton in einem Artikel im „Nineteenth Century" das Kunstdogma verkündet, die Archäologie sei bei der Darstellung der Shakespeareschen Stücke durchaus nicht am Platz und der Versuch, sie einzuführen, sei eine der albernsten Pedanterien eines Zeitalters von Besserwissern.

Lord Lyttons Standpunkt werde ich später untersuchen; was jedoch die Theorie betrifft, Shakespeare habe auf die Kostümgarderobe seines Theaters wenig geachtet, so wird jeder, der sich die Mühe nimmt, Shakespeares Methode zu studieren, erkennen, daß es keinen Dramatiker der französischen, englischen oder athenischen Bühne gibt, der um der Illusionswirkung willen auf das Kostüm seiner Schauspieler so viel Gewicht wie eben Shakespeare gelegt hätte.

Ihm war wohl bekannt, wie sehr das künstlerische Temperament immer durch die Schönheit des Kostüms bezaubert wird. Ebendarum flicht er stets in seine Stücke Maskenzüge und Tänze ein, bloß der Freude wegen, die sie dem Auge gewähren; und wir besitzen für die drei großen Prozessionen in „Heinrich dem Achten" noch heute seine Regieanweisungen, die sich durch minutiöse Genauigkeit im Detail, bis hinab zu den Krägen Seiner Eminenz und den Perlen im Haar Anna Boleyns, auszeichnen. Wahrhaftig, es würde einem modernen Regisseur nicht schwerfallen, die Festzüge genau nach Shakespeares Anweisungen auf die Bühne zu bringen; diese sind so peinlich genau gewesen, daß sich ein Hofbeamter jener Zeit in einem Bericht über die letzte Aufführung dieses Stückes am Globe-Theater einem Freund gegenüber tatsächlich über ihren Realismus beklagt, besonders darüber, daß man die Ritter des Hosenbandordens in der Tracht und mit den Insignien des Ordens habe auftreten lassen. Dies habe den Zweck, die wirklichen Zeremonien lächerlich zu machen. In dem nämlichen Geist hat die französische Regierung vor einiger Zeit M. Christian, diesem entzückenden Schauspieler, verboten, in Uniform auf der Bühne zu erscheinen, mit der Begründung, es schade dem Ruhm der Armee, wenn ein Oberst karikiert werde. Und auch sonst wurde der Prunk, der die englische Bühne unter Shakespeares Einfluß auszeichnete, von den Kritikern seiner Zeit angegriffen, in der Regel allerdings nicht aus Gründen der demokratischen Tendenzen des Realismus, sondern zumeist aus jenen moralischen Motiven, die stets die letzte Zuflucht derer bilden, denen es an Schönheitssinn mangelt.

Was ich jedoch nachdrücklich betonen möchte, ist keineswegs, daß Shakespeare durch die Verschmelzung des malerischen Beiwerks mit der Poesie seine Wertschätzung des reizvollen Kostüms zu erkennen gab, sondern daß er die Bedeutung des Kostüms als eines Mittels, gewisse dramatische Wirkungen hervorzubringen, erkannte. Die Illusion in manchen seiner Stücke, wie „Maß für Maß", „Wie es euch gefällt", „Die beiden Edelleute von Verona", „Ende gut, alles gut", „Cymbeline" und so weiter, hängt von der Verschiedenartigkeit der Kleidung ab, welche der Held oder die Heldin trägt; die entzückende Szene in „Heinrich dem Sechsten", die von den modernen Wunderkuren handelt, die der Glaube verrichtet, verliert ihre Wirkung gänzlich, wenn Gloster nicht in Schwarz und Scharlach gekleidet auftritt: und beim *dénoûment* in den „Lustigen Weibern von Windsor" ist die Farbe des Gewandes der Anna Page von ausschlaggebender Bedeutung. Für die Verwendung der Verkleidung bei Shakespeare gibt es zahllose Beispiele. Posthumus verbirgt seine Leidenschaft unter dem Kleid eines Bauern und Edgar seinen Stolz unter den Lumpen eines Wahnsinnigen; Porzia bedient sich der Tracht eines Anwaltes, Rosalinde erscheint „durchaus wie ein Mann" gekleidet; Pisanios Mantelsack verwandelt Imogen in den Jüngling Fidele; Jessica entflieht, als Knabe verkleidet, aus dem Haus ihres Vaters, und Julia knüpft ihr blondes Haar in phantastische Liebesknoten und legt Hose und Wams an; Heinrich der Achte wirbt um seine Dame als Schäfer, Romeo als Pilger; Prinz Heinz und Poins erscheinen zuerst als Wegelagerer in steifleinenem Anzug, dann mit weißen Schürzen und Lederjoppen als Kellner in einer Schenke; und Falstaff, tritt er uns nicht als Straßenräuber, als altes Weib, als „Herne, der Jäger", als Wäsche, die in das Waschhaus gebracht wird, entgegen?

Auch die Beispiele für die Steigerung der dramatischen Situation durch die Verwendung des Kostüms sind nicht weniger zahlreich. Nach der Niedermetzelung Duncans erscheint Macbeth in seinem Nachtgewand, als sei er eben vom Schlaf aufgestanden; Timon, der das Spiel in Herrlichkeit begann, endet in Lumpen; Richard schmeichelt den Londoner Bürgern durch seine armselige und schäbige Rüstung, und er wandelt, kaum daß er durch Blut zum Thron geschritten ist, mit Krone und Wappen und Knieband durch die Straßen; der Höhepunkt des „Sturms" ist in dem Augenblick erreicht, da Prospero das Gewand eines Zauberers von sich wirft, Ariel um seinen Hut und Degen entsendet und sich als der große italienische Herzog zu erkennen gibt; selbst der Geist im „Hamlet" ändert seinen geheimnisvollen Aufzug je nach der Wirkung, die er zu erzielen gedenkt; und was Julia anbelangt, so würde ein moderner Stückeschreiber sie vermutlich in ihrem Sterbehemd zur Schau gestellt und damit nur eine Schauerszene gewonnen haben, Shakespeare hingegen gibt ihr reiche und prunkvolle Gewänder, deren Lieblichkeit die Gruft in eine „Festhalle voller Licht", das Grab in ein Brautgemach verwandelt und Romeos Reden über den Triumph der Schönheit über den Tod veranlaßt und begründet.

Selbst geringfügige Details der Kleidung, wie die Farbe der Strümpfe eines Majordomus, das Muster im Taschentuch einer Frau, die Ärmel eines jungen Soldaten, die Hüte einer Dame von Welt werden in Shakespeares Händen zu Momenten von wirklich dramatischer Bedeutung, und die Handlung des jeweiligen Stückes wird zuweilen davon völlig bestimmt. Manche andere Dramatiker haben sich des Kostüms als eines Mittels bedient, den Zuschauern den Charakter einer Person sogleich bei ihrem Auftreten klarzumachen, doch hat dies keiner so glänzend wie Shakespeare im Fall des Gecken Parolles vermocht, dessen Kleidung, beiläufig gesagt, nur ein Archäologe verstehen kann; der Scherz, daß Herr und Diener vor dem Publikum die Kleider wechseln oder daß Schiffbrüchige über das Aufteilen eines Haufens kostbarer Gewänder in Zank geraten und daß etwa ein Kesselflicker in seinem Rausch wie ein Herzog aufgeputzt wird, dieser Scherz mag als Teil jener großen Rolle betrachtet werden, die das Kostüm stets, von der Zeit des Aristophanes bis hin zu Mr. Gilbert, in der Komödie gespielt hat. Doch hat aus bloßen Einzelheiten des Anzuges und des Schmuckes keiner solch ironische Gegensätze, solch unmittelbar tragische Wirkungen, so viel Mitleid und so viel Pathos wie Shakespeare zu gewinnen gewußt. Vom Kopf bis zu den Füßen bewaffnet, schleicht der tote König auf den Zinnen von Elsinore einher, weil im Staate Dänemark etwas faul ist; Shylocks Judenkaftan ist ein Teil des Stigmas, unter dem dies verletzte, verbitterte Geschöpf sich krümmt; Arthur, um sein Leben flehend, findet keinen besseren Fürsprecher als jenes Taschentuch, das er Hubert gegeben hat:

„Habt Ihr das Herz? Als Euch der Kopf nur schmerzte,
So band ich Euch mein Schnupftuch um die Stirn
(Mein bestes, eine Fürstin stickt' es mir),
Und niemals fordert ich's Euch wieder ab.“

Und Orlandos blutbeflecktes Tuch wirft den ersten düsteren Schatten auf das köstliche Waldidyll und zeigt uns die Tiefe des Gefühls, das unter dem phantastischen Witz, den eigenwilligen Scherzen der Rosalinde verborgen liegt.

„War's gestern abend noch an meinem Arm;
Da küßt ich's: es entfloh, doch nicht dem Herrn
Zu sagen, daß ich außer ihm was küßte“,

sagt Imogen und scherzt über den Verlust des Armbandes, das bereits auf dem Weg nach Rom ist, ihr die Treue des Gatten zu rauben; der kleine Prinz spielt auf dem Weg zum Tower mit dem Dolch im Gürtel seines Oheims; Duncan schickt in der Nacht, da er ermordet wird, der Lady Macbeth einen Ring, und der Ring der Porzia wandelt die Tragödie des Kaufmanns in die Komödie eines Weibes. York, der große Rebell, stirbt, eine papierne Krone auf dem Haupt; Hamlets schwarzes Gewand bedeutet in dem Stück eine Art Farbenmotiv, wie das Trauerkleid der Chimène im „Cid“, und der Höhepunkt der Rede des Antonius ist erreicht, als er Cäsars Gewand vorweist:

„Noch erinn'r ich mich
Des ersten Males, daß es Cäsar trug,
In seinem Zelt, an einem Sommerabend,
Er überwand den Tag die Nervier. –
Hier, schauet! fuhr des Cassius Dolch herein;
Seht, welchen Riß der tück'sche Casca machte!
Hier stieß der vielgeliebte Brutus durch.
Wie? weint ihr, gute Herzen, seht ihr gleich
Nur unsers Cäsars Kleid verletzt?“

Die Blumen, mit denen sich Ophelia in ihrem Wahnsinn schmückt, sprechen eine so leidenschaftliche Sprache wie die Veilchen, die auf ihrem Grab blühen; mehr als Worte ergreift uns König Lears irrendes Wandern auf der Heide durch seinen phantastischen Putz; und wenn Cloten, verletzt durch den Vergleich, den seine Schwester zwischen ihm und ihres Gatten Kleidung zieht, das Gewand dieses Gatten selbst anlegt, um an ihr die schmachvolle Untat zu begehen, dann spüren wir, daß es in dem ganzen modernen französischen Realismus, selbst in der „Thérèse Raquin", diesem Meisterwerk des Schaurigen, keine Stelle gibt, die sich an furchtbarer und tragischer Symbolik mit der seltsamen Szene in „Cymbeline" messen könnte.

Auch im Dialog werden einige der lebhaftesten Passagen durch das Kostüm angeregt. Rosalindes:

„Denkst du, weil ich wie ein Mann ausstaffiert bin,
Daß auch meine Gemütsart in Wams und Hosen ist?" –

Constancias:

„Der Gram füllt aus die Stelle meines Kindes
Und gibt den leeren Kleidern seine Form";

und der rasche, scharfe Schrei der Elisabeth:

„Ach! durchschneidet meine Schnüre!"

sind nur wenige der sehr zahlreichen Beispiele, die man anführen könnte. Eine der feinsten Wirkungen, die ich von der Bühne herab je erlebte, erzielte Salvini im letzten Akt des „Lear", als er von der Mütze Kents die Feder herabriß und sie auf Cordelias Lippen in dem Augenblick legte, da er die Worte zu sprechen hat:

„Die Feder regt sich! Ja, sie lebt!"

Mr. Booth, dessen Lear viele herrliche Momente der Leidenschaft besaß, riß – ich erinnere mich noch daran – aus seinem archäologisch fehlerhaften Hermelinpelz zu diesem Behuf ein paar Haare; aber die Wirkung, die Salvini erzielte, war die vornehmere, zugleich die lebensechtere. Und alle, die im letzten Akt von „Richard dem Dritten" Mr. Irving sahen, haben ohne Zweifel nicht vergessen, wie sehr Qual und Schrecken seines Traums durch den Gegensatz gesteigert wurden, der zwischen der vorausgegangenen Ruhe und Stille und dem Hervorbrechen solcher Verszeilen liegt:

„Nun, ist mein Sturmhut leichter als er war?
Und alle Rüstung mir ins Zelt gelegt? Sieh zu,
Daß meine Schäfte fest und nicht zu schwer sind" –

Zeilen, die für die Zuhörer doppelte Bedeutung hatten, denn sie
erinnerten sich der letzten Worte, die Richards Mutter ihm nachrief,
als er nach Bosworth zog:

„Drum nimm dir den allerschwersten Fluch,
Der mehr am Tag der Schlacht dich mög ermüden
Als all die volle Rüstung, die du trägst."

Was die Hilfsmittel, die Shakespeare zur Verfügung standen,
betrifft, so muß bemerkt werden: Er beklagt sich zwar mehr als
einmal über die Kleinheit der Bühne, auf der er mächtige historische
Stücke darstellen sollte, über den Mangel an Dekorationen, die ihn
zwinge, manche sehr wirksame Vorgänge, die vor aller Augen sich
ereignen sollten, wegzulassen, aber trotz alledem schreibt er als
Dramatiker, der eine sehr reiche Theatergarderobe zu seiner Verfügung hatte und darauf bauen konnte, daß seine Schauspieler auf ihre
Kostümierung Mühe verwenden würden. Selbst heutzutage ist es
schwer, ein Stück wie die „Komödie der Irrungen" aufzuführen.
Wir danken dem pittoresken Zufall, daß Miß Ellen Terrys Bruder
ihr ähnelt, eine recht gute Aufführung von „Wie es euch gefällt". In
der Tat, man bedarf zur Inszenierung irgendeines Shakespeareschen
Stückes in dem Sinne, wie er es selbst gewünscht hätte, eines
tüchtigen Requisiteurs, eines klugen Perückenmachers, eines Thea-
terschneiders, der Sinn für Farbe und Kenntnis der Gewebe besitzt,
eines Kenners der Schminkmethoden, eines Fechtmeisters, eines
Tanzmeisters und eines Künstlers, der persönlich die ganze Aufführung leitet. Denn Shakespeare verwendet auf die Schilderung der
Kleidung und der äußeren Erscheinung einer jeden Figur sehr viel
Mühe. „Racine abhorre la réalité", sagt Auguste Vacquerie irgendwo; „il ne daigne pas s'occuper de son costume. Si l'on s'en
rapportait aux indications du poète, Agamemnon serait vêtu d'un
sceptre et Achille d'une épée." Bei Shakespeare jedoch ist dies ganz
anders. Er gibt uns Anweisungen für das Kostüm der Perdita, des
Florizel und Autolycus, der Hexe in „Macbeth" und des Apothe-
kers in „Romeo und Julia"; er läßt es an sorgfältigen Beschreibungen
seines feisten Ritters und an umständlichen Schilderungen des seltsamen Aufzuges, in dem Petruchio seine Hochzeit zu begehen hat,
nicht fehlen. Rosalinde, erzählt er uns, soll schlank sein und einen

Speer und einen kleinen Dolch tragen; Celia ist kleiner und soll ihr Gesicht braun schminken, damit sie sonnverbrannt aussehe. Die Kinder, die in den Ferien im Wald von Windsor mitspielen, sollen in Weiß und Grün gekleidet werden – ein Kompliment, nebenbei gesagt, für die Königin Elisabeth, deren Lieblingsfarben dies waren–, und mit weißen und grünen Girlanden und vergoldeten Masken sollen die Engel zu Katharina nach Kimbolton kommen. Bottom erscheint in einem groben Gewand, Lysander unterscheidet sich von Oberon dadurch, daß er in athenischer Tracht auftritt, und Launce hat Löcher in seinen Stiefeln. Die Herzogin von Gloucester steht im Büßerhemd da, hinter ihr der Gatte in Trauerkleidung. Das buntscheckige Kleid des Narren, der Scharlach des Kardinals, die französischen Lilien, gestickt auf englische Röcke – dies alles wird im Dialog zu witzigen oder spöttischen Bemerkungen benutzt. Wir kennen die Zierate auf der Rüstung des Dauphins und dem Schwert der Pucelle, wir kennen den Helmbusch Warwicks und die Farbe der Nase Bardolphs. Porzia hat goldblondes, Phoebe schwarzes Haar, Orlando trägt kastanienbraune Locken, und Sir Andrew Aguecheeks Haar hängt, gleich Flachs auf dem Rocken, herab und will sich nicht kräuseln. Manche Figuren sind dick, manche mager, einige sind gerade gewachsen, andere bucklig, einige von heller, andere von dunkler Haarfarbe. Manche müssen ihr Gesicht schwarz färben. Lear hat einen weißen Bart, Hamlets Vater einen grauen, und Benedikt muß im Verlauf des Stückes rasiert werden. In der Tat, über die Bühnenbärte verbreitet sich Shakespeare sehr ausführlich; er erzählt uns von den vielen verschiedenen Farben, die zur Anwendung kommen, und gibt den Schauspielern den Rat, stets darauf zu achten, daß ihre Bärte fest sitzen. Es kommt ein Tanz von Schnittern mit ihren Strohhüten und von Bauern vor, die in ihren haarigen Kleidern den Satyrn gleichen; eine Maskerade der Amazonen, eine Maskerade der Russen und eine Maskerade in klassischen Trachten; da gibt es einige unsterbliche Szenen um einen Weber, dem der Kopf eines Esels aufgesetzt wurde, über die Farbe eines Rockes einen Raufhandel, den der Bürgermeister von London schlichten muß, und einen Auftritt zwischen einem erzürnten Gatten und der Putzmacherin seiner Frau wegen eines Ärmelschlitzes.

Was die Metaphern Shakespeares, die der Kleidung entnommen sind, was die aphoristischen Bemerkungen belangt, die er darüber macht, was seine Hiebe auf die lächerlich umfänglichen Damenhüte und die vielen Beschreibungen des *mundus muliebris* von dem Lied des Autolycus im „Wintermärchen" bis hin zu der Schilderung des

Gewandes der Herzogin von Mailand in „Viel Lärm um nichts"
betrifft – dergleichen findet sich bei Shakespeare zu häufig, als daß
man es zitieren könnte. Doch mag man vielleicht erinnern, daß in
der Szene Lears mit Edgar die ganze Philosophie der Kleidung
enthalten ist – eine Stelle, die vor der grotesken Weisheit und den
manchmal bombastischen metaphysischen Ausführungen des „Sar-
tor Resartus" den Vorzug der Kürze und des Stils besitzt. Ich denke
jedoch, aus allem, was ich sagte, ergibt sich bereits klar, daß
Shakespeare an dem Kostüm sehr viel Interesse genommen hat. Ich
meine dies nicht in jenem törichten Sinn, in dem man etwa aus seiner
Kenntnis der Urkunden und Narzissen den Schluß gezogen hat, er
sei der Blackstone und Paxton der elisabethanischen Zeit gewesen,
sondern vielmehr so: er erkannte, daß das Kostüm einen gewissen
Eindruck im Zuschauer wachrufen und Ausdruck bestimmter Charaktertypen sein kann und daß es eines der wichtigsten Hilfsmittel
für den wahren Illusionisten ist. Ja, ihm war Richards Mißgestalt so
wert wie die Anmut der Julia; er stellt die Serge des Radikalen neben
die Seide des Lords und erkennt die Bühnenwirkung, die man aus
beiden zu ziehen vermag: er findet an Caliban soviel Gefallen wie an
Ariel, an Lumpen soviel wie an goldenen Gewändern und erfaßt die
künstlerische Schönheit des Häßlichen.

Die Schwierigkeit, die sich für Ducis bei der Übersetzung des
„Othello" natürlicherweise ergeben mußte, da einem so gewöhnlichen Ding, wie es ein Taschentuch ist, solche Bedeutung beigemessen wird, und sein Versuch, die Derbheit des Ausdrucks dadurch
abzuschwächen, daß er den Mohren den Ruf ausstoßen ließ: „Le
bandeau, le bandeau!" – dies mag als Beispiel für den Unterschied
zwischen der *tragédie philosphique* und dem Drama des wirklichen
Lebens dienen; und der Augenblick, da das Wort *mouchoir* im
Théâtre Français zum erstenmal gebraucht wurde, leitete in der
romantisch-realistischen Bewegung, deren Vater Hugo hieß und
deren *enfant terrible* M. Zola ist, eine neue Ära ein, genau wie zu
Beginn des Jahrhunderts der Klassizismus darin seinen stärksten
Ausdruck gefunden hat, daß Talma sich weigerte, griechische Hel-
den in gepuderter Perücke zu spielen – übrigens eines der vielen
Beispiele für das Streben nach archäologischer Genauigkeit des
Kostüms, das die großen Schauspieler unserer Zeit auszeichnet.

Gelegentlich einer Kritik an der Bedeutung, die dem Geld in der
„Comédie Humaine" beigemessen wird, sagt Théophile Gautier,
Balzac könne den Ruhm beanspruchen, einen neuen Helden, *le
héros metallique,* für die Dichtung erfunden zu haben. Von Shake-

speare könnte man behaupten, daß er der erste war, der den dramatischen Wert von Wämsern erkannte, der erkannte, daß eine Steigerung von einer Krinoline abhängen kann.

Der Brand des Globe-Theaters – ein Ereignis, das, nebenbei
bemerkt, durch die Leidenschaft, Illusionen zu erwecken, welche
den Shakespeareschen Bühnenbetrieb auszeichnete, verursacht
wurde – hat uns bedauerlicherweise vieler wichtiger Dokumente
beraubt; doch findet man in dem noch erhaltenen Inventar der
Garderobe eines Londoner Theaters aus der Zeit Shakespeares eine
Reihe besonderer Kostüme erwähnt: Kostüme für Kardinäle, Hir-
ten, Könige, Clowns, Mönche und Narren; grüne Röcke für das
Gefolge Robin Hoods und ein grünes Kleid für Maid Marian, ein
weißes und goldenes Wams für Heinrich den Fünften und ein
Staatskleid für Longshanks; überdies Chorhemden, Chorröcke,
Damastmäntel, Gewänder aus Gold- und Silbertuch, Taftgewänder,
Kalikogewänder, Samt-, Seiden- und Friesröcke, Jacken aus gelbem
und schwarzem Leder, rote Anzüge, graue Anzüge, französische
Pierrot-Kostüme, eine Robe, „um unsichtbar zu werden", deren
Preis von drei Pfund und zehn Schilling nicht zu hoch gegriffen
scheint, und vier unvergleichliche; all dies zeugt von dem Wunsch,
jeder Figur das ihr entsprechende Kleid zu geben. Da sind auch
spanische, maurische und dänische Kostüme verzeichnet, desgleichen Helme, Lanzen, gemalte Schilde, Kaiserkronen und päpstliche
Tiaren, Kostüme für türkische Janitscharen, römische Senatoren
und für all die Götter und Göttinnen des Olymps; sie erweisen zur
Genüge die archäologischen Bemühungen des Theaterdirektors. Es
ist richtig, daß auch eines Korsetts für Eva Erwähnung getan wird,
doch haben die Ereignisse dieses Stückes vermutlich nach dem
Sündenfall gespielt.

Wahrhaftig, jeder, der sich die Mühe nimmt, das Zeitalter Shakespeares zu studieren, wird finden, daß das Interesse für Archäologie
eines seiner besonderen Kennzeichen war. Nach jener Erneuerung
der klassischen Formen der Architektur, die eines der Hauptmerk-
male der Renaissance bildet, und nachdem man in Venedig und
anderswo die Meisterwerke der griechischen und römischen Literatur zu drucken angefangen hatte, erwachte ganz natürlich das
Interesse für den Schmuck und die Trachten der antiken Welt. Diese
Dinge studierten die Künstler nicht um der Kenntnisse willen, die
sie daraus schöpfen konnten, sondern der Schönheit wegen, welche
sie hervorbringen wollten. Die seltsamen Werke, die durch Ausgrabungen unaufhörlich ans Licht gebracht wurden, ließ man nicht in

Museen zu Staub zerfallen, man stellte sie nicht auf für die Blicke eines stumpfsinnigen Wächters oder eines durch den Mangel an Verbrechen gelangweilten Polizisten. Man benützte sie als Motive zur Hervorbringung einer neuen Kunst, die nicht bloß schön, sondern auch ungewöhnlich sein sollte.

Infessura berichtet uns, im Jahre 1485 hätten einige Arbeiter bei Ausgrabungen auf der Appischen Straße einen alten römischen Sarkophag mit der Namensinschrift „Julia, Tochter des Claudius" gefunden. Als man das Behältnis öffnete, entdeckte man in seinem marmornen Schoß die Leiche eines schönen Mädchens, das etwa fünfzehn Jahre alt sein mochte und durch die Geschicklichkeit des Einbalsamierers vor dem Verderben und dem Verfall der Zeit bewahrt worden war. Ihre Augen waren halb offen, ihr Haar umkräuselte sie in goldenen Locken, und von ihren Lippen und Wangen war die Blüte der Jungfräulichkeit noch nicht geschwunden. Man brachte sie auf das Kapitol zurück, wo sie bald zum Mittelpunkt eines neuen Kults wurde, und von allen Seiten strömten die Menschen herbei, um vor dem seltsamen Grabmal ihre Andacht zu verrichten, bis der Papst in der Befürchtung, diejenigen, die das Geheimnis der Schönheit in einer heidnischen Gruft fanden, könnten vergessen, welche Geheimnisse Judäas rauhes Felsgrab berge, den Leichnam zur Nacht wegschaffen und insgeheim bestatten ließ. Mag diese Erzählung Legende sein oder nicht, ihr Wert wird deshalb nicht geringer; sie gibt uns Kunde von der Stellung, welche die Renaissance gegenüber der Antike einnahm. Die Archäologie galt dieser Zeit nicht bloß als Wissenschaft für den Altertumsforscher; sie war für sie ein Mittel, den trockenen Staub der Vorzeit in den Atem und die Schönheit des Lebens selbst zu füllen, die sonst alt und abgenützt gewesen wären. Von Niccolò Pisanos Kanzel bis zu Mantegnas „Triumph des Caesar" und dem Tafelgeschirr, das Cellini für König Franz entworfen hatte, kann man den Einfluß dieses Geistes nachweisen; es war jedoch nicht nur auf die unbeweglichen Künste beschränkt – jene Künste, die einen Augenblick festhalten –, sein Einfluß trat auch bei den großen griechisch-römischen Maskenzügen zutage, welche die stete Unterhaltung der heiteren Höfe jener Zeit bildeten, und in den öffentlichen Festzügen und Prozessionen, mit denen die Bürger der großen Handelsstädte die Fürsten bei ihren gelegentlichen Besuchen zu begrüßen pflegten. Diese Aufzüge galten, nebenbei erwähnt, für so wichtige Ereignisse, daß man sie in großen Kupferstichen festhielt und veröffentlichte – eine Tatsache, die das allgemeine Interesse bezeugt, das man damals diesen Dingen entgegenbrachte.

Dieses Verwerten archäologischer Kenntnisse auf der Schaubühne ist keineswegs lächerliche Pedanterie, vielmehr etwas durchaus Berechtigtes und Schönes. Denn auf der Bühne treffen nicht bloß alle Künste zusammen, hier findet auch die Kunst den Weg zum Leben zurück. In archäologischen Romanen scheint zuweilen durch die Verwendung fremder und veralteter Ausdrücke die Wirklichkeit unter allerlei gelehrten Dingen vermummt, und ich darf wohl sagen, daß vielen Lesern von „Notre Dame de Paris" die Bedeutung solcher Bezeichnungen wie *la casaque à mahoitres, les voulgiers, le gallimard taché d'encre, les craquiniers* und so weiter wenig klargeworden ist. Wie anders auf dem Theater! Die alte Welt erwacht aus ihrem Schlummer, die Geschichte schreitet, ein festlicher Zug, an unserem Blick vorüber, ohne daß wir genötigt wären, unsere Zuflucht zu einem Wörterbuch oder einer Enzyklopädie zu nehmen. Es besteht wirklich nicht die geringste Notwendigkeit, dem Publikum die Gewährsmänner für die Inszenierung eines Stükkes bekanntzugeben. Aus Materialien, welche der Mehrzahl des Publikums vermutlich nicht sehr vertraut sind, wie etwa der Scheibe des Theodosius, hat Mr. E. W. Godwin, einer der künstlerisch feinsten Geister im England dieses Jahrhunderts, die wundersame Anmut des Bühnenbildes im ersten Akt des „Claudian" gewonnen und uns das Leben von Byzanz im vierten Jahrhundert deutlich gemacht – nicht durch eine trockene Vorlesung und eine Reihe rußiger Gipsabgüsse, nicht durch einen Roman, der eines Glossars zu seiner Erklärung bedarf, sondern durch die sichtbare Darstellung der großen Stadt in ihrem ganzen ruhmvollen Glanz. Die Kostüme waren zwar wahrheitsgetreu bis herab zu den kleinsten Feinheiten von Farbe und Zeichnung, aber diese Details wurden nicht so übermäßig betont, wie dies naturgemäß dem Leser gegenüber, der ein Werk bruchstückweise genießt, geschehen muß, sondern der Größe des Kompositonsplanes und der Einheit der künstlerischen Wirkung untergeordnet. Mr. Symonds erzählt gelegentlich seiner Schilderung des großen Gemäldes des Mantegna, das sich jetzt in Hampton Court befindet, der Künstler habe ein antiquarisches Motiv zu Linienmelodien umgeformt. Das gleiche hätte man mit ebensolchem Recht auch von Mr. Godwins Bühnenbild sagen können. Nur die Narren nannten es pedantisch, nur diejenigen, die weder zu sehen noch zu hören vermögen, sagten, die Leidenschaft des Stückes werde durch dessen szenische Ausschmückung ertötet.

Dieses Bühnenbild war nicht nur in seiner malerischen, sondern auch in seiner dramatischen Wirkung vollendet, denn es ersetzte die langweiligen Schilderungen, es offenbarte uns durch die Farbe und Art des Gewandes des Claudian und seiner Begleiter das ganze Wesen, das ganze Leben des Mannes, all seine Neigungen, von der philosophischen Schule, der er anhing, bis hinab zu den Rennpferden, auf die er setzte.

Wahrhaftig, die archäologische Wissenschaft ist nur dann wirklich reizvoll, wenn sie in irgendeine Kunstform umgegossen wird. Ich will die Dienste der emsigen Gelehrten durchaus nicht unterschätzen, doch ich meine, Keats hat von Lemprières Wörterbuch weit wertvolleren Gebrauch gemacht als Professor Max Müller, der eben die Mythologie als eine „Krankheit der Sprache" abgehandelt hat. Der „Endymion" ist jeder gesunden oder, wie dies gegenwärtig der Fall ist, ungesunden Theorie „über die Verseuchung der Adjektiva" vorzuziehen! Und wer spürt nicht, daß der Hauptruhm von Piranesis Buch über die Vasen darauf beruht, daß es Keats zu seiner „Ode auf eine griechische Urne" angeregt hat? Die Kunst, die Kunst allein kann die Archäologie zu etwas Herrlichem machen; und die Kunst des Theaters vermag dies auf die unmittelbarste und lebendigste Art, denn sie kann in einer einzigen erlesenen Aufführung die Illusion des wirklichen Lebens mit den Wundern der unwirklichen Welt verbinden. Doch das sechzehnte Jahrhundert war nicht bloß das Zeitalter des Vitruv; es war auch die Zeit des Vecellio. In allen Nationen scheint plötzlich das Interesse für die Trachten des Nachbarn erwacht zu sein. Europa begann seine eigenen Trachten zu durchforschen, und die Zahl der Bücher, die über die Volkstrachten publiziert wurden, ist außerordentlich groß. Zu Beginn des Jahrhunderts erreichte die „Nürnberger Chronik" mit ihren zweitausend Illustrationen die fünfte Auflage, und noch vor dem Jahrhundertende waren siebzehn Auflagen von Münsters „Weltchronik" erschienen. Außer diesen beiden Büchern kamen noch Werke von Michael Colyns, von Hans Weigel, von Amman und von Vecellio selbst heraus; alle diese waren mit trefflichen Illustrationen versehen, einige der Zeichnungen bei Vecellio sind vermutlich von der Hand Tizians.

Doch schöpfte man seine Kenntnisse nicht nur aus Büchern und Abhandlungen. Die Gewohnheit, Reisen ins Ausland zu unternehmen, der zunehmende kaufmännische Verkehr zwischen den Ländern und die immer häufiger werdenden diplomatischen Missionen gaben jeder Nation viele Möglichkeiten, die verschiedenen Formen

der zeitgenössischen Trachten zu studieren. Nachdem beispielsweise die Gesandten des Zaren, des Sultans und des Fürsten von
Marokko England verlassen hatten, veranstalteten Heinrich der
Achte und seine Freunde verschiedene Maskenspiele in den seltsamen Kostümen ihrer Besucher. Später erblickte London, vielleicht
zu häufig, den finsteren Glanz des spanischen Hofes, und aus allen
Ländern kamen Abgesandte zu Elisabeth, deren Trachten – Shakespeare berichtet es uns – für den englischen Kleiderstil große Bedeutung gewannen.

Das Interesse beschränkte sich auch keineswegs auf klassische
Gewänder oder auf die Trachten fremder Nationen; zumal die
Theaterleute stellten über die früher in England selbst üblich gewe-
senen Trachten Nachforschungen an. Wenn Shakespeare im Prolog
zu einem seiner Stücke seinem Bedauern darüber Ausdruck gibt,
daß er nicht in der Lage gewesen sei, Helme aus jener Periode
vorzuweisen, spricht er als elisabethanischer Theaterleiter, nicht nur
als elisabethanischer Dichter. In Cambridge wurde beispielsweise
zu seinen Lebzeiten sein Stück „Richard der Dritte" aufgeführt, in
dem die Schauspieler in den echten Kostümen der Zeit auftraten;
man hatte sie sich aus der großen Sammlung historischer Gewänder
im Tower beschafft, die den Theaterleitern stets offenstand und
diesen bisweilen zur Verfügung gestellt wurde. Ich kann mich nicht
des Gedankens erwehren, daß diese Aufführung, soweit das Kostüm in Frage kommt, viel künstlerischer gewesen sein muß als
Garricks Darstellung des entsprechenden Shakespeare-Dramas, in
dem er selber in einem undefinierbaren Phantasiegewand auftrat und
die anderen Schauspieler Kostüme aus der Zeit Georges des Dritten
trugen. Insbesondere Richmond wurde in der Uniform eines jungen
Gardisten sehr bewundert.

Denn welchen Nutzen sollte die Schaubühne aus der Archäologie, die unsere Kritiker so seltsam erschreckt hat, ziehen als diesen:
Die Archäologie und nur sie allein vermag uns die Architektur und
das äußere Gepräge der Zeit, in der die Handlung des Stückes vor
sich geht, zu vermitteln. Sie versetzt uns in die Lage, einen Griechen
wie einen Griechen, einen Italiener wie einen Italiener angezogen zu
sehen, die Bogengänge Venedigs und die Balkone Veronas zu unserer Freude zu schauen und, falls das Stück in einer der großen
Epochen der Geschichte unseres Vaterlandes spielt, diese Zeit in
einem eigenen Gewand und den König in seinem lebensechten
Kostüm zu betrachten. Ich würde, nebenbei bemerkt, gerne wissen,
was Lord Lytton noch vor kurzem dazu gesagt hätte, wenn im

Prinzeß-Theater bei der Aufführung des Dramas seines Vaters, „Brutus", nach dem Aufgehen des Vorhangs der Titelheld in einem Sessel aus der Zeit der Königin Anna gelehnt hätte, geschmückt mit einer wallenden Perücke und angetan mit einem geblümten Morgenrock – ein Kostüm, das man im letzten Jahrhundert für ein dem antiken Rom besonders angemessenes hielt! Denn in jenen halkyonischen Tagen des Theaters hat noch keine Archäologie den Frieden der Bühne bedroht oder die Kritiker beunruhigt, und unsere unkünstlerisch gesinnten Großväter saßen friedlich in einer niederdrückend anachronistischen Atmosphäre und betrachteten mit dem sanften Behagen dieses prosaischen Zeitalters einen gepuderten Jago, der Schönheitspfläsierchen trug, einen Lear mit Spitzenmanschetten, eine Lady Macbeth mit einer weiten Krinoline. Ich kann verstehen, daß man die Archäologie wegen ihres allzu realistischen Charakters angreift, man schießt aber weit über das Ziel hinaus, wenn man sie als pedantisch bekämpft. Es ist albern, sie überhaupt mit Gründen irgendwelcher Art zu bekämpfen; genausogut könnte man den Äquator aburteilen. Denn die Archäologie bedeutet, als eine Wissenschaft, weder etwas Gutes noch etwas Schlimmes: sie ist einfach eine Tatsache. Ihr Wert hängt gänzlich davon ab, wie man sie nutzt, und nur ein Künstler vermag sie zu nutzen. Wir wenden uns wegen des Materials an den Archäologen, wegen der Art, wie man es verwendet, an den Künstler.

Beim Entwerfen des Bühnenbilds und der Kostüme eines Shakespeareschen Stückes hat der Künstler zunächst die Zeit, in der das Drama spielt, möglichst genau zu fixieren. Sie sollte mehr aus dem allgemeinen Geist des Stückes denn aus darin vorkommenden historischen Hinweisen gewonnen werden. Die meisten Aufführungen des „Hamlet", die ich gesehen habe, waren in eine viel zu frühe Zeit verlegt. Hamlet ist seinem Wesen nach ein Student aus den Tagen der Wiederbelebung der Wissenschaft, und wenn auch die Anspielung auf den jüngst erfolgten Einbruch der Dänen in England das Stück in das neunte Jahrhundert zurückverlegt, so wird es hinwiederum durch den Gebrauch der Rapiere in eine viel spätere Epoche versetzt. Steht das Datum nun einmal fest, dann hat uns der Archäologe die Tatsachen an die Hand zu geben, die der Künstler in Wirkungen umsetzen muß.

Man hat häufig bemerkt, der Anachronismus in den Stücken selbst bezeuge, daß Shakespeare wenig Wert auf historische Genauigkeit legte, und man hat daraus, daß Hektor unklugerweise den Aristoteles zitiert, viel Kapital geschlagen. Andererseits sind die

Anachronismen nicht sehr zahlreich, auch scheinen sie nicht sonderlich bedeutend, und wäre Shakespeares Aufmerksamkeit durch einen Kollegen auf diese Dinge gerichtet worden, so hätte er sich vermutlich verbessert. Man kann sie kaum Schwächen heißen, und sie machen keineswegs die großen Schönheiten seines Werkes aus. Wäre dem so, dann könnte der Reiz dieser Anachronismen nur herausgearbeitet werden, wenn das betreffende Stück ganz im Stile seiner Zeit ausgestattet würde. Betrachtet man Shakespeares Stücke im ganzen, so fällt ihre außerordentliche Treue, sowohl was die Personen als auch die Verwicklungen der Fabel anbelangt, ins Auge. Viele seiner Bühnenfiguren sind Menschen, die tatsächlich gelebt haben, und manche von ihnen sind seinen Zuschauern wohl schon im wirklichen Leben begegnet. Der heftigste Angriff, den die Zeitgenossen gegen Shakespeare richteten, war ja, er habe Lord Cobham karikiert. Was seine Fabeln betrifft, so hat Shakespeare sie stets entweder der verbürgten Geschichte oder den alten Balladen und Überlieferungen entnommen, die im Publikum der elisabethanischen Zeit als Geschichte galten und die selbst heute kein gelehrter Historiker als völlig unwahr verwerfen würde. Und er hat nicht nur statt phantastischer Erfindungen Tatsachen zur Grundlage vieler seiner Dichtungen genommen, er verleiht auch jedem Stück den allgemeinen Charakter, mit einem Wort die soziale Atmosphäre der jeweiligen Zeit. Er erkannte, daß Dummheit eine der ständigen charakteristischen Eigenschaften der gesamten europäischen Zivilisation bildet; darum sieht er keinen Unterschied zwischen dem Londoner Mob seiner Tage und dem römischen Mob der heidnischen Zeit, zwischen einem einfältigen Wächter zu Messina und einem albernen Friedensrichter in Windsor. Hat er es aber mit höheren Charakteren zu tun, mit jenen Ausnahmeerscheinungen einer Epoche, die so erlesen sind, daß sie zu Zeittypen werden, dann prägt er ihnen Siegel und Stempel ihrer Zeit auf. Virgilia ist eine jener römischen Frauen, auf deren Sarg geschrieben stand: „Domi mansit, lanam fecit", so wie Julia das romantische Mädchen der Renaissance ist. Er bleibt wahr, selbst in bezug auf die Charaktereigentümlichkeiten der Rasse. Hamlet besitzt die Phantasiefülle und Unentschlossenheit der nordischen Völker, und die Prinzessin Katharina ist so völlig Französin wie die Heldin von „Divorçons". Heinrich der Fünfte ist ganz Engländer und Othello ein echter Mohr.

Entnimmt Shakespeare seine Stoffe der Geschichte vom vierzehnten bis zum sechzehnten Jahrhundert, dann ist es ganz wunderbar, wie genau er sich an die Tatsachen hält – er folgt wirklich dem

Holinshed mit erstaunlicher Treue. Die unaufhörlichen Kriege zwischen Frankreich und England sind mit außerordentlicher Genauigkeit dargestellt, bis hin zu den Namen der belagerten Städte, den Einschiffungs- und Landungshäfen, den Örtlichkeiten und Daten der Schlachten, den Ehrentiteln der Feldherren auf beiden Seiten, den Listen der Getöteten und Verwundeten. Aus der Zeit der Bürgerkriege der Roten und Weißen Rose besitzen wir die sorgsam ausgearbeiteten Stammbäume der sieben Söhne Eduards des Dritten; die Ansprüche der rivalisierenden Häuser York und Lancaster auf den Thron werden des breiten erörtert; und wenn die englische Aristokratie schon den Dichter Shakespeare nicht liest, sollte sie ihn doch gewissermaßen als den Verfasser früher Adelskalender lesen. Es gibt kaum einen einzigen Titel im Oberhaus, mit Ausnahme natürlich jener uninteressanten, vom niedrigen Adel angemaßten Titel, der sich nicht bei Shakespeare mit den vielen Details der Familiengeschichte, ehrenhaften und unehrenhaften, vorfände. Ja, wenn die Schuljungen schon alles über die Kriege zwischen der Roten und Weißen Rose wissen müssen, dann können sie ihre Lektion ebensowohl aus Shakespeare wie aus den Schilling-Schulbüchern lernen, und zwar, ich brauche es kaum zu sagen, auf weit unterhaltsamere Weise. In den Tagen Shakespeares selbst erkannte man diesen Nutzen seiner Stücke an. „Die historischen Stücke bringen jenen, die in den Chroniken nicht zu lesen vermögen, historische Kenntnisse bei", sagt Heywood in einer Abhandlung über die Schaubühne, und ich bin überzeugt, daß die Chroniken aus dem sechzehnten Jahrhundert eine viel angenehmere Lektüre als die Schulbücher aus dem neunzehnten sind.

Selbstverständlich hängt der ästhetische Wert der Shakespeareschen Stücke nicht im entferntesten von den darin enthaltenen Tatsachen, sondern nur von ihrer Wahrheit ab, und Wahrheit hat nichts mit Tatsachen zu tun, die sie erfindet oder auswählt, wie es ihr gefällt. Die Art aber, wie Shakespeare von Tatsachen Gebrauch macht, bildet einen höchst interessanten Teil seiner Arbeitsmethode, und sie zeigt uns die Haltung, die er der Bühne gegenüber einnahm, und seine Beziehung zur großen Kunst der Illusion. Wahrhaftig, er wäre sehr erstaunt gewesen, seine Stücke „Märchen" gleichgestellt zu sehen, wie Lord Lytton dies tut; denn es war eines seiner Ziele, für England ein historisches Nationaldrama zu schaffen, das Ereignisse zum Gegenstand haben sollte, welche dem Publikum wohlbekannt waren und deren Helden im Gedächtnis des Volkes lebten. Patriotismus gehört, wie ich wohl kaum zu betonen brauche, keineswegs zu den notwendigen Eigentümlichkeiten der Kunst; doch hat er für den Künstler die Bedeutung, daß er ein universelles Empfinden an die Stelle des persönlichen setzt, und für das Publikum, daß ihm ein Kunstwerk in einer höchst anziehenden und volkstümlichen Form dargeboten wird. Es ist erwähnenswert, daß Shakespeares erster und letzter Erfolg historische Stücke gewesen sind.

Aber man fragt vielleicht, was dies alles mit Shakespeares Einstellung zum Kostüm zu tun haben soll. Ich antworte darauf, daß ein Dramatiker, der auf die historische Genauigkeit der Tatsachen so viel Gewicht legte, die historische Genauigkeit des Kostüms als höchst wichtige Unterstützung seiner illusionistischen Methode empfinden mußte. Und ich trage kein Bedenken zu erklären: dies ist auch der Fall gewesen. Die Erwähnung der Helme im Prolog zu „Heinrich dem Fünften" mag man als dichterische Erfindung betrachten, obwohl Shakespeare oft

> „... den einen Helm,
> Der einst die Luft von Agincourt erschreckte",

dort gesehen haben muß, wo er noch heute in der düsteren Halle der Westminster-Abtei hängt, neben dem Sattel des „Sprößlings des Ruhmes" und neben dem gefurchten Schild mit seinem zerrissenen blauen Samtfutter und den verblaßten goldenen Lilien. Aber die Verwendung von Waffenröcken in „Heinrich dem Sechsten" erklärt sich ganz aus archäologischen Überlieferungen; denn man trug dergleichen Waffenröcke im sechzehnten Jahrhundert nicht, und des Königs eigener Waffenrock hing, glaube ich, noch in Shakespeares Tagen über seinem Grab in der Kapelle des heiligen Georg zu Windsor. Bis zu dem unseligen Sieg der Philister im Jahre 1645 waren ja die Kapellen und Kathedralen in England die großen Nationalmuseen der Archäologie, und in ihnen wurden die Rüstungen und Gewänder der Helden der englischen Geschichte aufbewahrt. Ein gut Teil blieb freilich im Tower, und selbst in den Tagen der Elisabeth wurden Reisende dorthin geführt, um die seltsamen Reliquien vergangener Tage zu beschauen, zum Beispiel den ungeheuren Speer des Charles Brandon, der wohl noch heute die Bewunderung der Besucher vom Lande erregt. Man wählte jedoch in der Regel die Kathedralen und Kirchen als die geeignetsten Schreine zur Aufbewahrung der historischen Altertümer. In Canterbury zeigt man uns noch immer den Helm des Schwarzen Prinzen, im Westminster die Gewänder unserer Könige, und in der altehrwürdigen

St.-Pauls-Kathedrale hat Richmond selber das Banner aufgehängt, das über dem Schlachtfeld von Bosworth wehte.

Wohin Shakespeare in London auch schauen mochte, überall erblickte er das Gepräge und das Zubehör vergangener Zeiten, und es darf nicht bezweifelt werden, daß er diese Gelegenheiten genutzt hat. Der Gebrauch von Lanzen und Schilden im offenen Kampf zum Beispiel, der so häufig in seinen Stücken wiederkehrt, ist der Archäologie, keineswegs der militärischen Rüstkammer seiner Tage entnommen. Rüstungen, die ja regelmäßig in seinen Schlachtszenen vorkommen, waren seiner Zeit ebenfalls nicht mehr eigentümlich; damals mußten sie bereits den Feuerwaffen weichen. Warwicks Helmbusch, der in „Heinrich dem Sechsten" von solcher Bedeutung ist, erscheint in einem Stück des fünfzehnten Jahrhunderts völlig zu Recht, denn zu dieser Zeit trug man noch den Helmbusch, jedoch keineswegs mehr in einem Drama etwa aus den Tagen Shakespeares selbst; dazumal war der Federbusch an seine Stelle getreten – eine Mode, die, wie uns in „Heinrich dem Achten" berichtet wird, Frankreich entlehnt worden war. Wir dürfen, was die historischen Stücke angeht, überzeugt sein, daß man bei diesen archäologische Kenntnisse anwandte, und ich glaube, daß dies auch auf die anderen zutrifft. Das Erscheinen des Jupiter auf seinem Adler, den Donnerkeil in den Händen, der Juno mit ihren Pfauen und der Iris mit ihrem buntfarbigen Bogen, das Amazonen-Maskenfest und das Maskenfest der „Five Worthies" – dies alles deutet auf archäologische Kenntnisse hin; und jene Vision, die Posthumus im Gefängnis des Sicilius Leonatus hat – „ein alter Mann in der Tracht eines Kriegers führt eine alte Frau" – ist zweifellos gleichen Ursprungs. Über das „athenische Gewand", das Lysander von Oberon unterscheidet, habe ich bereits gesprochen. Doch eines der bezeichnendsten Beispiele ist die Tracht des Coriolan, die Shakespeare direkt von Plutarch übernommen hat. Dieser Geschichtsschreiber erzählt uns in seiner Lebensschilderung des großen Römers von jenem Eichenkranz, mit dem Caius Marcius gekrönt wurde, und von jenem seltsamen Kleidungsstück, in dem er, alter Sitte gemäß, um die Gunst seiner Wähler werben mußte; über beides verbreitet er sich ausführlich und forscht dem Ursprung und der Deutung der alten Bräuche nach. Shakespeare bekundet wahren Künstlergeist, indem er dem antiken Historiker die Tatsachen entnimmt und diese in dramatische und malerische Wirkungen umgießt; das Kleid der Demut, das „wölfische Kleid", wie Shakespeare es nennt, bildet den Mittelpunkt des Stückes. Ich könnte noch andere Beispiele anführen, doch genügt dieses eine für meinen Zweck. Daraus ergibt sich klar: wir führen Shakespeares eigene Methode, seine eigenen Wünsche am besten aus, wenn wir seine Stücke genau im Gewande ihrer Zeit, im Einklang mit den besten Gewährsmännern inszenieren.

Doch selbst wenn dem nicht so wäre, läge kein Grund vor, warum wir jene Unvollkommenheit, die den Shakespeareschen Inszenierungen anhaften mochten, noch weiter bewahren sollten. Wir könnten ebensogut die Julia von einem jungen Mann spielen lassen oder uns des Vorteils des Szenenwechsels begeben. In einem großen dramatischen Kunstwerk sollten durch den Schauspieler Leidenschaften von heute nicht nur zum Ausdruck gebracht, sondern uns auch in einer dem modernen Geist entsprechenden Gestalt vermittelt werden. Racine führt seine Römerstücke in der Tracht Ludwigs des Vierzehnten auf einer Bühne vor, auf der sich die Zuschauer drängten: wir verlangen andere Voraussetzungen, um uns seiner Kunst erfreuen zu können. Vollkommene Genauigkeit des Details erscheint uns zur Erzielung der vollkommenen Illusion erforderlich. Wir müssen nur auf eines achten, daß die Details nicht überwiegen. Diese müssen sich vielmehr stets dem Hauptmotiv des Stückes unterordnen. Doch bedeutet solche Unterordnung in der Kunst keineswegs eine Mißachtung der Wahrheit; sie bedeutet nur, daß die Tatsachen in Wirkung umgesetzt und jedem Detail die seinem Wert gemäße Stellung angewiesen werden muß.

„Les petits détails d'histoire et de vie domestique", sagt Hugo, „doivent être scrupuleusement étudiés et reproduits par le poète, mais uniquement comme des moyens d'accroître la réalité de l'ensemble, et de faire pénétrer jusque dans les coins les plus obscurs de l'œuvre cette vie générale et puissante au milieu de laquelle des personnages sont plus vrais, et les catastrophes, par conséquent, plus poignantes. Tout doit être subordonné à ce but. L'homme sur le premier plan, le reste au fond."

Diese Stelle ist nicht ohne Interesse, weil sie von dem ersten großen französischen Dramatiker stammt, der sich der Archäologie auf der Bühne bediente, dessen Dramen in den Details durchaus korrekt sind und die man dennoch allgemein ihrer leidenschaftlichen Empfindung, nicht ihrer pedantischen Genauigkeit – ihrer Lebenskraft, nicht ihrer Gelehrsamkeit wegen kennt. Es ist richtig, daß er sich, wenn es um die Verwendung merkwürdiger oder seltsamer Ausdrücke ging, zu mancherlei Konzessionen herbeigelassen hat. Ruy Blas spricht von M. de Priego als von einem „sujet du roi" statt von dem „noble du roi", Angelo Malipieri spricht von „la croix rouge" anstatt von „la croix de gueules". Doch sind dies Konzessionen, die dem Publikum oder vielmehr einem Teil des Publikums gemacht werden. „J'en offre ici toutes mes excuses aux spectateurs intelligents", sagt er in einer Anmerkung zu einem seiner Theaterstücke; „espérons qu'un jour un seigneur vénitien pourra dire tout bonnement sans péril son blason sur le théâtre. C'est un progrès qui viendra." Und wenn auch seine Schilderung des Helmbusches nicht ganz zutreffend erscheint, dieser selbst war ganz exakt gearbeitet. Man wird allerdings einwenden, das Publikum nehme von diesen Dingen keine Notiz; doch andererseits muß daran erinnert werden, daß die Kunst kein anderes Ziel hat als ihre eigene Vollendung und sich nur nach ihren eigenen Gesetzen entwickeln sollte und daß er ebenjenes Stück hochpreist, das Hamlet selbst als „Kaviar für das Volk" bezeichnet. Übrigens hat das Publikum zumindest in England eine gewisse Wandlung durchgemacht. Man schätzt neuerdings die Schönheit weit mehr, als dies noch vor wenigen Jahren der Fall war, und wenn man auch nicht mit den Quellen und den archäologischen Daten vertraut ist, so genießt man jedes dargebotene Schöne. Und darauf allein kommt es an. Weit besser, sich einer Rose zu erfreuen, als ihre Wurzel unter das Mikroskop zu legen. Archäologische Genauigkeit bildet nur eine Voraussetzung der Illusionswirkung auf dem Theater; sie ist keineswegs das Wesentliche. Und Lord Lyttons Vorschlag, die Kostüme sollten nur Schönheit, keineswegs Genauigkeit besitzen, beruht auf einem Mißverstehen der Eigentümlichkeit des Kostüms und seiner Bedeutung für die Schaubühne. Sein Wert ist ein doppelter, ein malerischer und dramatischer; jener hängt von der Farbe, dieser von dem Zuschnitt und den Besonderheiten ab. Die beiden sind aber so innig miteinander verbunden, daß jedesmal, wenn man in unseren Tagen historische Genauigkeit vernachlässigt hat und die in einem Stück vorkommenden verschiedenartigen Gewänder verschiedenen Zeiten entnahm, aus der Bühne ein Chaos der Kostüme, eine Karikatur der Jahrhunderte, ein Maskenball wurde, was die Zerstörung jeder dramatischen und malerischen Wirkung zur Folge hatte. Denn die Tracht des einen Zeitalters steht nicht im künstlerischen Einklang mit der Tracht des anderen, und die Kostüme verwirren heißt das Drama selbst verwirren. Die Kleidung ist ewas Gewachsenes, Entwicklungsfähiges und ein sehr bedeutsames, vielleicht *das* bedeutsamste Kennzeichen der Sitten, Gewohnheiten und Lebensweise eines jeden Jahrhunderts. Die puritanische Verachtung der Farbe, der Ausschmückung und der Anmut der Erscheinung hat die große Empörung des Mittelstan-

des gegen die Schönheit im siebzehnten Jahrhundert mit verursacht.
Ein Historiker, der dies nicht beachtete, würde uns ein höchst
ungenaues Bild der Zeit darbieten, und ein Dramatiker, der diese
Tatsache nicht benützte, würde eine der wichtigsten Möglichkeiten
illusionistischer Wirkung preisgeben. Die Verweichlichung der
Kleidung, welche die Regierung Richards des Zweiten kennzeichnet, war ein ständiges Thema der Autoren jener Zeit. Shakespeare,
der zweihundert Jahre später schrieb, gewinnt aus der Vorliebe des
Königs für fröhliche Gewänder und fremde Moden manche Pointen
des Stückes, von John of Gaunts Vorwürfen bis zu der Rede
Richards im dritten Akt, bei seiner Thronentsetzung. Daß Shakespeare Richards Gruft in der Westminster-Abtei gekannt hatte,
scheint aus der Rede Yorks zu erhellen:

> „Seht, seht den König Richard selbst erscheinen,
> So wie die Sonn, errötend mißvergnügt,
> Aus feurigem Portal des Ostens tritt,
> Wenn sie bemerkt, daß neid'sche Wolken streben
> Zu trüben ihren Glanz."

Wir können ja noch auf dem Gewand des Königs sein Lieblings-
symbol erkennen – die Sonne, die aus einer Wolke auftaucht. In der
Tat, in jedem Zeitalter drücken sich die gesellschaftlichen Zustände
in der Kleidung so deutlich aus, daß die Aufführung eines Stückes,
das im sechzehnten Jahrhundert spielt, in den Trachten des vierzehnten Jahrhunderts, oder umgekehrt, ihrer Lebensunwahrheit
wegen unecht erscheinen würde. So wertvoll der schöne Effekt auf
der Schaubühne ist, die höchste Schönheit ist mit der Genauigkeit
des Details nicht nur vergleichbar, sondern geradezu von ihr abhängig. Ein völlig neues Kostüm zu erfinden ist außer in der Burleske
oder in der Posse beinahe unmöglich. Aus den Kostümen verschiedener Jahrhunderte aber eine neue Tracht zu kombinieren, dieses
Experiment wäre gefährlich, und wie Shakespeare über den künstlerischen Wert solcher Vermischung dachte, mag man aus seinen
beständigen satirischen Ausfällen gegen die Gecken der elisabethanischen Zeit schließen, die sich einbildeten, sie seien gut
angezogen, weil sie ihre Wämser aus Italien, ihre Hüte aus Deutschland und ihre Hosen aus Frankreich bezogen. Und es sollte ver-
merkt werden, daß die schönsten szenischen Wirkungen, die auf
unserer Schaubühne erzielt wurden, diejenigen gewesen sind, die
sich durch ihre vollkommene Genauigkeit auszeichneten, wie die
Wiederbelebung des achtzehnten Jahrhunderts durch Mr. und Mrs.

Bancroft auf dem Haymarket-Theater, Mr. Irvings herrliche Aufführung von „Viel Lärm um nichts" und Mr. Barretts „Claudian".
Überdies muß – und dies ist vielleicht die beste Antwort auf Lord
Lyttons Theorie – daran erinnert werden, daß sowohl in Fragen des
Kostüms wie des Dialogs Schönheit keineswegs das erste Ziel des
Dramatikers ist. Des Dramatikers Ziel ist in erster Linie das Hervor-
heben des Charakteristischen, und er wünscht so wenig, daß alle
seine Personen herrlich angezogen seien, wie er etwa wünschen
würde, daß sie alle Charakterschönheit besitzen und schönes Englisch sprechen. Der wahre Dramatiker zeigt uns das Leben unter
künstlerischen Gesichtspunkten, jedoch nicht die Kunst in der
Form des Lebens. Die griechische Tracht war die schönste, welche
die Welt je erblickte, und die englische des vergangenen Jahrhunderts eine der abscheulichsten. Trotzdem können wir bei einem
Stück Sheridans keineswegs die nämlichen Kostüme wie bei einem
Drama des Sophokles verwenden. Denn wie Polonius in seinen
ausgezeichneten Bemerkungen, denen zu danken ich hier eine günstige Gelegenheit finde, ausführt, ist eines der ersten Erfordernisse
der Kleidung ihre Ausdruckskraft. In dem affektierten Stil der
Kleidung des achtzehnten Jahrhunderts drückten sich die affektierten Manieren, die affektierte Konversation der damaligen Gesellschaft charakteristisch aus. Der realistische Dramatiker wird diese
bezeichnenden Züge bis hin zu den geringfügigsten Details sehr
hoch zu schätzen wissen, und das Material hierfür kann er bloß aus
der Archäologie gewinnen.

Doch genügt es keineswegs, daß ein Kostüm historisch genau sei;
es muß auch der Erscheinung und der Gestalt des Schauspielers und
seiner vermutlichen Stellung in dem Stück wie der Haltung, die er in
ihm einzunehmen hat, entsprechen. Bei Mr. Hares Aufführung von
„Wie es euch gefällt" auf dem St.-James-Theater wurde die Pointe
der Klage des Orlando, daß er wie ein Bauer, nicht wie ein Edelmann
erzogen wurde, durch die Überladenheit seines Anzuges ganz um
ihre Wirkung gebracht, und auch der glänzende Aufzug des ver-
bannten Herzogs und seiner Freunde war durchaus verfehlt. Mr.
Lewis Wingfields Erklärung, die Gepflogenheiten, wie sie zu jener
Zeit vermutlich herrschten, seien dieses Glanzes Grund, diese Erklärung, fürchte ich, reicht kaum aus. Geächtete, die sich im Walde
verborgen halten und von der Jagd leben, werden sich wahrscheinlich nicht sehr um die Regeln der Toilette bekümmern. Sie waren
vermutlich wie das Gefolge Robin Hoods gekleidet, mit dem sie im
Verlauf des Stückes sogar verglichen werden. Daß sie in ihrem

Auftreten keineswegs reichen Edelmännern glichen, mag man aus den Worten Orlandos, da er gegen sie losstürmt, erkennen. Er hält sie irrigerweise für Räuber und ist ganz erstaunt, daß sie ihm in höfisch-gebildeten Ausdrücken antworten. Die Inszenierung des nämlichen Stückes durch Lady Archibald Campbell unter der Direktion von Mr. E. W. Godwin war, soweit die Ausstattung in Frage kommt, weit mehr von künstlerischen Gesichtspunkten bestimmt. Mir wenigstens schien es so. Der Herzog und seine Gefährten trugen Serge-Waffenröcke, lederne Jacken, hohe Stiefel, Stulphandschuhe, verwegene Hüte und Kapuzen. Da sie in einem wirklichen Wald agierten, fanden sie, dessen bin ich gewiß, ihre Bekleidung ganz entsprechend. Jede Figur in dem Stück trug ein Kleid, daß ihr ganz gemäß war, und das Braun und Grün der Gewänder harmonierte vortrefflich mit den Farnkräutern, durch die jene Gestalten schritten, mit den Bäumen, unter denen sie lagen, mit der lieblichen englischen Landschaft, die das ländliche Spiel umschloß. Der außerordentliche naturalistische Eindruck der Szene war der vollkommenen Genauigkeit und Angemessenheit eines jeden Kleidungsstückes zu danken. Die Archäologie hätte nicht auf eine strengere Probe gestellt werden und nicht siegreicher daraus hervorgehen können. Die ganze Aufführung bewies ein für allemal, daß ein Gewand immer unwirklich, unnatürlich und theatralisch im Sinne von gekünstelt erscheint, wenn es nicht archäologisch genau und künstlerisch angemessen ist.

Es genügt aber auch keineswegs, daß ein Kostüm historisch genau, künstlerisch angemessen ist und in herrlichen Farben schimmert; der ganze Bühnenraum muß Farbenschönheit besitzen. Solange der Hintergrund von dem einen Künstler gemalt wird und die Vordergrundfiguren unabhängig davon durch einen anderen entworfen werden, besteht immer die Gefahr, daß das Bühnenbild der harmonischen Wirkung ermangelt. Man sollte für jede Szene ein Farbenschema wie für die Ausschmückung eines Zimmers anlegen, man sollte die vorgesehenen Stoffe in allen möglichen Kombinationen mischen und wieder mischen und das Nichtzusammenklingende ausscheiden. Was die besonderen Farbenarten betrifft, ist zu bemerken, daß die Bühne oft zu grell erscheint, zum Teil durch den übertriebenen Gebrauch glühender, heftiger Rottöne, zum Teil auch dadurch, daß die Kostüme allzusehr den Eindruck des Neuen hervorrufen. Eine gewisse Abgenütztheit, die in der modernen Zeit bloß die Tendenz zur Geziertheit bei den unteren Volksschichten ausdrückt, ist nicht ohne künstlerischen Wert, und moderne Farben gewinnen oft sehr, wenn sie ein wenig verblaßt sind. Auch die blaue Farbe wird zu häufig benützt: sie ist, nicht nur bei Gaslicht, von zweifelhafter Wirkung; wie schwer fällt es überdies, in England ein durchaus gutes Blau zu beschaffen. Das feine chinesische Blau, das wir alle so sehr bewundern, braucht zwei Jahre, um zu färben, aber das englische Publikum will auf eine Farbe nicht so lange warten. Pfauenblau wurde natürlich auf der Bühne mit Vorteil verwendet, hauptsächlich im Lyceum-Theater; doch sind alle Versuche, die ich kenne, ein gutes Lichtblau oder ein gutes Dunkelblau zu erzielen, fehlgeschlagen. Der Wert der schwarzen Farbe wird kaum genügend gewürdigt. Mr. Irving hat sie in „Hamlet" als Grundlage der Inszenierung mit großer Wirkung zur Anwendung gebracht, aber als neutrale, den Ton angebende Farbe ist ihre Bedeutung noch nicht erkannt. Dies scheint erstaunlich, da Schwarz ja die allgemein übliche Farbe der Kleidung eines Jahrhunderts ist, in dem, wie Baudelaire sagt, „nous célébrons tous quelque enterrement". Der Archäologe der Zukunft wird vermutlich unsere Zeit als eine Epoche bezeichnen, welche die Schönheit des Schwarzen erkannte. Ich glaube aber nicht, daß dies wirklich, insoweit es sich um Bühnen- und Hausdekorationen handelt, der Fall ist. Der dekorative Wert des Schwarzen ist so bedeutend wie der von Weiß oder Gold; es vermag die Farben zu sondern und harmonisch zu verbinden. In modernen Stücken ist der schwarze Gehrock des Helden an sich von Bedeutung, und man sollte ihm einen entsprechenden Hintergrund geben. Dies geschieht aber nur selten. Wahrhaftig, der einzige treffliche Hintergrund eines in unsren Tagen spielenden Stückes, den ich jemals sah, war die dunkelgrau und cremeweiß gehaltene Szene im ersten Akt der „Princesse Georges" in der Inszenierung von Mrs. Langtry. In der Regel verschwindet der Held in dem *bric-à-brac* und den Palmenbäumen; er verliert sich in den goldenen Abgründen der Louis-Quatorze-Möbel, er schrumpft inmitten der Mosaiken zu einer bloßen Mücke zusammen, während doch der Hintergrund nur immer Hintergrund bleiben und die Farbe der Wirkung untergeordnet werden sollte. Dies wird freilich nur dann möglich sein, wenn ein einziger Geist die ganze Aufführung leitet. Mögen auch die Werke der Kunst verschieden sein, das Wesen künstlerischer Wirkung ist Einheit. Monarchie, Anarchie und Revolution mögen um ihre Berechtigung, Nationen zu regieren, streiten; ein Theater jedoch sollte einem kultivierten Despoten unterstehen. Mag man auch die Arbeit teilen, der beherrschende Wille bleibe ungeteilt. Wer des Kostüm eines Zeitalters versteht, versteht notwendigerweise auch dessen Architektur und Milieu; es fällt nicht schwer, aus der in einer gewissen Zeit üblichen Form der Stühle zu schließen, ob man in dem betreffenden Jahrhundert Krinolinen trug oder nicht. Wahrhaftig, in der Kunst gibt es kein Spezialisieren, und jede wirklich künstlerische Aufführung sollte das Gepräge eines einzigen Meisters tragen, eines Meisters, der nicht nur jedes Detail selbst entwerfen und arrangieren, sondern auch die Art und Weise, wie jedes Kostüm zu tragen sei, vollständig kontrollieren müßte.

Mademoiselle Mars erklärte bei der Premiere von „Hernani", ihren Partner nur unter der Bedingung „Mon Lion!" zu nennen, daß man ihr gestatte, ein gewisses kleines, damals auf den Boulevards sehr fashionables *toque* aufzubehalten, und manche junge Schauspielerinnen unserer Tage stehen noch immer darauf, unter griechischen Gewändern steif gestärkte Unterröcke zu tragen; dabei geht die ganze Zartheit der Linien und Farben des Kostüms verloren; derlei Frevel sollte man nicht dulden. Man sollte auch weit mehr Kostümproben abhalten, als dies gegenwärtig der Fall ist. Schauspieler wie etwa Mr. Forbes Robertson, Mr. Conway, Mr. George Alexander und andere, von älteren Künstlern ganz zu schweigen, bewegen sich leicht und elegant in der Tracht eines jeden Jahrhunderts. Doch es gibt andererseits nicht wenige, die – in einem Gewand ohne Seitentaschen – nicht zu wissen scheinen, was sie mit ihren Händen anfangen sollen; sie tragen ihre Anzüge, als wären sie Kostüme. Nun sind diese allerdings für den, der sie entwirft, Kostüme, für den, der sie trägt, sollten sie lediglich Kleider sein. Auch ist es an der Zeit, die unsere Bühne beherrschende Anschauung abzuschaffen, daß die Griechen und Römer stets, auch im Freien, barhäuptig einhergingen – ein Irrtum, den die elisabethanischen Theaterleiter nicht begangen haben, denn sie statteten ihre römischen Senatoren sowohl mit langen Gewändern als auch mit Hüten aus.

Häufigere Kostümproben hätten noch einen weiteren Vorzug: Die Schauspieler würden dadurch lernen, daß es gewisse Gesten und Bewegungen gibt, die einem bestimmten Kostümstil nicht bloß angemessen, sondern geradezu von ihm bedingt sind. Der maßlose Gebrauch, den man beispielsweise im achtzehnten Jahrhundert von den Armen machte, war die natürliche Folge der weiten Reifröcke, und das würdevolle Auftreten Burleighs war seiner Halskrause nicht minder als seiner Einsicht zu danken. Überdies: solange sich ein Schauspieler nicht in seiner Kleidung heimisch fühlt, ist er auch in seiner Rolle nicht heimisch.

Darüber, daß die Schönheit des Kostüms im Zuschauer künstlerisches Temperament und jene Freude an der Schönheit um ihrer selbst willen erzeugt, ohne die große Kunstschöpfungen nicht verstanden werden können, will ich hier nicht sprechen, doch mag man den Wert, den Shakespeare auf diesen Aspekt bei der Aufführung seiner Stücke legt, daraus ermessen, daß er diese stets bei künstlichem Licht und in einem schwarzverhängten Theaterraum spielte. Ich wollte nur darauf hinweisen, daß die Anwendung der Archäologie keine pedantische Methode ist, sondern eine Methode, künstlerische Illusionen hervorzurufen, und daß das Kostüm ein Mittel ist, Charaktere ohne Beschreibungen zu erklären und dramatische Situationen und Effekte hervorzubringen. Man muß, meine ich, beklagen, daß so viele Kritiker eine der wichtigsten Bewegungen unseres modernen Theaters angegriffen haben, ehe diese Bewegung noch zu ihrer Vollendung gelangte. Daß sie einmal dahin gelangen wird, empfinde ich ebenso deutlich wie dies: daß man in Zukunft von den Kritikern mehr verlangen wird, als daß sie sich an Macready zu erinnern vermögen oder daß sie Benjamin Webster gesehen haben; wir werden von ihnen verlangen, daß sie einen Schönheitssinn entwickeln. „Pour être plus difficile, la tâche n'est que plus glorieuse." Wenn sie diese Bewegung schon nicht unterstützen, sollten sie sich ihr doch nicht entgegenstellen – einer Bewegung, der Shakespeare unter allen Dramatikern am meisten Beifall gezollt hätte; denn ihre Methode zielt darauf ab, die Illusion des Wahren hervorzurufen, und ihr Ergebnis ist die Illusion der Schönheit. Nicht, daß ich etwa mit alledem, was ich in diesem Essay sage, übereinstimme. Mit vielem stimme ich durchaus nicht überein. Der Essay repräsentiert bloß einen künstlerischen Standpunkt, und in der ästhetischen Kritik ist die Einstellung alles. Denn in der Kunst gibt es so etwas wie eine allgemeine Wahrheit nicht. Wahrheit ist in der Kunst all das, dessen Gegenteil nicht minder wahr ist. Wie wir nur in der Kunstkritik und durch diese die platonische Lehre von den Ideen erfassen können, so können wir nur in der Kunstkritik und durch diese das Hegelsche System des Widerspruchs zur Verwirklichung bringen. Die Wahrheiten der Metaphysik sind Maskenwahrheiten.

DIE SEELE DES MENSCHEN UNTER
DEM SOZIALISMUS

Der Hauptvorteil, den die Einführung des Sozialismus mit sich brächte, wäre ohne Zweifel die Tatsache, daß dieser uns von der schimpflichen Notwendigkeit, für andere zu leben, befreien würde, einer Notwendigkeit, die bei den gegenwärtigen Zuständen so schwer auf fast allen lastet. Tatsächlich kann sich ihr kaum einer entziehen.

Im Verlauf des Jahrhunderts hat hier und da ein großer Gelehrter wie Darwin, ein großer Dichter wie Keats, ein feiner kritischer Kopf wie M. Renan, ein überlegener Künstler wie Flaubert es zuwege gebracht, sich zu isolieren, sich außerhalb der lärmenden Ansprüche der anderen zu stellen, „unter dem Schutz des Walles" zu stehen, wie Plato sagt, und auf solche Weise die in ihm angelegte Selbstvollendung zu erreichen, zu seinem eigenen unvergleichlich großen Gewinn und zu dem unvergleichlich großen, dauernden Gewinn der ganzen Welt. Dies sind aber nur Ausnahmen. Die meisten Menschen verderben ihr Leben durch einen ungesunden und übertriebenen Altruismus – sie sind in der Tat genötigt, ihr Leben so zu verderben. Sie sehen sich umgeben von schrecklicher Armut, von schrecklicher Häßlichkeit, von schrecklichem Hunger. Es ist unvermeidlich, daß sie durch all dies erschüttert werden. Die Emotionen des Menschen werden rascher als seine Intelligenz erregt; es ist, wie ich jüngst in einem Aufsatz über die Funktion der Kritik ausgeführt habe, weit leichter, mit dem Leiden Mitgefühl zu hegen, als das Denken zu lieben. So geht man mit bewundernswerten, doch irregeleiteten Absichten sehr ernsthaft und sehr sentimental an die Aufgabe heran, die Übel ringsum zu heilen. Aber die Heilmittel heilen die Krankheit nicht: sie verlängern sie bloß. Die Heilmittel bilden in der Tat einen Teil der Krankheit selbst.

Man versucht das Problem der Armut beispielsweise dadurch zu lösen, daß man die Armen am Leben erhält oder daß man ihnen – so will es eine sehr fortschrittliche Richtung – Zerstreuung bietet.

Aber das ist keine Lösung: es verschlimmert nur die Schwierigkeiten. *Das wahre Ziel ist der Versuch, die Gesellschaft auf einer Grundlage neu zu errichten, welche die Armut ausschließt.* Und die

altruistischen Tugenden haben die Verwirklichung dieses Ziels tatsächlich verhindert. Wie die schlimmsten Sklavenhalter diejenigen
waren, die ihre Sklaven milde behandelten und es so zu verhindern
wußten, daß die Greuel des Systems von jenen, die unter ihm litten,
durchschaut und von jenen, die es überdachten, begriffen wurden,
so stiften in der gegenwärtigen Lage in England diejenigen am
meisten Schaden, welche sich am meisten bemühen, Gutes zu tun;
und so haben wir schließlich das Schauspiel miterleben müssen, daß
Männer, die das Problem wirklich durchdacht haben und das Leben
kennen – Männer von Bildung, die im East End wohnen –, aufgetreten sind und das Gemeinwesen angefleht haben, es möge seine
altruistischen Anwandlungen von Nächstenliebe, Fürsorge und dergleichen eindämmen. Sie tun dies aus der Erwägung, daß solche
Nächstenliebe erniedrigt und demoralisiert. Sie haben vollkommen
recht. Nächstenliebe erzeugt eine Vielzahl von Sünden.

Dazu muß noch das Folgende gesagt werden: Es ist unsittlich,
Privateigentum zur Milderung der furchtbaren Mißstände zu verwenden, die aus der Institution des Privateigentums erwachsen. Das
ist unsittlich und ungerecht zugleich.

Unter dem Sozialismus wird dies alles natürlich anders werden.
Die Menschen werden nicht mehr, bekleidet mit stinkenden Fetzen,
in stinkenden Höhlen wohnen, sie werden nicht länger ungesunde,
hungergequälte Kinder in einer völlig menschenunwürdigen und
widerwärtigen Umgebung aufziehen. Die Sicherheit der Gesellschaft wird nicht mehr, wie es jetzt der Fall ist, vom jeweiligen
Wetter abhängen. Beim Einbruch des Frosts wird man nicht mehr
die hunderttausend Arbeitslosen sehen, die in einem Zustand abscheulichen Elends durch die Straßen trotten und ihre Nachbarn um
Almosen anbetteln oder sich vor den Toren der ekelhaften Asyle
drängen, um ein Stück Brot und ein schmutziges Obdach für die
Nacht zu bekommen. Jedes Mitglied der Gesellschaft wird an ihrem
allgemeinen Wohlstand und Glück teilhaben; und wenn es friert,
wird niemand darunter zu leiden haben.

Andererseits *wird der Wert des Sozialismus einfach darin bestehen, daß er zum Individualismus hinüberleitet.*

Der Sozialismus, Kommunismus, oder wie man ihn nennen will,
wird durch die Umwandlung des Privateigentums in allgemeinen
Reichtum und dadurch, daß er an Stelle der Konkurrenz die Zusam-
menarbeit setzt, der Gesellschaft die ihr gemäße Form eines gesunden Organismus zurückgeben und die materielle Wohlfahrt eines
jeden Mitgliedes dieser Gemeinschaft sichern. Er wird in der Tat

dem Leben eine angemessene Umwelt geben. Um aber das Leben
auf die höchste Stufe der Vollendung zu heben, bedarf es noch eines
weiteren. Es bedarf des Individualismus. Wenn der Sozialismus
autoritär ist, wenn die Regierungen mit ökonomischer Macht ausgestattet werden, so wie sie jetzt politische Macht besitzen, kurzum,
wenn industrielle Tyranneien herrschen werden, dann wird dieser
neue Zustand der Menschheit schlimmer sein als der alte. Heutzutage sind durch die Existenz des Privateigentums sehr viele imstande, ihren Individualismus in einer gewissen, freilich sehr beschränkten Weise zur Entfaltung zu bringen. Sie sind entweder nicht
gezwungen, für ihren Lebensunterhalt arbeiten zu müssen, oder sie
können sich das ihnen entsprechende Betätigungsfeld aussuchen,
das ihnen Freude gewährt. Das sind die Dichter, die Philosophen,
die Gelehrten, die Kultivierten – mit einem Wort, die wirklichen
Menschen, die Menschen, die zur Selbstverwirklichung gelangten
und in denen die gesamte Menschheit sich teilweise verwirklicht hat.
Andererseits gibt es sehr viele, die, da sie kein Privateigentum
besitzen und immer am Rande des schieren Verhungerns dahinle-
ben, genötigt sind, die Arbeit von Lasttieren zu verrichten, Arbeit,
die ihnen gar nicht entspricht und zu der sie durch die unabweisbare,
unvernünftige, erniedrigende Tyrannei der Not gezwungen sind.
Das sind die Armen, und bei ihnen fehlt jede Grazie des Benehmens,
die Anmut der Rede, die Zivilisation, die Bildung, die Verfeinerung
der Genüsse, die Lebensfreude. Ihre gesammelte Kraft verschafft
der Menschheit großen materiellen Wohlstand. Doch sie gewinnt
daraus nur materielle Vorteile, und der Arme an sich ist völlig ohne
Belang. Er ist lediglich das winzige Atom einer Kraft, die ihn nicht
nur ignoriert, sondern zermalmt: ja, ihr ist sogar sehr daran gelegen,
ihn zu zermalmen, weil er sich dann weit eher fügt.
  Natürlich könnte man einwenden, daß der unter der Voraussetzung des Privateigentums entstandene Individualismus nicht immer
und nicht einmal in der Regel etwas Erlesenes oder Wundervolles ist
und daß auch die Armen, obwohl ihnen Kultur und Anmut fehlen,
manche Tugenden besitzen. Diese beiden Feststellungen wären an
sich völlig richtig. Privateigentum ist sehr häufig höchst demoralisierend, und das ist natürlich einer der Gründe, weshalb der Sozialismus diese Einrichtung abzuschaffen bemüht ist. Das Eigentum ist
in der Tat ein recht beschwerliches Gut. Vor einigen Jahren zogen
Leute im Lande umher, die verkündeten, Eigentum bringe Pflichten
mit sich. Sie sagten es so oft und auf so langweilige Weise, daß die
Kirche anfing, es zu wiederholen. Jetzt hört man es von jeder

Kanzel. Es ist freilich vollkommen wahr. Eigentum erzeugt nicht nur Pflichten, es erzeugt gleich so viele Pflichten, daß sein Besitz in größerem Stil zur Last wird. Es bedeutet unaufhörliche Anstrengungen, unaufhörliche geschäftliche Aktivität, unaufhörlichen Ärger. Würde das Eigentum nur Freude bringen, könnten wir es noch hinnehmen; aber die damit verknüpften Pflichten machen es unerträglich. Im Interesse der Reichen müssen wir uns seiner entledigen. Man mag die Tugenden der Armen bereitwillig anerkennen, und dennoch sind sie sehr zu bedauern. Einige sind es ohne Zweifel, *aber die besten unter den Armen kennen keinerlei Dankbarkeit.* Sie sind undankbar, unzufrieden, ungehorsam und rebellisch. Sie sind es mit vollem Recht. Sie empfinden die Mildtätigkeit als eine lächerlich unzureichende Form der teilweisen Rückvergütung oder als ein sentimentales Almosen, gewöhnlich mit dem unverschämten Versuch des sentimentalen Wohltäters verbunden, ihr Privatleben zu tyrannisieren. Warum sollten sie für die Krumen, die von der Tafel des Reichen fallen, dankbar sein? Sie sollten mit beim Mahle sitzen, und das beginnen sie jetzt zu merken. Was die Unzufriedenheit betrifft, so müßte ein Mensch, der mit einer solchen Umgebung und einer so erbärmlichen Lebensführung nicht unzufrieden wäre, völlig vertiert sein. Der Ungehorsam ist für jeden, der sich mit Geschichte befaßt hat, die ursprünglichste Tugend des Menschen. Durch Ungehorsam ist der Fortschritt bewirkt worden, durch Ungehorsam und durch Rebellion. Manchmal lobt man die Armen um ihrer Sparsamkeit willen. Aber den Armen Sparsamkeit zu empfehlen ist grotesk und beleidigend zugleich. Es ist, als riete man einem Verhungernden, weniger zu essen. Wenn ein Arbeiter in der Stadt oder auf dem Lande sparen wollte, verhielte er sich völlig unmoralisch. Der Mensch sollte sich nicht zu dem Nachweis hergeben, daß er wie ein schlecht genährtes Stück Vieh zu leben vermag. Er sollte es ablehnen, so zu leben, und lieber stehlen oder sich vom Steuerzahler ernähren lassen, was viele allerdings auch für eine Art Diebstahl halten. Was das Betteln anbelangt, so ist es sicherer zu betteln als zu nehmen, aber es ist feiner zu nehmen als zu betteln. Nein: ein Armer, der undankbar, nicht sparsam, unzufrieden und rebellisch ist, kann eine Persönlichkeit sein, und es steckt möglicherweise viel in ihm. Er stellt jedenfalls einen gesunden Protest dar. Was die tugendsamen Armen betrifft, so kann man sie natürlich bemitleiden, aber unmöglich bewundern. Sie haben mit dem Feind paktiert und ihr Erstgeburtsrecht für eine sehr schlechte Suppe verkauft. Sie müssen überdies außerordentlich dumm sein. Ich begreife sehr wohl, daß sich jemand mit Gesetzen einverstanden erklärt, die das Privateigentum schützen und dessen Anhäufungen gestatten, solange er selber unter solchen Bedingungen imstande ist, in gewisser Weise ein schönes und intellektuelles Leben zu führen. Doch ist es mir beinahe unverständlich, wie jemand, dessen Leben durch diese Gesetze zerstört und entstellt wird, deren Fortbestehen ruhig mit ansehen kann.

Gleichwohl läßt sich die Erklärung unschwer finden. Sie lautet einfach so: Elend und Armut haben etwas so völlig Erniedrigendes an sich und üben auf den Charakter des Menschen eine solch paralysierende Wirkung aus, daß keine Klasse sich je wirklich ihres Leidens bewußt wird. Andere müssen sie darüber aufklären, doch diesen glauben sie oft gar nicht. Was manche große Unternehmer gegen Agitatoren vorgebracht haben, ist zweifellos richtig. Agitatoren sind Eindringlinge, die in irgendeine völlig zufriedene Gesellschaftsschicht einbrechen und die Saat der Unzufriedenheit unter sie säen. Ebendarum sind Agitatoren so absolut notwendig. Ohne sie gäbe es in unserem unvollkommenen Gemeinwesen kein Fortschreiten zur Kultur hin. Die Sklaverei wurde in Amerika keineswegs infolge irgendeiner Bewegung unter den Sklaven selbst oder infolge des leidenschaftlichen Verlangens der Sklaven nach Freiheit abgeschafft. Man hat sie nur wegen des krassen ungesetzlichen Verhaltens einiger in Boston und an anderen Orten wirkenden Agitatoren aufgehoben, die selbst weder Sklaven noch Sklavenhalter waren und überhaupt nichts mit dieser Frage zu tun hatten. Es sind ohne Zweifel die Abolitionisten gewesen, welche die Fackel in Brand setzten und die ganze Sache ins Rollen brachten. Und so merkwürdig es klingt, die Agitatoren haben bei den Sklaven selbst nicht nur sehr wenig Unterstützung, sondern auch kaum Sympathien gefunden; und als am Ende des Krieges die Sklaven die absolute Freiheit gewonnen hatten, auch die Freiheit zu verhungern, da bedauerten viele die neue Lage der Dinge sehr bitter. Für den Denker bedeutet nicht der Tod der Marie Antoinette, die sterben mußte, weil sie Königin war, den tragischen Höhepunkt der Französischen Revolution, sondern die Erhebung der ausgehungerten Bauern der Vendée, die freiwillig aufstanden, um für die schimpfliche Sache des Feudalismus zu sterben.

Es ist also klar, daß man mit dem autoritären Sozialismus nicht weiterkommt. Während im gegenwärtigen System immerhin eine sehr große Zahl von Menschen ihr Leben mit einem gewissen Maß an Freiheit und Selbstentfaltung und Glück zu leben vermag, würde in einem industriellen Kasernensystem oder einem System der wirtschaftlichen Tyrannei niemand solche Freiheiten genießen können. Zu bedauern bleibt, daß ein Teil unserer Gemeinschaft praktisch im Zustand der Sklaverei dahinlebt, aber es wäre kindisch, dieses Problem dadurch lösen zu wollen, daß man die ganze Gemeinschaft in die Sklaverei zwingt. Jeder muß völlig frei sein, seine Arbeit selbst zu wählen. Keinerlei Zwang darf auf ihn ausgeübt werden. Andernfalls wäre diese Arbeit für ihn selbst, an sich und für die anderen nutzlos. Und unter Arbeit verstehe ich jede Àrt von Tätigkeit.

Heutzutage wird meiner Meinung nach kaum ein Sozialist ernsthaft vorschlagen, ein Inspektor solle jeden Morgen jedes Haus besuchen, um sich zu überzeugen, daß die Bürger alle aufgestanden sind und ihre achtstündige manuelle Arbeit leisten. Die Menschheit ist über dieses Stadium hinausgelangt und behält eine solche Lebensform für jene vor, die sie höchst willkürlicherweise Verbrecher nennt. Doch ich gestehe, eine große Zahl jener sozialistischen Anschauungen, denen ich begegnet bin, scheint mir von Vorstellungen autoritärer Macht oder gar wirklichen Zwangs angehaucht zu sein. Von autoritärer Macht und Zwang darf aber nicht die Rede sein. Alle Vereinigung muß völlig freiwillig vor sich gehen. *Nur in freiwilligen Vereinigungen ist der Mensch vornehm.*

Doch man mag fragen, wie der Individualismus, der jetzt mehr oder minder von der Existenz des Privateigentums abhängt, aus der Aufhebung des Privateigentums Nutzen ziehen könnte. Die Antwort ist sehr einfach. Es ist wahr, auch unter den gegenwärtigen Umständen haben es einige wenige Männer, die eigenes Vermögen besaßen, wie Byron, Shelley, Browning, Victor Hugo, Baudelaire und andere, zustande gebracht, ihre Persönlichkeit mehr oder minder vollkommen zum Ausdruck zu bringen. Nicht einer dieser Männer hat auch nur einen Tag seines Lebens um Lohn gearbeitet. Sie blieben von Armut verschont. Sie hatten daher einen ungeheuren Vorteil. Die Frage ist, ob es für den Individualismus von Nutzen wäre, wenn ein solcher Vorteil aufgehoben würde. Nehmen wir an, er sei aufgehoben. Was ist dann mit dem Individualismus? Welchen Gewinn wird er daraus ziehen?

Er wird diesen Gewinn daraus ziehen: Unter den neuen Verhältnissen wird der Individualismus weit freier, weit vornehmer, weit vertiefter sein, als dies jetzt der Fall ist. Ich spreche nicht von dem großen, in der Phantasie verwirklichten Individualismus bei Dichtern, wie ich sie eben nannte, sondern von dem großen tatsächlichen Individualismus, der in der Menschheit im allgemeinen gebunden potentiell angelegt ist. Denn die Anerkennung des Privateigentums hat den Individualismus wirklich geschädigt und getrübt, indem sie den Menschen mit seinem Besitz verwechselte. Sie hat den Individualismus völlig irregeleitet. Sie hat bewirkt, daß Gewinn, nicht Wachstum sein Ziel geworden ist. Und zwar so, daß der Mensch meinte, das Wichtigste sei das Haben, und nicht erkannte, daß es das Wichtigste ist, zu sein. *Die wahre Vollendung des Menschen liegt nicht in dem, was er besitzt, sondern in dem, was er ist.* Das Privateigentum hat den echten Individualismus vernichtet und einen falschen Individualismus aufgerichtet. Es hat einen Teil der Gemeinschaft vom individuellen Sein durch Aushungerung ausgeschlossen. Es hat den anderen Teil der Gemeinschaft vom individuellen Sein dadurch ferngehalten, daß man ihn auf den unrichtigen Weg geleitet und überlastet hat. In der Tat, die Persönlichkeit des Menschen wurde so vollkommen durch seine Besitztümer absorbiert, daß die englischen Gesetze Vergehen wider das Eigentum weit schärfer ahnden als die wider der Person, und noch immer ist das Eigentum der Prüfstein für den vollen Bürgerstatus. Der Gewerbefleiß, der zum Gelderwerb notwendig ist, wirkt gleichfalls sehr demoralisierend. In einer Gesellschaft wie der unsrigen, in der das Eigentum unermeßliche Auszeichnung, gesellschaftliche Stellung, Ehre, Ansehen, Titel und andere angenehme Dinge dieser Art mit sich bringt, setzt es sich der von Natur aus ehrgeizige Mensch zum Ziel, dieses Eigentum zu häufen, und er läßt auch langweiligerweise von diesem Streben nicht ab, wenn er schon längst mehr aufgehäuft hat, als er braucht oder verwenden oder genießen oder vielleicht auch nur überblicken kann. Der Mensch bringt sich durch Überarbeitung um, nur um Eigentum zu gewinnen; und wirklich, bedenkt man die ungeheuren Vorteile, die das Eigentum verschafft, so wundert man sich darüber kaum noch. Man muß nur bedauern, daß die Gesellschaft so eingerichtet wurde, daß man den Menschen in eine Höhle gesperrt hat, in der er seine wundervollen und faszinierenden und köstlichen Gaben nicht zu entfalten vermag, in der ihm in der Tat die wahre Lebensfreude versagt bleibt. Die Existenz des Menschen ist auch unter den bestehenden Verhältnissen keineswegs sicher. Ein schwerreicher Kaufmann kann in jedem Augenblick seines Lebens Gewalten auf Gnade und Ungnade ausgeliefert sein – er ist es oft –, die sich seiner Kontrolle entziehen. Weht der Sturm ein wenig stärker, schlägt das Wetter plötzlich um oder ereignet sich sonst irgend etwas Alltägliches, dann sinkt vielleicht sein Schiff, seine Spekulationen schlagen fehl, und er ist ein armer Mann, seine gesellschaftliche Stellung ist völlig dahin. Nun, nur eines sollte imstande sein, uns Sorge zu verursachen: das eigene Ich. Aber nichts sollte imstande sein, uns völlig zu entwurzeln. Ein Mensch besitzt im Grunde nur das, was er in sich trägt. Was außerhalb seines Ichs liegt, sollte völlig belanglos sein.

Die Abschaffung des Privateigentums wird uns also den wahren, herrlichen, gesunden Individualismus bescheren. Niemand wird mehr sein Leben mit der Anhäufung von Dingen und Werten vergeuden. Man wird leben. Wirklich zu leben ist das Kostbarste auf dieser Welt. Die meisten Menschen existieren nur, sonst nichts.

Es ist eine Frage, ob wir jemals den vollen Ausdruck einer Persönlichkeit gesehen haben, ausgenommen auf der imaginären Ebene der Kunst. In Aktion sahen wir ihn nie. Caesar, so meint Mommsen, war der Inbegriff des vollkommenen und vollendeten Menschen. Aber wie tragisch unsicher war Caesars Dasein! Überall, wo es einen Mann gibt, der Autorität ausübt, gibt es auch einen, der sich seiner Autorität widersetzt. Caesar war ein sehr vollkommener Mensch, aber diese Vollkommenheit bewegte sich auf zu gefährlichen Bahnen. Marc Aurel war ein vollkommener Mensch, sagt Renan. Gewiß; der große Kaiser war ein vollkommener Mensch. Aber wie unerträglich waren die endlosen Anforderungen, die an ihn gestellt wurden! Er wankte unter der Last des Kaisertums. Er wußte, wie unmöglich es einem einzelnen war, das Gewicht dieser titanischen, allzu riesenhaften Weltmacht zu tragen. Vollkommen ist für mich jener Mensch, der sich unter vollkommenen Verhältnissen entwickelt; ein Mensch, der nicht verwundet oder gehetzt oder gelähmt oder gefährdet ist. *Die meisten Persönlichkeiten waren gezwungen, Rebellen zu werden. Die Hälfte ihrer Kraft wurde in Kämpfen aufgerieben.* Byrons Persönlichkeit beispielsweise rieb sich auf im Krieg wider die Dummheit, Heuchelei und Philistrosität des englischen Wesens. Solche Kämpfe steigern keineswegs immer die Kraft: sie übersteigern häufig nur die Schwäche. Byron hat uns nie das zu geben vermocht, was er uns hätte geben können. Shelley kam besser davon. Wie Byron verließ er England so bald als möglich. Er war nicht so bekannt. Hätten die Engländer eine Ahnung von der Größe seines Dichtertums besessen, sie wären mit Zähnen und Nägeln über ihn hergefallen und hätten ihm das Leben nach Kräften unerträglich gemacht. Doch Shelley war in der Gesellschaft keine markante Figur, und daher konnte er sich einigermaßen in Sicherheit bringen. Dennoch klingt selbst bei Shelley der Ton der Empörung manchmal zu laut. Der Ton der vollkommenen Persönlichkeit ist nicht Empörung, sondern Frieden.

Es wird etwas Wunderbares sein – die wahre Persönlichkeit des Menschen –, wenn es einmal vor unseren Blicken ersteht. Sie wird sich natürlich und einfach entfalten, wie eine Blume oder ein Baum. Sie wird nicht mehr mit sich zerfallen sein. Sie wird niemals streiten oder diskutieren. Sie wird nichts mehr beweisen wollen. Sie wird alles wissen. Und doch braucht sie sich nicht eifrig um Wissen zu bemühen. Sie wird Weisheit besitzen. Und ihr Wert wird nicht mehr mit dem Maßstab des Materiellen gemessen werden. Sie wird nichts mehr ihr eigen nennen. Und dennoch wird sie alles besitzen, und man wird ihr nichts nehmen können, so reich wird sie geworden sein. Sie wird nicht ständig auf andere einwirken wollen und von keinem verlangen, daß er ihr gleiche. Sie wird die anderen darum lieben, weil sie sich von ihr unterscheiden. Und gerade weil sie unbekümmert um die anderen dahinlebt, wird sie allen anderen helfen, wie uns die Schönheit durch ihr bloßes Sein hilft. Die Persönlichkeit des Menschen wird dann voller Wunder sein. So voller Wunder wird sie sein wie die Persönlichkeit eines Kindes.

In ihrer Entwicklung wird sie vom Christentum, wenn die Menschen danach verlangen, gefördert werden; aber wenn die Menschen nicht danach verlangen, wird sie sich darum nicht weniger sicher entwickeln. Denn sie wird sich nicht länger um Vergangenes quälen noch darum sorgen, ob etwas geschehen ist oder nicht. Sie wird keine anderen Gesetze als ihre eigenen kennen, keine andere Autorität als die eigene. Doch wird sie jene lieben, die sich um ihre Vertiefung bemühten, und ihrer oft gedenken. Und Christus war einer von diesen.

Über der Pforte der antiken Welt stand geschrieben: „Erkenne dich selbst!" Über der Pforte der neuen Welt sollte geschrieben stehen: „Sei du selbst" Und die Botschaft Christi an den Menschen lautete einfach: „Sei du selbst!" Dies ist das Geheimnis Christi.

Wenn Jesus von den Armen spricht, meint er nur die Persönlichkeiten, und wenn er von den Reichen spricht, meint er alle, die ihre Persönlichkeit nicht zur Entfaltung gebracht haben. Jesus lebte in einer Gemeinschaft, welche die Anhäufung von Privateigentum genauso gestattete wie unsere heutige, und das Evangelium, das er predigte, besagte keineswegs, es sei für den Menschen ein Vorteil, sich von ärmlicher, ungesunder Speise zu nähren, zerlumpte, schmutzige Kleider zu tragen, in scheußlichen, ungesunden Wohnungen zu schlafen, und es sei von Nachteil, unter gesunden, angenehmen und anständigen Verhältnissen zu leben. Eine solche Anschauung wäre dort und damals falsch gewesen und wäre natürlich heute und in England noch falscher; denn je mehr die Menschheit nördlichen Regionen zustrebt, um so wichtiger werden die materiellen Lebensbedingungen, und unsere Gesellschaft ist bei weitem komplizierter und weist weit schärfere Gegensätze von Luxus und Elend auf als irgendeine Gesellschaft der antiken Welt. Jesus wollte einfach dies. Er sagte zum Menschen: „Du hast eine wunderbare Persönlichkeit. Entfalte sie. Sei du selbst. Glaube nicht, daß deine Vollkommenheit in der Anhäufung oder im Besitz äußerer Güter liegt. Deine Vollkommenheit ist in dir selbst. Wenn du das nur einsähest, würdest du nicht nach Reichtum streben. Gewöhnliche Reichtümer können dir gestohlen werden, echte Reichtümer nie. In der Schatzkammer deiner Seele sind unermeßliche Kostbarkeiten, die niemand außer dir zu rauben vermag. Und darum richte dein Leben so ein, daß Äußerliches dir nicht schadet. Und bemühe dich auch, deine persönliche Habe von dir zu werfen. Sie schließt gemeine Voreingenommenheit, unendliche Mühsal, stetes Ungemach in sich. Persönlicher Besitz behindert den Individualismus auf Schritt und Tritt." Man beachte, daß Jesus niemals sagt, die Armen seien notwendigerweise gut oder die Wohlhabenden notwendigerweise schlecht. Das wäre ganz unrichtig. Die Reichen sind, als Klasse betrachtet, besser als die Armen; sie sind moralischer, intellektueller, kultivierter. *Nur eine Klasse der Gesellschaft denkt noch mehr an das Geld als die Reichen, und das sind die Armen.* Die Armen können an nichts anderes denken. Das ist das Elend des Armseins. Jesus meint nur, der Mensch gelange nicht durch das, was er hat, nicht einmal durch das, was er tut, sondern ausschließlich durch das, was er ist, zu seiner Vollendung. Und so wird der reiche Jüngling, der sich Jesus naht, als ein trefflicher Bürger hingestellt, der kein Gesetz seines Staates gebrochen, keine Vorschrift seiner Religion verletzt hat. Er ist durchaus respektabel in der gewöhnlichen Bedeutung dieses außergewöhnlichen Wortes. Jesus sagt zu ihm: „Du sollst dich deines Besitzes entledigen. Er hindert dich an deiner Vollendung. Er ist ein Netz, das dich umstrickt. Er ist eine Bürde. Deine Persönlichkeit bedarf seiner nicht. In dir, nicht außer dir, wirst du finden, was du wirklich bist und was du wirklich brauchst." Seinen Freunden sagt er genau dasselbe. Er rät ihnen, jeder möge er selber sein und sich nicht um andere Dinge sorgen. Was ist an anderen Dingen gelegen? Der Mensch ist in sich vollkommen. Geht er in die Welt hinein, dann wird die Welt sich gegen ihn wenden. Das ist unvermeidlich. Die Welt haßt den Individualismus. Doch das soll sie nicht weiter bekümmern. Sie sollen still in sich selber ruhen. Nimmt ihnen jemand den Mantel, dann sollen sie ihm auch den Rock geben, nur um zu beweisen, daß materielle Dinge belanglos sind. Schmäht sie jemand, so sollen sie nicht antworten. Was liegt schon daran? Was die Leute über einen Menschen sagen, ist völlig wertlos. Selbst wenn man Gewalt anwendet, sollen sie ihrerseits nicht wieder Gewalt üben. Das hieße sich auf die nämliche niedrige Stufe begeben. Der Mensch kann schließlich auch im Gefängnis völlig frei sein. Seine Seele kann frei bleiben. Seine Persönlichkeit kann sich unversehrt erhalten. Er kann im Frieden leben. Vor allem aber sollen sie sich nicht in die Angelegenheiten anderer Leute einmischen oder sich über diese ein Urteil anmaßen. Die Persönlichkeit ist etwas sehr Geheimnisvolles. Man darf den Menschen keineswegs stets nach seinen Handlungen beurteilen. Er mag das Gesetz befolgen und dennoch unwürdig sein. Er mag das Gesetz brechen und dennoch edel sein. Er mag schlecht sein, ohne je etwas Schlechtes getan zu haben. Er mag eine Sünde wider die Gesellschaft begehen und bewirkt vielleicht eben durch diese Sünde seine wahre Vollendung.

Da war eine Frau, die beim Ehebruch ertappt worden war. Die Geschichte ihrer Liebe wird uns nicht berichtet, aber diese Liebe war ohne Zweifel sehr groß; denn Jesus sagte, ihre Sünden seien ihr vergeben, nicht, weil sie bereue, sondern weil ihre Liebe eine so starke und wunderbare gewesen sei. Später, kurze Zeit vor seinem Tod, als er beim Mahle saß, trat dieses Weib ein und goß kostbare Wohlgerüche auf sein Haar. Seine Freunde suchten sie daran zu hindern und sagten, dies sei Verschwendung, und das Geld, das die Wohlgerüche gekostet hätten, könne man zur Linderung der Not armer Leute verwenden, oder etwas in diesem Sinne. Jesus stimmte dieser Anschauung nicht bei. Er erklärte, die materiellen Bedürfnisse des Menschen seien groß und sehr beständig, aber die geistigen Bedürfnisse seien noch größer und in einem göttlichen Augenblick könne eine Persönlichkeit, welche Form des Ausdrucks sie auch wähle, zu ihrer Vollkommenheit gelangen. Die Welt verehrt dieses Weib noch heute als eine Heilige.

Ja; es ist etwas Berauschendes um den Individualismus. Der Sozialismus vernichtet zum Beispiel das Familienleben. Mit der Abschaffung des Privateigentums muß die Ehe in ihrer gegenwärtigen Form verschwinden. Das ist ein Teil des Programms. Der Individualismus nimmt diesen Grundsatz auf und verfeinert ihn. Er wandelt die Abschaffung gesetzlichen Zwanges in eine Form der Freiheit um, die der vollen Entfaltung der Persönlichkeit dienen und die Liebe zwischen Mann und Frau wundervoller, herrlicher und vornehmer gestalten soll. Jesus wußte dies. Er verwarf die Ansprüche des Familienlebens, obgleich sie in seiner Zeit und Gesellschaft sehr ausgeprägt waren. „Wer ist meine Mutter? Wer sind meine Brüder?" fragte er, als man ihm berichtete, daß diese mit ihm zu sprechen begehrten. Als einer seiner Anhänger bat, sich entfernen zu dürfen, um den Vater zu bestatten, lautete seine furchtbare Antwort: „Laß die Toten die Toten begraben!" Er ließ keinen Anspruch gelten, den man an die Persönlichkeit hatte.

Und so kann ein christusgleiches Leben nur führen, wer ganz und gar er selbst bleibt. Ein solcher mag ein großer Dichter sein oder ein großer Gelehrter; oder ein junger Student oder ein Schafhirte auf der Heide; oder ein Schöpfer von Dramen wie Shakespeare oder ein Gottgrübler wie Spinoza; oder ein Kind, das im Garten spielt, oder ein Fischer, der seine Netze in die See senkt. Es kommt nicht darauf an, was er ist, sofern er nur alle Möglichkeiten seiner Seele zur Entfaltung bringt. Alle Nachahmung in moralischen Dingen und im Leben ist vom Übel. Durch die Straßen des heutigen Jerusalem schleicht ein Wahnsinniger und schleppt auf seinen Schultern ein hölzernes Kreuz. Er ist das Sinnbild jener Existenzen, die durch Nachahmung verstümmelt wurden. Vater Damien war Christus ähnlich, als er auszog, mit den Aussätzigen zu leben, denn durch solchen Dienst brachte er das Beste seines Wesens voll zum Ausdruck. Doch war er nicht christusgleicher als Wagner, da dieser seine Seele in Musik, oder Shelley, der seine Seele in Liedern ausdrückte. Es gibt keinen einheitlichen Typus des Menschen. Es gibt so viele Vollkommenheiten, wie es unvollkommene Menschen gibt. Man kann den Forderungen der Nächstenliebe nachgeben und dennoch frei sein, aber wer den Forderungen der Konformität nachgibt, verliert seine Freiheit ganz und gar.

Zum Indivilualismus werden wir also durch den Sozialismus gelangen. Als natürliche Folge ergibt sich, daß der Staat auf alles Herrschaftsdenken verzichten muß. Er muß darauf verzichten, weil es zwar, wie ein Weiser einmal viele Jahrhunderte vor Christus sagte, die Möglichkeit gibt, die Menschheit sich selbst zu überlassen; aber die Menschheit zu regieren, das gibt es nicht. *Jede Form des Regierens ist ein Fehlschlag.* Der Despotismus ist allen gegenüber ungerecht, auch gegenüber dem Despoten, der vermutlich zu besseren Dingen bestimmt war. Oligarchien sind ungerecht gegenüber den vielen, und Ochlokratien sind ungerecht gegenüber den wenigen. Man hat einmal große Erwartungen in die Demokratie gesetzt; aber die Demokratie ist nichts als ein Niederprügeln des Volkes durch das Volk für das Volk. Dies hat man erkannt. Ich muß sagen, daß es hohe Zeit war, denn jede autoritäre Gewalt ist erniedrigend. Die, welche Gewalt ausüben, werden nicht minder erniedrigt als jene, welche Gewalt erdulden. Wenn diese Gewalt heftig, brutal und grausam angewandt wird, so bringt sie immerhin dadurch eine günstige Wirkung hervor, daß sie den Geist des Aufruhrs und des Individualismus erzeugt oder zumindest wachruft, der die Gewalt erstickt. Wird dagegen diese Gewalt mit einem gewissen Anschein von Güte angewandt, werden Belohnungen und Preise ausgesetzt, dann wirkt sie entsetzlich demoralisierend. Die Leute werden sich in diesem Falle weniger des furchtbaren Drucks bewußt, der auf ihnen lastet, und so gehen sie mit einem gewissen spießigen Behagen durch das Leben, wie verwöhnte Haustiere, ohne sich jemals darüber klarzuwerden, daß sie wahrscheinlich die Gedanken anderer Menschen denken, nach den Anschauungen anderer Menschen leben, eigentlich nur die abgelegten Kleider der anderen tragen und niemals, auch nicht einen Augenblick, ganz sie selbst sind. „Wer frei sein will", sagt ein feiner Denker, „darf sich nicht anpassen." Die autoritäre Gewalt aber, die zu einer solchen Anpassung nötigt, erzeugt bei uns eine sehr krasse Form übersättigten Barbarentums.

Zugleich mit der autoritären Macht wird auch die Bestrafung wegfallen. Das wird ein großer Gewinn sein – ja, ein Gewinn von unberechenbarem Wert. Studiert man die Geschichte, nicht nach den purgierten Ausgaben, die für Schüler und junge Studenten hergerichtet werden, sondern nach den Originalwerken für die betreffende Zeit, so wird man zutiefst abgestoßen, nicht durch die Verbrechen, welche die Bösen begingen, sondern durch die Strafen, welche die Guten über sie verhängten; *eine Gemeinschaft verroht weit mehr durch die zur Gewohnheit gewordene Art der Bestrafung als durch gelegentliche Verbrechen.* Daraus ergibt sich offensichtlich: je mehr Strafen verhängt werden, desto mehr Verbrechen geschehen, und die meisten modernen Gesetzgebungen haben dies deutlich erkannt und es sich zur Aufgabe gemacht, das Bestrafen so weit wie möglich zu beschränken. Wo immer die Strafen wirklich vermindert wurden, waren die Ergebnisse außerordentlich günstig. Je weniger Strafen, desto weniger Verbrechen. Bestraft man einmal überhaupt nicht mehr, dann wird auch das Verbrechen völlig zu existieren aufhören, oder es wird, wenn es noch auftritt, von den

Ärzten als eine sehr bedauerliche Form des Wahnsinns, die man durch sorgfältige und liebevolle Pflege zu heilen vermag, behandelt werden. Denn diejenigen, die man heutzutage Verbrecher nennt, sind keineswegs Verbrecher. Hunger, nicht Sünde ist der Urheber des modernen Verbrechertums. Darum sind unsere Verbrecher, als Klasse betrachtet, vom psychologischen Standpunkt aus so völlig uninteressant. Sie sind keine wunderbaren Macbeths und schrecklichen Vautrins. Sie sind nur, was die gewöhnlichen ehrenwerten Alltagsmenschen wären, wenn sie nicht genug zu essen hätten. Mit der Abschaffung des Privateigentums werden auch die Voraussetzung und der Anreiz für das Verbrechertum entfallen; es wird aufhören zu existieren. Doch sind natürlich nicht alle Verbrechen Verbrechen wider das Eigentum, obwohl das englische Gesetz, das den Menschen mehr nach dem beurteilt, was er hat, als nach dem, was er ist, Eigentumsdelikte mit den schärfsten und schrecklichsten Strafen bedroht, vielleicht mit Ausnahme des Mordes, wenn man den Tod für eine so grausame Strafe wie Gefängnishaft hält, eine Anschauung, der unsere Verbrecher wohl kaum beistimmen. Doch auch jene Verbrechen, die nicht wider das Eigentum gerichtet sind, entspringen möglicherweise dem Elend, der Erbitterung und der Verzweiflung, Zuständen, die durch unser verfehltes privatwirtschaftliches System erzeugt werden und die verschwinden müssen, sobald dieses System vernichtet ist. Wenn jedes Mitglied der Gesellschaft seine Bedürfnisse zu befriedigen vermag und von den Mitmenschen unbehelligt gelassen wird, hat es auch seinerseits kein Interesse daran, die Mitmenschen zu behelligen. Der Neid, die Quelle so vieler Verbrechen in der modernen Zeit, ist eine Empfindung, die mit unseren Begriffen von Eigentum auf das innigste zusammenhängt und unter der Herrschaft des Sozialismus und Individualismus aussterben wird. Bezeichnend ist, daß in kommunistischen Völkern der Neid völlig unbekannt ist.

Da nun die Aufgabe des Staates nicht im Regieren besteht, könnte man fragen, was denn der Staat zu tun habe. Der Staat soll ein freiwilliger, die Arbeit organisierender Zusammenschluß und der Erzeuger und Verteiler der notwendigen Güter sein. *Sache des Staates ist es, das Nützliche zu schaffen. Sache des Individuums ist es, das Schöne zu schaffen.* Und da ich einmal das Wort „Arbeit" ausgesprochen habe, kann ich die Bemerkung nicht unterdrücken, daß heutzutage sehr viel Törichtes über die Würde manueller Arbeit geschrieben und gesagt wird. Manuelle Arbeit ist keineswegs notwendigerweise etwas, was Würde verleiht, und zumeist ist sie etwas

absolut Erniedrigendes. Irgend etwas zu tun, was im Menschen
keine Freude erweckt, ist geistig und sittlich demütigend, und viele
Formen der Arbeit sind völlig freudlose Tätigkeiten und sollten als
solche betrachtet werden. Eine Straßenkreuzung am Tag acht Stunden lang bei Ostwind reinzufegen ist eine widerliche Beschäftigung.
Aber die Straße mit geistiger, sittlicher oder körperlicher Würde zu
fegen, scheint mir unmöglich. Sie mit Freude zu fegen wäre geradezu schrecklich. Der Mensch ist für Besseres geschaffen als für das
Wegfegen des Schmutzes. Alle derartigen Arbeiten sollten durch
Maschinen geleistet werden.

Ich zweifle auch nicht, daß dies einmal der Fall sein wird. Bislang
ist der Mensch bis zu einem gewissen Grad der Sklave der Maschine
gewesen, und es liegt etwas Tragisches in der Tatsache, daß er dem
Hunger verfiel, sobald er eine Maschine für die Verrichtung seiner
Arbeit erfand. Dies ist jedoch nur das Ergebnis unseres Systems des
Privateigentums und des wirtschaftlichen Wettbewerbs. Irgendeiner ist Eigentümer einer Maschine, welche die Arbeit von fünfhundert Menschen leistet. Fünfhundert Menschen werden dadurch
arbeitslos und fallen folglich dem Hunger und dem Diebstahl an-
heim. Was die Maschine produziert, nimmt der eine für sich in
Anspruch, und somit besitzt er fünfhundertmal mehr, als er besitzen
sollte und als er vermutlich – und das ist von noch größerer
Bedeutung – wirklich braucht. Wäre die Maschine Eigentum aller,
so würde jeder von ihr profitieren. Das wäre für die Gemeinschaft
von ungeheurem Vorteil. Alle geistlose Arbeit, alle einförmige,
stumpfsinnige Arbeit, alle Arbeit, die sich mit widerlichen Dingen
abgibt und unter unerfreulichen Verhältnissen verrichtet wird, muß
durch die Maschine erledigt werden. Die Maschine soll für uns in
den Kohlenbergwerken arbeiten und alle sanitären Aufgaben übernehmen, sie soll unsere Dampfer heizen, die Straßen reinigen, an
regnerischen Tagen Botendienste tun und alles ausführen, was
langweilig und deprimierend ist. *Gegenwärtig konkurriert die Maschine mit dem Menschen. Unter angemessenen Bedingungen wird
sie dem Menschen dienen.* Dies ist ohne Zweifel die Zukunft der
Maschine, und wie die Bäume wachsen, während der Bauer schläft,
so wird die Menschheit sich vergnügen oder sich der kultivierten
Muße erfreuen – Muße, nicht Arbeit, ist das Ziel des Menschen –
oder wundervolle Dinge schaffen oder einfach die Welt voll Bewunderung und Entzücken betrachten, während die Maschine die notwendige und unangenehme Arbeit besorgt. Tatsache ist, daß die
Zivilisation der Sklaven bedarf. In diesem Punkt hatten die Griechen

ganz recht. Solange nicht Sklaven die häßlichen, schrecklichen, stumpfsinnigen Arbeiten verrichten, sind Kultur und Beschaulichkeit fast unmöglich. Die Versklavung der Menschheit ist verbrecherisch, prekär und demoralisierend. Vom mechanischen Sklaventum, vom Sklaventum der Maschine, hängt die Zukunft der Welt ab. Wenn Männer der Wissenschaft nicht länger genötigt sein werden, in die deprimierenden Viertel des East End hinabzusteigen und schlechten Kakao und noch schlechtere Wolldecken unter der hungernden Bevölkerung zu verteilen, werden sie die köstliche Muße finden, herrliche Dinge zu ihrer eigenen Freude und zur Freude aller Menschen zu ersinnen. Für jede Stadt und, wenn es nötig sein sollte, für jedes Haus wird man große Energiereservoirs errichten, und diese Energie wird man nach Bedarf in Wärme, Licht oder Bewegung umwandeln. Ist dies utopisch? Eine Weltkarte, die das Land Utopia nicht enthält, verdient es nicht, betrachtet zu werden, denn ihr fehlt das einzige Land, nach dem sich die Menschheit seit jeher sehnt. Und wenn sich die Menschheit dort niedergelassen hat, späht sie wieder aus und setzt, sobald sie ein besseres Land vor sich sieht, dahin die Segel. Fortschritt ist die Verwirklichung von Utopien.

Nun, ich habe ausgeführt, daß die Gesellschaft durch ein organisiertes Maschinensystem die notwendigen Dinge herstellen wird und daß die schönen Dinge durch das Individumm geschaffen werden sollen. Das ist nicht bloß eine Notwendigkeit, es ist der einzig mögliche Weg, auf dem wir beides zu erlangen vermögen. Ein Individuum, das für die Bedürfnisse anderer zu arbeiten und auf deren Wünsche und Ansprüche zu achten hat, erledigt seine Arbeit nicht mit Interesse und kann nicht sein Bestes in sie hineinlegen. Andererseits geht die Kunst in dem Augenblick unter, da eine Gemeinschaft oder ein mächtiger Teil der Gemeinschaft oder irgendeine Regierung dem Künstler Vorschriften zu machen versucht, oder sie wird sterotyp oder degeneriert zu einer niedrigen und unwürdigen Form des Handwerks. *Ein Kunstwerk ist das einzigartige Ergebnis eines einzigartigen Temperaments. Seine Schönheit erwächst aus dem Umstand, daß der Schöpfer ist, was er ist. Er hat nichts damit zu tun, daß andere Menschen wollen, was sie wollen.* In der Tat, in dem Augenblick, da ein Künstler auf die Wünsche der andern zu achten beginnt und sie zu befriedigen trachtet, hört er auf, Künstler zu sein, und wird ein langweiliger oder unterhaltsamer Handwerker, ein ehrbarer oder unehrlicher Händler. Er hat keinen Anspruch mehr darauf, als Künstler zu gelten. *Die Kunst ist die am höchsten gesteigerte Form des Individualismus, welche die Welt*

kennt. Ich bin geneigt zu sagen, es ist die einzige wirkliche Form des
Individualismus, welche die Welt überhaupt kennt. Das Verbrechen, von dem man meinen könnte, es habe unter gewissen Umständen den Individualismus hervorgebracht, muß von anderen Menschen Kenntnis nehmen und sich um diese bekümmern. Das Verbrechen gehört der Sphäre des Handelns an. Der Künstler allein kann
ohne Rücksicht auf seine Mitmenschen, ohne irgendwelche Einmi-
schung ein schönes Werk gestalten; und wenn er es nicht zu seiner
eigenen Freude tut, ist er überhaupt kein Künstler.

Es ist zu bemerken: gerade die Tatsache, daß die Kunst eine
gesteigerte Form des Individualismus bedeutet, zeitigt bei dem
Publikum den Versuch, sich über die Kunst eine Autorität anzumaßen, die ebenso unmoralisch wie lächerlich, ebenso verderblich wie
verächtlich ist. Die Schuld fällt indes nicht ganz dem Publikum zur
Last. Es ist stets, in jedem Zeitalter, schlecht erzogen worden. Es hat
immer von der Kunst Volkstümlichkeit, das Eingehen auf seinen
nicht vorhandenen Geschmack, das Umschmeicheln seiner lächerlichen Eitelkeit, das Aussprechen des oft Gesagten, die Darstellung
des oft Dargestellten, woran es sich schon längst hätte satt sehen
sollen, gefordert; es will von der Kunst unterhalten werden, wenn es
sich von zu üppigem Mahle beschwert fühlt, es will sich von ihr
zerstreuen lassen, wenn es der eigenen Dummheit müde geworden
ist. *Doch die Kunst sollte nie versuchen, volkstümlich zu werden.
Das Publikum sollte vielmehr versuchen, selber künstlerisch zu
empfinden.* Das ist ein sehr wesentlicher Unterschied. Wenn man
von einem Wissenschaftler verlangte, die Resultate seiner Experimente und die Schlußfolgerungen, die er zieht, müßten solcherart
sein, daß sie die überkommene allgemeine Auffassung in diesem
Punkt nicht widerlegen oder das allgemeine Vorurteil nicht zerstören oder die Empfindlichkeit jener nicht verletzen dürften, die von
der Wissenschaft nichts verstehen; wenn man einem Philosophen
das Spekulieren in den höchsten Sphären des Denkens nur unter der
Voraussetzung gestattete, daß er zu denselben Schlußfolgerungen
gelange, zu denen diejenigen gelangt sind, die niemals in irgenwel-
cher Sphäre gedacht haben – nun, eine solche Zumutung würde den
Wissenschaftler und den Philosophen heutzutage nur sehr amüsieren. Gleichwohl sind es nur wenige Jahre her, daß man Philosophie
und Wissenschaft einer rohen öffentlichen Kontrolle unterwarf, ja
einer autoritären Gewalt – der Autorität der allgemeinen Unwissenheit der Gesellschaft oder dem Terrorismus und Machthunger einer
herrschenden geistlichen oder weltlichen Klasse. Wir sind jetzt

weitestgehend von jedem Versuch der Gesellschaft oder der Kirche oder der Regierung, in den Individualismus des spekulativen Denkens einzubrechen, befreit, aber die Versuche, sich in den Individualismus der schöpferischen Kunst einzumengen, haben noch nicht aufgehört. In Wahrheit haben sie nicht nur noch nicht aufgehört: sie sind und bleiben aggressiv, beleidigend und roh.

In England haben sich diejenigen Künste am besten befreit, um die sich das Publikum nicht kümmert. Die Lyrik ist ein Beispiel für meine Ansicht. Wir konnten in England eine überaus erlesene Lyrik hervorbringen, weil das Publikum sie nicht liest und daher keinen Einfluß auf sie ausübt. Das Publikum schmäht die Poeten mit Vorliebe, weil sie ein individuelles Leben führen, aber nachdem es genug geschmäht hat, läßt es sie in Frieden. Was den Roman und das Drama betrifft, Kunstformen, an denen das Publikum Anteil nimmt, ist das Ergebnis der Volksautorität völlig absurd. Kein Land produziert so schlecht geschriebene schöne Literatur, so platte, ordinäre Machwerke in Romanform, so einfältige, gemeine Theaterstücke wie England. Es kann gar nicht anders sein. Das Niveau des Volkstümlichen ist so beschaffen, daß kein Künstler es zu erreichen vermag. Es ist zu leicht und zu schwer zugleich, ein volkstümlicher Romanschriftsteller zu werden. Es ist zu leicht, weil die Forderungen des Publikums an Handlung, Stil, Psychologie, Lebens- und Literaturbeherrschung vom allerdürftigsten Talent und von einem ganz und gar unkultivierten Geist erfüllt werden können. Es ist schwer, weil der Künstler, um solchen Wünschen zu genügen, seinem Temperament Gewalt antun müßte, er dürfte nicht länger aus der künstlerischen Freude am Schreiben seine Werke verfassen, sondern nur zur Unterhaltung halbgebildeter Leute; er müßte seinen Individualismus unterdrücken, seine Kultur vergessen, seinen Stil zerstören und alles Wertvolle, das ihn auszeichnet, aufgeben. Was das Drama betrifft, so liegen hier die Dinge wenig günstiger: das Theaterpublikum liebt zwar das Platte, aber nicht das Langweilige; und Burleske und Farce, diese beiden volkstümlichsten Gattungen, sind eindeutig Formen der Kunst. Im Gewand der Burleske und der Farce mag man ein entzückendes Werk hervorbringen, und bei Werken dieser Art erfreut sich der Künstler in England sehr großer Freiheit. Betrachtet man die höheren Formen des Dramas, dann merkt man sogleich das Ergebnis der Volksüberwachung. Eines haßt das Publikum vor allem, nämlich Neuheit. Jeder Versuch, das Stoffgebiet der Kunst zu erweitern, ist dem Publikum höchst zuwider; und doch beruhen die Lebensfähigkeit und der

Fortschritt der Kunst in sehr hohem Maße auf der steten Ausweitung des Stoffbereichs. Das Publikum haßt Neuheit, weil es Angst davor hat. Für das Publikum bedeutet jede Neuheit eine Form des Individualismus, eine Beschäftigung seitens des Künstlers, daß er sich den Stoff selbst wählt und ihn auf seine Weise behandelt. Das Publikum hat mit seiner Einstellung völlig recht. Kunst ist Individualismus, und Individualismus ist eine zerstörende und zersetzende Kraft. Darin liegt sein unermeßlicher Wert. Denn was der Individualismus zu zerstören sucht, ist die Eintönigkeit des Typischen, die Sklaverei des Hergebrachten, die Tyrannei der Gewohnheit und die Herabwürdigung des Menschen zur Maschine. In der Kunst läßt das Publikum das Vergangene gelten, weil es nicht zu ändern ist, keineswegs deshalb, weil es besonders geschätzt wird. Die Leute schlucken ihre Klassiker als ganzes herab und finden dennoch niemals Geschmack daran. Sie lassen sie als etwas Unvermeidliches gelten, und da sie sie nicht zu vernichten vermögen, schwätzen sie darüber. Seltsamer- oder gar nicht seltsamerweise, je nach dem Standpunkt, von dem aus man die Sache betrachtet, richtet diese Hinnahme der Klassiker sehr viel Schaden an. Die unkritische Bewunderung der Bibel und Shakespeares in England belegt diese meine Anschauung. Was die Bibel anbelangt, so macht sich hier die kirchliche Autorität geltend; ich brauche deshalb bei diesem Thema nicht zu verweilen.

Was aber Shakespeare betrifft, so ist es ganz klar, daß das Publikum weder die Schönheiten noch die Mängel seiner Dramen wirklich erkennt. Würden die Leute die Schönheiten erkennen, dann könnten sie unmöglich der Weiterentwicklung des Dramas widerstreben; würden sie die Mängel erkennen, dann könnten sie sich gleichfalls nicht dieser Entwicklung entgegenstellen. *Gewiß ist, daß das Publikum die Klassiker eines Landes nur als ein Mittel benutzt, um den Fortschritt der Kunst zu hemmen.* Es würdigt die Klassiker zu Autoritäten herab. Es verwendet sie als Knüttel, um den freien Ausdruck der Schönheit in neuen Formen zu verhindern. Es fragt den Schriftsteller immer wieder, warum er nicht wie irgendein anderer schreibt, oder den Maler, warum er nicht wie ein anderer malt, wobei es ganz den Umstand vergißt, daß keiner von beiden, wenn er es täte, länger ein Künstler bliebe. Eine neue Ausdrucksform der Schönheit ist den Leuten völlig verhaßt, und wann immer eine solche erscheint, werden sie böse und geraten so sehr in Verwirrung, daß sie sich stets der beiden törichten Ausflüchte bedienen – der einen, das Kunstwerk sei ganz und gar unverständlich, und der anderen, das Kunstwerk sei ganz und gar unmoralisch. Sie scheinen damit Folgendes zu meinen: Wenn sie sagen, ein Werk sei unverständlich, wollen sie damit ausdrücken, der Künstler habe etwas ausgesprochen oder getan, was schön und neu ist; wenn sie ein Werk als unmoralisch bezeichnen, wollen sie damit betonen, der Künstler habe etwas ausgesprochen oder getan, was schön und wahr ist. Die zuerst erwähnte Bezeichnung bezieht sich auf den Stil, die zuletzt genannte auf den Stoff. Aber vermutlich verwenden die Leute diese Worte ganz unbestimmt, so wie der Mob sich der gebrauchsfertigen Pflastersteine bedient. *Es gibt beispielsweise keinen einzigen wirklichen Dichter oder Prosaschriftsteller in diesem Jahrhundert, dem das britische Publikum nicht feierlich das Diplom der Unmoral überreicht hätte,* und solche Diplome bedeuten bei uns das gleiche wie in Frankreich die formelle Aufnahme in die Akademie und machen erfreulicherweise eine solche Einrichtung in England ganz überflüssig. Natürlich geht das Publikum sehr sorglos mit dem Wort um. Daß man Wordsworth einen unmoralischen Dichter nennen würde, konnte man voraussehen. Wordsworth war eben ein Dichter. Aber daß man Charles Kingsley einen unmoralischen Romanschriftsteller nennt, ist ungewöhnlich. Kingsleys Prosa ist nicht von besonderer Qualität. Doch ist das Wort nun einmal im Umlauf, und man macht von ihm den bestmöglichen Gebrauch. Der Künstler läßt sich dadurch selbstverständlich nicht beirren. Der echte Künstler glaubt durchaus an sich, weil er durchaus er selbst ist. Aber ich kann mir vorstellen, daß ein Künstler, der ein Kunstwerk hervorgebracht hat, welches in England sogleich bei seinem Erscheinen vom Publikum durch dessen Sprachrohr, nämlich die öffentliche Presse, als ein ganz verständliches und höchst moralisches Werk anerkannt wird, sich ernsthaft fragen müßte, ob er sich in seiner Schöpfung wirklich selbst ausgedrückt habe und ob dieses Werk folglich seiner selbst nicht völlig unwürdig und etwa zweiten Ranges sei oder überhaupt keinen künstlerischen Wert besitze.

Vielleicht tue ich allerdings dem Publikum dadurch Unrecht, daß ich diesem nur Worte wie „unmoralisch", „unverständlich", „exotisch" und „ungesund" in den Mund lege. Es gibt da noch ein anderes Wort, das gerne gebraucht wird. Dieses Wort lautet „morbid". Man benutzt es nicht häufig. Der Sinn des Wortes ist so einfach, daß man vor seinem Gebrauch zurückschreckt. Manchmal bedient man sich seiner dennoch, und hier und da begegnet man ihm in beliebten Zeitungen. Es ist natürlich lächerlich, dieses Wort auf ein Kunstwerk anzuwenden. Denn was ist Morbidität sonst als eine

Gefühlsstimmung oder Denkkategorie, der man nicht Ausdruck zu geben vermag? Das Publikum ist in seiner Gesamtheit morbid, denn es findet für gar nichts einen Ausdruck. *Der Künstler ist nie morbid. Er drückt alles aus.* Er steht außerhalb seines Stoffes und bringt durch ihn unvergleichliche und künstlerische Wirkungen hervor. Einen Künstler morbid zu heißen, weil er sich das Morbide zum Thema gewählt hat, ist so töricht, als wenn man Shakespeare wahnsinnig nennen würde, weil er den „König Lear" geschrieben hat.

Im allgemeinen ist es für einen Künstler in England nur von Vorteil, wenn er angegriffen wird. Das steigert seine Individualität. Er wird noch vollkommener er selbst. Allerdings sind die Angriffe sehr derb, sehr unverschämt und sehr verächtlich. Doch erwartet schließlich kein Künstler Anmut von vulgären Seelen oder Stil vom Intellekt der Vorstadt. Vulgarität und Dummheit sind zwei sehr lebendige Erscheinungsformen unseres modernen Lebens. Man muß das natürlich bedauern. Aber Vulgarität und Dummheit sind nun einmal da. Sie sind Gegenstand des Studiums, wie alles andere. Und es muß gerechterweise, was die modernen Journalisten betrifft, anerkannt werden, daß sie einen immer, wenn man ihnen im Privatleben begegnet, für das um Entschuldigung bitten, was sie gegen einen öffentlich geschrieben haben.

In den letzten Jahren ist der sehr begrenzte Wortschatz der Kunstschmähungen, der dem Publikum zu Gebote steht, durch zwei neue Adjektive bereichert worden. Das eine ist das Wort „ungesund", das andere das Wort „exotisch". Das letztere drückt nur die Wut des vergänglichen Pilzes über die unsterbliche, bezaubernde und überaus liebliche Orchidee aus. Es ist ein Tribut, aber ein Tribut ohne Bedeutung. Das Wort „ungesund" jedoch läßt eine Analyse zu. Es ist ein echt interessantes Wort. Es ist in der Tat so interessant, daß die Leute, die es gebrauchen, seinen Sinn nicht kennen.

Was ist damit gemeint? Was ist ein gesundes oder ein ungesundes Kunstwerk? Alle Bezeichnungen, mit denen man ein Kunstwerk bedenkt, beziehen sich – vorausgesetzt, daß man sie vernünftig anwendet – auf dessen Stil oder dessen Stoff oder auf beides. Vom Standpunkt des Stils aus ist ein gesundes Kunstwerk jenes, dessen Stil die Schönheit des verwendeten Materials durchschimmern läßt, bestehe das Material nun aus Worten oder aus Bronze, aus Farbe oder Elfenbein, und das diese Schönheit als Mittel ästhetischer Wirkung nutzt. Vom Standpunkte des Stofflichen ist ein gesundes

Kunstwerk jenes, bei dessen Stoffwahl nur das Temperament des Künstlers maßgebend ist, ein Werk, das unmittelbar aus ihm fließt. Mit einem Wort, ein gesundes Kunstwerk ist jenes, das beides, Vollkommenheit und Persönlichkeit, in sich vereint. Form und Gehalt können natürlich im Kunstwerk nicht gesondert werden; sie bilden stets eine Einheit. Aber zum Zweck der Analyse können wir die beiden verstandesmäßig trennen und die Einheitlichkeit des ästhetischen Eindrucks für einen Augenblick beiseite lassen. Ein ungesundes Kunstwerk ist dagegen ein solches Werk, dessen Stil platt, altmodisch und gemein ist und dessen Gegenstand willkürlich gewählt wurde, nicht, weil der Künstler daran irgendwelche Freude fand, sondern weil er glaubt, daß ihn das Publikum dafür bezahlen wird. *In der Tat, der populäre Roman, den das Publikum gesund nennt, ist immer ein höchst ungesundes Gebilde; und was man als ungesunden Roman bezeichnet, das ist stets ein schönes und gesundes Kunstwerk.*

Ich brauche wohl nicht zu sagen, daß ich nicht einen Augenblick den Mißbrauch dieser Worte durch das Publikum und durch die öffentliche Presse beklage. Ich sehe ein, daß sie bei ihrem vollständigen Mangel an Einsicht in das Wesen der Kunst Worte unmöglich im richtigen Sinne gebrauchen können. Ich konstatiere lediglich den Mißbrauch; die Erklärung für den Ursprung des Mißbrauchs und der Anschauung, die hinter alldem steht, ist höchst einfach. All das wurzelt in dem barbarischen Begriff der Autorität. Es hat im Unvermögen einer durch die Autorität verdorbenen Gemeinschaft, den Individualismus zu verstehen oder zu schätzen, seinen Grund. Kurz gesagt, dies alles rührt von dem ungeheuerlichen und unwissenden Wesen her, das man öffentliche Meinung nennt, einem Wesen, das schlimm und wohlgesinnt zugleich ist, wenn es Handlungen zu kontrollieren versucht, das aber schändlich und übelgesinnt wird, wenn es das Denken oder die Kunst zu kontrollieren versucht.

In der Tat, man kann zugunsten der physischen Stärke des Publikums viel mehr vorbringen als zugunsten seiner Anschauungen. Jene mag edel sein. Die letzteren müssen albern erscheinen. Man hat oft gesagt, Stärke sei kein Argument. Das hängt jedoch völlig von dem ab, was man beweisen will. Viele der wichtigsten Probleme der letzten Jahrhunderte, wie etwa die Fortdauer des persönlichen Regimes in England oder des Feudalismus in Frankreich, sind völlig durch physische Kraft gelöst worden. Die Gewalt einer Revolution läßt das Volk einen Moment lang groß und glänzend erscheinen. Es war ein verhängnisvoller Tag, als man erkannte, daß die Feder mächtiger ist als der Pflasterstein und daß sie wie ein Wurfgeschoß zum Angriff dienen kann. Damals suchte man nach dem Journalisten; man fand ihn, brachte ihn zur Entwicklung und schuf aus ihm den betriebsamen, gutbezahlten Diener. Dies ist für beide Teile sehr bedauerlich. Hinter der Barrikade mag manches Vornehme und Heroische stehen. Aber was steht hinter dem Leitartikel anderes als Vorurteil, Dummheit, Heuchelei und Geschwätz? Wenn diese vier Mächte sich vereinen, bilden sie zusammen eine furchtbare Gewalt und begründen das neue autoritäre System.

In früheren Zeiten hatte man die Folter. Jetzt hat man die Presse. Das ist sicherlich ein Fortschritt. Aber es ist auch ein großes Übel, es schädigt und demoralisiert uns. Irgendwer – war es Burke? – hat den Journalismus den vierten Stand genannt. Dies war ohne Zweifel seinerzeit richtig. Gegenwärtig ist aber der Journalismus tatsächlich der einzige Stand. Er hat die anderen drei völlig aufgefressen. Die weltlichen Lords sagen nichts mehr, die geistlichen Lords haben nichts mehr zu sagen, und das Unterhaus hat nichts zu sagen und sagt es trotzdem. Wir werden durch den Journalismus beherrscht. In Amerika regiert der Präsident vier Jahre lang, und der Journalismus herrscht für ewige Zeiten. Zum Glück hat der Journalismus in Amerika seine autoritäre Macht bis zum krassesten und brutalsten Extrem getrieben. Daraus ergab sich natürlich, daß er den Geist des Widerspruchs hervorrief. Man amüsiert sich dort über den Journalismus oder wird von ihm abgestoßen, je nach Temperament. Aber er ist nicht mehr die Macht, die er einmal war. Man nimmt ihn nicht mehr ernst. In England, wo sich der Journalismus, von wenigen wohlbekannten Fällen abgesehen, nicht zu solchen Exzessen der Roheit hinreißen ließ, bildet er noch einen wesentlichen Faktor, eine sehr beachtliche Macht. Die tyrannische Herrschaft, die er sich über das Privatleben der Menschen anmaßt, scheint mir ganz außerordentlich zu sein. *Das Publikum ist eben von unersättlicher Neugierde erfüllt, alles zu erfahren, außer das Erfahrenswerte.* Der Journalismus, der dies weiß, befriedigt in richtiger Geschäftskenntnis dieses Verlangen. In früheren Jahrhunderten nagelte man die Ohren von Journalisten an Pumpen. Das war ganz abscheulich. In unserem Jahrhundert haben die Journalisten ihre eigenen Ohren an die Schlüssellöcher genagelt. Das ist weit ärger. Das Übel wird noch dadurch verschlimmert, daß diejenigen Journalisten, die am meisten Tadel verdienen, keineswegs die amüsanten Zeitungsschreiber sind, die für die sogenannten Klatschblätter arbeiten. Den meisten Scha-

den richten die seriösen, gedankenschweren, würdigen Journalisten
an, die heutzutage feierlich irgendein kleines, nebensächliches Ereignis aus dem Privatleben eines großen Staatsmannes, eines Mannes, der in politischen Fragen den Ton angibt und die politische
Macht begründet hat, vor den Blick des Publikums zerren und das
Publikum auffordern, dieses Ereignis zu besprechen, sich darüber
ein Urteil anzumaßen, darüber eine Meinung abzugeben, und nicht
nur eine Meinung abzugeben, sondern handelnd einzuschreiten,
dem Staatsmann in jeder Hinsicht Vorschriften zu machen, seiner
Partei, seinem Land vorzuschreiben, sich in der Tat als lächerlich,
kränkend und schädlich zu erweisen. Von dem Privatleben eines
Mannes oder einer Frau sollte das Publikum nichts erfahren. Dies
geht das Publikum überhaupt nichts an. In Frankreich ist man in
diesen Dingen besser daran. Dort unterbindet man die Veröffent-
lichung von Einzelheiten eines Ehescheidungsprozesses, die dem
Publikum zur Unterhaltung oder als Anlaß zur Kritik dienen sollen.
Dort erfährt das Publikum nur, daß die Scheidung ausgesprochen
wurde, und zwar auf Verlangen des einen oder des anderen Teils
oder beider Ehegatten. In Frankreich setzt man dem Journalisten
Grenzen und gewährt dafür dem Künstler fast absolute Freiheit.
*Hierzulande genießt der Journalist absolute Freiheit, dagegen wird
der Künstler eingeschränkt.* Die öffentliche Meinung in England
versucht den Schöpfer wahrhaft schöner Dinge zu fesseln, zu hindern, zu knechten oder zwingt den Journalisten, häßliche oder
abstoßende oder empörende Dinge umständlich zu erzählen, so daß
wir die seriösesten Journalisten von der Welt und die unanständig-
sten Zeitungen besitzen. Es ist nicht übertrieben, von einem Zwang
zu sprechen. Es gibt möglicherweise einige Journalisten, denen das
Publizieren schauerlicher Geschichten wirklich Freude bereitet oder
die, da sie arme Teufel sind, Skandalaffären als eine Art solider
Grundlage für ihr Einkommen betrachten. Aber es gibt gewiß
andere Journalisten, Männer von Erziehung und Bildung, die nur
mit wirklichem Widerwillen derartiges veröffentlichen, die wissen,
daß es ein Unrecht ist, und es nur deshalb tun, weil die ungesunden
Verhältnisse, unter denen ihr Beruf ausgeübt wird, sie nötigt, die
Wünsche des Publikums zu erfüllen und mit den anderen Journalisten zu konkurrieren, um die rüden Gelüste des Volkes möglichst
zufriedenzustellen. Eine solche Stellung ist für jeden gebildeten
Menschen höchst erniedrigend, und ich zweifle nicht, daß die
meisten dies schmerzlich empfinden.

Wie dem auch sei, lassen wir die sehr schmutzige Seite dieses

Themas nunmehr außer acht und kehren wir zu der Frage der
öffentlichen Kontrolle in Sachen der Kunst zurück, worunter ich die
öffentliche Meinung verstehe, die dem Künstler die Form vor-
schreibt, deren er sich zu bedienen hat, die Art und Weise, wie er
vorgehen soll, und das zu verwendende Material. Ich habe ausgeführt, daß in England diejenigen Künste sich am besten frei zu
machen wußten, für die das Publikum sich nicht interessierte. Das
Publikum interessiert sich aber für das Drama, und da auf dem
Gebiet des Dramas ein gewisser Fortschritt während der letzten
zehn oder fünfzehn Jahre zu verzeichnen ist, dürfte es nicht unwichtig sein zu betonen, daß dieser Fortschritt ausschließlich den wenigen individuellen Künstlern zu danken ist, die es ablehnten, sich die
Geschmacklosigkeit des Volkes als Richtschnur zu nehmen und die
Kunst nur als eine Sache von Angebot und Nachfrage zu betrachten.
Mit seiner wundervollen und lebendigen Persönlichkeit, mit seinem
wirklich farbigen Stil, mit seiner außerordentlichen Gabe nicht nur
der Nachahmung, sondern des Erfindens und geistigen Schaffens
wäre Mr. Irving, hätte er sich bloß zum Ziele gesetzt, die Wünsche
des Publikums zu befriedigen, imstande gewesen, die gemeinsten
Stücke in der gemeinsten Manier zu verfertigen und damit so viel
Erfolg und Geld zu ernten, wie er sich nur hätte wünschen können.
Dies aber war keineswegs sein Ziel. Sein Ziel war, unter bestimmten
Voraussetzungen und in bestimmten Kunstformen zu seiner Vollendung als Künstler zu gelangen. Zuerst hat er sich an die wenigen
gewandt: jetzt hat er die vielen erzogen. Er hat im Publikum
Geschmack und Temperament erzeugt. Das Publikum weiß seinen
künstlerischen Erfolg außerordentlich zu schätzen. Ich frage mich
gleichwohl oft verwundert, ob es den Leuten klar wird, daß dieser
Erfolg lediglich der Tatsache zu danken ist, daß Irving nicht ihren
Standpunkt einnahm, sondern seinen eigenen behauptet hat. Wäre
ihr Niveau maßgebend gewesen, dann wäre aus dem Lyceum-
Theater eine Schaubude zweiten Ranges geworden, wie es gegenwärtig einige volkstümliche Theater in London sind. Ob die Leute
das nun einsehen oder nicht, die Tatsache bleibt bestehen, daß
Geschmack und Temperament bis zu einem gewissen Grad im
Publikum geweckt wurden und daß das Publikum also imstande ist,
solche Eigenschaften zu entfalten. Daraus wächst das Problem:
warum wird das Publikum nicht kultiviert? Die Fähigkeit ist vorhanden. Was hindert die Leute daran?

Was sie daran hindert – ich muß es wiederholen –, ist ihr Wunsch,
über den Künstler und über Kunstwerke autoritäre Gewalt auszu-

üben. Einzelne Theater, wie das Lyceum- und das Haymarket-Theater, scheint das Publikum wirklich in der geeigneten Stimmung zu besuchen. In beiden Theatern hat es individuelle Künstler gegeben, die es zuwege brachten, in ihrem Publikum – und jedes Londoner Theater hat sein eigenes Publikum – jene Einstellung zu erzeugen, an die sich die Kunst wendet. Und was ist dies für eine Einstellung? Es ist die Einstellung der Aufnahmebereitschaft. Das ist alles.

Wer sich einem Kunstwerk mit der Absicht nähert, über das Werk und den Künstler autoritäre Gewalt auszuüben, nähert sich ihm in einem Geist, der es ihm unmöglich macht, irgendeinen künstlerischen Eindruck von dem Werk überhaupt zu gewinnen. *Das Kunstwerk soll den Betrachter beherrschen: nicht der Betrachter soll das Kunstwerk beherrschen.* Der Betrachter soll aufnahmebereit sein. Er soll die Geige sein, die der Meister zu spielen hat. Und je vollständiger er seine eigenen dummen Ansichten, seine eigenen albernen Vorurteile, seine eigenen absurden Anschauungen über das, was die Kunst bedeuten oder nicht bedeuten sollte, zu unterdrücken vermag, desto tauglicher wird er, das jeweilige Kunstwerk zu erfassen und zu würdigen. Die Richtigkeit dieser Meinung liegt, insoweit es sich um das englische Durchschnittspublikum beiderlei Geschlechts handelt, klar auf der Hand. Sie gilt aber nicht minder für die sogenannten Gebildeten. Denn die Kunstanschauungen des Gebildeten sind natürlich aus der Vergangenheit der Kunst abgeleitet, während doch das neue Werk seine Schönheit eben durch jenes Neuartige gewinnt, das die Kunst niemals bisher besessen hat; daran das Richtmaß der Vergangenheit zu legen heißt es mit einem Richtmaß zu messen, von dessen Überwindung die wahre Vollendung der Kunst abhängt. Eine Natur, die mit Hilfe der Phantasie und unter Voraussetzung der Phantasie neue und herrliche Eindrücke zu empfangen vermag, ist allein fähig, ein Kunstwerk zu schätzen. Dies trifft auf die richtige Würdigung der Bildhauerkunst und der Malerei zu, aber noch mehr auf die Würdigung solcher Künste, wie sie das Drama darstellt. Denn ein Bild und eine Statue stehen nicht im Kampf mit der Zeit. Der Ablauf der Zeit ist für sie ohne Belang. Ihre Einheit kann in einem Augenblick erfaßt werden. In der Literatur ist das anders. Ehe die Einheit der Wirkung erreicht wird, muß Zeit verfließen. Und so mag im ersten Akt eines Dramas irgend etwas vorgehen, dessen wirkliche künstlerische Bedeutung dem Zuhörer erst im dritten oder vierten Akt klar wird. Soll da der einfältige Kerl wütend werden und schimpfen, das Spiel stören und die Künstler belästigen? Nein. Der Biedermann soll ruhig dasitzen und die köstlichen Empfindungen der Überraschung, der Neugier und der Spannung kennenlernen. Er soll nicht in das Theater gehen, um einer vulgären Laune Luft zu machen. Er soll das Theater besuchen, um eine künstlerische Einstellung zu verwirklichen. Er ist nicht der Richter des Kunstwerks. Er ist lediglich Zuschauer, dem man das Betrachten eines Werkes gestattet, einer, der in dieser Betrachtung, falls es sich um ein erlesenes Werk handelt, allen Egotismus, der ihn belastet, vergessen soll – den Egotismus seiner Ignoranz oder seines Wissens. Diese Besonderheit des Dramas ist wohl noch kaum genügend gewürdigt worden. Ich verstehe sehr wohl, daß unser modernes Londoner Publikum, würde man ihm den „Macbeth" zum erstenmal vorstellen, gegen die Einführung der Hexen im ersten Akt, mit ihren grotesken Redewendungen und ihren lächerlichen Worten, zum großen Teil sehr entschieden Stellung nehmen würde. Doch wenn das Stück zu Ende ist, merkt man, daß das Gelächter der Hexen im „Macbeth" ebenso furchtbar ist wie das Gelächter des Wahnsinns im „Lear", noch furchtbarer als das Lachen des Jago in der Tragödie des Mohren. Kein Kunstbetrachter bedarf größerer Aufnahmebereitschaft als der Zuschauer eines Dramas. In dem Augenblick, da er autoritäre Gewalt auszuüben versucht, wird er der ausgesprochene Feind der Kunst und seiner selbst. Die Kunst kümmert sich nicht darum. Er selbst ist es, der darunter leidet.

Um den Roman ist es nicht anders bestellt. Die Autorität des Volkes und die Anerkennung dieser Volksautorität sind verhängnisvoll. Thackerays „Esmond" ist ein wunderbares Kunstwerk, weil der Dichter es nur zu seinem eigenen Vergnügen geschrieben hat. In seinen anderen Romanen, in „Pendennis", „Philip", zuweilen selbst in „Vanity Fair", scheint er sich des Publikums allzu bewußt zu sein und verdirbt seine Arbeit dadurch, daß er direkt an die Sympathien des Publikums appelliert oder sich über sie direkt lustig macht. *Ein wahrer Künstler nimmt vom Publikum keinerlei Notiz. Das Publikum existiert nicht für ihn.* Er hat keine mohnbestreuten oder honigsüßen Kuchen, um das Ungetüm einzuschläfern oder zu unterhalten. Dies überläßt er den volkstümlichen Romanschriftstellern. Einen unvergleichlichen Romandichter haben wir heute in England, Mr. George Meredith. Es gibt in Frankreich bessere Künstler, aber Frankreich hat keinen Dichter, dessen Lebensauffassung so weit, so vielfältig, so imaginativ-echt wäre. Es gibt in Rußland Erzähler, die ein lebhafteres Gespür für die romanhafte Darstellung des Leidens haben. Aber Meredith' Domäne ist das philosophische Element der Erzählkunst. Seine Figuren leben nicht nur, sie leben aus dem Geist. Man erblickt sie von unendlich vielen Standpunkten aus. Sie wirken suggestiv. Seele lebt in ihnen und um sie. Sie sind deutungsfähig und symbolisch. Und er, der sie geschaffen hat, diese wunderbaren, beweglichen Gestalten, hat sie zu seiner eigenen Freude geschaffen, er hat nie das Publikum um dessen Wünsche gefragt, hat sich nie um diese Wünsche gekümmert, hat dem Publikum niemals gestattet, ihm Vorschriften zu machen oder ihn irgendwie zu beeinflussen, sondern ist darauf ausgegangen, seine eigene Persönlichkeit zu steigern und sein eigenes individuelles Werk hervorzubringen. Zuerst hielt niemand zu ihm. Das machte ihm nichts aus. Dann kamen die wenigen. Das hat ihn nicht verändert. Inzwischen sind die vielen gekommen. Er ist derselbe geblieben. Er ist ein unvergleichlicher Romancier.

Mit den dekorativen Künsten steht es nicht anders. Das Publikum hält mit wirklich rührender Zähigkeit an dem fest, was ich als die Traditionen der Großen Ausstellung internationaler Vulgarität betrachte, Traditionen, die so erschreckend waren, daß die Häuser, in denen man lebte, nur für Blinde bewohnbar waren. Man begann schöne Dinge herzustellen, die Hand des Färbers lieferte schöne Farben, schöne Muster ersann der Geist des Künstlers, und man wies auf den Nutzen dieser schönen Dinge, auf deren Wert und Bedeutung hin. Das Publikum war darüber sehr ungehalten. Es verlor seine gute Laune. Es redete Unsinn. Niemand kümmerte sich darum. Niemand erschien deshalb um ein Jota geringer. Niemand beugte sich der Autorität der öffentlichen Meinung. Und gegenwärtig ist es fast unmöglich, ein modernes Haus zu betreten, ohne in ihm der Wertschätzung des guten Geschmacks, der Wertschätzung einer anmutigen Umgebung, einer Spur von Schönheit zu begegnen. Heutzutage sind die Wohnhäuser wirklich in der Regel ganz reizend. Die Leute sind in sehr hohem Maße kultiviert geworden. Allerdings muß festgestellt werden, daß der außerordentliche Erfolge der Revolution in Fragen der Innenarchitektur, der Wohnungseinrichtung und dergleichen nicht eigentlich der Mehrzahl des Publikums zu verdanken ist, das etwa in diesen Dingen einen so erlesenen Geschmack entwickelt hätte. Es kam vor allem deshalb dazu, weil die Handwerker das Vergnügen, Schönes hervorzubringen, so zu schätzen wußten und weil in ihnen selbst ein so lebhaftes Bewußtsein der Häßlichkeit und Vulgarität der bisherigen Publikumswünsche erwachte, daß sie das Publikum einfach aushungerten. Es wäre gegenwärtig ganz unmöglich, einen Raum so auszugestalten, wie man Räume noch vor wenigen Jahren auszugestalten pflegte, ohne jedes Stück auf einer Auktion gebrauchter Möbel aus irgendeiner drittklassigen Pension erstehen zu müssen. Sachen dieser Art werden nicht mehr hergestellt. Wie sehr sich die Leute auch dagegen stemmen, ihre Umgebung kann nicht mehr ohne Anmut bleiben. Zu ihrem Glück hat ihre Autoritätsanmaßung in diesen Kunstzweigen nichts auszurichten vermocht.

Es leuchtet also ein, daß jegliche Autorität in solchen Dingen vom Übel ist. Manchmal fragen die Leute, unter welcher Regierungsform ein Künstler am angemessensten leben könne. Darauf gibt es nur eine Antwort: *Für den Künstler existiert nur eine angemessene Form der Regierung, nämlich das Fehlen einer Regierung.* Es ist lächerlich, über ihn und seine Kunst Autorität auszuüben. Man hat behauptet, Künstler hätten unter der Herrschaft des Despotismus herrliche Werke hervorgebracht. Dies ist nicht ganz richtig. Künstler haben Despoten aufgesucht, nicht als Untertanen, um sich tyrannisieren zu lassen, sondern als wandernde Wunderwirker, als faszinierende unstete Persönlichkeiten, um gastlich aufgenommen und umschmeichelt zu werden und um die Ruhe des Schaffens zu gewinnen. Zugunsten des Despoten ist zu sagen, daß er vielleicht als ein Individuum Kultur besitzen kann, während diese dem Mob als einem Ungeheuer völlig fehlt. Ein Kaiser und König mag sich bücken, um dem Maler den Pinsel aufzuheben, aber wenn sich die Demokratie bückt, tut sie es nur, um mit Schmutz zu werfen. Und doch braucht sich die Demokratie nicht so tief zu bücken wie der Kaiser. Im Grunde braucht sie sich überhaupt nicht zu bücken, wenn sie mit Schmutz werfen will. Doch besteht keine Notwendigkeit, zwischen dem Monarchen und dem Pöbel zu unterscheiden; jede Autorität ist gleichermaßen ein Übel.

Es gibt drei Spielarten des Despoten: den Despoten, der den Leib tyrannisiert, den Despoten, der die Seele tyrannisiert, den Despoten, der Seele und Leib zugleich tyrannisiert. Den ersten nennt man Fürst. Den zweiten nennt man den Papst. Den dritten nennt man Volk. Der Fürst mag Kultur besitzen. Manche Fürsten hatten sie. Doch droht vom Fürsten her Gefahr. Man denkt an Dante auf dem bitteren Fest in Verona, an Tasso in der Tollhauszelle von Ferrara. Es ist für den Künstler besser, nicht in der Umgebung von Fürsten zu leben. Der Papst mag Kultur besitzen. Manche Päpste besaßen sie; die schlechten Päpste besaßen sie. Die schlechten Päpste liebten die Schönheit fast so leidenschaftlich, ja mit ebensolcher Leidenschaft, wie die guten Päpste das Denken haßten. Der Schlechtigkeit der Päpste verdankt die Menschheit vieles. Die guten Päpste haben der Menschheit eine schreckliche Schuldenlast aufgeladen. Doch obwohl der Vatikan die Rhetorik seines Donnerns bewahrt und die Rute seiner Blitze verloren hat, ist es für den Künstler besser, nicht in der Umgebung von Päpsten zu leben. Ein Papst war es, der in einem Konklave der Kardinäle über Cellini sagte, das für alle geltende Gesetz und die über allen stehende Autorität seien nicht für Männer wie ihn geschaffen; doch es war auch ein Papst, der Cellini in das Gefängnis warf und ihn dort so lange einsperrte, bis er vor Zorn wahnsinnig wurde, unwirkliche Visionen entwarf und sich in die Sonne, die sein Gemach vergoldete, so sehr verliebte, daß er den Plan zur Flucht faßte, von Turm zu Turm kroch, in der Dämmerung schwindlig von der Höhe fiel und sich verletzte; er wurde von einem Winzer mit Weinlaub bedeckt und in einem Karren zu einem Liebhaber schöner Dinge gebracht, der sich seiner annahm. Von den Päpsten her droht Gefahr. Und das Volk wie verhält es sich mit ihm und seiner Autorität? Vielleicht ist über das Volk und seine Autorität schon genug gesprochen worden. Seine Autorität ist etwas Blindes, Taubes, Häßliches, Groteskes, Tragisches, Amüsantes, Ernsthaftes und Obszönes. Es ist für den Künstler unmöglich, mit dem Volk zu leben. Jeder Despot besticht. Das Volk besticht und brutalisiert. Wer hat es gelehrt, Autorität auszuüben? Es war geschaffen, zu leben, zu lauschen und zu lieben. Irgendwer hat ihm großes Unrecht zugefügt. Es hat sich selbst dadurch geschadet, daß es nachahmte, was unter ihm stand. Es hat das Zepter des Fürsten an sich gerissen. Wie sollte es imstande sein, es zu gebrauchen? Es hat die dreifache Tiara des Papstes ergriffen. Wie sollte es ihre Last zu tragen vermögen? Es gleicht einem Clown mit gebrochenem Herzen. Es gleicht einem Priester, dessen Seele noch nicht geboren ist. Wer die Schönheit liebt, muß das Volk bemitleiden. Wenn es schon die Schönheit selbst nicht liebt, sollte es doch mit sich selbst Mitleid haben. Wer lehrte das Volk die Kniffe der Tyrannen?

Es wäre noch vielerlei darüber zu sagen. Man könnte ausführen, wie die Renaissance dadurch zu ihrer Größe gelangte, daß sie sich nicht bestrebte, soziale Probleme zu lösen, und daß sie sich um Dinge dieser Art überhaupt nicht kümmerte, sondern das Individuum in Freiheit und Schönheit und Natürlichkeit sich entfalten ließ und so große und individuelle Künstler, große und individuelle Menschen hervorbrachte. Man könnte auf Ludwig XIV. hinweisen, der den modernen Staat schuf und dadurch den Individualismus des

Künstlers zertrümmerte, der den Dingen durch die Einförmigkeit ihrer Wiederholung den Reiz nahm, sie verächtlich machte durch ihre Übereinstimmung mit der Regel und in ganz Frankreich die edlen Freiheiten des Ausdrucks ertötete, die das Überlieferte zu neuer Schönheit umgeformt und neue Formen im Einklang mit der Antike geschaffen hatten. Aber die Vergangenheit ist ohne Bedeutung. Die Gegenwart ist ohne Bedeutung. Mit der Zukunft allein müssen wir uns befassen. Denn die Vergangenheit ist das, was der Mensch nicht hätte sein sollen. Die Gegenwart ist das, was der Mensch nicht sein sollte. Die Zukunft ist das, was die Künstler sind.

Es wird natürlich gesagt werden, daß ein solcher Plan, wie er hier dargelegt wurde, etwas völlig Unpraktisches und wider die menschliche Natur ist. Das ist durchaus richtig. Ein solcher Plan ist unpraktisch und wider die menschliche Natur. Gerade deshalb verdient er ausgeführt zu werden, gerade deshalb schlägt man ihn vor. Denn was ist ein praktischer Plan? *Ein praktischer Plan ist ein solcher, der entweder bereits besteht oder der unter den gegenwärtigen Verhältnissen ausgeführt werden könnte.* Aber gerade die gegenwärtigen Verhältnisse sind es, die man bekämpft; und jeder Plan, der sich den gegenwärtigen Verhältnissen anpaßt, ist schlecht und unsinnig zugleich. Diese Verhältnisse werden abgeschafft werden, und die Natur des Menschen wird sich verändern. Man weiß über die Natur des Menschen eben nur eines mit Sicherheit: daß sie sich verändert. Veränderlichkeit ist die einzige Eigenschaft, die wir ihr zusprechen können. Jene Systeme irren, die auf der Beständigkeit der menschlichen Natur beruhen, nicht auf ihrem Wachstum und ihrer Entwicklung. Der Irrtum Ludwigs XIV. bestand darin, daß er meinte, die menschliche Natur bleibe sich stets gleich. Das Ergebnis dieses Irrtums war die Französische Revolution. Es war ein wundervolles Ergebnis. Alle Ergebnisse aus Irrtümern der Regierungen sind ganz wundervoll.

Es muß noch bemerkt werden: der Individualismus tritt nicht mit irgendwelchem heuchlerischen Geschwätz über Pflichten an uns heran, die gewöhnlich nur den Sinn haben, daß man das tun soll, was die anderen wollen, weil sie es wollen; auch nicht mit dem abscheulichen Geschwätz von Selbstaufopferung, diesem Überbleibsel der barbarischen Sitte der Selbstverstümmelung. *Der Individualismus naht in der Tat dem Menschen überhaupt nicht mit irgendwelchen Forderungen. Er erwächst natürlicher- und unvermeidlicherweise aus dem Menschen selbst.* Zu diesem Punkt strebt alle Entwicklung hin. Zu dieser Differenzierung wächst sich jeder Organismus aus. Es ist die Vollendung, die in jeder Lebensform schlummert und auf die sich jede Lebensform zubewegt. So übt der Individualismus keinen Zwang auf den Menschen aus. Im Gegenteil, er verkündet dem Menschen, dieser solle es nicht dulden, daß irgendein Zwang auf ihn ausgeübt werde. Er versucht nicht, die Menschen zum Gutwerden zu zwingen. Er weiß, daß die Menschen gut sind, wenn man sie nur in Frieden läßt. Der Mensch wird den Individualismus aus sich selbst heraus entwickeln. Der Mensch ist schon dabei, auf solche Weise den Individualismus zu entwickeln. Die Frage, ob der Individualismus etwas Praktisches ist, gleicht der Frage, ob die Evolution praktisch sei. *Evolution ist das Gesetz des Lebens, und es gibt keine andere Evolution als die zum Individualismus hin.* Wo sich diese Tendenz nicht ausdrückt, liegt immer künstlich gehemmtes Wachstum vor, Krankheit oder Tod.

Der Individualismus wird auch selbstlos und ungekünstelt sein. Wie gesagt, tritt das Ergebnis der außerordentlichen Tyrannei der Autorität unter anderem darin zutage, daß Wörter in ihrer natürlichen und einfachen Bedeutung völlig verdreht wurden und daß man sie dazu mißbrauchte, das Gegenteil ihres eigentlichen Sinnes auszudrücken. Was in der Kunst für wahr gilt, bleibt auch für das Leben wahr. Man nennt heute einen Menschen affektiert, wenn er sich so kleidet, wie es ihm gefällt. Aber wer solches tut, handelt völlig natürlich. Affektiertheit liegt hier darin, daß man sich nach dem Geschmack seiner Mitmenschen kleidet, einem Geschmack, der vermutlich, da er ja der Mehrzahl eigentümlich ist, außerordentlich töricht wirkt. Oder man nennt einen Menschen selbstsüchtig, wenn er sein Leben auf eine Weise führt, die ihm zur vollen Betätigung seiner eigenen Persönlichkeit am geeignetsten dünkt; vorausgesetzt freilich, daß Selbstentwicklung das erste Ziel seines Lebens darstellt. Aber jeder sollte sein Leben auf solche Weise einrichten. *Selbstsucht besteht nicht darin, daß man sein Leben nach eigenem Gutdünken lebt, sondern darin, daß man von anderen die eigene Lebensführung erwartet.* Und Selbstlosigkeit bekundet man nur, indem man die anderen in Frieden läßt und sich nicht in ihre Angelegenheiten einmischt. Selbstsucht ist immer bestrebt, um sich herum eine absolute Gleichheit des Typus zu erzeugen. Die Selbstlosigkeit anerkennt das Reizvolle der unendlichen Mannigfaltigkeit der Typen, akzeptiert sie, gibt sich damit zufrieden und freut sich darüber. Es ist keineswegs selbstsüchtig, auf seine Weise zu denken. Wer nicht auf seine Weise denkt, denkt überhaupt nicht. Es ist äußerst selbstsüchtig, vom Mitmenschen zu verlangen, daß er in derselben

Richtung denke und dieselben Meinungen hege. Warum sollte er auch? Wenn er denken kann, wird er wahrscheinlich anders denken. Wenn er nicht denken kann, ist es absurd, von ihm überhaupt irgendwelche Gedanken zu verlangen. Eine rote Rose ist nicht selbstsüchtig, weil sie eine rote Rose sein will. Es wäre schrecklich selbstsüchtig, wenn sie von allen anderen Blumen des Gartens verlangen wollte, daß sie zugleich rot und Rosen seien. Unter der Herrschaft des Individualismus werden die Menschen ganz natürlich und absolut selbstlos sein, sie werden den Sinn der Wörter kennen und ihn in ihrem freien, schönen Dasein verwirklichen. Auch werden sie nicht mehr Egotisten sein, wie sie es jetzt sind. Denn ein Egotist ist, wer an die anderen Ansprüche stellt; der Individualist dagegen wird dies nicht tun. Es würde ihm kein Vergnügen bereiten. Wenn der Mensch einmal den Individualismus verwirklicht hat, dann wird er auch das Mitgefühl verwirklichen und es frei und spontan betätigen. Bisher hat der Mensch das Mitgefühl noch kaum entwickelt. Er empfindet es bloß mit dem Leiden, und diese Form des Mitgefühls ist keineswegs die höchste. *Jedes Mitgefühl ist edel, aber die unedelste Spielart ist das Mitgefühl mit dem Leiden.* Es ist durch Egotismus angekränkelt. Es neigt zum Morbiden. Es liegt darin auch eine gewisse Angst um die eigene Sicherheit. Wir fürchten, daß es uns wie den Aussätzigen oder den Blinden ergehen könnte und daß dann niemand für uns sorgen werde. Es ist überdies seltsam beschränkt. Man sollte mit der Fülle des Lebens empfinden, nicht nur mit dessen Sorgen und Krankheiten, sondern mit der Freude und Schönheit und Kraft und Gesundheit und Freiheit des Daseins. Je weiter das Mitgefühl reicht, desto schwieriger ist es natürlich. Es verlangt mehr Selbstlosigkeit. Jedermann vermag mit den Kümmernissen eines Freundes zu empfinden, aber es setzt ein vornehmes Wesen voraus – es setzt in der Tat das Wesen eines echten Individualisten voraus –, an dem Erfolg eines Freundes teilzunehmen. Unter dem Druck des modernen Wettbewerbs und im Kampf um Positionen ist natürlich eine solche Teilnahme selten, und sie wird auch sehr durch das jetzt allgemein verbreitete unmoralische Ideal der Gleichförmigkeit des Typus und der Anpassung an die Regel erstickt, ein Ideal, das sich vielleicht am schädlichsten in England auswirkt.

Das Mitgefühl mit dem Leiden wird selbstverständlich immer bestehen. Es ist einer der primären Instinkte des Menschen. Die Tiere, die individuell sind, also die höheren Tiere, teilen diese Empfindung mit uns. Aber man muß bedenken, daß das Mitfühlen mit der Freude die Summe der Lebensfreude in der Welt steigert, während das Mitgefühl mit dem Leiden die Fülle des Leidens nicht wirklich verringert. Der Mensch vermag dadurch das Übel leichter ertragen, aber das Übel selbst bleibt. Mitgefühl mit der Schwindsucht heilt die Schwindsucht nicht; das ist Aufgabe der Wissenschaft. Und wenn einmal der Sozialismus das Problem der Armut und die Wissenschaft das Problem der Krankheit gelöst hat, werden dem Betätigungsfeld der Gefühlsschwärmer engere Grenzen gezogen werden, und das Mitgefühl des Menschen wird umfassend, gesund und spontan sein. Der Mensch wird an der Betrachtung des freudigen Daseins der anderen selbst Freude finden.

Denn durch die Freude wird sich der Individualismus der Zukunft entfalten. *Christus machte keinen Versuch, die Gesellschaft umzugestalten, und folglich konnte der von ihm gepredigte Individualismus nur durch das Leid oder in der Einsamkeit verwirklicht werden.* Die Ideale, die wir Christus verdanken, sind die Ideale eines Menschen, der die Gesellschaft ganz aufgegeben hat oder ihr absoluten Widerstand entgegensetzt. Aber der Mensch ist von Natur aus ein soziales Wesen. Selbst die Thebais wurde endlich bevölkert. Und wenn auch der Einsiedler seine Persönlichkeit auslebt, ist es oft eine ärmliche Persönlichkeit, die hier verwirklicht wird. Andererseits übt die furchtbare Wahrheit, daß der Mensch durch das Leiden sich selbst verwirklichen könne, auf die Welt eine wunderbare Faszination aus. Seichte Redner und seichte Denker schwätzen oft von den Kanzeln und Tribünen herab über die Genußsucht der Welt und lamentieren dagegen, aber in der Weltgeschichte findet man es nur selten, daß ihr Ideal Freude und Schönheit gewesen ist. Die Anbetung des Leidens hat die Welt weit öfter beherrscht. Das Mittelalter mit seinen Heiligen und Märtyrern, mit seiner Vorliebe für die Selbstkasteiung, seiner wilden Leidenschaft für Selbstverstümmelung, seinem Hantieren mit Messern und Geißeln – das Mittelalter ist das wirkliche Christentum, und der Christ des Mittelalters ist der wirkliche Christ. Als die Renaissance über der Welt aufdämmerte und die neuen Ideale der Lebensschönheit und Lebensfreude einführte, verstanden die Menschen Christus nicht mehr. Selbst die Kunst bezeugt uns das. Die Maler der Renaissance stellten Christus als ein Knäblein dar, das mit einem anderen Knaben in einem Palast oder einem Garten spielt oder im Arm der Mutter ruht und ihr oder einer Blume oder einem glänzenden Vogel zulächelt; oder sie malten ihn als vornehme, würdevolle Gestalt, die vornehm durch die Welt schreitet; oder als eine wunderbare Erscheinung, die sich in einer

Art Ekstase vom Tod zum Leben erhebt. Selbst wenn sie den gekreuzigten Christus malten, malten sie ihn als den schönen Gott, über den die bösen Menschen das Leiden verhängten. Doch er beschäftigte die Menschen nicht sehr. Was diese entzückte, war die Darstellung jener Männer und Frauen, die sie bewunderten, und die Wiedergabe der Lieblichkeit dieser lieblichen Erde. Sie haben viele religiöse Bilder gemalt, in der Tat viel zu viele, und die Einförmigkeit der Typen und Motive ermüdet und war für die Kunst nicht vorteilhaft. Sie war das Ergebnis der Autorität des Volkes in Sachen der Kunst und ist zu bedauern. Aber ihre Seele war nicht dabei. Raffael war ein großer Künstler, als er sein Bildnis des Papstes schuf. Als Maler seiner Madonnen und Christusknäblein ist er es durchaus nicht. Christus hatte der Renaissance keine Botschaft zu bringen, der Renaissance, die so wundervoll war, weil sie ein Ideal aufrichtete, das von dem seinen völlig verschieden war; um die Darstellung des wirklichen Christus zu finden, müssen wir uns der Kunst des Mittelalters zuwenden. Da erscheint er als der Verstümmelte und Gemarterte; als einer, der nicht schön anzusehen ist, denn Schönheit könnte Freude gewähren; als einer, der nicht vornehm gekleidet ist, denn auch das könnte Freude gewähren: er ist ein Bettler mit einer wunderbaren Seele; er ist ein Aussätziger mit einer göttlichen Seele; er braucht weder Besitz noch Gesundheit; er ist ein Gott, der seine Vollkommenheit durch Qualen verwirklicht.

Die Entwicklung des Menschen schreitet langsam voran. Die Ungerechtigkeit der Menschen ist groß. Es war notwendig, das Leiden als eine Form der Selbstverwirklichung hinzustellen. Selbst heute ist noch in manchen Gegenden der Welt die Botschaft Christi notwendig. Keiner, der im modernen Rußland lebt, könnte seine Vollkommenheit anders als durch das Leiden erlangen. Einige wenige russische Künstler haben sich in der Kunst verwirklicht – in Romanen –, die dem Wesen nach mittelalterlich ist, denn vorherrschendes Element ist die Verwirklichung des Menschen durch das Leiden. Aber für diejenigen, die keine Künstler sind und kein anderes Leben als das äußerlich tätige kennen, ist nur das Leiden ein Tor zur Vollendung. Ein Russe, der unter dem gegenwärtigen russischen Regierungssystem glücklich zu leben vermag, muß entweder glauben, der Mensch habe keine Seele oder diese Seele sei der Entwicklung unwert. Der Nihilist, der jede Autorität verwirft, da er sie als Übel erkannt hat, und der alles Leid willkommen heißt, weil er dadurch seine Persönlichkeit verwirklicht, ist ein echter Christ. Für ihn bedeutet das christliche Ideal die Wahrheit.

Christus bäumte sich jedoch nicht gegen die Autorität auf. Er ließ die Regierungshoheit des römischen Kaisertums gelten und zahlte Tribut. Er ertrug die geistliche Autorität der jüdischen Kirche und widersetzte sich ihrer Macht nicht mit seiner eigenen Macht. Er hatte, wie ich früher sagte, keinen Plan entworfen, die Gesellschaft umzugestalten. Aber die moderne Welt besitzt solche Pläne. Sie schlägt vor, die Armut und das daraus erwachsende Leiden zu beseitigen. Sie will das Leiden und die daraus fließenden Qualen überwinden. Sie hat sich dem Sozialismus und der Wissenschaft als ihren Methoden anvertraut. Ihr Ziel ist ein Individualismus, der sich durch Freude ausdrückt. Dieser Individualismus wird umfassender, reicher, herrlicher sein als irgendeine bisherige Form des Individualismus. Das Leid ist nicht die letzte Stufe der Vollendung. Es ist nur ein vorläufiger Zustand und ein Protest. Es steht im Zusammenhang mit schlechten, ungesunden, ungerechten Verhältnissen. Wenn einmal Übel und Krankheit und Ungerechtigkeit aus der Welt geschafft sein werden, dann wird es fortan keinen Platz mehr finden. Es wird sein Werk vollbracht haben. Es war ein großes Werk, aber es ist bereits beinahe vorüber. Sein Reich wird jeden Tag kleiner.

Auch wird niemand das Leiden entbehren. *Denn wonach der Mensch strebt, das ist in Wahrheit weder Leid noch Freude, sondern einfach das Leben.* Der Mensch ist bestrebt, ein erfülltes, reiches, vollkommenes Leben zu führen. Wenn er das vermag, ohne auf die anderen Zwang auszuüben oder selbst jemals Zwang zu erdulden, und wenn ihm jede Lebensbetätigung Freude bereitet, dann wird er gesünder, kräftiger, kultivierter, mehr er selbst sein. Die Freude ist der Prüfstein der Natur, ihr Zeichen der Zustimmung. Der Glückliche lebt im Einklang mit sich und seiner Umgebung. Der neue Individualismus, in dessen Diensten der Sozialismus steht, ob er nun will oder nicht, wird vollkommene Harmonie sein. Er wird die Erfüllung dessen bringen, wonach die Griechen sich sehnten und was sie, außer in der Philosophie, nicht ganz zu erreichen vermochten, weil sie Sklaven besaßen und ernährten; er wird die Erfüllung dessen sein, was die Renaissance ersehnte, was sie aber, außer in der Kunst, nicht ganz zu verwirklichen vermochte, weil sie Sklaven hielt und verhungern ließ. Er wird vollkommen sein, und durch ihn wird jeder Mensch zu seiner Vollendung gelangen. Der neue Individualismus ist der neue Hellenismus.

ANHANG

KOMMENTAR

Die *Texte* dieses Bandes, der Wildes dichterische Prosa und die wichtigsten seiner Essays vereinigt, beruhen auf den Winkler Dünndruckausgaben der Werke Oscar Wildes: Das Bildnis des Dorian Gray / Essays / Gedichte (3. Auflage 1976); Märchen und Erzählungen (3. Auflage 1976); Herberge der Träume, hg. von Guillot de Saix (1955). Der Abdruck des Essays „Das Bildnis des Mr. W. H." erfolgt mit freundlicher Genehmigung des Insel-Verlags Anton Kippenberg, Leipzig.

Die traditionelle Form des gelehrten *Kommentars* geht von der Klassizität eines Werks aus. Damit unterstellt sie die Möglichkeit der Distanz wie zu deren Überbrückung, unterstellt, daß die Wiedereinsetzung von verlorengegangenen Wissenselementen zu einem verbindlichen Verständnis eines Werks oder Autors führen kann. Von den Homer-Kommentaren der alexandrinischen Philologen bis noch zur positivistischen Textphilologie des späteren 19. Jahrhunderts hat sich diese Form als Tradierungsverfahren gehalten und sich gerade dort, wo sie sich als dienend und asketisch begriff, große Verdienste erworben. Mit der Moderne jedoch, mit der gewollten oder aufgezwungenen Trennung der Kunst von einem als allgemein gedachten Verständnis der Wirklichkeit, wurde diese Form des Kommentars problematisch.

An einem Werk wie dem Oscar Wildes muß der traditionelle Kommentar gleich mehrfach scheitern. Wildes Werk und Person sind weit davon entfernt, in eine klassische Distanz gerückt worden zu sein; weder der von Wilde selbst formulierten Aufgabe der Kunst, dem Allgemeinen zu widersprechen, noch der Rezeptionsgeschichte seines Werks ist der klassische Ansatz angemessen. Folgerichtig hat es eine durchgehend kommentierte Ausgabe bisher nicht gegeben, und man kann auch bezweifeln, daß eine Kommentierung in traditioneller Weise wünschenswert wäre, weil sie möglicherweise die Einsicht in Wildes Verfahrensweise noch weiter verstellen würde, als ohnehin schon geschehen ist. Eine Wissensüberfrachtung gerade der Prosatexte Wildes würde von der Eigentümlichkeit seiner Technik nur ablenken. Deshalb beschränkt sich der folgende Kommentar auf solche Informationen, die vom heutigen Standpunkt aus für Wildes Kompositionsverfahren fruchtbar gemacht werden können.

Er geht dabei mit Wilde selbst davon aus, daß – wie er 1890 in einer Verteidigung des „Dorian Gray" gegenüber dem „Daily Chronicle" dargelegt hat – nicht Bildung, sondern Neugier vom Leser gefordert sei. Das bedeutet, daß z. B. die französischen Ausdrücke oder die Nennung exotischer Gegenstände im „Dorian Gray", die Ausbreitung abendländischen Bildungsguts in den Essays oder auch die Entlehnung traditioneller Motive in den Märchen nicht vorrangig als Wissenselemente, Anspielungen und dergleichen betrachtet werden, sondern als Stilmittel mit bestimmter Funktion für die Art und Weise der Komposition wie der Erfahrung eines Werks. Eine solche, vorrangig an Strukturen interessierte Form des Kommentars kann nur ein Kompromiß sein, indem sie versucht, dem Informationsbedürfnis des Lesers und dem Anspruch des Werks zugleich gerecht zu werden. Jedoch schließt dieser Kompromiß ein Leserverhalten zumindest nicht aus, das Wilde in seinem Begriff der Kritik als einer produktiven Weiterentwicklung des Werks nahegelegt hat.

Zum Kompromißcharakter des Kommentars gehört, daß er sowohl zum einzelnen Text oder zur einzelnen Stelle gelesen werden kann (die Seitenzahlen beziehen sich auf diese Ausgabe) als auch fortlaufend als kritisch kommentierender Essay. Im Interesse der Lesbarkeit wird daher auf Quellenverweise soweit wie möglich und vertretbar verzichtet. Zitate aus Wildes Briefen folgen der Ausgabe von Rupert Hart-Davis – The Letters of Oscar Wilde, London 1962 – in der Übersetzung des Verfassers. (Dies besagt nichts gegen die hervorragende deutsche, von Hedda Soellner übertragene Ausgabe der Briefe, deren drei Bände in die Edition von Norbert Kohl – Oscar Wilde, Sämtliche Werke in zehn Bänden, Frankfurt a. M. 1982 – integriert sind.)

DAS BILDNIS DES DORIAN GRAY

Zum Text: Die Übersetzung von Siegfried Schmitz folgt der Buchfassung, die 1891 bei Ward, Lock und Co. in London erschien. Die wesentlich kürzere Erstfassung war 1890 in „Lippincott's Monthly Magazine" abgedruckt worden. Wenngleich auch für die Buchfassung die Gattungszuordnung „Roman" nicht unumstritten ist – Wilde selbst nannte den „Dorian Gray" gelegentlich einen Essay („in dekorativer Kunst") –, so war jedenfalls die Urfassung eher eine Novelle. Die Buchfassung entfernt sich sowohl kompositorisch wie inhaltlich und quantitativ erheblich vom ursprünglichen Text. Wilde erweiterte die einzelnen Kapitel und fügte das 3., 5. und das 15.–18. Kapitel ganz neu hinzu. Vor allem durch die Einbeziehung von Dorian Grays Vorgeschichte, durch die breitere Darstellung der englischen Oberschicht und ihrer Lebensformen und deren Konfrontation mit dem unteren sozialen Milieu erhält die Geschichte Romancharakter.

Über die Entstehung der Texte gibt es widersprüchliche Berichte. André Gide überlieferte eine Äußerung Wildes, er habe die Erzählung aufgrund einer Wette in wenigen Tagen niedergeschrieben, um zu beweisen, daß er in der Lage sei, einen Roman zu schreiben. Dies hat sich inzwischen als eine von Wildes Koketterien erwiesen. Obwohl die wahrscheinlich von ihm bewußt in die Welt gesetzte Legende von jeher fragwürdig war, wurde sie häufig zur Grundlage eines negativen Urteils über die kompositorische Durcharbeitung der Erzählung bzw. des Romans gemacht und hat die aus der Lebensgeschichte resultierenden Vorurteile noch bestätigt. Auch Wildes Bemerkung in einem Brief von 1890 an die „St. James's Gazette", er habe den Roman geschrieben, um sich selbst eine Freude zu machen, ist eine Floskel in ästhetizistischer Tradition, die den moralischen Vorhaltungen der Kritiker den Boden entziehen sollte. Soweit die Rekonstruktion der Entstehungsgeschichte Einblick ermöglicht, zeigt sich in den planvollen Veränderungen viel eher eine bewußt und umsichtig gestaltete Provokation sowohl literarischer wie gesellschaftlicher Normen des viktorianischen England.

Fest steht, daß der Anlaß zum Abdruck der Urfassung 1889 bei einem Dinner geschaffen wurde, bei dem neben Wilde der Verlagsagent von „Lippincott's Magazine" und Arthur Conan Doyle, der Verfasser der Sherlock-Holmes-Geschichten, zugegen waren. Beide Schriftsteller versprachen eine Erzählung. Doyle lieferte „The Sign of the Four", während Wilde zunächst „The Fisherman and His Soul" anbot. Nach Bedenken des Verlags entschloß sich Wilde für die Dorian-Gray-Geschichte, die er als „viel besser" einstufte als die vorgenannte.

Die Quellen zum „Dorian Gray" sind mittlerweile fast schon zum Gegenstand eines eigenen Forschungszweigs geworden. In dessen Entwicklung konnte es zwischenzeitlich so erscheinen, als sei Wilde ein nur notdürftig getarnter Plagiator, der literarische und kunsttheoretische Texte seiner Zeitgenossen hemmungslos ausgeplündert hat. Dieser Eindruck entstand aufgrund vorgefaßter Urteile über Wildes mangelnde Produktivität, wenn nicht Faulheit, und vor allem über seinen Mangel an Originalität, Urteile, die sich von mißverstandenen Äußerungen Wildes bestätigt fühlen konnten. Diese Mißverständnisse beruhten nicht einmal so sehr auf der Verkennung der Eigenart von Wildes Selbstdarstellung, sondern auf der Ignoranz gegenüber einer eher traditionellen Regel snobistischer Konversation, nach der die eigene Leistung und die Besonderheit der Person heruntergespielt werden muß, um sie ins rechte Licht zu setzen. Diese Vorurteile und Verkennungen hatten für die Verfahrensweise der Forschung die Konsequenz, daß im Vergleich des

Romans mit den in Frage kommenden Quellen einseitig die Gemein-
samkeiten hervorgehoben wurden, wohingegen die sehr viel aufschluß-
reicheren Unterschiede in den Hintergrund traten, was in den meisten
Fällen schlicht daran lag, daß die in Frage kommenden Werke gar nicht
gelesen worden waren. Dadurch konnte natürlich das spezifische Kom-
positions- und Umwandlungsverfahren Wildes nicht ausreichend erkannt werden.

S. 7 Mit der „*Vorrede*" zur Buchfassung des „Dorian Gray" gab
Wilde die erste Probe seiner Kunst des *Aphorismus*. Später folgten die
Sammlungen „A Few Maxims for the Instruction of the Over-Educa-
ted" und „Phrases and Philosophies for the Use of the Young" (beide
1894; dt.: „Maximen zur Belehrung der Über-Gebildeten" und „Sätze
und Lehren zum Gebrauch für die Jugend"), abgesehen davon, daß
Aphorismen und Maximen immer auch in die Erzählungen, Essays und
Dramen eingearbeitet sind. Grundform der Wildeschen Aphorismen ist
das Paradoxon, das er auf die griechische Bedeutung des der allgemeinen
Meinung Entgegengesetzten zurückführt. In dieser Hinsicht kann man
Wildes Aphorismen als Grundbausteine seines Werks betrachten. In
ihnen entwickelt er die Kunst der Provokation, versucht, Erkenntnis auf
dem Wege des Widerspruchs zu bewirken. Im Falle der kunsttheoretischen Aphorismen der „Vorrede" hatte das einen konkreten Hintergrund: gegen die weitgehend negative Kritik an der Erstfassung des
„Dorian Gray" entfaltete Wilde seine eigenen ästhetischen Normen als
Widerspruch gegen die ästhetischen Überzeugungen seiner Kritiker, die
sich mit der öffentlichen Meinung im Einklang fühlten.

Die beiden paradoxen *Caliban*-Aphorismen der „Vorrede" können
als Anlaß einer kulturhistorischen Situierung der Intentionen Wildes
dienen, wie er sie als Reaktion auf die wüste Kritik am Urtext des
„Dorian Gray" für nötig befand. Wilde versieht den Stand der zivilisato-
rischen Entwicklung des 19. Jahrhunderts mit dem Bild Calibans, des
wilden Unholds (Kannibalen) aus Shakespeares „The Tempest", den der
weise Prospero die Sprache lehrte und zum Menschen vergeblich zu erziehen suchte. Gern hat Wilde auch den borniertem *Kritiker* mit Caliban
verglichen. Von daher wird sowohl die realistische oder naturalistische
Verfahrensweise abgelehnt, weil sie nur auf die Abschilderung einer
barbarischen Wirklichkeit hinauslaufen kann, wie aber auch die Roman-
tisierung dieser Wirklichkeit, weil sie von dem so charakterisierten Zustand absehen muß. Wildes Alternative hat man vorschnell dem Ästhetizismus französischer Herkunft zugeschlagen, jedoch zeigt bereits
die Wiederaufnahme der *Spiegelmetaphorik* im letzten Teil der „Vorrede" – „In Wirklichkeit spiegelt die Kunst den Betrachter und nicht das
Leben." –, daß Wilde dem Dualismus von Leben und hermetischer

Kunstwirklichkeit zu entkommen sucht. Hier ist etwas angedeutet, das Umberto Eco später „offenes Kunstwerk" nennen wird, die Mehrdeutigkeit, ja die potentielle Widersprüchlichkeit des Werks. In der Tat vereint Wilde im Roman Züge der realistischen, sogar naturalistischen Technik und Thematik mit der der Romantik, des Ästhetizismus und Dekadentismus zu einer Darstellungsweise, die eindeutige oder allgemein gültige Lesarten immer wieder vereitelt.

S. 9 Eine solche Mehrdeutigkeit läßt sich bereits in der Personenkonstellation der Exposition illustrieren. Eine biographische Lesart hat Wilde in einem Brief an Ralph Payne von 1894 selbst vorgegeben: *Basil Hallward* sei, was er, Wilde, glaube zu sein, *Lord Henry*, wofür die Welt ihn halte, *Dorian* schließlich, was er gerne wäre – „in einer anderen Zeit vielleicht". Abgesehen davon, daß Wilde in seinen Briefen solche spielerischen Interpretationsangebote häufig macht und daß sich diese manchmal mehrfach widersprechen, ist gerade hier zu bedenken, daß nach dieser Bemerkung keine Figur repräsentiert, für was Wilde sich hält, sondern alle nur Möglichkeitsformen eines Selbst. Auf der anderen Seite hat Wilde, haben spätere Interpreten den Roman auch als einen kunsttheoretischen Essay verstanden. Unter diesem Blickwinkel repräsentiert Hallward den *Künstler*, Lord Henry den *Kritiker*, Dorian die Kunst oder das *Kunstwerk*. Ein entscheidender Effekt der Anfangsepisode ist ja, daß Dorian und sein Abbild in den Gesprächen der drei, folglich auch für den Leser, in ein Substitutionsverhältnis geraten, das für den Verlauf der Handlung entscheidend ist. Kunstwerk und Figur werden von vornherein miteinander identifiziert. Gerade für die Figur Dorians sind damit die Lesarten keineswegs erschöpft. Zweifellos unter dem Druck, sich gegen die moralischen Anwürfe zu verteidigen, aber doch mit einleuchtenden Argumenten, hat Wilde in dem erwähnten Brief an den „Daily Chronicle" auf der Vielschichtigkeit des Charakters bestanden. Dorian sei keineswegs, wie in der dort publizierten Rezension behauptet, „kaltblütig, berechnend und gewissenlos", vielmehr impulsiv, romantisch und immer wieder skrupulös, ja moralisch. Aber auch die Hinweise Wildes konnten einen zeitgenössischen Leser nicht davon abhalten, in Dorian zugleich den *Hedonisten* und experimentell angeschauten Verbrecher in naturalistischer Tradition zu sehen.

S. 10 Die *Grosvenor-Galerie* stellte seit 1877 die neuen Maler wie William Morris, Edward Burne-Jones und James Whistler aus. In einer Rezension von 1879 hatte Wilde geschrieben, dort könne man „die höchste Entwicklung des modernen Geistes sehen".

S. 18 Einzelne Wendungen der *kunsttheoretischen Diskussion* haben die Interpreten von Beginn an auf *Walter Pater* (1839–1894) verwiesen, den Haupttheoretiker des englischen Ästhetizismus. Seine „Studies in the History of the Renaissance" (1873) hat Wilde mehrfach als dasjenige Werk bezeichnet, das einen wichtigen Einfluß auf seine Entwicklung wie sein Leben hatte. Paters Umdeutung des „L'art pour l'art"-Prinzips zur Forderung „Schönheit um der Schönheit willen", die nur als Traum von ihr, also als Gegensatz zur Wirklichkeit mit dem Leben vereinbar sei, und seine Lehre von der Bedeutung des Augenblicks, in dessen intensiver Wahrnehmung allein Wirklichkeitserfahrung zu begründen sei, die überragende Bedeutung der Form und die rein *ästhetische Begründung der Moral* finden sich in der Tat in den Gesprächen und Reflexionen des Romans wieder. Im Standpunkt Hallwards vor allem hat man den Einfluß des anderen – ungleich populäreren – Vertreters des englischen Ästhetizismus wiedererkennen wollen: den *John Ruskins* (1819–1900), den Wilde in seiner Oxforder Zeit kennengelernt hatte und dem er seine Märchen mit einer respektvollen Reminiszenz an die Oxforder Tage widmete. Im Gegensatz zu Pater vertrat Ruskin einen moralischen Ästhetizismus, für ihn war die Kategorie des Guten der des Schönen vorgeordnet. Ruskin konnte bürgerliche Tugendideale mit einer antikapitalistischen und sozialromantischen Position vereinbaren. Während Paters Geschmacksbildung auf das Raffinierte hinauslief, propagierte Ruskin im Laufe seiner Entwicklung immer stärker das Einfache, Naive und Ursprüngliche. In dem Zusammenhang ist interessant, daß die Beschreibung der Maltechnik Hallwards eher auf einen epigonalen Klassizismus hinausläuft als auf die nur scheinbar archaische raffinierte Technik und Symbolsprache der Maler, die Ruskin und Pater nahestanden (vgl. zu den Märchen, S. 687). In den Gesprächen wie in der Beschreibung von Dorians wechselnden Neigungen findet man Elemente beider Positionen wieder, die innerhalb der Struktur des Romans auf etwas ganz Verschiedenes hinauslaufen. Während Pater auf der Subjektivität und Individualität des Künstlers, insofern sie sich in Form und Stil äußern, beharrt, während Ruskin die Kunst als Führer zum Sozialen propagiert, bleibt im Roman sowohl die Bestimmung des Künstlers wie die der Funktion der Kunst bewußt offen: sie erscheint weder allein als autonomer Ausdruck noch als soziales Faktum, sondern in der widersprüchlichen Einheit beider als Angebot für den Leser, Wahrnehmungen in Deutungsversuchen zu realisieren.

S. 30 Es bleibt offen, ob Lord Henry den *neuen Hedonismus* der antiken oder der aufklärerischen Tradition gegenüberstellt. In der von Aristippos begründeten antiken Lehre wird alles menschliche Verhalten auf das Streben nach Lust zurückgeführt. Dies führt – wie bei Epikur begründet – nicht notwendig zur Diskrepanz mit der Moral, die jedoch nur vermittelt als Funktion des Luststrebens betrachtet werden kann. Auch in der aufklärerischen Sicht, bei Helvetius und Kant, konnte das Prinzip der Sittlichkeit mit dem Lustprinzip vermittelt werden. Daß Lord Henry zum *Amoralismus* oder mindestens zu einer wertneutralen Position tendiert, steht außer Frage, nicht jedoch, ob diese Position, wie sie die zeitgenössischen Rezensionen anprangerten, auch die des ganzen Romans oder gar Wildes ist. Jedenfalls stellt Wilde, zumindest in dem, was Lord Henry aus Dorian machen will, seinen Helden in eine im 19. Jahrhundert keineswegs mehr neue Tradition von jugendlichen Hedonisten, deren Vorbilder Théophile Gautiers Fortunio aus „L'Eldorado" (1837) oder Orlando d'Albert aus „Mademoiselle de Maupin" (1835) waren. Das berühmtgewordene Vorwort des letzteren Romans enthält einige Sätze, die Wilde in der Vorrede zum „Dorian Gray" variiert. So heißt es etwa bei Gautier: „Es gibt nichts wirklich Schönes als etwas, das zu nichts dient. Alles, was nützlich ist, ist häßlich." Aber weder in der ästhetischen Position noch in der Konzeption des Helden übernimmt Wilde einfach Gautiers Vorstellungen. Nicht einmal in den Reflexionen Lord Henrys kann man umstandslos einen neoromantisch-ästhetizistischen *Individualismus* erblicken; bereits in seine Ansichten werden Elemente zeitgenössischer naturwissenschaftlicher Ansätze eingestreut, die tendenziell auf eine Auflösung des idealistischen Begriffs des Individuums hinauslaufen. Wilde selber befand ja, daß der Begriff der individuellen Freiheit sich im herkömmlichen Sinne nach Darwin überlebt habe.

Der hedonistische „Held", der Wilde zweifellos am deutlichsten vor Augen stand, ist Jean Des Esseintes aus *Joris-Karl Huysmans'* „A rebours" von 1884. Wie viele andere Gestaltungen des Hedonismus scheint gerade dieser Roman die Unhaltbarkeit einer individualistischen Position zu zeigen. Am Ende des Romans begibt sich Des Esseintes, der es doch so haßt, so zu sein wie alle anderen, aus – ironischerweise – medizinischen Gründen in die gesellschaftliche Wirklichkeit zurück, setzt gar seine Hoffnungen auf Erlösung in die Religion (vgl. S. 683 die Bemerkungen zum „gelben Buch").

S. 34 Das Motiv des *Porträts*, wie es hier in einer märchenhaften Vorausdeutung erstmals als entscheidend für die Verknüpfung der realistischen und der phantastischen Komponenten der Handlung erscheint, hat in der Quellenkritik von vornherein im Vordergrund gestanden. Besonders mit den angeblichen Entlehnungen Wildes wurde seine mangelnde Originalität begründet oder – seltener – die Überlegenheit seiner Darstellung. Was die erstere Position betrifft, so hat sich eine allzu eifrige Quellenforschung in ihrem Fortschreiten ironischerweise nach und nach selbst widerlegt, indem sie so viele Entlehnungen für die

Zentralkonstellation des „Dorian Gray" nachwies, daß die Vereinbarung derart vieler, zum Teil gegensätzlicher Gestaltungen, als ein Kunststück eigener Art erscheinen kann. Eine Auswahl der wichtigsten Texte: Charles Maturin: Melmoth the Wanderer (1820), Benjamin Disraeli: Vivian Grey (1826), Honoré de Balzac: La peau de chagrin (1831), Nathaniel Hawthorne: The Prophetic Pictures (1842), Edgar Allan Poe: The Oval Portrait (1845), Robert Louis Stevenson: The Strange Case of Dr. Jekyll and Mr. Hyde (1886), Walter Pater: Imaginary Portraits (1887).

Alle diese Werke haben einzelne Züge mit der Gestaltung des „Dorian Gray" gemeinsam, die spezifische Funktion in der Komposition findet sich in keinem. Für die Abhängigkeit Wildes von diesen und weiteren Werken der deutschen und französischen Romantik mußten zum Teil vollkommen äußerliche Momente herhalten. So, um nur ein Beispiel herauszugreifen, für Maturins populären *Schauerroman* die weitläufige Verwandtschaft Wildes mit Maturin und die Tatsache, daß er nach seiner Entlassung aus dem Gefängnis den Namen „Sebastian Melmoth" angenommen hatte. Der Vergleich des „Dorian Gray" mit dem Text Maturins dagegen ergibt nur periphere Ähnlichkeiten. In Maturins Geschichte entdeckt John Melmoth das Porträt eines gleichnamigen Vorfahren und erfährt, daß dieser – nach 150 Jahren – noch lebt. Im Laufe der Geschichte stellt sich heraus, daß er diese Lebensverlängerung durch einen Pakt mit dem Teufel erwirkt hat. Auf der Suche nach seiner Seele in der Tradition Fausts und des Ewigen Juden, die in Maturins Roman aus verschiedenen Erzählperspektiven dargestellt wird, findet er schließlich ein schreckliches Ende in einem blitzartigen Alterungsprozeß. Das Porträt des Melmoth hat für die Handlung außer der erwähnten keine weitere Bedeutung, es verändert sich auch nicht und hat mit der Lebensverlängerung Melmoth' ursächlich nichts zu tun. Melmoth geht es auch nicht um Jugend, Schönheit und Lebensgenuß – sein eher durchschnittliches Aussehen wird im mittleren Lebensalter konserviert –, sondern in erwähnter Tradition um Erkenntnis und Wahrheit, deshalb sucht er am Ende ja bewußt den Tod, was für Dorian keineswegs zutrifft. Mit der eigentümlichen, gleichwohl mehrdeutigen Funktion des Porträts in Wildes Roman hat das wenig zu tun, und Analoges gilt für alle anderen genannten Werke, die Wilde allerdings wahrscheinlich alle kannte, was aber nur um so mehr die Aufmerksamkeit darauf lenkt, wie viele potentielle Funktionen das Porträt in Wildes Roman erfüllt: es fungiert als Symbol der Kunst und des Lebens zugleich, als Spiegel wie als Projektionsfläche, als magisches Objekt, Menetekel und Sühnezeichen.

S. 36 Am Verhältnis von *Literatur und Kleidermode* läßt sich vorzüglich illustrieren, auf welche Weise Wilde die Zeitverhaftetheit der Kunst im willentlichen oder unwillentlichen Bündnis von Mode und Literatur exponierte. Lord Henrys Dialog mit Dorian mag sich darauf beziehen, daß bereits Baudelaire das spätestens seit der Mitte des 19. Jahrhunderts bevorzugte bürgerliche Funktionskleid des Gehrocks als „Ausdruck der öffentlichen Geistesverfassung, dargestellt in einer unabsehbaren Prozession von Leichenbittern" bezeichnet hatte. (Wilde zitiert Baudelaires Bemerkungen zur Kleidung u. a. im Essay „Die Wahrheit der Masken", S. 629.) Baudelaire hatte bereits erkannt, daß Kunst und Mode aneinander gebunden sind, insofern als beide auf Abweichung und Anderssein angewiesen sind: im Angesicht der modischen Veränderungen wird auch der Kunst die Zeitverfallenheit deutlich. Wilde versuchte, dieses Prinzip kommunikativ zu praktizieren und erschien auf den Abendgesellschaften seiner Zeit statt im praktisch zwingend vorgeschriebenen Frack in Kniebundhosen mit Seidenstrümpfen und Samtjackett, im Knopfloch die legendäre Lilie oder gar eine riesige Sonnenblume. Aber auch in dieser Frage ging es Wilde nicht um Anderssein im Sinne von Individualität; er versuchte, darüber ins Gespräch zu kommen, suchte gar nach den Gesetzen richtiger Kleidung als nach Gesetzen, „die von Kunst bestimmt werden, von Archäologie, von naturwissenschaftlichen Erkenntnissen, nicht von Mode". Auch hier das Streben, die Dialektik des Allgemeinen und des Besonderen im sozialen Prozeß zu gestalten und zu leben, gerade im Widerspruch.

S. 37 Der Begriff der *Physiologie* war seit Brillat-Savarins „Physiologie du goût" (1826) und Balzacs „Physiologie du mariage" (1829) literarisch annektiert worden und noch zu Wildes Zeiten aktuell. 1891 erschien z. B. Paul Bourgets „Physiologie de l'amour moderne". Von diesem Begriff aus kann deutlich werden, daß Lord Henrys Maximen und Dorians praktische Umsetzung als Gedankenspiel durchaus auch eine naturalistische Komponente im Sinne einer analytischen naturwissenschaftlich-experimentellen Haltung haben. Dies wird im weiteren Fortgang der Reflexionen ja immer wieder thematisch.

Das bei Zola, Bourget und anderen literarisch umgesetzte Konzept des Experiments geht vor allem auf den Physiologen Claude Bernard (1813–1878) zurück. Bernards Konzept einer „aktiven Experimentalwissenschaft", die Erfahrungen provoziert, deren Bedingungen der Experimentator selbst schafft und festlegt und mit Hilfe derer er zu einem „wahren Gegenmachthaber der Schöpfung" wird, wurde von Zola zur Proklamation des Schriftstellers als einem „experimentierenden Moralisten" umgedeutet. Eine solche Wendung ist in Lord Henrys weiteren Reflexionen nachgebildet, etwa wenn er sagt, er habe sich „schon immer für die Methoden der Naturwissenschaft interessiert", nur seien deren Gegenstände „trivial und belanglos" (S. 64). Das menschliche Leben zum Gegenstand einer solchen *experimentellen Erfahrung* zu machen, wird nicht nur von Henry formuliert, es ist ein antreibendes Moment der ganzen Handlung und war es wohl auch von Wildes Lebensgestaltung.

S. 57 Der Schilderung nach spielt Sybil folgende *Shakespeare*-Rollen: Rosalind in „As you like it", Imogen in „Cymbeline", Juliet in „Romeo and Juliet" und Desdemona in „Othello". Wilde versieht die Sybil-Episoden bzw. die Berichte davon nicht nur mit zahlreichen Anspielungen auf Shakespeares Stücke, deren intime Kenntnis überhaupt sehr wesentlich sein Bild- und Ausdrucksarsenal bestimmt, sondern er versucht auch eine fiktive ironische Rekonstruktion eines elisabethanischen Ambiente, jener „großen Zeiten des englischen Theaters" (S. 57). Für den Theaternarren Wilde blieb die elisabethanische Theaterkultur zeitlebens eine Orientierungsvorstellung. Paradoxerweise findet man Wilde in seiner Beschäftigung mit der *Inszenierungspraxis* in den 80er Jahren auf der konservativen Seite, indem er für historische Aufführungen auf der Grundlage eines philologisch geprüften Texts mit möglichst genauer Rekonstruktion aller Umstände eintrat. Gegen Lord Lytton (1831–1891, Sohn des Romanciers), von dem einzelne Züge der Weltsicht und Ausdrucksweise auf Henry Wotton übergegangen sein mögen (neben dem gesellschaftsbekannten Kunstkritiker und Zyniker Lord Ronald Gower; 1845–1916), verteidigte er die „archäologische" Praxis, insbesondere unter dem Aspekt der Kostümierung (vgl. zu dem Essay „Die Wahrheit der Masken", S. 711). Das Thema der „Wahrheit der Masken" wird auch in den Diskussionen Lord Henrys und Dorians variiert, allerdings in ganz anderem Funktionszusammenhang, nämlich dem der wiederum quasi-experimentellen Untersuchung des Einflusses der Umstände, der Einkleidung gleichsam, auf das seelische Erleben.

S. 86 Trotz seines zur Schau getragenen Amoralismus oder gerade deshalb hat sich Wilde für die zeitgenössische *Ethik* interessiert und Elemente der Diskussion der Zeit in die Diskussionen zwischen Henry, Hallward und Dorian sowie in die Salon-Konservationen eingebracht. Lord Henry scheint hier eine utilitaristisch-individualistische Position zu vertreten, die alle Moral auf einfach physisch bedingte Grundtatsachen – etwa, daß der Mensch Lust sucht und Schmerz vermeiden will – zurückführt. Sinn der Moral ist also die Herstellung und Sicherung des eigenen Glücks. Das kann man als Abgrenzung gegen den sozialen Utilitarismus etwa John Stuart Mills (1806–1873) sehen, der das Nützlichkeitsprinzip in der Ethik als Konstituens der Gesellschaftsorganisation ausarbeitete und in Weiterführung älterer Theorien nur das Glück der größtmöglichen Zahl legitimieren wollte. Wilde hatte Anfang 1889 das Buch von William Courtney „Life of John Stuart Mill" (1888) gelesen und danach befunden, daß Mill als Denker überholt sei, vor allem durch den Darwinismus. Seine religiösen Anschauungen seien „albern und sentimental" (Brief an Courtney, 1889). Wildes bereits angesprochene Meinung, daß die individuelle Freiheit überholt sei, scheint auf eine *evolutionistische Position* hinzudeuten. Dorian dagegen fällt zwischenzeitlich immer wieder in eine naive christliche Sichtweise gottgegebener Moral mit ihrem Schema von Strafe und Belohnung zurück, als die man ja auch den Ausgang des Romans mißdeuten könnte. Die Problematik zeigt aber, wie wenig man Wildes – ja auch nur ansatzweise formulierten – Überzeugungen mit Einzelpositionen im Roman identifizieren kann. In dieser wie in anderen im „Dorian Gray" angesprochenen Fragen gibt es keine eindeutigen Lösungen. Wenn der Roman als Essay ethisch etwas zeigen will, so die Unbeweisbarkeit von ethischen Überzeugungen, die allein als Entwicklungsproblem gesehen werden können. Daß sich dies gegen die verfestigte Moral der viktorianischen Zeit richtet, unter Einschluß der sozialistisch fundierten, bleibt dabei unbestreitbar. (Näheres zu dieser Frage vgl. S. 714 zum „Sozialismus"-Essay, wo die Diskussion noch einmal expliziter mit der Kunsttheorie verknüpft wird und wo Wilde die Ansicht vertritt, die Abschaffung der Strafe würde Verbrechen überflüssig machen.)

S. 119 Der Roman enthält zahlreiche Anspielungen und Zitate, die auf *Théophile Gautier* (1811–1872) deuten, besonders auf dessen Gedichtband „Emaux et camées" (1852), eines der Grundbücher der „L'art pour l'art"-Bewegung, auf das sich die ästhetizistischen Vorstellungen des autonomen Kunstraums, des künstlichen Paradieses, des *Exotismus* und des Kults um schöne Dinge und edle Materialien zurückführen lassen. Gautier hat ganz zweifellos sowohl Wildes Vorstellung vom *Primat der Form* in der Kunst wie sein Konzept der Verschmelzung von „gotischer Phantastik mit der Makellosigkeit griechischer Form" entscheidend bestimmt. Wilde hat sich noch in „De Profundis" mit Gautier als einem, „für den die sichtbare Welt existiert", verglichen, eine Formel, die im „Dorian Gray" fast zum Leitmotiv wird (vgl. z. B. S. 30 und 138). Andererseits aber lassen sich der Ausstattungskult und die Tendenz zu einer kunstgewerblich-dekorativen Rezeption Gautiers im Roman auch parodistisch sehen.

S. 128 Mit dem Verweis auf *Michelangelo* und *Shakespeare* antwortete Wilde vor Gericht auf die Frage, was es mit der „Liebe, die ihren Namen nicht zu nennen wagt", wie es in einem Gedicht von Alfred Douglas heißt, auf sich habe. In der Gerichtsverhandlung gegen Wilde wurde zum Beweis seiner *Homosexualität* aber vor allem auf die Urfassung des „Dorian Gray" zurückgegriffen. In der Buchfassung erscheint das Problem der Männerliebe – wie ausdrücklich hier – eigentlich ausschließlich in einer ästhetisch und geschichtlich überhöhten Form, die der Figur des Dorian gerade als Gegenbild der bloßen Sinnlichkeit vor Augen steht. Bis auf eine Stelle, die Wilde auf den Rat Paters hin veränderte, kann man jedoch nicht sagen, daß die Umarbeitung mit der Motivation der Rücknahme von auf Homosexualität deutenden Stellen erfolgt wäre, wenn man nicht Dorians gegenüber der Urfassung deutlich zunehmende Anzahl von Frauenbeziehungen in dieser Richtung deuten will.

Jedenfalls ist es von einem heutigen Standpunkt kaum noch zu begreifen, wie der Roman ohne Vorurteil vorrangig als Homosexuellen-Geschichte verstanden werden konnte. Ende des 19. Jahrhunderts gab es in England bereits eine aufklärerische Bewegung, die ganz unverhüllt die Straffreiheit für Homosexualität forderte. Die Darstellung einer homosexuellen Problematik war schon in der Urfassung nicht Wildes Problem, und es hätte schon relativ subtiler Interpretationsverfahren bedurft, hätte man verschiedene Momente des Romans – die ironische Beschreibung von Frauen vor allem durch Lord Henry; die Männerdominanz in der fiktiven Welt des Romans bis hin zum zentralen Thema des Doppellebens und des männlichen Narzismus – für eine Diagnose einer unbewußten Intention des Autors verwenden wollen. Wildes Richter waren jedoch von keinerlei literarischem Sachverstand beschwert, vor allem aber suchten sie eine Lesart im Sinne der Anklage. Der Wortlaut des Romans läßt es jedoch an keiner Stelle zu, die gesellschaftliche *Außenseiterposition*, in die Dorian in der fiktiven Gesellschaft des Romans gerät, ursächlich auf Homosexualität zurückzuführen. Im Gegenteil dominieren andere Formen abweichenden Verhaltens. Insofern ist auch der oft verfochtene Ansatz problematisch, den Roman als ahnungsvolle Allegorie von Wildes Schicksal zu deuten. Was daran weniger prophetisch als vielmehr Ausdruck historisch-gesellschaftlicher Sensibilität ist, ist die schlichte Erfahrungstatsache, daß sich eine gegebene Gesellschaft gern an Außenseitern für die eigene Heuchelei rächt. Gerade Wildes Prozeß war ein Stellvertreter-Prozeß, für den die Homosexualität der bloße Anlaß war. Bezeichnend dafür, daß der Antrag auf Haftverschonung Wildes mit der Begründung abgelehnt wurde, man kenne „kein schlimmeres Verbrechen" (Homosexualität war jedoch selbst in viktorianischen Zeiten nur ein Vergehen, auf das eine Höchststrafe von zwei Jahren stand). Ohne daß man das Verhältnis von Homosexualität und Kreativität neuerlich tabuisieren sollte, ist eine Lektüre des Romans unter diesem Gesichtspunkt nur mäßig erhellend.

S. 130 Der Verweis auf *Fonthill* ist eine Anspielung auf *William Beckford* (1760–1844), eine der schillerndsten Figuren der englischen Kulturgeschichte: ein unermeßlich reicher, exzentrischer Kunstliebhaber, dessen schwarzen Messen ähnliche Festlichkeiten auf seinem phantastisch ausgestatteten Landsitz Fonthill Legende blieben. Beckfords autobiographisch getönter Roman „Vathek" (1786) erzählt in der Manier des *Orientalismus* die Geschichte des grausamen Kalifen Vathek, der im Tausch gegen fünfzig unschuldige Knaben das Versprechen des Höllenfürsten erhält, ihm seine sinnlichen und geistigen Begierden zu erfüllen. Beckfords Roman ist bereits eine Analyse menschlicher Begierden und Ausschweifungen im Dekor des Exotischen und Phantastischen, der wohl nur aus formalen Gründen mit der Moral endet, daß der Mensch sich an seine Grenzen zu halten hat, wenn nicht jede Hoffnung zerstört werden soll. Obwohl Wilde Beckford kannte und schätzte und noch 1897 eine illustrierte Ausgabe vorschlug, ist nun gerade dieses Werk nicht in die Quellendiskussion geraten.

S. 133 Das *gelbe Buch*, das Dorian im Fortgang endgültig die Seele vergiften wird, scheint auf den ersten Blick eindeutig identifizierbar zu sein. Ein Brief von Wilde an E. W. Pratt vom 15. 4. 1892 ist jedenfalls so verstanden worden. Er lautet: „Das Buch in ‚Dorian Gray' ist eines der vielen Bücher, die ich nie geschrieben habe, jedoch ist es zum Teil durch Huysmans' ‚A rebours' angeregt, daß Sie in jedem französischen Buchladen erhalten. Es ist eine phantastische Variation über Huysmans' hyperrealistische Studie zur künstlerischen Befindlichkeit in unserem unkünstlerischen Zeitalter." 1894 allerdings schreibt Wilde an Ralph Payne: „Das Buch, das Dorian vergiftet oder perfektioniert hat, gibt es nicht; es ist eine reine Erfindung von mir." Dennoch hielt sich in der Quellenforschung die Meinung, mit dem „gelben Buch" sei auf „A rebours" (1884) von *Joris-Karl Huysmans* (1848–1907) verwiesen.

Der Roman schildert die Entwicklung des letzten Sprosses der dekadenten Adelsfamilie Des Esseintes, der sich aus der Gesellschaft in die Einsamkeit eines ganz nach seinen Bedürfnissen ausgestatteten Hauses zurückzieht. In einer Reihe von experimentell angelegten Erfahrungen, z. T. mit Hilfe von Genußmitteln und Drogen, versucht er, das Leben durch die intensive Wahrnehmung von seltenen, edlen und exotischen Ingredienzen, Materialien, Ritual- und Kunstgegenständen, Musik und Literatur zu ersetzen und dabei eine Art ästhetischer Transzendenz zu verwirklichen. Dabei zerrütten sich Körper und Nerven schließlich derart, daß der Held am Ende auf den Rat seines Arztes hin beschließt, in die Gesellschaft zurückzukehren. Das Buch schließt mit der vagen Hoffnung auf Erlösung durch einen erneuerten Glauben. Ein Vergleich der Beschreibung des „gelben Buches" in „Dorian Gray" mit

Huysmans' Roman ergibt nur einige mehr oder weniger aufschlußreiche Ähnlichkeiten in der Grundidee, in allen Einzelheiten jedoch, angefangen bei der Beschreibung des Helden bis über die Stilcharakteristik zur Konkretion der Begebenheiten und inszenierten Erfahrungen, findet man dagegen keine einzige konkrete Übereinstimmung weder mit dem „Dorian Gray" als ganzem, noch mit dem darin beschriebenen Buch.

Seit den zwanziger Jahren gibt es jedoch vereinzelte detektivische Forschungen, die ganz andere Werke als Quellen für die Beschreibung des „gelben Buches" aufgefunden haben und darin teilweise wörtliche Übereinstimmungen mit ganzen Passagen der *historischen Darstellung* entdeckten. Darunter: Sueton: The Lives of the Twelve Caesars (De vita Caesarum; engl. 1855), Edward Gibbon: The History of the Decline and Fall of the Roman Empire (1776–1788), John A. Symonds: History of the Italian Renaissance (1875–1886). Für den ersten Fall hatte sich Wilde in einer Entgegnung auf eine Rezension des „Dorian Gray" bereits 1890 in der „St. James's Gazette" verraten: „Ich muß gestehen, daß ich nicht einsehen kann, wie ein beiläufiger Hinweis auf Sueton und Petronius Arbiter als Beweis der Absicht angesehen werden kann, den harmlosen und ungebildeten Leser mit dem Anschein überlegenen Wissens zu beeindrucken. Ich denke, daß selbst der gewöhnlichste Universitätsabsolvent sehr gut mit den ‚Lives of the Caesars' und dem ‚Satyricon' vertraut ist. Mindestens die ‚Lives of the Caesars' stehen in Oxford im Lehrplan der Honour School of Literae Humaniores..." Diesem Hinweis Wildes wurde zunächst nicht nachgegangen, andere Stellen zeigen allerdings, daß Wilde – nach den Angriffen auf den „Dorian Gray" nicht verwunderlich – kein Interesse an der Aufdeckung der Quellen hatte, aus denen er tatsächlich Formulierungen oder Informationen bezog. Für die Beschreibung der *Materialien* und *kunstgewerblichen Gegenstände* im „gelben Buch" benutzte er relativ leicht zugängliche zeitgenössische Standardwerke wie etwa W. Jones: History and Mystery of Precious Stones (1880) oder E. Lafébure: Embroidery and Lace (1888; von Wilde im selben Jahr rezensiert).

Gibbons Werk z. B. war eine der meistdiskutierten historischen Darstellungen seiner Zeit. So hätte Wilde nicht darauf vertrauen können, daß seine Entlehnungen einem gebildeten Leser entgangen wären. Andererseits ging es ihm deutlich nicht um gelehrte Anspielungen, sondern um Material zu einer fiktiven, gleichwohl authentischen Rekonstruktion eines Bewußtseins. Was von Gibbons Werk in diese Rekonstruktion paßte, war vor allem dessen Ansatz, die abendländische Geschichte als einen stetigen Niedergang zu betrachten. Wilde benutzte Elemente dieser ebenso nüchternen wie stilistisch eleganten Darstellung zur fiktiven Legitimierung einer *dekadenten Weltsicht.*

Eine gewisse Ironie liegt in der Tatsache, daß Suetons Darstellung sich

bereits einer Tradition der Kritik erfreute, die ihm vorwarf, weder eine
verläßliche geschichtliche Darstellung noch ein literarisches Werk geschrieben zu haben, sondern eine aus Angelesenem, Aufgeschnapptem
und Erfundenem zusammengesetzte sensationelle Klitterung ohne inne-
ren Zusammenhang. – Was an den Quellenforschungen interessiert, ist
jedenfalls einzig das Ergebnis, daß Wilde mit dem „gelben Buch" nicht
auf ein bestimmtes Werk verweisen wollte, sondern daß er aus den
erwähnten und wahrscheinlich vielen anderen Spezialwerken, Sachtex-
ten, wie man heute sagen würde, eine zeitgemäße Romanfiktion zusammengesetzt hat. Insofern ist der „Dorian Gray" auch der Roman eines
Romans. Zumindest als Plan ist die Machart dieser Fiktion einer *Monta-
getechnik* vergleichbar, wie sie etwa Thomas Mann im „Dr. Faustus"
umfassend angewendet hat. Mit dem Ziel allerdings nicht einer Darstellung zeitgenössischer Wirklichkeit in historischer Perspektive, sondern
mit dem der Umformung zeitgenössischer Wissenselemente zu einer
provokativen artistischen Bewußtseinschiffre.

S. 139 In dem Prinzip der *Konzentration auf den Augenblick* folgen
Dorians Gedanken hier Walter Paters Lehre (vgl. S. 676), wie das vorher
schon bei Lord Henry der Fall war (S. 30). Mit der Unterscheidung aber
„Erfahrung selbst" statt „Früchte der Erfahrung" grenzen sich diese
Reflexionen in einem entscheidenden Punkt von Paters Lehre ab. Übrigens möglicherweise auch von Paters Lebensweise, denn dieser führte
eben ein asketisches und zurückgezogenes Gelehrtenleben.

S. 141 Ein ästhetisches Verhältnis zur *katholischen Kirche* ist bereits
häufig Thema in Wildes Briefwechsel der Oxforder Zeit. Abgesehen
davon, daß es seit Beginn des 19. Jahrhunderts schon fast zum stereotypen Bild des Romantikers gehörte, zum katholischen Glauben überzutreten oder in die Arme der Kirche, der wiedergefundenen Garantin
eines ebenso ganzheitlichen wie ästhetisch vermittelten Sinns, zurückzukehren, mag hier auch eine Abgrenzung zu Huysmans liegen, bei dem
das Ende von „A rebours" (vgl. S. 683) schon darauf hindeutete, daß er
selber eine Bekehrung erlebte, was Huysmans später als unbewußte
Folge des Romans selbst beschrieben hat. Interessant an dieser Stelle im
„Dorian Gray" ist jedoch nicht so sehr die rein ästhetisch-sensualistische
Darstellung des kirchlichen Rituals, sondern daß hier intensiv zum
Ausdruck kommt, was für den ganzen Roman gilt: die Zurückweisung
eines Gesamtsinns als Dogma oder Ideologie. Daß Wilde am Ende seines
Lebens doch noch den katholischen Segen erbat, ist eine andere Sache,
ein Ausdruck seiner trotzig und ironisch durchgehaltenen ästhetischen,
gleichwohl widersprüchlichen Weltsicht.

S. 142 Im *deutschen Darwinismus* vertrat vor allem Ernst Haeckel (1834–1919) eine biogenetische Entwicklungstheorie, die er auch auf den Menschen anwandte (Anthropogenie oder Entwicklungsgeschichte des Menschen, 1874). Obwohl Haeckel auch geistige Phänomene mit Einschluß der Kunst als kausal ableitbare Phänomene des biologischen Lebens begriff, läßt sich seine Theorie nicht ohne weiteres *materialistisch* nennen. Was Wilde am deutschen Darwinismus interessiert haben mag, ist vor allem die Konsequenz, daß mit einem solchermaßen ausgeweiteten Entwicklungskonzept der Begriff der Freiheit im Sinne des Liberalismus und jegliche soziale und geschichtliche Teleologie suspendiert sind.

S. 188 *„Fin de Siècle"* lautete der Titel eines 1888 aufgeführten Lustspiels von Jouvenot und Micard. Er traf den Nerv der Zeit dermaßen, daß er sich binnen kurzem als Verständigungschiffre für Lebensmüdigkeit und Nervenüberfeinerung in ganz Europa verbreitete.

S. 194 Die Einnahme von *Opium* (Laudanum) war in England seit dem Ende des 18. Jahrhunderts relativ weit verbreitet. Thomas De Quinceys „Confessions of an English Opium Eater" (1821/22) hatten noch erhebliches Aufsehen erregt, inzwischen jedoch war ein Opium-Mythos über die Romantiker Coleridge, Byron, Shelley u. a. zu einer fast schon verehrten Vorstellung geworden. Seit Coleridge und De Quincey, Gautier, Baudelaire und Poe war insbesondere die räumliche Vorstellung artifizieller Kunstwelten, der „künstlichen Paradiese", mit dem Opiumrausch verbunden.

MÄRCHEN

Zu den Texten: Die Übersetzung von Josef Thanner folgt den beiden Sammlungen „The Happy Prince and Other Tales" (London: Nutt 1888; enthaltend: *The Happy Prince, The Nightingale and the Rose, The Selfish Giant, The Devoted Friend, The Remarkable Rocket*) und „A House of Pomegranates" (London: Osgood, McIlvaine and Co. 1891; enthaltend: *The Young King, The Birthday of the Infanta, The Fisherman and His Soul, The Star-Child*).

Die Anregung, sich nach der Phase der lyrischen Produktion in der Prosa zu versuchen, ging nach Wilde von Walter Pater aus: Prosa sei die schwierigere Aufgabe. Neben Pater, der die Märchen sogleich als „delightful" lobte, war John Ruskin, der sich selbst einmal in der Form des

Kunstmärchens versucht hatte (The King of the Golden River, publiziert 1851), einer der ersten Adressaten des Märchenbandes von 1888. Bereits bei Ruskin stand der Rückgriff auf die Märchenform als Versuch einer Erneuerung der Formen- und Symbolsprache in Parallelität mit den Bestrebungen der Präraffaeliten. Gegen den akademischen Malbetrieb ihrer Zeit hatten sich Dante Gabriel Rossetti, John Everett Millais, Holmann Hunt und Ford Madox Brown nach dem Vorbild der Nazarener 1848 zur „Pre-Raphaelite Brotherhood" zusammengeschlossen. Über John Ruskin, Walter Pater, Algernon Charles Swinburne und William Morris erhielt die ursprünglich eher weltabgewandt konzipierte präraffaelitische Sichtweise entscheidenden Einfluß auf die Entwicklung künstlerischer Ausdrucksweisen, über Ruskin und Morris schließlich sogar auf soziale Fragen.

Von den Präraffaeliten her läßt sich in der Tat ein ikonographischer Blick auf die Märchen Wildes gewinnen. Die Erneuerung mittelalterlich-typologischer Formen und religiöser Symbole und archaischer Motive, die reduktive graphische Maltechnik mit einer verfremdenden Simplizität, die symbolische Aufladung des einzelnen, schöne Dinge, die unterkühlte Erotik und die ästhetisierende Darstellung sozialer Szenen haben in der Wildeschen Märchentechnik sehr genaue Entsprechungen.

Dieser Blick könnte einer Gefahr begegnen, die die Märchenform traditionell in sich birgt: die Texte allzu schnell inhaltlich aufzufassen, insbesondere im Hinblick auf Moral oder Didaktik. Wilde selbst hat dem Schulleiter Thomas Hutchinson 1888 in diesem Sinne eine moralische Interpretation von „The Nightingale and the Rose" freundlich verwiesen: „...ich stelle mir gern vor, daß diese Geschichte viele Bedeutungen haben könnte, weil ich, als ich sie schrieb, nicht mit einer Idee begonnen habe, die ich dann in eine Form kleidete, sondern ich habe mit einer Form angefangen und danach gestrebt, sie schön genug zu gestalten, um viele Geheimnisse und viele Antworten zu erhalten."

Wenn es erlaubt ist, diese Sätze als ein Programm zu deuten, so grenzte sich Wilde damit von der Tradition der Form des Kunstmärchens in England ab, um sich ihr in anderer Beziehung wieder einzugliedern. Während in den romantischen Bewegungen in Deutschland und Frankreich die Märchenform zumindest programmatisch eine Hauptgattung war, blieb sie in der ungebrochenen aufklärerischen Tradition des 18. und frühen 19. Jahrhunderts in England peripher. Allenfalls das orientalisierende Genre erlangte einige Bedeutung, die ganzen provokativen Möglichkeiten der Märchenform mit ihrer Infragestellung der Alltagswelt und der gewöhnlichen Wahrnehmung im 18. Jahrhundert wurden nur vom Außenseiter William Beckford genutzt, in dessen bereits erwähntem Roman vom Kalifen „Vathek" die

märchenhaften Züge jedoch in anderen Funktionen aufgehen (vgl.
S. 683).

Erst auf dem Umweg über Deutschland kam im England des 19. Jahrhunderts das Märchen als einfache und kleine Erzählform wieder in
Erinnerung. 1823 erschien der erste Teil der „Kinder- und Hausmär-
chen" der Brüder Grimm in der Übersetzung von Edgar Taylor. Sie
hatte einen überwältigenden Erfolg und mußte innerhalb kürzester Zeit
mehrfach nachgedruckt werden, weil mit solcher enthusiastischer Aufnahme niemand gerechnet hatte. Ruskin bezieht sich in seinem Märchen
vom König des goldenen Flusses auf die Brüder Grimm und auf den
Dickens etwa des „Christmas Caroll". Er begründet eine spezifisch
englische, ein wenig kauzige Tradition, in der gelehrte Männer sich der
Form des Phantastischen bedienen, eine Tradition, die bis zu Tolkiens
„The Lord of the Rings" reicht. Unter den witzig-phantastischen Formen ist in dieser Tradition jedoch meist eine wie immer spielerisch
formulierte Lehre zu finden. Ruskin verkleidet in dem Märchen seine
Utopie einer durch brüderliches Verhalten zu schaffenden antimateriali-
stischen Gesellschaft in handwerklich-agrarischer Tradition, die sich an
den Werten des Guten und Schönen ausrichtet. Charles Kingsley,
Professor für Geschichte in Cambridge, konzipierte sein Märchen „The
Water Babies"(1863) als witzig-phantastische Umsetzung naturwissenschaftlicher Erkenntnisse, besonders des Entwicklungsgedankens.
Selbst die berühmten „Alice"-Bücher des Mathematikdozenten Charles
Lutwidge Dodgson, der sich Lewis Caroll nannte („Alice's Adventures
in Wonderland" erschienen 1865), die nur dem Eigensinn einer Non-
sens-Welt zu folgen scheinen, enthalten zahlreiche Verarbeitungen lo-
gisch-philosophischer Formeln und Erkenntnisse.

So steht zwar Wilde in dieser Tradition von gebildeten und witzigen
Märchenerzählern, jedoch lehnt er die Einkleidung von Ideen in phantastische Formen ab. Als einziger bedeutender Vorläufer für ein solches
Konzept kommt allenfalls Lewis Carolls Freund, der Literaturdozent
und Erzähler George MacDonald, in Frage, der zwischen 1855 und 1895
zahlreiche bei Kindern wie Erwachsenen beliebte Märchen und Mär-
chenromane schrieb. Die berühmtesten sind „The Golden Key" und
„At the Back of the North Wind". MacDonald stand bezeichnender-
weise ebenfalls den Präraffaeliten nahe. Die phantastische Welt seiner
Märchen löst sich im Gegensatz zu den vorgenannten Beispielen weitgehend von zeitgenössischer Wirklichkeit oder zeitgenössischen Ideen ab.
MacDonald operiert mit elementaren, archaischen Chiffren der Natur
und zeitlosen menschlichen Erfahrungen und Verhaltensweisen des
Werdens und Vergehens, des Lachens und Weinens, von Liebe und
Tod.

Bereits MacDonald ignoriert die heimische Tradition der Form weitgehend und scheint eher auf die deutsche Romantik und die europäische Volkstradition zurückzugreifen. Noch deutlicher sucht sich Wilde seine Anregungen außerhalb. Zuerst und vor allem bei Hans Christian Andersen (1805–1875), dessen Märchen sich seit der Mitte des Jahrhunderts über ganz Europa verbreitet hatten. Andersens Mischung von naiver Einfachheit und Raffinesse mußte Wilde faszinieren, jedoch zitiert er Andersens Formen gerade an solchen Stellen, an denen seine Konzeption auf ein vollkommen anderes Verhältnis zur Erfahrungswirklichkeit und zur Welt der sichtbaren Dinge hinausläuft.

Auf der anderen Seite ist es auch bei den Märchen wiederum die französische Tradition, auf die Wilde sich bezieht. Seit den ersten französischen Übersetzungen E. T. A. Hoffmanns (1829) und Charles Nodiers Hoffmann-Würdigung in „Du fantastique en littérature" (1830) hatte es in Frankreich eine Erneuerung des seit der Revolutionszeit fast verschwundenen phantastischen Genres gegeben, die wesentlich zur Konstitution der ästhetizistischen Kunstvorstellung beitrug. Charles Nodiers „La fée aux miettes" (1832), Théophile Gautiers „Omphale" (1834), „La pipe d'opium" (1838), „Le club des Haschischins" (1851) u. a. m., Gérard de Nervals „La main enchantée" (1832), „Le portrait du diable" (1839) und die orientalischen Erzählungen in seiner „Voyage en Orient" (1851) sind die berühmtesten Beispiele einer Ausdeutung des Märchenhaften und Phantastischen, die zunehmend zu Grenzauflösungen führte und bald im ganzen Raum des Imaginativen, Exotischen und Bizarren aufging, in der Konstruktion imaginärer Kunstwelten.

Die Bausteine dieser künstlichen Märchenräume bleiben bei Wilde anwesend, werden zitiert, in der Verfahrensweise jedoch nimmt Wilde die ästhetizistischen Exzesse des Phantastischen zurück, reduziert die Erzählform wieder auf eine subtil verfremdende Einfachheit, die viel eher der europäischen Volksmärchentradition und eben Andersen abgeschaut erscheint.

DER GLÜCKLICHE PRINZ

In diesem Märchen läßt sich grundsätzlich orientierend beobachten, in welcher Weise Wilde die traditionellen Märchenmechanismen und Motive verwendet. Sie werden von einem festen Standpunkt aus, dem des *künstlichen Prinzen*, über die Schwalbe gleichsam herbeizitiert. Die partielle Inhaltsangabe von Andersens Geschichte vom „Mädchen mit den Schwefelhölzern" macht das am besten deutlich. Die bei Andersen schon märchenhaft miniaturisierte traurige *soziale Realität* wird als Material eingebaut. Ebenso sind die anderen Szenen von Armut, Hunger und Not Versatzstücke aus dem Arsenal Andersens und des Volksmärchens. Sie sind zugleich Distanzierung von einem märchenhaften Gemütlichmachen dessen, wovon auch das Volksmärchen allemal seinen Ausgang nimmt: von Mangel, Mühsal und Entbehrung. Bereits der Prinz selbst zeigt die märchenhafte Wunschphantasie als Kompensation des Mangels in ihrem Vergangenheitscharakter: ehemals nur lebte er in einem Märchenschloß ohne Sorgen, und er wird es nie wiederhaben. Analog werden die märchenhaften Wunder Ägyptens nur von der Schwalbe erzählt, sie bleiben fern und unerreichbar. Die *Schwalbe* deutet wiederum auf Wildes Inspirationsbibel „Emaux et camées" von Gautier, vor allem auf das Gedicht „Ce que disent les hirondelles" (Was die Schwalben erzählen). (Übrigens verwechselt Wilde das syrische mit dem ägyptischen *Heliopolis.*)

Ist der Prinz als Kunstwerk von vornherein schon zu Schönheit und Nutzlosigkeit erstarrte Vergangenheit, so wird er in der aktuellen Märchenhandlung zunehmend dekonstruiert, parallel zur abnehmenden Vitalität des Naturwesens Schwalbe in einem kälter werdenden Klima: *Zeitmetaphorik.* Der traditionelle Märchenschluß wird ebenfalls verdoppelt: nicht in der dargestellten Märchenwelt, erst in einer flugs herbeizitierten Transzendenz wird das Verlorene und Ruinierte in der Kunst wie im Leben restituiert. In der dargestellten aktuellen Welt dagegen bleibt nichts Märchenhaftes zurück, sondern nur eine Karikatur der ganz und gar gewöhnlichen Vernunft. In „De Profundis" hat Wilde das Märchen als Vorform der Entdeckung „der anderen Hälfte des Gartens", der Entdeckung des Sinns des Leidens, gedeutet, die das *Leben Christi* und das des Künstlers parallelisiert.

DIE NACHTIGALL UND DIE ROSE

In Andersens Märchen von der „*Nachtigall*" kündigt diese ihre Funktion als kaiserlicher Hofsänger auf, an ihre Stelle tritt eine künstliche, „die der lebenden gleichen sollte, aber überall mit Diamanten, Rubinen und Saphiren besetzt war. Sobald man den Kunstvogel aufzog, konnte er eines von den Stücken singen, die der wirkliche sang, und dann ging der Schwanz auf und ab und glänzte von Silber und Gold". Diese künstliche Nachtigall steht in Andersens Geschichte für eine Kunst des Kalküls, einer mechanischen und erstarrten Schönheitsvorstellung, die am Ende doch dem Lebendigen unterlegen ist. Es zeigt die vertrackte Funktion von Wildes Zitiertechnik, wenn er diese Substitution in Umkehrung des Prozesses, der am glücklichen Prinzen sich vollzieht, hier wieder rückgängig macht.

In Andersens „Geschichte von einer Mutter" trifft diese auf der Suche nach ihrem toten Kind auf einen *Dornbusch*: „Und sie drückte den

Dornbusch an ihre Brust, so fest, damit er recht erwärmt werden konnte, und die Dornen drangen tief hinein in ihr Fleisch, und ihr Blut floß in großen Tropfen. Der Dornbusch aber trieb frische grüne Blätter, und er bekam Blüten in der kalten Winternacht..." (Im Volksglauben gab es die Version, daß sich die Nachtigall aus Angst vor Schlangen wachhält, indem sie sich gegen einen Dorn preßt. Aus Schmerz ist ihr Gesang so traurig. In der romantischen Literatur wurde dies zu einem Standardmotiv; ähnlich auch in persischen Mythen, die in England vor allem durch Thomas Moores „Lalla Rookh", 1817, Verbreitung fanden.)

Andersens „Die schönste *Rose* der Welt" ist nicht „die magische der Wissenschaft", nicht die auf den Wangen der Jugend, auch nicht die, von der die Dichter singen, sondern „das Bild derjenigen, die aus Christi Blut am Holz des Kreuzes" entsprang. Auch hier folgt die Umkehrung der Motive Andersens bei Wilde einem stimmigen Prinzip, das den geschichtlichen Bewußtseinsabstand zu Andersen ebenso markiert wie den zum *künstlichen Paradies* aus erstarrten Materialien.

Wie schon im „Glücklichen Prinzen" erscheint der Standpunkt des praktischen Lebens in Form von die dargestellte Märchenwirklichkeit relativierenden ironischen oder *zynischen Wendungen*. Auch darin zeigt sich der Unterschied zu Andersen. Während dessen heitere Ironie die Welt der nützlichen Dinge, von der Teekanne bis zur Stopfnadel, mit einem märchenhaften Innenleben versieht, die verschiedenen Welten zusammenbringt, scheinen sie bei Wilde für immer auseinanderzufallen: Erzeugung und Dekonstruktion der Märchenwelt zugleich.

DER SELBSTSÜCHTIGE RIESE

Wilde verknüpft hier gängige Märchenmotive und solche der Wunderlegende mit der Garten- und Paradiesvorstellung und einer *Christussymbolik*, die sowohl bei Andersen wie auch bei den Nazarenern und den Präraffaeliten Bestandteil der Formensprache geworden war. Über dem einfachen Bau und der scheinbar an der Oberfläche liegenden Moral der Geschichte übersieht man leicht einige Umwandlungen des Gartenmotivs. Durch die Tradition der Romantik, des französischen Symbolismus und Ästhetizismus entwickelte sich das *Motiv des Gartens* zur fundamentalen Chiffre der Kunst als Schöpfung, einer Chiffre, an der sich das Verhältnis einer poetischen Innerlichkeit zur Welt entziffern läßt. Geht man von den Gestaltungen des künstlichen Paradieses aus, in dem der ästhetizistische Gestus das Bild der Schöpfung der Einwirkung von Zeit und Gesellschaft entziehen wollte, so fällt hier auf, daß die Verwandlung des erst mit Leben erfüllten Gartens in einen künstlichen buchstäblich nur in einer Ecke sich vollzieht, und diese reduzierte Verwandlung fällt mit einem traditionell christlichen Erlösungssymbol überein. Jener transzendente Garten aber, Ursprung und Ziel aller Gartenvisionen, bleibt in der Geschichte unbeschrieben. Eine implizite Deutung der Konstellation findet sich in „De Profundis". Wilde spricht dort davon, daß Kinder und Blumen in der gleichsam überfrorenen klassischen Kunst keinen Platz gehabt hätten. Erst der romantische Künstler bringt das *Kindliche* und Natürliche in die Kunst. Jenen aber identifiziert Wilde mit Christus.

DER ERGEBENE FREUND

Man wüßte gerne, wie John Ruskin diese Geschichte gefallen hat. In seinem Märchen „The King of the Golden River" (vgl. S. 687) heißt der böse Bruder *Hans*, während der brave, dem man alles nimmt, den Namen Gluck trägt. Namensspiele haben Wilde sein Leben lang fasziniert, und der Hans dieser Geschichte ist natürlich ein abgewandelter Hans im Glück. Aber der ist nur ein Vorwand für eine hier nun ganz offensichtliche Zerlegung der Märchenmoral, eine Grußadresse Wildes an seinen liebsten Feind: den Kritiker, der hinter den Formen der Kunst sofort die zu lobende oder zu tadelnde Bedeutung und Überzeugung sucht. Blickt man von den Reflexionen des Erzählvorgangs noch einmal auf die Binnengeschichte, so bildet sich das Verhältnis von Kritiker und Künstler dort ein zweites Mal ab: Der Kritiker hindert den Künstler mit seinen hohlen Phrasen daran, den Garten zu bestellen, der Künstler bleibt tot auf der Strecke, der Kritiker überlebt nörgelnd.

In „De Profundis" hat sich Wilde seine Verbitterung gegen seinen Geliebten Alfred Douglas mit ähnlicher Akzentsetzung von der Seele geschrieben. Der *ergebene Freund* „Bosie" erscheint dort als der, für den der Künstler dauernd etwas tun muß, worüber er nicht mehr zu seiner Arbeit kommt und wofür er nichts zurückerhält als seichte Worte. Am Ende sitzt der Künstler im Gefängnis, dem ergebenen Freund geht es gut.

Die Herstellung solcher Analogien ist in der Wilde-Kritik sehr beliebt. Sie darf sich auf Wildes Worte berufen, er habe in seiner Kunst alles „vorausgeahnt und vorgeformt", freilich nur in Worten. Allerdings besteht „De Profundis" ebenfalls aus Worten, gibt nicht die Realität einer Erfahrung, sondern deren Ausdruck und Deutung. Und diese Deutung vollzieht sich in eben jenen Kategorien, den Ausdrucksformen, die Wilde in seiner Kunst entwickelt und erprobt hatte, wobei freilich Lesarten zutage kommen, die dem Werk bis dato nur potentiell innewohnten.

DIE BEMERKENSWERTE RAKETE

Eine wichtige Inspirationsquelle dieser Geschichte ist James Whistlers Bild „Nocturne in Black and Gold: the Falling Rocket", ein Werk, das von bestimmendem Einfluß auf Art Nouveau und Jugendstil war. Wilde hatte es 1877 auf einer Ausstellung in der Grosvenor Gallery gesehen und in seiner Rezension positiv darüber gesprochen. Später allerdings machte sich Wilde über Whistlers Eitelkeit lustig, und in der Geschichte fungiert die *Rakete* zumindest auch als Allegorie der Eitelkeit.

Die mit Charakter versehenen Feuerwerkskörper verweisen weiterhin wieder auf Andersens Technik, erinnern an die stolze Teekanne, die so gern von ihren Vorzügen spricht und am Ende im Garten liegt, ohne daß sich jemand um sie kümmert. Vor allem aber an die Stopfnadel, die sich für alles zu fein ist und schließlich im Schlamm liegenbleibt. Den Reden dieser Stopfnadel folgen die der Rakete bis in Einzelheiten, die Funktion ist wiederum eine ganz andere.

1887 erschien die vollständige Ausgabe von Baudelaires intimen Tagebüchern, deren Aufzeichnungen sich in zwei Blöcke gliedern. Der eine trägt den Untertitel „Fusées", Raketen. Die *Kunst als Feuerwerk*, als Aufblitzendes und wieder Verlöschendes, ihr eigenes Material Verzehrendes, war bereits eine gängige romantisch-ästhetizistische Ausdeutung des Bildes. In den „Journaux intimes" begründet Baudelaire die Besonderheit des Künstlers, seine autonome Würde in der Abweichung, und entfaltet gleichzeitig seine Kunstlehre der Differenz, nach der nichts gilt, was nicht entstellt und abgeändert ist. Gerade die Rakete steht exemplarisch für Wildes abändernde Kompositionstechnik, in der alle einzelnen Elemente mehrdeutig werden.

DER JUNGE KÖNIG

Alfred Tennyson (1809–1892), der „poet laureate" zu Wildes Zeiten, hat wie kaum ein anderer das Sendungsbewußtsein des Dichters genährt, seine hohepriesterliche Funktion formuliert, die er in seiner frühen Phase vor allem darin sah, die Kunstschönheit als absoluten Wert gegen die Bedrohung einer feindlichen Außenwelt zu erhalten und zu schützen. Das Ende dieser frühen Phase, so hat es Tennyson später gesehen, markiert das berühmte Gedicht „The Palace of Art" (1832). In diesem hat sich die Seele einen Palast erbaut, dessen Elemente aus der gesamten Tradition der Kunst bestehen. In diesem Palast lebt die Seele in ästhetischer Hingabe unbekümmert um die Vorgänge der Außenwelt. Am Ende jedoch erscheint der Ästhetizismus als Schuld, als Versündigung dem Leben gegenüber. So vertauscht die Seele schließlich die königlichen Gewänder mit dem Büßergewand und begibt sich in eine Hütte im Tal der Wirklichkeit, um zu bereuen und zu beten. Eines Tages vielleicht, wenn sie ihre Schuld getilgt hat, wird sie zusammen mit anderen wieder in den Palast zurückkehren.

Tennysons Auszug aus dem Palast der Kunst hatte zur Folge, daß er sich fortan als eine Art lyrischer Sinnlieferant betätigte und damit in den Augen der Ästhetizisten von Swinburne bis Wilde die Korrumption der Kunst und des Künstlers betrieb. In seinem Märchen gestaltet Wilde die Rückkehr in den *Palast* der Kunst. Rettung und Tilgung der Schuld ist allein von der Kunst her möglich. Der Ruf des Volkes *„Träumer der Träume"* (S. 290) verweist auf William Morris' „The Earthly Paradise" (1868), worin der Dichter als „dreamer of dreams" dem Drang widersteht, die Welt zu verbessern. 1862 hatte Swinburne in einem berühmten Aufsatz im „Spectator" verfügt, das Geschäft des Dichters bestehe darin, gute Verse zu machen, keinesfalls aber darin, das Zeitalter zu rechtfertigen oder die Gesellschaft zu reformieren. So läßt sich in dem Märchen eine kunsttheoretische Kontroverse aus der zweiten Hälfte des 19. Jahrhunderts wiederfinden, die auf eine erneuerte soziale Bindung des Kunstbegriffs hinausläuft.

Auch „Der junge König" gehört zu den Texten, die Wilde in „De Profundis" als Vorstudien zur Entdeckung des Leids und der dunklen Seite des Gartens der Wirklichkeit nennt. Im Gegensatz zu „Der glückliche Prinz", wo das soziale Elend bereits zitathaft verarbeitet wurde, werden hier die als Traum beschriebenen imaginierten Genre-Skizzen mit einer zweiten Ebene sozialer Wirklichkeit konfrontiert. Im „Sozialismus"-Essay führt Wilde aus, daß das Werk des Künstlers die Menschen nur deshalb erfreut, weil er das Gegenteil dessen tut, was sie von ihm verlangen.

DER GEBURTSTAG DER INFANTIN

Die meisten Motive dieses seltsamsten Märchens von Wilde, soweit sie sich von den der anderen Märchen unterscheiden, finden sich auf die eine oder andere Weise auf Bildern von Velázquez (1599–1660), den Wilde zeitlebens sehr schätzte. So auf den Hofgemälden der *Infantin Margarita* und der Infantin Maria Teresa, auf den sogenannten *Hofzwergenbildnissen*, am vollständigsten auf dem Bild „Las Meninas" (1556), das die Infantin Margarita mit ihrem Gefolge darstellt. Wildes Sohn Vyvyan berichtet, Wilde habe sich immer über das unsympathische Aussehen der Infantin darauf gewundert. Selbst das berühmte Bild „Venus mit Spiegel" mag als Umkehrung in die Inspiration zu dem Text eingegangen sein. Auf die Stimmigkeit historischer und lokaler Beschreibungen braucht man keine Aufmerksamkeit zu verschwenden, es ging Wilde allein um das düster-fremdartige Ambiente des spanischen Hofs, das er von Velázquez her ins Märchenhaft-Exotische verwandelt (z. B. kann jemand nicht ein Grande und ein Hidalgo zugleich sein).

Weitere Anregungen bezog Wilde wahrscheinlich aus Gautiers Gedicht „Inés de las Sierras" (aus den mehrfach erwähnten „Emaux et camées") sowie aus der gleichnamigen Erzählung von Charles Nodier von 1837. Von diesen Quellen her gesehen tritt der häßliche Zwerg an die Stelle des Liebhabers der schönen, kalten Inés, der noch im Sterben die Unsterblichkeit der Liebe beschwört. Der Schluß bezieht seine Bildlichkeit möglicherweise auch aus Holbeins Holzschnitt-Folge „Totentanz" (um 1525), die Wilde sehr schätzte. So ist diese Geschichte das intensivste Beispiel für Wildes konkrete „L'art pour l'art"-Technik, in der das in der Kunst Vorgebildete analog zum Verfahren der Kritik erneuert und in Bewegung versetzt wird.

DER FISCHER UND SEINE SEELE

Dieses Märchen ist über weite Strecken eine umkehrende Anverwandlung von Andersens berühmter „Kleiner Meerjungfrau". In dieser Geschichte rettet die kleine Meerjungfrau einem Prinzen aus der Menschenwelt das Leben, verliebt sich dabei in ihn und entfremdet sich dadurch ihrer schönen und harmonischen Unterwasserwelt. Um ihren Fischschwanz zu verlieren und ein menschliches Wesen zu werden, steht sie tapfer alle Proben und Qualen durch, versagt aber bleibt ihr die menschliche Stimme. Auch ist ihr prophezeit, daß sie mit gebrochenem Herzen zu Schaum auf dem Meere werden soll, wenn es ihr nicht gelingt, des Prinzen Liebe zu gewinnen und er eine andere heiratet. Zwar erlangt sie des Prinzen Zuneigung, jedoch hält er – da die Meerjungfrau sich ihm nicht mitteilen kann – eine andere für seine Retterin und feiert mit ihr das Hochzeitsfest, während sich die Meerjungfrau unbemerkt auflöst und ob der Lauterkeit ihrer Seele ins Reich der Luftgeister aufgenommen wird. Bereits Andersens Märchen hatte eine romantische Bewegungsrichtung umgekehrt: nicht sehnte sich der Held ins Andere, sondern die mythische Heldin sehnt sich aus dem *Elementarbereich*, der bei Andersen durchaus mit ästhetizistischer Komponente, als geträumter Kunstraum, erscheint, hinaus in die – freilich märchenhafte – Menschenwirklichkeit.

Variationen der beiden *Hauptfiguren* tauchen in der romantischen Literatur und in der Volksdichtung so häufig auf (Der Fischer, Peter Schlemihl, Tannhäuser, Undine usw.), daß eine Aufzählung wenig sinnvoll ist. Spezieller gibt es jedoch Anklänge an Matthew Arnolds (1822–1888) Balladen: „The Neckan" und „The Forsaken Merman" sowie an George MacDonalds phantastische Erzählung „Phantastes" (1858). Die Beschreibung der *Meerjungfrau* erinnert an einigen Stellen an Stephane Mallarmés überdimensionale Kunstchiffre der „Hérodiade", der symbolistischen Umformung der Saloméfigur in der „Scéne" (1869), dem einzigen seinerzeit bekannten Textfragment. (Allerdings gehörte Wilde ohnehin zumindest zum weiteren Kreis der Eingeweihten um Mallarmé.) Die in der Hérodiade-Figur symbolisierte Schönheit wird bei Mallarmé mit einem Komplex widersprüchlicher Merkmale dargestellt: der Kuß eines Sterblichen würde sie töten, wenn *Schönheit* nicht bereits Tod wäre, metallen, steril, empfindlich und zerbrechlich und doch unzerstörbar. Nur in sich selbst kann sich bei Mallarmé die Schönheit spiegeln, im Leben gibt es keinen Ausdruck für sie. In dem Märchen steht allerdings die Perspektive des *Fischers* im Vordergrund, insofern ist die Geschichte eine Art Gegenstück zu Wildes „Salomé", dem Stück, das dann im Verein mit Aubrey Beardsleys Illustrationen *die* weibliche Symbolfigur des Fin de siècle kreierte.

DAS STERNENKIND

In diesem Märchen bleibt Wilde am weitgehendsten innerhalb der *Volksmärchenthematik* und -motivik von Schönheit und Häßlichkeit, Gut und Böse, Eigenschaften, die im Laufe der Handlung im Stile des Volksmärchens miteinander identifiziert werden. In der Abweichung vom traditionellen Märchenschluß, dem glücklichen Ende, das ins Dauernde projiziert wird, dementiert Wilde aber auch hier die Wunscherfüllungsstrategie des Märchens.

ERZÄHLUNGEN

Zu den Texten: Die Übersetzung von Josef Thanner und die Anordnung folgt dem Band „Lord Arthur Savile's Crime and Other Stories" (London: Osgood, McIlvaine and Co. 1891). Alle Geschichten waren 1887 schon einzeln in Zeitschriften erschienen: *The Canterville Ghost* und *Lord Arthur Savile's Crime. A Story of Cheiromancy* in „The Court and Society Review", *The Sphinx Without a Secret* (unter dem Titel: „Lady Alroy") und *The Model Millionaire* in „The World" (London).

LORD ARTHUR SAVILES VERBRECHEN

Der Untertitel der Erzählung lautete in der Zeitschriftenfassung zunächst „A Story of Cheiromancy", eine Geschichte über *Chiromantie* oder besser: Chirologie. Angespielt war nämlich nicht auf die uralte Form der Handlesekunst, sondern auf die seit der Mitte des 19. Jahrhunderts, z. B. durch C. G. Carus in Deutschland (Symbolik der menschlichen Gestalt, 1853) und A. Desbarolles in Frankreich (Chiromancie nouvelle, 1859) mit wissenschaftlichen Argumenten gestützte Erneuerung. Wilde wurde von Edward Heron-Allen für die Chirologie interessiert, dessen Aufsatz „The Cheiromancy of Today" dann in derselben Nummer von „Lippincott's Magazine" erschien, die auch die Urfassung des „Dorian Gray" brachte. Wilde gibt der traditionellen Rede von der *„self fullfilling prophecy"* noch eine zusätzliche Pointe, wenn er diese Prophezeiung sich gegen ihren Erzeuger kehren läßt.

Dieser Einfall konnte sich allerdings erst vor dem Hintergrund der Struktur der *Detektivgeschichte* entfalten. Diese Struktur ist bei der außerordentlichen Beliebtheit der Form im 20. Jahrhundert inzwischen Allgemeingut. Zur Zeit der Entstehung der Erzählung war sie jedoch noch etwas Neues. Abgesehen von Vorläufern bei Wilkie Collins (1824–1889) und Edgar Allen Poe (The Murders in the Rue Morque, 1841), hatte Arthur Conan Doyle mit „A Study in Scarlet", 1887 (vgl. Wildes Untertitel in der Buchfassung) eben erst begonnen, der Form ihre Konturen zu geben. Hauptmerkmal der Struktur war, daß am Beginn der Erzählung die Tat stand, zu der mit Hilfe von erzählerisch reflektierten Entschlüsselungsverfahren der Täter gesucht werden mußte. Wie in den anderen Erzählungen, aber auch in seinen Aphorismen, bedient sich Wilde hier des Kunstgriffs der einfachen Umdrehung: am Anfang gibt es einen Täter, der sich seine Tat suchen muß. Die Komik resultiert aber daraus, daß diese Umdrehung auf mehreren Ebenen durchgeführt wird: so ist die dargestellte *Psychologie des Täters* nicht auf die Tat bezogen, sondern auf ihr Fehlen. Schuldig fühlt er sich nicht nach, sondern vor der Tat.

DIE SPHINX OHNE GEHEIMNIS

Die Erzählung ist eine parodistische Variation über den ästhetizistischen *Mythos der geheimnisvollen Frau*, wie er die romantische und nachromantische Literatur des 19. Jahrhunderts in unzähligen Gestaltungen durchzieht. Wiederum war es Walter Pater, der die entscheidenden Merkmale dieser Gestaltungen von Gautier bis Swinburne in einer bildhaften Beschreibung für die englische ästhetizistische Bewegung

verfügbar machte. Im Kapitel über Leonardo in seinem „Renaissance"-
Buch (vgl. oben S. 676) hat er die Geschichte der dämonischen, geheim-
nisumwitterten Frau aus dem „Lächeln der *Gioconda*", der Mona Lisa,
entziffert. Im Gegensatz zu dem Gedicht „The Sphinx", in dem Wilde
das ganze Arsenal der romantischen und ästhetizistischen Frauenbe-
schreibungen und -assoziationen zitierend aufbietet, betreibt die Erzählung eine Dekonstruktion des Mythos. Hinter dem Lächeln der „Gioconda im Pelz" steckt nichts, ihr *Geheimnis* ist, daß sie keines hat.

DAS GESPENST VON CANTERVILLE

Der Untertitel „Eine hylo-idealistische Erzählung" bezieht sich auf
eine Lehre, nach der die Gegenstände der Wirklichkeit zwar *Materie*
sind, aber dennoch nur als *Vorstellung* des Subjekts gedacht werden
können. Zuerst hatte Wilde die Geschichte als „materio-idealistische
romantische Erzählung" bezeichnet. Wilde schließt mit dieser Erzählung scherzhaft an eine weniger philosophische als literarische Diskussion um den Ort des Übersinnlichen an. Seit Horace Walpoles „The
Castle of Otranto" (1764), dem Roman, der die Gattung der „Gothic
Novel", des Schauerromans und der neueren *Gespenstergeschichte*,
begründete, hatte es in England und Frankreich immer wieder Versuche
gegeben, das Schauerlich-Phantastische überzeugend darzustellen, wobei der Ort des Gespenstischen zunehmend aus der dargestellten Räum-
lichkeit der alten Schlösser, die in England als sinnfällige Zeugen einer
vergangenen Realität überall präsent waren, in die Seele des Menschen
verlegt worden waren. Bereits bei Ann Radcliffe (1764–1823), der
Hauptvertreterin der „Gothic Novel", wurde das Naiv-Gespenstische
vermieden, in der französischen Tradition von Nodier bis Villiers de
l'Isle Adam (Contes cruels, 1883) entwickelte es sich zu einer psychologisch und kompositorisch motivierten künstlerischen Gegenwirklich-
keit, was allerdings der Beliebtheit der eher naiven Form der Gespenstergeschichte keinen Abbruch tat. Auf diese greift Wilde parodierend
zurück, ohne die Entwicklung außer acht zu lassen. Sein Grundverfah-
ren besteht wiederum in einer einfachen Umdrehung der Erzählmotiva-
tion: nicht die handelnden Personen werden vom Gespenst in Schrecken
versetzt, sondern umgekehrt. Zum eigentlichen Schrecken wird so in
der Geschichte die *amerikanisch-materialistische Einstellung* erklärt, die
Wilde auf seiner Amerika-Reise von 1882 studieren konnte. Abgesehen
von der einfallsreichen Durchführung in der Geschichte, war Wildes
Position hier durchaus konventionell, entsprach dem Dünkel des englischen Gentleman, der sich nicht ohne Neid auf die Unbefangenheit der
Amerikaner über ihre kulturelle Naivität lustig machte.

In Amerika war Wilde auch mit *Henry W. Longfellow* zusammengetroffen, auf dessen Schauergeschichte „The Skeleton in Armour" (1841)
in der Erzählung angespielt wird. Longfellows Geschichte hatte bereits
parodistische Züge, insofern als der Geist dort hohl und lächerlich
erscheint. Dagegen besteht der Kunstgriff Wildes darin, die Sympathie
des Lesers auf das arme Gespenst zu lenken.

DER MODELLMILLIONÄR

Auch in dieser Erzählung bezieht sich Wilde auf eine bereits vorhan-
dene Tradition: auf ein *triviales Genre*, das im England der zweiten
Hälfte des 19. Jahrhunderts durch die Ausbreitung des Zeitungs- und
Magazinwesens zunehmend Raum und Beliebtheit gewann. Als Redak-
teur von „Women's World" (1887–1889) und freier Mitarbeiter vieler
anderer Zeitschriften kamen ihm solche Geschichten von *unverhofftem
Reichtum* und Glück notgedrungen zuhauf vor Augen. Interessanter ist
jedoch, wie Wilde in dieser Struktur seine Theorie der Oberfläche und
seine Kritik an der naturalistischen Verfahrensweise unterbringt: ein
Gemälde, die Kunst, kann nur einen *Bettler* darstellen, das Abbild bleibt
Oberfläche und der Interpretation des Betrachters überlassen. Ein kleiner Seitenhieb vielleicht auch auf die sozialen Sujets der Präraffaeliten.

GEDICHTE IN PROSA

Zu den Texten: Die sechs „Gedichte in Prosa", aus dem Französischen übertragen von Wolfhart Klee, sind jene, die Wilde aus Hunderten von mündlich erzählten Geschichten, Parabeln und Legenden selbst
für den Druck ausgesucht und vorbereitet hat und die Frank Harris 1894
in der „Fortnightly Review" unter dem Titel *Poems in Prose* veröffentlichte. Die hier abgedruckten Texte folgen allerdings den Fassungen aus
der Sammlung von Guillot des Saix: Les Songes Merveilleux du Dor-
meur Éveillé ... Contes parlés d'Oscar Wilde (1936; dt. unter dem Titel
„Herberge der Träume", 1955). Dies ist in textphilologischer Hinsicht
nicht ganz unproblematisch, jedoch vermitteln diese Fassungen zumindest den Abglanz der mündlich vorgetragenen Erzählungen Wildes, die
textphilologisch ohnehin nur unvollkommen zugänglich gemacht werden können (Richard Ellmann hat in seiner Wilde-Biographie, 1987, mit
einem komplizierten System von Betonungszeichen versucht, Wildes
Vortragsweise darzustellen.)

Wilde war ein glänzender Fabulierer und Unterhalter, der mit seiner *Improvisationskunst* und seiner auf Englisch und Französisch gleichermaßen wohltönenden Stimme, seiner seltsam gedehnten, aber melodischen Diktion Zuhörer begeistern konnte. In diesen mündlich vorgetragenen Stücken zur Unterhaltung und Belehrung hatte er offenbar eine besondere Technik entwickelt, die sich auch in den Märchen niederschlägt. Fast alle *Motive* und stofflichen Elemente entnahm Wilde der Überlieferung von Mythen, Fabeln und biblischen Erzählungen, also dem Bekannten. Die Erzählform war einfach, mit Anklängen an die Bibel und an Volkserzählungen. Mit häufigen Wiederholungen von Worten und Satzteilen und mit Alliterationen benutzte er sehr simple, musikalisch-poetische Mittel. Der Überraschungseffekt dieser Geschichten wurde mit der Technik der Umkehrung und Variation erreicht sowie durch leichte Verfremdungen sowohl in der Sprache wie in der Charakteristik der handelnden Personen und dargestellten Gegenstände, häufig mit blasphemischen Anklängen. Wildes Technik der kunstfertigen Provokation und der kalkulierten Abänderung im Sinne Baudelaires (vgl. oben S. 693) findet man in diesen Texten in seiner einfachsten und dichtesten Form.

ESSAYS

Zu den Texten: Christine Hoeppener hat *The Portrait of Mr. W. H.* übertragen; der Text beruht auf dem Erstdruck in „Blackwood's Edinburgh Magazine", 1889. Die revidierte und erweiterte Fassung, herausgegeben von Vyvyan Holland, erschien erst 1958 (London: Methuen).

Die nächsten vier, von Paul Wertheimer übersetzten und von Siegfried Schmitz durchgesehenen Essays folgen der Sammlung „Intentions" (London: Osgood, McIlvaine and Co. 1891). Gegenüber den Erstfassungen wurden sie von Wilde z. T. beträchtlich revidiert. Die Erstdrucke erschienen in Zeitschriften: *The Decay of Lying. A Dialogue* in: The Nineteenth Century, 1889 (späterer Untertitel: An Observation); *Pen, Pencil and Poison. A Study* in: The Fortnightly Review, 1889 (späterer Untertitel: A Study in Green); *The True Function and Value of Criticism; with Some Remarks on the Importance of Doing Nothing. A Dialogue* in: The Nineteenth Century, 1890 (späterer Haupttitel: The Critic as Artist); *Shakespeare and Stage Costume* in: The Nineteenth Century, 1885 (späterer Titel: The Truth of Masks. A Note on Illusion).

The Soul of Man Under Socialism, ebenfalls übertragen von Paul Wertheimer und durchgesehen von Siegfried Schmitz, erschien zuerst in: The Fortnightly Review, 1891.

Zwischen 1877 und 1889 verdiente sich Wilde vornehmlich mit Rezensionen, Essays und Vorträgen Geld. Er schrieb über die „englische Renaissance", rezensierte Pater, Symonds und Morris, er berichtete über Ausstellungen von Malerei und Bildhauerei bis zum Kunsthandwerk, er sprach über Kleidermode und forderte eine Kleidungsreform. Ein immer wiederkehrendes Thema sind Fragen der Innenarchitektur und der Dekoration von Stickerei und Spitzenkunst über Tapeten bis zum Tafelgeschirr. In der Tradition von Ruskin und Morris interessierte sich Wilde für handwerkliche Fragen, für Drucktechnik und Buchbinderei und vieles mehr. Quantitativ den größten Raum nimmt bei den Rezensionen aber doch die Literatur ein: von Sidney und Shakespeare über Keats und Swinburne bis zur seinerzeit allerneuesten französischen und englischen Romanproduktion. Die frühen Essays und Vorträge (vgl. Sämtliche Werke, hg. von Norbert Kohl, Bd. 6, 1982), besonders die Rezensionen, bezeugen Wildes ungeheure Aufnahmefähigkeit, sind jedoch heute nur noch von zeitgeschichtlichem Interesse. Alle Ideen, Themen und Motive, die Wilde besonders bewegten, erscheinen in den hier abgedruckten Texten in durchgearbeiteter und weniger auf die Aktualität bezogener Form wieder.

Die Versammlung dieser Texte unter dem Begriff des Essay ist nicht ganz unproblematisch, da der gleichlautende Begriff im Englischen erheblich weiter gefaßt ist: er reicht von der Abhandlung oder These über den (Schul-)Aufsatz über die Interpretation bis zum literarischen „Versuch" verschiedenster Art. Wilde selbst hatte diesen Begriff noch erweitert, wenn er etwa den „Dorian Gray" als „essay on decorative art" bezeichnete. Umgekehrt tendieren „Das Porträt des Mr. W. H." und „Feder, Stift und Gift" zur Fiktion. Wenn es überhaupt ein sinnvolles Unterscheidungskriterium gibt, dann besteht es darin, daß Wilde in diesen Texten – in der Tradition seiner Vorträge – trotz der häufigen Verwendung paradoxer Argumentationsfiguren einen deutlichen Wirkungswillen an den Tag legt, den Leser zu überzeugen versucht, woraus sich allerdings nicht in jedem Fall eine Gradlinigkeit der Argumentation ergibt, gemäß seiner eigenen Maxime, man müsse die Wirklichkeit zum Tanzen bringen, um sie zu prüfen.

DAS PORTRÄT DES MR. W. H.

Der Text ist von der Gattung her nicht eindeutig einzuordnen. Er läßt sich sowohl als eine parodistische Fiktion auf philologischer Grundlage, als Erwägung über die Gültigkeit von Interpretationen, als Illustration von Wildes Begriff der schöpferischen Kritik, schließlich aber auch als romantische Erzählung mit Anklängen an die Detektivgeschichte lesen.

Dabei verwendet Wilde zahlreiche nichtfiktionale Elemente, allem voran die Zitate aus *Shakespeares Sonetten*. Abgesehen von den handelnden Personen und von Willie Hughes lassen sich alle Namen und Fakten belegen. *James McPherson* (1736–1796) war der vorgebliche Herausgeber von Dichtungen des von ihm erfundenen Barden „Ossian", *Samuel Ireland* (1777–1835) fälschte angeblich verlorengegangene und wiederaufgefundene Stücke Shakespeares, *Thomas Chatterton* (1752–1770) verfaßte Gedichte in mittelalterlicher Manier, die er einem fiktiven Mönch aus dem 15. Jahrhundert zuschrieb.

Die *Widmung* zu Shakespeares Sonetten, die der Drucker und Herausgeber Thomas Thorpe der Ausgabe von 1609 (Quarto) voranstellte, lautet: „To the onlie begetter of / these insuing sonetts / Mr. W. H. all happinesse / and that eternitie / promised / by / our ever-living poet / ..."

Die Ermittlung der *Identität des „Mr. W. H."* in den Sonetten (und die der „dark lady", um die Wilde sich kaum kümmert) war das Lieblingsspiel der biographischen Richtung der Shakespeare-Philologie des späten 19. Jahrhunderts und blieb es noch lange. Als „Mr. W. H." erwogen wurden Henry Wriothesley, Earl of Southampton, sowie William Herbert, Earl of Pembroke, beides mögliche Gönner Shakespeares, auf die er wegen der puritanischen Angriffe auf das Theater angewiesen gewesen sein könnte, weiterhin Shakespeares Verwandter William Hart und der Bruder seiner Frau Ann, William Hathaway, auch William Hall, der vermutlich den Text der Sonette an den Herausgeber Thorpe weitergab. Schließlich auch William „Himself", Shakespeare selber. Bis heute ist keine dieser Theorien gesichert.

Wildes Erfindung wurde 1899 von Samuel Butler weitergesponnen (Shakespeare's Sonnets Reconsidered). In „Notes and Queeries", einer kauzigen Zeitschrift für literarische Fundstücke, hatte ein Beiträger von sieben *William Hughes'* berichtet, die in der in Frage kommenden Zeit auszumachen waren (einer davon war allerdings der Bischof von St. Asaph und kam nicht recht in Frage). Butler fand weitere vier, über die Näheres aber nicht zu ermitteln war, so daß sie es alle hätten sein können.

Widmung und Inhalt der Sonette hatten in der Shakespeare-Forschung des 19. Jahrhunderts zu Spekulationen über eine *Homosexualität Shakespeares* geführt. Obwohl dies also keineswegs Wildes Erfindung war und er überdies diesen Zusammenhang nur andeutete, wurden ihm Stellen aus dem Text vor Gericht als Beweis seiner Homosexualität vorgehalten: „... Sie haben doch einen Artikel geschrieben, um zu beweisen, daß die Sonette Shakespeares auf eine widernatürliche Sünde hindeuten?" Wilde: „Im Gegenteil, ich habe einen Artikel geschrieben, um zu beweisen, daß dies nicht der Fall ist. Ich habe dagegen protestiert, daß man Shakespeare eine Perversion unterstellt hat." Zum Vergleich die Stellungnahme Stefan Georges in der Einleitung zu seiner Übertragung der Shakespeare-Sonette (1909): „Unsrer tage haben sich menschen und dichter unverhohlen ausgesprochen: im mittelpunkte der sonettenfolge steht in allen lagen und stufen die leidenschaftliche hingabe des dichters an seinen freund. Dies hat man hinzunehmen auch wo man nicht versteht und es ist gleich töricht mit tadeln wie mit rettungen zu beflecken was einer der größten Irdischen für gut befand."

DER VERFALL DES LÜGENS

Der Text ist formal als *platonischer Dialog* konzipiert. Die Dialogpartner tragen die Namen von Wildes Söhnen Cyril (geb. 1885) und Vyvyan (geb. 1886). Wie auch in „Der Kritiker als Künstler" gibt es jedoch keine ausgewogene Verteilung von Argumentationsstandpunkten; *Cyril* fungiert hier nur als gelegentlich verblüfft oder schüchtern protestierender Zuhörer, der der Eloquenz *Vivians* nichts Gleichwertiges entgegenzusetzen hat.

S. 482 Die Diskussion des *Verhältnisses zwischen dem Natur- und dem Kunstschönen* in der Ästhetik läßt sich auch als ein Paradigma des Versuchs betrachten, mit der zunehmenden Naturentfremdung des Menschen fertig zu werden. Bereits der Klassizismus in der Sicht Alexander Popes (1688–1744) postulierte trotz seines Festhaltens am Prinzip der Nachahmung eine Überlegenheit des Kunstschönen über das Naturschöne. Da die in der Aufklärung *entzauberte Welt* ihren unmittelbaren Ausdruck als Schöpfung verloren hatte, war es allein die Kunst, die die Natur in ihrem wahren und ganzheitlichen Wesen ausdrücken konnte. So blieb die Kunst an die Natur gebunden. Die Romantik wollte in einem Schritt darüber hinaus nur die Schönheit gelten lassen, die ihre Entstehung dem Subjekt verdankt, betrauerte aber gerade darin die verlorengegangene Einheit von Mensch und Natur. Bei den „Lake Poets", Coleridge, Wordsworth u. a., wurde Natur zum Ort bürgerlicher Innerlichkeit, zum Gegenbild des unbefriedigenden Gesellschaftlichen.

Erst als Reaktion auf die Naturüberwältigung des „mechanischen Zeitalters" (Carlyle) blieb im Symbolismus und Ästhetizismus die Natur zwar Poetikum, aber als erstarrte Chiffre, angesichts derer – etwa bei H. F. Amiel (1821–1881), der das berühmte Wort von der Landschaft als einem Seelenstand („état de l'âme") prägte – eine entfremdete und vereinzelte Seele nur noch sich selbst entziffert. In den erstarrten Landschaften Mallarmés erblickt sich das Subjekt mit Schrecken, für seinen Zustand gibt es keinen Ausdruck in meinender Sprache, nur noch im reinen Gestus einer nichts als sich selbst spiegelnden Kunst. In späten Gedichten Swinburnes (z. B. „The Forsaken Garden", 1875) ist die erstarrte Natur vollkommen subjektverlassen, es gibt nur Reste von Leben als vage Erinnerung, als Poetikum erscheint am Ende eine universale Sinnverlassenheit.

Bleibt in diesen Gestaltungsversuchen die Trauer um den verlorenen Naturzusammenhang immer anwesend, so versucht dagegen Wilde, die Entfernung von der Natur ironisch zu akzeptieren, ihre Deutung als Mythos zu entlarven, z. T. mit vorgeblich praktischen Argumenten, um ihr aber zugleich von der Kunst her einen neuen Sinn zuzuweisen: sie wird zum Medium der Kunst.

S. 484 Abgesehen davon, daß jede in diesem Essay vertretene kunsttheoretische Position bereits durch die Dialog- bzw. Rollenfiktion relativiert wird, zeigt der Hinweis auf den *Dekadentismus* – etwa eines Robert de Montesquiou (Le Treizième César, 1887) –, in dem das spätzeitliche Bewußtsein sich in der postulierten Verwandtschaft mit der spätrömischen Antike und ihrer Motivik von Prunk, Vergeudung, Genuß, Verfall und Verbrechen noch identifizieren und den eigenen historischen Ort bestimmen konnte, wie bei Wilde alles zum mehr oder minder ironischen Zitat wird.

S. 486 Über Wildes witziger Polemik gegen die *Wissenschaftsgläubigkeit*, den Fortschrittsbegriff des 19. Jahrhunderts und den Naturalismus darf nicht übersehen werden, daß er hier einen kritischen Standpunkt ausformuliert, der erkenntnistheoretisch durchaus tragfähig ist. Von der wissenschaftsgläubigen Öffentlichkeit wurde zu Wildes Zeiten noch nicht wahrgenommen, daß der Begriff der Tatsachenwissenschaft gegen Ende des 19. Jahrhunderts längst zur Disposition stand. Wildes Bemerkungen zielen auf den Zusammenhang von Erkenntnis, Methode und Interesse, dessen Analyse Albert Einstein einige Jahre später dazu führen sollte, die Kategorien auch der naturwissenschaftlichen Wirklichkeitserfahrung als „freie Schöpfungen" des Menschen zu bezeichnen. Wilde präsentiert sich hier insofern als *Relativist*, als er davon ausgeht, daß jede Beobachtung Deutungsentscheidungen voraussetzt, die nicht restlos analysiert werden können. Wenn hier eine Überzeugung dahintersteht, dann die, daß ein ganzheitlicher Begriff des Lebens vor dem Zerreden gerettet werden muß. In diesem Zusammenhang wird die zunächst überraschende Verteidigung *Balzacs* (S. 490) verständlich.

S. 491 Die Verwerfung der „*Modernität der Form*" scheint zunächst die Position Baudelaires zu vertreten, wie sie sich auch Swinburne anverwandelt hatte. In Baudelaires Theorie zeigte das Verhältnis von „anciennité" (der Form) und „modernité" (des Inhalts) die spezifische Position der Dichtung gegenüber der Wirklichkeit an. Der Gegensatz der dichterischen Subjektivität zur Erfahrungsrealität wird in der strengen Form nicht überbrückt, sondern als Widerspruch festgehalten und bindet sich gerade darin an die geschichtliche Aktualität. Wilde geht einen Schritt weiter und verwirft auch die *Modernität des Gegenstandes*, postuliert die vollständige Zeitunabhängigkeit der Kunst. Hier liegt in der Tat eine frühe Formulierung eines postmodernen „anything goes": die gesamte Tradition wird zitathaft verfügbar, der Begriff der Originalität und dergleichen erübrigt sich, die Kunst wird als universales Gaukelspiel bestimmt, Wahrheit wird zur Stilfrage.

S. 496 Auch die Behandlung des Themas der *Geschichtsschreibung* läuft auf eine historismuskritische Position hinaus, die in einigen Punkten bis heute Bestand hat, indem sie der analytischen Einsicht entspricht, daß Text der Geschichte und Geschehen nicht identisch sein können. Aus einer Menge von Ereignissen, die ja selber nur in Form von Texten vorliegen, greift der Historiker von einem späteren Standpunkt und Interesse bestimmte heraus und verbindet sie mit notwendig ästhetischen Mitteln zu einer Struktur. Deshalb ist jeder historische Text Folge von Deutungs- und Gestaltungsentscheidungen, gibt Sinn als Zusammenhang nicht wieder, sondern stellt ihn her.

S. 497 Das Postulat der *Autonomie der Kunst*, wie es Vivian etwas später in dem Satz zusammenfaßt: „Die Kunst drückt nie etwas anderes aus als sich selbst" (S. 506), ist zunächst dem Kern der symbolischen Position etwa Mallarmés vergleichbar. Was es bei Wilde jedoch nicht gibt, ist die Hermetik, die bei Mallarmé mit dem Postulat verbunden ist. Bleibt für Mallarmé aller Ausdruck der Kunst und mit ihm alle Wirkung in ihren Formen eingeschlossen, kann der Leser in meditativer Versenkung nur ihr begegnen, ohne eine Erkenntnis zurück in die Erfahrungswirklichkeit transportieren zu können, so postuliert Wilde in der Umkehrung des Nachahmungsprinzips unverdrossen eine *Orientierungsfunktion der Kunst*, wie willkürlich und gegen die sich abzeichnende Übermacht der Technologie auch immer.

S. 507 Die erkenntniskritische Grundeinsicht in die *Unmöglichkeit des Abbildes* wird hier noch einmal historisch durchgeführt, in seiner Anhängigkeit vom Bewußtsein, vom Wirklichkeitsbegriff diskutiert, womit – durchaus noch aktuell – alle künstlerische Verfahrensweise auf die Differenz zurückgeführt wird.

S. 513 Der Schluß illustriert den fortgesetzten Widerspruch als Form der Kunst wie des Lebens noch einmal jenseits von Argumenten. Am Ende eignet der Natur – als gelesener – nun doch *Zauber*.

FEDER, STIFT UND GIFT

Der Untertitel „Eine Studie in Grün" mag sich wiederum auf Conan Doyles „A Study in Scarlet", der ersten Sherlock-Holmes-Geschichte, beziehen. Insofern kann man den Essay auch als *Analyse* eines Täters betrachten, allerdings gerade im Gegensinn der Entschlüsselungsstrategie des Detektivs.

Der Kunstkritiker, Maler, Fälscher und Giftmörder *Thomas Griffiths Wainewright* (1794–1852) starb als Verbannter in Australien. Er war ein Freund von Charles Lamb (1775–1834) und, wie Wilde am Ende (S. 534) bemerkt, bereits von Bulwer-Lytton und Dickens literarisch dargestellt worden. Die Schriften Wainewrights, die Wilde zitiert, stammen aus dem „London Magazine", das von 1820 bis 1829 erschien und nicht identisch ist mit dem „London Magazine" des 18. Jahrhunderts. Neben Wainewright waren z. B. Lamb, William Hazlitt (1778–1830) und De Quincey Mitarbeiter oder Beiträger der Zeitschrift. De Quinceys „Confessions of an English Opium Eater" wurden darin veröffentlicht.

Wilde bedient sich in dem Essay zwar der bekannten Fakten über Wainewright, dennoch ist der Text weniger eine biographische Studie als ein „imaginäres Porträt" im Sinne Paters, indem Wilde Wainewright zu einem *impressionistischen Kritiker*, Ästhetizisten und souveränen Verfechter einer rein künstlerischen Moral umdeutet. Man wollte später wiederum quasiprophetische Analogien zum eigenen Schicksal Wildes darin sehen, was jedoch auch hier daran lag, daß Wilde in „De Profundis" sich nach einem ähnlichen Muster ästhetisch stilisierte, wie er es mit Wainewright tat. Ebenfalls sind die Analogien zum „Dorian Gray" unübersehbar.

S. 517 Hier wird deutlich, wie Wilde die Figur Wainewrights zur Konstruktion des Künstlers benutzt, dessen Kunst- und Lebensform in der Realisierung der *Differenz* besteht.

S. 519 Bei allem Hereinziehen ins Eigene ist es möglicherweise eine Entdeckung von Wilde, Wainewright in eine *Tradition der Kunstliteratur* seit der Romantik einzuordnen, in der die Kunst als ein zu Entzifferndes begriffen wird, als stillgestellte Geschichte, die als eine Art des Übersetzens im Medium der Sprache wieder verflüssigt werden soll. So wie Wilde Wainewright jedoch hier gegenüber Pater, Ruskin und

Browning abgrenzt, zieht er ihn auch wieder in die eigene Position hinüber (vgl. bes. S. 524).

S. 527 Im folgenden bezieht sich Wilde auf *De Quinceys* Essay „Der Mord als schöne Kunst betrachtet" (On Murder Considered as One of the Fine Arts, erschienen in zwei Teilen 1827 und 1839, mit einem Anhang – 1854 – zu realen Fällen). In diesem Essay werden Morde analysiert wie Kunstwerke, er enthält bereits eine Theorie der *ästhetischen Perfektion des Verbrechens*, die ironisch bis zu dessen Rechtfertigung aus ästhetischen Gründen getrieben wird.

S. 533 Hier noch einmal ein deutlicher Hinweis auf die *Porträt*-Idee im „Dorian Gray" (vgl. S. 677), nach der die Forschung an so vielen falschen Stellen suchte. Die anschließende Charakterisierung ist schon fast eine Beschreibung Dorians.
William Carew Hazlitt (1834–1913) war der Enkel William Hazlitts. Er war hauptsächlich Bibliograph. Seine „Bibliographical Collections and Notes", ein Serienwerk (1876–1889), waren eine Fundgrube des Seltenen und Abgelegenen.

S. 534 *John Addington Symonds'* (1840–1893) „History of the Italian Renaissance" (1875–1886) kommt ebenfalls als Quellenwerk für den „Dorian Gray" in Frage (vgl. den Kommentar zum „gelben Buch", S. 683). Wildes Vorstellung vom *Giftmord* in der Renaissance mag von Symonds bezogen sein. Auch dessen Übersetzung der Autobiographie Benvenuto Cellinis (1888), des florentinischen Goldschmieds und Bildhauers, hat Wildes historische Bildwelt stark geprägt.

DER KRITIKER ALS KÜNSTLER

In diesen beiden *Dialogen* ist Ernest zwar mehr Text zugewiesen als Cyril in „Der Verfall des Lügens", jedoch ist er, im Verlauf des Gesprächs immer mehr, dazu verurteilt, relativ konventionelle Argumente gegen Gilberts überdimensionale Sicht des *Kritikers* vorzubringen. Dieser Essay wird immer wieder pflichtschuldig als gewichtigste und umfangreichste ästhetische Abhandlung Wildes gewürdigt, gleichzeitig mit solchen Würdigungen findet man jedoch die Irritation darüber, daß eine relativ schmale These, nämlich die der schöpferischen Überlegenheit des Kritikers dem Schaffenden gegenüber, die noch dazu schließlich in ein bloß impressionistisches Konzept der Kritik zurückgenommen zu werden scheint, in ihrer Darlegung derartig viel Raum und vor allem derartig gehäufte Mittel der Bildung und der Rhetorik benötigt. Wie immer bei Wilde gibt es dafür keine monokausale Erklärung. Neben einer immer auch parodistisch angelegten Übersteigerung der gebildeten Konversation mit der traditionellen englischen Kunstübung des Name-Dropping spielt in sachlicher Hinsicht eine Rolle, daß der Essay nur zum geringen Teil Thesen und Argumentationen abstrakt entwickelt, vielmehr zugleich die Durchführung dieser Thesen demonstriert. Wichtiger ist jedoch vielleicht, daß der Begriffsinhalt dessen, was Wilde hier als Kritik und unter „Kritiker" versteht, überdimensional über das hinausgeht, was man in der Zeit darunter verstand, und dieser Begriffsinhalt hat sich bis auf den heutigen Tag eher verengt als erweitert.

Die Einsicht in diese beiden Gründe mag im ganzen das Verständnis des Essays erleichtern, ihre Konsequenzen im einzelnen des Texts stellen jedoch den heutigen Leser vor erhebliche Probleme. Denn in diesem Essay breitet Wilde nicht nur ziemlich alles aus, was man als Absolvent der Oxforder Humaniora mehr oder weniger tiefgehend lernte, sondern, neben seinen z. T. hervorragenden Kenntnissen der französischen Literatur des 19. Jahrhunderts, die mehr oder weniger flüchtige Lektüre des seinerzeit Neuesten. Ein Nachvollzug dieses hingetupften *Bildungskanons*, der als solcher gleichzeitig immer in Frage gestellt wird, dürfte in irgendeiner ernsthaften Weise bereits zu Wildes Zeiten nicht möglich gewesen sein, deshalb hat sich ja Wilde immer wieder den Vorwurf des gelehrten Imponiergehabes zugezogen.

Der heutige Leser ist also nicht sowohl gezwungen als auch berechtigt, die *literarhistorischen Anspielungen* in diesem Essay als das zu lesen, was sie zumindest auch sind: literaturkritische Konstruktionen und Impressionen, die den schöpferischen Charakter der Kritik demonstrieren sollen, während er postuliert wird.

Anders verhält es sich mit der Erweiterung der Begriffe des *Kritikers* und der *Kritik*, die man zumindest ansatzweise in ihren zeitgeschichtlichen Kontext zurückversetzen muß. Auf diesen Hintergrund gibt erst das Ende des Essays deutlich den Blick frei. Dort wird Darwin als Kritiker des *Buchs der Natur* bezeichnet, Ernest Renan als Kritiker der *Bücher Gottes*. Wilde zitiert hier eine mittelalterlich-christliche Metaphorik, die die Welt wie die heiligen Schriften als Werk und Schöpfung Gottes betrachtete und ihnen somit einen absoluten Sinn zuschrieb. Wie immer beschränkt er dem Menschen auch zugänglich sein mochte, so war doch dieser Antrieb aller Erkenntnis als einer Entzifferungsbemühung.

Was haben nun Darwin und Renan, die in Wildes Denken bzw. in der Entstehung dessen, was man nur hilfsweise seine Weltanschauung nennen kann, Wegweiserfunktion haben, gemeinsam? Zunächst einmal ist als erstaunliches Faktum zu vermerken, daß Wilde aus *Darwins*

Lehre weitreichende Konsequenzen zog, während sie noch nicht – wie heute – allgemein anerkannt oder schlimmer: den verschiedensten Mißdeutungen, insbesondere in sozialer Hinsicht, ausgesetzt war. Darwin selbst hatte ja erheblich gezögert, seine Abhandlung „On the Origins of Species by Means of Natural Selection" (1859; 6. und wichtigste Auflage 1872) zu veröffentlichen. Erst 1871 hatte er eine Ausweitung seiner Lehre auf den Menschen vorgelegt, weil ihm bei aller Beschränkung auf fachwissenschaftliche Argumentation klar war, daß seine Entwicklungslehre das Schöpfungsdogma und damit die Vorstellung einer für den Menschen eingerichteten Welt grundlegend erschüttern mußte. Um in der von Wilde zitierten Metaphorik zu bleiben: das Buch der Natur hatte nun keinen absoluten Sinn mehr, sondern nur einen prozessualen, nicht-teleologischen. Auf einer Ebene des Essays versucht Wilde, die Konsequenzen aus der Übertragung dieser Erkenntnis auf Lesen, Kritik, Kunst und Interpretation zu ziehen.

In Wildes Sicht hatte *Ernest Renan* (1823–1892) Analoges auf dem Gebiete der Religion geleistet. In dessen ästhetischer Gestaltung des historisch-kritischen Ansatzes der Bibelauslegung in dem Riesenwerk der „Histoire des origines du Christianisme" (1863–1883) sah Wilde eine Dynamisierung der Religionsvorstellung, die jegliches Dogma auf die Konstellation der Umstände der Zeit, Ort und gesellschaftlichen Verhältnisse reduzierte. Renan hatte sein Werk ja mit dem berühmten „La vie de Jésus" begonnen, in dem Jesus selbst eine Entwicklung zugeschrieben wurde, die aus der Auseinandersetzung mit seiner Umwelt resultierte. Der angebliche Märtyrertod erwies sich dabei zuletzt als notwendige Konsequenz aus der Nichtdurchsetzbarkeit eines Ideals in einer bestimmten Wirklichkeit. Zusammengenommen liefern die beiden Ansätze von Darwin und Renan oder das, was Wilde davon verstehen konnte und wollte, das Denkmotiv einer immer erneuerten *antidogmatischen Lektüre* der Bücher der Kunst wie des Lebens.

S. 545 Hier wird explizit deutlich, daß sich die *schöpferische Haltung der Kritik* ebenso auf das Leben wie auf die Kunst bezieht. Ebensowenig wie die Werke den einen, ein für allemal gültigen Sinn haben, hat das Leben einen Sinn anderswo als da, wo er hergestellt wird: als ein Akt kritischer Lektüre.

S. 550 *Matthew Arnold* (1822–1888), der Literat und Oxforder Literaturprofessor, hatte in seinen zwischen 1865 und 1888 erschienen „Essays in Criticism" den *Begriff der Kritik* außerordentlich erweitert und zu einem Kampfinstrument gegen das borniert und puritanische Literaturverständnis des englischen Bürgertums gemacht. Insbesondere hatte er den Begriff der Kritik bereits mit dem der Literatur selbst vermittelt, indem er kein Kunstwerk als solches gelten lassen wollte, das nicht Momente der kritischen Abweichung von einem gegebenen gesellschaftlichen Bewußtsein in sich trägt.

Ernest als Sprachrohr des konventionellen Verständnisses spielt dagegen den *Idealismus* und die Genie-Poetik etwa eines Ralph Waldo Emerson (1803–1883) aus. Gegen beide entwickelt Gilbert den Gedanken des Konstruktionscharakters der Kunst, der vor allem auf dem Akt der *Selektion* als einem der Differenzbildung beruht. Das läßt sich durchaus als Anwendung eines Darwinschen Prinzips begreifen, und Wilde ging sogar so weit, diesen Akt mit dem der Zuchtwahl zu vergleichen.

S. 553 Der Dialog beginnt hier die Frage nach dem *Maßstab der Kritik*, die sich seit der Ablösung der Nachahmungspoetik im 18. Jahrhundert immer neu stellen mußte, mit dem Problem der Teleologie und der gesellschaftlichen Moral zu verknüpfen. Dies wird S. 555 mit offenem Bezug auf Darwin wie auf Renan fortgesetzt.

S. 560 Die Begründung des Schöpferischen der Kritik verbindet sich hier mit dem *erkenntniskritischen Motiv* der Unmöglichkeit des Abbildes. Kritik ist da schöpferisch, wo sie gemäß den Prinzipien der Selektion und Kombination, Abstands-, Differenzverhältnisse schafft.

Die sich anschließenden Bemerkungen sind mit einiger Indignation häufig so aufgefaßt worden, als überschreite Wilde hier den *Impressionismus* Paters, der die empfangende Seele als in ihre Impressionen eingeschlossen sah, noch in Richtung auf einen willkürlichen *Subjektivismus* der Interpretation. Dabei ist jedoch zu bedenken, daß Wilde den Menschen als Sprachwesen begreift, und die Sprache ist immer zugleich allgemein und individuell. Auch im Widerspruch setzt sich der Kritiker wie der Künstler in ein Verhältnis zu Vorgebildetem, das den menschlichen Erfahrungsprozeß und seine Organisation in sich enthält (wie die Sprache überhaupt), und überschreitet sie zugleich ins je Offene (vgl. auch S. 565).

S. 569 Hier wird endgültig deutlich, daß das Wilde vorschwebende *Interpretationsmodell* nicht subjektivistisch ist in dem Sinne, daß allgemeine Vorbedingungen einfach ignoriert werden. Man kann sogar so weit gehen, in diesen Bemerkungen das integrative Modell einer Rezeptionsästhetik neuerer Prägung vorgebildet zu sehen. Literarische Kritik wird hier nämlich definiert als fortdauernde Realisierung von Abstandsverhältnissen zwischen allgemeinen Strukturen, dem „Rezeptionshorizont" einer bestimmten Zeit und dem sich je neu zu ihm in Beziehung setzenden Besonderen. Wildes Verortung der Subjektivität im Prozeß

des Verstehens (S. 570) entspricht, auf seinen sachlichen Kern reduziert,
durchaus der wissenschaftstheoretischen Einsicht, daß Sachlichkeit des
Verstehens in den Geisteswissenschaften eben dadurch zustande
kommt, daß die Subjektivität sich in der Betrachtung der Sache selbst
durchsichtig wird. Subjektivität ist ja nicht an sich da, sondern verdankt
ihre bestimmte Form selbst einem *Traditionszusammenhang*. In diesem
Sinne betont Wilde den „Zusammenhang mit unserem Zeitalter"
(S. 571), der sich allerdings in seiner Sicht mit Notwendigkeit als Widerspruch realisieren muß.

S. 578 Interessanterweise – und das steht im Widerspruch zum angeblichen Ästhetizisten Wilde – verliert die Kunst in seiner Konzeption
nicht ihre *aufklärerische Funktion*. Die Kunst als Kritik demystifiziert
und dekonstruiert, entlarvt das Gesellschaftliche als einen Schein- und
Zwangszusammenhang (vgl. auch S. 581 und S. 589, wo sich Wilde ausdrücklich zur aufklärerischen Tradition bekennt). Mit diesem Bekenntnis wird reizvollerweise eine Selbstreflexion des Essays verknüpft, die
der Vorstellung der Kritik als Kunst den Hintergrund des *Dialogmodells*
gibt, das Strukturen des Verstehens und der Interpretation selbst abbil-
det, verknüpft mit einer radikalen Prozessualisierung des Wahrheitsbe-
griffs. Ebenso verfährt Wilde mit dem *Begriff des Geistes* (S. 590), der
nicht inhaltlich, sondern nur als Bewegung begriffen werden kann.

S. 603 Durchaus emphatisch entwickelt der Dialog zum Schluß die
Utopie einer befriedeten Welt aus dem Geiste der Kritik, aus dem
Idealbild des historisch-kritisch verfahrenden Paläontologen und Philologen, der ohne Teleologie, Dogma, Ideologie und eingefahrene Begriff-
lichkeit auskommt, sondern im von Darwin her entwickelten Sinne
vorausgreifend anpassungsfähig ist.

DIE WAHRHEIT DER MASKEN

Dieser Essay von 1885 wurde häufig als der schwächste der „Intentions" eingestuft, und man hat sich darüber gewundert, warum Wilde
eine Erwägung über die relativ peripher erscheinende Frage der Kostüme bei Theateraufführungen in die Sammlung aufnahm. Zusätzlich
hat Wilde den Leser noch durch die Sätze gegen Ende irritiert, er stimme
mit vielem in diesem Essay Gesagten durchaus nicht überein.
    In der Tat scheint die Entstehung des Essays zunächst aus Wildes
Widerspruchsgeist erklärlich. Im Unterschied zur früheren *Auffüh-
rungspraxis* Shakespearescher Stücke hatten im letzten Drittel des
19. Jahrhunderts historisierende Aufführungen auf der Grundlage phi-

lologisch geprüfter Texte, wie sie etwa Henry Irving auf die Bühne brachte, dauerhaften Erfolg. In einer Rezension von 1884 hatte Lord Lytton (vgl. oben S. 680) „den Versuch, Shakespeare zu archäologisieren", als „eine der dümmsten Pedanterien dieses Zeitalters der Beckmesser" bezeichnet. Darauf antwortete Wilde, aber er konzentrierte seine Antwort auf zwei Punkte, in denen er sich herausgefordert fühlen mußte. Der eine betraf den Begriff der *Archäologie*, den sich Wilde damals schon, in der Folgezeit noch stärker, als Leitbegriff einer kritischen Betrachtung der Kulturentwicklung anverwandelt hatte, der andere Punkt, der der Kleidung im Hinblick auf den dramatischen Effekt, betraf auch seinen ganz persönlichen Lebensstil. Seine Kleidungspraxis hatte sich selbst vom Phantasiekostüm zum historischen Zitieren entwickelt. So erschien er z. B. gelegentlich etwa in originalgetreuer altvenetianischer Tracht.

Was die Bedeutung von Kleidung und Requisit in Shakespeares Stücken in Relation zu ihrem historischen Kontext betrifft, so zeigt sich Wilde hier durchaus auf der Höhe des historisch-philologischen Wissens seiner Zeit, aber dabei beläßt es der Essay keineswegs. Die Frage des *Kostüms* wird hier darüber hinaus untergründig mit wesentlichen Zügen seiner Kunsttheorie verknüpft, was Wilde möglicherweise erst später deutlich wurde. Die Verknüpfung der Frage nach der historisch zitierbaren und verfügbaren Schönheit mit der des Kostüms fand Wilde in Baudelaires Aufsatz über die Modernität, den er mehrfach zitiert. Dort heißt es z. B.: „Für jeden alten Maler gab es eine Modernität; die meisten schönen Gemälde, die wir aus früheren Zeiten besitzen, sind mit Kostümen der Epoche bekleidet. Sie sind vollkommen harmonisch, weil der Anzug, die Kopfbedeckung und selbst die Geste, der Blick und das Lächeln (jede Epoche hat ihre Haltung, ihren Blick und ihr Lächeln) ein lebendiges und vollkommenes Ganzes bilden. Verachtet dieses vergängliche flüchtige Element, dessen Verwandlungen so häufig sind, nicht. Übersehet ihr es, so verfallt ihr zwangsläufig dem Vakuum einer abstrakten und undefinierbaren Schönheit, wie der ersten Frau vor dem Sündenfall." An der Vorstellung einer Archäologie des Kostüms schärfte Wilde seine Versuche, Schönheit in einem Kontinuum je bestimmter Formen zu erkennen, ebenso wie den, den Begriff der Wahrheit jenseits des Gehalts zu fassen, wobei die Inanspruchnahme *Hegels* am Ende des Aufsatzes auch den geneigtesten Leser in Verwirrung stürzen muß, denn dieser wollte ja gerade das Kunstwerk wie die Wahrheit – anders als Kant – von deren Gehalt her bestimmen, wenngleich in der Vermittlung mit Form und Gestalt. Überdies ist bei Hegel der Wahrheitsgehalt einer Aussage an das System des Denkens gebunden, etwas, das Wildes Denkstil zuwiderläuft, gerade was das Problem der Differenz betrifft, die bei Hegel in einer umfassenden Gleichheit oder Einheit aufgehoben ist.

Allerdings hatte sich Wilde in Oxford durchaus mit Hegel sowie mit F. H. Jacobi und Kant beschäftigt; sein Arbeitsjournal zeigt jedoch ein ekklektisches Verhältnis zur Philosophie: unter Stichworten wie Natur, Kultur, Fortschritt, Metaphysik notierte er sich Kernsätze als eine Art Ausrüstung für die Argumentation. Auch hier war für ihn Brillanz wichtiger als Tiefe.

DIE SEELE DES MENSCHEN UNTER DEM SOZIALISMUS

Der Aufsatz ist von allen Essays Wildes derjenige, der die klarsten Argumentationsstrukturen aufweist, er verzichtet sehr weitgehend auf Zitate und Anspielungen, er hat – auch graphisch unterstützt durch die Hervorhebung von Lehrsätzen – fast didaktischen Charakter. So kann kein Zweifel bestehen, daß Wilde gerade mit diesem Essay Klartext reden, möglichst weithin verstanden werden wollte. Jedoch wurde der Essay weder von der Öffentlichkeit der Zeit noch später besonders ernstgenommen. In das Bild vom Ästhetizisten wollte er nicht recht passen.

Der wissenschaftliche und *technische Fortschritt* hatte in England im letzten Drittel des 19. Jahrhunderts zu neuerlichen enormen Produktivitätssteigerungen geführt. Seit 1871 hatten die Gewerkschaften gesetzlichen Status, und dies führte zunächst zu einer Befriedigung der Arbeiterbewegung, die sich der Hoffnung hingab, an dem Produktivitätszuwachs teilhaben und die soziale Frage mittelfristig auf diese Weise lösen zu können. In den 80er Jahren erhielten diese Hoffnungen jedoch Rückschläge, und es flammte erneut eine Sozialismusdebatte auf. Obwohl die Sozialdemokratie Anfang der 80er Jahre versucht hatte, das Marx-Studium zu fördern, hatte dieser auf die Sozialismusvorstellung breiter Kreise kaum Auswirkungen. Auch bei Wilde findet sich kein Hinweis auf Marx. Seine *Sozialismusvorstellung* geht eher auf die ästhetisch-intellektuellen Ansätze im England des 19. Jahrhunderts zurück. Bereits Ruskin hatte Kritik an der Rationalisierung und Arbeitsteilung geübt, sein sozial-romantisches Konzept ging aber eher auf eine Restaurierung mittelalterlich-ständischer und handwerklich-agrarischer Traditionen hinaus. Das philantropische Engagement des von Ruskin gegründeten St.-Georgs-Ordens (1871) fällt eher unter das, was Wilde im Aufsatz als verfehlte *Wohltätigkeit* beschreibt, die an den Strukturen nichts verändert.

Näher vor Augen stand Wilde die 1883 gegründete „Fabian Society" um Sidney Webb und G. B. Shaw sowie und vor allem die „Socialist League" (1884) des von ihm zeitlebens hochverehrten William Morris.

Während jedoch die „Socialist League" von realistischen sozial-ökonomischen Analysen ausging und bei ihren *Zukunftsprojektionen* pragmatisch die Frage der Durchsetzbarkeit berücksichtigte, war es Wilde offensichtlich und explizit um einen radikaleren Denkansatz zu tun, obwohl es wahrscheinlich Shaw war, der ihn dazu anregte, seiner *ästhetischen Weltsicht* die politische Dimension zu integrieren. Natürlich hatte Wilde einen ganz anderen Sozialismus-Begriff. In Konversationen pflegte er Leute damit zu ärgern, daß er für den Sozialismus eintrat, weil es doch schön wäre, wenn man tun könne, was man wolle.

In dem, was Wilde *Utopie* nennt, nimmt er auf keine der klassischen Utopien, die ja alle auf mehr oder weniger totalitäre Ordnungsvorstellungen hinauslaufen, Bezug. Woraus er seine Projektionen ableitet, ist eine von den sozialen und gesellschaftlichen Bedingungen herausgelöste geschichtliche Vorstellung: die griechische Antike ohne Sklaven, die Renaissance-Gesellschaft ohne Fürsten; sein Modell des neuen Menschen richtet sich am individualistischen Künstler aus, der vom Makel seiner gesellschaftlichen Ausnahmestellung befreit ist.

Das Interessante an Wildes Versuch ist, daß er bestrebt ist, sich den Weg zu dieser Utopie nicht teleologisch, ohne Dogma und Ideologie, vorzustellen. Dies beruht auf seiner Adaption der Darwinschen Lehre, nach der die einzige feststehende Eigenschaft des Menschen dessen *Veränderlichkeit* ist. Von da her denkt sich Wilde den Sozialismus als Abschaffung von Privateigentum nur als eine *Übergangsstufe*, der die Abschaffung jeglicher Herrschaft, sowohl der ökonomischen, der legislativen, administrativen und judikativen Gewalt, folgen muß.

Was völlig von der zeitgenössischen und späteren sozialistischen Vorstellung abweicht, ist Wildes Geringschätzung der Erwerbsarbeit bei gleichzeitigem völligem Fehlen von *Technologiefeindlichkeit*. Interessanterweise führt heute die Sozialdemokratie das Fehlen einer Vision eben darauf zurück, daß sie zu lange auf der Würde der Erwerbsarbeit als einer Form der Selbstverwirklichung beharrt hat und daß besonders die sozialistischen Intellektuellen dem Fortschritt der Technologie feindlich oder desinteressiert gegenüberstanden. Wildes Gedanken zur *Lebensgestaltung* lassen sich als Vorwegnahme von Überlegungen betrachten, die – etwa unter dem Stichwort „Lebensqualität" – erst viel später in die sozialistische Diskussion eingeführt worden sind.

Die Gedankenmotive eines *gewaltfreien Anarchismus*, wie sie den Essay durchziehen, sind sicherlich auf Pjotr Kropotkin (1842–1921) bezogen. Der Hauptvertreter des kommunalistischen Anarchismus und utopischen Sozialismus lebte seit seiner Flucht 1876 hauptsächlich in England und wurde wegen seiner klugen und sanften Art nicht nur von Wilde hochverehrt (Wilde hatte Kropotkin bei William Morris kennengelernt). Kropotkins große Schriften zur Rolle des Staates und zur Ethik erschienen erst nach 1900, jedoch hatte er Grundmotive seiner Theorie bereits 1885 in „Paroles d'un révolté" vorgelegt. Kropotkins optimistische Vision, daß die Beziehungen der Menschen untereinander nicht durch autoritäre Gewalt, sondern durch gewaltfreies Übereinkommen geregelt werden sollten, faszinierte nicht nur in England alle diejenigen, die dem Marx-Engelsschen Entwurf mißtrauisch oder mit Unverständnis gegenüberstanden.

Eine Neigung zum Edel-Anarchismus war bei den Künstlern des Jahrhundertendes auch in Deutschland und Frankreich sehr verbreitet. Ebenfalls 1891 erschien z. B. in Deutschland John Henry Mackays Roman „Die Anarchisten", in dem ein Anarchismus auf individualistischer Grundlage im Sinne Max Stirners (1806–1856) verkündet wird, dessen Biographie Mackay schrieb. Bereits Stirner hatte in dem *Egoismus* einen positiven, antiautoritären Impuls gesehen. Auch in Maurice Barrés Roman „L'ennemi des lois" von 1892 werden die Personen vom Sozialismus zu einem Anarchismus individualistischer Prägung bekehrt. Wenngleich also Wilde auch in diesem Essay von der Thematik her „enfant de mon siècle" bleibt, wie er in „De Profundis" sagt, so ist doch sein Beitrag an gedanklicher und sprachlicher Schärfe allem überlegen, was Schriftsteller der Zeit an Zukunftsperspektiven entwickelten.

ZEITTAFEL

1854 Oscar Wilde wird am 16. Oktober als Sohn von Jane Francesca (geb. Elgee) und William Wilde, einem Arzt, in Dublin geboren.

1857 Baudelaires „Les fleurs du mal" erscheinen.

1858 Terrorakte und Bauernrevolten in Irland.

1859 Darwins Schrift „Über den Ursprung der Arten..." und Marx' „Kritik der politischen Ökonomie" erscheinen.

1863 Ernest Renans „La vie de Jésus" erscheint.

1864 Wilde besucht Portora Royal School, Enniskillen.

1865 John Ruskins Essays „Sesame and Lilies" und Matthew Arnolds „Essay in Criticism" erscheinen.

1866 Swinburnes „Poems and Ballads" erscheinen.

1868 Trades Union Congress vor dem Hintergrund steigender Produktivität. Zunehmendes britisches Sendungsbewußtsein.

1871 Wilde besucht Trinity College, Dublin.

1872 Rede Disraelis gegen Gladstones Liberalismus und für imperiale Politik.

1873 Walter Paters „Studies in the History of the Renaissance" erscheinen.

1874 Studienbeginn am Magdalen College, Oxford. – Sturz Gladstones und Weichenstellung für langwährende konservative Politik.

1875 Wilde reist mit einem früheren Lehrer durch Italien. – Der 1. Band von John A. Symonds' „History of the Italian Renaissance" erscheint.

1876 Tod des Vaters; Wilde erbt ein schmales Vermögen.

1877 Wilde reist nach Italien und Griechenland. Erste publizistische Arbeiten. – Königin Victoria unterstützt Disraelis Politik.

1878 Wilde schließt seine Studien in Oxford mit dem Bachelor of Arts als Bester ab und gewinnt den Newdigate-Preis für sein Gedicht „Ravenna". – Aufflammende Sozialismus-Debatten (in Deutschland Gesetze gegen den Sozialismus).

1879 Wilde geht nach London. – Gründung der Irischen Landliga, die die Autonomie Irlands betreibt.

1881 *Poems.*

1882 Wilde hält in den USA Vorträge über ästhetische Erneuerung.

1883 Wilde reist nach Frankreich, zu einer weiteren Vortragstour in die USA und hält Vorträge in der englischen Provinz. – Ausweitung der britischen Expansionspolitik. – William Morris, G. B. Shaw, Sidney Webb u. a. gründen die sozialreformerische „Fabian Society".

1884 Wilde heiratet Constance Loyd. – Morris u. a. gründen die „Socialist League". – Huysmans' „A rebours" und Morris' „Art and Socialism" erscheinen.

1885 Wildes Sohn Cyril wird geboren. *Shakespeare and Stage Costume* (Neufassung u. d. T. „The Truth of Masks" in: *Intentions*, 1891). – Gesetz gegen „Indezenz" zwischen „männlichen Personen".

1886 Wildes Sohn Vyvyan wird geboren. – R. L. Stevensons „The Strange Case of Dr. Jekyll and Mr. Hyde" erscheint.

1887 Wilde wird Herausgeber von „Woman's World" (bis 1889). Zeitschriftenpublikation von *The Canterville Ghost; Lord Arthur Savile's Crime; The Sphinx Without a Secret* (u. d. T. „Lady Alroy"); *The Model Millionaire.*

1888 *The Happy Prince and Other Tales.*

1889 *The Portrait of Mr. W. H.;* Zeitschriftenfassungen von *The Decay of Lying* und *Pen, Pencil and Poison* (revidierte Fassungen in: *Intentions*, 1891). – Dockarbeiterstreik in London.

1890 *The Picture of Dorian Gray* (Zeitschriftenfassung). *The True Function and Value of Criticism* (Neufassung u. d. T. „The Critic as Artist" in: *Intentions*, 1891). – Revolutionäre Sozialistische Partei (Blanquisten) in Frankreich, SPD in Deutschland gegründet.

1891 *The Picture of Dorian Gray* (Buchfassung); *The Soul of Man Under Socialism; Lord Arthur Savile's Crime and Other Stories; A House of Pomegranates; Intentions. The Duchess of Padua* in New York aufgeführt. Wilde lernt Lord Alfred Douglas kennen. – Bertha v. Suttner u. a. gründen das Friedensbüro in Bern.

1892 *Lady Windermere's Fan* in London uraufgeführt, eine Aufführung von *Salomé* wird von der englischen Zensur verboten. Wilde reist zur Kur nach Deutschland. – Independant Labour Party gegründet.

1893 *A Woman of No Importance* in London uraufgeführt, *Salomé* erscheint auf französisch in Paris.

1894 Wilde reist mit Alfred Douglas nach Florenz. – *Salomé* in englischer Ausgabe, übersetzt von Alfred Douglas, mit Illustrationen von Aubrey Beardsley. *Poems in Prose.*

1895 *An Ideal Husband* und *The Importance of Being Earnest* in London uraufgeführt. Wildes Klage gegen den Marquess of Queensberry wird abgewiesen, nach zwei Prozessen wird er zu zwei Jahren Zuchthaus mit Zwangsarbeit verurteilt. Konkursverfahren und Versteigerung seines Besitzes, Überführung ins Zuchthaus Reading, Aberkennung des Sorgerechts für die Söhne.

1896 Wilde erkrankt; zwei Anträge auf Haftentlassung werden abgelehnt. *Salomé* in Paris uraufgeführt.

1897 „*De Profundis*" (Brief an Alfred Douglas). Nach der Haftentlassung unter dem Namen Sebastian Melmoth Aufenthalte in Frankreich und Italien mit Douglas.

1898 Unter seinem Gefängniskennzeichen C. 3. 3.: *The Ballad of Reading Gaol.* Vorschläge zur Reform des Gefängniswesens. Tod von Constance Wilde.

1899 Aufenthalte in Frankreich, Italien und der Schweiz.

1900 Wilde wird operiert, er stirbt am 30. November in einem Pariser Hotel, wahrscheinlich an Mittelohrentzündung, nachdem er kurz vor seinem Tod zum Katholizismus konvertierte. Er wird auf dem Friedhof von Bagneux begraben.

LITERATURHINWEISE

Richard Ellmann: Oscar Wilde (dt. Ausgabe in Vorbereitung)

Peter Funke: Oscar Wilde in Selbstzeugnissen und Bilddokumenten, Reinbek bei Hamburg 1969 u. ö.

Lothar Hönnighausen: Grundprobleme der englischen Literaturtheorie des 19. Jahrhunderts, Darmstadt 1977

Rolf Italiaander: Der Fall Oscar Wilde, Düsseldorf 1982

Philippe Jullian: Das Bildnis des Oscar Wilde, Hamburg 1972

Volker Klotz: Das europäische Kunstmärchen, Stuttgart 1985

Norbert Kohl: Oscar Wilde. Das literarische Werk zwischen Provokation und Anpassung, Heidelberg 1980 (mit Bibliographie)

Hans Mayer: Außenseiter, Frankfurt a. M. 1975

Manfred Pfister und Bernd Schulte-Middelich (Hgg.): Die Nineties. Das englische Fin de siècle zwischen Dekadenz und Sozialkritik, München 1983

Manfred Pfister: Oscar Wilde: „The Picture of Dorian Gray", München 1986

Edouard Roditi: Oscar Wilde. Dichter und Dandy, München 1974

NACHWORT

OSCAR WILDES ÄSTHETISCHER HEROISMUS

> Es war die einzige schändliche, unent-
> schuldbare und für alle Zeit verach-
> tenswerte Handlung meines Lebens,
> daß ich mir aufzwingen ließ, die Ge-
> sellschaft um Hilfe und Schutz gegen
> Deinen Vater anzurufen.
>
> Wilde an Lord Alfred Douglas, 1897
> („De Profundis")

Vor den Zeugnissen von Oscar Wildes Leben und Kunst und ihrer Wirkung müssen traditionelle kritisch-biographische Darstellungs-muster versagen. Die Schichten von haßerfüllten, bewundernden, gönnerhaften und distanzierten, mystifizierenden oder entlarven-den, apologetischen oder schlicht klatschsüchtigen Beurteilungen, die um sein Werk und die Zeugnisse seines Lebens gelegt worden sind, haben sich so undurchdringlich verbunden, daß selbst die redlichste Sichtweise sich nie ganz von Motiven lösen kann, die aus dem schlammigen Bodensatz menschlicher Reaktionen aufsteigen. Dies läßt sich exemplarisch an einem Text Hugo von Hofmanns-thals beobachten, verfaßt nicht einmal fünf Jahre nach Wildes Tod anläßlich der deutschen Ausgabe des langen Briefs an Alfred Dou-glas aus dem Gefängnis, der unter dem Titel „De Profundis" be-rühmt geworden ist. Die Rezension trägt den Titel „Sebastian Melmoth" und beginnt: „Dieser Name war die Maske, mit der Oscar Wilde sein vom Zuchthaus zerstörtes und von den Anzeichen des nahen Todes starrendes Gesicht bedeckte, um noch einige Jahre im Dunkel dahinzuleben. Es war das Schicksal dieses Menschen, drei Namen nacheinander zu führen: Oscar Wilde, C33, Sebastian Melmoth. Der Klang des ersten nichts als Glanz, Hochmut, Verfüh-rung. Der zweite fürchterlich, eines jener Zeichen, welche die Gesellschaft mit glühendem Eisen in eine nackte menschliche Schul-ter einbrennt. Der dritte der Name eines Gespenstes, einer halbver-gessenen Balzacschen Gestalt."

Bereits das ist eine Klassifizierung, die mehr vom Effekt als von Fakten bestimmt ist. Im weiteren meint Hofmannsthal Wilde den Titel des Ästheten aberkennen zu müssen: „Ein Ästhet! Damit ist gar nichts gesagt. Walter Pater war ein Ästhet, ein Mensch, der vom Genießen und Nachschaffen der Schönheit lebte, und er war dem Leben gegenüber voll Scheu und Zurückhaltung, voll Zucht. Ein Ästhet ist naturgemäß durch und durch voll Zucht. Oscar Wilde aber war voll Unzucht, voll tragischer Unzucht. Sein Ästhetismus war etwas wie ein Krampf. (...) Man sagt: ‚Wilde sprach geistvolle Paradoxa, an seinen Lippen hingen die Herzoginnen, seine Finger zerpflückten eine Orchidee, und seine Fußspitzen wühlten in Polstern aus alter chinesischer Seide, dann aber kam das Unglück über ihn und er wurde in das Bad gestoßen, aus dem vorher zehn Sträflinge gestiegen waren.‘ (...) Und seine Glieder, die Orchideen zerpflückten und sich in Polstern aus uralter Seide dehnten, waren im tiefsten voll fataler Sehnsucht nach dem gräßlichen Bad, vor dem sie doch, als es sie dann wirklich bespritzte, sich zusammenkrampften vor Ekel."* Demnach wäre Wilde ja nur recht geschehen.

Hofmannsthal möchte in diesem Text der Banalisierung eines Lebens und den Mythen über die Figur Wildes entgegenwirken und die tragische Struktur in Leben und Werk Oscar Wildes freilegen, aber dieser Versuch gerät ihm unversehens zu einer Mischung aus Poetisierung und Diffamierung, aus Hereinziehen in die eigenen Vorstellungen und Abstoßungen aufgrund der eigenen Ängste, die am Ende vielleicht widerwärtiger sind als das unverstellte Gezeter über Wildes Unmoral, das zur gleichen Zeit den deutschen Blätterwald durchhallte.

Gegen solches Gezeter hatte bereits 1903 anläßlich eines Artikels in der „Neuen Freien Presse" Karl Kraus in seiner „Fackel" gewütet: „Ich versichere, daß der Mann Friedrich Schütz heißt, der am 15. Dezember 1903 das Beispiel jenes frechen Schafskopf nachgeahmt hat, welcher Oscar Wilde auf dem Weg ins Zuchthaus von Reading ins Gesicht spukte. Aber Oscar Wilde war damals in Ketten; also lebte er. Dann ward er in der Tretmühle gemordet und in jenen Zustand endgültiger Wehrlosigkeit versetzt, der heute Herrn Friedrich Schütz eine Annäherung ermöglicht. Der freche Schafskopf von Reading hätte nie einem Leichnam ins Antlitz gespuckt. Er war der Exponent puritanischer Pöbelwut, die sich vielleicht über der

---

* Hugo von Hofmannsthal: Reden und Aufsätze I, Frankfurt a. M. 1979, S. 341 ff.

furchtbaren Erkenntnis eines Martyriums längst beruhigt hat. Herr
Friedrich Schütz aber ist ein Literat. (...) Herr Friedrich Schütz ist
kein Päderast. Das wird der einzige Ruhmestitel sein, der von ihm
auf die Nachwelt kommt. Das wissen wir gründlich, seitdem wir
sein Feuilleton über Oscar Wilde gelesen haben."* Es ist sympathisch, wie Kraus versucht, Wilde vor dergleichen Schlamm in
Schutz zu nehmen, indem er ihn mit kalkuliertem Pathos in eine
Region „königlicher Geisteskultur" versetzt, in der „das Gezänke
armseliger Tagelöhner des Gedankens" nur als gedämpftes „Gemau-
schel der Pharisäer" ankommt. Allerdings fragt man sich, und um so
mehr angesichts des Kontrasts zu Hofmannsthal, auch bei Kraus, ob
solches Entrücken ins Olympische geeignet ist, einen Menschen,
einen Künstler, ein Werk zu verstehen. Hier tritt eine Mystifizierung an die Stelle der anderen.

   Aber was wäre die Alternative angesichts eines Werks und eines
Schicksals, das niemanden kalt ließ, angesichts eines Menschen, der
zu Lebzeiten schon selbst für seine Mystifizierung sorgte, der noch
im äußersten Elend zur Selbststilisierung und zur Ironie fähig war?
Die wissenschaftliche Beschäftigung mit Wilde bietet diese Alternative nicht: wenngleich in weniger aufgeregtem Ton vorgetragen,
bietet die Forschung kein grundsätzlich anderes Bild; Verdrehung,
Gerüchte, falsche Zitate, kaum verhüllter Klatsch, moralisierende
oder gönnerhafte Werturteile, Gering- oder Überschätzung, Berüh-
rungsangst auch hier.

   Dies auch dort, wo beste Absicht im Spiel ist. Hans Mayers Buch
„Außenseiter" betrachtet den außenseiterischen Künstler und seine
literarischen Ebenbilder sicherlich nicht aus der Perspektive allgemeiner gesellschaftlicher Normen, aber gerade bei Wilde kommen
sie ins Spiel, nicht zuletzt deshalb, weil Mayer sich – bei der
Spannweite seines Werks unvermeidlich – auf die Wilde-Forschung
verlassen mußte. Mayer behandelt Wildes „Dorian Gray" unter dem
Gesichtspunkt einer „Typologie der homosexuellen Literatur".
Dies scheint naheliegend zu sein, ist aber bei näherem Hinsehen
problematisch. Nicht etwa, weil „man" nicht fragt, was die Erfahrung eines Homosexuellen mit der Struktur seiner Werke zu tun hat,
sondern weil man für die Entstehungszeit des Romans (1889/90) auf
bloße Vermutungen über eine homosexuelle Disposition – was
immer dieser Begriff bedeuten mag – Wildes angewiesen ist. Unter
diesen Vermutungen erscheinen nun plötzlich zahlreiche Motive

---

* Die Fackel, 1903, Nr. 151, S. 1 f.

und Konfigurationen, die insbesondere die romantische und nachromantische Literatur durchziehen – wie z. B. das Motiv des Doppellebens –, als typisch homosexuell. Dabei soll das alles nicht
einmal charakteristisch für Wilde sein: „Allein das bestimmende
Symbolmotiv ist Wildes eigentümlicher Beitrag: das Bild, das anstelle des Abgebildeten altert. Die literarischen Ursprünge bei Poe
und Balzacs ‚Peau de Chagrin‘ sind bekannt. Dennoch gibt es hier
ein Neues. Das Bildnis demonstriert die Vergeblichkeit der genui-
nen und selbstgenügsamen homoerotischen Welt. Man altert trotzdem, wenn auch nur im Bild. Man kann auch die moralische Welt
nicht total ästhetisieren: sie wird im Bild aufbewahrt. Indem man
das Bild negiert, verbannt, verhüllt, akzeptiert man die Gebote und
Riten der scheinbar so hochmütig negierten Welt der Andern. Der
erste folgerichtig homosexuelle Roman, eben das ‚Bildnis des Dorian Gray‘, demonstriert zugleich die Folgenlosigkeit einer Gattung, die sich nur zu repetieren, doch nicht zu entwickeln vermag.“*
Angesichts dieser Sätze verfällt man unwillkürlich auf den Gedanken, daß es gut ist, daß Wildes Richtern solche subtilen Interpretationsverfahren nicht zu Gebote standen, wobei nicht unterstellt
wird, daß der Aufklärer Mayer seine Erkenntnisse einer Verurteilung dienstbar gemacht hätte. Dennoch macht sich am Schluß ein
Vorurteil in Form einer Metapher selbständig: da die Gattung
homosexuell ist, kann sie keine Folgen haben, ist gleichsam unfruchtbar.
In fast allen literaturwissenschaftlichen Beiträgen zu Wilde erscheinen je nach Temperament und Verfahrensweise der Interpreten
in verschiedener Form Attitüden von Maßregelung, Besserwissen
oder Schulterklopfen, die man in der Regelmäßigkeit der Wiederkehr bei keinem anderen Komplex von Studien zu einem der Weltliteratur zugerechneten Dichter findet. Selbst Wilde und seinem
Werk außerordentlich zugeneigte Interpreten wie der Literaturwis-
senschaftler Viktor Žmegač, die in ihrem eigenen Standpunkt Wilde
zugestandenermaßen viel verdanken, neigen gelegentlich dazu, aus
dem „Scheitern“ Wildes retrospektiv unzulässige Schlüsse zu ziehen, indem sie ihm mangelnde Einsicht in die eigene Strategie wie in
die Mechanismen der Gesellschaft vorhalten: „Die Grenzen des
Ästhetizismus waren von der Gesellschaft enger gezogen, als er
[Wilde] glaubte. Dabei erkannten die Zeitgenossen wohl nicht, daß
gerade jene Werke, in denen er sich dank des Spielraums der Fiktion

---

* Hans Mayer: Außenseiter, Frankfurt a. M. 1977, S. 266 f.

die größten Freiheiten hätte leisten können, seltsame konformisti-
sche Züge aufweisen."* Selbst bei denen, die eine normative Poetik
theoretisch längst überwunden haben, scheint Wilde den Impuls
auszulösen, dem Dichter vorzuschreiben, was er soll.

Eine Erfrischung dagegen eine Stellungnahme, die Wildes Werk
mit seinen Widersprüchen akzeptiert und die trotz ihrer Einfachheit
dadurch an Wert gewinnt, daß sie vom letzten Universalgelehrten
unter den Schriftstellern des 20. Jahrhunderts stammt, von Jorge
Luis Borges: „Nachdem ich im Laufe der Jahre Wilde gelesen und
wiedergelesen habe, bin ich auf eine Tatsache gestoßen, die seine
Lobredner, so scheint es, nicht einmal geahnt haben: die nachprüf-
bare und elementare Tatsache nämlich, daß Wilde fast immer recht
hat. ‚The Soul of Man under Socialism' ist nicht nur eloquent,
sondern auch richtig. (...) Wilde gehört zu jenen Schriftstellern mit
Fortune, die ohne die Zustimmung der Kritiker und zuzeiten sogar
ohne die Zustimmung des Lesers auskommen, und das Vergnügen,
das wir aus seiner Gesellschaft beziehen, ist unwiderstehlich und
beständig."**

Für den heutigen Leser sind die Widersprüche, Merkwürdigkei-
ten und Wirrnisse der Wilde-Rezeption Beschwernis und Chance
zugleich. Daß der Leser nirgendwo Interpretationshinweise findet,
die ganz frei von Ressentiments sind, mag die Annäherung erschwe-
ren, aber damit ist auch die Möglichkeit einer freien Lektüre eröffnet, ist der Leser besonders nachdrücklich aufgefordert, die eigene
Deutung zu suchen.

*

Wilde wurde als Oscar Fingal O'Flahertie Wills Wilde am 16. Oktober 1854 in Dublin geboren und protestantisch getauft. Die imposante Namensgebung dürfte auf die extravagante Irland-Begeiste-
rung seiner Mutter zurückgehen, die sich in jüngeren Jahren als
Pamphletistin der Freiheitsbewegung betätigte. Wilde hat sich auf sein
irisches Blut zwar gern kokett berufen, in seiner Vorstellungswelt,
soweit sie im Werk erscheint, dominiert jedoch eindeutig das Englische. Wildes Vater war ein angesehener Augen- und Ohrenarzt,

---

* Victor Žmegač: Kunst und Gesellschaft im Ästhetizismus des 19. Jahrhunderts, in: Propyläen Geschichte der Literatur, Bd. 5, Berlin 1984, S. 36.

** Jorge Luis Borges: Über Oscar Wilde (aus: Inquisiciones 1937–1952),
zit. nach Richard Ellmann (Hg.): Oscar Wilde. A Collection of Critical
Essays, Englewood Cliffs 1969, S. 173 f. (Übersetzung F. A.).

stand jedoch im letzten Teil seines Lebens im gesellschaftlichen Abseits, weil er eine Klage gegen eine Frau, die ihn der sexuellen Nötigung bezichtigt hatte, zwar gewann, ohne damit jedoch seine gesellschaftliche Reputation wiederherstellen zu können. Zahlreiche uneheliche Kinder zeigen ihn jedenfalls nicht gerade als typischen puritanischen Familienvater. Wildes Mutter, eine dunkelhaarige, große und imposante Erscheinung, entsprach nach dem Eindruck der Zeitgenossen ebenfalls nicht dem Bild einer Lady.

Über Wildes Kindheit gibt es nur wenig verläßliche Zeugnisse, nichts deutet aber darauf hin, daß sie nicht trotz oder gerade wegen des unkonventionellen Elternhauses recht glücklich gewesen wäre. Aus einigen Details, etwa daraus, daß Oscar eigentlich ein Mädchen hätte werden sollen und als kleines Kind auch so gekleidet wurde, hat man auf Wildes spätere homosexuelle Neigungen schließen wollen, was fahrlässiger Umgang mit Fakten war: in Irland war es Brauch, kleine Jungen zum Schutz gegen die Feen als Mädchen zu verkleiden.

Wildes Bildungsweg kann als glänzend bezeichnet werden. Nach der Portora Royal School, Enniskillen, besuchte er von 1871 bis 1874 das Trinity College in Dublin, das er mit Auszeichnung absolvierte. Insbesondere, was die Aneignung der griechischen Antike betraf, fand er hier einen guten verständnisvollen Lehrer, dessen er noch später mit Wohlwollen und Dankbarkeit gedachte. Nach allem, was man weiß, lernte Wilde mit Freude und ohne große Mühe, ohne ein Streber zu sein.

Seinen Eintritt ins Magdalen College in Oxford 1874 hat Wilde immer zu den bestimmenden Ereignissen seines Lebens gezählt. Hier erweiterte er seine altphilologischen Kenntnisse – man sprach von ihm als dem begabtesten Altphilologen seiner Generation –, er lernte Ruskin und Pater kennen, beschäftigte sich besonders mit dem lyrischen Werk jener englischen Dichter, die seine Ausdruckswelt prägen sollten: Keats, Tennyson und Swinburne, Matthew Arnold, Dante Gabriel Rosetti. Obwohl Wilde reist, schlecht und recht Sport treibt, keine Vergnügungen ausläßt, bei einem Ruskin-Projekt im Straßenbau arbeitet, zeichnet und Gedichte schreibt, schließlich mit Florence Balcombe die „süßesten aller Jahre meiner Jugend" verbringt, besteht er sowohl das Zwischen- wie das Abschlußexamen als Bester und gewinnt 1878 den Newdigate-Preis für sein Gedicht „Ravenna".

1879 geht Wilde nach London, zunächst mit eher bürgerlichen Plänen. Die kleine Erbschaft nach dem Tode des Vaters reicht für den Lebensunterhalt nicht aus. Planvoll und nicht ohne Berechnung organisiert Wilde seine gesellschaftlichen Beziehungen. 1881 erscheint seine erste Gedichtsammlung, aber Aufsehen erregt er vorerst als Verkünder und Popularisator einer ästhetizistischen Erneuerung der Kunst, des Kunstgewerbes und der Kleidung und als Gesellschaftslöwe, der schöne und einflußreiche Frauen umschwärmt. In Gilbert und Sullivans Operette „Patience" wird er als Karikatur des Ästhetizisten abgebildet. Vor der amerikanischen Premiere dieses Stücks wird Wilde 1882 zu Vorträgen in die USA eingeladen: ein Werbetrick, den er wahrscheinlich durchschaute, aber für seine Zwecke nutzte. Mit Vorträgen über die englische Renaissance und über dekorative Kunst reist er ein Jahr lang durchs Land, er kommt in alle Zeitungen und verdient nicht schlecht. Eine weitere Vortragsreise folgt 1883, im selben Jahr auch durch Großbritannien. Seine Artikel und Rezensionen werden immer öfter gedruckt, als Dichter hat er jedoch noch keinen Erfolg. Die Gedichte werden ignoriert oder als epigonal verrissen, sein Stück „Vera" fällt in New York durch, verschiedene Projekte zerschlagen sich.

1884 heiratet Wilde Constance Loyd, 1885 und 1886 werden die Söhne Cyril und Vyvyan geboren. Da nur wenige Briefe aus der Korrespondenz von Constance und Oscar Wilde erhalten sind, ist ihr Verhältnis schwer zu beurteilen. Die ersten Ehejahre waren offenbar sehr glücklich. Um 1890 scheinen sich Wildes erotische Interessen zunehmend Männern zugewandt zu haben. Liebe aber, was immer das sein mag, Faszination und Bewunderung ergriffen ihn erst, als er 1891 den jungen Lord Alfred Douglas kennenlernte, den er „Bosie" nannte. Das hinderte ihn jedoch nicht an Kontakten mit anderen jungen Männern, z. T. aus sozialen Milieus, mit denen ein Gentleman auch sonst gewöhnlich keinen Umgang pflegte. Wildes Frau klammerte sich bis zuletzt an die Meinung, sein Unglück habe von seinem schlechten Umgang hergerührt.

Man findet oft die Ansicht vertreten, Wilde habe ein Doppelleben geführt. Man konnte es sich bei Kenntnis der viktorianischen Moral wohl nicht anders vorstellen. Nach allem, was man weiß, trennte Wilde seine Sphären keinesfalls ängstlich. Er lud jene jungen Männer ins ästhetische Ambiente seines Hauses ein und bemühte sich kaum, irgend etwas zu verbergen. Über durchfeierte Nächte und verschlafene Tage gibt er auch in seinen Briefen Auskunft.

Die Phase von 1887 bis 1891 ist die produktivste in Wildes Leben. Obwohl er 1887 bis 1889 die Zeitschrift „Woman's World" herausgibt, sich um seine Kinder kümmert, auf keiner Gesellschaft fehlt, seinen Vergnügungen nachgeht, schreibt er über hundert Kritiken, zahllose Briefe, den größten Teil der hier abgedruckten Prosaschriften, Aphorismen und Epigramme, die das Grundmaterial seiner Dramen bilden, und „Salomé".

Ab 1892, mit der Aufführung von „Lady Windermere's Fan", wachsen Ruhm und Erfolg in rasender Geschwindigkeit. 1895 dann der Höhepunkt mit den beiden umjubelten Aufführungen von „An Ideal Husband" und „The Importance of Being Earnest" – und zugleich der Umschwung zu dem, was man später so pathetisch wie distanzierend als Tragödie bezeichnet hat.

Alfred Douglas' Vater, der Marquess of Queensberry, ein berüchtigter Exzentriker und Schläger, gibt in Wilde's Club eine Karte ab, auf der er ihn als Sodomiten bezeichnet. Wilde verklagt ihn, wird selbst angeklagt und nach zwei Prozessen am 25. Mai 1895 zu zwei Jahren Zuchthaus mit Zwangsarbeit verurteilt.

Zunächst wollte offenbar niemand den Prozeß: man verzögerte Wildes Verhaftung und hoffte auf seine Flucht. Wildes „Verbrechen" waren in der englischen Oberschicht allzu verbreitet. Wilde aber entschloß sich gegen den Rat seiner Freunde dazu, den Helden zu spielen. Die Prozeßakten und die Presseberichte sind eine bedrückende Lektüre, eine Lektion, zu welcher Dummheit, Brutalität und Borniertheit der sogenannte normale Mensch fähig ist, wenn er sich mit der herrschenden Moral identifiziert. Wilde durfte mit vollem Recht alles bestätigt finden, was er in seinen kühnsten Paradoxen formuliert hatte. Allerdings gab es auch einzelne kritische Stimmen. Auch Alfred Douglas zeigte in seinen öffentlichen Stellungnahmen Mut, wenngleich auf etwas eitle Weise.

Einmal zum Kampf angetreten, gab Wilde nicht mehr nach. Seine Einlassungen im Gerichtssaal waren glänzend, arrogant und spöttisch. Wilde spielte die Rolle zu Ende; im ersten Prozeß erhielt er Beifall auf offener Szene, bei seiner Verurteilung im zweiten jedoch jubelte der Pöbel.

Auch im Zuchthaus bewahrte der Häftling C 3.3. Haltung so gut es ging. Seine Briefe, besonders „De Profundis", zeigen das bei aller Stilisierung. Die Behandlung im Gefängnis wirkte sich allerdings doch auf Nerven und Gesundheit aus. Wilde stellte zwei Anträge auf Entlassung, in denen er sich zerknirscht gab und behauptete, den Verstand zu verlieren. Sie wurden abgewiesen, weil sie zu gut formuliert waren, was nach Meinung der Behörden ihren Inhalt widerlegte. Insofern hatten sie recht: weniger in „De Profundis" als in anderen Briefen wurde deutlich, daß Wilde seine Lage im Hinblick auf die Realität der Gesellschaft klar und nüchtern beurteilte. Die ist rabenschwarz: er hat das Stigma des Perversen, man führt seine Stücke nicht mehr auf, er ist finanziell ruiniert, man versteigert seinen Besitz, das Fürsorgerecht für die Kinder wird ihm aberkannt; er wird sie nie wiedersehen.

Um Wildes letzte Jahre als Sebastian Melmoth sind zahlreiche Legenden gesponnen worden, wie sie bereits Hofmannsthal aufgegriffen hatte. Die Publikation seiner Briefe 1962 und der seiner Freunde hat im allgemeinen Bewußtsein nicht viel am Bild des ausgebrannten, verbitterten Dichters als Bettler und alkoholgezeichneten Wracks geändert.

Seine Briefe und die glaubwürdigen Berichte seiner Freunde und die letzten Photos vermitteln jedoch viel eher den Eindruck von einem freundlichen Anarchisten, einem ziemlich heiteren und menschenfreundlichen Melancholiker, der sich mit einer gewissen Seelenruhe selbst zerstörte. Mit Ausnahme der letzten von Krankheit bestimmten Wochen scheint es so, daß Wilde die Freude nie ganz verlor. Freude an schönen Dingen, an der Kunst, an gutem Essen, an jungen Männern, am Trinken, das er allerdings bis zuletzt erstaunlich gut vertrug. Keiner seiner Freunde hat ihn je in wirklich hilflosem Zustand angetroffen. Soziale Bezüge waren ihm durchaus nicht gleichgültig: wenn er von Menschen geschnitten wurde, die ihn früher hofiert hatten, war er tief gekränkt. Er engagiert sich für Wärter und Mitgefangene, schickt ihnen Geld, das er sich allerdings bei seinen Freunden erbetteln muß, er veranstaltet ein Kinderfest, ist überhaupt freundlich zu einfachen Menschen. Die Wirtsleute aus dem Hotel d'Alsace in Paris verehren ihren M. Melmoth, obwohl er immer mit der Miete im Rückstand ist. Vor allem scheint Wilde – die Freunde irritiert es oft – nie seinen Humor verloren zu haben. Selbst der langjährige Freund Robert Ross konnte nicht entscheiden, wann Wilde etwas ernst meinte und wann nicht. Sollte er tatsächlich noch im Krankenbett gesagt haben: „Entweder diese Tapete muß weg oder ich!" – es wäre jener „sense of style", von dem er noch im Todesjahr schreibt und dessen Aufrechterhaltung sein letzter Ehrgeiz gewesen zu sein scheint.

*

Wenn man die letzten Zeugnisse Wildes mit distanziertem Respekt liest, statt mit den folgenlosen Haltungen von Moral oder auch

Mitleid, muß Wildes wie immer stilisierter Widerstand gegen gesell-schaftliche Zumutungen auch in aussichtsloser Lage imponieren. Wie immer sinnlos er gewesen sein mag, gebeugt hat man ihn nicht. In „De Profundis" sagt Wilde: „In jedem Augenblick des Lebens ist man gleichermaßen das, was man gewesen ist, und das, was man sein wird. Die Kunst ist ein Symbol, weil der Mensch ein Symbol ist." Oscar Wildes Leben und Werk ist gerade in der Widersprüchlich-keit, mit all den Momenten, die manchen abstoßen mögen, Symbol einer ironisch-heroischen Widerständigkeit, die deshalb zutiefst human ist, weil ihm alle Marmorglätte des Heldendenkmals fehlt.

Ein Prinzip der Ironie des Schicksals blieb über Wildes Tod hinaus in Kraft: nicht einmal ein Jahr später begann man im deut-schen Sprachraum Wilde wieder zu drucken, binnen kurzem wurde er zu einem der meistgespielten Dramatiker Europas; in England dauerte es etwas länger, aber auch dort war er binnen zehn Jahren als Schriftsteller rehabilitiert. Heute gehört Wildes Werk unbestritten zur Weltliteratur.

Dadurch ist es für den heutigen Leser nicht einfach, sich vorzu-stellen, wie sehr Wilde die gesellschaftlichen Normen seiner Zeit herausforderte. Die Reaktionen der öffentlichen Meinung auf „Das Bildnis des Dorian Gray" waren ein entscheidender Wendepunkt in Wildes Entwicklung und seiner Sicht des Verhältnisses von Kunst und Gesellschaft. Sich diese Reaktionen in Erinnerung zu rufen ist unappetitlich, kann aber zur Einsicht in das gewandelte Verhältnis von Literatur und Kritik wie in die veränderte Bedeutung der Kunst in einer Gesellschaft überhaupt führen.

Die Erzählung war im Juni 1890 erschienen, in einem Brief vom August desselben Jahres spricht Wilde von 216 Kritiken, die von seinem Schreibtisch in den Papierkorb gewandert seien. Die aller-meisten dieser Kritiken waren negativ, ein großer Teil enthielt wüste Pöpeleien. Exemplarische Auszüge:

„Daily Chronicle" vom 30. Juni 1890: „Langeweile und Schmutz sind die Hauptzüge der letzten Nummer von ‚Lippincott's Maga-zine'. Das unsaubere, allerdings unleugbare auch amüsante Element wird durch Oscar Wildes Erzählung ‚Das Bildnis des Dorian Gray' beigesteuert. Es ist ein Werk, bei dem die Aussatzliteratur der französischen Décadence Pate gestanden hat, ein giftiges Buch, dessen Atmosphäre verpestet ist von den mephistischen Dünsten seelischer und moralischer Fäulnis (...) – ein Buch, das furchtbar und faszinierend sein könnte, wären nicht seine weibische Frivoli-tät, seine gesuchte Unaufrichtigkeit, sein theatralischer Zynismus,

seine seichtgeschwätzige Philosophie, sein angeschminkter Mysti-
zismus und jene klebrige Sauce preziös tuender Vulgarität (...) Es
gibt nicht eine gute und reine Regung der menschlichen Natur, fast
keine Veredelung des Gemütes oder des Instinktes, die im Laufe der
Jahrhunderte durch Zivilisation, Kunst und Religion als Teil der
Scheidewand zwischen Mensch und Tier in uns entwickelt worden
ist, die nicht im ,Dorian Gray' der Lächerlichkeit und der Verachtung preisgegeben würde (...)."

„The Scots Observer" vom 5. Juli 1890: „Warum in Düngerhau-
fen wühlen? Die Welt ist schön, und die Majorität gesund gearte-
ter Männer und ehrenhafter Frauen über die Angefaulten, Unnatür-
lichen und Gefallenen ist groß. Oscar Wilde hat wieder einmal ein
Ding geschrieben, das besser ungeschrieben geblieben wäre. (...)
Die Erzählung – die Gegenstände behandelt, welche nur für die
Kriminalgerichtsbarkeit oder für die Besprechung in camera geeignet sind – macht dem Autor ebensowenig Ehre wie dem Verleger.
Herr Wilde hat Geist, Talent und Stil, aber wenn er nur für
deklassierte Lebemänner und perverse Kellnerjungen schreiben
kann, so wäre es, je eher er sich der Schneiderei (oder einem anderen
ehrenhaften Berufe) zuwendet, desto besser für seinen Ruf und für
die allgemeine Sittlichkeit."*

Wilde war von solchen Kritiken zunächst heftig getroffen. Er
schrieb zahlreiche Briefe an die entsprechenden Zeitungen, den
Kritiker von „St. James's Gazette", der das Buch gleich ins Feuer zu
werfen geraten hatte, suchte Wilde sogar persönlich auf, um ihn zu
überzeugen. Nachdem er die Vergeblichkeit dieser Bemühungen
einsehen mußte, hat er fürderhin auf solche Versuche verzichtet und
mit seiner bekannten Umdrehungsstrategie die negative Reaktion
der Kritik als Beweis für die Qualität seines Werks genommen.

Das Vorwort zur Buchausgabe ist die Reaktion auf die Kritik, die
Wilde dazu trieb, seine Einsicht in das Verhältnis von Kunst,
Künstler und Gesellschaft zu schärfen, die Sphäre der Kunst unver-
söhnlicher gegen die Sphäre des Gesellschaftlichen abzugrenzen.
Dabei entging ihm jedoch keineswegs, daß jene auch und gerade in
der Negation an diese gebunden bleibt. Eben dies hat Wilde nach
Bedarf auch für seine Zwecke ausgenutzt.

Wilde war theoretisch von vornherein klar, daß die Individuation
dem Allgemeinen nicht entrinnen kann. Daß er dies in seinem Leben
auch ganz praktisch und fürchterlich erfahren mußte, hat ihn nie

---

* Zitate nach: Kunst und Moral, in: Die Fackel, 1905, Nr. 272, S. 5 ff.

wirklich überrascht, und seine Meinung über die „öffentliche Meinung", wie sie im „Sozialismus"-Essay ebenfalls mit unverkennbarem Bezug auf die Brutalität der Kritik formuliert war, brauchte er später nicht mehr zu ändern. Das hat er in „De Profundis" immer wieder mit einer gewissen Genugtuung konstatiert. Auf die Einsicht in die widersprüchliche Existenzform der Kunst zwischen Besonderheit und Allgemeinheit und die Paradoxie der künstlerischen Erfahrung hat Wilde mit einer paradoxen Denkweise reagiert, die den Widerspruch auch in der Form immer sichtbar macht und in der er Wahrheit immer nur zeitlich als Prozeß zu begreifen suchte.

Über Wildes hochfahrender Attitüde darf nicht übersehen werden, daß seine Einsichten in die spezifische Seinsweise der Kunst in ihrem Kern keineswegs überholt sind, vielmehr im Laufe der Zeit fast sämtlich durch die fortgeschrittene ästhetische Theorie bestätigt worden sind. Wie auch immer unernst, ironisch und mit Augenzwinkern hat Wilde die Kunst als Negativität, als Einspruch gegen das Bestehende, als Gedächtnis des Leidens und Mahnmal gegen das Vergessen konzipiert, ihre Erfahrung als Widerstand gegen Normierung und Denkverbot. Dabei war ihm klar, daß die Kunst der Utopie nur in der negativen Bindung ans Gesellschaftliche habhaft werden kann. Daß das Neue der Kunst in die Nähe gesellschaftlicher Stabilisierungsfaktoren wie der Reklame und der Mode gerät, hat er hingenommen oder gar zynisch befördert. Aber gerade da, wo Wilde übertreibt, wo er – als „geborener Antinomist" – die Widersprüche scheinbar kaltsinnig zur ästhetischen Erfahrung macht, etwa wenn er die Künstlichkeit als einzig adäquate Verhaltens- und Erfahrungsweise propagiert, sind Sehnsucht und Liebe zum Natürlichen, zu einer harmonischen und brüderlichen Welt anwesend. Adorno sagt in seiner „Ästhetischen Theorie" (1970), die Abneigung, von der Natur zu reden, sei „dort am stärksten, wo die Liebe zu ihr überlebt". Wenn Wilde die Kunstabhängigkeit der Natur propagiert, so, um sie und die Kunst gegen das zur zweiten Natur gewordene gesellschaftliche Normsystem mit seinem Nützlichkeitskriterium symbolisch in Schutz zu nehmen und die Liebe zur menschlichen Natur selbst dort noch zu bewahren, wo man an ihr verzweifeln müßte. Diese Haltung des ironisch-ästhetischen Heroismus auch ins Leben zu übertragen war freilich ein Kunststück eigenster Art, ein einzigartiger symbolischer Akt, dessen reflektierende oder gar handelnde Entschlüsselung in der Tat „auf eigene Gefahr" geschieht.

Friedmar Apel

INHALT